中国新闻奖作品选

中华全国新闻工作者协会 编

2022年度·第33届

新华出版社

图书在版编目（CIP）数据

中国新闻奖作品选. 2022年度：第33届 / 中华全国新闻工作者协会编.
-- 北京：新华出版社, 2023.9
ISBN 978-7-5166-7061-3

Ⅰ. ①中… Ⅱ. ①中… Ⅲ. ①新闻－作品集－中国－当代
Ⅳ. ①I253

中国国家版本馆CIP数据核字（2023）第186694号

中国新闻奖作品选. 2022年度 · 第33届
编　　者：中华全国新闻工作者协会

出 版 人：匡乐成　　**责任编辑：**祝玉婷
封面设计：刘宝龙

出版发行：新华出版社
地　　址：北京石景山区京原路8号　　**邮　　编：**100040
网　　址：http://www.xinhuapub.com
经　　销：新华书店、新华出版社天猫旗舰店、京东旗舰店及各大网店
购书热线：010－63077122　　**中国新闻书店购书热线：**010－63072012

照　　排：臻美书装
印　　刷：三河市君旺印务有限公司

成品尺寸：165mm×230mm
印　　张：54　　**字　　数：**940千字
版　　次：2023年11月第一版　　**印　　次：**2023年11月第一次印刷

书　　号：ISBN　978-7-5166-7061-3
定　　价：90.00元

目　录

CONTENTS

特别奖（3件）

一等奖（73件）

·评论·

·通讯·

·新闻专题·

·新闻纪录片·

·系列报道·

·新闻摄影·

·新闻漫画·

·副刊·

·新闻访谈·

·新闻直播·

·新闻编排·

·新闻专栏·

·新闻业务研究·

·重大主题报道·

·国际传播·

·典型报道·

·舆论监督报道·

·融合报道·

·应用创新·

二等奖（114 件）

·消息·

·评论·

·通讯·

·新闻专题·

· 新闻访谈 ·

· 新闻直播 ·

· 新闻编排 ·

· 新闻业务研究 ·

· 重大主题报道 ·

·国际传播·

·典型报道·

·舆论监督报道·

·融合报道·

·应用创新·

特别奖（3 件）

十年砥砺奋进　绘写壮美画卷

——写在党的二十大胜利召开之际

集　体

（一）盼望着、奋斗着、创造着，举世瞩目的中国共产党第二十次全国代表大会就要胜利召开了。

多次见证重大历史时刻的天安门广场，花团锦簇、红旗招展；深圳莲花山公园里十年前种下的高山榕，亭亭如盖、枝繁叶茂；蓬勃生长的雄安新区，机械轰鸣、塔吊林立；翱翔寰宇的中国空间站，“太空出差”的航天员们全神贯注、有条不紊……历经岁月洗礼，世界东方的这片热土欣欣向荣；满怀豪情壮志，亿万人民在党的领导下奋勇争先。

日月开新元，万象启新篇。从党的十八大开始，中国特色社会主义进入新时代。回顾新时代这十年，习近平总书记深刻总结：“党的十八大以来，党中央团结带领全党全国各族人民，攻克了许多长期没有解决的难题，办成了许多事关长远的大事要事，经受住了来自政治、经济、意识形态、自然界等方面的风险挑战考验，党和国家事业取得历史性成就、发生历史性变革，为实现中华民族伟大复兴提供了更为完善的制度保证、更为坚实的物质基础、更为主动的精神力量。”

这十年，我们铸就了激荡人心的东方传奇，赢得了令人惊叹的大国荣光，一个古老民族迎来了从站起来、富起来到强起来的伟大飞跃，实现中华民族伟大复兴进入了不可逆转的历史进程。习近平总书记强调：“新时代10年的伟大变革，在党史、新中国史、改革开放史、社会主义发展史、中华民族发展史上具有里程碑意义。”

时间镌刻不朽，奋斗成就永恒，十年砥砺奋进，历史的如椽巨笔绘写壮美画卷。如红日东升，如大潮奔涌，如长风浩荡，向上向前的力量蕴藏在每一寸生机勃勃的土地上，向着未来无限伸展。

大道如砥，大势如潮。当历史的指针指向2022年的金秋十月，矢志复兴的中华民族，行进到关键一程的关键节点。向着更加开阔的天地进发，“全面推进中华民族伟大复兴”的号角嘹亮，神州大地奏响“强国复兴有我”的激扬乐章。

（二）东方红 LF2204 无人驾驶拖拉机，贵州省独山县下司村脱贫攻坚尖刀排队旗，高精密机床主轴轴承和滚动功能部件……北京展览馆，“奋进新时代”主题成就展上，一件件实物模型、一段段生动视频、一幅幅图片图表，展现了新时代十年的不凡历程。

2012 年至 2022 年，十年跨越，交出彪炳史册的时代答卷。2021 年，我国经济总量突破 114 万亿元，占世界经济比重超过 18%，人均国内生产总值超过 1.2 万美元，接近高收入国家门槛；2013 年至 2021 年，国内生产总值年均增长 6.6%，对世界经济增长的平均贡献率达到 38.6%，超过 G7 国家贡献率的总和，是推动世界经济增长的第一动力；打赢脱贫攻坚战让近 1 亿人口摘掉绝对贫困的帽子，全面建成小康社会让千年梦想照进现实；全面建设社会主义现代化国家新征程顺利开启，国家经济实力、科技实力、综合国力跃上新台阶……感天动地的奋斗史诗、震古烁今的伟大成就，书写在民族复兴的伟大征程上，刻印在中华儿女的共同记忆中。

锦绣山河为名，非凡十年为证，我们完成了一段伟大的历史书写。《中共中央关于党的百年奋斗重大成就和历史经验的决议》从 13 个方面分领域总结了新时代中国特色社会主义的伟大成就，党领导人民创造的这些成就背后，蕴藏着多少运筹帷幄的胆识，包含着多少气贯长虹的行进，凝聚着多少震撼人心的巨变。在以习近平同志为核心的党中央坚强领导下，在习近平新时代中国特色社会主义思想科学指引下，一个浓墨重彩的十年，在人类的伟大时间历史中创造了中华民族的伟大历史时间——

从党史看，这是矢志不渝践行初心使命的十年。十年前，习近平总书记一句“打铁还需自身硬”，让无数人印象深刻。十年来，无论是坚持和加强党对一切工作的领导，解决落实党的领导弱化、虚化、淡化、边缘化问题，还是“八项规定”激浊扬清、反腐败斗争取得压倒性胜利并全面巩固，根本扭转管党治党宽松软状况，一个百年大党擦亮初心、铸牢使命，刀刃向内、自我革命，重整行装再出发。十年夯基垒台，党的政治领导力、思想引领力、群众组织力、社会号召力显著增强，党在革命性锻造中更加坚强。

从新中国史看，这是滚石上山走向“强起来”的十年。“中国要强大，各领域各方面都要强起来。”制造强国、科技强国、质量强国、航天强国、网络强国、交通强国、海洋强国、贸易强国、文化强国、体育强国、教育强国、人才强国……我们锚定目标，跨越发展谋蝶变，强国之路正扬帆。十年风雨兼程，我们迎来了从落后时代、跟上时代再到引领时代的伟大跨越，越来越多人相信“全球未来的新希望来自中国”“21世纪世界发展的面貌取决于中国”。

从改革开放史看，这是全面深化改革不断向广度和深度进军的十年。经济体制改革紧锣密鼓，政治体制改革不断深化，文化体制改革激活春水，社会体制改革持续创新，生态文明体制改革步履铿锵，国防和军队改革大刀阔斧，党的建设制度改革扎实推进……改革实现由局部探索、破冰突围到系统集成、全面深化的转变。从统筹推进21个自贸试验区建设、高质量建设海南自由贸易港到举办进博会、服贸会、广交会、消博会，从颁布实施外商投资法到连续5年缩减外资准入负面清单……中国开放的大门越开越大，全方位、多层次、宽领域的全面开放新格局加速形成，中国的发展成为世界的机遇。十年日生不滞，改革开放开创新局面，让中国特色社会主义制度更加成熟更加定型，国家治理体系和治理能力现代化水平不断提高，党和国家事业焕发出新的生机活力。

从社会主义发展史看，这是展现马克思主义真理力量的十年。从空想到科学、从理论到实践、从一国到多国，世界社会主义已走过500多年的历程。新时代中国特色社会主义的蓬勃发展，更加充分地展现出社会主义制度的优越性和强大生命力；习近平新时代中国特色社会主义思想，以对中国之问、世界之问、人民之问、时代之问的科学回答，为探索共产党执政规律、社会主义建设规律、人类社会发展规律作出了历史性贡献。十年守正创新，新时代的伟大变革，使科学社会主义在二十一世纪的中国焕发出强大生机活力，在世界上高高举起了中国特色社会主义伟大旗帜。

从中华民族发展史看，这是以不可阻挡的步伐迈向伟大复兴的十年。中国共产党建党100周年之际，我们在中华大地上全面建成了小康社会，向中华民族伟大复兴迈出关键一步。我们沿着实现中华民族伟大复兴的唯一正确道路，把中国发展进步的命运牢牢掌握在自己手中；我们的民族从来没有像今天这样扬眉吐气、充满自信，我们的人民从来没有像今天这样昂扬向上、豪情满怀……十年自信自强，我们坚定不移走中国特色社会主义道路、以中国式现代化推进中华民族伟大复兴，比历史上任何时期都更接近、更有信心和能力实现中华民族伟大复兴的目标。

时间前行不舍昼夜，连结起过去和未来，铭记着光荣与梦想。十年弹指一挥间，新时代中国的每一瞬间都在创造奇迹、书写历史。这段浓墨重彩的历史时间，让一个走过百年的政党永葆青春活力，激发出砥砺奋进的壮志豪情，让一个历经沧桑的国度升腾起万千气象，迎来民族复兴的万丈霞光。

（三）在全党全社会喜迎党的二十大胜利召开之际，《习近平谈治国理政》第四卷以中英文版出版，面向海内外发行。从第一卷到第四卷，这部著作让法国前总理拉法兰感叹“政治抱负、治国理念、宏大规划和真情实感”，让乌兹别克斯坦总统米尔济约耶夫读出“大国领导人深湛的政治思维”。这部著作，打开了让世界“读懂中国”的思想之窗，更蕴藏着新时代“领航中国”的思想力量。

犹记2013年3月，美国国际企业战略专家作者库恩曾在英文《中国日报》上发表文章，列举了中国新的领导人面临的35项主要挑战。反贫困、建小康，斗洪峰、战疫情，化危机、应变局……激荡十年，笃行十年，有爬坡过坎之难、风急浪高之险、闯关夺隘之艰，更有夙兴夜寐之勤、力挽狂澜之智、一往无前之勇。

正是在这风雨无阻向前进的征程中，我们更加深刻地理解了习近平总书记的判断：“中华民族伟大复兴不是轻轻松松、敲锣打鼓就能实现的”；也正是在战胜前所未有的困难挑战、取得前所未有的巨大成就、迎来前所未有的光明前景中，我们更加深切地认识到：党的十八大以来党和国家事业取得历史性成就、发生历史性变革，根本在于有习近平总书记作为党中央的核心、全党的核心掌舵领航，在于有习近平新时代中国特色社会主义思想科学指引。

马克思曾深刻指出：“一个单独的提琴手是自己指挥自己，一个乐队就需要一个乐队指挥。”中国共产党这样一个大党，在中国这样一个大国，能够把亿万人民团结和凝聚起来，一次次跨过急流险滩，一次次战胜困难危机，必须有坚强有力的领导力量。在决战决胜脱贫攻坚的“大战”中，顶风雪、冒酷暑，踏泥泞、翻山沟，亲自指挥这场声势浩大的人民战争取得最终胜利；在抗击新冠肺炎疫情的“大考”中，运筹帷幄、坚决果敢，领导全党全军全国各族人民同心协力、众志成城，统筹经济发展和疫情防控取得世界上最好的成果；面对人民军队“两个能力不够”“两个差距很大”的问题，亲自领导强军顶层设计，亲自进行战略筹划，推动人民军队实现整体性革命性重塑；面对更为严峻的国家安全形势，提出总体国家安全观，统筹发展和安全，保持了我国国家安全大局稳定；面对香港回归以来最严峻的局面，提出维护和落实中央对香港的全面管治权，一法安香江、选规护远航，推动香港从由乱到治走向由治及兴的新阶段；面对国际局势急剧变化，勇开顶风船、无惧回头浪，在斗争中维护国家尊严和核心利益……多少原创性思想，多少关键性抉择，多少战略性举措，多少变革性实践，多少突破性进展，多少标志性成果，都是习近平总书记亲自谋划、亲自领导、亲自指挥的结果。有习近平总书记掌舵定向，我们就有了团结奋斗的“主心骨”、成就伟业的“领路人”。

党的十八大以来，习近平总书记以马克思主义政治家、思想家、战略家的非凡理论勇气、卓越政治智慧、强烈使命担当，应时代之变迁、立时代之潮头、发时代之先声，坚持把马克思主义基本原理同中国具体实际相结合、同中华优秀传统文化相结合，提出一系列原创性的治国理政新理念新思想新战略，是习近平新时代中国特色社会主义思想的主要创立者。这一科学理论，是当代中国马克思主义、二十一世纪马克思主义，是中华文化和中国精神的时代精华，实现了马克思主义中国化新的飞跃；这一科学理论，蕴含着强大的精神力量和物质力量，指引全球近 1/5 人口进行人类历史上最为宏阔、最大规模的社会实践，引领“中国号”巨轮不断驶向中华民族伟大复兴的光辉彼岸。有习近平新时代中国特色社会主义思想科学指引，我们就有了思想上的“定盘星”、行动上的“指南针”。

“党确立习近平同志党中央的核心、全党的核心地位，确立习近平新时代中国特色社会主义思想的指导地位，反映了全党全军全国各族人民共同心愿，对新时代党和国家事业发展、对推进中华民族伟大复兴历史进程具有决定性意义。”这是深刻总结党的百年奋斗、党的十八大以来伟大实践得出的重大历史结论，是体现全党共同意志、反映人民共同心声的重大政治判断，是党的十八大以来最重要的政治成果。

越是壮阔的征程，越需要领航的力量。“伟大的中国共产党，乘风破浪，扬帆远航，领航中国在新时代的征程上……”一首《领航》唱响中华大地，唱出了中国共产党人的初心与使命，唱出了中国人民的心愿与心声。北辰中天众星拱，思想之旗领航向，我们在历史前进的逻辑中前进、在时代发展的潮流中发展，从胜利走向新的胜利。

（四）十年砥砺奋进，矢志“为中国人民谋幸福”，我们不断实现人民对美好生活的向往。

山东省德州市陵城区于集乡大于集村，是国家级农村社会经济调查观察点，全村有 40 个记账户。十年来的“收支账”，写下收获满满：收入水平持续提升，村民于光平的账上记着“2022 年 6 月，收到合作社分红 1000 元”；生活水平更上层楼，村民张德香记着“2017 年，花 3.5 万元买了辆二手轿车”；民生短板不断补齐，村民于振瑞记着“2022 年 2 月到乡卫生院看病，新农合报销 534 元”……一个个数字，照见十年发展的民生温度——尊重“人”的价值，看见“人”的能量，成就“人”的梦想。

这十年，从“一个都不能少”的全面小康，到“摆在更加重要的位置”的共同富裕；从“人民有所呼、改革有所应”的全面深化改革，到“为了保护人民生命安全，我们什么都可以豁得出来”的抗击疫情斗争；从“向群众身边不正之风和腐败问题亮剑”的反腐败斗争，到“努力让人民群众在每一项法律制度、每一个执法决定、每一宗司法案件中都感受到公平正义”的法治建设……正是因为坚信“人民至上是作出正确抉择的根本前提”，新时代的中国共产党人秉持“我将无我，不负人民”的情怀、“为人民服务，担当起该担当的责任”的决心，始终同人民群众有福同享、有难同当，有盐同咸、无盐同淡。新时代中国迎来从站起来、富起来到强起来伟大飞跃的背后，“人民”是历史性成就的逻辑起点，也是历史性变革的价值起点。

从“厕所革命”到垃圾分类，从加强食品安全监管到减轻学生课业负担，从公立医院高质量发展到重要民生商品价格调控……翻开中央全面深化改革委员会（领导小组）的“会议台账”，攸关民生福祉的大事小情摆上议事日程，一切围绕百姓关切，涉及衣、食、住、行、教育、医疗、养老等各个环节，干一件是一件，干一件成一件。2021 年我国居民人均可支配收入超过 3.5 万元，比 2012 年增长近八成，形成世界最大规模中等收入群体；群众安全感由 2012 年的 87.55% 上升至 2021 年的 98.62%，成为公认的“世界上最安全的国家之一”；基本养老保险覆盖超 10 亿人，基本医疗保险覆盖超 13 亿人，建成世界上规模最大、覆盖人口最多的社会保障体系；九年义务教育巩固率达 95.4%，高等教育毛入学率达 57.8%，各级教育普及程度达到或超过中高收入国家平均水平……正是因为笃定“人民对美好生活的向往就是我们的奋斗目标”，新时代的中国共产党人“把为老百姓做了多少好事实事作为检验政绩的重要标准”，坚持以人民为中心的发展思想，使人民群众获得感、幸福感、安全感更加充实、更有保障、更可持续。

“如果一个政党努力追求无私的目标，为人民的共同利益、繁荣、福祉而奋斗，那么这样的政党将永远得到人民的支持。”前不久，吉尔吉斯斯坦总统扎帕罗夫接受媒体采访时，如此阐释自己对中国共产党的理解。无论是哈佛大学一项持续多年的民调，显示中国老百姓对政府的满意度长期超过 90%，还是知名公关咨询公司爱德曼发布的《2020 年信任度调查报告》显示，中国民众对本国政府信任度达 95%，在受访国家中排名第一，无疑都印证了这样的判断。

亿万人民一笔一画书写史诗、同心协力成就伟业的进程，正是一个最好的注脚。前段时间，很多网民都发现，有关网站、客户端上都有一个醒目的专栏："我为党的二十大建言献策"。聚焦加强党的建设，希望深化年轻人对党的创新理论的理解与认识；建言国家治理，为统筹推进碳达峰碳中和提出对策；围绕民生期盼，建议完善和落实"双减"政策……超过854.2万条各类意见建议留言，蕴含着广大人民群众创造的新鲜经验，蕴含着反映客观实际的规律性认识，集中表达了人民对经济社会发展的自豪和对未来发展的期待。十年来，在顶层设计中广泛听取群众意见建议，在社会治理中尊重人民群众首创精神，在推进高质量发展的大潮中让亿万人民创新创造的活力充分涌流，在推进全过程人民民主建设中体现人民意志、保障人民权益、激发人民创造活力……人民是历史的创造者，十年来，每个人前进的脚步，汇聚成中华民族伟大复兴的浩荡前行。

最坚实的根基在于人民，最伟大的成就属于人民，最深厚的力量源于人民。习近平总书记深刻指出："小康梦、强国梦、中国梦，归根到底是老百姓的'幸福梦'。中国共产党的一切奋斗都是为人民谋幸福。"一个牢记"江山就是人民，人民就是江山"的政党，一个"让人民群众奔着更好的日子去"的政党，一个"始终同人民站在一起、想在一起、干在一起"的政党，一个"永葆'赶考'的清醒和坚定"的政党，必能始终赢得民心、赢得未来。

（五）十年砥砺奋进，矢志"为中华民族谋复兴"，我们成功推进和拓展了中国式现代化，创造了人类文明新形态。

2022年9月，习近平总书记为卷帙浩繁的大型历史文献丛书《复兴文库》写下序言："中华民族是世界上伟大的民族，为人类文明进步作出了不可磨灭的贡献。近代以后，中华民族遭受了前所未有的劫难。从那时起，实现中华民族伟大复兴就成为中国人民和中华民族最伟大的梦想。"十年来，我们向着这一梦想慨然前行，"复兴"成为最激扬人心的时代强音。

复兴的脚步，写在中国式现代化的伟大实践中。从"四位一体"到"五位一体"，一子落而满盘活，中国特色社会主义事业总体布局带动中国式现代化全面发展、全面进步；谋小康之业、扬改革之帆、行法治之道、筑执政之基，"四个全面"战略布局明确了新的时代条件下推进改革开放和社会主义现代化建设、坚持和发展中国特色社会主义的战略选择。十年来，中国式现代化的推进和拓展，人类文明新形态的创造和丰富，让中华民族伟大复兴迎来前所未有的光明前景，让中华民族再次行进在世界文明进程的前列——

从推进以人为核心的新型城镇化惠及更多人口，到数字中国建设让偏远地区搭上信息快车，从推动医改走深走实，到形成城乡义务教育均衡和一体化发展新局面……这十年，我们扎实推进"人口规模巨大的现代化"，14亿多中国人民迈入了全面小康社会，正奋进在全面建设社会主义现代化国家新征程上。

立足新发展阶段、贯彻新发展理念、构建新发展格局、推动高质量发展；提出并推动实施京津冀协同发展、长江经济带发展、粤港澳大湾区建设、长三角一体化发展、黄河流域生态保护和高质量发展等新的区域发展战略，深入推进西部大开发、东北全面振兴、中部地区崛起、东部率先发展，推动形成优势互补高质量发展的区域经济布局；城乡居民人均可支配收入比值从2012年的2.88下降到2021年的2.50，基本公共服务均等化水平不断提高……这十年，我们扎实推进“全体人民共同富裕的现代化”，在“做大蛋糕”的同时“分好蛋糕”，在实现现代化过程中不断地、逐步地解决好共同富裕的问题。

新中国成立70周年，《我和我的祖国》在大街小巷传唱，爱国主义情感让无数人热泪盈眶；北京冬奥盛会，中华文化与奥运精神交相辉映，全世界感受到新时代中国的自信、包容、开放；面对世纪疫情，无数人以生命赴使命、用挚爱护苍生，危急时刻又见遍地英雄……这十年，我们扎实推进“物质文明和精神文明相协调的现代化”，坚持社会主义核心价值观，加强理想信念教育，弘扬中华优秀传统文化，增强人民精神力量，促进物的全面丰富和人的全面发展，书写了民族复兴之路上精神复兴的壮丽篇章。

绿色发展成为新发展理念重要组成部分，生态文明体制改革紧锣密鼓，蓝天、碧水、净土保卫战成果丰硕，奔腾澎湃的长江黄河谱写新的“母亲河”故事，实现碳达峰碳中和的目标和行动令世界赞叹……这十年，我们扎实推进“人与自然和谐共生的现代化”，像保护眼睛一样保护生态环境，“绿水青山就是金山银山”成为响彻中国的嘹亮声音，美丽中国建设迈出重大步伐，生态环境保护发生历史性、转折性、全局性变化。

从构建人类命运共同体凝聚起广泛共识，到共建“一带一路”探索促进共同发展的新路子，再到高水平对外开放“以中国的新发展为世界提供新机遇”……这十年，我们扎实推进“走和平发展道路的现代化”，不仅更好发展自身，而且更多造福世界。正如英国学者马丁·雅克所说，中国提供了一种“新的可能”，开辟了一条合作共赢、共建共享的文明发展新道路。

中国的现代化探索，破解了人类社会发展的诸多难题，摒弃了西方以资本为中心的现代化、两极分化的现代化、物质主义膨胀的现代化、对外扩张掠夺的现代化老路，拓展了发展中国家走向现代化的途径，为人类对更好社会制度的探索提供了中国方案，深刻影响人类历史进程，展现了人类社会现代化的光明前景。正如塞尔维亚前总统鲍里斯·塔迪奇所说，西方在 21 世纪面临的挑战表明，现代化不等于西方化，而中国赋予“现代化”新的内涵，为我们树立了榜样。

“我们已经走出一条光明大道，我们要继续前行。”实践表明，中国式现代化既切合中国实际，体现了社会主义建设规律，也体现了人类社会发展规律。从一个“现代化的迟到国”跃升成为“世界现代化的增长极”“最大的经济和社会变革的实验室”，充分证明了习近平总书记的判断——“必须坚持以中国式现代化推进中华民族伟大复兴”。

（六）十年砥砺奋进，矢志“为人类谋进步、为世界谋大同”，我们为世界和平与发展作出了新的贡献。

2022 年 9 月，距中共二十大召开还有一个月左右时间，习近平主席的中亚之行，引来世界关注。几乎每一场会谈会见，外国政要们不约而同主动提及这场擘画中国未来走向的盛会。很多外国政要表达了同一份期待：坚信中国经济社会发展将开辟一个新阶段，坚信中国会“以自身发展助力地区国家发展，为各国人民创造更多福祉”。

“世界那么大，问题那么多，国际社会期待听到中国声音、看到中国方案，中国不能缺席。”党的十八大以来，以习近平同志为核心的党中央统筹中华民族伟大复兴战略全局和世界百年未有之大变局，坚定站在历史正确的一边、站在人类进步的一边，推动构建人类命运共同体，为解决人类重大问题，建设持久和平、普遍安全、共同繁荣、开放包容、清洁美丽的世界贡献了中国智慧、中国方案、中国力量。

当“世界怎么了”的疑问萦绕，“中国智慧”拨云破雾。一个国家、一个民族对世界和人类作出的贡献不仅在于创造了多少物质，还在于提出了什么理念。2017 年 1 月 17 日，阿尔卑斯山上的达沃斯小镇，习近平主席在世界经济论坛年会开幕式上，发表题为《共担时代责任 共促全球发展》的主旨演讲，直面经济全球化的“存废之争”，以“海”作喻，强调“世界经济的大海，你要还是不要，都在那儿，是回避不了的”，传递信心和希望，为阴霾中的世界带去“冬日里的暖阳”。2017 年 1 月 18 日，联合国日内瓦总部万国宫大会厅，习近平主席题为《共同构建人类命运共同体》的演讲，47 分钟赢得 30 多次热烈掌声，关键处几乎一句一次掌声。如今，人类命运共同体理念先后写入了联合国决议、安理会决议、联合国人权理事会决议，正如第七十一届联合国大会主席彼得·汤姆森感叹，人类命运共同体是“人类在这个星球上的唯一未来”。强调“秉持共商共建共享原则，坚持真正的多边主义，推动全球治理体系朝着更加公正合理的方向发展”，指出“积极推动经济全球化朝着更加开放、包容、普惠、平衡、共赢方向发展”，提出“弘扬和平、发展、公平、正义、民主、自由的全人类共同价值”，主张“以文明交流超越文明隔阂、文明互鉴超越文明冲突、文明共存超越文明优越”……一系列重要理念，超越冷战思维、零和博弈等陈旧观念，蕴含深厚的文化底蕴，为应对全球性风险挑战贡献了独特的中国智慧，极大地增强了人类社会追求更加光明未来的信心和力量。

当“人类怎么办”的困惑出现，“中国方案”凝聚共识。中国共产党人和中国人民完全有信心为人类对更好社会制度的探索提供中国方案。2013 年秋，习近平总书记提出共建“一带一路”重大倡议。世界银行研究报告评估，共建“一带一路”将使相关国家 760 万人摆脱极端贫困、3200 万人摆脱中度贫困，将使全球贸易增长 1.7% 至 6.2%、全球收入增加 0.7% 至 2.9%，哈萨克斯坦总统托卡耶夫把共建“一带一路”比喻成“推动构建人类命运共同体的重要引擎”。从面对世纪疫情，构建“人类卫生健康共同体”，到面对生态系统退化挑战，共建“地球生命共同体”，从携手推进国际减贫进程、推动全球气候治理，到提出全球发展倡议、全球安全倡议……十年来，经世致用、推己及人的中国方案，为世界注入积极、稳定、建设性力量，成为不确定的世界中难能可贵的确定性。

当“一起向未来”的和音奏响，“中国力量”彰显担当。大党之大、大国之大，不在于体量大、块头大、拳头大，而在于胸襟大、格局大、担当大。2022 年 6 月 22 日，阿富汗东部发生强烈地震，造成严重人员伤亡。27 日，运送赈灾物资的中国政府专机抵达喀布尔机场，引发全球广泛关注。许多网民对比 2021 年 8 月美军仓皇撤离阿富汗时出现的平民坠亡画面，不由感慨：“同样是在喀布尔机场，两架飞机，一架带走生命，一架送去希望。”在贸易市场，在维和现场，在抗疫战场，在奥运赛场……中国充分展现了作为世界和平的建设者、全球发展的贡献者、国际秩序的维护者的大国担当，国际影响力、感召力、塑造力显著提升。

美国社会学家伊曼纽尔·沃勒斯坦在《现代世界体系》中文版序言中写道：中国人民将会在决定人类共同命运的历史进程中起重大作用。从百年奋斗征程中走来，从 5000 多年文明史中走来，从人类发展长河中走来，我们的感受无比强烈：中国共产党是“为人类进步事业而奋斗的政党”，中国是一个“不断为人类和平与发展的崇高事业作出新的更大的贡献”的国家，中华民族是有“人类正义心的伟大民族”。

（七）“全国共查处违反中央八项规定精神问题7799起，批评教育帮助和处理11226人……”2022年9月底，中央纪委国家监委公布了8月全国查处违反中央八项规定精神问题汇总情况，这已是该数据连续第108个月公布。“八项规定”，何以改变中国？正是因为这短短数百字，引领了自上而下、激浊扬清的作风之变，让作为中国特色社会主义事业领导核心的中国共产党更加坚强、更有力量。

探寻“中国发展密码”的人，都在始终关注中国共产党。蒙古国前总理林·阿玛尔扎尔格勒认为，“中国共产党是中国事业发展的引领者”。在肯尼亚国际关系学者卡文斯·阿德希尔看来，“中国共产党是塑造世人所知的今日中国的领导力量，读懂中国共产党，才能读懂中国的发展、中国的价值观和愿景”。从“八项规定”到反对腐败，理解中国共产党，理解中国共产党推进全面从严治党，正需要理解这样一对辩证关系——“以伟大自我革命引领伟大社会革命，以伟大社会革命促进伟大自我革命”。

立足于我国发展新的历史方位，习近平总书记庄严宣告“新时代中国特色社会主义是我们党领导人民进行伟大社会革命的成果，也是我们党领导人民进行伟大社会革命的继续，必须一以贯之进行下去”；郑重提出“新时代坚持和发展中国特色社会主义是一场伟大社会革命，要求我们必须时刻进行具有许多新的历史特点的伟大斗争”。

社会革命背后，则是一个政党十年来不断推进的自我革命进程。“我们党历史这么长、规模这么大、执政这么久，如何跳出治乱兴衰的历史周期率？”2021年11月11日，在党的第三个历史决议通过之际，习近平总书记再次提到“窑洞对”：“毛泽东同志在延安的窑洞里给出了第一个答案，这就是‘只有让人民来监督政府，政府才不敢松懈’。经过百年奋斗特别是党的十八大以来新的实践，我们党又给出了第二个答案，这就是自我革命。”

作为新时代党的建设的重要命题，自我革命体现了我们党对作为中国人民和中华民族主心骨的坚定自觉，对跳出治乱兴衰的历史周期率的清醒认知，对致力于中华民族千秋伟业的历史责任感。政治建设纲举目张，锚定自我革命根本政治方向；思想建设夯基固本，淬炼自我革命锐利思想武器；改进作风持之以恒，纠治“四风”不遗余力；反腐惩恶雷霆万钧，坚持无禁区、全覆盖、零容忍；制度体系不断完善，把权力关进越扎越牢的笼子……猛药去疴、重典治乱，刮骨疗毒、壮士断腕，党的十八大以来，以习近平同志为核心的党中央打出自我革命的“组合拳”，刹住了一些多年未刹住的歪风邪气，解决了许多长期没有解决的顽瘴痼疾，探索出依靠党的自我革命跳出历史周期率的成功路径，党的自我净化、自我完善、自我革新、自我提高能力显著增强。全面从严治党是新时代党的自我革命的伟大实践，开辟了百年大党自我革命的新境界，换来了今日的风清气正、朗朗乾坤，党赢得了保持同人民群众的血肉联系、人民衷心拥护的历史主动，赢得了全党高度团结统一、走在时代前列、带领人民实现中华民族伟大复兴的历史主动。

有人曾发出疑问：自我革命何以可能？一个政党怎么能够做到刀刃向内？2022年北京冬奥会期间，在同习近平总书记会晤时，阿根廷总统费尔南德斯谈及参观中国共产党历史展览馆的感受："我向中国共产党为中国人民所做的一切和取得的伟大成就表示崇高敬意。"习近平总书记回应："为人民服务，我们没有自己的利益"。我们党之所以有勇气、有底气自我革命，就在于我们党没有任何自己特殊的利益。"不私，而天下自公。"正因为无私，才能本着彻底的唯物主义精神经常检视自身、常思己过，才能摆脱一切利益集团、权势团体、特权阶层的围猎腐蚀，也才能不断清除损害党的先进性和纯洁性的因素，确保党不变质、不变色、不变味。

千锤百炼，千磨万击，一个立志于"始终走在时代前列、人民衷心拥护、勇于自我革命、经得起各种风浪考验、朝气蓬勃的马克思主义执政党"，正带领亿万中华儿女奋进在伟大复兴的征程上。

（八）"此生无悔入华夏！"2022年9月1日，《开学第一课》如期播出。这堂以"奋斗成就梦想"为主题的公开课，邀请"八一勋章"获得者、"时代楷模"称号获得者、科技工作者、奥运健儿、考古学家等奋斗者，带领青少年完成了一次价值探寻。

"经过这些年的发展，中国的70后、80后、90后、00后走出国门，已经可以平视这个世界了，这就是自信。"2021年全国两会期间，习近平总书记的一席话，引发无数国人的共鸣。"可以平视这个世界"，无疑是新时代中国人民自信自强、在精神上彻底挺立起来的生动写照。十年砥砺奋进，创新增志气、斗争强骨气、发展添底气，中国人民更加自信、自立、自强，在历史进程中积累的强大能量充分爆发出来，焕发出前所未有的历史主动精神、历史创造精神。

以自信抒发中国之志，我们意气风发。"当今世界，要说哪个政党、哪个国家、哪个民族能够自信的话，那中国共产党、中华人民共和国、中华民族是最有理由自信的。"十年来，道路自信、理论自信、制度自信、文化自信成为最激荡人心的主旋律。据教育部统计，党的十八大以来，我国各类出国留学人员中超过八成完成学业后选择回国发展；2020至2021学年，我国在册国际学生来自195个国家和地区，学历生占比达76%，比2012年提高35个百分点。从海外人才归国，到赴华留学学习，人才流动方向的转变，折射这十年中国发展的吸引力、向心力，越来越多的人在中国这片土地上找到人生出彩、成就事业的舞台。今天的中国，复兴的梦想闪耀在5000多年文明史的神州天空，绽放在960多万平方公里的中华大地，激荡在14亿多中国人心中，还有什么理由不自信，还有什么理由不奋进？

以自立拓宽中国之路，我们豪情万丈。“14亿多人口的大国，靠别人是不行的，只能靠我们自己发扬自力更生的精神。”十年来，长征火箭、神舟系列飞船剑指苍穹，中国空间站逐渐成型，浩瀚太空留下更多中国身影、中国足迹；港珠澳大桥开通，“中国天眼”启用，神州大地涌现更多中国创造、中国建造；北京冬奥盛会精彩纷呈，中外人文交流走深走实，国际社会听到更多中国故事、中国声音……事实证明，社会主义中国发展到今天，取得的成就不是天上掉下来的，更不是别人恩赐施舍的，而是广大人民群众在党的领导下用勤劳、智慧、勇气干出来的，中华民族以更加昂扬的姿态屹立于世界民族之林。

以自强铸就中国之光，我们壮志在胸。“平凡铸就伟大，英雄来自人民。每个人都了不起！”十年来，中国人民积极性、主动性、创造性进一步激发，党心军心民心昂扬振奋。四川泸定地震后，救援队伍紧握绳索攀爬过江、抬着老乡踏过树枝“桥梁”，呈现新时代的“飞夺泸定桥”；重庆山火前，上千名志愿者的头灯连成一条拦截火海的防线，筑起“新的长城”。从风雨无阻、辛勤劳作的农民兄弟，到披星戴月、不辞劳苦的扶贫干部；从日夜不息、挥汗如雨的建设工人，到矢志创新、永攀高峰的科研工作者；从白衣为甲、逆行出征的医务人员，到走街串巷、不停奔忙的快递小哥……每个中国人把个人对美好生活的向往、对人生出彩的渴望，都深深熔铸到同心共筑中国梦的伟大历史征途之中。

十年砥砺奋进，拓宽了中华文明的精神航道，照亮了中华民族的心灵家园，导引出一幅矢志富强、矢志复兴的壮丽精神画卷。今天，中华大地上不仅有高楼大厦遍地林立，中华民族精神的大厦也已经巍然耸立！

（九）“一箭三星！”2022年9月27日，长征六号运载火箭在太原卫星发射中心点火起飞，将3颗卫星送入预定轨道。至此，长征六号运载火箭已圆满完成10次发射任务，这也是长征系列运载火箭的第440次飞行。

对于中国共产党，“长征”是一个特殊的意象。这是红军“把一只脚放在另一只脚前面”的伟大远征，是中国航天星辰大海的浩瀚遨游，是中国经济社会发展的铿锵行进，也是一个政党、一个国家、一个民族向着未来的坚定前行。所有长征的相同之处就在于：都是无比伟大、无比壮阔却也无比坎坷、无比艰难的征途。

新时代画卷气吞山河，新征程篇章气势恢宏：到 2035 年，基本实现社会主义现代化；从 2035 年到本世纪中叶，再奋斗 15 年，把我国建成富强民主文明和谐美丽的社会主义现代化强国。每个时间节点都是长征的路标，都是我们在复兴之路上奋进的坐标。

在时间中长征，我们已走过千重山、万道河，但不敢有丝毫的自满。远眺前路，有风平浪静，也有惊涛骇浪；有大江奔流，也有乱云飞渡。纵观人类史，一个国家往往在两个时期面临的压力最大，一个是积贫积弱之时，一个是发展振兴之时。今天的中国身处世界百年未有之大变局，中华民族伟大复兴进入关键时期，前进的每一步都是一次知重负重的艰难攀爬，都是一次披荆斩棘的闯关夺隘。正中流击水，浪遏飞舟。当此之时，我们必须保持战略定力，发扬斗争精神，把握好我国发展面临的新的战略机遇、新的战略任务、新的战略阶段、新的战略要求、新的战略环境，以坚如磐石的定力、敢战必胜的信念，应对风狂雨骤，穿越惊涛骇浪，去赢得主动、赢得优势、赢得未来。

在时间中长征，我们仍需跨过千道坎、万重岩，但满怀着无比的自信。心中有目标，脚下有方向，山长水阔不辞其远，赴汤蹈火不改其志。当前和今后一个时期，我国发展仍然处于重要战略机遇期，时与势在我们一边，这是我们定力和底气所在，也是我们的决心和信心所在。正潮起风劲，奋楫争先。当此之时，我们必须坚定历史自信、增强历史主动，心往一处想、劲往一处使，拧成一股绳、铆足一股劲，以咬定青山不放松的执着奋力实现既定目标，以行百里者半九十的清醒不懈推进中华民族伟大复兴，风雨无阻向前进，越是艰险越向前，开创属于我们这一代人的历史伟业。

道阻且长，行则将至；行而不辍，未来可期。“胜利不会向我走来，我必须自己走向胜利。”这是一场前无古人的伟大进军，向着复兴的目标，向着美好的未来，向着人类的明天，“加油、努力，再长征！”

（十）一切早已开始，一切远未结束。2013 年 7 月 11 日，西柏坡九月会议旧址前，习近平总书记目光穿越历史：“要继续把人民对我们党的‘考试’、把我们党正在经受和将要经受各种考验的‘考试’考好，努力交出优异的答卷”。

1949 年 3 月 23 日，党中央离开西柏坡前往北平。临行，毛泽东同志握别依依不舍的父老乡亲，面带微笑，大手一挥：“进京赶考去！”

2021 年 7 月 1 日，习近平总书记在天安门城楼上，向全世界庄严宣示：“过去一百年，中国共产党向人民、向历史交出了一份优异的答卷。现在，中国共产党团结带领中国人民又踏上了实现第二个百年奋斗目标新的赶考之路。”

从执政全国的赶考，到建成强国的赶考，再到民族复兴的赶考，“答卷”的中国共产党人，一棒接一棒，永远在路上。新时代的中国共产党人接过历史的接力棒，弘扬伟大建党精神，把优异的成绩写在跋涉的每一条河、翻越的每一座山，写在前行的每一个脚印、奋斗的每一个瞬间，写在走向强国、走向复兴的康庄大道上。

重要的时间节点，关键的奋斗坐标。党的二十大是在全党全国各族人民迈上全面建设社会主义现代化国家新征程、向第二个百年奋斗目标进军的关键时刻召开的一次十分重要的大会，将科学谋划未来5年乃至更长时期党和国家事业发展的目标任务和大政方针，事关党和国家事业继往开来，事关中国特色社会主义前途命运，事关中华民族伟大复兴。

千秋伟业，万里河山。一个风华正茂的大党，一个日新月异的国家，亿万信心满怀的人民，未来不可限量，前景一片光明。让我们在以习近平同志为核心的党中央坚强领导下，坚持以习近平新时代中国特色社会主义思想为指导，深刻领悟“两个确立”的决定性意义，增强“四个意识”、坚定“四个自信”、做到“两个维护”，踔厉奋发、勇毅前行、团结奋斗，努力创造无愧于党、无愧于人民、无愧于时代的新业绩，在中国特色社会主义道路上坚定不移推进中华民族伟大复兴历史进程。

——扬帆起航，我们正奋进在更壮阔的征程！

——乘势而上，我们必将夺取更伟大的胜利！

（《人民日报》2022年10月15日）

申报资料实录

作品简介：在党的二十大即将召开之际，人民日报刊发任仲平文章《十年砥砺奋进 绘写壮美画卷》，以高远立意、宏阔视野、深刻论述、生动表达，全景回望新时代十年的不凡历程，系统梳理党的十八大以来党和国家事业取得的历史性成就、发生的历史性变革，充分诠释新时代十年伟大变革在党史、新中国史、改革开放史、社会主义发展史、中华民族发展史上的里程碑意义，号召大家“向着复兴的目标，向着美好的未来，向着人类的明天，‘加油、努力，再长征！’”。文章沉雄大气、纵横捭阖、情理交融，贯通历史、现实与未来，逻辑严密而层次分明，话题重大而文风鲜活，极具可读性、信服力。

社会效果：文章见报后在舆论场形成传播声势，社会反响热烈，收获广泛好评。新华社全文转发，总台央视《新闻联播》重点摘播，主流报刊纷纷采用，各大门户网站、微博、微信、新闻客户端等平台大量转载，众多网友分享点赞转发。仅在新浪微博平台，#人民日报任仲平##十年砥砺奋进绘写壮美画卷#等话题，合计阅读量超1.2亿。网友留言表示："历史巨变令人赞叹""撸起袖子加油干，开创更加幸福美好的明天"。

初评评语：时间镌刻不朽，奋斗成就永恒，十年砥砺奋进，历史的如椽巨笔绘写壮美画卷。这篇文章在思想上把握中央精神的精髓要义，在站位上胸怀大局、把握大势，在结构上体现理论厚度、逻辑力量，实现了权威性、精准性、及时性、可读性的有机统一，为党的二十大胜利召开营造了良好舆论氛围。作品展现出任仲平这一传统政论品牌历久弥新的生命力，充分体现了党报评论在舆论上的导向作用、旗帜作用、引领作用。

通讯

为中国人民谋幸福　为中华民族谋复兴

——党的十八大以来以习近平同志为核心的党中央治国理政纪实

集　体

人类的梦想有多么伟大，历史的进程就有多么壮阔。

中国共产党一经诞生，就把为中国人民谋幸福、为中华民族谋复兴确立为自己的初心和使命。在这场百年奋进的接力前行中，以习近平同志为主要代表的新时代中国共产党人领导亿万中华儿女书写下恢宏史诗——

新时代的10年，中华大地上全面建成小康社会，第一个百年奋斗目标如期实现，中国人民正意气风发迈向全面建成社会主义现代化强国的第二个百年奋斗目标。

新时代的10年，中华民族迎来了从站起来、富起来到强起来的伟大飞跃，实现中华民族伟大复兴进入了不可逆转的历史进程，中国为推动人类和平发展事业作出重大贡献。

今日之中国，江山壮丽、人民豪迈、前程远大。

"推进伟大事业，必须坚持中国共产党领导，把党锻造得更加坚强有力"——旗帜鲜明坚持和加强党的全面领导，以前所未有的勇气和定力推进全面从严治党，开辟了管党治党兴党强党新境界

2022年2月6日，人民大会堂东大厅，习近平总书记同到访的阿根廷总统会见。

会见结束，陪同的阿根廷驻华大使牛望道上前一步，用中文一字一顿对习近平总书记说："没有共产党，就没有新中国！"

这句中国人耳熟能详的话，在新时代又有了新的扩展："没有中国共产党，就没有新中国，就没有中华民族伟大复兴。"

办好中国的事情，关键在党。

坚持和加强党的全面领导，坚持和加强党中央集中统一领导，这是党的

十八大以来取得的最重要成就之一，也是党和国家事业取得历史性成就、发生历史性变革的坚强政治保证。

2022 年 1 月 6 日，中南海怀仁堂，一个重要会议开了整整一天。

习近平总书记主持中央政治局常委会会议，听取全国人大常委会、国务院、全国政协、最高人民法院、最高人民检察院党组工作汇报，听取中央书记处工作报告。

自 2015 年起，这样的会议，每年年初都要进行。

“‘治国犹如栽树，本根不摇则枝叶茂荣。’我们治国理政的本根，就是中国共产党的领导和我国社会主义制度。”习近平总书记深刻指出。

旗帜鲜明，强调“党政军民学，东西南北中，党是领导一切的”，将中国共产党领导这一“中国特色社会主义最本质的特征”载入党章和宪法；

立柱架梁，在党中央组建和优化一系列决策议事协调机构，全面加强对治国理政工作的集中统一领导；

建章立制，将党的领导融入意识形态工作、国有企业治理、高校领导体制、群团组织建设……

通过一系列创制性举措，横向到边、纵向到底的党的领导制度体系更加成熟定型，党中央真正成为坐镇中军帐的“帅”，车马炮各展其长，一盘棋大局分明，全党上下“如身使臂，如臂使指，叱咤变化，无有留难”。

在中国共产党历史展览馆里，抗疫专题展区引人关注。展区顶部，挂着一面面写着“党员突击队”的鲜红旗帜，诠释着打赢武汉保卫战的核心密码。

人们难以忘记：在这场没有硝烟的战争中，那罕见于大年初一召开的中央政治局常委会会议，那中央一声令下、三军星夜齐发、举国八方支援的动人场面，那直接开到县团级以上干部的 17 万人部署会，那 10 多天就拔地而起的火神山医院、雷神山医院……

淬火成钢，党旗高扬。

全党上下总动员，数百万党员干部奔赴脱贫攻坚主战场；践行大国承诺，如期安全圆满举办一届载入史册的冬奥盛会；无惧外部压力遏制，拿出“杀手锏”举措、攻克“卡脖子”难关……

今天，一个共识更加强烈：中国能，关键在于中国共产党能！中国共产党所具有的无比坚强领导力，是中国人民最可靠的主心骨！

2013 年 7 月 11 日下午，河北西柏坡，细雨蒙蒙。

在党的群众路线教育实践活动中，习近平总书记来到这里。一间土坯房里，面对面围坐一块，总书记听取基层干部群众对反“四风”的意见建议。

“百姓生活在逐渐提高，为什么感觉和我们的距离反而有点远了？”有同志直言困惑。

听了大家的发言，习近平总书记谈及历史周期率的问题，面色凝重、意味深长：“60多年过去了……党面临的‘赶考’远未结束。”

曾经一段时期，不正之风和腐败问题相互交织，“四大考验”严峻复杂，“四种危险”尖锐深刻，我们党面临改革开放以来前所未有的挑战。

常怀远虑，居安思危。建设什么样的长期执政的马克思主义政党、怎样建设长期执政的马克思主义政党这一重大时代课题，始终萦绕在习近平总书记心头。

“打铁必须自身硬。”习近平总书记发出了振聋发聩的警示。

秉持“赶考”的清醒和坚定，中国共产党以全面从严治党的关键抉择，开启了浴火重塑的壮阔历程——

以政治建设引领全党团结统一，从中央八项规定切入激荡清风正气，刮骨疗毒夺取反腐败斗争压倒性胜利，坚持思想建党和制度治党同向发力，接续开展5次党内集中教育，形成比较完善的党内法规体系，完善党和国家监督体系，构建起一套行之有效的权力监督制度和执纪执法体系……

“打虎”无禁区。党的十八大以来，已有超过500名中管干部被立案审查调查。

“拍蝇”不手软。党的十九大以来，截至今年4月，全国共查处民生领域腐败和作风问题49.6万个，给予党纪政务处分45.6万人。

“猎狐”不止步。党的十九大以来，“天网行动”共追回外逃人员6900人，追回赃款327.86亿元，“百名红通人员”已有61人归案。

十年磨一剑。全面从严治党取得了历史性、开创性成就，产生了全方位、深层次影响，党经受深刻洗礼锻造而更加坚强，焕发出新的强大生机活力。

“我们党历史这么长、规模这么大、执政这么久，如何跳出治乱兴衰的历史周期率？”

2021年11月，在党的十九届六中全会上，习近平总书记作出响亮回答——

“毛泽东同志在延安的窑洞里给出了第一个答案，这就是‘只有让人民来监督政府，政府才不敢松懈’。经过百年奋斗特别是党的十八大以来新的实践，我们党又给出了第二个答案，这就是自我革命。”

胸怀千秋伟业，恰是百年风华。

新时代中国共产党人通过自我革命，赢得了保持同人民群众的血肉联系、人民衷心拥护的历史主动，赢得了全党高度团结统一、走在时代前列、带领人民实现中华民族伟大复兴的历史主动。

“江山就是人民、人民就是江山，打江山、守江山，守的是人民的心”——坚持以人民为中心的发展思想，人民生活全方位改善，人民群众的获得感、幸福感、安全感不断增强

“人民对美好生活的向往，就是我们的奋斗目标。”2012年11月15日，履新伊始的习近平总书记，发出新时代中国共产党人的铮铮誓言。

治国有常，而利民为本。

跨入新时代新征程的中国，向着全面小康加速进发，必须跨越横亘于前的一系列重大挑战：

社会主要矛盾历史性转化，“人民日益增长的美好生活需要”，是衡量发展、评判工作的新标尺。

“不平衡不充分的发展”背后，有近1亿人生活在贫困线以下。这一群体若参与各国人口排名，能排进世界前20位，超过英法德等国家。

“我们不能一边宣布实现了全面建成小康社会目标，另一边还有几千万人口生活在扶贫标准线以下。”习近平总书记的话重若千钧。

岁月奔涌，从黄土地走来，从大队党支部书记到党和国家最高领导人，习近平总书记深谙国情，深深懂得人民的心。

“小康不小康，关键看老乡。”掷地有声的话里，是炽热的赤子之心，是行程万里的执着坚定。

2013年11月，湖南湘西花垣县，十八洞村。

“我是人民的勤务员。”拉着村民石拔三老人的手，习近平总书记的话直抵人心。

对人民最深的爱，化为最重的誓言、最硬的举措，打响一场人类历史上规模最大、力度最强的反贫困之战。

“五级书记同框”的照片刷屏了！

2020年4月，陕西平利县一处茶园，春雨初歇。习近平总书记沿着泥泞小路，向正在劳作的茶农们走来。在他身旁，是省、市、县、村级书记。

这是前所未有的组织动员：全国一盘棋，22个省区市向党中央立下“军令状”，25.5万个驻村工作队、300多万名第一书记和驻村干部冲锋一线。

这是斩钉截铁的意志：“决不能落下一个贫困地区、一个贫困群众。”

这是真情流露的挂念：“我最牵挂的还是困难群众……”

这是疫情冲击关键时刻的坚毅：“党中央向全国人民作出的郑重承诺，

必须如期实现，没有任何退路和弹性。”

天寒地冻的太行山深处，顶风冒雪看真贫；“瘠苦甲于天下”的甘肃中部，绕过九曲十八弯进农家……习近平总书记走遍14个集中连片特困地区，50多次考察调研扶贫工作，以不停歇的脚步丈量着贫困角落。

一诺千金，不胜不还。

向深度贫困宣战！1997年，2008年，2016年，2020年，习近平四次踏访宁夏，亲自谋划推动闽宁协作，“山海情”隽永绵延，千千万万贫困家庭“挪穷窝”“换穷业”“拔穷根”，命运得以改变。

阻断贫困代际传递！无论是在地方考察，还是在中央会议上，习近平总书记着重强调“扶贫先扶智，要更加注重教育脱贫”“不要让孩子输在起跑线上”。

人民至上，初心不改。

对此，安徽金寨大湾村的陈泽申感同身受。每每回想起2016年4月习近平总书记前来看望自己的场景，他总是倍感温暖。如今，他家已摘掉“贫困帽”，孙子大学毕业留在合肥工作，“孩子专门带我去大城市开眼界”。

对此，河北张北德胜村的徐海成共鸣强烈。5年多前，在他家里，总书记同村民们一起算柴米油盐、商脱贫大计。现在他家已是种植大户，脱贫翻身，喜迁新居，“盼着总书记再到我家坐坐，我会给他念念新账本，晒晒成绩单”。

上下同欲者胜，以上率下者强！

彪炳史册的人间奇迹，辉映伟大的奋斗征程——

2021年2月25日，全国脱贫攻坚总结表彰大会上，习近平总书记庄严宣告，“我国脱贫攻坚战取得了全面胜利，现行标准下9899万农村贫困人口全部脱贫，832个贫困县全部摘帽，12.8万个贫困村全部出列”。

中华民族历史性告别绝对贫困，千年梦想今朝梦圆。

2021年7月1日，庆祝中国共产党成立100周年大会上，习近平总书记豪迈宣示，“经过全党全国各族人民持续奋斗，我们实现了第一个百年奋斗目标，在中华大地上全面建成了小康社会，历史性地解决了绝对贫困问题”。

“民亦劳止，汔可小康”的千古吟唱，穿越历史照进现实；全面小康的历史丰碑，矗立在新时代复兴之路上。

以人民为中心，出发点和落脚点都是人民幸福。

“有更好的教育、更稳定的工作、更满意的收入、更可靠的社会保障、更高水平的医疗卫生服务、更舒适的居住条件、更优美的环境……”习近平总书记深知人民的期盼。

10 年来，累计实现城镇新增就业 1.3 亿人，基本医疗保险覆盖 13.6 亿人，基本养老保险覆盖超 10 亿人，人均预期寿命从 74.8 岁增长到 78.2 岁，一组组数字背后，无数笑颜绽放。

“厕所革命”、垃圾分类、清洁取暖、食品安全监管……一桩桩民生“小事”，一次次成为改革聚焦的“大计”。涓滴汇流，让人民生活的幸福成色更足、更暖。

聚焦“美好生活需要”，人民对民主、法治、公平、正义、安全、环境等方面要求日益增长。

“努力让人民群众在每一个司法案件中感受到公平正义。”

遵循习近平总书记重要指示，司法体制改革直击靶心，一批冤错案依法纠正，执法司法公信力不断提升，让公平正义的阳光照进人民心田。

人心向背定义“最大的政治”，一段对话更显意味深长：

2021 年春天，广西桂林毛竹山村。习近平总书记来到村民王德利家做客。

“总书记，您平时这么忙，还来看我们，真的感谢您。”

“我忙就是忙这些事，‘国之大者’就是人民的幸福生活。”

殷殷初心如磐，时代答卷常新。

“我将无我，不负人民。”10 年夙夜在公，真切炽热的人民情怀，凝成质朴无华、赤忱无比的告白——

“我们的目标很宏伟，但也很朴素，归根结底就是让全体中国人都过上更好的日子。”

“制度优势是一个国家的最大优势，制度竞争是国家间最根本的竞争”——着眼国家治理体系和治理能力现代化，推动全面深化改革纵深发展，中国特色社会主义制度更加成熟定型

在中国特色社会主义波澜壮阔的历史进程中，有两次“三中全会”注定是划时代的——

党的十一届三中全会开启了改革开放和社会主义现代化建设历史新时期。

党的十八届三中全会开启了全面深化改革、系统整体设计推进改革的新时代，开创了我国改革开放的全新局面。

2013 年 11 月 12 日，人民大会堂。

习近平总书记亲自主持起草的《中共中央关于全面深化改革若干重大问题的决定》获得通过，全场掌声如潮。

全面深化改革，总目标指向“完善和发展中国特色社会主义制度，推进国家治理体系和治理能力现代化”，彰显着新一代中国共产党人的制度自觉。

由此起笔，以习近平同志为核心的党中央绘就“中国之治”的宏伟蓝图——

党的十八届四中全会部署全面依法治国，同全面深化改革如鸟之两翼、车之两轮，破立结合、相得益彰；党的十九届四中全会作出 13 方面制度安排，系统描绘中国特色社会主义制度图谱。

从广东深圳到安徽小岗，从海南洋浦到上海浦东……习近平总书记倡导改革精神。

在新年贺词中号召“将改革进行到底”，把集体学习课堂搬到中关村，带头起立向“改革先锋”鼓掌致敬……习近平总书记亲自领导改革、亲自推动改革。

2018 年 3 月 28 日下午，中南海。

习近平总书记以中央全面深化改革委员会主任的身份主持召开中央全面深化改革委员会第一次会议。

会上，总书记从改革方法论的高度强调了党对全面深化改革统筹领导的重要性，并同大家一道逐一审议《关于深入推进审批服务便民化的指导意见》等 10 余份具体改革方案。

党的十八大以来，像这样的会议，习近平总书记主持召开了 60 多次，推动全面深化改革向纵深挺进，构建起制度建设的“四梁八柱”。

从党的建设，到经济、政治、文化、社会、生态文明……各领域全面深化改革大潮涌起，党的十八届三中全会提出的改革目标任务总体如期完成，各方面共推出 2000 多个改革方案。

经过几十年，容易的、皆大欢喜的改革已经完成了，剩下的都是难啃的硬骨头。

2018 年 2 月，党的十九届三中全会审议通过深化党和国家机构改革的决定和方案。

党的机构罕见地纳入改革范畴；仅中央和国家机关层面，就有 21 个部级机构、58 名班子正副职数被核减；一个国地税合并，精简近一半司局级机构……

当时看到这份改革方案，一位省委书记感叹：“力度之大超出预料，有些过去有共识但没做成，有些过去想到了但做不成。”

明知山有虎，偏向虎山行。

早在启动之初，习近平总书记就定下了基调：“深化党和国家机构改革是要动奶酪的、是要触动利益的、也是真刀真枪的，是需要拿出自我革新的勇气和胸怀的。”

改革是一场革命，改的是体制机制，动的是既得利益。

深化农村土地制度改革，打破阻碍民营经济发展的各类“卷帘门”“玻璃门”“旋转门”，力克群团“机关化、行政化、贵族化、娱乐化”……全面深化改革坚持问题导向，以重点突破带动整体推进。

一个国家制度和国家治理体系管不管用、有没有效，实践是最好的试金石，老百姓的体会最真切。

户籍制度改革破冰前行，脱胎于计划经济年代那堵“无形的墙”轰然倒地；100多万河长上岗，千万条江河从“没人管”到“有人管”、从“管不住”到“管得好”；纠偏公立医院“以药养医”，破解群众看病难、看病贵；发展全过程人民民主，让民意民智广泛纳入决策程序，更好实现人民当家作主……

冲破思想观念的束缚，突破利益固化的藩篱，10年来，许多领域实现历史性变革、系统性重塑、整体性重构，党和国家事业焕发出新的生机活力。

洞察时与势，统筹破与立，融通制与治。

“凡属重大改革都要于法有据。”这是习近平总书记的明确要求。

法律是治国理政最大最重要的规矩。

以习近平同志为核心的党中央坚持全面依法治国，对科学立法、严格执法、公正司法、全民守法作出顶层设计和重大部署。在习近平法治思想引领下，法治中国建设迈出坚实步伐，党运用法治方式领导和治理国家的能力显著增强，推动实现国家治理的深刻革命。

10年来，我们党统筹推进“五位一体”总体布局、协调推进“四个全面”战略布局，中国特色社会主义制度更加成熟更加定型，国家治理体系和治理能力现代化水平不断提高，为党和国家兴旺发达、长治久安打下了坚实的制度基础。

“必须把发展质量问题摆在更为突出的位置，着力提升发展质量和效益”——立足新发展阶段、贯彻新发展理念、构建新发展格局，坚定不移推动高质量发展，为中华民族伟大复兴奠定更为坚实的物质基础

2022年9月27日，“奋进新时代”主题成就展在北京展览馆开幕。中央综合展区，一艘“奇迹号”中国巨轮模型吸引了参观者的目光。

一叶叶“风帆”上鲜明的数字，标示出新时代10年中国经济“量”的跨越，更彰显“质”的提升：

国内生产总值从53.9万亿元上升到114.4万亿元，基础研究经费从499亿元增加到1817亿元，长征系列运载火箭实施发射240余次……

党的十八大以来，以习近平同志为核心的党中央，把握从“有没有”转向“好不好”的发展主动，领航中国经济巨轮驶入高质量发展新航道，推动经济发展质量变革、效率变革、动力变革。

指针拨回2012年。

经济增速下滑、环境污染频发、粗放发展难以为继……面对“发展起来以后的问题”，习近平总书记进行了充分调研和深邃思考。

总书记强调：“我们党领导人民治国理政，很重要的一个方面就是要回答好实现什么样的发展、怎样实现发展这个重大问题。”

2012年12月，党的十八大后首次离京考察，习近平总书记来到广东，在广州主持召开了一场经济工作座谈会。

会上，来自广东的省市区镇各级干部代表和部分企业家纷纷发言，总书记一边认真听，一边仔细记，不时插话交流。

习近平总书记深刻指出：“面对错综复杂、快速变化的形势，我们要保持清醒头脑”“加快推进经济结构战略性调整是大势所趋，刻不容缓”。

回京后不到一周，习近平总书记出席中央经济工作会议，强调“不能不顾客观条件、违背规律盲目追求高速度”。

2013年7月，在中央政治局常委会会议上指出我国经济处于“三期叠加”时期；同年12月，在中央经济工作会议上提出“新常态”；2015年11月，在中央财经领导小组会议上部署供给侧结构性改革；2017年10月，在党的十九大上作出“我国经济已由高速增长阶段转向高质量发展阶段”重大判断；2020年4月，在中央财经委会议上提出构建新发展格局……

敏锐把握发展之变，总书记提出一系列新理念新思想新战略，在实践中形成了习近平经济思想，系统回答了新时代中国经济“怎么看”“怎么干”等重大理论和实践问题。

理念是行动的先导。习近平经济思想中，新发展理念是最重要、最主要的。

2015年，“十二五”收官。主持起草“十三五”规划建议，习近平总书记一开始就提出，“首先要把应该坚持什么样的发展理念搞清楚”。

创新、协调、绿色、开放、共享的新发展理念在党的十八届五中全会上首次提出，全面开启了关系我国发展全局的深刻变革。

新发展理念中，创新居于首位。

习近平总书记深刻指出，创新能力不强，是“我国这个经济大个头的‘阿喀琉斯之踵’”。

2014年5月23日，总书记在中国商飞公司考察时，曾登上C919大型客机展示样机，指出“把大飞机搞上去，起带动作用、标志性作用”。

2022年9月，C919大型客机取得型号合格证，将于年底交付首架飞机。总书记指出：“要有雄心壮志，世界科技巅峰我们都要奋勇攀登”。

北斗组网、嫦娥探月、天问探火……10年来，我国重大创新成果竞相涌现，科技创新能力不断增强，在全球创新指数排名中一路跃升至2022年的第11位。

2016年伊始，一场深刻体现发展理念变革的座谈会在重庆召开。

“今天可能要让你们失望了，这次讨论的不是发展问题，而是保护的问题。”推动长江经济带发展座谈会上，习近平总书记开门见山。许多参会人员感觉“好像是泼了一盆冷水”。

2016年以来，习近平总书记前往长江上、中、下游调研，四次主持召开座谈会，深刻阐释长江经济带“共抓大保护、不搞大开发”的辩证关系和战略考量。

将生态文明建设纳入“五位一体”总体布局，把“绿水青山就是金山银山”写入党的十九大报告和党章，用最严格制度最严密法治保护生态环境……以习近平生态文明思想为指引，美丽中国建设迈出重大步伐。

创新成为第一动力，协调成为内生特点，绿色成为普遍形态，开放成为必由之路，共享成为根本目的，新发展理念引领中国经济迈上高质量发展的宽阔大道。

在推动高质量发展上闯出新路子，在构建新发展格局中展现新作为。

2022年7月12日，乌鲁木齐国际陆港区。习近平总书记站在一张巨大的地图前，久久凝视。

曾几何时，新疆是“路到头、人到头、水到头、电到头、田到头”的边境之地。如今，“钢铁驼队”中欧班列沿着昔日张骞凿空之路，将西北边陲变成开放前沿。

此次考察，习近平总书记进一步提出：“更好利用国际国内两个市场、两种资源，积极服务和融入新发展格局。”

构建以国内大循环为主体、国内国际双循环相互促进的新发展格局，是习近平总书记亲自谋划、把握未来发展主动权的战略性布局和先手棋。

加快建设全国统一大市场，构建现代化基础设施体系；设立雄安新区，打造京津冀、长三角、粤港澳大湾区三大高质量发展“动力源”，擘画长江经济带发展、黄河流域生态保护和高质量发展“江河战略”……

黄河落天走东海，万里写入胸怀间。

一个个关键处落子、彼此连接成势，推动形成优势互补高质量发展的经济布局，为中华民族伟大复兴开辟广阔空间。

“时与势在我们一边”！习近平总书记作出这一重要论断，展现出我们迈入新发展阶段的定力和底气、决心和信心。

“当高楼大厦在我国大地上遍地林立时，中华民族精神的大厦也应该巍然耸立”——意识形态领域形势发生全局性、根本性转变，全党全国各族人民文化自信明显增强，焕发出更为主动的精神力量

“我以为，实现中华民族伟大复兴，就是中华民族近代以来最伟大的梦想。”

10年前，习近平总书记在国家博物馆参观《复兴之路》展览时深情有力的话语，激发出亿万中华儿女逐梦奋斗的壮志豪情。

人民有信仰，民族有希望，国家有力量。

擘画民族复兴的伟业宏图，习近平总书记思虑深远：“没有先进文化的积极引领，没有人民精神世界的极大丰富，没有民族精神力量的不断增强，一个国家、一个民族不可能屹立于世界民族之林。”

2019年金秋，党的十九届四中全会上，“坚持马克思主义在意识形态领域指导地位的根本制度”写入全会决定。

为国家立心、为民族立魂。

站在党和国家事业发展全局高度，习近平总书记把“建设具有强大凝聚力和引领力的社会主义意识形态”作为新时代坚持和发展中国特色社会主义的重大命题：

两次出席全国宣传思想工作会议，把意识形态工作视为“党的一项极端重要的工作”；在延安文艺座谈会召开72年后再次召开文艺工作座谈会，强调文艺工作者要“认识自己所担负的历史使命和责任”；主持召开党的新闻舆论工作座谈会，要求“把政治方向摆在第一位”……

10年来，习近平总书记就意识形态领域一系列根本性问题阐明原则立场，廓清理论是非，校正工作导向，为中华民族精神大厦夯实思想根基。

2022年9月30日上午，天安门广场庄严肃穆，人民英雄纪念碑巍然矗立。

肃立默哀、敬献花篮、整理缎带、缓步瞻仰……自设立烈士纪念日以来，每年这一天，习近平总书记都会出席向人民英雄敬献花篮仪式，无声的缅怀传递无穷的力量，风雨无阻、气壮山河。

天地英雄气，千秋尚凛然。

习近平总书记高度重视从英雄模范身上汲取砥砺奋进的精神力量，指出“一个有希望的民族不能没有英雄，一个有前途的国家不能没有先锋”。

首次阐释"坚持真理、坚守理想，践行初心、担当使命，不怕牺牲、英勇斗争，对党忠诚、不负人民"的伟大建党精神，系统概括中国共产党人的精神谱系……习近平总书记一系列原创性论述，点亮精神的天空。

为功勋模范颁发奖章，发挥典型引路作用；为老道德模范让座，躬身示范尊老敬老的传统美德；走进菁菁校园，叮嘱青少年"扣好人生第一粒扣子"……习近平总书记亲力亲为，带领全党全国人民厚植新时代中国文明沃土。

求木之长者，必固其根本；欲流之远者，必浚其泉源。

金秋时节，一项重大文化工程的最新进展吸引国人目光：以中华民族伟大复兴为主题、以思想史为基本线索的《复兴文库》出版发行。

"修史立典，存史启智，以文化人，这是中华民族延续几千年的一个传统。"习近平总书记亲自为丛书作序，发出"坚定历史自信、把握时代大势、走好中国道路"的时代强音。

泱泱中华，历史悠久，文明博大。习近平总书记深刻指出："中华民族在几千年历史中创造和延续的中华优秀传统文化，是中华民族的根和魂。"

朱熹园中，感慨"如果没有中华五千年文明，哪里有什么中国特色？如果不是中国特色，哪有我们今天这么成功的中国特色社会主义道路？"；三苏祠里，强调"要善于从中华优秀传统文化中汲取治国理政的理念和思维"；莫高窟下，指出"只有充满自信的文明，才会在保持自己民族特色的同时包容、借鉴、吸收各种不同文明"……

党的十八大以来，习近平总书记鲜明提出坚定文化自信并将其纳入中国特色社会主义"四个自信"，坚持把马克思主义基本原理同中国具体实际相结合、同中华优秀传统文化相结合，推动中华优秀传统文化创造性转化、创新性发展。

放眼新时代中华大地，收藏在博物馆里的文物、陈列在广阔大地上的遗产、书写在古籍里的文字日益走进人民群众心中，中华优秀传统文化跨越时空、历久弥新，在赓续传承中焕发出蓬勃的生机活力。

"70后、80后、90后、00后，他们走出去看世界之前，中国已经可以平视这个世界了"……

2021年3月，习近平总书记在看望参加全国政协会议的医药卫生界、教育界委员时的这番话，拨动着无数国人的心弦，更是新时代以来中华儿女昂扬精神的生动写照。

历史之河奔腾向前，复兴气象壮阔恢宏。中国人民志气高昂、骨气坚定、底气充足，正以更加主动的精神力量，向着民族复兴的伟大目标勇毅前行。

“以‘踏平坎坷成大道，斗罢艰险又出发’的顽强意志，应对好每一场重大风险挑战”——坚持底线思维和忧患意识，坚定信心、迎难而上，确保党和国家事业风雨无阻向前进

2022年8月16日，初秋时节。习近平总书记再赴东北考察，第一站走进位于锦州市的辽沈战役纪念馆。

纪念馆内，一封封决胜千里的电文，一张张弥漫硝烟的照片……再现着70多年前解放战争“大决战”的震撼场景。

“辽沈战役，这一战是决定命运的。攻克锦州，我们在这里进行了多么激烈英勇的战斗啊！”回望波澜壮阔的历史，习近平总书记深有感慨。

伟大的胜利，总要经过生死攸关的考验；伟大的事业，往往在千难万险中成就。

10年前，在主持起草党的十八大报告时，习近平同志就明确主张写入一个重大论断：“必须准备进行具有许多新的历史特点的伟大斗争。”

党的十八大以来，我国发展进入各种风险挑战不断积累甚至集中显露的时期，我们遭遇的风险挑战风高浪急，有时甚至是惊涛骇浪，各种风险挑战接踵而至，其复杂性严峻性前所未有。

以习近平同志为核心的党中央发扬伟大历史主动精神，以顽强的意志品质和高超的政治智慧，带领全党全国各族人民坚定信心、迎难而上，一仗接着一仗打，战胜各种可以预见和难以预见的风险挑战，确保中华民族伟大复兴历史进程不被迟滞甚至打断。

2020年，岁在庚子，一场世纪疫情来势汹汹。

这是新中国成立以来我国遭遇的传播速度最快、感染范围最广、防控难度最大的重大突发公共卫生事件。

武汉告急、湖北告急、全国形势严峻。在泰山压顶的危急时刻，习近平总书记坚定沉着、勇毅担当、科学应对：果断作出关闭离汉离鄂通道关键决策，号令举全国之力实施规模空前的生命大救援，指挥党政军民学、东西南北中抗疫大会战，统筹疫情防控和经济社会发展工作……

坚持“人民至上、生命至上”，从刚出生的婴儿到百岁老人，每一个生命都得到全力呵护，最大限度保护人民生命安全和身体健康；坚持“疫情要防住、经济要稳住、发展要安全”，统筹经济发展和疫情防控取得世界上最好的成果。

备豫不虞，为国常道。

2018 年 1 月，在学习贯彻党的十九大精神专题研讨班开班式上，面对党内“关键少数”，习近平总书记一口气列举了 8 个方面 16 个具体风险，其中就告诫全党“像非典那样的重大传染性疾病，也要时刻保持警惕、严密防范”。

2019 年 1 月，中央党校省部班再次聚焦“坚持底线思维着力防范化解重大风险”这一主题，习近平总书记就防范化解政治、意识形态、经济、科技、社会、外部环境、党的建设等领域重大风险进一步作出深刻分析、提出明确要求。

“统筹发展和安全，增强忧患意识，做到居安思危，是我们党治国理政的一个重大原则。”

习近平总书记以深刻的忧患意识和深远的战略眼光，创造性提出总体国家安全观，将安全贯穿到党和国家工作各方面、全过程。

2021 年，习近平总书记在地方考察调研期间，两次“临时停车”让人印象深刻——

5 月在河南南阳，下车走进一处麦田察看小麦长势；9 月在陕西榆林，到田间察看谷子、糜子、玉米长势。

仓廪实，天下安。

“看看世界上真正强大的国家、没有软肋的国家，都有能力解决自己的吃饭问题。”习近平总书记始终把粮食安全作为治国理政的头等大事。

从抓粮食安全到抓能源安全，从确保产业链供应链稳定到防范化解重大金融风险，始终坚持下先手棋、打主动仗，办好发展和安全两件大事，推动实现高质量发展和高水平安全的良性互动。

风云变幻中，保持“乱云飞渡仍从容”的战略定力；狭路相逢时，展现“独有英雄驱虎豹”的非凡气概。

从以建设性的态度开展经贸磋商，到以负责任的胸怀开展中美元首直接对话，从果断采取必要反制措施，到保持战略定力办好自己的事……习近平总书记带领全党全国各族人民发扬不信邪、不怕鬼的精神，坚决顶住外部极限施压遏制，有理有据有节开展斗争，既捍卫了国家和人民的根本利益，也赢得了国际社会的尊重和敬佩。

既有防范风险的先手，也有应对和化解风险挑战的高招。

2022 年 7 月 1 日，香港会展中心，灯光璀璨，花团锦簇。

“这样的好制度，没有任何理由改变，必须长期坚持！”在庆祝香港回归祖国 25 周年大会暨香港特别行政区第六届政府就职典礼上，习近平总书记这样论及“一国两制”。话音未落，全场爆发出热烈掌声。

一个时期，受各种内外复杂因素影响，“反中乱港”活动猖獗，香港局势一度出现严峻局面。

建立健全香港维护国家安全的法律制度和执行机制、制定实施香港国安法、完善选举制度、落实“爱国者治港”原则……以习近平同志为核心的党中央审时度势，出台一系列事关根本和长远的举措，香港局势实现由乱到治的重大转折，正处在由治及兴的关键时期。

以习近平同志为核心的党中央始终掌握应对风险挑战的战略主动，敢于斗争、善于斗争，依靠顽强斗争打开了事业发展新天地。

强国必须强军，军强才能国安。面对风险挑战，人民军队始终是捍卫和平、维护安全的钢铁长城。

党的十八大以来，在习近平强军思想指引下，我们党紧紧扭住战斗力这个唯一的根本的标准，全面推进政治建军、改革强军、科技强军、人才强军、依法治军，人民军队体制一新、结构一新、格局一新、面貌一新，实现整体性革命性重塑，以更强大的能力、更可靠的手段捍卫国家主权、安全、发展利益。

“中国共产党是为中国人民谋幸福的政党，也是为人类进步事业而奋斗的政党”——统筹国内国际两个大局，开创中国特色大国外交新局面，为推动构建人类命运共同体、建设更加美好世界作出新的更大贡献

2022 年 9 月，习近平总书记再次踏上中亚大地。

不约而同，出席上合组织撒马尔罕峰会的多国领导人纷纷同习近平谈及“一带一路”合作；不约而同，哈萨克斯坦总统、乌兹别克斯坦总统将本国最高荣誉勋章授予中国最高领导人。

9 年前，习近平总书记在纳扎尔巴耶夫大学发表演讲，首次提出共建“丝绸之路经济带”倡议。

几年间，当连续两届“一带一路”国际合作高峰论坛在华举办、与会各国领导人接踵而至，当亚欧大陆上一个个经贸合作区拔地而起、一列列中欧班列穿梭往来时，国际社会赞叹“一带一路”倡议是“人类历史上最具雄心的经贸一体化计划”。

今天，中国与沿线国家货物贸易额累计约 12 万亿美元，同 149 个国家、32 个国际组织签署了 200 多份合作文件；

今天，因为“一带一路”，哈萨克斯坦的小麦卖到了东南亚，乌兹别克斯坦安格连—帕普铁路隧道建成通车，希腊比雷埃夫斯港重现生机，更多巴基斯坦民众在炎炎夏日吹上了电扇，塞内加尔干旱地区村民喝上了干净的水……

从历史深处走来的中国倡议，在中国同世界交融发展中，不断书写构建人类命运共同体的大美诗篇。

放眼全球，百年变局叠加世纪疫情，单边主义保护主义甚嚣尘上，冷战思维强权政治阴魂不散，国际和地区形势错综复杂……世界进入新的动荡变革期，人类站在新的十字路口。世界怎么了、我们怎么办？这是习近平总书记一直思考的问题。

“人类生活在同一个地球村里，生活在历史和现实交汇的同一个时空里，越来越成为你中有我、我中有你的命运共同体。”2013年3月，党的十八大后习近平总书记首次出访，在莫斯科国际关系学院发表演讲，作出这样的重大论断。

10年来，在纽约联合国总部、日内瓦万国宫，习近平总书记系统阐述构建人类命运共同体理念内涵和目标路径，从中国人民和世界人民共同利益出发，高高举起引领时代潮流和人类前进方向的鲜明旗帜。

10年来，构建人类命运共同体被写入联合国决议、上合组织成员国元首宣言等一系列国际文件，在中国与世界的紧密互动中凝聚日益广泛的国际共识，汇集起日益强大的全球合力。

从北京出发，跨越高山大海，10年间，习近平总书记出访42次，足迹遍及五大洲69个国家；在国内，举办一系列重大主场外交活动，接待100多位来访的外国元首、政府首脑，疫情背景下又通过“云外交”同国际社会密切沟通。

推动构建总体稳定、均衡发展的大国关系框架；发展同周边国家睦邻友好关系；深化同发展中国家团结合作……在习近平外交思想指引下，中国特色大国外交全面推进，外交布局不断完善，建交国增至181个，建立伙伴关系的国家和地区组织达110多个，伙伴关系网络覆盖全球。

金秋，上海，第五届中国国际进口博览会准备工作如火如荼。这一由习近平总书记亲自谋划的全球首个以进口为主题的国家级展会，被外界誉为中国开放的“金色大门”。过去4年，习近平总书记每年在进博会开幕式上发表主旨演讲，向世界传递出“中国开放的大门只会越开越大”的强烈信号。

连年举办进博会、广交会、服贸会、消博会，统筹推进21个自贸试验区建设，高质量高标准建设海南自由贸易港，颁布实施外商投资法，区域全面经济伙伴关系协定生效实施……

海纳百川的开阔格局，基于“世界好，中国才能好；中国好，世界才更好”的深刻逻辑；弄潮涛头的勇毅担当源于“以人民之心为心、以天下之利为利”

的深厚情怀。

2016年9月，杭州西子湖畔，习近平总书记在这里主持二十国集团领导人峰会。首次把发展问题置于全球宏观政策框架的突出位置、首次制定落实联合国2030年可持续发展议程行动计划、首次采取集体行动支持非洲和最不发达国家工业化……一个个“首次”，在全球治理进程中镌刻下鲜明的中国印记。

促成国际货币基金组织份额改革落实，发起成立亚投行、新开发银行，设立丝路基金，中国在全球金融体系变革中的作用不断增强；无论是承诺“力争2030年前实现碳达峰、2060年前实现碳中和”，还是开展新中国成立以来最大规模的全球紧急人道主义行动，中国用实际行动展现了大国应有的样子和责任担当。

当今世界既不太平也不安宁。在变乱交织的国际环境中，中国以稳固、坚实、可预期的姿态，为世界带来信心和力量。

旗帜鲜明推动建设开放型世界经济，成为“世界上推动贸易和投资自由化便利化的最大旗手”；

提出全球发展倡议、全球安全倡议，受到国际社会广泛欢迎；

倡导平等、互鉴、对话、包容的文明观，弘扬全人类共同价值，推动不同文明交流对话、和谐共生……

德不孤，必有邻。

今天，习近平总书记提出的中国理念、中国方案正不断转化为全球公共产品。

外媒评价，中国提出的将本国利益与地区和全球利益相对接的理念在全球范围内得到广泛响应，这样的理念付诸行动，人类就向前迈出一大步。

“中国人民正意气风发向着全面建成社会主义现代化强国的第二个百年奋斗目标迈进”——牢牢把握新时代新征程党的中心任务，谋划新的思路、新的战略、新的举措，以中国式现代化推进中华民族伟大复兴

实现中华民族伟大复兴的征程中，每一次历史性跨越都意味着再一次出发。

我们党历来高度注重总结历史经验。在中国共产党成立100周年的重要时刻，以习近平同志为核心的党中央决定，党的十九届六中全会重点研究全面总结党的百年奋斗重大成就和历史经验。

2021年11月召开的这次全会，通过了党的第三个历史决议。此时，党领

导人民胜利实现第一个百年奋斗目标、全面建成小康社会，迈入全面建设社会主义现代化国家、向第二个百年奋斗目标进军的新发展阶段。

“进入新发展阶段，是中华民族伟大复兴历史进程的大跨越。”习近平总书记作出鲜明判断。

脱贫攻坚后全面推进乡村振兴，全面小康后促进全体人民共同富裕，新的跨越昭示未来。

将乡村振兴放在实现中华民族伟大复兴高度，习近平总书记强调“民族要复兴，乡村必振兴”，提出“产业振兴是乡村振兴的重中之重”“推动乡村文化振兴”等战略举措，让希望的田野更有希望。

“共同富裕路上，一个也不能掉队。”以习近平同志为核心的党中央把共同富裕摆在更加重要位置，将“全体人民共同富裕取得更为明显的实质性进展”纳入2035年基本实现社会主义现代化的远景目标。

目光长远，方能行稳致远。

“水网建设起来，会是中华民族在治水历程中又一个世纪画卷，会载入千秋史册。”

“西部留白太大了，将来也要补几笔，把美丽中国的交通勾画得更美。”

从国家水网到西部边疆铁路网，习近平总书记以志在千秋伟业的高瞻远瞩，擘画重大工程，为全面建设社会主义现代化国家打牢基础。

步入2022年，进入全面建设社会主义现代化国家新征程的关键时刻。

习近平总书记在全国两会上首次提出“五个必由之路”重大论断，阐述我国发展仍具有的“五个战略性有利条件”，深刻揭示新时代我们为什么成功、未来我们怎样继续成功。

随后，习近平总书记展开密集考察调研，谋划新的思路、新的战略、新的举措——

4月海南，从打造中国特色自由贸易港到建设洋浦经济开发区，一再强调抓好实现中华民族伟大复兴的重大战略任务；

6月四川、湖北，走进创新型企业，提出“不断提升我国发展独立性、自主性、安全性，催生更多新技术新产业，开辟经济发展的新领域新赛道，形成国际竞争新优势”；

7月新疆，深入学校、社区、农村等，强调“不断丰富和发展新时代党的民族理论，推进中华民族共同体基础性问题研究”；

8月辽宁，对东北振兴念兹在兹，指出“我们对东北振兴充满信心、充满期待”，党的二十大后要对东北振兴作出新的部署。

击鼓催征，踔厉奋发。

党的二十大将对全面建成社会主义现代化强国两步走战略安排进行宏观展望，重点部署未来5年的战略任务和重大举措，搞好这5年的发展对于实现第二个百年奋斗目标至关重要。

今年7月，省部级主要领导干部“学习习近平总书记重要讲话精神，迎接党的二十大”专题研讨班举行。

“必须高举中国特色社会主义伟大旗帜”“必须坚持以中国式现代化推进中华民族伟大复兴”“必须永葆‘赶考’的清醒和坚定”“要牢牢把握新时代新征程党的中心任务”……习近平总书记作出一系列重大论断，为开好党的二十大奠定了重要政治基础、思想基础、理论基础。

刚刚闭幕的党的十九届七中全会，分析了当前形势和任务，深入讨论了新时代新征程坚持和发展中国特色社会主义、全面建设社会主义现代化国家的若干重大问题，为召开党的二十大作了充分准备。

大道之行，壮阔无垠。

十年弹指一挥间，却在实现中华民族伟大复兴历史中写下波澜壮阔的恢宏篇章。习近平总书记以坚定信仰信念、鲜明人民立场、非凡政治智慧、顽强意志品质、强烈历史担当带领全党全国各族人民开创了中国特色社会主义新时代，开辟了马克思主义中国化新境界。

十年风雨兼程，十年砥砺奋进。新时代党和国家事业之所以能够取得历史性成就、发生历史性变革，根本在于习近平总书记掌舵领航，在于习近平新时代中国特色社会主义思想科学指引。

全党全军全国各族人民深切体会到，党确立习近平同志党中央的核心、全党的核心地位，确立习近平新时代中国特色社会主义思想的指导地位，对推进中华民族伟大复兴历史进程具有决定性意义，是赢得未来的根本政治保证。

新起点，再起航。

新时代新征程上，在以习近平同志为核心的党中央坚强领导下，风华正茂的中国共产党必将带领全国各族人民，为全面建设社会主义现代化国家、全面推进中华民族伟大复兴继续团结奋斗，继续赢得更加伟大的胜利和荣光！

（新华社2022年10月14日）

申报资料实录

作品简介：稿件聚焦新时代十年间以习近平同志为核心的党中央推动党和国家事业取得历史性成就、发生历史性变革，呈现治国理政全景图，以凝练的笔墨和倒序、插叙、夹叙夹议等手法，还原历史现场、观察时代之变、反映人民心声，既阐述深入，又情理交融，兼具思想性和可读性，凸显了大气方正的文风，浸透着不拘一格的新意，呈现了话语表达的创新，用镜头式语言构建视觉化场景，让读者可观可感，引发情感共鸣，进一步激发亿万中华儿女在新时代新征程上逐步奋斗的豪情壮志。

社会效果：稿件一经推出，即产生“镇版”“刷屏”之效。文字稿件被人民日报等 4684 家媒体采用，为党的二十大召开营造了良好的氛围。

初评评语：稿件站位高远、思想深刻、逻辑谨严，以大气魄大视野展现了在习近平同志为核心的党中央坚强领导下，新时代十年中华大地上的壮美史诗，从党的领导和建设、保障改善民生、推进改革和制度建设、高质量发展、挺立民族精神、应对风险挑战、推动构建人类命运共同体、以中国式现代化推进中华民族伟大复兴等方面展开一幅治国理政全景图。稿件叙论结合，文风清新，行文逻辑性结构感强，既有许多生动的故事场景，又有大量精彩的思想火花，实现了思想性可读性的高度统一。

中国共产党第二十届中央政治局常委同中外记者见面会

集　体

限于篇幅，文字稿略，获奖作品请见中国记协网 http: //www.zgjx.cn。

（中央广播电视总台 2022 年 10 月 23 日）

申报资料实录

作品简介： 中国共产党第二十届中央政治局常委同中外记者见面会直播全程 27 分钟，首次选择在人民大会堂金色大厅举行。直播团队围绕主题创新设计，首次在金厅搭建大型专业灯光系统，极大提升主席台、讲话台人物形象光线效果，开创性利用灯架一体设计遥控吊轨摄像机，启用大型伸缩摇臂等特种设备，全系统 14 讯道 4K 机位实现多维度、全视角、大跨度拍摄，完整展现从金厅大门开启、新一届领导集体亮相等精彩时刻，环环相扣、行云流水、亮点频现。针对总书记发表重要讲话和交传翻译环节，精心设计中外记者专注拍摄、认真聆听记录等特写镜头，切换精准、场景丰富、氛围浓厚。

社会效果： 直播团队以高质量的镜头语言，充分展示以总书记为核心的新一届领导集体风采，为重大历史事件留下了完整、完美的经典画面，受到社会各界、中外媒体高度好评。直播报道刷新多项传播纪录，新闻频道收视率 0.89%，较平时提升 221%，相关微博话题阅读量破 10 亿。国际视频通讯社采用卫星和网络两种方式向全球媒体发布见面会直播信号，路透社、美联社、法新社、欧广联等向其用户转发。截至 2022 年 10 月 24 日 10 时，直播信号和新闻素材被 89 个国家和地区的 922 个电视台及新媒体平台转播报道 5065 次，播出总时长 48 小时 42 分 43 秒，G7 国家的电视台占 67%，G20 国家的电视台占 74%。

初评评语： 中国共产党第二十届中央政治局常委同中外记者见面会直播创新运用新型电视直播技术，实现了多维度、全视角、大跨度拍摄，完整生动展现了以习近平总书记为核心的新一届中央领导集体亮相等多个精彩时刻，整个直播环环相扣，行云流水，全景画面与特写镜头切换精准、场景丰富，为重大历史事件成功留下了完整、完美的经典画面。

一等奖（73 件）

中国共产党第二十次全国代表大会在京开幕 习近平代表第十九届中央委员会向大会作报告

集　体

限于篇幅，文字稿略，获奖作品请见中国记协网 http: //www.zgjx.cn。

（中央广播电视总台 2022 年 10 月 16 日）

申报资料实录

作品简介：主创团队调配最精干力量、集中最优质资源，多次现场踏勘、视频推演、细化方案，确保高质高效。创新运用最新科技成果，多型特种设备首次亮相大礼堂，“总书记与党徽党旗同框”经典镜头气势恢宏、震撼人心，形成珍贵历史影像。多组编辑同步作业，合理安排分段制作审看，极短时间内完成全片编辑制作，确保新闻准确、安全播出。

社会效果：该篇报道以平实务实、精准精确的镜头语言和饱满音质深刻诠释习近平总书记无愧为民族复兴领路人、亿万人民主心骨。首次实现全球 233 个国家和地区全覆盖，全球 133 个国家和地区的 1818 家电视台及其新媒体平台转播报道，各项核心传播数据连连刷新对外传播纪录，以圆满成功的报道唱响时代最强音。

初评评语：该报道庄重恢弘展现了中国共产党第二十次全国代表大会开幕的历史时刻，新闻结构清晰、制作精良，经典镜头载入史册、饱满音质激荡人心。整体报道规制有序、沉稳大气，高度体现政治性、严肃性、时代性。

我军在台岛周边海空域成功举行实战化联合演训

刘建伟　钱晓虎

展示了我军高昂的战斗意志和过硬的作战能力，表明我军完全有决心有办法有能力维护祖国统一、捍卫国家主权和领土完整

地面战炮轰鸣，空中硝烟弥漫，海上水柱冲天。中国人民解放军东部战区今天组织兵力在台岛周边海空域开展规模空前的实战化联合演训，对预定海域实施远程火箭炮和新型导弹精确火力打击，展示了我军高昂的战斗意志和过硬的作战能力，表明我军完全有决心有办法有能力维护祖国统一、捍卫国家主权和领土完整。

记者在演训现场目睹了信息化条件下多军种联合作战、体系作战的壮阔场景：下午 1 时许，东部战区陆军多台新型远程箱式火箭炮在台湾海峡实施远程火力实弹射击训练，对台湾海峡东部特定区域进行精确打击。只见多枚火箭弹喷射着尾焰呼啸出膛，在空中形成密集火力网，直扑远海目标。无人机实时回传的打击画面显示：精确命中海上目标区域，打击取得预期效果。

随后，东部战区火箭军部队，对台岛东部外海预定海域，实施多区域、多型号常导火力突击。接到发射命令后，指挥员沉着冷静下达口令，号手迅速展开操作，装定诸元参数，起竖导弹。随着一声令下，导弹依次腾空而起，直刺苍穹，全部精准命中目标区域，检验了精确打击和区域拒止能力。

今天的实战化联合演训，东部战区空军、海军航空兵闻令而动，连续出动歼击机、轰炸机、预警机、加油机等多类多型战机 100 余架次，在预定海空域开展跨昼夜联合侦察、空中加油、制空作战、对地突击、支援掩护等实战化演训，锤炼部队大机群连续出动、多兵力控制协调、长时间持续制空、高强度精确打击等作战能力；东部战区海军 10 余艘驱护舰艇连续在台岛周边海域实施联合封控行动，对火力试射区域进行扫海警戒，配合友邻兵力进行侦察引导，全程保持高度戒备，多次进行对海打击、防空反导、联合反潜等实战化训练，随时准备应对可能的突发情况。演训中，多军种、多区域联合行动，检验了体系支撑下战区部队联合感知、联合指控、联合杀伤、联合保障等实战化能力，展现了国防和军队改革的最新成果。

此次演训中，陆军“渡江英雄炮”所在旅、空军“王海大队”“杜凤瑞大队”、海军“海上先锋艇”所在支队等英雄部队精锐尽出，展示了敢打必胜、压倒一切敌人的英雄气概和革命精神。广大官兵纷纷表示，我们有坚强的决心、坚定的意志、强大的能力，粉碎一切分裂图谋。

（《解放军报》2022 年 08 月 05 日）

申报资料实录

作品简介：2022 年 8 月，美众议院议长佩洛西窜访中国台湾地区，对台海和平稳定造成巨大冲击和威胁。中国人民解放军东部战区奉命在台岛周边海空域组织多军兵种联合对海突击、对陆打击、制空作战等针对性演练，对美台勾连严正震慑。解放军报记者第一时间赶赴演练现场，深入演练一线全程跟踪报道，以消息形式，如实记录了人民解放军高昂的战斗意志和过硬的作战能力，场面震撼、鼓舞人心。稿件以时间为轴，将诸军兵种部队的战斗演练情况进行全景报道，充分展现了人民解放军坚决捍卫国家主权和领土完整，绝不为任何形式的“台独”行径和外部干涉留下任何空间的坚定立场。同时，报社编辑部门紧盯美西方舆情，与全球媒体拼时间拼质量拼势能，在合适时机进行独家首发，抢占了舆论制高点。

社会效果：佩洛西窜台前后，社会舆论面众说纷纭，中外认知域波诡云谲。稿件的刊发，有力彰显了人民解放军捍卫国家主权、安全、发展利益的战略能力和决心，及时回应了人民群众关切。通过权威发布、主流发声，稳定了国内舆论走向，同时向国际社会表明了中国人民解放军的立场态度。国内外主流媒体第一时间全文转载，境外多家媒体和社交平台进行转载，多名国际政治撰稿人、军事观察家对此发表评论。国内读者和网友被我军规模空前的实弹演训场面深深震撼，进一步激发了全国人民捍卫祖国领土完整的信心和决心。

初评评语：这篇稿件在重大敏感时机和重大敏感题材中准确体现了时度效的要求。在新闻舆论风暴中，体现了主流媒体的“定海神针”作用。以独家的信息、坚定的立场、形象的表达，汇聚了强大的传播势能，把握住了国内国际两个舆论场上的话语权。既是一篇新闻报道佳作，又是一柄舆论斗争重剑。

全国首张林业碳票首次分红

叶军民　李　寰　林　凡　陈　立

限于篇幅，文字稿略，获奖作品请见中国记协网 http: //www.zgjx.cn。

（福建省广播影视集团 2022 年 09 月 29 日）

申报资料实录

作品简介： 2022 年 9 月 29 日，全国首张林业碳票首次分红在三明市将乐县高唐镇常口村举行。该碳票涉及常口村 3197 亩生态公益林，5 年监测期碳减排量 12723 吨，折算成碳票收益，全体村民平均每人分红 150 元，实现碳票变钞票。在首次分红的关键节点，记者在现场深入采访主要当事人，深入浅出地解读碳票变钞票的来龙去脉。作品以分红为切口，由点及面，层层深入，抽丝剥茧，从中窥见我国林业改革纵深发展的时代大背景，意义重大。1997 年 4 月，时任福建省委副书记的习近平同志到三明市常口村调研，提出“青山绿水是无价之宝”的重要论断。20 多年来，当地人民牢记嘱托，久久为功，积极探索如何将青山绿水转化为金山银山。福建碳票变钞票的探索，将看不见摸不着的空气变成了实实在在的真金白银，实现了点绿成金的绿色发展，呈现福建人民践行生态文明思想的积极作为，为各地推进实现“碳达峰、碳中和”目标提供有益借鉴。

社会效果： 本消息通过福建省广播影视集团广播交通频率面向全省播出，引发听众对碳票变钞票的关注，形成舆论热点。作品同时多渠道在互联网上传播，产生广泛的传播力和影响力。

初评评语： 该消息在两句简要的概述型导语之后，紧跟着播出现场同期声，令人身临其境，增强广播报道感染力。整篇报道，运用了多段同期声，鲜活、真实的采访对象语言大大增强现场感。这件作品时效性强，内涵丰富，生动感人。该作品并没有简单停留在“分红”上，而是落在“践行生态文明思想”和“推进实现‘双碳’目标”上，用简明扼要的语言让听众对碳票变钞票有了立体、全面的了解。

铁路投融资体制破冰　全国首条民营控股高铁通车运营

周　文　陈　沫　丁　锐　王超栋　卢嘉玺

限于篇幅，文字稿略，获奖作品请见中国记协网 http: //www.zgjx.cn。

（浙江广播电视集团 2022 年 01 月 08 日）

申报资料实录

作品简介：全国首条民营控股高铁，杭台高铁建设首创 PPP 模式融资建设，民营企业联合体出资占股 51%。它的正式建成通车运营，意味着全国铁路投融资体制改革在浙江率先破题。选题意义大，且涉及面广，记者得知杭台高铁即将开通的信息后，第一时间与省发改委、省发规院、国铁集团、中国铁建、中国 PPP 基金等部门和权威机构取得联系，将展示通车实况与多方采访相结合，发挥独家现场画面的优势，全面展现杭台高铁通车带来的巨大改革示范效应，展现浙江改革先锋风采。

社会效果：杭台高铁是全国首个，也是全国迄今为止唯一成功运用 PPP 模式建成的高铁线路，该报道通过扎实采访，生动阐述了 PPP 模式的浙江实践，同时，也为后续杭温铁路、甬舟铁路等其他同样允许民资参与建设的铁路项目更好推进，提供了极大的借鉴意义。节目推出后，被新华社、人民网等国内多个新媒体主流平台转发、评论，并对浙江做法给予了肯定。

初评评语：选题意义重大，习近平总书记曾多次强调要深入推进投融资体制改革等重点任务。积极鼓励引导社会资本参与是推进投融资体制改革的一项重要内容，但在被称为“铁老大”铁路建设领域，这项改革自从 2015 年推进以来，遭遇重重挑战，各地推进难度极大。杭台高铁的改革示范意义极为重大。报道对民营联合体、主管部门、国家权威机构以及中国铁建等改革亲历者进行独家采访，从实践出发讲述改革之变，完整展现改革路线图，凸显浙江投融资改革在全国的突破性和引领性。

小岗牵手北大荒

陈 龙 曲 正 王 雪 时 旸

限于篇幅，文字稿略，获奖作品请见中国记协网 http: //www.zgjx.cn。

（黑龙江广播电视台 2022 年 10 月 15 日）

申报资料实录

作品简介：安徽省凤阳县小岗村曾开启了中国农业联产承包的大幕；北大荒集团是中国最大的农业企业之一，为实现中国农业现代化树立了标杆。“小”与“大”的牵手，实现了用现代技术改造传统农业，为新时代乡村振兴发展提供了成型的经验。北大荒集团为什么要深度介入小岗村的农业现代化建设？记者敏锐地意识到这是一个对中国现代农业发展具有深远意义的新闻。随后进行了细致的采访，并奔赴千里之外的安徽省，记录下新闻现场，让这个重大报道得以活化。

社会效果：报道播发后，被新华社、《农民日报》等媒体转载，省内媒体随后也跟踪报道，新媒体端总浏览量超过 10 万 +。广泛的传播，引发国内农业领域专家的关注和思考，起到了助力我国农业现代化发展进程的积极作用。

初评评语：主题重大。面对当前国内国际复杂形势，粮食生产安全事关我国改革发展稳定大局。典型突出。安徽凤阳小岗村被称为中国农村改革第一村，北大荒集团更是被称为中国农业现代化建设排头兵。通过示范带动、技术合作、农业服务等形式，在粮食生产上，走出了一条新路。叙事清晰。报道选取的大包干带头人后代关正银、北大荒职工陆向导、凤阳县原农业局副局长黄士尧，每个人都是中国现代农业的缩影，对他们的采访，使新闻更具可读性和说服力。

大山里的百灵鸟

——冬奥开幕式上，唱着奥运会歌的山里孩子

王梦宇　任晨光

限于篇幅，文字稿略，获奖作品请见中国记协网 http: //www.zgjx.cn。

（北京广播电视台 2022 年 02 月 11 日）

申报资料实录

作品简介：2022 年 2 月 4 日，来自河北省阜平县大山里的孩子们，登上北京冬奥会开幕式演出舞台，用希腊语演唱奥运会歌《奥林匹克颂》，吸引了全世界的目光。演出结束后，记者第一时间独家采访了这些淳朴阳光的小演员和远在山村的家长，真实记录孩子们参加冬奥会开幕式的感受，讲述他们的音乐梦想。

社会效果：作品面向北京冬奥会的群众参与者，以生动视角展现了北京冬奥会全民参与、共享办奥的理念。细节生动，以小见大，讲好中国故事。报道选取大山里的孩子，通过典型人物、典型音响，展现脱贫攻坚战取得全面胜利后，中国乡村的新变化、新面貌。传播力强，融媒特征鲜明，社会影响广。作品首播于北京新闻广播 FM94.5，音频在听听 FM 移动端播出，并通过“北京新闻广播”“问北京”等微信公众号发布图文。融媒报道第一时间被“学习强国”刊播，当日阅读量突破 20 万，累计点赞近 1 万。同时，腾讯新闻、新浪新闻、搜狐网、凤凰网等多家网络媒体转载，取得全网百万阅读量和关注。

初评评语：这篇消息以马兰花儿童声合唱团小演员们的歌声为切入点，通过独家深入的采访，用典型丰满的细节和极富感染力的音响，真实呈现了北京冬奥会的宏大主题和来自大山里的孩子们的生动故事。报道发挥出了音频的表现力与感染力优势。小演员讲述清晰，表达生动，旁白凝练，互动真实质朴，体现出主创者高度的新闻专业水准与较强的音频采编功力。

评论

集中精力办好自己的事情

集　体

经过长期奋斗特别是党的十八大以来的砥砺奋进，我国全面建设社会主义现代化国家新征程已经顺利开启，实现中华民族伟大复兴进入了不可逆转的历史进程。新的征程不可能一帆风顺，我们必然会遇到各种风险挑战。一段时间以来，乌克兰危机导致国际形势继续发生深刻复杂变化，我国新冠肺炎疫情防控正在经受严峻考验，我国发展环境的复杂性、严峻性、不确定性上升。在百年变局和世纪疫情相互交织的大背景下，如何正确认识、科学应对当前错综复杂的形势和严峻的风险挑战？习近平总书记指出："保持定力，增强信心，集中精力办好自己的事情，是我们应对各种风险挑战的关键。"这蕴含着辩证唯物主义和历史唯物主义的世界观和方法论，体现了以习近平同志为核心的党中央对国际国内大局大势的深刻洞察和科学把握，对坚持成功历史经验、风雨无阻迈进新征程的战略定力和高度自信。我们必须深刻领悟习近平总书记的重要指示精神，把思想和行动统一到党中央的战略判断和决策部署上来，以坚如磐石的定力、敢打必胜的信念，集中精力办好自己的事情。

集中精力办好自己的事情是应对各种风险挑战的关键

一个国家、一个民族的发展，立足点在于走好自己的路，关键在于办好自己的事。这是唯物辩证法所揭示的基本道理，也是为历史和现实所证明的基本结论。只有坚定不移集中精力办好自己的事情，才能"乱云飞渡仍从容""任尔东西南北风"，在变局中赢得主动、赢得优势、赢得未来。

这是对事物发展规律的深刻把握。马克思主义唯物辩证法认为，矛盾是普遍存在的，事物的性质取决于主要矛盾和矛盾的主要方面；事物发展变化是由内因决定的，内因是变化的根据，外因是变化的条件，外因通过内因起作用。习近平总书记强调："多从内因着眼、着手、着力，找准症结就有的放矢、对症下药。"当前，国际形势中不稳定、不确定、不安全因素日益突出，乌克兰危机让本来就充满不确定性的国际局势更加动荡不安、让本来就负重前行的世界经济雪上加霜，美西方一些政客不反省自身，却施展转移焦点、造谣抹黑之“能事”，试图借机对中国加大遏制打压。但应深刻认识到，对于中国这样一个体量巨大、向上发展的国家来说，外部环境的不稳定、不确定、不安全因素归根结底属于外因，不是起决定性作用的。能不能在新征程上实现第二个百年奋斗目标、实现中华民族伟大复兴的中国梦，归根结底要看内因，看我们能不能集中精力办好自己的事情。面对复杂形势和严峻挑战，我们应当自觉用理论之光烛照现实，深刻认识和把握内因和外因的辩证关系，紧紧抓住主要矛盾和矛盾的主要方面，集中精力办好自己的事情。只要办好了自己的事情，我们就能“任凭风浪起，稳坐钓鱼台”。

这是党百年奋斗历史的深刻启示。一百年来，我们党之所以能团结带领人民书写中华民族几千年历史上最恢宏的史诗，一个重要原因就是坚持集中精力办好自己的事情。毛泽东同志指出：“中国人民已经具有战胜困难的极其丰富的经验。如果我们的先人和我们自己能够渡过长期的极端艰难的岁月，战胜了强大的内外反动派，为什么不能在胜利以后建设一个繁荣昌盛的国家呢？”20 世纪 80 年代末 90 年代初，面对苏联解体、东欧剧变的复杂国际形势，我们按照邓小平同志提出的“要冷静、冷静、再冷静，埋头实干，做好一件事，我们自己的事”，顶住了压力，打开了改革开放新局面。党的十八大以来，习近平总书记反复强调：“最重要的，还是要集中精力办好自己的事情”。面对美国挑起中美经贸摩擦和各种极限施压，我们从容不迫、顶住压力，集中精力办好自己的事情，我国发展跃上新的大台阶。面对突如其来的新冠肺炎疫情和美西方一些政客的甩锅卸责，我们坚定自信、坚决斗争，集中精力办好自己的事情，在疫情防控和经济发展上都走在世界前列。面对外部势力干预香港事务、“反中乱港”活动猖獗，我们保持定力、不为所动，采取一系列标本兼治的举措，推动香港局势实现由乱到治的重大转折。历史和现实雄辩地证明，无论是乘势而上还是开顶风船，无论面临怎样的风险挑战，只要我们坚定信心、坚守信念，认准自己的方向、走好脚下的路，就一定能一往无前、战无不胜。

这是应对世界大变局的必然选择。习近平总书记指出：“改革开放以来，我们遭遇过很多外部风险冲击，最终都能化险为夷，靠的就是办好自己的事、把发展立足点放在国内。”在一个更加不稳定不确定的世界中谋求发展，必须保持战略定力，在因应世界局势发展变化的基础上集中精力办好自己的事情，不断发展壮大自己，夯实应对世界变局的战略基石，以自身发展的稳定性应对外部环境的不确定性。当前，百年未有之大变局深刻变化前所未有，世界进入新的动荡变革期，逆全球化趋势加剧。在大变局中，作为有着14亿多人口的最大发展中国家、世界第二大经济体，我们必须坚持走自己的路，通过集中精力办好自己的事情，把国家和民族发展放在自己力量的基点上。可以说，能否于时代洪流中把国家发展进步的命运牢牢掌握在自己手中，能否于世界大变局中开辟我国发展新局，最根本的就是看我们能否集中精力办好自己的事情。一个时期以来，美西方一些国家竭力遏制打压中国，但在全球重大事务中，国际社会空前关注中国的态度，重视中国主张、中国方案，根本原因就在于我们集中精力办好自己的事情，经济实力、科技实力、综合国力和国际地位不断提升，已成为世界上举足轻重的大国。没有改革开放以来我们聚精会神搞建设、一心一意谋发展形成的强大实力，没有新时代党领导人民自信自强、守正创新推进的伟大实践、创造的伟大成就，我们就不可能有今天这样的国际影响力、感召力、塑造力，就不可能在世界大变局中开创新局、在世界乱局中化危为机。

我们完全有信心有能力办好自己的事情

大变局带来大挑战，也带来大机遇。党的十八大以来，以习近平同志为核心的党中央带领全党全军全国各族人民团结奋斗、砥砺前行，全面建成小康社会目标如期实现，党和国家事业取得历史性成就、发生历史性变革，为实现中华民族伟大复兴提供了更为完善的制度保证、更为坚实的物质基础、更为主动的精神力量。站在新的起点上，只要充分认识和用好我国发展的战略性有利条件，我们完全有信心有能力办好自己的事情。

我们有用好重要战略机遇期和把握新机的能力。习近平总书记指出："我国发展仍然处于重要战略机遇期"。这是对发展大势的准确判断、对发展规律的深入把握，为我们赢得战略主动、推动事业发展提供了根本遵循。我们党历来高度重视对历史大势特别是机遇和挑战的分析判断，总能在因势而谋、应势而动、顺势而为中把握战略机遇、掌握历史主动。党的十一届三中全会基于对时代潮流的深刻洞察，抓住重大历史机遇，作出实行改革开放的历史性决策。进入新世纪，我们党紧紧抓住可以大有作为的重要战略机遇期，推动我国发展不断迈上新台阶。党的十八大以来，面对世界百年未有之大变局，以习近平同志为核心的党中央深刻分析机遇和挑战出现的新的发展变化，强调危机并存、危中有机、危可转机，不断提升在危机中育新机、于变局中开新局的能力，牢牢掌握发展主动权。面对逆全球化思潮泛起和一些国家大搞单边主义、保护主义，中国坚定不移扩大开放，扎实推动共建“一带一路”高质量发展，既发展了自己，也造福了世界；面对美国挑起经贸摩擦，大搞技术封锁、“脱钩”等保护主义行径，我们大力实施创新驱动发展战略，推进关键核心技术攻关和自主创新，加快建设创新型国家和世界科技强国；面对世界经济复苏乏力和国际政治经济格局深刻变化，我们积极构建以国内大循环为主体、国内国际双循环相互促进的新发展格局，塑造我国国际经济合作和竞争新优势……事实证明，面对错综复杂的形势和严峻的风险挑战，只要我们贯彻落实好党中央决策部署，准确识变、科学应变、主动求变，就一定能够集中精力办好自己的事情，推动党和国家事业开拓前进、行稳致远。

我们有持续快速发展积累的坚实物质基础和战略回旋空间。习近平总书记指出：“我国经济实力、科技实力、国防实力、综合国力显著增强，经济体量大、回旋余地广，又有超大规模市场，长期向好的基本面不会改变，具有强大的韧性和活力。”经过改革开放以来特别是党的十八大以来的持续健康发展，我国积累了雄厚的物质基础，经济具有强大韧性和活力。从发展基础看，我国经济规模已突破 110 万亿元，人均 GDP 突破 1.2 万美元，已成为世界第二大经济体、第一大工业国、第一大货物贸易国、第一大外汇储备国。从供给潜力看，我国拥有 8.8 亿劳动年龄人口，平均年龄 38.8 岁，人口红利依然存在；具有大学文化程度的人口超过 2.18 亿，人才红利加快形成和释放；拥有全球最完整、规模最大的工业体系和强大的生产能力、完善的配套能力，随着产业结构的调整优化，产业体系完备、韧性强的优势持续显现。从内需空间看，包括 4 亿多中等收入群体在内的 14 亿多人口形成了超大规模内需市场，随着扩大内需战略深入实施，巨大的市场需求潜力不断释放，超大规模市场优势持续增强。从科技创新看，2021 年全国研发经费投入强度为 2.44%，达到发达国家平均水平；企业创新活力增强，2020 年规模以上工业企业有研发活动的企业占比达到 36.7%，比 2009 年提高 28.2 个百分点。从发展空间看，新型工业化、信息化、城镇化、农业现代化快速发展，东、中、西和东北地区协调发展，京津冀协同发展、长江经济带发展、粤港澳大湾区建设、长三角一体化发展、黄河流域生态保护和高质量发展等国家重大区域发展战略向纵深推进，释放出持续强劲的发展动能。雄厚的物质基础、丰富的人力资本、广阔的市场空间、巨大的发展潜力，是我们有信心有能力集中精力办好自己的事情的强大底气。

我们有自信自强的强大精神力量。习近平总书记指出：“伟大事业孕育伟大精神，伟大精神引领伟大事业。”应对风险挑战，是物质的角力，也是精神的对垒。面对百年屈辱，中国共产党高扬革命理想、更新民族精神，带领精神上从被动转为主动的中国人民，在实现民族复兴的征程上谱写了不屈不挠、荡气回肠的壮丽篇章，展现出伟大创造精神、伟大奋斗精神、伟大团结精神、伟大梦想精神。党的十八大以来，面对各种风险挑战乃至惊涛骇浪，以习近平同志为核心的党中央出台一系列重大方针政策，推出一系列重大举措，推进一系列重大工作，战胜一系列重大风险挑战，解决了许多长期想解决而没有解决的难题，办成了许多过去想办而没有办成的大事，交出了一份人民满意、世界瞩目、可以载入史册的优异答卷，极大增强了中华民族的自信心，振奋了中国人民的精气神。今天，中国人民更加自信自立自强，志气骨气底气空前激发，积极性主动性创造性显著增强，昂扬振奋的党心军心民心汇聚成强大精神力量。今天的中国人民，绝不会被所谓“中国崩溃论”“西方优越论”等险恶鼓噪所动摇、所迷惑，也绝不会被美西方一些国家的围堵遏制、极限施压所屈服、所胁迫。团结就是力量，信心铸就未来。在以习近平同志为核心的党中央坚强领导下，14 亿多自信自强的中国人民一定能够乘风破浪、闯关夺隘、凯歌而行，在新时代创造中华民族新的更大奇迹，创造让世界刮目相看的新的更大奇迹。

我们有中国共产党的坚强领导和中国特色社会主义制度的显著优势。习近平总书记强调：“中国共产党领导和我国社会主义制度是抵御风险挑战、聚力攻坚克难的根本保证。”我们党所具有的无比坚强的领导力、组织力、执行力，是风雨来袭时中国人民最可靠的主心骨。中国特色社会主义制度是党和人民在长期实践探索中形成的科学制度体系，是当代中国发展进步的根本制度保障，是具有鲜明中国特色、明显制度优势、强大自我完善能力的先进制度。党的十八大以来，中国共产党领导和中国特色社会主义制度的优势进一步彰显。习近平总书记以伟大的历史主动精神、巨大的政治勇气、强烈的责任担当、非凡的远见卓识掌舵领航、定纲指向，惊涛骇浪中坚如磐石，风险挑战中运筹帷幄，从容驾驭各种复杂局面，带领全党全国各族人民战胜国内外一系列风险挑战。面对百年不遇的新冠肺炎疫情，以习近平同志为核心的党中央带领全党全军全国各族人民打响疫情防控的人民战争、总体战、阻击战，因时因势不断调整防控措施，疫情防控取得重大战略成果，有力维护了亿万人民的生命安全和身体健康，确保了经济社会平稳有序发展。面对前进道路上的各种风险挑战，有习近平同志作为党中央的核心、全党的核心掌舵领航，有习近平新时代中国特色社会主义思想的科学指引，坚定自觉坚持党的全面领导，坚定自觉把制度优势转化为治理效能，我们一定能够同心同德成大事、齐心协力破难关，汇聚团结奋斗的磅礴伟力，写就强国复兴的时代华章。

以时不我待的精神、分秒必争的行动办好自己的事情

行动检验政治能力，行动诠释责任担当。面对复杂严峻的国际形势、艰巨繁重的国内改革发展稳定任务，我们要深刻领会“两个确立”的决定性意义，不断增强“四个意识”、坚定“四个自信”、做到“两个维护”，不断提高政治判断力、政治领悟力、政治执行力，把战略的坚定性和策略的灵活性结合起来，朝着全面建成社会主义现代化强国的奋斗目标勇毅前行。着眼长远必立于当下。必须全面贯彻落实党中央关于“疫情要防住、经济要稳住、发展要安全”的要求，以时不我待的精神、分秒必争的行动集中精力办好自己的事情。

坚持“动态清零”总方针，高效统筹疫情防控和经济社会发展。疫情防控是“国之大者”。新冠肺炎疫情发生以来，在以习近平同志为核心的党中央坚强领导下，经过全国上下勠力同心、并肩作战，我们经受住了一次又一次突发疫情考验，打赢了一场又一场疫情防控阻击战。实践证明，我们的防控方针是由党的性质和宗旨决定的，我们的防控政策是经得起历史检验的，我们的防控措施是科学有效的。特别是今年 3 月以来我们与奥密克戎变异株艰苦坚决、有力有效的斗争充分说明，“动态清零”总方针是完全必要、完全可行的，能够最大限度保护人民群众的生命安全和身体健康，最大限度减少疫情对经济社会发展的影响，以最小成本取得最大成效，是我国控制疫情的“法宝”。应当看到，一些国家“躺平”是抗疫失败后的无奈之举，实则代价惨痛、危害深远。我们不能受其误导影响而动摇“动态清零”的决心，让来之不易的抗疫成果付诸东流。当前，全球疫情仍处于高位，病毒还在不断变异，疫情的最终走向还存在很大不确定性，疫情防控工作正处于“逆水行舟、不进则退”的关键时期和吃劲阶段。要深刻、完整、全面认识党中央确定的疫情防控方针政策，高效统筹疫情防控和经济社会发展，坚决克服认识不足、准备不足、工作不足等问题，坚决克服轻视、无所谓、自以为是等思想，始终保持清醒头脑，毫不动摇坚持“动态清零”总方针，因时因势优化调整防控措施，加强科学精准防控，不搞简单化，防止层层加码“一刀切”，在最大程度保护人民生命安全和身体健康的基础上实现全年经济社会发展目标任务。

掌握历史主动，推动经济高质量发展。发展是党执政兴国的第一要务，

是解决我国一切问题的基础和关键。集中精力办好自己的事情，必须坚持以经济建设为中心，稳中求进推动经济高质量发展。立足新发展阶段、贯彻新发展理念、构建新发展格局，推动高质量发展，是当前和今后一个时期全党全国必须抓紧抓好的工作，是我们应对百年变局的战略举措，是聚焦当下、也是着眼长远，是应对挑战、也是主动作为。越是面对艰险、爬坡过坎，越要坚定推动高质量发展的信心决心，有力掌握发展的主动权、主导权。要完整、准确、全面贯彻新发展理念，鲜明高扬以人民为中心的发展思想，切实解决好发展不平衡不充分的问题。要牢牢把握构建新发展格局的关键和最本质特征，着力推动经济循环畅通无阻，巩固增强市场资源优势，推动实现高水平自立自强。推动高质量发展，就要努力实现创新成为第一动力、协调成为内生特点、绿色成为普遍形态、开放成为必由之路、共享成为根本目的的发展。同时，深刻认识保持经济运行在合理区间是高质量发展的前提条件，在经济下行压力加大的情况下，加大宏观政策调节力度，加快落实稳住经济各项举措，唱响中国经济光明论，着力提振信心、注入动能、稳定预期。

坚持全面深化改革，进一步激发全党全社会改革创新的活力和潜能。全面深化改革事关党和国家事业发展全局。只有不断深化改革，才能突破瓶颈、打破束缚、消除障碍，理顺经济社会发展中各种错综复杂的关系，形成有利于激发活力和潜能的体制机制，更好战胜挑战、化解风险。面对前进路上的实践课题和现实挑战，必须发挥好改革的突破和先导作用，依靠改革应对变局、开拓新局，依靠改革进一步激发全党全社会改革创新的活力和潜能。要坚持以深化改革贯彻新发展理念、构建新发展格局、推动高质量发展，把推动改革同落实“十四五”规划结合起来，同做好党中央部署的各领域各方面重点工作结合起来，推动改革更好服务党和国家工作大局。加快推动重要领域和关键环节改革攻坚突破，集中力量解决发展急需、群众急难愁盼的突出问题，及时部署出台改革举措，发挥制度优势应对风险挑战，以改革办法解决发展难题。

坚定不移扩大开放，开创合作共赢新局面。集中精力办好自己的事情，决不是要封闭起来搞建设，而是要以全球视野、用全球资源、聚全球英才办好自己的事情。我们决不能被单边主义、孤立主义、保护主义的逆风和回头浪所阻，而要坚定不移全面扩大开放，以高水平开放推动高质量发展。不论世界发生怎样的变化，中国扩大高水平开放的决心不会变，同世界分享发展机遇的决心不会变，推动经济全球化朝着更加开放、包容、普惠、平衡、共赢方向发展的决心也不会变。我们要不断丰富完善全球发展倡议，推动加强全球发展伙伴关系，促进国际发展合作。深入实施外资准入负面清单，扩大鼓励外商投资范围。扎实推进自由贸易试验区、海南自由贸易港建设，对接国际高标准经贸规则，推动制度型开放。坚持共商共建共享，加强同“一带一路”沿线国家和地区开展多层次、多领域的务实合作，积极推进高质量共建“一带一路”。作为负责任大国，我们要坚持建设开放型世界经济，维护全球产业链供应链稳定，防止一些国家政策调整产生严重负面外溢效应，促进全球平衡、协调、包容发展。

防范化解重大风险，维护经济社会大局稳定。安全是发展的前提，发展是安全的保障。在百年变局和世纪疫情相互交织的情况下，安全发展的重要性更加凸显。集中精力办好自己的事情，要坚持统筹发展和安全，办好发展和安全两件大事，着力防范化解重大风险。既要正视困难，又要坚定信心，把握好发展和安全的辩证统一关系，做到坚持发展不停步、维护安全不懈怠。要增强忧患意识，常观大势、常思大局，把困难和风险估计得更充分一些、更深入一些。在发展中更多考虑安全因素，科学预见形势发展走势和隐藏其中的风险挑战，做到未雨绸缪、抓早抓小。按照“稳定大局、统筹协调、分类施策、精准拆弹”方针，抓好风险处置工作、提升风险化解能力，有效管控重点领域风险，及时堵漏洞、强弱项。坚持下好先手棋、打好主动仗，防止各类“黑天鹅”“灰犀牛”事件发生，不让小风险演化为大风险，不让局部风险演化为区域性或系统性风险，守住不发生系统性风险的底线，实现高质量发展和高水平安全的良性互动。在疫情防控的紧要关口，要特别注意抓好安全生产，维护人民群众生命财产安全。

坚定站在历史正确的一边、人类进步的一边，为实现世界永续和平发展、推动构建人类命运共同体不懈努力。中国共产党是为中国人民谋幸福的党，也是为人类进步事业而奋斗的党，始终站在历史正确的一边、人类进步的一边，始终坚持以维护世界和平、促进共同发展为宗旨，站在全人类共同利益上谋求世界永续和平发展。在世界进入新的动荡变革期、百年变局加速演进的背景下，集中精力办好自己的事情，需要把握国内外环境深刻变化，统筹好国内国际两个大局，更加自觉推动构建人类命运共同体。乌克兰危机爆发以来，我国立足是非曲直，恪守客观公正，积极以自己的方式劝和促谈、推动局势降温，旗帜鲜明反对以冷战思维、零和思维搞阵营对抗，得到国际社会尤其是广大发展中国家的高度肯定。我们要继续坚定不移走和平发展道路，坚定维护以联合国为核心的国际体系和以联合国宪章为基础的国际关系基本准则，弘扬和平、发展、公平、正义、民主、自由的全人类共同价值，践行真正的多边主义，维护全球战略稳定。坚持在全球治理中继续发挥引领作用，积极推动落实全球发展倡议和全球安全倡议，为推动全球迈向平衡协调包容发展新阶段、迈向持久和平普遍安全的康庄大道作出更大贡献。

今年是进入全面建设社会主义现代化国家、向第二个百年奋斗目标进军新征程的重要一年，我们党将召开二十大。我们要更加紧密地团结在以习近平同志为核心的党中央周围，坚持以习近平新时代中国特色社会主义思想为指导，不断增强历史自信、强化历史担当，敢拼敢闯敢胜利、实干苦干加油干，不折不扣、创造性地贯彻落实党中央决策部署，集中精力办好自己的事情，着力保持平稳健康的经济环境、国泰民安的社会环境、风清气正的政治环境，以实际行动迎接党的二十大胜利召开。

（《人民日报》2022 年 06 月 02 日）

申报资料实录

作品简介：2022 年 4、5 月，乌克兰危机导致国际形势发生深刻复杂变化，我国新冠疫情防控正在经受严峻考验，我国发展环境的复杂性、严峻性、不确定性上升。如何正确认识、科学应对错综复杂的形势和严峻的风险挑战，成为全国上下普遍关注的问题。为了澄清认识误区、凝聚发展共识、激发奋斗精神，人民日报社组织力量撰写刊发任理轩文章《集中精力办好自己的事情》。文章系统、全面、深刻阐释习近平总书记关于“集中精力办好自己的事情”的重要论述精神，运用辩证唯物主义和历史唯物主义的世界观和方法论，深入回答为什么要集中精力办好自己的事情，深刻论证我们完全有信心有能力办好自己的事情，深度解读党中央关于集中精力办好自己的事情的重要要求和重大部署，起到了解疑释惑、凝心聚力的作用，为把思想和行动统一到党中央的战略判断和决策部署上来，以坚如磐石的定力、敢打必胜的信念集中精力办好自己的事情，营造了良好氛围、提供了理论支撑。

社会效果：文章见报后受到广泛好评，引发强烈社会反响。《新华文摘》2022 年第 15 期头条转发，全网置顶推送，各大主流门户网站、地方网站等纷纷转载。仅在“学习强国”学习平台、人民日报客户端和人民网的阅读量就超过 1200 万，人民日报微信公众号点赞量超过 8000 次。领导干部、专家学者、市场人士、广大网友纷纷点赞：“文章刊发正当其时，论述严谨有说服力。”“这篇文章不仅告诉人结论，而且讲清了看问题的方法，读后很受启发，也很认同文章观点。”

初评评语：这篇文章深入阐释习近平新时代中国特色社会主义思想和党中央重大决策部署，及时回答干部群众关心的重大理论和实践问题，从认识层面向实践层面拓展，论事说理、层层递进，既有严整结构又有全面角度，既有理论深度又有现实热度，既有逻辑魅力又有情感张力，是做好习近平总书记报道和习近平新时代中国特色社会主义思想宣传阐释的一篇佳作。文章“上连党心、下接民心”，政治站位高，观点鲜明，说理透彻，文笔流畅，说服力强，传播效果好，体现了任理轩这一人民日报重要理论品牌的质量和分量，为人民日报充分发挥在舆论上的导向作用、旗帜作用、引领作用作出了贡献。

玉渊谭天｜三年：三问三答

集　体

作品二维码

（央视新闻客户端 2022 年 12 月 15 日）

申报资料实录

作品简介：2022 年 12 月，全球疫后脆弱复苏，关键时刻，以习近平同志为核心的党中央作出疫情防控转段的重大决策。玉渊谭天以专业传播逻辑为基准，全天候监测全网疫情话题，通过上万字舆情分析精准切中问题；以前沿技术为支撑，协同工信部、卫健委与大数据机构，独家获取千万级数据信源；以一线权威视角为指导，深访中央指导组专家、医学与病毒学领域核心人士，采集数百分钟一手实录，重磅推出实证调研性评论。评论先以“三问”正面回应民众困惑，直击三年抗疫否定论、人民至上怀疑论、错失发展机遇论的错误认识。再以“三答”释疑解惑，提炼病毒毒性下降、药物研发、全民广泛接种疫苗三大宝贵窗口期，阐明转段时机；独家梳理新冠主流变异毒株致病数据，力证人民至上、生命至上；独家讲述疫情三年间中国数字经济酝酿的发展潜力，与中国企业迎难而上的热潮，鼓舞人心。评论形态直观入眼，可视化手段立体呈现关键数据；语态平实入心，用“不能因吃到第三碗吃饱，就说前两碗饭没用”等通俗比喻，扭转认知偏差；基调客观沉稳，用专业化解公众疑惑，成为疫情防控转段期舆论场定音之作。

社会效果：评论在央视新闻客户端面向全球发布，第一时间全网推荐，获得近 200 余家央媒及市场媒体转发，持续占据话题中心，总触达量达 1.2 亿，引领舆论场，为防疫转段和经济复苏的舆论引导作出突出贡献。评论凝心聚力，中央指导组专家认为作品将“事实变共识，知识变常识，情绪变情感”。其中，丰富的实证性案例使纷纭质疑不攻自破，有网友热评：“这篇文章用事实证明中国抗疫的艰辛和取得的成果，让国人通过国内与国外的差别，认识和理解国家的政策。”评论发布第二天，“万众一心”一词的全网搜索指数迅速攀升，大众的转段共识与道路自信得到凝聚。评论筑牢真相，被转化为英、葡、德、意、日、蒙古语等10多种语言对外发布，相关新闻素材共被美国福克斯、加拿大广播公司新闻网、新加坡亚洲新闻台等15个国家和地区媒体累计播出146次。

初评评语：作品不回避问题，直面公众对防疫政策调整的疑惑和情绪，客观对比数据和事实，冷静中蕴含力量，让结论自然呈现，深入人心。前沿技术的创新运用，结合扎实生动的一线采访，显现了数字时代主流媒体的舆论引领能力。作品一经发布，迅速成“刷屏”之势，触达量过亿，获得社会各界美誉。作品深刻领悟中央精神，通过客观记录以习近平同志为核心的党中央因时因势果断决策的全过程，让铿锵有力的中国道路，跃然纸上，深刻反映了我党以人民为中心的强烈历史担当与强大战略定力。在百年变局与世纪疫情交织的严峻考验下，面对发展何去何从的时代之问，作品以中国经济的数字化转型为窗口，发现过去三年为高质量发展积蓄的潜力与势能，展示中国对发展主动权的牢牢掌握，引导公众看清了当前机遇，极大提升了防疫转段信心。

Wrong, wrong, and wrong again — Some Western media's unprincipled criticism of China's COVID policy（错、错、还是错——看看一些西方媒体对中国抗疫的"无原则批评"）

赵晨捷 解轶鹏 桂 涛

BEIJING, Dec. 10 (Xinhua) — The only thing that remains constant is change itself — The consensus of philosophers in both the East and West sounds especially wise and relevant in today's world that is full of change due to COVID-19.

Based on the facts that the pathogenicity of the current Omicron strain weakens, the vaccination rate nationwide rises and China continues to accumulate experience in containing the epidemic, the country has recently optimized and adjusted its anti-COVID measures to respond to the needs of the people and facilitate the orderly recovery of normal production and life.

This is a continuation of the rationale of the Chinese government, which has always been proactive in its understanding of changes and response to them — prioritizing people and their lives, respecting science, and seeking truth from facts.

But unsurprisingly, some biased Western media outlets have been continuing their criticism and accusations aimed at China's latest move, as they have been doing since the COVID outbreak. They tried to use all kinds of reasoning and models to prove that China's "optimizing" at this time — in their words, "a U-turn" — is another mistake. They claimed China's decision was based "on impulse" and was made "with no preparation," which "risks 1 million COVID deaths in 'winter wave'." They argued it would "cause economic disruption" and "push up global inflation," posing risks to the whole world.

Ironically, over the past years, almost the same rhetoric was deployed by these media when throwing stones at China's proactive prevention and control measures to fight the epidemic.

Some had foretold that strict COVID restrictions would "bring an economic toll" to the world's second-largest economy, while others had smeared China's scientific epidemic responses as they would "exacerbate disruptions in the global supply chain," "intensify global inflation concerns," and "rattle global markets."

In May this year, an article published by Fortune quoted an expert as saying that China's strict COVID policy would result in "disruption to economic activity." This month, however, it was the same author who questioned China's adjustment of its COVID response, claiming the "inevitable COVID outbreak" to follow will likely "cause further economic disruption." The author's self-contradiction invites only ridicule.

To these biased journalists, strict prevention and control measures are wrong. Adjustments and optimizations are also wrong. So one wonders what is right in terms of their thinking? Maybe for them, nothing is right. The "only constant" is their blind criticism of China's COVID policies.

In a sense, such criticism stemming from these media is no longer based on science and facts, but is a habit and even an addiction — just like a lollipop is to a five-year-old. Misleading reporting on China to the world, based on such a mindset of "unprincipled criticism," will only lead to misunderstanding, estrangement and even hatred.

The reason for their constant criticism is the entrenched arrogance and prejudice of some Western media outlets. To them, no matter whether it is the anti-epidemic approach, or a development or governance model, as long as it is "different," it is wrong and bad.

Facts and figures speak loudly. The COVID-19 death toll in the Chinese mainland stands at less than 5,300, while the number in the United States has long passed the tragic milestone of 1 million. From 2019 to 2021, the average life expectancy of the United States declined an appalling 2.7 years because of its "lying flat" approach towards the virus, while China has overtaken the U.S. in terms of life expectancy during this period.

It has been clearly demonstrated that China has effectively juggled its COVID response with its economic and social development. China's steadfast approach gained time to help it better understand COVID, to research and develop vaccines and therapeutics, as well as to boost vaccination levels.

A government that has saved millions of lives and safeguarded people's health should not be misconstrued and discredited.

In the past three years, China has equipped itself with technologies and drugs that are proven to be effective in COVID diagnosis and treatment, and also made continuous progress in pathogen detection and epidemiological investigations. Over 90 percent of the population has been fully vaccinated thanks to China's unceasing efforts in vaccine research and development, while people's health awareness has also been greatly enhanced.

These aggregated factors have laid a solid foundation for the current epidemic prevention and control work, and provided the precondition for further optimizations.

It is worth noting that China's fine-tuning of its COVID policy is proactive rather than passive. While advancing the latest optimization plan, China does not shy away from acknowledging the challenges, and is determined to ramp up vaccination efforts among the elderly and increase the capacity of intensive care units (ICU).

Different countries have different national conditions in terms of medical resources and demographic situations, and differ in sociocultural orientation. As the world stands at a crossroads and humanity is faced with COVID-19 as a common enemy, we need to focus on mutual understanding and cooperation, and must let go of ego and bias.

（新华社 2022 年 12 月 10 日）

申报资料实录

作品简介：这是一篇在中国因时顺势调整疫情防控政策之际，与美西方歪曲抹黑言论针锋相对进行舆论斗争的英文评论。稿件敢于斗争、善于斗争，围绕部分美西方媒体对中国持续优化防疫措施的“无原则批评”，对比其三年来关于中国防疫的错误言论，犀利指出它们采用同一套话术而内容却自相矛盾，并戳穿其逻辑陷阱，即无论中国采取何种防疫政策，在它们眼里都是“错、错、还是错”，都会侵害自由、危害经济、冲击全球市场和供应链。稿件在深入调研西方涉疫叙事的基础上，挖掘部分美西方媒体对中国防疫政策“无原则批评”背后根深蒂固的傲慢与偏见，揭露其西方中心主义立场：不论是抗疫方案还是发展或治理模式，只要“与我不同”，就是不对、不好。稿件事理并进，引用数据与事实扎实有力，充分阐释防疫政策优化调整的科学考量，并指出中国防疫理念一以贯之：人民至上、生命至上，实事求是、尊重科学。

稿件观点鲜明、逻辑清晰、论证扎实、语言生动，有效开展舆论斗争，号召各国面对疫情这个共同的敌人，采取理解与合作的态度，摒弃因治理模式不同而产生的傲慢与偏见。

社会效果：稿件有力回应部分美西方媒体对中国优化调整疫情防控政策的抹黑，在海外社交媒体获得良好传播效果，浏览量超35万，互动量超2万次。

初评评语：中国因时因势优化调整防疫政策之际，部分美西方媒体对我进行抹黑污蔑。稿件及时主动发声，针锋相对进行舆论斗争，观点犀利，论证扎实，是一篇既有斗争精神又讲斗争艺术的精品英文评论。稿件“以子之矛，攻子之盾”，揭露一些美西方媒体三年来对中国防疫政策“无原则批评”的丑态和其“这也不行、那也不行”的荒谬可笑立场，取得良好的国际舆论引导效果。

对“时时放心不下”来源的追问

许宝健

4 月 29 日的中央政治局会议引人注目。上午开的会，中午即发消息，稳市场、强信心的信息传递十分清晰，效果明显。会议的新闻通稿中有一段话是针对领导干部讲的：会议强调，各级领导干部在工作中要有“时时放心不下”的责任感，担当作为，求真务实，防止各类“黑天鹅”“灰犀牛”事件发生。各级党委和政府要团结带领广大干部群众齐心协力、顽强拼搏，以实际行动迎接党的二十大胜利召开。

在这段话中，我特别注意到“时时放心不下”这几个字。这几个字是加了引号的，说明“话”有来源。

半个月前，习近平总书记在海南考察时也同样引用过这句话：“‘慎终如始，则无败事。’百年变局，一件事一件事出来，一会儿灰犀牛，一会儿黑天鹅。对变化莫测的形势要有一种底线意识、危机意识……诸葛一生唯谨慎，吕端大事不糊涂。有位革命前辈曾说过这样的话，‘时时放心不下’。我听了很有共鸣。”

在这段话中，习近平总书记不仅引用了“时时放心不下”，而且提示我们，是一位革命前辈说的。

那么，究竟是哪一位革命前辈说的呢？于是，我开始在网上搜寻。一搜发现，虽然中央政治局会议消息公布不足半天，但已经有包括中央主要媒体在内的评论文章。再往前，转载量比较大的是 2018 年 10 月《人民日报》上的一篇言论，标题是《领导干部干好工作要“时时放心不下”》。文章的第一段是这样写的：一位领导同志在一次会议上回忆他在地方工作时春节不回家团聚、仍然守在岗位上的往事。当时有位老领导问他原因，他说：“春节怎么回家啊，回家了有事了，我不还得跑回来，省得折腾了，我得随时准备有事啊。”这位领导同志解释说：“我是按照一位老前辈的话来工作的。这位老前辈说，我们的工作状态就应该是时时放心不下。我听到这句话，就一直作为座右铭。”文章虽没有直接说哪一位老前辈说的这话，但举了两位老前辈的例子：聂荣臻同志心系当年一起战斗生活的阜平乡亲们，留下了“阜平不富，死不瞑目”的心愿。任弼时同志长期抱病工作，竭诚奉献，“能坚持走一百步，就不该走九十九步”，被称为“党的骆驼、中国人民的骆驼”。

我在搜寻的过程中，读到习近平总书记也讲过类似的话，那是2015年1月13日，在十八届中央纪委五次全会上，习近平总书记说：“我在地方工作时，逢年过节都得值班，生怕出了什么事。很多地方和部门的负责同志一到节假日就不见了，到外地去休假了。跑到那么远的地方怎么放得下心？一旦有个什么事怎么办？”可见，对党的事业和人民群众的利益，习近平总书记是时时放心不下的。时时放心不下，就是习近平总书记从政经历的真实心声和写照。

在网上花了几个小时，看了数十篇资料，没有得到我想要的答案。于是，我想到朋友圈，便在微信朋友圈把这个问题提了出来。很快就有人回复。有人说这位革命前辈应该是罗荣桓。其实我在网上搜寻的时候，已经发现了罗荣桓“放心不下”的故事。让这位元帅放心不下的究竟是什么呢？在罗荣桓生命的最后时刻，他拉着妻子林月琴的手含泪说道：我死后只有一个要求，组织上分给我的房子你就不要住了，搬到一般的房子就行，不能搞任何的特殊。这么多年来，你为我做出了巨大的牺牲，我的心中很是感激。罗帅去世后，林月琴不顾众人劝阻，毅然从国家分配的房子里搬出来。有人说是焦裕禄。焦裕禄是县委书记的榜样，习近平总书记曾多次讲到他当年听到焦裕禄事迹时受到的震撼，“1966年2月7日，《人民日报》刊登了穆青等同志的长篇通讯《县委书记的榜样——焦裕禄》，我当时上初中一年级，政治课老师在念这篇通讯的过程中多次泣不成声。特别是念到焦裕禄同志肝癌晚期仍坚持工作，用一根棍子顶着肝部，藤椅右边被顶出一个大窟窿时，我受到深深震撼……”他认为焦裕禄是一个“很高很高的标杆”，要求领导干部要见贤思齐，向焦裕禄学习。但是我所能查到的，也是有文章评论焦裕禄时用到了这句话，称赞他对人民、对工作“时时放心不下”的精神境界。看来微信朋友圈的朋友所能抵达的范围和我也是差不多的。还有一位朋友说，应该是周恩来，周总理常常提到“战战兢兢，如履薄冰”，这与“时时放心不下”具有相同的意蕴……

虽然没有得到准确答案，但是，我突然醒悟到，其实在搜寻过程中我已经得到答案了，这个答案就在我的心里，就在每一位党员干部的心里——时时放心不下，就是要时时放在心上。

这次中央政治局会议主题重大，意义重大。会议的新闻稿写道：会议强调，疫情要防住、经济要稳住、发展要安全，这是党中央的明确要求。会议是中央政治局召开的，“强调”当然是党中央强调了，“强调”又“明确要求”，可见“三项任务”是多么的重要而紧迫。各级领导干部对此要深刻理解和体悟，要把党中央的要求作为“国之大者”放在心上，以“时时放心不下”的责任感做好自己所承担的工作。

（《学习时报》2022 年 05 月 06 日）

申报资料实录

作品简介：文章紧紧围绕习近平总书记在 2022 年 4 月 29 日中央政治局会议上“时时放心不下”的重要论述展开评论，梳理了这一重要论述在党史上的来源和意蕴，并结合当下形势阐述了领导干部做到“时时放心不下”的重要意义。文章及时对习近平总书记的重要论述进行阐述，文风通俗易懂，文体短小精悍，读来引人思考。

社会效果：该评论在学习时报刊发后，学习时报微信公众号、中央党校（国家行政学院）官网、理论网第一时间进行了推送。学习时报微信公众号点击量超过 2 万，文章被人民网、党建网、中国文明网等多家中央新闻网站转载，腾讯网、搜狐网等门户网站也进行了转载，网上浏览量突破百万。文章对于深入学习贯彻习近平总书记的重要讲话精神，深刻认识“时时放心不下”的重要内涵有积极作用。

初评评语：文章政治立场鲜明，逻辑清晰，论证有力，时效性理论性较强，传播效果好。

致敬重庆　致敬人民

张永才　单士兵　张　燕

2022 年重庆的夏天，注定会成为人们的永恒记忆。

持续的极端高温、点多面广的山火、让电于民的限电、形势严峻的旱情、复杂多变的疫情，集中挑战着这座城市。

太多震撼的画面，在不停敲击着我们的心灵，让我们破防：

山火凶猛，重庆小伙连续两天两夜，运送物资支援灭火，困了就浇水让自己保持清醒。他说：“这是我的家，我必须守住。”

抢修电力，巴南界石山火导致重庆电网两条大动脉突发故障，电力抢修人员冒着 43℃高温及山火带来的刺鼻浓烟，连续苦战 24 个小时恢复输电。

核酸检测，医护工作人员顶着烈日，志愿者无惧“烤”验，许多被感动的居民把家里风扇贡献出来给检测人员降温。

一位位摩托车骑手背着背篓，轰足油门冲上陡坡，一趟又一趟给救火人员送去柴油、灭火器等物资，“突然之间，仿佛城里的摩托车都集中到了火灾现场”。

网友感叹：“这样的重庆崽儿，好帅！这样的骑手，好酷！速度与激情，平凡与大爱！这山间小路热浪奔涌，看不清你的脸，却看清一颗勇敢的心。”

那些干枯的河段，枯萎的庄稼，限电的地铁，勇敢的骑士，“我是党员，我先上”的呼喊……无数感人的场景、声音和形象汇成滚滚洪流，传遍了互联网。每一项挑战，每一次出击，都是一首英勇的重庆战歌！

艰苦与悲壮，激情与勇气，在重庆的天空回荡！

“重庆挺住”“重庆雄起”“我是重庆人”是山城人民的坚定信念！

那些勇敢的身影，那些坚毅的面庞，那些流下的汗水，那些挺身而出的人们，让我们不由自主地想要倾诉——

把这个夏天的故事，说给你听。

这个 8 月，烈日炙烤，重庆未曾落下一滴雨。但，重庆人的汗水，早已浸润这片大地。

这个 8 月，防疫情、战高温、抗干旱、灭山火，千难万险，重庆未曾有过一次“认怂”，因为，重庆儿女始终热血奋战，挺直脊梁。

大道同行，何惧逆境。正如有一首歌这样唱道：“这世界有那么多人，多幸运我有个我们。”

我们在一起，齐心协力，共克时艰，为这座英雄的城市，始终不屈地站立。

（一）

极端高温 + 山火肆虐 + 疫情来袭 + 严重缺电……2022 年的夏天，在重庆人的记忆中是最难熬的。

7 月以来的持续高温晴热，创下重庆 1961 年以来最严重的极端连晴高温天气。

重庆有多热？中央气象台说：重庆是全国高温的心脏，而北碚是心脏中的心脏。几乎天天都是 40℃以上。嘉陵江，本逢汛期，却已干到河床裸露。

网友写道：放在阳台的植物，叶子竟然被烤成干了，簌簌掉了一地，一瞬间以为秋天来了，今年夏天，竟然只见过一次蚊子。

这是一个没有蚊子的夏天，这是一个风都烫脸的夏天，这是一个沉闷难耐的夏天。

持续高温带来了连锁反应。

南川、北碚、涪陵、江津、大足、铜梁、巴南……森林火灾一波未平一波又起，重庆人的心夜夜难平。

大风卷起火舌，瞬间吞噬大片森林；呛人的烟味弥漫在城市的夜空，许多人整夜无眠。

消防、武警官兵、志愿者、企业家……烈日下，山火前，那些马不停蹄、奋战一线的背影，不断通过媒体清晰地呈现在人们面前。

山火势猛，速度就是力量，效率就是担当。

从接到市应急办的电话，到紧急集合完毕，38 名万州应急救援支队的队员，只花了不到一个小时。他们的目的地，是距离万州数百公里外的北碚。不仅如此，四川的、甘肃的消防支援也赶来了。

滴水未沾、颗米未进，到了着火点，队员们轮流加宽隔离带。他们都抱持着共同的信念：“只有隔离带彻底形成，才能真正保障我们身后群众的安全。”

蓝天救援队员姚裕，连续奋战 12 小时，体力透支晕倒，醒来后他说的第一句话是：“队长，我还能坚持。”

18 岁的余秋朋，今年才考上大学，作为志愿者参与了 3 场灭火工作。当老师问：“你知道灭火现场有多危险吗？”，余秋朋的回答是——“我没想过。”

40℃的高温之下，企业员工潘桥奋战灭火现场近 40 个小时。他说：“这座城市有需要，我就要站出来。”

一位大学生志愿者为近百名骑手沟通信息，在巴南界石建起了火线运输“兄弟连”。

一位宝妈带着萌娃，连夜赶往歇马镇送物资，要尽一份心、出一份力。她说：“不论是政府还是群众，都在努力守护我们这座城市。”

一位开餐饮的女老板，给灭火救援队的小伙子们送饭，在厨房不断吆喝“多加肉，多加肉”。

8 月 24 日下午，在一个叫“穿越时空”的微信群里，几百名曾在这座城市一家报社工作过的群友，决定为缙云山火扑救尽一份力。

短短一个下午，群内募集了 10 多万元现款，他们购置了头灯、护目镜等大量救灾物资，并派专人送到前线。

一位群友这样写道：“今夜缙云，漫野星光，会有我们的光亮。祈愿今夜没有烟火，只有星辰，救火英雄们早日凯旋。愿我们的家园永远山清水秀、幸福美好。”

对一座城市的爱，有时就深藏在我们的心底，在关键的节点，又总能被点燃。

所有的苦与难，也都被一个个这样的凡人之躯，挡在了身后。

他们并不权衡“得失”，他们的心里，满满装着和他们生活在同一片天空下的邻里、同事、朋友、家人。

他们并不计较“利害”，他们的眼中，只看得见眼前的城市、远处的山火和脚下的土地。

（二）

伴随高温而来的，还有迅速攀升的用电负荷需求。

为保电力，“制造重镇”重庆千方百计增购外电，首次从蒙东、辽宁输送电力至重庆；

为保电力，积极协调南方电网，首次实现南方电网与国家电网相连的江城直流反向送北支援重庆。

然而，保供电仍然面临极为严峻的考验。

为此，重庆当机立断——让电于民。

解放碑、江北嘴霓虹闪耀的电子大屏熄灭了；

洪崖洞暂停景观照明；

各大商圈、商场调整营业时间为 16:00 到 21:00；

重庆轨道交通开启省电模式，部分站点和车厢灯光关闭；

下发紧急通知，划定工业企业让电于民范围；

……

从工厂到机关，从商场到小区，都在勠力同心，节约用电。

一位女士说，看着看着，眼泪都要掉下来了，我们的确是这样的重庆人！电灯白天不开，空调仅用一台；每天煮一次饭吃两顿……一天有6个小时都是汗流浃背。

从我做起，节约用电，成为这个夏天重庆人最为理性务实的选择。

7月以来，重庆平均降水量较常年同期偏少约五成，部分中小河流断流，一些地区出现不同程度用水困难。

为解决群众喝水难，各级党委、政府迅速行动，组织党员干部、志愿者开展送水服务。一时间，消防车、洒水车、农用车甚至三轮车齐上阵，把清泉送到农家院坝、农户家中。

生活用水不足，农作物也喊渴。

眼下正值秋播育苗、分株繁殖的关键期，连日高温少雨使不少农田受旱。抓住窗口期保秋粮收成，意义重大，任务紧迫。

巴渝大地上的田间地头，开挖水渠、新打水井、架设水泵等抗旱保供水场景随处可见。

节约用水，一大家人用过的生活用水，还留存起来，浇灌庄稼。

高温未退，疫情又来了。

近日，多起市外输入病例引起本土疫情，严峻复杂的疫情防控形势也在考验山城。

8月18日起，沙坪坝东部城区16个镇街实施临时管控；8月23日起，九龙坡、巴南、渝北均增加临时管控区。

为快速有效遏制疫情传播，防止疫情外溢，8月24日，重庆在中心城区开展核酸筛查，计划当日全部完成，一户不漏，一人不落。

23日晚，近3900个采样点，一夜之间布置完成。

这样一个不眠之夜，多少医务人员，多少志愿者，以绵薄之力汇聚起磅礴力量。

这是在打一场异常艰辛的攻坚战，但同时也见证了一个奇迹。

凌晨，就有人开始排队，有小朋友给现场的“大白”送来苹果。

没有抱怨，没有争吵，没有推诿，只有理解、祝愿。有序的背后，是每个人对这座城市深深的热爱。

在广大市民的积极支持配合下，截至24日10:00，仅两江新区就已完成60万人核酸采样，接近新区“七普”人口九成。截至24日24时，中心城区共核酸采样检测 1032 万人，共发现 2 管混检阳性，均在北碚区童家溪镇。

我的城，我守护。

（三）

重庆，这座饱受磨难而又不屈不挠的英雄城市，从未在困难面前退缩！

面对持续连晴高温，旱情、灾情、疫情叠加的复杂形势，市委、市政府多次召开常委会、专题会、视频调度会，研究部署防疫防旱防火工作。强调要深入贯彻习近平总书记重要指示精神，全面落实疫情要防住、经济要稳住、发展要安全的要求，切实做到守土有责、守土有方、守土有效。

市委市政府主要领导第一时间坐镇调度指挥防疫抗旱防灭火工作，市区两级迅速启动应急预案。人民至上，生命至上。各级党组织、广大党员干部闻令而动，听令而行，坚守一线，与人民心在一起、干在一起、累在一起。

面对旱情，8 月 17 日，市政府召开 2022 年全市高温抗旱工作专题新闻发布会，派出 12 个工作组赴区县开展督导工作。

面对山火，8 月 21 日，重庆市发布总林长紧急令，全面动员部署加强森林防灭火工作。市区两级应急局专业救援队、森林消防、武警部队、消防救援及当地干部群众全力投入灭火。

守土有责、守土有方、守土有效。这是重庆态度，也是重庆行动。

灾情就是命令，救灾就是责任。

全市先后出动救援队伍 9.8 万人次，救援装备、车辆 27 万台次，调拨大型抗旱储水设备 180 套，紧急下拨数千万元资金用于抗旱救灾。

“时时放心不下”的责任感，在不断提升抗旱救灾的速度与效率。

面对疫情，我们持续抓细抓实各项防控措施，努力用最短时间、以最低成本把疫情控制住，守护好人民生命安全和身体健康。

在中心城区范围内开展核酸筛查，何等规模，何等工作量，难度之大可想而知。

为防止高温中暑，各区采样点落实通风降温、遮阳等措施，足量配备解暑、急救药品；对行动不便的独居老人、残疾人、慢性病患者等特殊困难人员，由所在社区安排人员上门采样。

人民至上、生命至上，这是我们的原则，也是我们的底线。

全力防疫情、全力防旱情、全力防火情、全力保安全，是当前工作的重中之重。

上下齐心，劲使一处，集中力量办大事，这是我们的制度优势，这是重庆共渡难关、共克时艰的最大底气。

（四）

什么是重庆人？

重庆人是什么样的人？

有篇网文说，这次高温，让我终于看清了重庆人的真面目。“露出了真面目的重庆人，战斗力那可真了不得。”

重庆人的坚韧顽强、豪爽耿直与生俱来。遇到困难，重庆人从不抱怨、从不退缩，而是勇敢面对，义无反顾。

他们并不是莽撞，而是拥有一种朴素的情感。市井烟火，人间冷暖，团结互助，义薄云天，这就是重庆！

新华社新媒体发文夸赞摩托车小伙：“危急关头，‘基本的事’彰显青年担当，‘重庆娃儿’们好样的！”

网上有无数声音在称赞：“重庆人，太仗义了。”

坚韧顽强，是遇灾情便迎难而上；豪爽耿直，是逢艰险便握指成拳。重庆人文精神，就生长于这片大山大川之间。

这座城市，有巴蔓子刎颈存城、忠勇诚信的基因。

这座城市，曾遭受日军长达五年半的轰炸，但这座城市举起的标语是“愈炸愈强”。

这座城市，有中国共产党人精神谱系的“红岩精神”。

这座城市，有为国家舍小家完成三峡百万大移民的“国家行动”。

新时代，脱贫攻坚战场上，巴渝儿女团结一心、沉心静气、埋头苦干，交出了脱贫攻坚的硬核答卷，与全国人民一道告别了延续千年的绝对贫困。

坚持“两点”定位、“两地”“两高”目标，发挥“三个作用”和推动成渝地区双城经济圈建设，重庆人满怀信心，坚定前行。

困难当前，如此艰辛，这座城市依然从容不迫——成功召开了2022智博会，让“为经济赋能，为生活添彩”开出新的繁花硕果。

这座城市，以挺拔的姿态、不屈的意志，行走于岁月之中。无论经历战火考验还是沧桑岁月，她都能迎难而上，演绎出生命的韧性。

重庆精典书店的创始人杨一看到近期重庆的状况说：“心里头梗起，很不舒服。”于是他提笔写下歌曲《山城不虚，重庆不怕》，其中有句歌词是“血性的人，重庆的魂，决心、信心、齐心三心爆发。”

精神是流动在血脉之中的，重庆的城市精神，在一次次考验中熠熠发光，我们无比骄傲，无比自豪。

历史诉说着昨天的故事，你我书写着今天的传奇。勇于担当，负重前行，团结互助，永不言败，永远是重庆人的性格。

这一场高温，让你知道了重庆人如此勇毅坚强，负重前行；

这几场山火，让你知道了重庆人如此耿直豪爽，大义为先；

这一波灾情，让你知道了重庆人如此团结协作，守望相助。

致敬我们英雄的城市！

致敬我们伟大的人民！

……

高温尚未结束、山火还未熄灭、疫情仍要防范……我们仍需团结一心，众志成城。

重庆人，坚持就是胜利，坚持定能胜利！

（《重庆日报》2022 年 08 月 25 日）

申报资料实录

作品简介：2022 年 7 月以来，重庆持续高温晴热。值此防火防疫防旱的关键阶段，为了深入贯彻习近平总书记关于防灾减灾救灾的重要指示精神，《重庆日报》第一时间自主策划，在 8 月 25 日的重庆日报头版推出重磅“俞思平”文章《致敬重庆 致敬人民》。据统计，该稿件被转载 66 次，新华社、人民网等央媒集中转载，阅读量达到 470 万。

社会效果：此稿一经发出，便引发社会各界热烈反响，互动区网友踊跃留言“让人激情澎湃，也能让人满眼泪花”“山城每逢大事，必有《重庆日报》发声”。善于用好微信、客户端等新媒体平台，加强与受众交流互动，通过回复、再评论等交互方式，让用户既是阅读者又是评论、传播者，《重庆日报》借力媒体融合，释放内容与渠道的乘积效应。

初评评语：《致敬重庆 致敬人民》是主流媒体在防火防疫防旱疫情中推出的第一篇大型述评，稿件既有高屋建瓴的宏大叙事，又有见人见物的故事细节，既有严谨深入的理性思考，又有感人至深的细腻表达，是一篇文质俱佳的评论。

“小田变大田”引出“农田四变”

李竞涵　孟德才

天高云阔，白鹭翩跹，连片稻谷即将黄熟。站在皖南圩田边，入目秋色令人沉醉。

这块位于安徽省马鞍山市的圩田叫大公圩，圩田面积30多万亩，有“江南首圩”之称。而如果有一部高空摄像机，能跨越时空记录大公圩的变迁，那么影像之初，将是三国时期的修圩，也就是围湖造田。一千多年后，整块圩田被分成小块，“包产到户”的农民在其间垒起田埂。又过了几十年，田埂被推平，小田连成大田，大型农机往返耕种。

湖与田，分与合，土地的变化折射出生产力发展的需求。对马鞍山来说，这种变化更回应着当代的发展之问——因钢设市、因钢立市，工业企业多，全市城镇化率达72.4%，未来谁来种地？地处长江丘陵地带，水网河道密布、地形地貌多样，但也造成耕地细碎，平均地块面积仅有1.3亩，怎样种地才有效益？在水产养殖等产业发展较好的同时，如何更好贯彻落实“多种粮、种好粮”指示精神？

种种问题，归根结底离不开“田”。近年来，从“小田变大田”的探索实践，到“农田四变”的系统创新，一场围绕“田”的改革在马鞍山落地、生根、发芽。记录下改革现场的一些人、一些事，更有利于我们看清其中的脉络。

从800多块到43块

“农田四变”，指的是小田变大田、闲田变忙田、差田变良田、蟹田变稻田。而置身其中的人们，最初并没有这样清晰的方向，更多的是“摸着石头过河”。

就拿一件事来说。2019年3月，安徽省盛农农业集团有限公司从马鞍山市当涂县塘南镇流转土地7200亩。同一件事，记者却听到了三个版本的讲述。

“先看过两三个乡镇，才来的塘南。”2018年，盛农农业集团有限公司总经理夏定胜受政策鼓励，想流转土地种水稻。为了找到理想的农田，他没少花心思，可连看了几个乡镇都不太中意。到了塘南镇，地势平坦、灌溉方便的圩田终于让他眼前一亮：“当时这里田埂乱，田块又小，不过我有信心，如果把田埂推平再一整理，就是难得的一块好田。”

可是问题来了，这7200亩田涉及到8个村，一下子都流转过来，还要推掉田埂，能行吗？

当时负责接待夏定胜的，是塘南农业服务中心主任童扬元。在塘南镇干了30多年三农工作，童扬元没少为这片圩田操心：“田虽然比较平，但是有让人头疼的‘三大难’。”一是排水难，田块密集，排水沟不足，一遇暴雨、连雨，低洼田块总是被淹。二是交通难，田埂交错，从空中看像蜘蛛网，不适宜农机作业，农资运输也不畅通。三是管理难，村民不仅常因农忙用水、排水等问题产生纠纷，还有农户为扩大自家耕地面积，在田埂这边铲几锹，相邻农户不示弱，在田埂那边又铲几锹，结果田埂越来越窄，矛盾却越来越多。

就在这时，他见到了夏定胜：“虽然还不清楚作用能有多大，但我知道集中流转是大方向，一定要抓住这个机会。”所以对夏定胜的担心，他全力帮助协调解决，包括去涉及的村里做工作。

塘南镇兴永村就是8个村中的一个，在这片圩田内有900多亩地。村支书庄明荣当时是村里的文书：“我们还不知道集体流转是怎么回事，镇里的干部就来给我们讲，讲明白了，再给村里人开会。”果不其然，会上发生了争论：“大部分人都觉得是好事，因为村里种地的人少了，很多地块闲下来，不如流转出去，还有流转费拿。但也有人担心企业不能按时给钱，农民会吃亏。”

村里把这种顾虑反映到了镇里。镇干部提出了一个办法，为确保农民不受损失，可以由镇里作担保，这样才顺利签订了流转合同。

流转后，经过“小田变大田”“差田变良田”改造，土地流转价格由每亩320元提高到645元，村民不仅流转收入增加，还有了新的务工机会。兴永村50多岁的老铁匠张家高，如今在盛农公司修理农机，每月工资有五六千元。和他一样在这里打工的村民还有100多人，人均月收入三四千元。

夏定胜也很满意。经过田块拆零并整和高标准农田建设，800多块田变成了43块，有效耕作面积增加了350亩。“我们现在种的是‘南粳46’水稻，生育期长，口感也更好。”他轻轻一捏稻穗说，“今年灌浆不错。”通过这几年持续提升管理水平和耕地质量，现在水稻亩均化肥用量减少约12%、增产约5%，每亩节本增效300多元，他还在马鞍山市开了5家农产品直营店。

小田为什么可以变大田？三个人的故事看似偶然，实际是生产力发展的必然。以夏定胜为代表的新型经营主体，有规模生产的需求；以童扬元为代表的乡镇干部，希望通过小田改造，提升土地效益和工作效率；而以庄明荣为代表的村集体，有盘活土地资源、增加村民收入的现实需要。三方诉求相通，就成了解决耕地细碎化问题的改革动力。

“目前马鞍山市土地流转率达62%。这与政策鼓励有关，但主要是由生产力决定。”马鞍山市“农田四变”专班负责人李淼介绍。改革开放之初，通过“包产到组”“包产到户”，从1978年到1986年，全市的粮食产量增加了近200%。而如今，面对农业机械化率和亩均产出不高、人力资源紧张等突出问题，马鞍山市委、市政府在总结全市改革实践的基础上，将“农田四变”作为农村集成改革的切入点，带动全域土地综合整治、农房集聚、村镇提升，通过调整农业生产经营方式来提高生产力，实现耕地增加、粮食增产、农民增收、集体经济增强。

一份特殊的转包方案

九月，南方高温刚过。走进当涂县绿梅水稻种植家庭农场，1300多亩水稻成方连片，长势喜人。“高温干旱对这里影响不大。”农场负责人程黎刚道出背后的秘诀，通过“小田变大田”“差田变良田”，这片耕地不仅防灾减灾能力大大增强，还实现了种管收全程机械化、智能化，亩均效益提升400元。

“去年全省油菜单产的第一和第二名都在我这里。”程黎刚自豪地说，这里是国家油菜产业绿色革命科技攻关示范基地。“专家们选这块地做试验田，主要因为田块平整、长宽规矩，油菜机收能减损70%左右。”

“过去田块细碎的时候也用农机，但一遇到田埂就得转弯，机损率高、效率低，大型农机都用不了。”程黎刚回忆道，“这1300多亩地，现在3台收割机10天就能收完，过去至少得多用一台，再加上请机手的费用，这一项每天就得多花四五百元。”

客观来看，细碎耕地越来越不适应当前农业生产力的发展需要。而且小田块灌溉效率低、电费高，有些农户还在田里走电线，不安全，也不利于植保飞防。但一到了具体操作，问题却复杂得多。

“我们一提要推掉田埂集中流转，村民就说难度很大，实施不了。”改革之初碰的“钉子”，博望区农业农村水利局农业服务站站长陈财宗还记得清清楚楚。“村里人提的问题主要有五个方面。有人怕推掉田埂，分不清哪块田是谁家的；有人怕将来恢复时，自家田块面积会减少；有人担心流转后，流转费拿不到手；有人担心土地集中流转后，过去自给自足种菜的地方就没有了；还有的种粮大户不愿意流转，就是想自己种地。”

有顾虑的农民看似只有几户，但要把“小田变大田”的好事办好，就要做到充分尊重农民意愿，解决好他们的顾虑。首先让局面“破冰”的，是一张土地确权图、一本《农村土地承包经营权证》。“确权登记颁证后，哪家田有多大面积、四至在哪，都清清楚楚。村民说，有了这个红本本，再也不用担心了。”拿出一本《农村土地承包经营权证》，博望区博望镇新陇村村支书邓成凤向记者展示着。

而为了确保农民的土地权益和经济效益不受损失，马鞍山市首先选择基层党组织强有力的村集体进行试点。试点村不仅多次召开村党员代表会、村“两委”会和村民代表大会，村干部与村里党员还挨家挨户上门，给村民解释土地确权承包政策。

“但有些问题确实不好解决，就得想一些灵活的办法。”邓成凤说，新陇村就遇到了这样的问题。

2020 年，为实施安徽省美丽乡村建设项目，新陇村“两委”找回了 5 名在外做生意的本村人，加上 3 位村里能人，组成了美丽乡村建设筹备理事会。理事会一合计，建设美丽乡村，先得有产业，村里有种水稻的传统，水系发达，离县区和市区都很近，有条件开展三产融合。于是理事会牵头成立了安徽金谷农业发展有限公司，总经理由成员之一的张德润担任。

愿望很美好，但全村 1200 亩田分为 400 多块，散落在各家各户手中，流转能否破题，关系着愿望能否落地。

事情起初很顺利。因为博望区小工厂多，不少农民都已进城务工，手头的几亩地也都零散分包给一些大户。如今村集体流转，不仅价格更高，也更可靠，大部分人都愿意，但这不包括种粮大户王以刚。

“打工受不了那份约束，还是自己种地好，一辈子就干了这一个营生。”烈日炎炎，王以刚还在地头打草。皮肤黝黑发亮，精瘦结实，让人几乎看不出他已经 56 岁了。村里要流转土地时，王以刚手头有从 30 多户亲戚手里流转的 100 多亩地，一听说这事，他扭头就进了屋，把手拿流转合同的村干部撂在了门外：“地都流转给他了，我种啥？”

除了王以刚，村里也有一些农户希望留几亩菜地，种些菜自家吃。于是村干部和金谷农业商议，想出一个办法——将全村耕地分为三部分，首先是保留农民的小菜地，满足自吃自用需求，然后由金谷农业统一流转 1000 亩耕地，最后从中再转包 140 亩给王以刚，由其自主生产经营。

这份特殊的转包方案打动了王以刚，他终于在流转合同上签了字：“现在包的这片地比原来还好，成片，周边还能养鸡养鹅养羊。”

“农村情况复杂，农民诉求多样，我们不能为了推动工作而强行压倒不同声音，而是要因村制宜、因人制宜。”博望区农业农村水利局副局长高强感慨。

不止在这一个村，马鞍山市农业农村局农田办工作人员刘益同告诉记者，从全市层面来看，在制定政策时，也突出了因地制宜的原则，体现了灵活性。有的村庄在统一流转之外允许有“插花地”、留出了“机动田”，给那些眷恋土地、有种植需要的农民留了一个出口。多方施策之下，农民的顾虑解决了，权益保障了，收入也增加了。

1000 元和 28331 元

耕地的账看似简单。2019 年以来，马鞍山市建成“小田变大田”12.44 万亩，田块由 9.57 万块减少到 2.93 万块，有效耕种面积增加约 3700 亩，机械化率由 77.7%提高到 83.6%。全市冬闲田总面积约 47 万亩，计划今年通过“闲田变忙田”，复耕复种 21.2 万亩。

耕地的账又很复杂。“农田四变”的每一变，马鞍山市农业农村局局长陈鹏心里都有几笔账。比如“小田变大田”，马鞍山地形多样，所以不宜盲目追求面积，集中连片 100 亩就可算作大田；水平面落差 80 公分以上的，不适合进行“小田变大田”，因为不仅得不偿失，还可能破坏耕作层。还有“闲田变忙田”，马鞍山的冬闲田分丘陵岗地和低洼圩田，经过成本收益测算，对平原地区的冬闲田，可以尽快复耕，对丘陵地区的冬闲地，应根据立地条件，发展粮食、蔬菜瓜果、优质牧草等生产，对确不适宜耕种的，可以按政策规定和规划要求用于设施农业用地等。

而把账算好，最重要的是看到耕地背后的人，算好农民的效益账。

由于区位和资源禀赋因素，马鞍山市水产养殖业发展得很好，也导致了一些耕地流向养殖坑塘。从技术上看，“蟹田变稻田”很简单。“蟹塘一般就几十公分，没有破坏耕作层。”站在一处蟹塘边，当涂县护河镇青山村村支书薛玉平把手放在自己的膝盖上，比划着深度，“直接把挖塘的土推回去，稍一平整就能种稻，地还比较肥。”

技术上好操作，但相较于“小田变大田”，“蟹田变稻田”的阻力更大。因为通常来说，养蟹的收益在每年每亩 3000 元至 8000 元之间，最高可达 1 万元，远高于种稻收益。算好耕地账和农民的收益账，尤其需要细致准确。

“养蟹管理水平不同，效益差距很大。”薛玉平带记者来到一片蟹塘复垦的稻田，介绍道。2017 年，村里把 200 亩坑塘流转给一位外村大户养螃蟹，但因为管理不善、经验不足，这片坑塘几乎没什么收益，大户本人也萌生退意。于是 2019 年，经过镇村干部的沟通，结合市场化补偿手段，大户主动退出坑塘养殖。村里对地块进行复垦后，又流转给一位种粮大户，预计今年水稻亩产能达到五六百公斤。

这正是马鞍山在推进“蟹田变稻田”过程中探索出的一种方式——算准成本收益账，有序推动低效养殖退出。通过精细测算，马鞍山确定了“1000 元”这条基准线，即亩均效益低于 1000 元的，改种水稻后，经营主体反而能增效。

“按市里的要求，当涂对所有坑塘进行了摸排。”当涂县委书记阙方俊介绍。目前全县亩均效益不足 1000 元的坑塘有 10260 亩，在承包户有退出意愿的前提下，稳步推进有序复耕，目前已有 6100 亩退出低效养殖。

而对一些养蟹有效益、但效益不高的大户来说，第二种方式更为划算。即将蟹田改为稻虾连作，或将稻鱼共生引入稻虾连作，这样不仅能再种一季稻，还可以“一地两收”“一地三收”。

水产养殖大户、雨顺水产养殖有限公司副总经理于银生就是其中之一。2019 年，因为螃蟹行情下行，他将自己的 800 多亩蟹田改为稻虾连作。“今年小龙虾行情非常好，8 月底每斤能卖到 92 元，价格翻了两三倍。”现在虽然多了一季劳作，但效益也明显增加，实现了“一亩田、千斤稻、万元钱”。

除了效益账、技术账，还有时间账。“养螃蟹一般要用一年时间，今年我们新引进‘六月黄’小螃蟹品种，六七月就能收，收完还能种一季稻。”当涂县副县长孙发根介绍。今年“六月黄”上市后很受欢迎，在市场上供不应求。

“虽然找回耕地的任务很重，但我们不搞‘一刀切’。”阙方俊举了个例子，有“中华蟹苗第一村”之称的当涂县乌溪镇七房村，几乎提供了江浙沪 70% 的蟹苗。“蟹产业是村庄发展的支柱产业，绝不能垮。”

因为算准了农民的收益账，马鞍山市在推动耕地增加、粮食增产的同时，保证了农民增收，实现了巩固拓展脱贫攻坚成果同乡村振兴有效衔接。去年全市农村居民人均可支配收入 28331 元，同比增长 11.5%，收入水平和增幅均位居安徽省首位。

一个村和一个人

通过盘活“田”这个要素，究竟能引发怎样的变化？在马鞍山，记者从一个村庄、一位“90 后”农民身上看到了答案。

“你别嫌我声音大，村里这么多人，嗓门不大不行。”博望区博望镇滨湖村村支书章遵楠快人快语。滨湖村确实是个大村，人口多，全村 3036 户，耕地面积大，共有 10805.17 亩。但滨湖村也曾是出了名的穷村，一无优质特色农产品，二无发展工业的基础。章遵楠至今还记得过去村集体没有一分钱，只能靠“政府发钱、到处化缘”的窘境。

自从 2013 年当选村党支部书记以来，章遵楠一直在琢磨怎样壮大集体经济、带动农民增收。几番思量，他想到了村里的耕地——“靠田吃田，坐土生金！”

有了思路，章遵楠注意到了马鞍山农村产权交易信息服务平台。“可不可以由村里把耕地集中流转整理，在平台挂网招标？”

于是 2019 年，滨湖村向市里申报了高标准农田项目。先由村集体经济组织以每年每亩 400 元的价格，流转 700 多亩低效田块，统一进行“小田变大田”“差田变良田”改造。随后通过产权交易信息服务平台发布耕地发包消息，经过竞价，最终以每年每亩 718 元的价格成交。每亩 318 元的溢价由村民和村集体按 70%和 30%的比例进行分成，村集体的收入主要用于农田基础设施的维护，由此也避免了“有人建、没人管”的问题。

尝到甜头后，从 2019 年到 2022 年，滨湖村连续采用村集体“统一流转、集中建设、挂网发包”的经营模式，对村民实行“保底＋分红”，不仅村民收入提高，村集体经济实现扭亏为盈，耕地质量也明显提升，实现了“三赢”。

“现在不少村民主动来找我，问自家的地什么时候能统一流转。”村民的反馈让章遵楠也越干越有劲头。2021 年，滨湖村集体收入达 72 万元，广场硬化、沟塘清淤、公厕改造等陆续启动，村里硬件设施明显改善，村民精神面貌也焕然一新。

谈及成立农村产权交易市场的初衷，马鞍山市农业农村局政策与改革科科长俞卉蓉说：“我们在调研中发现，同样的耕地，不同村庄流转价格差别很大。价格低的村庄，主要是因为消息封闭，流转渠道不畅。如果能够建立一个全市范围的农村产权交易市场，不仅能规范交易行为，还能带动土地增值。”

靠田吃田，坐土生金。既要有“农田四变”等政策引导，也得用好市场的方式，激活农村土地的价值。

而对“90 后”青年农民盛后根来说，“农田四变”则让他的人生选择更有底气。

盛后根是护河镇青山村人，中专毕业后，父母本想让他学门手艺跳出“农门”，但他偏要回村，流转几百亩地，办起了家庭农场。“年轻人头脑灵活，种田不再是老把式。”盛后根的能力不仅赢得同行的肯定，也让他将土地流转面积扩大到1100多亩，如今不仅买了车，还在县城买了房。说着，他笑了起来：“父母现在都支持我种地，这些事都听我的。”

“市里出了‘农田四变二十条’，扶持政策力度更大了！下一步，我还想找个场地，搞烘干和加工，用好支持政策，扩大家庭农场的规模和收益。”对未来，盛后根有自己的规划。而他所说的“农田四变二十条”，是马鞍山市针对实施“农田四变”和支持“多种粮、种好粮”，今年专门出台的扶持政策。

后记

当前，全国人均耕地1.36亩。从一村、一县、一市到全国，从水乡到旱区，从丘陵到平原，关于耕地细碎化的改革都在推进，“小田变大田”也非马鞍山独有。“农田四变”改革为什么值得探访？

一是因其“非典型”性。马鞍山的地形条件比不上东北平原，财政支持力度与江浙沪比也并不拔尖，看似是个并不典型的改革故事。但正因“非典型”，这场改革走过的路、闯过的关、解过的题，对于其他地区也更具借鉴意义。

二是因其系统性。马鞍山的这场改革实践，自2019年机构改革后就已全面启动。今年在实践基础上拓展延伸，将“闲田变忙田”“差田变良田”“蟹田变稻田”等工作统筹纳入“小田变大田”主线，形成了更为系统的“农田四变”改革路径，精准切中了农业生产经营方式变革和组织化创新的发展趋势。

三是因其有耐心。农村改革越是深化，越会遇到两难多难问题，保持历史耐心、尊重农民权益，越是可贵。在处理复杂的改革问题时，马鞍山没有因为力度而牺牲温度，确保了农民、村集体、新型农业经营主体的共享共赢。不同地区解决耕地细碎化问题，不一定非要“齐步走”，不妨通过实践找到改革的“最优解”，以最大程度保障农民利益。

“农田四变”源于实践，最终还要指导实践、推进实践，在实践中受到检验。这场改革还将继续，新的故事令人期待。

（《农民日报》2022年09月13日）

申报资料实录

作品简介：习近平总书记十分关注农村土地改革，多次强调要“处理好农民和土地的关系”。为做好农村土地改革报道，本文作者持续十多年深入基层跟踪调研，密切关注研究该领域现象和问题，撰写了大量相关报道。在基层采访过程中，记者敏锐捕捉到“小田变大田”这一改革新动向，是对习近平总书记重要指示精神的生动实践，有效破解了农村土地细碎化问题，是值得宣传推广的农村基层改革创新。为此，策划在秋粮生产关键节点推出“小田变大田”改革的通讯报道。确定主题后，记者在开展此项改革的地区中，选取了安徽省马鞍山市作为典型报道对象。这既是为了小切口“解剖麻雀”，实现大历史、大主题的贴近式生动化表达，也是因为马鞍山资源禀赋不突出、地方财政不拔尖，当地推进农村土地改革的问题和经验更有普适性，对全国大部分地区来说更具借鉴意义。具体采访中，记者以“还原改革现场”为主线，深入不同地形地貌的10多个村庄，追踪寻访20多位改革亲历者和推动者，积累梳理了近10万字基础素材，从中总结“小田变大田”改革的动因、难点、经验和效果。文章经过六易其稿，以整版通讯报道形式推出，率先宣传了基层与农民的创造和典型故事，体现了较高的新闻敏锐度和“三农”专业度。

社会效果：该通讯在《农民日报》整版刊发，并在农民日报官网、官微、客户端等全媒体平台同步推出，引发广泛关注。中国经济网等多个平台对报道进行全文转载，全网传播信息量维持高位，实现了发掘基层新创造、总结新经验的宣传效果，有力回应了社会上关于农村土地改革的舆论关切。

初评评语：着眼改革大主题，讲活基层小故事。报道用极具现场感的小故事展现改革大主题、大情怀，深度还原关于“田”的农村基层改革来龙去脉，展现冲突和曲折、困难和前行，令人深受启发。采写扎实有厚度，视角专业有深度。文章对“三农”专业话题分析透彻，从具体改革实践入手，深入分析农村土地改革怎样影响农业生产经营形态和农民思想观念的变化，切中了改革的核心内涵和关键特质，揭示出基层创新的现实借鉴意义。叙事生动细腻，文风清新自然，开篇有很强的画面感和历史纵深感。全文故事线、人物线、改革线并行，纷而不乱。叙述少用工作性用语，多用百姓话、农家话，以白描手法细腻还原改革现场，让鲜活的人物跃然纸上、改革故事引人共鸣，彰显了可读性和感染力。

耕地问题调查

集　体

耕地是粮食生产的命根子，耕地红线是14亿中国人的粮食安全底线。

2021年末，中共中央政治局常委会会议专题研究“三农”工作。习近平总书记再次对耕地保护提出明确要求：18亿亩耕地必须实至名归，农田就是农田，而且必须是良田。

这意味着，守住耕地红线，不仅数量上不能减少，质量上也不能搞“变通”。

然而，一个不得不正视的事实是，保饭碗的耕地数量正在减少，局部质量也在变差。

耕地究竟怎么了

万物土中生。中国农业大学土地科学与技术学院副院长、中国土地政策与法律研究中心主任朱道林说，耕地是国家粮食安全的自然基础，天然具有稀缺性。当前耕地问题表现在耕地数量减少，优质耕地减少趋势也在持续。

据统计，1957年至1996年，我国耕地年均净减少超过600万亩；1996年至2008年，年均净减少超过1000万亩；2009年至2019年，年均净减少超过1100万亩。这一趋势反映在人均耕地面积上是，一调（第一次全国土地调查）为1.59亩、二调1.52亩、三调1.36亩。现有耕地19.18亿亩，如果以这样的速度减少，10年后可能会突破18亿亩红线。

事实触目惊心。目前，一些省份耕地保有量已突破耕地红线，有的甚至低于划定的永久基本农田面积。国土三调显示，10年间我国耕地净流向林地1.12亿亩，净流向园地0.63亿亩，有6200多万亩坡度2度以下的平地被用来种树。

记者梳理各地近年来通报的典型案例发现，除用于经济建设外，耕地减少主要有以下几类：有的违规占用永久基本农田绿化造林；有的在铁路、公路两侧占用耕地超标准建设绿化带；有的以河流、湿地治理为名，擅自占用永久基本农田挖湖造景、建人造湿地；有的把自然保护地以外的连片耕地划入生态保护红线；有的通过擅自调整县乡国土空间规划规避占用永久基本农田审批；有的存在未批先用、批少占多、批甲占乙的情况。

与耕地数量减少、耕作层被破坏不同，耕地“非粮化”是指一些适合种粮、原先种粮的耕地由于种种原因被用于其他农业用途。耕地“非粮化”与种粮效益直接相关。朱道林算了一笔账，2021年全国粮食亩均产量387公斤，假如土地流转费500元/亩，在现有粮价水平下，种粮并不挣钱。由于土地流转费是经营者要付出的成本，在粮食生产比较收益低的背景下，通过流转获取的耕地往往被用于效益更高的非粮化耕作。

遥感监测数据显示，现有耕地中，真正种粮的面积约占七成，其余为经济作物、园地、林地、休耕等。南京林业大学“中国村庄经济”师生课题组2021年对江苏省无锡市的调查发现，种粮规模经营户平均每亩纯收益仅34元，一些经营户被迫缩小面积或调整结构。

更严峻的是，受制于生态保护，耕地后备资源严重不足，现有部分耕地还要退出。2016年底公布的全国耕地后备资源调查结果显示，经过持续开垦，耕地后备资源总面积8029万亩，大规模开发利用方式已不再适用。其中，4722万亩受水资源限制，短期内不适宜开发利用。最新数据显示，现存25度以上坡耕地以及分布在河道、湖区高水位线下的耕地还有8000多万亩，属于不稳定利用耕地，需要逐步退出。

耕地问题同时也表现在质量上。我国耕地质量可谓“先天不足”，优质耕地资源紧缺。朱道林介绍，一年一熟地区耕地占比48%，年降水量800毫米以下地区耕地占比65%。中国工程院院士、中国杨凌耕地保护与质量提升创新中心技术委员会主任唐华俊说，全国耕地由高到低依次划分为10个质量等级，平均等级仅为4.76等。其中，一等到三等耕地仅占31%，中低产田占比三分之二以上。

走进吉林省四平市梨树县的一块玉米地，记者在黑土断面观测点分辨出黑土和深层黄土模糊的交界线。梨树县农技推广总站站长王贵满介绍，黑土层自清代末年开垦以来，由于重用轻养，加上风蚀水蚀，每年要减少约3毫米。如果不采取有效措施，再过几十年，恐怕就要消失殆尽了。

黑土是世界公认最肥沃的土壤，在自然条件下形成1厘米厚的黑土层需要200年至400年，被称为“耕地中的大熊猫”。东北黑土区是世界三大黑土区之一，也是我国最重要的商品粮基地，粮食产量占全国的四分之一，调出量占全国的三分之一。然而，东北黑土退化问题严峻，耕层持续变薄，厚度不足20厘米的耕地约占一半，有的地方有机质含量较开垦之初大幅下降。

黑土退化是我国耕地质量“后天失调”问题的缩影。农业农村部农田建设管理司一级巡视员陈章全说，长期以来，由于高强度利用，耕地基础地力呈下降态势，2018年化肥施用量是1978年的6.4倍，而粮食产量仅是2.2倍。与20世纪80年代相比，局部地区退化势头明显，东北黑土地退化、南方耕地酸化、北方耕地盐碱化等问题尤为突出。由于气候、酸雨等综合因素，强酸化耕地增加70%以上，由于水盐运动失调，盐碱化耕地增加30%。

中国工程院院士、中国农科院农业资源与农业区划所副所长周卫认为，从耕地类型来看，我国耕地可分为“七块地”，即东北黑土地、北方旱地、南方水田、南方旱地、盐碱地、设施农业用地及后备耕地。以北方旱地来说，由于高强度利用、耕地浅旋、地下水超采，造成华北平原耕地耕层变浅、水肥保蓄能力差。以南方水田来说，低产水稻土面积超过1亿亩，集约化种植使得“瘦、板、烂、酸、冷”等水稻土典型问题日益严重。以设施农业用地来说，由于长期覆盖栽培、农药肥料高投入，设施土壤普遍出现次生盐渍化、养分失调、土传病害加重等问题。

近年来的布局北移也是耕地问题的一大表现。农业农村部农田建设管理司司长郭永田介绍，我国64%的耕地分布在秦岭—淮河以北，光热水较差、复种指数较低的北方耕地所占比例较10年前增长5个百分点。黑龙江、内蒙古、河南、吉林、新疆5个省份耕地占全国耕地的40%。即使在相同耕地面积下，这种布局变化也会相应减少耕地产能。

有收无收在于水，水利对解决耕地问题至关重要。我国农田有效灌溉面积发展到10.37亿亩，节水灌溉面积达5.6亿亩。不过，记者采访发现，一些地方存在重建设、轻管护的问题，日常管护不到位，灌溉设施得不到及时有效修复，常年“带病”运行。在一些中型灌区，渠系渗漏、坍塌、决口等现象普遍，直接制约耕地质量。

耕地保护难在哪

那么，耕地问题是如何产生的，症结又在何处？

纵观人类历史，因关系生存发展，耕地备受重视。工业革命后，尤其是现代城市发展后，耕地保护和经济发展间的矛盾日益凸显。这是全球的共性问题，我国正处于工业化进程中，这个矛盾不可避免。

一方面，土地投入支撑了中国经济增长奇迹。国家统计局新近发布的数据显示，我国经济总量已超110万亿元，稳居世界第二，占全球经济比重预计超过18%。我国工业和制造业增加值连续10多年居世界首位，220多种工业品产量世界第一。

改革开放40多年来，在地方经济发展中，与土地相关的财政收入起到了特殊作用，推动了工业化、城镇化进程，是基础设施超常供给能力形成的关键。但另一方面，“随着工业化、城镇化进程加快，工业用地、交通用地、城市扩张用地等需求十分强劲，建设用地供求矛盾突出，是导致耕地持续减少的重要原因”。郭永田说，城市周边的地相对平整，都是好地、成规模的地，当城市像摊大饼一样快速长大，正好和优质耕地高度重合，很多地慢慢变成了城市的一部分。

国土三调显示，2019 年建设用地 6.13 亿亩，较 2009 年二调增加 1.28 亿亩，增幅 26.5%。深层原因在于，GDP 增长与地方有切实关联，但粮食安全是关系长远的宏观大局，和当地自身经济发展关系不大。在这种思想主导下，也就放松了粮食安全这根弦，放松了对当地粮食种植面积下滑的警惕，没有充分认识到各地都有保障国家粮食安全的责任和义务。而且，过去较长时间，不少地方依靠的是粗放型经济发展模式，土地利用效率偏低，使建设用地需求居高不下。

经济发展和耕地保护之间的这种冲突，在南方经济发达地区更为明显，也是导致我国耕地分布持续北移的直接原因。在不少经济发达地区，高质量耕地往往最容易被建设占用，补充耕地的质量又难以得到保证。

在广阔的农村，尽管常住人口趋于减少，但农村建设用地也不降反增。自然资源部曾表示，违法占用耕地建房正从局部地区向全国范围、从普通房屋向楼房别墅、从农民自住向非法出售、从单家独户向有组织实施蔓延。国土三调显示，城镇村及工矿用地 5.29 亿亩，其中村庄用地占 3.29 亿亩，占比 62%。

背后的关键因素是我国实行的是城乡二元土地制度，农村土地属于集体所有，在集体经营性建设用地入市改革之前，只有经过国家征收后才可入市交易。同时，随着农村人口增多、经济条件改善，住宅需求快速增加。但在不少地方，宅基地分配还沿袭当年的分配格局。在内外因素推动下，农村违法违规占用耕地建房屡禁不止。

造成耕地“非粮化”的重要原因除了比较效益低外，还有就是有的地方片面推行农业结构调整。朱道林分析，由于多种经营对农业增收作用很大，一些地方把农业结构调整简单理解为压减粮食生产，有的经营主体违规在永久基本农田上种树挖塘。南京林业大学农村政策研究中心主任高强说，工商资本大规模流转耕地后，片面追求利润、实现集约种植，改种经济作物，加剧了“非粮化”倾向。

此外，一些地方对生态文明建设存在认识误区，认为生态文明就是修建景观、造林、铺草，于是在耕地甚至是永久基本农田上植树造绿、挖湖造景。在城镇化背景下，有些农民选择种植效益更高、劳力投入更小的林木。

郭永田分析，耕地保护难的核心问题是耕地利用中存在多重目标冲突，围绕耕地保护产生了多种利益的博弈。在这种博弈中，经济利益上的最大化往往占据上风。“种粮食，还是盖房子？”“种粮食，还是种经济作物？”根本上这是对选择国家利益还是地方局部利益的考量。

早在2013年的中央农村工作会议上，习近平总书记就强调，坚守18亿亩耕地红线，大家立了军令状，必须做到，没有一点点讨价还价的余地！近几年在地方调研中，总书记都十分重视察看耕地，在不同场合表示，保护耕地要像保护文物那样来做，甚至要像保护大熊猫那样来做。然而，变相侵占耕地的现象在各地并未杜绝。

在耕地数量下降的同时，对耕地质量的忽视也应引起重视。耕地质量的治理提升是一个庞大的系统性工程，难度大，见效慢。特别是土壤质量看不见摸不着，只有通过化验检测等手段才能发现问题，而一旦发现问题，治理起来已经十分困难。

因提高产量的现实需要，农业生产长期大量使用化肥、农药，导致耕地退化加重。农业农村部农研中心的典型调查显示，农户层面的种养结合比例已从20世纪80年代的超过70%下降到现在的约10%，导致耕地有机质含量下降。王贵满直言，“以前种地用农家肥，秸秆转变成粪肥回到地里，种地又养地。大量使用化肥后，黑土的营养一点点流失了”。

还有一个重要原因，就是农民对土地的感情也在发生变化，对土地疏于养护。中国人民大学经济学院院长刘守英说，第一代农民工的基本轨迹是离土—出村—回村，第二代农民工基本上是离土—出村—不回村，他们与土地的关系、对农业的观念已经发生根本改变，越来越多的农民不再热衷于保养地力。

耕地问题也有法律制度的原因。我国目前还没有专门的耕地保护法。2021年，新修订的《土地管理法实施条例》第十二条有关于“严格控制耕地转为林地、草地、园地等其他农用地”的规定。在此之前，对占用永久基本农田发展林果业和挖塘养鱼等行为，有“禁止”条款，但没有罚则，地方处置中仍无法可依。这导致土地执法不严、违法违规占用现象仍然存在。

18亿亩红线是怎么来的

无论是分析耕地问题的具体表现还是深层成因，一个绕不开的话题就是

“耕地红线”。18亿亩耕地红线是怎么来的呢?

全国人大农业与农村委员会主任委员陈锡文说，18亿亩是综合经济发展、人口状况、粮食单产等因素测算划定的。考虑到复种指数，18亿亩耕地对应每年的农作物播种面积为24亿亩。其中，粮食播种面积约17亿亩，其余用于棉、油、糖、菜等种植。

从另一个角度看，我国粮食亩均单产不到800斤，以17亿亩的播种面积计算，对应的产量是1.3万亿斤以上，这正是目前粮食产量所站稳的台阶。近年来，我国进口大量农产品，等于变相利用国外耕地。以进口量最大的大豆为例，2021年进口9652万吨，如国内生产，以亩产130公斤计算，需要7亿多亩播种面积。考虑到粮食需求还在增长，红线已退无可退。

18亿亩只是个概数，其实际指向也是与时俱进。国家“十一五”规划期间提出耕地红线保持18亿亩，“十二五”规划上升为18.18亿亩，“十三五”规划明确保持在18.65亿亩。耕地红线数据的变化，反映出国家对耕地保护的目标在持续加压。

新中国成立后，耕地保护几经波折，在不同时期应对不同矛盾，为实施耕地保护作出大量努力。

当年在“以粮为纲”的大背景下，耕地保护受到重视。朱道林回忆，上世纪50年代至70年代，农垦制度得到充分发展，各地还大规模开垦了陡坡地做梯田，耕地规模有所发展。

1978年，安徽凤阳县小岗村探索“包产到户”，农村改革拉开大幕。1979年小岗生产队粮食产量相当于1955年到1970年产量总和。这个时期，农民对耕地有了新的保护意识——保耕地就是保饭碗、保收入。然而，也是从此开始，农村经济飞速发展，农民的住宅需求日益旺盛，乡镇企业在农村纷纷开办，乱占耕地问题开始出现。1981年，国务院下发《关于制止农村建房侵占耕地的紧急通知》对此作出规范。

1985年财税体制改革，地方财政大包干大大激发了地方发展经济积极性，由此也带来大量的土地占用，耕地严重流失。1986年，我国颁布土地管理法，以法律形式对耕地使用进行规范。就在这一年，诞生了专门管理国家土地资源的机构——国家土地管理局，一改城市土地和农村土地分而治之的局面。

20世纪90年代开始，各地“开发区热”造成了大量的耕地占用，由此也导致工业用地价格扭曲，企业因土地成本低，占地过多，而且出现了园区土地投机等弊端，这在中西部地区尤其普遍。有鉴于此，1992年，中共中央出台了《关于严禁开发区和城镇建设占用耕地撂荒的通知》，严格查处愈演愈烈的乱占耕地行为。

1997年，《关于进一步加强土地管理切实保护耕地的通知》发布，提出实施基本农田保护和耕地总量动态平衡制度。1998年，土地管理法修订。2006年，“十一五”规划首次提出18亿亩耕地红线的约束性指标。这一时期，我国还实行了省级政府耕地保护责任目标考核制度，并建立了国家土地督察制度。

党的十八大以来，中央对耕地保护空前重视，农村土地制度改革、国家粮食安全战略加快协同。2013年的中央农村工作会议提出，坚持以我为主、立足国内、确保产能、适度进口、科技支撑的国家粮食安全战略。同时，提出不断探索农村土地集体所有制的有效实现形式，落实集体所有权、稳定农户承包权、放活土地经营权，创新回答了“谁来种地，如何种地”的问题。2017年，党的十九大明确提出第二轮土地承包到期后再延长30年。

耕地保护政策的四梁八柱开始构建。2017年，中共中央、国务院发布《关于加强耕地保护和改进占补平衡的意见》，提出坚决防止占多补少、占优补劣、占水田补旱地的现象，规范省域内补充耕地指标调剂管理，并探索补充耕地国家统筹。2019年，我国再次修订土地管理法。2020年，中央提出粮食安全党政同责。2021年，修订土地管理法实施条例。

管控型政策工具不断完善。2020年，国务院办公厅先后下发《关于坚决制止耕地“非农化”行为的通知》《关于防止耕地“非粮化”稳定粮食生产的意见》，严禁违规占用耕地从事非农建设，严禁违法违规批地用地，明确了耕地利用优先序，推出了防止“非粮化”的系列举措。2021年，自然资源部等三部门发布《关于严格耕地用途管制有关问题的通知》，要求永久基本农田不得转为林地、草地、园地等其他农用地及农业设施建设用地。同时，对耕地转为其他农用地及农业设施建设用地实行年度“进出平衡”。

近年来，国家大力推进高标准农田建设，目前已累计建成9亿亩。多部门实施国家黑土地保护工程，推动酸化和盐碱化耕地治理。郭永田告诉记者，通过田块整治、土壤改良、完善灌排等措施，高标准农田抗灾减灾能力明显提升。2021年，甘肃670万亩农田持续遭受大旱，高标准农田的成灾率比一般农田低20个百分点；台风“烟花”过境浙江余姚，当地高标准农田仅用两天就排出最大深度60厘米的积水。

记者梳理发现，围绕耕地保护，我国已形成管控型、激励型及建设型三类政策工具箱。管控型政策是通过规划管控、用途管制、利用计划、占补平衡等手段严格约束占用耕地的行为。建设型政策是通过加大投入提高地力，包括高标准农田建设、耕地质量提升。激励型政策是通过经济手段对种粮农民给予补贴，对保护耕地的地方给予奖励，包括耕地地力补贴、耕地保护补偿机制等。

趋于完善的政策措施表明，守住18亿亩耕地红线，是我们坚定的决心，没有一点点讨价还价的余地！

保护耕地不能只算经济账

先天不足的农业资源禀赋、超多人口的粮食供给压力，使得我国耕地被迫长期超强度利用。

事实上，耕地质量保护和数量保护同样也是世界级难题。20世纪70年代的欧洲，荷兰是世界人均耕地面积最小的国家之一，在工业化、城市化压力下，平均每年损失耕地1万公顷。为此，荷兰更新耕地保护的相关法律制度，从城市和农村两方面统筹城乡土地规划，防止城市化侵蚀农业用地。得益于严格的耕地保护，荷兰已是世界第二大农产品出口国。

虽国情农情不同，但他山之石可以攻玉。对我国而言，耕地安全愈重要，耕地保护却也愈艰难。在统筹发展和安全的视角下，千方百计确保耕地安全，要处理好地方与全局、经济利益与国家安全、当下与长远三对主要矛盾。当务之急是坚持耕地管控、建设、激励多措并举，构建统筹数量、质量、利用于一体的耕地安全制度体系，梯次解决“有没有地”“好不好用”“种不种粮”的问题。

首先，针对用地利益冲突，要严格耕地数量管控，解决“有没有地”的问题。办法是，强化耕地用途管制，规范土地流转行为，优先保护优质耕地。

在卫星遥感监测技术成熟的今天，违法占地难逃“法眼”。在卫星影像上，田块清晰可见，湾塘一览无余。只要占地动工，必被“天眼”监控。这使得通过定期遥感监测能及时发现问题线索。要严控建设用地占用耕地，强化地方责任，实行党政同责、终身追责。下达带位置带责任的耕地保有量和永久基本农田保护目标任务，并签订耕地保护目标责任书。针对“天眼”发现的非法实质性占用耕地，建立完善“增违挂钩”机制，将违法用地数量与土地计划指标挂钩。

据统计，我国土地流转比例已超三分之一，工商资本占流转土地的比例约10%。2021年的《农村土地经营权流转管理办法》提出，“对工商企业等社会资本流转土地经营权，依法建立分级资格审查和项目审核制度”。各地应加快完善企业经营信誉档案、信用担保等操作性细则，加强流转土地监管，对非法占用土地或破坏耕地层的，及时追究法律责任。

记者调研发现，优质耕地减少的速度快于一般耕地，发达地区耕地减少的速度快于欠发达地区。有必要优先把光热水土匹配较好、复种指数较高的耕地划为永久基本农田，实行特殊保护，特别是要把水热充足、一年多熟的耕地保住。同时，对比较优势突出区域的耕地，划定不同作物的优势产区或产业带，实行区位锁定，防止优质耕地流失。

其次，针对土壤地力透支，要强化耕地质量建设，解决耕地“好不好用”的问题。手段是，加大耕地建设投入，加快耕地科技创新，优化灌区续建配套。

采访中，各地普遍反映，高标准农田建设投入与实际建设成本相比差距较大，多数地方财政资金配套困难，管护经费也普遍不足。农业农村部农田建设管理司副司长吴洪伟建议，各地要提高土地出让收入用于农业农村的比例，优先用于高标准农田建设。加强耕地保护与财政奖补、信贷担保等方面的政策衔接，吸引社会资本和新型主体投入高标准农田建设和运行管护。

耕地质量提升是个系统工程，涉及农机、农艺、种子、水肥等多学科。长期以来，我国耕地科技力量布局分散，突破难点的思路不清晰。不久前，中国农科院启动实施“沃田科技行动”，集聚院内农业资源、作物科学、农业机械等学科协同攻关。下一步，应在更大范围内强化科技资源整合，推进“基础研究、技术研发、产品创制、模式构建”全链条科技创新，打造耕地国家战略科技力量。

水利是改善耕地质量的关键要素。水利部农村水利水电司副司长、一级巡视员倪文进说，我国自然地理条件决定了农业生产高度依赖灌溉。要加快推进大中型灌区续建配套与现代化改造，以粮食主产区为重点，开展骨干灌排工程设施除险加固、配套达标，注意与高标准农田建设衔接。中国水利水电科学研究院水利研究所副所长张宝忠认为，要因地制宜建设水系连通与引、蓄、灌、排等供用水工程体系，以数字灌区为抓手建设水调控系统，将有助于耕地质量长久提升。

再次，针对耕地“非粮化”，要创新激励措施，解决“种不种粮”的问题。方式是，明确耕地利用优先序，保障种粮农民合理收益，扩大金融保险手段运用。

耕地又有一般耕地、永久基本农田、高标准农田之别。耕地利用不能完全按照效益优先的原则来考量。应当明确，一般耕地应主要用于粮食和棉、油、糖、菜及饲草饲料生产。永久基本农田是优质耕地，已依法划定约15.46亿亩，要重点用于粮食生产。高标准农田已建成9亿亩，原则上全部用于生产粮食。

要引导新发展林果业上山上坡，不与粮争地。不过，也不能把“非粮化”与农业结构调整对立。各地在防止“非粮化”增量同时，要稳妥处置存量问题。

在地方调研时，农民们告诉记者，“只要种粮能赚钱，国家粮食就安全”。耕地问题不能只算经济账，但也要用好经济手段。区别于“非农化”，防止耕地“非粮化”要有不同的应对策略。要综合运用政策、市场等手段来纠正“非粮化”，让经营主体愿意种粮。既要“晓之以义”，压实地方党委政府粮食安全责任，确保各省份粮食播种面积稳定；又要“辅之以利”，完善农业价格和补贴政策，健全农业社会化服务体系，让农民种粮多得利。

2022 年 1 月，四川省首单耕地地力指数保险在宜宾市落地。承保的锦泰保险公司介绍，该保险通过监测土壤有机质含量变化来判断是否触发保险补偿。保险周期为 3 年，参保后，农户每年每亩地仅需缴纳 24 元保费，如果监测显示有机质含量增长，农户就可获得每亩 3 年最高 1500 元的补偿。作为金融支农创新试点支持项目，耕地地力指数保险将一般政策性农业保险的受灾赔付变为正向激励，有利于激励种粮农户，可逐步扩大试点。

寸土寸金关乎国计，一垄一亩承载民生。保护耕地就是保护我们自己和子孙后代。在耕地问题上决不能犯历史性错误。唯如此，才能实现“但存方寸地，留与子孙耕”。

（经济日报 2022 年 02 月 14 日）

申报资料实录

作品简介：耕地是粮食生产的命根子，也是习近平总书记多次提到、牵挂于心的问题。针对当前耕地数量减少、局部质量变差的现实，疫情期间，采访组克服各种困难，直面热点问题，对如何守住耕地数量和质量红线展开深度调查。先后到农业农村部、水利部、自然资源部等部委了解情况，与多位土地领域专家学者采访沟通，到多个粮食产区进行调研，采写了这篇调研报道，前后用了近两个月时间。稿件以问题为导向，客观理性地揭示了我国耕地问题现状，以及耕地保护的痛点难点，并提出了开展耕地保护的思路、措施和建议。

社会效果：此文在经济日报 2022 年 2 月 14 日 1 版头条刊发后，相关部门多次召开联席会议，并推动将“牢牢守住十八亿亩耕地红线，逐步把永久基本农田全部建成高标准农田”写入党的二十大报告。同时，推动有关部门联合提请国务院审议《耕地保护法（草案）》，推动落实“按位置下达耕地保护和基本农田保护任务”，推动压实耕地保护党政同责。报道提出“保护耕地不能只算经济账”的观点受到中央领导高度重视。文章引发社会各方面广泛关注。经济日报微博主持开设 # 经济日报关于耕地问题调查 #、# 保护耕地不能只算经济账 # 等话题，全平台累计传播量约 6000 万。学习强国、新华文摘等 200 多家媒体全文转发；读者转发、留言参与互动踊跃。

初评评语：该文从多个视角对耕地存在的问题、如何守住耕地红线等重大问题进行了系统分析，主题重大，观点鲜明，数据翔实，分析透彻，产生强烈的社会反响，体现了媒体的责任担当。

从“第一”到“第一” 7本火车驾驶证见证“中国速度”

连　肖　佘振芳　李文科

作品二维码

（新重庆客户端头条 2022 年 07 月 01 日）

申报资料实录

作品简介： 习近平总书记指出：“新中国成立以来，几代人逢山开路、遇水架桥，建成了交通大国，正在加快建设交通强国。”报道在新中国第一条铁路成渝铁路建成通车70年之际推出，以一家三代火车司机的“7本驾驶证”切入，反映他们对70年间中国铁路从时速40公里到350公里这一飞跃的见证，对中国铁路多个“第一”进阶之路的见证。报道以小人物折射大时代，视角独特，意义深远。以丰富细节描摹厚重历史。记者深入采访并查阅大量史料，挖掘细节，比如曾经火车司机要“费力铲煤烧锅炉”，修铁路时沿线老百姓“甚至捐出了自己的寿材”，还原历史现场。报道见人见事，生动鲜活又有历史纵深，在快阅读、碎片化时代，彰显内容厚度及价值。

社会效果： 作品在华龙网、新重庆客户端首发，并通过1+41集群联盟推送，浏览量超过300万人次，被人民网、光明网、学习强国等平台转载，还被西南铁路公众号等转发，在社会各界均引发强烈反响。不少网友感叹：“一条铁路改变了无数个城市。”“这样的故事极富价值，值得我们记住。”

初评评语： 采访对象祖孙三代火车司机身份特殊，他们亲眼见证“70年，从新中国第一条铁路通车，到中国高铁多项指标世界第一”的过程，记者深入挖掘背后故事，并通过查询档案、采访川渝铁路修建者等方式，多维度做厚报道，格局宏大，立意高远，意义深刻。

“外婆”的礼物

陈　嘉

3 月 8 日晚，王磊送走餐厅最后一位客人后赶忙打开微信，给远在旬阳的张新斌发了一条信息：你送的 500 盒“外婆的礼物”存货不多了，赶紧再送一批哦！

王磊是西安高新区一家餐厅的负责人，他口中的“外婆的礼物”其实是来自陕南旬阳大山里的土鸡蛋。这些土鸡蛋看似平平无奇，缘何被王磊称作“外婆的礼物”呢？记者采访后才知道，原来在这些鸡蛋的背后，有着一个暖暖的故事。

故事要从给王磊送鸡蛋的张新斌讲起。

2013 年，在西安闯荡多年的“80 后”小伙张新斌回老家旬阳市城关镇木厂村探亲。这个典型的陕南村庄，和他离开时一样，每年都有大批青壮年劳动力外出务工，村里只留下一些老人和孩子。有的老人守着三分薄地，种些简单的作物，勉强维持日常生活；有的老人由于没有固定收入，手头拮据，遇到头疼脑热连买药钱都拿不出……这让张新斌深受触动。

“那次回乡，我发现不少老人，既没有稳定的生活来源，也没有精神寄托，整日孤零零地坐在门前，守望着连绵的群山。”张新斌谈及那次回乡的感受，至今让他难以忘怀，“我是农民的孩子，特别能体会他们的感受。一些老人由于没有存款和收入，自己有事的时候每月百十来元的养老金根本解决不了问题，不得不伸手找儿女们要；遇到儿女们有困难，老人想分担也无能为力。”

于是，他萌生了帮助留守老人的念头，并很快成立了守望大山公益组织。

最初，这个组织主要以捐钱捐物的形式帮助老人。同时，张新斌还定期组织城里的朋友到旬阳山里，开展帮扶活动。

“传统公益确实发挥了很大作用。每次志愿者去看望老人，冷清的家一下子变得热闹起来，老人发自内心地开心。”张新斌说，但有一次他们给一位老人送钱送物品时，老人再三拒收现金，而且要求他们临走时带上他家的土鸡蛋。这件事让张新斌意识到，捐钱捐物固然能够帮助老人们解燃眉之急，但是从长远看，这并不能从根本上改善他们的生活现状，还会给他们造成心理负担。所以，公益活动不能光是“授人以鱼”，更要“授人以渔”。

2016年，一个崭新的计划——“百位外婆创业计划”诞生了。张新斌为此专门成立了旬阳大山造物网络科技有限公司，采用以买代捐的公益模式，通过爱心认购，由捐赠者给山里的老人们赠送鸡苗，让老人把鸡养大后，再向捐赠者返销鸡蛋。这种方式既让老人们有了持续增收的能力，还让捐赠者能够得到原生态山货。因为这些鸡蛋都是老人们劳动的成果，所以张新斌给这些鸡蛋起了一个温馨的名字——“外婆的礼物”。

这项计划的实施，已使旬阳市1278位老人从中受益，年人均收入5000元，在脱贫攻坚中充分展现了社会公益力量的担当。2021年，旬阳大山造物网络科技有限公司被中共中央、国务院授予“全国脱贫攻坚先进集体”称号。

当前，在巩固拓展脱贫攻坚成果同乡村振兴有效衔接的过程中，社会公益发挥着更加积极的作用，越来越多农村留守老人借助公益的力量，参与到共同富裕的奋斗中。

“去年，我家养了300只鸡。这是个相对轻松的活儿，鸡舍、鸡饲料都是企业给我们准备好的，我们就负责养好鸡。”家住城关镇西沟村4组的赵祥举和老伴参与创业计划后，每年仅养鸡增收就达3万元。

除了土鸡蛋，大山里的腊肉、黄花菜、竹笋等土特产也都成为“外婆的礼物”，经由电商渠道销往全国各地。如今，“百位外婆创业计划”的影响力逐步扩大，很多老人将养鸡作为一项稳定增收的产业进行发展。每年还不断有新增的“外婆”加入这项创业计划。

3月18日，阳光和煦。吃罢午饭，张新斌带着公司的两名员工驱车前往城关镇殿湾村。和往常一样，他们这次深入山区的目的，就是继续寻找有创业想法的“外婆”。他们到来之前，村干部已经帮公司对村里留守老人的家庭情况进行了摸底。张新斌来，要做的是进一步“洽谈”工作。

车停在了半山腰的一户人家门前，大门半掩着。3人绕向屋后，村民何邦娣和老伴张开明正在地里劳作。

“婆，种的啥？”

“早上挖了些黄姜，这刚点了些四季豆和豇豆。走，到屋喝茶。”

进屋坐定，热情的老两口便取杯沏茶。

张新斌说：“婆，你不招呼，我们公司就在这山下面。看你们身体还好，今年给你们发些鸡苗子，你们来给我养，咋样？”

“不晓得顾不顾得过来哟！”女主人笑着回答。

“我们给你们免费发鸡苗。一只鸡我们给你们发10斤玉米，将来鸡产蛋了一只鸡要先给我们还10枚鸡蛋，之后鸡产的蛋我们按一个鸡蛋1.2元回收。”

张新斌一边给男主人点烟一边说，“鸡苗和饲料都给你们免费发，你们啥也不操心，就只管养鸡。除了鸡蛋，年底不下蛋的鸡我们也收购。”

“坎上王家去年也养了 20 只鸡，一年下来挣了 4000 多元，要不我们先养 20 只试试？”张开明对何邦娣说。

“这坡上适合养鸡，回头我们来帮你收拾一下，你们可以先养40只试试。”张新斌建议。

……

一个下午，张新斌成功“签约”4位老人，顺便还收购了一批鸡蛋。晚上8时，王磊给张新斌发来微信：新鲜的土鸡蛋收到了。

现在，“百位外婆创业计划”的帮助对象已经从旬阳的留守老人拓展到了岚皋、紫阳等地。据了解，从 2016 年至今，“外婆的礼物”累计筹款超过 350 万元，参与人数达 40 万人，仅仅在西安就有 106 家企业、单位与“百位外婆创业计划”有合作，带动秦巴山区销售农产品 5000 多万元。

（《陕西日报》2022 年 04 月 13 日）

申报资料实录

作品简介：本文是记者带着强烈的新闻敏锐度，在感动中采写完成的作品。农村留守老人一直是社会关注的群体，他们有很重的乡土情结，以乡村为归依，但是随着劳动能力的缺失和普遍的精神空虚，留守老人该如何安度晚年，值得思考。2022 年 3 月记者获悉在旬阳市有一个聚焦农村留守老人的公益项目——外婆的礼物。记者迅速联系项目发起人张新斌，三赴旬阳进行实地采访，走访农村留守老人，跟踪采访公益项目的发起人及其团队，了解到公益项目通过捐赠者向留守老人发放鸡苗，老人将鸡养大后，再向捐赠者返销鸡蛋的形式，持续让留守老人产生经济收益，这种授人以渔的公益形式不仅极大改善了农村留守老人的生活状态和精神面貌，也在乡村振兴中彰显了企业的社会担当。记者数易其稿，字斟句酌，反复打磨，以期用平实的语言讲好张新斌和留守老人的故事。

社会效果：这篇充满温度的通讯作品一经刊发就在安康引发强烈反响，从市上主要领导到普通群众，大家纷纷点赞并转发，好评如潮。陕西广播电视台、西安晚报、腾讯等纷纷跟进，并作了大量报道。媒体的关注大大提升了该公益项目的社会影响力，也让越来越多的留守老人得到帮助。截至目前，外婆的礼物已经走出陕西，走向全国。参与人数从最初的 200 多人发展到 16 万人，更多的留守老人从中获益。源源不断的社会关怀和帮助为他们的晚年生活增添了更多暖意。

初评评语：该作品聚焦脱贫攻坚期间的农村留守老人，选题精准，视野宏大，体现了时代背景下记者的新闻敏感。其次，该作品突出了浓浓的人文关怀。通介绍秦巴山区的一个公益项目，让农村留守老人老有所为。这一案例不仅在脱贫攻坚期间具有典型意义，在乡村振兴过程中，如何进一步让农村老人安度晚年，依然能带给大家延展思考的价值。再次，从写作手法上，该作品以小切口来书写大主题，语言平实，生动活泼，引人入胜。充分体现了记者深入基层，践行“四力”，用鲜活笔触书写这样一篇带着露珠、冒着热气的新闻作品，是新时代党媒记者的专业态度和职业精神的集中展现。

痛心！协和专家：在兴趣班学的这个动作已致 1000 多名中国孩子瘫痪

田巧萍　赵心瑜

作品二维码

（大武汉客户端 2022 年 02 月 25 日）

申报资料实录

作品简介：选题有重大意义。记者偶然得知华科大同济医学院附属协和医院骨科郭晓东教授对中国儿童截瘫的 10 年回顾性研究发现，舞蹈下腰已成为中国儿童截瘫的首要原因。作者敏锐意识到此事在“双减”背景下具有重大现实意义，立即展开深度调研式采访。报道问题感强。使舞蹈下腰导致瘫痪这个危害家庭和社会的民生问题，引起广泛关注。采访历时半个月，先后采访医学专家、少儿舞蹈机构负责人、一线少儿舞蹈教师、下腰瘫儿童家庭、少儿舞蹈教育研究人员等，体现了记者深入一线调查研究良好作风。写作讲究，明线写郭晓东教授对中国儿童下腰导致瘫痪的十年回顾性研究成果；暗线写受害儿童的现状，提示这个新问题对受伤儿童、家庭及社会的巨大破坏性。两条线各有侧重又有机统一。

社会效果：起到预警作用。通过对少儿培训机构的深入调查采访，指出不规范的下腰是导致中国儿童“下腰瘫”的直接原因。对家长和少儿舞蹈培训机构具有很强的警示意义。“下腰瘫”报道以文字 + 照片 + 视频的方式，在长江日报全媒体平台进行了分发传播，推文在长江日报公号上点击量达 10 万 +，相关微博话题阅读量达 5300 万。长江日报这一报道同时被多家媒体转发，亦有多家媒体进行了跟进报道。武汉市社会科学院在该文发表后专门成立研究团队，长江日报记者被邀请进课题组，从“下腰瘫”现象切入，研究“双减”之后校外非学科类培训机构的综合治理。

初评评语：从小送孩子练习舞蹈，现在已成为中国城市女童家长们的育儿标配，社会需求巨大。令人痛心的是，舞蹈训练中的下腰动作已成为导致中国儿童截瘫的首要原因，记者从中敏锐意识到此事在“双减”背景下具有重大的现实意义。报道采写扎实，具有很强的问题感，体现了党的新闻工作者深入一线调查研究的优良作风。报道刊发后，起到警示作用，也引起国家层面关注，记者还受邀参加校外非学科类培训机构治理研究组，参与多场次的实地调查和研究，为问题解决贡献了媒体的力量，彰显了媒体的社会责任。

溜索女孩的人生之桥

戴玲燕　姜超楠　魏玉卿　王　从　董　晓

限于篇幅，文字稿略，获奖作品请见中国记协网 http: //www.zgjx.cn。

（江苏省广播电视总台 2022 年 08 月 15 日）

申报资料实录

作品简介：一段珍贵素材激荡时代浪花。15 年前，溜索女孩余燕恰因被媒体拍到溜索过江求学广受关注，拍下她的人正是江苏台记者。当时，江苏台联合二十多家媒体发起爱心行动，在怒江上建起 3 座爱心桥。15 年后，余燕恰大学毕业，她选择回到家乡成为医务工作者。当年记录下她飞索求学的记者重回怒江，以余燕恰看世界的视角为起点，以“桥”为符号贯穿全片，通过有形的桥和无形的桥，串联起 15 年间的重大节点，作品细节丰富、娓娓道来，引发受众共鸣。展现个人成长和时代变化的紧密关系，展示生逢伟大时代，每个梦想都能通过奋斗拥有更广阔的舞台。在江苏卫视《新闻眼》、荔枝新闻客户端、江苏新闻微博微信推出，微博话题阅读量过千万。

社会效果：作品播发后反响热烈，被人民日报客户端、央视网、中青网、芒果 TV 等近百家媒体官方账号和主流平台转载，引发数万网友留言，有的网友说：“感慨祖国繁荣昌盛，给曾经贫困地区的孩子内心种下美好的种子。”有的网友说：“泪水在眼眶里打转。了不起的女孩，了不起的中国！”海外网友留言说：“干得好，年轻女孩，继续坚持梦想”“不可思议，祝贺你”……作品彰显了主流媒体的价值引领作用。作品获 2022 年度江苏省电视新闻专题一等奖、2022 长三角白暨豚原创网络视频大赛最高奖项——评委会大奖、国家广电总局 2022 年度优秀网络视听作品、国家广电总局 2022 年三季度优秀广播电视新闻作品推优等。

初评评语：该作品具有独家性与稀缺性，15 年前的拍摄采访和爱心公益行动，成为一场“重逢”特殊的引子。在此基础上作品以人物故事为切口，党的十八大以来脱贫攻坚可歌可泣的巨大成就更加可知可感。人物命运在时代巨变中找到令人振奋的坐标，使得作品具有纵深感和厚重感。

“无钢”济钢重返500强

韩 信 王兴涛 孙 娟 毛 馨 宋小龙 原宝国 邓 杰

限于篇幅，文字稿略，获奖作品请见中国记协网 http: //www.zgjx.cn。

（山东广播电视台 2022 年 12 月 29 日）

申报资料实录

作品简介：习近平总书记强调，“高质量发展是全面建设社会主义现代化国家的首要任务。”“牢牢把握高质量发展这个首要任务。”五年前，曾经是中国企业 500 强榜单常客的济钢，在供给侧结构性改革的背景下关停全部钢铁产线，成为全国首家全面关停主业的城市钢企。济钢打响改革攻坚战引起了党中央、国务院的高度重视和社会各界的极大关注。作品聚焦济钢从陷入生死困境到因时因势调整发展思路，前瞻性布局新兴产业，冲破思想观念束缚，破除各方面体制机制障碍，实现历史性变革和系统性重塑，重返中国企业 500 强的蜕变历程，揭示了经济发展中新旧动能转换持续发展的重要内在规律，科学回答了在新时代实现什么样的发展、怎样实现发展的重大问题，具有典型性和示范意义。

社会效果：作为全国知名传统钢铁企业，关停主业、布局新兴产业的济钢，是山东省新旧动能转换的缩影。该作品以记者实地探访、出镜调查为基本创作手法，鲜活生动展示了新闻事件背后的细节，主题突出，逻辑清晰，人物特点鲜明，风格简洁明了，从小切口、微视角切入，反映大情怀、大主题，采访翔实、鞭辟入里，容易引发受众共鸣，是一部深刻展示高质量发展内在逻辑的佳作，为我国经济的高质量发展提供山东经验。该作品发布后不久，济钢转型发展案例入选中国改革 2022 年度案例名单。

初评评语：该作品剑指高质量，紧扣完整、准确、全面贯彻新发展理念，主创团队沉下身子深入调查研究，捕捉到了经济报道中的热点、难点、焦点，分析透彻、内容新鲜、文风朴实、指导性强，展现出主流媒体较高的专业素养，是一篇难得的经济报道。

重庆山火突发，他们逆行而上

——人民的英雄，英雄的人民！

张一叶（张勇）　刘　颜　白永茂　曾　雯　佘振芳　宋　煦　谭　周

作品二维码

（重庆华龙网 2022 年 08 月 26 日）

申报资料实录

作品简介：习近平总书记强调，“今天的中国，是赓续民族精神的中国”，并点赞“英雄的事迹永远铭记在我们心中”。2022 年 8 月，重庆山火肆虐，无数平凡人挺身而出，在灾难面前展现出“众志成城、守望相助”的民族精神，感动全国也震惊世界。专题以这些凡人英雄为主角，铺开一幅立体画卷。素材珍贵，全景记录生动立体。山火发生后，华龙网尽锐出击，派出多路记者逆行而上，持续多日在山火现场蹲点采访，获取大量素材，通过专题串联起军民团结一心、众志成城战山火的全过程，记录“人墙传送带”“防火长城”等鏖战山火、守望相助的震撼画面和感人故事。角度巧妙，感染力强引发共鸣。专题从“人民的英雄、英雄的人民”切入，将视角对准摩托骑士、消防队员、志愿者等山火中涌现出的普通人，通过长卷展现抗灾救灾的人物群像，配合触动人心的文案、戳人的同期声，再现那些让人动容的瞬间，带来沉浸式体验，引发观众共情。视觉创新，融合表达入脑入心。专题注重视觉语言的创新表达，利用手绘、3D 等多手段包装，以光影叙事手法，将新闻内容以场景化叙事娓娓道来、连缀成篇，巧妙搭配融媒体素材，带来强烈视觉冲击。作品探索内容融合创新的新路径和新方式，坚持守正创新，让主题宣传富有张力。

社会效果：专题聚焦重大突发事件，充分发挥了地方媒体在媒体融合创新上的效能。在华龙网、新重庆客户端等全媒体平台发布后，社会反响强烈，线上浏览量超2000万次，网友留言近1000条。作品通过视频、文字、语音、全景照片等方式立体鲜活地展现众志成城战山火的英雄壮举，让新闻内容通过技术手段得以充分表达，更增强了与网友的互动。同时，作品生动地诠释了中国人民的伟大民族精神，以现场感、沉浸式的体验直击观众心灵，引人入胜，传播范围遍及全网。很多网友在互动留言说：“中国军民永远热血！真的被感动了！”“中国人团结起来没有克服不了的困难，没有跨不过去的坎儿！”

初评评语：该专题创新报道角度、丰富报道方式、从细节处展现真情，既有效传达政府科学组织、主动应对的信息，又有效引导舆论，树立万众一心、众志成城的坚定信心，让人们在无情的自然灾害中，看到了政府的担当、人性的温度和民众身上的英雄气。同时，专题在技术与传播上下足了功夫，运用新媒体动态交互视觉设计，与沉浸式的叙事表达，将烈焰中逆行的消防救援人员、不舍昼夜输送物资的摩托车队、令人震撼的“人”形防火长城等一幕幕守望相助的场景淋漓尽致地表现了出来。展现了中国人民身上的血性、意志和团结，矗立起家国情怀的精神灯塔，诠释出中华民族的伟大精神，是新媒体形式与新闻报道深度融合的一次成功实践。

总书记来信

集　体

限于篇幅，文字稿略，获奖作品请见中国记协网 http: //www.zgjx.cn。

（湖南广播电视台 2022 年 11 月 14 日）

申报资料实录

作品简介：迎接党的二十大召开特别节目《总书记来信》，以十八大以来，习近平总书记与各界人士的书信交流为切入口，以“我们都是收信人”为立意，在拍摄阶段，报道组兵分八路，前往老挝万象、西藏高原、澳门特别行政区等地采访拍摄，挖掘写信人背后的故事。从不同侧面反映十年来，我国外交、军事、教育、科技和脱贫攻坚等各个方面取得的巨大成就。本集《牢记使命》的摄制组前往了全军驻地海拔最高的建制营——西藏岗巴边防营，深入了营区中海拔 5592 米的高位观察哨，记录下了在重要来信精神的激励下，“高原戍边模范营”的战训现场以及在驻地里举行的一场特别的“高原婚礼”。

社会效果：报道在芒果 TV 的网络点击观看量达到 5388 万人次，报道在新媒体的广泛传播，有助于引导受众深入浅出地理解习近平总书记的执政理念、心路历程和所思所虑，感受蕴含其中的真理光辉和人格魅力，增强对习近平新时代中国特色社会主义思想的心理认同、情感融入和言行自觉。

初评评语：《总书记来信》以小切口、微视角破题立论，独具一格、别开生面，体现出“实、新、深、活”的特点。该报道创造性地架构起了“读书信——悟思想——抓落实——看变化”的叙事逻辑。报道由点及面、逻辑严密、娓娓道来，最终落脚于总书记的人民情怀，做到了言之有物，体现了主流媒体的敏锐性和前瞻性。

新时代答卷

集　体

作品二维码

（新华社客户端 2022 年 10 月 14 日）

申报资料实录

作品简介：大型政论片《新时代答卷》是新华社为迎接党的二十大胜利召开推出的重磅融媒体产品，聚焦党的十八大以来的原创性思想、变革性实践、突破性进展、标志性成果，全面展现习近平总书记领航中华民族伟大复兴的壮阔航程，推动党和国家事业取得的历史性成就、发生的历史性变革。政论片围绕习近平总书记提出的“四为四谋”展开论述，立体化表现习近平总书记“领路人”“答卷人”“知心人”“圆梦人”的思想智慧、雄才伟略、人格风范、形象魅力。节目系统梳理了“五位一体”总体布局、“四个全面”战略布局等习近平治国理政新理念新思想新战略，邀请中央党校、中国社科院专家进行权威解读和阐释，并融入鲜活案例，展现在习近平新时代中国特色社会主义思想指引下，中国特色社会主义事业全面发展、全面进步。新华社调动 8 个国内分社、2 个海外总分社和 7 个海外分社记者，纵横国内外多地取景拍摄，包括湖南十八洞村、河北阜平、秦岭、一汽集团车间、雅万高铁施工现场、肯尼亚西亚佩孤儿院等，有些地点多次拍摄，捕捉最鲜活的人物，触及最平凡的人心，一幅幅中国共产党人的新时代答卷徐徐展开。

社会效果：作品总浏览量突破 2 亿，媒体采用超过 400 家次，在广东电视台、中国教育电视台等100多家电视台和高铁列车播出，中央网信办公众号、学习强国重点推送，B站、爱奇艺、腾讯视频、芒果TV等视频平台在首页突出位置展示。

初评评语：大型政论片《新时代答卷》立意高远，全景式回顾了习近平总书记领航中华民族伟大复兴的壮阔航程，将宏观叙事与微观故事有机融合，立体化展现了习近平总书记的雄才伟略和担当作为，并以“两个确立”作为全片的逻辑起点、思想支点和实践落点，为党的二十大召开凝聚更广泛共识。

新闻纪录片

新时代中国人权

集　体

限于篇幅，文字稿略，获奖作品请见中国记协网 http: //www.zgjx.cn。

（中央广播电视总台 2022 年 12 月 26 日）

申报资料实录

作品简介：为系统阐释党的十八大以来中国人权理念、道路和伟大成就，由中宣部、中国人权研究会指导，总台华语环球节目中心摄制的五集大型电视政论片《新时代中国人权》于2022年12月26日至30日在央视中文国际频道、综合频道播出。作为国内人权主题电视政论片，总台高度重视，组织高水平策划和摄制团队，深入采访调研，克服疫情影响，历时 14 个月，跋涉数万公里，以深入的访谈、鲜活的故事和翔实的资料，阐述以人民为中心的中国人权发展道路，展现中国共产党人如何将人民对美好生活的向往作为自己的奋斗目标。摄制组还联动总台多个海外记者站，采访数十位中外政要和专家学者，诠释中国为全球人权治理作出的积极贡献。截至 2023 年 4 月 4 日，电视端和新媒体端总触达人群 1.3 亿人次。

社会效果：五集政论片《新时代中国人权》推出后，收视率节节攀升，融媒体传播效果显著，电视端和新媒体端总触达人群 1.3 亿人次。《人民日报》、新华社等国内主流媒体相继刊发多篇评论文章对该片主旨立意、创作手法和传播效果给予高度评价。该片在海外华侨华人群体中也引发强烈共鸣，留言表示该片坚定了他们在人权问题上的发言权，使他们更有信心、更愿意将中国人权故事讲给外国朋友。该片还通过总台 CGTN 陆续以多语种译制播出，让世界上更多人了解中国人权故事。

初评评语：本片选题重大、立意高远，主题鲜明、选材典型、结构严谨、表达生动，感染力强、传播效果好。权威理论塑造中国人权话语。全片围绕习近平总书记关于尊重和保障人权的“金句”展开理论阐释，有机融入人物采访、故事讲述和史料数据，节目内容真实可信，说服力强；创新手段讲好中国人权故事。节目将镜头聚焦普通人，展现人民群众的获得感、幸福感、安全感；彰显中国人权事业的制度自信、道路自信、理论自信。以国际化视野，诠释全球人权治理的中国智慧、中国理念、中国方案，传递出构建人类命运共同体的理想；传播效果佳。电视收视率不断攀升，融媒体传播效果显著，总触达人群 1.3 亿人次。

冬奥“三记”（一）生命飞扬

——冬奥火炬诞生记

钱丹丹　赵　怡　齐　芳　马勇杰

限于篇幅，文字稿略，获奖作品请见中国记协网 http: //www.zgjx.cn。

（北京广播电视台 2022 年 01 月 21 日）

申报资料实录

作品简介：该片记录了北京 2022 年冬奥会重要形象景观之一——冬奥火炬诞生过程。从 2020 年开始，在高度保密前提下，摄制组辗转多地，跟踪采访各个设计、研发制作团队，将冬奥火炬创意、设计、评选、修改、制作及最终亮相的全过程悉数记录，其中很多都是独家宝贵影像。而这部 30 分钟的纪录片是唯一一部完整呈现了冬奥火炬从设计之初到量产全过程的视频作品。该片不但呈现了冬奥火炬产生过程，还深度解读了它所蕴含的“道法自然、天人合一”的中华传统文化思想。该片对其作为“全球首支开放式碳纤维氢能手持火炬”的科技含量也做了详尽介绍，研制人员兼顾柔和朴实的自然曲线和绿色环保理念，攻坚克难，最终实现了文化、艺术与科技的完美融合。通过这支火炬，展现了中国智慧、中国智造，体现中国精神和中国人民对奥林匹克运动的热爱。两年多的时间，火炬研制团队彰显大国工匠精神，摄制团队同样以匠人精神来打磨作品，拍摄时没有错过火炬研发的每一个重要节点，经常为了一根线条、为了燃烧实验，反复拍摄十余次，就为了捕捉到完美成功的那一刻，最终才能从海量素材中提炼出精华凝结成片。

社会效果：冬奥火炬诞生记与制服诞生记、奖牌诞生记组合而成的《冬奥“三记”》项目。该片在 2022 年北京冬奥会期间多次重播，截至 2022 年 4 月 30 日，共计播出超过 30 次。

初评评语：该片拍摄机会难得、素材翔实、剪辑生动，其中火炬内部精密结构等画面都是经冬奥组委授权后首次、独家向公众展示，多维度解读让观众全面而深度地了解冬奥火炬及其背后蕴含的文化精髓。而片中很多不为人知的幕后故事，也让观众感受到冬奥火炬产生的不平凡的过程。北京2022年冬奥会已经结束，而《冬奥“三记”（一）生命飞扬——冬奥火炬诞生记》为冬奥完美留档，这部纪录片不但是奥运遗产的珍贵影像档案，也是奥运幕后英雄们的荣誉簿，向全世界展现了中国人对中华文化、奥运精神以及人类命运共同体的深刻理解和深厚情感，诠释了中华文明在新时代的无穷魅力和前进步伐。

习主席的国礼故事

集　体

作品二维码

（人民日报海外版 2022 年 09 月 09 日）

申报资料实录

作品简介： 2022年9月至12月，人民日报海外版“学习小组”栏目独家策划推出23期“习主席的国礼故事”原创系列融媒报道，精选20余件习近平主席在外事场合获赠或送出的珍贵国礼，深入挖掘其背后故事和价值内涵，生动鲜活地呈现在习近平外交思想引领下新时代中国特色大国外交取得的历史性、开创性成就中。其中，多数国礼系首次对外公开报道。这组报道巧用互联网思维，小切口、软输出，将博大深刻的习近平外交思想寓于一个个故事中，既内涵丰厚又通俗易懂。报道采用“原创文稿＋国礼图片＋朗读音频＋短视频”的融合形式，在“学习小组”微信公众号、“海客”新闻客户端、喜马拉雅音频、抖音短视频等平台发布，受众能读报道、赏国礼、听故事、看视频，形态多样，相得益彰。标题巧妙嵌入领袖名字和相关国礼，主题鲜明，引人追看；文末设置“彩蛋”，有奖竞猜下一期国礼，让网友持续期待。报道还通过微信编辑器增强互动，如滚动播放图片、滑动查看高清版国礼、点击切换不同视角下的国礼照片等。为高质量完成这组独家报道，人民日报海外版成立创作专班，细化深化策划方案，采写过程求深求精，编辑核对准确无误，形式呈现出新出彩，全力做好这项重大主题融媒报道。

社会效果： “习主席的国礼故事”原创系列融媒报道推出后引发广泛关注，总阅读量／播放量逾1.3亿。这组报道在主要新闻网站、客户端等首页首屏位置突出呈现；“学习强国”平台以专题形式置顶推荐；微博话题“#习主席的国礼故事#”“#习近平获颁的勋章#”等登上热搜榜首位，浏览量过亿；每期报道均实现海外落地，160余家海外知名华文媒体转载；多家知名出版社主动上门寻求合作，希望将该系列报道结集出版，进一步扩大影响力。有网友评论：“真的太喜欢这个系列了，内容优质，题材新颖，风格明快，图片精良，配音动听，每一期都值得收藏！”

初评评语： 这组报道立意高远、基调严谨、选题独家、信源权威、视角独特、语言平实，篇篇有新意、件件是佳作，外宣特色鲜明，充分展示出习近平主席的大国领袖风范，是一次精准、精彩、精心的融媒传播实践，也是对外讲好总书记故事、传播好习近平外交思想的一次成功探索和有益创新。

工伤认定如何“新题新解”

裴龙翔　李润钊　兰德华　刘旭　徐福平　卢　越

代表作 1

送餐员、快递小哥等新就业形态劳动者常常因没有固定工作地点而在工伤认定时遇阻

【工伤认定如何“新题新解”①】人在途中的“小哥”何以证明“上下班途中”

裴龙翔

外卖骑手遭遇交通事故，却因不能证明“上班途中”被保险公司拒绝赔付。无固定工作场所的骑手，如何证明是在“上班途中”受伤？

公司以骑手发生事故后，摩托车的送餐箱内没有餐盒为由，认定骑手当时并非在送餐。骑手该如何证明受伤时处于“工作时间”？

当前，我国灵活就业人员已达 2 亿人。与一般的工作相比，骑手“小哥”们就业方式更灵活，在劳动关系认定、工作时间、地点等问题上的确认更具难度。《工人日报》记者在采访中获悉，全国多地已有不少案件判决支持受到职业伤害的“小哥”维权，一些更具针对性的保障措施也在逐渐发挥作用。

“上下班途中”认定应综合考量

明明是上班路上被车撞了，保险公司却称因居住地不明，无法证明是否为上班途中，拒绝赔付。这让受伤后的小张一度十分低落。

2020 年 9 月，小张入职一家物流公司从事骑手岗位工作。同年 10 月，物流公司投保雇主责任险。10 月 24 日上午 10 点多，小张骑电动自行车时与另一电动车发生碰撞，肇事驾驶员逃离现场。小张左肩部骨折，经鉴定为九级伤残。

道路交通事故认定小张无责任。物流公司与小张签署赔偿协议，共赔付

26 万余元。根据物流公司与保险公司签订的合同，保险期内如果骑手因工伤导致伤残，应由保险公司负责赔偿。然而，物流公司向保险公司索赔时却遭到拒绝。

物流公司诉至上海市虹口区人民法院，认为小张是在上班途中受到非本人主要责任的交通事故伤害，根据《工伤保险条例》应当认定为工伤，保险公司应当予以赔付。

保险公司则认为，物流公司提供的事故当日骑手排班表是事后制作，加之骑手和二房东之间未签订租房合同，骑手居住地不明，因此无法证明事发时小张是在“上班途中”。

“灵活就业劳动者往往难以举证证明其固定住所、固定工作地点。面对种种情况，如何认定‘上下班途中’成为司法实践中一大难点。”上海市虹口区人民法院金融审判庭法官顾飞表示，如果机械认定、一判了之，一方面忽视了行业劳动者的实际情况，损害了骑手和公司的合法权益，另一方面也不利于新业态的发展。特殊行业从业人员“上下班途中”认定，应当根据实际情况综合考量。

最终，法院经审理认为，根据第三方平台反馈数据，小张在事故发生前近一个月均在物流公司下属的某站点工作，每日在平台上线时间多集中于上午 10 点半至 11 点之间，上线后均有稳定规律的接单记录。结合物流公司提供的证据，以及事故发生时间 10 点 46 分，事故发生于小张居住地至站点的必经之路等情况，与公司主张的小张系在上班途中发生事故能够相互印证。结合相关费用及误工损失，法院判决保险公司向物流公司支付保险金 24 万余元。

如何认定受伤时处于“工作时间”

送餐路上正停车待转，遇对向车辆逆行，于成展因此受伤。被认定为事故中属无过错方的他，却遇到了企业拒绝赔付的意外情况。

该案诉至法院后，山东省龙口市人民法院指出，本案争议焦点在于劳动者受伤时是否处于工作时间。

企业根据现场照片称，于成展的摩托车倒地后送餐箱内没有餐盒，故当时他并非在送餐。法院认定，当时正处于用餐时间，发生事故的地点恰好在居民小区附近，劳动者的服装和车辆配置状况也符合骑手配送外卖的特征，结合于成展姐姐与被告方负责站长的通话录音内容，以及企业为其垫付医疗费等事实，足以形成证据优势。最终，法院判定企业向于成展赔偿 9 万余元。

实践中，还有的公司动起了歪脑筋，企图用商业保险冲减工伤保险待遇。

2021 年 1 月，外卖骑手蒋峰峰在接单派送途中发生交通事故，劳动争议仲裁确认了其与企业的劳动关系。随后蒋峰峰获认工伤。

今年 2 月，蒋峰峰再次提起仲裁申请，要求企业支付伤残补助金、伤残就业补助金、工伤医疗补助金等款项。其所在的权某公司则提出，公司作为投保人在某保险公司投保了《骑手雇主责任保险》，想以此减轻企业责任。

山东省枣庄市市中区人民法院认为，权某公司未为蒋峰峰参加工伤保险，故应承担保险替代责任，保障蒋峰峰应享有的工伤保险待遇。对于企业强调的商业保险，法院特意进行了说明，蒋峰峰的工伤待遇是基于劳动关系，属于劳动者的法定权利，故权某公司抗辩为蒋峰峰投保商业保险，冲减工伤保险待遇的主张不能成立。

针对性保障举措明确认定难点

终日为他人奔波的“小哥”们，其合法权益如何保障，一直备受社会关注。以快递员为例，今年以来，国家、省、市各层级均加大了对快递员群体权益的保障力度，要求基层快递网点优先参加工伤保险。

上海市邮政管理局副局长余洪伟表示，基层快递网点优先参加工伤保险政策打破了原有捆绑式的社保参保模式，将工伤保险作为一个单独险种在行业内开展参保，为企业、网点和人员增加了法定保障，也为行业持续稳定健康发展打下基础。

在此基础上，根据国家部署，上海市人社局和市总工会联合 8 个部门，正在上海开展为期两年的新就业形态就业人员职业伤害保障试点工作，逐步探索完善职业伤害保障覆盖群体、参保缴费、保障情形、待遇支付等政策，优化职业伤害保障管理服务规范和运行机制，支持发展与职业伤害保障相衔接的商业保险。

记者注意到，针对新就业形态劳动者在职业伤害中的一些认定难点，试点实施办法做出了明确。

比如，实施办法列举了 6 大类应确认职业伤害的情形。包括：在指定时间前往指定场所接受平台企业常规管理要求，或者在执行平台订单任务返回日常居所的合理路线途中，受到非本人主要责任的交通事故或者城市轨道交通、客运轮渡、火车事故伤害的；在执行平台任务期间，突发疾病死亡或者在 48 小时之内经抢救无效死亡的。其中特别规定“执行平台订单任务期间”指接受平台订单任务起至平台订单任务完成后一个小时内。

代表作 2

“不属于劳动关系”“不在接单时间”“不是工作场所”——

【工伤认定如何“新题新解”③】网约车司机工伤认定存争议，何解？

兰德华

9 月 30 日凌晨，广州一名网约车司机在某快速干线疑似突发疾病死亡。10 月 7 日，深圳的网约车司机群内，宝安机场一名网约车司机发病倒在车内的视频被不少人转发。

每次刷到这样的新闻，都会让同为网约车司机的董利民心头一紧。

董利民在北京从事网约车司机工作至今已 3 年多，他越来越感觉自己的身体每况愈下。当圈子里盛传有人拉夜车后猝死的消息，他都会不禁想到，如果这样的情况发生在自己身上，算不算工伤？找谁理赔？

接单运营中猝死为何难认工伤

2021 年 5 月 4 日，云南昆明的网约车司机夏师傅在接单运营时突发身体不适猝死。夏师傅每周的工作时长达 60~70 小时。尽管他是在送乘客过程中突发疾病后死亡，但事后网约车公司回复其家属，夏师傅签署的是《承揽服务协议》，他和公司不属于劳动关系，因此不在工伤范围。

由于不属于劳动关系，诸如网约车司机等网约工在工伤认定上往往陷入困境。

2018 年，某网约车平台代驾司机王先生在湖南发生交通事故意外去世后，家属只得到意外身故保险 1 万元的赔偿。王先生妻子认为，丈夫是在工作过程中发生意外，网约车平台应承担赔偿责任。该平台湖南分公司一位负责人则表示，代驾司机和平台只是居间服务关系，平台无须赔偿。

在 2021 年底全国总工会发布的新就业形态劳动者劳动关系确认争议 10 大典型案例中，有一则案例阐明了确认劳动关系对认定工伤的重要性。

刘某某在某科技公司运营的网约车平台注册，双方没有签订劳动合同。平台《专快车服务协议》约定公司与所有提供网约车服务的司机仅存在挂靠合作关系。刘某某在其驾驶的注册车辆内突发疾病死亡，其亲属为认定工伤申请仲裁，要求确认刘某某与科技公司存在劳动关系，后诉至法院。仲裁和法院均未确认劳动关系。

第五届全国维护职工权益杰出律师董梅对此认为，科技公司要求司机统一着装、按时刷脸报到、接受培训、服务被投诉受处罚等，是保证服务质量的必要规范，不足以认定其对司机进行劳动用工管理。刘某某可自主登录平台接单，工作完全自行安排，所得报酬由自主选择的接单量确定，难以认定其与科技公司存在经济和人身从属性。

在不在“服务时间”该怎么算

除了“不属于劳动关系”成网约车司机工伤认定“梗阻”，什么情况下属于“因工出事故”，往往引发纷争。当网约车司机猝死或者出现重大疾病后，一些网约车平台会以司机是否在接单服务过程中作为赔偿依据。如果司机是在下线休息时出事，平台多会以“不在服务时间内”为由拒绝赔偿。

2021 年 10 月，网约车司机高某在将乘客送达目的地结束订单后，突发疾病倒地。当高某家属向平台申请工伤赔偿时，平台以不在服务时间内为由拒绝了家属的赔偿申请。同月，山东青岛的一名网约车司机把乘客送到目的地后，突发脑溢血倒地昏迷。因该司机已经把乘客送到了目的地结束了订单，平台同样以“不在服务时间”为由，拒绝提供任何补偿。

令董利民困惑的是，对于网约车司机来说，“在服务时间”“工作时间”该怎么算？

以董利民为例，为了能多赚钱，他基本上每天从早上 8 点开始接单到次日两三点，除了中间吃饭和补觉时间，自己其实每天工作时间长达十七八个小时。“平台如果仅仅把从软件上接到订单开始，到送乘客到达目的地结束这段时间看作是工作时间，那明显是不合理的。”他说。

“公司有包括工伤保险在内的五险。”李伟洁是银建出租汽车公司的一名出租车司机，开出租车 20 多年。谈到工伤认定和赔偿问题，她说，在传统的出租车行业工伤认定更顺畅，自己和同事很少有是否在“接单时间”这样的困扰。“遇到交通事故造成工伤的，上报后按流程走就行了，基本上能应赔尽赔。”

上海申伦律师事务所律师夏海龙向记者表示，一些网约车司机、外卖骑手与平台、机构间并不属于传统的劳动关系，而是劳务或承揽关系。“在短期内相关法律制度不做较大修改的前提下，可以考虑灵活运用商业保险等方式加强对新型职业群体的保护。”

留好平台派单接单信息很重要

网约车司机在非工作场合发生意外，要认定工伤则更加困难。

老徐是西安某网约车公司专车司机，2015 年 3 月入职，签订了劳动合同。2016 年 12 月 11 日 6 时许，老徐起床后洗漱穿戴准备出门上班，突然在沙发上昏迷。6 时 30 分，急救人员到达现场，确认老徐已经死亡。

经人社部门调查核实，2016 年 12 月 10 日，老徐除下午短暂休息外，上午 9 时 18 分至 19 时 50 分都在正常工作。19 时 30 分，其通过手机平台向组长反映身体不适时正是工作时间。当日 19 时 10 分，老徐完成最后一单载客任务，之后一直处于等待平台派单状态，其间发病正是在工作岗位上。根据医疗资料记载，老徐的死亡原因为心源性猝死，死亡时间为 2016 年 12 月 11 日 6 时 30 分，此时距前一天老徐发病过去了 11 个小时，不足 48 小时。

最终，人社部门认为，老徐在工作时间、工作岗位突发疾病，并且在 48 小时之内经抢救无效死亡，符合《工伤保险条例》第十五条第（一）项的规定，应当视同工伤。

“新就业形态比较复杂，确定从业者与平台或单位是什么法律关系很关键。”在上海劳达律师事务所律师石先广看来，上下班途中发生非本人主要责任的交通事故受伤，应当纳入职业伤害的范畴。此外，在工作过程中发生的伤害，一般应遵守工作时间、工作地点、工作原因的要素要求。

“但是，由于新就业形态从业者的工作时间、工作地点、工作原因不像传统的那么固定，其‘三工’要素存在一定的弹性和灵活性，在认定时也应考虑实际情况。”石先广说。

2021 年，广东省三部门印发办法，将包括网约车、外卖、快递等在内的 8 类特定行业人员纳入工伤保险参保范围。浙江省衢州市人社局等三部门出台了《新业态从业人员职业伤害保障试行办法》，其中规定，在工伤认定过程中，充分发挥平台的用工主体作用，将平台的派单、接单记录作为认定工作时间、工作地点、工作原因的重要依据。

代表作 3

当前劳动关系领域出现的新情况、新特点、新趋势，给工伤认定带来新课题。专家表示——

【工伤认定如何“新题新解”⑥】穿透迷雾，让工伤认定回归本质

卢　越

外卖骑手深夜送餐途中猝死，家属认为外卖平台未尽到必要的救助义务，诉至法院。11 月 11 日，北京市朝阳区人民法院审理认为，在此次事故中，外卖平台运营方公司、雇佣公司均有过错，判决两家公司赔偿 150 余万元。

这一案件再次引发社会对新就业形态劳动者发生意外后的赔偿问题的关注。由于在劳动、劳务关系等的认定上有别于传统行业，加上工作时间、工作地点等方面存在灵活性，新就业形态劳动者在工作中遭遇伤害要认定工伤面临困难。此外，居家办公、云办公打破了线下坐班的传统时空限制。这些新情况、新特点、新趋势，都给当下工伤认定带来新课题。

多位专家对《工人日报》记者表示，工伤认定要考虑当下出现的新情况，与此同时，要回归工伤认定的本质，这是根本性解题思路。

工伤的认定标准变得不确定

在首都经济贸易大学劳动经济学院教授范围看来，在新就业形态中，工作时间更具弹性，工作任务由员工自主决定，工作地点更加开放，工伤认定的“三工”要素存在灵活性，这导致认定工伤的判断标准变得不确定。

由此还可能带来举证责任的分配调整。“在传统的工伤认定中，主要由用人单位承担举证责任。但是在新就业形态中，用人单位对劳动者的控制形态发生了根本性的改变，可能需要重新调整举证责任的分配，即由劳动者承担主要的举证责任，用人单位承担辅助性的举证责任。”范围说，“此外，工伤认定申请的方式也可能随之改变，要适应数字化时代的特点进行调整。”

外卖小哥因没有固定的工作地点，如何证明“上下班途中”？网约车司机的“服务时间”怎么算？货车司机家在车上，活儿在路上，发生伤害咋认定？

“新技术一方面带来了工作时间、工作场所混同的情况，另一方面，也带来了界定的可能性。”中央财经大学法学院教授兼中国劳动关系学院法学院院长沈建峰说，“比如，‘小哥’是不是在上下班途中，哪个时间节点算

进入工作时间，这些将可以通过技术手段有所区隔。”

居家办公、云办公等的出现模糊了工作和生活界限，在已有的司法判例中，“家”被认定为“新职场”。“新的办公形式下，还能不能卡在原来的‘三工’要素上？”沈建峰表示，“理论界有一种提法是回归‘因果关系’。即虽然不在工作时间、工作地点，但只要有一定‘工作关系’，并将其具象化，由此可弱化原有的‘三工’认定要素。”

“在传统的劳动关系中，用人单位对劳动者劳动过程的控制，原则上是以工作任务为核心元素，工作时间和工作地点为补充。”范围说，“居家办公、云办公等情况仍然是遵循上述逻辑，以审核工作任务为工伤认定的核心元素。因此，在司法实践中应该根据事实去认定上述情况。”

确立身份是划分责任的前提

“界定‘三工’只是技术性问题，确认‘关系’才是前提性问题。”中国社会法学研究会副会长，中国人民大学教授、博士生导师常凯强调，“这涉及劳动者基本身份和基本权利的认可问题。”

“新就业形态劳动者工作时间是自由的，工作地点可以选择，工作内容上可以选择是否接单。关键就在于，只要接单，进入了劳动过程中，就存在从属关系。”常凯指出，“但现在的问题是平台层层转包，否认劳动关系。”

在朝阳区人民法院审理的上述案件中，骑手刘某某于 2021 年 5 月 19 日凌晨 0 时 43 分至 1 时 16 分，接了四单配送任务，第一单配送成功后发病倒在路边。

该案涉及三方被告公司，分别是外卖平台、上海的平台运营方公司，以及与平台运营方公司签订《外包服务合作协议》的江西某信息技术公司。刘某某在外卖平台注册，相关配送业务则由江西某信息技术公司负责。

“多雇主化甚至去雇主化，让劳动者找不到雇主了，而确认劳动者身份是划分责任义务的前提。”常凯说。

全国律协劳动与社会保障法专业委员会委员、浙江智仁律师事务所执行主任黄新发认为，难点不在于“三工”要素的认定，而在于完善的职业伤害保障体系的构建。

在平台经济发达的浙江省，新就业形态劳动者的职业伤害保障工作正在推进。黄新发参加了浙江省人大关于新就业形态劳动者职业伤害保障的调研，他介绍，在浙江，平台企业按照《浙江省数字经济促进条例》规定，为劳动者提供单险种参加工伤保险的路径。黄新发认为，在劳动关系认定不明晰的情况下，该举措是往前迈了一步。

常凯建议，在劳动合同法的修订过程中，增加一类合同形式，即平台雇佣的劳动合同。在尚未修法之前，也可以参照现有法律规定，由平台作为直接雇主或与分包公司作为共同雇主，与劳动者签订劳动合同。

在上述外卖骑手猝死案中，法院判决确认信息技术公司与刘某某符合雇佣关系的特征，该信息技术公司作为雇主，应当积极履行用工主体责任。对此，常凯认为，这具有积极意义。他同时指出，平台用工的性质、特征，以及各方责任等基本问题，尚需进一步厘清。

回归工伤认定的本质才是解题思路

“技术性问题要解决，但重要的是回归工伤认定的本质。”常凯指出，“在承认当前出现的新情况、新特点的同时，也要认识到，劳动形式变了，但‘劳动’的本质没变。”

在常凯看来，回归工伤认定的本质，是当下工伤认定新课题的解题思路。我国劳动法治的发展方向，应该是要扩大而非缩小保护对象。平台劳动者中具有人身从属性和经济从属性的，理应受到劳动法律的全面保护。

常凯认为，居家办公等情况下的工伤认定新问题同样适用这种思路。

“把在家加班视作‘工作时间’和‘工作场所’的延伸，实际上并不是扩大解释，是对法律条文的正确理解。”常凯说，“关键在于劳动者能否提供证据，证明事故发生时劳动者在完成工作任务。”

“司法机关要关注到工伤本质性的内容，去解释现行法律中的‘三工’标准，一定程度上能应对当前的变化。”沈建峰表示。

“无论时代怎么变化，只要生产作为社会关系运行的主要一环以及社会价值产生的重要环节，工伤认定及其保障措施最根本的逻辑就是社会风险分担，使得社会生产能够高效、有序地进行。”范围说，“因此，在新的用工形式下，工伤作为社会风险仍然存在，那就必然要考虑风险的预防和保障问题。”

（《工人日报》2022 年 10 月 13 日—11 月 17 日）

申报资料实录

作品简介：根据《工伤保险条例》的规定，职工在工作时间和工作场所内，因工作原因受到事故伤害的，属于工伤。然而，新就业形态劳动者因其工作地点、工作时间等方面的灵活性，使“上下班途中”“工作时间”认定成为难点；居家办公、随时随地在线工作打破了线下坐班的传统时空限制，发生的一些伤害能否认定为工伤常常引发广泛讨论。在此背景下，本系列报道聚焦新情况、新变化、新问题，力求探索劳动者“因工受伤”后及时获得保障的新路径。报道一共6篇，聚焦送餐员、快递小哥、网约车司机、货车司机等新就业形态劳动者，以案释法，层层递进，通过采访多位法学专家、劳动法领域律师，提出在正视问题的同时，回归工伤认定的本质，从完善立法等宏观制度层面，多角度探求解题思路。本报客户端开设专题，并同步在百家号、学习强国平台推送，总点击量达260.3万次。

社会效果：整组系列报道贴近现实，聚焦当下劳动者普遍关心关注的问题。操作中既通过案例和细节，客观呈现了外卖员等灵活就业人员面临的“上下班途中”“工作时间”界定难，货车司机认定劳动关系难，居家成工伤认定“不在场证明”等工伤认定困境，又做到了笔触理性，力求客观平衡报道。报道通过专业人士之口提出，劳动形式变了，但“劳动”的本质没变。劳动法律、司法机关要关注到工伤本质性的内容，是当下工伤认定新课题的解题思路，引发学界关注。系列报道比较完整地回应了当前劳动者心中的疑问和社会公众的关切，并通过采访深耕这一领域的专家、学者，专业地提出能解决问题同时平衡劳动者权益保障和社会生产健康发展的针对性建议，力图达到法治报道“帮忙不添乱”的效果，具有很强的当下性、新闻性。

初评评语：随着我国互联网经济和市场的高速发展，新兴行业不断出现，人们对社会保障的需求和依赖程度也越来越高。针对以外卖骑手、网约车司机等为代表的新业态就业群体，传统的劳动法律和社会保障体系还存在难以有效适用的障碍。《工伤认定如何“新题新解”》系列报道力求探索劳动者“因工受伤”后及时获得保障的新路径，从直面问题到挖掘成因再到最后提出建议，上升到劳动价值的高度。这一系列报道，聚焦的是劳动者当前关心的权益，同时也是人社部等部门发布的相关意见中关注的问题。这样的选题策划和布局，既很好地回应了劳动者的关切，也很好地将现实困境与高层政策链接起来。报道案例丰富、鲜活，具有典型意义。整组系列客观平衡，在法治框架内探寻问题解决之道。

乡村振兴蹲点记

李 鹏 王 怀 王国平 王代强 杨 树

代表作 1

记者夜宿雅安市荥经县龙苍沟镇万年村，记录下干群共话村情、共商发展的生动场景——

围炉夜话：万年村的“背水一战”

瓦屋山下，龙苍沟里，荥经河畔，夜色正浓。一处农家乐院坝内，一炉篝火烧得正旺。火光映红了围炉而坐的万年村村民，也隐约照亮了村子依山而建的道路。

“万年村现在是背水一战，必须要迈出第一步，把方竹笋产业搞起来。”“我们村为何比其他的村子发展得慢些？”“把土地入股村集体，头几年没分红不得行哦。”……2 月 11 日，正月十一，雅安市荥经县龙苍沟镇万年村组织了村史上的第一次围炉夜话，村干部和村民等 20 余人围坐一圈，在热烈讨论中，想办法寻找改变现状的突围路径。

“村里特产卖不起价怎么办”

万年村所在地，曾是茶马古道上的一处商贸集散地。在当地许多干部群众看来，地处大熊猫国家公园南入口社区的万年村，迎来了史上最佳发展机遇。可是，目前无论是村集体经济增长还是村民收入，和周边村落相比都还有不小的差距，部分村民在思想上也存在畏难情绪。

“万年村已到了发展的关键节点，今年也是村里发展的关键一年。”万年村驻村第一书记毕涵说，为让村民都动起来，村上组织起村民，让大家谈想法、说办法。

一开始大家有些拘谨，毕涵鼓励道：“放开说，敞开说。”

返乡创业代表朱仕祥挑起了话头：“在我们店里，方竹笋卖得最好，但现在村里的产品既不规范也没有品牌，我们自己做好后装到袋子里就卖了，既卖不起价，也做不大规模。”

38 岁的朱仕祥是土生土长的万年村人，以前在外务工。四川启动大熊猫国家公园体制试点后，从村里穿行而过的游客越来越多。看到“流量”商机，2019年他返乡回村，和爱人开了一家超市，超市位于村中心的主干道上。朱仕祥说，方竹笋一年能卖数百公斤，“这些竹笋是从村民手里收来的，烘干后用保鲜袋包装，上面没有品牌也没有标识。”

朱仕祥的话，让徐太武感触颇多。徐太武是从万年村考出去的大学生，在成都创业有成。前几年，徐太武回到龙苍沟镇开起高端农家乐。“用方竹笋做的菜很受欢迎，大家都说好吃，但它的名气走不出龙苍沟。”徐太武一直在琢磨怎么把方竹笋打造成万年村的一张名片。

方竹笋产业的话题，一时间引发热烈讨论。

之前，万年村曾探索过茶叶、黄柏等产业，但效果都不理想。后来，结合当地自然条件，2017年村里首次尝试种植500亩方竹，从去年开始产生收益。

因为首批种植区域较为零散，万年村又规划了集中连片的500亩方竹基地。

村党总支书记杨晓林说，这个项目从去年7月开始谋划，村民以土地入股，交由村股份经济合作联社统一管理，产生收益后进行分红。项目共涉及180户村民，目前130多户村民已同意入股，还有40余户在观望。

有村民提出：“方竹栽下后，至少要三年才开始产笋。这期间既没土地耕作又没有其他收入，生活怎么办？”

村里给出的方案是：方竹基地优先聘用入股者及困难人群，按月发管护工资；同时发展蘑菇、跑山鸡等林下种植养殖业，也可给大家带来一些短期收入。

“发展方竹笋产业是大家所急，也是村里所急。”杨晓林说，村里即将开始基地测量勘界，“大家提到的品牌打造和产品规范，我们会抓紧时间落实。”

“不能光羡慕，还要想办法”

“我有个想法，看看政府能不能支持下。”说完方竹笋产业，方顺芹接过话筒，“今年，我想把我们家的民宿装修升级，再增加一些特色餐饮。但是有两个问题，一是没有经验，不知道该怎么做；二是资金上还有不小的缺口。”方顺芹今年50岁，在村里经营一家客栈，生意虽说不上红火，但每年还是能攒下一些钱。

在村里经营饭店小有名气的韩风银接着说：“我们家的店，现在这样也能做起走。提档升级要花不少钱，对于收益心里也没底。”

“眼光要放长远一些，眼界要跳出万年村。大家可以看看眉山、乐山以及成都等地是怎么做的。”毕涵说，周边有些村的民宿已做成了品牌，特别是高端民宿，过年期间俏得很。

“我们也很羡慕。”一位村民代表说，目前万年村的民宿标准低，“100多元就能住一晚，而且相互之间还存在低价竞争。”

“不能光羡慕，还要想办法。”龙苍沟镇党委副书记韩德弘扬透露，镇政府正牵头成立万年村民宿产业联盟，学习借鉴先进经验，建立健全组织架构、运行机制，统一管理、集中营销、规范经营。以“108”品牌为引领，带动片区80套公寓提档升级，打造具有大熊猫文化特色的公寓式民宿。“这项工作计划在6月取得阶段性成果。”韩德弘扬说。

“108”指的是108国道。在雅西高速接通到村里之前，108国道是连接村内外的重要通道。因此，镇上设想推出“万年村108记忆”“108味道”，将村里的传统味道与现代化服务进行融合。

韩德弘扬说，县镇两级已在研究、制定相关支持政策。比如对农家乐、民宿的兴建和升级，将考虑进行评估分级并给予一定的支持和指导。

“时不我待，一定要抓住机遇”

从19时30分开始，一道道发展难题、一个个发展目标、一项项发展举措，如炉中火焰，越烧越明，越照越亮：在万年村综合专干程其康看来，发展生态旅游，必须把道路、停车场等旅游服务设施建设好、优化好，把竹林风景打造好；村党总支副书记陶用湖说，他儿子有动漫设计方面的专长，可以给村里做品牌设计；70岁退休教师方顺河说，要鼓励学生返乡创业……

火越烧越旺，大家的兴致越来越高，转眼已到深夜。

毕涵起身添了一把柴，火焰又亮了许多。“只有众人拾柴，炉火才能烧得旺、烧得久。”毕涵意味深长地说。

毕涵举了几组数据：从2020年到2021年，万年村集体收入增长了263%。虽然速度很快，但规模很小，只有13.8万元。人均收入1.4万元，比邻村少四五千元。

“这就是摆在我们面前的差距，这就是我们的危机，如果不能赶上，差距会越来越大。”杨晓林说，在乡村振兴的新形势下，我们要抓住机遇、共同发展。

“背水一战，没有退路。”毕涵说罢，村民鼓起热烈掌声。

“今天能在这样的场合，听到大家的心里话，看到大家对万年村和自己发展有希望有打算，我们对万年村的发展也更有信心。”专程赶到现场全程旁听的荥经县县长古玉军有些动容，他说，“我们会把大家的意见、建议和想法带回去，县里一定会仔细研究，有针对性地出台相关政策、制定相关办法来帮助大家。”

从去年开始，荥经县抽调精兵强将常驻龙苍沟镇，专门谋划如何高水平规划大熊猫国家公园南入口社区，万年村是其中的核心。

时近子夜，围炉夜话快要结束，毕涵再次对大家说：“时不我待，从脱贫攻坚到乡村振兴，我们一定要抓住机遇。”

春夜的熊熊篝火，映出了一派欣欣向荣的景象。大家说的似乎是当下的问题，但是看得更多的是这山水间的未来——那是一条把绿水青山变成金山银山的可持续发展之路。

代表作 2

结合自身区位优势、自然禀赋，雅安市荥经县龙苍沟镇万年村逐渐打造出颇具特色的“熊猫社区”——

“三色”绘就熊猫社区版“富春山居图”

6 月 25 日，记者再次从成都出发，经雅西高速前往雅安市荥经县龙苍沟镇万年村。雅西高速龙苍沟收费站站房上，“蹲”着的大熊猫吸引了人们的目光：白色弧形建筑勾勒出圆润轮廓，还“长”着两只橙色的耳朵。蓝黄交织的站棚点缀着鸽子花，上面写着“龙苍沟 大熊猫国家公园南入口”。

看到这个标识，就意味着进入大熊猫国家公园南入口社区，万年村就在这里。

自四川正式启动大熊猫国家公园体制试点以来，荥经县龙苍沟镇万年村结合自身区位优势、自然禀赋，以建设入口社区为“主色”，以熊猫文化为“亮色”，在村民新风尚的“底色”铺陈下，逐渐打造出颇具特色的“熊猫社区”。

今年 5 月，中共中央办公厅、国务院办公厅印发《乡村建设行动实施方案》，要求遵循的一项原则就是：注重保护、体现特色。即传承保护传统村落民居和优秀乡土文化，突出地域特色和乡村特点，保留具有本土特色和乡土气息的乡村风貌，防止机械照搬城镇建设模式，打造各具特色的现代版“富春山居图”。

万年村位于山坳之中，80% 以上的土地位于中高山以上，这些大山曾经阻碍制约了当地经济发展，但如今，这些绿水青山正在成为万年村的“富春山”。

夯实“主色”
擦亮“熊猫社区”金字招牌

“毛冠鹿 国家二级保护动物”“珙桐 国家一级保护植物”……从雅西高速龙苍沟收费站到万年村村中心陶家坝是一段4公里的盘山路，公路两侧已挂上崭新的道旗，上面有“大熊猫和它的朋友”的介绍。

在道旗指引下，正在变化中的大熊猫国家公园南入口社区跃然眼前。

6月25日，虽然是周末，但万年村里仍是一片忙碌景象。荥经县大熊猫国家公园龙苍沟入口社区共建共管共享办公室（以下简称“共建办”）副主任毛艳燕正在接待来自汉源县的考察团。

毛艳燕是荥经县人大常委会副主任，3个月前开始兼任共建办副主任，驻点办公，推动入口社区建设。共建办的工作人员则是从荥经县多个部门调集的精兵强将。

“从龙苍沟收费站到万年村场镇，再从场镇到龙苍沟深处，你们所见到的这些新布置，是6月初开始施工，13日完成的。”毛艳燕说，目的就是突出这里的熊猫特色，强化社会大众对大熊猫国家公园入口社区的认识。

作为南入口社区的门户，万年村的打造是重中之重。为发挥合力效应，共建办与万年村的党群服务中心合署办公。该中心的一楼原本是大熊猫国家公园荥经片区的展示厅，从今年5月开始，荥经县邀请专业机构设计了全新的“大熊猫国家公园南入口荥经展示馆”，目前已经进入施工阶段，预计9月完工。

此外，从龙苍沟收费站到万年村场镇，共建办还规划了多组不同形态的熊猫主题雕塑、观景平台等设施。

“南入口社区是我省最早启动建设的大熊猫国家公园入口社区项目，我们一定要抓住先机，用好大熊猫国家公园的品牌，把入口社区的‘主色’做出来，让游客从进入万年村开始，就在大熊猫和它的朋友们的带领下，参观、休闲、旅游、度假。”毛艳燕说。

此前一天，6月24日，国家林草局局长关志鸥一行到大熊猫国家公园荥经片区调研，专门来到万年村，对入口社区的建设给予高度肯定。

提升“亮色”
处处体现“与熊猫为邻”

集全县之力建熊猫社区，各种资源在万年村汇集，“富春山居图”正逐步呈现。

万年村党群服务中心西侧的“熊猫会客厅”，已经完成封顶等主体工程，按计划将在年底竣工。

“‘熊猫会客厅’是万年村目前最重要的项目。”万年村第一书记毕涵介绍，该项目前期的选址、设计就用了大半年时间，“首要原则是，一定要结合万年村的定位、特点以及自然景观进行设计。”

从万年村北望，是一座名为“马耳”的山，山如其名，奇峰罗列。“马耳山是大熊猫国家公园内大相岭的余脉，在村民心中的地位也很高。”昂塞迪赛（北京）建筑设计有限公司首席设计师刘亮说，受此启发，他将“熊猫会客厅”屋顶设计成象征山势的多组大三角，呼应酒店背后起伏的山峰；配套的风雨廊桥则以竹子为主要建材，和酒店前方山上的方竹基地对照；多个点位设置创意熊猫雕塑，以此告诉大家“大熊猫是这里的主人，人类是大熊猫请来的宾客”。

“熊猫会客厅”东侧是万年村的“熊猫之眼”房车营地，已在“五一”假期试运营。随着旅游旺季的到来，营地专门配置了供游客租用的房车。再向东，是万年村的集体项目“熊猫养氧”民宿，整体改造已初步完成，内部装修已进入尾声。继续向东，是为“熊猫会客厅”配套的温泉工程，已经钻探到1170余米，较上月掘进400余米。

变化也来自村民的笑脸。在万年村经营饭店10多年的韩凤银发现，到村里的游客、考察团越来越多。这个月，他以万年村的特产竹笋为原料，精心研发了“熊猫菜谱”：熊猫清心笋，以时令苦笋制作；南入口口香，是楠竹笋烧肉；温泉笋汤，则是用笋子煲汤。“菜谱一经推出，受到大家好评，都说有特色。”说罢，韩凤银又去招呼客人。

“作为大熊猫国家公园南入口社区第一村，万年村就在大熊猫家园的大门口，我们要擦亮大熊猫这块金字招牌，让来到这里的人都有一种感觉，山居万年村，与大熊猫做邻居。”龙苍沟镇党委书记高小松如是说。

凝铸“底色”
村规民约引领新风尚

“建公园，南入口。产业兴，乡村旺。”这句话出自万年村现行的村规民约。

6月25日，万年村党总支在位于师家沟的13组举行坝坝会，讨论修改村规民约。

“这是第三次修订，每一次修订都与村里的发展紧密相关。”万年村党总支书记杨晓林说。

在 2013 年芦山 7.0 级强烈地震中，万年村老场镇受损严重。经过评估，陶家坝区域成为异地集中安置点。

2016 年 6 月，400 余户村民搬入安置楼房。时任村主任陶用湖回忆，当时村民搬到楼房里最大的问题是“住不惯，垃圾乱扔”。村里做了大量工作，比如先教育小朋友养成正确的卫生习惯，通过“小手牵大手”的方式，安置区域的卫生问题逐渐得到解决。

此后，陶家坝逐渐发展成为万年村的新中心，村里制定了第一版村规民约，号召大家和睦相处，保持整洁。

2017 年，四川正式启动大熊猫国家公园体制试点，万年村被划入试点范围，村民传统的挖笋以及捕鱼等行为被禁止。“当时老百姓总结为‘不能上山，不能下河’。”陶用湖说，为解决村民生活、生产问题，村里一方面引导发展方竹产业，另一方面向村民宣讲国家公园对万年村及村民未来发展的意义。

随着入口社区建设的推进，万年村老百姓尝到甜头，众多村民自发成为保护大熊猫、保护生态的宣传员。2020 年，村里顺势修订形成了现行的村规民约，专门增加了关于大熊猫国家公园和入口社区的内容。

“在此后近两年时间里，村里发展速度很快，村民增收，村容村貌大幅提升，大家觉得有必要在村规民约中体现更多万年村和大熊猫、绿水青山的关系，所以我们召开坝坝会，听取大家的意见。”杨晓林说。

坝坝会举办地师家沟的村民对此也深有体会。这里是万年村传统民居保存较好的一处聚落，但从山脚进村有一段泥土路。今年 5 月，村里通过以工代赈的方式，仅用 10 多天便完成“最后一公里的路面硬化”，同时结合旧居风貌打造了生态沟渠、生态小湿地。下一步，万年村还将通过村资公司的力量整合闲置房屋进行民宿改造。

“如此，既传承保护传统村落民居，又推动农村美的愿景一步步成为现实。”杨晓林说，“村规民约是万年村老百姓集体认可价值观的体现，我们从公园中受益，同时又在保护、建设公园，说到底是在保护我们生活的家园，所以大家从心里都把自己当作‘公园人’，这也是我们万年村的‘底色’。”

代表作 3

围绕大熊猫国家公园南入口社区门户打造，传统小村落持续深挖大熊猫IP 内涵——

万年村变身“貊貊家园”

“再钉高点。”10月26日，雅安市荥经县龙苍沟镇万年村村口，“貊（mò）貊走廊”观景平台施工点，成都珍爱大熊猫文化传播有限公司设计师邓亦含正忙着指挥工人安装绿化美化设施。

虽然比预计时间晚了一个月，但“貊貊”已正式“入驻”万年村。

“貊”出自《山海经》，是古人对大熊猫的称呼之一。如今，“貊貊”是荥经县重点打造的大熊猫独特形象IP。在万年村中心的陶家坝，“貊貊走廊”“貊貊世界”“貊貊空间”“貊貊星球”等项目即将竣工，“貊貊学校”也在紧张建设中。这些与“貊貊”有关的项目，共同组成了一座充满熊猫元素的“貊貊家园”。

作为大熊猫国家公园南入口社区门户的万年村，今年以来按照荥经县大熊猫国家公园“圈层发展”模式，以“大熊猫国家公园+”为思路，持续深挖大熊猫IP内涵，布局新型业态。

一条走廊
打开熊猫家园新“视界”

“大熊猫国家公园南入口”——汽车沿雅西高速从成都向万年村行驶，刚驶入龙苍沟出口匝道，迎面而来是一座10月中旬刚设立的彩绘大熊猫雕塑，雕塑前的10个大字提醒游客即将抵达目的地。

从龙苍沟收费站进入万年村，道路靠山坡一侧立起一座大型雕塑景观：在蓝色飘带围绕下，身着花格子衣服的熊猫单脚站立，身旁是一群“飞翔”的白色鸽子花；向前，又出现一座睡在鸽子花下的熊猫雕塑；继续向前，在视野宽阔的道路拐弯处，一只巨大的熊猫跷着腿“躺”在鸽子花下，雕塑周围新种植了数十株鸽子花树。这里还建有一座观景平台，站在上面可以俯瞰万年村的陶家坝区域。

“从雅西高速龙苍沟收费站到陶家坝，这条连接线有3.3公里，我们将它命名为‘貊貊走廊’。”荥经县委常委、荥经县大熊猫国家公园龙苍沟入口社区共建共管共享办公室（以下简称“共建办”）主任石华志介绍，这条主题文化走廊以大熊猫、鸽子花两大荥经“国宝”800万年的守望相惜为灵感，依次设置了相遇、相守、相望3组大型雕塑，再加上大熊猫主题收费站、“貊貊踪迹”主题文化挡墙、竹林景观绿化、生物多样性道旗等，展示大熊猫国家公园南入口的窗口形象，绘就人与自然和谐相处的绿色画卷。

驶出“貊貊走廊”，万年村村口的风雨长廊已经被改造成一座“貊貊世界”——通过多组雕塑展示大熊猫走向世界的过程。

“貊貊世界”的东侧，是万年村的居民小区，这里现在被命名为“貊貊安居楼”。靠近公路一侧的两栋楼房墙面上，是不久前刚刚绘制完成的巨型大熊猫彩绘。

石华志介绍，这些大熊猫雕塑、彩绘依据的底本都是“貊貊”。从今年7月起，荥经县开始打造专属大熊猫形象，经过多次讨论、设计和网上投票，最后有了如今的“貊貊”。

记者看到，“貊貊”身着蓝色汉服，身上满是荥经元素，比如身戴鸽子花吊坠、荥经地图形状的眼眶等。

“作为大熊猫国家公园南入口社区第一村，万年村起着门户的作用，我们要在这里不断强化大熊猫的IP属性，使其成为能让游客认知的一种品牌力量。”石华志说。

一座展厅

讲述大熊猫国家公园的故事

“慢慢提，看看合不合适？”26日中午，万年村原党群服务中心院坝里，两台吊车将一个数吨重的建材缓缓吊起，准备安装到屋顶。这里正在建设的是“貊貊空间”，按照计划将于11月初竣工。

最初，荥经县在万年村党群服务中心一楼设立了大熊猫国家公园荥经片区展示厅。随着大熊猫国家公园建设的加快，前来参观、考察的团体和个人越来越多，原有的展示厅已无法满足需要。从今年5月开始，荥经县邀请专业机构设计了全新的展示馆——“貊貊空间”。万年村党群服务中心搬到马路对面，将原址腾出来，让新展示馆有了更大的空间。

经过5个月的建设和优化，“貊貊空间”即将开门迎客。走进展厅，时尚、科技、生态、文化等元素的融合呈现，让人耳目一新。“跟着貊貊游荥经”“保护者之树”等互动体验区内，游客不仅能亲身参与，还可以聆听大熊猫喜怒哀乐的“语言”；巨型电子沙盘前，整个大熊猫国家公园及荥经片区建设情况一目了然……

“‘貊貊空间’是大熊猫国家公园南入口的展示窗口、发展名片、科普基地，通过新颖丰富的互动形式和内容，让参观者看得懂、长知识、玩尽兴，进而形成集游、玩、学、购于一体的新型文化消费体验空间。”共建办共享部工作人员周杨说，从全国来看，“貊貊空间”也是非常具有特色的以大熊猫国家公园和大熊猫文化为主题的沉浸式展馆。

“你们看，这就是‘貊貊家园’整个片区，包括‘貊貊走廊’‘貊貊世界’‘貊貊空间’‘貊貊学校’‘貊貊星球’等组成项目。”站在电子沙盘前，周杨向记者介绍万年村的新格局。

“貊貊星球”和“貊貊空间”仅一河之隔。万年村驻村第一书记毕涵介绍，“貊貊星球”项目总建筑面积达1万余平方米，是大熊猫国家公园青少年活动中心，也是全省面积最大的沉浸式互动体验场所。

穿村而过的经河水，日夜流淌，见证着万年村的变迁。“在我们的设想中，万年村未来将会成为大熊猫故事、大熊猫国家公园故事的展示平台。”龙苍沟镇党委书记高小松说。

一座界碑

标注了万年村的时空方位

从万年村沿着主干道向山里进发，生活的气息逐渐退去，茂密的森林扑面而来。

汽车行驶半个多小时，在路边可以看到一座高大的界碑。“这是大熊猫国家公园龙苍沟片区第一块界碑。”大熊猫国家公园荥经县管护总站巡护员付明霞说，界碑的意义在于区分国家公园内外界限，界碑以内是国家公园内的一般控制区，只允许有限的人类活动。由界碑处再向山里走10多公里，是大熊猫野化放归基地，也就是大熊猫国家公园的核心区，无关人员禁止进入。万年村则处于界碑外的功能承载区。

按照3种不同区域的划分，荥经县提出了大熊猫国家公园“圈层发展”模式。

今年6月，大熊猫国家公园龙苍沟片区正式开始国家公园打桩定界工作。在龙苍沟镇党委副书记韩德弘扬看来，这座界碑，标注了万年村的时空方位，也让万年村的发展方向更加明晰。“我们可以提供哪些服务，服务的边界延伸到哪里，服务侧重点如何确定，等等，都能从这块界碑上窥探一二。”

距离界碑1.5公里左右，记者来到位于一般控制区内的大熊猫国际森林探秘学校，这是目前大熊猫国家公园南入口区域最深入公园内部的人类经营活动。这所学校主打大熊猫文化主题，是集亲子游、科普教育等功能为一体的自然教育营地。

学校负责人陈悦告诉记者，该校与管护站共建，设有 80 个床位，目前正进行改造升级，预计 11 月底投用。

同时，在万年村，“貊貊学校”也在建设中，一期项目将于明年初竣工。“我们将把这所学校打造成为大熊猫国家公园建设和生物多样性保护的学术交流中心、实训基地。”石华志说，学校建成后将成为大熊猫国家公园首个集培训、实践、创新于一体的干部培训基地。

如今，“貊貊”形象的雕塑、彩绘等元素已遍布万年村各个角落，一座全新的“貊貊家园”诞生在大熊猫国家公园南入口社区第一村。

（四川日报 2022 年 01 月 12 日—12 月 23 日）

申报资料实录

作品简介：站在民族复兴的历史交汇点，观察和记录从脱贫攻坚迈向乡村振兴的步伐，是党报的历史责任和时代使命。2022 年初，四川日报编委会选取大熊猫国家公园南入口社区的万年村作为长期蹲点调研点，组织团队，坚持每月蹲点采访，在一年时间里每月推出一期，共 12 篇、近 3 万字的“乡村振兴蹲点记”，通过党报视角反映乡村振兴战略下四川农村的发展变化。一年里调研组走遍万年村的各个村民小组，和村民、干部一起翻山越岭，种竹笋，开坝坝会，记录他们自力更生推动乡村振兴过程中的思考与困惑、探索和实干。围绕国家战略背景下一个乡村绿色发展的转型之路，从产业发展、集体经济、基层治理等方面进行多个维度的深度调研，形成系列报道，既反映了中国基层乡村在乡村振兴工作中的共性，也体现了万年村发展的独特性。报道注重以小见大，从小切口反映时代重大议题。以一个个生动的案例、人物故事，乃至一条路、一个项目的进展为观察窗口，通过记录万年村发展的动态，体现乡村振兴工作的内在逻辑，展现新农村蓬勃发展的根本动力。

社会效果：“乡村振兴蹲点记”的每一篇报道，都为四川乃至全国的乡村振兴的时代图景写下一篇篇新闻注脚。报道推出后，受到全国主流媒体的高度关注。人民网、新华网等每期转载，《三项学习教育通讯》刊登文章介绍蹲点调研经验，全网累计阅读量超 1.1 亿人次。

初评评语：习近平总书记指出，乡村振兴是实现中华民族伟大复兴的一项重大任务。这组报道将一座村庄作为长达一年的重点报道对象，把深入调查研究同中心工作宣传紧密结合起来，是党报在新形势下大兴调查研究的一次有益探索。充分体现以人民为中心的工作导向。“乡村振兴蹲点记”聚焦一座村庄和农民的发展，建设性思维强。即使远隔千里，仍可以真切地感受到万年村党员干部的昂扬士气、村民自力更生的奋斗精神，特别是为村民发展致富提出解决问题的新思路新办法，给全国的乡村振兴工作提供了经验。充分运用大兴调查研究的传家法宝。调研组和万年村的党员干部、群众同吃、同住、同劳动，举办“围炉夜话”，在他们的日常工作、生活中找出“不寻常”的振兴之路。在最接地气的地方，创作出“沾泥土”“带露珠”“冒热气”的报道，深刻展现了四川日报全媒体践行“四力”的成效，体现了新时代党媒大兴调查研究之风的自觉意识。充分展示全媒融合传播的动员能力。系列报道充分运用通讯、视频、海报、调研报告等形式，实现广泛传播和精准传播相结合，取得了很好的传播效果，促进了万年村的产业发展、集体经济创收、村民收入提升，展示了党媒在推动乡村振兴中的强大动员能力。

打造原创技术策源地系列报道

陈 瑜 矫 阳 操秀英 刘园园 都 芃

代表作 1

打造原创技术策源地——

勇闯柔性直流技术“无人区”

陈 瑜

“张北的风光点亮北京的灯”，为北京冬奥会全部场馆提供 100% 绿色电力，对普通公众来说，诗意的表达背后，是名字很学术的柔性直流技术。

“那时国内称之为电压源换流技术，国外管它叫轻型直流技术。”5 月，国家电网有限公司（以下简称国家电网）智能电网研究院科技部副主任赵岩在接受科技日报记者采访时，回忆起 17 年前与柔性直流技术结缘的场景。

当时，他还是一名刚考上国家电网中国电科院的博士研究生。

“称谓没有统一，一个重要原因是当时技术刚起步。”赵岩解读。

一套图纸技术转让费达数百万欧元

20 世纪末，风能、太阳能等间歇式可再生能源发电比重加大，给电网的安全可靠运行带来了巨大挑战，经济性更好的柔性直流输电技术便成为解决大规模新能源并网消纳问题的焦点。因为难度大，它也被誉为电力电子技术皇冠上的宝石。

1997 年，世界上第一个柔性直流输电试验工程建成投运。同期，我国也希望发展自己的柔性直流技术，但那时既缺技术，也缺人才。大家把目光转向从国外引进技术。

2001 年，现任国家电网智能电网研究院副总工程师、直流输电技术研究所所长的贺之渊几次跟随导师汤广福（2017 年增选为中国工程院院士）前往国外洽谈技术引进，“仅仅是建设实验室，对方只给一套图纸，就开出 700 万欧元的技术转让费，这对我们来说简直是天方夜谭。”

科研“无人区”里从0到1的突破

技术引进的路走不通，只能自力更生找出路。

2006年，经过专家论证，国家电网确定了《柔性直流输电系统基础理论与关键技术研究框架》（以下简称《框架》）。这意味着我国启动了柔性直流输电技术领域的全面研究。对赵岩来说，开启的是全新的职业生涯，也是勇闯科研“无人区”的开始。

“世界首个柔性直流输电试验工程建成投运后，世界范围内的相关研究很活跃，然而进展却十分缓慢。”赵岩回忆，当时能参考借鉴的资料非常少，柔性直流技术研究要实现的是真正“从0到1”的突破。

该技术涉及多个专业，《框架》为期三年，牵头人汤广福确定了基础理论研究、关键技术、系统分析等十个方向，制定了基础理论—关键技术—设备研制—工程示范的总体技术路线。

作为团队中的“长者”，也是“领头羊”，30岁的贺之渊刚博士毕业，带领和赵岩差不多大的“秀才”，开始闯关。

虽然平均年龄只有二十五六岁，但团队却集中了当时国内柔性直流领域的主要力量。除了中国电科院，还有国家电网上海电科院、甘肃电科院、福建电科院、浙江大学、华北电力大学、四川大学等也参与了进来。

换流阀堪称柔性直流工程的“心脏”。

在一间简陋办公室的一张几平方米的桌子上，团队里二十几个人没白天没黑夜地干，像搭积木一样搭出了原理样机。他们白天忙着做试验，晚上凑到一起分析问题、总结经验、布置任务，将第二天可能遇到的隐患考虑周全。正是在这样紧凑、务实、高效的节奏下，他们开创性地开展了一系列的试验项目，对技术做了初步验证。

2011年初，带着经过无数次试验的柔性直流成套设备，团队远赴上海南汇风电场开展工程实施工作。早春时节，上海飘起了鹅毛大雪，大家在零度的气温中，踩着梯子徒手安装设备。项目地处远郊，条件非常艰苦，中午大家就在工地蹲着吃饭，回城吃晚饭常常要等到深夜。

历时7年，在国家电网总部的指导下，依托一系列科技项目，研发团队在国内首次建立了柔性直流输电技术的基础理论体系。2011年7月，亚洲首条柔性直流输电工程在上海南汇建成，实现了我国在柔性直流输电技术领域零的突破，投运时间比十几年前开出高价转让费的国外公司仅晚了半年，真正实现了并跑。

示范工程投运后，研发团队没有停下创新脚步，继续打造满足更高电压等级的柔性直流技术和装备，最为人熟知的是500千伏张北柔性直流电网工程，让“张北的风光点亮北京的灯”。

这几年，国际直流输电热已成不争的事实。2022年，团队中标国外海上风电柔直并网工程，我国柔性直流输电技术成功实现“走出去”。

产学研用一体化机制激发创新动能

“自行设计、自己安装、自己制造，连实验室建设都是自行研发建设起来的。现在回头看，正是因为经历了一个完整的研发过程，我们对整个柔性直流输电技术才有了一个更深刻的认识。”赵岩同时感慨：国家电网的持续投入将创新团队凝聚在一起，让大家可以静下心来做研究。

国家电网能源研究院副总工程师兼企业战略研究所所长马莉告诉记者，公司一贯高度重视科技创新工作，坚持加强科技投入，并建立了稳定支持和有序竞争相结合的经费投入方式，尤其对长线研究和基础前瞻研究团队给予了持续、稳定经费支持。

“从立项来看，只要是经过科学论证、需要加快突破的重点方向，国家电网会持续给予大力支持，保证项目有延续、经费有保障。同时，高端人才引领、电力工匠塑造、青年人才托举‘三大工程’，畅通了科研人员的发展通道，让科研人员有更大的‘成就感’和‘获得感’；尤其是近几年在中央企业中率先开展分红激励探索，项目分红、岗位分红等激励措施，为科研人员提供了充分物质保障。”在马莉看来，科研人员最看重的，是国家电网把科研与应用结合，真正推动了创新链产业链对接融合，实现了产学研用一体化，公司内外的创新要素得以集聚并迸发出持久活力。

代表作2

打造原创技术策源地——

大型国产化海上风电机组有了“试验场”

陈　瑜

5兆瓦风机的单桩基础已矗立于海上，其底部牢牢“抓住”水下30多米深处的海床。然而，风机叶片方案还没着落。

叶片如同风电机组的心脏，重要性不言而喻。

6月，中国华能集团清洁能源技术研究院有限公司（以下简称华能清能院）海上风电技术部主任刘鑫在接受科技日报记者采访时，仍对2020年的那一次艰难选择记忆犹新：是选择技术成熟但价格高昂的外国进口碳纤维叶片，还是选择国产首台套碳玻叶片？

国产化设备鲜有海上试验机会

2009年，我国风电行业开启了一次“摸着石头过河”的尝试——风机被从陆上搬至海上，准确说是潮间带。

潮间带是指低潮位时海岸裸露出来的区域。十几年后回看，业内甚至直言，这不是严格意义上的海上风电。潮间带风机比陆上风机增加了一些冗余设计，风机所受载荷与陆上风机几乎没有差异。但潮间带试验风电场项目开启了国内海上风电开发建设的新时代。

自20世纪90年代以来，作为单体规模大、年利用小时数高的风电发展类型，国外海上风电技术发展到今天已日趋成熟。

发展海上风电，我国有着天然优势——海岸线长、可利用海域面积广，而且风能资源主要分布在经济发达、电网结构较强又缺乏新能源的东南沿海地区。“双碳”目标下，我国海上风电优势尽显，发展速度加快。

华能清能院党委书记、董事长李卫东告诉记者，2020年底，我国海上风电累计装机量已达世界第二，但大容量海上风电机组仍有多种关键部件被国外厂家垄断。

李卫东分析，这很大程度是因为，相较于陆上，海上风机运行环境更加苛刻，造价也更高：一座百万千瓦的海上风电机场耗资大约150亿元，运行过程中需要应对更加极端的气候条件、更加复杂的海洋环境。开发商因而依赖于更稳定、更高效的机型。

“将百亿元设备放到距海岸几十公里的海上，平时看不到，设备出了问题后，如果运气不好，一两周内维修人员都可能因为天气原因过不去，经济损失会很大。”李卫东说，正因如此，之前大家更偏好国外成熟可靠的产品，不愿意使用国产化设备，从某种程度上说，国产化设备连试验的机会都没有。

合力打破海上风电机组国产化不了的“怪圈”

为实现大型海上风电机组国产化，2020年，作为我国最大的海上风电开发商之一，中国华能集团有限公司（以下简称中国华能）牵头，联合行业相关的整机厂家、零部件厂家、设计院、科研院所以及施工企业组成海上风电补短板技术攻关团队，2021 年又正式成立了更加紧密的海上风电技术创新联合体。

“这是我国未来海上风电发展的重要抓手之一，也是国家能源安全的重要保障。我们希望站在产业链整体角度思考中国海上风电的未来。”在李卫东看来，作为产业链的“链长”，中国华能就是希望联合全产业链，打破海上风电机组国产化不了的“怪圈”。5 兆瓦大容量海上风电机组正是推进大型海上风电机组国产化的第一步。中国华能依托华能清能院，联合华能江苏公司、中国海装等多家单位共同开展研发工作。

国产化之路并非一帆风顺。刘鑫告诉记者，叶片的国产化过程中就遇到了重大技术挑战，在最开始设计风机单桩基础、塔架承载力时，考虑的是进口的成熟商业化叶片的重量，但国产化 5 兆瓦机组所配备的叶片长达 80 多米，项目组虽然革新了已有的叶片设计材料和制造技术，但与原始方案相比，新叶片的重量还是明显增加。

增重后的风机安不安全？已经打好的桩基础能不能承载这超出的重量？一系列问题让所有人担忧，更直接关系国产化工作能不能干得下去。

作为承担海上风电机组国产化的部门，刘鑫和团队从叶片增重问题出发，采用了华能清能院开发的一体化载荷计算方法，对整个海上风电机组的叶片、机舱、塔架和基础的运行负载做了大量精细的计算，确认叶片增重后风电机组仍可安全运行。

作为“链长”，中国华能鼓励产业链的其他环节主动采用自有知识产权新技术、国产化新产品，还对国产化设备“免责”，打消厂家担忧。最终，参研单位实现了大型海上风电机组叶片、主轴承、齿轮箱轴承等一系列核心关键部件国产化，取得了机组关键核心部件全部国产化的既定目标。

“这是以问题为导向，抓住机遇走出的一条自主创新之路。”李卫东总结说。

国产化助推高质量发展

国产化 5 兆瓦海上风电机组的成功，不仅迈出了解决能源领域关键问题上的坚实一步，对海上风电下一步平价化发展也意义重大。值得一提的是，中国海装即将推出单机容量更大、叶片更长的海上风电机组，将有效降低海上风电成本。

中国华能党组成员、副总经理樊启祥告诉记者，一直以来，中国华能高度重视自主创新，为更好发挥联合体作用、高质量打造原创技术策源地，出台了专门的保障工作方案，以策源地为试点，赋予策源地所属领域领军人才更大技术路线选择权、经费支配权和团队组建权，5 兆瓦国产化大容量海上风电机组研制就是生动体现。

今年印发的《“十四五”现代能源体系规划》提出，提升东部地区能源清洁低碳发展水平，要积极推进东南部沿海地区海上风电集群化开发。与此同时，多地也锚定“蓝海”，海上风电“高质量跃升发展”的主题逐渐明确，国产化将是助推高质量发展的重要抓手。

代表作 3

打造原创技术策源地——

高温气冷堆：自主创新铸就国之重器

陈　瑜

山东荣成石岛湾，全球首座球床模块式高温气冷堆核电站示范工程现场，工程走向商运前的最终调试正在紧张进行。

2021 年 12 月 20 日，示范工程并网成功，我国成为世界少数几个掌握第四代核能技术的国家之一。

高温气冷堆被称作“傻瓜堆”——发生异常情况时，该堆可以在不需要任何人为干预的情况下保持安全状态。这对视安全为生命线的核电意义重大。

2003 年至今，清华大学、中国核工业集团有限公司（以下简称中核集团）、中国华能集团有限公司（以下简称中国华能）“牵手”近 20 载，联合一批大型企业，推动我国高温气冷堆从“样品”变为“产品”。从 10 兆瓦实验堆到 20 万千瓦示范工程，首台套设备达 2200 多台（套），创新型设备有 600 余台（套），设备国产化率高达 93.4%。

在清华大学核能与新能源技术研究院（以下简称核研院）党委书记、高温气冷堆核燃料元件研发工作带头人唐亚平看来，并网成功是合作带来的直观效益，更深层的效益则是通过体制机制创新，把高校和企业紧紧地结合在一起，将“小核心、大协作”这一协同创新战略构想落到了实处、取得了实效，这将给未来的高温气冷堆批量化、商业化、国际化带来可观前景。

合理配股 构建协同创新格局

2003 年 1 月 29 日，清华大学 10 兆瓦高温气冷实验堆成功实现 72 小时连续满功率运行。实验成功后，清华大学希望寻找志同道合且具有雄厚实力的央企合作推动成果产业化。此时，对正在为谋求更高质量发展寻找突破的原中国核工业建设集团（2018 年与中核集团重组）来说，清华大学的橄榄枝无异天赐良机。

双方一拍即合，通过校企合作正式启动高温气冷堆工程转化研究。

作为参与合作谈判的主要成员之一，中核集团中核能源科技有限公司（以下简称中核能源）党委书记、董事长张国华回忆起当年的场景仍历历在目，“因为是第一次，大家都是摸着石头过河，过程很艰苦，但也卓有成效，包括成立高温气冷堆科技成果转化平台——中核能源，推动高温气冷堆技术从实验室走向市场，实现产业化”。

然而，“一拍即合”并不意味着“一帆风顺”。

一开始，双方都有顾虑：资本方怀疑技术方到底能不能研发出真正满足市场需求的产品以实现自身投资价值，技术方也对资本方是不是真心实意、能不能坚定不移支持技术研发并进行商业推广没底。

“怎么分工、如何互补？怎么分担责任、如何考虑收益预期？这些事情如果不明晰，会影响合作积极性、紧密程度以及投入力度。”张国华告诉记者，中核能源成立之初采用了双方各占 50% 的股权分配方式，为“小核心、大协作”创新体系奠定了重要基础。

2004 年，随着中国华能的加入，高温气冷堆示范工程三方合作、强强联合的新格局正式形成，校企合作、协同创新迈上新台阶。

联合攻关 共同承担国家使命

高温气冷堆的高安全性主要得益于一种基于陶瓷型的 4 层包覆颗粒的全陶瓷型核燃料元件。这也是“买不来、要不来、讨不来”的关键核心技术。

“清华大学在实验室里将这项技术走通后，在国家科技重大专项支持下，与中核北方核燃料元件有限公司展开合作攻关，让实验室的技术实现了工程化、变成了生产力。”唐亚平说。

作为全球首堆，示范工程没有可借鉴经验，面临诸多类似的高难度技术挑战。

蒸汽发生器被称为“核电之肺”，也是高温气冷堆最关键设备之一。2008 年，承担蒸汽发生器制造任务的哈电集团组建新团队、建设新厂房准备一鼓作气拿下新技术。

然而，问题接踵而来。最初的设计是将10兆瓦实验堆小规模的非工业化设备数据提高两到三个量级形成的，然而制造难度太大、经济性不好、后续可检验性不足。

2015年春，为加快蒸汽发生器制造，确保按期交付，在项目业主单位华能石岛湾核电公司的组织下，作为EPC总包方，中核能源推动哈电集团制造专家、核研院设计专家及业主设备采购、安装管理人员协同创新、联合攻关。

联合攻关团队在高温堆一比一的工程实验室一起协作，经过8个月不懈努力，前后完成8版设计，修改100多处细项，并一一验证。2018年，从最初算起历时10年，团队攻克了30多项关键技术、打造出了“高温气冷堆之肺”，其中高精密换热管对接焊工艺等18项重大工艺均为国内首创。

出了钱还要出人？这在以前是不可思议的事，在示范工程建设过程中却成为常态。

“因为是首堆，合同写得再细，也会碰到很多没有想到的事。”张国华经常说，“不要把与清华大学的合作看作一般商业化工程，而要看成是在联合攻关，在共同承担国家使命。”

逐步接受这个观点后，三方合作就越来越顺畅了。

“师徒制”促进文化深度融合

除了创新难度大，合作之初三方还面临文化冲突，尤其在示范工程设计工作中。

核研院老师习惯于学术研究，喜欢不断探索、追求完美，对设计成果精益求精。中核能源设计人员则更多是工程思维，更加注重进度、成本、可靠性。中国华能设计管理人员更强调项目安全、质量、进度、成本“四大控制”。

“我们推动公司与清华大学共同成立‘联合总体室’，联合举办核工程硕士班，建立‘师徒制’等多种举措全面促进相互理解与深度融合。”张国华说，多年文化融合的成效是显而易见的：老师们更加重视工程技术工作“合理可行、规范变更”的原则，公司员工则更加理解、尊重老师们对创新的追求。

中核能源原副总经理杨明德是核研院教授，曾在示范工程现场坚守了4年。他深情地表示，自己既是清华人也是中核人。

如今，中核能源52%的员工拥有硕士及以上学历，40%拥有高级职称，其中大部分经过了核研院工程硕士班的培养，双方建立了亦师亦友的深厚情谊。在共同的事业中，高校文化和工程文化和谐共生、相得益彰。

中核集团科技质量与信息化部主任尹卫平表示，科技创新是核工业的立业之本，是核工业发展之魂。在当前历史阶段，核科技创新的重要地位丝毫不亚于任何一个历史时期。中核集团坚持“小核心、大协作”的理念，加强和扩大“国内翼”合作，发挥协同创新单位的优势来共同推动解决集团关注的科学问题，成为集团公司研发体系的重要组成部分和科技创新“新势力”。

（《科技日报》2022 年 05 月 23 日—08 月 03 日）

申报资料实录

作品简介：经济企业是创新的主体，国有企业特别是中央企业在实现高水平科技自立自强的历史进程中责任重大、使命光荣。2022 年年初召开的中央深改委会议强调“推进国有企业打造原创技术策源地”，对国企创新提出明确要求。喜迎二十大，结合中央深改委会议精神，科技日报社于 2022 年 5 月开设“打造原创技术策源地”专栏，以系列报道的形式，展现近年来国资央企在创新方面的努力、成绩及未来发展思路。该系列报道共包括 9 期作品，聚焦 9 家央企的创新故事。这组策划突出特点是“实、精、重”。“实”：国资央企的创新涉及面广，文章聚焦真正的原创技术创新。“精”：精心采写，以点带面，每篇两千字左右的篇幅呈现大主题。“重”：文字、视频多角度呈现，根据文字制作“我们的创新骄傲”视频，在科技日报各新媒体平台同步发布（报纸配二维码），同时在要闻 1 版“研习科技创新重要论述”栏目配发企业一把手署名文章。

社会效果：稿件小处着眼，注重从与老百姓生活密切相关或公众关注度高的科技创新成果入手，反映大主题。报道获得相关报道单位、国资委相关部门的充分肯定，被多家门户网站广泛转载，为喜迎党的二十大营造了良好氛围。报道同时成为媒体同行进一步挖掘的线索。

初评评语：这组系列报道立足记者对相关行业的长期耕耘和积累，精心采访、精细写作。报道既注重主题性，又注重可读性，形式多样，文风清新，从形式到内容，都是科技日报对创新主体报道的有益探索。

记者调查·羊皮去哪儿了？

陈冰凌　宝力格　张青英　梁永芬　诺明塔娜　刘　佳　王智飞　刘　杨

限于篇幅，文字稿略，获奖作品请见中国记协网 http: //www.zgjx.cn。

（内蒙古广播电视台 2022 年 08 月 02 日—04 日）

申报资料实录

作品简介：内蒙古是国家重要农畜产品生产基地。2021 年，内蒙古肉羊出栏量达到 6700 多万只，牛羊肉产量位居全国第一。但全区羊皮加工率却不足 10%。没能就地加工的 6000 多万张羊皮到底去哪儿了呢？如何破解制革行业的发展困境，让 6000 多万张羊皮物尽其用？内蒙古广播电视台记者历时半个多月，行程 4000 公里，深入锡林郭勒盟、巴彦淖尔市、赤峰市的农村牧区和企业进行实地调研采访。记者脚力所致，所有素材和细节都是记者与农牧民、皮货收购商、羊皮加工企业负责人和政府管理人员等进行深入交流获取。报道充分体现了新闻宣传的建设性原则，通过发现问题、提出问题、解决问题的报道逻辑，提出了将牛羊的皮毛“吃干榨尽”，让老百姓的收益实现最大化的解决途径，在《内蒙古新闻联播》《晚间报道》、奔腾融媒客户端连续推出《留不住的羊皮》《留住羊皮难在哪儿》和《“吃干榨尽”路在何方》三集全媒体系列报道。

社会效果：系列报道《记者调查：羊皮去哪儿了？》在大小屏联动播出。播出后得到广泛关注，在内蒙古广播电视台奔腾客户端的点击量达到 30 万次以上。报道对推动内蒙古农畜产品资源节约集约利用、推动农牧产业全产业链发展提供了有益的思考，起到了积极的促进作用。

初评评语：记者用第一手调研采访内容体现、回应民生关切，报道了内蒙古自治区在建设国家重要农畜产品生产基地中存在的短板以及正在进行的改革探索。这组报道作风扎实，以实地调研的形式做了翔实的调查采访，拿到了富有说服力的素材，通过细心观察，用简明清晰的语言表达将宣传主题一一展示出来，较好地实践了“四力”要求；报道数据运用得当，数字不多但恰到好处。报道中有现象、有追问、有分析，有解决问题的思路，通过三个层次的剥茧抽丝，把问题的发生、问题的难点、解决的出路，层次分明表达到位，实现了节目组的传播目的。纵观整篇报道，深入基层实地调研是作风转变的体现，为“党委政府和百姓所忧而忧”是责任和担当所在，而深刻分析问题并求索解决方案则大大提升了报道的价值。

新闻摄影

习近平等瞻仰延安革命纪念地

王　晔

10 月 27 日，中共中央总书记、国家主席、中央军委主席习近平带领中共中央政治局常委李强、赵乐际、王沪宁、蔡奇、丁薛祥、李希，瞻仰延安革命纪念地。这是习近平等在延安革命纪念馆，参观《伟大历程——中共中央在延安十三年历史陈列》。

新华社记者 王晔 摄

（新华社 2022 年 10 月 27 日）

申报资料实录

作品简介：2022 年 10 月 27 日，在党的二十大胜利闭幕后，中共中央总书记、国家主席、中央军委主席习近平带领新当选的中共中央政治局常委李强、赵乐际、王沪宁、蔡奇、丁薛祥、李希，赴陕西延安瞻仰延安革命纪念地。记者用镜头记录下了这一经典瞬间：习近平总书记等领导同志，在延安革命纪念馆参观《伟大历程——中共中央在延安十三年历史陈列》后步出展厅。他们身后的展板上，“胜利的出发点”几个金色大字熠熠生辉。这是一张难得的好照片，习近平等领导同志神态自信、步履坚定，背景板上的大字极好地契合了习近平总书记在讲话中发出的伟大号召：“让我们踏上新征程，向着新的奋斗目标，出发！”，真正达到了“一图胜千言”的传播效果。

社会效果：这是摄影记者根据现场环境在快速移动中抓拍到的。照片播发后，受到了各方面一致好评，累计采用家数达 1100 余家，总采用超过 4500 家次。其中，中央媒体及中字头媒体当日采用 49 家，媒体头版 36 家，包括陕西日报在内的许多报纸都用通栏或整版的形式刊登这张照片。各大媒体或置顶或采用头版通栏方式广泛采用，起到了“刷版镇屏”的效果。照片播发后引发社会强烈反响。

初评评语：精彩乃至经典照片的属性就是经得起反复赏析品读，并且经久不衰、历久弥新。这张照片无论从现场环境、形象元素、典型符号等哪个方面来衡量，都彰显其文章天成、妙手偶得的光芒。习近平同志带领新当选的中共中央政治局常委阔步向前、坚定自信。背景中“胜利的出发点”几个金色大字更成为点睛之笔，既紧密呼应了习近平总书记在讲话中发出的伟大号召，更给读者以守正创新、勇往直前的坚强信心和实现中华民族伟大复兴的必胜希望。

铁翼护航新时代——中国空军歼-20战斗机影像志

余红春

该作品为组照，限于篇幅，原稿略。获奖作品请见中国记协网 http://www.zgjx.cn。

（中国军网 2022 年 12 月 30 日）

申报资料实录

作品简介： 为了展现强军十年的风采，摄影师用近 10 年的时间长期跟踪拍摄国产隐形战斗机歼 -20 参加各项重大活动的影像。不论是中国航展首次公开进行飞行展示还是四机编队全部换装“中国心”惊艳亮相，不论是参加庆祝中华人民共和国成立 70 周年阅兵训练还是参加庆祝中国共产党成立 100 周年飞行表演训练，特别是乘坐运输机在 3000 米高空通过打开的后舱空对空拍摄歼 -20 战斗机空中对抗训练，摄影师克服种种困难，用独特的视角为读者带来精彩的瞬间。

社会效果： 这些关于歼 -20 的影像既体现了人民空军实战化训练的铿锵步伐，也激发了广大网友特别是青少年群体对人民空军的热爱，掀起适龄青年应征入伍的新热潮，为后续部队征兵、招飞等工作奠定一定的舆论氛围和群众基础。作品一经发表立刻受到社会各界关注，军内外各级媒体竞相转载，发布当天在解放军新闻传播中心融媒体稿件推广传播效应统计榜单的阅读量达到 138.2883 万次，全网累计阅读量达到 500 万 +。

初评评语： 记者以摄影纪实的手法，艺术而全面地展现了歼 -20 铁翼多视角、多姿态、多机动的优美身姿，向世人们拉开了其神秘的面纱。本系列摄影作品中，每张照片视角独特，构图精练，用光精准，不难看出，张张照片透露出摄影者的匠心独具。其中四架歼 -20 在幽暗的蓝天中熠熠生辉，其给飞机性能带来巨大提升的黑科技鸭翼造型更是出类拔萃；航展上进行飞行表演的空军八一飞行表演队飞机拉着彩烟从歼 -20 飞机上空飞过，仿佛与歼 -20 披挂了五彩的祥云；观众各个手持手机争先恐后地近距离拍摄刚完成飞行展示的歼－20飞机，也许他们是第一批近距离观看歼－20英姿的观众。同样，在2021年参加庆祝中国共产党成立100周年飞行表演训练的15架歼－20飞机更是威武列阵，英姿勃发，翱翔天空；同时，我们也看到了飞机清晨出发，看到了夜航升空的镜头，透露出歼－20全天候的优异性能。代号“威龙”的歼－20在此次航展上已全部换装“中国心”，从发动机到航电系统都完成了全面蜕变。

手绘长卷|长城群英绘·北京2022年冬奥会冠军“全家福”

集　体

作品二维码

（冀云客户端 2022 年 02 月 20 日）

申报资料实录

作品简介：漫画是国际通用的“语言”，用手绘漫画形式创作的北京冬奥冠军“全家福”，寓意北京冬奥会是中国人民同各国人民一道，共同创造的一场载入史册的奥运盛会，表达了世界一家亲、一起向未来的深远含义。北京 2022 年冬奥会期间，长城新媒体集团、中国日报网，邀请国内多名优秀漫画家参与，每天为当日产生的冠军绘制漫画肖像，最终于北京冬奥会闭幕的当天晚上，全部完成 109 个项目的 200 余名冬奥冠军的肖像并完整推出，同时制作了动漫视频，新闻性与艺术性相得益彰。作品全长 2022 厘米，对应北京冬奥会的举办时间 2022 年；以连绵的长城为背景，意在展现“长城脚下的冰雪盛会”的精彩；“冰立方”“雪如意”等冬奥会比赛场馆一同入画，搭配国潮风，用中国元素凸显中国气派，同时制作中英文版，进行海外传播，以北京冬奥会视角展示中国文化。

社会效果：作品在中国日报网、冀云客户端、长城网推出后引起热烈社会反响，被“学习强国”总平台、海外网等主流媒体和头部网站转载，全网阅读量超 5000 万。在北京奥运博物馆“奥运藏品全球征集活动”的超 7 万件套作品中经过专家严格评审，成功入选并被永久收藏，成为中国新闻人献给北京冬奥会和奥林匹克运动的珍贵礼物。

初评评语：《手绘长卷｜长城群英绘·北京2022年冬奥会冠军“全家福”》选题重大、视角独特，形式新颖、制作精良，将新闻性、艺术性展现得淋漓尽致。该组漫画用北京冬奥会109个项目的全部200多名金牌获得者的漫画肖像长卷，呈现了冬奥会绚丽宏大、精彩纷呈的壮阔场景，揭示了世界一家亲、一起向未来的深刻寓意，诠释了胸怀大局、自信开放、迎难而上、追求卓越、共创未来的北京冬奥精神。

播火者

栗振宇　王含丰

2022 年 10 月 16 日晚，京西宾馆。

时间已是深夜，党的二十大代表、陆军工程大学教授俞红合上电脑，活动活动肩膀，走到窗前拉开窗帘。窗外，光彩夺目的中华世纪坛，在这个注定载入史册的日子里，更显诗意之美。这一天，从清晨到晚上，俞红的心一直被难以抑制的情感包围着。而此刻，她内心更多了一种坚定与踏实。

俞红教授是全军思想政治教育专家库专家，也是陆军工程大学“星火”理论宣讲服务政治教员群体（以下简称“星火”群体）的带头人。有人把他们誉为“播火者”，因为伴随他们的宣讲服务，党的创新理论如星星之火，不断播撒在人们心田，不断点燃新的战斗激情，不断催生新的奋进篇章。

2022 年 11 月 22 日，在学习宣传贯彻党的二十大精神的火热氛围里，这个群体被中央宣传部授予“时代楷模”称号。

一

在“星火”群体的先进事迹展上，有一本《习近平强军思想学习纲要》教材。这本教材里面密密麻麻写满了学习心得。已经被翻得皱起的书页，仿佛在诉说着它与主人的无数次心灵对话。

这本教材的主人，是“星火”群体中的郭幼茂教授。

“这么小的字，您能看得清吗？”

“还好。在书本上作备注，主要是为了方便。讲到哪个地方，就可以把备注上的内容，自然链接上。写在别的地方，还容易找不到。”郭教授扶了扶眼镜，微笑地说。镜片后的眼神，让人感受到一位学者特有的专注。

郭幼茂教授现年 59 岁，在思想政治教育讲台上已经耕耘了 30 多年。当年在学生时代，他曾因为在学习生活中特别严谨认真，常常一副不苟言笑的样子，被冠以“老夫子”的外号。

而今，多年的军旅历练，反倒很难让人感觉到他身上有多少“老夫子”

的气质。言谈举止间，更多的是老兵特有的激情，是师者的随和谦逊，还有不经意间透出的那股专注劲儿。

那天，在他办公室，我们又见到几本类似的教材，有前两年出版的，也有前段时间刚刚出版的。在这些教材里，同样写满了密密麻麻的心得。在他看来，这只是自己多年来养成的一个习惯，并没有什么特别之处。

理论宣讲关键看效果，而效果首先决定于宣讲者本身的综合素养。作为新时代党的创新理论的宣讲者，应该具备怎样的素养，怎样才能提升素养，什么叫学习紧迫感和理论敬畏感？这些问题的答案，仿佛都蕴藏在那一本本写满备注的教材里。

去年，郭幼茂教授作为全军党史宣讲团成员，先后在各战区、军兵种的机关和部队宣讲30多场。生活中，郭幼茂教授有个习惯，每次坐飞机，他都要把登机牌留下来作个纪念，就像我们很多人记日记一样。去年一年，他竟保存了50多张登机牌。

“他仿佛一直在路上，这条路当然不是普通意义上的路，而是他用热情铺就的学习研究之路、宣讲传播之路。”这是青年教员王晶对郭幼茂教授的感受。

“一直在路上”，可谓一语中的。对于一位理论宣讲者来说，最怕的是什么？就是思维脱节、观念陈旧、方式老套，让听课者感觉味同嚼蜡。一直在路上，意味着方向正确，能够第一时间学习党的创新理论的最新成果，始终活跃在理论学习研究的最前沿。一直在路上，意味着能够持续吸纳现实生活的新鲜养分，让科学理论与现实生活有机融合在一起。一直在路上，还意味着很多很多。

党的二十大胜利闭幕后的第一个周末，在陆军工程大学某学院，郭幼茂教授为官兵作了一场题为《凝心聚力擘画复兴新蓝图，团结奋斗创造历史新伟业》的宣讲。课后，他告诉我们：“作为这个时代的政治理论教员，我觉得我们是幸运的。因为我们所讲的理论，能够被我们身边正在发生的现实所印证。我们所讲的理论，有着很强的说服力，可知可感，更可信。我们要感恩这个时代。”那一刻，他镜片后的眼神，除了专注，还透出一种敬畏感。

诚然，这就是科学理论的魅力；这是时代的馈赠，更是时代赋予宣讲者的使命。

三尺讲台，使命如山、责任如山。也许是基于这种共同的价值追求，我们在采访中明显感到，在这个涵盖老中青、有着不同专业背景的教员群体中，每个人身上都散发着一种相近的精神气质。这种精神气质，会在与你交谈时的眼神和情感里流淌出来，也会让你在办公室、学习室、资料室乃至走廊里，不经意间察觉到。这种精神面貌是什么？我们想到了那句话，“予人星火者，必心怀火炬”。

二

今年中秋节，正好是教师节。这天清晨，陆军工程大学博士学员刘一鸣早早发了两条祝福信息，一条是发给自己的导师、“八一勋章”获得者钱七虎院士，另一条就是发给政治教员俞红教授的。

在很多人眼里，刘一鸣无疑是个幸运儿。

刘一鸣本科期间曾在华东地区高校结构设计竞赛中获得优异成绩。赛后，有赞助商找到他，希望他毕业后到公司上班，并许诺高薪。

“老实说，他们开出的条件，对当时的我还是很有诱惑力的。”回忆起那段往事，刘一鸣笑着说。

最终，因为内心的军旅情结，刘一鸣没有去那家公司，而是选择到陆军工程大学读研。那时的刘一鸣虽然已进入部队，但内心依然有些迷茫。专业有前途吗？未来的军旅生活，应该怎样度过？就是在这种状态下，刘一鸣因为学校开设的政治理论课，开始与俞红教授等“星火”群体的教员们有了接触。

“确实有一种眼前一亮的感觉。俞教授的课讲得很有亲和力，她会结合我们的实际情况，去解读很多看似深奥的理论。很多话都说到我心坎上去了。”课后，刘一鸣主动找到俞教授，表达自己的困惑和想法。

“我觉得，她很重要的是让我走出了‘小我’的空间，感受到自己在军营里发展的广阔天地。”后来的时间里，刘一鸣一直把俞红教授视作自己的良师益友。在俞红教授的支持鼓励下，他的视野和心胸都逐步打开，并如愿考取钱七虎院士的博士研究生。2020 年，他被评为“全国向上向善好青年”，还荣立了三等功。这其中，让刘一鸣尤其感恩的是，俞教授在自己选择研究课题时给予的支持和鼓励。

“对于我们从事科研的学员来说，课题方向的选择很多时候跟人生选择一样重要。一旦选择了，就没有回头路。当时，很多人不建议我选择目前的研究方向，因为这是一个全新的领域，困难很多，远不如我原来所学专业得心应手。”刘一鸣再一次找到俞红教授，征求她的意见。

“她告诉我，她不懂我的专业，但选择的标准要着眼长远，着眼部队建设的前瞻需要。这样的选择，才是有价值的选择，也是值得为之拼搏的选择。当时真有种豁然开朗的感觉。”现在的刘一鸣已经接近毕业。经过不懈努力，他在某研究方向上已经取得突破性进展，其成果得到多方认可。

刘一鸣只是陆军工程大学的一名普通学员。这些年来，在这所知名高等学府里，不知有多少学员像刘一鸣一样在这样春风化雨般的影响中，跨过一道道难关，不断接近自己的梦想。

“我们的学员都很阳光，很可爱，在学习生活中多数都非常努力，但是他们同样也会遇到很多困难、很多思想上的难题。我们要在课堂上把道理讲深、讲透、讲活，就得知道他们在想什么、缺什么、担心什么……”说起与学员的互动，“星火”群体成员余颖颖的感触非常多。这些年来，她面对的学员主要是军士学员。她感觉，正是因为自己积极倾听他们的真实想法，带着问题去教学，才更准确地找到了发力点，让学员们产生了共鸣。

“我们党的创新理论，从来都是深深扎根于实践的。始终带着强烈的问题意识，能够真正从根本上回答问题、解决问题，这正是我们党的创新理论的魅力所在。政治理论离我们的生活其实很近，很近。”说这些话的时候，余颖颖放慢了语速，仿佛略有所思。“生活总是由矛盾问题构成，一个问题解决，另一个问题可能接踵而至。我觉得，我们‘星火’群体有个特点，就是并不满足于在课堂上把课讲好，帮助大家解决当时的思想困惑，更重要的是，在学员们毕业后，我们还跟他们保持着联系，大家一起交流探讨问题，一起学习进步。”

余颖颖所言不虚。这些年来，“星火”群体中的教员们在开课时，就会留下手机号码、电子邮箱和办公地点；学员们在校期间，他们坚持每人挂钩一个学员队，在党和国家重大政策出台、国内外重大事件发生，学员学训的重要阶段、思想心理倾向性问题凸显、毕业岗位分配等重点敏感时期，下沉到学员队，及时做好解疑释惑和教育引导工作；学员们毕业后，他们还会跟踪了解部分学员的工作情况，为他们及时搞好思想引导……

师者，传道授业解惑。“播火者”是在灵魂深处默默耕耘、点燃梦想与激情的师者。在与陆军工程大学的师生们交谈中，我们深深感到，“星火”群体之所以能打动人，一个很重要的原因就是他们虽然立于讲台，但身心深深扎根于军营沃土。因此，在他们的宣讲实践中，党的创新理论从那些经典文字化作可感可亲的智慧，化作润物无声的和风细雨，化作激扬青春热血的慷慨豪情。真理之火，也因此穿透火热的现实生活，燃烧在官兵的心灵世界。

三

每年秋天，处处飘香的桂花，总会让南京这座古老的城市氤氲在收获的味道里。紫金山下，陆军工程大学校园里此时也会较往日平添一份新的活力——又有一批学子怀揣着梦想，来到这里开启新的人生篇章。

“老实说，每年这个时候，看到新生们的身影，我心里既开心，又隐隐增加了一些压力。”“星火”群体成员秦岩教员坦言。

秦岩至今记得，10 年前自己第一次独立授课时，站在讲台上那种紧张发怵的感觉。这些年来，她尽管在业务上已经轻车熟路，但是这种紧张感并没有减轻多少。“主要是因为新东西太多了。我们要教授的内容、学员们的状态，还有全社会的各种变化，几乎每年都是全新的。每一次开课，几乎都是全新的起点。”

一个“新”字，对于以传播党的创新理论为己任的“星火”群体来说，饱含着太多意蕴。

近些年来，党和国家持续加大思政课教学的支持力度，出台一系列强化思政课教学的指导意见。与此同时，国内建设发展面貌日新月异，国际局势变幻莫测，新技术运用层出不穷，学员们接触外界信息更加便捷、思想更加活跃……所有这些，都让“星火”群体的教员们必须围绕一个“新”字，持之以恒地做文章。唯有“新”，才能不辱使命。

2020 年上半年，突如其来的疫情影响了正常的课堂教学。为了不影响教学进度，很多学校都不得已开始实施线上教学。“星火”群体的教员们开始加班加点打造自己的线上课程。没过多久，全新的线上课程就正式登录“陆工在线”平台。只要登录这个平台，学员们随时随地都可以选修不同课程。

当时，很多人也许意想不到，这次线上课程开发，成为“星火”群体打造“智慧教学”的一个新起点。

2020 年 12 月，在一次陆军召开的关于院校建设工作会议上，“星火”群体向会议代表展示了以《切实增强政治敏锐性，坚守意识形态“上甘岭”》为题的线上线下混合式教学示范课。当弹幕、抢答、投稿等交互功能开启，当抗疫英雄通过视频连线到课堂分享自己的感想……这堂课从内容到形式，都让与会代表眼前一亮。随后，这堂课又在军队院校政治理论教学联席会上作了展示。

目前，“星火”群体开设的“马克思主义基本原理”“毛泽东思想和中国特色社会主义理论体系概论”等多门课程，都实现了线上线下混合式教学，构建起多维立体的铸魂育人格局。其中，“马克思主义基本原理”被推荐参加国家级一流本科课程认定。在全面推进“智慧教学”的创新之路上，“星火”群体走得扎扎实实，更走得紧锣密鼓。

“其实在疫情发生之前，我们就在打造线上课程方面做了一些准备。因为‘智慧教学’代表着教学改革的方向，对我们提升教学效果帮助很大。老实说，是疫情和教学改革创新的时代大潮，倒逼我们加快了步伐。在创新这方面，很多时候，你不能满足齐步走，必须永远比别人快半步。”回忆起那段历程，俞红教授深有感慨地说。

创新是有目标的创新，而不是“跟风”式的创新。比别人快半步，从一个侧面道出了创新的真谛。事实上，对于“星火”群体来说，这个“快半步”并非仅体现在用好信息网络技术等教学手段的创新上。这些年来，从问题式教学、启发式教学到研讨式教学、情景式教学等，他们在传播党的创新理论过程中，从内容到形式上，都在争取思想理念快半步、精神状态快半步、落实行动快半步。由此，他们的教案是动态更新的教案，他们的课堂是动态交流的课堂，他们的目光总是从三尺讲台延伸到四面八方。持之以恒的创新之举，不断点燃星火，而星火又将点燃更多的星火。

四

可能在不少人印象里，教员就是“教书先生”；“教书先生”，无非与教室、讲台、黑板、粉笔相伴。可是，当你走近“星火”群体的教员们，就会很快改变这种看法。

在陆军工程大学训练基地，有一座白色二层小楼，这是军政基础系政治工作教研室的办公地。“小白楼”二楼东西两侧，有两间办公室的灯光常常亮到深夜。这两间办公室的房间号是223和203，分别属于两位正高职政治理论教员：曹二刚教授和张伟教授。

两位教授都是“星火”群体的骨干成员，也是大家眼里的“能人”。2021年，两位教授带领的团队提交的科研成果双双获得军队政治理论研究优秀成果一等奖。与此同时，他们也是长期活跃在理论宣讲服务一线的主要成员。

在党的二十大召开前夕，曹二刚教授刚刚获得“全军优秀政治教员”荣誉。说起这些年的部队之行，他告诉我们：“多年来，我们其实是既当先生，又当学生。比如到部队去，我们是既送宝，也淘宝。每次到部队与基层官兵在一起，都是受教育的过程。我觉得，我们课堂的源头活水在部队、在基层。基层官兵关心的问题，就应该是我们重点研究的课题和重点讲授的内容。”

是的，“星火”群体成员都是一身戎装的“教书先生”，但他们的学生不仅在学校，他们的课堂不仅在教室，他们教授的内容也不仅在课本里……

2021年，已年过40的女教员李暄再次赴新疆军区某团代职，并主动请缨到边境一线与战士们一起执勤训练。在这里，结合新时代卫国戍边英雄群体的感人事迹，她动情讲述基层官兵忠诚戍边的责任担当和家国情怀。尽管每说一句话都让李暄感到呼吸困难，但是为了拉近与战士之间的距离，保证授课效果，授课时她坚持不吸氧。官兵对李暄的授课由最初的好奇变为期待和敬佩，每当她讲到动情处，战士们常常湿了眼眶。

回到学校后，每当李暄行走在草木葱茏的校园，她的内心常常闪过一张张可爱的脸庞。那天，她在课堂上朗诵了自己为高原官兵创作的一首小诗：有一群最可爱的人/矗立在巍峨昆仑/守护在冷月边关……

“你只有走近他们，才能了解他们的真实想法，才能体会他们的思想和情感。有了这些了解，你才能将讲课变成一种心灵交流，才能真正打动他们。”电脑旁的李暄，一边给我们翻看她在高原留下的珍贵瞬间，一边给我们讲述着高原的故事。

李暄的话，让我们听起来感到有些熟悉。我们突然意识到，离官兵近些、近些、再近些，其实已经成为“星火”群体多年来形成的经验和共识。而且，很多年轻教员对此感受颇深。

这些年来，“星火”群体积极参加各级组织的理论服务走基层活动。在西部边关，秦洁教员先后登上红其拉甫、卡拉苏等高海拔边防哨所，与官兵讨论“新时代的好战士是什么样子”；在青铜峡部队演训点，陈聪教员和战士们畅聊“怎么看幸福生活靠奋斗来实现”……“理论宣讲服务，要想在短时间里抓住官兵的注意力，打动他们的心，很重要的是，要把讲课内容同官兵所处的情境密切关联起来。”教员李智告诉我们，结合不同的授课情境，宣讲不同的理论主题，这是“星火”群体这些年来总结的一条经验。

那年10月，李智参加国家教育部组织的骨干教师巡回授课。在半个多月的时间里，李智和同事们前往甘肃、青海、宁夏、新疆，跨越5000多公里，为当地多所中学和大学开展理论宣讲服务。

当时的大西北已是冷风瑟瑟，干燥的天气让李智嘴唇裂了口子。在西宁海拔3000多米的一所学校，一堂《让刀锋凛凛》的主题讲座结束后，学校礼堂响起雷鸣般的掌声。在西北的那些日子里，这掌声让他一次又一次地体会着作为一名政治理论课教员的价值和幸福。“当时自己身体不是很好，在海拔3000多米就有些胸闷头晕，可看到课堂上那一张张泛着高原红的面孔、一双双清澈的眼睛，所有的不适也就抛之脑后了。”李智现在仍然对当时的情景记忆犹新，也把这段经历当作自己宝贵的财富。

从院校向部队辐射，从部队向地方辐射，近年来，“星火”群体经常应邀出现在地方高校、企事业单位、街道社区等，熟悉他们的人越来越多。今年“五四”前夕，在热烈庆祝中国共产主义青年团成立100周年的日子里，他们联合中国人民大学“延河讲师团”、北京航空航天大学研究生宣讲团、南京理工大学“红话筒”政治理论宣教团、山东科技大学“青春·知行”宣讲团，开展“青春向党、不负人民”主题联学活动，合力打造了“军地思政课一体化”育人平台。“星火”群体的教员们相信，这个平台将为他们在未来共享优质教学资源、进一步提升宣讲质量、扩大受众群体，提供更有力的支持。

五

虽为一点星火，也要努力照亮一方梦想的天空。这是星火的魅力所在，也是星火的价值哲学。

党的二十大胜利闭幕后，俞红教授作为全军学习贯彻党的二十大精神宣讲团专家，开始为北京、福州、广州、湛江、南宁等地部队宣讲党的二十大精神。与此同时，在南京、重庆、武汉、石家庄、徐州等地，在陆军工程大学各校区，在部分机关和基层部队，在地方学校、街道等单位，“星火”群体其他教员也迈开了理论宣讲的脚步。

路就在脚下，光明就在前方。这路上，播火者传播理论之火、思想之光；这路上，播火者点燃青春热血、奋进激情；这路上，播火者已如星星之火。

（《解放军报》2022年11月28日）

申报资料实录

作品简介：2022年，陆军工程大学“星火”理论宣讲服务政治教员群体被中宣部授予“时代楷模”称号。《播火者》以报告文学的形式，讲述了教员们以火一般的热情用心传播党的创新理论、点亮官兵追求真理的信仰之光的故事。文章以生动的故事、鲜活的细节、细腻的文笔，勾勒出一个信仰坚定、热爱真理，以传播先进理论为己任的教员群体形象，展现了他们独特的精神气质和无私的师者情怀，让人从中感悟到“星火”群体的魅力所在和价值哲学。文章兼具思想性和文学性，是一篇反映全军重大典型的报告文学佳作。

社会效果：《播火者》在解放军报“人物纪实”版以整版刊出后，被众多主流媒体转载，在军内外引起热烈反响，收到了良好的传播效益。

初评评语：题材主旋律，但是切入口非常好，思政教育是当下最重要的一项工作，如何在部队，在部队年轻人当中能够传播马克思主义，做好思政、做活思政，努力让主题宣讲能够成为一种风尚与潮流。主题宏大、视角独特、效果显著、细节多、文笔细腻，思想性、文学性俱佳。

权威访谈｜张扬对话王亚平：重返太空的183天

张 扬 马原驰 赵世通 李桢宇 刘春晖 杨志刚 麦凌寒 宋育泽

作品二维码

（新华社2022年09月21日）

申报资料实录

作品简介：在中国载人航天工程立项实施三十周年之际，新华社专访中国首位太空漫步的女航天员王亚平。作品聚焦神十三飞行任务背后的精彩故事，以王亚平一人为缩影，折射出航天事业三十年来风雨兼程、笃定前行的奋斗姿态。作品转评赞总互动量超200万，其中单条抖音作品最高播放量超1800万。多场景、全方位，塑造真实可感的榜样人物。本片新闻场景丰富，涵盖空间站训练模拟器、航天员健康中心、王亚平的家等，大量场景和细节均为首次曝光，独家画面震撼人心。丰富的空间元素打破传统访谈节目仅有单一主访谈场景的窠臼，让人物更为真实、有血有肉。长跨度、跟踪式报道，用心用情创作有厚度有品质的新闻作品。团队充分利用长期跟踪报道神十三任务积累的大量素材，时间跨度大、覆盖深度广。王亚平母亲掩面送行的全片“泪点”，以及女儿“怀疑妈妈摘的星星是假的”的全片“萌点”，使作品具备温暖的人情味儿，成为传播度广的经典画面。多平台、矩阵式播发，精准传播收获热烈反馈和广泛好评。团队围绕主片，制作了集合视频、图文等多种表现形式的融媒体产品矩阵，针对不同平台完成精准播发，多元呈现采访中的精彩瞬间，是“一次性采集、N次加工、梯级生成”的成功实践。

社会效果：作品转评赞总互动量超200万，微博话题词#重返太空的183天#阅读量超6700万，单条抖音作品最高播放量超1800万，B站播放量超110万。登上微博、抖音等平台热搜、热门榜单，被腾讯新闻插件推送。作品播发后，收获网友热烈反馈：“我最热泪盈眶的部分是天地通话，是空间站看到地球上窗外的鹅毛大雪，感觉很多年前的科幻小说照进现实了。”“亚平难能可贵在，她打破了我们过往的英雄必须铁面无私，必须经受非常多痛苦磨难，英雄也可以有血有肉，有自己的喜怒哀乐，把自己的梦想和民族梦想结合起来。”“王亚平才是青少年最应该追的星。”航天员王亚平现身评论区留言，吸引网友积极点赞、互动。

初评评语：中国载人航天工程立项实施三十周年之际，新华社记者专访中国首位太空漫步的女航天员王亚平，聚焦飞行任务背后的精彩故事，折射出航天事业三十年来风雨兼程、笃定前行的奋斗姿态。多场景、全方位，塑造真实可感的榜样人物。本片场景丰富，打破传统访谈节目单一访谈场景的窠臼，让人物更为真实、有血有肉。大量场景和细节首次曝光，独家画面震撼人心。长跨度、跟踪式、用心用情创作，使节目有厚度有品质。节目团队充分利用长期跟踪报道神十三任务积累的大量素材，时间跨度大、覆盖深度广。作品具备温情、人情，成为传播度广的经典画面。多平台、矩阵式播发，精准传播收获热烈反馈和广泛好评。节目制成融媒体产品矩阵，针对不同平台精准播发，登上微博、抖音等平台热搜、热门榜单。

高端访谈丨专访印度尼西亚总统佐科

阴丽萍 程 越 邹 韵 贾建京 葛 倩 路一鸣 董 媛

限于篇幅，文字稿略，获奖作品请见中国记协网 http: //www.zgjx.cn。

（中央广播电视总台 2022 年 10 月 14 日）

申报资料实录

作品简介：党的二十大召开前，总台重磅推出新栏目《高端访谈》，这是首期节目。此专访立足国际格局新变化、全球治理新挑战和中国外交新高度，就热点问题发问，就焦点问题追问，敢于触碰敏感问题，致力宣传领袖思想，配合政治议程响亮发出中国声音。由团队赴巴厘岛拍摄，在党的二十大、G20 巴厘岛峰会召开前推出，为会议创造良好氛围。节目制作精良内容扎实。从佐科的从政理想谈到与习主席治国理念相近之处，从雅万高铁、“一带一路”倡议谈到两国经贸合作，以两国抗疫合作为例谈到人类命运共同体，再从 G20 入手谈全球治理难题、乌克兰危机，问出普京和泽连斯基是否参会等敏感问题。节目主动设置议题，采访环环相扣层层递进，直面难题深挖细节，贴近当下关切。提问精巧自然，回答诚恳亲切。当主持人问佐科为什么喜欢穿运动鞋、社交媒体动态以及现场唱起印尼民歌时，佐科露出开心的微笑，分享了他的个人喜好，还谈到人文交流的重要性。这样的真诚交流既见大见小见人见事，又入眼走心共情共融，既敢于斗争又不咄咄逼人，让节目体现出国际性、高端性、精品化的特点，呈现出中国范、接地气、平民味的气质。

社会效果：本期专访立足“时代之问、世界之问”，立意深远表达生动，展现出全球视野，彰显我负责任大国担当。节目围绕关切点做大共情点，通过一个个故事把两国关系实化，通过可见可触可感的案例展现出来。整期节目在理念、内容、形式、手法上做到了创新融合高端高效。在营造多维叙事空间的同时，展现出强大的亲和力感染力。本节目在大小屏融合传播方面出圈出海、效果良好，被认为是总台国际舆论引领力、传播力、影响力提升的又一精品力作。大屏首播收视率为 0.25%，较前一日同时段提升 33%。第二天在 CGTN 英语频道播出。播出 48 小时后，节目正片全媒体收视率 0.36%，全媒体受众规模 1181 万人，新媒体用户规模占比 14.35%。央视新闻客户端的开播预告稿浏览量 82 万次；首期节目图文特稿浏览量 90 万次；网易、腾讯、搜狐、新浪等多家平台均置顶发布。央视新闻微博、央视频等新媒体平台直播的总观看量近 360 万，超此前同时段近 10 倍。节目相关内容被外交部发言人转发。播出后译制的多语种作品在 Facebook 和 YouTube 获得大量关注。中外网友评价积极正面："中国与世界沟通的新视角"，"高层次的访谈让我们看得更远"。

初评评语：该作品立足国际格局新变化、全球治理新挑战和中国外交新高度，就热点问题发问，就焦点问题追问，敢于触碰敏感问题，提问精巧自然，回答诚恳亲切。节目立意深远、内容扎实、表达生动、制作精良，既体现了国际性、高端性，又具亲和力、贴近性，为党的二十大和 G20 巴厘岛峰会召开营造了良好氛围。

新闻直播

独家直播丨解放军在台岛周边海空域进行重要军事演训行动

集　体

作品二维码

（央视新闻客户端 2022 年 08 月 04 日）

申报资料实录

作品简介： 2022 年 8 月 2 日，美国众议院议长佩洛西窜访中国台湾地区，中方对此强烈谴责、坚决反对。中国人民解放军随即宣布将于 8 月 4 日 12 时至 7 日 12 时，在台岛周边海空域进行重要军事演训行动，并组织实弹射击。这一全民关注的重大事件，在网络舆论场迅速发酵，成为全网热点。央视新闻正直播提前研判部署，大小屏联动、共享报道资源——8 月 4 日下午，在前方记者拍摄回传独家演训画面后，率先开启新媒体直播。伴随着环岛六大区域实战演训的进行，前方记者陆续回传的最新画面，均以直播态在节目中第一时间播发，保证最新动态滚动更新；《新闻联播》在内的新闻频道每档节目的相关首播内容，包括国防部、外交部、国台办权威发布信息，中国各民主党派联合声明，多国政党政要和社会组织负责人相关表态等均在新媒体直播中并机播出；节目组还第一时间专访国防大学国家安全学院教授孟祥青、总台特约评论员苏晓晖、全国港澳研究会理事田飞龙，从军事、外交、台海局势等角度，全方位对网友关切问题进行权威解读。整场直播持续约 150 分钟，实现了对这一热点事件的全网最早也是最长的新媒体直播，有力引导网络舆论。

社会效果：本场直播一经推出便在社交媒体平台引发了高度关注与讨论，大量网友点赞直播支持演训的同时，也表达了对“佩洛西窜台”的抗议和坚决抵制。直播衍生出的相关话题迅速占领各主要社交媒体平台话题榜，充分体现了新媒体平台上直播的即时性、互动性、参与性等特点。央视新闻新媒体各平台直播总观看量逾8804.6万，#环岛六大区域实战演训最新画面#微博话题阅读量达6亿。值得一提的是，8月4日“东部战区位台岛周边海空域组织实战化联合演训”相关新闻画面经由国际视频通讯社编发，被BBC、CNN、CNBC、FOX、英国天空新闻台、德国电视一台、法国24台、意大利广播电视公司、日本NHK、韩国KBS、澳大利亚广播公司、卡塔尔半岛电视台等94个国家及地区的1597个电视台及新媒体平台，以及台湾TVBS新闻台、台湾东森新闻台、台湾三立新闻台、台湾中天新闻台、台湾公共电视台等15个台湾地区的电视台及新媒体平台采用，在海外舆论场也起到了重要“发声”作用。

初评评语：针对美国众议院议长佩洛西窜访中国台海地区这一全民关注的重大事件，央视新闻率先开启新媒体直播。独家演训画面、多个机构的权威信息发布、多位专家的权威解读在直播中并机播出。直播衍生话题迅速占领各主要社交媒体平台话题榜，充分体现了新媒体直播的即时性、互动性、参与性。

中国之声特别直播《国家公园·两天一夜》

——海南热带雨林国家公园之《林间密语》

集　体

限于篇幅，文字稿略，获奖作品请见中国记协网 http: //www.zgjx.cn。

（中央广播电视总台 2022 年 11 月 20 日）

申报资料实录

作品简介： 2021 年 10 月 12 日，习近平总书记宣布我国设立首批五个国家公园。中国之声在首批国家公园成立一周年之际，开启特别直播《国家公园·两天一夜》，记者深入国家公园核心区，实地调查当地自然保护地管理、生态富民建设、生物多样性保护等多方面进展，依托国家公园的特色产业、管理模式创新，展示其设立以来交出的亮眼“生态答卷”，彰显“人与自然和谐共生的现代化”的践行成果。直播贯穿“两天一夜”，涵盖上午、下午、夜晚不同时段，通过营造“广播露营”氛围、首次聆听深夜不为人知的声音、打造国家公园“声音名片”、应用 5G 背包现场视频连线等传播理念和传播技术创新，带领受众“云体验”我国自然生态系统中最重要、自然景观最独特、自然遗产最精华、生物多样性最富集的部分，将国家公园中最具魅力的自然人文风景传递给万千受众。

社会效果： 直播首创“广播露营”方式，将直播席搭在山水之间，跨越“两天一夜”，全景展现我国自然保护地体系的经验做法及显著成效。除在广播、云听 App 音频直播和央视频音视频直播外，直播团队还与“CMG 观察”合作，在其微信视频号、抖音、快手及微博开辟特别直播和公园实时慢直播入口，广播及新媒体端触达量近 7 亿，各平台累计互动量达 15 万余次。此外，直播还首次尝试“双向奔赴”方式，由受众互动留言决定节目下一步走向，提升了受众参与感。直播进程中，团队充分应用了 5G 背包、卫星传输等最新传播技术，并由专业音频制作人员倾力打造独属国家公园的自然人文“声音名片”，使直播效果更上层楼。受众反馈称：直播让人身临其境，更加深了对于生态保护重要性及建设国家公园必要性的认识。

初评评语：该作品在首批国家公园成立一周年之际推出，通过直播实地调查海南热带雨林国家公园自然保护地管理、生物多样性保护等多方面进展，彰显“人与自然和谐共生的现代化”的践行成果，首创“广播露营”方式，应用5G背包、卫星传输等传播理念和传播技术，使 广播直播让人身临其境，达到良好的传播效果。

2022年10月24日《人民日报》要闻一版

集　体

人民日报

RENMIN RIBAO

人民网网址：http://www.people.com.cn

2022年10月 24 星期一

习近平等领导同志亲切会见出席党的二十大代表、特邀代表和列席人员

习近平同志主持会议并作重要讲话

习近平李强赵乐际王沪宁蔡奇丁薛祥李希任中央政治局常委

习近平任中共中央总书记中央军委主席

党的二十届一中全会产生中央领导机构

习近平同志

一、中央政治局委员

二、中央政治局常务委员会委员

三、中央委员会总书记

四、中央书记处书记

五、中央军事委员会主席、副主席、委员

六、中央纪律检查委员会书记、副书记、常务委员会委员

（《人民日报》2022年10月24日）

申报资料实录

作品简介：党的二十届一中全会产生中央领导机构，习近平同志任中共中央总书记、中央军委主席，是党心所向、民心所盼、众望所归，凝聚全党共同意志，反映人民共同心声。2022年10月24日的《人民日报》用恢宏大气、载入史册的头版版面，浓墨重彩地记录这一举国关注、举世瞩目的重要历史时刻。主创人员把深刻领悟“两个确立”的决定性意义、坚决做到“两个维护”落实在党中央机关报的版面编排上。标题竖排、全部套红，上下贯通、顶天立地，极具视觉冲击力，展现领航新时代新征程新辉煌的坚强领导集体；大幅照片位于版面视觉中心，表达了全党全军全国各族人民对习近平总书记作为党中央的核心、全党的核心的衷心拥戴；整个版面图文分区搭配得当，头条和报眼稿件形成呼应，相得益彰，极具厚重感。这块版面打造了业界标杆典范，树立起新时代“版面坐标”。版面注重全媒体采编制作，强化视觉呈现，拓展平台渠道，除在《人民日报》刊发外，还同步发布于人民网、人民日报客户端、全国党媒信息公共平台、人民日报数字传播电子屏等全媒体平台，全网阅读量达数亿人次，有效提升了传播效果。

社会效果：2022年10月24日《人民日报》头版版面广受国内外各界瞩目，引发热烈反响，成为各省（区、市）、地市党报和各行业报版面编排的模板和标杆，在互联网形成刷屏传播之势，成为“现象级”版面。各地读者争相收藏、网民纷纷转发，表达对习近平总书记掌舵领航新时代新征程的衷心拥戴。中央重点新闻网站、“学习强国”学习平台、各大门户网站等对该版面进行了广泛转载、重点推荐，人民日报数字传播电子屏将这块版面在全国各地及多个海外城市反复滚动播放，扩大了地域覆盖面、人群覆盖面、内容覆盖面。

初评评语：党的二十届一中全会产生中央领导机构，习近平同志任中共中央总书记、中央军委主席。如何把“两个确立”的决定性意义、坚决做到“两个维护”落实在党中央机关报的版面编排上。《人民日报》用恢宏大气、载入史册的头版版面，浓墨重彩地记录这一重要历史时刻。标题竖排、全部套红，上下贯通、顶天立地，极具视觉冲击力；大幅照片位于版面视觉中心，表达了全党全军全国各族人民对习近平总书记作为党中央的核心、全党的核心的衷心拥戴；整个版面图文分区搭配得当，头条和报眼稿件形成呼应，相得益彰，极具厚重感，成为各省（区、市）、地市党报和各行业报版面编排的模板和标杆，各地读者争相收藏、网民纷纷转发。

2022年5月11日《中国青年报》要闻1-4版通版

王素洁 程 璨

庆祝中国共产主义青年团成立100周年大会在京隆重举行 习近平发表重要讲话

用青春的能动力和创造力激荡起民族复兴的澎湃春潮

用青春的智慧和汗水打拼出一个更加美好的中国

李克强栗战书汪洋赵乐际韩正出席 王沪宁主持

中国青年报

对共青团的四点希望

坚持为党育人

自觉担当尽责

心系广大青年

勇于自我革命

对广大团干部的要求

紧跟党走 在时代最前列奋进建功

新时代党的青年工作纲领性文献

寄语新时代共青团员

要做理想远大、信念坚定的模范

要做刻苦学习、锐意创新的模范

要做敢于斗争、善于斗争的模范

要做艰苦奋斗、无私奉献的模范

要做崇德向善、严守纪律的模范

（中国青年报2022年05月11日）

申报资料实录

作品简介：这是一个围绕庆祝中国共产主义青年团成立100周年大会精心设计的可视化版面，主创人员提前策划准备、查找资料，经过多轮沟通，最后确定用手绘底图展现共青团百年积淀下来的经典项目和工程，精心绘制了一幅极具感染力的青春画卷，成为版面一大亮点。在报头、标题制作、提要摘取等方面也大胆打破常规，采用了竖报头，整体版面立意鲜明，既有颜值又有内涵。报眼部分通过提炼“时间轴”，展现中国共青团孕育、诞生、逐步发展壮大的百年历程；中间部分的提要展现“未来的指引”，摘取习近平总书记重要讲话中对共青团组织、新时代共青团员、团员干部的希望和要求；

底图生动展示公众耳熟能详的共青团品牌，彰显了本报的青年特色。

社会效果： 作为团中央机关报，这一聚焦建团百年庆祝大会的通版设计是中青报重大主题宣传报道的又一个里程碑式的精品。该作品也是本报建团百年全媒体报道的重要组成部分，在青年群体中引发强烈反响。

初评评语： 该版面立意鲜明，大气、喜庆，可视化强，庄重又不失活泼。在版式设计上，从报头、标题制作到提要摘取，不落窠臼。报眼的“时间轴”，清晰明了；中间部分的提要，高屋建瓴、简明扼要，特别值得一提的是，版面用手绘底图托底，展现共青团百年的经典项目和工程，精心绘制的青春画卷，是版面的点睛之笔，凸显报纸的特色，也增加了版面的感染力。

2022年2月4日《北京新闻》

集　体

限于篇幅，文字稿略，获奖作品请见中国记协网 http: //www.zgjx.cn。

（北京广播电视台 2022 年 02 月 04 日）

申报资料实录

作品简介：第 24 届冬季奥林匹克运动会当天 20 点开幕，《北京新闻》18 点 30 分开播，距大会开幕仅一个半小时。栏目提前策划，精心组织，以“万众期盼 梦圆‘双奥’”为主题，用整版的篇幅记录奥林匹克盛会来临前的北京城事，铺陈北京喜迎冬奥的浓厚热烈氛围，突出表达了北京这座“双奥之城”与世界“一起向未来”的胸怀与信心。栏目编排一气呵成，节奏感强。由冬奥会即将开幕的报道切入，顺势转入开幕式现场的热烈场景，记录各国选手期待参会、媒体记者整装待发、演出团队摩拳擦掌等，随后引入对张艺谋导演的独家采访，由他揭秘开幕式将“简约而浪漫”，把受众的期待值拉满。乘势溯及北京申冬奥及举全市之力服务保障冬奥盛会的历程，增加了内容的纵深感。节目制作精良，取材鲜活，叙事生动。当天 20 多路记者分赴“鸟巢”、三个冬奥村、火炬传递现场、“双奥”社区、东单、王府井等地带来现场报道。采访对象涵盖国内外、多方面，丰富的采访同期声，感染力强。播报娓娓道来，唯美浪漫，富有情怀，串联起整体编排。

社会效果：节目收视表现优异，在北京地区收视率和全国 35 城市收视率均排名同时段第一；网上传播流量多，在《学习强国》《北京时间》等平台的点击量均超过 10 万次；社会反响好。

初评评语：《北京新闻》围绕第 24 届冬季奥林匹克运动会开幕，整个编排叙述流畅生动，信息全面丰富。以“立春”为题眼，以符合视听逻辑的叙事，报道把握时效度，较为完整、准确贯彻了编排思路，整体编排具有较好的流畅度和艺术性。

一　见

集　体

作品二维码

一见

上半年代表作

下半年代表作

（人民日报客户端）

申报资料实录

作品简介：重点融媒体专栏“一见”创办于2020年5月，栏目聚焦习近平总书记重大时政活动，充分依托记者现场报道优势，由人民日报社采编部门骨干力量撰写稿件，第一时间在人民日报客户端首发。栏目既有见证现场、见证历史的第一见证，又有扫描全景、深挖细节的第一见闻；既有及时准确、观点独到的第一见解，又有视野宏阔、深远渊博的第一见识。栏目以其独特吸引力、独家权威性，全方位、多层次展现总书记高超的政治智慧、强烈的历史担当、务实的工作作风、深厚的人民情怀。

社会效果：每逢习近平总书记重要活动就有“一见”栏目亮相，相关稿件已成为网上宣传阐释习近平总书记新思想新观点新要求的“先遣队”“轻骑兵”。“一见”栏目自推出以来就引起广泛关注和热烈反响，“学习强国”等平台也第一时间转载。仅在人民日报客户端，单篇稿件阅读量最高达 476 万次，平均阅读量超 200 万次，2022 年总阅读量超 1 亿次；在“学习强国”平台，单篇稿件阅读量最高达 2545 万次。党的二十大期间，“一见”栏目还登上人民日报报纸版面，充分展现人民日报社媒体深度融合发展成果。

初评评语：聚焦习近平总书记重大时政活动，依托记者现场报道优势，多方面挖掘现场第一见闻，既有现场见证细节描述，又有观点思想见解认识，内容丰富，故事细腻，情感真挚，导向性强，展现了习近平总书记高超的政治智慧、强烈的历史担当、务实的工作作风、深厚的人民情怀。文章引起社会广泛关注和热烈反响，充分证明专栏的含金量和示范性，成为宣传阐释好习近平新时代中国特色社会主义思想的网络主阵地。

新闻联播

集　体

限于篇幅，文字稿略，获奖作品请见中国记协网 http: //www.zgjx.cn。

（中央广播电视总台 2022 年 01 月 01 日—12 月 31 日）

申报资料实录

作品简介： 作为中央广播电视总台旗舰新闻栏目，《新闻联播》把坚持正确舆论导向放在首位。2022 年栏目在党的二十大重大宣传报道中彰显主力军、压舱石作用。以经典镜头、完美音效记录呈现党的新一届中央领导机构产生的历史性时刻。深化提升“头条工程”，让总书记思想润物无声飞入寻常百姓家。全年共推出《新思想引领新征程》《奋进新征程 建功新时代》《沿着总书记的足迹》《领航中国》《伟大复兴 壮丽航程》等 37 个挂标栏目，播发主题主线报道 529 条。聚力守正创新，不断探索更贴近人民群众的选题方向、报道手法、编排方式、传播手段，在巩固提升传统优势的同时，创新亮点集中涌现。北京冬奥会开幕等编排展现编辑匠心，彰显栏目品质。《解码十年》《大美中国》等创新节目在《新闻联播》首发，实现现象级传播。《在希望的田野上》《奋斗者正青春》等专栏目标受众清晰，生动贴近。统筹经济社会发展与疫情防控，及时全面准确报道党中央决策部署，在 12 月新冠病毒快速过峰时，稳慎把握时、度、效，为抗疫平稳转段营造良好舆论氛围。批驳佩洛西窜访中国台湾地区，连续独家首发人民解放军演训画面，坚决捍卫我方立场。栏目引领力、传播力、影响力不断增强。

社会效果： 根据 CSM 全国网数据，2022 年《新闻联播》在中央广播电视总台各频道的收视率较前一年均有明显提升，整体提升 20%，其中 CCTV-1 提升 14%，CCTV-7 和 CCTV- 新闻提升 28%。2022 年《新闻联播》头条报道收视率较前一年同期提升 31%，其中 15—24 岁和 25—34 岁观众收视率分别上涨了 53% 和 37%，大学及以上学历观众的收视率同比涨幅达 44%，展示出受众年轻化和高学历趋势。2022 年 19 点《新闻联播》上星频道电视观众规模约10.44亿，平均每日观众规模1.1亿，单日最高可达到1.99亿。《新闻联播》节目影响力还持续带动频道整体影响力提升。一系列创新节目反响热烈。《解码十年》等创新节目在《新闻联播》首发，创新节目＋权威平台实现现象级传播，获全网置顶，并得到相关行业领域、各地官方微博、微信平台快速转发。该系列节目在《新闻联播》播出期间上星频道观众规模2.3亿，累计观看人次超过6.3亿，经多渠道转发，全网累计触达量达60亿人次。创新开放式报尾《大美中国》节目贯穿全年，展现中国历史之美、山河之美、文化之美，各地省委宣传部门广泛传播，多省份党报党媒同步转播、转载，网站客户端置顶推送。

初评评语：《新闻联播》把坚持正确舆论导向放在首位。2022年栏目在党的二十大重大宣传报道中彰显主力军、压舱石作用，以优秀视听语言呈现党的新一届中央领导机构产生的历史性时刻。深化提升"头条工程"，让总书记思想润物无声飞入寻常百姓家。聚力守正创新，不断探索更贴近人民群众的选题方向、报道手法、编排方式、传播手段，在巩固提升传统优势的同时，创新亮点集中涌现。

权威快报

集　体

作品二维码

权威快报

上半年代表作《最高年缴 1.2 万元 个人养老金制度“出炉”》

下半年代表作《权威快报｜ 2023 年全国两会召开时间来了》

（新华社客户端）

申报资料实录

作品简介：2020 年 11 月底，新华社推出“权威快报”融媒专栏，该专栏充分利用新华社国内重大新闻首发资源，借助海报在新媒体平台传播的可视化、轻量化表现形式，将新华社传统权威发布的内容优势逐步转变为网络传播新优势，起到先声夺人，一锤定音之效。该专栏坚持日更新节奏，截至目前，已发布报道产品超800个，现已成为频繁“刷屏”全网的融媒体专栏品牌。

社会效果：截至目前，“权威快报”融媒专栏已上线两年多时间，作为新华社抢抓新闻时效拳头产品，充分利用新华社国内重大新闻首发资源和全媒体矩阵优势，几乎全部实现全网首发。同时，该专栏实现全媒体形式、多平台发稿，在微博、微信、客户端、抖音、快手、微视、百家号、头条号等平台同步推送，大量海报成为浏览量过亿、“刷屏”全网的“爆款”产品。

初评评语：依托于重大新闻首发资源，利用海报在新媒体平台传播的可视化、轻量化表现形式，在自身设置、新媒体传播等方面不断创新，增强专栏的传播力和影响力。聚焦国家大政方针、工作重点和经济社会热点领域，既有方针政策类型的重大选题，又有民生医疗类的群众视角，将中央重大权威信息、社会热点关切实现可视化、轻量化传播，增强了专栏的引导力和公信力。

强军论坛

解放军新闻传播中心

让新型弹药打出最佳效能

张昊天　毛　睿

远程打击弹药“极限训”、精确制导弹药“模拟训”、攻坚杀伤弹药“仿真训”、特种功能弹药“融合训”……近日，某集团军积极探索与新型弹药相适应的战法训法，努力让每一发弹药打出最佳效能。

弹药是完成作战任务的终端荷载，也是提升作战效能的重要保证。近年来，各类新型弹药陆续列装部队，形成了种类多样、技术先进、多能高效的体系格局。由于广泛运用增程、制导、穿爆等新技术，新型弹药作战效能大幅提升，具有命中精度高、突防能力强、毁伤效果好等特点。新型弹药列装，给部队实战化演训提供重要支撑，也成为部队战斗力新的增长点。

新型弹药给作战运用带来巨大变化的同时，也对部队技术保障、安全管理等提出更高要求。然而，当前一些官兵“穿新鞋走老路”，照搬普通弹药的用法、保法。有的对新型弹药如何使用研究不多、知之不深；有的喜欢按老套路猛打狠打，简单地认为“弹雨”比“点射”效率高；有的不会“量敌用弹”，虽然能打准但有效毁伤目标效率低；还有的打得快，但持续保障能力跟不上。

言武备者，练为最要。据统计，与普通弹药相比，新型弹药的作战效费比可提高数十倍，是提升部队战斗力的重要“助推剂”。但只有切实练起来、用得好、保得上，真正弄清楚新型弹药怎么打、什么目标用什么弹、什么情况用什么打法，才能充分发挥其作战效能。在个别单位，新型弹药训练依然存在缺场地、缺器材、缺骨干等问题，需要各级尽快解决。只有不等不靠、主动作为，通过真设对手目标、真打极限射程、真练精确射击，才能充分发挥新型弹药的作战价值。

有军事专家说：“任何战术都只适用于一定的历史阶段；如果武器改进了，技术有了新的进步，那么军事组织的形式、军队指挥的方法也会随之改变。”

新型弹药性能再好，如果仍按猛攻死打、近战歼敌的那一套来，不仅发挥不出威力，达不到预期打击效果，还可能暴露目标。兵无常势，战无定法。我们必须因势而变、因敌而变，挖掘新型弹药的极限性能、检验基于新型弹药的战法训法，让新型弹药打出最佳效能。

保障力就是战斗力。新型弹药因技术复杂、生产工艺要求高、配套生产厂家多，带来的保障难题相对突出。如果不重视战场需求，不注重精确计算，而是搞概略式瞄准、粗放式筹划，很可能使作战行动陷入被动局面。各级指挥员应在精准谋划、精准部署、精准落实、精准检验上下功夫，加大战略储备，优化保障流程，降低保障成本，完善联保机制，确保新型弹药成为战场制胜利器。

把科技专家请进演训场

杨　欢

前不久，国防部新闻发言人在介绍今年上半年全军军事训练工作情况时说，扩大科学家走进练兵场的规模频度，推进新装备新力量新领域融入体系训练，加速新质战斗力生成提高。随着科技强训、科技练兵的深入实施和开展，不少军事科技专家走进演训一线，助力部队战斗力提升。

当前，新型武器装备大量列装，新型作战力量持续增加，新型安全领域不断拓展，军事训练手段、内容、范围有了全新变化，科技强训的条件愈加完备、基础愈发厚实，科技练兵的标准不断提高、效益更加明显。无论是加强新装备新力量新领域训练，还是创新发展“科技 +”“网络 +”等训练方法手段；无论是破解战斗力建设中的重难点问题，还是提升官兵科技素养，单靠部队自身力量已难以胜任。只有开门纳智、借梯上楼，充分发挥军事科技专家的外脑作用，才能把科技优势、装备优势转化为人才优势、制胜优势。

“问渠那得清如许，为有源头活水来。”部队的演训场就是科研创新的主战场。战场为科研出题，科研给战场解答。练兵一线急需一批真正懂行的军事科技专家，把打赢需要作为科研需求、把备战难题作为科研课题，用自己的聪明才智和科研创新成果服务军事斗争准备。同时，只有把科研“准星”瞄准实战“靶心”，军事科技专家才能从科技前沿走向战场前线，真正立起科研为战的鲜明导向，提高科研创新对战斗力增长的贡献率。

战场打不赢，一切等于零。无论军事训练，还是军事科研，都应坚持向备战打仗聚焦、与备战打仗对表、用备战打仗检验，使战斗力标准真正立起来落下去。把军事科技专家请到演训一线，不仅有利于提高部队战斗力、提升研与战的契合度，而且有利于实现科技专家的自身价值。然而，囿于思想观念等限制，部队和军事科研院所合作范围还不够广，机制还不够健全，如何让更多军事科技专家走上演训一线还需要进一步探索。

习主席强调，要坚持聚焦实战，抓好科技创新成果转化运用，使科技创新更好为战斗力建设服务。各部队应积极与军事科研院所建立有效的合作机制，借助其人才优势和科技资源，加快实现军事训练转型升级。军事科研院所应采取代职、调研、办班、联合攻关等办法，第一时间帮助部队解决训练难题，做到在演训一线发现科研课题，在演训一线磨砺科研人才，在演训一线检验科研成果。

（解放军报）

申报资料实录

作品简介：该栏目是解放军报宣传习近平强军思想的重要阵地，是阐释党中央、中央军委和习主席重要观点的品牌栏目。在选题上始终紧跟党、国家和军队大事要事，举旗定向、强势发声，释疑解惑、凝聚共识，积极为“学强军思想、干强军事业”鼓与呼，栏目定位精准、特色鲜明，推出了不少精品力作，在全国全军产生了一定的知名度和影响力。该栏目坚持问题导向，聚焦强军兴军的战略问题、制约部队发展的瓶颈问题、官兵关心关注的现实问题，贴近军营、贴近官兵、贴近时代，具有很强的政治性、思想性、说理性、战斗性，不仅做到了引导人、凝聚人、激励人，同时也起到了警醒人、鞭策人、启迪人的作用。该栏目注重改进文风、创新表达，文章语言朴素、隽永深厚，有筋骨、有味道，善于运用“沾泥土”“带露珠”“冒热气”的群众语言、生活语言、网络语言，更容易让官兵理解和接受。

社会效果：栏目自设立以来，注重理论性、实践性与指导性相统一，既讲道理、指方向，又明思路、教方法，真正起到了“不见面的指导员”的作用，深受基层官兵的喜爱。多篇评论文章被相关党媒、军媒转载引用，已成为解放军报具有影响力的专栏。

初评评语：该栏目站位高、立意好，紧紧围绕习近平强军思想，聚焦党、国家和军队大事要事，积极为“学强军思想、干强军事业”发声发力，推出了一批有品质、有附加值的精品力作。同时，栏目作品立足问题，贴近实际，说理透彻，给人启迪，真正做到与广大官兵同频共振，凝聚士气。

经济论坛

集　体

中国货币政策仍将“以我为主”

金观平

当地时间6月15日，美联储宣布加息75个基点，创1994年以来单次最大幅度加息。今年以来，全球能源和粮食价格上涨，通胀卷土重来，成为各国央行难题，多国央行开启或加速加息进程。为抑制通胀，增大加息幅度成为其必然选择，市场对此早有预期。

在美联储加息后，英国央行宣布加息25个基点，为去年12月以来的第五次加息，瑞士央行开启了7年来的首次加息。在多国央行加息背景下，我国货币政策如何调整成为各方关注焦点。

美欧货币政策的调整，基于其面临的经济形势变化。中美处于不同的经济周期，这决定了我国货币政策不需要跟随操作。当前，我国物价水平远低于美欧等主要经济体。从最新物价数据看，我国CPI涨幅持平，PPI下行加快，通胀水平整体可控。今年下半年，我国CPI将继续运行在合理区间，能够完成全年3%左右的预期目标。尽管地缘政治冲突仍在扰动国际能源和粮食市场，但我国粮食供应充足、煤炭资源能够满足需求，加之保供稳价政策持续发力，在通胀温和可控前提下，我国货币政策空间足，不需要跟随他国加息。

从历史看，美联储货币政策调整对全球会产生外溢影响，尤其是新兴经济体。一般来说，当美联储货币政策走向宽松时，新兴经济体流动性增加、货币增值，资产价格也会随之上涨；反过来，当美联储货币政策转向收紧时，新兴经济体可能经历收缩过程，由此引发资本外流、金融市场震荡、货币贬值、资产价格下行等情况。对于经济基本面不稳固的经济体来说，甚至有可能引发金融危机。

面对美联储加息，我国有能力、有信心应对外部环境变化。当前，我国经济进入高质量发展阶段，产业链供应链优势更加突出。金融市场对外开放稳步推进，人民币汇率形成机制不断完善，跨境资金流动稳定性显著增强，可以较好应对外部环境变化。我国经济韧性强，长期向好的基本面没有变，这些因素足以支撑我国应对外部扰动。从最新数据看，5月份以来，工业生产由降转增、服务业生产指数降幅收窄、市场销售有所恢复，经济运行积极变化有助于增强市场信心，改善市场预期。

面对当前经济形势，中国货币政策仍需坚持“以我为主”，加大稳健的货币政策实施力度，为实体经济提供更有力支持。要珍惜当前通胀相对温和及发达国家紧缩政策掣肘较小的时间窗口，推动前期稳增长政策加快落地见效。货币政策要继续发挥总量和结构双重功能，落实好稳企业保就业各项金融政策措施，聚焦支持小微企业和困难行业。用好各类货币政策工具，保持流动性合理充裕，增强信贷总量增长的稳定性，保持货币供应量和社会融资规模增速同名义经济增速基本匹配。同时，还要兼顾内外平衡，密切关注主要发达经济体货币政策调整，关注物价走势变化，支持粮食、能源生产保供，防范输入性通胀风险，保持物价总体稳定。

观察中国经济不能只看一时

金观平

国家统计局发布的数据显示，三季度中国经济恢复向好，明显好于二季度。初步核算，前三季度国内生产总值870269亿元，按不变价格计算，同比增长3.0%，比上半年加快0.5个百分点。分季度看，一季度国内生产总值同比增长4.8%，二季度增长0.4%，三季度增长3.9%。从环比看，三季度国内生产总值增长3.9%。

从二季度的0.4%到三季度的3.9%，中国经济经受住了又一次“压力测试”，展现出强大韧性。综合来看，三季度生产需求持续改善，就业物价总体稳定，民生保障有力有效，总体运行在合理区间；对比来看，中国经济发展在主要经济体中仍处于较好水平，中国仍是世界经济增长的重要稳定器和动力源。

成绩来之不易。今年以来，面对复杂严峻的国内外形势和多重超预期因素冲击，我国坚持稳中求进工作总基调，落实疫情要防住、经济要稳住、发展要安全的要求，坚持统筹疫情防控和经济社会发展，既最大程度保护了人民生命安全和身体健康，也最大程度稳住了经济社会发展基本盘。这是在以习近平同志为核心的党中央坚强领导下，全国上下付出艰辛努力共同奋斗的结果。

今年前2个月，我国经济运行好于预期，3月份受国际环境变化和国内疫情冲击影响，主要经济指标出现回落，尤其是二季度经济运行极不寻常，超预期因素带来严重冲击，4月份主要经济指标大幅下跌。在以习近平同志为核心的党中央坚强领导下，我们把稳增长放在更加突出的位置，果断加大宏观政策实施力度，及时出台稳经济一揽子政策和接续政策，坚持不搞“大水漫灌”，着力保市场主体稳就业稳物价，二季度经济实现正增长，三季度经济继续恢复向好。

风物长宜放眼量，观察中国经济数据不能只看一时。衡量中国经济发展，增长速度是重要指标，但不是唯一指标，必须透过现象看本质，从短期波动中看到大逻辑大趋势。科学分析中国经济，要看这艘大船方向是否正确、动力是否强劲、潜力是否充沛。在大海中航行，再大的船也会有一时的颠簸，但这是前进中的问题，我们有信心在发展中解决这些问题。

信心，来自坚强核心的掌舵领航。党的十八大以来，以习近平同志为核心的党中央统筹中华民族伟大复兴战略全局和世界百年未有之大变局，团结带领全党全国各族人民采取一系列战略性举措，推进一系列变革性实践，实现一系列突破性进展，取得一系列标志性成果，攻克了许多长期没有解决的难题，办成了许多事关长远的大事要事，经受住了来自政治、经济、意识形态、自然界等方面的风险挑战考验，党和国家事业取得历史性成就、发生历史性变革，实现中华民族伟大复兴进入了不可逆转的历史进程。时与势在我们一边，这是定力和底气所在，也是决心和信心所在。

信心，来自长期积累的雄厚基础。在新中国成立特别是改革开放以来的长期探索和实践基础上，党的十八大以来，我国经济实力实现历史性跃升。国内生产总值从54万亿元增长到114万亿元，经济总量占世界经济的比重达18.5%，提高7.2个百分点，稳居世界第二位。制造业规模、外汇储备稳居世界第一，建成了世界最大的高速铁路网、高速公路网。2013年至2021年，我国经济年均增长6.6%，高于同期世界2.6%和发展中经济体3.7%的平均增长水平，经济增长率居世界主要经济体前列。特别是，我们如期全面建成小康社会、实现了第一个百年奋斗目标，为开启全面建设社会主义现代化国家新征程奠定了坚实基础。

信心，来自提质增效的澎湃动力。党的十八大以来，党中央对经济形势进行科学判断，对发展理念和思路作出及时调整，推动实现有质量、有效益、可持续的发展。十年来，我国经济发展的平衡性、协调性、可持续性明显增强，国家经济实力、科技实力、综合国力跃上新台阶，经济发展迈上更高质量、更有效率、更加公平、更可持续、更为安全的发展之路。据统计，2013年至2021年，我国对世界经济增长的平均贡献率达到38.6%，超过G7国家贡献率的总和，是推动世界经济增长的第一动力。我国有14亿多人口，有世界上最大规模的中等收入群体，具有超大规模的市场优势，蕴含着无限活力和潜力。

当前，世界百年未有之大变局加速演进，这样的大变局不是一时一事、一域一国之变，而是世界之变、时代之变、历史之变。我国发展面临新的战略机遇、新的战略任务、新的战略阶段、新的战略要求、新的战略环境，需要应对的风险和挑战、需要解决的矛盾和问题比以往更加错综复杂。中国经济航船驶入新航程，可谓风高浪急，潜流涌动。

以史可以为鉴、察往可以知来——

回望奋斗百年，我们党在内忧外患中诞生、在历经磨难中成长、在攻坚克难中壮大，锤炼了不畏强敌、不惧风险、敢于斗争、敢于胜利的风骨和品质。通过革命、建设、改革各个历史时期的不懈努力，迎来了从站起来、富起来到强起来的伟大飞跃，谱写了中华民族发展进程中最为波澜壮阔的历史篇章。

回看奋进十年，有涉滩之险，有爬坡之艰，有闯关之难。党的十八大以来，我们面临形势环境的复杂性和严峻性、肩负任务的繁重性和艰巨性世所罕见、史所罕见。党紧紧依靠人民，稳经济、促发展，战贫困、建小康，控疫情、抗大灾，应变局、化危机，攻克了一个个看似不可攻克的难关险阻，创造了一个个令人刮目相看的人间奇迹。中华民族伟大复兴有了更为完善的制度保证、更为坚实的物质基础、更为主动的精神力量。

前进道路从来不会是一片坦途。我们既要增强忧患意识，坚持底线思维，做到居安思危、未雨绸缪，更要看到，尽管经济运行面临的困难和挑战明显增多，但我国经济韧性强、潜力足、回旋余地广，长期向好的基本面不会改变，我国发展仍处于重要战略机遇期。我们有基础、有条件、有信心、有能力保持经济平稳健康可持续发展。下一阶段，要深入学习贯彻落实党的二十大精神，完整、准确、全面贯彻新发展理念，加快构建新发展格局，着力推动高质量发展，更好统筹发展和安全，加快充分释放政策效能，巩固经济恢复发展基础，保持经济运行在合理区间，力争实现最好结果。

“大江奔腾向海，总会遇到逆流，但任何逆流都阻挡不了大江东去。动力助其前行，阻力促其强大。”面对重重挑战，我们要以识变之智、应变之方、求变之勇，既集中精力办好自己的事，又积极参与全球治理，以自身发展为世界创造更多机遇。

（经济日报）

申报资料实录

作品简介：经济报道是经济日报的主责主业，评论言论是做好新闻宣传舆论引导工作的有力抓手，“经济论坛”专栏将两方面高度统一、深度结合，是经济日报社举全社采编力量重点打造的品牌言论栏目，署名“金观平”。专栏围绕经济工作这个党和国家的中心工作，以宣传贯彻党中央关于经济工作的指示精神为重点，覆盖了中国宏观经济、产业经济、金融证券等重要领域。经济日报社编委会高度重视“经济论坛”专栏打造，目前已形成了快速、稳定的策采编发响应机制，确保了专栏的优质高效出版。专栏2022年刊发255篇，并形成了鲜明特色：独属于经济日报；专注于经济问题、经济现象；属于观察性的深刻思考、独到思考；写作讲究，符合新闻写作规律和传播规律；时效性强，第一时间对党中央关于经济工作的指示精神进行解读阐释。栏目高度重视全媒体推广，除了在自有新媒体平台传播，经济日报媒体融合推广办公室还与学习强国、百家号和今日头条等第三方平台密切合作，加大专栏文章推广传播力度。同时，经济日报社视听部还创造性地将专栏文章进行视频转化，在抖音和快手等短视频平台放大效果。专栏文章影响力与日俱增，产出多条微信10万+稿件，《规范发展才有平台经济更好未来》《适度超前推进基础设施建设》等文章阅读量均超百万次。多个相关话题引发热议，登上微博热搜，话题#中国不可能重新大上煤电#累计阅读3.2亿次。

社会效果：自2020年8月23日创设以来，“经济论坛”专栏推出了一系列有站位、有分量，高举高打、论述精准的评论文章，受到了业内广泛关注和好评，多个话题引发网络热议。可以说，“经济论坛”专栏已经成为经济日报评论言论的金字招牌。专栏文章在规范互联网平台健康发展、蚂蚁集团暂缓上市、厘清共同富裕认识误区等关键时点敢发声会发声，体现出了较高的政治站位和全局视野，有效引导了舆论走向，成为观察国内经济政策走势的一个重要阵地。业内人士表示，多读多看“经济论坛”文章，有助于看懂政策决策，看清发展大势。专栏文章在经济日报自有新媒体平台传播量过亿次，多篇文章被人民日报评论版转载，文章内容被诸多媒体引用报道。人民网、新华网、中国经济网等中央重点新闻网站，新浪网等多家商业网站对“经济论坛”文章进行了大量转载。

初评评语：该专栏围绕中心，服务经济发展大局，针对经济热点、难点问题及时发声，给予专业准确的解读评说，在回应关切、解疑释惑中凝聚了社会共识，起到了鼓舞士气、凝聚人心、明辨是非的作用。专栏同时对经济政策进行了精当及时的阐释，在国内国际表明了中国政府的经济政策立场，起到了稳预期、强信心、明方向的作用。

一访定心

陈秋峰　黄志东　任树倩　刘　虓　匡宇英　张　健　贾　雷

作品二维码

新闻专栏

上半年代表作

下半年代表作

（无锡市广播电视台、无锡博报新闻客户端）

申报资料实录

作品简介：《一访定心》由无锡广播电视台、无锡市信访局联合开办。专栏深度推进媒体融合，在“无锡博报”客户端开设专栏，专栏内开设“接诉即应”网络平台，同步联动市信访局接访平台和“无锡市 12345 暨文明城市创建直通车”微信公众号，健全收集、分类、交办、督查、反馈的网络问政链条，形成网上听民意、汇民智、聚民心的长效机制。栏目定位是“建设性舆论监督融媒体专栏”，以“媒体报道 + 信访落实 + 共治共建”为基本模式，倾力在政府、部门、媒体和百姓之间架设沟通、理解的桥梁，承诺“有呼必应”“一访定心”，追求市民百姓获得感、幸福感和安全感得以实现，致力探索共建共治共享社会治理新格局的无锡路径。2022 年《一访定心》共收集线索 1000 余条、案例 300 多个，栏目全年播出 269 期，涉及问题 239 个，采访市民 917 位，协调职能部门 387 个（次），已解决问题 219 个（次），矛盾化解率 92%。

社会效果：《一访定心》深受无锡市民信任、赞许，节目图文、短视频通过“无锡博报”客户端首发，全年点赞量超千万，电视端收视率稳居同时段第一，收获的各类感谢信和锦旗记录着栏目口碑。栏目开播以来两度蝉联无锡市“民心工程奖”，并获“善治无锡”市域社会治理最佳案例。

初评评语：以“媒体报道 + 信访落实 + 共治共建”模式，在政府、部门、媒体和百姓之间架设沟通、理解的桥梁，探索共建共治共享社会治理新格局的无锡路径，使其更加贴近民生及社会各界需求。听民意、汇民智、聚民心的机制，在网上获得了关注度和点击量，进一步阐释舆论监督对推动社会进步发展的作用，是新闻媒体践行“四力”的生动实践。

清风侠在路上

湖南广播电视台

限于篇幅，文字稿略，获奖作品请见中国记协网 http: //www.zgjx.cn。

（湖南交通频道）

申报资料实录

作品简介：《清风侠在路上》是湖南省第一档党风廉政广播栏目。栏目充分借助并开掘湖南省纪委监委、湖南省委巡视办特殊报道资源，逐步成长为湖南省“全面从严治党警示教育”权威宣传平台。栏目于 2016 年 12 月创办至今已播出 1900 多期，剖析了上千个违纪违法典型案例，形成了特有的品质化、品牌化属性，为主流媒体改进文风、推动传播话语体系转型作出了有益探索。栏目在内容上力求严谨专业、案例鲜活、短评精练，形成了一批“叫得响”的精品力作；在形式上力求故事化、形象化，贴近生活、“声”入人心；在传播手段上力求“多方矩阵、立体发布”，让传统平台和新媒体平台优势互补，不仅通过湖南广电 5G 智慧电台向全国九百余家基层电台推送，还让三湘风纪网、省委巡视办微信公众号等专业新媒体进入传播矩阵，更通过“村村响”大喇叭让节目有关内容覆盖至田间地头，打通党风廉政宣传“最后一公里”，大大增强了主流媒体正面舆论场传播声量。

社会效果：栏目充分利用传统媒体和新媒体优势，实现多层次、多维度、多平台传播。通过湖南广电 5G 智慧电台向全国九百余家基层电台进行推送，让地方媒体原创内容成功实现向全国输出覆盖；在蜻蜓 FM 等全国头部音频平台同步播出，并在芒果动听 App、马栏山新闻头条号、三湘风纪网、省委巡视办微信公众号开设专区，最大限度开发传统主流媒体融合传播新路径。自开播以来已推出多款点击量超百万的原创作品，网络总传播量高达 2 亿多，其中 2022 年网络传播量逾 3500 万。“用身边事教育引导身边人”的报道方式得到一致认可；推出多个专题助推解决群众“急难愁盼”问题，被称为“办到群众心坎上”的党风廉政栏目。《巡察唤醒“休眠”公积金，不漏一单位不落一人》一稿播出后，让不少听众关注到自己的“休眠”公积金账户并主动办理账户注销等业务。

初评评语：《清风侠在路上》紧扣时代脉搏，坚守人民立场，助力全面从严治党，彰显党媒担当；创新报道形态，讲好廉政故事，评论精练有力，听众喜闻乐见；坚持融媒传播，多渠道立体发布，影响范围广泛；回应群众关切，推动问题解决，社会反响热烈，是一档极具创新性、内容独特优质、广受关注好评的党风廉政广播栏目。

焦点时刻

湖北广播电视台

限于篇幅，文字稿略，获奖作品请见中国记协网 http: //www.zgjx.cn。

（湖北广播电视台）

申报资料实录

作品简介：强定位：高举政治大旗，弘扬主流价值。记录重要时刻、聚焦重大主题。在党的二十大主题宣传、疫情防控动态调整等多个重大时刻，推出特别策划、创意产品，同时高举评论旗帜，创新推出专栏《热点里的价值观》，针对网络热点事件即时点评、权威发声，有效发挥主流媒体在价值取向和舆论引导上的主力军作用，不断铸就权威、及时、温暖、为民的服务型媒体形象。重创新：坚持内容为王，创新表达方式。30 年打磨传承，始终用工匠精神持之以恒进行规范标准的新闻内容生产，目前节目下设《热搜新闻》《焦点导航》《7 分钟》等七个子栏目。主持人播讲结合、即兴点评，节目每期设置网络话题互动，从“我说你听”到“一起说”，建立融合交互模式、拉近受众距离。造精品：整合传播资源，打造多样态产品集群。30 年来，节目共有 100 多件作品获省部级以上奖项；成立“焦糖新闻工作室”，全力打造融媒产品，近 3 年，共 5 件作品获中国新闻奖、3 件作品获中国广播电视大奖，主持人柳芳获首届中国播音主持金声奖。

社会效果：创办于 1994 年的《焦点时刻》历经多轮改版升级，至今仍是湖北地区同时段收听率最高的节目。已形成以微博、微信、长江云、学习强国、今日头条、抖音平台、25 个节目和行业垂直服务号、多个主持人特色号为一体的融媒体矩阵，移动用户人数达 2000 万 +。在工作室的垂直运营模式下，节目孵化的多个产品都能找到合适的发布平台，并在多端集成专题页面；微博话题 # 焦点时刻 # 阅读量超 1.1 亿次；蜻蜓 FM《焦点时刻》专辑播放量超 1.4 亿次，子栏目《7 分钟》专辑播放量超 8 亿次。近年来，节目在融媒体转型中不断依托新技术优势补齐广播媒体发展的短板，结合 VR 直播、5G、人工智能等新媒体技术促进广播节目再造。生产的《对话长江》《档案里的战疫故事》等多次获国家广电总局创优创新节目奖。

初评评语：该专栏把引领舆论导向和弘扬主流价值放在首位，记录重要时刻，聚焦重大主题。坚持内容为本，坚持创新为要。打造精品，整合资源，持续推出多样态的产品集群。近年来，《焦点时刻》在融媒体转型中，依托新技术优势不断探索补齐广播媒体发展的短板。结合VR、直播、5G、人工智能等新媒体技术来促进广播节目的再造新生。同时以几代广播工作者的职业情怀坚持三级审稿，全天候、全流程把控节目内容的采编质量，30年如一日精心耕耘，把专栏打造成了湖北广播界影响力最大的新闻栏目之一。

红色故事绘

集　体

作品二维码

红色故事绘

红领巾从这里飘起

红色安源，中国工运的一面旗帜

（大江新闻客户端）

申报资料实录

作品简介：为深入落实习近平总书记视察江西时作出的“推进红色基因传承”重要指示精神，切实讲好江西红土地的故事，擦亮江西红色名片，助力全国红色基因传承示范区建设，推动党史学习教育常态化、长效化，大江网于2021年9月推出《红色故事绘》专栏，目前已刊发80余期作品。专栏紧扣安源工运百年、井冈山革命根据地创建95周年等重要党史时间节点和宣传报道主题，通过手绘的形式，推出了《有盐同咸 无盐同淡》《红领巾从这里飘起》《跟着总书记学党史｜红色安源，中国工运的一面旗帜》《苏区反腐第一枪》等系列作品，讲好江西红色故事、深耕红色文化、唱响红色主旋律。

社会效果：该专栏形式新颖有内涵，内容丰富精练，以或细腻或深刻的手法生动展现精彩的红色故事，对弘扬红色文化和传承红色基因具有重要的时代意义。该专栏被评为“江西正能量2022‘五个十’网络精品专题”。《红领巾从这里飘起》《跟着总书记学党史｜红色安源，中国工运的一面旗帜》等系列作品被人民网、新华网、中国网等全国百余家新闻网站及商业网站首页重要位置转载推介，专栏全网累计阅读量达1.2亿，多件作品成为“爆款”。

初评评语：充分挖掘红色资源，用形象化的传播方式呈现红色传统，以细腻手法生动展现红色故事。在选材和绘制中精心打磨，充分用好视觉化手法再现历史，传承红色基因。专栏立意高远、视野宏阔、创新呈现，极富地方特色，具有思想性和创新性，既体现了地方新媒体的融合创新能力，也诠释了新闻专栏呼唤精耕细作的传播要求。

相约冬奥

河北广播电视台

限于篇幅，文字稿略，获奖作品请见中国记协网 http: //www.zgjx.cn。

（河北广播电视台）

申报资料实录

作品简介:《相约冬奥》2019 年创办，是全国最早开办的冬奥专栏节目之一，是一档延续至今的以冬奥为主题的常设栏目。栏目以人类命运共同体的主题贯穿始终，成为向全世界展现中国精神、中国风貌、中国发展、中国力量的传播窗口。立足新时代"景深"，历史纵深彰显时代风采，展现中国成就。以时代大主题，叙事小切口，深入阐释北京冬奥会之于中国、之于世界的意义。独家视角、多维展现、创新表达。节目中北京冬奥会的赛事报道，兼具新闻性、话题性、趣味性、服务性。用独家视角横向剖析，多维展现、专业解读冬奥赛事。纵向延展、深入讲述、传播冬奥精神。创新节目形式，提炼"突破""坚持""勇敢""拼搏"等人文内核，全景展现世界体育健儿相互尊重、突破极限所演绎的奥林匹克精神，挖掘多彩故事，讲好中国故事。彰显北京冬奥会可持续理念。同时，围绕北京冬奥会的遗产价值、社会经济文化协同发展、弘扬冬奥传统文化、构建人类命运共同体进行主题策划，展开后冬奥时代报道，让冬奥遗产服务百姓、造福社会、长留生活。

社会效果：2022 年《相约冬奥》刊发节目 200 期，冀时发布 159 条，视频号 70 余篇，微信公众号发布 61 篇，新媒体总阅读量达 950 多万。其中《雪舞中国风——当冰雪遇上中国武术》在国家广电总局抖音号"视听中国"的播放量达到 453 万。《激情冰雪 相约冬奥——迎接北京 2022 年冬奥会特别节目》冀时平台直播观看量 62.8 万，冀时客户端重点宣推图文点击量 223 万，"视听中国"快手号点击量近 500 万，冬奥宣传内容，新媒体播放总量达到 2000 万。《激情冰雪 相约冬奥》节目获得 2022 年度河北省网络视听优秀作品（第一季度），《梦想与未来 两个奥运同样精彩》获得河北省残疾人事业好新闻电视广播类二等奖等。《相约冬奥》节目对 2022 年北京冬奥会、后冬奥时代河北冰雪运动以及冬奥文化遗产等内容进行了全面介绍，达到了预期的宣传效果。

初评评语：该栏目持续聚焦北京冬奥会，从冬奥前到冬奥中，再到后冬奥时代，栏目整体风格鲜明、评论扣题、节奏轻快，报道视角多元、呈现方式巧妙、内容涵盖广泛，尤其聚焦后冬奥时代，多角度展现了北京冬奥精神传承、河北冰雪运动发展以及冬奥文化遗产等内容。

把彻底的理论讲彻底　把鲜活的思想讲鲜活

——做深做实习近平经济思想宣传的探索与思考

马宏伟　张怡恬　殷　鹏

时代是思想之母，实践是理论之源。党的十八大以来，面对严峻复杂的国际形势和艰巨繁重的国内改革发展稳定任务，以习近平同志为核心的党中央高瞻远瞩、统揽全局，创造性提出一系列新理念新思想新战略，引领我国经济发展取得历史性成就、发生历史性变革，在实践中形成和发展了习近平新时代中国特色社会主义经济思想。

习近平新时代中国特色社会主义经济思想是习近平新时代中国特色社会主义思想的重要组成部分，是运用马克思主义基本原理指导我国经济发展实践形成的重大理论成果，为决胜全面建成小康社会、推动实现高质量发展提供了科学理论指引。在迈进全面建设社会主义现代化国家新征程、向第二个百年奋斗目标进军的历史进程中，必须坚持以习近平新时代中国特色社会主义经济思想为指导，推动中国经济巨轮乘风破浪、行稳致远。

为推动习近平新时代中国特色社会主义经济思想深入人心、落地见效，虎年伊始，人民日报社理论部组织推出一系列重点文章、版面和新媒体产品。如，2 月 8 日刊发《着力践行以人民为中心的发展思想》；9 日刊发《党领导人民创造了人类文明新形态》；14 日推出整版学术版，对习近平新时代中国特色社会主义经济思想进行学理化阐释；16 日刊发《做好新时代经济工作的根本遵循》。新媒体方面，21 日推出《图解：共同富裕这件事，为何等不得，也急不得？》《图解：促进共同富裕，为何需要充分发挥企业作用？》两款可视化产品。

这些重点文章、版面和新媒体产品在学理化上深耕、在学术化上用功、在大众化上着力，努力把彻底的理论讲彻底、把鲜活的思想讲鲜活。通过各类传播形式扩大覆盖面和影响力，取得良好传播效果。在推动习近平新时代中国特色社会主义经济思想根植干部头脑、深入学术殿堂、“飞入寻常百姓家”

方面作出了积极探索。

选题“准”，主题权威重大

做好习近平新时代中国特色社会主义经济思想的学理化宣传阐释是一篇大文章，只有抓住重大主题，努力做深做实，才能形成高质量研究成果、提高传播效果。人民日报近期对习近平新时代中国特色社会主义经济思想的学理化宣传阐释，抓住了引导性、学理性、创新性等关键。

引导性主要表现在选取对学术理论研究有重大牵引作用的题目，约请权威专家在学理化阐释、学术化表达、大众化传播上下功夫。如，《开拓马克思主义政治经济学新境界》一文，抓住范畴和逻辑等关键点，对习近平新时代中国特色社会主义经济思想的标识性范畴、内容体系和内在逻辑进行梳理分析，彰显这一思想的系统性与科学性。

学理性主要表现在阐发的理论厚度、论述的学术功底、表达的严密逻辑等方面。如，《着力践行以人民为中心的发展思想》一文，从马克思主义经典作家的论述出发，总结梳理这一思想展现出的巨大实践力量，提出全面贯彻以人民为中心的发展思想必须树立正确的发展观、现代化观等重要理论观点，既准确，又有新意。

创新性主要表现在围绕习近平新时代中国特色社会主义经济思想中的理论创新和原创性贡献展开研究，并用新数据、新论据、新视角带来知识增量、拓展阐释深度。如，《构建地球生命共同体的理论范式创新意义》一文，深入分析阐释习近平总书记关于共同构建地球生命共同体的重要论述带来生物多样性经济学的革命性认知、重大理论范式创新意义，用世界通用的学术话语讲述中国智慧和中国理论创新故事。

作者“新”，阐述别开生面

有专家评价，这些重点文章、版面和新媒体产品，论述透彻而又视野开阔、阐释准确而又富有新意。之所以如此，很大程度上是因为在选择作者时敢于求新求变，充分挖掘作者潜能，努力写出最好的文章。

善于发现和用好新作者

习近平经济思想研究中心刚刚正式挂牌，理论部即约请其撰写文章《做好新时代经济工作的根本遵循》，对习近平新时代中国特色社会主义经济思想的重大意义和丰富内涵作出精准阐释、全面解读，帮助读者更加准确、深入、透彻地领悟这一重要思想蕴含的深刻道理、学理、哲理。这是该中心在权威媒体刊发的首篇重点理论文章。

引导老作者写新题目，从新主题、新角度产生新创意

习近平总书记提出党领导人民“创造了人类文明新形态”这一重大论断，凝练概括了中国共产党百年奋斗在人类文明发展史上的重要地位。通过与国务院发展研究中心党组书记马建堂、中国国际发展知识中心主任赵昌文沟通，约请他们撰写《党领导人民创造了人类文明新形态》一文，从物质文明、政治文明、精神文明、社会文明、生态文明五个方面深刻阐释人类文明新形态的丰富内涵，写出了深度、新意和特色；《着力践行以人民为中心的发展思想》一文，从经济学视角分析阐释以人民为中心的发展思想这一富有哲学含义的题目，也是作者李义平首次尝试撰写相关内容。在文章写作过程中，编辑与作者加强交流、相互启发，找出闪光点进行充分阐释，力求使文章结构、表述高出一筹。

组织不同领域作者进行跨专业、跨学科合作，碰撞出火花和新意

约请长期从事马克思主义政治经济学研究的老经济学者白暴力和长期从事生态经济研究的中青年经济学者白瑞雪，联合撰写《马克思主义生态经济理论的原创性发展》，二人的知识储备和思想碰撞，使文章对习近平总书记关于绿色发展重要论述的阐发更有新意、更加深入，有助于帮助读者深化对习近平新时代中国特色社会主义经济思想的理解、认识和把握。

形式“活”，传播广泛深入

充分发挥不同版面的特色、推动版面文章的可视化转化，统筹网上网下、加强组合联动，形成叠加效应，努力扩大习近平新时代中国特色社会主义经济思想宣传阐释的广度、深度、厚度。

充分发挥理论版、学术版各自特点和优势，形成叠加效应

理论版坚持理论联系实际，围绕当代中国的伟大社会实践，既对习近平新时代中国特色社会主义经济思想的理论内涵进行深刻阐释，又对习近平新时代中国特色社会主义经济思想指导实践、推动工作的具体成效进行总结梳理。如，《党领导人民创造了人类文明新形态》一文，深刻阐释这一人类文明新形态的发展成就及其对中华民族和整个世界发展进步的重要现实意义和深远历史意义；《着力践行以人民为中心的发展思想》一文，对以人民为中心的发展思想显示出的巨大实践伟力、领导干部应树立正确的发展观和现代化观进行深入研究阐释。

学术版着力推动政治话语学理化，总结分析习近平新时代中国特色社会主义经济思想的“标识性范畴”“理论范式创新”，以学术话语深化研究阐释，既有学理深度、学术味道，又在观照现实中提出反映时代特征、契合时代需要、彰显时代价值的真知灼见，充分体现习近平新时代中国特色社会主义经济思想的重要学术价值和重大理论贡献，对于专家学者深入学习贯彻这一重要思想、推进学术理论创新具有示范和引领作用。

理论版和学术版相辅相成，全方位、多角度宣传阐释习近平新时代中国特色社会主义经济思想，引导干部群众和专家学者深入学习贯彻这一重要思想，切实用以武装头脑、指导实践、推动工作。

统筹网上网下，推动传统媒体与新媒体深度融合

在对习近平新时代中国特色社会主义经济思想的宣传阐释中，注重对已在人民日报发表的理论文章进行二次加工，制作成新媒体产品，以可视化方式进行大众化传播，努力把这一扎根于中国实践的重要思想讲鲜活。

做好理论文章可视化创作和传播，一个重要方面是提取亮点并与当下热点紧密结合。如，《图解：共同富裕这件事，为何等不得，也急不得？》，针对一些群众对促进共同富裕存在的模糊认识，选择谢伏瞻《如何理解促进共同富裕的重大意义》一文中“促进共同富裕，必须立足于社会主义初级阶段这一最大国情”的内容进行可视化制作；《图解：促进共同富裕，为何需要充分发挥企业作用？》，针对当前一些企业对推进共同富裕的误解，选择谢经荣《扎实促进共同富裕》文章中相关内容进行可视化制作。

网上网下有机结合，有效扩大了人民日报理论宣传的覆盖面和影响力。这组文章在社会上引发热烈反响，在学术理论界产生了强烈共鸣，很多高校和研究机构的专家学者给予好评。据不完全统计，这组文章和融媒体产品的总阅读量超过 3000 万次。学术版在人民网首页推荐，一些高校社科研究机构公号、基层单位公号和企业网站、自媒体等也自发转发。关于“共同富裕”的融媒体产品在人民网首页推荐后，腾讯号、头条号、搜狐号、百家号等内容分发平台纷纷转载。

（新闻战线 2022 年 04 月 15 日）

申报资料实录

作品简介：本文结合人民日报社理论部多年从事党的创新理论宣传的经验，在对一系列典型案例进行深入研究思考的基础上，深度解析习近平经济思想宣传阐释如何在学理化上深耕、在学术化上用功、在大众化上着力，努力把彻底的理论讲彻底、把鲜活的思想讲鲜活；如何通过各种传播形式扩大覆盖面和影响力，取得良好传播效果。这篇业务研究论文通过总结实践经验、梳理规律性认识，对如何推动习近平经济思想植根干部头脑、深入学术殿堂、“飞入寻常百姓家”进行了积极而有益的探索。

社会效果：论文刊发后得到理论界、传媒界的好评和认可，对加强习近平经济思想研究和宣传起到了促进作用。比如，习近平经济思想研究中心对这篇文章给予好评，中国国际发展知识中心在其网站转载了这篇文章。还有一些杂志编辑部来电表示，文中提到的做法和思考对于办刊有启发有帮助，多家省市党报党刊的理论宣传工作者对论文内容表示赞同和肯定。

初评评语：专门阐释如何做好习近平经济思想理论宣传的论文较少，该文是其中较有分量、有质量的一篇，对于深化相关研究具有重要意义。该文分析阐述了做深做实习近平经济思想宣传的思路和做法，对做好习近平经济思想宣传阐释的经验和规律进行了深入总结，在思想深度、分析锐度、实践效度上都有独到之处，对于理论界和传媒界做好相关工作具有启示意义。

新闻舆论工作者要时刻心怀“国之大者”

双传学

近年来，习近平总书记多次强调领导干部要心怀“国之大者”“对国之大者要心中有数”，这对党的新闻舆论工作具有极其重要的指导意义。进入新时代，习近平总书记对党的新闻舆论工作的性质地位作用作出新概括，指出“党的新闻舆论工作是党的一项重要工作，是治国理政、定国安邦的大事”，强调“做好党的新闻舆论工作，事关旗帜和道路，事关贯彻落实党的理论和路线方针政策，事关顺利推进党和国家各项事业，事关全党全国各族人民凝聚力和向心力，事关党和国家前途命运”。“五个事关”与“国之大者”有着内在的逻辑一致性，做好党的新闻舆论工作，必须时刻心怀“国之大者”。

深刻理解“国之大者”丰富内涵

“国之大者”，指的是事关国计民生的重大事情或重要问题。“国之大者”与“国之大务”或“国之大事”的意义基本相同，具有深厚的传统意蕴。中国历史文献中有不少这方面的表述，诸如“国之大事，在祀与戎”“隆礼以率教，邦国之大务也”“夫戎事，有国之大者”。正确理解“国之大者”的时代内涵，需运用马克思主义唯物辩证法的立场、观点和方法，动态、立体、全面予以认识和把握。

从历史进程来看，“国之大者”在不同时期有不同的核心内涵。从新民主主义革命时期到中国特色社会主义新时代，“国之大者”有一个延续和变化的过程。进入新时代，中华民族最根本、最重要的“国之大者”，是锚定“两个一百年”奋斗目标，全面建成小康社会，迈上全面建设社会主义现代化国家新征程，为实现中华民族伟大复兴努力奋斗。实现中华民族伟大复兴的中国梦，是“国之大者”的核心要义。

从时代发展来看，“国之大者”指的是当今时代大变动、大趋势、大格局。习近平总书记强调：“领导干部要胸怀两个大局，一个是中华民族伟大复兴的战略全局，一个是世界百年未有之大变局，这是我们谋划工作的基本出发点。”这“两个大局”，就是我们要正确认识的“国之大者”。必须看到，“两个大局”相互交织、相互影响，要提升认知水平、深刻领悟“两个大局”

之间的有机联系，着力推动两者的良性互动。

从国家利益来看，“国之大者”是指以坚定的政治立场切实维护党和国家的利益。习近平总书记强调：“要自觉讲政治，对国之大者要心中有数，关注党中央在关心什么、强调什么，深刻领会什么是党和国家最重要的利益、什么是最需要坚定维护的立场”。正确把握“国之大者”，就要不断提高政治判断力、政治领悟力、政治执行力，深刻领会“两个确立”的决定性意义，增强“四个意识”、坚定“四个自信”、做到“两个维护”。

从根本立场来看，“国之大者”指的是为创造人民幸福生活而不懈奋斗。习近平总书记指出:“人民对美好生活的向往,就是我们的奋斗目标”,强调“让人民生活幸福是‘国之大者’”。中国共产党的根基在人民、血脉在人民、力量在人民，为了确保党和人民群众的血肉联系，必须始终坚持以人民为中心的发展导向，把为人民幸福而奋斗作为“国之大者”，实现好、维护好、发展好最广大人民根本利益。

心怀“国之大者”，党的新闻舆论工作就要深刻把握“国之大者”的丰富内涵，忠实履行习近平总书记提出的新闻舆论工作“48字”职责使命。要高举旗帜、引领导向，以中国特色社会主义伟大旗帜引领时代前进方向；围绕中心、服务大局，紧扣党的中心工作展开新闻宣传，坚决服从服务于党和国家大政方针；团结人民、鼓舞士气，始终保持党同人民群众的血肉联系，激励全党全国各族人民齐心协力向前进；成风化人、凝心聚力，大力弘扬社会主义核心价值观，形成良好社会风尚，凝聚强大精神力量；澄清谬误、明辨是非，敢于面对矛盾，善于分析问题，增强意识形态工作主导权；联接中外、沟通世界，传播中国声音，讲好中国故事，增强国家文化软实力。

强化政治意识，提升站位高度

强调“国之大者”，主要是解决思想认识的高度和格局问题。新闻舆论工作时刻心怀“国之大者”，首先要强化政治意识、提高政治站位。中国共产党新闻思想从本质上看是一种政治新闻学思想，“政治家办报”是其中最重要、最富特色的核心理念。习近平总书记强调：“新闻舆论工作者要增强政治家办报意识。”媒体格局、舆论生态、传播技术越是发生急剧变化，党的新闻舆论工作越是要旗帜鲜明讲政治、坚决落实“政治家办报”要求。

攥紧党性原则“指南针”。党性原则是党的新闻舆论工作的根本原则，是坚持正确政治方向的“指南针”，必须紧紧抓在手中、时刻放在心上。习近平总书记指出：“党的新闻舆论工作坚持党性原则，最根本的是坚持党对新闻舆论工作的领导。党和政府主办的媒体是党和政府的宣传阵地，必须姓党。”要以马克思主义新闻观强化认识自觉、行为自觉，透彻领悟“党媒姓党”的理论根基、历史渊源和现实逻辑，将践行“党媒姓党”作为沉甸甸的政治责任和神圣使命。不管时代如何发展、媒体格局如何变化，新闻舆论工作都要理直气壮讲党性，忠实体现党的意志、无条件宣传党的主张，都要增强政治意识、大局意识、核心意识、看齐意识，都要坚持党性和人民性相统一。

练就政治能力“硬功夫”。习近平总书记指出：“在干部干好工作所需的各种能力中，政治能力是第一位的。”这一重要论断不仅适用于媒体领导干部，也适用于普通编辑记者。要正确认识新闻媒体政治属性与传播属性的关系，始终将政治属性放在第一位，正确看待新闻舆论工作政治能力与业务能力的关系，始终将政治能力放在第一位。要勤于学习、敏于思考，在“上接天线、下接地气”的媒体实践中着力培养政治头脑、政治眼光、政治智慧。要时刻绷紧“讲政治”这根弦、握紧“时度效”这把尺，坚持马克思主义立场、观点、方法，掌握互联网环境下的舆论引导规律，将政治要求融入每项业务工作中。

守牢意识形态主阵地。新闻舆论工作处于意识形态斗争最前沿。守牢意识形态主阵地，首先要站稳政治立场。新闻舆论工作者由于广泛涉猎信息的职业特点，比一般人更易接触到非主流意识形态乃至错误观点，同时在激烈的媒体竞争中容易受到“流量冲动”的影响。在“乱花渐欲迷人眼”的诱惑干扰面前，要始终保持“乱云飞渡仍从容”的政治定力，决不能发表同党中央不一致的声音，决不能为错误思想言论提供传播渠道。要守牢意识形态主阵地，深刻认识互联网环境下意识形态斗争的长期性、复杂性、严峻性，以如履薄冰的审慎态度把好采访关、组稿关、审核关、发稿关，严格规范工作流程，做到守土有责、守土负责、守土尽责。

筑牢大局观念，拓展视野广度

不谋全局者，不足谋一域。筑牢大局观念，是心怀“国之大者”题中应有之义。习近平总书记强调：“宣传思想工作一定要把围绕中心、服务大局作为基本职责，胸怀大局、把握大势、着眼大事，找准工作切入点和着力点，做到因势而谋、应势而动、顺势而为。”新闻舆论工作要强化系统思维、整体思维，自觉在大局下思考、大局下行动，在围绕中心、服务大局中找到坐标、找准定位，做到服从服务于党和国家大局不错位、党和人民需要时不缺位。

掌握舆论引导系统论。随着时代快速发展和社会不断进步，我国现代化建设呈现出越来越强的综合性、统一性，“五位一体”总体布局和“四个全面”战略布局即鲜明体现了这一特征。同样，在“全球一张网”和互联网媒体平台化、聚合化趋势下，信息传播的生态性、系统性更加突出。任何系统都是由相互联系、相互影响的若干部分结合而成的有机整体。只有统揽党和国家工作大局、立足信息传播整体环境，以系统论的观点方法展开舆论引导，才能正确衡量一条新闻该不该报、该如何报、怎样才能报好，才能真正体现时度效要求。权衡取舍中最重要的原则，就是既要照顾局部又要放眼全局，既要立足当前又要着眼长远，当两者发生矛盾时，必须以全局利益和长远利益为重。

完善新闻报道参照系。“新闻”是与“背景”相比较而产生的，这个背景就是党和国家工作大局、时代和社会发展大势、党和人民关注的大事、现实生活的全貌。它是为新闻线索定位定向的“导航仪”，是遵循新闻传播规律、践行舆论导向要求的“坐标轴”和“参照系”。参照系内容越详尽，对现实变化的感知越敏锐，对新闻价值的判断越准确，对舆论导向的把握越稳妥。因此，新闻舆论工作者决不能满足于日常的事务性程序性工作，局限于自己分工的狭小领域，一叶障目、不见泰山，而是要以积极主动的姿态登高望远、极目远眺，深学悟透党的创新理论、动态掌握党的方针政策，全面了解国内国际形势，用心感受党和人民重大关切，不断拓展认知边界、提升思想水平。

当好党和人民代言人。新闻舆论工作的大局观念职业角色的自我定位紧密相关。编辑记者不是自由职业者，不是自由撰稿人，而是党和人民的代言人，要不断解决好“为了谁、依靠谁、我是谁”这个根本问题。一些编辑记者在互联网上自称“小编小记”，这作为自谦和表示亲近是可以的，但不能在心底里自我矮化，更不能将自己视为单纯挣“工分”的“打工人”。只有找准角色定位，将“小我”融入作为党的新闻舆论工作者的“大我”之中，才能牢固树立马克思主义新闻观、切实增强社会责任感，也才能主动研究党和国家的大政方针，自觉捍卫党和人民的重大立场和根本利益，做党的政策主张的传播者、时代风云的记录者、社会进步的推动者、公平正义的守望者。

坚持辩证思维，加大显政力度

面对纷繁复杂的现实世界，置身互联网时代的信息洪流，新闻舆论工作者要始终保持清醒头脑、牢记“国之大者”，要借助唯物辩证法这个强有力的思想武器，认清对立统一规律，善用矛盾分析方法，坚持“两点论”与“重点论”相结合，正确看待事物的大小、主次、表里。彰显“国之大者”，很大程度上就是发挥媒体显政功能，在喧嚣纷扰的信息环境中将党和政府的为政之道、为政之策、为政之效充分呈现出来，不断激发全社会团结奋进的精神力量。

权衡大与小，突出重大主题。主流媒体对党和政府重要活动、重要会议、重大决策部署的宣传，一般称为重大主题报道。主流媒体内容构成中，重大主题体现媒体首要功能，其它内容反映媒体一般属性。二者保持适当的数量比例，才能达到媒体个性与共性的均衡。比例的把握与全社会媒体格局密切相关。随着互联网的发展，全社会信息产出总量急剧膨胀，主流媒体所占份额客观上大幅降低，“影响力版图”相对缩小。要有效传递党的声音、实施议程设置，就必须调整媒体资源、优化内容结构，进一步聚焦聚力重大主题。要通过“重、深、新、活”，即总体分量求重、主题开掘求深、报道内容求新、表达方式求活，让主流媒体重大主题报道的优势更优、强项更强。

把握主与次，做强正面宣传。团结稳定鼓劲、正面宣传为主，是党的新闻舆论工作必须遵循的基本方针。强调这一方针，原因有二。其一，我国社会积极正面的事物是主流，消极负面的东西是支流，要正确认识主流和支流、成绩和问题、全局和局部的关系，客观展示发展进步的全貌，从宏观上把握好总体真实。其二，我们正在进行具有许多新的历史特点的伟大斗争，面临的挑战和困难前所未有，必须激发全党全社会团结奋进、攻坚克难的强大力量，调动各方面积极性、主动性、创造性。这样，党的新闻舆论工作才能发挥应有作用。要正确处理正面宣传与舆论监督的关系，把握二者的平衡和统一，善于以“建设性新闻”的理念、方法来反映现实生活中的不足和问题。

认清表与里，揭示事物本质。“国之大者”是对一些重大问题的纲领性、根本性、本质性表述。新闻舆论工作牢记和彰显“国之大者”，必须运用好“用事实说话”这个基本规律，处理好反映表象与揭示本质的关系。既要提供林林总总的信息内容，以丰富鲜活的新闻事实吸引人，又要帮助人们洞幽烛微、追根溯源，透过事实和现象看清“国之大者”这个脉络主线、底层逻辑，持续塑造主流价值观。要在“后真相时代”碎片化、感性化信息环境中强化理性精神、练就如炬慧眼，加强评论理论宣传和深度报道，以新闻评论引领方向、涤荡人心，以理论宣传启迪智慧、提升认知，以深度报道澄清真相、释疑解惑，发挥主流媒体在舆论生态中的“风向标”“定音鼓”作用。

激励担当精神，增强实践效度

习近平总书记每次谈到“国之大者”，都强调必须增强责任担当，把“国之大者”付诸行动、落到实处。党的新闻舆论工作时刻心怀“国之大者”，是为了使“国之大者”得到最高程度的重视和最大力度的践行。当前，新闻舆论工作面临的挑战前所未有，要强化越是艰难越向前的责任担当，将“国之大者”鲜明体现在媒体深度融合发展的实践中。要充分认识守正创新的理论地位和方法论意义，以守正创新统领全部工作，着力增强媒体实践的有效性。

守正靠态度更靠能力。守正是一种政治立场、思想态度，更是一种实践能力。意愿不代表现实，说到不等于做到，守正须下大功夫、凭真本事。从追求“高线”来看，要以行之有效的手段加强党建工作、政治思想工作，深入开展马克思主义新闻观教育，切实增强新闻舆论工作者的事业心、归属感、忠诚度，让编辑记者“姓马”更“信马”，将“国之大者”镌刻在脑海中、溶化在血脉里，真正做到内化于心、外化于行。从守住“底线”来看，“四全媒体”新趋势和意识形态斗争新态势为舆论导向安全带来严峻挑战，要规避“低级红”“高级黑”等各类导向误区，持之以恒抓好学习培训、业务练兵，在全员把关、全程把关、人机协同把关等方面不断优化制度设计、提升把关效能。

创新重方法更重责任。创新是一种思维方式、方法路径，更是一种政治责任。在党的新闻舆论工作中，无论创新理念、内容、体裁、形式，还是创新方法、手段、业态、体制、机制，都是在新的舆论生态下掌握意识形态工作主动权、提升舆论引导有效性的必然选择。要把创新作为业务工作抓起来，更要作为政治责任扛起来。要深刻认识到，创新不是可有可无的“锦上添花”，而是解困救难的“雪中送炭”；不是亦步亦趋的跟风模仿，而是有勇有谋的果决行动；不是形式主义的自我标榜，而是崇实笃行的坚定追求。厘定创新理念、实施创新举措，必须坚持问题导向，勇于求真务实，敢于动真碰硬；必须坚持效果导向，将壮大主流舆论的实际成效作为评判工作的最终标准。

发展看内部也看外部。主流媒体守正创新促发展，是国家治理体系和治理能力现代化的重要组成部分。党的十九届四中全会提出“完善坚持正确导向的舆论引导工作机制”，要求“建立以内容建设为根本、先进技术为支撑、创新管理为保障的全媒体传播体系”。推进媒体深度融合发展，既要看到行业内部，着眼媒体生存与转型，也要跳出媒体看媒体，将自身变革嵌入国家治理现代化这个意义宏大的外部框架，作为坚持和完善中国特色社会主义制度的有机组成部分。只有这样，才能更加清晰地看到自身角色定位、职责使命，才能做到“不畏浮云遮望眼”，在建设现代新型主流媒体的实践中迎难而上、踔厉奋发，不断提升传播力、引导力、影响力、公信力。

习近平总书记关于党的新闻舆论工作性质地位作用的重要论述，把新闻舆论工作放在了全局性、根本性、战略性位置，充分表明其地位之高、责任之重、作用之大。“国之大者”则为党的新闻舆论工作确立了认识高度、思维格局和“主心骨”。只有深刻领悟“国之大者”、时刻心怀“国之大者”，新闻舆论工作的重要性质才能得以彰显，地位作用才能实至名归。“先立乎其大者，则其小者弗能夺也。”在纷繁复杂的新闻舆论工作中，我们要始终保持清醒头脑，将“国之大者”牢记心间。

（新闻战线 2022 年 08 月 15 日）

申报资料实录

作品简介：本文是《新闻战线》“深入学习贯彻习近平总书记关于新闻舆论工作的重要论述”专题论文，在头条位置刊发。论文从历史进程、时代发展、国家利益、根本立场等方面揭示了习近平总书记关于“国之大者”重要论述的深刻内涵，阐述了新闻舆论工作者心怀“国之大者”的职责使命。论文着眼新闻舆论工作的全局性、根本性、战略性地位，提出要强化政治意识，攥紧党性原则“指南针”，练就政治能力“硬功夫”，守牢意识形态主阵地；筑牢大局观念，掌握舆论引导系统论，完善新闻报道参照系，当好党和人民代言人；坚持辩证思维，权衡大与小、突出重大主题，把握主与次、做强正面宣传，认清表与里、揭示事物本质；激励担当精神，坚持守正靠态度更靠能力、创新重方法更重责任、发展看内部也看外部。“国之大者”为党的新闻舆论工作确立了思想认识高度和新闻宣传“主心骨”。只有时刻心怀“国之大者”，新闻舆论工作的政治属性、传播属性才能得以彰显，主流媒体的功能作用才能实至名归。

社会效果：本文首次将习近平总书记关于心怀“国之大者”的重要论述和关于新闻舆论工作的重要论断有机结合起来，针对主流媒体实际，展开全面系统阐述，逻辑严密、层次清晰，具有较强的理论创新性和实践指导性，发表后引发学界业界广泛关注和好评，“学习强国”“传媒观察”“中国报业协会”等新媒体平台纷纷转发。

初评评语：该论文将习近平总书记关于心怀“国之大者”的重要论述和关于新闻舆论工作的重要论述结合起来进行深入分析，系统阐述了新闻舆论工作心怀“国之大者”的重大意义和方法路径，有较强的理论创新性和实践指导性。

“奋进强国路 · 总书记这样引领中国式现代化”

集 体

代表作 1

“奋进强国路·总书记这样引领中国式现代化”系列报道之一

坚定不移沿着这条光明大道走下去

我国现代化是人口规模巨大的现代化。我国十四亿人口要整体迈入现代化社会，其规模超过现有发达国家的总和，将彻底改写现代化的世界版图，在人类历史上是一件有深远影响的大事。

——习近平

开栏的话

党的十八大以来，以习近平同志为核心的党中央立足中华民族伟大复兴战略全局和世界百年未有之大变局，统筹推进“五位一体”总体布局、协调推进“四个全面”战略布局，推动党和国家事业取得历史性成就、发生历史性变革，中国式现代化新道路越走越宽广。

习近平总书记指出：“从全面建成小康社会到基本实现现代化，再到全面建成社会主义现代化强国，是新时代中国特色社会主义发展的战略安排。”我们所推进的现代化，是人口规模巨大的现代化，是全体人民共同富裕的现代化，是物质文明和精神文明相协调的现代化，是人与自然和谐共生的现代化，是走和平发展道路的现代化。

新时代，新征程，新奋斗。从今天起，本报推出“奋进强国路·总书记这样引领中国式现代化”系列报道，系统梳理习近平总书记关于中国式现代化的重要论述，深入采访全国两会代表委员以及专家学者、基层干部群众，回顾习近平总书记引领中国式现代化的历史场景和非凡历程，充分展现习近平总书记作为马克思主义政治家、思想家、战略家的巨大政治勇气、强烈历史担当、深厚人民情怀，激励全党全国人民以更加昂扬的姿态奋进新征程、建功新时代，以中国式现代化推进中华民族伟大复兴，为人类作出新的更大贡献！

100面红旗迎风招展，100声礼炮响彻云天。2021年7月1日，庆祝中国共产党成立100周年大会在北京天安门广场隆重举行。伴着隆隆的礼炮声，国旗护卫队官兵护卫着五星红旗，阔步走在红毯上，神情庄重、步履铿锵。

脚下这条红色之路，连接过去，通向未来。

从国家蒙辱、人民蒙难、文明蒙尘，到民富国强、屹立东方，这是一条饱含苦难与梦想、奉献与牺牲的路；

从人口多、底子薄、“一穷二白”，到“当惊世界殊”“风景这边独好”，这是一条不懈奋斗、通往民族复兴的路。

天安门城楼上，习近平总书记的话语掷地有声：“我们坚持和发展中国特色社会主义，推动物质文明、政治文明、精神文明、社会文明、生态文明协调发展，创造了中国式现代化新道路，创造了人类文明新形态。”

党的十八大以来，以习近平同志为核心的党中央领导全党全军全国各族人民砥砺前行，全面建成小康社会目标如期实现，党和国家事业取得历史性成就、发生历史性变革，彰显了中国特色社会主义的强大生机活力，党心军心民心空前凝聚振奋，为实现中华民族伟大复兴提供了更为完善的制度保证、更为坚实的物质基础、更为主动的精神力量。

大道之行，壮阔无垠。我们走自己的路，具有无比广阔的舞台，具有无比深厚的历史底蕴，具有无比强大的前进定力。

“中国幅员辽阔、人口众多，要想发展振兴，最重要的就是立足国情、走自己的路”

“我会见一些国家的领导人时，他们感慨说，中国这么大的国家怎么治理呢？”

2013年3月19日，习近平主席在接受金砖国家媒体联合采访时娓娓而谈：“这样一个大国，这样多的人民，这么复杂的国情，领导者要深入了解国情，了解人民所思所盼，要有‘如履薄冰，如临深渊’的自觉，要有‘治大国如烹小鲜’的态度，丝毫不敢懈怠，丝毫不敢马虎，必须夙夜在公、勤勉工作。”

时光荏苒，又一个早春时节。

2019年3月22日，习近平主席会见意大利众议长菲科时指出：“这么大一个国家，责任非常重、工作非常艰巨。我将无我，不负人民。我愿意做到一个‘无我’的状态，为中国的发展奉献自己。”

两段话语，映照初心，折射出治理一个人口规模巨大国家的不易。

大国之大，在人口规模之大。以中国的体量，再大的成就除以 14 亿多人都会变得很小，再小的问题乘以 14 亿多人都会变得很大。

大国之大，在地区差异之大。“我国幅员辽阔、人口众多，各地区自然资源禀赋差别之大在世界上是少有的，统筹区域发展从来都是一个重大问题。”习近平总书记指出。

“大国之大，也有大国之重。”作为有着 14 亿多人口的国家，中国用几十年的时间走完了发达国家几百年走过的发展历程。同时，我们也清醒认识到，中国仍然是世界上最大的发展中国家，仍然处于社会主义初级阶段。让 14 亿多人都过上好日子，还需要进行长期艰苦努力。

“我们不能一边宣布实现了全面建成小康社会目标，另一边还有几千万人口生活在扶贫标准线以下。”习近平总书记的话语重若千钧。

2021 年 2 月 25 日，习近平总书记在全国脱贫攻坚总结表彰大会上庄严宣告，经过全党全国各族人民共同努力，在迎来中国共产党成立一百周年的重要时刻，我国脱贫攻坚战取得了全面胜利，现行标准下 9899 万农村贫困人口全部脱贫，832 个贫困县全部摘帽，12.8 万个贫困村全部出列，区域性整体贫困得到解决，完成了消除绝对贫困的艰巨任务，创造了又一个彪炳史册的人间奇迹！

党的十八大以来，平均每年 1000 多万人脱贫，相当于一个中等国家的人口脱贫。

这样的人间奇迹，写在幅员辽阔的中国大地上，写在人口规模巨大的中国式现代化道路上。

历尽天华成此景，人间万事出艰辛。在这样超大规模的国家实现现代化，是一个世界性和世纪性的难题——迄今为止，全球实现现代化的国家和地区人口约为 10 亿人，不到全球人口的 1/7。

凡益之道，与时偕行。走自己的路，是我们党百年奋斗得出的历史结论。习近平总书记指出：“中国幅员辽阔、人口众多，要想发展振兴，最重要的就是立足国情、走自己的路。”

2021 年 3 月 22 日傍晚，武夷山九曲溪畔，正在福建考察的习近平总书记走进朱熹园。总书记意味深长地说：“如果没有中华五千年文明，哪里有什么中国特色？如果不是中国特色，哪有我们今天这么成功的中国特色社会主义道路？”

2021 年 6 月 7 日至 9 日，习近平总书记在青海考察时表示：“我相信，到新中国成立一百年时，中华民族一定能够更加坚强地屹立于世界民族之林。到那个时候，一个幸福的国家、一个现代化的国家，一定会建设起来。”

领航壮阔征程，指引前进道路。“历史和实践已经并将进一步证明，这条道路，不仅走得对、走得通，而且也一定能够走得稳、走得好。我们将坚定不移沿着这条光明大道走下去，既发展自身又造福世界。”习近平总书记话语铿锵。

“全面小康之后还要现代化，这只有在中国共产党领导和我国社会主义制度下才能实现”

一幅幅图片，一张张图表，一件件实物，一段段视频，把人们带回了近代以来跌宕起伏、波澜壮阔的难忘岁月……2012 年 11 月 29 日，习近平总书记来到国家博物馆，参观《复兴之路》基本陈列。“现在，我们比历史上任何时期都更接近中华民族伟大复兴的目标，比历史上任何时期都更有信心、有能力实现这个目标。”总书记郑重宣示。

笃志前行，虽远必达。

改革开放之初，邓小平同志提出建设小康社会和现代化建设“三步走”战略构想。

2012 年 11 月，党的十八大明确提出“我国进入全面建成小康社会决定性阶段”。

2017 年 10 月，党的十九大进一步提出“从现在到二〇二〇年，是全面建成小康社会决胜期”。

2021 年 7 月 1 日，习近平总书记在庆祝中国共产党成立 100 周年大会上庄严宣告：“经过全党全国各族人民持续奋斗，我们实现了第一个百年奋斗目标，在中华大地上全面建成了小康社会，历史性地解决了绝对贫困问题，正在意气风发向着全面建成社会主义现代化强国的第二个百年奋斗目标迈进。”

非凡成就，原因何在？

“办好中国的事情，关键在党。”习近平总书记深刻揭示。

2021 年 8 月 24 日，习近平总书记乘车来到位于滦河北岸的河北承德市双滦区偏桥子镇大贵口村考察调研。在村民霍金家门口，闻讯而来的村民们纷纷向总书记问好。

“全面小康之后还要现代化，这只有在中国共产党领导和我国社会主义制度下才能实现。”习近平总书记的话激起一阵阵热烈的掌声。

“中国式现代化道路走得稳，彰显了中国特色社会主义的强大生命力和巨大优越性。”全国人大代表、河北省木兰围场国有林场副场长张利民讲到，迈上实现第二个百年奋斗目标的康庄大道，我们必须坚定制度自信，把中国发展进步的命运牢牢掌握在自己手中。

经国序民，正其制度。

2013年11月，党的十八届三中全会首次提出“推进国家治理体系和治理能力现代化”这个重大命题，并把“完善和发展中国特色社会主义制度、推进国家治理体系和治理能力现代化”确定为全面深化改革的总目标。

2019年10月，党的十九届四中全会专门研究坚持和完善中国特色社会主义制度、推进国家治理体系和治理能力现代化并作出决定。党的领导制度体系、人民当家作主制度体系、中国特色社会主义法治体系、中国特色社会主义行政体制、社会主义基本经济制度……覆盖13个方面的制度，构筑中国特色社会主义的制度图谱，奠定“中国之治”的制度基石。

走什么样的现代化道路，对包括中国在内的广大发展中国家而言，是世纪之问。

2021年11月，党的十九届六中全会审议通过的《中共中央关于党的百年奋斗重大成就和历史经验的决议》指出：“党领导人民成功走出中国式现代化道路，创造了人类文明新形态，拓展了发展中国家走向现代化的途径，给世界上那些既希望加快发展又希望保持自身独立性的国家和民族提供了全新选择。”

破除“现代化就是西方化”的迷思，中国的现代化，没有走西方老路，而是创造了中国式现代化道路。历史反复证明，不顾本国国情、照搬西方模式，不是水土不服，就是成为他国附庸。

2021年3月11日，北京人民大会堂，十三届全国人大四次会议闭幕会。习近平总书记和2000多名出席会议的人大代表，郑重按下表决器。会议表决通过关于修改全国人大组织法的决定、关于修改全国人大议事规则的决定。

2021年11月5日，怀仁堂投票站，五星红旗鲜艳夺目，镶嵌着国徽的红色票箱端放正中，投票工作规范有序，现场氛围庄重热烈。这一天是北京市区和乡镇两级人大代表换届选举投票日。

习近平总书记来到怀仁堂投票站，仔细听取有关选举事项的说明，拿出选民证交给工作人员核验，领取一张选票，在写票处认真填写选票后，走到票箱前郑重投下自己的一票。“要把民主选举、民主协商、民主决策、民主管理、民主监督各个环节贯通起来，不断发展全过程人民民主，更好保证人民当家作主。”总书记强调。

北京中轴线往北，巍然矗立的中国共产党历史展览馆成为一座红色新地标，参观者络绎不绝。人民代表大会制度、中国共产党领导的多党合作和政治协商制度、民族区域自治制度、基层群众自治制度……置身展馆，一块块展板、一件件展品，清晰勾勒出中国发展稳定奇迹背后的“制度密码”。

党的十八大以来，习近平总书记创造性提出全过程人民民主重大理念，坚持和完善人民代表大会制度、中国共产党领导的多党合作和政治协商制度、民族区域自治制度、基层群众自治制度等事关全局的重大制度，真正体现人民意志、保障人民权益、激发人民创造。

在湖北武汉，一名来自教育系统的全国人大代表，下沉社区参与志愿服务近 70 天，同时面向 80 多个社区的社区工作者和下沉党员发放问卷，形成有关社区建设的调研成果；在江西抚州，一名全国人大代表走村入户收集意见建议，推动创办旅游产业培训班，让当地群众尝到乡村旅游转型成功的甜头；在上海长宁区，作为全国人大常委会法工委首批基层立法联系点之一的虹桥街道让基层群众的立法建议搭乘上了“直通车”。

制度稳则国家稳，制度强则国家强。“中国之制”充分转化为国家治理效能，实现“中国之治”。

伟大的宏愿，催人奋进；美好的景象，激动人心——到 2035 年，一个人口规模巨大的东方古国将进入现代化行列，彻底改写人类现代化的世界版图。

新征程上，习近平总书记的宣示豪迈而坚定：“有中国共产党的坚强领导，有全国各族人民的紧密团结，全面建成社会主义现代化强国的目标一定能够实现，中华民族伟大复兴的中国梦一定能够实现！”

“进入新发展阶段明确了我国发展的历史方位，贯彻新发展理念明确了我国现代化建设的指导原则，构建新发展格局明确了我国经济现代化的路径选择”

新时代的中国，要实现什么样的发展、怎样发展，习近平总书记进行着深邃思考和长远谋划。

发展速度在换挡，发展方式在转变，经济结构在调整，发展动力在转换……新形势、新任务，新机遇、新挑战，要求我们必须树立新的发展理念，引领发展行动。

“发展理念搞对了，目标任务就好定了，政策举措也就跟着好定了。”习近平总书记指出。

准确把握新发展阶段，深入贯彻新发展理念，加快构建新发展格局，推动“十四五”时期高质量发展，确保全面建设社会主义现代化国家开好局、起好步——这是党的十九届五中全会明确的战略部署。

击鼓催征稳驭舟。2021年，我国经济总量超114万亿元，占全球经济比重预计超过18%；人均GDP突破1.2万美元，超过世界人均GDP水平。我国已成为世界第二大经济体、第一大工业国、第一大货物贸易国、第一大外汇储备国，服务贸易、对外投资、国内消费市场规模世界第二。

“我国经济已由高速增长阶段转向高质量发展阶段，正处在转变发展方式、优化经济结构、转换增长动力的攻关期，建设现代化经济体系是跨越关口的迫切要求和我国发展的战略目标。”习近平总书记的这一重要论述，指明了建设现代化经济体系的重要意义。

2018年3月20日，习近平总书记在第十三届全国人民代表大会第一次会议上指出，我们要以更大的力度、更实的措施全面深化改革、扩大对外开放，贯彻新发展理念，推动经济高质量发展，建设现代化经济体系，不断增强我国经济实力、科技实力、综合国力，让社会主义市场经济的活力更加充分地展示出来。

农业强不强、农村美不美、农民富不富，决定着全面小康社会的成色和社会主义现代化的质量。

2020年全国两会期间，习近平总书记看望参加全国政协十三届三次会议的经济界委员，并参加联组会，听取意见和建议。习近平总书记指出：“我们这代人有一份情结，扶一把老百姓特别是农民。社会主义道路上一个也不能少，全面小康大家一起走！”

抓创新就是抓发展，谋创新就是谋未来。

党的十九大确立了到2035年跻身创新型国家前列的战略目标，党的十九届五中全会提出坚持创新在我国现代化建设全局中的核心地位，把科技自立自强作为国家发展的战略支撑。

善治国者，善于谋势；决胜负者，长于布局。

2021年1月11日，习近平总书记在省部级主要领导干部学习贯彻党的十九届五中全会精神专题研讨班开班式上强调：“进入新发展阶段明确了我国发展的历史方位，贯彻新发展理念明确了我国现代化建设的指导原则，构建新发展格局明确了我国经济现代化的路径选择。”

2021年3月1日，习近平总书记在中央党校（国家行政学院）中青年干部培训班开班式上指出：“开启全面建设社会主义现代化国家新征程，立足新发展阶段、贯彻新发展理念、构建新发展格局，面临的风险和考验一点也不会比过去少。”

在以习近平同志为核心的党中央坚强领导下，在习近平新时代中国特色社会主义思想科学指引下，统筹国内国际两个大局，统筹推进“五位一体”总体布局、协调推进“四个全面”战略布局，立足新发展阶段，完整、准确、全面贯彻新发展理念，加快构建新发展格局，我们正朝着实现更高质量、更有效率、更加公平、更可持续、更为安全的发展而努力奋斗。

“让大家过上更好生活，我们不能满足于眼前的成绩，还有很长的路要走”

陕西榆林市绥德县，位于疏属山下九真观的中共绥德地委旧址展厅里，有两行字十分醒目：“站在最大多数劳动人民的一面”“把屁股端端地坐在老百姓的这一面”。

2021年9月14日，习近平总书记来到这里，仔细察看旧址布局和部分复原场景，参观有关专题展陈。“端端地，这是关中话，稳稳正正地。”总书记说，中国共产党领导人民取得革命胜利，是赢得了民心，是亿万人民群众坚定选择站在我们这一边。

“我们要做到始终与人民心心相印、与人民同甘共苦、与人民团结奋斗。”全国人大代表、陕西省榆林市定边县定边镇十里沙村党支部书记石光银认为，“我们成立农民治沙公司，把治沙和致富紧密结合，让老百姓成为治沙事业的重要力量和受益群体。”

治国有常，而利民为本。

“人民对美好生活的向往，就是我们的奋斗目标。”2012年11月15日，习近平总书记在十八届中共中央政治局常委同中外记者见面时指出。

中国发展成就归结到一点，就是亿万中国人民生活日益改善。

党的十八大以来，以习近平同志为核心的党中央提出以人民为中心的发展思想，坚持一切为了人民、一切依靠人民，始终把人民放在心中最高位置、把人民对美好生活的向往作为奋斗目标，推动改革发展成果更多更公平惠及全体人民，推动共同富裕取得更为明显的实质性进展，把14亿多中国人民凝聚成推动中华民族伟大复兴的磅礴力量。

“人民就是江山，共产党打江山、守江山，守的是人民的心，为的是让人民过上好日子。我们党的百年奋斗史就是为人民谋幸福的历史。”总书记深情的话语，饱含着人民领袖对人民的真挚情怀。

以人民为中心的发展思想，不是一个抽象的、玄奥的概念，不能只停留在口头上、止步于思想环节，而要体现在经济社会发展各个环节。

推进北方地区冬季清洁取暖，推行垃圾分类，推进畜禽养殖废弃物处理和资源化，提高养老院服务质量，规范住房租赁市场和抑制房地产泡沫，加强食品安全监管……2016 年底，事关百姓民生的“小事”“身边事”成为中央财经领导小组第十四次会议的议题。“推进北方地区冬季清洁取暖等 6 个问题，都是大事，关系广大人民群众生活，是重大的民生工程、民心工程。”习近平总书记强调。

坚持以人民为中心，现代化建设的价值底色更浓厚、更亮眼。

“我们推动经济社会发展，归根到底是为了不断满足人民群众对美好生活的需要。”2020 年全国两会期间，习近平总书记在参加内蒙古代表团审议时指出，要始终把人民安居乐业、安危冷暖放在心上，用心用情用力解决群众关心的就业、教育、社保、医疗、住房、养老、食品安全、社会治安等实际问题，一件一件抓落实，一年接着一年干，努力让群众看到变化、得到实惠。

在新冠肺炎疫情防控过程中，党和国家不惜一切代价救治患者，用实际行动彰显了对人民生命安全和身体健康的高度重视。经过战疫的历程，人民至上的理念进一步落地生根。

为了人民而发展，发展才有意义；依靠人民而发展，发展才有动力。

“我们用几十年时间走完了发达国家几百年走过的工业化历程。在中国人民手中，不可能成为了可能。我们为创造了人间奇迹的中国人民感到无比自豪、无比骄傲！”2018 年 12 月 18 日，习近平总书记在庆祝改革开放 40 周年大会上指出。

2021 年 2 月 25 日，习近平总书记在全国脱贫攻坚总结表彰大会上强调：“只要我们始终坚持为了人民、依靠人民，尊重人民群众主体地位和首创精神，把人民群众中蕴藏着的智慧和力量充分激发出来，就一定能够不断创造出更多令人刮目相看的人间奇迹！”

在精准扶贫理念指引下，十八洞村的面貌焕然一新。实践证明，广泛动员群众、组织群众、凝聚群众，将群众的智慧和力量汇聚起来，就能掌握主动权、打好主动仗。

党的十八大以来，习近平总书记多次深入基层考察调研，顶风雪、冒酷暑、踏泥泞，一路走、一路看，一路思考、一路指引，坚实足迹印在祖国大地，深切关怀留在百姓心间。民之所忧，我必念之；民之所盼，我必行之。

"经过一代代接续努力，以前贫困的人们，现在也能吃饱肚子、穿暖衣裳，有学上、有房住、有医保。全面小康、摆脱贫困是我们党给人民的交代，也是对世界的贡献。"习近平主席在二〇二二年新年贺词中指出。

"让大家过上更好生活，我们不能满足于眼前的成绩，还有很长的路要走。"唯有踔厉奋发、笃行不怠，方能不负历史、不负时代、不负人民。

建成社会主义现代化强国，实现中华民族伟大复兴，是一场接力跑。过去一百年，中国共产党向人民、向历史交出了一份优异的答卷。现在，中国共产党团结带领中国人民又踏上了实现第二个百年奋斗目标新的赶考之路。

心中装着百姓，手中握有真理，脚踏人间正道，我们信心十足、力量十足。我们坚信，在过去一百年赢得了伟大胜利和荣光的中国共产党和中国人民，必将在新时代新征程上赢得更加伟大的胜利和荣光！

代表作2

"奋进强国路·总书记这样引领中国式现代化"系列报道之三

让中华民族精神的大厦巍然耸立

我国现代化是物质文明和精神文明相协调的现代化。我国现代化坚持社会主义核心价值观，加强理想信念教育，弘扬中华优秀传统文化，增强人民精神力量，促进物的全面丰富和人的全面发展。

——习近平

在历史长河中，总有一些精彩瞬间，将被永远铭记。

2月4日，烟花点亮"鸟巢"上空，中国再次成为世界瞩目焦点；立春之日，"双奥之城"北京迎来历史性时刻，一个伟大民族和一项伟大运动再次牵手。

北京冬奥会，让世界领略了中华文化和奥林匹克精神的和合共生，感受到新时代中国自信、包容、开放的大国形象。

习近平总书记指出："一个民族的复兴需要强大的物质力量，也需要强大的精神力量。没有先进文化的积极引领，没有人民精神世界的极大丰富，没有民族精神力量的不断增强，一个国家、一个民族不可能屹立于世界民族之林。"

历史车轮滚滚向前，伟大精神历久弥新。

当今中国正处于实现中华民族伟大复兴的关键时期，国家强盛、民族复兴需要物质文明的积累，更需要精神文明的升华。

站在新的历史起点上，以习近平同志为核心的党中央团结带领全国各族人民，意气风发地踏上了全面建设社会主义现代化国家、实现中华民族伟大复兴的新征程。当高楼大厦在我国大地上遍地林立时，中华民族精神的大厦也正巍然耸立。

“实现中华民族伟大复兴的中国梦，物质财富要极大丰富，精神财富也要极大丰富”

冬奥会，是一场冰雪运动的盛会，也是一场精神的升华。

2014 年 2 月，俄罗斯索契——

索契冬奥会中国体育代表团代表围拢在习近平总书记周围。

习近平总书记意味深长地说：“从大家讲话中，我更感受到一种信心。这种信心来自报效祖国、为国争光。养兵千日，用兵一时。此时不搏，更待何时！我们讲道路自信、理论自信、制度自信，就体育而言，就是自信的精神。”

习近平总书记引述鲁迅的“中国脊梁”，表示只有锲而不舍，中国才有未来。总书记指出：“怎么体现成果？是金牌吗？最重要的是展示自强不息、战胜自我、超越自我的精神。”

时隔 8 年，中国北京——

北京冬奥会开幕前夕，习近平主席在会见国际奥委会主席巴赫时，再次谈起自己的“金牌观”：“比起这次中国运动员拿几块金牌、奖牌，我更在意它给我们今后注入的动力和活力。”

冬奥梦交汇中国梦，奥运精神辉映中国精神。习近平总书记思虑深远——

“在北京举办一场全球瞩目的冬奥盛会，必将极大振奋民族精神，有利于凝聚海内外中华儿女为实现中华民族伟大复兴而团结奋斗，也有利于向世界进一步展示我国改革开放成就、和平发展主张。”

“2022 年恰是实现中华民族伟大复兴第一个百年奋斗目标的时间节点。北京冬奥会可以凝聚民族精神、凝聚亿万民心的力量，开启新的圆梦旅程。”

全国政协常委、北京市政协副主席、北京冬奥会延庆冬奥村村长程红说：“习近平总书记的重要讲话始终激励着我们，我们仅用 4 年时间便建成国际一流的雪上竞赛区域。”

“基础设施世界领先，精神力量更是世界一流！”程红表示，“几万名工作人员牺牲春节与家人团圆的时间，主动进入闭环，严守纪律，甘于奉献，战严寒、斗风雪、严防控，顽强拼搏做好每一天的服务保障工作。国际奥委会主席巴赫先生亲口对我说，他在村里遇到的运动员都感到非常幸福。”

“实现中华民族伟大复兴的中国梦，物质财富要极大丰富，精神财富也要极大丰富。”关于物质文明和精神文明的辩证关系，习近平总书记多次作出重要论述——

“我们党强调理想信念是共产党人精神上的‘钙’，强调‘革命理想高于天’，就是精神变物质、物质变精神的辩证法。广大党员、干部理想信念坚定、干事创业精气神足，人民群众精神振奋、发愤图强，就可以创造出很多人间奇迹。”

“农村精神文明建设很重要，物质变精神、精神变物质是辩证法的观点，实施乡村振兴战略要物质文明和精神文明一起抓，特别要注重提升农民精神风貌。”

心中有信仰，脚下有力量。

有一位老党员，在短短两个多月里，两次受到习近平总书记亲切接见。总书记还对他的先进事迹作出重要指示。

“年轻的党员首先在信念上要坚定，听党的话，我张富清，永远跟党走。”张富清坚定地说。

2019年7月26日，习近平总书记在会见全国退役军人工作会议全体代表时，时年94岁的张富清坐在总书记身旁。

“感谢总书记，感谢党中央。我是党培养的，我要跟紧党走，做一名党的好战士。”

“你都做到了。你是全党全国人民的楷模！保重身体，健康长寿。”

2019年9月29日，国家勋章和国家荣誉称号颁授仪式在人民大会堂隆重举行。“共和国勋章”获得者张富清因行动不便，坐着轮椅上台，习近平总书记弯腰上前，郑重地把勋章戴在他胸前。

习近平总书记动情地说：“今天受表彰的国家勋章和国家荣誉称号获得者，是千千万万为党和人民事业作出贡献的杰出人士的代表。他们身上生动体现了中华民族精神和社会主义核心价值观，他们的事迹和贡献将永远写在共和国史册上！”

正人必先正己，正己才能正人。加强精神文明建设，各级党员领导干部必须以身作则。

“精神文明建设，党员要做楷模。”全国人大代表、云南省怒江傈僳族自治州社科联主席马正山说，“特别是党员领导干部要加强道德修养，带头明辨是非善恶，追求健康情趣，不断向廉洁自律的高标准看齐，这样一来，党风政风、社风家风就能持续向上向善。”

奋进新征程、建功新时代，亿万中华儿女心中理想信念的明灯更加闪亮。

“我们要在全社会大力弘扬和践行社会主义核心价值观，使之像空气一样无处不在、无时不有”

一个国家的文化软实力，从根本上说，取决于其核心价值观的生命力、凝聚力、感召力。

2017年3月4日，习近平总书记看望参加全国政协十二届五次会议的民进、农工党、九三学社委员，并参加联组会。总书记指出：“希望我国广大知识分子自觉做践行社会主义核心价值观的模范，坚持国家至上、民族至上、人民至上，始终胸怀大局、心有大我，始终坚守正道、追求真理，从自我做起、从现在做起、从日常生活做起，身体力行带动全社会遵循社会主义核心价值观。”

2014年2月24日，习近平总书记主持十八届中共中央政治局第十三次集体学习时指出：“我们要从巩固全党全国各族人民团结奋斗的共同思想基础、巩固党的执政地位的战略高度，持续加强社会主义核心价值体系建设，把培育和弘扬社会主义核心价值观作为凝魂聚气、强基固本的基础工程，作为一项根本任务，切实抓紧抓好。”

在社会主义核心价值观中，最深层、最根本、最永恒的是爱国主义。

100年来，我们党团结带领全国各族人民进行的革命、建设、改革实践，是爱国主义的伟大实践，写下了中华民族爱国主义精神的辉煌篇章。

习近平总书记指出：“实现中国梦必须弘扬中国精神。这就是以爱国主义为核心的民族精神，以改革创新为核心的时代精神。这种精神是凝心聚力的兴国之魂、强国之魂。”

2020年11月12日，正在江苏考察的习近平总书记来到南通博物苑，并走进张謇故居陈列室，了解这位近代著名企业家、教育家兴办实业、教育和社会公益事业的情况。当年的7月21日，习近平总书记主持召开企业家座谈会时，称赞张謇等优秀企业家是“爱国企业家的典范”。

“优秀企业家必须对国家、对民族怀有崇高使命感和强烈责任感，把企业发展同国家繁荣、民族兴盛、人民幸福紧密结合在一起，主动为国担当、为国分忧，正所谓‘利于国者爱之，害于国者恶之’。”习近平总书记强调。

“习近平总书记对企业家的殷切期望，是对我们的极大激励与鞭策。”

全国人大代表、科大讯飞董事长刘庆峰说，“民营企业家要见贤思齐，增强家国情怀、担当社会责任，发挥先富帮后富的作用，积极参与和兴办社会公益事业。我们时刻不忘担当社会责任，推动人工智能技术在教育均衡、就业创业、基层医疗、家庭养老、企业发展等方面广泛应用。”

这是发生在人民大会堂金色大厅里的感人一幕——

“你们这么大岁数，身体还不错。你们别站着了，到我边上坐下。”2017年11月17日，在同全国精神文明建设表彰大会代表合影时，看到黄旭华和黄大发两位代表年事已高，习近平总书记关切地请他们坐在自己身边。

会见结束后，习近平总书记语重心长地对有关部门的同志说，给老道德模范让座，这是尊老敬老的传统美德，这就叫人伦常情。

言传身教，习近平总书记给全社会上了生动一课。

“我们始终强调，两个文明都搞好才是中国特色社会主义。”习近平总书记指出，“我们要在全社会大力弘扬和践行社会主义核心价值观，使之像空气一样无处不在、无时不有，成为全体人民的共同价值追求，成为我们生而为中国人的独特精神支柱，成为百姓日用而不觉的行为准则。要号召全社会行动起来，通过教育引导、舆论宣传、文化熏陶、实践养成、制度保障等，使社会主义核心价值观内化为人们的精神追求、外化为人们的自觉行动。”

“中国特色社会主义是全面发展、全面进步的伟大事业，没有社会主义文化繁荣发展，就没有社会主义现代化”

2020年9月22日，习近平总书记在教育文化卫生体育领域专家代表座谈会上指出：“中国特色社会主义是全面发展、全面进步的伟大事业，没有社会主义文化繁荣发展，就没有社会主义现代化。”

2021年春天，在“奇秀甲东南”的武夷山下、九曲溪畔，习近平总书记一番话意味深长——

“如果没有中华五千年文明，哪里有什么中国特色？如果不是中国特色，哪有我们今天这么成功的中国特色社会主义道路？”

“良渚遗址是实证中华五千年文明史的圣地”，2003年7月，时任浙江省委书记的习近平同志对遗址的历史地位作出重要判断。2016年，习近平总书记又对良渚古城申遗作出重要指示。

2019年7月，良渚古城遗址成功列入《世界遗产名录》。外国专家评价：“良渚让我们对中国早期文明的认识提前1000多年。”

从大运河文化带建设到平遥古城保护，从敦煌研究院座谈到云冈石窟考察，习近平总书记多次强调保护传承历史文化遗产的重要意义，指出“要像爱惜自己的生命一样保护好城市历史文化遗产”“一个博物馆就是一所大学校”。

一次次触摸历史，一次次寻访传统，彰显了习近平总书记守护中华民族文化根脉的历史自觉和文化自信。

红色是中国共产党、中华人民共和国最鲜亮的底色。

2019 年 3 月 4 日，习近平总书记看望参加全国政协十三届二次会议的文化艺术界、社会科学界委员，并参加联组会。

“不忘初心，方得始终啊！我们的初心是什么？上海石库门、南湖红船，诞生了中国共产党，14 年抗战、历史性决战，才有了中华人民共和国。共和国是红色的，不能淡化这个颜色。”习近平总书记强调。

党的十八大以来，习近平总书记到地方考察，都要瞻仰对我们党具有重大历史意义的革命圣地、红色旧址、革命历史纪念场所，“每到一地，重温那一段段峥嵘岁月，回顾党一路走过的艰难历程，灵魂都受到一次震撼，精神都受到一次洗礼。”

习近平总书记指出：“当高楼大厦在我国大地上遍地林立时，中华民族精神的大厦也应该巍然耸立。”

从二十国集团领导人第十一次峰会文艺演出《最忆是杭州》彰显的中国审美旨趣，到庆祝中国共产党成立 100 周年文艺演出《伟大征程》的壮美画卷，再到北京冬奥会开幕式展示新时代中国自信、包容、开放的大国形象；

从 2020 年末全国共有公共图书馆 3212 个、群众文化机构 43687 个、各类文物机构 11314 个，到 2021 年全国规模以上文化及相关产业企业实现营业收入逾 11.9 万亿元。

党的十八大以来，我国文化事业和文化产业蓬勃发展，全方位全景式展现了新时代的精神气象，提振了全社会的精神力量。

“大鹏一日同风起，扶摇直上九万里。”2021 年 12 月 14 日，在中国文联十一大、中国作协十大开幕式上，习近平总书记提到伟大诗人李白青年时期仗剑远游时写下的诗句，“那时他感受着盛唐的蓬勃气象，胸中鼓荡着凌云壮志”。

文化兴则国家兴，文化强则民族强。当代中国，江山壮丽，人民豪迈，前程远大。时代为我国文艺繁荣发展提供了前所未有的广阔舞台。

习近平总书记强调：“今天，中国、中国人民、中华民族的未来无限广大。新时代需要文艺大师，也完全能够造就文艺大师！新时代需要文艺高峰，也完全能够铸就文艺高峰！我们要坚定这个自信！”

“一个有希望的民族不能没有英雄，一个有前途的国家不能没有先锋”

天地英雄气，千秋尚凛然。

习近平总书记强调：“一个有希望的民族不能没有英雄，一个有前途的国家不能没有先锋。”

2013年9月26日下午，北京京西宾馆会议楼前厅，习近平总书记亲切会见第四届全国道德模范及提名奖获得者。在热烈的掌声中，总书记发表了热情洋溢的讲话。讲话结束时，总书记把目光转向坐在第一排左边的一位老人。

习近平总书记饱含深情地说，我刚才看到这位老前辈，她就是我们的老将军甘祖昌的夫人龚全珍，她今年90多岁了，我看到她以后心里一阵阵的感动。

习近平总书记对在场的300多位与会者介绍，甘祖昌是我们共和国的开国将军，江西籍的老红军。新中国成立后，他当了将军，但是他坚持回家当农民。我当小学生时就有这篇课文，内容就是将军当农民，我们深受影响。至今半个世纪过去，看到龚老现在仍然弘扬着这种精神，今天看到她又当选全国道德模范，出席我们今天的会议，我感到很欣慰。

习近平总书记强调，我们要弘扬这种艰苦奋斗精神，不仅我们这代人要传承，我们的下一代也要弘扬，要一代一代传承下去。我再次向龚老前辈表示致敬。

全场响起经久不息的掌声。

2019年，在新中国成立70周年之际，习近平总书记对“最美奋斗者”评选表彰和学习宣传活动作出重要指示强调，在我国社会主义革命、建设、改革的非凡历程中，一代又一代奋斗者顽强拼搏、不懈奋斗，涌现出无数感天动地的英雄模范。他们用智慧和汗水、甚至鲜血和生命，为国家富强、民族振兴、人民幸福书写了可歌可泣的壮丽篇章。各个历史时期的英雄模范都值得我们敬仰和学习。

全国人大代表、空军空降兵某旅政治教导员余海龙，来自特级英雄黄继光生前所在部队。“黄继光的英雄精神，在空降兵部队一代代官兵中赓续传承。今天，我们钢多气更多、骨头更硬，一定会传承英雄精神，当好新时代英雄传人，用实际行动续写英雄故事！”余海龙说。

中华民族是崇尚英雄、成就英雄、英雄辈出的民族，和平年代同样需要英雄情怀。

新冠肺炎疫情突如其来。危急时刻，又见遍地英雄。

2020 年 9 月 8 日，全国抗击新冠肺炎疫情表彰大会在北京人民大会堂隆重举行。

习近平总书记向“共和国勋章”获得者钟南山，“人民英雄”国家荣誉称号获得者张伯礼、张定宇、陈薇颁授勋章奖章。

“各条战线的抗疫勇士临危不惧、视死如归，困难面前豁得出、关键时刻冲得上，以生命赴使命，用大爱护众生。”习近平总书记指出，“面对疫情，中国人民没有被吓倒，而是用明知山有虎、偏向虎山行的壮举，书写下可歌可泣、荡气回肠的壮丽篇章！中华民族能够经历无数灾厄仍不断发展壮大，从来都不是因为有救世主，而是因为在大灾大难前有千千万万个普通人挺身而出、慷慨前行！”

“崇尚英雄才会产生英雄，争做英雄才能英雄辈出。”习近平总书记强调，“英雄模范们用行动再次证明，伟大出自平凡，平凡造就伟大。只要有坚定的理想信念、不懈的奋斗精神，脚踏实地把每件平凡的事做好，一切平凡的人都可以获得不平凡的人生，一切平凡的工作都可以创造不平凡的成就。”

今天，我们比历史上任何时期都更接近、更有信心和能力实现中华民族伟大复兴的目标，同时必须准备付出更为艰巨、更为艰苦的努力。习近平总书记指出：“全党全社会要崇尚英雄、学习英雄、关爱英雄，大力弘扬英雄精神，汇聚实现中华民族伟大复兴的磅礴力量。”

“青少年阶段是人生的‘拔节孕穗期’，这一时期心智逐渐健全，思维进入最活跃状态，最需要精心引导和栽培”

2014 年 5 月 30 日，北京市海淀区民族小学墨韵堂里，书法社团的学生们正在书写古训警句。

书法老师请习近平总书记为“中国梦”点上最后一笔。总书记对孩子们说：“中国梦要靠你们来实现。‘两个一百年’要靠你们接力奋斗，还是你们来点这一笔吧。”

青少年是祖国的未来、民族的希望。习近平总书记指出：“青少年阶段是人生的‘拔节孕穗期’，这一时期心智逐渐健全，思维进入最活跃状态，最需要精心引导和栽培。‘蒙以养正，圣功也。’就是说青少年教育最重要的是教给他们正确的思想，引导他们走正路。”

北京大学静园草坪，青年的身影朝气蓬勃。

2014 年 5 月 4 日，习近平总书记来到正在举办诗会的师生们中间。身着五四时期学生装的师生们在悠扬的小提琴曲伴奏下，朗诵着自己创作的诗歌《聆听青年》和毛泽东同志词作《沁园春·长沙》。

习近平总书记指出："青年的价值取向决定了未来整个社会的价值取向，而青年又处在价值观形成和确立的时期，抓好这一时期的价值观养成十分重要。这就像穿衣服扣扣子一样，如果第一粒扣子扣错了，剩余的扣子都会扣错。人生的扣子从一开始就要扣好。"

2019 年 3 月 18 日，人民大会堂东大厅内洋溢着春天的气息。习近平总书记主持召开学校思想政治理论课教师座谈会，邀请一线优秀教师代表和教育工作者畅谈交流。

"思想政治理论课是落实立德树人根本任务的关键课程。"习近平总书记开宗明义，目光望向坐在他对面的教师代表，"思政课作用不可替代，思政课教师队伍责任重大。"

光阴流转，又是一个播种希望的季节。

北京友谊宾馆聚英厅，气氛热烈。2021 年 3 月 6 日，习近平总书记来到这里，看望参加全国政协十三届四次会议的医药卫生界、教育界委员，并参加联组会，听取意见和建议。

有的委员在发言中建议，向广大青年学子讲好抗疫这堂"大思政课"，将抗疫的鲜活案例融入教材。

"你的建议很好，这个'大思政课'我们要善用之。思政课不仅应该在课堂上讲，也应该在社会生活中来讲。"习近平总书记点点头，"拿着一个文件在那儿宣读，没有生命、干巴巴的，谁都不爱听，我也不爱听。"

幽默真诚的话语，引来全场一阵会心的笑声。

2018 年 3 月 8 日，习近平总书记参加十三届全国人大一次会议山东代表团审议。全国人大代表、时任山东临沂第一实验小学岔河校区校长的张淑琴围绕让红色基因注入血脉代代相传的话题，与总书记进行面对面交流。总书记强调，红色基因就是要传承。中华民族从站起来、富起来到强起来，经历了多少坎坷，创造了多少奇迹，要让后代牢记，我们要不忘初心，永远不可迷失了方向和道路。

"怎样教育引导孩子们传承好红色基因，是我一直思考的问题。总书记的话，让我方向更明晰，干劲更足了！"张淑琴表示，"近年来，我们带领学生到红色革命基地当小讲解员、将红色故事改编成舞台剧……形式多样的教育活动，将红色种子播撒到孩子心中。"

2021 年 3 月 5 日，习近平总书记在参加十三届全国人大四次会议内蒙古代表团审议时强调，要在各族干部群众中深入开展中华民族共同体意识教育，特别是要从青少年教育抓起。

2012年11月29日，在参观《复兴之路》展览时，习近平总书记话语铿锵——

“我坚信，到中国共产党成立100年时全面建成小康社会的目标一定能实现，到新中国成立100年时建成富强民主文明和谐的社会主义现代化国家的目标一定能实现，中华民族伟大复兴的梦想一定能实现。”

征途漫漫，惟有奋斗。

全面建成社会主义现代化强国，实现中华民族伟大复兴，必须锲而不舍、一以贯之抓好社会主义精神文明建设，为全国各族人民不断前进提供坚强的思想保证、强大的精神力量、丰润的道德滋养。

站在新的历史起点上，有以习近平同志为核心的党中央坚强领导，凝聚起全党全国各族人民团结奋斗的共同意志和强大精神力量，踔厉奋发，笃行不怠，全面建成社会主义现代化强国的目标一定能够实现，中华民族伟大复兴的中国梦一定能够实现！

代表作3

“奋进强国路·总书记这样引领中国式现代化”系列报道之五

以中国的新发展为世界提供新机遇

我国现代化是走和平发展道路的现代化。一些老牌资本主义国家走的是暴力掠夺殖民地的道路，是以其他国家落后为代价的现代化。我国现代化强调同世界各国互利共赢，推动构建人类命运共同体，努力为人类和平与发展作出贡献。

——习近平

2月20日晚，北京国家体育场，伴随着“天下一家”中英文字样的盛大焰火腾空而起，第二十四届冬季奥林匹克运动会圆满闭幕。

习近平总书记指出：“自古以来，奥林匹克运动承载着人类对和平、团结、进步的美好追求。”人类生活在同一个地球村，命运紧密相连。面对各种紧迫全球性挑战，加强团结合作，共同坐上新时代的“诺亚方舟”，人类才会有更加美好的明天。

一个国家、一个民族要振兴，就必须在历史前进的逻辑中前进、在时代发展的潮流中发展。

党的十八大以来，以习近平同志为核心的党中央统筹中华民族伟大复兴战略全局和世界百年未有之大变局，坚定站在历史正确的一边、站在人类进步的一边，坚定不移走和平发展、开放发展、合作发展、共同发展道路，奏响了中国与世界交融发展的新乐章。

中国共产党领导人民成功走出中国式现代化道路，创造了人类文明新形态，拓展了发展中国家走向现代化的途径，给世界上那些既希望加快发展又希望保持自身独立性的国家和民族提供了全新选择。

2021 年 7 月 1 日，习近平总书记在庆祝中国共产党成立 100 周年大会上指出："新的征程上，我们必须高举和平、发展、合作、共赢旗帜，奉行独立自主的和平外交政策，坚持走和平发展道路，推动建设新型国际关系，推动构建人类命运共同体，推动共建'一带一路'高质量发展，以中国的新发展为世界提供新机遇。"

"推动构建人类命运共同体，共同创造世界更加美好的未来"

大时代需要大格局，大格局呼唤大胸怀。

为人类不断作出新的更大的贡献，是中国共产党和中国人民的庄严承诺。

2021 年 1 月 25 日，习近平主席在世界经济论坛"达沃斯议程"对话会上的特别致辞中强调："只要是对全人类有益的事情，中国就应该义不容辞地做，并且做好。"

习近平总书记强调，中国共产党百年奋斗的一条重要历史经验就是坚持胸怀天下，始终关注人类前途命运。

2017 年 1 月 18 日，联合国日内瓦总部万国宫大会厅，800 多位各国代表、各界名流现场聆听了一场"历史性演讲"。

面对"世界怎么了、我们怎么办"的时代之问，习近平主席掷地有声地给出了"中国方案"："构建人类命运共同体，实现共赢共享"。

47 分钟的演讲，30 多次热烈掌声。到关键处，几乎一句一次掌声。

外国专家学者评价，这"是人类历史上最重要的哲学思想之一""是人类在这个星球上的唯一未来"。

思想的生命力、感召力，在于随时代脉动而丰富完善，经时间检验而常青常新。

提出人类"越来越成为你中有我、我中有你的命运共同体"；阐述构建"五位一体"打造人类命运共同体的总布局和总路径；倡导建设一个持久和平、普遍安全、共同繁荣、开放包容、清洁美丽的世界。构建人类命运共同体从理念迈向实践，路径日渐清晰。

为携手抗击新冠肺炎疫情，提出“打造人类卫生健康共同体”；为应对前所未有的全球环境挑战，呼吁“共同构建人与自然生命共同体”；为推动全球发展迈向平衡协调包容新阶段，倡议“构建全球发展命运共同体”……构建人类命运共同体的内涵与时俱进、不断丰富。

大道不孤，天下一家。构建人类命运共同体，具有鲜明的真理性、时代性、实践性，体现了全人类共同价值追求。

2021 年 11 月，“人类命运共同体”写入第七十六届联合国大会裁军与国际安全委员会“不首先在外空部署武器”决议。这是联大决议连续 5 年写入“人类命运共同体”理念。

构建人类命运共同体在世界百年未有之大变局中焕发真理光芒，成为引领时代潮流和人类前进方向的鲜明旗帜。

大道之行，天下为公。

2017 年 12 月 1 日，习近平总书记在中国共产党与世界政党高层对话会上的主旨讲话中指出，“中华民族历来讲求‘天下一家’，主张民胞物与、协和万邦、天下大同，憧憬‘大道之行，天下为公’的美好世界。”“世界各国人民应该秉持‘天下一家’理念，张开怀抱，彼此理解，求同存异，共同为构建人类命运共同体而努力。”

“和合”，融入了中华民族的血脉中，刻进了中国人民的基因里。

在历史前进的逻辑中前进，在时代发展的潮流中发展。“要跟上时代前进步伐，就不能身体已进入 21 世纪，而脑袋还停留在冷战思维、零和博弈的旧时代。”“要弘扬和平、发展、公平、正义、民主、自由的全人类共同价值，倡导不同文明交流互鉴，促进人类文明发展。”

习近平总书记深刻指出：“推动构建人类命运共同体，不是以一种制度代替另一种制度，不是以一种文明代替另一种文明，而是不同社会制度、不同意识形态、不同历史文化、不同发展水平的国家在国际事务中利益共生、权利共享、责任共担，形成共建美好世界的最大公约数。”

英国学者马丁·雅克说，中国提供了一种“新的可能”，开辟了一条合作共赢、共建共享的文明发展新道路。“这是前无古人的伟大创举，也是改变世界的伟大创造。”

2021 年 8 月 10 日，习近平主席给“国际青年领袖对话”项目外籍青年代表回信，鼓励他们加强交流互鉴，为推动构建人类命运共同体贡献青春力量。

作为外籍青年代表的一员，清华大学“一带一路”研究院研究员、巴基斯坦青年明竺表示：“习近平主席的鼓励让我认识到，我们不分大洲、不分国家、不分文化，都应该也能够为全球发展作出贡献。”

“大道至简，实干为要。构建人类命运共同体，关键在行动。”

习近平总书记指出，事要去做才能成就事业，路要去走才能开辟通途。构建人类命运共同体是一个历史过程，不可能一蹴而就，也不可能一帆风顺，需要付出长期艰苦的努力。

“让我们团结起来，坚守和平、发展、公平、正义、民主、自由的全人类共同价值，推动构建新型国际关系，推动构建人类命运共同体，共同创造世界更加美好的未来！”

“把‘一带一路’打造成为顺应经济全球化潮流的最广泛国际合作平台，让共建‘一带一路’更好造福各国人民”

“中国不是第一个说要来老挝修铁路的，但却是唯一实实在在来老挝修好了铁路的。”2021 年 12 月 3 日，一列红蓝白三色列车驶离万象火车站，老挝人民铁路梦终成现实。

2015 年，习近平主席同老挝领导人一道，作出了共建中老铁路的重大决策。架起黄金线路、造福两国民众，作为高质量共建“一带一路”的标志性工程，中老铁路彰显了互利共赢的时代大势。

2013 年秋，习近平主席西行哈萨克斯坦、南下印度尼西亚，先后提出共建丝绸之路经济带和 21 世纪海上丝绸之路，即“一带一路”倡议。

古丝绸之路绵亘万里，延续千年。“使用的不是战马和长矛，而是驼队和善意；依靠的不是坚船和利炮，而是宝船和友谊”。

“我们完全可以从古丝绸之路中汲取智慧和力量，本着和平合作、开放包容、互学互鉴、互利共赢的丝路精神推进合作，共同开辟更加光明的前景。”2017 年 5 月，习近平主席在“一带一路”国际合作高峰论坛圆桌峰会开幕辞中指出。

继承和发扬丝路精神，把我国发展同沿线国家和世界其他国家发展结合起来，把中国梦同沿线国家和世界其他国家人民的梦想结合起来。共建“一带一路”追求的是发展，崇尚的是共赢，传递的是希望。

“中国愿在和平共处五项原则基础上，发展同所有‘一带一路’建设参与国的友好合作。”习近平主席指出，“中国愿同世界各国分享发展经验，但不会干涉他国内政，不会输出社会制度和发展模式，更不会强加于人。我们推进‘一带一路’建设不会重复地缘博弈的老套路，而将开创合作共赢的新模式；不会形成破坏稳定的小集团，而将建设和谐共存的大家庭。”

2018 年 4 月 10 日，习近平主席在博鳌亚洲论坛年会开幕式上强调，只要各方秉持和遵循共商共建共享的原则，就一定能增进合作、化解分歧，把“一带一路”打造成为顺应经济全球化潮流的最广泛国际合作平台，让共建“一带一路”更好造福各国人民。

共建“一带一路”倡议源于中国，但机会和成果属于世界。

2021 年 11 月 19 日，在第三次“一带一路”建设座谈会上，习近平总书记忆起 20 多年前一件往事。

在福建工作期间，习近平同志接待了来访的巴布亚新几内亚东高地省省长拉法纳玛。“我向他介绍了菌草技术，这位省长一听很感兴趣。我就派《山海情》里的那个林占熺去了。”由此书写了“小小一株草，情接万里长”的佳话。

2018 年 11 月，习近平主席对这个太平洋岛国进行国事访问，又见证了中国援巴新菌草、旱稻技术等一揽子项目协议正式签署。如今，作为中国对外援助技术，菌草项目已经在 100 多个国家落地生根，给当地创造了数十万个就业机会。

因为共建“一带一路”，种植中国杂交水稻的非洲农民喜获丰收，实现了吃饱饭、吃好饭的梦想；智利车厘子、秘鲁青提“飞入”中国寻常百姓家；更多地方的人们喝上了干净的水、用上了安全的电、乘上了现代交通工具……

习近平总书记强调：“从亚欧大陆到非洲、美洲、大洋洲，共建‘一带一路’为世界经济增长开辟了新空间，为国际贸易和投资搭建了新平台，为完善全球经济治理拓展了新实践，为增进各国民生福祉作出了新贡献，成为共同的机遇之路、繁荣之路。”

共建“一带一路”，不仅为世界各国发展提供了新机遇，也为中国开放发展开辟了新天地。

习近平总书记指出，通过共建“一带一路”，提高了国内各区域开放水平，拓展了对外开放领域，推动了制度型开放，构建了广泛的朋友圈，探索了促进共同发展的新路子，实现了同共建国家互利共赢。

伟大的事业，需要伟大的实践。共建“一带一路”，我们一步一个脚印推进实施，一点一滴抓出成果。

不到 9 年，3 次座谈会，习近平总书记高瞻远瞩、把脉定向，为推动共建“一带一路”擘画蓝图：

2016年8月17日，习近平总书记在推进“一带一路”建设工作座谈会上强调，总结经验、坚定信心、扎实推进，聚焦政策沟通、设施联通、贸易畅通、资金融通、民心相通，聚焦构建互利合作网络、新型合作模式、多元合作平台，聚焦携手打造绿色丝绸之路、健康丝绸之路、智力丝绸之路、和平丝绸之路，以钉钉子精神抓下去，一步一步把“一带一路”建设推向前进，让“一带一路”建设造福沿线各国人民。

经过夯基垒台、立柱架梁的5年，共建“一带一路”向落地生根、持久发展的阶段迈进。2018年8月27日，在推进“一带一路”建设工作5周年座谈会上，习近平总书记指出，过去几年共建“一带一路”完成了总体布局，绘就了一幅“大写意”，今后要聚焦重点、精雕细琢，共同绘制好精谨细腻的“工笔画”。

2021年11月19日，习近平总书记在第三次“一带一路”建设座谈会上强调，完整、准确、全面贯彻新发展理念，以高标准、可持续、惠民生为目标，巩固互联互通合作基础，拓展国际合作新空间，扎牢风险防控网络，努力实现更高合作水平、更高投入效益、更高供给质量、更高发展韧性，推动共建“一带一路”高质量发展不断取得新成效。

从理念转化为行动，从愿景转变为现实。

今年1月10日、1月12日，中国分别与尼加拉瓜和叙利亚签署共建“一带一路”合作谅解备忘录。至此，中国已与147个国家、32个国际组织签署了200余份共建“一带一路”合作文件。“六廊六路多国多港”的互联互通架构基本形成，一大批合作项目落地生根，沿线国家和地区人民的生活发生了巨大改变。

“一带一路”已经成为当今世界深受欢迎的国际公共产品和国际合作平台，成为团结应对挑战的合作之路、维护人民健康安全的健康之路、促进经济社会恢复的复苏之路、释放发展潜力的增长之路。

“中国扩大高水平开放的决心不会变，同世界分享发展机遇的决心不会变，推动经济全球化朝着更加开放、包容、普惠、平衡、共赢方向发展的决心不会变”

阿尔卑斯山上的达沃斯小镇，因世界经济论坛每年在此举办而闻名。

今年1月17日，在世界经济论坛视频会议的演讲中，面对“如何战胜疫情”“如何建设疫后世界”等重大问题，习近平主席给出的“中国答案”坚定而具体：“世界各国要坚持真正的多边主义，坚持拆墙而不筑墙、开放而不隔绝、融合而不脱钩，推动构建开放型世界经济”。

“世界经济的大海，你要还是不要，都在那儿，是回避不了的。”“我们要坚定不移发展开放型世界经济，在开放中分享机会和利益、实现互利共赢。不能一遇到风浪就退回到港湾中去，那是永远不能到达彼岸的。”还是在达沃斯，2017 年 1 月 17 日，在世界经济论坛年会开幕式上，习近平主席直面经济全球化的“存废之争”，以“海”作喻，传递信心和希望，为阴霾中的世界带去“冬日里的暖阳”。

开放是人类社会繁荣进步的必由之路。

从达沃斯到博鳌，习近平总书记始终高瞻远瞩，把舵领航，引领新时代中国以高水平开放促进深层次改革、推动高质量发展，为迷茫困顿的世界经济注入强劲动能。

2018 年 4 月 10 日，习近平主席在博鳌亚洲论坛年会开幕式上指出：“实践证明，过去 40 年中国经济发展是在开放条件下取得的，未来中国经济实现高质量发展也必须在更加开放条件下进行。这是中国基于发展需要作出的战略抉择，同时也是在以实际行动推动经济全球化造福世界各国人民。”

2017 年 5 月 14 日，习近平主席在“一带一路”国际合作高峰论坛开幕式上宣布，中国将从 2018 年起举办中国国际进口博览会。这是世界上第一个以进口为主题的国家级展会。

连续 4 年，习近平主席在进博会开幕式上发表主旨演讲。从“经济全球化是不可逆转的历史大势”到“中国市场这么大，欢迎大家都来看看”，从“各国走向开放、走向合作的大势没有改变”到“中国愿同各国一道，共建开放型世界经济，让开放的春风温暖世界”。习近平主席深刻诠释经济全球化的客观必然性，为世界注入开放合作的正能量。

“中国扩大高水平开放的决心不会变，同世界分享发展机遇的决心不会变，推动经济全球化朝着更加开放、包容、普惠、平衡、共赢方向发展的决心不会变。”习近平主席郑重宣示。

在习近平总书记亲自谋划、亲自部署、亲自推动下，进博会已成为国际采购、投资促进、人文交流、开放合作的四大平台，成为全球共享的国际公共产品。

“正是通过进博会这一合作共赢的平台，卢旺达咖啡在中国市场知名度大大提升，数以千计的咖啡农户因此增收，受益良多。”卢旺达农民咖啡公司首席执行官戴维·恩加兰贝说。

3 年多来，无论是实力雄厚的世界 500 强企业，还是最不发达国家的中小企业，都能在进博会上看见他们的身影。

“中国克服种种困难，连续举办四届进博会，体现了开放包容的态度和大国担当。进博会已成为全球企业交流互鉴、洽谈合作的国际性公共平台，为促进全球经贸往来、提振世界经济带来积极作用。”全国人大代表、TCL创始人李东生说。

岁寒知松柏。开放的中国经济成为推动世界经济走出危机、实现复苏的动力之源。

“中国的发展是世界的机遇”“中国人民张开双臂欢迎各国人民搭乘中国发展的‘快车’、‘便车’”。

2021年恰逢中国加入世界贸易组织20周年。

“这20年，是中国深化改革、全面开放的20年，是中国把握机遇、迎接挑战的20年，是中国主动担责、造福世界的20年。”2021年11月4日，习近平主席在第四届进博会开幕式上指出。

“加入世界贸易组织以来，中国不断扩大开放，激活了中国发展的澎湃春潮，也激活了世界经济的一池春水。”

中国开放的大门不会关闭，只会越开越大。

“中国对外开放是全方位、全领域的，正在加快推动形成全面开放新格局。”习近平总书记的铿锵话语，是掷地有声的承诺，更是踔厉奋发的行动。

如今，21个自由贸易试验区覆盖东西南北中，海南自由贸易港扬帆起航，开放高地生机盎然；

进博会、服贸会、广交会越办越好，唱响全球共同开放和音，开放平台活力迸发；

颁布实施外商投资法、连续5年缩减外资准入负面清单；

推动全球最大自贸协定《区域全面经济伙伴关系协定》正式生效、积极申请加入《全面与进步跨太平洋伙伴关系协定》……

在高水平开放的大道上，中国蹄疾步稳。

“践行真正的多边主义，共同建设和谐合作的国际大家庭”

今年2月5日，中国农历正月初五，一场殊为不易的相聚，向世界传递着“更团结”和“一起向未来”的强烈信号。

习近平主席和夫人彭丽媛在北京人民大会堂举行宴会，欢迎出席北京2022年冬奥会开幕式的国际贵宾。

习近平主席在致辞中指出，我们应该弘扬奥林匹克运动精神，团结应对国际社会共同挑战，践行真正的多边主义，共同建设和谐合作的国际大家庭。

“世界需要一届成功的冬奥会，向世人发出明确信息”，联合国秘书长古特雷斯评价，唯有坚持多边主义和团结合作，方能有效应对各种风险挑战。

当前，全球疫情跌宕蔓延，百年变局加速演进，世界进入动荡变革期。

一些国家在国际上搞“小圈子”“新冷战”，排斥、威胁、恐吓他人，动不动就搞脱钩、断供、制裁，人为造成相互隔离甚至隔绝，只能把世界推向分裂甚至对抗。

“世界上的问题错综复杂，解决问题的出路是维护和践行多边主义，推动构建人类命运共同体。”2021 年 1 月 25 日，习近平主席在世界经济论坛“达沃斯议程”对话会上开出“良方”：要坚持开放包容，不搞封闭排他；要坚持以国际法则为基础，不搞唯我独尊；要坚持协商合作，不搞冲突对抗；要坚持与时俱进，不搞故步自封。

“多边主义的要义是国际上的事由大家共同商量着办，世界前途命运由各国共同掌握。”

“商量着办”，语句平实，意蕴深邃。

从“本国优先”的角度看，世界是狭小拥挤的，时时都是“激烈竞争”。从命运与共的角度看，世界是宽广博大的，处处都有合作机遇。

一个分裂的世界无法应对人类面临的共同挑战，对抗将把人类引入死胡同。二战结束之后的 70 多年间，正是在多边主义旗帜下，以联合国为核心的国际体系、以国际法为基础的国际秩序，发挥了维护世界和平、促进共同发展的基石作用。

“世界只有一个体系，就是以联合国为核心的国际体系。只有一个秩序，就是以国际法为基础的国际秩序。只有一套规则，就是以联合国宪章宗旨和原则为基础的国际关系基本准则。”2021 年 9 月 21 日，习近平主席在第七十六届联合国大会一般性辩论上的讲话坚定有力。

联合国讲坛，见证着中国始终如一的坚守、诚心诚意的贡献——

“任何国家都没有包揽国际事务、主宰他国命运、垄断发展优势的权力”；

“解决国际上的事情，不能从所谓‘实力地位’出发，推行霸权、霸道、霸凌，应该以联合国宪章宗旨和原则为遵循”；

“要致力于稳定国际秩序，提升广大发展中国家在国际事务中的代表性和发言权，在推动国际关系民主化和法治化方面走在前列”。

中国坚守国际公平正义，坚持共商共建共享，坚持为广大发展中国家仗义执言，让世界看到一个勇毅担当的“大国的样子”。

独行快，众行远。只有合作共赢才能办大事、办好事、办长久之事。

2021 年 1 月 25 日，习近平主席在世界经济论坛“达沃斯议程”对话会上强调：“21 世纪的多边主义要守正出新、面向未来，既要坚持多边主义的核心价值和基本原则，也要立足世界格局变化，着眼应对全球性挑战需要，在广泛协商、凝聚共识基础上改革和完善全球治理体系。”

突如其来的新冠肺炎疫情不仅是对各国执政能力的大考，也是对全球治理体系的检验。

2020 年 9 月 22 日，习近平主席在第七十五届联合国大会一般性辩论上强调：“面对疫情，我们要加强团结、同舟共济。要秉持科学精神，充分发挥世界卫生组织关键领导作用，推进国际联防联控，坚决打赢全球疫情阻击战，反对政治化、污名化。”

在习近平主席亲自部署下，中国发起了新中国成立以来规模最大的全球人道主义行动，最早承诺将新冠疫苗作为全球公共产品，最早支持疫苗知识产权豁免，最早同发展中国家开展疫苗生产合作。中国已向 120 多个国家和国际组织供应超过 21 亿剂新冠疫苗，很多国家特别是发展中国家收到的第一批疫苗来自中国。

气候变化是大自然对人类敲响的警钟。

习近平总书记指出：“人类需要一场自我革命，加快形成绿色发展方式和生活方式，建设生态文明和美丽地球。”

中国坚持共同但有区别的责任原则，言出必行、以身作则——郑重宣布二氧化碳排放力争于 2030 年前达到峰值，努力争取 2060 年前实现碳中和；坚定支持和落实气候变化《巴黎协定》，推动制定“2020 年后全球生物多样性框架”，成立昆明生物多样性基金，支持发展中国家生物多样性保护事业，完善全球环境治理，推动疫情后世界经济“绿色复苏”。

摆脱贫困是困扰全球发展和治理的突出难题。

纵览古今、环顾全球，没有哪一个国家能像中国这样，在这么短的时间内实现几亿人脱贫。中国提前 10 年实现《联合国 2030 年可持续发展议程》减贫目标，对全球减贫贡献率超过 70%，积极开展国际减贫合作，履行减贫国际责任，为发展中国家提供力所能及的帮助，做世界减贫事业的有力推动者。

习近平总书记强调，世界上最大的幸福莫过于为人民幸福而奋斗。“在人类追求幸福的道路上，一个国家、一个民族都不能少”“要直面贫富差距、发展鸿沟等重大现实问题，关注欠发达国家和地区，关爱贫困民众，让每一片土地都孕育希望”。

有主张、有行动，有正义担当，也有信义温暖。世界眼中的“不确定性”逐渐因中国脚踏实地的作为，将一个又一个“问号”拉直。

与世界相交，与时代相通。中国将继续积极参与全球治理体系变革和建设，为世界贡献更多中国智慧、中国方案、中国力量。

世界站在历史的十字路口。人类和平发展进步的潮流不可阻挡。

习近平总书记强调，中国走和平发展道路，不是权宜之计，更不是外交辞令，而是从历史、现实、未来的客观判断中得出的结论，是思想自信和实践自觉的有机统一。和平发展道路对中国有利、对世界有利，我们想不出有任何理由不坚持这条被实践证明是走得通的道路。

潮起东方，风正帆悬。中国始终是世界和平的建设者、全球发展的贡献者、国际秩序的维护者、公共产品的提供者，坚定站在历史正确的一边，站在人类进步的一边，为实现世界永续和平发展，为推动构建人类命运共同体而不懈奋斗，与各国携手创造人类更加美好的明天！

（《人民日报》2022 年 02 月 28 日—03 月 04 日）

申报资料实录

作品简介： 2022 年 2 月 28 日至 3 月 4 日，全国两会开幕前夕，人民日报以“中国式现代化”为主题，策划推出“奋进强国路·总书记这样引领中国式现代化”系列报道，5 篇稿件在头版重要位置连续刊发。这是人民日报在主要央媒中率先以此为主题，采取深入采访调研的形式推出的系列报道。系列报道紧紧围绕习近平总书记重要讲话精神，深入采访全国两会代表委员以及专家学者、基层干部群众，全面回顾总书记坚定不移推进中国式现代化的历史场景和非凡历程，充分展现习近平总书记的非凡理论勇气、卓越政治智慧、强烈使命担当、深厚人民情怀，激励全党全国各族人民以更加昂扬的姿态奋进新征程、建功新时代。这组报道是人民日报自主策划的重大选题，社领导高度重视，亲自部署、靠前指挥，反复打磨稿件；8 个主要采编部门全力投入，部门主任牵头，选派骨干力量参与完成。头版精心编排、精美呈现，采取“习近平总书记讲话金句 + 文字稿件”的组合报道凸显重要性。系列报道一经推出，在“学习强国”平台和人民日报客户端总阅读量超过 7000 万次。

社会效果： 系列报道在人民系各平台联动传播，中宣部“学习强国”平台和腾讯新闻、凤凰新闻、澎湃新闻等 App 均首页首屏推送，引发社会广泛关注，仅在“学习强国”学习平台和人民日报客户端的阅读量超过7000万次，网民纷纷留言表达对总书记的衷心爱戴和坚决拥护，表达对中国式现代化未来的憧憬期待和满怀信心。整组报道在海内外引发积极热烈反响，让党的声音传得更开、更广、更深入，为即将召开的全国两会营造了良好舆论氛围。

初评评语：人民日报在主要央媒中率先以“中国式现代化”为主题推出这组系列报道，全面回顾了习近平总书记坚定不移推进中国式现代化的历史场景和非凡历程，高屋建瓴、大气磅礴，选题精当、内容厚重，视野宏阔、论述宏富，在近年推出的关于习近平总书记的系列报道中，分量重、内容实，有深度、显力度，是帮助受众读懂中国式现代化特点特征的重磅策划和报道。系列报道一经推出，即得到全网推送，社会反响热烈，激励了全党全国各族人民以更加昂扬的姿态向着第二个百年奋斗目标、向着中华民族伟大复兴的中国梦奋勇前进。

神山村三日

集　体

车驶入井冈山的竹海，便如一头扎进了碧浪之中。苍劲挺拔的修篁无涯无际，放眼都是青翠的绿！

山势起伏，山路蜿蜒，水泥山道如同一条白色缎带在林间绕来绕去，把一个个山的皱褶缀了起来。过了黄洋界，眼前豁然开朗，劈面跳出一个山冲，一排排错落有致的房舍散布在山间台地上。

房舍前后是一块块坝田，有的种着桃树——已经泛红的桃子压弯了树枝；有的种着蔬菜——冬瓜披着白纱，茄子穿着紫袍，辣椒像一盏盏红艳艳的小灯笼；而山峦间的茶园，荡着一层白雾，于是，枝叶上便镀了一层奇异的奶油色。

暮色四合时，我们终于到达了此行的目的地——井冈山市茅坪镇神山村。

初识神山村

这是个不大的村落。在重峦叠嶂的五百里井冈中，属于偏僻中的偏僻者。因为偏僻，人迹罕至，适合神仙隐居修行，所以被称为“神山村”。直到今天，全村只有70户人家，241口人。

奇岭陡立，空间逼仄，人均不足五分冷浆田。而耸峙的群峰，阻断了山民与外面世界的联系，眼前除了山还是山。日出日息，尽管老少爷们没日没夜地在地里反复挖刨，但是，一直走不出贫困的循环。

长期以来，说起神山村，村外的人连连摇头。而“好女不嫁神山郎”这句歌谣，又让本村多少精壮汉子臊眉耷眼。

而今的神山村，却成了四邻八乡有名的富裕村，还戴上了“全国乡村治理示范村”“全国乡村旅游重点村”“全国民主法治示范村”等一顶顶桂冠。

探寻神山村惊天嬗变的密码，是我们此行的目的。

我们住在村民彭夏英家里。木板床，水泥地面，两层小楼陈设虽然简单，但收拾得干干净净。躺在床上，透过窗棂，可看到满天的星斗。屋后的溪沟里，青蛙不知疲倦地叫着。吹进屋里的风，带着山野花草沁人心脾的清香。

山村的夏夜，让记者兴奋难眠，索性出门走上一遭。

星光点点，山道弯弯，除了偶尔几声狗吠，周遭是那样的宁静。劳作了一天的人们，大多已经歇息了。

山腰一户人家，还亮着灯光。记者便循光而去。离房子还大老远，就听到一阵阵欢笑声。

堂屋里，老老少少一群人，围桌而坐。一个面容清癯、稍稍谢顶的中年人正兴奋地讲着什么。

跨进门去，道明来意，大家热情地给记者让座。中年人用手理一下有些凌乱的头发，谦和地冲记者笑笑："正给村里后生摆古嘞……"

交谈中知道，中年人叫赖福洪，他给后生们讲的是当年红军的故事。刨根究底，记者理清了神山村的"红色根脉"：井冈山斗争时期，这里曾是红军的大后方，红军的药库、被服厂、造纸厂都设在这里。毛泽东、朱德、彭德怀等老一辈无产阶级革命家，都曾在村里住过。

"我家老房子的墙上，还有彭德怀写的标语，几个毛笔字有劲得很，记得是'打土豪分田地'。我家隔壁，是赖家祠堂，新城战斗时，几十个红军伤病员就安置在这里。屋里躺不下，连走道里都摆满了担架。"赖福洪说。

"听我奶奶说，朱德在我家住时，每天一大早，就把缸里的水挑得溜满。想让朱军长歇口气，可是怎么拦都拦不住。"另一个身量不高的中年人插话。

"我爷爷给红军造纸，彭德怀一有空就过来帮忙。脏活累活抢着干。"一个叫赖福桥的村民，抢过话头。

"我伯公赖章达懂医道，毛委员、袁文才亲自上门，请他去给红军瞧病。"赖仲芳说。

"村里又有哪一家没和红军打过交道哕！全村的青壮年，都为红军送过军粮。就说那一次黄洋界保卫战摆的三十里竹钉阵，连妇女、细伢都参加了削竹钉……"这位插话的村民嗓门又脆又亮。

"对了，我家门口往前几十米的地方，还埋了七位红军烈士呢！"赖福洪说，"记者同志，我们村和共产党的感情可不一般呢。不光是战争年代，你帮我，我帮你，血肉情深。就是现在，我们和共产党也打断骨头连着筋呢！今天能过上好日子，那不全是托了共产党的福嘛！你知道吗？习总书记来过我们村嘞！看见山顶那个'大拇指'雕塑了吗？讲的就是，新一代领导人和我们村民的感情……"

赖福洪带记者来到院外的空地。循着他的手指望去，但见前方山头上：射灯照射下，一个高高挑起的"大拇指"直指夜空。旷野星光的映衬下，"大拇指"分外夺目……

第一日

天才麻麻亮，楼前板栗树上，鸟儿已经喧噪起来。夹杂着几声高亢的鸡啼。

记者迫不及待来到了村头。攒着花香、草香、泥土香的空气一股脑地往鼻腔里钻，冲得记者连打几个喷嚏。一缕又一缕白云在村舍四周的山头上溜达，一钩弯月尚未褪去，蹑手蹑脚躲在云彩的后面。

好几处农舍的屋顶上，已有炊烟袅袅升起。

村头的茶田里，已有人在劳作了，有的挥动锄头在除杂草，有的蹲下身子在覆压地膜，还有的挽着裤管埋头修补田畔的排水沟……

茶田边上，是一个黄桃园，即将成熟的黄桃缀满了枝头。一位老人正在园子里忙活。老人似乎在哪里见过？

“老人家，您贵姓？看着面熟啊。”

老人欠起身，拍拍手上的泥土，露出淳朴的笑脸：“莫不是电视上见过我喽？”

“那个在电视里给总书记点赞的人，是不是您老人家？”

老人很得意，使劲点了点头：“走，屋里去。我最喜欢给人讲这一段。”

老人介绍说，他叫彭水生，今年81岁了，曾经当过村里的支部书记。

老人的家，离桃园不远，一座白墙黛瓦的赣南民居依山而建，墙壁、门窗粉刷一新。大门很气派，门两边挂着一副对联：“岁月逢春花遍开，人民有党志登天。”二楼阳台上，挂着一幅巨大的牌匾，上面写着：“神山老支书农家菜”。

坐在老支书门前的台地上，喝着清香的新茶，听老人兴致勃勃地回忆神山村那一段段往事。

“你呀，不错嘞！”

说起以前的神山村，老支书并不讳言：“穷得人心焦嘞！家家就那么块巴掌大的田，糊饱肚子都费劲。谁不想过好日子？乡亲们只能打这满山毛竹的主意。砍毛竹去卖，可不是谁都能干的营生。为啥？没有路！上山下坳只有那条坑坑洼洼的黄泥小道。那时候家家都穷，人人都是趿拉双破草鞋来来回回‘磨脚板’。我当村干部，少不了去集上为大伙买农资，多想买一双解放鞋撑撑门面，可买不起啊！人家这样说我们神山村，‘麻雀飞过不落地，挑夫进村不伸手’。那年头，村里的壮劳力都外出讨生活了，只剩下些妇女、孩子……”老人的语气颇有些感伤。

这时，一个四十多岁的妇女荷锄从这里经过。彭水生唤住了她：“艳霞，你给记者伢说说你嫁过来那辰光的事儿。”

胡艳霞倒也没有推辞，寒暄了几句，便坐下来落落大方地讲起来：“明年，我嫁到这个村就 20 年喽。记得头次来，可把我吓坏了，土坯房，泥巴路，一脚踩下去，淤泥能没了脚面。要不是我家那口子，人老实，模样也还行，哼！谁愿意嫁到这里来。记得结婚那天，落了雨，村里没有车行道，我穿红着绿走了六七里地，可惜了那身新嫁衣啊，满身都是泥点子。吃酒席的时候，外面欢天喜地热热闹闹，我却躲在屋里抹眼泪。只能自己劝自己，熬吧，熬熬吧！”

胡艳霞和彭水生都把今天的好日子归结于党的脱贫攻坚政策和习近平总书记的关怀。说起 2016 年 2 月 2 号那天发生的事，至今仍让他们激动不已。

“那天，正是农历小年。连着几天雨夹雪，山里气温低，路上檐下都结了冰，地上厚厚一层霜皮。我们做梦都没想到，在这样的天气，习总书记来到了我们村！”彭水生两眼炯炯放光，“习总书记对老百姓，那是真心的好哇！走了一户又一户，问大家粮食够不够吃，住房够不够暖，年货购置得怎么样，发展生产有什么困难……他问得好细哦，听得好认真哦。他还来到灶房间，看看锅里煮的什么；走进农民的茅房，看看是不是仍在用旱厕……我就想，总书记日理万机那么忙，还这么惦念咱山里人，在和总书记握手时，不由得脱口而出，‘你呀，不错嘞！’说完，我翘起左手大拇指，给总书记点了个赞。总书记听了，拍着我的手背哈哈大笑。”

“多多创新，把产业做大”

讲起那天总书记在村里的动人场景，神山村的乡亲们，每个人都有说不完的话。

左秀发，当时还是贫困户。见总书记向他家走来，他带着老伴彭冬连、小孙孙左伟波欢天喜地迎了上去。

总书记紧握两位老人的手，嘘寒问暖。然后又俯下身亲切地问左伟波上几年级了，学习怎么样。总书记拿出一个书包，送给左伟波，勉励他好好学习。

左秀发家门口的空地上，几个村民正在打糍粑。总书记走过去，饶有兴致地观看起来。

他亲切地问：“要打多久？”

有村民回答：“要打十多分钟。”

“我能不能打两下？”总书记征询村民们的意见。

接过木槌，一下、二下、三下……总书记打了十一下！

回忆起当时的场景，左秀发说：“总书记打得那样沉稳，每次都正中‘靶心’，一看就是‘会家子’！”

这时，左家的屋子里，传出一阵“嗡嗡”的机器响。左秀发向总书记解释：“我儿子正在做竹器加工呢。”

“走，看看去。”总书记随大家一起向屋里走去。

屋里，左秀发的大儿子左香云正在用电脑给竹筒雕花。看到总书记进来，慌慌张张站了起来。总书记用眼神示意他，继续手中的活计，亲切地问他都能加工哪些产品，销路如何。

左香云一一作了回答。总书记肯定了他立足本地资源，加工增收脱贫的做法，希望他多多创新，把产业做大。

“干部都是人民勤务员”

离开左秀发家，总书记把目光投向山头上那座孤零零的房舍：“那户人家离村子比较远，过得怎么样？看看去。”

女主人彭夏英正系着围裙在锅台边忙活呢。见有客人来，她抬起胳膊揩把脸，当看清眼前站的竟是总书记时，惊讶得合不拢嘴，半天才醒过神来，使劲在围裙上揩了个手，猛地上前攥住了总书记的手：“习主席，真的是您呢？！”

总书记拉过一条板凳，招呼彭夏英和她的丈夫张成德坐下，和他们聊起了家常。问他们生活有什么困难，当地政府有什么扶贫项目。见桌子上，摆着一个电视机，总书记问：“能收几个台？”彭夏英回答：“装了村村通，能看 50 多个。”“信号怎么样？”总书记边说边拿起遥控器试了试。

看墙上挂着“光荣之家”的牌子，总书记问张成德：“你当过兵？”

有些紧张的张成德赶紧站了起来，搓着手点了点头。

“坐下，坐下。”总书记和蔼地笑着，“你在哪里当的兵？”

“在西藏阿里。”

“当了几年？”

“八年。”

“噢！西藏，那是个艰苦的地方啊。”总书记和颜悦色地朝张成德连连点头，感谢他对国家的奉献。

起风了，西北风刮得屋外的树梢呜呜作响。风从窗缝、墙缝里钻进来，屋里墙上的招贴画也发出了唰唰的响声。

总书记站起身来，仔细地到每个房间看了看，还用手轻轻敲了敲墙壁。他的脸色有些凝重，嘱咐陪同的当地干部：“山上风雪大，温度低，村民们土房子的质量还需要提高呀。你们研究研究，看怎样帮助大家改造一下。”

离开前，总书记又仔细看了看墙壁的厚度。彭夏英知道，总书记还是有些不放心——担心这土房能不能遮风挡雨。她赶忙说：“总书记，您尽管放心，现在我们的日子越过越好嘞。您给全国人民当家当得好，老百姓感到很幸福呐。”

“我们国家是人民当家作主，包括我在内，所有领导干部都是人民勤务员……”总书记语重心长地说。

那一刻，彭夏英感动得说不出话来。

“脱贫路上，一个都不能少”

了解了村里的大致情况后，总书记和当地干部们一起擘画脱贫之策。

对村民的住房问题，总书记尤其重视。他拿起村居改造的设计图仔细推敲，不时追问细节。

他仔细听取了县乡两级对壮大集体经济、产业化规模经营、延伸产业链条、“两不愁三保障”等方面的打算，并提出了指导意见。他说：“要精准扶贫，走共同富裕的道路。生活好的，要过得更好；生活还有一定困难的，要克服困难，走上富裕之路。脱贫路上，一个都不能少！”

时任茅坪乡党委书记兰胜华向总书记详细汇报了神山村实施的“红蓝黄”精准扶贫举措——“红卡”为特别贫困户、“蓝卡”为一般贫困户、“黄卡”为2014年已经实现脱贫的贫困户。针对“三卡”户，采取分类扶贫政策。

总书记把所有“红卡”户的档案认认真真看了一遍，详细地询问了每个家庭的具体情况，了解了乡村两级都采取了哪些因应之策，他叮嘱兰胜华：脱贫攻坚越是到了最后关头，越是不能松劲；对红卡户这样的重点人群，要给予重点帮扶。确保脱贫，关键在于扶贫措施的“精准”。

兰胜华表态：“请总书记放心，我们有信心，有决心，把神山村的精准扶贫工作抓好，让神山村和全乡人民一道在今明两年摘帽脱贫，让人民过上更幸福的日子！”

车子就要启程了，总书记还在凝望山坳里的村舍和远山近岭劲挺的青松。随后，他的目光在当地干部的脸上一一驻留，再一次殷殷叮咛：“希望大家继续努力，团结带领乡亲们把村里的事办好。让老人们过得越来越安心，让孩子们好好成长。”

……

结束当天的采访，已是深夜。一整天，记者都沉浸在感动之中，感动着总书记的人民情怀，感动着广大群众的不懈奋斗，感动着共产党与人民群众的血肉深情。记者的脑海中，蓦然闪过作家袁鹰在《井冈翠竹》中说过的那段话：“我们的老一辈无产阶级革命家们，正是用井冈山毛竹做的扁担，挑着这一副关系着全中国人民命运的重担，从井冈山出发，走过漫漫长途，一直挑到北京城。”

而今，新一代的领导人，正接过这副重担，带领十四亿中国人民健步向前……

第二日

窗外，先是传来几声布谷鸟的清唱，接着，就听到无数的鸟儿也汇入了这个清晨大合唱。合唱声越来越激越，越来越雄浑，这些勤快的鸟儿，似乎不把万物唤醒不善罢甘休。

在鸟儿的合唱声中，记者迎来了神山村的第二个黎明。

眼见为实。昨晚睡前，记者已打定了主意：想通过自身的切身感受，来体悟神山村这些年的变化。

昨天采访中，很多村民谈到，神山村已经结束了“行路难”的历史。今天，记者特意换了双合脚的旅游鞋，要用脚底板“亲近”出村的山道。

人人走上了“幸福路”

从村里的党群服务中心那座楼出发，记者沿着水泥铺成的路面，直管往前走。一公里、三公里、五公里……记者已是一身透汗，那条可容两辆车并行的平整道路还在往前延伸，最终和一条通衢大道连成了一体。

昨天，老支书彭水生告诉我们，2016年年底，进村的道路，从3米拓宽到5米，不但全部硬化，还装上了护栏。现今，甭说小车，50人的大巴都可以直接开进村。

记者折回了村里。大街小巷的路面，丝毫不逊色于城市的高档小区。村子中央的主干道，还实现了人车分流——一圈朱红色木板铺设的栈道，环绕着展阔的车行道，行人在木栈道上行走，惬意又安全。

在村东头，满头华发的村民罗桂堂正倚着栏杆往鱼塘里撒新鲜青草。说到路，老人脸上笑开了花：“不敢信！家门口也能听到喇叭响喽！前些年，我在60里外的东上乡工作，每周往返一次。深夜两点摸黑出发，紧赶慢赶，早晨八点才能赶到。路上常碰到蛇，手里攥根棍子，见了就打。现在和过去比，是天上地下。我和老伴一人买了辆摩托，去哪里，小旋风一样！”

这时，现任村支书彭展阳正好走了过来。他接过罗桂堂的话茬：“从小在村里长大，哪个不晓得没路的苦？没有党的关怀，哪有这条路啊！总书记说到脱贫、乡村振兴，总会强调路的重要。比如，‘改一条溜索、修一段公路，就能给群众打开一扇脱贫致富的大门。’这话说得多好啊！我记得牢牢的。”

“嘀嘀嘀”，一辆蓝色三轮小货车沿着硬化路从山上开了下来。

“去拉毛竹了？今天跑了几趟？”彭展阳和开车的村民打着招呼。

司机从驾驶室里探出头，咧嘴一笑，伸出三个指头。

“这趟拉了多少？”

“60 多根吧。”

看着远去的小货车，彭展阳发起了感慨：“过去运毛竹，靠人背肩扛。一天运五六根，晚上骨头就像散了架。你看看现在？”

家家住上了“安乐窝”

太阳越升越高，嗓子也焦渴起来。记者就近走向一幢挂着“神山人家”牌匾的“农家乐”讨水喝。

女主人黄甲英搁下手中正在择的豆角，热情地给记者倒了水：“山泉烧的，甜着哩！”

记者边喝水边打量着这座窗明几净的房舍：“大妈，村里的房子都不错啊！”

黄甲英有些得意：“比起以前，真是好了不止十倍了，看着、住着都舒心。”

不等记者问下去，老人便说起了从前的辰光：“前些年，家家住的都是土坯房，那种老瓦片挡不了风也挡不了雨，碰上雨天，天上大雨，屋里小雨。门前屋后，流着黄汤子，到处泥窝子，出门呲溜打滑，哪次下雨不跌上几跤？”顿了半晌，她才回过神，接着说：“现在你看，房搞得结结实实的，坪铺得平平整整的。”

院子里的树上，几只鸟欢快地叫着。明媚的阳光透过窗子，柔和地洒在客厅的地上。黄甲英说：“瞧！前些日子，又铺了水磨石地板，做了吊顶……”

“听说，村里的旱厕都改成了水冲的。你家呢？”

“在那边，你们去看！”

记者循着她的手指，拉开了那扇厕所的门：五六平方米的小房内铺设着瓷砖，蹲便器、废纸篓、水桶等一应俱全，用脚一踩阀门，“哗”的一声，蹲便器被冲得干干净净。

中午吃饭的时候，记者和村支书彭展阳聊起了民居改造的事儿。彭展阳说：“总书记那次来，最惦记的事情之一，就是群众的住房问题。这几年，村里一直在抓‘安居工程’。我们采取的措施是，政府补一点、群众出一点、社会捐一点、扶贫资金给一点、银行贷一点。先后筹措了 300 多万元。怎么改造？我们充分尊重群众的意见，一户户访，一家家谈，拿出了几套改造方案请村民们选。最后决定，在保持房屋结构的基础上加固维修，旧房变新房。”

彭展阳拍了拍身边的墙面：“结实着呢！我们在墙里面加了钢筋，外头再用钢丝网扣住。屋顶的瓦片也全换上了又防雨、又抗风、又环保的新型建筑材料。现在，就是下瓢泼大雨，刮八级大风，也不会有任何问题。家家住上了‘安乐窝’。”

户户捧起了“聚宝盆”

这天下午，歇晌起来，原本晴朗的天空，突然罩上了乌云。黑压压的云朵，在山坳上空奔来突去。云，招来了风。一阵紧似一阵的大风，吹得竹叶哗哗作响。

在村道上，记者和村民黄翠英差点撞个满怀。

她嘴里说着“对不起”，继续匆匆往前赶路。记者问她，马上要下雨了，为啥还要外出？她说，黄桃就要熟了，这时候刮大风下大雨容易把桃子吹落，她要去黄桃园看看。

记者和她一起来到了果园，一边帮她检查果子套袋情况，一边和她聊天。

这位个头不高、面容清秀的大姐告诉记者，果园的收成，关系着村里许多人家的利益。“我也有份呢！有股权证，每年都分红。”

不一会儿，又赶来几位村民。村委会副主任黄晓兰给大家分了工，有的用竹竿加固树干，有的检查套袋。

黄晓兰告诉记者：“桃园经营到这一步，真不容易！搞产业，谁不想？以前也有村民零零碎碎搞过，可是大家东一榔头、西一棒槌，始终搞不起来。总书记那次来，指示大家搞产业化。我们一下子开窍了，组织农民成立了黄桃合作社。接着，又成立了茶叶合作社。”

“农产品生产，销售很重要。销售渠道不畅，再好的产品，也卖不出好价格。成立合作社，是抵御市场风险、解决销售难的法宝。搞合作社，可不是吃大锅饭，而是通过统一管理，系统培训，让村民们成为现代化的职业农民。就像总书记期望的那样：‘爱农业、懂技术、善经营’。”黄晓兰掰着指头算起了收支账：“全村 460 亩黄桃、200 亩茶叶，政府为每户筹措股金 2.2 万元，每年分红 5000 元左右。村民跟着技术员学种养，如果愿意给合作社‘打工’，每天还能赚 120 元‘日薪’。”

黄晓兰介绍，市里专门派了驻村科技特派员，传给村民种果采茶的各项技艺。村里有个“明白人”，胜似有个“活财神”。在“明白人”的带动下，村民们也都“明白”了起来。神山人总结了村产业发展的“四化”经验：种植“生态化”，加工“深层化”，销售“品牌化”，渠道“平台化”……

“再往后啊，咱神山村人的日子，那是冰糖加蜂蜜——甜上加甜。农产品深加工厂已经在建啦！就在茅坪，2800 平方米。我去看过好几次，人家说，今年就能投产！我们的黄桃也在电商平台上卖得火热。”黄晓兰从口袋里掏出手机，打开直播网站，“你瞧，秒空！”

记者看到，一条条火箭似的弹幕在黄晓兰的手机屏幕上飞来飞去，短短一分钟，“神山黄桃”就卖出了 200 多斤……

政府织起了“保障网”

夏日的天，小孩的脸。刚才还乌云密布，狂风大作，傍晚时分，天却一下子放晴了，乌云躲得没了踪影，风也柔和起来。

晚饭后，不少人家，坐在门前的台地上摇着蒲扇乘凉。

胡玉保老人家的台地旁，几棵木槿花开得正闹，晚风送来缕缕幽香。老人正躺在竹椅上，和几个乡亲聊天。记者参加了进来。

问起身体状况，老人说：“人上了年纪，毛病也就多起来了，高血压、心脏病、痛风……好几种呢！”也许是怕记者担心，老人紧接着说：“亏得有了‘绿本本’，添病没添负担。”

见记者不明白，老人进屋拿出了个小薄本：“这是政府发的。有了这个‘绿本本’，一个月 300 多块的药钱，自己只花 60 块！”

记者接过一看，这是井冈山市医疗保障局发的“门诊特殊慢性病种医疗保险证”。

说到“绿本本”，一起聊天的村民赖志鹏来了精神：“这‘绿本本’，顶大事呢！我得过肺病，动过手术，需要长期吃药，药费攒起来可是很吓人的一笔呦！政府专门针对脱贫户制定了优惠措施，绝大部分药费都给报销了。”

赖志鹏意犹未尽：“对于咱贫困户，政府啥都替咱考虑到了。就说我女儿上学这件事吧，为了减轻我家的负担，政府把我女儿保送到了吉安卫校。上学期间，还为孩子报销四次往返路费。毕业后，又给安排了工作，分配到神山村卫生所。”

这个当口，忙完了一天工作的茅坪镇党委书记李晓峰来村里看望记者，也加入了我们的聊天。

他说：“防止因病致贫、因病返贫，是总书记反复强调必须解决好的问题。市里建立了五道保险——合作医疗、大病保险、二次补贴、防返贫医疗险、民政兜底。教育也一样，再苦不能苦孩子。学前教育、义务教育、高中教育、中职教育、大学教育，每个阶段都有对应的教育扶贫政策。我们一手抓产业固富，一手织密社会保障网。抓好了民生保障兜底，脱贫成果才能巩固。”

离开胡玉保家时，已是深夜。沿着山溪回住处，踩碎了蛙声一片。

村委会办公楼旁的亲水平台里，那架水车还在吱呀吱呀地摇啊摇。几个年轻伢崽坐在平台上，一边用脚打着水花，一边轻轻哼唱：

天上的北斗星最明亮，
茅坪河的水啊闪银光；
井冈山的人哎抬头望，
八角楼的灯光照四方。
……

第三日

昨夜和乡亲们聊得太晚，一觉醒来，天已大亮。

今天是周末。走进街巷，嗬！一片闹忙：红色、白色、蓝色……身着各色团服的游客，就像春日里一场雨后园圃里倏然冒出的缤纷花朵，一下子“开”遍了小山村！

几乎每个小店里都挤满了人；货架上的黄桃干、竹筒酒空了补、补了空；打糍粑的“嘿吼”声此起彼伏；每个景点都有人摆 pose 照相；点赞广场上，合影的人更是络绎不绝……

在一家土特产店，老板娘吴桂兰忙得不亦乐乎。

“生意怎么样？”记者问。

吴桂兰满面春风，朝记者一扬手掌：“今天，5000 块打不住！”

做好“山水文章”

灶火正上方的铁钩子上，几块腊肉熏得墨黑油亮。一旁的砧板上，鲜红的辣椒、翠绿的葱花、金黄的姜丝，绽出鲜香辛辣的烟火气……神山农庄老板罗林根在灶间忙碌着，妻子彭茶香进进出出地往院坝里摆桌椅。

罗林根喜滋滋地对记者说：“今天中午有的忙喽，一下子要来 150 多人！”

2016 年初，总书记考察江西时，提出“做好治山理水、显山露水的文章，走出一条经济发展和生态文明水平提高相辅相成、相得益彰的路子”。神山村率先行动起来。村党支部组织成立了神山村旅游协会，并请专家来村里进行培训。

罗林根是神山村最先做“山水文章”的村民之一。

过去以砍竹为生的他，累弯了腰杆，磨破了手掌，却苦了半辈子，穷了半辈子。于是，他也成了“逃山大军”里的一员——到市里一家陶瓷厂打工。

闻听村里要做“山水文章”，头脑活络的他，一下子看到了商机，迅速回家开起了“农家乐”。他既当老板又当厨师，时不时还客串一把服务员，从早到晚忙得脚打后脑勺，心里却憋不住地乐：“别看我的门面不大，却是个‘网红店’呢！最多时一次就接待了300多人。”

由“逃山打工”到“返乡创业”，罗林根身上发生的故事，神山村还有很多例。

你看，罗林根的弟弟罗林辉也回来了，承包建筑工程、开网店卖黄桃，日子过得一点也不比他哥哥差。

老支书彭水生的儿子彭小华也回来了，一边帮着父亲打理“农家乐”，一边养蜂。一年下来，父子俩的收入可观得很。

左炳阳老太太的三个儿子，齐齐整整都回来了！一栋楼三间门脸房并排立着，大儿子搞“农家乐”，二儿子酿酒种茶卖土特产，小儿子打糍粑。老母亲天天乐得合不拢嘴，哪儿还有半点孤单凄凉？！

总书记来神山村后，很多习惯了每年春节买“双程票”回来探个亲就走的打工族，头回买了“单程票”——不再离开啦。

这些后生，为神山村注满了活力。70户的小山村，仅“农家乐”就开了16家，年接待游客32万人次。村民的收入也噌噌往上涨。

既富口袋也富脑袋

神山村告别了贫困，怎样才能在乡村振兴的征程上永不掉队？村党支部认真领会习总书记的指示精神：脱贫必须摆脱思想意识上的贫困，实行扶贫和扶志扶智相结合，既富口袋也富脑袋。

在神山村的任何一个角落，都能发现“富脑袋”的元素——宣传栏里，“最美脱贫户”“身边好党员”“致富能手”，各类“平凡榜样”的照片和事迹抬眼可见，无声释放着“乡村正能量”；“笑脸墙”上，村民们的一张张灿烂笑颜，拼成一颗颗温暖爱心；村规民约、家风家训，贴在屋头、村头，更刻在老表们心头……

要想“脑袋亮堂堂”，必须把文明因子深深植入人们的心田。

今天上午十点半，村新时代文明实践中心将举行一场干部群众互评会。记者也去“凑个热闹”。

悄悄躲在最后一排，但见现场已是“剑拔弩张”。

“你家屋里卫生好，但院门口还得好好收拾收拾。”

“村里面的游步道整治得不错，但是山顶的石阶有的已经松动了。为啥这么长时间还没有人管？”

“今年黄桃的价格波动较大，黄桃合作社该早一点拿出应对办法……”

“游客的消费需求不一样，‘农家乐’也应该根据不同游客的需要，错位发展……”

究竟该怎么错位发展，大家意见不统一，争得面红耳赤。

村党支部书记助理李莉莉紧着为大家调解。

互评会结束后，李莉莉接受了记者的采访。她说："村里的干群互评会两个月开一次，很有成效。每次大家都觉得'耳根发热、心里透亮'。"

"义务宣传员、道德评议会、志愿服务队、乡风文明积分银行……通过这一系列活动，近些年，天价彩礼、薄养厚葬等不良习俗在村里渐渐没了市场。宗族矛盾不见了，邻里互助成为常态。我家的'农家乐'客满了，推荐去你家；你家孩子没人带，我饭桌上就添副碗筷……有村民说得好，'同是一片天、同是一块地、同是一轮日头照，咱的阳光雨露都是党给的，就该互相拉一把，一起跟党走'。"李莉莉介绍起来一套一套的。

种下了文明因子，必然开出文明的花朵。

保洁员熊美丽大姐的撮箕里空空如也。她有几分高兴，又有几分失落："这工作，越做越省心！以前村民们吃水果、瓜子，果皮、瓜子壳走到哪丢到哪，路边、沟渠……处处脏得直堵心，清扫一段，就得好半天。现在呢？看见村庄这样整洁美丽，谁还好意思乱丢垃圾，地上连片纸屑都没有，我最大的'敌人'成了落叶了！"

"小神山"到"大神山"

这天的最后一餐饭，我们是在彭夏英开的"农家乐"解决的。

匆匆忙忙给我们端上菜，彭夏英便不见了。一会儿，隔壁房间隐隐约约传来她的说话声。间或，还听见了几个人的争论声。

要离开时，我们想跟她打个招呼，便推开了隔壁的房门。哟！彭水生、左香云等几个老熟人都在呢。

"记者同志，你们见多识广，正想请你们给出出主意呢。"彭夏英说。

原来，村里这几个"名人名嘴"，正谋划着一件大事呢——组建"神山村宣讲团"！

"没有总书记的关怀指导，就没有神山村的今天。我们想把总书记的恩情和神山村脱贫的经验，和更多的村子分享。我们想让更多的人知道，政府可以扶持我们，但不能抚养我们。脱贫致富，根本上还是要靠我们自己。"彭夏英依然是快人快语。

"我当了 19 年村干部。晚年我给自己定的任务是：全心全意宣传总书记的爱民情怀，宣传党对老区的恩情。我要让所有人都知道，毛主席带我们闹革命，习主席带着我们奔小康，我们要永远感党恩、跟党走，把红色江山一代代传下去！"老支书精神矍铄。

"总书记让神山人看到了山外，带着神山人走上了致富路。我们对总书记最好的报答，就是把他带给我们的福气，化成发展的志气、致富的心气，为乡村振兴，为共同富裕，贡献咱的‘神山力量’！”已成为远近闻名“致富能手”的左香云说。

在彭夏英几人“谋划”的时候，村委会办公室里，井冈山市委书记傅正华也带着一群人在“谋划”。

“一花独放不是春。怎样让神山的经验走向全市、让一个神山村变成千百个神山村？这是我们今后努力的方向。前几年，虽然我们也做了一些探索，就拿开发旅游来说，神山村的‘外溢效应’已经辐射到茅坪 80% 的区域。但是，这还远远不够啊！为了落实好总书记‘要向革命先烈表示崇高的敬意，永远怀念他们、牢记他们，传承好他们的红色基因’的嘱托，我们要打造‘大神山’。市里决定，进一步延展神山村红色旅游——红军药材库遗址整修、七烈士碑亭修建、红军挑粮小道修复，已纳入规划。届时，不独使神山村的旅游体验更丰富，还赓续了红色血脉，彰显了脱贫伟业，传扬了红色情怀。”傅正华满怀激情。

依别神山村

又是一个黎明。今天，记者将结束采访，依依惜别神山村。在这三天多的时间里，我们按照花名册挨家挨户走遍了全村每一户人家。乡亲们的质朴、热情、坚毅，点点滴滴都刻在了记者的心头。

不舍啊，不舍这里的一草一木，不舍村畔的弯弯小溪，不舍山坳里的流霞云影，更不舍乡亲们的一张张笑脸！

本想悄悄地离去，谁知走出农舍，台地上早聚满了送别的乡亲。

“记者同志，能不能请你们给总书记捎句话？”左秀发的眼神里，写满了期待。

老人拉着记者的手：“神山村家家户户想念总书记，盼他再来看一看！”

彭展阳也拉住了记者的手：“习总书记，是我们的亲人。自从那年的农历小年他来过后，村里每年的小年过得比大年还热闹！现在，每一天晚上，家家都看《新闻联播》，为的是想多看看总书记，看他在忙什么，又对乡亲们叮嘱了什么……”

和总书记打过糍粑的李宗吾也来了：“多想陪总书记再打一次糍粑！‘糍粑越打越黏’——这是总书记当年说的；我们给续了一句——‘日子越过越甜’！”

左伟波也来了。昨天，高考成绩公布了，他给神山人争了光：611 分，超出省一本线 100 多分！

“习爷爷送的书包，我一直珍藏着。这些年，每当我读书遇到‘爬坡’期，就会想起那温暖的一幕。这种力量，能抵御一切彷徨懈怠。”少年眼神坚定，说：“大学里，我会选择生物化学，像习爷爷嘱托的那样，为祖国科技自立自强贡献力量。”

“记者同志，千万别忘了给我捎句话！6年前，在我做笔筒遇到困难、最迷茫的时候，是总书记的教诲，坚定了我做大产业的决心！我已经把‘小竹筒’做出了‘大阵仗’，单竹筒酒，一年就卖二三百万元！”当年“小打小闹”的“手艺人”左香云说。

彭夏英挤到了我们跟前：“也请把我的话捎给总书记。这些年，我时时刻刻记挂着恩人。为了不辜负他的期望，我开起了全村第一家‘农家乐’。开张那天，我在门口竖起了国旗，还请人写了一副大红对联‘翻身不忘共产党，脱贫全靠习主席’。总书记上次来，只顾着访贫问苦，都没顾上吃饭。我天天琢磨呀琢磨，琢磨出了一份菜谱——炖土鸡、米粉肉、乡村蛋饼……等他再来，一定把拿手菜全部端上桌！”

汽车缓缓驶出了村子，村头墙上那首《神山村感恩奋进三字歌》映入记者眼帘：

乙未年，总书记，
携春来，送暖意。
神山村，仅一隅，
小缩影，大道理。
时代卷，共答题，
作答人，十四亿！

是的，“小缩影”足以印证“大道理”。当年的革命星火，已然燎原。那属于新时代的情怀与干劲，已映红了整个天宇。那对党和领袖的深深信赖，正化作奋进的无穷力量！

车汇入了黄洋界的苍茫林海。回头望去，神山村巍巍山岗上那个“点赞”的手势，在金色晨曦中，更加璀璨……

（《光明日报》2022年07月21日）

申报资料实录

作品简介：该作品为蹲点调研式报道，以鲜活笔触再现习近平总书记踏访江西井冈山神山村的情景，描述了脱贫山村美好面貌与幸福生活，反映了乡亲们对总书记的深切爱戴、对党的深厚感情，诠释了“不负人民、人民不负”的深刻主题。创作团队住进神山村农民家中、走遍全村70户人家，开启了深入采访。施展脚力，洞悉山村全貌。调研组与村民同吃同住同劳动，手拿全村居民花名册，挨家挨户走访。爬山道、进果园、听“院坝会”，每天从清晨忙到深夜。强化眼力，获取宝贵素材。调研组用心体察，发现了“点赞之手”这一震撼心灵的意象，发掘了“无名红军七烈士墓”等感人历史，牵头发起烈士寻亲活动，赓续红色血脉。调动脑力，揭示深刻意蕴。调研组确定了“血肉相连、感恩奋进”的报道主题，选择了“行进调研、三日见闻”的行文结构，让报道不落窠臼，富有吸引力和感染力。铸炼笔力，提升阅读体验。调研组数易其稿、几次通宵打磨，力求以优美生动的文字写活乡村日常，以深邃隽永的笔法提升思想境界，让报道既是“雄文”，更是“美文”。同步制作了时长15分钟的新闻纪录片《人民之赞》，在新媒体平台推出，版面配发二维码。推出微博原创话题。

社会效果：报道刊出后，获得行业内外普遍认可，认为“是一篇难得的好作品，令人眼前一亮，耳目一新”“作品所体现出的扎实调研的作风，真挚激荡的情感，清新明快的文风，值得学习和提倡”。报道和后续报道及新媒体产品被数十家主流媒体、新媒体平台转载转发，点击量总计超过6000万，并引发热情互动，各界读者留下了大量饱含深情的评论，点赞“小山村反映的脱贫巨变、血肉深情”。神山村乃至整个江西更是反响强烈，井冈山根据报道发现的线索修建了简约庄重的“无名烈士墓”，为“红军药库”等红色遗迹安装铭牌、原址保护。神山村村民自发组建宣讲团，宣讲总书记关心关怀神山村、神山村感恩奋进的动人故事，目前已开展十余场，取得了良好效果。报道引发的“为烈士寻亲，为天地铸魂”活动吸引了全国众多热心人士成为寻亲志愿者，共同缅怀英烈、致敬革命先辈。

初评评语：井冈山神山村是有着光荣革命历史和鲜明时代印记的村子，是体现党和人民血肉相连的标志性地方。该报道主题重大，通过讲述神山村的发展变迁，体现了习近平总书记对革命老区和老区人民的关心关爱、“人民至上”的深厚情怀，展现了在中国共产党的领导下，脱贫攻坚、乡村振兴战略给乡村带来的喜人嬗变，以及党和人民之间血肉相连的深挚情感。该报道是坚持政治家办报与尊重新闻规律相结合，倾心讲好新时代故事的生动体现，调研组深入践行“四力”开展调查研究，记者的笔端饱蘸感情，文字充满张力，打磨出的作品具有很强的感染力、战斗力。报道引发了赓续红色血脉的“为神山村烈士寻亲”活动，社会反响强烈。

情　怀

集　体

作品二维码

（新华社客户端 2022 年 10 月 17 日）

申报资料实录

作品简介：党的二十大开幕前夕，由新华社出品的纪录片《人民情怀》《文化情怀》《天下情怀》播出，首次从人民、文化、天下三个维度系统展现习近平总书记的思想智慧、雄才伟略、人格风范。纪录片《人民情怀》《文化情怀》《天下情怀》由新华社历时 9 个月摄制。摄制组深入调研采访、精心写作打磨、精彩融合呈现，追随习近平总书记的足迹，行走 12 个省份取景，采访梁家河的村民、大凉山的孩子、抗疫医疗队的医生、文化保护传承人、“一带一路”受益者等，采集了 98 个小时素材。这部中英双语纪录片用融通中外的话语体系创作，在内容选取上，用多种声画艺术元素，充分展现总书记的语境、情境、心境；在整体形式上，以小故事与大情怀结合，用完整的逻辑线、叙事线、情绪线，让影片可读可感可信；在叙事风格上，用生动细腻的情节、精致大气的镜头、朴素自然的叙事，打造出极具电影感的视听体验。纪录片《人民情怀》《文化情怀》《天下情怀》中文版首播后，实现刷屏之效；英文版连续三天在新华社海外社交平台推出，片中故事引起世界共鸣，与中文版形成相互呼应、内外联动的传播链条。

社会效果：纪录片《人民情怀》《文化情怀》《天下情怀》中文版播出后镇版刷屏，学习强国首页大图展示，腾讯插件头条推荐。新华社客户端总浏览量700万、新华社微信公众号突破10万+，全网总浏览量超过3.8亿，为党的二十大胜利召开营造了很好的舆论氛围。英文版总浏览量超过1000万次，互动量19万次，网友积极留言，“他是真正的人民领袖”“他对文化遗产的保护值得敬佩”“他推行的举措帮助了世界”。

初评评语：纪录片《人民情怀》《文化情怀》《天下情怀》由新华社独家策划，内容选取、整体形式和叙事风格在同类题材中均属首创，充分展现总书记的思想智慧、雄才伟略、人格风范。这组“三大情怀”报道以纪录片为主体、多媒体融合发力，播出后实现刷屏之效，在党的二十大开幕前夕形成宣传高潮，是一部策划独到、主题鲜明、制作精良、传播广泛的重磅力作。

领 航

集 体

限于篇幅，文字稿略，获奖作品请见中国记协网 http: //www.zgjx.cn。

（中央广播电视总台 2022 年 10 月 08 日—15 日）

申报资料实录

作品简介：为迎接党的二十大胜利召开，大型电视专题片《领航》于 2022 年 10 月 8 日至 15 日在中央广播电视总台央视综合频道 20:00 档播出，一经播出便成为现象级作品。该片于时代光影之中，深刻回答了党和国家事业靠什么取得了这样的历史性成就、发生了这样的历史性变革。《领航》创新了重大题材专题片国内版国际版同时落地播出的生产模式。2022 年 11 月 4 日与《领航》同步播出的 10 集国际精编版短视频在美国有线电视新闻网、欧洲新闻台、探索频道（东南亚地区）多轮播出。2023 年 2 月 27 日，《领航》国际版 52 分钟的《绘制十年》在 CGTN 各语种频道和新媒体平台播出。全国两会期间，《绘制十年》还通过美国《国际日报》、俄罗斯《龙报》、法国《欧洲时报》、菲律宾《商报》和香港明珠传媒等 10 余家社交媒体向海外推介。

社会效果：2022 年 10 月 3 日—7 日，《领航》电视频道还未播出，全网相关话题、短视频等内容点击量已超 11.9 亿次，实现了未播先热。播出后引起社会各界强烈共鸣，首播电视端相关节目及报道的观众总触达人次为 9.11 亿次，全网相关内容点击量超 26.4 亿次，全网触达人次 55.1 亿次，相关话题、短视频等内容登上各平台热搜榜达 125 次。首播后在 33 家地方卫视综合频道展播，累计被全国有线电视和 IPTV 电视家庭用户观看 1.37 亿次，成为这些年来网络舆论场影响较大的大型电视专题片。讲好中国故事，传播好中国声音。《领航》国际精编版短视频在 CNN 电视端播出，覆盖超过 3.95 亿全球用户；在欧洲新闻台以英、西、法、俄、德、意、葡 7 种语言同步播出，覆盖全球 160 多个国家的近 4 亿观众；在探索东南亚频道播出，覆盖印度尼西亚、泰国、菲律宾、马来西亚等东南亚国家，收视表现优秀，其中，新加坡观看次数是频道在该地区平均观看次数的 4.2 倍。《领航》国际版《绘制十年》相关报道在自有平台和外媒平台共获全球阅读量 2.1 亿。

北京2022年冬奥会和冬残奥会官方特别报道

集　体

代表作1：

“双奥场馆”变形记

2021年10月28日，夏季奥运会的见证者“鸟巢”改造完成，而北京2022年冬奥会和冬残奥会的圣火将在完成改造的“鸟巢”点燃，这座“双奥体育场”将再度成为世界的焦点。

不仅仅是“鸟巢”，14年间，2008年北京奥运会留下的丰厚遗产，为北京2022年冬奥会打下坚实基础。4个夏奥竞赛场馆完成改造，工业遗产中架起滑雪大跳台，赛后利用计划贯穿场馆建设始终……

夏奥遗产应用冬奥

北京冬奥会由北京市负责筹建的场馆总共24个，其中20个在北京赛区。

十几年前，为筹备2008年北京奥运会，黄晖作为负责人参与了北京奥林匹克公园中心区建设的全过程。十几年后，当他再次回到“鸟巢”执行改造任务时，看到恢弘的钢结构，海浪般的座椅，就像见到久别重逢的老友。

作为北京市重大项目办城区场馆建设处处长，黄晖说起北京奥运会，这位“双奥建设者”滔滔不绝。

“经常有人诟病国外奥运会场馆利用率低下，甚至遭到废弃。”黄晖介绍，按照“坚持节约原则，不搞铺张奢华，不搞重复建设”的要求，北京冬奥会筹备坚持对场馆共享利用、综合利用、可持续利用，使用了14个2008年奥运遗产。

其中包括10个场馆遗产。北京赛区竞赛场馆除国家速滑馆、首钢滑雪大跳台外，全部利用了2008年北京奥运会的场馆：国家游泳中心、国家体育馆、五棵松体育中心、国家体育场等。这些北京奥运会留给北京的新地标，已变成大众健身的乐园，马上又将成为冬奥健儿的舞台。

还有4个土地遗产。国家速滑馆使用了2008年北京奥运会两个临时场馆：曲棍球场和射箭场的土地；国家会议中心二期、北京冬奥村则使用了奥林匹克公园的预留土地。

“冬奥建设者在可持续理念、绿色建筑、智慧建造等各个方面已经形成了世界领先的体系和标准。”黄晖说。

所有场馆冬夏“两栖”

“水立方”变身“冰立方”、五棵松体育中心实现6小时内完成冰球、篮球两种比赛模式的转换……运动员在赛场上争先，冬奥建设者也在工地上“破纪录”。

2008年，蔚蓝色的“水立方”惊艳世界，一项项世界纪录在这里诞生。北京奥运会结束后，“水立方”变成了市民的戏水乐园；2014年APEC会议，这里成为大国外交的舞台。

北京2022年冬奥会，“水立方”将变身“冰立方”，成为世界上第一个在泳池上架设冰壶赛道的奥运场馆。

水、冰，一字之差，挑战前所未有——

相比泳池高温高湿的环境，冰壶场地需要低温低湿——冰壶比赛场馆湿度在30%以下，冰面温度约在-8℃，冰面以上1米空气温度在10℃，馆内温度在16℃以内。

冰壶馆里布满灯光、摄像机，所产生的大量热量，会影响冰面的质量。2015年底国际奥委会、世界冰壶联合会来华访问，关于冰壶场地给出29条技术要求和标准，涉及冰面稳定性、热湿环境、照明系统和声场环境四大方面。

2017年4月，“薄壁轻型钢结构+混凝土板”的支撑体系得到世界壶联的认可。

2019年7月，第一次“水冰转换”用了整整45天。2020年12月，第二次“水冰转换”结构搭建提速，仅用十几天就顺利完成。2021年10月中旬，场馆完成第三次“水冰转换”，接受“相约北京”国内冰壶测试活动和世界轮椅冰壶锦标赛的测试。

不仅仅是“水冰转换”。

2008年北京奥运会期间承担篮球比赛的五棵松体育中心，经过对场馆制冰和除湿系统的改造，如今已实现6小时内完成冰球、篮球两种比赛模式的转换。

北京冬奥会后，北京赛区所有竞赛场馆将全部拥有冬夏“两栖”能力。

旧园区添新地标

北京是世界上唯一一座“双奥之城”。“借用”场馆，赛时服务冬奥，赛后继续服务城市民生和发展，是北京践行“共享办奥”的又一创新。

北京冬奥会主媒体中心“借用”国家会议中心二期，赛时为全世界媒体服务，赛后回归原有的会展功能。

冬奥场馆建设还盘活老厂房，带动周边地区整体复兴。

有着百年历史的首钢，随着北京冬奥组委办公区的入驻和滑雪大跳台的建成，带动了园区的整体发展。

如今，首钢园区已经从一个废旧的工业园区，成为以工业遗产保护和再利用为基础，体育、文化、商业旅游相融合的新地标，成为奥林匹克与城市发展相互融合的典范。

冬奥遗产惠及市民

可利用、可经营、可持续是当今国际奥林匹克运动面临的新课题。北京冬奥场馆在建设之初，就考虑到了赛后利用。

北京冬奥会时，首钢滑雪大跳台的比赛全部在白天举行，但考虑到赛后，相关比赛大多在晚间进行，项目团队为“大跳台”建设了可以拆卸的灯光系统。

考虑到赛后每年用于冰壶比赛的时间只有两三个月，国家游泳中心的制冰系统全部是临时的，制冰系统和底层的支撑系统可持续转换、反复利用。赛后，春夏秋三季为“水立方”，冬季则变成“冰立方”，实现“冰水双轮驱动”。

“水立方”南广场新建的地下冰场，有2块冰面，一块为标准冰场，另一块为冰壶场地，赛后，普通市民可上冰体验。

改造后的首都体育馆，除保障冬奥会赛事需求，赛后既可承接各项国际国内高水平的冰上项目赛事，还可与夏季项目实现无缝切换。新建的冬季运动管理中心综合训练馆“冰坛”，赛后可供专业运动员训练使用，还将成为向青少年推广普及冰上运动的共享设施。首都滑冰馆未来将作为全民冰雪运动普及和推广基地定期向公众开放，整个园区实现了比赛、科研训练及群众健身的全覆盖，成为大众健身的新场所。

再过几天，双奥之城将翻开崭新的一页，丰厚的双奥遗产，将在北京绘就“一起向未来”的美丽画卷。

代表作 2:

点赞友谊使者冰墩墩

眼下，要论北京冬奥会什么最火，吉祥物冰墩墩绝对是“顶流”般的存在。

火到什么程度？线上线下，一墩难求；赛场内外，墩墩正红。外媒记者化身“带货主播”，运动员们成为“迷弟迷妹”，各国贵宾更是爱不释手。在 5 日的冰壶项目混双循环赛中，遗憾落败的中国组合赛后送给对手一人一盒奥运纪念徽章，总共 8 个冰墩墩，让美国组合喜出望外，直呼“so cool”。激烈的比赛，暖人的互动，完美诠释了“体育精神”，更让人们看到了奥运吉祥物的独特价值。

身着冰晶壳、环绕冰丝带，奔向世界、萌化众人，大家对这只“冰糖熊猫”的满满爱意，充分说明其已经超越地域民族审美，而成为奥林匹克精神的象征。事实上，自 1968 年法国格勒诺布尔冬奥会，一个名叫舒斯的滑雪小人横空出世后，设置吉祥物便成为历届奥运会标配。从瓦尔迪到文洛克，从福娃到维尼休斯，近 60 年来，各种兼具举办国历史文化特点和奥林匹克精神内涵的吉祥物，不仅充当着奥运“氛围组成员”，更以一种可亲可感的方式，架起了友谊之桥、沟通之桥。

心相通、情相融，这便是吉祥物的魅力。毫无疑问，冰墩墩完美实现了这一点。国人争购“梦中情墩”、呼吁“每户一墩”，是对心中萌物的喜悦表达，释放着积极参与冬奥的巨大热情；外国选手和国际客人为之着迷、疯狂晒墩，同样折射了中国文化的魅力，寄托着他们对本届冬奥会的无比期待。如果说体育是世界共通的语言，那么此时此刻，冰墩墩亦然。其所讲述的“友谊地久天长”的故事，正是当今世界最需要的暖意。

“奥运会让我们保留多样性的同时，把我们团结在一起”。为友谊而来，为和平相聚，我们相信冬奥会上的那些美好情结和暖心瞬间，必将长久地留存在人们的记忆里。

代表作 3:

和合共生向未来

（一）

北京 2022 年冬季奥林匹克运动会闭幕了！

燃烧了16天的“微火”，在国家体育场缓缓熄灭，但对于世界，它重明继焰，对于人类，它长明不熄。

16天的精彩，汇成一本厚重华章。每一页都写满了团结，充盈着感动。16天的盛况，汇成一支激昂乐曲。每一节都跃动着突破，见证着传奇。

北京冬奥会的成功，是中国的成功，更是世界的成功。

这场举世瞩目的体育盛会，不仅为身处疫情寒冬的各国人民带来了温暖与希望，更为动荡不安的世界注入了和平与团结的宝贵力量。

（二）

“这是一届真正无与伦比的冬奥会。”

这是国际奥委会主席巴赫给予北京冬奥会的评价，也是北京冬奥会交给世界的答案。16天，奥林匹克与东方文明再次深度交融，我们看到的是一次“三赢”的盛会：

奥运受益——百年冬奥首次来到中国这个世界上人口最多的国家，使奥林匹克理念得到进一步广泛传播。“带动三亿人参与冰雪运动”目标如期兑现，不仅显著提升了全球冰雪运动普及规模，更推动冰雪运动实现从小众向大众、从冬季向全年、从高寒地区向全球范围的根本性转变，开启了全球冰雪运动的新时代。

中国受益——冬奥会更进一步拉近了中国与世界的距离，推动了中国的多方面发展。“绿色、共享、开放、廉洁”四大办奥理念落地生根为发展动力，形成了一大批惠泽长远的冬奥遗产。冬奥筹办彰显大国风范，进一步展示了中国改革开放成就与和平发展主张，在第二个百年奋斗目标开篇之际，极大振奋了民族精神、凝聚了中国力量。

世界受益——作为新冠疫情大流行下首次如期顺利举办的国际综合性体育赛事，北京冬奥会以一场提气鼓劲的人类团聚击碎了所有担忧质疑，坚定了人类社会“一起向未来”的信心和决心。冰雪盛会释放了这个星球前所未有的团结渴望，昭示合作共享、一起向前，才是面向未来的应有姿态。

受益无穷的获得感，铸就了北京冬奥会的“伟大”。它向世界昭示：现代奥林匹克运动的内涵，早已超出体育竞技的范畴，成为人类生活方式、世界发展方式选择的重要指引。

（三）

《奥林匹克宪章》有言：“现代奥林匹克主义是一种生活哲学”。

从农业文明到工业文明，从乡村文明到城市文明，从高碳文明到绿色文明，人类的不懈追求在奥林匹克发展史上留下醒目足迹，也成为许多国家和地区经济转型、社会进步的标志性事件。

当前，新冠肺炎疫情持续蔓延，百年未有之大变局加速演进，国际格局深刻调整。或许很少有哪个时期像今天这样，让我们感受到如此迅速深刻的变化；也很少有哪个时期像今天这样，让我们如此体味奥林匹克精神的驱动。

2015 年 7 月 31 日，带着这份沉甸甸的时代课题，中国开启了自己的探索。2022 年 2 月 4 日，当“来自春天的召唤”从鸟巢发出，一切便开始有了答案。

（四）

这是一份超然自信的“简约”宣言。

从夏奥场馆完美切换“冬奥模式”，到“张北的风点亮北京的灯”；从珍稀树木 100% 移植守护延庆赛区一片绿，到首钢烟囱与晶莹跳台和谐共生；从点火仪式上雪花为台的“微火”取代“大火”，到颁奖礼上栩栩如生的绒线花束取代鲜切花，每一处创新，每一点用心，都是北京冬奥会对“可持续”的生动实践，简约而不简单。

对今天的人类社会而言，杀鸡取卵、竭泽而渔的发展方式已到尽头。如何超越粗放发展的惯性，走出一条顺应自然、保护生态的绿色发展之路，世界各国虽有共识，却并不同步。北京冬奥会传递了全新的节俭观，更让世界看到，人类文明的永续发展，注定得向低碳要生产力、向科技要加速度。只有肯下决心、敢于改变，才能获得积极的回馈。

（五）

这是一段极致认真的“安全”守护。

疫情防控是北京冬奥会成功的关键。严格执行防疫手册规定，落实落细分区分类闭环管理措施，统筹抓好冬奥会和举办城市疫情防控，扎实做好场馆运行和赛事组织工作。严谨、细致、周到的工作，让冬奥闭环成为“世界上最安全的地方”。

作为二战以来人类社会遭遇的最严重的全球性危机，新冠肺炎疫情重塑着世界对安全的理解。传统的疫情防控模式一次次被击穿，通力合作与以邻为壑、积极应战与被动免疫的矛盾始终纠缠。北京冬奥会的完美运行证明，疫情防控与赛事运行可以并行不悖。只要大家都遵守团结的精神，人人都做出贡献，即便面对再大风险挑战，也能破冰驭雪、砥砺向前。

（六）

这是一幅文明交融的“精彩”长卷。

朝向“更快、更高、更强——更团结”，无数精彩故事在这个春天上演。他们是运动员，在竞争中激励彼此、成就彼此；他们是服务者，伸出热情的双手，送出真诚的微笑；他们是热情的观众，为每一次热血拼搏喝彩，为每一次艰难突破鼓掌。相聚、向前，这是奥林匹克的精彩之处、迷人之处，也是经久不衰之处。

简约、安全打底，才有精彩纷呈；共享、团结相依，便是美美与共。在“中国红”与“冰雪白”的交织中，北京冬奥会不仅搭建起全世界同场竞技的舞台，也架起了中华文明与各国文明交流互鉴的桥梁。温暖和谐的画面告诉世界：文明因交流而精彩，文明因互鉴而丰富，各美其美、和合共生才能点亮人类文明未来之光。

（七）

折柳寄情，微火渐熄，我们并未告别；世界大同，天下一家，友谊地久天长。

双奥之城，非凡冬奥。一届“简约、安全、精彩”的北京冬奥会，注定载入奥林匹克运动史册。它展示了今日中国对奥林匹克精神的深刻理解，饱含了中国智慧对人类文明新形态的独特贡献，彰显了构建人类命运共同体的美好前景。

让我们带着激情、回忆和热望，期待4年以后的又一次欢聚，在米兰、在科尔蒂纳丹佩佐，续写奥林匹克新的辉煌。

（北京2022年冬奥会和冬残奥会官方特别报道2022年01月21日—03月14日）

申报资料实录

作品简介：北京2022年冬奥会和冬残奥会官方特别报道是北京冬奥组委和北京市委交办的重大政治任务，国际奥委会主席巴赫在版面上签名留念，赞许其对冬奥会的贡献。

官方特别报道具有独家特色和独有意义。特色鲜明：通过要闻、奥赛、保障、文化、定格等主题，全景式、立体化展现和记录冬奥盛会，并实现纸端云端、线下线上互动融合，从“纸”端到“指”端的高品质转化和创新。全景记录奥林匹克之光：在冰雪中延续奥运精神，忠实记录东道主的友好热情和世界各国、各地区运动员的自我超越，记录疫情之下人类社会的砥砺前行，并成功彰显北京作为“双奥之城”的独特魅力。特别报道随北京冬奥一道，作为奥运遗产载入史册。大气简约、精彩纷呈：在北京日报上上下下的共同精心策划下，已经成功地创造了历史。

官方特别报道传承与创新北京2008年奥运会的策划报道经验，跨越14年书写北京奥运史，在内容策划和传播推广上充分实现了“安全、精彩、融合”“纸上经典、指端精彩”，书写了新时代中国新闻出版史的华章。

社会效果：官方特别报道推出后，赢得社会各界高度肯定与认可。

克服疫情防控诸多困难，全力打通传播渠道，覆盖闭环内所有场馆、冬奥村、媒体中心。在闭环内，成为中外运动员、志愿者、工作人员、中外注册及非注册媒体记者获取赛事信息、了解中国及北京情况的重要来源。在闭环外，官方特别报道获得北京市民热捧，成为北京市民立体化全面了解冬奥会的重要途径。在国际交往中架起了友好交流的人文桥梁。成为奥林匹克运动和“双奥之城”遗产的重要组成部分。

初评评语：作为北京冬奥组委授权传递官方权威声音的特别报道，权威记录了冬奥赛事进程、运动员的高光时刻和幕后故事，生动展现了北京作为“双奥之城”的历史跃迁。官方特别报道秉持守正创新、融合传播理念，以汉字之美、东方之美独特诠释了体育之美、人文之美，用力讲好了冬奥故事、中国故事，用情展现了中华优秀文化、“双奥之城”魅力风采，用心塑造了可信、可爱、可敬的中国形象。

官方特别报道鲜明彰显着新时代中国主流媒体勇担使命、继承传统、精益求精的精神品格，充分展现了首都党媒的内容策划力、融合传播力和社会影响力。它充分激发官方权威声音的优势特色与能量密度，以全面立体的赛事报道、精彩纷呈的硬核内容、舒朗大气的版面风格、精准高效的融合传播，酣畅阐释了“一起向未来”的时代华章，全景呈现了“简约、安全、精彩”的冬奥盛会，有力弘扬了“更快、更高、更强、更团结”的奥林匹克精神，因而在北京冬奥会宣传工作中独树一帜、独一无二，成功创造了世界和中国新闻出版的一页精彩历史。

特稿：新征程领路人习近平

集　体

在中共二十届一中全会上，习近平被选举继续担任中共中央总书记。他在中外媒体前发表讲话，表示“我们正意气风发迈上全面建设社会主义现代化国家新征程，向第二个百年奋斗目标进军，以中国式现代化全面推进中华民族伟大复兴”。

自他担任中共中央总书记10年来，中国发生具有里程碑意义的变革，经济总量从54万亿元跃至114万亿元，如期打赢脱贫攻坚战，完成全面建成小康社会的历史任务，实现第一个百年奋斗目标。

作为中共中央的核心、全党的核心，习近平肩负重任。他团结带领全党全军全国各族人民，实践10年前许下的中国梦诺言，大力推进改革开放和现代化建设，领导开创了中国特色社会主义新时代，引领实现中华民族伟大复兴进入了不可逆转的历史进程。

著有《中国领导人是如何思考的》一书的美国学者罗伯特·库恩说，习近平对于中国国情有着客观全面的了解，对于中国未来有着详尽理性的思考。英国48家集团俱乐部主席斯蒂芬·佩里说，习近平做事的一切动力都来自人民，这对于中国现阶段的发展至关重要。

曾与习近平在北京八一学校同窗的老挝国家电力公司原副总经理萨马诺·奔舍那说，习近平做事情不为私利，都是为了中华民族的复兴，而且在这个过程中让世界也受益。

一、从黄土地一路走来

“8年多过去了，总书记那一声‘大姐’，叫到我心里了，一想起来就觉得非常温暖。”石拔三回忆说。2013年11月，习近平沿着狭窄山路来到湖南湘西十八洞村，走入村民石拔三家。石拔三不识字，没看过电视，不认识党的总书记。她问：“怎么称呼您？”习近平拉着她的手说：“我是人民的勤务员。”得知石拔三64岁了，习近平说：“您是大姐。”

2021年10月，山东东营黄河入海口。习近平走进大田，俯身摘下一个豆荚，一撮一捻，察看成色，将一颗大豆放进嘴里，细细咀嚼：“豆子长得很好。”一旁的农技负责人感叹：“这是老农民才有的动作呀。”

10年里，习近平约100次下基层考察，每次都会到群众中，拉家常，问冷暖。他在胡同给快递员拜年，在工地同农民工交谈，在出租车公司与“的哥”“的姐”探讨年节打车难的解决之道，在清洁站称赞环卫工人是城市的“美容师”……这些言谈举止流露出这位从黄土地一路走来的党的总书记对人民的赤子深情。

1953年6月，习近平出生在一个革命家庭。他的父亲习仲勋是中共老一辈无产阶级革命家。习近平从小深受父亲影响。后来他形容父亲“像一头老黄牛，为中国人民默默地耕耘着”；“这也激励着我将自己的毕生精力投入到为人民群众服务的事业中，报效养育我的锦绣中华和父老乡亲”。

不满16岁，习近平即离开北京，随身带着母亲齐心缝制的一个绣有“娘的心”字样的针线包，到陕北农村插队劳动7年。

他在回忆这段生活时把自己称作农民。他远离家人，睡窑洞，被跳蚤咬，与乡亲们一起放羊、铡草、挑粪、拉煤，什么苦都吃。习近平在梁家河加入中国共产党，并担任大队党支部书记。他的愿望是“让乡亲们饱餐一顿肉”。他带领乡亲们打井、修淤地坝、修梯田、建沼气池。一年后，村民吃不饱饭而去逃荒的情形看不到了。

2013年，习近平出访哥斯达黎加，到一个农户家里做客时，还特别提起自己当农民的经历。“很少有国家领导人会因为自己曾经是农民而感到骄傲。”农户主人的儿子阿尔贝托说，“别的领导人可能不会提及这种经历，但习近平不是这样的。”

艰辛的农村生活使得习近平格外珍惜粮食。担任中共中央总书记后，他多次就“舌尖上的浪费”作出批示，要求开展“光盘行动”。他反复叮嘱中国人的饭碗要“牢牢端在自己的手上”。

习近平讲，对“人民”二字的理解来自他在陕北插队时的感受。为人民服务的思想贯穿他的从政生涯。习近平在20世纪70年代末大学毕业后进入中央军委办公厅担任国防部长的秘书，3年后他主动申请到基层工作，来到贫困的河北正定县任职。他的夫人彭丽媛回忆，他的许多同学都出国赚钱去了，他也不是没有条件出去，但他选择了一条更艰难的路，选择了当人民公仆的路。

在正定3年，习近平骑自行车跑遍全县25个公社、220多个大队。有时，他去乡村考察正赶上乡亲锄地、间苗，习近平就撸起袖子、拿起锄头跟乡亲们一起干。他还把县委的吉普车让给记者坐。他说：“记者时间紧、任务重，跑的地方多，跑的路也远。”

这之后他到沿海的福建厦门市任副市长。他购买了一辆“武夷”牌自行车，骑车带着工作人员到社区街道或工厂去调研。之后习近平到宁德地区任地委书记。他带干部到贫困的下党乡调研，没有路时他们就用刀砍掉野草走过去。看到农户贫苦，习近平就掏出自己的钱给他们。他拍板为乡里修公路、建水电站，指明脱贫之路。

在正定，他跑遍所有村；在宁德，他到任 3 个月就走遍 9 个县，后来又跑遍绝大部分乡镇；到任浙江后，用一年多时间跑遍全省 90 个县市区；在上海 7 个月，他就跑遍全市 19 个区县；任总书记后，他的足迹遍及 31 个省区市以及香港和澳门两个特别行政区。他多次引用毛泽东名言“没有调查就没有发言权”，强调干部要掌握基层调研这个“基本功”。

2012 年 12 月底，任总书记一个多月，习近平就走进河北阜平贫困户家中看望，盘腿坐在炕上，同乡亲手拉手，详细询问生活情况。此行，他向全党全国发出脱贫攻坚动员令。在中共二十大召开前两个月，习近平走进辽宁沈阳一个改造后的老旧小区，关心居民的日常生活。

习近平曾在福建工作 17 年半。在山清水秀之地，他对大自然的情感得到进一步升华。有次他考察泰宁县上清溪，一条红色鲤鱼跳上竹排，排工说有口福了。习近平却脱下鞋套，用它装满水，把鲤鱼放入，到下游水深安全处放生，并告诉同行人“一定要好好保护环境”。担任总书记后，他把在浙江省委书记任上提出的“绿水青山就是金山银山”的论断，变成规模空前的全国生态文明建设行动。

他把在福建创立的“下访制度”延续到担任上海市委书记后。2007 年，正值上海多种矛盾凸显，动迁问题、企业转制问题、农村土地和集体资产分配问题，样样都是难题。习近平提出领导干部要下访。有人担心会“惹麻烦”，但习近平很坚决，说：“我在浙江就搞过下访，上千人的大场面都碰到过，没有什么好怕的。”

习近平到中央工作后继续发扬亲民本色。每逢春节前夕，他都去老百姓家里做客，送去节日问候。早年在农村挨饿和种地的经历，或可解释他每次几乎都要在老乡家里掀锅盖、察地窖、摸火墙、看厕所。他还频繁以通信方式同民众保持联系，通信对象从种粮大户到民营企业家，从革命老区的小学生到留学归国青年学者，从乌兰牧骑队员到边防官兵等。

他在 2013 年作出精准扶贫决策部署，向农村派出 25.5 万个驻村工作队、300 多万名第一书记和驻村干部，点对点帮助贫困农民。库恩认为，习近平的领导力和兑现脱贫承诺的决心是中国成功脱贫的主要原因之一。

男儿有泪不轻弹，习近平却为人民流泪。1966 年，初中老师在课堂上朗读《县委书记的榜样——焦裕禄》，习近平听得泪流满面。“我后来无论是上山下乡、上大学、参军入伍，还是做领导工作，焦裕禄同志的形象一直在我心中。”习近平说。他还曾回忆：“当年告别梁家河村的那一刻，是插队最难忘的一件事，那一次是当众哭了。”2015 年，习近平又回到梁家河村，带着自己出钱采办的“年货”给乡亲们拜年。

与民众同甘共苦使习近平巩固深化了入党时的理想信念。他将之概括为：为人民谋幸福、为民族谋复兴。10 年里他发起 5 次党内集中学习教育，要求党员“不忘初心、牢记使命”。

习近平年幼时，母亲齐心就给他讲岳飞“精忠报国”的故事。“‘精忠报国’四个字，我从那个时候一直记到现在，它也是我一生追求的目标。”他说。

习近平深谙百年前中国的苦难，形容那时是“一派衰败凋零的景象”。2018 年，他在山东刘公岛考察时登上炮台遗址，面对黄海沉思良久。在甲午战争博物馆，他完整念诵闻一多的《七子之歌·威海卫》。这座不足 4 平方公里的小岛见证了一个多世纪前号称“远东第一”的清朝北洋海军覆灭，战败让清政府被迫割让台湾并赔偿巨款给日本。

习近平是首位在新中国出生的中共中央总书记，他感受了共和国“站起来”的骄傲——抗美援朝胜利，建立比较完整工业体系，造出“两弹一星”……他盛赞这些成就，说“只有社会主义才能救中国，只有社会主义才能发展中国”。

习近平激情澎湃投身改革开放。从相对落后的内陆到发达的沿海，他都是招商引资、推动外贸、促进多种所有制经济共同发展的领头人。习近平在福州工作期间，是当地引进台资、外资企业最多的阶段。在浙江，他支持民营企业发展，并要求人们学习民营企业家拼搏奋斗的精神。任总书记后，习近平主持召开民营企业座谈会。他说，“民营企业和民营企业家是我们自己人”，“我国民营经济只能壮大、不能弱化”。

他善于从务实及长远的战略角度思考问题。在福州，他提出“3820”工程，并要求“马上就办，真抓实干”。他提出的“八八战略”至今仍是浙江省发展的指南。他很早就倡导建设“数字福建”“数字浙江”，给地区发展装上信息化引擎。“他总是能预见到更长远未来的经济情况。”福建民营企业家王晶说。

2020 年，习近平领导起草中共中央关于制定“十四五”规划和 2035 年远景目标的建议，对中国长远发展作出系统谋划。为做好规划，他主持召开多个座谈会，听取企业家、科学家、基层代表等各方面意见和建议，并指示开展网上征求意见。网民踊跃参与，留言100多万条，有关方面从中整理出1000余条建议。

习近平在任上海市委书记和任国家副主席期间参与筹备世博会。246个国家和国际组织参加的上海世博会吸引了海内外超过7300万人次到现场参观。任总书记后，习近平倡议设立了世界上第一个以进口为主题的国家级展会——中国国际进口博览会。他推动形成包括进博会、服贸会、消博会和广交会在内的国家级“会展矩阵”，扩大对外开放，满足中国消费者日益增长的美好生活需求。

习近平任总书记10年间，人民财富不断增长。2021年，中国居民人均可支配收入35128元，比2012年增长近八成。城乡居民收入比缩小至2.5：1。

用习近平的话讲，所做的一切是“利民为本”。他在自述文章《我是黄土地的儿子》中写道：“像爱自己的父母那样爱老百姓，为老百姓谋利益，带着老百姓奔好日子。”2012年他担任总书记后说：“人民对美好生活的向往，就是我们的奋斗目标。”在中共二十届一中全会上当选总书记后，他说，“人民永远是我们最坚实的依托、最强大的底气”，“我们要始终与人民风雨同舟、与人民心心相印”。

习近平在民众中有极高的“人气”。有山村老支书竖起大拇指，当面赞扬他：“你呀，干得不错嘞！”年轻人在网上为他画“亲民形象漫画”。哈佛大学肯尼迪政府学院的调查显示，中国人民对党领导下的中国政府满意度达93%。全球知名公关咨询公司爱德曼发布的报告显示，2021年中国民众对政府信任度达91%，蝉联全球第一。

二、把中国带向强盛

广东汕头开埠文化陈列馆有一件展品，是孙中山《建国方略》相关规划图。这份近代中国谋求现代化的蓝图在当时条件下不可能付诸实施。习近平曾在它面前驻足良久。他感慨：“只有我们中国共产党人实现了。”在他看来，百年来中国共产党团结带领中国人民进行的一切奋斗，就是为把中国建设成现代化强国，实现中华民族伟大复兴的中国梦。

10年前习近平上任时面临的形势喜忧交集。当时，中国已是世界第二大经济体、第一大制造业国，但中国经济下行压力增大，经济发展方式亟待转变。解决贪污腐败、环境污染、贫富分化等问题，都是中共面临的执政挑战。

党内外期待习近平带来改变。他不负众望，誓言“打铁还需自身硬”，进行党的自我革命战略部署并制订实施全面从严治党战略方针。习近平发起中共历史上最大规模的反腐败斗争，他讲：“该做的事就要做，该得罪的人就得得罪……不得罪成百上千的腐败分子，就要得罪十三亿人民。”

中共十八大闭幕后不到一个月，四川省委原副书记李春城因腐败被查处。这揭开了强力反腐行动序幕。10年中落马的有周永康、薄熙来、郭伯雄、徐才厚、孙政才、令计划等身居高位的“老虎”，也有国家部委、央企一把手及省市主要负责人，还有县处级、乡科级干部和一些看起来不起眼的“芝麻官”。习近平宣告反腐败斗争取得压倒性胜利并全面巩固，但告诫全党要保持清醒头脑，“永远吹冲锋号，牢记反腐败永远在路上”。

他以此确保9600多万名党员、490多万个基层党组织的纯洁有力。习近平认为，中国要建成社会主义现代化强国，关键是要坚持和加强党的全面领导。他走访革命故地、红色热土，每到一地都重温峥嵘岁月，从党的百年历史中汲取力量。他说，要使百年大党“始终成为中国人民最可靠、最坚强的主心骨”。他主持提出的弘扬坚持真理、坚守理想，践行初心、担当使命，不怕牺牲、英勇斗争，对党忠诚、不负人民的伟大建党精神等要求，在中共二十大上被写入党章。

他反复告诫全党吸取苏联解体和苏共垮台的教训，并重申筑牢共产主义理想信念的必要性，要求强化党的纪律。任总书记不到20天，他就主持制订“八项规定”。他指示加强领导干部个人事项报告情况核查，并对4700多名领导干部的配偶、子女及其配偶经商办企业行为进行了规范。他领导制定修订《关于新形势下党内政治生活的若干准则》等一系列党内法规，并完善对官员的巡视制度。他领导成立国家监察委员会，将每一个担任公职的人纳入监督。

习近平对党的重塑起到关键作用。中国浦东干部学院副院长刘靖北说，习近平使全党思想上更加统一、政治上更加团结、行动上更加一致，一些地方和部门存在的党的领导弱化、虚化、边缘化的状况得到根本扭转。“党的领导全面加强，为实现中华民族伟大复兴提供了根本保证。”

习近平号召人们向英雄学习，领导制定了英雄烈士保护法，建立健全了功勋荣誉表彰制度体系。他提出社会主义核心价值观，指出最深层、最根本、最永恒的是爱国主义。10年来，“正能量”成为中国人最耳熟能详的词汇之一。

还在正定当县委书记时，习近平就求贤若渴，发起对全县知识分子的三次普查，建立了正定有史以来第一份“人才账”，还亲笔撰写面向全国的“招贤榜”，引来数百名专业人才。担任总书记后，习近平确立了德才兼备、以德为先的用人原则。新修订的干部任用条例倡导“忠诚干净担当”的高素质专业化干部队伍标准。习近平提出领导干部要具备八项本领——从善于学习到能驾驭风险等。大批理想信念坚定、想干事能干事的人走上党政军各级领导岗位。他强调“人才是第一资源”“聚天下英才而用之”，建设人才强国。

他要求大力发展社会主义民主，说民主要用来解决人民需要解决的问题，而那种人民只有在投票时被唤醒、投票后就进入休眠期的民主是形式主义的。2019 年，他在上海一个街道考察时提出“人民民主是一种全过程的民主”。10 年间，民主选举、民主协商、民主决策、民主管理、民主监督的制度和程序进一步建立健全。

习近平推进的全面依法治国是国家治理的一场深刻革命。他提出到 2035 年基本建成法治国家、法治政府、法治社会。习近平是第一位在宪法前宣誓的中国国家主席。他说，宪法具有最高的法律地位、法律权威、法律效力。

10 年间，全国人大及其常委会新制定法律 70 件，修改法律 238 件。一部属于中国人民的民法典诞生，公民权利得到更好保障。第一部全面系统的外资立法——外商投资法施行，推动高水平投资自由化便利化政策落地。针对新兴领域空白区，数据安全法、个人信息保护法等法律也陆续出台。习近平推动整顿司法队伍，清除害群之马，他说要“努力让人民群众在每一个司法案件中感受到公平正义”。

随着党的领导全面加强、民主法治建设开创新局、反腐败斗争向纵深推进，十四亿人口大国保持了长期社会稳定，经济快速发展的环境变得更好了。习近平提出适应新常态，推动改革迈过深水区。任总书记以来，他 3 次奔赴改革开放前沿广东，宣示“改革开放是决定当代中国命运的关键一招”。他挂帅中央全面深化改革委员会、中央全面依法治国委员会、中央网络安全和信息化委员会、中央财经委员会、中央外事工作委员会、中央审计委员会等机构，以强化党对改革开放的领导。他要求发挥市场在资源配置中的“决定性作用”。他领导精简政府机构，给企业减税，推动建立新型政商关系。

2013 年中共十八届三中全会以来，各方面共推出 2000 多个改革方案，涉及从党和国家机构、司法体制、经济体制到文化、教育、医疗、养老等各方面各环节。全会提出的改革目标任务已总体如期完成。自贸试验区增加到 21 个，整个海南岛成了自由贸易港。

习近平提出创新、协调、绿色、开放、共享的新发展理念。世界银行前高级经济学家彼得·凯尼格说，新发展理念是习近平经济思想的核心，它很好描述了中国经济转型的指导原则。习近平提出供给侧结构性改革，引领中国经济转向“高质量发展”，并加快构建以国内大循环为主体、国内国际双循环相互促进的新发展格局。10 年来，经济发展的平衡性、协调性、可持续性明显增强，这也使得中国有更大底气和能力战胜接踵而至的风险挑战。

习近平经常去生产经营一线考察，推动经济发展。有一次他到国内一家车企生产车间，看到停放着几辆自主品牌汽车，就坐进去体验。习近平告诉研发人员，“发展新能源汽车是我国从汽车大国迈向汽车强国的必由之路”，要使新能源汽车产业“成为一个强劲的增长点”。数据显示，自 2015 年起，中国新能源汽车产销量连续 7 年位居世界第一。习近平和村干部聊火腿和白酒的销路。新冠肺炎疫情期间，他走进一个村子的直播平台，被网友称为“最强带货员”；之后又去关心社区工厂毛绒玩具的出口订单。他还走街入巷到小吃店看品种、谈标准、问价格。

在他的领导下，中国巩固了世界第二大经济体的地位。10 年间，国内生产总值翻了一番，占世界经济比重从 2012 年的 11.3% 增长到 18.5%，中国经济对世界经济增长的平均贡献率超过 30%。中国是新冠肺炎疫情发生后第一个恢复经济正增长的主要经济体。

2021 年，中国进出口规模突破 6 万亿美元，对美贸易额同比增长近三成，达到 7556 亿美元，再创历史新高。中国美国商会 2022 年度《中国商业环境调查报告》显示，66% 的会员企业计划今年增加在华投资，中国仍然是 60% 的会员企业近期全球投资计划的前三大投资目的地之一。

习近平反复强调，“发展要以人民为中心”。他作出中国社会主要矛盾已经转化为“人民日益增长的美好生活需要和不平衡不充分的发展之间的矛盾”的论断。他关心老百姓“幼有所育、学有所教、劳有所得、病有所医、老有所养、住有所居、弱有所扶”。他考察大中小学、职业学校、养老院、医院和福利院，查看老人食谱，告诉孩子“文明其精神，野蛮其体魄”。

习近平着力推进“教育强国”。在福州工作时，他曾兼任闽江职业大学校长，提出“不求最大、但求最优、但求适应社会需要”的办学方针。中共十八大以来，国家财政性教育经费投入占 GDP 比例连续 10 年保持在 4% 以上，教育成为财政一般公共预算第一大支出。

从实施“三孩”生育政策到教育“双减”，从建立世界上最大社保网、医保网到启用最新版国家医保药品目录，从改革户籍制度到废止劳教制度、收容教育制度，从力促垃圾分类、清洁取暖、厕所革命到提倡“房子是用来住的，不是用来炒的”，习近平都作出具体指示部署。面向 8500 万残疾人的无障碍设施覆盖率，也在他的推动下持续提升。

习近平正式把共同富裕列上施政日程，并强调这是社会主义的本质要求。

他曾任省委书记的浙江省目前正先行先试，为全国实现高质量发展推动共同富裕探路。“逐步实现全体人民共同富裕”在中共二十大上被写入党章。

习近平说，共同富裕路上，一个不能掉队；全面建设社会主义现代化国家，一个民族都不能少。中国有56个民族。10年间，习近平多次前往民族地区，常说各民族“要像石榴籽一样紧紧抱在一起”，要铸牢中华民族共同体意识。

10年间，中国生态环境保护发生历史性、转折性、全局性变化。习近平提出的“双碳”目标显示了中国参与全球气候治理的雄心。他部署长江流域重点水域十年禁渔，并建立河长制让全国每条河流都有“健康守护人”。随着生态改善，大熊猫、藏羚羊、雪豹等都去掉了“濒危”标签。

北京一度大气污染严重。习近平曾说，有段时间他每天早晨起来后第一件事，就是看看空气质量如何。他领导中国以前所未有力度开展大气、水、土壤污染防治。现在不仅北京空气质量明显改善，全国也好转了。芝加哥大学能源政策研究所的研究报告说，中国在2013年至2020年间减少了约40%空气污染物浓度，如果这一趋势延续下去，将给国民增加2年平均预期寿命。

习近平很早就认识到科技创新的关键作用，并为此投入巨大热情和精力。在正定，一名原广播站职工辞职办厂，研制出可自动识别音调变化的新型舞台灯光设备。习近平给他颁发了印有“县委书记、县长奖励”字样的“自学成才奖”，并亲自帮忙打开产品销路。

习近平担任总书记后，把科技创新摆在国家发展全局的核心位置，强调“科技是第一生产力”“创新是第一动力”，提出建设世界科技强国的战略目标。他主持政治局集体学习，请专家来讲授人工智能、大数据、量子科技、区块链等前沿科技议题。他考察航天中心、芯片科研所和高铁制造组装车间。他说，关键核心技术是要不来、买不来、讨不来的，必须牢牢掌握在自己手中。

世界知识产权组织发布的《2022年全球创新指数报告》显示，中国排名第11位，比2012年上升了23位。统计还表明，中国全社会研发经费支出从10年前的1万亿元增加到2.8万亿元，居世界第二位。

习近平与军队有着不解之缘，对军队怀有深厚感情。他主导了被称作具有“颠覆性”的军队改革，加快把人民军队建成世界一流军队。他率数百名高级军官重访古田，重申“党指挥枪”，查处一批涉及军队高层的违纪违法案件。他坚持完善中央军委主席负责制，形成军委管总、战区主战、军种主建新格局。人民军队紧紧扭住战斗力这个唯一根本标准，加强联合作战指挥体系和能力建设，大力纠治“和平积弊”。

习近平多次阅兵。他说：“能战方能止战。”10年间，中国两艘国产航母下水，第五代战机歼 -20 正式服役，东风 -17 弹道导弹批量装备，中国在高超音速武器研制方面走在前列。习近平表示，人民军队有信心、有能力维护国家主权、统一和领土完整，有信心、有能力为实现中华民族伟大复兴提供战略支撑，有信心、有能力为世界和平与发展作出更大贡献。

“习近平是把中国带向‘强起来’的领导人。”“他攻克了许多长期没有解决的难题，办成了许多事关长远的大事要事。”“他作出的贡献是开创性、独特性和世界性的。”中外人士这样评论。

《习近平谈治国理政》汇集了他励精图治——包括统筹推进“五位一体”总体布局、协调推进“四个全面”战略布局——的思考和做法，已出版 4 卷。习近平从中国优秀传统文化中汲取治国理政智慧。他讲“治大国若烹小鲜”，指出面对国家前途和民族命运，更需有强烈历史使命感与责任感，并把握好治国火候。他说“天下之本在国，国之本在家”，意思是千家万户都好，国家才能好，民族才能好。

中共十九大上，习近平新时代中国特色社会主义思想正式确立为中共的指导思想。这个思想继毛泽东思想、邓小平理论、“三个代表”重要思想、科学发展观后，被写入党章和宪法，指导中国在新时代新征程的各项事业。

《习近平谈治国理政》英文版改稿专家大卫·弗格森说，从脱贫攻坚到污染防治再到“一带一路”，习近平的思想涵盖各个领域，在各个层面落实到行动中，推动了中国过去 10 年发生历史性变化。

2016 年中共十八届六中全会明确了习近平作为党中央的核心、全党的核心的地位。

习近平说：“党中央的核心、全党的核心，对我来说就是责任，我要用毕生精力和全部生命来回报党和人民的信任，鞠躬尽瘁、死而后已，赴汤蹈火、万死不辞。”

5 年后，中共十九届六中全会通过的《中共中央关于党的百年奋斗重大成就和历史经验的决议》指出，党确立习近平同志党中央的核心、全党的核心地位，确立习近平新时代中国特色社会主义思想的指导地位，反映了全党全军全国各族人民共同心愿，对新时代党和国家事业发展、对推进中华民族伟大复兴历史进程具有决定性意义。

中共二十大认为，正是因为确立了习近平同志党中央的核心、全党的核心地位，确立了习近平新时代中国特色社会主义思想的指导地位，党才有力解决了影响党长期执政、国家长治久安、人民幸福安康的突出矛盾和问题，消除了党、国家、军队内部存在的严重隐患，从根本上确保实现中华民族伟大复兴进入了不可逆转的历史进程。

理论界认为，习近平科学回答了中国之问、世界之问、人民之问、时代之问，进一步擘画了中国未来发展的新图景。习近平新时代中国特色社会主义思想是当代中国马克思主义、二十一世纪马克思主义，是中华文化和中国精神的时代精华，实现了马克思主义中国化时代化新的飞跃。

中国的每名干部、党员都在学习和实践习近平新时代中国特色社会主义思想。国际上也有很多学者研究它。德国柏林普鲁士协会名誉主席福尔克尔·恰普克说，他读《习近平谈治国理政》，感觉里面充满迷人的想法。习近平带领中国走向的现代化与西方的不同。有朝一日人们将意识到，中国的道路将指引人类通向更加美好的未来。

三、化危为机、铁骨柔情

人们叹服于习近平的毅力、勇气和坚韧。面对困难，他从不退缩；为了理想，他绝不放弃。

共事过的人认为他身上有种强大力量。他经历过多种考验并富有应对经验。在福建、浙江和上海任职时，他领导应对多次强台风。他几乎彻夜不眠指挥转移群众，最大程度减少了人员伤亡和财产损失。同事认为他面对危机时“沉着应对”“举重若轻”。

在担任国家副主席时，习近平曾主抓北京奥运会和残奥会筹办，工作面临多重压力：汶川地震，拉萨“3 · 14”打砸抢烧暴力事件，火炬传递遇到反华势力阻挠。但最终北京奥运会办成了历史上最成功的奥运会之一。14 年后，北京冬奥会和冬残奥会遭遇新冠肺炎疫情，一些西方国家进行所谓“外交抵制”，但习近平领导中国向世界奉献了一届简约、安全、精彩的盛会。

进入新时代的中国面临严峻复杂的国际形势和接踵而至的巨大风险挑战。习近平强调，“必须准备进行具有许多新的历史特点的伟大斗争”——在主持起草中共十八大报告时，他明确要求加上这一论断。

他反复告诫：“中华民族伟大复兴，绝不是轻轻松松、敲锣打鼓就能实现的，实现伟大梦想必须进行伟大斗争。在前进道路上我们面临的风险考验只会越来越复杂，甚至会遇到难以想象的惊涛骇浪。”

在 2015 年也门危机中，他果断指示派遣飞机舰船撤出中国侨民。后来这次撤侨行动被改编成电影上映，引发爱国主义热潮。那年，中国股市跌宕，金融市场波动。习近平领导采取一系列措施，遏制了恐慌情绪，避免了一次系统性风险。

香港局势一度变得十分严峻。反中乱港势力勾连外部敌对势力，发动非法“占中”及街头暴乱，以争取“民主”为名，行分裂国家、颠覆政权之实，意图把香港变成实施“颜色革命”的桥头堡。习近平领导打出一套标本兼治的“组合拳”，包括制定实施香港国安法、完善香港特别行政区选举制度，落实中央全面管治权、落实“爱国者治港”原则，推动香港进入由乱到治走向由治及兴的新阶段。

2022 年 7 月 1 日，在庆祝香港回归祖国 25 周年大会暨香港特别行政区第六届政府就职典礼上，习近平说，“一国两制”这样的好制度，没有任何理由改变，必须长期坚持。

2015 年，习近平与马英九在新加坡会面，实现 1949 年以来海峡两岸领导人首次会晤。2016 年民进党上台后，顽固推行“台独”分裂，两岸关系遇到逆流。习近平提出新时代解决台湾问题的总体方略，提出探索“两制”台湾方案等一系列措施，牢牢把握了两岸关系主导权和主动权。他强调：“我们坚持以最大诚意、尽最大努力争取和平统一的前景，但决不承诺放弃使用武力，保留采取一切必要措施的选项。”

今年 8 月，美国国会众议长佩洛西不顾中方严正警告，执意窜访台湾，台海局势出现紧张升级。解放军在台岛周边海空域开展规模空前的实战化联合演训，对“台独”分裂势力及美台勾连挑衅形成强有力震慑。一个中国原则成为更加广泛的国际共识。

每当发生重大自然灾害，习近平都第一时间作出指示，要求全力救援，保障人民生命财产安全。他多次奔赴灾害现场看望群众，指挥抗灾救灾。2018 年中国成立应急管理部。习近平说：“衡量一个国家的制度是否成功、是否优越，一个重要方面就是看其在重大风险挑战面前，能不能号令四面、组织八方共同应对。”10 年来，中国的自然灾害都能及时得到救援，灾后恢复重建工作的速度和质量也在世界上首屈一指。

习近平夙夜在公，勤勉工作。他曾公开披露过一次自己“夜不能寐”的经历。那是 2020 年 1 月 24 日，农历大年三十，中国人一年中最重要的团聚日子，武汉却遭遇前所未有的新冠肺炎疫情。习近平彻夜未眠，第二天召集中央政治局常委会会议研究疫情防控。这之前习近平作出关键决定，对湖北省、武汉市人员流动和对外通道实行管控。

2020 年 3 月 10 日，在疫情防控的关键时刻，习近平前往武汉抗疫前线进行考察。他到集中救治点——火神山医院问候患者。他到社区考察疫情防控和群众生活保障情况，并特别叮嘱，武汉人喜欢吃活鱼，在条件允许的情况下应多组织供应。

在武汉正式“解封”的那一天，习近平给东湖新城社区全体社区工作者回信，一开篇就写道：“我从武汉回来后，一直牵挂着武汉广大干部群众。”那天，许多武汉居民走上阳台自发歌唱《我和我的祖国》。

习近平把抗击疫情形容为一场战争。中国在全球范围内率先控制住疫情，实现复工复产。疫情防控进入常态化阶段，习近平领导实施“动态清零”总方针，将中国的感染率和病亡率保持在非常低的水平。2022年，习近平又部署打赢“大上海保卫战”。

习近平说，中国人口基数大，如果搞“集体免疫”“躺平”之类的防控政策，后果不堪设想。“宁可暂时影响一点经济发展，也不能让人民群众生命安全和身体健康受到伤害，尤其是要保护好老人、孩子。如果算总账，我们的防疫措施是最经济的、效果最好的。”英国《自然·医学》杂志今年5月发布研究报告称，若中国放弃“动态清零”，可能在短短数月内新增1.12亿例确诊病例，导致逾150万人死亡。

处理好中美关系这一目前世界上最复杂、最重要的双边关系，是过去10年间习近平花心血最多的课题之一。2018年3月，时任美国总统特朗普签署备忘录，对从中国进口的商品大规模征收关税，并限制中国企业对美投资并购，发动贸易战。在习近平领导下，中国以“不愿打、不怕打，必要时不得不打”的原则和姿态应对。

习近平在布宜诺斯艾利斯和大阪同特朗普会晤，指出中美两国不应该落入所谓冲突对抗的陷阱，合作是双方最好的选择。他同美国现任总统拜登三次通电话，又举行视频会晤，提出中美应该相互尊重、和平共处、合作共赢，告诉美方要尊重中国的核心利益，慎重行事。

面对外部打压，习近平强调，要“坚定不移做好自己的事情”。中国持续推进改革开放，同时以各种对等举措强力回击，在国际社会中积极倡导多边主义，推动经济全球化，凝聚起反对单边主义和贸易保护主义的共识和强大力量。

习近平始终与形式主义和官僚主义做毫不妥协的斗争。他从刚参加工作开始就对这两种问题嫉恶如仇。有次他举扶贫工作中的例子批评说，有的贫困地区发展产业不进行调查研究，靠拍脑袋决策，去年让贫困户养鸡，今年让贫困户养羊，明年让贫困户种药材，扶贫项目和贫困户产业需求严重脱节。

习近平告诫省部级主要领导干部，要在各种可以预见和难以预见的狂风暴雨、惊涛骇浪中，增强我们的生存力、竞争力、发展力、持续力，确保中华民族伟大复兴进程不被迟滞甚至中断。

“党和人民取得的一切成就，都是通过斗争取得的。”在中共二十大上，发扬斗争精神、增强斗争本领的内容被写入党章。

2019 年 3 月，习近平同时任意大利众议长菲科举行会见。菲科向习近平提了一个问题：“您当选中国国家主席的时候，是一种什么样的心情？”习近平说：“这么大一个国家，责任非常重、工作非常艰巨。我将无我，不负人民。我愿意做到一个‘无我’的状态，为中国的发展奉献自己。”无我，是中国仁人志士的一种传统、一种精神，是为了集体的理想而矢志做出一切牺牲，不考虑任何个人利益。

习近平铁骨铮铮，又满怀柔情。10 年中，他多次复信美国民众，包括中学生和小学生，习近平说，希望他们做中美两国人民友谊的使者。

习近平曾长期在与台湾隔海相望的福建和浙江任职。与他长期共事的人说他是“台商台胞的贴心人”。有一位在厦门投资的台商，由于种种原因债务缠身，日子难过。习近平多次与这位台商座谈，帮助他解决问题。台商感动地说，习近平的关心让他“一辈子都难忘”。

对于不同意见乃至批评，习近平也宽容以待。在正定任县委书记时，习近平曾收到一名农村青年写的批评信，说县委抓商品生产雷声大雨点小，还从四个方面提出自己的见解。习近平非但没有生气，还笑着说：“这小子好像有点水平，想法也基本对头，闹不好还是个人才呢。”“我派人去考察一下，如果这个青年果真不错，我们就请他出来抓村里的商品生产。”担任总书记之后，习近平强调党内高级干部要重视民主决策，在酝酿和讨论过程中可以畅所欲言，可以批评，甚至可以反对，言者无罪。

习近平喜欢与知识分子、文学艺术家交朋友。知青时习近平与路遥住过一个窑洞，那时后者还没写出《平凡的世界》。两人围绕文学和人生彻夜长谈。他还与正定县的作家贾大山结下深厚友谊。1985 年，习近平调往福建。临分手时，习近平和贾大山都流下了激动的泪水，依依别情，难以言状。

习近平称知识分子是国家的宝贵财富。他与老教授、艺术家通信，多次到高校与知识分子交流。在北京大学，他与耄耋之年的哲学家汤一介促膝交谈，了解《儒藏》编纂情况。习近平主持文艺工作座谈会，会后与作家、艺术家等握手交流。

习近平以过人精力投入繁重工作。他在年轻时参加劳动打下了好的身体底子。这位“体育迷”对足球、冰球、爬山、游泳、拳击等都感兴趣，他仍抽时间游泳，每次游 1000 多米。他也从激烈体育竞赛中感悟出应对挑战的法则，“体育竞赛特别是足球比赛的魅力就在于不可预测”，他要求经济工作向高水平足球比赛学习，不能仅讲个人技术，还要上下左右形成整体。

四、让世界更加紧密相连

习近平还在年轻时就对世界的丰富多彩和人类的千姿百态产生兴趣。他在陕北农村下乡时阅读大量世界名著，有次为一本《浮士德》走30里地去借。他读莎士比亚剧作，不断思考“生存还是毁灭”的人类普遍问题。他在窑洞煤油灯下通读三遍《资本论》，写下18本读书笔记。他赞叹：“马克思主义博大精深，归根到底就是一句话，为人类求解放。”

这些思索融入了他数十年后提出的“人类命运共同体”理念。他说：“人类生活在同一个地球村里，生活在历史和现实交汇的同一个时空里，越来越成为你中有我、我中有你的命运共同体。”

他赞赏人类文明的多样性，说要让世界文明百花园群芳竞艳。他说，没有多样性，就没有人类文明。中国梦是中国人民追求幸福的梦，也同各国人民的美好梦想息息相通。他指出，中国共产党关注人类前途命运，要“为人类谋进步、为世界谋大同”。

习近平1979年陪同时任国务院副总理耿飚访问北欧。在挪威，他走访当地普通民众家庭，对挪威发达的福利社会印象颇深。1985年，已是正定县委书记的习近平到美国考察农业。他住当地人家里，睡在房东儿子卧室，与《星际迷航》玩偶相伴。他回忆那段经历时说，一个突出印象是，中美两国人民之间共同语言很多，完全能够成为互利合作的好朋友、好伙伴。

习近平8次访美。一名20世纪90年代接待过他的留学生回忆说，在一些专业的介绍会上，习近平几乎从头至尾埋头记录，而且特别爱发问。随后几年，这名留学生每年春节都能收到习近平寄送的贺卡。习近平是第一位在美国现场观看美国职业篮球联赛（NBA）比赛的中国国家领导人。访问古巴时，他还专程去海明威写《老人与海》的栈桥边和常去的酒吧，体验这位美国作家下笔时的精神世界和实地氛围。

习近平同俄罗斯总统普京自2013年以来会晤约40次，引领两国关系成熟、坚韧、稳定发展，发展中俄新时代全面战略协作伙伴关系。中俄贸易额从2012年的881亿美元增至2021年的1468亿美元。两国合作建设中俄东线天然气管道、田湾和徐大堡核电站等重大能源项目，还启动了国际月球科研站合作。

习近平主张构建新型大国关系。中国超越对抗、结盟的旧思维，打造全球伙伴关系网络。习近平说，不能身体已进入 21 世纪，而脑袋还停留在冷战思维、零和博弈的旧时代。

中国是世界上邻国最多的国家。习近平说“好邻居金不换”。他遍访几乎所有周边国家，提出要按亲诚惠容的理念，深化同周边国家的互利合作，努力使自身发展更好惠及周边国家。

习近平重视延续与发展中国家的传统友谊。他两次当选国家主席后的首次出访，行程中都有非洲。2013 年他在坦桑尼亚尼雷尔国际会议中心的 30 分钟演讲，获得 30 次掌声。他十分关心非洲这块人类起源地的发展，说非洲是“充满活力和希望的大陆”。

习近平 3 次出席中非合作论坛峰会和部长级会议，宣布“十大合作计划”“八大行动”“九项工程”等中非务实合作倡议。2022 年南非一个基金会发布的民调显示，在非洲青年看来，中国已成为非洲大陆最具影响力的域外国家。

习近平呼吁以金砖国家为代表的新兴经济体坚持开放创新，促进世界经济复苏。2020 年，他宣布在厦门建立金砖国家新工业革命伙伴关系创新基地。

中国同巴基斯坦、柬埔寨、缅甸、老挝、越南等国携手构建双边命运共同体，同相关各方就打造周边、亚太、上海合作组织、中国－东盟、中非、中阿、中拉、中国同太平洋岛国等命运共同体达成重要共识，积极推动网络空间、核安全、海洋、卫生健康、人与自然、全球发展等领域共同体建设。一个多维、立体的人类命运共同体实践体系日益完善。

人类命运共同体理念被载入党章和宪法，也被多次写入联合国等国际组织和多边机制的重要文件。第七十一届联合国大会主席彼得·汤姆森说，构建人类命运共同体是“人类在这个星球上唯一的未来”。

出于对人类应该同舟共济的坚信，习近平在 2017 年来到瑞士达沃斯，成为出席世界经济论坛年会的首位中国元首。他说，“让世界经济的大海退回到一个一个孤立的小湖泊、小河流，是不可能的，也是不符合历史潮流的”，呼吁共促全球发展。

在达沃斯演讲后第二天，习近平又来到联合国日内瓦总部。他发出了后来被人们热议的“世界之问”——“当今世界充满不确定性，人们对未来既寄予期待又感到困惑。世界怎么了、我们怎么办？”

在他看来，虽然世界各国命运前所未有地紧密相连，但人类社会又面临治理赤字、信任赤字、发展赤字、和平赤字的严峻挑战。

破解“四大赤字”，中国倡导以和平方式处理分歧，以对话协商解决争端；

构建全球发展伙伴关系，让发展成果更多更公平惠及每一个国家、每一个人；拆除阻碍生产要素自由流动的藩篱壁垒，推动构建开放型世界经济；以对话代替冲突，以协商代替胁迫，以共赢代替零和；摒弃意识形态划线，团结推动世界和平与发展；构建相互尊重、公平正义、合作共赢的新型国际关系。

习近平倡导的全球治理观，超越了数百年来国际秩序变迁背后弱肉强食、赢者通吃的陈旧“世界观”，厘清了全球治理体系变与不变的辩证关系：一方面，联合国宪章的宗旨和原则、多边主义的旗帜不能变；另一方面，要加强国际协调应对日益增多的全球性挑战和威胁，还要通过践行共商共建共享反映发展中国家群体性崛起的国际政治现实。

习近平总说，“中国发展离不开世界，世界发展也需要中国”，并身体力行向世界“讲好中国故事，传播好中国声音”。他喜欢用多种比喻来形象地说明中国与世界的关系，比如，中国是“和平的、可亲的、文明的狮子”，是“大块头”不是“墨菲斯托”。作为经历过贫困的领导人，习近平的一句名言是，“努力不让任何一个国家掉队”。他欢迎各国“搭乘中国发展的列车”。

习近平说，中国始终是世界和平的建设者；只有人人都珍爱和平、维护和平，只有人人都记取战争的惨痛教训，和平才有希望。他与时任希腊总统帕夫洛普洛斯一同参观雅典卫城博物馆，在“沉思的雅典娜”浮雕前讨论雅典娜对战争与和平的思考与中国成语“止戈为武”之间的异曲同工。

中国是联合国安理会常任理事国中第一大维和部队派出国，中国“蓝盔”成为联合国维和关键力量。乌克兰危机发生后，习近平第一时间与相关国家领导人通话促和。他还积极推动解决巴以冲突、朝鲜半岛局势、阿富汗问题等地区热点问题。习近平曾在出访法国时前往诺曼底战役的盟军登陆点，对同行人员讲到战争给相关国家和人民带来的灾难，低头沉思良久。他曾说：“战争是一面镜子，能够让人更好认识和平的珍贵。”

新冠肺炎疫情肆虐全球，习近平密集开展“云外交”，仅 2021 年以来，以电话、书信、视频等方式展开的外交活动就有百余次。疫情期间的国际抗疫“云会议”包括二十国集团领导人应对新冠肺炎特别峰会、世界卫生大会视频会议、中非团结抗疫特别峰会等。

习近平指示向 150 多个国家提供抗疫物资，将中国自主研制的疫苗作为全球公共产品发往世界各地。更大的国际公共产品是习近平提出的“一带一路”倡议。世界上已有约四分之三国家同中国签署共建“一带一路”合作文件。“一带一路”成了当今世界深受欢迎的国际合作平台。

中国已成为影响世界政治经济版图变化的重要因素。一些应对全球性问题的倡议和举措因为有习近平的大力推动才得以有效推进。联合国前秘书长潘基文回忆说，2016 年习近平邀请他和时任美国总统奥巴马访问杭州，在G20 峰会前一天，中美两国领导人向他提交了应对气候变化《巴黎协定》批准文书。“如果不是习近平主席的倡议，我们现在也不会达成《巴黎协定》。”潘基文说。

习近平说，中国有能力也有责任在全球事务中发挥更大作用。他提出和平、发展、公平、正义、民主、自由的全人类共同价值。疫情发生后，他先后提出全球发展倡议、全球安全倡议，为共创后疫情时代美好世界凝聚最大共识。这两个倡议统筹发展和安全，坚持共同、综合、合作、可持续的安全观，呼吁加强减贫、粮食安全、抗疫和疫苗、发展筹资、气候变化和绿色发展、工业化、数字经济、互联互通等领域合作，加快落实联合国 2030 年可持续发展议程，已经得到 100 多个国家的积极响应。

联合国秘书长古特雷斯高度赞赏习近平提出全球发展倡议展现出的远见卓识。他说，这一倡议对提振国际发展合作、落实 2030 年议程意义重大，将助推世界走向更可持续和包容的未来。

“中国在构建命运与共的世界中发挥引领作用。”英国社会科学院院士马丁·阿尔布劳说，“这种领导力不是体现在军事上，而是道德和价值方面的影响。”巴基斯坦总统阿尔维说，正如习主席所传达的，这个世界需要更好的合作、更深入的相互理解和更广泛的和平。

五、开拓人类文明新形态

“我们对时间的理解，是以百年、千年为计。”习近平曾这样表达他的时间观；他也曾引用德国文学家莱辛的名言“历史不应该是记忆的负担，而应该是理智的启迪”说明自己对待历史的态度。

自青少年时期就爱读历史书的习近平认为，想问题、作决策要有历史眼光。他多次强调，党立志于中华民族千秋伟业，致力于人类和平与发展崇高事业，要“坚定历史自信，增强历史主动”。

习近平称中华优秀传统文化为“中华民族的根和魂”。他带领中央政治局就深化中华文明探源工程进行集体学习，并引用毛泽东的话说：“从孔夫子到孙中山，我们应当给以总结，承继这一份珍贵的遗产。”中共二十大召开前，习近平为《复兴文库》撰写题为《在复兴之路上坚定前行》的序言，提出：修史立典，存史启智。

曾任韩国中央日报社中国研究所所长的韩友德说，在中国共产党领导下，中国民众的自信心显著提升。习近平把“自信”概括为四个方面，即道路自信、理论自信、制度自信和文化自信，“更基础、更广泛、更深厚”的是文化自信。

过去10年，习近平走进山东曲阜孔府、湖南长沙岳麓书院、福建武夷山朱熹园等地。“如果没有中华五千年文明，哪里有什么中国特色？如果不是中国特色，哪有我们今天这么成功的中国特色社会主义道路？”他这样感叹。他同时指出，要用文明交流交融破解“文明冲突论”，弘扬中华文明蕴含的全人类共同价值。习近平倡导相互尊重、和衷共济、和合共生的人类文明发展道路。

英国学者马丁·雅克说，中国不仅仅是一个民族国家，它是一个文明型国家——如果不能理解这一点，也就无法真正理解任何有关中国的问题。

习近平引领的中国式现代化，被认为是在创造一种人类文明新形态。习近平把中国式现代化概括为五个方面，即人口规模巨大的现代化、全体人民共同富裕的现代化、物质文明和精神文明相协调的现代化、人与自然和谐共生的现代化、走和平发展道路的现代化。中国式现代化既有各国现代化的共同特征，更有基于自己国情的中国特色。

“我们推进的现代化，是中国共产党领导的社会主义现代化，必须坚持以中国式现代化推进中华民族伟大复兴，既不走封闭僵化的老路，也不走改旗易帜的邪路，坚持把国家和民族发展放在自己力量的基点上、把中国发展进步的命运牢牢掌握在自己手中。”习近平说。

中外学者从各个角度和层面探究中国式现代化的特质，包括以人民为中心而不是被资本所统治，追求马克思提出的“人的自由全面发展”，既继承和发展5000年中华文明又注重吸收人类创造的一切文明优秀成果，坚持和平发展、共同进步，推动构建人类命运共同体。

中国式现代化致力破解人类社会发展的诸多难题，为人类对更好社会制度的探索提供中国智慧和中国方案。

按照习近平擘画的发展图景，到2035年，中国这个世界上最大的发展中国家基本实现现代化，意味着人类历史上第一次十亿规模以上人口整体迈入现代化。中国以自己的独特方式在世界现代化进程中取得巨大成就，是中国共产党为人类进步事业作出的最大贡献。

那时，中国人均国内生产总值达到中等发达国家水平，中国将进入创新型国家前列，碳排放达峰后稳中有降。世界上覆盖范围最广的高铁系统总长扩大近一倍，50万人口以上城市高铁通达。目前中国中等收入群体的规模超过4亿人，按联合国标准，中国人民生活已经进入相对殷实富足阶段。到

2035年，中等收入群体比重明显提高，人的全面发展、全体人民共同富裕取得更为明显的实质性进展。

从“文明蒙尘”的劫难岁月到开创人类文明新形态，中国式现代化进程不仅让14亿多中国人感到自豪，终结了“历史终结论”，还给世界上那些既希望加快发展又希望保持自身独立性的国家和民族提供了全新选择。

坦桑尼亚达累斯萨拉姆大学中国研究中心主任汉弗莱·莫西的办公桌上，《习近平谈治国理政》等著作十分醒目。“中国的发展故事告诉我们，贫穷和落后是可以被战胜的，找到正确的路径，非洲国家也能够实现繁荣发展。”

曾任英国伦敦经济与商业政策署署长的中国问题专家罗思义说，中国以人类历史上最快的速度提升了最多数量人的福祉，不仅造福自己而且造福他人，这才是它最伟大的成就。“谁不希望见证历史？又有谁不希望从中吸取可供借鉴的经验呢？”

一个将马克思主义基本原理同中国具体实际相结合、同中华优秀传统文化相结合的社会主义大国正屹立于世界东方。这意味着诞生500多年、经历曲折发展历程的世界社会主义，不仅没有在喧嚣围剿中被判失败，反而是在新时代中国共产党人手中焕发出强大生机活力。

10年前，刚刚接过历史的接力棒，担任总书记的习近平面对中外记者表示：“全党同志的重托，全国各族人民的期望，是对我们做好工作的巨大鼓舞，也是我们肩上的重大责任。”

在中共二十届一中全会上当选总书记后，习近平说，中国式现代化是一项伟大而艰巨的事业，“惟其艰巨，所以伟大；惟其艰巨，更显荣光”，“我们一定牢记党的性质和宗旨，牢记自己的使命和责任，恪尽职守、勤勉工作，决不辜负党和人民重托”。

以中国式现代化推进中华民族伟大复兴，以人类命运共同体理念推动建设持久和平、普遍安全、共同繁荣、开放包容、清洁美丽的世界，新征程已然开启。“道阻且长，行则将至。”

（新华社2022年10月25日）

申报资料实录

作品简介：这篇稿件是新华社二十大对外报道的扛鼎之作，用近1.9万字生动记述习近平总书记的成长历程，充分展现他卓越的领导才能，系统展示在他领导下过去十年党和国家事业取得历史性成就、发生历史性变革，全面展望、描绘了在习近平总书记领导下中国奋进全面建设社会主义现代化国家新征程的壮丽图景。这篇稿件具有以下鲜明特点：内容扎实，信息量大，思想深刻，彰显总书记引领新时代新征程思想和实践的强大说服力；创新话语，平实贴近，形神兼备，突出新征程领路人的巨大感召力；回应关切，有的放矢，有针对性地就利益攸关重大问题解疑释惑，展现总书记的高超引导力；同理共情，传播人类共通情感，体现全人类共同价值，传递总书记风貌言行的非凡亲和力。写作专班在2022年3月份即成立，成员认真研读30多本总书记各领域重要论述摘编，力求学深悟透重要思想，并赴内蒙、陕西、福建等总书记考察或工作过的地方深入采访调研，挖掘鲜活素材。全篇用了大约40个与总书记相关的故事、瞬间，有不少故事鲜见于报端，还配发30多张照片，增强文章的可读性，并用多种语言发稿，强化稿件的全球抵达率。

社会效果：稿件播发后，学习强国平台首页展示，人民网、央视网、央广网、今日头条、腾讯、百度等头部媒体置顶发布，浏览量超过2.5亿，稿件被包括美国彭博社、英国《经济学人》网站、澳大利亚《先驱太阳报》、法国《舆论报》网站、西班牙《真理报》、俄罗斯《劳动报》网站等7000多家媒体采用，海媒浏览量超过5000万、互动量63万，留言跟帖积极正面。受众认为，稿件文风朴实，语言平实，生动的故事、亲民的视角传递出深层次的情感力量。

初评评语：这篇稿件从领袖与人民的亲切关系中把握报道基调，生动展现了新时代非凡历程，并对海外最关切的问题有针对性地作出回应，写作上把小故事与大情怀相结合，在国际话语中彰显了全球认同。

习近平抵达利雅得出席首届中国－阿拉伯国家峰会、中国－海湾阿拉伯国家合作委员会峰会并对沙特进行国事访问

黄敬文

当地时间12月7日下午，国家主席习近平乘专机抵达利雅得，应沙特阿拉伯王国国王萨勒曼邀请，出席首届中国－阿拉伯国家峰会、中国－海湾阿拉伯国家合作委员会峰会并对沙特进行国事访问。这是习近平乘专机抵达利雅得哈立德国王机场时，沙特利雅得省省长费萨尔亲王、外交大臣费萨尔亲王、中国事务大臣鲁梅延等王室重要成员和政府高级官员热情迎接。

新华社记者 黄敬文 摄

（新华社2022年12月07日）

申报资料实录

作品简介：2022 年 12 月 7 日，国家主席习近平抵达沙特阿拉伯首都利雅得，对沙特进行国事访问。沙方礼宾护卫机从空中飞过，拉出象征中国国旗的红黄两色彩带。这是沙特特别安排的最高礼遇，凸显对中国的尊重，彰显中沙关系的“热度”。习主席和沙特王室重要成员和政府高级官员握手交谈时，礼宾护卫机从空中拉出彩带出现在画面上空，只有一秒钟的时间，飞机转瞬就飞出画面，记者排除现场双方记者、礼宾官、警卫拥挤和拍摄位置限制等多重干扰因素，找准点位，抓住一秒钟的拍摄时机，定格珍贵历史瞬间。这是现场中外所有媒体视频和图片报道中唯一一张全要素的画面。

社会效果：新华社播发通稿后，稿件总计被 1099 家媒体采用，人民日报等 63 家央媒头版采用，26 家其他媒体头版采用；国际传播方面，共同社、华尔街日报、国际日报（印尼）、经济导报等 10 家境外主流媒体采用；网媒 418 家，纸媒 95 家，广电媒体 13 家，微信公众号 11 家，客户端 562 家采用。微信总阅读量 230711 次，客户端总阅读量 5763709 次，客户端总评论量 30067 次，客户端总点赞量 56432 次。

初评评语：事因难能，方显可贵。这张要素齐备、瞬间精准的优秀照片，考验的是记者的敏锐观察和快速反应能力。当国家主席习近平抵达沙特阿拉伯首都利雅得哈立德国王机场，走下飞机舷梯和欢迎人员握手交谈时，沙方礼宾护卫机从空中飞过拉出象征中国国旗的红黄两色彩带，这一蕴含重要新闻信息和独特标志意义的宝贵场景转瞬即过。摄影记者能在紧张复杂的现场环境中，成功抓取记录下沙特特别安排的最高礼遇，不仅使新闻信息更加完备生动，更彰显了新闻事件背后的特殊重要意义，也展现出摄影记者的高度新闻敏感和扎实摄影功力。

中国政府和中国人民实现祖国统一的决心坚如磐石

马小宁　裴广江　胡泽曦

美国国会众议长佩洛西不顾中方强烈反对和严正交涉，窜访中国台湾地区，严重违反一个中国原则和中美三个联合公报规定，严重冲击中美关系政治基础，严重侵犯中国主权和领土完整，严重破坏台海和平稳定，向“台独”分裂势力发出严重错误信号。对此，中方予以坚决反制，完全正当，合理合法，由此产生的一切后果必须由美方和“台独”分裂势力负责。

一个中国原则是中国与各国建交的基本原则，构成二战后国际秩序的组成部分。中美建交公报明确指出，美国承认中华人民共和国政府是中国的唯一合法政府，在此范围内，美国人民将同台湾人民保持文化、商务和其他非官方关系。美国国会是美国政府的组成部分，佩洛西是美国政府的第三号人物，理应严格遵守美国政府的一个中国政策，严格恪守美方向中方作出的政治承诺。中方历来反对美国国会议员窜访中国台湾地区，认为美国行政部门有责任予以阻止。然而，美方说一套、做一套，毫无诚信可言。美方一再重申，美国的一个中国政策没有改变也不会改变，美方不支持台湾“独立”。但佩洛西执意窜访中国台湾地区，将美方政治承诺抛诸脑后，让国际社会进一步看清，究竟是谁在改变台海现状，谁在破坏中美关系，谁在损害地区和平稳定，谁在破坏国际秩序。逆和平发展历史大势而动者，无论是谁，都必将被钉在历史耻辱柱上。

佩洛西窜访中国台湾地区，是美方歪曲虚化掏空一个中国原则的又一危险行径。一段时间以来，美国政府在台湾问题上屡屡采取错误言行，不断提升美台官方往来层级。尽管美国政府中和美国舆论界大量声音认为佩洛西窜访中国台湾地区将给台海局势制造重大风险，给美中关系带来严重冲击；尽管国际社会有识之士纷纷强调佩洛西窜访中国台湾地区是危险的、不负责任的，严重违反国际关系基本准则；尽管地区国家一再奉劝美方以中美关系大局和地区和平稳定为重，但美方最终仍为佩洛西的严重错误行径开了绿灯。美方一面把“维护台海稳定”“维持台海现状”“给美中关系设置护栏”挂在嘴边，一面又任由佩洛西冒天下之大不韪窜访中国台湾地区，在台海制造风浪，给中美关系制造新的严重困难，这只能说明美方的真实目的就是要打“台湾牌”，就是要搞“以台制华”，就是要遏制中国发展。

在涉及主权领土完整的大是大非问题上，任何一个国家都没有妥协退让余地。一个中国原则是中国同任何国家发展关系的前提和基础，我们绝不允许“越线”行为。台湾问题事关中国国家主权和领土完整，涉及中国核心利益，是中美关系中最重要、最敏感的核心问题。美方变本加厉搞“以台制华”，将台海局势推向进一步紧张，必将付出沉重代价。中国政府和中国人民在台湾问题上的立场是一以贯之的，坚决维护国家主权和领土完整是14亿多中国人民的坚定意志。中方早已严正申明，如果美方一意孤行，必将采取强有力措施挫败任何外部势力干涉和“台独”分裂的图谋。中国人民说到做到。任何人都不要错估中国人民捍卫国家主权和领土完整的坚强决心、坚定意志、强大能力。

台湾问题的历史经纬明明白白，两岸同属一个中国的事实和现状清清楚楚。台湾民进党当局置中华民族根本利益和台湾民众福祉于不顾，甘当外部势力的棋子，充分暴露“倚美谋独”的危险企图。中华民族具有反对分裂、维护统一的光荣传统。“台独”分裂行径是祖国统一的最大障碍，是民族复兴的严重隐患。凡是数典忘祖、背叛祖国、分裂国家的人，从来没有好下场，必将遭到人民的唾弃和历史的审判。统一是历史大势，是正道。“台独”是历史逆流，是绝路。在祖国统一的历史大势面前，任何谋“独”企图都注定失败。

民意不可违，大势不可逆。祖国必须统一，也必然统一。实现祖国统一的时与势始终牢牢掌握在我们的手中。中国政府和中国人民实现祖国统一的决心坚如磐石，不会因任何人、任何势力、任何国家而改变。我们坚决反对外部势力干涉和“台独”分裂，绝不为任何形式的“台独”势力留下任何空间！

（《人民日报》2022年08月03日）

申报资料实录

作品简介：2022年8月，时任美国国会众议长佩洛西不顾中方强烈反对和严正交涉窜访中国台湾地区。人民日报提前策划，精心撰写“本报评论员”文章《中国政府和中国人民实现祖国统一的决心坚如磐石》。这篇评论文章8月3日在人民日报要闻一版全文刊发，国内各媒体平台第一时间转发，总台新闻联播播发摘要。这篇评论员文章以“五个严重”对佩洛西窜台恶行定性定调，对美国政府为佩洛西窜台开绿灯、企图“以台制华”进行严正揭批，对民进党当局“倚美谋独”的危险行径进行严正震慑，展现了中国人民捍卫国家主权和领土完整的坚强决心、坚定意志、强大能力。这篇评论员文章一经发表，即创造多项传播纪录。据不完全统计，截至2022年8月11日，文章在国内各新媒体平台阅读量达16.7亿次，创造了人民日报单篇国际评论总阅读量的新纪录。相关微博热门话题“实现祖国统一的决心坚如磐石”持续置顶，近200家媒体微博发布，3万人原创参与，讨论次数近18万次，实现了单个话题连续3天阅读量超过1亿次。另一个相关微博热门话题“人民日报评佩洛西窜台”阅读量突破2.2亿次。

社会效果：这篇人民日报评论员文章基调把握稳妥，批驳精准有力，在国内外舆情复杂的关键时刻及时权威发声，旗帜鲜明、一锤定音，充分发挥了人民日报评论中流砥柱和定海神针的作用，在舆论引导和舆论斗争中取得显著成效。美国《纽约时报》《华尔街日报》《华盛顿邮报》《星条旗报》彭博社，以及法国《解放报》、新加坡《海峡时报》、印度《国民先驱报》、日本《日本时报》、卡塔尔《新阿拉伯人》等国际主流媒体对佩洛西窜台事件的报道均引用了这篇评论文章。《华尔街日报》发表文章，大篇幅转引这篇评论员文章，强调这篇评论指责美方通过提升美台官方交往水平来虚化掏空一个中国原则，并指出美国政府“为佩洛西的严重错误行径开了绿灯”。《华盛顿邮报》报道指出，《人民日报》在头版发表评论，批评华盛顿没有阻止佩洛西的访问，认为这违反了一个中国原则。《纽约时报》报道说，共产党主要报纸《人民日报》头版发表评论强调“一段时间以来，美国说一套做一套，不断歪曲虚化掏空一个中国原则”。报道还附上了这篇评论文章的原文链接。此外，这篇评论员文章外文版本在美国、巴基斯坦、尼泊尔、墨西哥、坦桑尼亚、乍得、加纳等7个国家的21家媒体全文落地。

初评评语：《中国政府和中国人民实现祖国统一的决心坚如磐石》一文以新时代党解决台湾问题的总体方略为指导，准确阐释中方立场，稳妥把握基调，精准有力批驳，在国内外舆情复杂的关键时刻及时权威发声，旗帜鲜明、一锤定音，取得显著传播效果，充分发挥了人民日报评论中流砥柱和定海神针的作用，是对美涉台舆论斗争中的一篇质量和传播效果俱佳的作品。

Visits of vision (习近平主席的海外足迹)

集　体

代表作1:

Xi's trips to Washington state deepen ties, knowledge

By LINDA DENG in Seattle

Editor's note: China Daily is publishing a series of stories reviewing President Xi Jinping's visits at home and abroad in the past decade, to showcase his vision for development in China and the world.

The visit was nearly seven years ago, but it is etched so clearly on Nathan Bowling's mind that it is as though it happened yesterday.

On Sept 23, 2015, Bowling was teaching a sociology class at Lincoln High School in Tacoma, Washington state, but this was to be no routine lesson. Standing in the classroom before him and his students was a very special guest: Chinese President Xi Jinping.

Xi's school visit was his last public stop during a visit to Washington state. He would meet members of the Lincoln High School football team and receive a custom No 1 Lincoln Abes' game jersey with his name on it.

"At one point, we had a conversation about whether they could shake his hand or not," Bowling said of his students. "And I was like, 'Of course not. No way.' And then, when he stuck his hand out to shake hands with the kids in the row, the first kid squealed, like it was the Beatles. That was really cool to me. That means they understood the gravity of the moment."

Among the many things Bowling clearly recalls about the visit is what Xi said about China.

Bowling recalled Xi as saying something to the effect of when you go to Xi'an, you can see China more than 1,000 years in the past; when you go to Beijing you can see 500 years in the past; and when you go to Shanghai you can see 100 years in the past.

"And that passage really stuck with me. That's kind of a demonstration of the depth of Chinese history."

Bowling and his wife have visited China many times since 2014. They have worked with high school students and middle school students in Chengdu, Sichuan province. The other cities they have toured include Beijing, Macao, Hong Kong and Shanghai.

Bowling said his trips to China have enabled him to deepen his knowledge far beyond what people can get from a book. On each trip, he said, he has been "blown away" by the country, its people and their generosity.

In 2019, Bowling and his family moved to the United Arab Emirates, and his most recent trip to China was in 2020, when he accompanied his students to a conference at Concordia International School in Shanghai.

"I have fond memories also of the first host family we stayed with. They were just like everyday Chinese ... middle–class people, who were living very, very happy lives.

"I learned how to play mahjong and how to make dumplings. I think what really made that visit meaningful is that I was able to bring some of that culture and some of the history to my students. And that's what the president offered with his visits."

After exchanging gifts and speaking with students that day in Tacoma, Xi made a speech in the school auditorium.

Because of her involvement with the Lincoln Lady Abes basketball team, Shauntel Berry was able to witness the speech. What she remembered most clearly was the delay between Xi saying in Chinese that 100 students were to be invited to travel to China, and then the translation from the interpreter. Everyone was cheering, probably hoping to be one of those selected, she said.

"Initially, I didn't understand why President Xi was visiting my high school out of all the other schools," Berry said. "Before, I was not aware of the connection between Lincoln and China.

"Having never traveled, I had no prior opinions about China. ... I had no idea what life was like outside of my own (country). In being gifted with an opportunity to observe and experience a different way of living, I will forever be thankful to President Xi."

In 2016, Berry visited China as one of those 100 students invited.

"Traveling to China made me realize we're all living different lives, and there's more than one way to live. I took notice of the values and the normality of respect of the Chinese people, a shock compared to here in the states.

"There is a level of tradition that seemed to be maintained no matter where you were. My great-grandfather Lee, who was Chinese, but born in India, would always introduce me to different Asian foods and snacks while growing up. Having those experiences only made me want to know more.

"Traveling to China was not only a way to learn about the culture, but also respect the land that my ancestors had once walked. The week spent there was not nearly enough time. There was so much I wanted to explore and see."

Berry said she plans to study in China and would like to learn about the origins of traditional Chinese medicine.

Lincoln High School Principal Patrick Erwin, said: "The president's visit (in 2015) opened my students' eyes to the rest of the world, specifically China. They have never met or been in the presence of a leader of his magnitude, so that made it special, but the gift of travel that he gave to our students will never be forgotten.

"The visit dazzled them, and the ensuing trip changed their lives forever. I have students that planned on studying in China before the pandemic and still hope to do so once things return to normal."

It was Xi's second visit to Tacoma, his first being 22 years earlier when he was Party secretary of Fuzhou, capital of Fujian province. A year later, Tacoma and Fuzhou would become sister cities.

In 2008, to facilitate ties between teachers, students, sports and culture, Lincoln High School signed a memorandum with the Affiliated High School of Fuzhou Institute of Education.

More frequent cultural and educational exchanges after that spawned a fruitful relationship that helped set the stage for Xi's visit.

Last year, Erwin wrote to Xi and briefed him about student exchanges in recent years. Before the COVID-19 pandemic, the school received about 10 student-group visits from China and welcomed 25 to 50 Chinese exchange students to Tacoma each year.

Students and teachers were forever changed by what they saw in the schools they visited in China, Erwin said.

"Dedicated students, excellent teaching and a focus on education as the gateway to a better life. I know the students who visited returned home committed to doing more to try and keep up with their Chinese friends."

代表作 2:

President's Belgian trip fostered affection

By CHEN WEIHUA in Brussels

Editor's note: China Daily is publishing a series of stories reviewing President Xi Jinping's visits at home and abroad in the past decade, to showcase his vision for development in China and the world.

Eric Domb, the founder and chief executive officer of the Pairi Daiza zoo and botanical garden in Belgium, beamed when he recalled a visit by Chinese President Xi Jinping and his wife Peng Liyuan on March 30, 2014.

It was shortly after the arrival in Belgium of Xing Hui and Hao Hao, the first pair of giant pandas there.

Accompanied by Belgium's King Philippe and Queen Mathilde, Xi inaugurated the Chinese garden at Pairi Daiza, including planting a magnolia tree, about 60 kilometers south of the Belgian capital of Brussels.

"We were very honored," Domb said of the visit, the first trip to the zoo and garden by a head of state other than the Belgian king. "We spent more than an hour together. We had a wonderful time."

Domb said most of the time was spent visiting the Chinese garden, and he was amazed that the Chinese president knew so much about classic gardens. He was also impressed by how good Xi was at planting the magnolia tree like a real gardener, unlike many government officials.

"He was a very humble man, low-profile, fantastic."

The Chinese garden, occupying 45,000 square meters and now the home of the five giant pandas, was built by workers from Shanghai, people whom Domb described as "real friends and good friends".

The ponds, pavilions, temples, bridges, rocks, sculptures, potted landscape, bamboos, medicinal herbs, flowers and other trees and plants from China, as well as a teahouse and Chinese restaurant, take visitors on a tour of China.

The Chinese gardeners summon philosophy, history, legends, religion and symbolism, Pairi Daiza, a privately owned zoo, says in its introduction to visitors.

Domb said that the giant pandas in such a surrounding are what is important to visitors.

"It's a fantastic opportunity to open people to all cultures. We have a lot to learn about other cultures and philosophies, all the wisdom."

Domb was happy that the Chinese workers who helped build the garden at the time were so excited to see their own president and shake his hand.

"It was a beautiful moment," he said. "These people have been working very hard. They are great workers."

He was proud that the archway in the Chinese garden has the Chinese characters of "Chinese dream" on top, a pure coincidence with Xi's slogan on the rejuvenation of the Chinese nation.

Xi's visit to Belgium in 2014 was the first state visit made by a Chinese head of state to the country in 27 years. He and his wife Peng were welcomed at the airport by the then Belgian prime minister Elio Di Rupo. King Philippe held a grand welcoming ceremony for Xi before their meeting.

During the visit, Xi also laid a wreath at the Tomb of the Unknown Soldier. He had talks with Di Rupo and parliamentary leaders. The two countries signed agreements covering the economy and trade, science and telecommunications and education.

In addition to the zoo, Xi visited the Volvo Car Group facilities in Ghent, accompanied by King Philippe and Queen Mathilde. He also addressed students and faculty on Chinese civilization and China-EU relations at the College of Europe in Bruges.

During his stay in Brussels, Xi also visited EU headquarters and met EU leaders, becoming the first Chinese head of state to visit EU headquarters since the establishment of diplomatic ties between China and EU in 1975.

Just a year later on June 23, 2015, Xi welcomed King Philippe to Beijing for a weeklong state visit at Xi's invitation. It was the king's first state visit overseas since he was crowned in July 2013.

On Oct 25, 2021, Xi and King Philippe exchanged congratulatory messages on the 50th anniversary of bilateral diplomatic ties.

Ties between China and Belgium have expanded greatly over the decades. According to the Belgian government, their bilateral trade was worth 32.8 billion euros ($34.3 billion) last year, 22.8 percent higher than in 2020.

There are 32 pairs of sister cities between the two countries.

"China and Belgium have adhered to free trade and an open global economy, welcomed each other's enterprises and people, actively carried out practical cooperation in various fields, not only benefiting themselves, but driving each other's development through cooperation," China's ambassador to Belgium, Cao Zhongming, wrote in an opinion piece in China Daily in October marking the 50th anniversary of relations.

Before the pandemic broke out, Domb said he had visited China every year and has visited the country 25 times in total.

During one of the visits, he met Xi and Peng again. This was when Domb attended a dinner event in Beijing with the visiting Belgian delegation a year after Xi's visit to Pairi Daiza.

During a brief chat, Peng asked if the giant pandas Xing Hui and Hao Hao had a baby yet.

Domb said, "Madame, I promise we will have a baby very soon."

He immediately started to contact giant panda scientists in Sichuan province, where Xing Hui and Hao Hao came from. On June 2, 2016, Hao Hao, who had been artificially inseminated with Xing Hui's sperm, gave birth to the cub Tian Bao. It was the first giant panda born in Belgium.

"In a sense, Tian Bao was a promise to the first lady," Domb told China Daily on June 2 when zoo staff and giant panda fans held a celebration for Tian Bao's sixth birthday.

Hao Hao, again through artificial insemination, gave birth to twin cubs on Aug 8, 2019. One is male Bao Di and the female cub is Bao Mei, "a dragon and phoenix" in Domb's words, quoting Chinese tradition.

Domb said he is frustrated that he still cannot travel to China because of the pandemic.

He had relished his trips to Suzhou, Jiangsu province, to appreciate its traditional Chinese gardens, to Fujian province to discover the tea and Hakka culture, to

Jingdezhen to search for Chinese porcelain and to Yixing for Chinese pottery.

He has been fascinated by Chinese culture and inventions since his childhood, when his parents displayed Chinese porcelain and Tang Dynasty (618–907) sculptures in their home, he said. He also developed a strong appreciation for Chinese silk and tea culture. He has fallen in love with Chinese food from jellyfish to fermented tofu.

"I must have Chinese blood from my ancestors," Domb said. "I don't have such feeling with other people."

代表作3:

Friendship with Pakistan grows deeper

By CHEN YINGQUN in Beijing and XU WEIWEI in Hong Kong

Since President Xi's trip in 2015, ties with China have continued to flourish

Editor's note: China Daily is publishing a series of stories reviewing President Xi Jinping's visits at home and abroad in the past decade, to showcase his vision for development in China and around the world.

Seven years have passed, but Pakistan's Ambassador to China Moin ul Haque still remembers all the details of the preparations his team made to welcome the historic visit of President Xi Jinping.

"Pakistan's capital city, Islamabad, was transformed and decorated, with special illumination in many parts of the city," said Haque, then chief of protocol of Pakistan's Ministry of Foreign Affairs.

"Flags, beautiful slogans and huge billboards bearing portraits of the two countries' leaders lined the streets. The city looked very festive."

Signboards in both Chinese and English said, "Pakistan–China friendship is higher than mountains, deeper than oceans, sweeter than honey and stronger than steel." Other slogans included "Long live the Pakistan–China friendship" and "Pakistan and China are iron friends".

Pakistan's Air Force had deployed an escort of eight JF–17 Thunder fighter jets, jointly made by the two countries, when Xi's aircraft entered the country's airspace, Haque said.

"This was unprecedented — it was only for President Xi that we had such a great reception."

The visit, from April 20 to 21,2015, was Xi's first state visit to Pakistan.

"To ensure everything went well, we held many rehearsals for different occasions," Haque said. For instance, he asked Pakistan International Airlines to supply the same model of aircraft in which Xi would fly for use in a rehearsal of the arrival ceremony, including where it would stop and where government officials and hundreds of students from various schools would stand to welcome Xi.

"President Xi is greatly admired in Pakistan, as a statesman, a visionary leader and someone who has served his people and follows a people-centric approach," Haque said.

The people of Pakistan laud China's "great miracle" of eradicating absolute poverty and lifting nearly 800 million people out of poverty since reform and opening-up began in the late 1970s, he said.

Pakistanis also appreciate Xi's commitment to the two countries' friendship.

"During that visit, we were really touched by his words and speeches about this important relationship and how he saw its future."

China and Pakistan upgraded their relationship during the visit to an all-weather strategic partnership of cooperation.

"China and Pakistan have always trusted, understood and supported each other, and are all-weather friends," Xi said. "The Chinese side highly values its relationship with Pakistan and has always placed the relationship in a priority position in its foreign policy agenda."

The upgrade of bilateral relations came as the two countries were gearing up for an expansion of collaboration in various fields, with the China-Pakistan Economic Corridor, a flagship project of the Belt and Road Initiative, high on the agenda.

The corridor is a planned network of roads, railways and energy projects linking deep-water Gwadar Port in southwest Pakistan with the Xinjiang Uygur autonomous region in Northwest China.

On the same day, the two countries signed 51 agreements and memorandums of understanding focusing on the areas of energy, transportation infrastructure, industry and the development of Gwadar Port. More than 30 agreements were designed to give impetus to the China-Pakistan Economic Corridor.

During Xi's visit, he addressed a joint session of Pakistan's Parliament and conferred friendship awards on Pakistani individuals and groups, commending the unremitting contribution they had made to promoting the friendship between the two countries. Xi also planted a China-Pakistan Friendship Tree on the lawn of the prime minister's residence in Islamabad.

Mushahid Hussain Sayed, chairman of the Pakistani Senate's Defense Committee and a representative of the Pakistan Muslim League (Nawaz), said that "it was a matter of great honor and privilege" that Xi had presented him with the Five Principles of Peaceful Coexistence Friendship Award in Islamabad.

"It was a very gracious gesture by the relaxed and smiling president and global statesman when he extended his firm handshake with these warm words of appreciation: 'Congratulations, thank you for your contributions to friendship between China and Pakistan.'"

Historic significance

Xi's visit had historic significance for the bilateral relationship and lifted it to a higher level, Haque said. The all-weather strategic cooperative partnership of cooperation means that the China-Pakistan relationship has stood the test of time, he said, and is an "iron brotherhood" enjoying support across the political spectrum and covering every aspect of the relationship, from political to defense, security, trade, investment, culture and global issues.

The China-Pakistan Economic Corridor, "which was high on the agenda, has become a game changer that has really transformed the economic landscape of Pakistan over the past few years", Haque said. Its projects have upgraded the country's infrastructure, such as roads, highways and fiber-optic communication networks.

"This is extremely important, because without proper modern infrastructure one cannot have economic development," Haque added.

Many energy projects of the China-Pakistan Economic Corridor have helped address Pakistan's acute energy shortages, he said.

Gwadar Port, seen as the crown jewel of the China-Pakistan Economic Corridor, has become a modern functional port, after once having been a small fishing village. Around the port, a free trade zone has been built, with ancillary facilities including schools, hospitals and a new airport. More industrial plants are being built there, he said.

"The construction of the port will not only help the local people improve their livelihood, but will also benefit trade links between our two countries as well as connectivity with the Central Asian region," Haque said.

Pakistan's embassy in Beijing said the economic corridor has created 75,000 jobs in Pakistan, and the project accounts for 1 to 2 percent of the country's GDP each year.

Pakistan's annual plan for 2022–23 says the China–Pakistan Economic Corridor strongly emphasizes industrialization, agricultural modernization and scientific and technological development. The goal is to reap the dividends of investment made in the first phase (2015–20) in transportation and energy infrastructure projects.

Talat Shabbir, director of the China–Pakistan Study Centre at the Institute of Strategic Studies in Islamabad, said the essence of the second phase is industrial collaboration. A priority is for four special economic zones to be established. These have been initiated to strengthen the industrial sector, promote trade, generate employment and boost Pakistan's economic growth, Shabbir said.

Fruitful cooperation

"The fundamental problem in Pakistan's economy is that it lags far behind in industrial development, which has resulted in more imports than exports," he said. "No doubt, the industrial cooperation shall render great help to revive Pakistan's fragile economy."

Shabbir added that China "has advantages in experience, technology, financing and industrial capacity, while Pakistan enjoys favorable conditions in natural resources, adequate manpower, quality infrastructure and access to international markets".

Mehmood Ul Hassan Khan, director of the Center for South Asia & International Studies in Islamabad, said the country's notable GDP increase as a result of infrastructure investment will help lift 1.1 million people out of extreme poverty by 2030.

Makhdoom Babar, president of the Daily Mail Pakistan and chairman of the Pakistan Institute of China Studies, said the China–Pakistan Economic Corridor is being successfully implemented, and the completion of energy, industrial, connectivity and socioeconomic aspects will "change the socioeconomic landscape of underdeveloped areas in Pakistan".

（中国日报社 2022 年 05 月 23 日—08 月 23 日）

申报资料实录

作品简介：中国日报在党的二十大召开之年精心策划推出"习近平的海外足迹"系列融媒报道。策划团队研究国际传播新形势、创新叙事手法，组织各海外分社与一线记者沿着习主席出访五大洲的海外足迹，开展回访式采访，用"小故事"反映"大主题"。系列报道通过回顾参与者、见证者的亲身经历和热切回忆，重温习主席出访的生动场景、感人细节，展现出习主席既平易近人、和蔼可亲，又高瞻远瞩、胸怀天下的世界级领袖形象魅力和气度风范。系列报道自 2022 年 5 月 23 日起，至 8 月 23 日止，以 3 个月的时间跨度，在中国日报头版连续刊登共 17 篇融媒体报道，多角度展现了党的十八大以来，在习主席擘画引领和亲力亲为下，中国特色大国外交奋进新时代，展现新风范，为服务民族复兴、促进人类进步作出的重要贡献。同时，报道还深入阐述了中国文化和价值观，传播了中国发展成就和对全球和平与繁荣的贡献，有效增进了国际社会对中国的了解与认知。

社会效果："习近平的海外足迹"系列融媒报道于 2022 年 5 月 23 日开始在中国日报头版陆续刊发，在海内外产生很大影响。全媒体海内外传播总量超 1 亿人次，收到广大海外读者的热烈反响与肯定。系列报道还随中国日报《中国观察报》在多家海外主流媒体刊发。为更加贴合海内外受众，编辑团队还根据报道内容重新组织制作了 4 集视频，在全媒体平台发布，反响热烈。其中第一集《"我真希望给习主席颁发一枚金牌！"》，生动展现了习主席借体育传递友谊，助推国之交、民相亲，总传播量超过 6000 万，取得突出传播效果；原创话题#习近平的体育外交故事#阅读量 5700 万，被微博置顶热搜。

初评评语："习近平的海外足迹"系列融媒报道 17 期，结构完整，逻辑清晰，稿件侧重切口精准，通过案例讲故事说道理，以小见大，深入浅出，用国际受众能够理解的语言和叙事手法，通过一个个鲜活的故事展现大国领袖魅力，树起了习主席忠于党、忠于国家、忠于人民的"忠心"形象；树起了为党兴党、为国强国、为民富民的"雄心"形象；树起了天下为公、正字当头、光明磊落的"公心"形象；树起了心系民生、胸怀天下、造福大众的"仁心"形象。

系列报道采取了新的创作路径：创新叙事手法，沿着习近平总书记出访五大洲的足迹，开展回访式采访，用“小故事”反映“大主题”；突出中国视角，通过“外嘴”讲述中国坚持和平发展、促进共同发展的故事，在报道中着力体现中国理念和中国价值；强化融合传播，加强立体化宣介，统筹报网端微全平台刊发系列海报《习近平海外足迹》和视频栏目《习近平外交足迹》等融媒产品；注重本土化覆盖，依托《中国观察报》与海外主流媒体的合作落地刊发，进一步提升海外覆盖面。

Home Story in Jiangsu（“家”在江苏）

尤　健　沈峥嵘　陈　澄　朱　娜　钱盈盈　付岩岩　张　迪

作品二维码

（交汇点客户端 2022 年 10 月 15 日）

申报资料实录

作品简介：紧扣喜迎党的二十大召开这一重大主题，以反映中国这十年发展成就为主线，新华日报社精心策划制作国际传播融媒创新产品《Home Story in Jiangsu》，展现外国人眼里的“江苏这十年”。作品以外国建筑师团队学术调研视角，行走江苏城乡，观察讲述百姓生活“家”故事，在重要节点向海内外成功展示中国式现代化发展内涵。融媒项目 2022 年 6 月启动，团队跟随美国建筑师亚当·布里尔哈特与东南大学建筑学院留学生组成的“Home Story in Jiangsu”调研小组，行走江苏南京、宿迁、苏州、淮安、南通等地田野调查，通过“他者”学术视角，沉浸式走访观察记录十年变迁、百姓生活和中国图景，在此基础上精心制作开发 H5 集成产品增强互动，10 月起，通过中英文网站、海外媒体和海外社交媒体平台立体式传播，延伸智库论坛和智库专报。该融创项目体现创意 + 美学 + 技术的融合创新，产品推出后形成爆款，海内外累计传播量近 10 亿。H5 集成产品巧妙融合双语微纪录片、建筑素描和游戏互动，将柔性故事、文化 IP 和受众互动有效集结，不断强化“在美满家庭构建幸福生活”这一心之所向的世界语言。

社会效果：该作品入选中国记协新媒体专业委员会组织开展“党的二十大报道融创精品十大案例（地方媒体）”，系地方媒体国际传播唯一作品。

该融媒产品国际传播影响力大。韩国三大报业集团之一中央日报等海外媒体进行韩文传播；希腊最大双语全媒体平台中希时报、美国《侨报》、《欧洲时报》《西非华声》等对外华文媒体及新媒体平台多语种刊发，可统计阅读量逾百万。国际学院 KIP 首席顾问丹尼尔·巴瑞奥在南美主流媒体《面孔和面具》专栏以西语二次报道，高度评价中国这十年在居住空间改善、文脉传承、生态保护、民生保障等方面突出成就。系列双语短视频在海外社交媒体平台的传播覆盖推特、脸书等平台，累计触达和互动人次逾百万，有力扩大了海外传播声量。

初评评语：以反映中国十年发展成就为主线，以外国建筑师团队学术调研视角，行走江苏城乡，观察讲述百姓生活“家”故事，在重要节点向海内外成功展示中国式现代化发展内涵。创新性打破常规叙事单一线性逻辑，实现以讲故事为核心的“柔性传播”、以创意 IP 为焦点的“精准传播”、以技术为支撑的“融合传播”、以田野调查为外延的“深度传播”。

《永动的战争机器》系列专题

集　体

限于篇幅，文字稿略，获奖作品请见中国记协网 http: //www.zgjx.cn。

（中央广播电视总台 2022 年 05 月 27 日—07 月 14 日）

申报资料实录

作品简介：当美国国内种族歧视、枪支泛滥、贫富差距等问题不断激化，却仍抱有冷战思维、推行霸权主义之际，该作品揭批美国国内深层次矛盾和结构性弊端。2022 年 5 月 27 日播出《永动的战争机器》，历数美国在近代发动的大型战争，充分暴露美国嗜战的本性，深刻揭露美国在全球推行霸权主义的非正义性；6 月 5 日播出《被枪支绑架的美利坚》，剖析美国枪支问题背后的历史和现实原因以及所反映出的政治问题；6 月 10 日播出《揭批西方主流媒体"七宗罪"》，以广为西方受众知晓的宗教术语"七宗罪"概念，批驳西方主流媒体涉华偏颇报道及其内核原因；7 月 14 日播出《美国："独立日"变"哀悼日"》，从枪支暴力、堕胎权被剥夺、社会分裂等五个角度深入解读美国乱象。CGTN 多语种全平台共获得 4518.8 万阅读量，15.1 万互动量，830.6 万视频播放量。央视频首页推荐，播放量超 200 万。

社会效果：作品立意新巧、策划周密，各具特色，以丰富的视角多层次全景式呈现美国国内矛盾与诸多罪恶行径，一手资料还原事实，广泛采用专家点评，借嘴说话，分析鞭辟入里，直击要害，海外传播效果显著，极大地冲击了美西方的"话语霸凌"。节目被日本富士电视台、香港《文汇报》、《中国日报》、今日头条、新浪财经等国内外媒体转载，在海内外引起广泛共鸣，并受到网友的如潮好评，盛赞专题片制作精良，发人深省。有网友表示专题片揭露出的美西方各种弊端由来已久，美国要向中国学习的东西太多了，例如确保公民安全和经济稳定；也有网友挑明美西方国家通过发动战争转移国内矛盾，并利用媒体实现自己的利益。

初评评语：作品引用了大量数据和事实，历史画面、采访资料，由美方自己的数据和专家点评来揭露、分析美国问题，大大增强了节目的权威感和公信力，实现了借力打力，借力发声；注重国际化表达，夹叙夹议，将新闻事实、当事人同期、主持人评论、专家点评有机结合，观点穿透力、说服力强，节奏张弛有度，亮点频出；技术创新突破，跳出常态制播区域，探索 AR+5G 技术跨地域协作录制，极大提升节目可视化效果，大量可视化图表、图片，让报道“活”起来；多渠道、多平台、多语种融合传播，适应当下分众化、差异化传播趋势，实现国际传播从“标准化”向“精准化”的划时代飞跃，有效实现了中国声音的海外落地，冲破西方话语体系。

中国 UP！

集　体

作品二维码

《中国 UP！》

《中国 UP 丨刘争：希望后代仰望星空时，能感到骄傲和自豪！》

《驾驶歼 -20 为英烈护航的飞行员，有他！》

《航母指挥员是如何练成的？看完他的故事你会有答案》

（中央广播电视总台 2022 年 04 月 25 日—10 月 06 日）

申报资料实录

作品简介：《中国 UP！》是央视新闻在 2021 年末推出的一档人物类融媒体节目，节目邀请各行业的基层代表和行业领袖，以主题演讲的形式融入了网友喜闻乐见的脱口秀表现风格，让“硬核”的主题分享入耳、入脑、入心，并调动音响、灯光、影像、AR 等演播技术手段，强化节目的现场感、可看性、互动性，为观众带来了视觉、听觉、思想的盛宴。2022 年，央视新闻先后在“五四”青年节和党的二十大召开前夕推出《中国 UP！》青春季、奋斗季两季特别节目。青春季邀请冬奥冠军武大靖、范可新、苏翊鸣，国旗护卫队升旗手张自轩、《只此青绿》的领舞孟庆旸等极具朝气蓬勃青春力量的新闻人物进行深度挖掘，带来他们与众不同的青春故事；奋斗季发布正值国庆节，也是党的“二十大”前夕，节目邀请歼 -20 飞行员高中强、北京协和医院副院长杜斌、辽宁舰副舰长陆强强、支教老师苏正民、珠峰科考登顶组组长德庆欧珠、奥运冠军汪顺分享他们不断奋斗拼搏，不断取得突破的“向上”故事。两季节目在央视新闻客户端和各社交媒体平台上线后，得到多个平台的首页置顶推荐或推送，全网总阅读量近 6 亿，20 余个话题登微博热搜，总话题阅读量超 20 亿。

社会效果：《中国 UP！》通过央视新闻客户端和各社交平台播出后，得到《新闻联播》的报道和今日头条、腾讯新闻、B 站、百度、优酷等平台的首页置顶推荐，并被 206 家央媒、地方媒体、商业网站转载。青春季总阅读量超 4 亿，14 个话题登上了微博热搜，总话题阅读量超 11.6 亿；奋斗季总阅读量近 4.9 亿，7 个微博话题登上热搜，总话题阅读量累计近 6 亿；系列海报在上海、苏州、杭州、洛阳、哈尔滨、南京、深圳等地的近 6 万块电子屏幕上滚动播出。山东、江苏、河南等多地中小学自发开展观看《中国 UP！》

节目的活动，学习演讲嘉宾积极向上的生活态度，努力拼搏的毅力和勇于超越自我的精神。不少中小学作文网站和文稿文书网站将《中国 UP！》的演讲文稿作为范本进行分享和传播，让节目获得了更深入、长效的影响力。这不仅让这些来自一线的人物从普通工作岗位上脱颖而出，成为正能量、青春感的“全民偶像”，也让这些典型人物形象更加丰满、立体、接地气，使之区别于传统的典型人物报道；同时引发了全网关于“是什么在推动中国向上”的讨论，让典型人物报道回归初心，用直抵人心的朴实文字和视频影像形成巨大的感召力、向心力。

初评评语：《中国 UP！》是一档集思想性、艺术性的青春正能量节目，从个人故事、个人体验的小视角，讲述正能量的中国故事，展现奋进向上的大时代。《中国 UP！》还将创新性的制作技术、节目形式、表现手法、传播手段融入新闻人物的报道之中，打破了电视新闻人物报道的惯用手法。为突出其强烈的新媒体风格，节目采用了纵向竖屏构图，于人物讲述中根据内容插入资料视频、同期声，大大丰富视听语言，增强感染力和受众的代入感，让人物形象更加丰满、可感，使其更适合在移动端和短视频社交平台传播，也更符合融媒体时代下的受众的口味。

跨越 90 年的“重逢”

雷　晴　龚　丹　徐炳栋　杨汉青　肖　檬　谢淑荣　刘海繁

作品二维码

（江西广播电视台 2022 年 11 月 07 日）

申报资料实录

作品简介： 104 岁的段桂秀是曾受到过习近平总书记亲切会见的、赣南革命老区目前唯一健在的红军烈士遗孀。1932 年她的丈夫王金长参加红军离开了家乡，从青春少女到耄耋老妇，段桂秀一直为爱等候，甚至在政府送来烈士证书后，她也始终不愿相信丈夫早已牺牲，这段跨越近一个世纪的革命爱情故事打动了无数人！ 红军丈夫新婚离家没有留下任何影像，让段桂秀始终心存遗憾。作品记录了政府、媒体、画家及社会各界爱心人士一起为老人圆梦的过程。画家依据亲属样貌和老人记忆绘制烈士瓷板画像，让老人实现了与红军哥哥跨越 90 年的“重逢”。段桂秀反复抚摸画像的情景，让人动容。这幅经过窑炉高温烧造后永不褪色的瓷板画，也象征着血与火淬炼的红军烈士精神永垂不朽！ 党的十八大以来，习近平总书记曾在多个场合致敬英雄，在于都视察时更是动情地说：“一定要饮水思源，不要忘了革命先烈”。该片以为烈士画像、为老人圆梦为主线，用典型人物故事回应总书记要求。

社会效果： 该片是江西广播电视台独家记录并推动的全媒体行动中的系列作品之一。在 2022 年国庆节前后，今视频矩阵号以《跨越 90 年的“重逢”》为题推出短视频、长消息、新闻纪录片等系列融媒产品，持续发酵，引爆全网网友的爱国主义情怀。9 月 30 日烈士纪念日当天，矩阵短视频一经发布，在全平台曝光量就超过了五千万，点赞过百万，被全国数十家媒体和平台转载，“泪奔”“致敬”是十万多条留言中出现频率最高的词汇。《跨越90年的“重逢”》成为一次现象级传播，成功地在党的二十大召开前夕为全网营造出满满的红色正能量。如今，该报道的社会效益还在持续发酵，不少公益行动都以此画像为载体，策划各种致敬英烈的活动，让更多人记住为革命英勇牺牲的先烈，弘扬英雄事迹，传承英雄精神，激励大家为实现中华民族伟大复兴的中国梦而不懈奋斗。

初评评语：主题重大、人物典型、选题独家，并在结尾以“只要我记得你，你就永远没有离开！只要我们记得你们，你们就永远没有离开”，从对一个人的怀念上升到了对一群人的纪念，升华了主题。史料翔实，细节生动。记者调研跟拍近一年，翻阅了大量历史资料，走访了几十位党史研究专家和革命后代家属，并抓住国家第九个烈士纪念日这一重要时间节点，完成了老人的心愿。该片史料翔实，细节生动，结构严谨，独家记录了大量珍贵镜头，让段桂秀艰辛而不凡的一生，通过朴实的影像叙事娓娓道来。以情动人，泪点纷呈。段桂秀与守望近一个世纪的金长哥哥“重逢”的场景，历史与现实的触碰，青丝与白发的对望，感人至深，让人从心底感悟到今天的幸福生活来之不易。制作精良，反响强烈。开篇以经典红歌《十送红军》曲调为元素，精心创作了原创音乐烘托气氛，巧妙选取客家山歌作为背景音乐，制作精良、特色鲜明。

“七虎”竞南通

段美菊　杨丁淼

黄海西岸，长江三角洲东北翼，坐落着江苏省南通市如东县。这个全市最后通高速公路、曾多年一般公共预算收入排在末位的县，今年一些指标逆势增长令外界刮目相看，让如东士气大振：1—10 月实现一般公共预算收入增幅、税收增幅和税占比 3 个全市第一；15 年来一般公共预算收入“垫底”的局面，今年有望首次突破！

如东的奋起直追，是南通所辖七个县市区努力克服疫情散发、经济波动影响，你追我赶、锐意进取的缩影。江海奔涌，百舸争流。抢抓长三角一体化发展使南通站上“风口”的战略机遇，“七个板块”竞相发展，如同奋勇争先、斗志昂扬的七只“小老虎”，从而形成了朝气蓬勃、值得观察的区域经济现象。

“七虎”竞南通，是在经济发展面临诸多困难挑战前，“干部敢为、地方敢闯、企业敢干、群众敢首创”的地方践行样本之一。在互促互学的竞争中携手经历产业转型升级的阵痛后，南通势必迎来韧性增长和高质量发展的“红利”，从而有更强的能力增强民生福祉，提高人民生活品质。

“谁都不服输”

南通，万里长江和浩瀚黄海交汇之地，素有“近代中国第一城”之称，近年来正以江苏高质量发展的重要增长极、长三角一体化发展重要支点为目标，阔步走在中国式现代化征程上。

南通曾有“北三县”“南三县”之分，北三县是海安、如皋、如东，南三县是通州、海门、启东，“南北差距”历史上曾客观存在。在经济社会发展过程中，通州、海门由县改市再设区，如皋、启东、海安成为县级市。2020 年，随着崇川、港闸合并为新崇川区，南通横跨县、市、区行政层级形成“七个板块”。

走访历史文化底蕴深厚、素有敢为人先传统的南通，七个板块当排头兵、争第一的氛围扑面而来。南通市每季度举行的产业项目观摩点评成为“赛马”舞台，各板块把新项目、好项目亮出来晒、拿出来比，今年三季度板块考评第三名与第六名之间仅相差 2.1 分。

2021 年 GDP 首位的崇川区只领先次席的通州区 37.4 亿元，而通州区与身后的追赶者海门区仅相差 24.8 亿元。由于彼此经济总量差距都不大，各县市区发展“基本在同一起跑线上”，这场竞争可谓旗鼓相当，分外“胶着”。一位县级市委书记受访时坦言：“大家在伯仲之间，谁都没有特别优势，稍一放松就会滑到最后。”

不甘落后的“北三县”在近年来竞争中一定程度扮演“鲶鱼”。2021 年如东县委、县政府向全县人民作出承诺，“十四五”期间要实现经济总量、发展质量、百强排名等争先进位。海安 2015 年工业应税销售在南通市率先超千亿元，改变了工业发展的排序格局，并成为苏中、苏北唯一的首批国家创新型县（市）；如皋卧薪尝胆，2021 年培育专精特新“小巨人”企业国家级累计总量和省级新增数量全市第一，提出了“挺进县域二十强、争创文明典范城”的争先目标。

2019 年，南通下辖区县经济总量全部超千亿元，2021 年，GDP 增速所有板块均高于 8%；在全国多个百强县（市）、中小城市综合实力等排行榜上，都名列前茅，这在全国地级市中相当少见。

“七虎”竞争重塑了南通的经济版图。“南北差距”近年来呈现明显缩小态势，从经济总量而言，如果沿用“北三县”与“南三县”的称号，会发现“北三县”的“个头”长高了，前者占后者的比重 2000 年为 67.9%，2011 年为 80.2%，2021 年则提高至 89.8%。

“七虎”竞争助推了南通的高质量发展。2020 年南通 GDP 迈入“万亿俱乐部”，去年再上一个千亿台阶，达到 11026.9 亿元，稳坐江苏“第四城”，其中七个板块占到其中的 92.4%。2021 年南通规模以上工业增加值比上年增长 13.4%，装备制造业、高技术制造业产值分别增长 31.1%、38.7%，空气优良天数达到 322 天，比前一年增加了 18 天。

“七虎”竞争促进了南通的宜业宜居。“十三五”期间居民人均可支配收入 46882 元、年均增长 9.3%，人均储蓄存款连续多年全省第一。得益于经济社会发展，长期为人口净流出苦恼的南通近年来实现了历史性转折，2021 年末人口净流入 21.3 万人。全国文明城市实现市县两级全覆盖，时代楷模、“中国好人”数量位居全省前列。

“我们要全力向前跑。”“我们在拼命奔跑！”……记者在采访“七虎”负责人时，不止一次听到话语中冒出“跑”字。长三角一体化发展国家战略实施，为“七虎”创造了历史性的发展机遇，同时也“升温”了经济发展竞争的热度。

作为上海“1+8”大都市圈在长江以北的唯一成员，随着苏通大桥、崇启大桥和沪苏通长江公铁大桥开通以及北沿江高铁开工，“难通”的南通变“好通”，各种优质生产要素呈跨江北上之势。

隔长江相望，对面就是上海、苏州，南通亮出了“北上海、新苏南”的发展定位。多名南通人受访时不约而同地提到，今天“七虎”竞南通，很容易让人联想到20世纪90年代苏州的县域经济竞争——当年苏州所辖的张家港、常熟、太仓、昆山、吴县、吴江六县市抢抓机遇，在“谁也不服谁”的比拼中实现了县域经济发展赶超的奇迹。

“赛场”竞什么？

从记者实地探访看，南通“七虎”的经济发展竞争是全方位的，重点是比项目建设、比产业培育、比营商环境、比绿色发展。

——担当经济发展顶梁柱，重大项目是压舱石，也是产业培育的主抓手，“项目为王”成为板块比拼的最鲜明导向。

在长江口北翼的海门，中天绿色精品钢一期项目历经578天建成，今年3月份试生产，截至目前销售额已经超过100亿元。这个总投资千亿元的项目，将建成全国首家“废水零排放、固废不出厂、江海河铁多式联运”花园式工厂。

中天钢铁产能的释放，让经济总量排名居前的崇川和通州“坐不住了”：经济体量相差本就不大，这一个项目就有可能让海门区实现反超。

恒力（南通）纺织新材料产业园的扩产，让通州区增强了大项目“硬碰硬”的底气。这家世界500强企业子公司10月开工的产业园四期项目总投资125亿元，建设拥有60万吨产能的功能性薄膜生产线以及30亿平方米产能的锂电薄膜生产线，预计明年底将实现试生产。

既聚力招引带动性强的“顶天立地”大项目，也注重引进科技含量高、成长性好的“铺天盖地”中小项目。2021年，南通重大产业项目数量、投资规模再创历史新高，省级重大项目数位列江苏省第一方阵，50亿元以上项目数是上一年的3.3倍。

——在产业培育上加快新旧动能转换，各板块紧盯“含智量”“含金量”。

行走南通，多处可见百年前张謇兴办实业的印迹。历史上，南通有几张久负盛名的产业名片，如建筑、家纺、化工产业，在发展过程中各县市区逐渐出现产业同质的弊端，一些传统支柱产业增长乏力。

海门一直是南通区域板块中的“优等生”，但2016年底的产业项目考核拿了三面“黄旗”。阵痛之下，如何转型？海门一方面稳存量，巩固船舶海工、高端纺织等本土优势产业；另一方面扩容量，大力发展生物医药、新材料和新一代信息技术产业，把科技创新的“关键变量”转化为“发展增量”。

今年前三季度，海门区工业用电量增长50.2%，工业税收占比40.3%。“得益于布局早、转型快，在今年房地产和建筑行业发展受困的情况下，工业经济对海门产业发展起到了强劲的支撑作用。”海门区发改委副主任陈帅说。

南通各板块都在培育自身特色优势产业。每个县市区都成立了产业链专班向海内外招商。启东市还根据不同政府职能部门的特点对应挂钩九大产业联盟，例如自然资源和规划局对应船舶海工产业，税务局对应电动工具产业。“既直接解决问题，也倒逼研究产业，发挥职能优势提升服务水平。”启东市发改委主任王峰华说。

——开展“营商环境提升年”和“招商引资突破年”，全域比拼促进市场主体“青山常在”“生机盎然”。

2008年，亚太轻合金（南通）科技有限公司来到海安落户。十多年来，该公司成功研发出汽车控制臂用新型挤压材等先进产品，入选国家级制造业单项冠军示范企业。“我们已在海安建设了三期项目，目前计划建设第四期。”该公司行政经理杨晓庆说。

在海安走访时，可看到一些企业旁边留有空地，这是地方政府为成长性好的企业未来发展预留的空间。海安的“预留现象”是南通“七虎”提升营商环境的细节体现。2022年南通出台“万事好通”营商环境优化提升66条举措，有三分之一以上是全省首创或领先实施，有三分之二的举措涉及提速增效。

如皋，去年底签约、由上海交大科技成果转化的霖鼎光学（江苏）超精密微纳光学产业基地建设如火如荼。项目现场负责人林宏裕说，上半年还在愁能否按期开工，想不到年底已经可以封顶。受疫情影响，企业技术服务团队被困上海，项目报批按下“暂停键”。如皋专门派出帮办人员靠前服务，不仅为企业绘制“办件地图”，还邀请行业专家“云评审”，最终确保项目如期开工。

南通商务部门介绍，今年会计师事务所毕马威在长三角地区15个待定城市中选择崇川。“毕马威的落户是城市能级、发展潜力和经济外向度的风向标。”崇川区商务局副局长马祖明说。

——污染物排放降了，工业增加值升了，“一升一降”之间比拼生态优先、绿色发展的新发展理念。

长江岸边，海门临江新区的玲珑湖畔波光潋滟，蓝天碧水交相映衬，一幢幢科研小楼掩映在绿树丛中……湖边的咖啡馆成了当地年轻人的网红打卡点。

外界很难想象，临江新区初始定位是精细化工园，承接沿江化工产业“东迁”安置。“分管了十年传统化工产业，吃够了污染和安全的苦。”临江新区党工委书记徐骏说，新区将12家存量化工企业逐步关停转型，腾退出504亩土地利用空间之后，在不断摸索中重新布局，先后建设了18万平方米的生物医药科创园和20万平方米的国际中小企业园，构建起涵盖药物研发、原料药、医药制剂、医用新材料等较为完整的生物医药产业链。

临江新区的绿色发展之路，佐证了记者在南通听到的共识：今天南通“七虎”的比拼较之当年苏州各县市的竞争，不变的是你追我赶，是执着于制造业，变的是外部环境，变的是约束条件——在如今土地容量、环境容量、政府债务容量等资源要素约束日益趋紧的情况下，要比谁更善于统筹配置资源，更善于创新驱动，从而实现“高性价比”增长、高质量发展。

去“包装”比“实绩”

始于2016年的南通市委、市政府对各板块的产业项目季度考评方式，经历过不同阶段的调整完善，成为引导“七虎”比拼的重要“指挥棒”。

——挤出水分比“真”。走访一个年产20万吨新材料项目，一派热火朝天的施工景象。根据现场展板介绍，该项目总投资34.98亿元，一期投资20亿元。但在市考核办项目数据库里，记者发现该项目投资额只录得10亿元。“不管项目号称投资多少，我们只认已实际落地的部分。”面对记者的疑惑，南通市委财经办专职副主任李霜解释。

厂房建设曾是南通考评产业项目的重点环节。为了应对考核，有的板块曾出现过“包装”厂房建设，虽然考评拿到了分，厂房后来长草的现象。这样的产业项目“空转”，既影响考评公平，在资源紧约束的条件下片面强调占地也不符合高质量发展要求。南通市做出调整，突出设备投资，规定5亿元以上项目的开工和竣工的认定标准当中，设备投资不少于总投资的40%，且以市税务局提供企业采购设备的增值税发票为准。

——突出重点比“实”。“就是要把产业项目考评作为制造业强市的核心，把各板块的向心力集中到市级层面引领的实体经济上来。”南通市委副秘书长顾晓明说。

制造业在百分制的考评当中占60分。其中重点考评突出5亿元以上重点项目。同时既突出新项目投资，又兼顾技改投资；既突出项目开工，又兼顾竣工转化。今年南通首次将“专精特新”制造业项目纳入考评体系，前三季度认定此类项目49个，医药制造、电子信息等高新技术产业项目占比提高3

个百分点。

创新型企业往往在发展阶段体量较小，但“未来可期”。南通调整考评办法一度项目唯“大”的倾向，既抓“大”也重“小”，体现在新设立的“科创项目”考评上，既引导科创项目招商引资，也激励本土培育雏鹰企业、瞪羚企业、准独角兽企业。

——划清赛道比“特”。为让“七虎”发挥不同资源禀赋的优势，避免在竞争中“内卷”，南通市委、市政府根据各板块的比较优势加强主导产业的规划引导。如同样是省级高新区，海安高新区，以新材料、智能装备、新一代信息技术为主导产业；如皋高新区，重点发展激光和智能制造、光电（第三代半导体）、软件服务外包；在崇川的市北高新区，则全力培育电子信息、智能制造、5G 通信和软件服务外包。

在南通，项目观摩不仅是实力比拼的舞台，也是各板块互相借鉴的平台。通过一系列力求精准的考评措施引导，南通今年前三季度新增销售超百亿元的企业 5 家，制造业贷款连续 22 个月保持两位数以上的增长，全市新竣工达产项目的亩均税收超过国家级开发区水平，每 10 亿元投资的项目用地平均减少 10 亩。

多位县市区官员受访时表示，对待上级的考评排名要有“当下的重视”，也要有“长远的定力”，“不能这一两年很光荣，过一两年走不稳”；既要考虑上级的评价，还要重视民众感受。“一个地方发展怎么样，干部群众眼睛是雪亮的。”

未来谁胜出？

长江对岸，分布着张家港、常熟、太仓、昆山等苏州各县、市、区及无锡的江阴市，常年“霸榜”国内多项地方经济发展排行榜前列。如东提出向吴江区学习，海门“研究”太仓，如皋对标张家港，各个板块都在琢磨昆山、常熟的一举一动。“七虎”竞南通，未来谁胜出？受访中这个开放式问题答案聚焦在三方面。

一看谁能放大区位优势，向“海”图强。在南通人理解当中，“向海图强”的“海”有两层含义，一是上海，二是大海。

面向上海，位于南部的启东、海门等板块地理位置“占尽先机”。上海药明康德药业有限公司等越来越多的上海企业将副中心、生产中心落户启东，启东的决策者认为当地发展正迎来“百年不遇的风口期”，立志扮演南通融入上海发展的“第一棒”。“南通好通带来机遇，但不能坐等机遇，要转化机遇。”

海门受访官员表示，海太长江隧道的建设还要 5 年，前瞻性的规划、资源要素的对接和区域协同当下就要紧锣密鼓地开展起来，绝不能坐等通车后。

面朝大海，拥有 86 公里海岸线的如东优势得天独厚，吸引了一批百亿级项目相继落户投产，海上风电装机容量国内县域第一。随着通州湾吕四起步港区码头正式启用，启东同样迎来向海发展的窗口期。今年以来，吕四港经济开发区项目签约落户速度明显加快，73 天引进项目总值达百亿元。

海岸线不足十公里的海安，是“七虎”之中唯一“缺江少海”的板块。正因如此，海安更加注重交通基础设施的建设，如今已成为江苏东部“公铁水”无缝对接的商贸物流高地。目前，千吨级航道连申运河将海安与上海港、南通港等重要港口一线贯通。

二看谁能够集聚人才，靠创新突破。南通市政府在一份规划中提到，对标苏南先进城市，南通市产业结构仍处于全球价值链中低端，创新能力整体不强，“高质量追赶超越面临较大压力”。为激活创新要素，南通高标准建设沿长江科创带。从新认定国家高新技术企业数量、高新技术产业产值占比、万人发明专利拥有量，到高层次人才、专业技术人才、“名家、名师、名医”，各县市区求“智”若渴，竞相揽才。

在如皋高新区，2021 年百林科医药科技（上海）有限公司孵出“金蛋”——百林科一次性生物工艺生产基地，不仅在工艺上打破了国外垄断，价格也比国外同类产品显著降低。

“由于生物医药人才大多集中在上海、苏州，目前企业最大的困难在于引进高层次人才。”百林科副总经理孙志扬坦言，相比而言南通的城市能级、公共服务等仍有差距，现在交通改善了，长三角仅有“物理接轨”还不够，期待未来能更好地“化学接轨”，真正同频共振。

为了更好地吸引上海人才，如皋启动上海交大如皋科技创新中心等飞地孵化器建设，各板块纷纷探索“上海孵化 + 南通转化”的创新合作机制。一些地方还在营商细节上探索更多的举措。启东在高新区建启东配套浦东产业园，对园区平台全职引进的上海户籍（或长期在上海生活）有关人才给予每人每年 2 万元交通补贴，还开通了每天直达上海的人才专车。

三看谁能够腾笼换鸟，形成要素优势。相较于长三角一些发达地区必须淘汰落后产能、拆除旧厂房才能扩容发展空间，在南通一些地方，相对宽松的土地资源成为一定发展优势。例如启东、如东拥有大量的沿海滩涂和港口腹地，令外界羡慕不已。

尽管如此，这些板块对土地资源利用十分谨慎。启东决策层表示，一方面滩涂是候鸟重要的栖息保护地，保护生态资源也是保护发展资源，另一方面也决不能因为资源宽松就“捡到篮子里都是菜”，必须强调亩均产出效益。

由于历史上积累的土地粗放利用因素，“七虎”当中不少板块也出现发展用地告急。“腾笼换鸟”频出招，海安在2019—2021年间已累计盘活土地14036亩；如皋引入国内移动智能终端龙头企业之一的立讯精密，盘活了一块1176亩且闲置5年的土地，今年前11个月已形成应税销售超170亿元。

从“靠江靠海靠上海”到“通江通海通上海”——2022年9月，由上海市、江苏省和浙江省三省市政府联合印发的《上海大都市圈空间协同规划》出台，位列其中的南通为之振奋。

“七虎”竞南通，让当地民众对未来发展充满期待。一位南通人士意气风发地向记者描绘对本地发展前景的看法，在受访对象中具有代表性：“南通的发展现在还只是处于上升期，新浪潮的潮头正在形成。”

（新华每日电讯2022年12月19日）

申报资料实录

作品简介：这是一篇敏锐领悟、生动体现“干部敢为、地方敢闯、企业敢干、群众敢首创”精神的典型报道，文气流畅，结构严谨，融合描述与分析，成功原创塑造出你追我赶、朝气蓬勃的区域经济发展“南通七虎”典型形象。作品激发了高质量发展的精气神和信心，折射出长三角一体化发展国家战略带来的喜人变化。2022年下半年，疫情散发和经济下行压力之下，记者在南通调研中强烈感受到，这里看不到政府“躺平”现象，也没有听到不作为、慢作为的反映，七个县、市、区负重而行、竞相发展，如同奋勇争先、斗志昂扬的七只“小老虎”，于是确定深入调研。记者在准备阶段翻阅志书、年鉴等海量资料；调研阶段三进南通，深入各类企业、项目现场，对话地方主官、企业家、创业者和产业工人，获得大量鲜活的故事、细节；在写作阶段，深入开展比较研究，讲究谋篇布局，反复打磨修改20余稿。

社会效果：作品因“引起强烈反响”，经过社会投票、专家评审，被评为“2022年度南通十大新闻”之一。《南通日报》连续刊发《奋斗路上，我们保持奔跑姿态》《“虎”踞江海涌大潮》《竞字当头，干起来闯起来》等评论、追踪报道。受作品启发，南通市委、市政府对七个县、市、区项目建设开展考评时设立“龙虎榜”。有的基层干部说：“‘七虎’竞争助推了南通的高质量发展，读来令人倍感振奋。”有的企业家说：“读了《“七虎”竞南通》，印象最深的一句话就是——我们要全力向前跑。”从苏州到徐州乃至江苏多地，作品起到启发、借鉴作用。《新华日报》援引作品提出的“南通七虎”概念，刊发了《南通：春潮激荡，“群虎”齐跃撼江海》等多篇报道；《新华日报》打造的自媒体官微“北京西路瞭望”刊发《七虎争雄，南通冲出“最强矩阵”》等深度观察。浙江省衢州市开化县的基层部门联合召开“七虎”竞南通头脑风暴讨论会。作品产生“出圈”效应，被人民日报客户端、澎湃新闻、学习强国等众多平台、媒体大量转载，新华社客户端总阅读量超 410 万次。作品在国内不少地方得到好评，在江苏激发共鸣，在南通引起强烈反响，成为点燃地方奋斗激情、提振“拼经济”信心的样本式作品。

初评评语:《“七虎”竞南通》是集新闻通讯与调研报告于一体的典型报道。记者深入南通七个县、市、区，践行“四力”，调研扎实，生动地将南通七个县、市、区比喻为“七虎”，通过翔实的资料和数据，呈现“你追我赶、锐意进取”的地方发展生机。作品总结推动经济发展的三条经验，为各地发挥区域特色、实现高质量发展提供思路和启示。

婴儿之殇与“雅培母乳强化剂”召回疑云

杜 蔚 丁舟洋

作品二维码

（每日经济新闻网站、每日经济新闻客户端 2022 年 04 月 14 日）

申报资料实录

作品简介：每日经济新闻记者对全国数十个服用雅培召回产品的婴儿家庭进行深入调查，最终选取 11 个，深度采访、取证扎实，了解到掩盖在雅培官方回复下触目惊心的真相，文章掷地有声，直指问题核心。通过周密的采访，独家披露事件进展，除了中国家庭外，还深度对话了雅培美国总部、美国食品药品监督总局、中国市场监管部门以及大量第三方专业人士（如律师、三甲医院新生儿科主任、国家食品检测师等），从中发现了关于婴儿夭折、产品复检等核心矛盾点，大量一手材料独家发布。为确保至臻品质，每个环节都努力到极致，调查自 2022 年 2 月 20 日启动，全程为期两个月，于看不见之处亦不惜花费精力，比如联系海内外知名检验机构送检产品，购买和搜集了市场上已经消失不见的召回产品等。

社会效果：全网阅读量大，文章问题尖锐敏感，直指雅培产品因细菌问题可能导致婴儿的夭折或重病，因扎实的采访、充分的证据，稿件安全发布，雅培方面表示，公司高层予以高度关注和重视，将更加严格地把关和重视食品安全问题。部分受访婴儿家庭的问题，也通过报道得到当地相关主管部门的重视。中国的市场监管部门、美国食品药品监督管理局、中国海关方面亦关注到此篇报道，并协助中国家庭推动问题的解决。报道刊发后当年底，美国雅培宣布，“未来一年内”将逐步停止在中国大陆市场上销售“雅培婴幼儿及儿童营养产品”。

初评评语：这是对国际巨头、世界500强的美国雅培公司的婴儿产品质量问题的监督报道，涉及中国千千万万婴儿的奶粉安全问题，牵动人心。题材重大，调查扎实，客观公正，具有极高的社会价值。彰显了主流媒体的责任。报道引发了极大反响，多家媒体以此报道作为话题，仅微博阅读量高达400万+。强势的美国雅培公司此前拒绝与中国家庭有效沟通，报道刊发后，在舆论关注下，中国的市场监管部门责令美国雅培正视问题。当年年底，美国雅培宣布，“未来一年内”将逐步停止在中国大陆市场上销售“雅培婴幼儿及儿童营养产品”。

三天38000！医院太平间“天价”殡葬费调查

于川梓

限于篇幅，文字稿略，获奖作品请见中国记协网 http: //www.zgjx.cn。

（北京广播电视台2022年04月08日—27日）

申报资料实录

作品简介：该报道深入医院太平间，调查殡葬收费乱象，揭露殡葬业“黑幕”，推动整个行业整改，是一组为民发声、维护社会公平正义的舆论监督报道。2022年4月8日，首篇独家调查报道《三天38000！三甲医院太平间的“天价”殡葬费》揭开殡葬业“冰山一角”，引发全网关注，网民纷纷留言，自述经历或表达观点，多个微博话题迅速登上热搜全国前十，北京第一，其间相关话题全网阅读次数总计达3亿次。相关部门立即展开行动，对涉事公司立案调查。4月11日，第二篇独家报道中涉及的“SPA、供饭”等奇葩殡葬费用再次引发热议，涉事医院作出回应。4月13日，北京市市场监管局、市民政局、市卫健委三部门联合发布通报，对全市医院太平间外包情况启动全面排查。记者继续暗访北京其他医院太平间，播发《停尸2小时，花费16000，“天价”殡葬费究竟还有多少？》直指太平间收费乱象及殡葬公司与医院的利益勾连。4月18日，北京市卫健委发文：禁止在医院太平间区域开展营利性殡葬服务。记者继续追问各大医院“准备好了吗”，并于4月27日播发述评《还浊于清，监管只是行千里一跬步》。9月5日，北京市市场监管局公布处理结果，涉事企业被罚没670余万元。

社会效果：该连续报道在中国新闻奖名专栏《新闻热线》及其新媒体“问北京”公众号播发后，引发广泛关注，先后被新华社、人民日报、环球时报等多家中央媒体及各省市媒体转发、转引，“天价”殡葬费迅速成为2022年清明节后被广泛诟病的焦点问题。高密度的追踪报道在帮助大众了解事件进展的同时，也督促相关部门展开行动：北京市市场监管局对涉事公司立案调查，涉事医院发文回应；三部门联合发布通告，对全市医院太平间展开排查；

市卫健委随后表态，禁止在医院太平间区域开展任何营利性殡葬服务。最终，涉事公司被罚没 670 余万元。该连续报道客观全面，事实准确充分，揭示了社会问题，为积怨已久的市民发声，促进涉事公司及医院整改，切实推动了殡葬业革新和社会进步，展现了主流媒体的责任与担当，社会意义重大，报道难度和风险较大，曝光新闻有力度，极具规范性和专业性，较好地体现了媒体舆论监督职责。该报道产生的社会效果再次表明：舆论监督不仅是主流媒体的重要责任，也是其保持影响力、公信力的重要手段。

初评评语：近年来，部分企业利用“死者为大”的传统观念以及逝者家属的心理弱点，打着“传统习俗”的幌子兜售五花八门的殡葬服务，牟取暴利，形成垄断，进而扰乱正常的行业秩序，不仅加重了逝者家属的经济负担，也给他们带来了巨大的心理伤害。这组播出于清明节后的连续报道，直面殡葬话题，直击“生老病死”中的最后一环，选题贴近民生，针对性和社会价值不言而喻。记者不惧风险，清明以来接连暗访位于北京各家医院隐蔽位置的太平间，顶住了来自殡葬企业等各方的压力与威胁，从个案入手，由点及面，层层展开，多次追问涉事各方，并结合事件最新进展与受众反馈情况持续追问，动态补充事实信息，多维度、多层次还原事实链条，一步步揭开触目惊心的殡葬业“黑幕”。五篇报道环环相扣，音响生动典型，激浊扬清、针砭时弊，直击要害。相关报道配以公众号、视频号等在“两微一抖”打出了一套掷地有声的“组合拳”。每篇报道刊发后，都有相关部门积极回应，或表示展开调查，或声明予以整改。十天时间，促成殡葬行业迅速自查与规范，最终涉事公司受到处罚，形成完整闭环，发挥了舆论监督报道的应有作用。

315特别报道·卧底调查南昌双汇

蔡玲玲 余 宽 何子怡 杨 卿 张宗盛 宫 斌 余 超

限于篇幅，文字稿略，获奖作品请见中国记协网 http: //www.zgjx.cn。

（江西广播电视台 2022 年 03 月 14 日）

申报资料实录

作品简介：2022 年 3·15 前夕，记者根据江西都市频道 24 小时新闻热线的消费者来电投诉，以应聘入职的方式，通过近 1 个月的卧底调查，拍摄到了南昌双汇公司存在工作服发黑、发臭，消毒环节、风淋系统形同虚设，猪排落地直接装袋入库等严重的食品安全问题；另外，还曝光了南昌双汇公司启用外包公司逃避《中华人民共和国劳动法》，不签合同以规避监管，让入职员工放弃“三险一金”，食品安全考试抄答案，体检走过场等劳动用工乱象。2022 年 3 月 14 日，《315 特别报道·卧底调查南昌双汇》节目在大屏端播出的同时，小屏端同步发力传播，这期节目的视频、图文等多形式的内容被国内外 100 余家媒体转载，总点击量超 1.5 亿人次，制造话题登上全国热点，冲进微博全国热搜榜前三。

社会效果：节目播出后，引起了全国观众和网民的热议，2022 年 3 月 15 日当天，这期“双汇”卧底调查与央视播出的“老坛酸菜”卧底调查，成为两大热议的食品安全话题，人民网对此事件热评“法律有牙齿，双汇违法吃不了兜着走”。当天，“双汇发展”公开发声向消费者致歉，承诺积极配合相关部门进行整改，杜绝同类食品安全问题再次发生。本期“卧底调查”节目，给了所有侵害消费者权益的违法违规食品企业一记重拳，有效推动了行业自律，让更多商家企业引以为戒，守法经营，确保了消费者的舌尖安全，提振了社会公众的消费信心。

初评评语：民以食为本，食以安为先，食品安全是关乎千家万户健康的大事。江西都市频道以记者卧底的形式，曝光了“双汇”这类大公司仍存在漠视食品安全的种种违法违规行为。该报道播出后，在全社会形成了关注食品安全的舆论合力，省、市市场监管部门高度重视，迅速成立工作组，进驻涉事企业展开调查，有力震慑了不法食品企业。习近平总书记强调，各级党委和政府及有关部门要全面做好食品安全工作，坚持“四个最严”要求，切实提高食品安全监管水平和能力。该报道通过主动曝光食品行业内的违法乱象，助力监管部门精确打击，有力地守护了百姓“舌尖上的安全”。报道主题突出、题材重大。

新千里江山图

余荣华　熊　捷　宋　嵩　杨丽娟　林　渊　贾　雪　钟金叶　曹　磊

作品二维码

（人民日报客户端 2022 年 10 月 15 日）

申报资料实录

作品简介： 党的二十大召开之际，人民日报新媒体精心策划推出《新千里江山图》融媒体产品，于 2022 年 10 月 15 日全平台发布。该视频以千古名画《千里江山图》为创作背景，以“江山就是人民，人民就是江山”为创作理念，采用青绿山水中的传统国画技法，综合运用三维模型 + 场景 CG（电脑动画图像）等多种新媒体技术，将新时代十年的发展成就和奋斗故事融入名画之中，生动展现了中国人民在中国共产党领导下，顽强拼搏，砥砺前行，克服一个又一个难关，创造一个又一个奇迹。视频以“青绿”舞者作为展卷人引入，配合戏腔念白，在适当场景插入人物同期声增加情感含量，力求传统与现代呼应，科技与艺术交融，人文与自然美美与共，为网友展现了一幅新时代的千里江山图。视频中所有人物均采用照片级复原技术，力求做到每一个细节都真实还原；所有场景、画面都饱含匠心，一唱一舞、一笔一画力求尽善尽美，吸引网友共赴“青绿之约”。《新千里江山图》深入挖掘中华优秀传统文化资源，创新艺术化表达，不仅重画意、融诗意、藏古意，更是强立意、绘民意、出新意，输出了一波惊艳时光的传统艺术之美。对观众而言，这幅新千里江山图由每个奋斗者执笔共创，一笔一画都藏着中国人拼搏的样子和对这片土地深沉的爱。

社会效果：《新千里江山图》借助新技术新手段，以极致化呈现给观众带来极致体验，以“思想 + 情感 + 艺术 + 技术”的创作手法，奉献了一场从画面到心灵的感官盛宴，也使得名画“千里江山图”在新时代新征程中焕发出新的生命力和感召力。发布后引爆互联网，话题 # 新千里江山图 # 迅速登上微博热搜榜第一，微信不到半小时阅读超过 10 万 +，视频号突破双 10 万 +，抖音话题词 # 新千里江山图全网上线 # 飙升至热点榜前三，快手话题 # 新千里江山图来了 # 登上热搜第四。据统计，视频的全网播放量超过 6.6 亿，被网友和众多网站、机构账号等热评热转。不少网友惊叹“古典与现代、诗意与科技的完美结合，共同描绘出锦绣山河”“中国风是什么，是努力、奋斗、满怀深情，是建立在古老智慧上的不断探索和创造”。《中国文艺评论》撰文评论称，这是青绿画卷中的千里江山与华夏儿女脚下的万里征程融为一体的奇妙之旅，更是移动互联网语境下把现代生活寓于中国式审美的创新呈现。此外，微视频还在北京、成都、杭州等多个城市的地标建筑和公共交通线下播放展示，成为二十大报道的爆款产品，实现了主流新媒体产品的破圈传播，“新千里江山图”成为新时代的文化 IP，衍生产品《大美江山长卷》受到广泛关注。

初评评语：以千古名画《千里江山图》为创作背景，挖掘中国优秀传统文化资源，融合多种新媒体技术，找准重大主题与人民生活、大众感受的连接点，以情感带动共鸣，以创新性呈现和艺术化表达，为大众展开了一幅新时代的千里江山图，绘就了“非凡十年”的壮美画卷，成为新时代的文化 IP，以极致化呈现带来极致体验，实现主流新媒体产品的破圈转播，是党的二十大融合创新报道中的力作。

三星堆新发现丨古蜀国的青铜时代

集　体

作品二维码

（央视新闻客户端 2022 年 06 月 14 日）

申报资料实录

作品简介：《三星堆新发现丨古蜀国的青铜时代》是中央广播电视总台系列融媒体直播特别节目《三星堆新发现》第三季的第一集，节目围绕三星堆 7、8 号坑进入大规模文物提取阶段，报道考古最新发现，特别是以青铜器为线索讲述古蜀王国的青铜文明，公众通过扫描大屏直播挂出的二维码即可登录《三星堆奇幻之旅》大型数字交互空间，穿越 3000 多年进入古蜀王国，感受以青铜器物为主的祭祀场景和古蜀人艺术与技术的辉煌成就。总台首个"元宇宙"概念的大型数字交互空间《三星堆奇幻之旅》，创新性地将三星堆考古发掘大棚、三星堆数字博物馆以及古蜀王国等场景，通过即时云渲染技术，为用户提供全新的新闻场景沉浸式体验，实现"破屏"融合传播，这也是国内首次打造的新闻场景沉浸式数字直播现场。节目凝结了报道团队近 2 年的沉淀和积累，旨在以全新的传播方式，构建起三星堆文化与公众之间的"超级链接"。4 天系列直播在央视新闻观看量近 4000 万人次，# 沉浸式体验 3000 年前古蜀国 # 等 11 个话题登上微博热搜，其中阅读量超过 1.1 亿的话题 3 个，直播相关微博话题阅读量达 24.86 亿。央视新闻视频平台抖音、快手、视频号总共发布 21 条相关视频，总阅读量 1.97 亿。

社会效果：以《三星堆新发现丨古蜀国的青铜时代》为代表的《三星堆

新发现》系列融媒体直播特别节目收获收视与口碑的双丰收。直播期间节目设置相关话题多次登上微博、抖音热搜榜首，节目截图、视频被新华社、人民日报、四川观察等数十家主流媒体、地方媒体转载转发，直播带动各媒体、平台跟进报道，多家博物馆参与互动，以及自媒体参与讨论、海量网友的二次传播，不仅呈现了一场令人震撼的考古发掘直播报道，也形成了一次引发全网关注的现象级传播，特别是在节目结束后出现传播的长尾效应，“三星堆奇幻之旅”的入口、问题答案、如何进入等话题词成为抖音、百度、B站搜索引擎上的热搜词。节目引起海内外学者专家，包括中国考古学会，以及埃及、伊拉克等国考古领域的专家学者的高度关注。节目直接带动“三星堆”文博游热度攀升，使考古这一小众学科备受关注，虽受到疫情影响，但在本季节目期间三星堆博物馆日均接待量依然创下了1.5万人次的历史新高。节目展示了三星堆作为中华文明早期重要组成部分的独特魅力，反映了我国在探索中华文明起源和发展规律的最新成果和最高水平，为中华文明探源工程提供了新的研究方法和技术，实现了节目的传播效益与社会效益的双赢。

初评评语：利用先进的即时云渲染和虚幻引擎技术，展开移动沉浸式VR直播和H5集纳式报道，实现在互联网“云端”呈现考古发掘现场，实现融合传播同时拓展传统电视媒体边界，为观众提供更多元化、互动性更强的体验，做到了“让观众参与到节目中来”。这种沉浸式数字交互的形式，是一次电视直播技术和内容上的革命，真正实现了融合传播，也为中华文明溯源主题的传播和阐释注入了新的内涵。

创意微政论片｜真理之光

李柯勇　黄小希　饶力文　姚竣译　曹晓丽　杨依军　袁汝婷　马轶群

作品二维码

（新华社客户端 2022 年 10 月 13 日）

申报资料实录

作品简介：《创意微政论片｜真理之光》入选中国记协新媒体专委会组织开展的“党的二十大报道融创精品十大案例（中央媒体）”，具有以下特点：主题鲜明，大胆创意：以“光”为核心意象，对习近平新时代中国特色社会主义思想进行直观生动的可视化阐释，将总书记的思想置于人类文明和科学社会主义发展进程的宏大历史视野，通过生动的事例、传神的意象，展现思想伟力引领时代变革的辉煌征程。内涵丰富，高度凝练：全片用短短 13 分半的时长生动展现习近平新时代中国特色社会主义思想在脱贫攻坚、经济发展、生态治理、从严治党、大国外交等领域产生的深刻影响、带来的巨大变革。形式新颖，制作精良：充分融合电影级拍摄画面、手绘原画、CG 动画、数字音频等多项网络信息技术，创造沉浸式体验，对光线的创造性运用，让观众直观感受思想拨云见日的力量。思想之光化作穿过贫困户屋内细微尘埃的一缕阳光、照亮绿水青山的一道霞光、涤荡腐败角落的正义之光等形态，照进党领导人民治国理政的方方面面。广泛传播，反响热烈：党的二十大召开前夕，《真理之光》上线播发，全网浏览量超过 4.5 亿次，引发网民强烈反响。该片以温暖直观的意象生动呈现宏大抽象的主题，在业界融媒体报道中具有很强的示范意义。

社会效果：《创意微政论片｜真理之光》2022 年 10 月 13 日在新华社新媒体全平台推送，被人民网、央视网、光明网、中新网、环球网、腾讯新闻、今日头条、凤凰新闻等共计 619 家媒体和平台采用，全网浏览量突破 4.5 亿次；登上微博热搜、快手热榜，B 站、微信腾讯新闻弹窗推送。产品播发后引发强烈反响，思想的磅礴伟力触动了万千网民的心，许多基层党组织将该产品作为学习辅导材料。有网民留言："真理的力量让我们更加有底气有自信奔赴向前！""思想如永恒灯塔，指引壮阔新征程。"

初评评语：这是以融媒形式宣传阐释思想和理论的一次全新尝试，作品主题宏大、创意巧妙、内容动人、画面讲究，充分融合电影级拍摄、手绘原画、CG 动画、数字音频等多项网络信息技术，开创性地以光比喻思想，并将抽象的思想与一个个鲜活故事贯通，生动展示习近平新时代中国特色社会主义思想的磅礴伟力，是一部具有史诗感的融媒力作。

深蓝！深蓝！

颜　军　琚振华　孙伟帅　李一叶　马滢蕊　李　唐　莫小亮　孙　飞

作品二维码

（中国军号微博账号 2022 年 04 月 22 日）

申报资料实录

作品简介：2022 年 4 月 22 日，中国军号平台在人民海军成立 73 周年之际，震撼发布人民海军首部航母主题宣传片《深蓝！深蓝！》，聚焦中国航母的发展历程，从舰载机飞行员、航母机电兵、航空部门系留员，展示人民海军阔步星辰大海、逐梦万里海疆的翻天巨变，全网播放量超 12 亿次。

社会效果：该片推出后被人民网、学习强国、腾讯新闻、网易新闻等多家媒体和商业传播平台转载，相关话题阅读总量超 23 亿次，创历年来军事题材宣传片新纪录。4 月 28 日，国防部 4 月例行记者会上推出主题宣传片英文版，形成了“二次传播效应”，影响广泛、效果显著。

初评评语：采用四个角色以第一人称讲述的方式，回顾人民海军近年来跨越式的发展。第一人称自我讲述生动，将宏大主题分解为多个 vlog，增加了宏大主题的亲近感、新奇感和共情力。镜头拍摄精致、剪辑精良、画面色彩震撼人心；视频结尾处创新性埋设的彩蛋，贴合年轻受众和军迷的心理预期，充满趣味性和“揭秘”的喜悦感。

江西营商“营商帮办”

黄万林　张　晶　游　静　邹文彪　陈文秀　吴剑锋

作品二维码

（江西新闻客户端 2021 年 12 月 20 日）

申报资料实录

作品简介：江西营商“营商帮办”创新应用，贯彻落实习近平总书记关于媒体融合重要讲话精神和关于优化营商环境重要讲话精神，集合投诉、新闻、智库、问卷、办事、招商六大功能板块，在App、网站、微信公众号等平台使用，实现数据互通。官方认证，形成投诉“闭环”。被省营商办认定为全省营商环境投诉的官方渠道，支持文字、图片、视频等投诉方式。投诉件自动转办至各地营商办分端，按照“1 个工作日电话联系、一般问题 5 个工作日办结、疑难问题 10 个工作日回复”的要求快速处置。回复进度超时、经营主体对回复不满意的投诉，省营商办提级督办。内外联动，充分发挥媒体优势。深挖平台信息，形成报道全媒体矩阵传播。“政企媒”互动，拓展“新闻＋政务＋服务＋商务”功能。精准服务，为政府部门政策信息调研、发放问卷提供通道。组建智库，邀请专家学者对营商环境“把脉问诊”。数字赋能，推动 18 个营商一级指标“一站式”办事，加快建设数字招商平台。深挖数据，实时动态展示各地投诉帖文数量和回复进度，形成报告供部门决策参考。

社会效果：发掘经验，开展监督，实现营商信息“一网打尽”。截至

2022年底，发布与营商环境有关新闻7600余条，总阅读量1.6亿。推出经验做法、监督报道超过1000篇。快速响应，闭环管理，及时有效推动问题解决。打破帮办应用单向接收投诉、简单发布问题的传统模式，“闭环”机制推动“发现问题+解决问题”。2022年，收到涉及营商环境的投诉、咨询、留言等9200条（个），联动各地各部门为经营主体办实事解难题超千起。覆盖面广，构建政企媒强大“朋友圈”。获得省委组织部等13个省直部门，省贸促会、江西赣商联合总会等7个群团商会作为支持单位，与75个市县区营商办达成战略合作，用户超过1500万。创新推出“新闻+”系列产品，为优化营商环境提供智力支撑、数据支持。组建15位咨询专家和56位社会监督员的智库团队，开展营商环境论坛、优化营商案例评选等大型活动6场，为优化营商环境建言献策500余条，形成20份报告供政府职能部门决策参考。为企业提供产业政策、项目动态等招商信息，为企业解决营商环境的痛点堵点开展定制化服务，推动“一站式”办理涉企事项。

初评评语：围绕优化营商环境的重要性，采取“新闻+政务+服务+商务”模式搭建“政企媒”互动平台，通过新闻发布、开展监督、督促回应、解决问题的方式形成“闭环”服务链条，为政府优化营商环境提供智力支撑和决策参考，为经营主体解决实际问题和获取政策信息提供便捷通道，在推进营商环境优化和促进经济社会发展方面具有创新性和示范性效果。

二等奖（114 件）

黄河“地上悬河”历史正在被改写 二十一年调水调沙使下游主河槽下切3.1米

马姗姗　谢　文　邢宇皓

记者从水利部获悉，最新数据表明：调水调沙实施21年来，黄河下游主河槽平均下切已达3.1米。也就是说，随着调水调沙持续实施，黄河“地上悬河”的历史正在被改写！

黄河流经黄土高原。黄土高原土层深厚，土质疏松，地形破碎，夏秋暴雨集中，因而，黄河成为世界上含沙量最大的河流。“黄河斗水，泥居其七”，泥沙淤积使下游河床不断抬升。为了束缚河道，人们只好不断加高堤防，黄河成为“地上悬河”，两岸人民头顶犹如放置了一个硕大的水盆。

解决黄河淤积，是中华民族千年夙愿，也是世界级难题。新中国成立后，水利专家们殚精竭虑孜矻探索，终于在20世纪80年代找到了妙方——修建系列大型水库进行调水调沙。“调水调沙，就是通过‘人造洪水’，形成连续的泄流冲力，把淤积在河道及水库中的泥沙尽可能多地送入大海。”水利部黄河水利委员会水旱灾害防御局方案技术处处长任伟说，“科学家经过大量分析研究和300多场实体模型实验，证实了这项技术的可行性。而成功的关键，是2001年年底小浪底水库建成运行。”

小浪底水库位于黄河干流最后一个峡谷的出口处，控制着黄河流域91%的径流和几乎全部泥沙。2002年，小浪底水库启动首次调水调沙试验，其后，逐渐形成多水库联合调度模式——先是小浪底水库泄放蓄水，冲刷下游河道、腾出库容；然后，万家寨、三门峡等水库依次泄水，接力冲刷小浪底库区泥沙……

“当河道中的挟沙水流与库区清水相遇，由于前者的密度更大，挟沙水流会潜入清水底部继续向前流动，形成‘异重流’，最后从坝底排沙出库。”黄河水利委员会河南水文水资源局研究室主任李圣山解释。仅2022年，采用多水库联合调度模式，黄河在汛前和汛期就实现了两次调水调沙，小浪底水库共排沙1.566亿吨，输沙入海0.714亿吨。目前，黄河上中游正在加快古贤、黑山峡等水利枢纽工程建设前期工作，以持续提升水沙调控整体合力。

21年来，调水调沙使黄河下游河道主槽不断刷深，河道主槽最小过流能力由2002年每秒1800立方米提高到目前每秒5000立方米左右。“这是一个了不起的成就。水畅其流、排沙入海，彻底让‘河淤堤高，人沙赛跑’的千年险局成为过去！”李圣山的话里透着自豪。

据悉：因为解决了旷世难题，“黄河调水调沙理论与实践”技术获国家科技进步一等奖，黄河水利委员会也因此获国际水利行业最具影响力的“李光耀水源荣誉大奖”。

（光明日报2022年12月29日）

申报资料实录

作品简介：《黄河“地上悬河”历史正在被改写》，是光明日报2022年重点栏目“这些年，我们创造的奇迹”的首篇，报道了我国黄河治理史上的一个重要标志性事件——黄河下游主河槽平均下切3.1米，改写黄河“地上悬河”历史。这篇消息，透过黄河治理的这一重大时刻，生动呈现新中国成立以来，在党的领导下中国人民创造的蔚为大观的奇迹。黄河是世界上含沙量最大的河流，泥沙淤积使下游河床不断抬升，黄河成为“地上悬河”，两岸人民头顶犹如放置了一个硕大的水盆。历史上，黄河“三年两决口，百年一改道”，古都开封曾6次被淹，造成数百万百姓流离失所。千百年来，人们始终没有找到治理黄河的有效办法。黄河成为世界上治理难度最大的河流。2022年12月底，记者从水利部获悉，调水调沙实施21年来，黄河下游主河槽平均下切已达3.1米。记者敏锐地意识到，这是一个了不起的奇迹，意义非凡，立即进行了采访。下游主河槽平均下切3.1米，对“地上悬河”来说，有着怎样重大的意义？水利专家如何殚精竭虑孜矻探索找到治黄妙方？怎样将淤积在河道及水库中的泥沙尽可能多地送入大海？针对上述问题，记者深入采访相关职能部门、水利专家等，进行了及时报道和准确解读。

社会效果：稿件刊发后，社会影响广泛，在读者中引起强烈反响。多家媒体网站、微信公众号纷纷进行了转载。网友留言表示：“了不起的成就！”“为中华民族智慧点赞！”“治理黄河真是不容易，厉害！”

初评评语：题材重大。解决黄河淤积，是中华民族千年夙愿，也是世界级难题。21年调水调沙，改写黄河“地上悬河”历史，是一件可以写入新中国历史的重大新闻。时效性强。记者从水利部获悉黄河下游主河槽平均下切已达3.1米这一信息，敏锐地意识到这一新闻的重大价值，第一时间开展实地采访、深度访谈。解读精准。黄河治理，是老百姓关心关注，又极具专业性的话题。这篇消息兼顾普通读者的接受度和业内人士的专业度，对黄河治理最新成果进行权威性、通俗化解读，使得“外行不觉深，内行不觉浅”，取得良好的传播效果，是重大成就报道的一次突破和创新。可读性强。千字之内，将黄河治理最新成果、关键技术突破、划时代意义，清晰呈现。标题抓人，语言晓畅，言简意赅。一篇消息，既蕴含丰富的信息量，又将新闻的鲜活性和历史的纵深感巧妙融合。

南京大屠杀再添史料新证！亲历者回忆录手稿首度公开

杨甜子

第九个南京大屠杀死难者国家公祭日到来前夕，最新出版的核心期刊《文学研究》2022年10月版，刊发了学术论文《〈难民回忆录〉的文史价值刍议》，对南京大屠杀亲历者吴雁秋的回忆录手稿进行了评析，这也是珍本《难民回忆录》的首度公开，南京大屠杀再添史料新证。12月9日，扬子晚报记者联系上了论文作者黄静，回溯了《难民回忆录》手稿的发现和考订始末。

《难民回忆录》手稿共19137字，全文手书，含封面封底仅33页，但字字千钧。以日记的形式记载了1937年8月15日至1938年3月24日期间，作者吴雁秋一家人南京—六合—南京流亡的经过。其间种种遭遇、见闻和感想均有记录，最后署“雁秋记廿七年三月于五间厅住宅”。由此可见，作者安顿下来旋即进行了回忆录的写作，当属南京大屠杀史料中较早的一份一手资料。

这本《难民回忆录》是黄静在南大文学院图书馆特藏库中发现的。“最初发现这本书，是在2021年的冬天。”黄静告诉记者，自己作为该馆工作人员，打算对特藏库的资料目录数字化，“当时我发现了一本薄薄的线装册子，油纸封面端端正正三列手写体，从左至右分别是：‘难民回忆录 雁秋记 民国廿七年八月立’。”

“我心中存疑，便将这薄薄的册子粗粗浏览一遍，这才赫然发现它不是一本普通的回忆录，而是1937年南京大屠杀中某个亲历者手书的一部个人逃难史。”

手稿书写工整，虽然记录日期偶有误差，但无论是对那段惨绝人寰的历史情状的描摹，还是对时局和社会的分析，对设立难民区的前因后果，以及对乡村匪患、船票飞涨等时事世风的记录等，都以实录文字为还原历史提供了许多可贵的真实细节。

“举个例子，《难民回忆录》里，‘幸’字用了32处，最特殊的是第一处的‘幸’字，‘所幸内人在乡间产生一女，出世即亡，否则多一累赘’。表层看是作者意图表达‘庆幸’‘万幸’，但读者反而更加同情于作者的言外悲凉之情。”黄静表示，复杂人性和道德在战争摧残下的无奈与痛楚，《难民回忆录》中多有记录。

整理文稿，查阅资料，并撰写成学术论文，黄静花了整整一年。“我在各数据库中粗略地检索了一下，现存已出版的书刊中均未发现同名资料。在‘南京大屠杀’这个历史事件过去近 85 年之际，在留存世上的幸存者不足百人、一代人的记忆都已模糊的今天，幸存者的口述史业已穷尽之时，这本册子的发现显得尤为重要，东京审判又将多一份迟到的证词。”

（扬子晚报 2022 年 12 月 10 日）

申报资料实录

作品简介：《难民回忆录》以日记体形式记载了作者吴雁秋一家在南京大屠杀期间的流亡经过，对南京大屠杀后期日军暴行以及普通民众的遭遇有着视角独特而细致的记录，在同期的公开历史资料中极为罕见。记者独家获知线索后，本着严谨求实态度就相关历史细节表述进行了仔细求证。如作者吴雁秋是否可以界定为“亲历者”？记者向南京大学历史学院专家求证后确认，南京大屠杀的时间界定，目前学界一般认为是从 1937 年 12 月 13 日至 1938 年 3 月。前六周是日军集中暴行时期；此后直至 1938 年 3 月，为日军分散和零星暴行时期。根据回忆录手稿，作者流亡后第一次返回南京是在 1938 年 2 月 13 日，故可以称他为“亲历者”。《难民回忆录》的史料价值在于，对史学叙事起到细节补充的作用。目前关于南京大屠杀的相关文献，除了各种官方记录，民间以往公开的日记或回忆录大多是第三方观察者所写。而本国亲历者的记录中又以口述史形式居多，因与历史事件相隔久远，细节可信度和史料价值会随着岁月的流逝而消退。《难民回忆录》作者在记录时，注意到日军暴行的细节，还有他作为难民的亲身经历，无论是史料形成时间、内容记述，还是作者记录历史的姿态，都有着独特的价值，有利于我们更加深刻地认识日军侵华对百姓带来的苦难。

社会效果：《难民回忆录》的发现，是日军侵华的又一铁证。稿件系扬子晚报独家首发。稿件在扬子晚报刊发后，得到了共青团中央、学习强国、新华社、央视、人民日报、光明日报等百余家门户平台和媒体的转载，相关话题微博阅读总量过亿。解放军新闻传播中心“钧正平工作室”配发专题评论《85 年了，这本首度公开的手稿在提醒着我们什么？》。央视一套在扬子晚报首发后，迅速跟进选题，对史料发现者黄静及相关专家做了采访，并于

2022年12月13日国家公祭日当天在《新闻直播间》栏目播出。稿件在全社会形成积极社会导向，引导读者勿忘历史，吾辈自强。

初评评语： 历史的细节往往更具冲击力。距离南京大屠杀惨案发生已经逾85年，正在阅读《南京大屠杀再添史料新证！亲历者回忆录手稿首度公开》这篇新闻作品的读者，绝大部分没有在绝望中逃亡过，无法感受“江边流水尽为之赤，城内外所有河渠、沟壑无不填满尸体”是怎样的血腥与残忍。珍本《难民回忆录》的首度公开恰恰在提醒着我们，那段充满血与泪的历史已经被时间永久定格，就算伤口已经愈合，但那道深深的疤痕将会永远留下，不可被否认和更改。《南京大屠杀再添史料新证！亲历者回忆录手稿首度公开》通过历史细节的描写，深刻地记录了复杂人性和道德在战争摧残下的无奈与痛楚。主题重大，立意深远，细节具体，内容生动。

“48万封来信”研究项目在我省启动

高 爽 王 钢

60年，48万封来信，因为一个人，因为感动，因为崇敬，更因一份共同的信仰！今年是雷锋同志牺牲60周年，2月27日，记者从有关方面获悉，一个名为“48万封来信”的研究项目已经在我省启动。这是对60年来雷锋班收到的48万封来信的首次系统性挖掘、整理和研究，其成果必将为雷锋精神的研究开拓出一方崭新阵地，对新时代弘扬、传承雷锋精神发挥重要作用、产生重要影响。

采访中，“48万封来信”研究项目课题组负责人英明回忆起第一次在雷锋旅看到这些来信的情景，那份震撼溢于言表：“这些信件装满了一排又一排的柜子，除了用汉字和少数民族文字写成的外，还有用外国文字写成的，甚至还有盲文信。它们厚度不同，形式各异，有着鲜明的年代印迹。我们小心地翻开每一封信，读着信上充满真情实感的话语，感受到雷锋精神深刻地影响和激励了几代人，至今依然熠熠生辉！”

课题组意识到，这48万封信承载着巨大的史料价值、研究价值和传播价值，弥足珍贵。尽管信件被用心地保管，但在岁月的磨砺下，许多信笺已发黄变脆、字迹模糊，到了启动抢救性保护的时候。

这一项目，将对所有来信逐封进行数字化处理、电子化保存，并以大数据的分析方法进行整理研究。经初步梳理发现，从时间上看，给雷锋班写信有三个明显的高峰期，一是在毛泽东等老一辈革命家为雷锋同志题词后，二是在改革开放后，三是新时代以来。特别是2018年9月28日习近平总书记在抚顺市雷锋纪念馆参观雷锋生平和事迹展发表重要讲话后，全国各地掀起了学雷锋的新一轮热潮，雷锋班收到的信件短短几年间就达到上万封。对这个时间段的来信运用知识图谱方法进行检索，发现“新时代”“中国特色社会主义”“榜样”“道路”“伟大复兴”“奉献”“传承”等词是高频词，映射出鲜明的时代特色。

抚顺雷锋学院特聘研究员周道海曾是雷锋旅的一员，一直致力于挖掘这些信件背后的故事。他对记者说：“如果说中国人民谱写了一部学习雷锋精神的壮阔历史，那么这几十万封书信便是这段历史的明证。时代需要雷锋，人民呼唤雷锋，雷锋精神一直是鼓舞我们前行的强大精神力量！”

英明说，辽宁是雷锋精神的发祥地，是全国学雷锋活动的重要策源地。深入发掘、保护、研究这48万封来信是新时代赋予辽宁的责任，是一项政治任务和理论工程。创新性地用好这一研究成果、用好雷锋精神这一宝贵的红色资源，将为辽宁打造新时代学雷锋新高地、传播雷锋精神新阵地提供坚强支撑，为辽宁振兴发展提供取之不竭的精神动力。

（辽宁日报2022年02月28日）

申报资料实录

作品简介：2022年是雷锋同志牺牲60周年。自雷锋牺牲后，全国各地写给雷锋班的来信已经有48万封之多。记者在采访中得知，辽宁省已经启动“写给雷锋班的来信”课题研究项目，这是一个集抢救性保护、数字化存储与系统性研究于一体的项目。记者敏锐地意识到48万封来信本身即是新闻，而针对48万封来信的项目研究同样具有重大新闻价值，它意味着从今天的视角、用现代信息技术来保护雷锋文化资源、研究雷锋精神，于是着手采访，并于2022年2月28日学雷锋纪念日前夕在全国首发。

社会效果：消息见报后，社会反响强烈，人民网、腾讯网及众多自媒体纷纷转发，全国各地的大学、雷锋研究机构和志愿者组织、媒体打来电话或者留言了解情况。

初评评语：文字精练，篇幅简短，内涵丰富。

超13亿吨　山西煤炭保供创历史纪录

郝宪刚　吕胜春　孙梦醒　李俊祥　吴　鹏

限于篇幅，文字稿略，获奖作品请见中国记协网 http: //www.zgjx.cn。

（山西广播电视台 2022 年 12 月 31 日）

申报资料实录

作品简介：2021 年下半年，国际煤炭、石油供求压力增大、价格持续攀升，欧美多国及中国、印度等多个国家出现了不同程度的能源电力短缺现象。习近平总书记在 2022 年春节前夕视察山西时叮嘱：“富煤贫油少气是我国国情，要夯实国内能源生产基础，保障煤炭供应安全。”面对国内外多重超预期因素冲击，山西作为能源大省，2022 年以一省之力保供全国 24 个省份，提前超额完成全年 13 亿吨煤炭产量目标，创造了连续 2 年实现增产 1 亿吨以上的历史最高水平，发挥了煤炭在国家能源安全保障中的“国之大者”重要作用，有力保障了国家能源安全和经济社会发展，把能源的饭碗牢牢端在自己手里。记者通过一年多的持续跟踪报道，最终选择了这一重要时间节点，通过在一线矿井深入细致地采访、分析和思考，展现在这 13 亿吨煤炭背后，山西推进能源革命综合改革试点，克服连续两年煤炭产量高速增长带来的压力，克服疫情影响，每一天、每一座保供矿井、每一位矿工，加强生产组织，建设智能化绿色化矿井，持续提升煤炭保供能力，坚决贯彻落实党中央关于能源保供的各项决策部署，持续完成煤炭增产保供任务，从而达到“窥斑见豹”的效果。

社会效果：本片立意高远、叙事清晰、重点突出，节目中所选取的人物和企业具有典型性、代表性，情节有承载力，故事有现场感染力，生动体现山西煤炭保供、牢牢守住国家能源供应安全底线的意义与成果，并兑现了“山西决不让国家为煤发愁”的承诺。该片一经播出，引发强烈反响，被央视《新闻联播》《新闻直播间》及财经频道多档栏目滚动播出近十次，同时在《山西新闻联播》客户端以融媒体形式呈现，实现一次采集、多种生成、多元传播，有力引导了社会舆论，提振了发展信心。

初评评语：作品题材重大、视角独特、重点突出，围绕贯彻落实党中央关于能源保供的各项决策部署，选取了代表性企业和典型人物，故事注重现场，感染力强，情节有张力，生动体现了山西超额提前完成全年13亿吨生产，落实煤炭增产保供任务的山西担当、山西作为、山西使命。

China to keep monetary policy stable（中国将保持稳健的货币政策）

July main inflation barometer up 2.7% year-on-year; high pork prices to blame

By OUYANG SHIJIA

China will likely keep its monetary policy stable and on target in the second half as consumer inflation is expected to rise mildly within a reasonable range in the rest of the year, experts said.

Their comments came as China's consumer inflation accelerated to the highest level in two years, largely driven by surging pork prices, but it still managed to come in weaker than expected in July.

China's consumer price index, a main gauge of inflation, rose 2.7 percent year-on-year in July, following a 2.5 percent rise in the previous month, the National Bureau of Statistics said on Wednesday.

The growth in core CPI, which excludes volatile food and energy prices and is deemed as a better gauge of the supply-demand relationship in the economy, came in at 0.8 percent year-on-year in July, following a 1 percent rise the previous month.

Zheng Houcheng, director of the Yingda Securities Research Institute, said the rise in July CPI was largely due to soaring pork prices as some producers were reluctant to sell hogs ready for the market.

Looking ahead, Zheng expects consumer prices may fluctuate in August, and the rise in CPI may struggle to surpass 3 percent year-on-year during the month.

Compared with soaring prices in other major economies, China's overall price levels are generally stable. Inflation hit a 40-year high in June in the United States, as the consumer price index rose 9.1 percent year-on-year, said the US Department of Labor.

Tommy Wu, lead economist at Oxford Economics, a think tank, said the spillover effect of rising global food prices on China's domestic food costs will also likely be modest, given China's self-sufficiency in staple grains in the near term.

With limited pass-through of factory-gate inflation and energy prices on consumer prices and subdued core inflation due to weak domestic demand, Wu said his team expects China's consumer inflation to remain below the 3 percent target for 2022.

Against such a backdrop, he said monetary easing will remain targeted to support credit to small and medium-sized enterprises, manufacturing, real estate and infrastructure financing.

A report released on Wednesday by the People's Bank of China said China may face mounting inflationary pressure at home due to factors including a recovery in consumer demand, rising pork prices and high energy and raw material costs, and imported inflationary pressures will continue to exist.

Looking into the second half, the nation's central bank said China's consumer inflation will rise at a faster pace than the level in the first half, and the CPI rise may exceed 3 percent in some months.

According to the report, China will continue to keep prudent monetary policy and refrain from adopting a deluge of strong stimulus policies. And it will keep an eye on the inflation situation both at home and abroad.

Wen Bin, chief economist at China Minsheng Bank, said the country's economy is gradually rebounding amid recovering market demand, as many sectors included in core CPI jumped on a monthly basis.

For instance, NBS data showed prices of plane tickets, hotel accommodations and tourism increased by 6.1 percent, 5 percent and 3.5 percent, respectively, in July on a monthly basis.

Even though China is facing inflationary pressure from soaring pork prices in the coming months, Wen said the government's recent moves to stabilize supplies and prices will help ensure market orderliness.

As for the rest of the year, he said his team expects the CPI to rise modestly and the producer price index to continue to trend down, which will not put extra pressure on monetary policy easing.

According to the NBS, China's PPI, which gauges factory-gate prices, increased 4.2 percent year-on-year in July after a 6.1 percent rise in June, cooling to the lowest level since February 2021. On a monthly basis, the PPI declined 1.3 percent in July.

Yin Yue, a macroeconomics analyst at Shanghai-listed Hongta Securities, agreed that inflation will not put much pressure on China's monetary easing, especially considering the relatively low core CPI level and the slowdown in PPI growth.

Looking ahead, Feng Mohan, a macroeconomics researcher at Beijing FOST Economic Consulting Co Ltd, said he will not rule out the possibility that the PPI will decline in the second half amid weakening global demand, a gloomy global outlook and a high base effect from the previous year.

（中国日报 2022 年 08 月 11 日）

申报资料实录

作品简介： 2022年，受欧美国家前期超宽松货币政策、逆全球化、乌克兰危机等因素影响，全球通胀愈演愈烈，创多年新高。面对复杂严峻的国际环境和艰巨繁重的国内改革发展稳定任务，在以习近平同志为核心的党中央坚强领导下，我国物价总水平持续平稳运行，粮食安全、能源安全和人民生活得到有效保障。在此背景下，本文主笔记者和编辑抓住月度通胀数据发布的关键节点，积极回应了海内外市场关切，在全球范围内权威、客观、中立地传播中国物价平稳运行成果，彰显了中国经济的强大韧性。通过对多位资深经济学家的深入采访、中外通胀最新数据的对比和官方报告的分析，文章多角度、深层次阐释了中国通胀压力总体可控，通胀尚在合理区间内，预计2022年物价涨幅仍将运行在合理区间，有望实现3%左右的通胀目标。文章秉持实事求是的原则，通过对比中外通胀最新数据，有力指明中国通胀水平明显低于发达经济体和新兴市场国家，保供稳价效果显著。此外，文章客观分析了面临的主要风险，包括国内结构性通胀压力加大和输入性通胀压力依然存在的情况。同时，本文通过经济学家和分析人士的客观中立分析表明目前通胀对货币政策不构成较大压力，下半年货币政策将坚持稳健取向，传递了积极信号。

社会效果： 策划团队采取“先网后报”的报道方式，将该消息第一时间刊发在中国日报网、客户端，用最便捷、触达率最高的方式向世界说明中国物价运行成果，中国日报客户端全球下载量3700万。文章后续结合了专家专访和最新的数据和报告，既保障了时效，又体现了权威。刊发后受到了海内外对中国经济的高度关注，有效引导了海外舆论，起到了在全球范围宣传中国经济成果、呈现中国方案的效果。为扩大国际传播效果，策划团队将报道内容以图文形式在微信公众号上刊发，通过“二次传播”提升了报道落地率，让中国声音更加广泛地传播到世界各地，增强了报道实效。

初评评语： 该报道策划及时、时效性强、信源丰富权威，及时抓住中国月度通胀数据发布的重要时间节点，第一时间对中国通胀走势和货币政策进行了前瞻性分析解读，向世界展现了中国经济的韧性和保供稳价措施发挥的重要作用，被海外主流媒体广泛转载转引超200频次，取得了良好的全媒体传播效果、社会效果和对外传播效果。该报道把握住了国际传播规律、新媒体规律，体现了纸媒适应全媒体生产新形势的要求，并对外宣介好了中国物价平稳运行成果，是向世界讲好中国故事、传播好中国声音的典型案例，呈现出“中国之治”的经济成果。文章有效有力地稳定了国际社会对中国经济前景的预期，极大提振了市场、企业和投资者等对中国经济的信心。

小餐票　大民生

李　鹏　胡　芳　屈晓平　赵　燃　郝晋辉

限于篇幅，文字稿略，获奖作品请见中国记协网 http: //www.zgjx.cn。

（湖北广播电视台 2022 年 12 月 31 日）

申报资料实录

作品简介：湖北省武汉市青山区曾是华中地区最大的老工业棚户区，经过改造，如今已成为现代化住宅小区。其中就包含了青和居社区，该社区最大的特点就是空巢老人、特困户老人居多，为了更好保证老人们的生活质量，社区开始了给老人们上门送饭的服务，只需十元钱，就可以吃上一份可口的饭菜。2018 年 4 月，习近平总书记在湖北考察时来到青和居社区，听到此事后，称赞他们做了一件大好事。四年多时间里，社区治理有什么新经验新面貌呢？记者为全面掌握情况，深入社区 20 余次，积累了大量的视频素材，在报道中反映出社区社工、志愿者与老人们亲如一家的真实情感。文稿精心打磨，结构精巧，语言朴实，大量同期声的运用，使作品真实生动感人。

社会效果：记者采制的这篇报道题材朴实，主题深刻，立意深远。该新闻被包括学习强国、央视频、人民号、长江云、微信、微博等媒体平台报道，起到正面引导舆论的良好效果。在湖北广播电视台电视经济频道《哼天》栏目播出后，反响热烈。热心观众纷纷打电话来反映很感人，还称赞说，“青和居社区为居民们做好事，让他们看得心里暖洋洋，”“感谢习近平总书记领导下的党组织一心为民，为习总书记点赞！为党点赞！为社区工作人员、社工点赞。”看完新闻报道后，不少居民加入到社区志愿者的行列，为社区困难群体送上温暖。

初评评语：民以食为本，食以安为先，该作品主题重大，立意深远，生动鲜活。

“向地球深部进军”：我国油气领域“深地一号”项目横空出世

徐　徐　戴安妮　王福全

8月10日，中国石化宣布：在油气勘探开发领域实施的“深地工程”获得重大突破，塔里木盆地顺北803斜井测试获高产工业油气流，折算油气当量1017吨，成为顺北油气田超深层第15口千吨井。同日，中国石化命名顺北油气田为“深地工程”顺北油气田基地，成为我国第一个以“深地工程”命名的油气项目。顺北油气田基地被誉为“深地一号”，标志着这一全球埋藏最深的油气田成功勘探开发，对我国深地矿产资源的勘探具有较强的指导意义，将为保障国家能源安全贡献重要力量。

习近平总书记强调，向地球深部进军是我们必须解决的战略科技问题。深层油气资源勘探开发是开展地球深部探测的重要组成部分。近年来，世界新增油气储量60%来自深部地层，勘探潜力巨大。在我国油气勘探开发实践中，埋深超过8000米的地层为超深层。我国深层、超深层油气资源占全国油气资源总量的34%，具有资源丰度高、规模大、整体储量大等特点，但存在诸多世界级勘探开发难题。

目前，塔里木盆地和四川盆地是我国两个最丰富的深层油气盆地，“深地一号”——顺北油气田基地位于塔里木盆地中西部，储层平均埋藏深度超过7300米，钻探垂直深度超过8000米的油气井达41口，堪称“地下珠峰”，已落实4个亿吨级油气区，成为近十年来塔里木盆地油气勘探的新亮点。

为了能在“地下珠峰”找油采气，中国石化经过多年发展，形成了国内领先的深地技术系列。在地质理论方面，率先突破了8000米超深层油气勘探“死亡线”，创新形成超深层断控缝洞型油气成藏理论；在勘探开发方面，创新形成超深层储层立体成像技术和缝洞体精细雕刻技术，相当于给地球深部做CT扫描，掌握超深层油气优快钻井技术，探索形成了一套具有顺北特色的8000米级复杂超深层井身结构设计、配套技术和标准规范，实现了由“打不成”到“打得快、打得准”的重大跨越。

“‘深地工程’既是贯彻落实‘深海、深地、深空’战略的实际行动，也体现了打造深地技术原创策源地的阶段性成果。”中国石化董事长、党组书记马永生在为“深地一号”揭牌时表示，“未来，中国石化将继续加大深地油气勘探开发力度，为更好端牢能源饭碗提供战略科技力量。”

（中国石化报 2022 年 08 月 11 日）

申报资料实录

作品简介：这是一篇反映国家能源战略大事、具有重大意义的新闻。习近平总书记强调，向地球深部进军是我们必须解决的战略科技问题。作为全球埋藏最深的油气田、我国第一个以“深地工程”命名的油气项目，中国石化顺北油气田落实了四个亿吨级油气区，平均垂直深度超过 8000 米的千吨井达 15 口，实现了在“地下珠峰”找油，不仅成为近十年来塔里木盆地石油勘探的新亮点，更对我国深地矿产资源勘探具有较强指导意义。记者长期关注顺北油气田的勘探开发进程，深入塔克拉玛干沙漠实地采访，并专访了国内油气领域相关院士专家，掌握了大量第一手资料，稿件完成后第一时间在头版头条刊发。作为深层油气勘探开发的“大国重器”，“深地一号”项目既是贯彻落实国家“深海、深地、深空”战略的实际行动，也体现了打造深地技术原创策源地的阶段性成果，对保障国家能源安全具有重大战略意义，具有广阔发展前景。

社会效果：稿件在中国石化报首发后，被大批主流媒体在重要版面和时段予以转发，或进行融媒体延伸报道。人民日报头版播发；中央电视台天下财经、朝闻天下重点播报；新华社、人民日报、经济日报、光明日报等中央级权威媒体同时布局网络端、移动端、新媒体端，立体化密集传播。其中，央视新闻、新华社、人民日报等中央级媒体客户端总阅读量累计 471 万。“深地一号”成热词，占据今日头条热榜第 16 位，持续引爆媒体圈与行业内外，得到了公众的广泛关注，产生了较大的社会影响力。

初评评语：该作品题材重大，主题突出 ，逻辑清晰，新闻价值高。“深地工程”是落实习近平总书记重要指示精神、保障国家能源安全的“大国重器”，标志着我国能源领域战略科技实力的重大提升。作品通过全媒体播发、通联和权威媒体转发等形式向全社会及时传递了这一我国深层油气勘探开发的重大进展喜讯，“时、效、度”把握精准，在有限时间内对新闻事件的背景、意义、深远影响进行了深入浅出的解读和延展，引起了全社会广泛关注，正向舆论引导效果显著，很好地扩展了重大主题宣传的张力和厚度，体现了行业媒体在重大新闻事件上的匠心、专业与担当。

首次详细披露毛泽东全程参加青年团二大

李　超　杨宝光

有关史料显示，中国社会主义青年团第二次全国代表大会是毛泽东唯一一次全程参与的团的全国代表大会。当时，他参会的身份是中共中央代表。

前不久，中央级学术理论期刊《党的文献》（2022年第5期）刊发研究论文《俄藏毛泽东参加青年团二大相关史料考》。该文首次详细披露了俄罗斯国家社会政治历史档案馆藏《中国社会主义青年团第二次全国代表大会记录》中毛泽东参加青年团二大的一些情况。

论文指出，相关档案记录富有珍贵的文献价值，可以为深化早期毛泽东思想、青年团的历史等相关问题的研究提供新的史料支撑，值得进一步挖掘和分析。

论文从党的三大切入，介绍了青年团二大的召开背景。1923年8月，中国社会主义青年团（1925年改名为中国共产主义青年团——记者注）第二次全国代表大会在东南大学四牌楼校区召开，毛泽东以中共中央代表身份参与大会。

论文显示，青年团二大是毛泽东唯一一次全程参与的团的全国代表大会。毛泽东参与的主要活动有三项：一是8月21日在大会第一次会议上致祝辞；二是8月23日上午在大会第四次会议上作报告；三是8月25日晚在大会闭会式上发表演说。会上，毛泽东对青年团过去一年的工作进行了评价，还提出了希望和要求。此外，他对共产党和青年团的关系作了说明，即在政策上青年团必须“完全服从”党的指导，与党的主张一致。

论文指出，今年是中国共产主义青年团成立100周年，做好相关史料收集、整理、考证工作，很有意义。另外，这次大会对于当时统一全团思想、贯彻党的三大的方针，具有重要价值，其实践成果在团史、青运史上留下了浓墨重彩的一笔。

据了解，这篇发表在《党的文献》的论文由中共南京市委党史办、东南大学团委联合课题组完成。2021年3月，东南大学多方协调从俄罗斯国家社会政治历史档案馆获取了67页的大会记录扫描复制件。《党的文献》由中共中央党史和文献研究院与中央档案馆主管主办，是经中共中央批准的公布中国共产党、中华人民共和国及其领导人重要文献的期刊。

据东南大学课题组成员杨文燮介绍，他们查阅发现毛泽东全程参与青年团二大的相关文献记录，随后经过查证和对照，《毛泽东年谱（1893—1949）》《毛泽东传》等均没有相关记录。这次对史料的整理和考证，将为深化相关问题的研究提供更多文献史料支撑。

（中国青年报 2022 年 12 月 29 日）

申报资料实录

作品简介：2022 年，中共南京市委党史办、东南大学联合课题组对俄罗斯国家社会政治历史档案馆藏《中国社会主义青年团第二次全国代表大会记录》严密考证后，在中央级学术理论期刊《党的文献》刊发论文，该研究首次详细披露毛泽东参加青年团二大情况。记者获悉该新闻线索后，发现该成果填补了相关历史研究空白，对中共党史、青年运动史的研究意义重大，具有极高的新闻价值。记者保持高度敏感，深入采访多位课题组成员、中共党史专家、青年运动史专家等，反复求证，以严谨审慎的态度仔细了解事件经过，全方面征询权威意见，比对已有史料研究，从新闻专业角度出发，得出“首次详细披露毛泽东全程参加青年团二大”的重要结论。报道将重要研究结论放在导语部分，突出新闻意义，报道整体专业性强、传播效果佳。

社会效果：2023 年是毛泽东同志诞辰 130 周年。团二大是毛泽东唯一一次全程参与的团的全国代表大会，此前《毛泽东年谱（1893—1949）》《毛泽东传》等均没有相关记录。报道刊发后受到中央党史和文献研究院相关研究人员以及《毛泽东年谱》编辑团队专家的关注，将为深化早期毛泽东思想生平等相关问题的研究提供新的史料支撑。此外，2022 年是中国共产主义青年团成立 100 周年，“团二大”会议是决定团的发展方向的一次极其重要的会议，报道用史料反映了共青团组织“坚定不移跟党走，为党和人民奋斗”的初心使命。报道刊发后，人民日报、光明日报等媒体跟进报道，中国青年网、搜狐网、新浪网等多家门户网站转载，新媒体平台共青团新闻联播微信公众号阅读量 7.6 万，评论区大量读者留言互动。

初评评语：这则消息主题重大，新闻价值高，报道通过权威信源以及史实资料考证，准确阐释了毛泽东参加青年团二大对中共党史、青年运动史的历史意义和思想价值，并用史料反映了共青团组织的初心使命，兼具政治意义和时代价值。该报道语言准确规范、简洁凝练，做到了新闻及时性、准确性、鲜活度的统一。报道产生了较好的社会影响，起到了引领导向、凝聚共识的作用。

赣闽边山村“跨界”共发展

郑文娟　万　萍　胡　明

限于篇幅，文字稿略，获奖作品请见中国记协网 http: //www.zgjx.cn。

（江西广播电视台 2022 年 08 月 28 日）

申报资料实录

作品简介：记者在基层调研采访中了解到，江西省黎川县厚村乡飞源村和福建省光泽县止马镇的杉关村是赣闽边界的毗邻村，四年前两个村摩擦纠纷频发，经济发展滞后。如今，两村“联姻”，走上共享发展的道路。记者敏锐地捕捉到跨省的两村共享发展、共同富裕背后的新闻价值。随后记者多次深入当地调研，并与两村所在的乡镇党委书记一起访谈 20 多户村民及景区投资客，寻找两个村从“打架”到“牵手”的破局密码：两村之前因为争资源导致土地抛荒、发展滞后，两村村委便成立联合党支部，做村民思想工作，整合资源优势，引入战略合作者，合力发展旅游产业，走上了共同富裕的道路。记者感觉到，这在全省乃至全国都具有很强的典型性，深刻体现了习近平总书记共享发展理念的深刻内涵。习近平总书记指出：“共享理念实质就是坚持以人民为中心的发展思想，体现的是逐步实现共同富裕的要求”，共享发展是新发展理念的重要内容。于是，记者决定以两村前后的巨大反差为切口，连通现实与历史，反映基层党组织在共享发展理念的指导下推进乡村振兴工作，并坚持以人民为中心的发展思想，把人民群众作为推动发展的主体，同时也把人民群众作为享有发展成果的主体，最终实现跨省两村共享发展、共同富裕的故事。

社会效果：节目不仅在江西卫视播出，更在中央电视台新闻频道播出，还依据新媒体的传播特点，制作了新媒体视频版，同步在央视新闻、手机江西台 App、江西网络广播电视台网站“两微一端”以及“赣云”全媒体矩阵上分发传播，大小屏联动，视频播放量达 300 万以上，引发了网友的热烈讨论。这篇报道是以小见大反映省际交界处农村地区发生的历史性变化和基层党组织现代化治理村庄的创新实践，让观众深刻感受到基层党组织的强大凝聚力，更突出了习近平共享发展理念的思想伟力，飞源村和杉关村的积极探索，也为跨省联建助力乡村振兴提供了一条可借鉴的路径。党的十九大以来，以习近平同志为核心的党中央着力提升基层党组织的创造力、凝聚力、战斗力，引导基层党组织围绕大局工作、聚焦发展难题，奋力攻坚克难、推动改革发展。报道引起了江西和福建两省干部群众的热议，大家说，要沿着习近平总书记为基层党组织指引的路子继续奋斗，在磨砺中坚守初心，在奋斗中勇担使命，在大战大考中发挥战斗堡垒作用，不断做好乡村振兴各项工作，让党旗在基层一线高高飘扬。

初评评语：作品主题重大，通过跨省的两个小山村共同发展的变化，反映出在习近平总书记新发展理念的指引下，赣闽两省交界处由发展滞后到合作共赢的实践和群众幸福感获得感的提升，以及党组织在此过程中发挥的核心引领作用，折射出中国广大省际交界处农村地区发生的历史性变化。结构精巧。以“打架”“劝架”“握手”“共赢”巧妙布局，把两个小山村“贫穷—发展—富裕”的路径展现得淋漓尽致，其中，“劝架”“共赢”更是生动体现出在实现共同富裕过程中党组织所发挥出的强大凝聚力。采访扎实、语言朴素、细节感人，通过大量情节叙述、细节描写，生动呈现基层党组织贯彻落实新发展理念，创新治理体制的实践和精神风貌，是一篇践行“四力”的佳作。

“一校一策”抓出实效

王 卓

随着十九届中央第七轮巡视集中整改期结束，如何持续推进常态化整改被提上日程。近日，中央纪委国家监委第二监督检查室分别向31所中管高校纪检监察机构发出《关于“一校一策”开展工作指导督促的通知》（以下简称《通知》），指出各高校在巡视整改和管党治校方面存在的突出共性问题和个性问题，并要求学校纪检监察机构推动学校党委结合实际认真研究制定整改举措，以钉钉子精神抓好落实。

今年年初印发的《关于加强巡视整改和成果运用的意见》，对强化纪检监察机关巡视整改监督责任提出了明确要求——派出巡视组的党组织同级纪检监察机关全面监督被巡视党组织落实巡视整改任务，把督促巡视整改作为强化政治监督、做实日常监督的重要抓手。

对31所中管高校巡视持续整改开展“一校一策”指导督促工作，是推动巡视整改不断走深走实、巩固扩大整改成果的重要举措之一。“巡视整改不可能一蹴而就，也不可能一劳永逸。纪检监察机关要担负起巡视整改监督责任，重点监督党委（党组）履行巡视整改主体责任，力戒形式主义、官僚主义，坚决防止搞形式、走过场，防止‘过关’心态，持续推进常态化整改。”中央纪委国家监委第二监督检查室有关负责同志说。

记者梳理这些“问题清单”发现，共性问题主要聚焦被巡视党组织贯彻党的教育方针和党中央决策部署、落实全面从严治党主体责任、“四风”问题、重点领域廉洁风险、师德师风等方面。高校纪检监察机构的规范化、法治化、正规化建设也予专门强调。

与此同时，每所中管高校纪检监察机构还收到一份精准“画像”的个性问题清单。这些问题源于中央巡视组对各高校的巡视反馈情况、巡视整改进展情况和日常监督情况，指向更明确、内容更具体。如，有的高校对少数干部与民争利、公共资源分配不均问题的制约机制还不健全；有的高校执纪宽松软、纪律建设还存在短板，等等。

“我们在与委机关党风政风监督室沟通的基础上，结合巡视整改审核评估、中管高校纪检监察机构年度述职及我室日常掌握的情况，深入查摆31所中管高校管党治校方面存在的突出共性问题、逐一分析各高校存在的个性问题，督促制定工作举措。”中央纪委国家监委第二监督检查室有关负责同志介绍说。

“一校一策”释放出紧盯不放、久久为功的强烈信号，为各高校纪检监察机构督促巡视持续整改指明了发力点。

记者了解到，南京大学将2022年作为“巡视整改深化年”，该校纪检监察机构根据《通知》要求，把“巡视整改深化年”各项任务落实情况作为日常监督的重要内容，推动学校党委和各级党的组织落实整改责任。“集中整改结束后，我们要坚决克服‘过关’心态，对巡视发现的问题和学校制定的长期整改任务紧盯不放，继续以强有力的监督推动学校巡视整改抓紧、抓实、抓出成效。”南京大学纪委书记、国家监委驻南京大学监察专员刘鸿健说。

《通知》不是一发了之，“一校一策”是一套“组合拳”。据了解，中央纪委国家监委相关监督检查室将适时开展调研督导和监督检查，跟踪了解工作进度，并对工作存在明显短板、履职不到位的学校党委和纪检监察机构主要负责人约谈提醒。

（中国纪检监察报2022年05月08日）

申报资料实录

作品简介：中管高校是落实科教兴国战略部署的排头兵，必须坚定不移推进全面从严治党，为营造风清气正的政治生态和校园环境提供坚强保障。十九届中央第七轮巡视对31所中管高校开展常规巡视后，中央纪委国家监委第二监督检查室对31所中管高校巡视持续整改开展“一校一策”指导督促工作。记者主动对接第二监督检查室，通过采访了解到“一校一策”工作的背景和基本情况，获取独家资料，将文章主题聚焦于“‘一校一策’如何抓出巡视整改的实效”，通过把着力点放在介绍共性和个性问题清单这一举措，反映“一校一策”的突出特点。同时，记者通过采访被监督单位——南京大学，彰显“一校一策”为各高校纪检监察机构督促巡视持续整改指明了发力点，进而使读者对“一校一策”的意义有了较全面的感知。

社会效果：稿件刊发后，引发社会广泛关注。中管高校纪检监察机构普遍反映，中央纪委国家监委的领导更有针对性、指导更加深入，推动提升了中管高校纪检监察工作规范化、法治化、正规化水平。

初评评语：该报道从党和国家纪检监察体制改革角度出发，及时回应社会关切的中管高校不正之风和腐败问题。从中央纪委国家监委层面发布权威声音，取得很好的传播效果。

海南公开为一名正厅长级干部澄清正名

尤梦瑜　况昌勋　金昌波

干部被诬告怎么办？海南的做法是：为实干者上门撑腰、向诬告者坚决亮剑！10月17日至27日，海南省纪委监委先后通过召开澄清正名会、媒体公开通报等形式，为某市委书记盖某某澄清了不实举报。如此大张旗鼓为正厅长级干部澄清正名在海南尚属首次。

据省纪委监委相关负责人介绍，今年3月，省农垦投资控股集团有限公司所属海南农垦旅游集团有限公司原党委书记、董事长石某某多次以信访件方式，向省委、省纪委监委实名反映省农垦投资控股集团有限公司时任党委书记盖某某要官威、不择手段打击农垦优秀人才等情况。省纪委监委核查发现，该检举控告严重失实。石某某最终如实交代，他是因自己职务被调整而心生不满，故意捏造事实恶意举报。

10月17日、18日，省纪委监委相关负责人先后前往该集团有限公司、某市召开两场澄清正名专题会，向集团党委、市委班子成员通报相关情况，为盖某某正名。10月27日，省纪委监委将此事作为澄清正名典型案例，向社会公开通报。鉴于石某某还涉嫌其他严重职务违法和犯罪问题，省纪委监委决定将其移送司法机关依法追究其刑事责任。

“党的二十大报告强调，要激励干部敢于担当、积极作为。恶意举报若处置不当，就会挫伤干部干事创业的积极性。”省纪委监委相关负责人说，海南为被诬告的干部公开澄清正名，严肃查处恶意举报的诬告者，彰显了省委为实干者撑腰、保护清白干部的坚定决心。

“这次澄清让我放下了思想包袱、消除了思想顾虑，真诚地感谢组织的关怀和爱护。”盖某某说，在今后工作中将更加严格要求自己，不断提升能力本领，一如既往地奋勇向前、扎实工作。

据介绍，海南坚决落实“三个区分开来”，借鉴司法领域判例制度，研究制定《关于建立海南自由贸易港公职人员容错纠错澄清正名和重新使用典型案例通报发布制度的实施办法（试行）》，通过以案释规、以案释纪、以案释法，使激励干部担当作为的制度机制在海南真正落实落地，给担心“做多错多”的干部吃下“定心丸”。

“以前诬告者违纪违法成本低，出现过干部被不实举报影响提拔的情况，不仅耽误干部成长，而且会滋生出在改革攻坚中不敢‘得罪人’、做‘老好人’的负面效应。”参加澄清正名会的一名市委班子成员说，省委旗帜鲜明地保护改革者、支持担当者，必将激励广大干部放下包袱、甩开膀子，在全面深化改革开放中敢于创新、大胆实践。

（海南日报 2022 年 10 月 28 日）

申报资料实录

作品简介：这是海南贯彻落实习近平总书记关于“三个区分开来”的重要论述精神，推动激励干部担当作为的制度机制在海南自由贸易港真正落实落地背景下创作的一篇具有重大宣示意义的报道。2022 年 10 月，在党的二十大召开期间，记者在海南代表团讨论会议上捕捉到新闻线索——海南将通过召开澄清正名会等形式，为某市委书记盖某某澄清了不实举报。该案例是我省首次为正厅长级干部澄清证明。记者迅速跟进，于 10 月 17 日至 27 日跟踪采访掌握事件背景及经过，并于 10 月 28 日在海南日报刊发。稿件介绍了该正厅长级干部被诬陷缘由及经过，着重讲述了省委查清事实，为干部澄清证明的过程，阐释海南自贸港为公职人员澄清正名，激励党员干部踊跃作为的意义。

社会效果：报道在海南日报多个平台刊发，海南日报微信公众号、客户端阅读量超 4 万 +；人民网、新京报、澎湃、腾讯、网易、搜狐等迅速转发这一报道，同时根据海南日报的报道，中国新闻网、极目新闻、新京报等陆续刊发深度解读、评论等文章，对海南旗帜鲜明地保护改革者、支持担当者给予高度肯定，为海南自由贸易港建设营造了良好舆论氛围。

初评评语：稿件有三个鲜明特征：一是新闻性强，通过关注首次公开对正厅长级领导的澄清正名，展示海南自贸港在激励党员干部作为方面的有效探索；二是效果好，彰显了海南保护清白干部的坚定决心，同时通过以案释规、以案释纪、以案释法，加深了公众对海南自由贸易港公职人员容错纠错澄清正名机制的理解，给担心“做多错多”的干部吃下“定心丸”；三是写作扎实，新闻要素齐全，重点突出。

评论

Wrong signal, wrong place, wrong time: China Daily editorial（错误的信号，错误的地点，错误的时间）

集　体

作品二维码

（中国日报网 2022 年 03 月 01 日）

申报资料实录

作品简介：2022 年初乌克兰危机爆发后，美国政府和台湾蔡英文当局借机大肆炒作“大陆侵台”论。由数名美国政客组成的“代表团”于 3 月 1 日至 2 日“窜访”台湾，前国务卿蓬佩奥更是于 3 月 2 日至 5 日对台开启“私人访问”。美台的一系列勾连动作导致台海局势骤然紧张，美政客借机不断挑弄“台湾问题”妄图借此积累个人政治资本。美国趁乌克兰危机，表面上推动台购买武器，而根本目的在于织密其妄图围困和孤立中国的“印太战略”网络。在美“代表团”窜访和蓬佩奥抵台之际，中国日报于 3 月 1 日晚在中国日报网及时推出此篇社论。社论通过梳理拜登政府此前两次对台军售的经过，交代美国政客这两次背靠背的“窜访”背景，揭露了美台利用乌克兰危机，打着“保卫民主”“抵抗强权”的幌子相互勾结、互相利用的真实意图。文章提醒美方恪守涉台承诺，点明蔡英文政府“台独”行径将以失败收场的必然结局。

社会效果：这篇社论文章在中国日报网站、中国日报客户端、微博、微信及海外社交媒体平台推出后产生巨大反响，总传播量超 16 万，并被美联社、英国《每日电讯报》、芝加哥《每日先驱报》等超过 154 家美西方主流媒体转引转载，覆盖阅读约数十亿人次。文章起到了“先声夺人”的传播效果。多位读者表示：蔡英文正在把台湾人民带入陷阱；台湾是中国的一部分，台湾问题是中国内政，任何外国势力无权干涉；美国政客打“台湾牌”是为了和“乌克兰危机”相呼应。美英在台湾问题上沆瀣一气已久，这篇文章在美英等国取得较好的传播效果，直达重点目标受众，向他们揭露了美国政客“窜访”台湾的自私动机，分析了“台湾问题”与“乌克兰危机”的本质区别。

初评评语：该社论发表于美国政客两次窜台“衔接”之时，在刊发后取得了“先声夺人”的效果，有效体现了国际传播工作中“打好主动仗，下好先手棋”的重要性。文章通过讽刺的语言、精当的论据及翔实的背景分析戳穿了美台勾连编织的谎言，一针见血揭露了美台利用乌克兰危机混淆是非、浑水摸鱼的险恶用心，揭批了双方沆瀣一气，互相利用的本质。文章论证有力，立场鲜明，先发制人抢占道义制高点，展现出我坚定捍卫主权和领土完整的一贯立场和实现祖国统一的坚强意志与决心。文章语言简洁，逻辑清晰，层次分明，结构紧凑，标题新颖有力。

全面辩证看待当前经济形势

齐东向　牛　瑾

科学判断形势、利用趋势、发挥优势、引领态势，是做好经济工作的重要前提和保障，对经济发展预期管理至关重要。

今年3月份以来，复杂演变的国际局势和跌宕反复的新冠肺炎疫情等超预期因素叠加，给恢复势头良好的中国经济带来不小冲击，下行压力备受关注。近日，习近平总书记在主持召开中共中央政治局会议分析研究当前形势和经济工作时，立足全局，把握大势，强调疫情要防住、经济要稳住、发展要安全，要求坚持办好自己的事、加快构建新发展格局、建设强大而有韧性的国民经济循环体系、坚持扩大高水平对外开放。其中，既蕴含着发展观，也强调了方法论，对我们科学判断形势，全面把握大局，坚定信心，攻坚克难，实现经济高质量发展，具有重大指导意义。

善谋者行远，实干者乃成。我们既要科学理性地认清当前经济形势，把握和应对好短期波动的冲击影响，正视和解决好困难压力，还要从较长周期认识中国经济的内在规律和大趋势，把握中国经济的潜力、韧性、底气、后劲，从而保持定力、积极应对，沉稳从容地全面深化改革、推动全面开放，坚定不移做好自己的事，牢牢把握发展主动权。

千磨万击 韧性依旧

外资是个风向标。近年来，尽管受疫情冲击、地缘政治等影响，部分外资企业开始多元化布局，但对华投资步伐并没有放慢。继2021年实际使用外资首次突破万亿元大关后，我国吸引外资继续攀升，今年1—4月实际使用外资4786.1亿元，同比增长20.5%。中国德国商会、中国美国商会的报告显示，超七成的德资企业、超六成的美资企业计划增加在华投资，多家知名跨国公司围绕低碳业务加大在华布局。

成熟投资往往寻求长期稳定的回报。中国市场于外资而言，“长期”体现在，无论国际风云如何变幻，中国扩大高水平开放的决心不会变，为全球提供更多市场机遇、投资机遇、增长机遇的意愿也不会变；“稳定”体现在，我国完备的产业体系、完善的基础设施以及超大规模市场等优势，依然具有很强的吸引力。外资“加码”，是对中国市场潜力和经济前景实打实的“点赞”。

透过外资窗口，我们看到了中长期的预期和信心，也要正视眼下的压力和困难。观形取势，需要将今年1—2月份稳步恢复向好的国民经济运行与3月份以来的情况分开看，否则就可能干扰我们对经济运行真实状况、变化趋势、机遇挑战的判断把握。

今年前两个月，我国工业生产加快，规模以上工业增加值同比增长7.5%，高技术制造业和装备制造业增势良好；服务业保持恢复，生产指数同比增长4.2%，比去年12月份加快1.2个百分点；就业形势总体稳定，城镇新增就业163万人；社会消费品零售总额74426亿元，同比增长6.7%，比去年12月份加快5.0个百分点；投资作用突出，固定资产投资50763亿元，同比增长12.2%，比2021年全年加快7.3个百分点；外贸稳定增长，货物进出口总额62044亿元，同比增长13.3%……经济恢复向好势头，为一季度开好局奠定了坚实基础。

3月份以来特别是4月份，部分经济指标转弱，这是疫情冲击带来的短期变化，是受外在影响的阶段性波动。但面对新的下行压力、更严峻挑战，我国经济依然显示出强大韧性。

——看保供，基础产业支撑有力。疫情冲击下，我国粮食和能源等基础工业保持增长，为抗击疫情、推动经济恢复提供有力支撑。从农业看，冬小麦苗情继续转好，春播备播进展顺利，进度快于去年同期，夏收陆续开镰，丰收在望。从能源看，煤炭开采和洗选业增加值同比增长13.2%，石油和天然气开采业增加值增长7.2%。这些都有利于保障生产生活正常运转。

——看稳价，基本生活类商品产销持续增长。4月份，规模以上食品制造业、酒饮料和精制茶制造业增加值同比分别增长0.1%和0.5%；鲜冷藏肉、速冻食品产量分别增长20.4%和9.3%。这些都有利于满足居民基本生活需要。

——看结构，内需主引擎作用依然凸显。一方面，消费仍在恢复，尽管4月份社会消费品零售总额同比下降11.1%，但电商、网上零售保持增长。1—4月份，实物商品网上零售额同比增长5.2%，占社会消费品零售额比重有所提升。另一方面，制造业投资增长12.2%，在全部投资中增长最快。同时，基础设施投资增长6.5%。这些都意味着投资还将发挥重要支撑作用。

——看新动能，新产业新业态新模式韧性彰显。4月份，规模以上高技术制造业增加值同比增长4%，好于全部工业。1—4月份，高技术产业投资同比增长22%，好于全部投资。

数字和事实最有说服力。尽管经受了千磨万击，但我国经济长期向好的基本面依然坚固。这也是为什么美国《纽约时报》刊文称：“无论过去还是现在，中国的发展都是贸易和投资全球化的重要推动力量”。

稳字当头 稳中求进

改革开放40多年来，中国经济一直在各种困难、压力、问题、挑战中不断突破、加速成长、创造奇迹。

回顾党的十八大后的经济形势，外部是国际金融危机后世界经济持续低迷，内部是增长速度换挡期、结构调整阵痛期、前期刺激政策消化期“三期叠加”，经济结构性体制性矛盾不断累积，传统发展模式难以为继。

跨越10个春秋，再看中国经济：发展平衡性、协调性、可持续性明显增强，国内生产总值从近52万亿元到超过114万亿元，人均国内生产总值从6100美元到超过1.2万美元，经济实力、科技实力、综合实力跃上新台阶，迈上更高质量、更有效率、更加公平、更可持续、更为安全的发展之路。

非凡10年，贯穿其中的是“稳中求进”工作总基调。以新发展理念为引领、以高质量发展为主题、以供给侧结构性改革为主线、完善宏观经济治理、建设现代化经济体系、推动科技自立自强、把握扩大内需战略基点、打好三大攻坚战……以稳定良好的经济环境为深化改革开放创造条件，又通过深化改革开放推动了发展动能有序转换，实现经济持续稳定增长。

稳字当头，进中取势，成效斐然。2016年12月召开的中央经济工作会议明确提出，“稳中求进工作总基调是治国理政的重要原则，也是做好经济工作的方法论”。这是我们党对发展大势与客观规律的精准把握，是我们党领导经济工作经验的全新总结，彰显了战略定力和勇气智慧。

坚持稳中求进，无论是面对逆全球化的狂风骤雨，还是新冠肺炎疫情的严峻考验，无论是解决快速发展过程中积累的老问题，还是转型升级过程中出现的新问题，这一要求都是总基调。依照这一方法论，我们保持定力、沉着应对、稳扎稳打，如期实现第一个百年奋斗目标，昂首阔步迈向现代化新征程。“民亦劳止，汔可小康”的悠悠吟唱穿越千年风雨，在中国特色社会主义新时代变成现实。

聚焦当下的经济工作，更需要我们秉持“稳中求进”的要求、掂出“稳字当头”的分量。

这个分量在于，当前中国经济压力叠加——稳增长难度增大，稳就业形势严峻，稳物价压力上升。面对多种难题相互交织，发展如同逆水行舟，我们必须迎难而上、奋发有为，在稳经济和助企纾困上发挥更大政策效应。

这个分量还在于，“十四五”时期的经济社会发展要以推动高质量发展为主题，高质量发展是宏观经济稳定性增强的发展，特别是在全球经济充满不确定性的条件下，宏观稳定成为稀缺而宝贵的资源。谁能持续稳住经济大盘，谁就能克服疫情影响，稳住民生底线，在新一轮增长中夺得先机。

顾大局，稳字当头；行大道，稳中求进。越是在复杂情况下，越要坚持“稳字当头、稳中求进”。

做强实力 远近结合

举大事，必有所资。

中国经济发展正面临需求收缩、供给冲击、预期转弱三重压力，而一些新的不利因素又在增加、演变，经济发展环境的复杂性、严峻性、不确定性上升，社会上难免出现焦虑情绪。对此，我们一方面要正视各种困难、压力和挑战，做到弄清症结、心中有数；另一方面，一定要看到大势大局大面，中国仍是世界第二大经济体，回旋余地广，有超大规模市场，长期向好的硬底盘不会改变。尽管压力困难客观存在，但我们有“稳”的基础和实力，有“进”的动力和空间，更有抵御风险、战胜挑战的坚定信心和强大能力。

——一系列基础设施改造升级，蕴含巨大商机。

今天的中国，是一个基础设施日趋完善，规模效应、空间配置效应、结构效应与社会福利效应不断显现的经济大国。

我国仍处于工业化城镇化进程之中，投资还有很大潜力。“十四五”规划 102 项重大工程建设正加快推进，分解出的 2600 多个项目有序实施，各地已储备 7.1 万个专项债项目，全年水利工程和项目可完成投资约 8000 亿元……这些工程项目有着巨大发展商机。

——超大规模市场释放的巨大消费能力，蕴含无限机遇。

今天的中国，是一个人均 GDP 超 1.2 万美元、中等收入群体规模超 4 亿人、市场主体总数超 1.5 亿户的经济大国。

受今春疫情多发影响，一些消费被抑制，但需求并未消失。传统消费转型升级、新型消费潜力释放、线上消费强势“补血”，作为全球第二大消费市场和第一大货物贸易国，中国仍是世界经济大循环的关键枢纽，市场机遇无限。“培育新型消费，发展信息消费、数字消费、绿色消费，鼓励定制、体验、智能、时尚消费等新模式新业态发展”……“十四五”规划和 2035 年远景目标纲要，为这个大市场勾勒出诱人前景。

这样的大市场，谁都不想错过。第五届中国国际进口博览会筹备工作正在顺利推进，参展企业签约面积超展区规划面积的70%，世界500强和行业龙头企业数量逾240家，药品、医疗器械、汽车等行业世界排名前10位企业大部分已签约参展。很多境外展商表示，希望继续深耕中国市场，并获得更大发展。

——完整的工业体系和完备的产业链，蕴含强大的抗压耐冲击的韧性和优势。

今天的中国，工业体系门类齐全、独立完整，是工业经济规模跃居全球首位的经济大国。

广袤的神州大地，从针头线脑等生活日用品，到航母、飞机等大国重器，都能生产。这一独立完整的工业体系，尽管"从大到强"的难题待解，但它夯实了走向现代化的物质基础，在国家发展安全方面的意义更为显著。再者，这些年我们坚定不移融入全球产业分工体系，先进制造业稳步迈向中高端，各行业企业深度嵌入全球产业链，在应对冲击、缓释压力时往往韧性很强，中国经济有更大的调整空间。

去年以来，一揽子政策组合拳精准发力、持续加码，促进产业链供应链稳定畅通，一批快速成长的"专精特新"中小企业成为增强产业链供应链韧性的重要基石。与此同时，围绕人工智能、新材料等重点领域，新兴产业链布局也在进一步加强。稳定性和竞争力日益增强的产业链供应链，为守住"稳"的基本盘、创造"进"的新动能提供了重要支撑。

——人才资源大国的势能逐步彰显，为经济主战场竞争提供了坚实支撑。

今天的中国，是一个有14亿多人口、9亿多劳动力、1.7亿多受过高等教育和拥有技能的人才资源的经济大国。

当今世界的综合国力竞争，说到底是人才竞争，人才越来越成为推动经济社会发展的战略性资源。近年来，中央大力实施人才强国战略，有关部门、各省区市先后推出一系列深化人才发展体制机制改革的政策措施，推动了人才培养、评价、流动、引进、使用、分配、激励等重点领域和关键环节的改革，人才队伍建设取得重大进展。

高技能人才擦亮制造大国的智造名片，科技研发人才提升中国创造的价值水平，高等教育和职业教育人才积蓄支撑发展的澎湃动力。随着改革的深化、"十四五"人才发展规划的推进，"人人渴望成才、人人努力成才、人人皆可成才、人人尽展其才"的生动局面可期。

千行万业的汩汩活水汇流成中国经济的浩瀚大海。中国人民勠力同心，不惧任何风浪，拥有战胜一切困难、应对一切挑战的依傍和底气。

强基健体 固本培元

“稳”不是消极等待、无所作为，而是有底线、有静气、有张力；“进”也不是只管向前、不顾深浅，盲目进击往往欲速不达。“稳”与“进”，既需要有章法，也需要实干与担当的支撑。

实现今年确定的经济增长目标，必须付出更大更艰苦的努力。对于短期的冲击波动，我们要对症下药、纾困解难；对于中长期的潜力释放，我们要强基健体、固本培元。

——纾企业之困，解就业之难。

就业稳，居民收入和民生才有保障，社会财富才能稳定增加，稳增长也才有支撑。中小微企业和个体工商户是吸纳就业的大头，纾企业之困，就是解就业之难。今年以来，我们对受疫情严重冲击的行业、中小微企业和个体工商户实施一揽子纾困帮扶政策，尤其是退税减税，全年总量将达到2.64万亿元。这是为市场主体下的“及时雨”、送的“雪中炭”。关键是各项政策要靠前发力，各项工作要加快节奏，无论是退税减税降费，还是专项债发行使用、重点项目开工建设、金融助力实体经济、支持企业稳岗等，已出台的政策要尽快落实到位，明确拟推出的要尽量提前，产生更大政策效应，确保上半年和全年经济运行在合理区间，使经济较快回归正常轨道。与此同时，着力稳消费，综合施策释放消费潜力；挖掘有效投资，补上基础设施和民生领域的薄弱环节和短板，开辟更加广阔的投资空间。

——固市场之本，培创新之元。

充分发挥市场在资源配置中的决定性作用，更好发挥政府作用，是新时代做好经济工作的一个重要经验。改革开放实践证明，哪个领域能够处理好政府与市场的关系，在国家政策引导下发挥好市场配置资源的决定性作用，哪个领域的发展就能充满创新活力、各类生产要素就能发挥出最大效能。公平公正是市场活力和社会创造力的保障，也是市场主体对政策满意度的一杆秤，政府就是公平公正竞争的守护者。这些年，我国大力推进“放管服”改革，以敬民之心行简政之道，激发了市场活力和社会创造力。今后还要乘势而上，持续深化“放管服”改革，在“放”上，规范行政权力，深化改革减繁去苛，打造市场化法治化国际化营商环境；在“管”上，抓紧明确透明稳定可预期的监管规则，对直接关系人民群众生命财产安全、公共利益的重点领域重点监管，对假冒伪劣、坑蒙拐骗、侵犯知识产权等违法行为严查重处；在“服”上，要更好担当就业、教育、医疗、养老等责任，用心用情做好民生工作。

——强发展之基，健制度之体。

制度稳则国家稳，制度强则国家强。以显著制度优势抵御一切风险挑战，是我们党团结带领人民创造世所罕见的经济快速发展奇迹和社会长期稳定奇迹的根基。党的十八大以来，在以习近平同志为核心的党中央坚强领导下，从不断完善社会主义基本经济制度、基本政治制度，到日益丰富不同领域具有创新性、支撑性的重要制度……中国特色社会主义制度体系层次分明、系统完备，在国家治理中日益显现出巨大的制度效能。我们要看到，制度更加成熟更加定型是一个动态过程，治理能力现代化也是一个动态过程，不可能一蹴而就，也不可能一劳永逸。可以预期，随着全面深化改革向纵深推进，我国国家制度和国家治理体系固根基、扬优势、补短板、强弱项，必将在国际竞争中赢得更大的比较优势，展现出更为旺盛的生机活力。这也是我国发展进步可以凭依的战略性有利条件，是我们战胜一切风险挑战的重要保障。

政策工具箱已经打开，善策妙方纷纷显效，瞄准的都是一件事——自己的事。坚定不移做好自己的事情，要有“舍我其谁、责无旁贷”的担当精神。对各级领导干部而言，就是要有“时时放心不下”的责任感，胸怀“国之大者”，善于把地区和部门工作融入党和国家事业大局，把政治经济、宏观微观、战略战术有机结合，做到谋划时统揽大局、操作中细致精当；对每个人而言，就是要为了自己的梦想不断前行，用双手创造更美好的明天。有习近平总书记的领航定向，有党中央的坚强领导，有全国人民的团结奋斗，是中国经济破浪前行的最大底气，我们的未来就没有战胜不了的挑战、没有跨越不了的难关。

行而不辍，万里可期。朝着第二个百年奋斗目标，“中国号”经济巨轮正劈波斩浪、扬帆远航！

（经济日报 2022 年 05 月 26 日）

申报资料实录

作品简介：在多种因素作用下，2022 年的中国经济跌宕起伏，复杂严峻，成为社会普遍关注的焦点，也出现各种杂音噪声。引导好舆论，唱响主旋律，是我们务必解答好的现实问题，经济日报推出了这篇编辑部文章。该文有事实、有数据，针对性强、观点鲜明，不回避矛盾，不淡化问题。观形取势，亮明分析研判的立足点——将 2022 年 1—2 月份稳步恢复向好的国民经济运行与 3

月份以来突发情况分开看，得出中国经济长期向好基本面不会改变、眼下的压力与困难不容忽视的观点。文章站位高、分量重，构思用心，写作用力，编改用功，从挑战中显现的韧性、“稳字当头”的分量、“稳中求进”的支撑、实干与担当的逻辑结构逐步铺展，讲清楚中国经济怎么了、怎么看、怎么干，有力引导了舆论，为稳经济大盘、促经济增长发挥了压舱石的作用，体现了主流媒体应有的政治站位和大局观。这篇评论经由全媒体平台融合推广，总阅读量达 3.65 亿。其中，经济日报与中经网微信双账号当日阅读量均突破 10 万；经济日报主持微博话题 # 全面辩证看待当前经济形势 # 累计阅读量 3385 万，登上要闻热搜榜；在今日头条推荐区展示，弹窗推送；头条财经频道置顶；腾讯新闻财经频道头条推荐。

社会效果：这篇文章被新华社转发后，引起社会广泛关注。人民日报、光明日报等央媒和北京日报等地方媒体予以全文转发，各新媒体平台均在显著位置予以转载。据统计，《全面辩证看待当前经济形势》获新华社客户端、人民日报客户端、光明网等 339 家媒体转载 678 次，其中核心媒体 39 家，一级媒体 187 家，二级媒体 113 家。

初评评语：这篇评论以高度的政治站位、敏锐的新闻视角、充足的论述依据，结合经济运行中蕴含的机遇、面临的挑战、当下的突破、长远的谋划，有针对性地回应了外界的猜测，有力驳斥了杂音噪声，受到国内外多家媒体广泛关注，起到了澄清误解、引导舆论的作用。该文逻辑清晰、论证有力，具有辩证的分析能力和深厚的文字功底，彰显了中央党报的引领力和影响力。

谋发展不能满足于有 更要满足于好

梁　泰

限于篇幅，文字稿略，获奖作品请见中国记协网 http: //www.zgjx.cn。

（广西广播电视台 2022 年 12 月 02 日）

申报资料实录

作品简介：党的二十大报告指出，高质量发展是全面建设社会主义现代化国家的首要任务。在一个专题询问场合中，作者注意到广西作为欠发达地区，有些地方和部门在谋划经济建设中却满足于“有没有”，没有追求“好不好”。作者根据日常掌握的信息，以广西壮族自治区人大常委会专题询问的事例为事实依据和以广西部分国有企业不舍得科研投入的现象为典型事例，围绕“有没有和好不好”进行论证，及时发声如何推动高质量发展。作品是在众多媒体中首发该角度的报道，独家披露事例数据和多个现场声，内容生动，主题突出。作品通过广西视听、蜻蜓等新媒体平台同步播出，在宣传党的二十大精神、构建新发展格局中起到凝聚共识的作用。

社会效果：作品播出后，作者持续跟踪、关注有关整改措施，还采制广西部分国企没有聚焦主业导致无效资产过多等稿件播出。作品导向得到，形成的舆论氛围起到了服务大局、助力推进工作的作用。涉事部门与单位接受人大询问监督，修改考核制度，整改工作，明确持续落实科技创新视同业绩利润考核与加分，案例列入 2023 年 1 月广西两会期间提请审议的有关报告里。广西国资委在推进有关企业压缩贸易业务、聚焦主业基础上，贯彻党的二十大报告，进一步明确国有企业到 2025 年的科改示范目标。2023 年 3 月，广西壮族自治区人民政府在相关报告明确要求聚焦国有企业发展短板弱项，强化研发经费投入强度等经营业绩考核设置。

初评评语：这是一篇宣传学习贯彻党的二十大精神的报道。作品论述篇幅大，避免“头重脚轻”的弊端，符合广播评论特点；作品时长 5 分钟左右，语言简练，口语化强，吻合广播受众人群收听习惯，确保有效传播；作品音响现场感、对象感强，突出了论述与录音自然衔接与过渡，激发收听欲望。该评论具有较强的问题意识和针对性，有助于受众对党的二十大精神加深领会，体现了评论的指导性。

“建议专家不要建议”，是希望专家好好说话

林　琳

作品二维码

（工人日报客户端 2022 年 05 月 26 日）

申报资料实录

作品简介：文章从多日连续登上微博热搜的“建议专家不要建议”的新闻切入，层层分析了网友“建议专家不要建议”的原因，总结、归纳了公众反感的专家建议的类型，同时列举了一些令公众尊重和信服的专家在做科普、回应公众时的得体表现，表达了对专家好好说话的期待，如多一些“爱惜羽毛”、多一些审慎科学、多一些设身处地和人文关怀等。文章坚守客观、理性的立场，既充分肯定了赢得良好声誉的专家的做法，又批评了有媒体故意断章取义、让专家“背锅”的情况，对“专家建议”问题的分析超出了简单谁是谁非的层面，自始至终站在公众利益与社会利益的高度与立场。此文在各媒体同题评论中刊发得较早，其中观点多次被其他媒体集纳和引用，在全网引发极大关注。之后的一些同题评论，其论点与论证过程大体未超出此文的视野和层面。

社会效果：此文在工人日报客户端、工人日报微信及中工网首发后，被人民资讯、手机光明网、新浪、澎湃新闻客户端等多家媒体转载，引发广大网友强烈共鸣，不少网友留言表示“总结很到位”“很中肯”。百度百科上有“建议专家不要建议”词条，在这一词条的“引申含义”和“社会评价”中，均引用了此文大段原话，构成了这一词条的主要内容，一定程度上从源头给出了关于专家建议问题的全面客观的分析，对引领舆论起到了正本清源、

定纷止争的重要作用。

初评评语：此文刊发在“工人日报 e 网评”专栏，该专栏入选“2020 年中国报业深度融合发展创新案例”。文章抓住“专家建议”这个不时引发网络舆情的热点话题，在众说纷纭的舆论场，心平气和地摆事实、讲道理，以理性、客观、严谨的剖析，赢得广大网友认同与共鸣，起到了化解困惑、缓解焦虑、弥合对立的舆论引导作用。文章顺应媒体融合发展趋势，既坚守新闻评论的思想性、建设性和现实针对性，又契合移动传播的特点和规律，通俗好读又深刻厚重，充分体现了主流媒体的责任担当和专业水准。

中国妇女报再评唐山打人：打人狂徒，触碰底线；依法严惩，以儆效尤

孙钱斌　周志飞　杨一帆

作品二维码

（中国妇女报官方微博 2022 年 06 月 10 日）

申报资料实录

作品简介： 2022 年 6 月 10 日下午，网民在社交网络发布的视频引发广泛关注。据视频内容显示，某烧烤店发生一起暴力殴打他人事件。现场监控显示打人者手段凶狠，肆无忌惮，令人胆战心惊。视频曝光后，相关话题的讨论迅速引爆舆论场，登上热搜高位。经过研判，中国妇女报官方微博当天数小时后即刊发评论《打人狂徒，触碰底线；依法严惩，以儆效尤》，并同步配上具有冲击力的原创海报。文图并举，以有力的鲜明发声引导舆论走向，及时参与社会治理。

社会效果： 某地烧烤店打人狂徒激起全网公愤，中国妇女报第一时间亮明态度，在官方微博连发两篇评论，其中言论《打人狂徒，触碰底线；依法严惩，以儆效尤》单条阅读量近 9000 万，转发 8.4 万，评论 1.4 万，点赞 26.4 万；相关话题阅读量 5.2 亿，讨论量 15.8 万，登上多个平台热搜榜单，300 多家主流媒体、商业媒体及网络知名人士等转发，全网阅读量超 10 亿。及时有效的发声，疏导了网络情绪，避免了性别对立，对于让热点重大事件的社会关注回归法治和理性轨道，起到重要作用，彰显了主流媒体的舆论纠偏和塑造能力。

初评评语： 该热点事件社会关注度高，演变发酵快，极易引发炒作。中

国妇女报主动介入，第一时间亮明态度，把握好时度效，不缺位不失声，通过舆论引导聚共识、通过舆论斗争明是非，通过舆论监督护权益，有效参与社会治理，体现了主流媒体的责任与担当。

向着全面建成社会主义现代化强国的第二个百年奋斗目标迈进

宋维强　孙煜华

在全党全国各族人民喜迎党的二十大胜利召开的浓厚氛围中，中华人民共和国迎来了73华诞。大江南北、长城内外，亿万华夏儿女共同欢庆伟大祖国的生日，大街小巷迎风飘扬着五星红旗，中华儿女深情唱响“我爱你，中国”，为日新月异的祖国骄傲自豪，为新时代中国的光明前景献上最美好的祝福，为奋进新征程、建功新时代激扬起万丈豪情。

“起来！起来！起来！我们万众一心……”迎着东方的曙光，天安门广场，激越雄壮的旋律中，鲜艳的五星红旗风展如画，映照着百年大党的风华正茂，镌刻着盛世中华的万千气象，见证着新时代中华民族伟大复兴的势不可挡。新中国、新时代、新征程，壮美的画卷徐徐铺展，在中国共产党领航下，亿万人民心潮澎湃、壮志凌云，目标坚定、步履豪迈！

73年，弹指一挥间。73年，变化翻天覆地。

曾记否，旧中国“一辆汽车、一架飞机、一辆坦克、一辆拖拉机都不能造”，连火柴、煤油都要进口；新时代的中国，拥有联合国产业分类目录中全部工业门类的制造业第一大国，载人航天、高速铁路、“北斗”组网、“蛟龙”入海、“天眼”巡空、港珠澳大桥和北京大兴国际机场等超级工程，标志着祖国日益繁荣富强。

曾记否，旧中国积贫积弱；新时代的中国，实现了第一个百年奋斗目标，在中华大地上全面建成了小康社会，人均国内生产总值超过1.2万美元，国内生产总值超过110万亿元，稳居世界第二大经济体，多年来对世界经济增长贡献率超过30%，标志着中华民族屹立于世界的东方。

曾记否，旧中国民不聊生，人民在生死线上苦苦挣扎；新时代的中国，历史性地解决了绝对贫困问题，建成了包括养老、医疗、低保、住房在内的覆盖十几亿人的世界最大社会保障体系，人均预期寿命由35岁增长到78.2岁，人民群众的获得感、幸福感、安全感前所未有地增强，标志着人民过上更加美好的生活。

大道如砥。读懂了中国的苦难辉煌，就读懂了实现中华民族伟大复兴的深长意味；就读懂了“中国共产党人是干什么的、已经干了什么、还要干什么”；就读懂了一个百年大党何以经历如此多的生死考验、遭遇如此多的艰难险阻、付出如此多的惨烈牺牲，始终初心不改、矢志不渝；就读懂了一代代中国共产党人“未惜头颅新故国，甘将热血沃中华”的无畏壮举和忘我奉献。

新中国的伟大成就是党团结带领人民接续奋斗的结果，民族复兴的伟大事业需要靠党的坚强领导继往开来推进。从党的十八大开始，中国特色社会主义进入新时代。10年来，我们遭遇的风险挑战风高浪急，有时甚至是惊涛骇浪，各种风险挑战接踵而至，其复杂性严峻性前所未有，以习近平同志为核心的党中央统筹把握中华民族伟大复兴战略全局和世界百年未有之大变局，统揽伟大斗争、伟大工程、伟大事业、伟大梦想，采取一系列战略性举措，推进一系列变革性实践，实现一系列突破性进展，取得一系列标志性成果，攻克了许多长期没有解决的难题，办成了许多事关长远的大事要事，经受住了来自政治、经济、意识形态、自然界等方面的风险挑战考验，党和国家事业取得历史性成就、发生历史性变革。

穿越百年沧桑，凝眸新时代10年伟大变革，党的十八大、十九大这两次大会对中华民族伟大复兴历史进程的重大意义，随着时间的推移愈发彰显——

2012年11月，党的十八大召开，习近平总书记接过历史的接力棒，举旗定向、掌舵领航，引领中国特色社会主义进入新时代。

2017年10月，党的十九大召开，将习近平新时代中国特色社会主义思想确立为党的指导思想，在党章中明确习近平总书记的核心领导地位，新时代“中华号”复兴巨轮劈波斩浪、驶向辉煌。

再过10多天，党的二十大就要召开了。这是在全党全国各族人民迈上全面建设社会主义现代化国家新征程、向第二个百年奋斗目标进军的关键时刻召开的一次十分重要的大会，将科学谋划未来5年乃至更长时期党和国家事业发展的目标任务和大政方针，事关党和国家事业继往开来，事关中国特色社会主义前途命运，事关中华民族伟大复兴。

习近平总书记在省部级主要领导干部“学习习近平总书记重要讲话精神，迎接党的二十大”专题研讨班上的重要讲话，高举中国特色社会主义伟大旗帜，提出一系列具有开创性的新思想新观点新论断新要求，在重要历史关头进一步统一了思想、凝聚了共识，为开好党的二十大奠定了重要的政治基础、思想基础、理论基础，充分体现了中国共产党初心不改、矢志不渝的执着和坚定，彰显了习近平总书记作为大党大国领袖谋划复兴伟业、擘画强国蓝图的历史主动和使命担当。

思想的火炬，照耀新时代；坚强的核心，领航新征程。新时代10年，谱写了伟大变革、伟大成就的复兴华章，在党史、新中国史、改革开放史、社会主义发展史、中华民族发展史上，具有里程碑意义。

这是矗立在百年党史的里程碑。10年来，以习近平同志为核心的党中央坚持和加强党的全面领导、全面从严治党，以伟大自我革命引领伟大社会革命，团结带领全国各族人民如期全面建成小康社会，开启全面建设社会主义现代化国家新征程，中华民族迎来了从站起来、富起来到强起来的伟大飞跃。今天，中国共产党已经成为拥有9600多万名党员、领导着14亿多人口大国、具有重大全球影响力的世界第一大执政党。

这是矗立在新中国史的里程碑。10年来，以习近平同志为核心的党中央团结带领全国各族人民在社会主义现代化强国之路上不断迈进，书写了以中国式现代化推进中华民族伟大复兴新的篇章。今天，社会主义中国日益走近世界舞台的中央，没有任何力量能够撼动伟大祖国的地位，没有任何力量能够阻挡中国人民实现梦想的前进步伐。

这是矗立在改革开放史的里程碑。10年来，以习近平同志为核心的党中央不断推动全面深化改革向广度和深度进军，召开划时代的党的十八届三中全会，实现改革由局部探索、破冰突围到系统集成、全面深化的转变，开创了改革开放新局面。今天，中国特色社会主义制度更加成熟定型，国家治理体系和治理能力现代化水平不断提高，党和国家事业焕发出新的生机活力。

这是矗立在社会主义发展史的里程碑。10年来，以习近平同志为核心的党中央坚定信心、迎难而上，一仗接着一仗打，中国特色社会主义焕发出蓬勃生机活力、制度优势充分彰显。今天，中国特色社会主义成为振兴世界社会主义的中流砥柱，使世界范围内社会主义和资本主义两种意识形态、两种社会制度的历史演进及其较量发生了有利于社会主义的重大转变。

这是矗立在中华民族发展史的里程碑。10年来，以习近平同志为核心的党中央团结带领全国各族人民自信自强、守正创新，创造了新时代中国特色社会主义伟大成就，为实现中华民族伟大复兴提供了更为完善的制度保证、更为坚实的物质基础、更为主动的精神力量，实现中华民族伟大复兴进入了不可逆转的历史进程。我们比历史上任何时期都更接近中华民族伟大复兴的目标，比历史上任何时期都更有信心、有能力实现这个目标。

青史如镜，鉴照复兴之路。新时代10年伟大变革、伟大成就，以无比强大的真理力量雄辩证明：习近平总书记是新时代强国之路的开创者、民族复兴的领路人、亿万人民的主心骨，习近平新时代中国特色社会主义思想科学回答了中国之问、世界之问、人民之问、时代之问，是当代中国马克思主义、二十一世纪马克思主义。党之所以能够谱写新时代党和国家事业发展的壮丽华章，根本在于有习近平总书记作为党中央的核心、全党的核心掌舵领航，在于有习近平新时代中国特色社会主义思想科学指引。

——习近平总书记是领航新时代的坚强核心。党的十八大以来，习近平总书记以非凡的理论勇气、卓越的政治智慧、高超的领导能力、强烈的使命担当，团结带领全党全国人民开创了中国特色社会主义新时代，赢得全党全军全国各族人民衷心拥护爱戴，赢得国际社会高度赞誉，当之无愧地成为党中央的核心、全党的核心。习近平总书记的核心地位，是在长期实践中、在伟大斗争中、在与人民群众的密切联系中形成的，是时代的呼唤、历史的选择、人民的意愿。

——习近平新时代中国特色社会主义思想是新时代的科学指引。党的十八大以来，以习近平同志为主要代表的中国共产党人，坚持把马克思主义基本原理同中国具体实际相结合、同中华优秀传统文化相结合，从新的实际出发，对关系新时代党和国家事业发展的一系列重大理论和实践问题进行深邃思考和科学判断，提出一系列原创性的治国理政新理念新思想新战略，创立了习近平新时代中国特色社会主义思想，实现了马克思主义中国化新的飞跃，为新时代党和国家事业不断向前发展、实现中华民族伟大复兴提供了科学指南，在指引新时代 10 年伟大变革中彰显出强大真理力量。

站立新时代，纵观 500 多年世界社会主义运动史、100 多年党的奋斗史、70 多年新中国史、40 多年改革开放史，全党全国各族人民更加深刻地认识到：党确立习近平同志党中央的核心、全党的核心地位，确立习近平新时代中国特色社会主义思想的指导地位，反映了全党全军全国各族人民共同心愿，对新时代党和国家事业发展、对推进中华民族伟大复兴历史进程具有决定性意义。“两个确立”，是时代呼唤、历史选择、民心所向，是党和国家之大幸、中华民族之大幸。深刻领悟“两个确立”的决定性意义，自觉做到“两个维护”，是坚持和加强党的全面领导的最高政治原则，是实现新时代新征程各项目标任务、实现中华民族伟大复兴的根本保证。

历史的航程波澜壮阔、奔腾激荡，见证着中国共产党人的庄严承诺，见证着坚强核心的掌舵领航，见证着伟大思想的实践伟力。

2022 年 8 月 16 日，辽宁锦州辽沈战役纪念馆，习近平总书记在会见老战士老同志和革命烈士亲属代表时，动情地说，“中国的解放来之不易，新中国成立来之不易啊。千千万万先烈、英雄、人民打下了这个江山。江山就是人民，人民就是江山。要江山变色，人民绝不会答应！我们要守好这个江山，努力实现中华民族伟大复兴，告慰革命先辈先烈。”

回望70多年前，为了新中国，为了民族复兴，无数战士和人民前赴后继，为民族独立和人民解放付出了巨大牺牲。

今天，可以告慰一切革命先辈先烈，当代中国一派欣欣向荣的崭新气象，中华民族伟大复兴呈现出前所未有的光明前景。在以习近平同志为核心的党中央坚强领导下，中国人民更加自信、自立、自强，志气、骨气、底气极大增强，在历史进程中积累的强大能量充分爆发出来，焕发出前所未有的历史主动精神、历史创造精神，正在意气风发向着全面建成社会主义现代化强国的第二个百年奋斗目标迈进。

中华民族伟大复兴不是轻轻松松、敲锣打鼓就能实现的，必须勇于进行具有许多新的历史特点的伟大斗争，准备付出更为艰巨、更为艰苦的努力。当前，世界百年未有之大变局加速演进，世界之变、时代之变、历史之变的特征更加明显。我国发展面临新的战略机遇、新的战略任务、新的战略阶段、新的战略要求、新的战略环境，需要应对的风险和挑战、需要解决的矛盾和问题比以往更加错综复杂，更加需要坚强核心的领导，更加需要科学理论的指引。

未来5年是全面建设社会主义现代化国家开局起步的关键时期。党的十九大对全面建成社会主义现代化强国作出了战略部署，党的二十大要对全面建成社会主义现代化强国两步走战略安排进行宏观展望，重点部署未来5年的战略任务和重大举措，搞好这5年的发展对于实现第二个百年奋斗目标至关重要。

让我们更加紧密地团结在以习近平同志为核心的党中央周围，在习近平新时代中国特色社会主义思想指引下，再接再厉、奋发前进，以优异成绩迎接党的二十大胜利召开！

（《求是》2022年10月01日）

申报资料实录

作品简介：该文章是为庆祝新中国成立73周年、迎接党的二十大胜利召开而作。文章以高远的政治站位，通过今昔对比，生动而深刻地展示了百年来中国共产党团结带领人民历尽千辛万苦取得的辉煌成就，特别是新时代10

年来在以习近平同志为核心的党中央坚强领导下、在习近平新时代中国特色社会主义思想科学指引下，党和国家事业取得的历史性成就、发生的历史性变革。文章从历史和现实、理论和实践、国际和国内的结合上深入阐明新时代10年的非凡成就及其在党史、新中国史、改革开放史、社会主义发展史、中华民族发展史上的里程碑意义，进而深刻阐明“两个确立”的决定性意义，进一步推动全党深刻认识到：“两个确立”，是时代呼唤、历史选择、民心所向，是党和国家之大幸、中华民族之大幸；进一步推动全党自觉做到：深刻领悟“两个确立”的决定性意义，增强“四个意识”、坚定“四个自信”、做到“两个维护”，朝着实现强国建设、民族复兴的宏伟目标勇毅前行。文章思想深刻、论述有力，逻辑严密、语言平实、结构新颖，是一篇有高度有深度有温度、有道理有学理有哲理的重要评论，是主流媒体学习宣传贯彻习近平总书记在省部级主要领导干部“学习习近平总书记重要讲话精神，迎接党的二十大”专题研讨班上重要讲话精神、迎接党的二十大胜利召开的重量级作品。

社会效果：党的二十大是在全党全国各族人民迈上全面建设社会主义现代化国家新征程、向第二个百年奋斗目标进军的关键时刻召开的一次十分重要的大会。刊发于国庆节、党的二十大即将召开之际的这篇重要社论发表后，转载媒体155家，可统计的网络阅读量1936万，受到读者广泛好评，为深入学习贯彻习近平总书记重要讲话精神、胜利召开党的二十大营造了良好思想舆论氛围。

初评评语：这篇社论站在党和国家事业发展全局的高度，深入学习宣传贯彻习近平总书记重要讲话精神，高屋建瓴、视野宏阔，政治性强、理论性强，以深刻的论述、鲜明的对比、生动的故事，深刻透彻地阐明：“两个确立”是新时代党和国家事业取得历史性成就、发生历史性变革的决定性因素，是党和人民应对一切不确定性的最大确定性、最大底气和最大保证。新时代新征程把中国特色社会主义事业推向前进，最紧要的是深刻领悟“两个确立”的决定性意义，坚决做到“两个维护”。

不说大话空话，说实话管用的话

冀言（董福印　周丹平）

语言反映思想，话风也是作风。对于领导干部而言，尤其需要培养良好的话风，不说大话空话，说实话管用的话。

“说话”能力是一项重要能力。领导干部讲什么话，怎样讲话，体现思想素质、政治水平、文化素养、工作作风和工作能力。习近平总书记讲话为什么“金句”泉涌，好评如潮，赢得广泛共鸣？一个重要原因就在于话风实、干货多，让人听得懂、愿意听、记得住。

然而，在一些地方，有一些干部以为说大话才“有想法、有魄力”，招商引资额动辄敢说多少亿，有一点创新就号称“世界领先”“国际一流”；有的说起落实上级要求，总能滔滔不绝地列举出“一二三四”，其实很多是为了博取关注和赏识的“虚火”；有的讲话穿靴戴帽、千篇一律，空洞无物、难以捉摸，令人闻而生厌；有的不报实情、不讲实话，遮遮掩掩、避重就轻，让人听半天也不知道问题在哪、办法在哪……大话空话泛滥，无实事求是之意，有哗众取宠之心，本质上是形式主义、官僚主义在作祟，暴露出干部思想的贫瘠、精神的懈怠和作风的虚浮，丝毫无助于认识问题、推动工作、促进发展。

毛泽东同志在《反对党八股》一文中把“空话连篇，言之无物”作为“党八股的第一条罪状”。今天，我们更要深刻认识培养良好话风的极端重要性。省委十届二次全会提出的每一项重点任务，都需要实实在在地去抓、去干，容不得半点大话、空话、假话。说实话、管用的话，是对党的事业负责、对人民利益负责、对自己的岗位负责。敢讲实话，才能以真示人，以诚感人，以理服人，更好发动群众、凝聚人心。善讲管用的话，才能有的放矢，直面矛盾、解决问题，把中央决策部署和省委工作安排更精准、更有效地落到实处。

良好的话风源于工作实践、源于广大群众。培养良好话风，就应坚定群众立场，多深入基层、深入实际、深入群众，从中学习说什么、怎么说，切实转变文风和话风，才能讲得出老百姓听得懂、愿意听、内心服的话，才能有效地统一认识、凝聚共识。要探索建立引导、鼓励和保护良好话风的长效机制，对不良话风敢于批评、敢于叫停、敢于追责，让干部不敢、不想、不能说大话空话。

培养良好话风，是提高领导水平的根本要求，是推动工作落实的必然选择。愿“好好说话”成为领导干部的自觉行动，成为加强作风纪律建设的一个新的突破口。

（河北日报 2022 年 07 月 29 日）

申报资料实录

作品简介：这是一篇思想性和生动性有机结合，富有感染力、说服力的评论作品。针对现实中一些干部爱说大话空话，我们认为，话风关系作风，有必要对此作出深刻剖析。于是，我们在调研走访的基础上撰写此文。文章生动刻画了大话空话泛滥的种种表现，并直指其形式主义、官僚主义本质和对事业的严重危害，提出让“好好说话”成为领导干部的自觉行动，成为加强作风建设的一个新突破口。河北日报客户端头条频道及观点频道、河北新闻网同步推出，阅读量突破 300 万。

社会效果：文章刊发后，迅速被腾讯网、搜狐网、中国青年网等网站及新媒体平台转载推送，一些市级党报在重要版面转载。河北多个省直机关党组会、多地市委常委会将以此稿为代表的“冀言”系列文章列入第一学习议题。广大党员干部纷纷表示，文章站位高、立意深，既对不良现象作出有力鞭挞，又向党员干部提出明确要求，为进一步改进作风、狠抓落实提供了有力指导。

初评评语：文章言辞犀利、有的放矢，对干部队伍中存在的大话空话泛滥现象进行了无情揭露和有力批判，充分阐明了党员干部培养良好话风，对于提高能力水平、推动工作落实的重要意义。

同行1800多公里，跟着货车司机跑长途

乔　栋

“出发！”踢踢轮胎，拍拍车门，围着白色东风牌半挂牵引车转了一圈，王勇平完成出车前的例行检查，招呼记者上车。

记者抬手看了一眼表，时间为2021年12月18日下午3点。这辆车牌号为“晋LD8577”的货车，驶出山西临汾兴荣物流园，向着目的地广东佛山启程。

“一车染料，加上货车自重，整车不到50吨，符合限载要求。”43岁的王勇平供职于临汾经济技术开发区兴荣供应链有限公司车队，专跑山西到广东的货物运输。

长期以来，广大货车司机以车为家、与路为伴，奔波在物流运输一线。2021年11月3日国务院新闻办举行的加强货车司机权益保障工作新闻发布会介绍，2020年，全行业1728万名货车司机完成74%的全社会货运量和31%的周转量，为支撑经济社会发展、保障和改善民生作出重要贡献。

2020年11月，习近平总书记在全国劳动模范和先进工作者表彰大会上指出，要适应新技术新业态新模式的迅猛发展，采取多种手段，维护好快递员、网约工、货车司机等就业群体的合法权益。

聚焦广大货车司机反映的停车休息难等“烦心事”、城市通行难等“操心事”、路面执法不规范等“揪心事”，2021年10月，交通运输部等16个部门联合印发《关于加强货车司机权益保障工作的意见》，坚持远近结合、标本兼治、协同联动、综合治理，重点围绕推动严格规范公正文明执法、畅通货车司机投诉举报渠道、简化货车司机办事办证手续、优化调整货车禁限行政策、改善货车司机停车休息条件等9个方面，切实维护货车司机合法权益。

历时46个小时，记者跟随王勇平驱车1800多公里，抵达南海之滨的佛山。一路同吃同住，感受着货车司机以车为家、与路为伴的辛勤奔波，以及多部门共同发力加强货车司机权益保障，让他们切实感受到的关心关爱。

出行更安全

道路交通信息实时提示，超限超载严密监管，疲劳驾驶、安全驾驶等实时监控预警

2021 年 12 月 18 日下午 6 点多，货车沿济洛高速途经河南黄河小浪底风景区时，车内对讲机传出公司货运车队其他司机发来的提示：“一辆货车在驶经湖北黄石境内大广高速与沪渝高速花湖互通枢纽时发生侧翻事故，请提前绕行。”

“改走许广高速，避开事故路段。”王勇平随即调整行车路线，“公司给我们车队司机配备了蓝牙对讲耳机，可以实时获取道路信息，保障顺畅出行。”

“前些年，一些货车超载问题较突出，我就因为超载发生过一次交通事故，之后再不敢超载了。”近年来，王勇平亲身感到货运出行规范多了，“货运车辆出发前就要过磅，载重数据直接传送到交管部门，在省界、县界国道的治超站以及高速公路入口的治超点，又需过一遍磅，超限超载车辆上不了高速。”

不一会儿，天已黑透，对面车灯在高速公路隔离护栏上方形成淡淡的光带。“前面就是洛阳孟津服务区，咱们休息一会儿。”王勇平指了指车内安装的北斗监测仪，“超过 4 个小时属于疲劳驾驶，过会儿它就要报警了。”

车停孟津服务区休整时，从业 21 年的王勇平打开了话匣子：“刚跑货运那几年，车里冬天冷、夏天热，一天下来海绵坐垫硬得像块石头。现在车里有空调，还有简易的热水装置。”

“如今不仅行车条件比过去好多了，行车记录也更加全面。”王勇平向记者逐一展示，车辆驾驶舱仪表盘右侧安装了监控设备，车头、车尾、车身两侧还安装了 5G 数字车辆视频监控主动安全预警系统。“2016 年春天，我在货运途中与一辆小轿车发生剐蹭，当时说不清是谁的责任。现在有了更加全面的行车记录，类似的问题就容易解决了。”

车辆安全行驶监测也在同步跟进。休整后我们驶离孟津服务区，没多久便听到货车“喘起了粗气”，发动机发出的轰鸣声沉闷有杂音。经验老到的王勇平很快意识到：“可能是货车涡轮增压发动机出现漏气。”

低速行驶一段时间后，货车在路边停车区域停靠，记者在距车辆 150 米开外的地方设置了警示标识，王勇平打开货车前机盖，拿着手电筒检查相关部件。“果然是涡轮增压发动机的问题。掉了一个栓，造成涡轮增压发动机

排气不畅，480 马力的发动机白白少了 80 马力，成了小马拉大车。”他拿出车内的修理工具箱，很快处理好了故障。

修车的工夫，王勇平接到来自河南省公安厅高速公路交通警察总队的电话：“我们监测到您的车辆尾气排放过高，长时间低速行驶，请尽快驶离高速。如需救援，请拨打‘12328’交通运输服务监督电话……”

王勇平告诉记者，车内北斗 GPS 双模车载终端可以实时分析发动机运行数据，评估车辆行驶状态，并将监测到的故障信息实时反馈到交管部门后台。“现在路面执法更有力度、更有温度。”他说。

在国务院新闻办 2021 年 11 月 3 日举行的加强货车司机权益保障工作新闻发布会上，交通运输部运输服务司司长、新闻发言人蔡团结介绍，坚持“生命至上、安全第一”，贯彻以人民为中心的发展思想，交通运输部门积极会同有关部门紧盯货车事故暴露出的主要问题，有针对性地采取了提升货运驾驶员的应急处置能力和车辆安全性能、加强对货车司机动态驾驶行为的监控等措施，全面提升安全发展水平。

据新闻发布会信息，近年来相关部门加大了对超限超载、非法改装、疲劳驾驶等严重交通违法行为的集中整治和查纠力度，货车的违法行为得到一定遏制。2020 年，因货车肇事导致的交通事故死亡人数同比减少了近 1000 人。

停车更便利

公路服务区货车停车位多了，“司机之家”建设持续推进，着力让货车司机“有地停”“放心停”“舒心停”

12 月 18 日晚 11 点，车辆驶入河南平顶山西高速服务区。一辆辆货车按地面标注的大车车位引导线有序停放。

“该休息了。”王勇平保持着良好的职业习惯，“晚上 11 点多休息，早上 8 点跑车，保证充足的睡眠时间。”

“过去，到了晚上，服务区里水泄不通，停车难、休息难是常事。”常年在货运途中，这些年的变化王勇平看在眼里，“这一路，不少地方新建、扩建了停车位，大的服务区能停上百辆货车，一些服务区还划定了停车引导线，停车秩序比过去好了很多。”

停车休息难曾是货车司机反映比较集中的问题。《关于加强货车司机权益保障工作的意见》提出“改善货车司机停车休息条件”，要求“适度增加货车停车位数量”“加快推进‘司机之家’建设，为货车司机停车、休息、就餐、洗漱、淋浴、如厕等提供便利”。

出发前，山西省运输事业发展中心副主任肖为民向记者介绍，针对公路服务区停车难的问题，近年来山西持续挖潜，科学调整客货车位比例，改扩建停车位，有效增加货车停车位供给，同时积极推进建设一批功能实用、经济实惠、舒适便捷的“司机之家”。“不仅保障货车‘有地停’，还要让货车司机‘放心停’‘舒心停’。”肖为民说。

12月18日下午，途经山西襄汾西服务区时，记者走进这里的“司机之家”。只见100多平方米的公共区域内，设置了打水间和两个独立的洗澡间，并放置有床铺、洗衣机等。“我们免费提供服务，让司机师傅来到这里可以睡个好觉、喝口热水、洗个热水澡。”服务区“司机之家”负责人许顺喜说。

“司机之家”给广大货车司机带来家的温暖。常年吃住在车上，王勇平过去头疼的就是洗澡、洗衣不方便，“别看这小小的‘司机之家’，可帮我们解决了大问题。”

11月3日的新闻发布会介绍，全国高速公路服务区和停车区已设置近23万个货车停车位。同时，交通运输部连续4年将“司机之家”建设列为民生实事，会同全国总工会在全国推进建设“司机之家”700余个，为货车司机提供休息、淋浴、洗衣、热水等服务。

12月18日当晚，记者和王勇平在平顶山西高速服务区留宿，“宿舍”就是货车驾驶舱后排——如同火车卧铺车厢一样的上下铺。王勇平想让记者睡稍微宽敞一些的下铺。“您早起还要跑车，休息好了更重要。”见记者婉拒，他又帮着整理好上铺的被褥，“车里很安全，踏实睡！”

刚熄火的车内，温度如常。王勇平感慨道，过去想要睡个安稳觉可不容易。多年前的一天夜里，王勇平在一个服务区停车场留宿，半夜感到不对劲：一辆摩托车在货车附近来回转悠，迷迷糊糊中听到油箱盖“叭”的一声被打开，抬头看了一眼后视镜，只见抽油软管已经塞进了货车油箱。他立即翻身来到前排驾驶室，迅速打开货车大灯，这才驱离了偷油的人。

“过去，我们晚上睡不踏实，怕有人偷油、偷货。一般货车油箱最多可装800升柴油，值5000多元。”王勇平说，“现在，服务区周边安装了停车监控，还有专人负责巡查巡逻。”

据11月3日新闻发布会介绍，保障服务区车、货停放安全，让货车司机放心停车，不少地方都在探索。比如，甘肃省交通运输部门面向货车司机推出了“车货无忧”公众责任保险，保费全部由交通运输部门承担，货车司机一旦在甘肃的联网收费高速公路服务区发生财物被盗，由保险公司赔偿。“我们将在总结甘肃经验的基础上，指导地方结合当地实际有序推广，给货车司机提供更多、更安全的服务保障。”蔡团结表示。

办事更便捷

车辆跨省异地检验、“三检合一”改革落地见效，服务监督电话确保“打得通”“问不倒”“办得好”

12月19日上午8点，新一天的行程开始了。

过舞钢、走泌阳，穿过伏牛山，由河南进入湖北随州境内，道路两边的灌木由黄变绿，人的心情也随之轻快许多。路过随州均川服务区时，王勇平回忆起2020年初他和司机朋友在这里过元宵节时的情形。

“那年正月初三，湖北正在抗击新冠肺炎疫情，我从临汾运送捐赠物资到武汉。之后一个多月里，我加入湖北当地组织的货车志愿服务队，奔波湖北各地运送抗疫物资。”王勇平说，“元宵节就是在这个服务区过的。那天晚上，我和几名来自不同省份的司机朋友拿出家乡特产，一起分享品尝。”

“长时间在外，倘若赶上车辆年检年审怎么办？”记者问。

王勇平笑着摆摆手：“我就吃过这方面的亏。”

2017年2月，王勇平跑了一趟到江西的货运长途，行至河南境内时，才想起到了车辆年审的时间。“折回去吧，好几百公里路白跑了，我想还是跑完这趟长途再说。结果刚进江西，就碰到交警查车，被扣了6分，还被罚款，那趟长途算是白跑了。”王勇平说。

2018年5月，国务院常务会议对进一步降低实体经济物流成本作出部署，明确提出“实现货车年审、年检和尾气排放检验‘三检合一’”“对货运车辆推行跨省异地检验”等一系列措施。当年9月1日起，小型汽车、货车和中型客车跨省异地检验全面推行，申请人可以直接在机动车登记地以外的省份检验，申领检验合格标志，无需办理委托检验手续。同时，交通运输部会同公安部、市场监管总局、生态环境部等全力推动“三检合一”改革落地见效。

“过去，车辆尾气排放检验在一个地方，车辆年审、年检又各在一个地方，全跑下来，得3天时间。现在可以异地办理，而且只需进一个门、上一次检测线，一个上午就能办完。”王勇平说。

据11月3日新闻发布会介绍，31个省份和新疆生产建设兵团全部实现了货车“三检合一”和检测数据的跨省互联，累计向部级系统上传检测信息2300余万辆次，累计检测车辆1100余万辆，占营运货车总数的98%。

一路行驶至湖南衡阳斜坡堰服务区，天色已暗，王勇平拿出锅，连上车载电源，将大米倒进锅里，“现在焖上，到下个服务区就能吃，今晚我们做蛋炒饭。”

40 分钟后，驶入下一个服务区。车刚停下，便有人来敲车门，说道：“为防止有人偷油偷货，交 20 元，我们帮忙看车。”王勇平冲车外摆摆手，升起了车窗。

“对这种不合规的行为，能不能举报？”记者问。

“4 年前，我在路上碰到件别的事儿，打过投诉电话，没用。”王勇平说。

“再试试呢？”

“那就再试试。”说话间，王勇平拨通“12328”交通运输服务监督电话，反映了情况。

打完电话，继续赶路。刚驶离服务区不久，车载蓝牙电话响起，一接，对方是这个服务区的负责人：“对于您在我们服务区遇到的问题，我非常抱歉，一定查明情况，及时向您反馈，并在今后加强人员管理，杜绝类似情况发生。”

当晚 11 点，我们抵达湖南常宁服务区，电话再次响起。这次是湖南省公安厅交通警察总队交通安全综合服务管理平台的工作人员打来电话：“请问您对我们的处理结果满意吗，还有什么建议？”

通完电话，王勇平擦擦手，拿出几枚鸡蛋，放在炒锅边沿磕开，再把焖好的米饭倒进炒锅。“刺啦”一声，蛋炒饭的热气和香味升腾起来。“确实不一样了。过去投诉有时不见回音，现在是‘有问必答’。”王勇平说。

“为了更好倾听货车司机心声，有效解决货车司机的利益诉求，我们强化‘12328’交通运输服务监督电话的作用，进一步畅通投诉举报渠道，提升服务的监督质量，切实维护好广大货车司机的合法权益。”蔡团结在 11 月 3 日新闻发布会上表示，确保电话“打得通”“问不倒”“办得好”，“12328”总体运行顺畅。2021 年前三季度，全国“12328”热线信息咨询类即时答复率达 98.7%，限时办结率达 96.8%，回访满意率达 97.6%，电话运行的服务质量和群众满意度稳步提高。

利益更有保障

持续加强货运互联网平台监管，提升物流运输行业组织化程度，推进货车司机参加社会保险

12 月 20 日上午，从厦蓉高速公路转到二广高速公路，我们从湖南永州蓝山县进入广东清远连州市境内。一路上，山脉连绵逶迤，时而可见山谷间云雾缭绕，高速公路两旁的绿植也更加茂密。

“你们那儿是不是有一车货要运往山西，运费怎么算？”在服务区休息时，

王勇平滑动手机屏幕，开始在货运互联网平台寻找返程货运订单。有价格合适的，便打电话询问。

记者在服务区和一些货车司机交流得知，他们中的不少人都使用货运互联网平台找货运订单。山西省交通运输厅相关调研数据显示：山西籍使用过货运互联网平台的货车司机占比达 76.49%，其中经常使用的占比为 47.97%，主要用于寻找回程货源的占比为 19.35%。

“我最早跑货运的时候，找货源用的是公用电话，翻开电话本，挨家挨户地问。现在打开手机应用程序，输入出发地、目的地，周边的推送信息就来了。”王勇平说，找货比过去方便了，但也有苦恼，“有的平台诱导货主不合理压价、司机低价竞争。”

“据不完全统计，现在有七成的货运司机使用货运平台实现找货相关的服务。”蔡团结在 11 月 3 日新闻发布会上表示，货运平台在促进物流资源集约整合、带动物流降本增效的同时，也存在压价竞争、损害司机合法权益、扰乱行业公平竞争市场秩序的问题。

对此，交通运输部会同相关部门，以交通运输新业态协同监管部际联席会议的名义约谈典型的货运平台企业，要求其不得诱导货主不合理压价，不得诱导司机低价竞争、超时劳动。“下一步，我们将坚持监管规范和促进发展并重，更好地统筹发展和安全，明确规则、划清底线、加强监管、规范秩序，促进互联网道路货运平台健康、规范、有序发展。”蔡团结说。

“走哪了？吃的啥？返程订单找好了吗？”一路上，兴荣供应链有限公司董事长吉兴荣和王勇平通了好几次电话。“他是我们的老大哥，从出行安全到车辆检修，平日里没少叮嘱。”王勇平直言很暖心，“按临汾市的相关要求，公司还要给我们车队的司机购买社会保险。过去挂靠公司的车辆多，司机的养老保险都是自己缴纳。”

“市里还成立了物流（联盟）协会，我们公司是牵头单位之一。前段时间，有个同行要不回运费，协会发函协调，帮他要回了辛苦钱。”王勇平说。

“过去散车多、专业运输车队少，导致货运行业低价竞争激烈。”山西省运输事业发展中心货运物流部主任王仁豪说，“我们探索提升物流运输行业组织化程度，提高货车司机议价能力，保障司机货运收入。”

多措并举，改变正在发生。“返程订单在货运平台找到了，运一车家具回临汾，运费 1.1 万元。”王勇平高兴地和记者算了笔账：这趟货运长途单程 1800 多公里，来时运费 1.37 万元，路上油费约 5000 元、过路费 4000 元，扣除吃饭、轮胎磨损等费用，能挣约 3500 元。返程订单过去多是保本接活儿，这次能挣1000元左右。

12月20日下午1点，货车抵达终点——广东佛山市南海区狮岭村桂兴围工业区。“月收入5000到8000元，好的时候上万元。沿途道路环境、配套服务也比过去好很多，虽然跑长途辛苦，但钱赚得踏实又舒心！”倒车进入仓库，王勇平长长地伸了个懒腰，脸上露出笑容。

（《人民日报》2022年02月07日）

申报资料实录

作品简介：1700多万货车司机的权益保障问题，党中央关心、全社会关切。2021年10月，聚焦广大货车司机反映的停车休息难等“烦心事”、城市通行难等“操心事”、路面执法不规范等“揪心事”，交通运输部等16个部门联合印发《关于加强货车司机权益保障工作的意见》。《意见》出台后，落地见效情况如何？围绕这一问题，人民日报记者调查版精心策划组织，指导记者开展体验式采访，与货车司机一路同吃同住，由山西临汾驶向广东佛山，同行1800多公里，历时46个小时。紧紧围绕货车司机群体的急难愁盼问题，记者深挖细采，以细腻的笔触和真挚的情感记述亲身体验。这篇原创性深度报道，坚持问题导向，文风真切自然、明白如话，“深”“新”“活”兼具，让读者如临其境、共情共鸣。

社会效果：报道见报后，人民网、新华网、央视网、腾讯、搜狐、新浪、网易等众多网站转载。交通运输部主要领导批示要求以这篇报道的刊发为契机，“进一步真抓实干，推动保障货车司机权益各项举措落地”。人民日报社领导对记者“深入一线抓活鱼”的采访作风予以充分肯定，激励不少记者开展体验式、行进式采访，切实增强“四力”、大兴调查研究，涌现一批有思想、有温度、有品质的好作品。

初评评语：这是一篇典型的体验式深度报道，有情怀、显担当、见作风。记者俯下身、沉下心，与货车司机同吃同住同行、交流交谈交心，察实情、说实话、动真情，致力写深写新写活。文章有思想高度、内容深度、情感温度、传播力度，是一篇“上连党心，下接民心”的精品力作。报道刊发后，引起相关部委和地方关注，助力加强货车司机权益保障。

多地发布建筑业清退令，超龄农民工路在何方？

裴龙翔

3月17日，上海浦西。沿着汉口路向东行，几处老建筑正在历经大规模返修，挡板将高耸的吊机和施工设备围在其中。工地外不时有头戴安全帽身穿马甲的农民工经过。《工人日报》记者调查发现，如今施工现场已经难寻60岁以上的农民工，甚至超过55岁的都极少。

59岁的老王，告别了打工多年的建筑工地，今年跟着老乡到上海忙起了装修，在业主家里拌混凝土、砌墙、贴瓷砖，做一天泥瓦工能有200多元收入，让他觉得很满足："比起在工地上风吹雨打，烈日暴晒，干装修轻松多了。"老王说："现在工地招工严了，老乡说要带我们转型，现在看起来还不错。"

老王对工地的印象或许只能停留在过去了，超龄农民工正在逐步告别建筑工地。截至目前，全国已有多个地区发文进一步规范建筑施工企业用工年龄管理，上海、天津、广东深圳、江苏泰州、江西南昌、湖北荆州等地，均作出此项要求。

一些在工地干了一辈子的农民工不解："我还干得动，为什么不让我继续干下去？"

多地出台政策清退超龄农民工

上海建筑施工领域用工的改变起源于2019年，上海市住建委、市人社局和市总工会共同发文，明确规定禁止18周岁以下、60周岁以上男性及50周岁以上女性三类人员进入施工现场从事建筑施工作业，同时进一步规定，禁止55周岁以上男性、45周岁以上女性工人进入施工现场从事井下、高空、高温、特别繁重体力劳动或其他影响身体健康以及危险性、风险性高的特殊工作。2021年5月，上海市建设工程安全质量监督总站再次发出这一工作提示。

记者梳理发现，不仅在上海，全国多地均先后出台类似政策，对建筑施工行业超龄农民工进行用工规范。相较于上海，各地规定中对各类情况作出了更为细致的规定。

天津规定，因特殊情况确需安排或使用超龄建筑工人的，施工单位应当对超龄人员健康证明（有效期为1年）进行核验，并根据项目具体情况合理安排工作岗位。湖北黄冈则进一步将进入工地的工作人员细分为三类，在各地规定的基础上，新增了“禁止注册建造师、注册监理工程师年龄超过 65 周岁的进入项目现场从事施工管理”和“项目副总、技术总工等主要技术类岗位参照注册类管理人员，原则上年龄超过 65 周岁后不建议参与施工现场技术管理”。

文件制定后，各地均严格执行，确保合规用工。据了解，目前上海依靠两个路径对工地用工进行严控：一是实名制系统，现场所有务工人员要录入实名制系统，从入职源头杜绝违规行为；二是市区两级监督机构推进，在 2021 年全年的专项整治中发现了 6 起超龄用工情况，均实现即知即改。

安全考量成政策出台主因

农民工的各项权益牵动着全社会的心。在刚刚结束的全国两会期间，有代表提出“希望解决超龄劳动者工伤保险的问题”。

而建筑工地正是超龄农民工安全事故高发易发的区域。记者搜索发现，仅 2021 年 6 月，湖北荆州、江苏泰州都有事故发生，伤亡农民工均超过 60 周岁。其中泰州市住建局发布的高坠事故通报中指出，该市建筑工地发生多起高处坠落事故，两起事故亡者年龄超过 60 周岁。

类似的问题在上海出现得更早，2018 年上海建筑业曾发生两起较大事故，分别造成 6 人死亡，其中有 3 人超过 60 岁。

上海市建设工程安全质量监督总站安全科科长崔勇介绍，2018 年全年建筑业安全生产事故造成死亡的人员里，超过 60 岁的占比达到 15%，而当时建筑从业工人中，超过 60 岁的占比仅有 1%。在此背景下，考虑建筑施工高处作业多、露天作业多、手工及繁重作业多等高危特点，超龄带来的体力和意识问题都与风险要素相关，再加之施工现场居住条件差、重体力要求的高盐高油饮食等对老年人健康均十分不利，因此上海市住建委联合市人社局、市总工会在 2019 年研究出台了相关文件。

崔勇同时强调，部分新闻中“超龄农民工不能进入工地”的表述存在夸大，文件中明确规定，超龄员工不能从事建筑施工作业，而工地其他辅助性岗位，比如保洁、保安、仓管等是不受影响的，也希望施工方为超龄农民工提供更为周全的安排。

采访中，有农民工对相关规定表示理解，在青浦工地做“大工”的沈师傅已经 58 岁了，他明白政策里透露出的关心，“年纪大了，反应也慢了，一旦出事，对家庭就是致命打击。”但他也有自己的忧虑，“干了一辈子工地，做别的都不习惯了，收入肯定会受影响。”

严格执行并体现城市温情

黄浦江的南延伸段上，一幢计划修建 11 层的大厦已完成了地下部分的施工，加装顶板后，吊机正将预制的钢结构逐一吊装到位。负责该工程的上海建工集团于 2019 年出台企业内部文件，规定进场施工的一线人员年龄控制在 55 岁以下。据项目部党支部书记陈志俊介绍，每天入场的员工都需要在门禁处进行刷脸确认身份，并且在左手佩戴臂章，写明单位、姓名、年龄和工种等信息，确保用工规范。

如果有人想浑水摸鱼怎么办？陈志俊说，对于临时的用工需求，分包企业需要提前在微信管理群中报备，提前做好人员信息核对和安全交底之后，工人才能进入施工区域，门禁岗核对之后，还会有安全员通过制作臂章环节再次核实。

在上海的许多工地上，类似这样严加管理的措施正不断被落实到位，但超龄农民工的务工需求依旧存在，转型成为了许多人主动或被动的选择。

沈师傅之前就在建筑工地务工，最近几年，和他年岁接近的老乡们结伴外出打工，越来越难找到工地上的活儿了。目前，他们正在市郊建设农民自住的小别墅，和之前登高爬低比起来，风险小了许多。还有的农民工“试水”装修、家政等新行当，渐渐适应了改变。

“许多农民工还想为家庭再出把力，这种情况我们非常理解。”上海市总工会相关负责人表示，对规定的严格执行是出于安全考虑，同时上海也在努力体现出城市温情的一面，“对于仍有工作意愿的超龄农民工，上海各方面积极协调，提供了保安、保洁和物业等相对较轻松的工作，同时将在劳动权益保障方面及时跟进，确保超龄劳动者的合法权益得到有效维护。”

该负责人特别提醒，劳动者在日常工作中要注意签订合同，保存好各类工作证明，以备日后维权所需。对于权益受到侵害的农民工，可以拨打工会维权热线，也可以通过各级工会的服务站点或微信公众号进行咨询和投诉，上海工会对劳动者实行应援尽援的维权服务。

（工人日报 2022 年 03 月 18 日）

申报资料实录

作品简介：2022年2月，编辑发现了一份值得追问的文件——上海发布《关于规范本市建筑工地用工年龄的工作提示》指出，“近期本市建筑工地连续发生多起人员疑似猝死事件，其中多数年龄均超过60周岁”，“再次重申……建筑施工企业禁止以任何形式招录或使用60周岁以上人员进入施工现场从事施工作业”。根据这份提示，编辑发现上海市2019年6月就已发布此规定，且类似规定不仅限于上海，在多地都有出台。然而，该情况却并未进入公众视野，且尚无相关媒体报道。根据国家统计局当时的数据，我国农民工总量28560万，50岁以上所占比重为26.4%；从事建筑业的比重为18.3%，其中超过50岁的为数众多。按新规，他们进不了工地就意味着失业，对其本人和家庭影响巨大。超龄农民工能否真正离开工地？他们会去哪里？未来的命运是什么？带着这些疑问，记者展开了调查。

社会效果：稿件见报当日引发公众关注，迅速登上微博热搜首位、百度热搜第二位、抖音热榜等，总阅读量超过10.2亿次，人民日报等大量媒体转载、评论、跟进报道，相关话题持续发酵至今。2022年6月至8月，安徽、江西、四川等省份出台政策，规定清退超龄农民工禁止“一刀切”。11月9日，国家五部门联合印发《关于进一步支持农民工就业创业的实施意见》，明确指出，强化农民工就业服务保障，指导企业不得以年龄为由“一刀切”清退大龄农民工。2023年1月2日，中央一号文件明确，维护好超龄农民工就业权益。

初评评语：这篇稿件报道了全国多个地区发文进一步规范建筑施工企业用工年龄管理的问题，是“建筑业清退超龄农民工”相关新闻的首发之作，采访扎实，事实准确，反映的问题客观、典型，且注意均衡性，具备建设性。由于准确切中民生痛点，此稿引发了强烈的社会反响和公众关注，影响力十分广泛，带动大量媒体持续聚焦、关爱超龄农民工群体，带动社会各方密切关注其生活及劳动状况，使得“超龄农民工”一词成了2022年度媒体报道的热词之一，并进而推动政府部门关爱举措的出台。本文为妥善处理建筑业农民工问题办了一件好事，也体现了主流媒体的为民情怀。

一笔种粮补贴的逐级拨付之路

黄秋霞

风吹麦浪金灿灿。眼下正是山东省济宁市汶上县收获夏粮——越冬小麦的季节。

6月6日上午，寅寺镇后马口村种粮户李继银走到麦田，蹲下身子掂了掂饱满的麦穗，拨通在村里蹲点的"老熟人"——汶上县纪委监委第五纪检监察室干部汪胜贤的电话："麦子灌浆好，等县上调度的农机到村就开镰。这笔种粮补贴来的很是时候，农机、农药、化肥、浇地等都用上了。"

初春的时候，李继银曾算过一笔"发愁"账："收割机租金每亩要80元，有的肥料价格也涨了，一吨钾肥就超过5000元，算下来承包400多亩地的开支可不少呐！"

为缓解农资价格上涨影响，解决像李继银这样的万家农户发愁事，今年3月，中央财政下达200亿元补贴实际种粮户。

粮补畅达，监督一路护航。3月中旬，山东省收到中央财政下达的15亿余元补贴资金。随后，山东省纪委监委驻省财政厅纪检监察组与厅相关业务处室面对面会商，监督提醒吃透政策、严防资金"漏滴"。会上，该纪检监察组有关负责人强调，"本次补贴对象是实际种粮户，是用来支撑种子、农药、化肥等农业支出的，要精准识别补贴对象、保证及时足额发放。"省财政厅业务处室的负责人员表示："我们与农业部门提前对接、制定计划，根据各市近期核实的小麦种植面积，对符合申领条件的种粮户按照最低25元每亩的标准来补贴，对资金尽快完成分解。"

3月底，山东省财政厅向全省发布分配通知，专项资金随即从省里下拨到达各市和省财政直接管理县（市），并继续逐级下拨。针对资金实际拨付进度，省纪委监委驻省农业农村厅纪检监察组跟进督促农业农村部门提高补贴审核效率、跟踪资金拨付进展、层层加大监管力度。

4月6日，收到省里分配的1.3亿余元补贴资金当天，济宁市财政局即拨付至各县市区财政局。为保障资金高效廉洁发放，济宁市纪委监委派驻第六纪检监察组督促市财政局明确专人负责，建立补贴发放日调度制度，通过财政管理系统跟踪管理，动态掌握资金动向。市纪委监委派驻第十纪检监察组牵头成立督查组实地督导，对进度较慢的县区组织约谈、提示提醒，对完成拨付的县区调阅资料、随机回访。

汶上县是产粮重点县，在4月上旬收到了下拨粮补1821万余元。密切盯住资金流，县纪委监委开展专项监督，督促县财政局对粮食风险基金专户加强监管，并与银行机构密切沟通，确保按照农业农村部门提供的名单通过惠民“一卡通”系统直接划转到种粮农户银行卡中。

就在粮补下拨的同时，汶上县的补贴办法也已公布。蹲点驻村的汪胜贤和其他干部第一时间督促村委利用大喇叭、公开栏、电话和微信等方式通知种粮户申报要求和申领流程，监督规范申报，做到应申尽申。

在村干部的帮助下，李继银和其他符合条件的种粮户完成申报流程。经过5天的公示期，李继银正式获得补贴资格。很快，李继银的“一卡通”银行账户收到了12000多元补贴，这笔钱他将陆续用在夏收夏播夏管开支上。

“补贴资金涉及的补贴对象多、申领环节多、经办部门多，存在截留挪用、冒领私分、套取骗取等廉洁风险。”汪胜贤告诉记者，汶上县纪委监委联动“室组地”力量、联合镇街农办等成立专项监督检查组，进行全过程监督，重点检查农户申报、村级核实汇总、签字盖章、公示公开等情况，确保资金精准“滴灌”。

据了解，目前除个别特殊情况外，山东省本轮一次性粮补资金发放进度超过99%，汶上县已经全部发放到农户。“近期我们正在回访，一方面入户询问种粮户本人是否如实收到补贴资金、申领过程是否高效顺畅、是否遇到工作人员‘吃拿卡要’。另一方面随机抽取申领补贴的种粮户，到田间核查耕地亩数，调阅相关资料，对异常情况细查细究。”汪胜贤说。

站在麦田里，李继银又忙着联系农资商户购买下一季的种子。小麦归仓后，马上就要套种玉米和大豆。“党中央给我们解了难、添了劲，我更有底气把地种好，让粮仓满满的、心里稳稳的。”他对记者说。

（中国纪检监察报2022年06月12日）

申报资料实录

作品简介：粮稳天下安。党的十八大以来，以习近平同志为核心的党中央把粮食安全作为治国理政的头等大事。我国粮食产量连续多年站稳1.3万亿斤台阶，从容应对了国际国内风险挑战。为保护农民种粮积极性，2022年，党中央决策部署分3批累计下达资金400亿元向实际种粮农民发放一次性补贴。党中央的粮补好政策如何高效、顺畅地逐级拨付到农民手中？作者找准这条“惠民线”，并通过“一滴水见太阳”，选择产粮大县山东汶上县的3户种粮户进行跟踪采访，坚持调查研究、实事求是，多方面察访主责部门的监管情况和纪检监察机关的监督履职情况，在见人见事的故事中体现党心连民心和纪检好形象。确定选题后，作者认真学习了习近平总书记关于粮食安全、“三农”工作等重要论述，并延伸学习中央财政的拨付下发制度机制、粮食种植过程、田间管理方式等知识为采访打下扎实基础。正式采访时，作者双线并行：蹲点跟踪济宁市汶上县寅寺镇后马口村李继银等3户种粮户，采访其申领和使用资金的详细过程；跟踪中央到省市县各级纪委了解其如何监督保障中央粮补顺畅下达。文章立意鲜明、内容聚焦、文风平实，鲜活宣传纪检监察工作。中央粮食直补政策出台后，2022年6月12日，报道在中央纪委国家监委报、网、端、微同步刊发，取得良好传播效果。

社会效果：报道发出后，人民网头条、新华网、中国经济网、国家粮食和物资储备局媒体、环球网、今日头条、腾讯网、澎湃新闻、新浪微博等在内的各大主流媒体和新闻门户网站，以及各地纪委监委网、端、微平台转载和推送，获得读者、受访者、同事和网友的共鸣和点赞。汶上县的种粮户说“写活了，我们有党中央的关心，种地很有劲儿”；地方纪委监委的干部说“展现了我们良好风貌！监督中央粮食补贴顺畅发放，为种粮户解了难，特有成就感”；长期从事纪检监察宣传的老同志说“紧跟时代、贴近田间，行文流畅、构思精巧，在‘润物细无声’中达到很好宣传效果”。很多网友留言、转发，“纪委干的都是实事”“十分用心采访、扎实调查研究，为中纪委官媒点赞”。

初评评语：粮食安全是“国之大者”。习近平总书记强调，保障粮食和重要农产品稳定安全供给始终是建设农业强国的头等大事。党中央决策部署到哪里、监督检查就跟进到哪里。纪检监察机关监督护航中央粮食直补资金精准“滴灌”，以实际行动坚定拥护“两个确立”，坚决做到“两个维护”，推进政治监督具体化精准化常态化，以强有力监督保障党中央决策部署一贯到底。本文牢固树立大局意识，在深入调查研究中呈现基层鲜活报道，讲好新时代治国理政实践、纪检监察履职尽责故事，彰显了党媒的责任和使命。

像胡杨一样扎根边疆一辈子

——从320本日记走近陈茂昌

集　体

四月的天山，雪岭云杉苍翠挺拔，中国与哈萨克斯坦的界河纳林果勒河静静流淌。四师七十四团钟槐哨所往北30米处的山坡上，撒着四师可克达拉市党委组织部原调研员陈茂昌的骨灰。2022年1月3日，他融入了巍巍天山，永远为祖国“戍守”边防。

陈茂昌生在黄浦江畔，为何选择把骨灰撒在祖国西北的边境哨所旁？近日，记者来到四师可克达拉市，追寻他生前工作和生活的足迹。在陈茂昌家中，他的妻子给我们剪开封存好的4个纸箱，里面装着大大小小320本日记。细心阅读这些泛黄纸张上的文字，一个热爱边疆、扎根边疆、奉献边疆的陈茂昌向我们走来。

为什么他对边疆爱得这么深沉？

“兵团生活教会了我很多，老军垦的朴实无华、真诚善良使我受益终生。我早已把这里当成了故乡。”

——摘自陈茂昌2015年9月13日的日记

到边疆去，到祖国最需要的地方去！

1964年9月，19岁的陈茂昌满怀憧憬，从上海来到了位于伊犁河谷东部的四师七十一团。

“哪个连队最偏、最远、最艰苦，我就去哪里！”培训结束分配单位时，陈茂昌“吃苦”心切。

陈茂昌如愿被分到距七十一团团部40多公里的七连。由于冬季风大、雪大，干部职工戏谑地称这里是“呼啸山庄”。

他是连队的农业统计员，天不亮就下地忙碌，空余时间给连队的牛羊割草，白天黑夜拼命干，卷起裤腿、打着赤脚干，屋里的煤油灯常常亮到深夜两三点。

那时，由八一电影制片厂拍摄，展现兵团屯垦戍边伟业的纪录片《军垦战歌》风靡全国。陈茂昌同天山南北的数十万军垦战士一样，干得热火朝天。

这个长在大城市的年轻人，品尝着边疆生活的苦与甜。老军垦手把手教他干农活，邻居大哥无微不至关心他，哈萨克族牧工和他亲如兄弟，支边青年之间相互鼓励。他们的温暖，让陈茂昌渐渐地爱上了这片土地。

“我想把家安在这里。”入疆6年后，他成了家。

干一手老茧，炼一颗红心。1974年，陈茂昌向党组织递交了入党申请书。他更加拼命地工作，连续四年荣立三等功，被树为七十一团的干部标兵。

党组织接纳了这个不懈努力的年轻人。1980年，陈茂昌入了党，成为一名成熟的军垦战士。他在日记里写道：“我要扎根边疆一辈子！”

20世纪80年代初，不少与他同时期来支边的人回到了上海。他的父母也一次又一次催他回去。

1986年，大哥陈茂春带着办好的工作调动手续，专程从上海来到七十一团。

一个普通人，站在了人生的十字路口。

留疆尽忠，还是回乡尽孝？他的内心纠结挣扎。一边是已经迈入古稀之年的父母，如果不回去，以后还有机会在他们膝前尽孝吗？一边是他立志要待一辈子的边疆热土，入党申请时的誓言难道只是空喊口号吗？

经过几天的思想斗争，最终，他选择留下来。

面对父母在电话中的责备，陈茂昌哽咽着说：“都回上海，边疆谁来建设？请你们原谅我，让大哥先替我尽一份孝心吧！”

时光荏苒，当年满头青丝的陈茂昌已两鬓斑白。没能在父母身边尽孝，他始终心怀愧疚。

“为父母养老送终后，我还会回来。”2005年退休回上海前，他暗暗下了决心。

陈茂昌时常给年过九旬的父亲讲述自己在新疆工作和生活的点点滴滴。父亲告诉他：“永远不要忘了养育你的边疆大地。”

为什么他不留恋上海的繁华却在边疆扎下了根？

“兵团养育了我，我离不开兵团。为建设边疆尽自己的一份力，是我认准的事。”

——摘自陈茂昌1986年5月13日的日记

2015年，父母相继过世。当陈茂昌提出要回新疆时，家人和朋友都极力劝他留下来。

生在浦江边，常饮伊犁水。屯垦戍边几十年，永远不忘父老情。陈茂昌谢绝了亲人的挽留，毅然回到了新疆。

“回来后，生活虽远不及在上海那么舒适便利，但我已经很知足了。组织把我从一个支边青年培养成党的干部，我不能忘记党的恩情，想做一些力所能及的事。”陈茂昌在日记中这样写道。

一头老黄牛，上了年纪，没有选择歇息，却仍然奋力地拉着犁。陈茂昌在上海时，一有空就参加志愿服务活动，学会了理发的技能。回到新疆后，他拖着装有理发和擦鞋工具的拉杆包，走街串巷学雷锋。

在伊宁市，陈茂昌经常到繁华的喀赞其民俗旅游区义务理发，开展民族团结宣讲，电动理发推子的嗡嗡声，和各族群众的欢笑声和谐共振。

四师有4个团场散布在昭苏草原，虽然距伊宁市较远，但陈茂昌每年都要转个遍。在医院给病人理发，天黑了就借住在医院。在学校给学生们讲课，晚上就住在空置的学生宿舍。

有人不屑：“不就是作秀嘛！”他却满心欢喜地说：“帮助别人，快乐自己。”

也有人质疑：“在伊宁这个地方，处级干部怎么说也是个‘官’，咋能低下身子给别人擦皮鞋呢？”他说：“服务他人是光荣的。”

陈茂昌认为，自己只是个普普通通的人，退休后能做的事也就是这些。

种子落在哪里，就努力在哪里生根发芽。陈茂昌一直以来都把扎根边疆的情怀化作实际行动。

退休前，无论在连队，还是在团场机关，上班最早，下班最晚，不怕吃苦，干事认真，是他留给周围人最深刻的印象。

自1991年起，陈茂昌担任七十一团党委常委、副政委，责任更重了，干劲也更足了。“干啥，就一定要干好，干出点样子来！”陈茂昌给自己鼓劲。

到连队走访时，他总是骑着一辆吱呀作响的破旧自行车，背着军用水壶和帆布包，口袋里装着笔和本子，走到哪里、记到哪里。累了在路边歇一歇，饿了吃随身带的榨菜、馕饼。

碰到家庭生活困难的学生，他就拿出自己的工资给他们当生活费；分管老干部工作，有老干部生病住院无人照顾，他就跑前跑后端水送药；指挥抗洪救灾，他不顾危险站在冰冷的泥浆里……

七十一团三连原党支部书记费长江感慨地说：“有一年夏天，他挂钩指导我们连队，天蒙蒙亮，就骑着自行车来宿舍喊我一起下地，天天如此！”

1998年，四师党委授予陈茂昌“艰苦奋斗、勤政为民先进个人”荣誉称号，全师获此荣誉的干部就他一人。

那时候的他，身患心脏病等多种疾病。同事和家人都劝他好好休息一阵，陈茂昌却若无其事：“生命有限，活着干，死了算！”

与陈茂昌共事过的人都说，他身上有太多值得学习的东西，不少人把他的那股认真劲称为“陈茂昌作风”。

他就像胡杨一样，扎下了根，执着生长。

为什么他在生命的尽头仍想着为边疆奉献所有？

“总书记亲切地握住了我的手，我激动地说，习总书记好！情不自禁地流下了热泪。”

——摘自陈茂昌 2019 年 12 月 17 日的日记

2019 年 12 月 16 日，北京人民大会堂，陈茂昌作为全国离退休干部先进个人代表，受到习近平总书记亲切接见。

74 岁的陈茂昌心潮澎湃、彻夜未眠。

“我只是做了一些小事，就获得这么高的荣誉，今后只有更加努力工作，才能报答党的恩情。”见到习近平总书记，给了陈茂昌无穷的力量。

夕阳似火，生命如歌。从北京回来后，陈茂昌迫切地给自己定了“任务”：到建党 100 周年时，为 10 位出行困难的老人上门理发，宣讲红色故事 100 场，义务理发 1000 人次，交特殊党费 1 万元。他称之为“十百千万”志愿服务计划。

“他像疯了一样！”陈茂昌的妻子回忆。

怀揣着“十百千万”志愿服务计划，陈茂昌拖着拉杆包，活跃在四师各团场、伊宁市的大街小巷、建筑工地、医院、敬老院……

陈茂昌日记的字里行间涌动着暖意：“我在军垦路十字路口理发，一个小姑娘恳切地问我，能去医院给她住院的爷爷理发吗？我跟着她来到医院，给瘫痪在床的老人理了发。”“春节期间，考虑到大家要走亲戚拜年，皮鞋要亮一些，我就从大年初二开始，在社区门口给路人擦皮鞋。”……

正当他满怀信心推进“十百千万”志愿服务计划的时候，病魔却悄然来临，2020 年 3 月，陈茂昌被查出患有直肠癌。他到上海接受治疗，医生告诉他，生命只剩一年的时间。家人再三劝他：“留下来安心养病，不要再回新疆了。”

可是，他心里始终惦记着见到习近平总书记后定下的“十百千万”志愿服务计划。小车不倒只管推。病情稳定后，陈茂昌再一次回到新疆这片他深爱的热土。

好友王谷青去看望他，他正在给别人理发。看着陈茂昌瘦弱的身子，王谷青潸然泪下。“疼得厉害，给大家理发，还能缓解缓解。”陈茂昌说。

他那时的日记，字迹变得十分潦草，有些已经难以辨识。日记里的文字，像冲锋的战士一样，对着病魔高声呐喊：“只要还活着，我就要去干，直到干不动为止！”

2021年3月，沉甸甸的“十百千万”志愿服务计划提前完成。他实现了自己的诺言。

病魔无情地折磨着他。11月中旬，他住进了医院。

“我觉得自己还有一点力气，想给医护人员讲讲兵团精神。”仅靠注射营养针剂维持生命的陈茂昌仍想着燃尽最后一丝光和热。

12月14日下午，陈茂昌吃完止痛药，坐着轮椅出现在了医院会议室的讲台上。51分钟的时间里，他的声音近乎嘶哑，台下所有人热泪盈眶。

他不是钢筋铁骨，他只是一个强忍着病痛的76岁老人。51分钟，短暂而又漫长。

老黄牛再也没有拉犁的力气了。

2021年12月27日，陈茂昌走完了生命的最后历程。按照他的遗愿，眼角膜捐献给了红十字会，骨灰撒在了钟槐哨所旁，“继续”他的戍边事业。

“我能力有限，尽力做点有利于人民的事，那么无论在什么时候倒下了，也心甘情愿。”他的日记里有这么一句话。

“陈茂昌像胡杨一样扎根边疆一辈子，他是平凡的，也是伟大的，他倾尽全力为边疆奉献了全部。”兵团党委组织部副部长、老干部局局长谢跃红说，“对贤者最好的致敬，就是创造新的工作业绩。陈茂昌的故事，如涓涓细流滋养着人们的心田，鼓舞我们在边疆扎根奉献。”

（兵团日报 2022 年 04 月 25 日）

申报资料实录

作品简介：记者获悉陈茂昌生前的先进事迹后，认真查阅资料并多方核实，敏锐地发现他的事迹具有很强的代表性，值得作为传承弘扬胡杨精神和兵团精神的重大典型人物进行宣传报道。兵团日报社立即派出全媒体采访报道小组，循着陈茂昌生前工作和生活过的足迹，深入团场、连队、边境哨所，伊宁市区的街头巷尾，行程3000多公里，采访他的家人、同事、朋友、了解他经历的机关干部、曾和他接触过的护边员等40余人。在陈茂昌家中，他的妻子搬出了他留下的320本日记，记者用了3天时间一一翻阅，寻访他从20世纪60年代进疆，到离世前的心路历程，动情时不禁热泪盈眶。采访和写作过程中，记者和编辑深入思考交流，开展了十几次专题研讨，深入提炼精神内核。

稿件撰写精益求精，标题制作别出心裁，内容紧紧围绕陈茂昌人生中的重要节点，集中展现陈茂昌扎根边疆、奉献边疆的赤子情怀。发稿时，同步刊发了评论、图片和手绘 H5，进行了融合呈现，进一步放大传播效果。

社会效果：这是一篇贯彻落实习近平总书记关于“践行胡杨精神和兵团精神”重要要求的重大典型报道。该稿件经报、网、端、微多渠道刊发后，迅速产生影响，人民网、新华网、光明网、天山网等纷纷转载，兵团日报、伊犁垦区报持续跟进报道，嘉峪关日报对该稿件进行了节选转载。部分省级党报记者专门对此稿进行分析，撰写了学术论文。稿件全网浏览量近 400 万人次，引起受众强烈震撼、共鸣及社会各界的持续关注，激励新疆和兵团各族儿女认真贯彻落实习近平总书记关于“践行胡杨精神和兵团精神”重要要求，从陈茂昌的先进事迹中汲取扎根边疆、奉献边疆的信念和力量。

初评评语：这篇报道是近几年难得的典型人物报道，也是践行“四力”的生动体现。主题深刻。陈茂昌的形象深深植根于时代的土壤，新时代需要更多像陈茂昌一样的人热爱边疆、扎根边疆、奉献边疆。该稿件在要闻一版头条位置，用近三分之二的版面通栏报道，凸显选题之重。标题鲜明。主标题凝练精准，三个小标题富有新意，真实呈现了陈茂昌的典型事迹和优秀品质。感情真挚。稿件写作精心，注重矛盾冲突与细节描写，逻辑清晰，情感充沛，直抵人心。该稿件传播效果好，影响力大，有效发挥了主流媒体的舆论引导作用。

雪松200亿涉众募资调查：假借灰色通道，裹挟一众伪国企，底层资产涉“空转”贸易

卢斐（苏龙飞）　李想（罗曼）

作品二维码

（证券时报微信公众号2022年02月16日）

申报资料实录

作品简介：记者持续追踪注意到，在雪松控股的兜底担保之下，打着“供应链金融”的旗子，以所谓的“应收账款”为底层资产，假借各类金交所、产交所、伪金交所通道，超过350只违规“理财产品”面向自然人发售，总规模超过200亿元。该行为严重违反了金交所、产交所挂牌项目不得直接、间接向自然人发售的金融监管规定。接着，记者历时一个多月，前往深圳、广州、上海等地实地调查。调查发现，这350余只“理财产品”背后，构筑的是一个庞大的募资网络，涉及企业数量高达63家，除了或明或暗的雪松系公司，还有大量的假央企、伪国企。而作为底层资产的应收账款，系建立在涉嫌虚假的“空转”贸易行为之上。伴随“理财产品”的全面逾期，已无法向投资人兑付本息。记者实地走访发现，那些资金募集方、名义融资人，大多已人去楼空，令投资人追讨无门。该案件涉嫌非法集资：从金额来看，属百亿大案，典型性强；从波及面来看，涉及全国各地约8000名投资人及其背后家庭，涉众风险大。

社会效果：报道推出后，在资本金融圈引发刷屏效应，首发微信阅读量迅速达10万+，报道刊发当日，媒体同行的转载量即超过100家次。报道立

即引起广州市委市政府高度重视。2022 年 2 月 18 日，报道刊发后的第三天，广州市公安局经侦支队来访证券时报，向采写记者详细了解案情。记者将调查中获得的材料、合同、单据、现场照片、录音等文件提供给经侦部门，总量包括 85 个文件夹 2400 余份文件。广州市经侦部门经过一年多的持续侦查，于 2023 年 5 月 7 日正式宣布了对雪松下属系列公司涉嫌非法吸收公众存款立案查处，并对实控人张某等主要犯罪嫌疑人采取刑事强制措施。2023 年 5 月 9 日，广州市经侦支队领导带队来访证券时报，并表示证券时报此前的调查报道，向经侦部门提供的证据材料，为之后的侦查带来很大帮助。

初评评语：该监督报道积极呼应党中央、国务院和监管部门有关切实防范化解金融风险，对违法违规行为零容忍的要求，积极发挥媒体舆论监督功能，调查深入，穿透力强，表述严谨，传播有力，起到了惩恶扬善、推动监管部门跟进立案调查、防止金融风险蔓延扩散的作用。

“双喜”回家

集　体

时隔23年，“东南飞”的“双喜”终于回到了它的“出生地”——沈阳。

10月10日上午11时，拿到3家子公司营业执照的那一刻，65岁的姜天恩潸然泪下。

“双喜”是一家企业的名字，“双喜电器股份有限公司”是它的全称，姜天恩是公司董事长。

对于老一辈人来说，“双喜”品牌可谓家喻户晓。

沈阳是“双喜”的老家，黎明铝制品厂是“双喜”的前身。在辽宁创造的新中国工业史上千余个“第一”中，“双喜”的产品就占了两席——第一口压力锅、第一口电压力锅。改革开放后的十余年间，“双喜”是中国炊具行业的长期“霸主”，消费端常常“一锅难求”。

20世纪90年代初，市场经济东风劲吹大江南北。而辽宁，这个最早步入计划经济、曾拥有无限骄傲与荣光的“共和国工业长子”，却出现严重不适。这一背景之下，“双喜”也尽显疲态，公司内部市场意识淡薄、经营机制僵化、冗员负担沉重，而南方新生企业则资金充足、技术先进、没有包袱。激烈的竞争，使“双喜”很快就从“风光无限”的山巅跌至“被迫停产”“资不抵债”的谷底。

1996年，在“双喜”生死攸关的时刻，姜天恩接任总经理。此前，他已在这里工作了15年。1998年，在他的主持下，“双喜”改制。1999年，使尽浑身解数仍无力回天的姜天恩在数十次考察后，作出一个重要决定：去珠海试一试、闯一闯！

带着23名员工离开沈阳时，已是深冬。那一天，姜天恩至今记忆犹新，“万般不舍，心如刀割！”

为何这么做？姜天恩解释，老树“复活”无望，觅他处重新“播种”是唯一选择。

这颗种子，在生机勃勃、风起云涌的珠三角迅速生根发芽、开花结果。2000年5月8日，珠海“双喜”建成，当年即收回成本，且创利超千万元。随后，“双喜”喜报不断：2004年，获“中国名牌”荣誉;2008年，双喜工业园落成，第一亿口压力锅下线;2015年，在“新三板”鸣锣挂牌;2019年至2021年，双喜压力锅在天猫平台上同品类销量连续三年蝉联第一。如今，“双喜家族”已有100多个品类、400多个型号，远销70多个国家和地区。

20余年，“双喜”业绩一路上扬，却一直有个巨大的遗憾——其在东北的市场份额微乎其微。用姜天恩的话说，“故乡”真的成了“远方”。

如今，国内市场消费升级大潮澎湃，作为居家必备用品的厨房电器既迎来难得机遇，又面临严峻挑战。

带着强烈的紧迫感、危机感，姜天恩认识到，“双喜”必须要有新的腾跃。然而，“起跳点”在哪里？

2021年，姜天恩加盟辽宁省政协创办的“全球辽宁人”平台。在这里，他每天都能获取大量来自家乡的信息——从中央对东北的关心与支持，到这里优化营商环境的决心与力度、转型升级的方向与举措、招商引资的政策与挚诚，种种变化，都让他看到了一个深刻调整、充满希望的辽宁。

姜天恩坐不住了。他向公司管理层提议：“双喜”该回家了！

这并非一时冲动。

在姜天恩的规划里，“双喜”急需完成产品、市场、文化三个升级。而辽宁，有满足他目标的“充分条件”。如果说，辽宁的振兴势头越来越强、营商环境越来越好是他的信心所在，那么，这里深厚的科教底蕴、完备的产业体系、丰富的人才资源、独特的区位优势，则是“双喜”的发展所需。

10月15日，在位于青年南大街旁的办公室里，姜天恩向记者细数他投资家乡的底气。

“沈阳有中科院金属所、材料科学国家研究中心，还有中国日用五金技术开发中心、全国日用五金标准化中心等5个五金行业‘国字号’机构，而研发、检测、标准是白色家电的生命线。在这里，我们背靠大树、近水楼台，能够得到及时有力的技术支持。”

“辽宁的钢铁企业众多、产业发达，可以成为‘双喜’产品板材的重要来源，将大幅降低采购成本。”

“辽宁是东北唯一的陆海双重通道，而沈阳作为省会城市，辐射带动作用明显，是抢占东北市场最理想的‘桥头堡’。”

这是一次双向奔赴。

家乡也一直关注着“双喜”，并第一时间“捕捉”到了姜天恩的归心。省、市、区三级专人对接、专班服务，洽谈、签约、选址、立项、注册，“双喜”回家的所有过程，都在全速推进。“贴心高效，干劲儿十足！”作为一名“游子”，看着眼下辽宁人的精气神，姜天恩既感动又兴奋。

双喜集团的辽宁布局，是一盘决定企业未来的大棋。与珠海基地南北呼应，“双喜”在沈阳设“两总部一基地”，即中国双喜厨具创新技术研究院、中国双喜文化研究院、辽宁双喜电商基地，这些都是企业的核心板块。目前，3个项目均已启动。而这些项目，对于沈阳打造厨具家电产业链、生态圈，也意义重大。

“双喜”的沈阳新厂区在大东区小津桥花鸟市场附近，距旧址不远。新厂拔地而起的同时，姜天恩偶尔也回到熟悉的旧址，到处转转。繁忙之余，他也会和沈阳的老朋友聚一聚、侃一侃。聊起往事，他经常感慨：离沈时你我皆壮年，归来日“双喜”正少年。

“双喜”回家了，这个“老字号”将与东北振兴同频共振，创造更多的精彩和惊喜。

短评：从“凤还巢”看辽宁之变

廖经平

“带着‘双喜’回沈阳”，是姜天恩的执念。从他含泪远赴珠海的那天起，这颗种子就在心底埋下，并随着时间的推移不停“生长”。

对于家乡，姜天恩饱含深情。但作为一名企业家，他又要时刻保持“极致的理性”。因为，商业竞争是残酷的，风险无处不在、无时不有，“掌门人”的每一个决策，都要慎之又慎。所以，于他而言，“想要回家”和“决定回家”是两码事，没有一份以大量数据、事实作为支撑的可行性论证，他就必须要抑制“情感的冲动”。

为什么23年后，姜天恩把“愿望”变成了“行动”，甚至大胆地将研发总部、销售总部等放到沈阳？采访中，他反复提到一句话：“辽宁的大环境不一样了。”这个“不一样”，是他离开时和归来时的对比。此时，已条件具备、时机成熟。

所以，“双喜”回家，有姜天恩之“情”的因素，但更因辽宁之“基”、辽宁之“变”、辽宁之“势”。前者是感性的、个性的，后者是理性的、共性的。而后者，也几乎是近年来笔者所接触的来辽回辽创新创业者的共同表达。

市场经济，资本是“用脚投票”的。面对“姜天恩”们的选择，每个辽宁人都有责任通过自己的努力，让他们更顺心、更安心、更放心、更舒心。只有这样，辽宁才会涌现更多的“双喜”故事，才会吸引更多的“八方客”，辽沈大地才会形成企业在振兴中持续发展、振兴在企业壮大中不断突破的双喜局面。

（辽宁日报 2022 年 11 月 02 日）

申报资料实录

作品简介：“双喜”曾是全国家喻户晓的压力锅品牌。20 世纪 90 年代，受辽宁发展环境影响及企业内部问题，企业业绩断崖式下滑，陷入被迫停产、资不抵债的境地。企业负责人迫不得已带领职工“南飞”珠海，进行二次创业，并重现辉煌。20 多年后的今天，辽宁营商环境、发展势头都在变好，看到家乡的喜人局面，“双喜”决定“回家”，并投资建设“两总部一基地”。得知这一消息，记者十分兴奋，遂与企业取得联系，实地采访、调研，与有关人员面对面长谈，采、编团队几经修改编发。此稿在辽宁日报报端、网端同步刊发，在辽宁日报微信阅读量 4600 多。

社会效果：此稿刊发，正值东北振兴、辽宁谋求振兴新突破的关键时刻。见报后，稿件在辽宁政、商界引发关注，影响较大，一时成为现象级话题。不少读者、网友纷纷微信留言、跟帖、点赞，社会效果较佳。记者也一直与企业负责人保持密切联系，时刻跟踪其发展动态。

初评评语：“双喜”压力锅，因曾经风靡全国而备受关注。企业从当年的愤而“东南飞”到如今的决心“东北归”，一个小故事充分反映出辽宁振兴发展的大趋势、营商环境的大变化，及市场对辽宁预期的看好、信心的增强，极具典型性、代表性。记者以强烈的新闻敏感捉住这条难得的“大鱼”“活鱼”，采得透彻、写得精致，2000 余字稿件，兼具故事性、思想性、专业性，有力道、有味道，读之令人兴奋、给人启发。

为中国豆安上“耐盐芯”

集 体

黄河三角洲打响耐盐碱大豆选育科技会战，山东自主培育的“齐黄34”已在全国累计种植推广超4000万亩

去年10月，习近平总书记在黄河三角洲考察时，走进大豆田，将一粒大豆放进嘴里细细咀嚼。这粒大豆，正是山东自主培育的品种——“齐黄34”。

今年10月14日，这一大豆品种再次打破自己保持的纪录——继去年在东营3‰的盐碱地块测产达到亩产302.6公斤之后，今年又以亩产329公斤实现大豆在盐碱地上的单产新突破。目前，“齐黄34”已在全国累计种植推广超过4000万亩。

总书记叮嘱，要转变育种观念，由治理盐碱地适应作物向选育耐盐碱植物适应盐碱地转变，挖掘盐碱地开发利用潜力。

茫茫黄河口，一粒粒耐盐碱大豆破土而出，众多科研育种团队在这里打响了大豆选育的科技会战。不仅“齐黄34”，多个品种交出了亮眼的成绩。中国科学院遗传与发育生物学研究所研究员田志喜培育的“科豆35”，在中度盐碱地上实收测产亩产超过270公斤，比去年在5‰的盐碱地实收测产亩产超过260公斤，又提高了一截。

以提高盐碱地大豆单产，增强农民种植大豆积极性，增加大豆自给率，更好地保障国家粮食安全为目标，育种专家正加快耐盐碱大豆选育，誓为中国豆安上“耐盐芯”。

出发——
向盐碱地要大豆

329公斤的测产成绩，不仅让“齐黄34”的培育者、山东省农科院作物研究所研究员徐冉，坚定了对这一品种耐盐高产属性的信心，也让东营市垦利区海南村村民苟勤芝挺直了腰。

“老辈人都说，盐碱地种不了大豆。”苟勤芝去年第一年种“齐黄34”时，

有村民直言干不成。但看到亩产超过300公斤的收成时，种地的老把式也直说“服气”。

盐碱地上种粮的不易，深深印在苟勤芝的脑海里。苗刚冒头，就有不少被盐“拿死了”。一遍遍补种，还是像瘌痢头，东少一垄，西缺一片。勉强成活的，也是羸弱不堪。一年到头，一亩地收不了多少粮食。

的确，黄河三角洲盐碱地距海近，地下水位高，土壤像泡在盐水里，是一个几乎能消灭所有作物的“杀手”。在这里，作物出苗难，高产更难。

“盐碱地下场雨一摊泥，不下雨一块砖。”山东省农科院黄河三角洲现代农业研究院院长贾曦说，除了盐分高，盐碱地不适宜作物生长还有一个重要影响因素——土壤结构。理想的土壤，是由土壤单粒黏结在一起形成团聚体，像由篮球、排球、乒乓球等不同大小的球体组成的综合体，既有致密度也有透气性，适宜作物生长。而盐碱地团粒结构差，下雨后粉状的土壤与水结合融成“一摊泥”，透气性差，干了以后板结成两三厘米厚的硬壳，作物难以“破壳而出”。

为什么要向这样一个“杀手”要大豆？

在我国的粮油作物中，大豆的进口依赖度最高。2021年，我国进口大豆占全国总需求的85.5%。既要保证主粮种植面积，又要提高大豆自给率，就要利用起盐碱地这块广阔的“备用田”。大豆在作物中耐盐性相对较好，而我国又有15亿亩盐碱地，其中5亿亩具有开发利用潜力。一旦成功利用，将大大改善大豆严重依赖进口的被动局面。

农民种田，看的是比较效益，什么挣钱种什么。以前盐碱地种大豆，收成好时，也就百八十斤，种豆不划算，因此种的人越来越少。“激发农民种豆积极性，产量很关键。”贾曦分析，以今年大豆3.2元/斤的价格计算，大豆至少亩产300公斤才能算出账来。

摆在育种人面前的是一道难题。要知道，去年全国大豆平均亩产才130公斤左右。我们需要的这粒大豆，既要耐盐，又要高产，还要具备稳产、优质、耐病虫害、适合机械化生产等诸多常规优点。

这粒豆子从哪里找？最直接的方法，是从现有的高品质大豆品种中找。

“‘齐黄34’虽不是专为盐碱地而培育，但培育时选择的亲本中有耐盐材料，因此比较适应盐碱地。”徐冉说，“齐黄34”是通过杂交育种培育出来的。它的母本具有紧凑、长叶、高产、抗病、广适的特点，父本具有开张、圆叶、荚多、荚密、高产、高油的特点。

在盐碱地上的表现，得通过针对性的试验搞清楚。2012年，“齐黄34”

通过品种审定后，徐冉带着这粒豆在全国各地进行抗逆性试验。山西、甘肃干旱少雨，就在那里进行耐旱试验，原有作物在这样的条件下产量常受影响，“齐黄 34”却硬是打破了当地夏大豆高产纪录；安徽阴雨天多，用来鉴定大豆抗根腐病的特性最好不过；黄河口、新疆盐碱地多，是进行耐盐碱试验的天然场所。

在黄河口试验时，徐冉捏了一把汗——这里的盐碱情况尤其复杂。黄淮海地区多是麦茬大豆，播种时刮干热风，温度高、风速大、湿度小，土壤散墒严重，加上地埋秸秆，出苗常常缺苗断垄，会降低 20% 的产量。这就需要大豆品种有很强的自我调控能力，缺苗断垄密度小时分枝多，分枝能岔开，以占更大空间，截获更多的光能，形成好的产量。

经过反复试验，徐冉发现，“齐黄 34”的培育思路——改良株型基础上提高单株生产力，很好地适应了这一需要。

连续几年的耐盐碱试验，证明“齐黄 34”有不错的综合抗性。目前，“齐黄 34”在黄河三角洲盐碱地的种植面积已近 20 万亩，成为向盐碱地要粮、要油的“金豆子”。随着推广，山东大豆平均亩产也由原来的 160 公斤，提升到了 196 公斤，成为全国大豆亩产最高的省份，大大缩小了与大豆生产先进国家的差距。

现在，徐冉带领团队又瞄准了新的目标。“新品种‘齐黄 35’‘齐黄 36’‘齐黄 39’已通过审定，之后还将培育更多以‘齐黄 34’为基础的新品种，向亩产 350 公斤发力。”

关键——
拿住苗就成功了一半

10 月 15 日，位于东营市现代农业示范区的“科豆 35”试验田，测产收割机不断吐出饱满的豆粒。参与测产的专家、东营市农科院盐生植物与生态农业研究所所长徐化凌看在眼里，心里暗暗叫好，有戏！

如他所料，测产的两个地块都实现了高产：播种前含盐量 3.7‰—4.5‰的地块，实收面积 1.14 亩，实收亩产 277.40 公斤；播种前含盐量 4.5‰—6.0‰的地块，实收面积 1.90 亩，实收亩产 273.32 公斤。

不同于“齐黄 34”品种审定后在盐碱地做抗逆性试验，“科豆 35”品系稳定，就是在东营盐碱地上连续几年的高强度耐盐筛选后实现的。

2018 年，田志喜带着数千份大豆材料信心满满地从北京来到东营。“东营是典型的滨海盐碱地，盐碱地面积广且盐碱程度各异，在这里开展耐盐碱大豆材料筛选再合适不过。”让他没想到，第一年就遭遇了“当头一棒”。他挑选的中度盐碱试验地块，“一眼望去像铺了一层白色晶盐”，种下的数千份材料，几乎“全军覆没”。

幸运的是，后来他们又发现了孤零零顽强挺立着的几株绿绿的豆苗。就是这几株苗，点燃了田志喜的希望——在这片盐碱地能活下来的，肯定是耐盐碱大豆，这几株就是育种的方向！

出苗，成了田志喜必须迈过的一道坎儿。

当地的“田把式”常说，“盐碱地上，拿住苗就成功了一半”。大豆是双子叶作物，顶托能力本来就弱，发芽时还搞“特殊”，偏要向下“翻个身”，这样一来，更难从板结层下冒出头。

“那段时间整天都在想这个问题，后来我们借鉴了盐碱地种棉花的经验——覆地膜。”田志喜说，覆膜可以有效减少水分蒸发、降低土壤的含盐率。

但大豆顶托力差，很难靠自身的力量破膜而出。田志喜采取人工打孔帮助豆苗出膜。尽管效率低，但效果明显。他的田间管理人刘新华估算，即便是考虑到今年雨水多，土壤整体含盐量下降的因素，覆膜与不覆膜地块的亩产差距，仍在 20 公斤以上。目前，田志喜团队已和有关机构合作研发覆膜打孔机，以满足未来机械化种植需求。

出苗的问题解决了，育种逐步步入正轨。几年来，田志喜收获了更多的优质材料。他的大豆材料库，现在材料已达到 13000 多份，其中耐盐碱新种质 68 份，表现特别优异的 25 份。

在黄河口，田志喜团队瞄准的是 5‰左右的中度盐碱地，此前，这样的地块很少种植大豆，突破后将有望成功开发更多的大豆田。去年，“科豆 35”进行了一分地的小区试验，今年扩展到了 30 亩的规模，产量很稳定。

成绩喜人，但田志喜很冷静：“我们还尚不清楚是哪个基因在发挥耐盐碱作用，下一步就是要找到耐盐碱背后的基因密码。”

这并不容易。大豆耐盐碱性由 100 多个基因控制，有的基因影响发芽，有的影响生长，有的影响叶片，有的影响代谢，到底哪些基因发挥主效作用，现在还没有完全搞清楚。田志喜计划，在进行田间筛选的同时，继续推动大豆基因组平台建设，逐步深化基础性研究，未来就有望真正实现分子设计育种，设计出优质耐盐碱大豆。

希望——
盯紧黄河口野大豆

攻关耐盐碱大豆，千军万马齐聚黄河口。

青岛农业大学赵龙刚团队选取优质大豆进行辐照变异，再从变异株里筛选性状、品质较好的，在盐碱地进一步筛选。同样是辐照育种，东营市中天农业技术开发有限公司直接把大豆发往了太空。育种人靳振东计划在盐碱地上，继续研发富硒黄豆、抗氧化黄豆等特色品种。

这一年，徐化凌总结，有喜有忧。

喜的是，他们已正式和山东师范大学生命科学学院陈敏教授团队展开合作。“陈教授一直从事植物抗盐机理研究，团队实力很强。我们将共同推进耐盐碱大豆选育。”徐化凌说。

喜中有喜，合作不久传来一个好消息：陈敏教授团队对 54 份材料“匿名”进行萌发期耐盐鉴定，其中 3 份为徐化凌培育，51 份为已审定品种。结果显示，徐化凌提供的 1 份材料耐盐性表现最突出。

鉴定，是为了更好地育种。“那么多大豆材料，到底选哪个进行杂交，盲目选择容易走弯路。借助大院大所对材料进行图谱分析，把遗传基因相近或重复的材料排除掉，能事半功倍。搞清材料的耐盐性、蛋白含量等，种出好东西的概率也会提高。”徐化凌说。

黄河口的盐碱地上，生长着一种奇怪的大豆。说它是大豆，因为看上去其植株、叶片与大豆很像。可掰开豆荚，豆粒却跟种植的大豆大相径庭，有的小得如米粒一般。其实，这就是黄河口的野生大豆。经检测，部分野生大豆可以在土壤盐分超过 7‰的地块上存活。

“目前，全国的栽培大豆主要来源于几十个骨干亲本。”徐化凌说，从现有的好材料中开展杂交见效快，但遗传狭窄容易造成抗性的下降。而野大豆具有很多优质性状，比如苗期耐盐等，如果能通过杂交固定到栽培大豆中来，有可能会给耐盐碱大豆育种带来突破。

带着“把野大豆的耐盐性状转移至栽培大豆”的念头，2016 年开始，徐化凌带领团队在茫茫的盐碱地上寻找野生大豆资源。荒地滩没有路，他们就背着铁锨、网兜、标签，一边开路，一边搜寻，当年就从 217 个点位采集到了 510 多份样本。

常规育种平均要 10 年才能出一个品种，因为采用了野大豆这种更原始的材料，时间会更长一些，徐化凌说，“我们愿意干一些长远的事”。

还有一件事情，徐化凌格外看重。“即使我们将大豆耐盐能力提高了1‰，但在生产上的意义可能并不是很大。”他解释，黄淮海盐碱地的盐碱含量是动态变化的，一场大雨、一次浇水、一场大风，都可能引起含盐量曲线的巨大起伏，很容易就把提高的1‰给抹掉了。

因此，耐盐碱大豆选育，有一个绕不过去的关键环节——盐碱地。盐碱地不仅是哺育耐盐碱大豆的“母亲”，更是检验其性能表现的“考官”。土壤盐分的变化直接影响到种子的表现以及后期的产量、品质等指标，最终影响对种子评价的准确性。只有“考官”客观公平，优质耐盐碱大豆才能脱颖而出。

盐度精准化的突破正在展开。“像记录气温变化一样记录盐分变化”，带着这个愿望，近期，徐化凌购置了一批土壤盐分传感器，希望通过试验田的小规模试用，检验传感器的真实状态，以备进一步应用。

虽然路线有差异，但育种攻关都在继续，为中国豆安上“耐盐芯”成为育种人的一致选择。

全国层面，筛选的进程全面提速。今年开展了国家与省两级耐盐碱大豆品种区域试验，黄三角农高区成为一处重要的试验点。

“目前，农高区有耐盐育种材料556份，筛选了新品系14个，今年进行区域试验的品系有6个。”黄三角农高区技术创新中心工作专班产业推进部部长季增诚说。

“科豆35”“青农豆3号”参加了国家耐盐碱大豆品种区域试验，徐化凌团队培育的“东科豆”参加了山东省的耐盐碱大豆品种区域试验。“齐黄34”则有了一个新身份：作为对照品种供参试种子“PK”，打平或者超过其表现的种子才有望通过测试。

“区试不断筛选优秀品种，高品质耐盐碱大豆的出现，只是时间问题。”徐化凌说。

“集中力量办大事是我们的优势。”贾曦说，现在，围绕耐盐碱大豆的团队规模大了，资源多了，“未来几年大有希望”。

（《大众日报》2022年11月28日）

申报资料实录

作品简介：2021年，习近平总书记视察黄河三角洲时，对盐碱地大豆选育寄予厚望，明确提出开展盐碱地综合利用对保障国家粮食安全、端牢中国饭碗具有重要战略意义。山东牢记总书记嘱托，加快选育耐盐碱作物，下决心为种子安上“耐盐芯”。得知耐盐碱大豆选育实现新突破后，大众日报立即派出精干团队，深入黄河三角洲，采访国家、省级、市级多支育种团队，了解耐盐碱大豆选育的背景、意义、过程、难点及未来走向。稿件经数次修改完善，在报纸头版突出刊发。同步在客户端配发习近平总书记视察山东的短视频，实现一次采集、多种生成、多元传播。

社会效果：小小一粒豆，关乎国家战略。作品通过对耐盐碱大豆选育新突破的报道，生动展现了山东落实习近平总书记要求、加快耐盐碱大豆选育的生动实践。作品的推出，还原了盐碱地育种的创新突破与艰苦探索，激发了农业科研人员投身黄河三角洲，以盐碱地育种研发助力黄河流域生态保护和高质量发展的热情。这篇报道推出后，被人民日报客户端、新华网等众多主流媒体和新媒体平台转载转发，产生良好社会反响。

初评评语：重大题材，精巧呈现。习近平总书记一直高度重视种子问题，多次作出重要论述和重大部署，强调要靠中国种子来保障中国粮食安全。耐盐碱大豆选育突破，是我国种子安全中的重要一环。报道将宏大的国家战略寓于一颗豆子之中，既通过耐盐碱大豆选育成绩见证国家战略落实落地的效果，又通过这粒大家熟悉又陌生的豆子拉近了国家战略与普通群众的距离，见微知著，大题小做，让人们切身感受到国家战略带来和即将带来的变化。客观冷静，平实有力。育种是一项没有终点的事业。面对成绩，报道冷静分析耐盐豆的选育过程，把成绩放在更长远的时段、更重大的背景之下去考量呈现。稿件叙事风格平实，虽涉及农业培育科技，但读来丝毫不晦涩难懂，给人以娓娓道来的亲近感，以平实之语清晰表达事实的同时又饱含感情。

孤勇者

堵 力 李 超

中国的高科技跟西方发达国家的代差，有时就像悬崖底下的人仰望山巅。要翻过去，怎么上？只能填平它！一代人两代人的工作就是填坑！我们要干出世界最高水平的事，为国家把坑填上，把山堆起来，然后一起戳破天！

世人皆知华为，却很少有人知道紫金山实验室；世人皆知5G，却很少有人知道背后的关键学术带头人尤肖虎和他正在进行的6G研究。

山巅执剑

尤肖虎在东南大学是个传说，哪里听到高亢的哈哈笑声，哪个教学楼门口堆的自行车多，肯定就是尤肖虎在那里。

从1999年起历任国家“863”计划3G、4G、5G重大项目专家组组长、首席专家，尤肖虎领导研究的支撑4G和5G乃至未来6G长远发展的基础性技术，荣获国家技术发明一等奖。

他研究的课题一般人听不懂，他举办的学术会议却院士、政府科技官员如林。但在舆论场，他如此神秘低调，隐身于这所同样低调的“985”高校。

29岁当教授30岁出头当博导，少年成名，60岁了还是教授，您的价值如何体现？

尤肖虎哈哈一笑：“到我们实验室看一看，全世界的高校中没有这样的实验室。”

一个无法否认的事实是：在整个通信行业的大国竞争中，集成电路、操作系统，中国是落后的，而在基站、网络设备的建设上，中国是领先的。

“70%基站部署在中国，在一些领域我们被卡脖子，但在某些领域，西方人还觉得被我们卡了脖子呢！”身处大国科技博弈最前沿的尤肖虎，身上有掩不住的虎气。

华为创始人任正非曾说，希望中国和美国的科技尖兵们最终要在喜马拉雅山的山巅拥抱，因为只有喜马拉雅山的雪水流下来，才能打井取水灌溉山下的庄稼。

但是，如果美国人不愿意让雪水流下来怎么办？

尤肖虎和他的团队今天扮演的角色，在中美科技博弈的大格局中，就像是山巅执剑者。

年轻时，尤肖虎也是论文高手。他 26 岁发表论文的国际杂志都是如今的教授们梦寐以求的。如今的他更多精力用在排兵布阵，确定研究思路，既要把短板补上，又要抓住长板中的关键点，不给对手破绽。

身处科技角力最前沿，要想“戳破天”，他们必须要把研究和应用交叉起来，产生化学反应！

来找尤肖虎报课题的人很多，他定了 3 个标准：

其一，课题能在大国科技博弈中起作用；

其二，能开拓蓝海，当下技术不能取代；

其三，课题的技术能够让当前的研究明显上一个台阶。

归结到一点，就是“如果课题不能回答国家的需要，为什么要做？”

简单明了，直指人心。尤肖虎不仅要求自己一个课题 300 字要说清楚，更要求他的学生们必须 5 分钟内打动他！关键就是要解释清楚上面的 3 个标准。

“喊口号有什么用？东大人的特点就是不来虚的重实战！”

少年英雄

张川变了，变得不苟言笑。

4 年前，他曾在朋友圈发了两张图引起了记者的注意：一张是老科学家王淦昌在 1996 年写的书法“继续努力，一定要超过美国”；一张是中国与美国在芯片领域的比较表格，很多个 0%。

他评论：“差距还很大，我辈当自强！”

而现在的张川已经把才华横溢、锋芒外露的风格放弃了。因为东大人的特点是，低调，低调，再低调。

张川带的学生从大学生到博士，毕业多数都能去华为这样的顶尖企业，一工作就可能年薪百万。

学生们有点怕他。张川给这个团队设计了“逆向淘汰机制”。

举个例子。张川到本科新生中开课，类似于“姜太公钓鱼下了直钩”，没有饵。谁来报名都可以试。

00 后孙玉泰就是大二时递交的申请。之后，他就撞上了“四大考官”：最小 18 岁，最大的是当年 24 岁的直博生宋浩川。

考官们先给了孙玉泰 3 篇国外杂志的英语论文，让他选择自己感兴趣的一篇先学习再解读。

面对如此枯燥的论文，第一关就让很多人止步。

开玩笑，孙玉泰怎么也是聊城一中考过来的信息奥赛省一等奖呢！

进入第二轮，他要展示自己对论文的理解：这篇跟过去的论文比，认识上有什么新意，还有哪方面可以改进？

这样，应试者又吓走一半。

到了第三轮，拼的就不是智力而是体力了。

“张川老师每周工作 70 多个小时，我们如果只用 50 个小时做研究，可能待不下去。”宋浩川无论谈吐、长相还是身高，都让人眼前一亮，应该算那种“明明可以凭脸吃饭却偏偏要拼实力的别人家孩子”。

他大一入校就是校级节目主持人，一晃也 10 年了。

打竞赛、玩社团、考专业、谈恋爱……东大学子的生活已经很忙了，可做科研仍然像磁石一样吸引着这群更优秀的人。

“没投入就绝对不会有产出。”宋浩川说，两个学期下来，你的意志、决心和耐力就试出来了。

很快，那些只是奔着紫金山实验室虚名的人被淘汰了。

留下的是有共同价值观的人。

“做科研很酷！”孙玉泰说，“很酷”的同音词，就是“很苦”。

要跟上尤肖虎“戳破天”的研究，张川在国外学的是芯片电路的设计，尤老师给他定的目标是，如何把系统的设计和器件，与电路结合在一起形成交叉学科。同时，他还要将这群不服输的“小老虎”从头教起带上正道。

特别难的时候，张川会想起家乡涪陵。那个偏僻小镇，曾经聚集了名校学核物理的顶尖人才。

他常用 816 核工厂洞体的往事告诫学生。

“做无人区的事，就要有这个自信，留不下不要遗憾，留下来的都是金子！中国有很多‘梦之队’，乒乓球、跳水，胜利是价值观的胜利，不会因为明星退役了就不行了，后面有很多梯队。”

张川明白，尤肖虎正在构筑这个“移动通信国家队”的尖兵梯队，而自己，是承上启下的力量之一。

刚刚过去的 4 月，神舟十三号载人飞船返回舱在东风着陆场预定区域安全着陆。由东南大学提供的毫米波芯片与超大规模集成相控阵技术，首次在航天员返回任务中提供地面通信保障。

看到这条新闻，没有人会想到毫米波背后的科学家是谁。

赵涤燹的苍苍白发在紫金山实验室一众十几岁二十岁的年轻面孔中非常扎眼。他读博时可是媒体红人，被称为“明日之星”“传奇人物”。

从比利时鲁汶大学引进的赵涤燹和毕业于美国明尼苏达大学的张川，都是7年前进入尤肖虎团队的主力研究员，分别生于1983年和1984年。

正是他们，带着一群少年大学生，在人们看不到的战线上，跟对手拼刺刀。

在比利时，赵涤燹读博的密卡思实验室是世界顶级集成电路科研机构，长期致力于前沿芯片的研究。作为“完美学生”，没人愿意他回国，但赵涤燹博士毕业前对中国青年报记者高调地说，“报国需趁早！”

今天，他也打上了东大人低调的烙印，对媒体不再说话了。

尤肖虎告诉记者，赵涤燹研究的技术传输速度达到现有5G的10倍，而将来可能达到100倍，这给了未来6G技术更多的想象空间。

“既然走上了大国角力的主战场，你们注定要为了国家吃苦受累了！”东南大学党委书记左惟一次次这样告诫这些天之骄子。

宋浩川投奔张川时发现，这个老师只比自己年长10岁。

23岁的博士生朱弘智来自大名鼎鼎的“神童学院”吴健雄学院。2018年，他已经在紫金山实验室跟着尤肖虎攻5G难题了。

元宇宙概念对年轻人有着极大的感召，00后陶震宇大三时来的实验室。他的目标是，“把自然语言处理领域的知识迁移到通信领域，干前无古人的事儿”。

自古英雄出少年，谁又比谁更少年？

尤肖虎16岁进东大（当时校名：南京工学院），29岁当教授，在实验室里玩游戏还曾被老师骂。“但手脚快”，写论文谁也写不过他。

60岁，尤肖虎当教授的时间（31年）正式超过了他没当教授的时间（29年）。

但“谁说站在光里的才算英雄？”在他手上，中国的通信科技很多基础算法和应用从2G成长到3G到5G、6G，一批批稚气未脱的“小朋友”进来，经过5—10年的科研磨砺，再进入分布于各处的“国家队”，成为“戳破天”计划的中坚力量。

要当主人

年轻时，尤肖虎也曾犹豫不决：留美专心做科研，还是回国“填坑”？

博士刚毕业的尤肖虎到美国开会，身边人很多都不回国了。“填坑”这个词，尤肖虎反复提到：中国跟西方发达国家的代差，就像悬崖底下的人仰望山巅。

壁立千仞，你要带着一众人翻过去。怎么上？

“只能填平它！如果回来，一代人两代人的工作就是填坑！”他说。

程时昕老师作为国家重点实验室的老主任，给尤肖虎的班级做过讲座。老教授提出了个人通信的概念，劝他：“任何时间任何地点都能打电话，应该是未来重要的方向，国际上也没人重视，你回来加入国家重点实验室一起干吧。”

当时在美国还用传呼机，路上打电话要开车到电话亭。程老师的理念点亮了他。

“我要替国家谋划。”尤肖虎最后决定回国“填坑”——跟着程老师进入“863”项目。

愚公移山、精卫填海，在书上是很美好的词。但干起来，就要“舍”了自己才能“得”。

什么都是最原始的，电路板自己画，一个焊点一个焊点自己焊。中国起步的 2G“就是一堆烂板子”。查个资料都要坐火车去北京，用老式打字机一个字一个字地敲出来，再剪刀糨糊粘起来。而且外界质疑声不绝于耳，从 2G 质疑到 4G。

他们说科研氛围不好，他们说社会有太多不公，他们说付出没有回报，他们说伯乐难寻……

当时中国知识界，“他们说”是一种主流声音，一流人才有的人变了，有的人走了，有的人大富大贵了。

“他们说要顺台阶而上 / 而代价是低头 / 那种孤勇……爱你孤身走暗巷 / 爱你不跪的模样 / 爱你对峙过绝望 / 不肯哭一场 / 爱你破烂的衣裳 / 却敢堵命运的枪。”

今天中小学流行歌曲《孤勇者》，仿佛是对那个时代迎难而上的尤肖虎们进行白描。

“我要当自己的主人，而不是给人打工。”他说，这是心底的信念。

正是那一堆跟 “酷炫”现代感完全搭不上边的烂板子，竟然跟商业基站打通了电话，“原理掌握了”，手机内部的技术就能掌握和研发，和商业系统就能对通。

关键是，掌握了由简而繁的这个过程，工业有信心，政府有信心，从上到下大家就都愿意投入了。

第三代 CDMA 中国参加了国际标准的制定，又推向了大规模的运用。4G 就跟国际水平拉齐了。到第五代，中国这方面对国际标准的贡献是第一位的，在世界范围提案超过三分之一，专利也超过三分之一。华为、中兴，中国移动通信竞争力跻身国际第一方阵。

坑只要能填上，山就能堆起来。

尤肖虎向记者复现了这个填坑、堆土、垒山的过程，是在阐述一个科技由工业积累实现反超的原理——

科技研发也一样，离市场越近，越容易见效；离市场远的，风险大，随时会动摇。最后，东看看西看看，就丧失了最好的时机。说到当下中国芯片难题的攻克，尤肖虎态度明确，要不断给企业和政府信心，“不要怕简陋、不要怕质疑，横下一条心！”

“要替最好的企业谋划”，从2G开始，华为不离不弃地跟东南大学移动通信国家重点实验室绑定。“我的研究成果是国家最好的，哪个企业能接下来，我们就做最好的服务。”

尤肖虎认为，要走出一条自己的路，他的学生也许理论研究不如清华，工程实践不如华为，可一旦在科研和工程实践的全链条贯通了，“力争结合得最好”，就是企业最需要的。

当然，起决定性作用的，还是政府是国家。“我们高校与民企、央企结合得好，国家就会为你配备最好的资源，人才培养就有了水准，国家也相应地达到了更高的水准，营造了产学研的环境。这些要素缺一不可。”

在6G激烈的国际竞争中，我们还能保持优势吗？

尤肖虎告诉记者，依托5G先发优势，练好内功，循序渐进，中国6G当然是领先的。

“中国有世界上最为庞大的移动通信人才队伍，有最为完善的工程开发能力，以及政府强大的动员能力，只要我们找准其中的核心关键，用7—8年时间潜心攻关，中国6G必定能够赢得未来。”

这就是大国雄心和中国科研人的志向。

“要做主人！”尤肖虎说，“就必须跟上国运，成为国运的一部分。”

突入无人区

“华为正在本行业逐步攻入无人区，处在无人领航，无既定规则，无人跟随的困境。”任正非早在2016年就谈到了中国通信科技面临的问题。

谁能在无人区突围破局？

5G甩开西方领跑者以后，尤肖虎发现思路全打开了：什么是无人区？从卫星到深海，到人工智能，只要能让系统性能提升十倍百倍，价格和功耗大幅度下降，什么都可以想，什么都可以试。

对于6G的研究，虽然时感孤独，但格局有了，思想打开了，年轻人就会产生无数创意。

“紫金山实验室实行的是目标导向性和需求导向性研究，对于具有重大潜在研究价值的科研目标，我们能以实际的科研需求配置所需的资源，打破传统科研体制条条框框的限制。”今年1月4日，紫金山实验室创造出目前世界上公开报道的太赫兹实时无线通信的最高实时传输纪录。该成果可与现有光纤网络融合，实现6G超高速室内、室外广覆盖。

“你知道这个项目的牵头人就是一个副教授吗？”尤肖虎说，我们认准了光载太赫兹这个研究方向，不惜重金投入，3年下来，发现了很好的技术路径，找到了最为便捷的解决方案。

紫金山实验室对天才、神童的判断标准与社会上截然不同。

在尤肖虎看来，30多岁当正教授好像很得意，但找不准定位或得不到机遇，几个迭代下来，人就废了。各国高校里这样的聪明人很多，有人想不到也做不到，有人能想到却做不到。“在紫金山实验室，这里的科研氛围是：你必须要想得到，这里也能让你做得到！”

作为一所有120年历史的综合性高校，怎么培养更多“突入无人区的尖刀班”？

这是东南大学书记左惟这些年最费思量的问题。

“东南大学的前身是120年前救国图存背景下建立起来的，是培养工程师的综合性高校。”左书记给东大学生画像：给他们一个图纸，一个目标，让他们完成任务，我们的学生肯定是最好的。

可是，像尤肖虎这样能回答“钱学森之问”的战略科学家，还是太少了。怎么能培养出更多的尤肖虎呢?

左惟知道，中国培养科研人才经过了120年的轮回，已经靠不了别人了。

宋浩川两年前去国外学芯片设计，他发现，中国学生被关在核心器件库之外。“有授权的学生学习做芯片，用台积电的库，但给我的库根本做不出芯片来。”

憋着一口气，这位东大博士生选择加盟华为。

有人说“东南大学”这个校名，就像是位于中国东南的三本院校，并不像其同根生的兄弟南京大学和台湾中央大学那么声名煊赫。也因此，学校的录取分数线也不是中国最顶尖的。

正如被制裁的中国高科技企业，正如被拒绝于顶尖实验室核心技术之外的宋浩川，东南大学也憋着一口气。

“最终大学还是要靠两个东西，一个你培养的人社会认同不认同；第二个你做出来的东西，社会认同不认同。”

左惟最终想明白了。“排行榜我看，我也不看，别想让我按照大学排行榜的指标办学！”

东南大学 4 年前就发起了全校大讨论：“我们要怎样培养人，才能增加东南大学对国家的贡献度？”

师生们讨论提炼出的结果，符合这所学校已经成为“思想钢印”的低调务实风格：“服务国家重大战略、服务产业重大需求、服务社会重大关切。”

也许不是分数最高的学生，不是全球最好的科技基础，合作的也不一定是世界最牛的公司，但是，要干出世界最高水平的事儿，为国家把坑填上，把山堆起来，然后一起戳破天！

这就是东大人的“填坑战队”和他们的“戳破天计划”。

在东南大学老校区正门，中央大道尽头，梧桐深处是标志性建筑“大礼堂”，礼堂前面是一个蓝绿色的涌泉池。泉眼很小，但汩汩不息。

60 岁对于一个战略科学家，是已臻化境的最佳时期；120 岁对于一所高校，也正青春。

那一张张年轻的脸，透着对未来的勃勃生气。

在尤肖虎带领下，很年轻就懂得报国要趁早的赵涤燹、张川和想着追求“酷酷学问”的宋浩川、朱弘智、陶震宇、孙玉泰，都敛住了天才的光芒，隐身在 5G/6G 的光环后面。

他们的名字无人知晓，而他们的功勋却铭刻在中国科技崛起的奋进之路上。

越来越多像任正非这样的中国高科技企业家，期待着攀上科技的珠穆朗玛峰，和谷歌、亚马逊、苹果这些国际巨头在山顶的“无人区”，煮酒论剑。

他们需要的正是这群“孤勇者”。

“路遥知马力，历经两个甲子沧桑的东南大学，站在了历史的门槛上，肩负着为国家培养人才突入无人区的重要使命”，左惟书记说，“我们要一起跨过去”！

（中国青年报 2022 年 05 月 27 日）

申报资料实录

作品简介：这是一场争取了5年的采访，终于争取到采访机会。记者独家采访和展示紫金山国家实验室5G、6G移动通信技术的战略科学家和一群少年大学生，首次深度揭秘该国家级项目和背后的人才筛选和培养体系，也试图回答芯片困局的突破方向。在中国芯片被卡脖子，套取国家芯片经费骗子众多，华为5G遭到国际围猎的氛围中，这是一篇鼓劲的稿子。该报道在大国博弈背景下，更显示了中国自力更生、科技自主创新的一个缩影，以及青年在背后发挥的作用越来越重要。本文将一篇科技报道写得通俗易懂，广为传播，被很多科技工作者转发点赞，是一篇记录时代的佳作。

社会效果：报道刊发后，超过百家网络媒体转载，共青团中央的官微阅读量很快超10万+。还被江苏省科技厅官方微信号，澎湃新闻、新浪财经、腾讯网、搜狐网等首页转载。其中，报道中提到的"我们要干出世界最高水平的事，为国家把坑填上，把山堆起来，创造新的高峰"成为东南大学120周年校庆的主题词。

初评评语：此文聚焦大国科技博弈最前沿不见硝烟的战场，深度挖掘国家级实验室科研人员的群像：既有贡献青春的战略科学家，又有壮志凌云的少年大学生，梯队生生不息，给人信心力量。体现了专家型记者的深厚积累，经过五年等待，抓住机会将艰涩难懂的学术化为深入浅出的大众话题，提炼出以精卫填海精神走上珠峰之巅的主题，直击人心。行文矫矫不群、字句琅琅上口，具有新闻价值和启示意义。

三代人七十二载的守护

何祖谋

穿过古色的涵洞，踏着青石条板，可领略到水南渡口旧日的忙碌与繁盛，金溪河波光粼粼，无声地流向远方。“就是在这里，当年秦福河烈士被我父亲抬上来。”站在渡口边上的汤顺荣指着金溪河上游不远处的水面说。

时间追溯到1950年初，刚解放不久的将乐县周边，国民党残兵败将与地方土匪武装狼狈为奸，为非作歹，经常搅得四邻八乡鸡犬不宁。

当时，年仅14岁的汤万丛跟随其父汤七根在水南渡口摆渡谋生。4月的一天上午，因连降暴雨，金溪河水暴涨。汤万丛独自在水南渡口替父亲照看竹排。突然，他发现河上游漂来一个不明“物体”，连忙举起搭钩朝那物体探去。靠近一看，大吃一惊，原来是一具身着浅黄色军装的遗体，再细看，钢盔内的军帽上缀着一颗红色五角星。啊！原来是解放军叔叔！

想起不久前，自己撑竹排送过一批又一批解放将乐、过河进城的解放军，他们个个英姿勃发，态度亲切和蔼，对老百姓像对待自己的亲人一样。想到这里，汤万丛不再害怕，他纵身跳入河中，使出浑身力气将遗体朝岸边推去，拉到岸边树林中隐藏起来，然后跑去找父亲。

汤七根正在河对岸的县城买猪肉，闻讯匆忙赶到河岸边。父子俩在遗体的军衣口袋里发现了一个小记事本，上面写着：秦福河，25岁，山东省五莲县人，中国人民解放军步兵第二八七团三营八连战士。汤七根对儿子说：“解放军就是当年打土豪、分田地的红军，我见过，个个都是好人。这位解放军战士大老远从山东来，帮咱们打土匪，让我们过上太平日子。如今，他英勇牺牲，我们就是他的亲人，要找个地方让他入土为安。”

就这样，汤七根拿出为自己准备的棺木，冒着被土匪报复的危险，秘密把这位素不相识的解放军战士秦福河安葬在金溪河畔自家的菜地里。

转眼过了中秋，闽赣粤三省交界进行大规模剿匪，土匪被解放军一网打尽。想到烈士匆匆下葬，一家人满怀歉意。于是，汤七根凑足钱，从县城请来石匠，选用本地最好的“龙池砚石”打制墓碑，把从烈士小记事本上抄下来的内容全都刻在墓碑上，并在墓碑的正上方刻上一颗红五角星，按照当地风俗重新给烈士修坟立碑安葬。

1958年春，汤七根临终前特意叮嘱儿子汤万丛把自己埋到烈士身边，别让烈士孤单了。遵从汤七根的嘱咐，汤万丛把父亲葬在了烈士墓旁，年年不忘祭祀。

为烈士寻亲

改革开放后，百姓富起来了。每年清明，汤万丛祭祀秦福河烈士的供品也多了起来，有猪肉、烤鸭、河鱼、水果和自家酿的米酒。他常跟子女说："烈士是为我们打土匪牺牲的，我们今天的好日子是他们用生命换来的。他牺牲在我们这里，就是我们的亲人，理所当然要尽亲人的情分和义务。"

后来，村里有人在秦福河烈士墓附近盖房子，建猪圈，一到下雨天，污水便流入秦福河烈士的墓地。汤万丛见了心疼，寝食难安。为解决这桩心事，1990年12月12日，他决定为烈士迁坟。将乐县民政部门得知此事，被他的真情所感动，便从安置优抚金中划出300元，支持这一义举。

很快，汤万丛在水南的龙灯山选好一块地，带领全家人重新为烈士修坟立碑安葬。

修好烈士新坟当天，汤万丛要汤顺荣记住："我们一家永远都是秦福河烈士的亲人，今后不管再苦再难，你们也要像我和你们的爷爷一样，守护好烈士墓。"

2007年，县里倡导殡葬改革，在将乐县民政部门的支持下，秦福河烈士墓被迁到天阁陵园革命烈士墓区。革命烈士墓区虽然有专人管护，但汤万丛父子俩年年清明节依然前往祭扫秦福河烈士墓。

汤万丛义葬英烈、长年坚持祭扫烈士墓的感人故事在将乐大地传开后，成为佳话。2009年7月，汤万丛被福建省委、省政府、省军区授予"爱国拥军模范"荣誉称号。

为秦福河烈士寻亲，一直是汤万丛的心愿。将乐县民政部门得知汤万丛心事后，多次帮助函查，终于查到秦福河烈士有一个亲生女儿叫秦洪花居住在天津。听到这一消息后，汤家人激动不已。

2007年9月28日，秦福河烈士的女儿秦洪花专程从天津来到将乐，祭拜父亲，看望和感谢汤万丛一家人。那天，当秦洪花和她儿子陈波见到汤万丛时，感动地说："我们就当您是亲舅舅、亲舅公了。舅舅、舅公！57年了，这一刻终于盼来了……"母子俩泪如雨下，汤万丛也老泪纵横。随后，两地亲人手捧鲜花，齐刷刷地跪在秦福河烈士墓前祭拜，告慰烈士在天之灵。

当秦洪花含泪告别时，汤万丛再三安慰她说："老妹，你住在天津，来往一趟很不容易，我们现在就是一家人，祭扫的事就交到我手上，你就放一百个心吧，我们会世世代代传承下去的！”

传承之美

“父亲在世时反复对我说，要守好烈士墓，我们的好日子，都是无数革命先烈用生命换来的。长大后，我就越来越明白这个道理，为何要去做好这件事，还要让子孙后代也传承下去，因为我们不能忘记历史，幸福真的来之不易。”

受秦福河烈士和家人的影响，汤顺荣于1995年入伍，圆了自己当一名军人的梦想。1998年，汤顺荣从部队退伍还乡，接过年迈父亲手中的“接力棒”，继续守护好秦福河烈士墓，不仅清明节必去祭扫，每逢“八一”建军节也要去为烈士献花，清扫落叶、拂去灰尘，为烈士墓碑描红。

想到秦福河等无数先烈为人民英勇献身，以及祖辈、父辈的教诲，这些宝贵的精神财富、无形的力量，化为汤顺荣为人处世的基础和干事创业的动力。

2012年，汤顺荣开始自筹资金创业，创办了一家水泥制品小作坊，主要生产新型环保艺术围栏、乡村景观装饰建筑材料等。创业之路并非一帆风顺，但汤顺荣觉得做企业和做人一样，要诚信做产品，无论什么时候，诚信是非常重要的。在进行水南镇乾滩村步道栏杆安装喷漆工程时，虽然离工期还有十几天，但为了确保能在雨季来临前完工，汤顺荣在工人已经放年假的情况下，一个人在工地忙碌到除夕，大年初二就到工地喷漆，直到初六顺利完工。由于信守承诺，产品质量过硬，汤顺荣赢得用户的信赖，与他合作过的客户大多是他的“回头客”。

企业有了效益，汤顺荣积极投入公益活动中去，奉献爱心，向孤寡老人、残疾人、贫困学生捐款，还接收了多名退伍军人就业。他说：“始终没有忘记自己曾经是一名军人，时刻忘不了为人民服务的宗旨，在部队时我当一名好战士；脱下军装，要感恩回报父老乡亲和部队对我多年的培育。秉承先烈遗志，弘扬革命传统，传递社会正能量，影响改变更多的人。”

汤顺荣以实际行动，彰显了退伍军人永不褪色的军人风采，先后荣获将乐县十星级文明户诚实守信典型示范户、福建好人榜诚实守信身边好人、中国好人榜诚实守信身边好人、第七届福建省诚实守信道德模范等荣誉称号。

（福建日报2022年04月07日）

申报资料实录

作品简介：2022 年清明节前夕，记者从福建省退役军人事务厅获悉汤家三代人连续 72 年为秦福河烈士扫墓这一线索，即赶赴三明市将乐县采访。汤顺荣是将乐县渡头村村民。1950 年，怀着对人民解放军的无比崇敬之情，汤顺荣的爷爷汤七根、父亲汤万丛将山东籍解放军战士秦福河的遗体从金溪河捞起安葬。从那以后，每年清明节都会去祭扫。汤七根走不动了，就把祭扫烈士墓的任务交到了儿子手中。之后，汤万丛为烈士迁坟立碑，年年祭扫，还通过不懈努力，寻找到秦福河烈士远在天津的女儿秦洪花。1998 年，汤顺荣退伍返乡，接过父亲手上的“接力棒”，带着孩子年年祭扫烈士墓，让好家风世代相传。同时，把对先烈的崇敬之情融入创业中，办企业以诚信为本，向孤寡老人、残疾人、贫困学生捐款，接收多名退役军人就业。作品再现革命先烈为了建立新中国而牺牲的情景，赞扬了汤家三代人 72 年光荣接力，谱写了“信守承诺，爱国拥军”新篇章。

社会效果：作品在报纸、移动客户端、门户网站等平台同步刊发。文章刊发后引起广泛良好的社会反响，腾讯网、中新网、中宏网等多家平台转载。广大读者和网友纷纷转发，为汤家三代人点赞，福建省退役军人事务厅公众号转载后，当天浏览量破万。崇尚英烈、缅怀英烈，赓续传承红色基因的各种活动在全省各地展开。汤顺荣积极投身于公益活动，为机关、学校、企业、军营宣讲 20 多场，分享汤家人与军旅结下的故事，传递社会正能量，影响更多的人。报道刊发当年，汤顺荣即被授予三明市“最美退役军人”称号。

初评评语：作品紧扣热点，题材重大，立意高远。本文时间跨度长，作者采访深入，掌握大量翔实的新闻事实，汤家三代人守护一座烈士墓的义举跃然纸上，故事情节跌宕起伏，感人肺腑。文章行文流畅，逻辑清晰，叙事讲求历史纵深感，注重细节刻画，深入浅出，可读性强，令人感受到红色信仰薪火相传，红色精神激发奋进力量。

不能说的优秀

谈　洁　钱红艳

12 月 5 日上午 10 点，南京市孝陵卫初级中学的升旗仪式正在举行。校长冯静在国旗下讲话，突然，一个孩子蹿上主席台又蹦又跳，随后跑向教学楼。

只愣了一秒，冯静就回过神来：一个“特需儿童”！体育老师追出去安抚孩子，她继续讲话。

冯静之所以如此淡定，是因为在这所九年一贯制学校，像这样的特需儿童有 24 个，她早就“见怪不怪”了。

让特需儿童在普通学校随班就读的这种“融合教育”，南京在江苏乃至全国都走在前列。迄今，全市约有一半特需儿童都在普通学校接受融合教育。

然而，面对这样一份优秀的成绩单，更多校长在提及时顾虑重重，宁愿“只做不说”。

特需儿童家长的执着：“即便陪读，也要把孩子送到普通学校！”

在主席台上又蹦又跳的那个孩子叫佟亚希，一年级新生，患有自闭症。

初冬的操场上，阳光从教学楼顶倾泻而下，格外明媚。正值大课间，孩子们三五成群地追逐、打闹。

“那就是佟亚希。”顺着佟亚希外婆的手势，只见一个白白的小女孩沿着台阶跳来跳去，“不仔细看，她和一般孩子无异。就是不和人交流。如果主动和她说话，她也会搭理。”

外婆是陪读，座位就在佟亚希的后一排。

“来，大家举起小手，跟我一起试着写一写这个‘是’字！”听到老师的要求，佟亚希没有反应，外婆赶紧抓起她的小手，认认真真跟着老师一笔一画写起来。

“佟亚希，你来写一遍可以吗？”老师轻声细语。

“你可以的，试试看。”外婆也帮忙鼓励。佟亚希伸出手，慢慢跟着老师又写了一遍。“写得很好，有进步！”老师表扬道。

佟亚希从小由外婆带大，两岁多了才会说话。康复训练、游泳课、出门旅游见世面，都是外婆操持。

“康复训练时，周围的孩子也都是自闭症，这不行，相互间没有交流。没有外部环境的不断刺激，自闭小孩的社交能力就不会有进步。要上学了，必须和普通孩子在一起，我就四处打听。”外婆说，南京不少学校做得不错，但信息不多。南京的特需儿童家长建了好几个“家长互助群”，里面有很多分享，经过比较、考察，她把家搬到了这所学校旁边。

二年级学生邱新的妈妈也在“家长互助群”里。她昵称患有自闭症的儿子为“渣娃”。“渣娃”7岁时才有两三岁孩子的社交能力，还有暴力倾向，在学校里动不动就在地上打滚，有时候还打同学。

“我不知道向多少个孩子、家长道了歉。儿子这样影响课堂秩序，危及他人安全，像颗‘定时炸弹’。”在遭遇其他家长的“集体声讨”后，邱新妈妈没有从学校撤退，她申请了陪读，以便在儿子发作时及时控制局面。“不管怎么样，我始终坚持要让孩子在普通学校就读，我不希望孩子进入特殊学校接受那种‘隔离’式的分类教育。”她说。

冯静说，特需儿童家长都有自己的想法，总希望孩子不被“贴标签”，能进入一所普通学校，学会如何与同伴交往，怎样和老师沟通、交流，未来能更好地回归社会。

“这样的想法和融合教育的理念是一致的，也体现了社会的进步，这也是近年来越来越多特需儿童在普通学校接受融合教育的重要原因。”冯静说。

学校实践探索的答卷：“孩子真的好多了！”

早在2015年，南京就成为国家特殊教育改革实验区之一，开始融合教育的实践探索。

7年的探索实践，成效显著。研究显示，经过融合教育，特需儿童在生活自理能力、自我控制能力、人际交往能力等方面确实有不少提升。

这学期开学不久，四年级的陈思雨跑到冯静办公室对她说：“校长，我明天上台跳舞，你要来看哦！”

一句普通的邀请却让冯静激动了半天。

冯静清晰地记得3年前的开学第一天。刚吃过午饭，一（2）班班主任跑进她的办公室吐槽：“班上的陈思雨，上课不听讲，总是下位，跟他说话没反应。”

当天下午4点多，冯静在校门口见到了陈思雨的妈妈。那时，她还牵着一个长相跟陈思雨一模一样的孩子。孩子目光游离，不会说话。

双胞胎，都是自闭症。“弟弟自闭加智力障碍，老大症状轻一些，我们把他送到普通学校，只希望他的症状能有所改善，能学点东西，未来也能带好弟弟。”陈思雨的妈妈说。

看过、听过各种特需儿童的故事，冯静以为自己已经有了“免疫力”，但陈思雨妈妈的几句话，还是让她掉下了眼泪。

她把陈思雨交给了孙方方——普通学校里具备特殊教育知识与技能、能够对特需儿童发展提供专业化指导的资源教师。

为了让陈思雨在课堂上学会管理自己，孙方方每天都会在陈思雨的记录本上贴上他最喜欢的贴纸。课上不随意下座位奖励 1 张，不撕纸再奖励 1 张。下课后陈思雨可以拿着贴纸兑换喜欢的酸奶。这个方法对陈思雨很有效，他下位和撕纸的次数明显下降。

陈思雨也是冯静的关注对象。她每天跟陈思雨大声打招呼，把办公室里喂鱼的任务交给他。慢慢地，陈思雨也愿意跟她进行简单的交流。

这次，陈思雨竟然能主动向她发出邀请，幸福来得有点突然！冯静准时赴约，全程微笑着看完表演，并录下视频发给陈思雨妈妈。

“校长，谢谢你，孩子都愿意上台表演了，很开心，他真的好多了！”陈思雨妈妈回复。

学校的付出，换来了家长们的认可。在特需儿童家长群里，哪些学校可以为脑瘫孩子进行感统训练，哪些学校可以为智力障碍孩子单独授课，哪些学校为特需儿童配置了音乐治疗室、故事工作坊等，家长们都能娓娓道来。很多有经验的家长还根据特需儿童的具体情况，为一些新生家长推荐合适的学校。

如今，我市已建有包括孝陵卫初级中学在内的 151 所随班就读实验学校，其中 81 所被认定为市融合教育示范学校，融合教育工作走在江苏乃至全国前列。

今年 11 月 14 日，教育部官网专题刊登南京市教育局局长撰写的特殊教育的文章；2020 年 4 月，“江苏省南京市：切实加强残障儿童少年随班就读工作”被教育部列为特殊教育工作优秀案例进行推广。

不过，当记者联系相关学校想深入采访时，校长们一方面承认花了很多心思做好融合教育，一方面又强烈表示“还是不要说了”。冯静是采访中唯一愿意“暴露”真名的校长。

普通学生家长和任课老师的顾虑：“其他孩子的安全，谁来保障？”

学校顾虑重重，宁愿“只做不说”的背后，原因是什么？

鼓楼区一所小学，一名患有自闭症的男孩时不时地打同学，因为下手不轻，家长们多次找到学校，联名写信要求将这名特需儿童转走。

男孩同学的家长坦言，他们知道特需儿童也有受教育的权利，但是一旦自己孩子的安全得不到保障、正常的教育受到影响，就无法淡定，矛盾不断。“因为这个特需儿童，老师上课经常要拿出时间来维持秩序，正常的课都讲不完。孩子在学校，说不定哪天就被这个男孩给打了，连为什么被打都不知道。”这位家长说。

普通孩子家长的反对声是摆在校长面前的现实问题。但是这样的要求，学校无法满足。“义务教育法保护每位学龄儿童受教育的权利，如果特需儿童家长不愿意转走，作为学区学校，就不能拒绝其入学。”一名不愿透露姓名的校长说，“我们只能安抚好普通学生家长，让老师尽最大可能维持好课堂秩序，同时要求特需儿童家长陪读。”

对于校长，更现实的问题，还有生源、师资缺口以及老师的压力。

孝陵卫初级中学在校生720多人，登记在册的有明确诊断的特需儿童24人，其中智力障碍11人、多动症儿童13人、自闭症儿童2人、视力障碍1人。有的孩子是多重障碍。

在我国，特需儿童的比例在10‰，该校的数据已远远超过正常比例。

“特需儿童多了，势必影响学区生的入学。”冯静前段时间派人摸了情况，2023年学区内入学新生有49人，而愿意来的估计不到一半。

从2019年到2022年，冯静陆续送了10名老师参加融合教育培训，包括她自己也拿到了资源教师的持证上岗证书。

“然而，按照小学每5个特需儿童配一名专职资源教师的要求，差距还比较大。我们这些老师都是兼职，既要保证一般学科教学任务，还要承担特需儿童个别化辅导的工作，工作强度大。”冯静说。

秦淮区的一名女老师曾被班上的多动症男孩用水杯砸伤。她说：“男孩课上经常下位，有时候还大喊大叫。那天他下位影响其他同学，我就牵着他的手，让他回座位。他不愿意，拿起水杯就往我的头上砸了过来。因为这一个孩子，我整天都要为其他孩子和老师的安全提心吊胆，精神压力太大。”

校长和教育界人士的期盼：“政策支持、观念引导，让融合教育既能做得好，还能毫无顾忌地说出来！”

虽然身边有些普通孩子家长会因为班上的特需儿童而焦虑，但在孝陵卫初级中学小学部五年级学生家长冯芳看来，在与特需儿童相处的过程中，普通孩子也能从中受益。

“女儿班上有一个多动症的孩子，经常在课上随便讲话，老师总是轻声细语跟她讲道理。一开始，女儿有点不能接受，认为老师总惯着她。后来，当她得知这个孩子的特殊情况后，她非常理解老师。有一次这个孩子踩坏了女儿的笔，女儿忍着没有发脾气，觉得应该包容她。”冯芳说，老师们关注困难群体的理念，虽然不会常常挂在嘴上，但这种接纳、尊重、理解的态度，潜移默化影响着孩子们。

“融合教育是当前国际特殊教育发展的主流趋势。对于特需儿童和普通儿童来说是‘双赢’的教育模式。”南京特殊教育师范学院研究融合教育的王培峰教授说，人们常把残障看作一种生理性缺陷，认为它是残障人士相对于健全人的能力缺乏与功能限制。但残障人士所遭遇的困难有时不是残障导致的，而是和不健康的社会态度有关。“融合教育不仅能让特需儿童受益，对于健全的孩子，更是一种最好的生命教育和尊重教育。普通孩子在和特需儿童相处的过程中，认识到生命有着不同的状态，会懂得谦让，更有爱心。”

今年 1 月，国务院办公厅转发教育部等部门制定的《“十四五”特殊教育发展提升行动计划》指出，要将融合教育全面推进。《南京市“十四五”特殊教育发展提升行动计划》也即将出台。

“《行动计划》会给予融合教育更多政策支持，比如在新生入学时，组织教育、医疗、心理等专家对学生进行综合性教育评估，针对特需儿童实际给出分类就读建议。”市教育局相关负责人说，还会从特教师资的培养培训、编制配备、津贴补助、职称晋升等方面加强专业化建设。

2011 年，冯静被调到孝陵卫初级中学当校长时，她期待的是，学校周围的大路修起来，旁边高档小区赶紧盖起来，学校的生源慢慢好起来，但实际情况却是，学校的生源严重不足。随着这几年学校慢慢把融合教育做出了成绩，在省里、市里拿了不少奖，老师们的心里还是甜的。

冯静说：“如果哪一天，普通孩子的家长也认可我们，我们可以毫无顾忌地向社会上说起自己的融合教育，就更开心了！”

（南京日报 2022 年 12 月 30 日）

申报资料实录

作品简介：什么是更好更公平的教育？如何让每一个孩子都对自己有信心、对未来有希望？“融合教育”要回答的正是这个教育的时代之问。特需儿童进入普通校园就读、与健全学生一起学习共同成长，被业内称为融合教育，对于特需儿童的健康成长是件大好事，体现了教育公平。这一主题此前媒体关注不多。南京的融合教育在江苏省乃至全国都走在前列，相关做法作为案例被教育部推广。但记者在采访中了解到，在融合教育方面做得好的绝大多数学校不愿意多说此事，甚至“只做不说”。明明是好事、是践行融合教育的“优秀”，学校为什么三缄其口？这引起了记者的关注。在近3个月深入采访中，记者挖掘到“优秀却不能说不愿说”的真正原因：影响学区生源、特教师资匮乏以及老师们面临的来自特需儿童以及普通孩子家长等多方面的压力，最终完成《不能说的优秀》一稿。

社会效果：南京在融合教育的探索实践，是新时代中国教育高质量发展、推进更高水平教育公平的一个生动缩影。该文一方面彰显了南京探索融合教育、推进教育公平和教育高质量发展有实招见实效，展现南京作为特大城市的格局和温度；另一方面也带着问题意识，敏锐地观察到办好事过程中“酸甜苦辣”，并抛出在推进融合教育工作中如何兼顾不同利益群体、如何让好事办得更好等深层次问题。该稿件经报、网、端等多渠道呈现后，引起广泛关注，被今日头条、新浪、搜狐等多家社会媒体转载，全网阅读超千万，多位特需儿童家长、普通孩子家长以及校长、老师联系本报探讨该话题。稿件的采访刊发还在教育部门引起强烈反响。南京市教育局回应正在会同有关部门研制《南京市“十四五”特殊教育发展提升行动计划》，将对融合教育在部门协同、师资配备等方面有政策支持，而且也会通过多种方式，引导社会给予融合教育更多理解和支持。

初评评语：习近平总书记指出，教育公平是社会公平的重要基础，要不断促进教育发展成果更多更公平惠及全体人民，以教育公平促进社会公平正义。此稿子紧扣推进更高水平教育公平、实现教育高质量发展这一重大主题，题材新颖，视角独特，采访深入细致，语言生动感人，谋篇布局讲究，感染力强，又发人深思，体现了记者的脚力、脑力、眼力、笔力。

告官能见官　出庭又出声

高　潮

在过去，行政诉讼法参照民事诉讼法的代理制度，只要行政机关代理人出庭应诉就符合法律规定。

近年来，海口行政机关负责人“以出庭应诉为原则、不出庭应诉为例外”，出庭应诉率大幅提升。

如今在海口，“民告官能见官”已成为常态，行政机关负责人出庭、出声、出解。据市司法局统计，今年上半年我市行政机关负责人出庭应诉377件，出庭应诉率为97.67%，比去年全年行政机关负责人出庭应诉率提高了53.86%。“告官能见官，出庭又出声”，树立了依法行政、诚信公开的鲜明导向，为加快推进海南自贸港建设提供有力法治保障。

1. 行政机关负责人出庭应诉

前不久，一起不履行行政补偿法定职责案件在海南一中院开庭审理。走进庭审现场后，海南博大基业实业有限公司的代理律师发现，海口市美兰区区长吴升娇在现场，他作为行政机关负责人出庭应诉。

秀英区区长柳战良也曾作为行政机关负责人出庭应诉。该起案件是原告不服秀英区政府改变原行政行为的行政复议案件。“柳战良不但作为行政机关负责人出庭应诉，还亲自在法庭上对案件争议焦点问题进行答复，实现了行政机关负责人由原来的‘不出庭’到‘出庭’，进而到‘出声’的转变。”这场庭审，给主审法官陈艳娇留下了深刻印象。

同样让人印象深刻的是，不久前，海南一中院在互联网上“云开庭”，通过“线上＋线下”模式，公开开庭合并审理了3件由原告陈某诉被告海口市人民政府关于驳回行政复议决定申请的案件。海口市副市长韩运发作为行政机关负责人出庭应诉。

原告对于副市长代表海口市政府亲自出庭应诉表示很高兴，希望政府部门能够认真了解案情、倾听百姓心声、敦促主管部门依法办事。

近年来，从海口市副市长、区长，再到行政部门局长、副局长，他们作为行政机关负责人出庭应诉，让“民告官能见官”成为常态。

来自市司法局的统计显示，今年上半年，我市行政机关负责人出庭应诉率为97.67%，其中今年4月和6月的出庭应诉率达到100%。市司法局相关负责人介绍，该局通过定期向全市各单位通报行政机关负责人出庭应诉情况，每周让各区、市政府各部门报送下周拟开庭案件的负责人出庭情况报表，动态监测负责人出庭情况，推动各单位落实负责人出庭应诉工作。对于个别行政机关负责人没有出庭应诉的情况，单位均要向市政府作出报告。

2. 打造公平透明的市场环境

在龙华区法院行政庭副庭长林婷的印象中，过去，行政机关负责人一般不愿与老百姓在法庭相见，但现在，行政机关负责人几乎没有不出庭应诉的。

今年以来截至8月底，在龙华区法院审理的各类行政案件中，行政机关负责人出庭应诉率达到98.8%。“这反映了行政机关接受法律监督，运用法治思维解决争议，有利于推进法治政府建设、法治社会建设，能很好地提升政府公信力，促进行政机关依法行政。”在林婷看来，这不仅大大增强了人民群众的司法获得感，也是法治化营商环境建设的一大进步。

打造法治化、国际化、便利化营商环境是海南自贸港建设的迫切需要。推动行政机关负责人出庭应诉工作，对法治化营商环境建设具有重要意义。

“在法庭上，‘民告官能见到官’，对政府职能部门深入推进依法行政、加强法治政府建设发挥了良好示范作用。”海口国际商事调解中心理事长廖晖认为，行政机关负责人积极出庭应诉，也给外界释放出一个信号——海口法治氛围浓厚，行政机关执法能力水平不断提高，努力打造公平、透明的市场环境。这给市场主体吃了一颗定心丸，让投资者来海口投资兴业更安心、放心，有利于持续激发市场活力。

海南政法职业学院教师、北京盈科（海口）律师事务所律师王伟建议，行政机关负责人主动出庭应诉，从行政诉讼案件的“幕后”走到了法庭审理的“台前”，在庭审环节中不仅要有勇气出声，更要有志气出彩。行政机关以出庭应诉为契机，全面、认真审视部门工作，反思执法瑕疵，善用法治思维解决问题，高标准规范行政行为，不断提高依法行政能力和水平，架起服务群众的“连心桥”。

3. 多举措打造亮丽法治名片

“民告官能见官”成为常态，离不开全市上下的共同努力。

海南实行行政案件跨行政区域异地管辖改革后，海口市政府和海南一中院联合印发了《关于建立行政诉讼工作良性互动机制若干意见》，其中明确了行政机关负责人出庭应诉的案件类型。随后，《海口市行政机关负责人出庭应诉规定》出台，规范了我市行政机关负责人行政诉讼出庭应诉工作。去年10月，《海南省行政机关负责人出庭应诉办法》出台后，我市进一步推进行政机关负责人出庭应诉工作，于今年4月印发了《关于进一步贯彻落实行政机关负责人出庭应诉工作的通知》，力争实现行政机关负责人100%出庭应诉。

在区级层面，府院联动也紧锣密鼓地加紧进行。如秀英区法院与龙华区政府共建行政诉讼互动联络机制，召开行政应诉府院联动座谈会等。市相关领导对省政府办公厅通报的行政机关负责人出庭率未达100%的7家单位负责人进行约谈，强调要高度重视该项工作，确保行政诉讼案件负责人应出庭尽出庭。

伴随着一项项工作机制不断健全，一件件工作举措得到落实。我市行政机关负责人出庭应诉率持续提升。

市司法局应诉科相关负责人介绍，2021年上半年，我市行政机关负责人出庭应诉率仅为13.21%；而今年上半年，这一数据跃升至97.67%；由此而收获的一个显著成果是矛盾纠纷得以快速化解。

今年，海口中院行政庭诉讼法参照民事诉讼法官孙晓就承办了以群众撤诉结案的行政案件。今年6月30日，李某诉秀英区教育局不履行法定职责一案快速审结，李某当庭撤诉，行政争议顺利化解。这和秀英区教育局副局长林士敏作为行政机关负责人出庭应诉，积极“发声”，说明教育部门对学校违规收费问题作出处理的情况、法律依据等不无关系。

当前，我市正在筹划成立海口行政争议调处中心，持续擦亮法治建设名片。“由市委政法委牵头，我们协同市司法局共同推动成立海口行政争议调处中心。”海口中院行政庭相关负责人表示，目前这项工作已处于征求意见阶段。海口行政争议调处中心成立后，将对多元化解决行政案件具有积极意义，助力全市行政争议实质化解工作跃上一个新台阶。

相关链接

海口行政案件实行异地管辖改革

根据海南行政案件跨区域异地管辖改革，2020年5月1日起，海口中院管辖的一审行政案件，集中由海南一中院管辖。海口各基层法院受理的一审行政案件，实施“轮转式”异地管辖。

异地管辖改革后，龙华区法院管辖的一审行政案件，由秀英区法院管辖；秀英区法院管辖的一审行政案件，由琼山区法院管辖；琼山区法院管辖的一审行政案件，由美兰区法院管辖；美兰区法院管辖的一审行政案件，由龙华区法院管辖。环境资源等集中管辖的行政案件，保持现有管辖工作格局不变。

（海口日报 2022 年 09 月 05 日）

申报资料实录

作品简介：该报道是海南自贸港法治化营商环境的重要体现，聚焦“小切口”反映“大主题”。“行政机关负责人出庭应诉”是2022年海南省政府工作报告中提出的“新词”，海口围绕这一关键词，积极推动法治政府建设，探索海口路径。记者从一起海口市副市长出庭应诉中敏感捕捉到新闻点，挖掘出海口行政机关负责人出庭应诉率接近100%，和2021年上半年海口行政机关负责人出庭应诉率仅为13.21%相比，有了质的飞跃，体现了海口法治政府建设和营商环境持续优化成果。记者采访了与之相关的法院、司法局、开庭案件、相关业内人士，为海口推动行政机关负责人出庭应诉工作发展出谋划策。

社会效果：该报道社会反响较好。海口法院和司法行政部门等相关部门持续推动该项工作发展。

初评评语：营商环境是决定海南自贸港建设成败的重要因素，是海南自贸港建设的“金饭碗”。海口日报围绕这一主题，在组织新闻报道上精心策划，打磨精品，展现海口加快建设海南自贸港核心区，打造现代化国际化新海口的责任担当。报道有点有面，采访深入，既有事实，又有分析意见建议。

罕见病“天价药”的破局之路

卢 梅 李 响 刘奕达

作品二维码

（上海广播电视台看看新闻 Knews 网站 2022 年 02 月 28 日）

申报资料实录

作品简介：2022 年 1 月 1 日，新版医保目录落地，其中一款治疗 SMA（脊髓性肌萎缩症）的高价罕见病药物，从原价近 70 万元降至 15000 元，备受关注。“天价药”入医保，这是第一次，作为医保改革的里程碑事件，值得被记录。本片通过看看新闻网及其互联网全平台账号进行了广泛的传播，全网观看量破百万，相关话题在微博登上热搜榜单。该片从前期策划到拍摄完成，历时两个月，摄制组与患者家庭建立起了良好的信任与互动，成片实况生动自然，采访充满真情实感。此外，解决罕见病用药“天价”的难题是一个专业而复杂的话题，除了病例故事，还涉及医保政策、医院、药企、基金会等方方面面。摄制组在做足了功课后，争取到了各方关键人物的采访，从各个角度探讨破局之路究竟难在哪、有什么意义，未来破局之路该如何继续。全片有故事，有思考，有深度。

社会效果：节目在世界罕见病日当天播出，引发强烈反响，被央视网、新浪、网易等媒体平台转载。更多的罕见病患者受到鼓舞，期待用药贵、用药难的问题早日得到解决；更多的药企也进一步加快创新药研制和引进的步代。2022 年医保谈判结果正式出炉，7 款罕见病药品纳入目录，有药品从每瓶 6 万元降至 3000 多元，罕见病用药难的问题正在有序地逐步得到解决。随着全社会的关注，2023 年初另一款治疗 SMA 的口服药也通过医保谈判纳入目录，其价格从 63800 元直降至 3780 元，患者的治疗有了更多的选择，他们的家庭也看到了未来的希望。

初评评语：这是一篇既有温度又有深度的新闻报道。叙事自然流畅，采访真情流露，在问题探讨方面角度全面丰富，颇具深度。随着节目的播出，罕见病群体的困境得到了更多的关注，而关于罕见病用药难该如何破局，也引发了各方更多的思考。记录时代，推动进步，这是新闻报道的意义和价值所在。

《零容忍》第一集《不负十四亿》

集　体

限于篇幅，文字稿略，获奖作品请见中国记协网 http: //www.zgjx.cn。

（中央广播电视总台 2022 年 01 月 15 日）

申报资料实录

作品简介:《零容忍》项目选取纪检监察机关近年来查处的 16 个典型案例，前往 18 个省份进行拍摄，采访纪检监察干部、有关审查调查对象及涉案人员 140 多人，制作成 5 集专题片，分别为《不负十四亿》《打虎拍蝇》《惩前毖后》《系统施治》《永远在路上》。该片通过鲜活的案例，展现以习近平同志为核心的党中央坚持党的百年奋斗历史经验，坚持自我革命，一刻不停推进党风廉政建设和反腐败斗争的理念和成效；警示提醒领导干部和公职人员要时刻自重自省，严守纪法规矩，廉洁从政；向公众宣示反腐败的决心和行动，提升反腐败工作的透明度和公信力。

社会效果：《零容忍》于 2022 年 1 月 15 日至 19 日在 CCTV-1 晚八点黄金档播出，除大屏之外，总台其他广播频率和各新媒体平台多渠道联动，广泛分发推送和及时安排重播；优质的内容也吸引了各主要新闻网站、商业网站等媒体纷纷转播；多家中外重要媒体都对该片进行了报道评论。舆论反响认为，《零容忍》主题重大、案例丰富新鲜、制作精良，注重讲好故事，在故事中展现了政治意义、宣传意义和警示意义。该片中多个案例成为热点话题，生动展现了全面从严治党、持之以恒正风反腐的决心和成效，收到了良好的传播效果。

初评评语：从传播效果看，《零容忍》是 2022 年度传播面最广、关注度最高、观众口碑最佳的电视专题片之一；从节目质量看，《零容忍》的文案、拍摄、制作精良严谨，做到了以生动的电视语言，讲好中国反腐故事。该片也于 2022 年获得第十六届精神文明建设“五个一工程”奖。

Blazing a Trail（问道）

集　体

限于篇幅，文字稿略，获奖作品请见中国记协网 http: //www.zgjx.cn。

（中国日报网、中国日报客户端 2022 年 10 月 12 日）

申报资料实录

作品简介：《问道》系列视频纪录片是中国日报社喜迎党的二十大对外报道的重磅作品。紧扣“中国式现代化”这个海外观察中国发展和二十大的“关键词”，主创团队深入学习党史和习近平总书记重要论述，准确把握“中国式现代化”的本质要求、深刻内涵和世界意义，推出 5 期视频，探寻中国共产党如何为解决全人类面对的共同问题和挑战提供中国智慧和中国方案。团队拍摄脚步遍布北京、贵州、浙江等多个省市，我社美籍编辑、美国共产党员伊谷然作为出镜主持，围绕“全过程人民民主”“共同富裕”“一带一路”等主题，与北京胡同大爷、贵州山区水果摊贩、浙江衢州烧饼店大姐侃大山，倾听科学家、基层一线工作者、“一带一路”基建项目中外建设者们讲故事，还与全球知名专家深入对话，多元主体声音让叙事更饱满，也让道理的阐释更接地气、更具可看性。在视频中，综合运用主持人独白、当事人讲述、权威资料镜头、无人机航拍、延时摄影等丰富的视听语言，以“网感”十足的方式，将宏观叙事和微观表达相结合，增强细节呈现，成功地把理论逻辑转换为故事案例，实现以小故事揭示大道理、以小切口折射大主题，进一步提升了视频说服力和感染力。

社会效果：《问道》系列视频在中国日报全平台一经播出，就得到海内外网民受众的积极关注与热烈讨论，取得了全球传播量超过 1 亿的良好效果。得到海外主流媒体的广泛关注。

初评评语：“中国式现代化”是党的二十大前后国际社会关注的热点，《问道》系列视频充分发挥美国共产党员伊谷然独特的“他”视角特点和优势，从基层民主治理等鲜活故事出发，“以小见大”地展现深刻内涵和世界意义，真实又富有剧情张力的“身边”故事和完整逻辑更容易打动人、引发海内外受众的共鸣。作品基于一线实地采访，并综合运用形式多样的视听语言和特效组合，让厚重、深邃的理论表达更接“地气”、更具可看性和吸引力，是开展党的创新理论国际传播的一次成功实践，实现了重大主题的海外“破圈”传播，为党的二十大胜利召开营造了良好的国际舆论氛围。

时间的答案：这里有一个你不知道的十年

张意轩　刘　畅　刘镇杰　林　渊　安　然　郑薛飞腾　杨翘楚

作品二维码

（人民日报客户端 2022 年 10 月 22 日）

申报资料实录

作品简介：在党的二十大召开之际，为展现十年砥砺奋进，人民日报新媒体推出纪实视频《时间的答案：这里有一个你不知道的十年》，讲述了2012 年至 2022 年，王亚平、林鸣、王继才王仕花夫妇、张桂梅、陈祥榕、杜富国、张定宇等 25 位人们耳熟能详的人物背后鲜为人知的故事。通过挖掘历史细节与故事线索，以时间递进与时空交集的逻辑，讲述他们在十年间的成长变化与命运交汇，用小故事串联起大时代。作品建立在海量资料收集、精细脉络梳理之上，难度高、强度大。团队做了大量的案头工作，搜集上百个新闻人物的资料与素材，挑选其中 30 多位，采访当事人及其单位、家人，结合历史资料，求证并挖掘出更多不为人知的细节。同时，反复梳理线索，寻找不同人物藏在历史里的交集，凸显时代与人物的关系。文案反复锤炼，金句频现，呈现了大量有时光痕迹的人物影像资料，不少画面是第一次见诸媒体，在提升信息价值的同时产生巨大情感价值。视频精工制作、精美呈现，全篇信息密度极高，剪辑上采用平行蒙太奇，多条故事线交织向前推进，并恰当"留白"，让网友在场景和故事间实现情绪的释放与转化，视频里既有泪点，又有燃点，旁白朴实真挚，画面真实且打动人心，让网友真切感受到人民与国家共成长的十年历程。

社会效果：“致敬！中国版的人类群星闪耀时！”“泪目，感动，致敬伟大的中国人！”“希望再多一些这样有力量地讲述人民的视频，真的很感动，很鼓舞人心！”“文秀书记，记得回来看看百色的变化。”视频推出后，引发了广大网友的热议，其中，“感动”“泪目”“看哭”“致敬”“加油”成为了评论中的高频词。该视频的传播打通了线上线下和对内对外，实现了立体化多维度用户覆盖。上线 24 小时，仅在人民日报新媒体自有渠道的浏览量就超过 7000 万，话题“这里有一个你不知道的十年”被顶上微博热搜，阅读量超 2.2 亿；视频在多家媒体、省市电视台转发播放，成为诸多单位党支部的党建学习材料，还被诸多学校在课堂内外播放；线下覆盖了 40 多座城市，在交通枢纽、办事大厅、公园、广场等多处的户内外公共屏幕循环播放。视频英文版本在海外也获得了良好传播效果，并被外交部发言人华春莹以及我国诸多驻外使领馆等在海外社交媒体平台上广泛转发传播。

初评评语：本件作品在努力探索新闻专题片的新讲述方式，通过对历史资料的重新梳理、打磨，结合新闻人物采访，产生新的讲述角度和信息价值，让观众在既熟悉又陌生的视听体验中代入情感、形成共鸣。作品以纪实方式呈现，没有选择宏大的叙事视角，而是将重点放在历史事件背后的“人”身上，放在了熟悉人物的陌生化表达上。该片以十年为观察维度，以海量的资料搜集、梳理为基础，将 25 位大时代下的人物命运巧妙串联在一起。通过呈现历史事件背后少为人知的细节，揭示了时代背景与个人奋斗的关系，每个人都是在时代的大浪潮中起舞，也正是每个人的努力拼搏，成就了时代的繁荣。作品制作难度较大，对线索梳理、素材挑选、文案写作都提出较高要求。用 15 分钟的体量，呈现出一段高价值、高密度、有温度、有深度的中国人的十年人生。视频呈现上真实生动，大量的影像资料建构起“就在身边”的真实感动，让“这十年”的叙事丰满又充满温情和张力，为十年成就留下更多历史注脚，让观众在真实动人的细节里共享时代进步的荣光。

7棵柳树缘何牵动杭州　一座城市的民意对话

严　勤　徐文杰　王潇雨　许佳炜　周文佳　高　英

作品二维码

（杭州网 2022 年 05 月 13 日）

申报资料实录

作品简介： 2022 年 5 月，杭州西湖断桥旁的 7 棵柳树被换成月季引发市民不满，事件迅速登上全国热搜，成为全国网民关注的热点。杭州网聚焦“七棵柳”事件推出新闻专题，作品主题鲜明，从群众质疑、部门解释到回应补种，从“柳暗花明”的怅惘到“兼听则明”的欣然，反映了杭州人对西湖的深厚感情和保护意识，体现了杭州政府对“问计于民”的尊重和“知错即改”的勇气。全程跟踪，“线下采访 + 线上大数据分析”提炼民意。专题采用时间轴对重要节点进行了梳理和还原，报道事件全貌。同时，杭州网通过线下采访和线上大数据分析民意，先后推出《7 棵柳树的“柳暗花明”》《从柳树事件看社会治理》等重要稿件。深入挖掘，从人文、情感等视角解读柳树事件。专题阐述了西湖柳树的景观价值、历史价值、文化价值；回顾 1988 年台风过境后，市民自发参与柳树复种的往事；追溯诗词中柳树的“文化记忆”，从多个视角解读柳树在市民心中的独特价值。总结反省，健全城市治理和西湖保护的“民意对话”。专题从政府决策和民意互动的视角，从法、理、情三个方面，引出“问计于民”的思考，提出“民意对话”的建议。专题集纳了秋水山庄改色、西泠桥石板修复等以往事件，强调城市治理和西湖保护中“民意互动”的重要性。

社会效果：2003 年，时任浙江省委书记习近平视察西湖综合保护工程时说：“要把保护放在第一位，对西湖风景名胜区内的生态环境、自然景观、文物古迹等尽最大努力予以保护。”“城，所以盛民也；民，乃城之本也。”西湖是杭州的金名片，也是杭州人的精神家园。柳树换月季，看似平常事，但这次却引发了全网热议。作为杭州主流媒体，杭州网勇于发声、主动引导，产生了积极的社会效果：满足市民知情权。作品完整呈现了事件发酵、回应补种、表达歉意的全过程，使网民在庞杂、冗余甚至失实的网络信息中，真实了解事件全貌。发挥监督作用。作品揭示换柳事件影响了西湖自然景观和人文风貌，伤害了群众对西湖的珍爱之情，督促相关部门知错即改。畅通民意互动。作品落点于“民意对话”，阐述了“月季换柳树”引发的公共情绪、价值主张，强调城市治理“问计于民”的重要性。正面引导舆论。助力舆情处置向好的方向转变，使“西湖换柳”从“柳暗花明”的怅惘，演进到“兼听则明”的欣然。扛起使命担当。助推全市上下对西湖保护形成更好的共识。杭州市委书记刘捷就此事件表示歉意，强调要本着敬畏历史、敬畏文化、敬畏生态的态度，更加坚定地扛起保护西湖的使命担当。新闻专题总点击量突破 200 万。

初评评语：该新闻专题聚焦杭州西湖“七棵柳”事件，作品主题鲜明、选材典型，阐述了“换柳”到“还柳”的过程和意义，从“柳暗花明”的怅惘，演进到“兼听则明”的欣然，反映了杭州人对西湖的深厚感情和保护意识，体现了杭州政府对“问计于民”的尊重和“知错即改”的勇气。

矸子山下的转型路

陈 曦 刘险峰 唐佳菲 邸玉玲 闫 岩 杨 莹

限于篇幅，文字稿略，获奖作品请见中国记协网 http://www.zgjx.cn。

（辽宁广播电视台 2022 年 12 月 30 日）

申报资料实录

作品简介：资源枯竭型城市的转型是一个世界性难题。2018 年 9 月，习近平总书记到辽宁考察时指出资源枯竭型城市的转型要本着科学的态度，把综合治理同产业发展结合起来，决不能为治理而治理。曾经的煤矿主采区辽宁阜新面临着生态修复和废弃物治理难题。记者跟踪采访四年，记录阜新新邱在绿色发展理念下探索的转型之路。2018 年末，阜新新邱最后十家小煤矿政策性关停，120 年煤矿采掘史画上句号，给当地百姓生活和地区财政收入造成巨大的影响。当地在绿色发展理念指引下，引进“地球医生”金跃群博士团队，共同进行废弃矿坑的治理和产业开发。四年来，记者数次来到新邱，记录这里发生的一次次变化：废弃矿坑里进行赛车、举办首个矿坑草莓音乐节、煤矸石分类利用、循环经济全产业链项目竣工并投产……生态治理取得实效、废弃物煤矸石变废为宝，沉寂已久的阜新新邱重新焕发了生机。典型的人物、丰富的音响和一个个新闻事件共同组合成一个精彩的中国资源枯竭型城市转型的故事。报道还以网络视听节目的形式在北斗融媒、阿基米德等平台播出，网友纷纷为阜新的转型、矿坑的新生点赞。

社会效果：作品在辽宁广播电视台辽宁之声播出后，引起了业内专家和企业的广泛关注，更多的企业参与到资源枯竭型城市的转型发展之中，当地政府和百姓收听后也倍感振奋，一项项新的举措正在推进中。作品根据节目要求时长做出调整，在中央广播电视总台华语环球节目中心、加拿大华语广播网播出，并以网络视听节目的形式在北斗融媒、阿基米德等平台播出，全媒体加国际传播平台的多渠道播出，进一步扩大了报道的影响力。

初评评语：报道音响丰富，广播特色突出：包括汽车拉力赛、草莓音乐节现场、企业生产环节、直播带货等，生动自然，带入感强。向听众展示出阜新资源枯竭型城市转型的积极探索和实践，给同类型地区创造了可借鉴的经验。

《香江永奔流》第四集《拨乱反正》

集　体

限于篇幅，文字稿略，获奖作品请见中国记协网 http: //www.zgjx.cn。

（中央广播电视总台 2022 年 06 月 29 日）

申报资料实录

作品简介：专题片《香江永奔流》是庆祝香港回归祖国 25 周年重要历史时刻重磅推出的唯一一部国家级大型制作，由《明珠璀璨》《枝叶关情》《坚强后盾》《拨乱反正》《共进未来》五集构成。全片紧紧围绕习近平总书记治港方略谋篇布局，充分体现了总书记和党中央对香港的重视和对香港同胞的关怀，并充分展现了香港取得的历史性成就、正在发生的历史性变革，以及未来的光明前景。其中，第四集《拨乱反正》以习近平总书记在香港由乱及治、由治及兴的关键时刻做出重要决断，为香港发展掌舵领航为叙事主线，深入剖析香港"修例风波"的本质和危害，全面展现香港各界对于中央及时拨乱反正的认同支持，并生动反映港人站在历史新起点上融入国家发展大局、开创美好明天的精神风貌。创作团队克服疫情影响，在短时间内完成了包括历任特区行政长官、特区政府官员、立法会议员、中外商界人士、市民代表等在内的 80 余个独家专访，并高质量摄制了大量历史性重要场景。该片在央视综合频道、新闻频道、中文国际频道等总台多个频道黄金时段推出，同时，各大网络平台同步直播，形成现象级传播，社会反响强烈，在重要历史关头发挥出强大而有力的舆论引领作用。

社会效果：专题片《香江永奔流》综合运用电视大屏、新媒体、户外媒体、平面媒体、境外媒体等各种平台渠道，展开全周期、全方位媒体融合传播，实现了粉丝破圈、传播破壁、声量破窗的良好效果。在央视 CCTV-1、CCTV-4、CCTV-13 等频道首播观看人次超过 1.4 亿，收视率较同时段提升 11%；全网阅览量突破 10.5 亿人次，微博话题总阅读量超 7.5 亿，主话题 # 香江永奔流 # 累计阅读量 2.3 亿。《香江永奔流》宣传片和《东方之珠》粤语版片尾曲MV在北京、上海和大湾区多个城市的30万张户外大屏上展播；海外传播方面，仅在央视网Facebook平台、CCTV中文账号等，浏览量就超过30万次。该节目同步推出36期以专题片内容为基础的微视频，包括时政系列《香港牵动我的心》、发展成就系列《了不起的香港》、港人访谈系列《港人有话》、国际人士访谈系列《世界观》、历史回溯系列《新影像》，让重大题材轻量化、差异化呈现，形成了“千树万树梨花开”的传播格局，激发了网民的热烈反馈。

初评评语：在香港回归25周年这一重要历史时刻，五集专题片《香江永奔流》应时而出。该作品准确把握时代脉搏，以宏大的历史视角、细致入微的现实观察、创新的表达方式，以及高水准的制作品质，引发内地、香港和国际社会的强烈反响，在香港实现由乱及治、由治及兴的重要关头，发挥出强大而有力的舆论引领作用。

我是一名驻港女兵

苏燕红　马慧敏　田飞跃　刘　星　曾　闽　阳玉明

限于篇幅，文字稿略，获奖作品请见中国记协网 http: //www.zgjx.cn。

（东莞广播电视台 2022 年 07 月 02 日）

申报资料实录

作品简介：2022 年，中国共青团成立 100 周年之际，正在驻港部队服役的广东东莞“95”后女兵黄希蕾凭借出色的表现和本领，荣获“全国优秀共青团员”称号，该称号是共青团中央授予团员的最高荣誉。2022 年正逢香港回归祖国 25 周年，一名广东姑娘如何在香江破茧成蝶，蜕变成特战尖兵？得知黄希蕾将参加部队庆祝香港回归祖国的活动，记者敏锐地抓住这一新闻线索，提前准备，多方跟进联系黄希蕾本人、亲属、部队领导以及战友。因黄希蕾日常有写日记的习惯，记者决定以第一视角为切入点，以日记体形式自述精彩的军旅生活，以亲身所见所闻所感诠释一名女兵的军旅梦想和家国情怀。报道在训练记录中穿插纪实采访，节奏轻快简明，人物个性突出，富有感染力，生动体现当代驻港女兵、中国青年的优秀形象和军人的良好风貌。

社会效果：该篇专题报道通过东莞广播电视台全媒体平台传播，反响热烈，收获东莞当地武装部门和驻港部队方面的高度评价。除了广播端，《“我在驻港部队当兵！”东莞 95 后女兵逐梦特种营》在网络端同步发布，文章辐射青年群体，收获多家主流媒体广泛的互动和转发，有网友留下“巾帼不让须眉”“看到女兵的飒爽英姿”等高赞评论。

初评评语：《我是一名驻港女兵》有着独树一帜的青春气息。日记体的叙述形式以个体见时代、以青春抒深情，不流于说教，表现出女兵的坚守和信仰，彰显一名广东女兵“忠诚卫香江 同心护家园”的强烈荣誉感。报道用真实存在于广大青年生活之中的榜样，激励了新时代青年挑战自我、矢志奋斗、勇敢前行，讲好当代青年故事，叙述好新时代的强军故事。

中国桥，从长江走向世界

刘 爽 刘 征 柳 芳 李 慧

限于篇幅，文字稿略，获奖作品请见中国记协网 http: //www.zgjx.cn。

（湖北广播电视台 2022 年 10 月 15 日）

申报资料实录

作品简介： 2022 年 10 月 15 日是武汉长江大桥建成通车 65 周年的日子。湖北之声遍访中国桥梁界的代表人物，一窥“中国制造”在当代国际语境下的发展路径。汇聚桥梁界最专业人士，发出权威声音。该作品采访到了包括原铁道部大桥工程局副总工程师刘长元、中国工程院院士高宗余等大半个行业的泰斗级人物，内容权威、掷地有声。跳出地域限制，突出国际视野。稿件从 Quora 上两个热度很高的话题入手，从国际网络视域探讨“中国建桥技术的国际水平”，同时也从“他者视角”客观评价中国建桥技术，佐证中国建桥企业如何闯进国际建桥的“第一梯队”。既有历史纵深，又有行业前沿。该新闻专题以浓墨重彩的笔触，勾勒出中国建桥从建成学会到不断超越，再到突破“卡脖子”难题的发展过程。同时，稿件探讨的话题也在不断深入，“中国桥梁真的是世界领先吗？”，发问越来越迫切，探入行业的前沿领域。将宏大主题融入日常叙事、个人视角。“重大科技创新成果是国之重器、国之利器，必须牢牢掌握在自己手上。”为了将这个宏大主题“润物细无声”融入稿件的枝节和脉络，稿件安排了许多日常叙事、个人视角，让大主题在稿件中不断隐现、不断强化。

社会效果： 该新闻专题在长江云平台首发，1 小时内阅读量破三万。由于该作品采访到了许多重量级专家，权威性强、专业度高，中铁大桥局、中交二航局、中铁大桥院等单位纷纷转发，在桥梁行业“刷屏”朋友圈，徐恭义等行业大师点赞稿件，评价该作品逻辑好、分寸把握好。同时，该作品的讲述角度较新，从 Quora 上的“热搜”话题入手，吸引到了很多网友的关注，就“中国桥梁的地位”话题，通过“九头鸟”等平台持续进行互动，产生了较好的互动效果。

初评评语：该作品聚焦“中国制造”的创新发展、自立自强，题材重大，且从全球舆论场切入，视角独特，视野宽广。最难得的是，该作品报道丰富深入，调查研究扎实，多方采访桥梁界的权威人士，发声非常权威。同时，作品在写作上较为精良，声音元素运用精彩准确。

沪明往事

邓金木　黄　敏　胡晓蓓　游丁琳　廖传良　董博涵　陈华安

限于篇幅，文字稿略，获奖作品请见中国记协网 http: //www.zgjx.cn。

（福建省广播影视集团、三明市融媒体中心 2022 年 12 月 31 日）

申报资料实录

作品简介：三明，原中央苏区核心区、中央红军长征的四个出发地之一。上海，党的诞生地、初心始发地和伟大建党精神孕育地。两座城市红色底蕴相合、人缘相亲。60 年前，为支援福建“小三线”建设，大批上海建设者来到三明，与当地民众携手在平地上建起新兴工业城市。2022 年 6 月，国家发改委明确 20 个革命老区重点城市与发达地区部分城市建立对口合作关系，沪明两地续写新时代山海与共的红色深情。为记录沪明合作的红色记忆、传承三线建设的时代精神，主创团队历时一年，辗转 10 座城市，协调 20 个单位部门，拜访 100 余位党史研究专家和建设亲历者，搜集珍贵档案资料，开展抢救式采访，梳理了一段不能忘却的历史，用影像化的方式呈现并存档“过往的记忆”。该片共三集，讲述了“小三线”建设背景下，一群热血澎湃、理想高远、忠诚坚定的年轻人，从繁华大都市到边远山区流淌汗水、挥洒青春的感人故事，以个体窥见时代，以往事观照当下，勾勒出奋斗者与时代同呼吸共命运的担当精神，诠释了中国式现代化的历史逻辑、实践逻辑：推进革命老区振兴，走共同富裕道路，听党指挥跟党走，与党和国家、与民族和人民同呼吸共命运，对进一步深化和推动新时代沪明合作产生积极的影响，具有深刻的历史意义和社会价值。

社会效果：2022 年底，上海、三明两地新时代对口合作工作全面展开。该片首播就成为两地媒体关注的焦点，社会反响热烈，最高浏览量超过 400 万人次，累计浏览量逾 3000 万人次，把新一轮沪明合作的氛围推向了高潮。

2023 年 2 月，该片在上海广播电视台纪实人文频道播出，掀起了又一轮宣传热潮。由于该片触摸到一代人的情感和记忆，在互联网上传播后，也在全国范围内引起人们强烈的情感共鸣。相关内容全网传播量破 1 亿，多个话题引网友共情热议，视频传播量近 1000 万。节目播出后，在学术界、媒体界引发关注，在党史界和学者中产生强烈反响。之后举办的纪录片《沪明往事》研讨会上，来自全国各地的专家学者纷纷给予了高度评价，认为该片不仅有很强的思想性、新闻性、艺术性，还具有很高的文献价值。

初评评语：整部纪录片用心用情采访翔实，收集了大量历史珍贵资料和影像，通过亲历者口述，用影像化的手段呈现了一段特殊不能遗忘的历史。个体记忆观照宏大叙事，勾勒出中国式现代化的早期阶段，建设者们的初心使命。照应现实，新的历史征程依旧需要一代又一代建设者前赴后继的付出与努力。

我的回家故事

黄　江　马凌云　王　晶　伊宏辉　姜　赟　史春梅

限于篇幅，文字稿略，获奖作品请见中国记协网 http: //www.zgjx.cn。

（常州市广播电视台 2022 年 12 月 13 日）

申报资料实录

作品简介： 江苏理工学院副教授段有慧祖籍湖南，出生成长在台北，在美国读博士并工作，2019 年因为机缘巧合来到江苏理工学院工作，是台湾“外省二代”的典型。她的爷爷段沄、叔爷爷段复、段徽楷、姑爷爷谢小球，是半个多世纪前震惊两岸的台湾“段沄中将叛乱案”的四位主角，在隐蔽战线中为国捐躯。由于疫情，段有慧到大陆工作后未曾返乡，2022 年暑假，她向常州市台联表达了回祖籍探望的意愿，在市台联协助下，58 岁的段有慧第一次“回家”，祭拜安葬在归园烈士墓园的四位爷爷，探访故土亲人。作品以第一视角，用第一人称讲述的方式展开，真实记录了段有慧回乡旅程和心路历程。在这之前她和故乡没有直接联系，原本以为自己没有强烈的故土意识，但当乡音乡情扑面而来，她情不自禁落泪，血浓于水情感天然，她因此更深刻理解了祖辈的奋斗，主动担起连接家族两岸亲人的责任，并激发了传承责任，在新学期第一堂课上，她把两岸一家的深切感受传递给了年轻一代。作品以事件推动、以细节动人、用镜头说话。诗人余光中的《乡愁》作为结尾，更让作品与常州实现有机勾连，并使人物情感得以爆发、思想内涵进一步升华。

社会效果： 水有源而流长，木有本而枝茂。2023 年清明前夕，马英九回湖南祭祖，几度哽咽，不时拭泪。“多年来的愿望实现了！”《我的回家故事》节目中，段有慧在爷爷出生成长的祖宅，触景生情回忆了读大学时，马英九代表在台湾的湖南同乡会为她颁发奖学金的事。“我一直都很以身为湖南人为傲！”虽然之前未曾到过家乡，但成长路上，家乡通过各种方式给予她温暖和力量。片中的细节：踏上故土乡音自然流露、病弱的母亲将在台湾去世亲人的骨灰一个个带回大陆安葬、段有慧与老乡一见如故……朴实生动打动人心，有些观众直接与片中的主人公段有慧联系，表达共鸣。节目在常州广播电视台所属中吴网 App 发布后，24 小时点击量超过 25000 次。2022 年 12 月 31 日湖南省衡阳市广播电视台播出了年度特别报道《归来》，其中引用了《我的回家故事》部分内容。段有慧的回家故事，在她的家乡再次被传播。中华民族慎终追远传统渊源，一个个真切的个人感受，更有说服力，更有动人的力量，也有更强烈的社会传播效果。

初评评语：党的二十大报告充分彰显了中国共产党追求祖国统一的坚定意志、反对“台独”分裂和外来干涉的坚强决心、为两岸同胞谋福祉的不变初心。节目内容深刻，表达自然，主人公的情感变化逐步递进层次分明，平静叙述中显力量。节目在 2022 年 12 月 13 日国家公祭日播出，也是为了致敬为抗日战争作出贡献的先辈们。

江豚归来

集　体

限于篇幅，文字稿略，获奖作品请见中国记协网 http: //www.zgjx.cn。

（南昌市广播电视台 2022 年 12 月 25 日）

申报资料实录

作品简介：纪录片《江豚归来》通过讲述长江生态保护中，人类与长江江豚从对立到共生、从争斗到保护的故事，深入践行习近平生态文明思想及“共抓大保护，不搞大开发”重要指示精神，生动宣传党中央、国务院“为全局计、为子孙谋”作出的长江“十年禁渔”重大战略部署及取得的阶段性成效。该片紧扣 2022 年长江江豚科学考察、宜昌长江江豚救援、鄱阳湖百年一遇的干旱、我国最大规模长江江豚迁地行动等新闻事件，向全球展现 30 年来特别是近 10 年来，长江江豚迁地保护的“中国模式”“中国经验”，构建了可信、可爱、可敬的中国形象。长江江豚是世界上公认最难拍摄的鲸类动物。摄制组克服时空跨度大、拍摄难度高等难题，历时两年，走访长江中下游 5 省 8 个城市及鄱阳湖、洞庭湖流域，采访拍摄 25 位国内外权威专家及相关人物；首次运用水下摄影、高速摄影等新技术手段，拍摄及搜集 4096G 江豚影像素材，其中有许多是从未公开的珍贵历史影像。关于长江江豚的“恋爱”“出生”“啼哭”“情感”“争食”等近十个“历史首次”影像在片中得以呈现，填补了长江江豚科研保护的影像空白。

社会效果：纪录片《江豚归来》在央视总台纪录频道（CCTV9）黄金时段以及美国天下卫视等平台播出。相关短视频在多个主要媒体平台发布，同名微博话题阅读量超 1 亿人次，相关视频累计播放量突破千万次。该片在美国等多国媒体平台刊播，得到全球其他六种小型鲸类保护国家科学家的关注，表示通过该片更加深入地了解了中国长江江豚“迁地保护”计划的实施过程，对全球其他濒危小型鲸类动物保护有积极借鉴作用。

初评评语：该纪录片以三重价值抒写新时代的生态文明故事，是习近平生态文明思想的生动读本，是地方媒体参与国家战略宣传的可贵案例。凝练的思想价值。通过展现长江“十年禁渔”阶段性成效，深刻阐释党的十八大以来，在习近平生态文明思想科学指引下，我国生态环境保护发生的历史性、转折性、全局性变化。讲述了政府部门、科研人员、退捕渔民、民间志愿者齐心守护长江江豚这一极危物种的伟大壮举，展现人与大自然从争斗到保护再到共生的故事。丰厚的学术价值。通过与中国科学院水生生物研究所等权威机构的深度合作，与“十年禁渔”首倡者、中科院院士曹文宣等专家深入交流，片中首次对外公布世界领先的长江江豚声学、行为学、繁殖生理学等科研成果，解读长江江豚“就地保护”“人工繁殖”“迁地保护”的“中国方案”对世界小型鲸类保护的启示。独到的影像价值。全球独家影像记录长江江豚出生、交配、怀孕、哺育、死亡的全生命周期。揭秘野生长江江豚妊娠及分娩全过程、野生长江江豚繁殖生理行为以及江豚幼崽出生后的第一声啼哭。披露白鱀豚的珍贵影像资料以及中国迁地保护30年来的重要历史资料画面，呈现世界唯一鲸类迁地保护从探索走向成功的生动案例。

系列报道

“中国式现代化深度探析”热点问题调研报告

集　体

代表作1

标注中国式现代化的根本价值取向

——“中国式现代化”深度探析一

编者按

我们党团结带领中国人民走中国式现代化道路，创造了人类文明新形态，对于人类历史具有重大意义。围绕中国式现代化这一重大理论和实践问题，习近平总书记作出一系列重要论述和指示批示，是我们奋进新征程、全面建设社会主义现代化国家的根本遵循。

如何认识把握人口规模巨大的基本国情？如何扎实推进全体人民共同富裕？如何协调物质文明和精神文明？如何实现人与自然和谐共生？如何坚持走和平发展道路？在党的二十大即将召开之际，经济日报社开展专题调研，深度探析中国式现代化的鲜明特征、深厚基础、根本动力、总体任务等，形成系列调研报告，从今日起陆续刊发，以飨读者。

4亿多人，这是中国中等收入群体的规模。

7亿多人，这是改革开放以来中国脱贫人口的数量。

14亿多人，这是当前中国人口总量，约占全球总人口的18%，是世界第一人口大国。

人口规模巨大，是中国的基本国情，深深内嵌于中国从传统社会迈进现代社会的历史道路，显示着中国式现代化在人类历史上的独一无二，决定了中国式现代化的方向路径。实现人口规模巨大的现代化，意味着没有先例可循、没有现成道路可走；意味着鲜明的中国特色，必须立足自身实际、选择适宜的路子和步骤；意味着这一人类历史上前所未有的壮举，必将带来广泛而持久的世界性影响。

习近平总书记指出："我国 14 亿人口要整体迈入现代化社会，其规模超过现有发达国家的总和，将彻底改写现代化的世界版图，在人类历史上是一件有深远影响的大事。"世界上既不存在定于一尊的现代化模式，也不存在放之四海而皆准的现代化标准，通往现代化的道路不止一条。在中国人民的共同奋斗中，中国式现代化正书写着人类发展史上的伟大奇迹。

"人口规模巨大"明确中国式现代化质的规定性

中国以如此巨大的人口体量进入现代化，世界上前所未有。

自蒸汽机喧嚣着打开工业革命大门以来，在人类现代化赛道上，西方国家长期占据优势地位。18 世纪、19 世纪发展起来的英国、法国，人口仅是千万级的；20 世纪发展起来的美国、日本，人口也才上亿级。迄今为止，全球实现现代化的国家和地区人口不到 10 亿人，仅为全球人口七分之一。

新时代推进的中国式现代化，是"14 亿级"超大人口规模的现代化。在世界上最大的发展中国家、唯一文明历史连续未断的国家实现现代化，无疑难度最大、方法最复杂、意义最深刻、影响最持久。这种现代化不仅是对西方资本主义现代化的历史性超越，也是人类社会发展史上史无前例的，打破了只有遵循资本主义现代化模式才能实现现代化的神话，展现出人类社会现代化的多样化路径和光明前景。

现代化的本质是人的现代化。规模巨大的人口，为中国式现代化明确了质的规定性。它既为中国式现代化创造极为有利的条件，又为中国式现代化带来繁重的任务；既是中国式现代化展开的基础，又是中国式现代化多元特征的必然。从人口规模巨大这一基本国情出发，明确我们走中国式现代化道路的出发点和落脚点，才能更好理解中国式现代化的一系列鲜明特征。

人口规模巨大，决定了实现全体人民共同富裕是必然任务。

西方资本主义国家出现的两极分化，是现代化进程中的深刻教训。作为一个人口规模巨大的国家，如果贫富分化严重、中产阶层塌陷、社会撕裂、政治极化，后果是极为严重、不可想象的。推进中国式现代化，必须坚持共享发展、实现全体人民共同富裕，这是社会主义的本质要求，也是全体人民的共同期盼。同时，也要看到，人口规模巨大的基本国情，决定实现全体人民共同富裕不是一件容易的事情，实现这一艰巨的任务，需要较长的过程，要立足中国发展实际，有效破除地区差距、城乡差距、收入分配差距，朝着实现全体人民共同富裕不断迈出坚实步伐。

人口规模巨大，决定了物质文明和精神文明相协调是必然要求。

现代化不仅表现为生产力的解放和进步，而且贯穿于一个国家现代文明的发展过程。人的全面发展，是现代化的实质和核心。如何统筹物的全面丰富和人的全面发展，是世界现代化史上的一大难题。一些国家和地区推进现代化的经验教训表明，文化因素不是推动经济增长的补充要素，其本身就是现代化的必备要素；如果精神文明建设滞后于物质文明建设，见物不见人，往往导致人文精神的迷失，最终也会拖延整个现代化的进程。中华优秀传统文化和中华民族精神，构筑起中华民族共有的精神家园。中国人民在现代化发展历程中始终坚守自己的精神世界，在传承优秀传统文化中葆有自己的心灵依托，将为中国式现代化提供取之不尽、用之不竭的精神动力。

人口规模巨大，决定了人与自然和谐共生是必然前提。

人与自然是生命共同体，人类必须敬畏自然、尊重自然、顺应自然、保护自然。人民日益增长的美好生活需要，也包括对优美生态环境的需要，必须坚持保护自然就是保护人类、建设生态文明就是造福人类。为此，我们就要坚持推动更高质量、更有效率、更加公平、更可持续、更为安全的发展，在更高层次上实现人与自然和谐共生。

人口规模巨大，决定了走和平发展道路是必然选择。

中华民族是爱好和平的民族，中华文明一贯的处世之道是亲仁善邻、协和万邦。“和”成为中华民族同外部世界交往的重要原则，构建一个和平共处的世界是中华民族始终不渝的追求。与西方列强依仗侵略扩张、殖民掠夺、以其他国家落后为代价实现国家的现代化不同，14亿多中国人民向往和平、追求和平，决定了中国式现代化只能是走和平发展道路的现代化。中国的发展得益于和平稳定的外部环境，中国进一步发展同样需要和平稳定的外部环境。共同进入现代化的14亿多中国人民，是维护世界和平的重要力量，将为构建人类命运共同体注入新动力和正能量。

以人民为中心的发展思想贯穿始终

让全体中国人民携起手来、共同迈进现代化，是大事喜事，更是要事难事。

面对人类历史上这一前所未有的难题，习近平总书记给出明确答案——只有坚持以人民为中心的发展思想，坚持发展为了人民、发展依靠人民、发展成果由人民共享，才会有正确的发展观、现代化观。这样的发展思路，不同于西方短期利益最大化的发展逻辑，计较的不是短期利害得失，注重的是人民长期利益，为中国式现代化指明了方向路径，标注着中国精神、中国价值、中国力量。

这是全体人民的现代化。

人口规模巨大，决定了中国式现代化的难度是几何级增大的。纵观世界发展史，是照搬西方模式、实现“少数人的现代化”，还是彻底陷入共同贫穷的低水平发展？我们要实现的是“一个也不能少”“大家一起走”的现代化。

打开新时代的“成绩单”：我国脱贫攻坚战取得全面胜利，现行标准下9899万农村贫困人口全部脱贫，832个贫困县全部摘帽，12.8万个贫困村全部出列，区域性整体贫困得到解决，完成了消除绝对贫困的艰巨任务，创造了又一个彪炳史册的人间奇迹！这为持续推进人口规模巨大的现代化，让全体人民共享现代化成果，奠定了坚实基础。

从过去几亿人愁吃缺穿，到14亿人全面小康；从新中国成立之初人均国内生产总值几十美元，到现在突破1.2万美元。“一个也不能少”的誓言，书写在亿万人民的生活巨变里；“大家一起走”的足迹，镌刻在中国式现代化的奋斗征程上。翻阅世界各国发展史册，不缺繁华的历史，不乏骄人的盛世，但鲜有哪个时代、哪个国家，能像今天的中国这样，致力于“一个不少”“一个不落”的全面福祉，能在如此广阔的国土、带领如此规模的人口迈向现代化。全面建成小康社会，一个不能少；步入现代化，同样不能落下一个人——这是中国式现代化的内在逻辑和价值追求。

这是为了人民的现代化。

发展是人类社会的永恒主题，但不能为发展而发展，发展本身不是也不能成为目的。推进现代化，同样如此。

坚持人民至上，坚持发展为了人民，不仅是中国共产党在推进现代化中掷地有声的誓言，更是念兹在兹的行动。以习近平同志为核心的党中央鲜明提出以人民为中心的发展思想，把增进人民福祉、促进人的全面发展、朝着共同富裕方向稳步前进作为经济发展的出发点和落脚点，在促进共同富裕、实现公平正义上推出一系列开创性举措，从打赢脱贫攻坚战到推进以人为核心的新型城镇化，从“绿水青山就是金山银山”到“房子是用来住的、不是用来炒的”，从抗击新冠肺炎疫情“人民生命健康至上”到让人民群众享有更多实实在在的发展成果……人民对美好生活的向往正在不断变为现实，中国式现代化迈出了坚实步伐。

这是依靠人民的现代化。

人是现代化的主体，也是现代化的对象。人口规模巨大，意味着现代化的潜能和动力也是巨大的。放眼历史长河，正是在中国共产党领导下，依靠人民、发动人民，激发人民的积极性主动性创造性，让一切现代化的力量充分涌流，中国才取得历史性的成就、发生历史性的变革，中国式现代化才得以向前推进。

必须清醒认识到，人口众多，对于拥有5000年文明史的中国而言，一度并不是优势，反而成为制约发展的“包袱”：新中国成立初期，几亿人吃不饱、穿不暖、住不好，80%的人口是文盲，学龄儿童入学率只有20%，社会保障几乎空白。改革开放后，我国抓住劳动年龄人口占比较高的有利时期，对传统经济体制进行深入改革，破除阻碍劳动力流动的制度障碍，充分利用人口红利的比较优势，推动经济腾飞，加速了中国式现代化进程。新时代，中国仍是世界第一人口大国，但人口已不再是负担，正不断成为发展的有利因素。目前，我国劳动年龄人口平均受教育年限超过10年，居民人均预期寿命提高到78.2岁，科学家、工程师数量全球领先……这些人力资源优势，不仅为经济高质量发展注入了持久动力，也为推进中国式现代化提供了强有力保障。

还必须看到，巨大的人口规模，意味着巨大的市场、巨大的需求、巨大的创新土壤。中国社会科学院学部委员蔡昉认为，“对一个国家来说，人口规模大就意味着创新具有更大的需求力度和供给潜力，可以通过加快技术进步和提高全要素生产率，对经济增长作出贡献”。建立在14亿多人口基础上的超大规模市场，不仅孕育多样化的需求和层次化的消费，而且具有很强的韧性和弹性，腾挪余地和回旋空间大，抗外部风险能力强，就像一艘轮船行驶在海洋中，吨位越大，行驶越稳，风吹浪打甚至狂风骤雨也难以改变它的航向。实践证明，人口规模巨大，是挑战，更是优势。在推进现代化过程中，十几亿人口所迸发出的澎湃动能不可估量，成为中国式现代化稳步向前的重要推力。

激发现代化建设的伟大创造力凝聚力

新阶段、新征程，面临新机遇、新挑战。全面深化改革，把蕴藏在人民群众中的创造力激发出来，让推进现代化建设的力量释放出来，人口规模巨大的现代化就能得以实现，中华民族伟大复兴就会指日可期。

实现人口规模巨大的现代化，必须坚持党的全面领导。对于中国这样一个幅员辽阔、人口众多、国情复杂的大国来说，要团结带领全党全国人民步调一致向前走，朝着社会主义现代化的目标顺利迈进，没有党中央的集中统一领导是根本不行的，没有坚强的领导核心是无法做到的。习近平总书记指出，我们推进的现代化，是中国共产党领导的社会主义现代化。中国共产党具有无比坚强的领导力、组织力、执行力，有了党的坚强领导，现代化建设就有了坚强的“领航者”，亿万人民就有了众志成城的“主心骨”，就能“用几十年时间走完了发达国家几百年走过的工业化历程”。新时代新征程，必须始终坚持党的全面领导，充分发挥党总揽全局、协调各方的领导核心作用，把庞大人口体量汇聚为一个密切合作的整体，推动人口规模巨大的现代化不断取得新成效。

实现人口规模巨大的现代化，必须坚持高质量发展。新中国成立73年来，中国共产党带领中国人民奔跑在现代化赛道上，从人口多、底子薄、“一穷二白”转变为“当惊世界殊”“风景这边独好”，从“现代化的迟到国”成为“世界现代化的增长极”“最大的经济和社会变革的实验室”。当前，我国仍是世界最大发展中国家，仍处于社会主义初级阶段，经济已由高速增长阶段转向高质量发展阶段。实现人口规模巨大的现代化，必须始终坚持以经济建设为中心，紧扣推动高质量发展这一主题，坚定不移贯彻新发展理念，加快构建新发展格局，推动经济发展质量变革、效率变革、动力变革。

实现人口规模巨大的现代化，必须坚持稳步推进共同富裕。让人民过上好日子，是中国共产党矢志不移的奋斗目标。实现共同富裕，让14亿多人享有现代化生活，不是一件轻轻松松的事情。当前，我国发展不平衡不充分问题依然突出，城乡区域发展和收入分配差距较大，成为阻碍现代化的重要因素。推进人口规模巨大的现代化，必须始终把人民放在心中最高位置，站在最广大人民的立场上把握现代化的系统性、协调性和前瞻性，着力解决人民急难愁盼问题。要在做大“蛋糕”的同时，把“蛋糕”分好，坚决破除实现公平正义的阻碍和束缚，实现民生与发展的有效对接、良性循环、相得益彰，推动人的全面发展、全体人民共同富裕不断取得实质性进展。

实现人口规模巨大的现代化，必须坚持深化改革释放发展活力。一个14亿多人口的国家整体迈入现代化，是开创性事业，也是系统性变革，必须付出更大的努力，克服更多的困难。面对前进路上的实践课题和现实挑战，要聚焦现代化发展的难点和重点，继续全面深化改革，突破瓶颈、打破束缚、消除障碍，理顺经济社会发展中各种错综复杂的关系，集中力量解决发展急需的突出问题，着力清除市场壁垒，完善市场体系基础制度，破除人才发展障碍，形成有利于激发潜能的体制机制，更好释放发展活力，为实现人口规模巨大的现代化提供坚强的制度保障。

往昔已展千重锦，明朝更进百尺竿。14亿多人口的中国进入现代化国家的行列，将是中华文明史上的最新篇章，是对人类社会的伟大贡献。在实现人口规模巨大的现代化进程中，我们已经跑出好成绩，踏上了全面建设社会主义现代化国家的新征程，为圆梦现代化强国奠定了坚实基础。行百里者半九十。面对可预见不可预见的风险挑战，我们必须在具有许多新的历史特点的伟大斗争中继续跑好属于我们的这一棒。中国共产党和中国人民有这样的雄心与擘画，更有这样的奋斗与担当！

代表作 2

在高质量发展中促进共同富裕

——“中国式现代化”深度探析二

“共同富裕本身就是社会主义现代化的一个重要目标。我们不能等实现了现代化再来解决共同富裕问题，而是要始终把满足人民对美好生活的新期待作为发展的出发点和落脚点，在实现现代化过程中不断地、逐步地解决好这个问题。”习近平总书记念兹在兹。

致力实现共同富裕，是我们党的一贯立场、方针和追求。有效贯通共同富裕与社会主义现代化进程，反复强调“共同富裕是社会主义的本质要求”，坚定不移在高质量发展中推进全体人民共同富裕的现代化——“中国方案”既改变了中国自身的命运，也影响着世界发展的价值取向和趋势格局。

随着全面建成小康社会取得伟大胜利，困扰中华民族几千年的绝对贫困问题得到历史性解决，一张在更高水平上做大“蛋糕”、分好“蛋糕”、走向全体人民共同富裕的改革发展图，正在全面布局、全面谋划、全面开启。朝着这个目标奋发进取，人类对现代化的认识更加深刻生动。

对资本主义市场经济局限性的批判与超越

纵观近代以来世界历史，现代化几乎与西方工业文明相伴而生。正因如此，西方先行者的现代化经验被不少人视为现代化“模板”，被很多发展中国家视为“范本”。

然而，在实践进程中，不仅鲜有后发国家复制成功的案例，即使一些发达国家，也逐步落入贫富两极分化、中产阶层塌陷、经济发展停滞、社会矛盾丛生的“怪圈”。其重要原因就在于，西方现代化是资本主导的、少数人的现代化。

生产资料私有制的“基因”，决定了西方现代化在各个领域必然秉持资本立场，把资本当作社会主体和目的，把人当作资本增值的客体和手段。在资本逻辑下，资本的多寡主宰社会生活的价值规则，财富从广大民众流向少数资本家，致使“在一极是财富的积累，同时在另一极，即在把自己的产品作为资本来生产的阶级方面，是贫困、劳动折磨、受奴役、无知、粗野和道德堕落的积累”。即使工人的收入会随着资本的增加而有所增加，但资本家的利润与工人的工资仍互成反比，甚至，西方现代化带来的社会生产力越是发展，这样的贫富差距越是加剧。

法国巴黎经济学院下设的世界不平等问题研究室发布的《世界不平等报告》显示，2021 年，亿万富豪占有的财富份额创下最大增幅，最富有的 0.01% 人口——财富额至少达 1900 万美元的 52 万人——持有全世界 11% 的财富，比上一年度高出一个百分点。剖析原因，是各国政府为缓解疫情造成的经济困难注入大量资金，这些钱也推高了股价和房价，给收入最高的人群带来了更多财富。

与西方现代化的逻辑形成鲜明对比，我们要实现的是以全体人民共同富裕为重要特征的中国式现代化，是以人本逻辑摒弃资本逻辑的中国式现代化。“现代化”之前“中国式”的定语，不仅点明了中国特色、中国风格，更是中国共产党作为现代马克思主义政党的内在要求。

探寻中华民族的文明历史，从管仲“凡治国之道，必先富民”、老子“损有余而补不足”、孔子“不患寡而患不均”、孟子“老吾老以及人之老，幼吾幼以及人之幼”，到《礼记》中描绘的“大同社会”，乃至孙中山先生的“天下为公”，无不体现了朴素的共同富裕思想。探寻科学社会主义的价值追求，“无产阶级的运动是绝大多数人的，为绝大多数人谋利益的独立的运动”，在未来社会“生产将以所有的人富裕为目的”。

正如习近平总书记所强调的，“我们决不能允许贫富差距越来越大、穷者愈穷富者愈富，决不能在富的人和穷的人之间出现一道不可逾越的鸿沟”。沿着中国式现代化道路推进共同富裕，是在社会主义市场经济条件下对资本主义市场经济局限性的超越。搞社会主义市场经济是我们党的一个伟大创造，植根于这样的土壤，以全体人民共同富裕为重要特征的中国式现代化，不但与贫富悬殊的西方现代化“反义”，而且与其他社会主义国家也不尽“同义”。

——我们要实现的共同富裕，是全体人民的共同富裕，不是少数人的共同富裕。从坚持“房住不炒”，到警惕“脱实向虚”；从强调基本医疗卫生事业的公益性，到强化反垄断和防止资本无序扩张……党中央一系列举措释放出明确信号：全体人民要共享发展成果，过上幸福美好的生活。

——我们要实现的共同富裕，是物质和精神统一的共同富裕，不是只重视物质增长的共同富裕。左手“烟火”，右手“诗意”。人民向往的生活，是经济、政治、文化、社会、生态文明等多领域发展要求的总和。因此，“我们要建设的社会主义现代化强国，不仅要在物质上强，更要在精神上强。精神上强，才是更持久、更深沉、更有力量的”。

——我们要实现的共同富裕，是分阶段全过程促进的共同富裕，不是同步实现的共同富裕。基础不一、条件不一、禀赋不一、环境不一，意味着不是所有人同时富裕，也不是所有地区同步达到富裕水准。时间上必然有先有后，不可能齐头并进。

——我们要实现的共同富裕，是允许有适度差距的共同富裕，不是搞平均主义的共同富裕。搞平均主义非但实现不了共同富裕，还会造成共同贫穷。在这方面，我们有过深刻教训。只有承认共同富裕的差别性、相对性，才能激发社会成员劳动、创造的积极性，为更高层次的富裕准备条件。

2021 年 6 月，《中共中央 国务院关于支持浙江高质量发展建设共同富裕示范区的意见》正式发布。选取富裕程度较高、发展均衡性较好的浙江省先行先试，为全国其他地方探索路径；用打造高质量发展高品质生活先行区、城乡区域协调发展引领区、收入分配制度改革试验区、文明和谐美丽家园展示区的实践，提供促进共同富裕的样板示范——一系列举措与部署足以印证，在中国式现代化道路上应该是什么样的共同富裕、怎样推进共同富裕。

关系党的执政基础的重大政治问题

为了谁的利益而奋斗，是判断政党价值和立场的依据。

当历史把现代化的重任托付给中国共产党、托付给新生的人民政权，中国共产党毅然挑起重担，将共同富裕与现代化统一于中国共产党人的不懈奋斗、统一于中华民族伟大复兴的宏伟事业，正是因为“我们追求的发展是造福人民的发展，我们追求的富裕是全体人民共同富裕”。

“国以民为本，社稷亦为民而立。”中国共产党自成立之日起，就把实现共同富裕作为矢志不渝的奋斗目标，把追求共同富裕贯穿于中国式现代化新道路形成与拓展的历史进程。打江山、守江山，守的是人民的心，为的是让人民过上好日子。百年征程波澜壮阔，团结带领人民创造美好生活、奔赴战略目标的鲜活实践，在革命时期为我们党赢得了稳固的阶级基础，在建设和改革时期为我们党赢得了坚实的执政基础。党与人民同心勠力、奋楫笃行，共同富裕这个理想，才从向往的远景逐渐成为“看得见、摸得着”的实景。

“坚定不移走共同富裕的道路。”党的十八大闭幕之际，习近平总书记与中外记者见面时如此宣示。随之开启的新时代非凡十年，近 1 亿农村贫困人口实现脱贫，历史性地解决绝对贫困问题；国内生产总值达到 114.4 万亿元，人均国内生产总值超过 1.2 万美元，全面建成小康社会；中等收入群体超过 4 亿人，实现从低收入国家到中等偏上收入国家的历史性跨越……这一切，为促进共同富裕创造了前所未有的良好条件，也为实现现代化积累了更为主动的精神力量。

民心是最大的政治，人民是党执政的最大底气。只有更好满足人民对美好生活的向往，把促进全体人民共同富裕作为为人民谋幸福的着力点，才能不断增强人民对国家的信任、对党的信心、对中国特色社会主义的信念，赢得人民对党的路线方针政策的高度认同，才能不断夯实党长期执政基础，确保党始终成为伟大事业坚强领导核心。

“现在，已经到了扎实推动共同富裕的历史阶段。”“两个百年”交汇的新起点上，习近平总书记进一步深化着对全体人民共同富裕的现代化的时代思考。

这是在“共同”与“富裕”的高效统筹中展开的宏大布局——

把推动高质量发展放在首位。共同富裕没有捷径，必须在高质量发展、建设现代化国家的进程中推进。这是一条具有普遍意义的“共富经验”。无论是推进改革创新、激发经济发展新动能，保障就业民生、满足人民对美好生活的向往，还是巩固拓展脱贫攻坚成果、全面推进乡村振兴，经济社会发展的方方面面都要向着高质量发展迈进。

更高水平地“分好蛋糕”。正确处理效率和公平的关系，以缩小地区差距、城乡差距、收入差距和公共服务差距为主要方向，完善工资制度，完善按要素分配政策制度，构建初次分配、再分配、三次分配协调配套的基础性制度安排，更加注重向农村、基层、欠发达地区和困难群众倾斜，加大税收、社保、转移支付等调节力度并提高精准性。“分好蛋糕”的过程中，扩大中等收入群体比重，推动形成橄榄型分配结构，为我国经济社会高质量发展奠定坚实基础。

满足人民群众多层次精神文化需求。从“平视世界”激发国人自信，到主旋律影片点燃浓浓爱国情；从网络空间更加清朗，到扶弱助困成为社会风尚……以社会主义核心价值观为引领，提供均衡化、精准化、个性化的文化产品，让人们的精神世界更加充盈饱满。

……

由布点而铺面，由部署而落实，各个领域、各个方面都有作为发展指引的新理念、新思想、新战略。

到“十四五”末，全体人民共同富裕迈出坚实步伐，居民收入和实际消费水平差距逐步缩小。到2035年，全体人民共同富裕取得更为明显的实质性进展，基本公共服务实现均等化。到本世纪中叶，全体人民共同富裕基本实现，居民收入和实际消费水平差距缩小到合理区间。

——一条时间线，3个关键时间点，凸显坚持不懈的追求，瞄准的是“生活富裕富足、精神自信自强、环境宜居宜业、社会和谐和睦、公共服务普及普惠”的方向。

指向治理现代化的深刻变革

富裕富足、自信自强、宜居宜业、和谐和睦、普及普惠，当这些要求汇集起来，就是全体人民共同富裕的现代化愿景。

让愿景成为现实，要把能做的事尽量做起来，特别是在解决人民群众最关心最直接最现实的利益问题上，拿出更大力度、更实举措，一件事接着一件事办，积小胜为大胜。毕竟，面对国际政治经济格局重大变化带来的冲击，面对经济增长率趋势性下降带来的难题，面对人口结构变化带来的挑战，唯有主动出击、积极应对，才能化危为机、善作善成。

达成这样的目标，要循序渐进，使促进共同富裕与经济发展阶段相适应、与现代化建设进程相协调，因地制宜探索有效路径，不断形成阶段性标志性成果。决不作兑现不了的承诺，决不搞过头保障，决不能吊高胃口，幻想一口吃成胖子不现实，“福利主义”养懒汉的陷阱必须警惕。

习近平总书记反复强调：“共同富裕是一个长远目标，需要一个过程，不可能一蹴而就，对其长期性、艰巨性、复杂性要有充分估计，办好这件事，等不得，也急不得。”“等不得”与“急不得”辩证统一于治理现代化的深刻变革，“富裕富足”等一系列目标，指向的也正是一个由现代化治理体系支撑的高效率、高质量、高水平社会。

国之兴衰系于制，民之安乐皆由治。实现全体人民共同富裕的现代化，涉及方方面面的问题，牵一发而动全身；国家治理现代化是经济治理、政治治理、社会治理、文化治理、生态治理等的协调推进，以人的自由全面发展为核心价值。这也就意味着，促进共同富裕的过程也是推动治理现代化的过程，要在实现国家现代化总进程中，从各个领域推进国家治理体系和治理能力现代化的深刻变革。

探索与共同富裕科学内涵相匹配的现代化治理体系，既要有长远眼光，也要有务实行动；既要有目标意识，也要有过程意识；既要有共性目标，也要有个性路径。而贯穿其中的，是对一些关系的精准把握。

——合规律性与合目的性的统一。无论前行路上有多少风险挑战与激流险滩，都要始终把满足人民对美好生活的新期待作为完善治理体系的出发点和落脚点，这是“合目的性”的体现。立足新发展阶段的实际，把扩大中等收入群体规模作为政策指向，把完善收入分配与做好经济工作互相结合，这是实事求是、符合发展规律的。

——有效市场与有为政府的协同。共同富裕要通过经济资源在市场内的充分流动、平衡配置、有效利用来实现，必须不断完善并持续发展好市场经济，善用市场机制解决问题。同时，各国发展实践表明，“做大蛋糕”与“分好蛋糕”并不是天然统一的，如果没有政府主动调控，收入差距不可能自动缩小。这就意味着，政府要引领共同富裕的基本方向，加强基础性、普惠性、兜底性民生保障建设，也要通过出台系列政策，调动市场的自发活力。

——改革与法治的共进。用法治思维和法治方式推进改革，把改革主张转换成法治规范，让改革的“破”与法治的“立”、改革的“进”与法治的“稳”相辅相成，正是今日中国的治理之路。迈向全体人民共同富裕的现代化，哪里有延滞高质量发展的问题、哪里有不符合促进公平正义的问题、哪里有阻碍社会阶层向上流动的问题，哪里就需要加大改革系统集成的力度。

一个超大规模的文明古国，一个超大规模的人口大国，一个超大规模的发展中大国，一个超大规模的社会主义国家……多个“超大规模”，是对党和政府推进治理现代化的考验。推动这样一个大国破浪前行，更要有14亿多人民汇集而成的充沛的动力支持。

实现全体人民共同富裕的现代化，一头连着中华民族的“大梦想”，一头连着每个家庭、每个中国人的“小日子”，需要脚踏实地、共同奋斗。而奋斗的路径，就是坚持先富带后富。鼓励“先富”与带动“后富”是一个逻辑整体，任何一方面都不可偏废。南开大学原副校长逄锦聚认为，政策当然要发展完善，但根本原则没有变，只要靠诚实劳动和合法经营，无论什么所有制形式，无论个人还是企业，都要受到鼓励、支持和保护。

切实保护劳动所得，保护产权和知识产权；充分调动企业家积极性，促进各类资本规范健康发展；加强公益慈善事业规范管理，鼓励高收入人群和企业更多回报社会……对政策的期待，同样是治理现代化的指向。

在共同富裕示范区浙江，一座“一针一线”的雕塑矗立在湖州织里。其象征的，是当地引领发展的织造产业，更是社会治理的“绣花功夫”。从奋斗的脚下眺望前方，全体人民共同富裕的现代化的壮美画卷必将在更加积极有为的努力中织就。

人民在期待着我们，历史在期待着我们，世界在期待着我们！

代表作3

中国式现代化道路越走越宽广

现代化，是一个让人百感交集的词汇；实现现代化，是近代以来中国人民梦寐以求的目标。让一个东方古国从贫穷落后走向繁荣强盛，在几十年时间里走过西方国家几百年的现代化历程，创造了中华民族从沉沦而奋起、由苦难而辉煌的命运转折，这意味着中国共产党人带领中国人民走出了一条中国式现代化新道路，创造了人类文明新形态。

“我们推进的现代化，是中国共产党领导的社会主义现代化，必须坚持以中国式现代化推进中华民族伟大复兴，既不走封闭僵化的老路，也不走改旗易帜的邪路，坚持把国家和民族发展放在自己力量的基点上、把中国发展进步的命运牢牢掌握在自己手中。”习近平总书记关于中国式现代化作出的一系列论述，是对历史发展的精辟总结，也是开拓未来的方向指引。

如何科学把握中国式现代化的丰富内涵？如何认识中国式现代化的世界意义和历史意义？如何认识中国式现代化道路的光辉愿景？如何在新征程上使中国式现代化道路越走越宽广？聚焦科学认识中国式现代化这一重大时代课题，经济日报组成调研组，立足五大鲜明特征，深度探析中国式现代化的深厚基础、道路方向、根本动力、总体任务，形成了一组调研报告，近日已连续刊发，引起广泛关注。在这一过程中，我们也收获了许多深刻感悟。

为现代化嵌入新的精神内核和动力引擎

回顾18世纪工业革命以来的人类社会发展历史，从经济增长到科技进步，从人口规模到生活方式……西方式的现代化产生了深刻而重大的影响。据此，西方认定自己是世界的中心，西方国家具有优越性，是人类现代化方向的指引者，以至于有学者认为，“西方或欧洲的制度本身是现代化根本内容，其他社会可以忘掉自己的历史传统而采纳西方和欧洲式的现代价值标准和尺度。”

事实是，西方开启的世界现代化进程，从一开始便具有强烈的扩张性和残酷性。为了得到国际市场、原料供应和廉价劳动力，他们不惜一切对世界其他地区进行血与火的扩张。由此，以西方式现代化为主的20世纪，也成为人类有史以来社会震荡最剧烈、最不稳定的一个世纪。两次世界大战，先进武器制造了空前流血战争，兵民死伤过亿；经济危机接二连三，生产相对过剩与有效需求不足的问题周期性出现；贫富分化、阶层固化、生态危机，社会矛盾不断激化的种种乱局，从本质上看，都是各方利益不可调和、对抗冲突的集中反映。

历史的车轮驶入21世纪。这是一个大发展、大变革、大调整的时代，世界多极化、经济全球化、社会信息化、文化多样化持续推进，人与人、国与国之间相互联系、相互依存的关系更加紧密。这也是一个挑战层出不穷、风险日益增多的时代，全球化逆流涌动，世纪疫情重创世界经济，各国缓慢复苏、增长乏力，发展失衡、贫富分化的鸿沟日益加深，战争危机、气候变化的威胁持续蔓延。21世纪的现代化何去何从？

21世纪的现代化，面临的并不仅仅是单纯的生产力问题、经济增长问题，而是涉及到一些基本的文明价值问题：

是以人民为中心的现代化，还是以资本为中心的现代化？

是全体人民共同富裕的现代化，还是贫富悬殊、两极分化的现代化？

是物质文明和精神文明相协调的现代化，还是物质主义膨胀的现代化？

是人与自然和谐共生的现代化，还是环境破坏、生态危机的现代化？

是走和平发展道路的现代化，还是对外扩张掠夺的现代化？

“地球村”里的人类，命运与共，休戚相关。现代化的列车，亟待嵌入新的精神内核，装上新的动力引擎，开辟新的宽广道路，创造新的文明形态。

对西方现代化道路的超越

现代化之所以带来剧变和冲击，首先在于它创造了远远超越传统社会的生产力。西方率先享受到现代化成果，但也发生了种种失控、混乱、危机，证明着西方的发展模式、价值观念、制度体系和治理体系并非唯一标准和样式。西方现代化道路不可能意味着“历史的终结”，也不可能结束人类对现代化的探索。因现实国情、文化传统、历史命运不同，通向现代化的道路和方式将不可避免地表现出调适性、多样性。

立于广阔的时空坐标之上观察，英、美、德、日等国家都是在特定的历史条件和环境下、按着不同的鼓点和节奏走向现代化。再看中国。1840年的鸦片战争，西方殖民者以坚船利炮挟工业文明打开了中国的大门。开始“睁眼看世界”的东方古国，从自强求富的洋务运动、师从俄日的戊戌变法，到参酌中西政要的晚清新政、推翻封建帝制的辛亥革命，在一系列磕磕绊绊中艰难启动追赶现代化的历史进程，却都未能如愿。直到中国共产党人，历经南湖红船上的“开天辟地”、新中国成立的“改天换地”、改革开放的“翻天覆地”，团结带领中国人民演绎出民族复兴史上自强不息的传奇，一跃而成世界第二大经济体，融入现代化的浩荡潮流。

在这本厚重的发展教科书里，一条最重要的方法论，就是坚持辩证唯物主义和历史唯物主义，准确把握时代潮流和最大国情、最大实际，并以此为基点认识当下、规划战略、制定政策、推进事业。正如习近平总书记所强调的：“一定要定下心来，一心一意走自己的路，而且要建立这样的一种自信，就是我们一定会把自己的事业办好，屹立于世界民族之林。”

中国式现代化道路对中华民族伟大复兴具有根本意义。从起点上看，中国是由一个经济文化发展水平十分落后的东方国家，从半殖民地半封建社会迈入社会主义新社会；从规模上看，中国是一个超大型国家，拥有超长历史纵深、超大国土空间、超大人口数量；从方略上看，中国是一个独立自主的社会主义大国，走的是中国特色社会主义道路，高举的思想旗帜是马克思主义，最高政治领导力量是中国共产党，最终奋斗目标是实现共产主义；从根基上看，中国是一个文渊文脉流淌不息的文明古国，千年传承赓续不止。这些注定中国必须走具有本国特点的现代化道路，就是要按照习近平总书记的要求，坚持以中国式现代化全面推进中华民族伟大复兴，坚持把国家和民族发展放在自己力量的基点上、把中国发展进步的命运牢牢掌握在自己手中。

中国式现代化道路对科学社会主义的真理性具有检验意义。世界社会主义 500 年，从空想到科学、从理论到实践、从一国到多国，反映了社会主义是人间沧桑正道。我们党始终强调，中国特色社会主义，既坚持了科学社会主义基本原则，又根据时代条件赋予其鲜明的中国特色。在这面旗帜引领下，中国式现代化以全新的视野深化了对共产党执政规律、社会主义建设规律、人类社会发展规律的认识，从理论和实践结合上系统回答了在中国这样一个人口多、底子薄的东方古国怎样建设现代化的历史课题，创造了历史性成就、发生了历史性变革，社会主义的美好前景在中国大地上更加生动地展现出来，让经过实践检验的科学社会主义理论放射出更加灿烂的真理光芒。

中国式现代化道路对其他发展中国家具有借鉴意义。习近平总书记在现代化模式的比较上曾有一番精到论述：“西方发达国家是一个‘串联式’的发展过程，工业化、城镇化、农业现代化、信息化顺序发展，发展到目前水平用了二百多年时间。我们要后来居上，把‘失去的二百年’找回来，决定了我国发展必然是一个‘并联式’的过程，工业化、信息化、城镇化、农业现代化是叠加发展的。”这表明，中国式现代化超越了西方固有的单一线性、渐次发展的现代化模式，实现了“时空压缩”条件下的“弯道超车”，拓展了发展中国家走向现代化的途径，给世界上那些既希望加快发展、又希望保持自身独立性的国家和民族提供了全新选择。

中国式现代化道路对世界现代化发展具有开创意义。现代化是全球性的运动，多样性是成功的保证。中国式的现代化新道路，打破了“西方中心论”，一个国家根据自己的国情寻找自身发展的道路，恰恰体现了现代文明应有的包容特征；终结了“历史终结论”，中国的现代化实践在经济、政治、文化、社会、生态领域取得的历史性成就、发生的历史性变革，这条根本区别于西方模式的崭新路径，极大丰富了现代化的价值论、认识论和方法论内涵；超越了“文明冲突论”，一个古老文明的生机焕发与新生，扭转了曾经被西方霸权强加的文明之间不平等关系，让文明的多样性再次呈现，文明之间恢复平等。

开创新时代新征程新伟业

人口规模巨大的现代化、全体人民共同富裕的现代化、物质文明和精神文明相协调的现代化、人与自然和谐共生的现代化、走和平发展道路的现代化……中国式现代化道路，新就新在对西方现代化道路的反思超越，融合了人与人、人与社会、人与自然、国家与国家之间各方利益的“最大公约数”，凝聚起推动中华民族伟大复兴的最大范围磅礴力量。

——这条路，奠基于独立自主。

独立自主，对一个国家、一个民族而言，亦如空气和阳光，受益或不觉，失之则难存。人类历史上，没有一个民族、没有一个国家可以通过依赖外部力量、跟在他人后面亦步亦趋实现强大和振兴。尤其在中国这样一个人口众多和经济文化落后的东方大国进行现代化建设，国情和使命决定了我们只能走自己的路。新中国的成立，开启了中华民族历史新纪元，独立自主从此贯穿经济、政治、科技、外交、军事等各领域，贯穿社会主义建设、改革开放的全部进程，成为中国特色社会主义道路、制度、理论、文化的奠基。习近平总书记强调：“这种独立自主的探索和实践精神，这种坚持走自己的路的坚定信心和决心，是我们党全部理论和实践的立足点，也是党和人民事业不断从胜利走向胜利的根本保证。”

——这条路，导航于科学指南。

选择道路，离不开科学理论的指南。作为“关于现实的人及其历史发展的科学”，马克思主义为中国共产党人提供了洞察世界、开启未来的一把钥匙，百余年党史、70多年共和国史、40多年改革开放史，也充分印证了马克思主义的思想伟力、真理魅力。“沿着马克思的理论道路前进，我们将愈来愈接近客观真理”。同中国具体实际相结合，同中华优秀传统文化相结合，当代共产党人以巨大的理论勇气和实践智慧，不断开辟马克思主义中国化新境界，创立了习近平新时代中国特色社会主义思想，实现了马克思主义中国化的又一次伟大飞跃。更多把握了共产党执政规律、社会主义建设规律、人类社会发展规律，以新时代的创新理论武装全党，就能确保我们党始终走在时代前列，确保承载着亿万人民梦想的“中国号”巨轮在现代化浪潮中驶向光辉彼岸。

——这条路，自信于优越制度。

新中国成立后，为了加快实现工业化、现代化，选择了社会主义制度、走上了社会主义道路，为当代中国一切发展进步奠定了根本政治前提和制度基础。70多年来，作为一种代表最广大人民利益的政治制度，社会主义制度将曾经四分五裂的国家凝聚起来，将一切劳动者和爱国者的力量集结起来，万众一心、风雨同舟，迅速地、大规模地推动着这个古老大国走向现代化。把坚持马克思主义基本原理同推进马克思主义中国化结合起来、把社会主义基本制度同发展市场经济结合起来，中国特色社会主义之所以能够不断创造发展的奇迹、写下岁月的荣光，归为习近平总书记总结的那一句话：“中国人民正走在正确的道路上。”

——这条路，力量在党和人民。

“得众则得国，失众则失国”。人心向背，是中国政治文化的精髓；人民立场，是中国共产党的根本政治立场；始终同人民在一起，为人民利益而奋斗，是马克思主义政党区别于其他政党的显著标志。从“全心全意为人民服务”到“人民对美好生活的向往，就是我们的奋斗目标”，“人民”二字鲜明醒目、力重千钧，激荡时空的声音，宣示了中国共产党不变的执政理念、传递了不变的人民情怀。执政党始终把人民放在心中最高位置，不仅提升了人民群众的获得感、幸福感、安全感，也激发出蕴藏于亿万人民之中的创造伟力。今天，世界处于“百年未有之大变局”，中国处于“重要战略机遇期”，推动“中国号”巨轮破浪前行、行稳致远，就必须倾听人民呼声、汲取人民智慧，同人民想在一起、干在一起，形成勇往直前、无坚不摧的强大力量，风雨无阻、高歌前行。

从2020年到2035年基本实现社会主义现代化，从2035年到本世纪中叶把我国建成富强民主文明和谐美丽的社会主义现代化强国，这是党中央擘画部署的“两步走”战略安排。在建成社会主义现代化强国、实现中华民族伟大复兴的前进道路上，不可能一帆风顺，还将面对许多富有新的历史特点、新的时代内涵的斗争，更加体现着中国共产党人的伟大创造和勇毅担当。我们只要牢牢把握时代发展脉搏、团结一心、锲而不舍、再接再厉、开拓奋进，中国式现代化道路就一定越走越宽广，中华民族将走向更加光辉的未来，中国特色社会主义将迎来更加美好的明天！

（经济日报 2022 年 10 月 08 日—13 日）

申报资料实录

作品简介：习近平总书记围绕中国式现代化作出的系统论述，是对历史发展的精辟总结、开拓未来的方向指引、不断夺取新胜利的根本遵循。聚焦这一重大时代课题，经济日报组成“中国式现代化”专题调研组，立足五大鲜明特征，深度探析中国式现代化的深厚基础、道路方向、根本动力、总体任务，形成 3 万字的系列调研报告，于 2022 年 10 月 8 日起连续刊发，并以编辑部文章《中国式现代化道路越走越宽广》作为统揽总结，引起广泛关注，取得良好反响。这套系列报道，调研扎实、修改精心、反复打磨，将中国式现代化的鲜明特征统一于习近平新时代中国特色社会主义思想，以理性阐释和实践例证凸显专业深度，帮助人们准确把握中国式现代化的精神内核，在众多迎接党的二十大的报道中，特色鲜明，形式打眼。

社会效果：这一组稿件以系列特稿方式，深度探析中国式现代化这一重大理论和实践问题，政治站位高、理论特色强，有助于广大干部群众进一步深刻领悟“两个确立”的决定性意义，进一步增强“四个意识”、坚定“四个自信”、做到“两个维护”。经由全媒体融合推广，引发社会各界广泛关注，阅读量超过 1.31 亿。其中，微博主持话题 # 中国式现代化深度探析 # 阅读量达到 1 亿。

初评评语：这套系列报道系 2022 年经济日报喜迎二十大的特稿，在二十大召开前，率先在媒体作出深度报道，以中国式现代化五大鲜明特征，加上本报编辑部文章统揽总结的架构，对“中国式现代化”的宏大主题进行了系统阐述，观点鲜明，文字流畅，论证充分，形式新颖，产生了强烈的社会反响，体现了中央党报的责任担当。

解码十年

集　体

限于篇幅，文字稿略，获奖作品请见中国记协网 http: //www.zgjx.cn。

（中央广播电视总台 2022 年 08 月 09 日—22 日）

申报资料实录

作品简介：新时代的非凡十年，如何以一份景仰之心来描绘、来礼赞？《解码十年》主创团队深入学习领悟习近平新时代中国特色社会主义思想，完整、准确、全面理解创新、协调、绿色、开放、共享的新发展理念，以此谋篇布局，搭建整个报道的四梁八柱。力争将十年取得的历史性成就和发生的历史性变革，转化为中国人民在以习近平同志为核心党中央的带领下破解历史性难题的进程式报道。首次尝试“卫星视角 + 大数据调查 + 新闻故事”的方式，主创团队联合国内 50 多家部委和直属单位、顶尖大数据机构，调用太空中 20 多颗中高分辨率卫星、地面上百万个传感器，在数万亿级的巨量大数据中挖掘新知，构建新的观察维度。海内外几十路记者深入采访，立体、生动呈现十年巨变，让受众可感可知可信可敬。以具有新时代气质的表达方式礼赞新时代，集成多种技术创新成果于报道之中。节目运用了卫星遥感、地理信息还原、航空测绘、倾斜摄影和三维建模等多种技术手段，并首次在新闻报道中使用了实景高质量数字化建模，首次将游戏开发领域中使用的虚幻引擎“跨界”应用于报道，新技术、新应用、新方法融合运用，造就极富冲击力的“扶摇天地一镜开，山河巨变入画来”的诗画美景。实现新闻性与艺术性有机统一。

社会效果：形成多元立体传播格局，实现现象级裂变式传播。13 集节目持续登上各平台热搜，全网累计触达量超 60 亿人次。系列节目被编译成 29 个语种全球落地，海内外反响热烈。节目获得各界好评，被誉为“创新二十大主题宣传报道的现象级佳作”。很多专家发表评论，“从节目中看到，记者足迹踏遍一个个村落、一道道山梁，用鲜活的影像让受众在真实的讲述中产生共鸣，是接地气、冒热气、有生气的好作品”“节目策划编排构思精巧，节目样态富有创新，在平实自然的报道中，解码十年沧桑巨变”。

初评评语：《解码十年》作为中央广播电视总台迎接党的二十大的重磅作品，13 集节目以朴实、简约的报道风格、饱含热情的创作铺排、耳目一新的视听手段、权威独家的数据发现以及富于温度的人和故事，与全国观众和网友一起深情回望非凡十年，集体礼赞新时代的中国。《解码十年》以思想为硬核，创新为驱动，融合为目标，运用新技术，打开新视角，带来新认知。首次尝试“卫星视角 + 大数据调查 + 新闻故事”的报道方式，实现了重大主题宣传的集成创新，是党的创新理论转化为节目创新创造的生动实践，堪称“创新二十大主题宣传报道的现象级佳作”。

乡村振兴·江苏百村调研

顾雷鸣　杭春燕　吴　琼　王梦然　王建朋　颜　颖

徐州市贾汪区潘安湖街道马庄村：

在文化兴村上“一马当先”

关键词：# 乡风文明 #

凌晨3点50分起床，4点钟准时开跑，12公里，75分钟。这是71岁老人徐传贵12年来每天坚持的习惯。

在马庄，每月1日是升国旗日，每月15日是党员活动日，每月25日是民主理财日，也是雷打不动的习惯。

2017年12月12日，习近平总书记在党的十九大后首次赴地方考察来到徐州市贾汪区潘安湖街道马庄村。在村文化礼堂，习近平总书记说，加强精神文明建设在这里看到了实实在在的落实和弘扬。实施乡村振兴战略不能光看农民口袋里票子有多少，更要看农民精神风貌怎么样。

“新农人”：
把家乡好故事说给更多人听

“马庄有三宝，香包乐团婆媳好。”每天，当游客沿着真旺路踏进马庄村村史系列展馆，解说员余蒙都会深情讲述背后的故事。

在90后余蒙从小的记忆中，村里文化氛围一直很浓，节日大活动很多，平日里也少不了乐团表演和周末舞会，金马之声广播站传出的马庄之歌曲韵悠长：“田野上摇晃着沉甸甸的金黄，收获着我们的喜悦和晴朗。纺织机织出了锦绣前程，告诉我们实现了已久的梦想……”

作为马庄的女儿，远嫁河南，工作在上海，孩子在哪儿上学是余蒙2015年面临的重要抉择。“考虑再三，我和爱人还是选择回到马庄。”

回村后，余蒙照顾孩子之余，又干起了手工活儿。“马庄女人总是闲不住，”她说，“后来，我妈妈在村里缝制香包时听说接待中心招聘解说员，劝我去试试。”

“干解说员，也许还真不错，收入行，不耽误照顾小孩，又能长长见识。”

余蒙报了名，被录用了。

“来，大家跟着我继续往前走……其实马庄不只有香包，还有点面灯、扎花灯，但香包是传承发展得最好的。再说马庄乐团，当年在十里八乡很有名，从小舞台演上大舞台，从农村演到城市、国内演到国际。而婆媳好，那故事就更多了……”

从更长远看，对于马庄用文化力推动生产力，余蒙也有一些自己的观察与建议：疫情让游客数量变少，亟须寻找破解之法；香包种类有80多种，不算少，但在年轻化和品牌化上还有探索空间。“作为一个乡村讲解员，我也希望能通过文化挖掘，把更多的家乡好故事说给更多人听。”

村干部：
“与马庄一起奋进成长”

2017年8月，95后大学生、山东小伙王浩通过江苏省统一选聘，到马庄村担任党委副书记。“初到马庄，只感觉惊讶，这里有着深厚的文化、历史气息，也有一定的产业基础，与印象中村庄的样子有很大出入。”

一个月时间，王浩疯狂“补习”，查阅马庄所有资料。在一次次村民走访中，他发现，这里的村民大多是“艺术家”，热衷于参与音乐表演、香包制作等富有乡村特色的文化活动。“文化兴村，在这里是切实可行的。”

“我的第一份工作，就在这里。马庄给了舞台，让一腔热血的我，想做事、做成事。”数月之后，习近平总书记马庄视察之行，让王浩既欣喜又自豪，同时在内心深处埋下一颗“要与马庄一起奋进成长”的种子。

5年时间，马庄的变化很大：香包产业从十来个人的分散小工坊，加速向香包文化大院集聚，香包产值达到800余万元；全村生产总值突破2.25亿元，集体经济收入500余万元，人均可支配收入3.5万元；真旺自然村整村改造完成，正旺自然村正抓紧提升改造。“美丽马庄”成为村民心中真正宜居的村庄，还建成全市第一家新时代文明实践站。

“疫情凸显出马庄当前发展的瓶颈：乡村旅游处在初级阶段，仍有待开发更多研学游等旅游项目；香包产业处于上升期，需要加速创新设计、重构IP定位，以及建立多元销售方式。”采访中，王浩并不避讳谈论短板问题，同时提出解决方案，“发展旅游要写好‘马庄+景区’‘农业+旅游’‘文化+旅游’等文章。推动香包产业与行业领先的IP运营转化公司合作，让香包‘市场化、国潮化、商品化’，同时通过直播带货、电商销售等补齐线上销售短板，同步丰富线下销售模式，变只在马庄销售为全国多地销售。”

“原住民”：
组建起苏北第一支农民铜管乐团

马庄成为村落，可追溯至北宋真宗年间，最早称为军马庄，后将“军”字省略，演变为马庄。

马庄向来重视文化活动。据《马庄村志》记载：1988 年 11 月，马庄农民铜管乐团成立。1989 年春节，乐队第一次登上县级舞台，演奏的《西班牙斗牛士进行曲》引起轰动；立春时节，马庄妇女用红、绿、黄等多种颜色布料包裹棉花，缝成小布鸡，祝福孩子健康成长……

时针拨回 20 世纪 80 年代，那时候上过高中的徐传贵，在村里是一个“小有文化的人”,也是村里早期文艺宣传队的队员。他回忆,乡镇企业红火起来后,村里开采小煤矿挣到了钱,“小有积蓄”让很多人渐渐浮躁起来,不良风气盛行,“不是打牌就是喝酒，没有正事干”。

“当时的村党委书记孟庆喜认为，照此下去，光抓经济，不重精神不重文化，即便一时发展，也不会长久。”徐传贵坐直身子继续说，1988 年，孟庆喜提出“文化兴村”战略，并正式组建起苏北第一支农民铜管乐团。

紧接着，质疑声就传来：“吹号，能吹出粮食，还是能吹出票子？”

“面对批评,孟书记顶住压力,依旧执着地在村民大会上耐心给大伙讲‘文艺搭台，经济唱戏’的道理。”徐传贵说，“没有老师，我们就到市剧团去请，到省属高校音乐系请教；没有合适的训练场所，乐团就在村里到处打游击。”后来，这支农民铜管乐团不仅“出道”了，还走出了马庄。

“那个年代的马庄，用文化激励村民积极向上，有很多‘金点子’。比如为每户家庭建档案，记录下家庭成员参与村集体活动、义务劳动、志愿服务和遵守村规民约、规章制度情况，逐项评分后作为年终评优评先发放物质奖励的主要依据。”徐传贵说，后来这项制度每年都修改、完善，一直到今天。

如今的马庄，文明家庭达到 700 余户，占全村家庭总数的 86%，连续多年被评为全国文明村。“这都是文化建设得好。”徐传贵直言，“就像好媳妇评选，我们村都是直接把匾送到好媳妇的娘家，这是荣誉，也意味着责任不是？”

【专家点评】

江苏省习近平新时代中国特色社会主义思想研究中心省社科院基地副研究员 赵锦春：

乡风文明建设，是乡村多元主体理性认知区域优秀文化，并将其具象化为行为规范的价值观塑造过程。建设文明乡风的动力，来自理念奉行、知识传承与制度认同。马庄村的经验启示我们：弘扬传统文化、激发情感认同，发展文化产业、夯实利益认同，重塑村规民约、激活价值认同，可以有效提升文明乡风的认同感与归属感。乡风文明既是“软实力”，也是“生产力”。忽略精神文明建设，单纯推进经济建设会使乡村“具其形”而“失其魂”。乡村全面振兴更要注重传承弘扬优秀传统文化，复兴民族永续发展的“精神田园”。

江苏百村联合调研组

太仓市城厢镇东林村：

“别样”农业，成就大国粮仓“东林一粟”

关键词：# 产业兴旺 #

盛夏时节，走进太仓市城厢镇东林村，田间稻叶轻摇，米厂清香飘逸；饲料厂内机声隆隆，秸秆被切碎，加入豆渣、砻糠等进行发酵，成为天然的牛羊饲料；芽苗菜生产基地碧绿一片，新芽初长；观光火车缓缓驶过，串联起田园风光、生态果园、乡村驿站等一帧帧独特的乡村风景……

近 5 年，东林人用辛勤实践，摸索出一条现代农牧业循环发展的路子，用他们自己的话讲就是：“一片田、一根草、一只羊、一袋肥”的“四个一”农牧循环。目前，全村绿色高质水稻、小麦年总产量突破 2000 吨，每年向社会提供优质羊肉 250 吨。同时，通过消纳报废秸秆、畜禽粪污生产有机肥 3000 吨，每年可节约青贮饲料种植面积约 6000 亩、节省化肥用量约 30%。以农为主、以粮为主，东林村成就了“大国粮仓”的“东林一粟”，蹚出了新时代百姓致富新路子，更以实践证明，农业生产高质量发展和生态环境高水平保护，是苏南生态敏感区必须走，也走得通的一条道路。

“新农人”：
循环农场，助力产业步入良性循环

采摘、套袋、打包……年近五旬的王雪芬忙得不亦乐乎，她是东林生态果园负责人，也是庄稼地里的“打工人”。“今年的夏黑葡萄长得特别好，早几个月前就被周边的客户全部预订光了。”王雪芬说，田间农忙时，她得去收割庄稼、收集秸秆，送去饲料厂；农闲时，她就一头扎进果园，肥水植保、采摘发货。

在东林村人看来，农业的方方面面已经无法完全割裂开来，田与田间、园与园中是相互联系的，合作社与农业企业是有序循环的。“打个比方，农药施多了，土质就坏了，不仅生长出来的稻谷不好，就连牛羊吃的秸秆饲料品质也不好，牛羊肉品质自然也差了。”朴素的王雪芬向调研组解释着自己对“循环农业”的理解。总的来说，村民们已经形成一种共识：生态循环农业，是一种既保护了环境又提升了效益的“好思路”。

谈及当初发展“循环农业”的契机，王雪芬回忆，大概七八年前，在村委会推行的“小承包”机制下，大家种粮积极性很强，亩产量不低，但奇怪的是，“大米的口感越来越差，也卖不出好价钱。更头疼的是村里河道的水质也在变差，环保人员来测了，说含磷量超标。”原因并不难猜，为了提高产量，大家加大了农药化肥的使用，久而久之，土壤板结酸化，地力下降，水体污染也加重了。

“这对庄稼人来说，是毁了‘命根子’的大事。”许多村民和王雪芬一样，意识到问题的严重性，他们决定严格控制农药化肥用量，适当降低产量，“但大家的种粮收益也在‘缩水’。”

如何在“保护耕地”和“鼓起腰包”之间取得平衡，王雪芬说，转机出现在8年前，村“两委”干部去国外考察，当年引进了10台套秸秆收储打包设备。自2018年东林村联合省农科院建立“秸秆饲料化产业研究院”起，“循环农业”的概念越来越清晰：稻麦种植—秸秆饲料—湖羊养殖—有机肥料—稻麦种植……东林土壤有机质已从2013年的1%提升到如今的3.5%，达到“东北黑土”的标准。打好基础，坚守耕地，东林人越来越坚信“农业大有可为”，王雪芬向记者分享近年来村里“田间地头”的变化：全村耕地全部建成旱涝保收、高产稳产的“吨粮田”，水稻和小麦两季亩产稳定在2050斤左右，还创办了稻米加工和发酵饲料、有机肥生产等一系列企业，推进粮食就地加工、就地增值。

“家门口就能增收致富，这让我们幸福感倍增，农业能创出一番天地，这更让我们心生成就感。”王雪芬感慨，“循环经济”让东林村的各项产业都步入良性循环，环保、生态的理念更是深入每位村民心里。如今，王雪芬种瓜果都很讲究。2年前，东林果园和省、市农科院所共建实验基地，按照科学方法种植，使用植物提取物进行病虫害防治。“果园至少已经飘香长三角。游客来我们这里，尝了果园的水果，就迫不及待地想预订下一季的，一年收益能超百万元。”王雪芬喜滋滋地说。

村干部：
深耕农业，“上访村”变“奋斗村”

作为土生土长的东林人，苏齐芳曾见识过这里的贫穷、无序。“以前，我们这里也算是个‘上访村’，其实很多也就是家长里短的小事，主要是日子过得不好，大家心里不舒服。”

解决矛盾，首先得让大家手上有活干、日子有奔头。2004年，接下“四村合并”的村书记担子时，苏齐芳就立下“军令状”：要带着大家增收致富，5年村收入达500万元，10年达1000万元，如果没达成就“引咎辞职”。然而，没有工业支撑，东林村靠什么致富？苏齐芳坚信“现代农业有希望”，他走访调研了全国多个先进村，甚至去了韩国、日本等国家的乡村，学到了两个关键本领：“方法”和“技术”。

激励大家种粮，首先得讲“方法”。2012年，苏齐芳提出“大承包、小包干”的种粮激励政策。他向调研组解释，所谓“大承包”，就是激励合作农场场长，给他们明确种粮指标，小麦亩均产量650斤，水稻亩均产量1000斤，增产部分拿出20%奖励给场长；“小包干”则是调动农民的积极性，按照种粮面积算，每亩地可以拿到300元的“管理工资”，如果亩产超过指标，也可以拿到增产部分20%的“绩效奖金”。在这样的激励机制下，大家种好粮、多种粮的决心更大了、信心更足了。

做强农业产业，长远来看，还得靠“技术”。“种植、养殖能成规模、能高品质，需要靠科学技术、需要靠现代化设备。”苏齐芳告诉调研组，秸秆收储、饲料加工、肥料再加工等，都靠村里引进的先进设备，这方面投入很大，但效益和价值也是极为可观的。全村每年农产品加工业上缴给村集体的收益达1500万元，这些收益主要用于各类村级经济社会事业建设，惠及所有村民。苏齐芳坚信，“贯通产加销、融合农文旅”是提高粮食生产综合效益的有效途径，也是促进农民增收的务实选择。

以农业为基础，东林村还在不断提升循环产业链价值。“发展高附加值农业是下一阶段的重点。”苏齐芳介绍，今年，东林村引进秦川红牛，对标世界先进标准进行养殖。这些肉牛听着“古典乐”，住着“恒温房”，吃着纯天然的“发酵饲料”，预计明年就可以上市，他相信东林牛肉的品质、口感不亚于日本“和牛”。

人心涣散的“问题村”如何凝聚人心，拧成干事创业的“一股绳”？苏齐芳向调研组分享经验：始终坚持党建引领推动乡村振兴工作，通过加强党的基层组织建设，促进村级事务和集体经济蓬勃发展。东林村深化农村集体经济产权制度改革，由村集体发起组建农场专业合作社、投资富民合作社、农村劳务合作社等各类农村新型集体经济主体，引导村民全面参与合作经济组织的生产、加工、仓储、销售等过程，实现集体和村民共同发展、共享成果。2021 年，东林村实现集体经济总收入 5637 万元，村级可支配收入 3100 万元，村民人均可支配收入 4.5 万元。“我们用实践证明，以农为主，以粮为主，也能壮大集体经济，也能闯出致富新路，循环农业和乡村旅游等，都是乡村振兴的有效路径。”对于东林村的未来，苏齐芳心怀更多憧憬。

随着发展的深入，东林村对科技人才的期盼也更加强烈。“农村需要更多的技术人才。”调研采访的最后，苏齐芳坦言困境，“农技专家等人才引进难、使用难、留住难，这是制约农村产业转型发展的大问题。”他期待，更多农业院校专家教授、科技特派员等能与各村结对合作，共同打通农业科技成果转化利用的“最后一公里”。

“原住民”：
种下“希望田”，守好“米袋子”

还有几个月，年近 65 岁的张耀忠就将迎来“夕阳红”的美好生活。种了一辈子地的他，还可以拿到退休工资。

“我们全村有 10 多个农业企业，大力解决了本村就业问题，我这样的老农民和年纪轻的新农民，都有‘用武之地’，我们有种粮经验，他们有农业技术。”

张耀忠祖孙三代种粮，他亲历了东林村的变化，也尝到了发展现代农业的甜头。“我的父辈就是面朝黄土背朝天种地，到我那一代开始了农业机械化，到我儿子这一代，就更好了，他们用上了智能农业系统。东林合作农场 2033 亩稻麦种植基地全程实现机械化，只要 9 个劳动力，其他人就可以进城镇企业或其他地方就业，大家的收入都高了。”

如今，东林村打响了“循环农业”招牌，还引进培训基地、休闲采摘、农业科普教育、农事体验、特色餐饮等新业态，配套建设彩虹大道、稻田步道、特色驿站、穗月广场等核心景观……持续开展农村人居环境整治提升，这片村民眼中“希望的田野”，也成为游客们心中“向往的生活”。张耀忠告诉调研组：“东林的农牧风光每年吸引游客 7 万多人次，带动当地 450 多人就业创业。”

看着眼前“一畦春韭绿，十里稻花香”的乡村美景，张耀忠憧憬起退休的“小日子”。张耀忠给调研组算了算账，除了发放的退休金外，他还能获得在集体农业企业打工的薪金和东林村社区股份合作社的股份分红，每个月的收入有5000多元。村里的老年人每年还能享受1000多元的福利。张耀忠欣喜地说，今年村里新开通一条5.3公里长的“田园新干线”，还要打造一个叫“味稻公园”的农民乐园。到时候他会带着小孙子去玩，“一辈子埋头种地，终于也有机会，悠闲地抬头赏赏风景了。”

【专家点评】

南京林业大学农村政策研究中心主任、教授 高强：

在以农为主、以粮为主条件下如何推进乡村振兴，东林村的实践给出了一个很好的答案。东林村通过探索贯通产加销、融合农文旅的路子，特别是通过经营模式创新，走出了“一片田、一根草、一只羊、一袋肥”的循环农业发展模式，实现了农村增绿、农业增效、农民增收的多重效益。同时，东林村也再造了农村市场经济的微观基础，推动多元主体联合与合作，依靠法人经营将小农户引入现代农业发展大格局。当下，东林村顺应消费结构升级新趋势，一体谋划大农业下的各细分产业发展，推动一产往后延、二产两头连、三产走高端，促进产业发展、资源匹配、生态共享与循环利用相协同，实现科技力量源源不断地赋能农业农村，推动农业价值链向中高端跃升。发展过程中，农村集体经济组织彰显了在乡村资源要素配置中的独特优势，不仅提高了资源利用效率和劳动生产率，还建立健全了利益联结机制，让农民分享到更多的产业增值收益，为促进共同富裕提供了一份有益参考。

江苏百村联合调研组

统筹“新”和“旧”，共筑富强梦

——从基层实践看乡村产业振兴

乡村要振兴，最重要、最根本、最关键的是产业振兴。习近平总书记强调，“产业兴旺，是解决农村一切问题的前提”。本报调研的这100个村，对发展什么产业、怎样发展产业都在因地制宜进行创新探索，也为新时代乡村产业振兴贡献出江苏方案。特别是，此次江苏百村调研的样本村中，不少是原来产业基础一般甚至薄弱但近年发展出现转机的村。如何整合多种生产要素、汇聚乡村发展合力、促进乡村产业兴旺，曾是这些村庄面临的普遍难题。乡村振兴战略实施以来，这些曾经在困顿中徘徊的贫困村、薄弱村，因为找到了产业振兴的突破口，统筹运用“新”“旧”资源，正呈现出全面振兴的良好态势。

一二三产珠联璧合，蹚出富民强村新路径

江苏是农业大省，也是乡镇企业的发源地。随着乡村振兴战略的实施，全省乡村主导产业更加鲜明、特色产业优势日益显现。在百村调研中，记者切身感受到全省乡村产业出现的一些新变化、新趋势。

——在端牢“米袋子”“菜篮子”的同时，规模化、标准化、品牌化、绿色化的农业生产体系在各地陆续涌现。宿迁市宿豫区时济泉村登丰稻麦种植家庭农场，从2015年的100亩地扩大至1000亩，全年农场纯利润80万元。位于泗洪县西南岗片区的垫湖村泽馨家庭农场，600亩碧根果育苗基地一年售苗20多万株，销售额200万元。泰州市海陵区丁冯村着力推进蔬菜规模种植，组建3个片区合作社，从种到销实行全程标准化，把集体收益与村民收入绑在一起。盐城市盐都区新民村，拥有全国连片面积最大的高架无土草莓种植园，获评全国“一村一品”（草莓）示范村，以该村为发展龙头的“盐都草莓”成功注册国家地理标志证明商标，品牌价值7.1亿元。句容市丁庄村制定“丁庄标准”，整合葡萄品种育苗、生产资料、技术培训、品质标准、品牌销售等产业链环节，实现葡萄产业由量到质的飞跃。句容市戴庄村，秉承全国“时代楷模”赵亚夫的绿色生态农业理念，从恢复生物多样性入手推进有机农业产业化，丘陵岗地变美了，有机农产品也让小村变富了。顺应现代农业产业化发展规律，遵循绿色生态农业理念，让乡村产业发展蹄疾而步稳。

——向二三产业拓展延伸，结构合理、功能多元、三产融合、分工优化、市场完备的乡村产业体系日益健全壮大。响水县康庄村返乡大学生张凯伯家是种田大户，流转1200亩水稻田，并创办凯泉米业加工厂，为村里15个大户种植的8000亩南粳5718优质水稻提供烘干、仓储、加工、销售一体化服务。无锡市惠山区桃源村以水蜜桃种植为业，打造文旅项目，由卖桃赚钱到以桃拓业，人均年收入增至6万元。如东县南渔村盛产文蛤、泥螺等海产品，拥有独特的滨海风情，该村抓住渔业特色，发展水产养殖、海洋捕捞、渔船修造、渔网加工、食品加工、旅游休闲等多个产业。不满足于简单种田，想方设法延长产业链，实现“接二连三”，是这些乡村构建全产业链的普遍实践。

——各类乡村经营主体快速成长，各地集约化、专业化、组织化、社会化相结合的乡村经营体系正在加快孕育。宜兴市金兰村在无锡最先成立村办合作农场，400余农户2800余亩土地入股，由村级合作社统一经营，占全村承包地面积的99%，如今村级可分配收入增加到1000余万元。常州市武进区

跃进村引进花木电商企业懒人园艺，组建花木电商富民合作联社，推行“电商企业 + 合作社 + 农户”订单式种植销售，带动花木产业更多转为定向种植，去年全村花木线上销售额突破 1.5 亿元。徐州市贾汪区马庄村的香包产业从十来个人的分散小工坊，加速向香包文化大院集聚，年产值 800 余万元；村子还持续扩大马庄香包和农民乐团的影响力，着力打造文化旅游的马庄品牌。集体经济组织、专业化合作、公司化经营，增强了涉农企业的抗风险能力，能更好地适应市场经济的发展要求。

调研组发现，全省乡村产业发展也有需要注意的问题。总体来看，农业还是弱质产业，自然灾害与市场风险对农业经营者有很大冲击，疫情也曾对农产品营销产生不利影响；乡村一二三产业融合发展还不够充分。省社科院研究员高珊认为，乡村产业发展重在做强特色农业，提高农产品生产能力，政府要加大对农业的保险扶持；推动农业向农产品加工、农村服务业延伸，完善利益联结机制，把产业增值环节更多留在农村、增值收益更多留给农民。

人地钱技要素集聚，汇聚产业发展新优势

乡村产业振兴，离不开传统的“人才”“土地”“资金”三要素，更离不开“科技”这一创新要素。通过一系列“组合拳”，各地因地制宜激活农村资源要素，让乡村产业成为有奔头的产业。

——让各类人才大显身手。乡村的广阔天地，可以承载年轻人的田园梦想。淮安市洪泽区滨河村的潘培勇学的是现代农业管理，外出打工几年后回乡包地，家庭农场从刚开始的 200 亩扩大到 500 亩。他精心精准选用种子，进行消毒育秧、施肥管理，农场年营收超 200 万元。泰兴市祁巷村首个返乡创业大学生丁冬牵头建立“回乡大学生创业园”，引发返乡创业潮。河南信阳人粟军仁早前在上海从事蔬菜批发，在朋友推荐下到阜宁县丁横村经营“蔬菜大棚”，一年收入 50 多万元，解决了当地 10 多名村民就业。这些有为的回乡青年、外乡创客和本地人才，在乡村产业发展中激发出个人潜能，创造着财富神话。

——让农村土地释放更大潜力。土地是乡村最基本、最重要的资源要素。如何在严守耕地红线的基础上，合理利用土地，让其生“金”强村，考验着乡村干部的智慧。江阴市红豆村在发展水蜜桃产业中，村里为农户减免没有收益的前 3 年土地租金，分担风险机制激发村民的创业热情，过去的贫困村变成今天的“桃花源”，实现以水蜜桃、花卉种植为第一产业，以水蜜桃酒加工为代表的第二产业，以红豆古树和相思情爱为主题的乡村旅游业“三产”

融合发展。盐城市亭湖区五星村抓住发展机遇，建起以汽车配套产业为主导的五星第一工业园区，引进企业 127 家；全力打造苏北三产服务业第一村，建起大酒店和休闲广场，发展楼宇经济；突破用地制约，在亭湖开发区建成五星创业园、科技园和工业园等“飞地”园区，成为村庄转型发展的新载体。有了好政策、好机制，就能用足用好自己的地，开发利用更多的地。

——让资金活水畅流乡村。今年 5 月，省政府办公厅推出进一步加强财政金融支持农业农村发展若干政策措施。各地充分发挥财政和金融资金的撬动作用，为乡村产业发展和农民增收开辟新渠道。靖江市万盛村获批泰州市第一单“强村置业贷款”，得益于靖江市出台的发展壮大新型农村集体经济扶持政策，建设生产经营性项目有不超过 30% 的奖补，解了村级经济发展的资金之急。宿迁市洋河新区六里棚村地处省级农业高新技术产业示范区核心区，除了收取落户农企的土地租金，还推进村企联建壮大集体经济，共同探索“返租倒包”“参股经营”等模式，成立彩印包装公司、劳务公司，降低企业采购和用工成本，促进村民就业增收。11 月 25 日省人大常委会通过的《江苏省乡村振兴促进条例》明确，县级以上政府土地出让收入用于农业农村的比例应当提高到 10% 以上。进入乡村的财政、金融、社会资金，为乡村振兴提供了强劲动力。

——让科技为乡村产业发展赋能。农业科技是乡村产业振兴的重要支撑。太仓市东林村以科技为引领，一体谋划大农业下的各细分产业发展，推动一产往后延、二产两头连、三产走高端，促进产业发展、资源匹配、生态共享与循环利用相协同，科技力量源源不断地赋能农业农村，推动农业价值链向中高端攀升。研究生毕业后的龙国刚，在南京市溧水区芝山村探索富硒果蔬种植，以生物质炭促进改土、增产、提质，擦亮健康农业、健康农产品发展“招牌”。江阴市双泾村面对疫情之下农产品滞销困境，开辟电商销售渠道，在“云端”卖螺蛳，在果园开直播，村里电商企业蓬勃成长，带动“双泾螺蛳”“双泾葡萄”“双泾翠冠梨”等优质农产品畅销。常熟市坞坵村“壹稻垂钓”文化中心，利用物联网技术自动感知钓台塘下情况，让垂钓者体会到满满科技感。江苏一些乡村正抓住机遇吸纳农业科技、数字技术的要素功能，促进乡村产业高质高效发展。

不容回避的是，一些村普遍存在存量集体建设用地较少，又有耕地红线限制，乡村产业发展用地包括设施农用地难以保障等问题。而要充分发挥科技在乡村振兴中的作用，还有很多瓶颈。省社科院副研究员赵锦春认为，摆脱“增产不增收、务农不富裕”的困局，需要研究推动农业科技化、产业高端化转型升级，依靠数字赋能，实现现代农业和乡村二三产业发展方式的变革。让一切劳动、知识、技术、管理、资本的活力竞相迸发，需要政府和市场各司其职、各尽其能，真正引导好资源的优化配置。

内力外力合力并驱，激活乡村振兴新动能

行走百村，调研组能看到的是具体的产业形态、集聚的要素资源，而在这背后，则是多种力量合纵连横，协同推进乡村产业振兴。

——来自基层和群众的发展要求是乡村产业振兴最原始也最持久最强劲的内生动力。产业强、百姓富、集体兴，离不开自下而上的基层群众创业冲动和创新智慧。句容市桥东村返乡青年孙金龙花30多万元购置两台挖机，花3年时间把流转的100亩土质偏砂的丘陵岗地平整出来，建成高标准农田，种上美都西瓜、小蜜25哈密瓜，吸纳全村40多位乡亲打工，年产值突破100万元。宝应县成庄村回乡能人赵建明接手村里经营不善的肠衣厂，通过技术改造使其脱胎换骨，变身从猪小肠提取肝素钠的生物科技公司，在获得高附加值的同时致富乡里。沭阳县聚贤村的90后们利用电商平台和直播带货为花木产业赋能，在自家致富的同时帮助更多村民"触网"，将花木销往全国各地。无论是规模化的种植业、专业化的养殖业，还是现代化的制造业、市场化的服务业，都倾注了江苏现代农民的心血和智慧。他们敢于投产业、善于搞技改、勇于闯市场的胆魄，激励带领着更多村民乡邻迈上致富的大道。

——来自招引企业的投资兴业和结对帮扶方的共建共享成为乡村产业振兴的重要外力支持。一些缺乏集体积累、资金资源有限的村，依托外力借势发展，取得了村庄与工商企业的共赢。连云港市海州区江浦村近10年来招引一批老板下乡，创建多个现代农业园，带动全村老乡致富。泗阳县颜圩村招引客商种植多肉和百合，大棚多肉种植面积4万多平方米，电商销售年利润约200万元，带动30多名村民就业。滨海县前案村巨绿家庭农场负责人陈旭东长期在苏南经营苗木，被招引到村里后，承包1000亩荒废地，投资百万元，栽种10余种近6万株苗木，并把自己的苗木嫁接、养护手艺传授给100多位村民。南京市栖霞区燕子矶片区整治开发公司、仙林大学城与八卦洲上的外沙村结对共建，出资为全村基础设施和公共服务提档升级，为村里鲜花、苗木、浆果、蔬菜生产基地的发展壮大打下坚实基础。

——村域产业联动发展的合力得益于村集体及其带头人的把脉定向。高邮市小葛村村干部牵头创办明兰渔业专业合作社，创立"雨荷飘香""小葛鱼"水产品牌，采取"支部+合作社+养殖户"的模式，引导村民在养好"四

大家鱼”外，加快发展大闸蟹、小龙虾、白鱼等高经济价值的特种水产养殖。靖江市德胜村党总支书记杨恒俊创立的德胜农业科技公司是集基地生产、仓储物流、互联网销售、休闲观光为一体的生产综合体，对外地优质农产品优化加工，打造“德胜牌”系列农副产品50余种。宜兴市美栖村党总支书记宗华东花一年半时间从云南请来玫瑰种植专家李杰，投资方+技术方+村集体三方合作成立混合所有制企业淳美公司，打造出集食用玫瑰种植、产品深加工、科普教育、观光休闲于一体的村企联建融合发展模式。以村级组织领办合作社等为抓手，把一家一户的小规模经营整合起来，让群众在产前、产中、产后各个环节“抱团”合作，这种汇聚起来的合力，正强劲有力地改变一个又一个乡村的面貌。

同时也要看到，在“内力”“外力”“合力”这三种力的背后，还存在着一些难题待解。一些无区位优势和特色产业的乡村，当如何摒弃单纯依靠政府帮扶的发展路子、激发内生动力？如何引导工商资本有序下乡，变单纯输血为互惠共赢，等等，这些或许值得更多乡村思考。赵锦春认为，乡村产业兴旺，既需要合理借用外力，更要注重通过制度创新，激发内生活力，合力推动乡村产业转型升级。

（新华日报2022年07月12日—12月19日）

申报资料实录

作品简介：2022年是党的二十大召开之年，也是乡村振兴战略实施五周年。聚焦习近平总书记关于乡村振兴及“三农”工作重要论述在江苏的贯彻落实情况，新华日报社用7个月左右时间，实施“乡村振兴·江苏百村调研”大型全媒体行动。采访调研组用脚步一一丈量江苏76个涉农县（市、区）的100个乡村，其中既有总书记调研过的镇江世业村、徐州马庄村以及一些多次报道过的老典型，也有近几年崭露头角的新秀村，同时兼顾部分发展相对滞后的村。采访中，对标习近平总书记提出的“产业兴旺、生态宜居、乡风文明、治理有效、生活富裕”20字总要求，每村选准一个关键词，访谈“三个人”（“新农人”、村干部、“原住民”），并配以专家点评，既用群众听得懂的语言讲述乡村变迁，又深挖一锹为新时代乡村振兴寻策探路。

社会效果：这组系列报道融主题高度、调查深度、对话温度和思考锐度于一体，报网端微同步推出，受到读者用户广泛关注好评。业内专家撰文指出："新华日报'乡村振兴·江苏百村调研'活动报道，用一手的原始素材、理性的深度思考，展示新时代江苏乡村振兴全景画卷。记者足迹遍及省内100个乡村，发现亮点、破解难点、寻找发力点，所写报道既有新闻性又有思想性，对推进这一战略具有一定的资政价值、样本参考"。同时充分肯定："地处我国工业化、城镇化高度发达地区的新华日报，能投入这么多人力下乡进行'百村调研'，这对其它地区的主流媒体应有所启迪和鞭策。"

初评评语：调查研究要聚焦真问题。这组报道是"站在天安门城楼上想问题，深入田间地头找答案"的典型，充分体现了记者的"眼力""脑力"，使报道体现了解题思维，具有很强的思想性、指导性。对100个村展开实地调研，与基层一线干部和农民群众面对面交流，掌握大量原汁原味的第一手材料，用不知疲倦的"脚力"保证了这组报道有干货、不虚空。

报道注重"泥土的芬芳""思想的光芒"并重，以雄健"笔力"全面系统展示5年来江苏乡村振兴的生动图景，用大江南北一个个具有代表性的乡村变化，彰显习近平总书记关于"三农"工作和乡村振兴系列重要论述的真理力量和实践伟力，对推动江苏落实总书记"在农业现代化上继续走在前"的要求，具有极高资政价值。

今年我 10 岁

颜　斌　刘建光　陈永刚　赵雨杉　曹舒琴　朱加宁　徐果婧　李　征

作品二维码

今年我 10 岁①｜朱瑞晰：“半条被子”的故事，我来接着讲

今年我 10 岁④｜卢澍：足球小子和“大白”妈妈

今年我 10 岁⑩｜杨馥嘉：追星星的孩子

（新湖南客户端：新湖南 · 今日视点 2022 年 09 月 29 日—10 月 10 日）

申报资料实录

作品简介：在党的二十大即将召开之际，湖南日报·新湖南客户端推出《今年我 10 岁》系列短视频，讲述 10 名在党的十八大召开之年 (2012 年) 出生的

孩子的成长故事，以“10年·10人·10岁”的时代概念作引领，通过一群十岁孩子澄澈的双眼，向受众展现了这十年朝气蓬勃、硕果累累的新时代宏伟画卷：大国崛起、日新月异、奋斗不息、幸福洋溢。党的十八大以来的10年，习近平总书记先后3次到湖南考察，作出“精准扶贫”“三高四新”“守护好一江碧水”等重要指示批示，为湖南发展指明了方向、擘画了蓝图。朱瑞晰、龙鸿涛、陈佳怡、朱俊阳……这10个平凡却不普通的10岁孩子身上的动人故事，正是湖南坚定不移落实习近平总书记重要指示批示精神的缩影，是整个湖南经济发展、民生改善的缩影。《今年我10岁》是由“融”到“精”的一次蝶变，也是一次文字与视频的交融。为了讲好故事，作品运用了个性表达以传递鲜明青春形象。各集视频中巧妙运用了倒叙、人物特写、插叙等表现方式，在流畅讲述故事的同时给观众以视觉冲击。一个个重大的时代主题，化为一个个孩子成长的故事，使十年的成就如此真实生动，又青春飞扬。

社会效果：作品一经刊播就实现“破圈”，被人民日报客户端、新华社客户端、央视新闻客户端等权威平台广泛转载，总浏览量超1亿，为迎接党的二十大胜利召开营造良好氛围。在微信、微博、抖音、学习强国以及今日头条等多平台发布推送后，受到网友特别是年轻网友喜爱，总浏览量超过1.7亿次，#今年我10岁#微博话题登上同城热搜榜第2位。网友“顾盼生辉”点赞：“非常感人，原题新颖，故事真情，小角度反映大时代！”网友“原本善良”留言：“有思想、有内涵，画面感强，每天像追剧一样过瘾！”

初评评语：这组报道用小切口表现大主题，实现了价值引领与作品魅力同频共振、内容提质与表达创新相得益彰。一系列鲜活生动接地气、昂扬向上有朝气的少年形象，让中国梦的实践生动精彩、可亲可鉴；一曲曲成风化人的青春“交响曲”，让主旋律在最有活力、最富青春的领域大放异彩。该产品系列稿件在微信、微博、抖音、学习强国以及今日头条等多平台发布推送，深受用户特别是年轻用户喜爱，全网阅读量超过1.7亿次。围绕中心，服务大局是党媒义不容辞的责任。《今年我10岁》立意深远，非常好地履行了党媒的政治责任。

重度烧伤女孩“重生之路”

杨 悦 孙 聪

限于篇幅，文字稿略，获奖作品请见中国记协网 http: //www.zgjx.cn。

（三亚广播电视台 2021 年 01 月 02 日— 2022 年 01 月 26 日）

申报资料实录

作品简介：2021 年年初，记者关注到家住万宁的 11 岁农村女孩因重度烧伤命悬一线，被三亚中心医院收治的这一事件，烧伤女孩在紧急救治 41 天后，生命体征归于平稳，后因家庭困难无力承担救治费用，几度放弃生的希望。在女孩治疗期间，三亚广播主持人、记者杨悦几乎每天都在医院，与主治医生及沅沅家人探讨病情，并在女孩面对高昂的手术费，一筹莫展之际，践行媒体初心，并号召《加油！宝贝》栏目组的爱心妈妈们及时送去爱心款帮助沅沅渡过难关，也让沅沅一家在三亚感受到温暖。整个新闻采编过程中记者进行了深度报道，大量录制了现场的同期声，运用到录音报道及现场直播的叙述过程，体现了真实、生动、感人的采编过程。不负众望，2022 年 1 月 27 日，烧伤女孩历时 14 个月终于返回家乡与家人团聚，创造了生命的奇迹。该作品展现了广播快速、时效的特点，主播通过直播节目发现新闻线索并深挖新闻点，在长达一年多的时间里持续跟踪关注，每逢节日都会送去天涯之声和热心听众的关怀，这份关怀让沅沅一家感受到了温暖和大爱。通过这篇报道淋漓尽致地展现和表达出天涯之声作为主流媒体的责任、爱心与担当。

社会效果：该作品充分运用音频、视频、同期声等融媒体手段，通过 FM104.6、蜻蜓 FM 创新了传统媒体传播理念和形式。目前沅沅一家人已经和天涯之声宛如一家人，众多听众朋友通过天涯之声平台主动去了解沅沅的病情进展，同时，天涯之声的报道也引起了医院、妇联及多家爱心机构的关注，是多方合力进行连续报道的典范。

初评评语：人间处处有真情，真情处处暖人心。三亚在建设自贸港的过程中，在中国式现代化建设的征途里，时刻体现着经济发展与人文关怀的共同交融，该作品通过广播现场直播，积极调动各方参与形成合力，直播话语温暖亲切、逻辑清晰，是一篇优秀的广播直播互动作品。

擦亮劳务品牌助推乡村振兴系列观察

孙忠法　魏　杰

代表作 1

劳务品牌如何成为就业“金名片”

编者按

树一个品牌，富一方百姓。近年来，各地大力推动劳务品牌建设，劳务品牌从“燎原星火”发展到“群星璀璨”。党的二十大报告中指出，要“强化就业优先政策”“促进高质量充分就业”。培育和建设劳务品牌是广辟就业门路、推进产业振兴、集聚乡村人才的重要抓手，有助于推动乡村振兴。如何抓好劳务品牌促进乡村振兴？近日，本报记者对湖北、甘肃、青海、贵州、山西等地多个劳务品牌的从业者、有关部门负责人、用人单位、有关专家等进行采访，从今天起推出系列报道，敬请关注。

“广东技工”享誉全国，“吕梁山护工”广受欢迎，“盱眙龙虾厨师”圈粉无数，“平舆防水”有口皆碑……近年来，具有地域特色、行业特征和技能特点的劳务品牌持续涌现，成为一种引人注目的现象。

这些劳务品牌带动就业情况如何？如何培育叫得响的劳务品牌促进高质量就业？记者进行了调查。

一个品牌带动几十万人就业

“我想一直在这里干下去！”在北京市房山区一家医院，护工宋爱玲话语中透着喜悦。宋爱玲来自山西省吕梁市柳林县三交镇宋家垣村，之前在老家做卫生保洁，每月工资只有 900 多元。2019 年 7 月，她参加“吕梁山护工”培训后，来到北京从事病患护理工作，月收入六千多元，生活开启了新篇章。

这是打造劳务品牌促进就业的一个缩影。

劳务品牌源自劳动服务实践，兴于农民进城务工。党的十八大以来，踏着脱贫攻坚、乡村振兴的鼓点，各地以技能培训为支点，不断提高劳务组织化程度，使劳动者获得更广阔的就业空间，劳务品牌发展实现新的腾飞。

“一个响当当的劳务品牌，是靠一批批技能人才用过硬本领、专业服务、良好口碑建起来的。”山西省吕梁市创业就业服务中心副主任毛新建说。在吕梁的护工培训学校，从土豆丝怎么切，到怎么给婴儿换尿布，再到急救进行心肺复苏，都有标准流程。“在品牌建设中，我们还注入诚信、勤劳、专业的文化内涵，使得‘吕梁山护工’成为享誉全国的特色劳务品牌。”毛新建说。

劳务组织化程度不断提升，让就业更加稳定。吕梁市与全国几十家劳务公司建立了合作关系，经常当期培训还没结束，学员就被签约争聘一空。甘肃省民乐县推进“民乐憨小伙”劳务品牌建设，在珠三角、长三角建立 34 个劳务基地，与 391 个劳务中介组织开展合作，构建起长期稳定的劳务输出渠道。疫情防控期间，多地采取专列、包机、包车等方式，有力保障了群众外出务工。

劳务品牌为劳动力贴上“就业名片”，形成“质量认证”，企业用工放心，放大就业拉动效应。湖北“鄂州叉车工”因业务精、能吃苦、爱岗敬业，备受物流企业好评，呈现出供不应求的态势。“我每次去吕梁，都要带回一批优秀的护工，她们在北京的口碑非常好。”北京今日东方家政服务有限公司董事长李金花说。

树一个品牌，带一片就业，富一方百姓。一个“兰州拉面师”劳务品牌带动 100 万人就业，一个河南“林州建筑工人”劳务品牌从业人员达 20 万人，一个“蕲春艾灸师”劳务品牌带动 30 万人就业……劳务品牌成为拉动就业增长、促进群众增收、助推乡村振兴的重要抓手。

“从业者有了技能、有了组织、有了自己的品牌，收入更高、保障更好、稳定性更强。这些年来，劳务品牌的功能正从化解就业总量压力，向着化解就业结构矛盾、促进高质量充分就业方面转变。”中国劳动和社会保障科学研究院院长莫荣说。

劳务品牌百花齐放、方兴未艾

近年来，我国劳务品牌的发展，既是市场作用的结果，也离不开政府“有为之手”的因势利导、精心培育。

国家出台多项政策举措支持劳务品牌发展壮大。中办、国办印发《关于加快推进乡村人才振兴的意见》，明确要求培育一批叫得响的劳务品牌。国务院印发《“十四五”就业促进规划》，将培育劳务品牌作为稳定和扩大农村劳动力就业规模的重要手段，纳入国家规划高位推进。

为推进劳务品牌高质量发展，人社部、国家发改委等 20 部门共同印发《关于劳务品牌建设的指导意见》，围绕发现培育、发展提升、壮大升级劳务品牌提出了具体政策举措。人社部、中央广播电视总台、国家乡村振兴局共同举办全国劳务品牌发展大会，举办劳务品牌工作全国赛、全国劳务品牌形象代言人征集展示、劳务品牌大型融媒体云推介等系列活动，搭建起全国性、高层次平台，为劳务品牌建设注入强劲动能。

目前，全国各地都已经制定出台了劳务品牌建设专项文件，一些地方成立了领导小组，建立了部门、行业协会、市场机构多方参与的工作机制。不少地方还出台劳务品牌标准、诚信、融资、税费等政策措施，支持劳务品牌做大做强。

“劳务品牌的发展，正从过去的自动自发阶段，进入市场和政策推动的新阶段。”莫荣表示。有力的推动下，我国劳务品牌建设正驶入快车道。

老品牌焕发新活力。“扬州三把刀”历史悠久。近年来，江苏省扬州市人社部门将“三把刀”相关的乡土人才纳入企业新型学徒制，集中大师资源在技工院校开设产业特色班进行培养。目前，全市经过培训取得职业资格证书的“三把刀”劳务人员达 40 多万人，众多劳动者走上技能就业、技能增收之路。

传统优势挖掘出品牌。民乐县群众有外出到水利建设工程打工的传统。顺势而为，民乐县注册“民乐憨小伙”劳务品牌商标，通过对接市场、定制培训、规范管理、加强宣传，有力提高品牌影响力。目前，全县有 8 万多人在外稳定就业，成功走出劳务经济富民之路。

新兴产业也孕育出劳务品牌。北京“中关村程序员”、江苏“武进轨道交通技术员”、河南“夏邑电商”、湖北“枣阳数控技师”……新兴产业劳务品牌不断涌现，为更多劳动者提供更多就业创业的机遇。

统计显示，截至 2021 年底，全国各地共创建劳务品牌近 2000 个，涉及的行业从以传统建筑、制造和家政服务等为主，逐渐向全社会的各行各业开拓发展。一些劳务品牌已经不单是就业名片，还成了城市名片，实现了小品牌大作为。

加快发展，让更多人端稳“金饭碗”

当前，劳务经济发展已进入品牌经营时代。构建劳务品牌促进农村富余劳动力转移，促进高质量充分就业，已成为各地的共识。如何进一步打造劳务品牌，也引起了各地的思考。

“专业技能是务工人员的立身之本，决定着品牌的竞争力。”甘肃省人社厅副厅长何永强表示，随着经济转型和产业升级，市场对技能型劳动力的需求日益旺盛。各地要大力提高劳务品牌的技能含量，有针对性地抓好培训，提升劳动者素质能力，更好地满足市场需求。

标准化建设是保持和提升服务质量的关键。目前，受制于各种因素，不少劳务品牌还没有制定服务标准。贵州省正安县劳动就业局局长郑德健建议，要引导鼓励全社会参与劳务品牌的标准化建设。“我们组织技能大师、高校学者、生产厂家负责人以及行业协会专业人士集体攻关，最终制定出了吉他制作的标准，填补了全国空白，为‘正安吉他工匠’劳务品牌发展奠定了坚实的基础。”

“酒香也怕巷子深。任何一个品牌的塑造，都是用心浇灌的结果。”中国就业促进会副会长柏莉建议，各地要注重讲好品牌故事，做好品牌文章，着力提升品牌知名度、认可度和美誉度。新形势下，各地要针对劳务品牌的特点，研究制定相应组合政策，持续关注、跟踪，提供相应的服务和保障，让劳务品牌真正响当当。

代表作 2

劳务品牌如何成为产业发展“助推器”

凭借技艺精湛的“正安吉他工匠”，深山县城贵州省正安县成为吉他“世界工厂”；靠着“资溪面包师”的手艺，不产小麦、没有面粉厂的江西省资溪县成了“中国面包之乡”；借助“粤菜师傅”工程的开展，广东省梅州市梅县区城东镇玉水村从“煤矿村”变身“厨师村”，迎来山乡巨变……

近些年来，一个个浓缩着特色技艺的劳务品牌，成为助推乡村产业振兴的有力支撑。中国劳动和社会保障科学研究院一项针对 101 家劳务品牌的调查显示，这 101 家劳务品牌带来的年产值为 7936 亿元，年产值 100 亿元以上的劳务品牌有 13 家。

劳务品牌建设是如何为产业发展赋能的？能为乡村产业振兴带来哪些经验启示？记者进行了调查。

工人变能人，规模化供给夯实产业底座

靠着“潜江龙虾工”娴熟的分拣技艺，小龙虾实现品种细分，得以跨过从非标品到标品的坎儿，进行数字化经营；制作一把吉他的 200 多道工序，七成靠手工，技艺高超的“正安吉他工匠”成为托举产业不可或缺的一环。

"劳务品牌的地域特色、行业特色、技艺特色越显著，推动产业发展和乡村振兴的支撑力越高。"中南财经政法大学教授李波指出。如今，劳务品牌的技能优势正转化为产业振兴新动能。

技能是劳务品牌亮丽的"招牌"。紧贴产业发展需要，许多地方通过免费、补贴、奖励等各种支持手段，以订单培训、定向培训等方式，有组织地开展职业技能培训，让工人变能人。

"过去重在引导农民工外出务工，现在更注重培训技能。"湖北省潜江市劳动就业管理局副局长熊宣华说。伴随产业转移和人才回归，"裁缝之乡"潜江的纺织服装产业渐成气候。为让"潜江裁缝"劳务品牌与产业衔接，该市设立 22 所培训机构和实训基地，实训均在本地服装企业进行，免费提供培训，数以万计的农民从学徒工转变为技能熟手。

2016 年，湖北比帆制衣有限公司从广东省惠州市搬回潜江。此前，每年春节过后，公司要包车带着几百位"潜江裁缝"长途跋涉到惠州上班。如今，公司近九成员工是家门口的"潜江裁缝"，公司就地取"才"，步入发展快车道。截至目前，"潜江裁缝"共有近 18 万人，在潜江市内的有 5 万余人，潜江纺织服装规模以上工业企业达 66 家，实现了从小作坊到大产业的跃升。

"通过打造劳务品牌，加强技能培训，实现规模化的人才供给，从而推动产业升级。"中国劳动和社会保障科学研究院就业创业室主任、副研究员陈云指出。

千工易找，一技难求。劳务品牌技能培训一定程度上缓解了"技工荒"，为产业发展提供了人力资源支撑。陕西省紫阳县高峰时期一年免费培训了 7000 多名"紫阳修脚师"，为当地龙头企业提供修脚师上万余人次。重庆"大足雕客"改变家传式或学徒制的传统培养方式，统一招募、组织培育，与近 300 家公司建立用人合作关系，目前从业人员超 11 万人，年创收 200 亿元。

"接二连三"，撬动产业融合发展

"可以说，一只小龙虾被我们'吃干榨尽'了。"湖北潜网生态小龙虾产业园集团有限公司副总经理、"虾谷 360"负责人李红卫笑着介绍。围绕一只小龙虾，百万人口的潜江，每 5 人中就有 1 人从事相关产业。昔日舌尖上的美味，升级为"接二连三"、覆盖一二三产业的支柱产业。

一到小龙虾交易旺季，虾稻共作农田里，"虾哥虾嫂"火热开捕。进入交易市场，分拣工与时间赛跑，双手上下翻飞，青虾、红虾、炮头，眨眼间就被抛进相应的货筐中，分拣、打包、发货、物流运输，一气呵成。在销售端，活跃着龙虾经纪人、用户体验官、美食达人、网红主播，小龙虾动漫设计、电影拍摄也正在兴起。

“潜江龙虾工”劳务品牌内容不断拓展，新农人、返乡创业人才、大学生等“新鲜血液”持续融入，催生了电商销售、网红经济等新业态的聚集，小龙虾产业链不断延长，2021 年产业总产值达 600 亿元。

“劳务品牌建设提升了产业链的完整度。”中国劳动和社会保障科学研究院院长莫荣指出，目前，一些劳务品牌通过带动优势资源聚集和高效配置，引领相关产业、产品、服务提质升级，辐射带动区域发展。

记者在采访中了解到，劳务品牌成为许多地方撬动产业融合发展的支点，直接带动乡村种植养殖、生态旅游、文创产品制作等产业蓬勃发展。

依托“鸡泽椒匠”队伍，河北省鸡泽县建设集种植、加工、销售为一体的现代农业园区，130 余家企业落户，辣椒深加工产品有 200 多个品种。广东省“粤菜师傅”工程实施以来，产业链向前延伸到农田菜地，向后，涌现出一批粤菜美食旅游精品线路、粤菜师傅名村，带火了乡村旅游。

“各地意识到发展劳务品牌的价值，正逐步以人力资本为核心融入产业发展所需的资源，形成以人力资源优势为区域核心竞争力的发展新模式。”陈云说。经历了早期靠“传帮带”走南闯北、自发抱团发展，现如今一些劳务品牌迎来有效市场和有为政府合力推动，不断集聚发展要素，与本地产业同频共振。

贵州省正安县曾是深度贫困县，如今，这里是全球最大的吉他生产基地，每天 1.5 万余把吉他从这里出发销往全球。借助近 5 万名在外从事吉他产业人员的资源，正安县投资打造“正安吉他文化产业园”筑巢引凤，设立吉他产业专项发展资金，推行“保姆式”服务，举办吉他音乐节、发展吉他主题旅游，让一把吉他在深山县城弹出产业振兴“合奏曲”。

提档升级，与产业发展“比翼齐飞”

从过去单纯的劳务输出，到如今逐渐带旺一方产业，劳务品牌发展迎来崭新阶段。“经济社会转向高质量发展，发展劳务品牌对促进产业升级的作用更加突出。”陈云认为。

如何继续擦亮劳务品牌，使其与产业发展“比翼齐飞”？

随着产业转型升级，不断更新技术技能是提升劳务品牌含金量的必经之路。业内人士指出，当下，中高级技能人才尤为缺乏，这也为劳务品牌整体的转型升级明确了方向。

“还是缺人才，要加紧培育。”熊宣华坦言，接下来要着重培养具有原创设计能力的“潜江裁缝”，助力企业从代工生产向打造自主品牌升级。潜江拟用 5 至 10 年时间，培养 10 万名高素质“潜江裁缝”，培育 100 家规上企业，打造千亿产业规模。

升级存量，也要扩大增量。新职业、新业态澎湃发展新动能，急需紧缺现代服务业、战略性新兴产业等存在较大发展空间，给劳务品牌培育提供了机遇。

“蕲春艾灸师”以前属于比较小众的劳务品牌群体。随着近些年大众健康理念的变化，湖北省蕲春县将蕲艾产业与“蕲春艾灸师”劳务品牌协同发展，卖产品与提供服务并举，产业爆发式增长，2021 年产值达到 80 亿元。

目前，劳务品牌呈现从单纯提供劳务向技能、产品、文化等多要素融合发展的趋势，亟待加强各方力量的协同。然而，一些劳务品牌建设中，还面临政策系统性不足、尚未形成合力等问题，这考验政府“搭台”的能力。

受访人士期待，各地能够乘势而上，建立制度化的协同机制、机构和平台，形成促进劳务品牌发展的合力，加强各种要素的开发和融合，让更多劳务品牌从昔日就业“金名片”，升级为产业振兴“聚宝盆”。

代表作 3

劳务品牌如何成为人才“集结号”

作为贵州“都匀毛尖技工”中的一员，茶农孟荣芳斩获第七届亚太茶茗大奖赛特别金奖；河北“栗乡新农人”张国华将小小的栗子做成年销售额 1.3 亿元的大产业；江苏打造“如皋花木园艺师”劳务品牌，孕育数以万计的乡土人才，让花木盆景誉满全球……近年来，劳务品牌不仅成为就业的“金名片”，也成为乡村人才振兴的有力抓手。

推进乡村振兴，人才振兴是关键。各地的探索提供了哪些经验？如何进一步用好劳务品牌这一抓手，助力乡村人才振兴？记者进行了调查。

强技能、促提升
庄稼汉成为乡土人才

“以前靠种地过日子，没有想到能成为一名靠手艺吃饭的‘正安吉他工匠’。”贵州塞维尼亚乐器制造有限公司车间主管韦会勤感慨地说。贵州正安县通过打造“正安吉他工匠”劳务品牌，培养出 1.5 万名优秀吉他制作人才，

支撑小县城办起大产业，成为全球最大的吉他生产基地。

庄稼汉成长为乡土人才，这与劳务品牌的“塑人”作用密不可分。

“我们通过开展劳务品牌专项技能培训，让村民变成了能人。”正安县劳动就业局局长郑德健说，劳务品牌的标志之一就是具有较高素质和技能的人员，正安县开创性地在县技工学校开设“乐器制造与维修（吉他）”专业，出台吉他专项职业能力考核规范，支持企业加强技能培训，使众多乡土人才“破茧成蝶”。

“小龙虾学院”“宜宾燃面学院”“螺蛳粉产业学院”……为了更好地培育人才，不少地方建立起特色的培养机构。位于绩溪县的安徽徽厨技师学院，是全国唯一以“徽厨”为名的技师学院，邀请了众多徽菜名师名厨前来授课。“扎实的理论教学，丰富的实践课程，让我们一毕业就能够独当一面。”毕业后在江苏一家徽菜馆担任店长的学生许康杰说。

为了促进劳务品牌从业人员发展，各地积极开拓创新，对符合条件的高技能人才同等落实职称评聘、选拔培养奖励等人才政策，激励他们不断成长。

“作为农民从未想到这辈子还能评上职称，我发展果业的信心更强了。”家住甘肃省平凉市静宁县雷大镇陈局村的王小平喜上眉梢。劳务品牌的从业者中，不乏技能水平较高的人员，但在职称评定上一直是空白。静宁县打造“静宁果农”劳务品牌时，探索开展农民技术职称评定，产生良好激励作用。“现在，人们围着专家学技术，有绝活的人在我们这里越来越多。”静宁县人社局局长周浩仁说。

为了扩大影响力，各地还广泛开展劳务品牌技能大赛、成果展示、文化体验等活动，搭建人才展示风采的舞台。广州举办“技能 +”嘉年华，让人们切身感受到“广东技工”新气象。广西举办“八桂米粉师傅”劳务品牌推介活动，评选劳务品牌示范项目，加强劳务品牌文化研究和推广。贵州正安县举办中国吉他制作大赛，推进人才队伍建设。

目前，在劳务品牌的“孵化”下，众多农民转变为产业工人、技术骨干、高管、企业家，推动农村“人口红利”向“人才红利”加速转变。

回故乡、引老乡
人才回流让空心村不再空

“前些年到农村，看到的都是留守老人。现在不一样了，年轻人也回来了，大家又把田种起来。水质好的 2 个乡镇，村民不舍得把地租给别人，自己种。”湖北省潜江市劳动就业管理局副局长熊宣华细数着变化。“潜江龙虾工”队伍中，百分之五六十都是返乡人才。能人返乡、产业兴旺，村里又热闹起来。

劳务品牌的发展壮大，为人才回流添了一把火。劳动力回流农村现象正在形成一种新的趋势。中国劳动和社会保障科学研究院就业创业室主任、副研究员陈云在调研中发现：返乡人才在外面“打磨”之后，把技术、资金、市场等都带回家乡，以产业项目促进了乡村振兴、集聚了人才。

位于湖北荆州的监利市是全国闻名的“玻铝之乡”，10万多名“监利玻铝商”在全国各地从事玻铝行业。湖北南桂铝业集团董事长彭小龙返乡创业，投资近10亿元在华中生态铝示范产业园打造公共平台，实行共享模式，为入园企业解决核心配套设施、环保问题等后顾之忧。新模式吸引大批“监利玻铝商”返乡发展，甚至外省的企业也过来投资，产业园已签约项目90余个。

“将劳务品牌发展与劳动力回流农村相结合，可助力城乡经济融合发展和乡村人才振兴。”中国就业促进会副会长柏莉指出。各地积极出台产业扶持、企业优惠、职业培训补贴、创新创业等配套政策，大力吸引劳务品牌从业者返乡发展。

群雁归巢，一碗面带动一方人。昔日，10余万名青海“化隆牛肉面师”在全国开办拉面馆达上万家，如今返乡发展成了潮流。化隆县出台专门政策鼓励返乡创业，投资建设青海拉面产业园，打造面向全国的拉面食材供应“中央大厨房”。“化隆牛肉面师”将目光瞄向家乡，回乡投资，已在全县开办400余个民营经济实体。

挣了票子、换了脑子、拓了路子。曾经“墙里开花墙外香”的劳务品牌外出人才，如今回故乡、引老乡、建家乡，成为乡村人才振兴的生力军。

强品牌、激活力
为乡村振兴积蓄人才力量

人才集聚乡村，发展才有活力。把更多人才引向乡村创新创业，充分激发乡村人才活力，是乡村振兴的基础。

促进乡村人才振兴，劳务品牌如何进一步发力?

“乡村振兴缺人才。推进劳务品牌建设，我们既要培育‘树木’，更要培育‘森林’。”青海省就业服务局局长张俊建议，一方面要做大做强已有的品牌，另外一方面要充分挖掘其他技能劳务领域的品牌潜力，大力培育新劳务品牌，使劳务品牌在培育人才方面的作用进一步增强、扩展，产生更大带动效应。

乡村振兴需要调动各方面人才积极性。陈云建议，根据不同类别的劳务品牌人才，提供有针对性的政策支持。他列举说：“针对本土劳务品牌人才，突出技术、管理等方面的能力提升以及市场的开拓；对返乡创业人才，注重提供更好的营商环境；对于外部人才下乡，则可从体制机制、收入分配等方面进行创新，充分发挥人才的作用。”

产业是人才的蓄水池。过去的外出打工潮，是因为本地资源受限、缺少平台。如今返乡创业成为趋势，靠的就是产业之“巢”。专家建议，各地应紧跟产业方向，将劳务品牌建设与产业发展同频共振，以人促业、以业促人，为乡村人才提供干事创业的平台。

集聚人才不可能一蹴而就，需要久久为功。各方期盼，借助劳务品牌的培育，持续吹响人才“集结号”，使大批行业领军人才、返乡创业带头人、乡村工匠能人等蓬勃涌现，为乡村振兴提供强有力的人力资源支撑。

（中国组织人事报 2022 年 12 月 20 日—22 日）

申报资料实录

作品简介：推进乡村振兴是全面建成社会主义现代化强国作出的战略部署，就业是最大的民生。近年来，着眼于促进就业、群众增收、乡村振兴，各地推动劳务品牌建设从“燎原星火”到“群星璀璨”，有的劳务品牌带动几十万甚至上百万人就业，发展为城市名片，成为一种引人注目的现象。我国劳务品牌发展情况如何？如何培育响当当的劳务品牌？在举办全国劳务品牌发展大会之际，抓住“新闻由头”，记者对此进行了深度调查。历时一个半月，记者先后采访了江苏、湖北、甘肃、青海、贵州、广东、四川、山西等地劳务品牌从业者、有关部门负责人、用人单位以及专家等数十人，掌握了大量一手材料，积累几十万字素材，从促进就业、赋能产业、催化人才三个角度，对擦亮劳务品牌助推乡村振兴进行了全方位观察透视。写作中数易其稿，注重站位历史和时代大局看发展，于宏大命题中打捞具体共性问题；注重选取典型事例，讲好发展故事；注重凝练分析，深入浅出表达。报道总结经验，剖析难点，提出了针对性的建议，为劳务品牌发展注入动能。

社会效果：作为近年来全面调查分析我国劳务品牌发展的作品，报道在报网微同步刊发后，产生强烈社会反响。一些媒体纷纷作出跟进报道，相关报道线索引起“二次传播”。

初评评语：报道聚焦乡村振兴和就业重大主题，主动服务大局，用调查的形式，反映劳务品牌发展经验，碰硬发展中存在问题，提出对策和建议，具有较强的新闻价值和政策参考价值，彰显了专业报纸的政治担当与舆论“四力”水平。报道站位高远，善于讲故事，语言通俗凝练，可读性强，实现“破圈传播”，社会效果好，对于推动劳务品牌发展具有积极作用，是生动践行“四力”的精彩实践。

我们的乡村

刘　龙　华旦才让　褚　斌　才项太　朱久斌　王　利　杨宗斌

作品二维码

我们的乡村

我们的乡村（2）

我们的乡村（3）

（海北州广播电视台微信视频号 2022 年 09 月 08 日—12 月 31 日）

申报资料实录

作品简介：作品通过选取青海省海北藏族自治州具有代表性的乡村，对每村一景、每村一条发展之路进行深入采访，生动展现了党的十八大以来，在以习近平同志为核心的党中央正确领导下，各项惠民政策实施落地，从脱贫攻坚到乡村振兴，从乡村宜居到美丽乡村，从村民致富到幸福生活等，海北州全面发展的光辉历程。

社会效果： 作品播发后，第一时间得到在当地党委政府和干部群众的高度肯定和评价，产生了良好社会效果。

初评评语： 作品深度反映了青海乡村振兴工作的成功做法，是一篇“沾泥土、带露珠、冒热气”“面对面、实打实、心连心”的优秀作品。

唯有登攀

集　体

限于篇幅，文字稿略，获奖作品请见中国记协网 http: //www.zgjx.cn。

（湖南广播电视台 2022 年 07 月 29 日—08 月 04 日）

申报资料实录

作品简介：制造业是立国之本、强国之基。“我们现在制造业规模是世界上最大的，但要继续攀登，在产业链上不断由中低端迈向中高端。”党的十八大以来，习近平总书记对加快建设制造强国、加快发展先进制造业作出系列重要部署。《唯有登攀》聚焦一批具有鲜明时代特征、民族特色、世界水准的中国先进制造业企业，以“创业史”的宏阔视野，记录了企业在市场大潮里淬炼、在产业变革中破局、在新时代不懈登攀的成长历程；以“群英谱”的饱满笔触，热情讴歌爱国、创新、诚信、担当社会责任、开拓国际视野的企业家精神；以“启示录”的敏锐观察，阐明了在我国产业迈向全球价值链中高端的关键期，在奋斗攻坚的征途上，时代需要登攀者，更需要登攀精神。“爬坡过坎”是不同时代里永恒的命题。越是爬坡过坎，越要以昂扬奋进的姿态干事创业、勇毅笃行，用新的伟大奋斗创造新的历史伟业。该系列报道讲述了一批优秀的企业家，他们把企业发展同国家繁荣、民族兴盛、人民幸福紧密结合在一起，向着强国建设、民族复兴的宏伟目标，一往无前、永不止步。山再高，往上攀，总能登顶。他们的故事，彰显了新时代的精神气质，鼓舞着无数追梦者、创业者的奋进斗志。

社会效果：节目在湖南卫视《湖南新闻联播》《午间新闻》、风芒、芒果 TV 等平台联合播出，多家媒体转载，点击量突破 4000 万次，“登攀精神”“企业家精神”登上热门话题，观众网友纷纷转发点赞：“怀揣实业报国的梦想，肩负民族复兴的伟业，他们是新时代的奋进者，更是受益者；心怀国之大者，锻造大国重器，他们是勇敢的登攀者，更是追梦者。”“在当前经济形势下，《唯有登攀》无疑提振了大家的信心，进一步坚定了大家干事创业、实业报国，为打造国家重要先进制造业高地而奋斗的决心”。

初评评语：该报道立意高远、气势磅礴、细节丰盈、情感充沛、制作精良，见功力、见匠心、见精神，是聚焦高质量发展这个中国式现代化的首要任务，弘扬时代精神、企业家精神的精品力作。

种子诞生记

郝东伟　贾　楠　宋　平　马朝丽　方素菊　贡宪云

代表作 1

一粒小麦的“强筋梦”

郝东伟

春耕时节，石家庄市藁城区成方成片的麦田里，一株株绿油油的优质强筋小麦正茁壮成长，它们有个好听的名字——“藁优麦”。

藁城，是中国国产强筋麦的发源地。藁 8901，我国第一个替代进口加工面包粉的强筋麦品种；藁优 2018，亩产 550 公斤至 600 公斤；藁优 5766，连续三年获全国小麦品质鉴评第一名……目前，“藁优麦”系列品种在冀鲁豫陕等地累计推广面积近亿亩，营养和加工品质均超过国家一级优质强筋麦标准，成为国内大型面粉加工企业竞相选购的强筋麦原料品种。

起步——藁 8901，填补国内优质强筋麦科研育种空白

4 月 13 日，石家庄市藁城区农业科学研究所（以下简称藁城农科所）试验田，入目尽是碧绿麦苗。

一大早，藁城农科所所长杨海川带着科研团队的年轻人，又一次来到这里察看小麦长势。

研究种子，在外行人看来应该是挺乏味的事。杨海川带领科研团队，一干就是 30 年。“地里的小麦差不多都认识我们。”杨海川幽默地说。

小麦育种，是一项周期漫长、过程复杂的系统工程，从组合配制、世代选择到品系鉴定、比较试验，再到参加区域试验、生产试验，往往需要十几年。藁城农科所从成立之初，小麦育种的一个方向，就是优质专用强筋小麦。

强筋小麦，就是面筋含量高、面筋质量好的小麦。由于面粉蛋白含量高、面筋强度高、延伸性好，最适于生产面包、拉面、饺子等。

然而，在很长一段时间里，国内优质强筋小麦的种植面积和产量都远远

不能满足市场需要，藁城宫面的生产完全依赖进口强筋粉。

这一状况的改变，始于我国第一个替代进口加工面包粉的强筋麦品种藁8901的出现。

“藁8901来自一个梦想。”杨海川给记者讲了一个故事。

改革开放之初，时任藁城农科所所长李振桥到北京参加培训。培训之余，李振桥向专家提出了这样一个问题：我国小麦生产基本解决了温饱问题，借鉴国外小麦育种发展历程，我们下一步的发展方向又是什么？

专家想了想说，那就是强筋。

这个回答，让李振桥眼前一亮。

“改革开放以后，国民生活水平提高这么快，藁城的小麦种植条件又这么好，直奔强筋这个研究方向可行不可行？”李振桥的这个想法得到了专家认可。

怀揣“强筋”梦想，李振桥回到藁城。

1984年，藁城农科所选择具有良好加工性能的四倍体硬粒小麦——波兰小麦为优质源，以六倍体普通小麦为母本，以波兰小麦为父本，运用杂交育种法，筛选品质优良的小麦新品系。

“我们是追着日头跑的人。”杨海川说，一年到头，藁城农科所育种人员都奔忙在田间地头，尤其在收获期间，几乎每天清晨就到麦地里，一待就是好几个小时，仔细观察每个小麦品系的抗病性、丰产性等表现。

1995年，藁城农科所选育出了优质麦新品种藁8901。不过，现实远比想象的艰难。

在农民大面积种植过程中，藁8901倒伏严重，以至于农民们都不敢种。发现问题后，育种人员从降秆、壮秆方面对品种进行改良、培育。

功夫不负有心人，凭着一股韧劲，1998年，藁8901被培育成功，通过河北省审定。由于实现了小麦高产与优质的结合，藁8901成为国内第一个大面积推广并被面粉企业大量使用的国产强筋麦品种。

藁城，也由此成为中国国产强筋麦的发源地。

突破——量质齐升，“藁优麦”品种“群星闪耀”

在藁城区系井村种粮大户高各营的700亩麦田里，麦苗犹如绿色地毯，厚厚地铺在田野上。

“看，这是藁优5766，那边是藁优2018，长势都不错。”站在地头上，高各营说，“咱们系井村这一片种植的强筋麦，从来不愁卖，每斤比普通小麦还贵 1 毛钱左右。”

“麦种好，收益就有保障。”杨海川接过话茬，“这两个品种达到了郑州商品交易所强筋麦一等标准。在吸水率、拉伸面积、稳定时间等反映强筋小麦品质的主要性能指标上，藁优 5766 和藁优 2018 已经可以媲美甚至优于进口的小麦。”

收获，来自一代代育种人的辛勤付出。

“高产品种不优质、优质品种不高产，是小麦育种工作长期以来难以突破的技术瓶颈。”杨海川说，藁 8901 小麦自身也存在一些缺陷，如株高、抗寒性等方面需要改进。他们对于藁 8901 后继新品种的研发，重点是提高蛋白质含量和面筋质量、加强培育抗（耐）穗发芽等抗逆性。

为了选育具备优异性状的小麦品种，育种团队从全国各地搜集多份优质小麦种质资源，进行配制组合。试验田里，小麦抗寒、抗病、高矮等情况，一株一株去观察；上百个环节、成千上万组数据，一项一项做记录。

在藁 8901 之后，藁城农科所陆续培育出了藁优 9409、藁优 9415、藁优 9618 品种，但这些品种均是单一性状较为突出，而不是全面发展的“优等生”。杨海川举例说，2003 年育成的藁优 9415，品质性状和面粉白度等方面较藁 8901 更优，尤其是加工品质、烘烤品质更加突出，但该品种小麦成熟期较晚。

为此，育种团队想在早熟、适应性广等方面做突破，他们以藁优 9411 这一品种为基础，通过杂交筛选中间材料，然后与山东一个适应性广的小麦品种进行杂交，但接连的杂交改良试验都效果甚微。

失败了再来，艰辛的探索终于换来了成功的曙光。从藁优 9411 改良迭代的藁优 2018，在小麦高产、超强筋和适应性等方面都表现出了潜力。

团队马不停蹄，又从西北农大交流来较为成熟的种质资源，开展大规模测配工作。2014 年，团队培育出了既丰产又优质的藁优 5766 超强筋小麦新品种，该品种连续三年获全国小麦品质鉴评第一名。

目前，“藁优麦”品种“群星闪耀”。藁优 2018 是我省强筋麦当家品种，高产优质、抗病抗倒、节水早熟，亩产 550 公斤至 600 公斤。藁优 5766 品种湿面筋含量 35%，吸水率 67%，面团稳定时间达 53 分钟，是国内品质最突出的强筋小麦。

领跑——技术引领，从传统育种走向分子育种

这几天，河北宏瑞种业有限公司总经理刘洪泉时不时就要到藁城农科所，和杨海川就种子培育、加工、销售、生产以及技术服务等方面进行沟通，加大藁优系列强筋小麦的推广力度。

河北宏瑞种业有限公司是藁优系列强筋小麦品种的独家授权生产经营单位，作为省级育繁推一体化企业，2014 年该企业与藁城农科所开始深入合作，累计推广藁优系列强筋小麦 1000 多万亩。

好种子繁育出来后，如何走进千家万户？

“要让农民在田间地头尝到好品种增产又增收的甜头。”刘洪泉说，近年来，“藁优麦”广受种植户青睐，品质优、产量高，适宜不同区域和地块种植，良种需求量快速增加，甚至出现了供不应求的局面。“我们已经扩大了各地繁种田种植规模，提高种子产量。”

刘洪泉告诉记者，农民买了他们的种子，公司团队还手把手地教，一遍又一遍地讲解种植技术，促进良种与良法相配套，提高强筋麦的产量，激发农户种植积极性。

为做大做优“藁优麦”特色品牌，藁城区建设了 3.08 万亩强筋麦核心示范区，辐射带动全区藁优系列强筋小麦品种种植面积达 46 万亩。

种出好效益，研发出好的品种是关键，育种技术创新是种业发展的必由之路。从世界范围看，育种技术正经历由传统育种技术向分子育种技术转变的历程。

所谓传统育种技术，就是品种之间的杂交选优。分子育种，则是利用分子技术对品种基因进行精准选择和修正，以实现育种目标。

“我们将继续和藁城农科所合作开展种源技术攻关，研发出一批高产优质、抗逆广适的优良品种。”刘洪泉说，与传统育种技术相比，分子育种技术具有快速、精准、低成本等优势，将先进的分子育种技术与常规育种技术紧密结合，能够培育出更多更好的新品种。

利用分子育种新技术，强筋麦育种也进入到高精尖阶段。杨海川介绍，未来计划新开展两方面技术研究，一是育成的强筋麦新品种与半糯性相结合，进一步提高新品种食品加工性能；二是加强新育成品种的抗病性，增强适应性，通过回交转育方式，加强抗病基因的定向转育工作。

一粒种子，关系着中国人的饭碗安全。如今，最早把“强筋”梦想播种在藁城这片土地上的李振桥已经去世，带领团队接力研发的杨海川也早生华发，但他们培育的强筋小麦却已“遍地开花”。20 多年来，藁优系列强筋小麦在冀鲁豫陕等省份累计推广面积近亿亩。

代表作 2

一粒大豆的创新力

宋 平

每年冬春季，我国有大批农业科研工作者进入南方特别是海南岛南部，利用那里温暖的气候，从事农作物品种选育、种子生产加代和种质鉴定等工作，这被称为“南繁”。

今年 3 月从海南三亚南繁回来后，在河北省农林科学院粮油作物研究所的实验室里，研究所大豆中心的成员一直在整理南繁带回来的种子，为 6 月的大豆夏播季做准备。这其中，便有该研究所培育的冀豆 12 衍生品种及其后代材料。它们将在试验田里继续提纯复壮或加代选择，直至被培养成优质高产的种子品种。

近年来，市场对大豆品种的要求由单纯高产发展到优质专用。我省大豆优质高产育种研究处于全国领先水平，以国内外水溶性蛋白含量最高的冀豆 12 为代表的高蛋白系列大豆品种，蛋白质含量超 45%，堪称其中的佼佼者。

15 年培育，成就全国推广面积最大的高蛋白品种

“稍等、稍等，我正在给农户分发夏播用的冀豆 12 种子，哎呀，不够分的。”近日，记者将电话从石家庄打到湖北省京山市时，京山市屈家岭管理区富悦农资店负责人方佳苗正忙得不可开交。

此时，京山市所处的江汉平原，春播大豆已经发芽出苗。这几年，整个江汉平原的冀豆系列品种播种面积达到一二百万亩。单单京山市永隆镇就种下了约 5 万亩冀豆 12 及系列衍生品种。大豆青苗连方成片，让人喜不自胜。

跨越千里从华北平原调来种子，江汉平原青睐的就是冀豆 12 的高产、高蛋白。

大豆，是国内外最大的植物蛋白来源。过去几十年里，国产大豆不能完全满足国内需求，其中 85% 需要依靠进口。相比而言，我国大豆平均亩产也只有国外的三分之二左右。

“高产、优质、多抗、广适”一直是省农科院粮油所大豆中心的育种方向。中国人爱吃豆类食品，中心带头人张孟臣心中更有一个朴素的“豆腐梦”。

“一定要培育出适应性强的大豆新品种，高产、高蛋白。”1986 年，大

学毕业仅四年的张孟臣开始了高蛋白大豆的培育之路。

明确育种方向后，张孟臣和团队从上千个组合中，选择了长江流域高蛋白夏大豆油 83-14、山西抗旱耐瘠薄春大豆晋大 7826，分别为母本和父本。他们期待两者优良特性的结合，能让培育出的大豆种子适应广，并有高蛋白、抗旱耐瘠的特点。

亲本的选择只是第一步。农作物育种，需要数个世代才能稳定，再加上数代后续试验才能培育成品种。许多作物在北方一年只能种植一代，为了缩短育种年限，到海南进行南繁加代成为张孟臣和团队生活的一部分。

别人过春节往家奔，他们却要往南走。

种地、除草、施肥；收获、脱粒、晾晒。下雨后，地里灌水，还要用水桶一桶一桶把水提出去。张孟臣深知，多保住一株豆苗，大豆新品种就多一线希望。

冬去春回，历经六七代的南北往复，再经过初级、高级产量试验和区域试验，启动培育后的第 15 年——2001 年，冀豆 12 迎来了国家审定。

“经国家夏播和春播区域试验，该品种表现出高产优质和广适应特性，审定推广范围包括新疆在内的西北春播区和黄淮海夏播区 9 个省市区，并在长江流域大面积应用。大面积示范亩产 250 至 300 公斤，最高产量达 321.5 公斤，蛋白质含量达 46.48%，均超过我国超高产 300 公斤 / 亩和高蛋白 45% 两项大豆育种攻关指标，实现了高蛋白与高产的统一，成为我国蛋白质产量最高的大豆品种和全国唯一超过两项国家攻关指标的大豆品种。”测产专家组给予冀豆 12 高度认可。

根据农业农村部统计，“十二五”以来，冀豆 12 一直是全国推广面积最大的高蛋白品种，2016 年至 2018 年的种植面积占国审高蛋白品种种植总面积的 53.9%。

多个创新，解决大豆蛋白质与产量等性状负相关问题

既要高产，又要高蛋白，是张孟臣和团队的育种方向。但大豆有个“怪脾气”：再好的种子，换个地方，产量就容易变少；产量上去了，蛋白质含量又容易降低。

一开始，这就是一场扭转“此消彼长”局面的博弈。

张孟臣和团队要做的，就是解决蛋白质与产量等性状负相关的问题。

首先从解决大豆品种抗逆性和适应性差入手。张孟臣提出，在室内鉴定指标选择基础上，实施不同生态地点交互鉴定选择、穿梭选育。

多个亲本组合培育出的不同种子，同时在承德、石家庄、合肥三地播下。如果某一类种子在三地均有较好的生长表现，就有机会进入下一轮筛选。

种子播下了，主动权交给育种专家，他们要对种子实施考验——春、夏播条件交叉选择，田间旱涝交替选择，人工接种与多点病区重复鉴定选择；并在盐区与旱区进行交叉鉴定，解决品种抗逆性差、单一环境下选择适应性窄的问题。

“简单来说，就是种子怕什么，就拿什么考验种子。”张孟臣解释说。

越旱越要少浇水，越涝越要多浇水；大豆生长深受大豆花叶病危害，那就把种子播到病圃里……最终经受住考验的，才能成为优中选优的大豆品种。

对每一粒经受重重考验的种子，张孟臣都格外珍惜。

大豆是闭花授粉作物，在花瓣没有自然打开前，育种专家要抓紧人工去除母本雄蕊，再将父本与之进行人工杂交授粉。精细程度比小麦、水稻杂交更难，杂交成功率不足50%。

但为做蛋白质检测认定，以往送到实验室的种子都要研磨粉碎才能检测，一旦粉碎就不能延续后代，这让张孟臣心疼不已。

对于育种专家而言，田间之外，便是实验室里的钻研。

在相关性状选择与感官籽粒粗略选择基础上，张孟臣团队研究改进并创新了蛋白脂肪籽粒无破损快速检测方法、大豆水溶性蛋白快速检测分析技术与脂氧酶微量快速检测技术。这些经济快捷的检测技术，解决了大批量种质资源快速检测与育种材料继代选择问题。

张孟臣把创新当作育种的灵魂。选育过程中的多个创新，让冀豆12成为全国第一个跨春、夏生态区审定推广的高蛋白大豆品种，也为后续优质高产大豆的培育开辟了新路。

N种组合，拓宽育种遗传基因基础

“冀豆23蛋白含量超过45%，产量比冀豆12还高，这种子品质不错，我今年想试种一些。”3月上旬的一天，石家庄市藁城区和利家庭农场负责人秦涛，抽空联系了省农科院粮油所大豆中心研究员邸锐，商量今年的种植计划。

藁城区是国家级大豆科技自强示范县。秦涛在这里种植冀豆12已有四五年，他打算今年再种上300亩的冀豆23。

冀豆23是冀豆12回交育成的衍生后代品种，也是省农科院粮油所以冀豆12为亲本培育的10个品种之一。

聚合了高产高蛋白基因的冀豆12，转身就成了优质的种质资源。以冀豆12为亲本，张孟臣团队育成了一批适应范围更广、产量更高的优质高蛋白品种和系列创新种质，满足市场需求。

豆腥味，让有些人对大豆制品望而却步。张孟臣团队将脂氧酶缺失基因导入冀豆12，育成了国内外第一个脂氧酶全缺失、高蛋白无腥大豆品种五星4号。

如果说种子是大豆的“芯片”，种质资源则是“芯片”的“芯片”。

为解决大豆育种重复杂交困难与遗传基础狭窄的世界性难题，张孟臣利用大豆MS雄性核不育基因，创建了动态种质基因库基础群体及其轮回选择技术。通过多次导入，建立了以冀豆12为主遗传背景的高蛋白大豆多基因聚合选择群体；通过轮回选择，育成了蛋白质含量高达48.72%、区域试验增产17.22%的冀豆1258等多个高蛋白品种。

省农科院粮油所大豆中心正在联合全国27个省市区，建立遗传基础广泛的全国基础种质基因库群体。选择3000多份优良品种及种质资源亲本材料，分别导入到轮回选择基础群体，最终建立遗传基础广泛的全国基础种质基因库群体，将大批量优异种质聚集到一个开放型自然互交群体，供全国大豆育种单位利用。

未来，一个又一个高产优质的大豆品种，将从这里孕育。

代表作3

一粒谷子的翻身仗

贡宪云

夏之始，万物长。

在张家口经开区沙岭子镇，一块平整好、打好垄的“张杂谷”试验田里，农技人员两人一组，推着播种机，在黄土地上播下一粒粒谷种。

一身布衣，一双胶鞋，张家口市农业科学院研究员、河北省杂交谷子技术创新中心主任赵治海，穿梭于研究室和试验田间，观察种子表现，记录变化数据。

这些谷种，是赵治海团队正在试验的“张杂谷”新品种。“粮食是关系国计民生的头等大事，而谷子不仅起源于中国，曾长期作为主粮，种植面积和产量也全球居首，是中国的民族种业。”赵治海说，培育更高产量、更高品质的谷子，是一代代农业科技工作者的崇高使命、不懈追求。

中国粮、民族魂。数十年来，通过自主研发创新，“张杂谷”系列品种已在全国14个省份累计种植3000多万亩，增产粮食逾30亿公斤。

育种新路的苦苦探索

在张家口市农业科学院展示厅里，收藏着一件珍贵标本——2000年培育成功的“张杂谷1号”，株高1.6米，穗长0.2米，根系2米多长，细枝茂密，谷穗饱满。

“发展的道路是迂回曲折的。”时隔20多年，凝视着自己团队的第一代杂交谷子成果，赵治海追昔抚今，思绪万千。

谷子，古称“稷”，去皮后叫小米，是我国传统粮食作物，具有8700多年的栽培历史。

然而，到了20世纪70年代，玉米、高粱、水稻陆续杂交成功，谷子却没有杂交种，产量存在较大差距。

当时，国家农业、科技部门对杂交谷子期望很高。河北谷子专家崔文生承担了这项科研项目，带队进行杂交谷子研究。从河北农业大学毕业的赵治海有幸加入了这个团队。

所谓杂交谷子，就是将两种有各自独特遗传优势的谷子，通过杂交授粉培育出新品种，从而获得比父母本更好的优势、更高的产量。赵治海说，一开始，他们借鉴杂交高粱等的经验，开展谷子品种间杂交，大量试验后，无功而返。后来，他们又模仿杂交水稻，将谷子与野生谷种狗尾草杂交，效果同样不佳。

虽然经历重重挫折，可他们没有放弃。在研究攻关中，针对谷子对光照、温度比较敏感的实际，赵治海提出光温敏实验的设想，就是通过改变光照、温度等条件，培育雄蕊失去生育能力的谷子。这在当时的谷子育种界是个创举。

1994年，谷子光温敏雄性不育系“821”选育成功，攻克了谷子雄性不育系的选育难题，为谷子光温敏杂交育种开启了一扇大门。

以光温敏雄性不育系作为杂交母本，又经过6年探索，2000年，世界上第一个谷子光温敏两系杂交品种“张杂谷1号”诞生。“张杂谷1号”比常规种子增产30%以上，最高亩产突破600公斤，被誉为谷子杂交领域的一次重大突破。

对谷种，赵治海怀有很深的感情。他常常将自己比作一粒埋在地下的谷种，根须往地下繁衍，茎干向天空伸展，慢慢生长，直至长出胜利的果实。

谷子品种的代代更迭

距离“张杂谷”试验田1.5公里之外，是赵治海在沙岭子镇的办公场所。在一楼大厅，陈列着他们团队研发成功的“张杂谷3号”“张杂谷5号”“张杂谷13号”“张杂谷24号”等品种。

“好种子都是田间地头试验出来的。”赵治海说，这次“张杂谷”试验田种下了4000多个试验品种，就为了选出最好的那一粒“张杂谷”。

谷种培育周期漫长，从测配、繁育到推广，至少需要6年时间。为了缩短科研周期，他们在气候温暖的海南建立了繁育基地，在冬季北方不能种植时，在海南再种植研究一次。

去雄、授粉、观察不育株……每年冬季，像候鸟一样，赵治海都在海南繁育基地里度过。今年4月28日，同往年一样，他从海南返回张家口进行育种。他称之为“南繁北育”。

通过不同品种的母本父本测配，他们最终培育成功“张杂谷”系列品种20多个，形成了适应水、旱地，春、夏播，早、晚熟配套的品种格局。

“张杂谷2号”是世界上第一个抗除草剂杂交谷子，解决了谷子除草费工的世界性难题；“张杂谷5号”最高亩产811.9公斤，创当时世界谷子最高纪录……对于每一代“张杂谷”的特性，赵治海都如数家珍。

“张杂谷”节水、耐旱、耐瘠，尤其适宜在我国北方干旱少雨地区种植。已在河北、山西、河南、辽宁、新疆、内蒙古等地大量种植，国内“张杂谷”种植规模约300万亩。

南有袁隆平，北有赵治海。

分别由两人领头研究的杂交水稻和杂交谷子一南一北，一水一旱，让国家粮仓装上更多“中国粮”，共同保障了国家粮食安全。

市场推广的步步深入

品种选育是第一步，接下来是推广应用。

在“张杂谷”20余个品种里，“张杂谷13号”最受种植户欢迎，种植面积占到总面积的三分之一。

“在一般人的观念里，杂交种不如农家种好吃。”赵治海说，可是，“张杂谷13号”做到了既高产又好吃，香味浓、口感好，获评国家一级优质米，这是它市场制胜的重要优势。

随着人们生活水平的提高，越来越多的农产品既要拼产量，也要拼品质。

米色黄亮、味香易熟的“张杂谷8号”，硒元素含量比其他小米高一倍的“张杂谷16号”……贴合市场需求进行研发培育，越来越多的“张杂谷”获评国家一级优质米。

“我们最新研发的‘张杂谷26号’，正在进行国家谷子综合试验，主打的也是口感和品质。”赵治海说。

谷种从试验田走到田间地头，离不开市场推广平台。

张家口市农业科学院与河北巡天农业科技有限公司开展合作，依托企业的市场资源、销售渠道，打通研产销供需链，让“张杂谷”迅速发展壮大。

随着名气越来越响，在国家有关部门的支持下，“张杂谷”走出国门、惠及世界。

凭借高产、耐旱、节水、适应性强的优势，“张杂谷”受到联合国粮农组织推荐，成为我国重要的农业援非项目，已在埃塞俄比亚、尼日利亚等非洲国家种植成功。

“中国谷子总产量占世界的80%，育种和栽培技术水平全球领先。”赵治海说，让高产节水优质的“张杂谷”走出去，这是缓解粮食危机、造福全球人类的大好事，为世界粮食安全作出了贡献。

（河北日报2022年05月14日—06月01日）

申报资料实录

作品简介：围绕河北省在种子研发技术上的突破与贡献，河北日报推出《种子诞生记》系列报道，展现了打造中国饭碗的河北力量。采访前，采写团队进行了深入调研，遍访河北省农业农村厅、河北省种子总站、河北省农科院，精心筛选了全省自主研发、在业界具有较强竞争力的小麦、玉米、大豆、花生、萝卜、谷子等种子品种。采访中，记者深入种子研发地、推广处，采访专家、种植大户、种子企业等，蹲点田间地头，寻找河北好种子诞生过程中最感人的细节、最打动人心的故事，挖掘到了真实鲜活的第一手材料，数易其稿，精心撰写。在形成文字稿件的同时，河北日报还制作了《育种人》系列微视频，全媒体报道在各大平台点击量超过700万。网民评论：“从来没有过的自豪感，通过科技自强，牢牢把种业‘芯片’掌握在自己手里。”

社会效果：本组系列报道站位粮食安全“国之大者”，用小切口反映大主题，以鲜活的细节展现人物精神，用种子的“力量”激发民族自豪感，获得肯定。稿件刊发后，社会反响热烈。

初评评语：种子是农业的“芯片”，连着“国之大者”。《种子诞生记》系列报道用一粒粒种子的鲜活故事，生动展现河北育种人“用中国种子保障中国粮食安全”的奋斗和坚持，主题重大，意义深远。

我们的新时代

集　体

作品二维码

（新华社 2022 年 09 月 26 日—30 日）

申报资料实录

作品简介：《我们的新时代》五集大型政论片，每集 20 分钟，综述伟大成就、纵论峥嵘时代。生动反映党的十八大以来，在以习近平同志为核心的党中央坚强领导下，党和国家事业取得的历史性成就、发生的历史性变革。时代视角。以“五位一体”为纲，立足新时代十年，展现富强、民主、文明、和谐、美丽的中国。宏观、中观、微观结合，事理交融，体现“广镜头、宽视角、细聚焦”。总书记的思想有机融合在鲜活的案例和生动的论述中，展现思想引领实践、引领时代的非凡历程。影像表达。着眼“我们”，影像叙事，以个体故事展现时代伟力。曾爬天梯的小学生，已陆续参加高考；舟曲地质灾害搬迁群众杨条女从离开故土的不舍，到安居乐业的幸福；因天价救命药纳入医保而受益的罕见病患儿小佳树收获希望……“筋骨”与“血肉”融合，串联起新时代的华章。匠心打造。实现“内容 + 技术 + 灵感 + 美学”的有机统一。践行四力，深入基层。制作历时 10 个月，编辑部调动 20 多个国内分社、3 个海外分社共同参与。记者们克服疫情、时间跨度大等诸多困难，精益求精。动画与实景的叠加，穿越机等手法的拍摄，创新视觉元素加入，“破”沉闷、“破”空洞、“破”冗赘……一个个匠心独具的“破”让影片更好地“立”了起来。

社会效果：矩阵传播、先声夺人。节目在党的二十大召开前夕播发，连续 5 天置顶传播迅速形成舆论热潮。播发后大屏小屏齐刷屏，形成广泛传播力和影响力。政论片五集，1900 多家媒体采用，50 多家电视台播出，全网总浏览量超过 5 亿次，中央媒体网站、多个头部平台集纳展示，多家卫视播发。

初评评语：五集政论片以“五位一体”为纲，立足新时代十年。总书记的思想有机融在鲜活的案例和生动的论述中，展现奋发向上的中国形象。该片以故事化讲述、影像化张力让政论“可触可感”“接地气”“有真情”。通过多元视听语言的运用、多种剪辑风格的尝试、多种拍摄手法的创新，让政论片融入了“新”元素，实现“内容 + 技术 + 灵感 + 美学”的有机统一。节目在二十大召开前夕播发，连续 5 天置顶传播迅速形成舆论热潮。播发后形成广泛传播力和影响力。

重庆山火救援实录　热血"长城"凡人大义

郑新洽　徐秋颖

该作品为组照，限于篇幅，原稿略。获奖作品请见中国记协网 http://www.zgjx.cn。

（新京报 2022 年 08 月 31 日）

申报资料实录

作品简介： 2022 年 8 月 24 日，摄影记者于当晚上山抵达灭火一线，直至 8 月 26 日大火被完全扑灭。记者在一线用镜头记录下志愿者与消防员共同决战山火全过程。三天的采访，通过传播，一群穿着朴素，背着背篓，骑着摩托的"摩托骑士"成为舆论焦点。报道在新京报 App 客户端创造 10 万 + 阅读量，同时，在微博形成话题讨论，中国人的"英雄气"和拼搏奋进的精神面貌感染了海外读者。面对火情的"凡人大义"不是靠一个人塑造，而是一群人的集中体现。记者在前期有意识地从这一角度拍摄，对于后期版面编辑思路，及评论跟进的出发点，都起到点题的作用，整组作品影像细节丰富，光影控制恰到好处。

社会效果： 火场中舍我其谁的"骑士精神"，是中国当下的时代精神，极大鼓舞着全国人民的士气。重庆山火救援报道刊播后，在各种传播渠道引发广泛而积极的讨论。几乎所有读者和观众都被火场中的"骑士精神"所感染和震撼，特别是国人面对天灾的积极心态，不等不靠，军民一心，最终打赢了这场灾情的攻坚战。摄影作品中记录的紧张、感人、宏大的画面，进一步讲述了一件事、一群人、一个国家的动人故事。该报道在腾讯、网易、新浪、搜狐、百度、今日头条等国内多平台在第一时间均有转载报道。摄影作品被中国摄影报、人民摄影报等专业媒体使用。

初评评语： 背上背篓、骑上摩托，身后扬起厚厚的尘土，他们不惧高温、不惧危险，在山城丛山之间筑起了一道“防火长城”。这是面对山火，来自重庆“摩托骑士”的逆行姿态。记者通过写实的镜头，跟随这些参与救援的志愿者在火场一线，真实地记录下了重庆山火救援中骑士的勇气、担当。整组作品拍摄手法专业，现场感强烈，画面语言丰富，视觉冲击力强。整组作品中，“摩托骑士”和消防员们并肩作战，彼此并肩战斗的情谊难得，山城民众朴素的家国情怀令人动容。这是新时代志愿者精神的体现，也是城市中凡人大义的彰显，更见证了我们中国人刻在骨子里的团结和不屈。

冰雪之上，我们记录下这些中国突破

集　体

作品二维码

（新华社客户端 2022 年 02 月 20 日）

申报资料实录

作品简介：北京冬奥会上，中国冰雪健儿奋勇拼搏，8 名运动员获得金牌，多个项目取得历史性突破。采编团队提前谋划准备，对赛场上可能出现的各种场景做好充足的准备。无论是冰上还是雪上，无论是团体还是个人，记者将镜头聚焦每一位参赛的中国选手，捕捉到每一次夺冠和突破的关键性瞬间。现场记者在各摄影点位各司其职，立体呈现各项目、各轮次、各环节的影像。后方编辑密切配合，在最短的时间内将稿件通过各线路、各平台呈献给用户和读者。在传统拍摄方式的基础上，通过马道机器人相机等新技术、新装备的应用，极大丰富了拍摄角度，提升了报道的层次和质量。编辑部将作品加工制作成海报类盘点产品，进而提升了传播效果。采编团队以高度政治责任感、历史使命感和娴熟的拍摄手法，记录下中国代表团历史性突破瞬间，精准刻画了北京冬奥会参与者的立体形象，生动诠释了奥林匹克精神和北京冬奥精神。

社会效果：作品全面、立体、生动地把北京冬奥会盛况传播到全世界，围绕“非凡的冰雪盛会，精彩的中国答卷”主题，全平台讲好了奥运健儿拼搏向上的故事，向世界充分展示了“胸怀大局、自信开放、迎难而上、追求卓越、共创未来”的北京冬奥精神，精准诠释了“更快，更高，更强，更团结”的国际奥林匹克格言，同时也展现了东道主通讯社、国际奥林匹克摄影队的水准与实力。稿件播发后收到广泛的采用效果，单张最高采用超过200家次。整组稿件新媒体产品在新华社客户端浏览量超过125万次，同时被腾讯、新浪等互联网站转载。

初评评语: 伟大的事业离不开卓越的团队,历史的突破离不开精彩的瞬间。北京冬奥会上，中国运动健儿奋勇拼搏、勇夺多块金牌，实现众多历史突破。这组照片通过不同景别、不同角度、不同瞬间，记录下北京冬奥会8名取得金牌的中国运动员惊心动魄、振奋人心、永载史册的难忘时刻。人物姿态与赛场环境和谐统一，拼搏表情与奥运元素相映生辉，比赛项目异彩纷呈，画面呈现百花齐放。在充分塑造冬奥健儿赛场英姿的同时，也尽显国家通讯社、国际奥林匹克摄影队的精彩协作与精品力作。

防洪墙：一块玻璃的稳固与温情

戚 颢 王 鹏

该作品为组照，限于篇幅，原稿略。获奖作品请见中国记协网 http: //www.zgjx.cn。

（中国宁波网 2022 年 12 月 26 日）

申报资料实录

作品简介：治水，是自古以来人类面临的难题。防洪墙，在多数人印象中厚实、笨重，多用坚固的混凝土打造，将城市村庄与水域生硬地隔离开，是人类征服自然、改造环境的结果。而宁波姚江边，一道长约 1.6 公里的防洪墙用玻璃制成，平时不影响两岸的风景，台风过境时稳固堤防、保护村庄，隔住暴涨起来的大水，变身“生态鱼缸”，成为网红打卡地，刷新了人们对防洪墙的认识，也启发人们不断探索人与自然和谐相处的更多可能。记者意识到，这道防洪墙不仅是当地防洪排涝的创新之举，是政府集民智解民忧在办实事中推进基层善治的成果，更是将运河风景与百姓生活和谐交融的积极实践，体现了人对自然的敬畏，以及人与自然和谐相处的科学尝试。这种既不破坏环境、又可抵御自然灾害的“两全之策”，在全国范围内具有典型意义。记者多次前往，拍摄、记录洪水暴涨时市民打卡的场景和洪水过后江边的日常生活，抓住热点，用生动丰富、具有烟火气的镜头语言记录防洪墙带来的变化，挖掘背后意义，作品发表后引起了很多读者的共鸣与思考。

社会效果：稿件见报后，引起广泛关注。余姚崇尚人与自然和谐相处的治水经验在多地推广，不少单位前往参观、取经。《人民摄影》报也在头版刊发了玻璃防洪墙的照片，人水和谐的生态样貌获得了好评。

初评评语：2022 年 12 月 26 日，台风“梅花”过后，浙江余姚市丈亭老街的“防洪神器”变身“生态鱼缸”，一时间，成了网红打卡地。这道长约 1.6 公里的玻璃墙，防洪时能够强力稳固堤防，隔住暴涨起来的大水，平时则如一条玉带，辉映着姚江“山如碧浪翻江去，水似青天照眼明”的诗情画意，让江上的风景和沿岸百姓的生活和谐交融，温情而美丽。本新闻摄影组图共有8张，缘起于一次台风。组图以小见大，视角独特多样，构图具有江南山水画感，元素丰富、动静相宜、叙事性和互动性强。组图体现出摄影记者敏锐的观察力和较强的创造力，能从一件常规的气候灾害事件中发现人在自然伟力面前的泰然、坚韧与乐观。此作品源于新闻事件，同时也具有较强的创新性、艺术性和现场感。

极枯鄱湖　生态大考

集　体

该作品为组照，限于篇幅，原稿略。获奖作品请见中国记协网 http: // www.zgjx.cn。

（江西日报 2022 年 09 月 30 日）

申报资料实录

作品简介: 2022年7月之后，江西省持续晴热少雨，9月发布枯水红色预警，抗旱形势异常严峻。9月23日，鄱阳湖标志性水文站星子站刷新了1951年有记录以来历史最低水位，我国最大的淡水湖鄱阳湖面临着极枯的巨大考验。水域面积急剧减小，记者冒着高温酷暑深入鄱阳湖中心地带多个干旱地区调研拍摄，捕捉到鄱阳湖极枯旱情以及江西各方应对极枯考验的震撼画面。该组图片策划站位高，叙事宏大，新闻信息量丰富。角度巧妙，关注度高。记者在前期重点报道全省干群奋力抗旱保民生、保生产的基础上，从社会关注度极高的国家一级保护动物江豚、白鹤切入，生动展现了江西坚持精准施策，科学应对，推进人与自然和谐共生的务实举措和积极成效。记者充分发挥视觉语言的表达优势，通过精心构图和光影效果，从不同角度反映了极枯之下的鄱阳湖现状以及当地奋力抗旱、保护生态的情景，拍摄精当，画面震撼，极具视觉冲击力。

社会效果: 传播广泛，反响强烈。该摄影专题和视频同步推出后，在社会上引起了积极反响，全网浏览量和点击率超130万次。

初评评语: 2022年中国最大淡水湖——鄱阳湖旱情又一次刷新了纪录。江西省水文监测中心发布枯水红色预警。受降雨偏少及长江干流水位偏低影响，鄱阳湖出现有记录以来最低水位，进入极枯水期，历史罕见。作为国际重要湿地和候鸟越冬地，鄱阳湖旱情如此严重，对当地生态环境和生物多样性提出了巨大挑战，社会关注度高。为了表现这一主题，作者通过无人机和地面拍摄相结合，表现出大场面、中景、人物活动等画面，采用组图的形式，比较完整地报道了鄱阳湖旱情的新闻，新闻性强、题材重大。鄱阳湖极旱的干涸的湖底和长满的草地，画面震撼，使人印象深刻。

《敦煌壁画里走出的中国年，走它一个虎虎生风！》等系列融合创意长图组稿

集　体

作品二维码

1. 敦煌壁画里走出的中国年，走它一个虎虎生风！

2. 敦煌壁画里的清明，不止雨纷纷

3. 古代敦煌的端午节，不仅有“团粽”还有“高定”

4. 敦煌壁画里的古人中秋图鉴

（新华社客户端、新华社微信公众号 2022 年 01 月 29 日）

申报资料实录

作品简介：为落实习近平总书记对文化强国和文物活化的一系列要求，新华社 2022 年策划推出贯穿全年的“敦煌壁画里的中国节”系列融合创意长图项目。该项目借助敦煌这一文化宝藏，用融媒体手段呈现中国传统节日的文化底蕴和魅力。——深耕文化发掘。报道组深入调研，查阅学术资料、与

专家联动，挖掘敦煌壁画中的节日文化内涵，把报道的出发点和落脚点放在对中华优秀传统文化的创造性转化、创新性发展上。报道拎重点、贴热点、找亮点，反复整理重组阐释，契合节点重磅推出，引发强烈反响。——创新表达方式。采取创意长图的融媒体呈现方式，并在结尾设计“彩蛋”，符合互联网传播特点。报道寓教于乐，实现了“小切口、大主题”，让中华优秀传统文化在受众心中发出新芽。——体现生活美学。选用敦煌壁画中的元素，运用壁画色彩搭配，用手绘与壁画相结合的方式，展现古代中国之美，让受众感受到了中华优秀传统文化新的时代风貌。整组作品将中华传统优秀文化融入当代生活，积极探索“破圈”，为受众了解、亲近传统中国节日提供了新机会。

社会效果：截至目前，此组稿件在新华社客户端浏览量超过650万，单篇稿件浏览量在新华社客户端均突破150万；每篇稿件在新华社微信公号点击量均达10万+；全网浏览量过亿，近千家微信、微博公号转载。该组作品全网互动量过百万。网友纷纷留言点赞，称“中华文化源远流长博大精深”“这是独属于我们国家的美”。

初评评语：“敦煌壁画里的中国节”系列融合创意长图组稿，对标“推动中华优秀传统文化的创造性转化、创新性发展”这一要求。报道从浩瀚璀璨的敦煌文化中，挑选“中国节”这一古今相通的话题，用漫画的方式对节日的文化内涵进行当代化阐释，有效促进了传统文化与现实生活的融合。从效果看，报道从小切口出发坚定了当代青年的文化自信。报道累计浏览量上亿，评论大多为敦煌文化、中华优秀传统文化点赞，轻量化报道激发了受众对厚重文化的浓厚兴趣，实现了良好的传播效果。

学习贯彻党的二十大精神　共绘“新时代富春山居图”

集　体

当前，浙江正深入贯彻落实党的二十大精神，凝心聚力、克难攻坚，以“两个先行”打造“重要窗口”，奋力谱写中国式现代化浙江篇章。“新时代富春山居图”画卷，在我们眼前徐徐展开……

作品二维码

（浙江新闻客户端 2022 年 12 月 30 日）

申报资料实录

作品简介：学习贯彻党的二十大精神，是当前和今后一个时期的重要政治任务。2022 年 12 月，浙江省委十五届二次全会召开，作出关于全面学习贯彻党的二十大精神的决定。浙江正凝心聚力、克难攻坚，以“两个先行”打造“重要窗口”，奋力谱写中国式现代化浙江篇章。在这一契机下，主创和编辑团队推出漫画长卷组图。漫画长卷组图以青绿色为主色调，以山水为主要元素和背景，结合省内地标、发展成果、经验特色等，生动描绘出浙江各地深入贯彻落实党的二十大精神，干在实处、走在前列、勇立潮头的生机勃勃的画卷，一幅“新时代富春山居图”跃然屏上，卷轴徐徐展开。

社会效果：组图长卷画风精美、内容翔实、构思巧妙，以新闻漫画的形式来讲述比文字更多了一分感染力。漫画将党的二十大报告原文巧妙地嵌入其中，不仅给读者带来了全新的视觉体验，还更容易引起共鸣。作品刊发后被多个媒体转载，并取得了良好的传播效果。

初评评语：学习贯彻党的二十大精神，是当前和今后一个时期的重要政治任务。漫画长卷组图借鉴名画，结合浙江省内地标、发展成果、经验特色等，生动描绘出各地深入贯彻落实党的二十大精神的生机勃勃的画卷，一幅“新时代富春山居图”跃然屏上。组图画风精美、内容翔实、构思巧妙，做到了形式创新，别具一格。通过漫画长卷来表现重点工作，生动易懂。整个画面的构图很丰富，在画工上细致独特，内容翔实，让人意犹未尽。

小篮球碰撞大时代

曹 雯

今年的七、八月，对于台盘村人来说是一个有点意外的夏天。每年此时都举办的“吃新节”篮球比赛、每次都大同小异的比赛场景经网络迅速传开，就像山风吹过寨子。台盘村与这个被网民称为“村 BA”的篮球赛，以始料不及的速度“火”了起来。

台盘村隶属于台江县台盘乡，位于苗岭山脉主峰雷公山的东部，与成千上万个苗乡侗寨点缀在山间。这里有青山绿水，有层层梯田，有错落的吊脚楼，有嘹亮的飞歌，有多姿多彩的芦笙舞……但“村 BA”打破了人们对民族村寨的固有印象。激烈的对抗、激动的观众、完善的赛事组织，氛围甚至远胜一场职业联赛，这是大洋彼岸 NBA 全明星赛才有的场景！

人们在惊呼之后发现这的的确确是一个贵州苗寨正在发生的事时，便不免对“村 BA”生发出各种感叹。有人说：这是乡村振兴精气神的体现，是对美好生活的追求。也有人说：在这里可以很好地观察中国式现代化。还有人说：这是群众体育运动蓬勃发展的结果……不管人们如何说道，这样的感叹都足以让人回味在流火的日子里那些难忘的场景。

“村 BA”火了

今年夏天，随着插秧结束，位于雷公山北麓台江县的苗族同胞正以自己的方式预祝丰收。这是一年一度的苗族“吃新节”，从农历六月到八月，不同支系的苗族同胞分不同的时间过节，在赶场天举行规模不同的斗牛、踩鼓、游方等传统民俗活动。算起来，篮球比赛是这个传统节日中的新成员，至今也有七八十年历史。

7 月 20 日一早，摄影师姚顺韦驱车从贵阳出发，没过多久黔东南层层叠叠的山地风光便在眼前铺展开，而当“天下苗族第一县台江欢迎你”的巨幅招牌出现在路边时，姚顺韦的心情也变得急切起来。

台盘村几乎是一下子出现在公路边的。320 国道修通后，这里距离台江县城 20 分钟、州府凯里市 18 分钟，区位优势凸显，也使得台盘村的“吃新节”乡场远近闻名，人潮汹涌。姚顺韦顺着山路往上爬，只见出嫁的女儿们抬着粽粑，回娘家探望父母兄弟，有人头上戴着花，有人头上包着帕，银质的项链和手钏在耳边碰撞出清脆的声响。但他却对此习以为常。过去几年间，姚顺韦时常到黔东南拍摄记录少数民族生活。今时不如往日，让他脚步越来越快的是即将在台盘村党群综合服务中心门外举行的篮球比赛。

作为一名篮球爱好者，此前姚顺韦在抖音上看到台盘村的“吃新节”篮球比赛直播，对这里的比赛氛围大为惊奇：一个村级篮球比赛，不光有男子组，还有女子组、少年组、老年组，现场观众数量更胜一场普通职业比赛，真正做到了全民参与。他很快决定在决赛当日前往台盘村一探究竟，随身携带了一架无人机和一个长焦镜头。

台盘村近年来篮球比赛的组织者，台盘村篮球协会会长岑江龙顶着黑眼圈站在场边维护秩序。37 岁的他身材高大，穿着黑色的短袖和长裤，在人群中显得很挺拔。今年比赛前，台盘村篮球协会在抖音上发布了视频预告，前来观战的外地人比往年多了不少。下午 3 点的时候，可以容纳上万人的台盘篮球场已经坐得满满当当。

站在数万名观众中间，姚顺韦才发现自己的渺小。想要用镜头记录决赛盛况，事实上根本挤得动也不能动，很难找到一个想要的拍摄位置。但他依旧庆幸去得早，还算有坐的地方，后面来的观众只能靠架梯子、站房顶、爬树观看比赛。男子组的决赛在“晨清足道”与“老场坝”两支队伍间展开，在姚顺韦看来颇为新鲜有趣的是村级比赛也能拉到赞助，他听四下里人们议论比赛看点，两支队伍的作风、当家“球星”……一种奇妙的感觉油然而生。

夕阳西下，晚霞满天，现场观众的情绪也随着比赛的节奏潮起潮落。月挂高空，当雷公山被夜色笼罩，沉入一片寂静中。台盘篮球场依旧灯火通明、人声鼎沸，巨大的“呜呜”声推动着每一次高潮迭起。

决赛从 20 日的下午 2 点一直持续到 21 日的凌晨 5 点，这是黔东南特有的“天亮文化”——唱歌跳舞到天亮、斗牛到天亮、打球到天亮。脚从麻了到不麻，又从不麻到麻，姚顺韦在赛场周围艰难地腾挪着，不敢喝水，更不敢上厕所，因为稍微挪出一个空缺，就马上会被不知疲倦的人流填满。他想通过自己的镜头把这样的台盘篮球场宣传出去，他隐隐有一种预感，篮球这项现代体育运动与大山里的古老民族正在碰撞出绚丽火花。

心怦怦地跳动，篮球砰砰地跳动，姚顺韦一直坚持到朝阳在群山之间勾勒出好看的金边。7 月 21 日，他将精心剪辑后的比赛视频发布到抖音上，不出所料，比想象的更加快，仅仅半个小时后就接到了媒体的采访电话。7月22日，外交部发言人赵立坚的推特上发文配视频为其点赞。这个贵州小山村里的篮球比赛，忽然迅速在互联网上发酵，被机智的网友们按照NBA、CBA的命名规则，亲切地称之为“村BA”。人们第一次惊讶地发现大山深处的村级篮球比赛居然有6个持证裁判员，比赛场地还是灯光球场，加油呐喊的方式竟然是锅碗瓢盆，如此接地气，却又不失“国际范”。

借势“村BA”热度，8月2日，贵州省“美丽乡村”篮球联赛黔东南赛区决赛继续在台盘篮球场打响，黎平队33号队员吴中庆在比赛中砍下43分，被认为攻防两端都打出了CBA水平。台江县辅警王再贵，面对全国媒体直播镜头，依旧用方言全程解说，并坚持告诉球员们：“进攻到最后1秒，防守到最后1秒，不管输多少分、赢多少分，心怀热爱而战，这就是体育精神。”效仿职业联赛，中场时分，身着民族盛装的阿哥阿妹们用反排木鼓舞、苗族飞歌、侗族大歌等在赛场上刮起“最炫民族风”。而当黄牛、山羊、小香猪这样的山货作为决赛奖品被牵上场来，体育的动感之美与新时代乡村之美，在此交相辉映生动有趣。

8月8日，中国驻美大使秦刚在推特点赞“村BA”——向世界传递新时代中国体育的新气象，彰显全民运动无限活力。为进一步扩大和延续“村BA”影响力，8月9日，中国“村BA”——佛黔协作美丽乡村篮球交流赛在台盘篮球场举行。

一场场充满乡土气息的体育赛事，变成一场场天然链接城市与乡村、国际与国内的盛宴。8月11日，中国篮球协会主席姚明在接受媒体采访时表示，如果有机会的话，非常希望去现场体验贵州乡村篮球赛热烈的气氛。姚明认为，“村BA”除了篮球比赛本身之外，还聚集了十里八乡的乡亲们，包括场上极具民族特色的表演。“它像一个小型盛会，我觉得不能简简单单地用一场篮球比赛去评价它。”

小山村里的篮球比赛彻底火了，从走出贵州到扬名天下仅用了十来天。截至目前，全网有关于“村BA”的信息高达30万条，赛事直播观看量超过1亿人次，全网点击阅读量超过15亿人次。

苗寨女篮

其实这并不是贵州乡村篮球第一次在全国观众面前亮相。如果翻阅贵州体育的历史，你会惊讶地发现同样是台江，半个世纪前，曾飞出一支享誉全国的“苗寨女篮”。

20 世纪 50 年代，一个苗族女娃在清水江边的小镇呱呱坠地。她是家中的第 7 个孩子，母亲生她的时候已经 46 岁。女娃的到来，并没有给“上了年纪”的父母带来更多快乐，母亲一脸愁苦地用银针在她的耳朵上打了个小耳洞，低着头对父亲说：“怕是养不活。”她的担忧不无道理，一年零八个月后，父亲便撒手人寰，只给女娃留下一个名字：刘顶英。

苗族女娃的耳洞，随着年龄用草木扩大。有人说，这是苗族女子社会财富的象征，耳洞越大，戴的耳饰越大越重越精美，标志着家庭越富足。夏天“村BA”最火爆的时候，年过古稀的刘顶英穿着一身绿色长裙，腰板直直地坐在台盘篮球场边观看比赛。比赛间隙，她想起了十六七岁时与篮球的相遇。

刘顶英至今依旧记得那天温暖的阳光与空气中泥土的芬芳。她与小姐妹们走过一间学校，看见老师正在组织女同学们打篮球，场面相当热闹。

“那是什么？”有人问。

“好像很有趣。”有人接住话茬。

“我们能不能也去玩玩？”又有人俏皮地说。

“但她们穿着短袖上衣、短裤。我们穿着裙子。”年纪稍小的有些担心。

也不知道哪里来的勇气，让连汉语都听不懂几句的刘顶英走进那个尘土飞扬的球场。语言不通，就用肢体语言表达，这是体育运动独有的魅力。刘顶英和小姐妹们，第一次在篮球场上奔跑、跳跃起来，硕大的耳圈、绣有民族纹样的裙裾在风中飞扬。不过，这样的纵情恣意，起初并没有得到长辈们的认可。

“一个姑娘，穿着裙子在坝坝里乱跑，被这么多人围着看，还想不想嫁人了？”这样的声音不绝于耳。很快，有群苗族姑娘打篮球的故事在当地传开了。

消息传到县体委篮球教练欧绍钧的耳朵里。为一探究竟，欧绍钧特别前去考察。因为欧绍钧的沟通，寨子里对于刘顶英们打球的观念有所转变。为了支持、鼓励苗寨姑娘们打球，县体委安排欧绍钧在当地蹲点教学。在刘顶英的记忆里，起初她们只是模仿动作，抱着球跑来跑去，根本不知道什么是打篮球，直到遇见欧绍钧，现场教授“三步上篮”。

最初学习“三步上篮”时，苗寨姑娘们羞怯而胆小，是刘顶英勇敢地站了出来，第一个投进。“对对对，你们就像她这样投，就对了。”欧绍钧又惊又喜，连忙指着刘顶英的身影说。

1973 年，贵州省体委在当时的东风大队（现剑河县革东镇）召开全省农村体育现场会，全面总结东风“苗寨女篮”经验，并号召各地认真学习，加强农村体育工作。会议期间，苗族姑娘们与有关代表队进行了篮球、打靶、游泳比赛，展现苗族儿女风采，被各家媒体竞相报道，使得东风“苗寨女篮”

的名声很快传遍全国。1974 年，新华社刊发“东风女篮新一代”图片，被载入《中国摄影册》向国内外发表。

贵州省篮球协会主席朱宝林至今还记得在省体工大队和东风“苗寨女篮”一起训练打球的场景，“她们尽管穿着运动服，但耳朵上还是戴着巨大的银耳环，甩来甩去，打球的样子十分拼命。”

刘顶英的进步很快，1973 年她加入县女篮代表队参加比赛，除了来到省城贵阳，还前往铜仁、湖南等地比赛，并一路从贵州“打”到北京，参加了 1978 年的全国体育工作者代表大会，得到时任国家领导人的接见。

那时候生产大队里总是宣传“破旧立新”。尽管没有读过书，刘顶英听得多了也大致明白什么意思。她说：“过去苗寨里不准女孩读书、不准女孩打球，总让你早早嫁人，那我们要带头走出来。”

在《贵州体育》杂志泛黄的记录里，从 1975 年到 1983 年，东风“苗寨女篮”协助台江县体委培养了 148 名农村体育骨干力量，到 1984 年，全县共组建 68 个苗寨女篮队，篮球场也由 1965 年的 129 个发展到 1985 年的 319 个。而刘顶英在 8 年的篮球生涯后又被招到了黔东南射击专业队训练。篮球的动与射击的静，在她身上奇妙地融合了。

因为从不脱靶，她成了队上的专业试枪员，“刘顶英试过的枪，一定是准的”。当其他人因为子弹紧张没有枪打，刘顶英这边则是每天打得肩膀肿痛，最后达到国家二级射击运动员标准，退役后被分配到台江县体委当射击教练。在这里，她遇见了同样爱打篮球的体育老师，从此携手同行、幸福美满。而她身后的东风“苗寨女篮”也像火车头，引领当地农村体育事业快速向前。

岑江龙的篮球生涯

从 20 世纪 70 年代到 90 年代，被篮球运动吸引的苗寨姑娘在这里形成了 4 代东风“苗寨女篮”。

岑江龙成长于村里有了 VCD 的 20 世纪 90 年代。在台江，爱打篮球的后生们除了对东风“苗寨女篮”的故事略有耳闻，同时也更多地开始了解外面的世界。比如 NBA 和迈克尔·乔丹。

“看乔丹的后仰跳投多么厉害，然后跑到球场上尝试，才觉得这样的空中停顿太难了。”作为村里的大高个，岑江龙 16 岁就被村里的“老辈子”们招入村队。在台盘，为了传承好这一代表村集体荣誉的篮球运动，每一届村队都要认真培养下届队员，吸纳年轻人进行长达四五年的实战“带打”。岑江龙的父亲也曾经是村里的老队员，初次上场，篮下抢断、投球进篮、人们的欢呼……在小山村的“熟人社会”里，打球打得好与不好，很容易成为亲戚邻里茶余饭后的谈资。

篮球，给了岑江龙极大的满足感。

初中毕业后，没有继续学业的岑江龙在村里打了两年球。“我们苗族大节三六九、小节天天有，所以只要我想打球，天天都可以。”

18 岁那年，在前辈的带领下岑江龙前往浙江打工，没两个月便跑回家来，原因是那边没有球打。后来他听说广东东莞的厂里有球打，便前往应聘，对方领队一看，球打得不错，也就爽快地同意入职。那些年，岑江龙对于这份既有球打又有工资领的工作颇为满意，一干就是四五年。后来换了一份更高收入的工作，也是凭借球场上练就的一身好本领。

但每年“吃新节”篮球比赛前，岑江龙都会提前请假回家。帮忙组织村里的比赛是他从少年时就养成的习惯，从场边记分到场中喊暂停，岑江龙喜欢戴着彰显赛事组织者身份的袖套，像是莫大的荣誉。“老板如果同意请假就请假回家，如果不同意，辞职也要回家，等比赛结束后再出去找工作。”

坐在看台上，岑江龙比画着球场过去的面貌，此前并不是这样横着排列的两个球场，而是竖着排列，站在可以容纳最多观众的山坡上，其实并不能很好地观看比赛，眼前这个篮球场，是 2016 年建成的。

岑江龙感慨篮球场的变化，隐约知道这十多年来农村体育有很大的投入。

2006 年，国家体育总局等部门正式启动“农民体育健身工程”，以行政村为主要实施对象，建设“一场两台”，即一个混凝土标准篮球场，配备一副标准篮球架和两张室外乒乓球台。在贵州，“农民体育健身工程”作为全民健身类基本公共服务更是连年入选全省年度十大民生实事，到“十三五”末，全省 15168 个行政村实现“农民体育健身工程”全覆盖。

岑江龙说，新的篮球场是建好了，可 2018 年的时候，因为疏于组织，延续多年的“吃新节”篮球赛也曾面临中断的危机。村里老人抱怨现在的年轻人“雄不起”，这项兴起于 20 世纪五六十年代的篮球比赛在风雨兼程的岁月中不曾中断，反而成为台盘乡场上人气旺盛的重要保障。岑江龙就是那一年接任赛事组织者的，他觉得苗家人骨子里总有一种对传统延续的执念。

他召唤一众年轻人挨家挨户做工作，为了让更多人能够参与其中，又根据现实需求对比赛进行赛制改革——在过去的男子组、女子组的基础上，新增村村组、中年组、少年组。

在岑江龙看来，篮球在台盘的落地生根、开花结果，或许起源于日常娱乐并不丰富的山区生活，但如今大家看中台盘篮球赛的原因，却是因为氛围好、比赛公平，没有主客场之分，尊重体育精神。于是，每次组织比赛，一两百支队伍不在话下，常常因为日程有限需要控制报名数量。

而比赛期间，岑江龙每天 8 点出门直到凌晨 4、5 点才能回家，一干就是 10 余天。今年 6 月，台盘村篮球协会成立，多年将心思扑在篮球比赛上的岑江龙当选协会会长。这让他萌生了将台盘篮球场打造成为“网红篮球场”的想法。

最近几年，岑江龙从抖音上看到很多网红打卡地，认为台盘“吃新节”的赛事氛围也有成为网红打卡地的基础。为此，他与协会里的年轻人们给“网红篮球场”想了个神气的名字“野球圣地”，把看台粉刷一新，买来记分牌与计时器。不承想，一夜之间，“野球圣地”变成了中国“村 BA”圣地。

“村 BA”的火爆出圈给岑江龙带来了巨大的思想冲击。就过往的 37 年人生来说，他只是一个普普通通的贵州农民，没有固定的工作，遵循着哪里活好干、哪里钱多就往哪里走的原则，去过江浙、去过广东。谁可知？晃晃荡荡的半生，最终能够承载生活的原来是热爱与付出。

8 月 24 日，2022 年中国篮球协会贵州省 E 级篮球教练员培训班在遵义开班，岑江龙和吴小龙代表台盘村前往。几日的培训中，国字号教练让他们大开眼界。与业内同行的交流，也让他们有了更加长远的计划。“村里有这么多爱打篮球的小娃娃，却没有篮球培训机构，是不是可以通过我们的努力，让孩子们能获得更加专业、系统的教育资源。”

“村 BA”的未来

同时，更大的变化在台盘村发生。

今年，台盘村村民小轿车拥有数已从 2012 年的 15 辆增加到 93 辆，基础设施不断完善，十分钟上高速，半小时坐高铁，5G 网络全覆盖，村里的家家户户都连通了“硬化路”。村民人均纯收入从 2012 年的 4360 元提高到 2021 年的 1.56 万元，增长了 3.58 倍。

这样的变化是台盘村人没有想到的，当然“村 BA”的火爆更是台盘村人没有想到的。这些没想到都变成了现实的存在，这鼓舞着台盘人想好好地谋划谋划未来。

早些年，台盘篮球场所处位置还是一方斜坡，村民们在这里开辟出错落层叠的梯田。2013 年，因 320 国道建设大开发，梯田所处的沟壑被征拨，成为堆放建筑废弃渣土的场所。2016 年，台盘村委会召开村民代表大会，大家举手一致同意将此处填平，在渣土上建起了露天篮球场。如今“村 BA”火了，村民们也要一起来共商未来。

“寨管委”“组管委”“十户一体”，近年来黔东南推进全过程人民民主，深入探索实施乡村治理机制。作为村民自治的一个缩影，“村 BA”从自发组织到数百名村级志愿者全程参与赛事服务，火爆场面的背后是井然有序的秩序与始终和谐的氛围，体现了村民作为美丽乡村创造者、建设者的主体地位。

8 月 23 日，又到了台盘村院坝会的日子，村中老中青三代悉数到场。当日的议题主要围绕“村 BA”球场后期改造规划与借势“村 BA”与台盘如何抢抓机遇谋振兴展开。

当主持者村党支部书记张寿双话音刚落，村民杨宁抢先发言：“希望村容村貌的改造工程，能让村里的青壮年劳动力参与！大家都想为乡村振兴出一份力！”杨宁颇有志气的建议赢得了村民的热烈掌声。作为村里最早的一批大学生，他在电子产品外观设计行业摸爬滚打近十年

“‘村 BA’的走红不是偶然，而是必然的！”作为土生土长的台盘人，台江民族中等职业技术学校督查室主任李正奎始终心系家乡发展。“这些年，村里面每年都要考出去 10 多个大学生，村庄脱了贫，农民致了富，路越走越宽，日子越过越红火，这个过程中，球场就是磁场，凝聚了民心、鼓舞了士气！”在李正奎眼中，篮球运动，是台盘人团结奋进、拼搏向上的精神传承，也蕴集着心中创造美好生活的底气。在他的呼吁下，完成台盘村教育基金创建后，要把“村 BA”写进村志激励后人。

之后的发言围绕一些具体的事项展开：

有人问：“要不像凯里市体育馆那样围起来？要不要在看台上加座位？”

有人答：“不能围、不能加，弄成标准体育馆的样子，就失去了我们的‘野味’。”

人群中忽然有人说：“以后来看咱‘村 BA’的人如果越来越多，是否考虑收门票观看，是否考虑赛事直播的收益？”

此话一出全场愕然，紧接着是一阵窃窃私语。村民中的骚动不难理解，这毕竟和每个人的利益紧密相关。但让人惊讶的是，他们很快又做出决断。只见 80 岁的陆大江跳起来道：“怎么能收钱呢，过去最艰苦的年代，我们也没想过用比赛本身来赚钱。”从十几支代表队到几十支代表队，陆大江见证了“吃新节”篮球比赛最初的发展历程，他说万事开头难，那些年最忧心的是如何把赛事组织好，让大家明年还来参赛。

“是啊是啊，如果火了就收门票，那就不是‘村 BA’了。”有人附议，一个两个声音越来越响亮，越来越整齐。

成为驻村第一书记前，张德在台江县投资促进局工作。在他看来，紧跟

“村 BA”流量而来的还有资本。想对“村 BA”进行商业化开发和打造，纷至沓来的篮球俱乐部和赛事运营公司，以及动辄几十万元的冠名费、上百万的深度合作资金，时刻挑动着这个小山村的神经。但沉下心来的最好办法是遵从内心朴实的想法——“村 BA”到今天是一代代台盘人努力的结果，“村 BA”的未来也要一步一个脚印地走。

入秋之后，台盘篮球场很快进入了扩建阶段，到冬天基本完成。加高后的看台被统一涂成了好看的海蓝色，层层叠叠宛如贵州山地上的梯田。新增的扶手，则保证了观众上下看台的安全。岑江龙取消了外出务工的计划，每天忙着接待一波又一波的“村 BA”考察队伍。他有了大干一场的信心，“篮球主题餐厅”“民宿”这样的词时不时会从口中蹦出来。当然，更大的计划还在酝酿之中，在球场边的展板上，展出了台盘村篮球小镇的规划示意图，包括室内篮球馆、“村 BA”商业街、稻田休闲区、健身步道、缆车乘降点等。

今年夏天，火热的“村 BA”为这个不在贵州旅游版图上的自然村寨带来了 50 万游客，直接拉动全乡餐饮等行业消费 4000 万元以上。未来，黔东南希望通过文化杠杆，推动体育赛事与民族传统节庆、乡村旅游、农产品销售齐头并进，探索出一条符合全体人民共同富裕的中国式现代化的可行之路。

如果跳出台盘一域，从更广袤的空间来看，贵州大地上涌现出的 5000 多场“村 BA”，通过主客场比赛方式，丰富农村居民精神文明，推动各区县、乡镇、村寨的开放与交流，撬动农村一、二、三产业融合发展。2021 年 5 月 26 日，“美丽乡村”篮球联赛作为贵州省级 IP 赛事正式启动，以村镇为主战场，广泛号召年龄在 22 岁到 45 岁的本地乡镇居民参赛。通过乡镇赛、县区赛、市州半决赛、省级常规赛和总决赛的竞赛模式，覆盖全省 9 个市（州）、88 个县（市），共组织民间篮球队 2624 支，覆盖群众 446.75 万人。

“需要注意投篮的姿势、手型，拿球的手，要呈 90 度打开。”天蒙蒙亮的时候，在一片鸡鸣犬吠声中，陆大江穿着黑色冬衣站在新建好的台盘篮球场上。他操着一口地道的台江话，这是黔东南特有腔调，语气总是带着句尾音，像山雀在唱歌，忽然对着身边半大的孩子道：“小子，你来试一试。”

但孩子的目光却被球场上的一张海报所吸引。岁末，“美丽乡村”篮球联赛的总决赛即将继续在台盘篮球场举行。“爷爷，又有比赛看了！”孩子高兴地喊道，他快乐奔跑的身影，像田里的庄稼一样拔节生长，让人心生欢喜。

当小篮球碰撞大时代，应该不仅仅是碰撞出“村 BA”的未来，而是碰撞出包括台盘村在内的无数村庄无比美好的未来。

（贵州日报 2022 年 12 月 30 日）

申报资料实录

作品简介：2022 年夏天，贵州省台江县台盘村乡村篮球赛火遍全网，被网友们亲切称为“村 BA”。“村 BA”上榜热搜关键词，网络传播量超 15 亿人次，搭载中国贵州美丽乡村的全民狂欢，飞跃了半个地球，刷新了很多人对贵州乡村的印象。探寻“村 BA”火爆出圈的原因，记者背上行囊，在全国媒体的同题竞争中，开始了历时半年最为深入的探寻。采访对象涉及在“村 BA”的新老组织者、传承者，在“村 BA”影响下生活的台盘村民、村干部，以“村 BA”黔东南冠军队为代表的乡村篮球爱好者们，以及同样发源于台江与“村 BA”相互呼应的 50 年前声动全国的苗族女篮。通过报告文学的手法，娓娓道来，全景式地向读者展现了“村 BA”作为一种乡村文化现象，既是基于自己国情省情县情村情而诞生的民族盛会，又是衔接城市与农村经济社会共同发展的文化盛会，还是衔接物质与精神协调发展的体育盛会。

社会效果：作品《小篮球碰撞大时代》描绘了中国式现代化推进实践中贵州乡村的模样，带来这个时代的新观察、新感悟、新希望，发布后当日在天眼新闻上流量突破 10 万 +，产生了良好的社会影响。

初评评语：在乡村振兴大背景下，这篇作品敏锐并及时地关注和跟进了 2022 年形成舆论热点的“村 BA”新闻。《贵州日报》深入采访了“村 BA”的组织者、传承者以及受此影响的农村居民们，通过报告文学的手法全景式生动展现了“村 BA”这一乡村文化现象，揭秘“村 BA”的出现和走红出圈既是基于国情、当地特色而产生的民族盛会，又是衔接城市与农村经济社会共同发展的文化盛会，更是融合了基层民众物质与精神协同发展的体育盛会，充分体现了我国物质文明与精神文明协调发展的中国式现代化根本要求，同时也生动形象地呈现出乡村的文化振兴图景。

邮政“天路”上的信使

姜　峰　刘雨瑞

眼前这汉子，个头一米八，魁梧壮实的身材，把墨绿色的邮政服撑得紧绷绷；爱笑，性格爽朗，一咧嘴，门牙已掉了——这些都是多年奔波高原留给他的印记。

坐上他的邮车，奔赴青藏线：从格尔木出发，翻越莽莽昆仑山，再穿过可可西里无人区，最终到达“雄鹰都无法飞过”的唐古拉山镇。这条邮政“天路”，中国邮政集团格尔木市分公司投递员葛军独自跑了11年。

一

东方渐晓，一早驶出格尔木市区，南行40公里后，“南山口”几个大字赫然入目。从这里开始，我们的邮车驶离了广袤的柴达木盆地，横亘眼前的便是千峰壁立、万仞雄峙的昆仑山脉。

“横空出世，莽昆仑，阅尽人间春色。”这座“万山之祖”，留下过多少千古咏叹——

20世纪50年代，慕生忠将军率领筑路队，就是从格尔木出发，以每公里倒下10峰骆驼的代价，一寸一寸征服了莽莽昆仑，将砂石路铺到千万年来无人涉足的可可西里深处，将红旗插上唐古拉山口。

长天流云、群山飞度，如今脚下是已经柏油化的青藏公路。“路好了，沿线群众对通信的需求也越来越强烈”，葛军如数家珍：2009年，中国邮政集团格尔木市分公司就正式开通了格尔木市至唐古拉山镇的汽车投递邮路，“沿途共有23个交接点，单程419公里，平均海拔超4500米，为沿线单位、群众提供邮件寄递、物资运送等服务。”

然而，邮政“天路”绝不轻松。短短一年后，首任投递员就因身体不堪重负而退出。彼时，正在邮局做柜台营业员、“风吹不着日晒不着”的葛军，无意中得知“格唐邮路”急需人员递补，那一刻的他，“耳朵嗡嗡响，血液往上涌”，拔腿就往总经理办公室跑。“我是党员，是退伍军人，在部队时就熟悉车辆驾驶和维修，进入系统后也干过邮递员，知道咋跟牧民群众打交道，爱往基层跑，不怕吃苦，我报名，跑‘天路’！”葛军一番“连珠炮”，很快心愿得偿——此后 11 年，每周一趟，来回两天，往返千里，风雪无阻。

可是我们心中却不禁打起问号：这条被常人视为畏途的邮路，葛军为何甘愿“自讨苦吃”？

二

突来的颠簸，打断了思绪。

邮车驶出柏油路，在砂石“搓板路”上扬起一阵沙尘，“三岔河大桥交接点到了。”停车，从驾驶舱往下一跳，顿觉天旋地转——一问海拔，“4050 米，干啥都悠着点。”

这里是青藏铁路全线第一高桥，大桥桥面距谷底 54.1 米。汽车在桥下走，火车在桥上过，形成了青藏公路和青藏铁路交会的奇观。某执勤部队常年驻守在这里，这里也是“格唐邮路”的投递点之一。

上桥，有两条路线：一是开车走盘山“搓板路”，路远难行还危险；二是徒步爬一条直通桥上的水泥台阶，150 级，坡度近 70 度，被执勤部队官兵形容为“天梯”。高海拔下，二十来岁的年轻战士，走“天梯”都会头晕目眩，而 1976 年生人的葛军，为节省时间，每次都选择扛着邮包往上爬。

只见他跳下车，将两个 20 斤重的邮包系在一起，做成褡裢，搭到肩上，再弓起身，左手紧握栏杆——他有意锻炼左手，吃饭时也是左手执筷，“常年工作在高海拔，反应都迟钝了，这样好刺激一下脑细胞”——右手则小心翼翼地扶着胸前的邮包，头往下深埋，像极了耕地的老黄牛。

三岔河大桥位于昆仑山腹地小南川和野牛沟的汇合处，是个风口。葛军呼哧呼哧喘着粗气，用力按了按太阳穴，继续攀爬。突然，一阵狂风吹来，葛军赶忙两只手抓稳栏杆，稍顿，又继续往前，用了快 20 分钟，才爬完这 150 级台阶。

“葛班长！葛班长！”营区里的战士们跑出来，纷纷抢过沉重的邮包，扶他坐进营房。葛军神神秘秘：“轻点拿！里面有好东西。”战士们已喜上眉梢——打开一看，是一块精心包装的生日蛋糕！

“葛班长”不是白叫的。18 岁时，葛军去陕西做了汽车修理兵，部队驻地在渭南市大荔县，浩浩汤汤的黄河水从县城东部流过，浇灌着关中沃野上的“白菜心”。有一年冬季，黄河龙门至潼关段河道壅冰，严重威胁着防洪堤坝。“大堤外面就是村庄和农田，保障群众生命财产安全，咱军人义不容辞！”飞机破空，投下炸弹击碎厚重的冰层，葛军和战友们一声令下就往河道里冲，任凭数九寒天冰冻刺骨的河水浸透了棉袄，一个个肩挑背扛清理浮冰。“在坝上干了半个月，抢险大军没有一个官兵叫苦叫累，冲在前面的永远是连队领导，发馍馍时他们却是最后一个吃。”葛军再不复方才的疲惫神态，眼里仿佛射出光：“那种情感，一辈子都忘不了，当兵改变了我一生。”

军营四年寒暑，急难险重冲在前的昂扬斗志，是葛军“退伍不褪色”的价值追求——我们豁然开朗：主动选择“格唐邮路”，葛军并非一时冲动，而是精神基底的光芒闪现。

每周一次，他帮年轻战士们送信、寄信，交流多了，渐渐知道了战士们的需求。这块蛋糕，是给战士们本月过集体生日用的，葛军每月一送，已是无声的约定。

战士们集体“啪”的一声，站得笔直，向“葛班长”敬了军礼。而他起身，拍拍小伙子们的肩膀，扭头就往外走。　　“葛班长，跟我们一起吹蜡烛吧。”战士们挽留。

“还有邮件要送呢，下次一定参加。”

大伙不答应，这“借口”想必葛军已用了不少遍。而“葛班长”说一不二，背上空邮包，裹紧大衣，挥手就出了门。

三

从三岔河南行，经一小时跋涉，我们到达了海拔4768米的昆仑山口。路旁，索南达杰烈士雕像巍峨矗立，身后那片广阔苍茫的大地，就是可可西里。

行邮至此，对葛军而言，还有一番“家风传承”的意味。

原来，20世纪50年代，葛军的爷爷响应国家建设大西北的号召，从上海来到青海，进入邮政系统，服务青藏公路建设，公路建成后就把家安在了格尔木。70年代，葛军的父亲顶了班，曾被派驻到唐古拉山镇邮政所，一待就是5年——算起来，葛军已是这个“邮政世家”的第三代。

不冻泉、索南达杰保护站、楚玛尔河大桥……行驶在可可西里，葛军仿佛看到了父亲在青藏线上奔波的身影：记忆中的父亲，戴着深绿色邮政大檐帽，穿着板正体面的制服，清瘦、干练。“那个年代，谁家生活都紧巴，但经父亲之手寄出去的米、面、油，从来没有短过一两半钱。”踏踏实实做人、兢兢业业做事，是葛军从父亲身上学到的理。

一路畅聊，我们对葛军选择邮政“天路”多了一分理解，也平添一分敬重：也许父辈的坚守，早已在他心底扎下了根。而他比父辈走得更远：昆仑山、唐古拉山、祁连山，这三条横亘青海72万平方公里土地上的巨大山系，都留下过葛军的足迹。

1998年，葛军从部队退伍，如愿考上青海邮电学校，毕业后被分配到海北藏族自治州工作。领导问起工作意愿，葛军不假思索：“我想去基层锻炼！”

他被分配到了祁连县邮政局，每天骑着自行车，负责县城周边15公里范围内的邮件寄递，做好本职工作之外，也学到了与基层牧民打交道的本领。这不，邮车开到可可西里五道梁，葛军马上想起那场“生死救助”——

2014年的一个冬日，寒风呼啸，大雪漫天，临近五道梁的一处居住点，牧民扎娅1岁的孩子突患急病。扎娅忧心如焚，用棉被裹紧孩子，几乎站到了马路中间，只想拦下一辆车，救救孩子。就在这时，一束灯光刺破风雪重雾，照到了她们身上，来人正是葛军！

得知情况后，葛军立即让扎娅和孩子上了车，一路顶风冒雪、艰难前行，等把孩子送到格尔木市的医院时，东边天空已然露出了鱼肚白。孩子得救了，扎娅激动得不知如何是好，当面跪下感谢恩人，葛军急忙扶起她，又买了些水果放到孩子床头，便离开了。

“我还忘不了，2012年夏天的一个傍晚，把特快邮件送到巴珠手中时的情景。”巴珠家住唐古拉山镇拉智村，十年前就在自家院子里开了民宿。有一次，一位来自广东的摄影师住在她家，而葛军送来的那封特快邮件，就是摄影师为巴珠拍下的照片——在数码产品还未普及的十年前，这些照片在天遥地远的唐古拉山，该是何等珍贵……

这样的故事，葛军装满一肚子。“每次见到乡亲们接过邮件的眼神，我就觉得，在这条路上，还可以再坚持坚持。”

不知不觉间，夕阳将邮政车的倒影在路上拉得很长，经过10个小时的跋涉，我们驶过沱沱河大桥，邮路的终点——唐古拉山镇已在眼前。

四

长江水东流，青藏线纵贯——依水而居、因路而兴，这里是青藏公路在青海境内的最后一个重镇。这座镇，非常大，足足4.75万平方公里，雪山、冰川、草原、湖泊无数，而最少的是人。即便镇区所在的位置，也接近海拔4600米。往南，翻过唐古拉山口，便是西藏。

到镇上时，工作人员已经下班。每到一个投递点，葛军都要将邮包挨个整齐地码放在各个单位门口，等全部卸完，天已全黑，时间也到了晚上8点半。

疲惫的葛军走进一家川菜馆，小小的集镇，迎面便是熟人——一位面庞黝黑的中年人惊喜地向葛军招手，拉他坐到桌前，接着倒满一杯酒：“来得早不如来得巧，解解乏，晚上睡个好觉，回头再帮我送个水样呗。”

葛军也不客气，一饮而尽："明天一早找你拿！"

这个中年人叫叶虎林，是青海省水文水资源测报中心沱沱河水文站，也是万里长江第一站的站长，正和同事在餐馆吃饭。每年5月到10月，他们都要在唐古拉山镇驻站，对沱沱河进行实时监测，并定期将采集的水样送回格尔木检测，如果存放时间过长，水的化学特性就会发生改变。

有一年，正值河流主汛期，水文站人手紧张，采集的水样一时之间送不下山。正巧，叶虎林撞见葛军在镇上派送邮件，便抱着试一试的心情，希望葛军帮忙把这来自长江源头的水送回格尔木。没有丝毫犹豫，葛军爽快地答应下来。

葛军明白，水文工作者常年驻守野外，远离家人，工作十分不易。只要条件允许，他就会帮水文站的工作人员带一些生活用品。几年下来，这些工作、行走在大江源头的人们，惺惺相惜间已是无话不谈的朋友。

看着他们重逢之时的亲热熟络，再想起这一路上邮包寄送的站点，那些坚守在青藏线上的执勤官兵，还有铁路养护职工，唐古拉山镇基层干部……我们突然觉得，这条邮政"天路"，葛军并非独行。

大家坐在一起，话题愈聊愈多。"今天拍了不少好照片，回头发给你，让嫂子和娃也看看。"他立马摆手："可别，我不爱拍工作照，拍了也删掉，就怕让家人看到这一路的艰险。"可不，翻看葛军的朋友圈：偶有"进山"或"平安返回"的照片，而中间的时段从来都是空白。

葛军的妻子和女儿，生活在格尔木。父亲的经历，孩子未必都知晓，但妻子不会不懂丈夫。有一次，葛军从邮路返回，途中突遇暴雪，气温骤降，他身体受寒，引发严重的肩周炎，左半身疼痛不已，硬撑着把邮车开回了格尔木。他不愿惊动妻女，拖着僵硬的身躯，自己来到社区卫生院。开完药，走进输液室时，一个熟悉的身影让他心疼："那是我媳妇啊！"原来，在他跑车的时候，妻子患上了重感冒，同样不想让他担心，独自来输液。"报喜不报忧"的夫妻二人，那一刻相对无言，而泪已千行。

晚上回家，妻子把憋在心里的委屈倾吐了不少。而次日一早，葛军去单位时，换洗衣服已摆在门前。"姑娘也大了，小时候总怪我没时间陪她玩，现在上了初中，也知道帮妈妈做家务了，我荣获的铜制奖章给挂在家里醒目位置，孩子总擦得很亮。"

全国五一劳动奖章、中国青年五四奖章……相比这些荣誉，将来若有机会，我们更想把葛军行进在"天路"的照片，送给他的女儿作纪念——那是父亲一路洒下的青春与汗水。

夜云流转，月朗星疏。与水文站的朋友道别后，我们找到唐古拉山镇一家招待所休息。半睡半醒间，脑中闪回这沱沱河畔的一夜，恍然如梦，只觉，葛军和朋友们的身影，好像比唐古拉山还要高。

五

迷迷糊糊中爬起床，窗外，地平线最东端，一束炙热的光芒从红绸帷幕似的天边刺出来，像是熊熊燃烧的火焰。高原的日出，无比壮美。

迎着朝阳，葛军再次开上车，驶入当地驻军某部——此行，他还有一个特殊的“任务”：接“救命恩人”下山。营区门口，笔直站着两队战士，一个留着板寸的高个儿肃立其间。不一会儿，鞭炮、锣鼓声响起，高个儿站得挺拔，缓缓举起右手，庄重地向战士们敬了一个军礼，随后扭头登上邮车。车外爆发出热烈掌声，战士们高喊：“退伍不褪色，退役不退志，欢送老兵！”高个儿不停向窗外挥手，扭回头，泪水已奔涌而出。

老兵姓胡，吉林人，一脸英气。20多岁来青海当兵，在唐古拉山镇驻扎了12年，结婚后一直没有条件要娃娃。“也该考虑家庭了，这次转业回老家，以后回来机会就少了。”老胡的最后一句话拖得很长，车厢里陷入了安静。

“这也是我最后一次跑这条邮路啦，今天咱是‘退伍专车’。”葛军安慰老胡说。

相识多年，老胡明白葛军的苦处——11年来，高海拔、高寒、缺氧的恶劣环境，对葛军的身体造成了不可逆的伤害，头发掉了不少也白了不少，门牙也掉了，每次夜宿唐古拉山镇，头疼到必须抵着床头硬木板才能睡着，艰苦的工作环境，让他看起来比同龄人老了十几岁。

“之后要跑从格尔木到茫崖的邮路了，距离一样，400多公里，沿途都是大漠戈壁，但海拔能低不少。”葛军顿了顿：“话说回来，第一次上山你救我，最后一次下山我送你，算是有始有终！”

原来，葛军初次踏上这条邮路，快到唐古拉山镇时，遇到修路，因着急赶路，他开着邮车改走青藏公路边的滩地。正值夏季，车子一不小心陷入烂泥中动弹不得。葛军先从车厢中找出一个防水编织袋，将全部邮件都装了进去，然后再在烂泥中锹挖手扒，鞋袜都陷在泥里，腿也被碎石划伤了，但庞大沉重的邮车却纹丝不动。无奈，葛军只好赤脚跑到附近部队驻地求援。当天，正是老胡带着战士们，跳入泥水中奋力挖车，经过一个多小时的忙碌，才将邮车拖上了公路，而葛军、老胡和战士们早已变成了“泥人”……

下山之路，开得并不快。驾驶舱里，葛军和老胡却格外沉默。我们不经意间成为见证者：这对在“天路”上相识11年的老友，此行都是他们在青藏线上的最后一程。平速行驶的邮车，仿佛是一场艰难的告别。

我们主动打破驾驶舱里的沉默，给葛军算了一笔账：11年来，他在格尔木市和唐古拉山镇之间已经往返了17.5万公里，“相当于绕了地球4圈多。”

“是吗？”葛军和老胡倒没显出格外的惊讶。高原上待久了的人，似乎早已收获一种心理上的质朴感。对艰苦的感受、对生活的理解、对幸福的认知，有一种磨砺过后的踏实、淡然和从容。

格尔木终究还是到了。进了邮局，归还车辆，钥匙交到贺生元手中。这位入职不久的邮递员，是葛军的“接班人”，接下来他将成为邮政“天路”上新的信使。葛军拍拍他的肩膀，将小贺略显宽大的邮政工作服整理板正。“以后交给你了。”语毕，两个大男人不自觉地拥抱在一起，大大咧咧的葛军，像老胡一样，哭了。

走在格尔木清冷的夜色里，仰望繁星如缀，回想两日的“天路”之旅，如梦似幻。老胡第二天就要飞往长春，葛军也将在一周后踏上新的邮路，我们彼此互道保重。“一定再来格尔木看我啊。我带你们跑跑茫崖，戈壁也很美！”葛军一句话，把大家又逗笑了。

邮政“天路”依旧，老兵永不“退伍”。

（人民日报2022年08月24日）

申报资料实录

作品简介：1954年，青藏公路全线通车，成为重要的进藏通道。2009年，为更好地服务沿线官兵、群众，中国邮政集团开通了格尔木市区至唐古拉山镇的汽车投递邮路，全长419公里，平均海拔超过4500米。途经之处，含氧量不足内地的一半，被称为“生命的绝地”，邮政投递员葛军却在此工作了十多年。听说他的事迹后，2021年年末，在自然环境最恶劣的时节，记者坐上他的邮政车，从格尔木市出发，翻越昆仑山，纵贯可可西里无人区，夜宿长江源头唐古拉山镇，往返两天三夜。一路上，记者与葛军同吃同住同干，见证了葛军与官兵、各族群众、科研工作者等血浓于水的情谊，他正是一不怕苦、二不怕死，顽强拼搏、甘当路石，军民一家、民族团结的“两路”精神的典型写照。记者以时间为序展开情节叙述，辅以插叙、评述，综合运用外貌、动作、环境、细节等描写手段，勾勒人物形象，展现精神世界。采写完毕后，编辑精心修改、设计版面，作品于2022年8月24日刊发于《人民日报》副刊“逐梦”栏目。

社会效果： 多家网络媒体转载，省内主要媒体跟进采访，在网络、报纸、电视媒体等传播平台上掀起报道热潮。在人民日报客户端一个平台，作品阅读量就突破百万。青海省总工会、中国邮政集团工会青海省委员会组织召开“葛军同志先进事迹报告会”，活动反响热烈，形成了“人人学葛军、争做担当者”的良好氛围。葛军成为全国邮政系统中四名来自基层的党的二十大代表之一。

初评评语： 文章通过深入细致的实地采访，刻画出“天路”邮政传递员踏实吃苦、甘当路石的感人形象，传递出“邮政世家”三代甘于奉献的精神传承，呈现出中国人民艰苦奋斗美好生活的积极向上。文章文笔细腻，细节生动，饱含感情，是一篇新闻性、思想性、文学性高度统一的佳作，也是体现记者践行“四力”的力作。

“一米高度”看南京，我与城市共成长

邓　超

限于篇幅，文字稿略，获奖作品请见中国记协网 http: //www.zgjx.cn。

（南京广播电视台 2022 年 12 月 29 日）

申报资料实录

作品简介：该节目通过对“小小民生观察员”活动的跟踪访谈，既凸显了为党育人、为国育才的科教兴国理念，也展现了南京发展全过程人民民主、建设儿童友好城市的创新实践。以小见大，难能可贵。该节目从小朋友众多建议案中选择了三项展开，报道各有侧重。小学门口的“彩色斑马线”是最具视觉冲击力的提案。访谈围绕提案的提出和实施的过程展开，突出孩子的童心、家长的期望，还有交管部门举一反三为代表的社会支持。农贸市场的“菜宝宝自习室”是最戳人心和泪点的提案。经营户的子女大冬天在窜风且嘈杂的市场一角做作业，访谈围绕提案的落实进程，展现了成年人的“愧疚”和孩子视角的“可贵”。“科创院企小学生开放日”是最具时代感的提案，立意高，角度巧，勾连到了城市发展最重要的神经点。小提案人思路清晰，表达生动，主办方敏锐的洞察、周到的操作和到位的点评，浑然一体，为整个活动，也包括这档节目锦上添花。节目结尾用孩子们的话概括这项活动的意义，自然明了，富有深意。

社会效果：教育，是全社会高度关注的话题和热点，培养和教育全面发展的少年儿童，是每个家庭、每位家长的共同心愿，该作品的主题易产生共情，带来积极影响。节目播出前及播出后，通过公众号推文、宣传海报，以及多家网络平台广泛传播，节目音频在众多中小学家长群中接力转发，实现了节目传播的效应覆盖和持续影响，因主题突出、采访细致、细节打动人心而引起众多共鸣。

初评评语： 节目通过对“小小民生观察员”活动的跟踪访谈，以独特的视角表现出孩子们参与社会实践的强大动能，作品主题鲜明，结构清晰，制作精良，主持人引导得当，访谈到位，通过小朋友三个提案及其落实过程的故事，展现了南京发展全过程人民民主、建设儿童友好城市的创新实践。

最强 AI 诞生？“ChatGPT 热”背后的冷思考

傅昇岽　叶欣辰　龙　敏　乐　祺　郑子凌

限于篇幅，文字稿略，获奖作品请见中国记协网 http: //www.zgjx.cn。

（上海广播电视台 2022 年 12 月 08 日）

申报资料实录

作品简介：2022 年 12 月初，ChatGPT 上线，在科技圈内逐渐引发小范围热议。凭借在科技内容领域的敏感度，节目组迅速判断该技术可能引发重大产业变革，决定在第一时间以大版面、多角度、深思考的直播访谈形式进行关注。本期参评节目也是全国广电媒体中最早对其进行深度解析的新闻访谈节目，为受众全方位、客观理解该技术提供了极有价值和前瞻性的参考。为真实展现该技术，节目组在获取内测账号后进行了多轮测试，对其优势和局限性有了深入了解，并确定技术与伦理两大讨论方向，邀请相关业内资深专家参与。同时，考虑到音频访谈的特性，利用语音合成技术，在节目中直观呈现主持人对话 AI 的“访谈实况”，首次将访谈对象拓展到“非人”领域。节目中，前两轮人机对话内容，旨在展示“AI 正对文字类工作发起挑战，但人类依然有无可取代的优势”；第三轮，运用“引用攻击”的谈话技巧，试图诱导 AI 回答“不道德言论”，让节目在充满戏剧感与可听性的同时，更引发公众对于规范引导 AI 发展的“冷思考”，堪称点睛之笔。多层次、多对象的访谈，生动展现前沿进展、科普算法原理，分析潜在应用，也探讨其安全风险与伦理冲击，更直观表达“人类短期内还无法被 AI 取代，但‘人机共生’已是未来趋势”这一核心观点。

社会效果：直播节目播出后，取得积极传播效果。收听率与市场份额，均在同时段节目中名列前茅。节目在网络平台阿基米德《FM 十万个为什么》社区引发听众热议。受众在表达对本期节目喜爱的同时，也积极探讨人工智能迅速发展所带来的两面性。由于本期节目是全国省级以上广电媒体中最早关注此话题并进行专题讨论的节目，也对后续相关话题的“出圈”与“发酵”

起到了重要的推动作用。

初评评语：访谈以大版面、多角度、深思考的形式，为受众全方位、客观理解该技术提供了极有价值和前瞻性的参考。节目在充满戏剧感与可听性的同时，更引发公众对于规范引导AI发展的“冷思考”。内容完整、论据扎实、观点全面且具有前瞻性，更保持开放态度，充分展现了科技类新闻节目团队的专业素养。整期访谈逻辑清晰，问答流畅，交流自然，氛围轻松，素材丰富，比喻通俗，精彩且富有时代性，知识性。

向前一步
——叩开通往广仁街的“心门”

徐 滔 邵 晶 李 潇 刘 彪 刘影慧 孔令淼 王沛东 张 杰

限于篇幅，文字稿略，获奖作品请见中国记协网 http: //www.zgjx.cn。

（北京广播电视台 2022 年 09 月 25 日）

申报资料实录

作品简介： 2023 年 3 月，中央发文《关于在全党大兴调查研究的工作方案》，本篇报道正是一篇强化“问题导向”干实事、谋实招、求实效，深入调查研究的优秀之作。从实际出发，敢对“顽疾”动手术。节目聚焦北京大兴区被拦腰折断近 20 年的广仁街，这条本应畅通的道路常年被两处违建小院阻隔，影响周边 1.5 万居民出行。记者听真话、察实情，实地走访调研近半年，带着坚持真理、修正错误的信念，与当事人促膝长谈 50 余次，走访各部门近百次，达成各方再次沟通。深入调查研究，能在违建现场做访谈。录制前夕，企业态度骤变、拒绝录制。记者深知一旦失去这次机会，问题会再陷僵局。在最焦灼时刻，栏目组坚持群众路线，果断在违建周边现场录制做访谈。在企业“缺位”情况下，记者仍坚持给企业打电话 20 余次，现场实现双方电话连线平等交流，厘清拆违还路的法理依据。谋实招求实效，擅用真心解难题。记者与当事人近 200 小时相处，用心观察挖掘到当事人为企业奉献半生的情感，找准当事人饱经沧桑的手为切入口，同步推动相关部门谋实招，给出切实可行方案，成功化解困扰当事人 20 年的心结。现场当事人动情落泪、鞠躬致谢。违建拆除后，记者持续跟踪当事人后续安置至问题圆满解决，实现媒体深度参与社会治理。

社会效果： 媒体深度参与基层治理，立竿见影破解历史沉疴。节目成功调解矛盾，录制结束不到一周，两处小院的当事人就陆续签署腾房协议，两处违建小院全部拆除，实现场清地平。更为可喜的是，未来这条被阻断了十余年的道路将会遵循规划被打通，惠及周边两个大型社区，方便近1.5万居民出行，将极大改善周边交通，畅通城市“毛细血管”。本期节目也被多个社区、街道以及各职能部门作为治理同类问题的范本进行学习，为基层治理积累经验、总结方法。融合传播增强基层管理效能，实现收视与口碑双赢。在收视和新媒体传播方面，本期节目表现可圈可点。实时收视率本地排名第一，酷云全国第一。作品依托优质电视端节目内容，最大程度借力新媒体平台进行广谱传播和深度挖掘，准确使用“新媒体语言”和“互联网思维”进行二度创作和触达，话题词#北京两小院矗立路中间引纠纷#登录微博同城热搜榜TOP3，多家主流权威媒体关注并发布节目相关内容，覆盖粉丝超606万；全网相关短视频播放量过1500万；网友好评如潮，如网友“春日阳光”说道：非常好的节目，有效解决社会矛盾，切实帮助人民群众，既宣传了法律，也让人民群众感受到温度。

初评评语：该作品创新表达方式，坚持问题导向，有效解决社会矛盾，切实帮助人民群众，使舆论监督成为促进百姓实现美好生活的有力推手，也探索出媒体深度参与社会治理的新路径。节目创新形式，在违建现场搭建录制平台，让各方就法理情平等对话、民主沟通，既宣传法律，又不失温度，是媒体记者积极践行“四力”的典范之作。

郑永年：解码中国式现代化

王云霞　罗施安　何嘉琪　林惠珊　赵筱尘　杨静媛　王　瑜　李汶思

限于篇幅，文字稿略，获奖作品请见中国记协网 http: //www.zgjx.cn。

（深圳广播电影电视集团 2022 年 10 月 20 日）

申报资料实录

作品简介： 2022 年 10 月 16 日，党的二十大胜利召开。二十大报告指出，要以中国式现代化全面推进中华民族伟大复兴。10 月 20 日，逢周四播出的深圳卫视周播栏目《大湾区会客厅》策划推出《郑永年：解码中国式现代化》专题，采访国际知名学者郑永年，以中外比较视野和历史维度，用 48 分钟的时长对“中国式现代化”进行深入解读，剖析“中国式现代化”与西方式现代化的异同，说明现代化不等于西方化，中国式现代化将为人类文明带来新样态。该期节目在全国同时期解读二十大报告产品中以视角独特、解读嘉宾分量重、节目通俗易懂而受到广泛关注和好评。把握大势，增强预判，提前策划。栏目组认真学习习近平总书记系列重要讲话精神，尤其是精细研读当年 7 月 26 日习近平总书记在省部级主要领导干部专题研讨班上的讲话，研判“7·26”重要讲话为党的二十大定下基调，关于“中国式现代化”的论述或将写入二十大报告。栏目组提前两个多月已开始策划该期节目。邀请权威学者，解读重大议题。栏目组几经筛选，选定香港中文大学（深圳）教授、前海国际事务研究院院长郑永年作为访谈嘉宾。他长期研究中国问题，对国家政策制定的建议很有分量，在海内外享有较高声誉，对“中国式现代化”具有权威性的发言权。提高议题的吸引力和穿透力。团队在把握准确度的基础上，通过比较“西方式现代化”“什么是共同富裕”等话题设置，通过主持人与嘉宾的高质量互动，运用通俗化表达，让重大议题高而不冷、大而不泛，让受众听得进去、听有所得。

社会效果： 收视率位列前茅，全媒体传播广泛。节目在深圳卫视播出期间位列全国省级卫视同时段第 7 名，同步在深圳广电自主平台直新闻 App、壹深圳 App 以及微博、微信、抖音等互联网平台分发短视频和图文，累计阅读量超百万，为党的二十大胜利召开营造浓厚舆论氛围。获得多方点赞，影响有影响力的人。节目播出后，栏目组收到来自党政部门、新闻机构、高等院校等多方人士的点赞，都认为节目特别及时，能够这么快采到这样的“顶级”专家，通过媒体连接学者和大众，“解码中国式现代化”意义很大，彰显了主流媒体的担当和价值。推动党的重大理论和实践创新成果入脑入心。节目摆脱了重大理论报道容易自说自话的“口号式”传播，通过主持人高质量的提问及其与学者富有交流感的互动，调动观众思考；节目在精准阐述理论的同时，又围绕理论设置丰富的话题，如“西方化”就是“现代化”吗？中国式现代化和普通人有什么关系？什么样的程度才说得上是共同富裕？这些话题激起受众兴趣，具有比较视野、历史角度、理论具象化的特点，在接地气中实现议题表达，推动党的重大理论入脑入心，增强人们对“中国式现代化”的情感认同，为全面推进中华民族伟大复兴凝聚人心、澎湃力量。

初评评语：该作品以中外比较视野和历史维度，对“中国式现代化”进行深入解读，剖析“中国式现代化”与西方式现代化的异同，说明现代化不等于西方化，中国式现代化将为人类文明带来新样态。节目精准把握时度效，论述精到，设置议题丰富，表达深入浅出，做到重大时政议题高而不冷、大而不泛，让普通老百姓能够更容易理解中国式现代化的精髓要义。

新闻直播

最早的中国 · 文明探源看东方

集　体

作品二维码

（上海广播电视台看看新闻客户端 2022 年 09 月 28 日）

申报资料实录

作品简介：该直播特别报道是一次以新媒体平台为载体，生动追溯泱泱五千年中华文明发祥之源的成功探索。直播报道以当时正在上海博物馆举办的《何以中国》系列大展首展“宅兹中国——河南夏商周三代文明展”为契机，以展品为切入口，从时空的经纬上追寻中华文明的发端。该直播以夏商周为时间经线、以中原文化和江南文化相成的地域空间为纬线，构成了“夏：中华文明形成”“黄河流域：中华文明起源”“环太湖流域：中华文明起源”“商周：中华文明发展”四大篇章。直播中九路记者分赴河南二里头、浙江良渚、上海福泉山、山西陶寺、陕西石峁等“中华文明探源工程”的重要遗址，形式上也做了创新设计，以现场探访和专家解读虚实结合的方式，带来文明探源工程的最新进展和重大成果。同时，也首次在国内新媒体直播中运用 AR 技术呈现考古成果，取得很好的视觉效果。比如，在河南二里头遗址，记者缓步迈进由 AR 技术实地“搭建”的夏都一号宫殿，极富视觉冲击力，令观众对当年夏王朝王都有了直观的感受。在上海福泉山，记者身边的土台“分层模型”，五个颜色显著呈现了不同时期的文化层，让观众对 “东方土筑金字塔”的内涵一目了然。专家解读环节，邀请重量级专家学者做客演播室，围绕上海地区远古文化起源、在最早的国家形成之前中华文明的整体面貌、南北交融对中华文明独立起源和延绵至今起到的重要作用等议题，展开深入讨论，体现中华文明“多元一体、兼容并蓄、绵延不断”。

社会效果：该大直播在新技术运用、呈现内容设计、语态表达方面着力创新，有效增添了直播报道的可看性和趣味性，生动形象地诠释了习近平总书记要“让更多文物和文化遗产活起来”的理念。比如：运用AR技术呈现考古成果的领先尝试，让观众对遗存有更为直观的了解和感受；通过双框“连麦”的方式，让本身不会说话的文物和遗存展开“隔空对话”，让曾在同一片文明光辉下、不同地区不同时期的文物和遗存，有了更为直观的必然联系，生动呈现出中华文明开放包容、兼收并蓄的文化辐射力；邀请知名UP主以轻松活泼的表述风格，详细介绍青铜器的类型、颜色、花纹、铭文，吸引了更多年轻受众对传统文化的认同和热爱。作品在多个网络平台同步直播。截至2022年9月28日17时，大直播及80余条短视频、海报、图文的全网总浏览量约600万。

初评评语：该作品以当时正在上海博物馆举办的《何以中国》系列展览为契机，以夏商周为经线，以中原文化和江南文化为纬线，聚焦“最早的中国”文明起源，邀请专家做客直播间展开深入讨论，追寻中华民族的“源”与“根”，体现中华文明“多元一体、兼容并蓄、延绵不断”的发展脉络。作品首次在国内新媒体直播技术中运用AR技术呈现考古成果，极富视觉冲击力；创新语态表达方式，吸引更多年轻受众对传统文化的认同和热爱。同时，作品多渠道同步直播，取得良好的传播效果。

水自汉江来

——引汉济渭秦岭输水隧洞全线贯通

集　体

作品二维码

（陕西卫视新浪微博官方账号 2022 年 02 月 22 日）

申报资料实录

作品简介： 2022 年 2 月 22 日，国家重点水利工程陕西引汉济渭工程中总长 98.3 公里的秦岭输水隧洞实现全线贯通。这是人类首次从底部洞穿秦岭山脉，也是实现 2022 年先期向西安市供水的关键节点。为深入贯彻习近平新时代中国特色社会主义思想，宣传好习近平总书记提出的“节水优先、空间均衡、系统治理、两手发力”的水利工作方针，陕西卫视团队 40 余人经过 70 多天的直播准备，分别在秦岭南坡黄金峡水利枢纽工程现场、秦岭北坡隧洞出水口、秦岭地下埋深 2 千米贯通处南北掌子面、西安主演播室、索菲特分会场设置了 6 个直播点位并多次深入秦岭山脉地下埋深 1808 米输水隧洞掌子面进行信号传输测试和直播准备，首次启动 TVU 多机位“中枢调度”系统，圆满完成了秦岭输水隧洞全线贯通这一重大事件的新闻直播。

社会效果： 引汉济渭工程是一项全局性、基础性、公益性、战略性的水利项目，具有重大的社会效益。工程综合难度被国内外众多院士专家评价为世界罕见。因此，此次直播的社会关注度极高。直播前 3 天通过短视频、海报、微博话题营造热度、直播当天来自秦岭地下埋深 2 千米贯通处南北掌子面的前方记者的现场报道、贯通时刻激动人心的第一视角现场画面呈现，让所有观看直播的观众直击现场、身临其境，共同见证了人类历史上首次洞穿秦岭的历史时刻。直播在陕西广电融媒体集团（陕西广播电视台）融媒矩阵等多个新媒体平台同步直播，播放 / 阅读量 72.42 万，展现量达 115.34 万，直播观看总量超百万。

初评评语：国家重点工程“引汉济渭工程”是一项全局性、基础性、战略性的水利项目。该作品政治导向正确，紧紧围绕习近平总书记“节水优先、空间均衡、系统治理、两手发力”的水利工作方针，策划五大篇章，直播秦岭输水隧洞全面贯通。设置 6 个直播点位为观众带来身临其境的第一视角，见证了首次洞穿秦岭的历史时刻。

盐碱地上 大豆金黄

李 伟 胡 蒙 崔 潇 卢怡婷 李兴苗 刘 琰 孔 毅 方锡铭

限于篇幅，文字稿略，获奖作品请见中国记协网 http: //www.zgjx.cn。

（山东广播电视台 2022 年 10 月 14 日）

申报资料实录

作品简介：我国有 15 亿亩盐碱地，大豆“齐黄 34”是中国盐碱地作物种植取得突破的代表性品种之一。习近平总书记 2021 年视察黄河三角洲时曾亲自品尝“齐黄 34”，他指出：“要转变育种观念，由治理盐碱地适应作物向选育耐盐碱植物适应盐碱地转变”，“如果耐盐碱作物发展起来，对保障中国粮仓、中国饭碗将起到重要作用。” 2022 年，大豆“齐黄 34”在黄河三角洲盐碱地扩大种植面积，并向沿黄省份和新疆等地推广种植。2022 年秋收之际，盐碱地上种植的“齐黄 34”收成如何，能否创造高产纪录？各界对此高度关注。本作品抓住重要节点，直播团队深入黄河三角洲，全过程直播“齐黄 34”实打验收现场，并同步穿插直播甘肃、山西、新疆、内蒙古等地盐碱地上“齐黄 34”丰收情况，见证“齐黄 34” 创造盐碱地大豆亩产新高的重要时刻，生动反映我国耐盐碱作物研发推广创造佳绩的重要进程。直播聚焦粮食安全重大题材，关注重要节点重要现场，整场直播以演播室为总调度，实现六省（区、市）七地连线，环节设计合理，层次分明，衔接顺畅，直播开始部分即设置“是否会创造新的纪录”的悬念，层层递进，展现整个实打验收过程，现场采访自然清晰，挖掘深入、细节真实，现场多点收声生动鲜活，充分体现了现场直播的特点。整场直播融合了对种粮大户、农机手、科技人员、种业公司负责人、农业专家的现场采访，信源丰富权威，达到了新闻性、权威性、贴近性的统一。

社会效果：地少人多是中国基本国情，科研人员一直探索如何在保障 18 亿亩耕地红线的前提下开辟新的粮仓，而中国 15 亿亩盐碱地中有 2 亿亩左右可开发利用，耐盐碱作物的研发对保障我国粮食安全意义重大。大豆“齐黄

34”是中国盐碱地作物种植取得突破的代表性品种之一，在中国大豆长期依赖进口的大背景下，“齐黄 34”在盐碱地上的推广种植显得尤为重要。习近平总书记考察黄河三角洲之后，“齐黄 34”不仅在黄河三角洲盐碱地上大面积种植，还在山西、甘肃、新疆、内蒙古等地的盐碱地上推广种植。本直播内容聚焦种业攻关和盐碱地利用重大题材，呈现“齐黄 34” 创造盐碱地大豆亩产新高的重要现场和多省市盐碱地大豆丰收情况，多点连线，生动鲜活，信息量大，得到受众和业内同行、专家学者的一致好评。作品在广播端多个网络媒体同步推出，同时进行了视频直播（在线观看人数超 13 万人），受到高度关注。

初评评语：主题重大具有新闻性，选择创造盐碱地大豆亩产新高的重要时刻，生动反映我国耐盐碱作物研发推广创造佳绩的重要进程，对保障中国粮仓、中国饭碗将起到重要作用。整场直播以演播室为总调度，实现六省（区、市）七地连线，环节设计合理，层次分明，衔接顺畅。现场采访自然清晰，挖掘深入、细节真实，现场多点收声生动鲜活，充分体现了现场直播的特点。

2022年10月16日《中国日报》二十大特别报道1-4版

杨柳　田驰　朱喆

限于篇幅，文字稿略，获奖作品请见中国记协网 http: //www.zgjx.cn。

（中国日报 2022年10月16日）

申报资料实录

作品简介：2022年10月16日，党的二十大开幕当天，中国日报浓墨重彩推出“向党的二十大献礼”八联版，以朵朵牡丹簇拥习近平总书记形象、系列数据构成“20”字样等极富视觉冲击力的设计，生动直观地展现了党的十八大以来，以习近平同志为核心的党中央推动党和国家事业取得历史性成就、发生历史性变革的伟大历程。版面一面以二十朵牡丹的形式呈现二十个代表性领域十年来的发展数据，配以“XI’S VISION LEADS TO SUCCESS（习近平新时代中国特色社会主义思想引领中国走向成功）”的醒目标题。文字根据《中共中央关于党的百年奋斗重大成就和历史经验的决议》的第四部分，从十三个方面提炼了党的十八大以来，中国特色社会主义进入新时代后，以习近平同志为核心的党中央以伟大的历史主动精神、巨大的政治勇气、强烈的责任担当，统揽伟大斗争、伟大工程、伟大事业、伟大梦想，解决了许多长期想解决而没有解决的难题，办成了许多过去想办而没有办成的大事，推动党和国家事业取得历史性成就、发生历史性变革。版面另一面侧重展示党的发展历程和二十大代表结构及分布情况，创造性地呈现权威部门发布的党内统计数据，在版面中间组成“20”字样，并配以党的领导机构产生图表，生动直观地对外做好党的知识的宣介和普及。

社会效果：二十大开幕当天，“向党的二十大献礼”八联版随中国日报在大陆和香港发行，反响热烈。总书记的领袖风范，极具张力的联版形式，东方美学的视觉呈现，丰富翔实的数据信息，无论在会场、驻地还是内地、香港读者间都引发了高度关注和收藏热情。外交部部长助理华春莹在海媒上发帖并点赞。版面在报纸上刊发的同时，还发布了相应短视频、双语微信、微博等新媒体产品，实现了全媒体一体策划、融合传播。

初评评语：这一版面是在党的二十大开幕当天推出的，作为“向党的二十大献礼”的联版，版面的主题重大、新闻性强。版面浓墨重彩，注重美学视觉的呈现，具有感染力。版面将手绘的插画与图表相结合，将文字和数据结合，图文并茂地表现主题，具艺术性。

2022年3月8日《黑龙江日报》要闻6-7版

兰继业

限于篇幅，文字稿略，获奖作品请见中国记协网 http: //www.zgjx.cn。

（黑龙江日报2022年03月08日）

申报资料实录

作品简介：2021年10月12日，国家主席习近平以视频方式出席《生物多样性公约》第十五次缔约方大会领导人峰会并发表主旨讲话，向世界阐明共建地球生命共同体的中国主张。2022年全国两会期间，黑龙江日报联合云南日报、四川日报、安徽日报、陕西日报、青海日报，邀请6省全国人大代表、全国政协委员，聚焦贯彻落实习近平主席重要讲话精神，围绕“生物多样性保护的共同实践”畅谈认识、体会和建议，全面展现各省在推进生态文明建设、加强生物多样性保护中作出的积极努力与取得的显著成效，讲述世界生物多样性保护的“中国方案”“中国故事”“中国贡献”。为将这组报道主题内容充分呈现，版式上采取了通版方式，整体以地球和动物植物矢量素材为衬底，烘托出生物多样性既包括了所有的植物、动物和微生物，也包括它们的全部基因，还包括它们所处的各式各样的生态系统。版面布局以双倒三角为架构，将黑、川、滇、陕、皖、青每一省典型代表动植物为素材做成区域视觉中心，达到见图知省效果。文字和图片点缀其中，疏密适当。通过版面语言将严肃主题视觉化，将文字叙述主题转化为视觉传达主题。通过版式设计加大视觉冲击力，渐变底纹将整版内容融为一体，版式布局灵动，色调明快，让人眼前一亮。

社会效果：该版面虽然表达严肃主题，但颇具特色的图片和精练的文字在视觉呈现上令人耳目一新，整体浅绿色调让版面好似一张“绿色名片”，更加契合开展生物多样性保护、构建地球生命共同体的主题。尤其在全国两会期间，这张“绿色名片”给读者留下了深刻印象，省级党报全国两会高质量报道受到各界广泛好评。

初评评语：这一跨版，整体以地球和动物、植物矢量素材为衬底，以双“倒三角”为架构，以黑、川、滇、陕、皖、青每一省典型代表动物、植物为素材，构成区域视觉中心，基本达到“见一图知一省”的效果。文字和图片编排疏密得当、错落有致，渐变底纹将版面内容融为一体，版式布局灵动、色调明快，让人眼前一亮。整体浅绿色调让版面好似一张“绿色名片”，更加契合开展生物多样性保护，构建地球生命共同体的主题。

2022年10月27日《江西日报》5-8版

集 体

限于篇幅，文字稿略，获奖作品请见中国记协网 http: //www.zgjx.cn。

（江西日报2022年10月27日）

申报资料实录

作品简介：2022年10月27日是井冈山革命根据地创建95周年纪念日，这个连版是江西日报社献礼党的二十大的一个重大策划和重头戏。井冈山革命根据地的创建，点燃了工农武装割据的星星之火，为中国革命探索出了农村包围城市、武装夺取政权这样一条前人没有走过的正确道路。我们抓住关键时间节点，提前一个月谋划，先后修改10余次，在新闻同质化竞争中破题，另辟蹊径，立足本土元素，创新重大主题宣传。版面立足井冈山精神发扬和传承，以星星之火可以燎原的火炬作为主打照片，用一串有标志性意义的重大历史事件把火炬与新时代的井冈山精神串联起来，95年的峥嵘岁月在版面上得以浓缩、相融、绵延，彰显了井冈山精神在红土圣地上生生不息、代代相传。

社会效果：整个版面既主题鲜明、气势宏大，又精巧细腻、富有特色，让读者在“悦读”中接受精神洗礼、感受创新之美。报纸出版后，社会反响良好，被多个业界公众号推介。

初评评语：版面主题突出、要素完整，设计精巧、简洁大方，符合新闻版面的规范。注重版面语言的表达，原创绘图集火炬、红军旗帜、党徽等元素为一体，与隐约可见的井冈山背景相呼应，很好地体现了“星星之火可以燎原”主题。版面布局得当、空灵通透，尤其以井冈山的历史事件为节点、以时间为轴，串联起井冈山革命根据地创建95年来发展历程，展现了井冈山在中国革命的光辉地位，将传承红色基因和井冈山精神的时代意义很好地融入版面的叙事中。

2022年12月31日《全省新闻联播》

集　体

限于篇幅，文字稿略，获奖作品请见中国记协网 http: //www.zgjx.cn。

（河北广播电视台 2022年12月31日）

申报资料实录

作品简介：节目充分发挥广播传播迅速和现场感强的优势，及时引用国家主席习近平刚刚发表的2023年新年贺词，通过多路记者现场连线，展现河北各地蓬勃“烟火气”和经济发展信心。崇礼后冬奥时代冰雪产业持续升温、雄安新区建设加速推进、外贸企业力拼“开门红”……精彩场景密集呈现，生动展示了战胜疫情后全省投资、消费、外贸领域从迅速复苏到火力全开、加速释放经济活力的火热局面。《本台短评：笃定信心，奋斗创造奇迹》是作品点睛之笔，提升了节目站位。结尾汇聚各地各界民众对新一年的憧憬祝福，温情感人，用意深刻。节目编排体裁丰富多元，连线报道、消息、专题、评论等多种类型的新闻素材转换得当，张弛有序，体现了编排的用心。

社会效果：节目播出之后，多篇报道被《河北新闻》《阳光热线》等节目选用，广播报道衍生出的图文新媒体作品被“冀时客户端”“学习强国河北频道”等平台选用。

初评评语：本期节目以升腾而起的“烟火气”彰显经济社会在疫情之后涌现出的活力，成为整体编排的创意基点。在编排思路上，主线贯穿，点面结合，全面反映了我国更好统筹疫情防控和经济社会发展的新成效。本期节目融合了记者连线、录音特写、专家解读等多种形式，充分发挥出了广播的传播特色，以丰富的音响效果，塑造出很强的可听性，实现了很好的传播效果和社会影响力。

辩证处理媒体深度融合中的五对关系

夏似飞

2020年9月，中办、国办印发了《关于加快推进媒体深度融合发展的意见》，媒体深度融合新一轮改革发展大潮扑面而来。在媒体深度融合发展改革实践中，如何正确处理“快功”与“慢活”“流量”与“质量”“内容”与“渠道”“专家”与“全能”“迎合”与“引导”五对关系，对进一步推进媒体深度融合改革具有现实意义和探讨价值。

“快功”与“慢活”

中国互联网络信息中心（CNNIC）发布的第49次《中国互联网络发展状况统计报告》显示，截至2021年12月，我国网民规模达10.32亿，互联网普及率为73.0%，网民使用手机上网的比例高达99.7%。十亿用户接入互联网，形成了全球最为庞大、生机勃勃的数字社会。

移动互联网正深刻改变媒体发展格局和信息传播模式。随着媒介形态的迭代演变，受众获取信息的渠道越来越便捷，同时，对信息的时效性要求也越来越高。在时效方面，传统媒体以天计算，新媒体则以秒决胜。“天下武功，唯快不破。”快，成为媒体竞争的重要砝码。湖南日报在推进媒体融合发展中，始终强调“快”字当头，通过发挥湖南日报、新湖南客户端“一支队伍、两个平台”一体化运作的优势，实现新闻稿件的首发快发、先声夺人。这一点在重大突发事件、体育赛事报道方面，表现得尤为突出。以袁隆平院士逝世报道为例，2021年5月22日13时22分，新湖南客户端独家全网首发重磅消息《袁隆平逝世》，新湖南的消息成为全国、全球的信源，近4000条网友评论真情流露、催人泪目。又如东京奥运会期间，湘妹子侯志慧获得女子举重49公斤级冠军，为中国举重队赢得开门红。湖南日报·新湖南客户端特派记者蔡矜宜在东京的比赛现场发来即时快讯，成为仅次于直播的首发消息，得到网友的广泛关注和转发分享。

快餐解馋，正餐养人。人们在满足快捷获取资讯的同时，同样有探寻资讯背后更多深层次背景、过程的需求，有慢下来品味回放的精神需求。信息瞬息万变的移动互联网时代，主流媒体在发挥信息发布权威性、专业性的同时，还需要在快中求慢，挖掘新闻背后的故事，做好深度报道。这就要求媒体既要重时效、拼手速，还要重慢工、出细活，坐得住“冷板凳”，下得了苦功夫。在重大主题报道中，湖南日报注重通过足够的思考和策划、充分的观察和了解、深入的揭示和阐释，在慢中求新，在慢中求精，不断打造高品质内容产品。比如，作为人类脱贫史上的伟大壮举，我国的脱贫攻坚事业举世瞩目，无数人物、瞬间打动人心，新闻媒体有海量的报道。如何另辟蹊径，从新颖的角度呈现这一壮美画卷？从2021年元旦起，湖南日报社组建主创团队，“绞尽脑汁”创新脱贫攻坚报道手段，多次实地前往湘西花垣县十八洞村现场采风典型场景，反复构思、推倒再构建，经过数月的细心打磨，花了一番“绣花”的功夫，历经4个多月，于4月30日推出八连版新闻漫画《十八洞村：走上幸福大道》，首次以“新闻漫画＋数字媒体”的艺术形式，呈现习近平总书记“精准扶贫”首倡地——十八洞村波澜壮阔的脱贫之路，堪称湖南报业史上的一大创举。作品面世，好评如潮，受到湖南省委省政府、同行和读者的广泛赞誉，成为典型“慢”新闻、爆款“漫”新闻。

十八洞村：走上幸福大道

“流量”与“质量”

在媒体融合不断推进、传播环境不断变革的当下，流量的重要作用日益凸显。高流量往往意味着高曝光率、高关注度。传统媒体在融合发展过程中，不能对流量置之不理。湖南日报在推进深度融合改革中，专门成立了内容运营与品牌推广中心，在更加重视新湖南客户端等自有平台建设的同时，将原创内容在学习强国和今日头条、微信公众号、微博、腾讯新闻、百度新闻等第三方商业平台的推广推送提高到了前所未有的位置，借水行舟、借船出海，从而实现优质原创内容的破圈出圈。如2021年6月30日晚，长沙举行庆祝中国共产党成立100周年焰火燃放活动，湖南日报前方视频团队和内容运营与品牌推广中心紧密协同、合作联动，主动设置话题，积极引导受众，让直播报道和系列延伸产品释放出强大传播效能和流量供给。仅湖南日报微博主持的话题#长沙烟花#总阅读量就超12.2亿，登上全国热搜榜第一位，讨论数达35.2万，话题热度达到了“沸”的程度，让“网红长沙”再次爆红出圈，让传统媒体人兴奋又惊喜。

需要清醒看到的是，流量是把“双刃剑”，使用不当便自伤。如果过度强调点击率、评论数和点赞量，一味追求“眼球效应”，盲目陷入“流量崇拜”，则会削减和贬损媒体的权威性和公信力。诸如负面新闻、明星绯闻等信息，往往自带流量，如若过于重视此类消息的发布，收割流量，博人眼球，久而久之，必然陷入一种唯流量论的怪圈中无法自拔，必将对党和国家事业造成负面影响。

湖南日报作为主流党媒，必须始终坚守社会责任和价值担当，追求有质量的流量，以价值含量驾驭信息流量，让媒体融合步入良性循环轨道。何为有质量的流量？应该既要有吸引力、感染力，还要有凝聚力、向心力。事实上，正能量的新闻报道往往能带来高流量，正能量与高流量具有相互促进的效应。如在庆祝建党百年报道中，湖南日报2021年初开辟的融媒专栏《湖湘潮·百年颂》，图文音视结合，用符合当代年轻人的审美习惯和接受方式，回顾百年党史波澜壮阔的历程，体现百年党史中的湖湘担当，并在新湖南客户端、微博、抖音等平台上推送，全网总点击量超2.3亿次，让严肃党史变得“可亲可近”，受到中宣部、中央党史学习教育办表扬和推介，真正让正能量产生了高流量。

湖湘潮·百年颂

“内容”与“渠道”

近年来，在云计算、大数据等新技术助推下，新媒体实现快速发展，信息传播方式、传播速度、传播途径都发生了翻天覆地的变化。传播渠道的拓展为传统媒体带来新的机遇。但是，渠道应当始终是为内容服务的，“内容为王”永远是根本。内容建设始终是媒体深度融合发展创新的核心，是决定媒体生存与发展的“不二法门”。

事实上，新兴媒体之所以在我国能持续快速发展，很大程度上也借助了传统媒体的信息内容。业内有句笑谈：做新闻的没有平台，有平台的不做新闻。所以，很多商业网站说“我不做新闻，我们只是新闻的搬运工”，这对传统媒体和记者来说很尴尬。无论将来“融媒体”发展到何种程度，其传播信息的基本功能不会变，对优质内容的需求不会变。因此，融合发展本质上是先进技术支撑下的渠道与内容的融合。只有渠道和内容并重，融合发展才能取得根本突破。

内容是传统媒体的优势，渠道的核心在于传输内容。媒体融合中，传统媒体通过报刊、广播、电视、网站、客户端、社交平台等布局，形成全媒体传播矩阵，聚合渠道合力，并适应不同渠道的特征、不同用户的需求，生产分众化、多元化的产品。优质内容和优质渠道形成“双轮驱动”，才能产生最大化的传播效应，才能更好地为用户提供信息服务。2019年元旦，“学习强国”平台在全国上线，成为习近平新时代中国特色社会主义思想最权威、最全面的信息平台，打造了一个干事创业的理论宝库、强魄铸魂的精神家园。湖南日报在媒体融合中，着力打造新湖南客户端这一旗舰平台，也运维了“湘伴”“湘遇”“侃财邦”“经武门论道”等一批专业化、垂直化的微信公众号，并注重整合央媒、省级党媒、县级融媒体中心和微信公众号、微博、抖音、头条等商业传播平台，形成全天候、多层次、多形态、多声部的主流舆论传播矩阵，实现信息的全面覆盖，为党媒深度融合改革提供了借鉴。

“专家”与“全能”

媒体融合发展背景下，传统媒体人面临双重考验：一方面要体现专业价值、专业能力，另一方面要转型成为全能型“新闻战士”；既要做专才，又要当全才。从现实来说，一个人不可能什么都会，什么都擅长。在一个团队，需要策划、文案、编导、摄像、剪辑、美编等工种，分工协作，互相配合，这是完全可能的；作为一个记者来说，要当“全能选手”“包打天下”，却不太现实，至少目前不少人达不到这个水平，最好是一专多能。

记者要专业，团队要全能。面对信息过载的世界，公众需要客观而真实的新闻来廓清事实、认知社会。而新闻总是动态呈现的，复杂而立体，需要记者发挥专业力量去还原事实，自媒体很难做到。湖南日报适应当前媒体融合发展改革的需要，围绕重大主题报道，立足一个项目，首创虚拟团队作战模式，机动灵活地组建包括文字记者、摄影摄像、视频剪辑、美术编辑等多要素角色在内的虚拟团队，形成会使用“十八般兵器”的全媒体“特战小分队”。在融合报道中，前方素材传回来之后，加工文字、编辑视频，虚拟团队各展其长，较好地处理了“专业”与“全能”的关系。2021年9月，第二届中非经贸博览会在长沙举办，湖南日报融媒虚拟团队打造的MV作品《非洲的朋友来“湘”会》，以音乐、视频、舞蹈的形式串起来，旧曲填新词，文案、拍摄、音乐和剪辑、美术设计等多工种分工协作、密切配合，精心打磨了3分钟MV，传播效果突出。作品推出当天，在新湖南客户端点击量突破20万，人民网、新华社客户端、湖南省人民政府英文网站等平台纷纷推送，不少非洲朋友在推特、脸书等社交媒体转发。

非洲的朋友来“湘”会

“迎合”与“引导”

不管是传统媒体，还是新兴媒体，都是为公众服务的。媒体融合是要更好满足用户和读者的需求。一方面，公众喜欢什么、需要什么，主流媒体就应该生产什么、输送什么；另一方面，主流媒体承担引导舆论的责任使命，绝不能迎合庸俗低俗的趣味、模糊是非善恶的界限、含糊大是大非的立场。

作为主流权威党媒，湖南日报始终用党性原则来指导媒体融合改革，既发挥创新意识，努力生产、输送符合现代人信息接收和欣赏习惯的内容产品，又坚守底线思维，有效祛除众声喧哗中的杂音噪音，积极传播正能量，让主流声音深入人心，成为最强音。比如，当疫情谣言在微信圈群迅速传播的时候，湖南日报主动发声，发挥全媒体矩阵优势，通过“辟谣侠盟”“新湖南独家”等融媒栏目，澄清认识，打击谣言，引导公众，将负面的、消极的影响降到最低。

湖南日报把言论评论作为提高舆论引导力的核心要素来抓，不断扩大评论阵地，形成了包括社论、“湘声”“宁心”文章、编辑部文章、评论员文章、三湘时评、观点专版等在内的全方位评论矩阵。新冠肺炎疫情突袭之初，湖南日报于全国省级党报中率先发声，推出评论员文章《防控重大疫情，我们在一起》，深入阐释解读习近平总书记关于疫情防控工作的重要指示精神，分析解读从中央到湖南的抗击疫情“作战图”，率先在全国省级党报中叫响“打赢疫情阻击战”的战斗口号，对引导疫情防控工作、疏导公众情绪、稳定社会信心起到了关键作用，彰显出主流媒体关键之时的关键之为。

媒体深度融合以来，湖南日报创新探索党报评论的新路径新方法，将动漫、视频、音频等新媒体元素引入言论评论中，创设了“青年说”“生活铺子”等融媒评论栏目，用年轻语态说青年关心的事，紧紧抓住年轻人的口味，不断扩大主流声音覆盖面。在两会报道中，《委员通道，拼的是“言值”》《我们不是“凡尔赛”，只怪民生礼包太实在！》《想把我说给你听》等评论产品，让原本严肃的评论变得妙趣横生，潮味十足，既有高度，也接地气。在首届北斗规模应用国际峰会和第二届中非经贸博览会报道中，湖南日报首次推出双语系列评论和视频报道，令人耳目一新，在国内主流媒体、境外社交平台等广泛传播。

（湖南日报社 2022 年 4 月 25 日）

申报资料实录

作品简介：在媒体深度融合改革实践中，如何正确处理“快功”与“慢活”、“流量”与“质量”、“内容”与“渠道”、“专家”与“全能”、“迎合”与“引导”五对关系，对深入推动媒体改革发展，不断提高传播力、影响力、公信力、引导力，具有重大现实意义。本文围绕这五对关系，进行详细论述，既有理论的深刻阐释，又有实践的总结提炼，具有较高的学术水准和实践指导价值，在业内产生广泛的价值认同。

社会效果：作品发表后，引发新闻传播界广泛关注。海峡广电网等媒体纷纷转载。湖南省直新闻单位、市州新闻单位和县级融媒体中心等新闻单位的相关负责人就此议题作进一步探讨交流。

初评评语：新闻业务研究类作品《辩证处理媒体深度融合中的五对关系》对媒体深度融合发展改革实践中的“快功”与“慢活”、“流量”与“质量”、“内容”与“渠道”、“专家”与“全能”、“迎合”与“引导”五个关键问题和关键关系进行了分析论证，选题具有重要的理论和现实意义。论文逻辑清晰，论证严谨有力，有深入实践的洞察和指导实践的理论高度。

“正能量”与“大流量”：全媒体时代重大主题报道的突破之道

赵念民

迎接宣传贯彻党的二十大，是今年宣传工作的主题主线。大众日报把学习宣传贯彻习近平新时代中国特色社会主义思想作为首要政治任务，深化落实习近平总书记对大众日报重要批示精神，以加快“融合转轴”、提升全媒体生产力传播力为支撑，以鼓舞大众、团结大众、服务大众的实效为检验，扎实推进迎接党的二十大宣传报道，努力让正能量实现大流量、让大流量澎湃正能量。

一、聚焦正能量之核之要：紧扣新时代前进逻辑统筹谋篇

党的二十大，是在进入全面建设社会主义现代化国家、向第二个百年奋斗目标进军新征程的重要时刻召开的一次十分重要的大会。谋划推进迎接党的二十大的宣传报道，必须把统一思想、凝聚力量作为中心环节，更加有力有效地壮大正能量，激励人们奋进新征程、建功新时代，以实际行动迎接党的二十大胜利召开。

（一）紧扣时代逻辑立主脑

正能量，蕴含历史之正、时代之正、人民之正，是符合历史前进逻辑、符合时代发展潮流、符合主流思想舆论的建设性力量。时代不同，面临的历史任务不同，正能量也必然具有不同的时代特质。正能量的新时代特质，是由新时代前进的逻辑决定的。在宣传报道中，我们始终紧扣时代逻辑立主脑，聚焦正能量的新时代特质，在关键处、要害处着力：突出正能量之核是党的创新理论，坚持以习近平新时代中国特色社会主义思想为统领，把新思想的宣传融入各方面全过程；突出正能量之要是“两个确立”，“两个确立”是党的十八大以来最重要的政治成果，是新时代理论逻辑、历史逻辑、现实逻辑的集中体现，宣传报道要突出“两个确立”的决定性意义，引导干部群众把“两个确立”转化为“两个维护”的自觉行动；突出统筹发力，统筹主题宣传、形势宣传、成就宣传、典型宣传和舆论引导，统筹理论舆论、网上网下，统筹重要节点和日常宣传，形成讴歌新时代、喜迎党的二十大的合力。

（二）把“道”贯通于故事之中

我们精心做好习近平总书记出席北京冬奥会、参加全国两会团组审议、出席庆祝香港回归祖国25周年大会、主持召开省部级主要领导干部专题研讨班等重要会议、重大活动宣传报道。同时，注意挖掘精彩细节和感人故事。习近平主席发表二〇二二年新年贺词后，我们第一时间制作新媒体产品《这张在山东拍的照片，首次摆上习主席的书架》，生动展现总书记对山东的深情厚望和“黄河情怀”，一经推出迅速走红网络，49家媒体平台转载，网友纷纷点赞，点击量达1150万。今年6月，启动“沿着总书记的足迹”大型主题采访，20组融合报道还原历史、再现场景，展现总书记的人民情怀、历史担当和精神魅力，反映山东干部群众牢记嘱托、建功新时代的生动实践。报道持续近两个月，引发强烈反响。话语的背后是思想、是“道”。《“老区群众跟党走，越走越有奔头”》《牡丹花开幸福来》等一个个基层故事，彰显新思想扎根齐鲁大地的真理力量和实践伟力，彰显“两个确立”是党心民心所向的历史必然。

（三）把“理”融汇于互动之中

在巩固提升《大众日报》理论版，持续做好习近平新时代中国特色社会主义思想、总书记最新重要指示精神宣传阐释的同时，创新理论传播，实施“理论大众化工程”，以“宣讲视频+专访互动+品牌活动”为支撑，突出面向基层、面向青年，突出移动端、可视化、互动性，形成多层次、多声部的理论传播矩阵。“红星耀齐鲁”“青年理论家”“连线书记”等板块，吸引全省干部群众广泛参与，其中“青年理论家”全网总曝光量已达1.35亿次。山东高校65万青年学子“调研山东”活动、山东高校“青春向党 强国有我”思政短视频大赛等，把社会实践、党史教育、理论宣讲、为基层群众办实事有效结合起来。这些具象化、生活化的理论传播，同向发力、协同联动、穿透性强，形成“传播即教育、参与即学习、平台即讲堂”的大宣讲态势，让党的声音成为时代最强音，让党的创新理论更加“入脑”“入心”“入行”。

二、让正能量实现大流量：遵循传播规律，创新主题宣传

“时度效”是检验新闻舆论工作水平的标尺。不管是主题宣传还是热点引导，都要遵循新闻传播规律，从“时度效”着力、体现“时度效”要求。我们统筹“奋进新征程、建功新时代”主题宣传和“疫情要防住、经济要稳住、发展要安全”的宣传报道，推出“齐鲁春潮起”“伟大变革”“我们的新时代”“奋斗者正青春”“非凡十年”等一系列主题报道，把质量和效果放在

首位，创新策划、蹲点采访、融媒一体，迎接党的二十大宣传有序推向深入。在报道推进中，着眼融媒时代的业务重构和记者编辑专业能力提升，厘清“站在哪里”“怎么表达”“如何传播”，克服简单化、套路化。这是正能量实现大流量的前提和基础。

（一）突出主题，在融合上发力

思想之光照亮奋进之路。今年全国两会期间，我们推出“齐鲁春潮起丨山东贯彻落实习近平总书记重要指示要求纪实”大型全媒体报道，连续刊发8篇蹲点纪实，同步推出视频、网评、动漫、海报、图片、图示等融媒产品，创新展示“开放”“活力”“奔腾”“蓝色”“绿色”“红色”“暖色”等新时代山东元素，讲述齐鲁儿女“走在前、开新局”的奋斗故事，汇聚起主流舆论强势。山东省党代会前后推出的“伟大变革·山东故事”等系列全媒体报道，把理论和实践、宏观和微观、历史与现实结合起来，以山东之变引导人们深刻领悟总书记掌舵领航、新思想科学指引的决定性意义，深刻领悟“过去我们为什么能够成功、未来我们怎样才能继续成功”的历史经验和实践逻辑。

（二）扣着问题，在变化上发力

从本质上说，变化才是新闻，非变化、无新闻。宣传报道在“变化”之处立足，在立意立题立论诸环节体现问题导向，知晓变化、应对变化、引导变化，有的放矢、言之管用，正能量才能形成大流量。面对“需求收缩、供给冲击、预期转弱”三重压力，面对各种超预期因素带来的严重冲击，山东经济怎么看、怎么干？年初开始，我们围绕省委工作部署，紧盯全国全省经济形势变化，把握时度效要求加强引导，平均每月推出一组系列评论。今年8月，在稳住经济大盘紧要关口，推出“评论员观察”系列文章，着眼于山东经济社会发展全方位变化，聚焦“确定性”“成长性”“专注性”，对具体实践“望闻问切”，让“拉理”跟着“说事”走，总结经验做法，分析演变机理，话拣要紧的说，事抓重点的写，开启思路、凝聚共识、坚定信心，为经济社会发展工作提供有益参考，引起广泛关注和好评。

（三）贴着人心，在关切上发力

现实出题目，记者做文章。熟悉国情省情、洞察舆情民意，是新闻宣传的基础能力。融媒时代，对舆情把握能力要求更高。不研究舆情，不熟悉舆情，与群众关切、舆情热点相隔膜，就容易事倍功半甚至劳而无功。要贴着人心作宣传、贴着舆情作引导，把握好三个“入”：“入场”，把握进入舆论场的时机和节点；“入心”，把握报道直指人心的层次和分寸；“入知”，把握引导认知的逻辑和价值。“疫情要防住、经济要稳住、发展要安全”的宣传，我们提出从百姓关切处切入，紧贴政策要求、现实需要和群众急难愁盼，不说脱离实际和偏离群众感受的话，多说务实有用、接地气的话，务求鼓舞人、引导人、帮助人。《一篮蔬菜里的“两统筹”》《社区“成长考”》《疫情之下的云招聘》《小镇大厂的“突围”》等蹲点调查，读者点赞“解渴管用”。疫情之下惠民生解难题的蹲点报道，得到上级主管部门表扬。

（四）创新传播，在全程上发力

正能量实现大流量，起点在生产、重点在传播。主要在五个方面进行了探索：一是日常强化策、采、制、编、发、传的统筹，把“传”作为重要工作环节，策划、采制时就对如何传播进行思考和谋划；把传播纳入日常业绩考核，以活跃度、到达率、点赞率看传播实效。二是重点项目强化传播考核。如“走在前、开新局”主题报道，融媒产品在各市落地传播情况每天排名每周通报，记者站站长当月绩效奖金与传播指数挂钩。三是强化技术赋能，启用大众日报全媒创新基地，加大技术装备投入，探索将“算法”运用到新闻采集、生产、分发、接收、反馈中，力求宣传效果最大化、最优化。四是成立平台合作工作室，专做产品转化、推送、传播。目前，已实现头部平台内容发布全覆盖，并与20余家中央和省级媒体平台建立起合作机制。五是放开报纸稿件的转化环节，任何部门、岗位、人员都可以对好策划好稿件进行转化，以不同产品在不同渠道传播，考核上作为独立作品给转化者计分，原作者计取所有转化作品的传播流量纳入业绩。

三、让大流量澎湃正能量：深化“融合转轴”，强化优质供给

让大流量澎湃正能量，实质是推进内容生产供给侧结构性改革，解放新闻生产力特别是新媒体生产力，核心是业务重构。这既涉及正能量的融媒生产与供给，也包括正能量与大流量互相成就的机制流程、业务标准。我们在巩固提升报纸业务基础上，推进“融合转轴”，形成以新媒体为主轴的全媒体生产传播体系。今年以来，“融合转轴”不断深化，为做好迎接党的二十大宣传报道，为正能量生产、大流量传播，提供了有力支撑。

（一）优化融媒生产传播运行机制

业务层级继续扁平化，完善“编委会管总、指挥中心抓统、融媒板块主战”运行格局，形成“1+3+10+N”架构。1，即全媒体生产传播指挥中心，在编委会领导下承担指挥和管控中枢职责，协调融媒平台建设和融媒板块条线运行。3，即全媒体业务整合为全媒体策划采写制作，全媒体编辑出版发布传播和品牌活动，全媒体经营和生产传播支撑保障等3个融媒板块，负责各条线

流程和业务管理。10，即整合全媒体生产传播业务为“三重大”（省委重大会议、重大活动、重大部署）报道和主题宣传、热点引导与应急报道等10条工作线。N，即视频、技术、质量检查等若干融媒工作室。与运行体系优化同步，项目化主导、团队化运作、立体化作战和日常工作相结合的运行机制愈加完善。如“走在前、开新局”大型行进式主题采访，全媒指挥中心牵头，组织各板块条线76名记者、评论员参与，历时2个月，覆盖全省16市120余个采访点，报网端微号采制发布产品1.3万余件次，影响大、效果好。

（二）建强融媒生产传播平台

聚焦客户端平台全面强、外部平台重点强、内部支撑保障持续强“三强”目标，加快平台建设，全媒体矩阵覆盖用户超1.3亿，融合传播指数居全国省报前列。大众日报客户端瞄准用户、日活、影响力指标，升级技术、拓展频道、做优内容，总下载量达3500万。大众日报微信公众号用户突破1000万，居全国省报微信公众号首位，每月总点击量3000万，“10万+”文章成为常态，联合有关部门举办的国家安全知识竞赛、工会法律法规竞答活动等参与人数都在300万以上。大众日报官方微博，主持的抗疫信息发布和舆论引导，话题阅读量超3亿次。

（三）聚合丰富手段，提升正能量融媒产出

作为主流媒体平台，正能量的融媒生产始终是根本任务。大众日报新媒体产能目前平均3000件次/天，已是报纸的50倍。今年以来，持续推进融媒内容建设：一是品牌化打造标识性内容。例如，网络评论品牌栏目“望岳谈”，以主流声音引领网络舆论，成为山东工作重点亮点的权威解说平台。年初至今，300多篇评论突出网感、讲求实效，其中围绕“中国这十年·山东”主题新闻发布会推出的7篇文章，被500多家媒体平台转载。二是专业团队生产专业内容。数据新闻工作室专业化打造党媒新内容、新样式，《地表最强！“鲁派”创新原来如此硬核》等产品登上热搜榜。垂类产品运营中心深耕垂直细分领域打造党媒新业态，“大众名医馆”等渐成品牌。三是用户生产鲜活内容。“大众号”平台进驻和申请量近300家，每天发稿数百篇。四是活动衍生互动内容。“连线书记”“齐鲁党员星力量”等融媒活动贯穿全年，形成互动式、服务式、场景式传播。五是技术撬动创意内容。视频、动漫、VR、虚拟主持人等运用常态化，“好品山东海外推荐官”“山东16市专属代言人”等视频、动漫爆款产品不断涌现。六是孵化机制催生优质内容。实施“小天鹅”孵化工程，与首席制、揭榜制相结合，遴选、培育优质新媒体项目，“Go！Shandong”“微光车间”“民生锦计”等已陆续推出。

（四）重塑业务逻辑，创新内容管理

实现正能量生产和大流量传播，需要再造守正创新、包容开放、变动不居的业务逻辑。其一，关于生产。主流媒体的使命职责，要求其所追求的大流量，是政治标准、业务标准、专业精神支撑的大流量。离开这些支撑，就做不到正能量，大流量就没有意义。其二，关于传播。正视短处，保持定力，坚持做强新媒体平台，坚持新技术引领和新技术为全部业务赋能，把新技术新应用纳入业务标准建设，使之走出“辅助”的偏狭定位，成为融媒时代业务标准、专业精神新内涵。其三，关于评价。鼓励记者多渠道成才，鼓励专业生产，形成专业追求与流量追求兼备的“好稿好价”评价导向。其四，关于安全。构建全媒全链生产传播责任体系，覆盖从总编辑到生产传播一线各环节各岗位，覆盖报网端微号各平台各流程。最近，又推动各媒体平台内容安全巡检常规化，通过数据采集、智能审核、人工复审进行人机协同安全巡检，为正能量生产、大流量传播进一步夯实机制保障。

（中国记者 2022 年 10 月 15 日）

申报资料实录

作品简介：迎接宣传贯彻党的二十大是2022年新闻宣传工作的主题主线。围绕这一主题主线精心组织重大主题报道，是新闻媒体的重要任务。重大主题报道时间长、容量大，如何做到平实平稳、创新出彩、高质高效？大众日报以习近平总书记重要批示精神为指引，以加快“融合转轴”、提升全媒体生产力传播力为支撑，以鼓舞大众、团结大众、服务大众的实效为检验，着力让正能量实现大流量、让大流量澎湃正能量，取得良好效果。本文坚持问题导向、着眼实践所需，围绕“正能量生产、大流量传播”深入分析、系统论述，在关键处、要害处着力，提出全媒体时代重大主题报道创新突破的径路方法：聚焦正能量之核之要：紧扣新时代前进逻辑统筹谋篇，把“道”贯通于故事之中，把“理”融汇于互动之中；让正能量实现大流量：遵循传播规律，突出主题在融合上发力，扣着问题在变化上发力，贴着人心在关切上发力，创新传播在全程上发力；让大流量澎湃正能量：深化“融合转轴”，优化运行机制，强化优质供给，创新内容管理。文章提出和阐释的规律性思路和办法，既具有鲜明“大众特色”，又具有复制借鉴价值。

社会效果：文章在《中国记者》当期专题“迎接党的二十大胜利召开”

首篇刊发，并在当期封面首条推介。多家媒体转发。业界同行和学界专家对文章给予肯定，认为兼具实践性、理论性，有高度有深度，对全媒体时代重大主题报道克服“浅表化”“套路化”，增强吸引力感染力和针对性实效性，很有借鉴意义。有些新闻媒体将文章作为记者编辑学习研讨材料，在策划、开展主题报道时参考运用，让主题报道既有声势、有规模，又接地气、动人心。

初评评语：做好重大主题报道是壮大主流舆论的重要方式，是重要实践命题也是重要理论课题。文章坚持目标引领、突出问题导向，紧扣全媒体生产传播格局下的“正能量生产、大流量传播”，对提升重大主题报道的质量和水平展开分析论述，靶向准、角度新，选题具有针对性、创新性。文章兼顾理论和实践，在时代逻辑、政治逻辑与融合传播规律的结合点、切入点、着力点上下功夫，观点鲜明、理路清晰、论证有力。文章秉持系统观念，把握宏观与微观、兼顾路径与方法，从机制流程、业务重构、专业能力等方面探讨思路对策、提出具体打法，对全媒体时代守正创新做好重大主题报道，具有较强的实践指导价值。

城市传播：城市电视台转型的新基点

李岭涛　尹素伟

随着媒体融合向纵深发展，一直处于上有中央台和省级台、下有区县台夹击之下的城市电视台面临更加严峻的竞争局面，如何进行转型成为事关城市电视台生存和发展的关键问题。一方面，城市电视台需要应对全新的外部环境、陌生的媒体运行模式和日益复杂化的受众组成；另一方面，在经济社会发展进入城市竞争时代的背景下，城市传播成为越来越多城市的迫切需求。综合考虑城市电视台的先天禀赋、媒体融合的趋势与方向、城市传播的特点和规律等因素，把城市传播作为城市电视台转型的新基点，将不但有利于使城市传播的能力和档次提高到新的水平，而且有助于城市电视台走出一条全新的发展之路。

一、明确城市传播成为新基点的必然性

机会稍纵即逝。要准确把握机会，必须清醒认识到城市传播成为城市电视台转型新基点的必然性。

（一）城市传播亟须解决的问题使然

尽管城市传播近几年来已经有了很大发展，它自身存在的问题仍然制约着其进一步优化升级。这些问题不解决，将会大大降低城市传播效果。

第一，城市传播的主体错位。一直以来，城市传播都是由政府部门主导。从表象看，这种主导导致城市传播一般以宏大叙事、概念解读为主，方式和渠道单一，有的地方甚至把拍一部城市宣传片等同于城市传播，这一点可以从中央广播电视总台大量播放的城市宣传片得到佐证。从结果看，主体错位导致城市传播多是表面文章而无法深入人心，使城市传播难以发挥应有的作用。主体错位对于城市传播发展的阻滞作用巨大，必须给予高度重视。

主体错位可以从传者和受众两个角度分析。在传者方面，一是城市传播的方式、内容与受众需求有很大差距，城市传播的重点远离城市普通居民的生活，缺少热火朝天的烟火气，因此各地城市传播千篇一律，说教味浓厚，缺少独有特色。二是没有适应好、利用好万人皆媒的媒体发展趋势。城市居民数量庞大，个性化、长尾化视角大量存在，他们对自己的城市有着独到体验，

应该成为城市传播的主力军和生力军。但是各地的城市传播还没有认识到这一点的重要意义。在受众方面，受众是所有传播活动的主体这一规律被忽视，受众的行为没有被研究，受众的媒体接触习惯没有被关注，受众参与互动共享的需求没有渠道和途径得到满足，导致城市传播成为自说自话的单向传播。这既难以调动本地受众的积极性，也难以增进外地受众对该城市的深入了解，最终出现“传而不通”的后果。单向传播模式造成了官方话语与民间话语间的互动缺位，受众的表达权和参与需求被置于机制设定之外。缺乏受众导向使得城市传播的线性模式不能满足传播对象的角色期待，“政府搭台，民众参与”的良性传播逻辑被割裂。

第二，城市传播的品牌效应发散。我国很多城市历史悠久、经济发达，有着丰富的文化、经济和科技资源，利用得好能够对城市传播起到很大的促进作用。但实践效果并非如此。这种资源的丰富性不但没有在城市传播中发挥应有的作用，反而互相掣肘。传播理念东一榔头西一棒槌，自相矛盾；传播内容互不关联，分散化、碎片化严重。最终导致城市品牌效应难以聚焦，很难从中体现它的核心竞争力和优势。出现这种问题的原因是多方面的，一是缺少整体城市传播顶层设计，导致城市传播没有统一、稳定和持续的理念作指导，难以集聚各方面资源形成传播合力。二是具体城市传播缺少系统规划，导致传播内容要么平均用力，要么肥瘦不均，传播活动要么高举高打，要么久无声息。实践中很少见到逻辑紧凑、节奏适度、效果显著的城市传播案例。三是传播对象缺少针对性，导致目标模糊，驴唇不对马嘴，不是当地受众不愿看，就是外地受众看不懂，处于一种姥姥不疼舅舅不爱的尴尬境地。四是传播策略缺少创新性，导致很多地方的城市传播互相照搬照抄、模仿雷同，出现“千城一面”的现象，城市与城市之间同质化明显，辨识度过低。

第三，城市传播的渠道抓手缺失。受众媒体使用情况的多样化使得城市传播仅靠一种渠道、一种方式已经很难达到理想效果。从媒体使用角度而言，城市传播应建立全网分发、全媒体覆盖的传播矩阵。城市传播的方向一般以外部为主，由于本地的媒体大部分都是区域性的，影响范围往往局限于当地，因此城市传播往往依靠外部的渠道，原有的本地媒体在城市传播中很难发挥作用。这导致城市传播难以在渠道使用上有决定性话语权，容易受制于人，无法完全按照自己的规划推进传播活动。以短视频传播为例，抖音等短视频平台的兴起使越来越多的城市把它作为主要的传播平台，像成都、重庆、西安等网红城市的形象打造很大程度上就是依托抖音等短视频平台实现的，这必然不断强化抖音等短视频平台在与各城市谈判中的垄断性优势，从而让处于劣势的各城市在城市传播上的投入负担越来越重。显然，城市传播在这种背景下基本上无法建立自己的传播矩阵。

（二）城市电视台的禀赋使然

城市传播存在的问题亟须找到解决的方法，而媒体融合的纵深发展使城市电视台自然禀赋的内涵和外延越来越丰富，这种禀赋与城市传播的需求具有天然的契合性，从而为问题的解决提供了有效路径。

第一，城市电视台的空间突破能够催化城市传播的扩张力。从物理空间看，原来的城市电视台都是区域性媒体，传播范围和受众都局限于当地。媒体融合的纵深发展使城市电视台能够借助各种新媒体技术、手段和渠道，打破地域限制，实现从“区域性”到“全国性”乃至“世界性”的传播与推广，带领受众进入麦克卢汉所言的“地球村”时代。这种变化与城市传播的需求高度一致，有助于城市传播走出中国，走向世界。从发展空间看，依靠媒体融合，电视媒体的发展手段、路径更加多样，如今的电视媒体不再囿于有限的客厅，受众不但可以通过电视机的回放、点播等功能随时选择自己感兴趣的内容，而且可以通过移动媒体突破时空的限制收看节目，更可以借助社交媒体随时随地与电视媒体进行互动。由此带来的城市电视台发展空间的拓展，能准确适应和有效利用受众对城市传播参与互动共享的需求，增强受众对城市品牌的黏性和依赖度。

第二，电视媒体的社交属性能够强化城市传播的渗透力。“电视媒体的社交属性是受众利用电视媒体进行人际交往的、源于电视媒体自身的一种性质特点，这种性质特点能够满足受众通过电视媒体接收信息、交流思想、学习知识、参与活动、融洽关系等物质和精神方面的需求。”也就是说，电视媒体不仅有大众传播功能，而且有社交属性和人际传播功能。由于技术等各种条件的限制，自诞生以来，电视媒体的大众传播功能被充分放大，社交属性被忽视或者被掩盖。技术进步和媒体融合使电视媒体的社交属性和人际传播功能得到发掘，从而使电视媒体能够更加适应大众传播和人际传播越来越强烈的融合趋势。因此，城市电视台能够借助大众传播和人际传播的融合，一方面依靠大众传播扩大城市传播的传播范围，增加城市传播的接收人群；另一方面依靠人际传播深化城市传播与受众的互动，增强与他们的共享共鸣。

第三，城市电视台的资源纽带作用能够增强城市传播的市场力。从理论层面看，电视媒体具有政治和经济双重属性、喉舌和产业两种功能，这决定了它在行政体制和市场机制之间可以起到桥梁作用。从实践层面看，城市电视台一般属于事业单位实行企业化管理，它既服从服务于党和政府的中心工作和经济社会发展需求，也作为市场主体参与媒体市场的竞争。这种特殊角色使城市电视台既能比市场化媒体更加到位地理解城市传播的需求，又能比政府部门等原有的城市传播执行机构更加理解传播规律、了解媒体的市场化运行特点，从而有效畅通内外部资源的流动和整合渠道。同时，“推动媒体融合发展、建设全媒体成为我们面临的一项紧迫课题”，城市电视台也被赋予媒体融合重任，成为建设“四全”媒体的主体之一，这将进一步提高城市电视台利用移动媒体、社交媒体等的能力，为城市传播助力，有助于城市传播矩阵建设。

第四，城市电视台的权威性能够提升城市传播的公信力。电视媒体是党和政府的耳目喉舌，各城市电视台都担负着当地党和政府主要信息发布、宣传发动平台的作用，因此在受众中具有较高的公信力、权威性。与之相反，很多新媒体“为获取流量和广告进行恶意营销，有的无中生有造热点，引发社会恐慌；有的冒用权威人士名义，发布谣言误导公众；有的炮制耸人听闻标题，引发群体焦虑和不安；有的恶意篡改党史国史，鼓吹历史虚无；有的诋毁抹黑英雄烈士，消解主流价值观；有的大打色情‘擦边球’，影响青少年身心健康；有的大搞‘黑公关’敲诈勒索，侵害企业或个人合法权益”。显然，城市电视台的公信力、权威性与城市传播的目标要求相一致，对城市传播的可信度有着较强的提升作用，有助于提高受众对城市品牌的接受程度、信任程度和忠诚程度。

二、适应城市电视台转型新基点的规律性

作为一个应城市竞争需要而生的新领域，城市传播具有广阔的发展空间。处于越来越严峻形势中的城市电视台应抓住这一难得机遇，主动适应和作为，研究城市传播和媒体融合之间的互动规律，在利用媒体融合推动城市传播的发展中建立自己新的竞争优势。

（一）以受众为出发点，充分把握受众需求

受众是城市传播的核心，也是城市电视台发展的基础，它是城市传播和城市电视台一切活动的出发点和落脚点，没有一定数量的受众作为基础，城市传播和城市电视台的发展就会成为无源之水。因此，城市传播和城市电视台应树立受众导向，从受众的需求出发开展自己的活动。

第一，把握受众需求的变动规律。随着技术变革的增速、媒体形态的演变和媒体竞争的加剧，受众的需求变动呈现新的规律性。一是受众需求上升到新的层次。从不同的阶段看，受众的需求分为以物质需求为代表的基础性

需求和以精神需求为代表的发展性需求，受众的需求逐渐由基础性需求向发展性需求过渡，发展性需求开始在受众的需求中占主导地位，特别是受众提高自己、谋求社会承认的需求越来越旺盛。二是技术对受众的意义越来越重要。从实现的程度看，受众的需求分为现实需求和潜在需求，在潜在需求转化为现实需求的过程中，技术正起着更加重要的作用，很多时候甚至是决定作用。这导致受众对技术的依赖程度越来越高。三是受众需求的迭代速度加快。基于技术对受众的重要意义，技术进步的加快必然会以更快的速度把受众更多的潜在需求激发、催化为现实需求，这种新出现的需求有可能成为城市传播和城市电视台参与竞争的蓝海。四是受众需求的长尾化特征越来越明显。整个媒体市场服务能力的提高使受众的大众化需求基本得到满足，受众主体意识的增强导致他们更加追求个性化、差别化，因此他们的需求越来越细分和小众化。

第二，关注本地和外地受众的差异。城市传播的受众不仅有外地受众，而且有本地受众。本地受众是城市传播的基础，不但他们的工作生活是城市传播的主要内容来源，而且他们也是城市传播活动数量最大的践行者，他们的参与会使城市传播由原来的政府部门单打独斗转变为万众齐心的燎原之势。因此，受众对城市品牌的认同程度、对城市传播理念的接受程度，决定了他们参与城市传播活动是自发还是自觉，决定了城市传播与城市的经济社会发展、与当地人民群众的生产生活是有机融为一体还是几无关联的两张皮。城市电视台应从城市传播的角度提高对本地受众的服务能力，利用媒体融合的成果满足他们各个方面、各个层次的需求并让他们感受到城市的日新月异，增加他们对城市的归属感、自豪感，进而激发他们参与城市传播的动力活力，展现城市传播的全民化、规模化、差异化特点。

与本地受众依赖城市的生存和发展不同，外地受众对城市的忠诚度要低得多。这造成他们对城市传播的接触、接收和接受主要基于自己的兴趣，他们的不稳定性十分突出。城市传播和城市电视台对此应十分清楚。一是要明确外地受众关注自己所在城市以外信息的原因，如出于旅游、商业合作等需要，做到城市传播有的放矢。二是研究外地受众媒体接触和使用行为的特点，做到对他们无盲点精准覆盖。三是实现传播方式、传播内容与其他城市的显著差别化，做到对外地受众需求满足的不可替代性。四是找到城市与外地受众所在城市之间历史文化、百姓生活等方面差异化中的共同点，用具有新鲜感的贴近性引发外地受众的共感共鸣。五是让外地受众参与到城市传播的经济效益和各种社会效益分配中来。“经济关系是市场经济条件下最可靠、最符合市场规律要求的关系，用市场化的现实利益关系可以大大增强受众的忠诚度。”通过与外地受众形成利益共同体，可以在城市传播与他们之间建立深入、紧密的价值关联。

（二）坚持虚实结合，展现城市独特魅力

城市的发展包含众多方面和层次，既有理念指导，也有来自基层的实践阐释，这些方面和层次的不同组合形成了一座城市的独特魅力。城市电视台应发挥自己视听兼容和现场感强的媒介优势，在城市传播中做到顶层设计与百姓生活结合、高大上与烟火味共融，彰显城市品牌理论性与故事性、理性与感性有机统一的独有气质。

第一，融入城市经济社会发展进程，让时代性成为城市传播的主题。城市传播归根结底是为经济社会发展服务的，脱离了这一点，它就会成为无本之木。因此，城市电视台应准确、前瞻性把握当地经济社会发展的理念、特点、节奏和典型，保持城市传播与当地经济社会发展进程的动态、实时互动，把当地经济社会发展本身作为城市传播的主要内容，从而提高城市传播的针对性和有效性。一是做到理念互通，城市传播的理念要来自于、依赖于当地经济社会发展的理念，做到是对当地经济社会发展理念形象而准确的表达，绝不能另起炉灶，自说自话。二是做到特点同频，城市传播反映的特点要与当地经济社会发展有相当的一致性，这些特点必须是真实存在的，是大部分市民所公认的，绝不能凭空想象，按照自己的喜好随意“创作”。三是节奏同步，城市传播的节奏应该取决于当地经济社会发展的节奏。自己的节奏既不能过快，过快会让受众觉得城市虚夸；也不能过慢，过慢会让受众觉得城市落后。四是做到典型共享，城市传播能及时掌握并展示当地经济社会发展进程中出现的各种典型事迹、案例和人物，既不能对新鲜的典型视而不见，更不能违背真实性原则虚假编造。

第二，聚焦普通百姓生活，让市民成为城市故事的主角。市民是城市的建设者，也是城市发展的受益者和受惠者，从他们身上体现出来的城市品牌是最不容易被模仿的。城市电视台要从普通百姓的视角出发，真正接地气地贴近百姓的生活、工作以及他们的所思所想，通过对城市中个人或群像生活方式、工作方式的呈现，展现城市的人情味和烟火气。也许只是将镜头对准城市一隅，从细微处发现普通人的特质，就能引爆话题讨论，形成与百姓的情绪共鸣。要始终以“人”为核心，人比故事更重要，因为不论什么样的生活形态都由人主导。城市电视台要充分挖掘城市中有代表性的个体，以鲜活的人物形象和真挚的情感表达呈现每一个个体在时代沉浮中与城市发展共命运的精彩故事，在讲好城市故事中展示城市风采。

（三）适应媒体形态演变规律，提高城市传播能力

在媒体形态的演变中，满足受众需求是它的目的，技术进步是它的手段。虽然技术变革在媒体形态演变中的作用越来越重要，但是绝不能把手段当目的，为技术变革而技术变革。对媒体形态演变的适应和应用，是城市电视台媒体融合发展的重要内容，也是城市传播实现目的的关键所在。

第一，用媒体形态的多样性回应受众需求的复杂性。与原来的钟情于某种媒体相比，现在受众的行为呈现跨网、跨屏、跨终端的特征，这种状态正好适应受众对媒体使用行为功能复合性的要求。由于时间有限，而自己的需求却越来越多，受众希望能够在有限时间内获得更多的满足，或者通过一次行为能够体验多方面的功能。媒体使用行为复合性的趋势是对受众新特点的准确及时反映，让他们在同一时间里能从不同媒体获得单一媒体难以提供的体验。比如，通过大屏看高质量的视频内容，通过小屏进行互动参与等等，他们从不同的媒体获得不同的满足感；或者不仅使受众获得信息、娱乐体验，而且能够帮助他们进行社交，甚至给他们带来经济收入。基于受众需求的媒体形态多样性与城市传播的需求有很高的吻合度，对提高城市传播的能力和效果意义很大，城市电视台应该重视媒体形态与受众需求之间关系的变动规律，利用好媒体形态的多样性，实现城市传播与受众需求的精准对接。

第二，应用新技术，提高受众的体验感。媒体融合的前提和基础是技术的融合。由于技术条件的限制，一道屏幕割裂了受众与电视媒体之间的关系，城市传播与受众，尤其是与外地受众之间更是缺少联系的纽带和桥梁。在激烈的媒体和城市传播竞争中，体验感的优劣决定了受众能否接收、接受传播内容进而对其产生黏性，而让受众参与互动共享是他们获得良好体验感的重要手段和途径。技术进步为受众参与互动共享、为密切城市电视台以及城市传播与受众的关系提供了有力保障。例如，在 4K、8K 等超高清技术支持下，受众观看的效果大大增强，而且能够使受众产生强烈的临场感；依靠三维声音频技术，受众能够享受到高质量的音响效果。因此城市电视台要强化技术与内容的深度融合，利用新兴的媒体技术链接用户的生活场景，提升可视化、沉浸性、交互式的体验。让用户不再是“旁观者”，而是以“见证者”的视角感受城市的发展与繁荣，从而获得内在的情感认同。

（四）整合传播资源，形成多层次多渠道规模化传播格局

媒体市场发展的加速使受众面对的信息越来越多、获取信息的渠道逐渐多样化，这使受众接触选择城市传播的成本和难度大大增加。城市传播如果没有足够的途径和渠道，将很难使信息到达受众。因此，城市电视台应把自己打造成为各种媒体资源的汇聚和分发平台，使城市传播做到对受众在空间上无盲点、在时间上不间断的全覆盖。

第一，本地资源做到全域和全民。城市的一花一草一木都是自身品牌的载体和呈现，城市电视台应充分发挥移动媒体、城市“天眼”监控系统等点多面广、反应迅速的优势，建立起遍布全域的城市传播队伍，让每一个市民都成为城市传播者、意见领袖和网红；让每一个大街小巷的变化都不被忽视，都能被整合到城市传播中来，都能通过正式的和非正式的、官方的和民间的渠道以规模化、个性化、有节奏、有故事、有温度的方式传播出去，从而实现对各个舆论场、各个圈层的渗透和扩张，实现城市传播由点到线再到面。

第二，外地资源做到紧密和全面。考虑到技术平台的成本问题，城市电视台应以轻资产的软件平台建设为主，把内容分发作为自己的核心竞争力。一方面，短视频已经成为城市传播发展的风口，“一则短视频带火一座城”的现象屡屡发生。抖音、快手等短视频平台不断助力城市发展，网红景点、网红美食以视频化形式带来的强烈视觉冲击和吸引力也让“打卡经济”应运而生。城市电视台应利用资本、本地市场、体制资源等与各种媒体平台、渠道建立紧密关系，增加城市传播对外地媒体资源的整合能力和效率，培育城市传播一直欠缺的市场力和技术基因。另一方面，建立与对当地有好感、感兴趣或者是有敌意的外地意见领袖、网红的定期沟通机制，增加他们对当地的了解和理解，使他们对当地品牌的传播更有深度，更符合城市传播的整体逻辑，或者改变他们对当地的负面印象。在此基础上，形成层次分明、目标明确、分工科学、渗透面广的城市传播格局。

（中国广播电视学刊 2022 年 11 月 1 日）

申报资料实录

作品简介： 随着媒体融合向纵深发展，一直处于上有中央台和省级台、下有区县台夹击之下的城市电视台面临更加严峻的竞争局面，如何实现城市电视台的突围成为迫切希望解决但仍悬而未决的问题。李岭涛在广电系统工作过 25 年，对城市电视台的困境体会深刻，他很长时间以来都在研究破解之策。他充分利用自己实践、政策和专家资源丰富的优势，2022 年带领团队深度访谈了宣传和广电管理部门、城市电视台、新媒体企业和高校科研单位等

120 多位领导、专家学者和媒体管理人员，安排团队成员在 10 多家城市电视台进行了为期 4 个多月的沉浸式深入调查，又围绕城市电视台如何转型召开了 5 场各相关方面权威人士参加的研讨会。在综合考虑城市电视台禀赋、媒体融合趋势、城市传播规律等因素后提出，把城市传播作为自己转型的新基点，加快从“以受众为出发点，充分把握受众需求”“坚持虚实结合，展现城市独特魅力”“适应媒体形态演变规律，提高城市传播能力”“整合传播资源，形成多层次多渠道规模化传播格局”等多个方面和层次转型，不但有利于城市传播能力和档次的提高，更有助于城市电视台走出一条全新的发展之路。

社会效果： 基于其科学性、针对性和实践性，作品得到业界充分肯定。获中国广播电视社会组织联合会主办的第六届“城市广播电视改革发展”主题征文一等奖（在所有一等奖中排名第一），被《新华文摘》（2023 年第 4 期）等多个数据平台、学术期刊收录转载，被权威网络平台转发，累计阅读量达“20W+”。10 多家城市电视台邀请主创团队就自身转型问题进行了座谈并积极推进作品的成果落地工作。近 10 家电视台邀请主创团队参与其改革发展体制机制创新的顶层设计，指导其运用城市传播作为新基点创造全新的发展之路。

初评评语： 作品是一篇难得的、具有强烈问题导向的简约版调研报告。虽然只有不到 8000 字，但却从城市电视台转型和城市传播发展迫切需要解决的问题出发，从体制、机制、内容生产等多个方面进行了论述。作品篇幅虽小但丝毫没有蜻蜓点水，分析问题鞭辟入里，提出建议一语中的，具有非常强的深刻性和科学性；既克服了一般学术文章因学理性太强而业界不知所云的问题，又摒弃了一般调研报告因就事论事而深度和广度不够的弊端，做到了宏观政策与中微观实际的有效结合。

以“六个统一”提升重大主题报道水平

黄 燕

重大主题报道是指新闻媒体围绕党和政府的重大战略思想、重要决策部署、重点中心工作、重大活动、社会热点以及典型宣传等组织开展的新闻报道活动。它为特定主题服务，政治性鲜明，是党媒的“必答题”“规定动作”“拳头产品”。媒体融合背景下，传播方式发生深刻变化，如何让重大主题报道提质创新，入脑入心，笔者认为，可通过“六个统一”，提升叙事能力，实现有效传播。

一、完成式与进行式统一，巧花心思化静为动

重大主题报道多为非事件性新闻报道、非突发性新闻报道。其报道内容往往是经过很长的时间慢慢地发展而来的，呈现出一种过去完成式的静态，而非现在进行式的动态。

新闻报道的时、度、效的把握是做好新闻的第一要领，如果不遵循这个第一要领，报道仅是对做法、数字的堆砌和相关成就的罗列，既不符合传播规律，也不符合受众需求。电影《我的遗憾和你有关》中有段话让人印象深刻：“出场顺序真的很重要，有时候不是你不够好，而是你来得不够巧。”同样，报道从哪个时候切入、在什么时机推出，这个顺序选择很重要。要巧花心思，变非事件性的内容为事件性的新闻，将过去完成式与现在进行式有机统一，化静为动，让重大主题报道“活起来”“动起来”。

（一）好的新闻由头能够扣人心弦

面对非事件性的主题报道，要寻找捕捉合适的新闻由头，将受众的目光迅速吸引到报道中，将宣传价值与新闻价值合而为一。寻找新闻由头的原则是：事实是新近发生的变化，时间上要新，同时它与所要报道的事实有着本质上的联系，要有利于报道主体部分的展开。获得第 31 届中国新闻奖电视消息一等奖的作品《陈立群的最后一次家访》就为报道找到了精彩巧妙的切入点，呈现出富有浓厚氛围和视觉张力的动感现场。陈立群是一个教育扶贫老典型，此前记者对他已持续报道了三年。如何发掘让观众眼前一亮的新场景、新动态，记者在思考这个问题时忽然得到信息，三次延长支教时间的陈立群即将

卸任，告别贵州返回浙江前，准备再做最后一次家访。记者立刻意识到这是个绝佳的切入点，立即打车赶往高铁车站，赶上了当天最后一趟火车，这才记录下陈立群最后一次苗寨家访的感人场景：雨中，陈立群家访完正要离开，孩子们忽然高声喊道："陈爸爸，不要走……"陈立群先是一怔，继而转身，泪水合着雨水顺着脸颊流淌下来。此情此景，成为这篇重大主题报道现场叙事的支撑点和动情点。

（二）进行式报道能突破时空限制

进行式使得原本以非事件新闻为题材而缺乏动态感的主题报道具有了跌宕的叙事节奏。央视系列报道《沿着高速看中国》带领观众探知我国 22 条风格各异的高速公路，感受人文地理、体味民生改善、反映时代之变。报道沿着高速公路一路向前，时间的流动依靠空间的转换来控制与体现，具体报道中又穿插使用顺叙、倒叙、插叙、补叙、分叙等方式，将观众带入其叙事节奏中，使主题报道获得动态感、推进感。

二、老话题与新视角统一，旧瓶装新酒一样香

重大主题报道聚焦的是年度重大时间节点、重大事件、重大活动，国计民生的重大议题。所涉及的新闻资源被全国各级媒体普遍关注与共享，具有媒体集中进入、内容趋同的特征，而对同主题的同话语表达容易导致报道陷入同质化，再加上众多媒体"扎堆式""工厂式"的生产和宣传，也容易造成受众阅读和收视的疲劳。

梅派艺术传人梅葆玖先生终身致力于京剧的传承，但同时又是一个喜欢改革和创新的艺术家，提出了"旧中见新，新而有根"的创作理念。对于主流媒体而言，也面临着守正创新的课题。如何在公众预知且皆知的重要话题中以"新"取胜，如何在年复一年的纪念报道中出新出彩，如何做到老话题与新视角有机统一，考验着媒体和新闻从业者。

（一）"旧瓶装新酒"不丢经典，仍有新意

2021 年，在众多庆祝建党百年重大主题宣传和党史学习教育的宣传报道中，《号角催征——解码〈新华日报〉老报纸里的百年初心》是一件独树一帜的代表性作品。创刊于 1938 年的《新华日报》，是中国共产党第一张面向全国公开发行的政治机关报。"号角催征"系列报道，依托老报纸的 369 个版面、351 篇报道和文章，从独家报史与党史上重要事件、重要人物的交汇点入手，重访重大事件现场，寻访当事人及亲属后代，对话专家，以新闻手法激活党史资源，解读历史、关联当下，解码党的初心，实证伟大"建党精神"。作

品实现了从“昨天的新闻”到“今天的历史”再到“今天的新闻”的连续跨越，成为既有新闻敏锐度又具有历史厚重感的重大主题报道佳作，获得了第32届中国新闻奖重大主题报道一等奖。

（二）掰开一枝插新柳是新，老树上长新枝也是新

近年来湖南媒体一直持续跟踪“精准扶贫”首倡地湖南湘西土家族苗族自治州花垣县十八洞村的变化。2013年，习近平总书记在十八洞村首次提出精准扶贫的方略。2017年，经过艰苦奋战，十八洞村成功脱贫。在党的十九大召开前夕，新湖南客户端推出了《十八洞的19张笑脸》，以村民们脱贫后的“笑脸”、如花儿一般绽放的幸福生活为载体，折射出精准脱贫取得的喜人成就；2018年，《苗寨“十八”变》牢牢抓住精准扶贫5周年的节点，讲述了5位村民各自“拔穷根”奔小康的故事；2019年是中国决战决胜脱贫攻坚的关键之年，习近平总书记提出，“要把防止返贫摆在重要位置”，记者再次蹲守十八洞村，采制报道《十八洞村龙金彪的Vlog丨脱贫之后》，以一位普通村民的视角，记录十八洞村脱贫后不返贫的探索。脱贫攻坚是百姓耳熟能详的话题，没有创新加持，很容易审美疲劳。但湖南媒体连续三年，由表及里、由群像到个体，一步步深入，从三篇作品的接力中，可以看到党中央正在一步步兑现承诺。再熟悉的话题，在不同时期总有新的情况、新的变化，紧紧抓住这些变化的情况，和实际紧密结合，就会有用不完的素材、写不完的“新话”，老话题讲出新意，方法就在这不懈挖掘、创新视角的实践中。

三、普遍性与典型性统一，捞到池里最大的鱼

重大主题报道关注全局工作、大政方针、民生话题，具有普遍性的特征，其间内嵌着复杂的精神内涵与论证逻辑。典型性是一定时期内产生的同类事物或人物故事中，最突出或最具代表性的事物或故事。用典型报道的方式诠释重大主题的普遍性，通过对具有典型意义的事或人的剖析，能够让原本复杂的内涵与逻辑变得可感知和可触碰、可理解和可接受，引出普遍性的经验，凝聚普遍性的共识。

“如果可以攀珠峰，就不去爬玉龙雪山。”这是世界级结构生物学家颜宁在学术追求上立下的目标。新闻报道也应有这样的卓越追求。重大主题报道反映的主题体现在生活的方方面面，与之相关的事例不胜枚举，千万不要因为早早地抓到一尾小鱼而沾沾自喜，匆匆下笔，要致力比较、遴选，从众多素材中提取出最有表现力的事例，捞到池里最大的那一条新闻“活鱼”。

胸中有大局，手握好典型。好典型不是送上门来的，判断报道对象是否具有典型性的能力来自记者的政治素质、业务素养，特别是要做到对国家社会的全局心中有数。不了解党和国家的方针政策，不了解社会的现实，不了解行业的状况，不了解民众的需求，不可能把握住报道的方向和重点，不可能对典型性有准确的判断，也不懂得什么样的典型是值得发掘的，又应该如何去发掘它。第32届中国新闻奖评选中新增了重大主题报道奖项，获得一等奖的六篇作品，就有四篇出自央媒。湖北广播电视台的《“兴发”转型：从按“吨”卖到按“克”卖》也榜上有名。作为地方媒体，能从央媒具有先天优势的重大主题报道领域竞争中脱颖而出，占得一席，靠的正是对典型事例的发掘能力。2021年底，宜昌市兴发集团研发的高性能电子级磷酸蚀刻液即将发往上海，破解了国产芯片的“卡脖子”难题。记者进一步挖掘新闻背后的新闻：2018年，习近平总书记来到位于宜昌长江岸边的兴发集团考察时专门指出，长江经济带要共抓大保护、不搞大开发，不是说不要大的发展，而是首先立个规矩，把长江生态修复放在首位，实现科学发展、有序发展，高质量发展。牢记习近平总书记的嘱托，“兴发”迅速行动，在坚持生态保护的前提下，壮士断腕、倒逼产业转型升级，进而破解了“卡脖子”难题。整个报道将习近平总书记对于推进长江经济带发展作出的重要部署和长江沿线化工企业的绿色转型有机结合，加深了广大群众对生态优先、绿色发展理念的高度认同，立意体现了国家意志和区域特色，具有示范效应。试想如果不是报道“兴发”，而是在其他宜昌沿江的130家多化工企业中随便找一家来剖析，效果肯定大打折扣。

四、策划感与真实感统一，别让故事变成事故

重大主题报道受到各级媒体的高度重视，在开展报道前，常常围绕主题提前策划，精心布局，制定报道方案，细化采制流程。策划先行，打有准备之仗，能为之后的采访指引方向，明确目标，起到事半功倍的效果。但在执行中存在两个误区：一是按图索骥，忽视发展变化了的最新情况；二是刻板套路，“导演”痕迹明显，让受众感到不真实、不真诚。

“生命是一个故事？还是一个事故？”这是作家章诒和在小说中设置的一个疑问。一个新闻，是一个故事，如果讲得挺假挺作，那就是一个事故了。策划要先行，但要灵活机动，更要尊重事实，让策划感与真实感有机统一，才能让受众认可并且信服。

以敬畏之心对待——新闻千万条，真实第一条，严格按新闻规律办事，

革新封闭式的框架思维，摒除惯性、想当然和坐而论道；以求实之心对待——用好调查研究的“传家宝”，深入现场，留心观察，用心采访，发散思考，避免“一叶障目，不见泰山”，灵活依据新闻现场和事件的变化，及时准确调整报道策划，发现和挖掘最新鲜的报道内容；以真诚之心对待——深入践行“四力”，真正走近采访对象，让主观介入化为尊重凝视，让艺术表现转向追求真实，用“走转改”的实践传递真情实感的力量。有人说主题策划的采访没有现实突发题材更显原生态、更有吸引力，但2012年央视推出国庆海采《你幸福吗》这种特别策划的主题报道方式，正是凭借直接传递百姓声音，真诚表达最实在的新闻价值观，在社会上引起了巨大反响。《你幸福吗》的策划人杨华说，对记者的采访她提出了三个硬要求：首先，采访是随机的，杜绝任何摆拍，记者不要刻意去找想要的，而要去发现让你意外的；其次，回答是即兴的，第一时间的第一反应，报道没有正确答案、没有标准答案；第三，回答的状态和场景同样珍贵，摄像要肯花“笨工夫”去跟拍，去捕捉采访对象的“不设防”“不假思索”，没开始问的时候就要开机，每个人听到问题后的第一反应要真实地记录下来，被采访者是怎么离开镜头的也要记录下来，闲来之笔用好了会成神来之笔。“杜绝任何摆拍”“没有正确答案”“真实记录场景”，得益于三个硬要求，节目中看似事故般的对话成就了好故事的金句。策划感与真实感的有机统一，让这一主题报道触碰人心，让主旋律可亲可爱。

五、硬主题与软表达统一，深深的话浅浅地说

重大主题报道，关键词是“重”，具有政策性、权威性，彰显“硬核”特质。但也因为其内涵深刻，无形中给创作带来限制，如果单一以宣传为本位，叙事过于宏大、用力过猛，容易让受众望而却步，给人“生硬”之感。

作家毕淑敏说：“深深的话，我们浅浅地说。”适应当今个性化、多样化、社交化、移动化的舆论生态新变化，用通俗的话讲深刻的道理，让“高大上”的硬主题与“接地气”的软表达有机统一，重大主题报道才能走进受众心里，既叫好又叫座。

以“小人物”表现“大情怀”，以“小故事”反映“大道理”，是硬话软说的关键。主题越是重大，越是要用人性化、故事化的表达手法。用老百姓的语言，讲述小地方的变化、小人物的经历，往往更能触动受众情感，引发共鸣，产生吸引力，更具强大的传播力。2021年2月25日，全国脱贫攻坚总结表彰大会隆重举行，江西广播电视台推出新闻专题节目《老表们的新

生活》，走进乡村看小康，寻找和传统农民有反差的农村新职业、新身份、新业态，把新农村的小康成就、乡村振兴的累累硕果这一重大主题寄寓在这些生动有趣的新老表故事中。《老表们的新生活——鸟哥“打鸟”》一举摘得第32届中国新闻奖新闻专题一等奖，它讲述了江西婺源县农民余鹏海发现家乡生态变美、珍稀鸟类增多后，趁势当上职业“鸟导”，由此脱贫致富的故事。报道呈现两个鲜明的特点，一是突出反差视角，用多个“意想不到”引发观众兴趣。一位农民放下锄头、拿起望远镜，尝鲜“鸟导”。他文化程度不高，却通过自学认识了全国近一半的鸟类，带着国外观鸟爱好者四处拍鸟，节目不断放大这位曾经的贫困户身上的反差感和变化；二是采用第一人称，以真情流露构建情感共鸣，节目用“鸟哥”的自述串联全片，通过长时间跟拍，原生态地记录许多鲜活自然的言语，让观众更容易进入他的生活，直观感受乡村巨变，真情点赞“绿水青山就是金山银山”理念在中国乡村振兴过程中的生动实践。硬主题要去符号化、去抽象化，就必须依托具象、新鲜的软表达，记者带着主题、带着思考，从基层一线捕捉可信、可亲、可感的故事，为重大主题报道画上“点睛之笔”。

六、正能量与大流量统一，让主旋律成为顶流

融媒体时代的到来给重大主题报道带来了前所未有的挑战。过去，新闻媒体提供什么，用户就看什么；现在，主动权在受众手上。受众在哪里，宣传报道的触角就要伸向哪。为此，主流媒体唯有调整思路，依据新时代受众的使用习惯和体验方式，创作出能广泛吸引受众参与，成功“出圈”的爆款主题报道，实现正能量与大流量的有机统一，让主旋律成为顶流。

你可能想不到，世界上第一款电子游戏，是一位叫威廉·希金博特姆的核物理学家为了激发公众对核物理的兴趣而发明的。科学与公众，以游戏为媒介，进行互动；同样，媒体与受众，也要通过“浪漫的互动”，实现“双向奔赴”。

（一）无互动，不传播

相较于以往由图片、文字、声音、视频等单一元素主导的新闻作品，由动漫、H5、短视频、音乐、游戏等创新元素，5G、VR、AR、XR等新技术构成的互动型融媒体产品自带“流量属性”，越来越受到受众的喜爱。各媒体围绕重大主题宣传，在提高沉浸互动性上下足了功夫。2021年春节，《人民日报》推出H5产品《今年春节，这张特殊的贺卡，你想送给谁》，用9张具有重要

意义的地标图片作为贺卡底图，贺卡标题是从习近平总书记重要讲话中精选的金句，网友可以选择自己喜欢的地标图片生成电子贺卡，为亲朋好友、身边党员等送上祝福，H5 全网点击量达 2800 万次，生成“新春贺卡”1600 多万张。重温党史有很多种方式，《人民日报》专门针对青少年网友推出了《队伍在壮大》闯关游戏，通过指挥一支队伍不断前进，历经建党百年的重要场景，在游戏互动过程中体验共产党队伍的壮大过程。受众在接触这些创意十足的融媒体作品后，广泛参与互动，并与身边朋友交流、共享，无形之中坚定了共同信仰。媒体也可以根据受众的评论以及互动的情况，来调整、优化主题报道的宣传，提高媒体的影响力、传播力。

（二）捕捉“网感”，锤炼“网感”

重大主题宣传既要有“黄钟大吕”，也要有“小清新”，特别是融媒体时代，新闻报道方式的“玩法”也要更新换代，吃透网络传播规律，用互联网思维制作内容，拉近与受众的距离，提升受众的认可度。为喜迎党的二十大，江西广播电视台推出“对标一流看江西”大型全媒体新闻行动，聚焦江西对标一流、争创一流的鲜活实践，大小屏融合互动、同步直播，通过运用媒体融合的新语境、新技术，大量融入跑酷、说唱、脱口秀、场景体验、Vlog 等网民乐于接受的时尚元素，推出了一系列有颜值、有内涵的作品，生动表达重大主题，贴近群众生活，让主题报道粘住粉丝、创造流量。

七、结语

任何新闻报道，都需要把握好“时度效”，重大主题报道更是如此。所谓“时”，就是抓住时机、掌握节奏，不早不晚，不快不慢，刚刚好，最适宜；所谓“度”，就是讲究策略，拿捏分寸，不刻意，不拔高，真实可信；所谓“效”，就是保证宣传效果，让受众爱看爱听，收获民意，赢得民心。“完成式与进行式”以及“老话题与新视角”的统一，体现了对“时”的要求；“普遍性与典型性”以及“策划感与真实感”的统一，体现了对“度”的把握；“硬主题与软表达”以及“正能量与大流量”的统一，体现了对“效”的追求。从“六个统一”入手，努力寻找“时度效”的最优解，助力重大主题报道提质创新，善作善成。

（传媒论坛 2022 年第 24 期）

申报资料实录

作品简介：提升重大主题报道水平，是做好意识形态工作必须着重解决好的课题。媒体融合背景下，传播方式发生深刻变化，重大主题报道亟须增强叙事能力，建构新时代主流意识形态传播语境。文章研究分析新形势下重大主题报道的特征、日常采制中容易出现的问题，以中国新闻奖作品等成功的重大主题报道为例，提出从“六个统一”入手，提升重大主题报道水平，努力寻找“时度效”的最优解。文章将理论与实践结合，论证充实，为新闻工作者深入学习宣传贯彻党的二十大精神，做好新时代重大主题报道提供借鉴，助力重大主题报道提质创新。

社会效果：文章对主流媒体如何提升主题宣传引导力具有很好的参考价值，多家媒体收录和转载，在江西省“新时代重大主题报道创新与实践”新闻理论交流活动中获一等奖并被宣读，论文观点受到了业界、学界专家的好评，认为具有启示意义。

初评评语：站位高、题材重大：该文从寻找“时度效”最优解入手，解构新时代重大主题报道守正创新的叙事方式，关注重大主题报道的热点问题、前沿问题，体现了新闻工作者唱响主旋律的使命。有现实性与建设性：作者长期在新闻一线从事主题报道采编工作，能够分析总结实践中观察到的普遍问题，将学术研究和工作实践相结合，提出鲜明的观点与可操作的方法，体现了新闻业务研究的现实性与建设性。论证充分、表达生动；该文架构清晰，紧扣重大主题报道，既有宏大叙事的梳理，也有小切口的展示，涉及的报道案例多，覆盖央媒与地方媒体，体现了开阔的学术视野；文风朴实生动，进一步增强了观点的说服力和感染力。

地方主流媒体智库建设路径优化研究

赵 刚 王春宇 王青沙

智库，源自英文 think tank，通常是指以战略问题和公共政策为研究对象、以服务政府决策为研究宗旨的专业研究咨询机构。智库在世界各国现代化历程中发挥了重要的决策咨询作用，是国家软实力的重要体现。党和国家高度重视中国特色新型智库建设，面对事关改革发展稳定的艰巨任务和纷繁复杂的国际形势，迫切需要通过科学咨询来支撑科学决策。媒体智库以媒体组织为主体。党的十九大以来，媒体智库建设迎来一系列重大政策利好，中办、国办、原国家新闻出版广电总局等部门先后出台文件，鼓励支持媒体开展智库建设，兼具媒体传播力和智库影响力的媒体智库日益成为中国特色新型智库的重要组成部分。

当前，在碎片化、分众化、定制化、社交化的传播环境下，地方主流媒体在信息传播领域的优势逐步消解，凭借影响力和公信力对内容产品进行“二次销售”的经营模式难以为继，依靠新媒体或文化产业增强自我造血机能的尝试步履维艰。主流媒体自带智库基因，具备向智库转型所需的政策、品牌、人才、内容和传播等诸多优势，依托智库创造服务价值的潜力巨大。智库建设关乎地方主流媒体的生存空间和长远发展，地方主流媒体正处于以媒体智库建设推动媒体深度融合发展的黄金机遇期。

一、地方主流媒体智库建设现状

在政策推动和媒体自身转型发展需要的内外因素共同激励下，国内部分地方主流媒体在媒体智库建设上进行了有益尝试。

省级主流媒体方面：南方都市报提出“打造中国最具影响力的智库性媒体”，以大数据和人工智能驱动智库建设，初步形成数据报道、榜单评价、民意调查、咨询研究等系列智库产品；南方财经全媒体集团旗下的南财智库，构建由多个垂直领域的研究院和课题组所组成的智库矩阵，通过持续举办各类高端论坛，不断释放智库效能；黑龙江广播电视台整合新闻热线与网络舆情资源，聚焦事关经济发展、民生利益典型问题，形成系列智库产品，为当地社会治理精准化提供内参服务。

地市主流媒体方面：惠州报业传媒集团以“喉舌 + 智库 + 平台”为发展路径，创立东江舆情研究院、东江云媒大数据研究院等智库机构，为党政机关和各类机构提供智库内容产品并获得收益；苏州日报报业智库立足苏州本地智力资源，面向长三角区域扩容专家库，激活智库人才储备；沈阳日报依托多个面向区县市、委办局的全媒体工作室，实现舆情智库的精准服务与内容变现。

总体来看，部分先行探索的地方主流媒体以服务当地党委政府为己任，立足自身优势推动媒体智库建设，逐步走出一条媒体特色鲜明的智库发展道路。

二、地方主流媒体智库建设的现实困境

应该看到，地方主流媒体在智库生产要素禀赋上与中央主流媒体存在不小差距。除少数先行开展媒体智库建设实践的地方主流媒体之外，大部分地方主流媒体在智库建设上还面临一系列问题。

（一）战略规划：未能将智库建设作为主流媒体转型发展的必要选择

地方主流媒体转型发展的战略重心是将自身的内容、技术、人才和资金优势向互联网主阵地倾斜，占领新兴传播阵地。信息传播领域已是“红海”，为构筑核心竞争力，地方主流媒体付出了艰苦卓绝的努力。在融媒投入力度不断增大、广告经营能力持续下降的背景下，一些地方主流媒体在战略布局和取舍上，没有充分意识到智库建设是媒体未来发展的潜在增长极，只将智库建设作为战略发展次要选项。部分主流媒体依旧固守卖版面、卖时段的传统经营策略，逐渐错失媒体智库建设的窗口期。

（二）成果转化：未能将智库产品生产与当地决策层需求有效对接

地方主流媒体智库建设的目标，就是通过所生产的智库产品为当地党委政府提供公共决策咨询服务。现实情况是，多数地方主流媒体智库并没有建立起与决策层常态化沟通的渠道或平台，由此会对媒体智库建设产生两方面不利影响：一是大量高质量智库成果被闲置，无法与决策者谋面；二是地方主流媒体智库无从准确把握决策层这一最重要用户的智库产品需求，智库产品生产难以做到靶向服务、精准发力。

（三）内容生产：未能将智库建设与媒体新闻生产相互融合

部分地方主流媒体内部会存在新闻生产与智库产品生产“两层皮”的问题，智库产品生产游离于媒体新闻生产流程之外。由于主流媒体历来高度看重自身新闻宣传属性，一些地方主流媒体于是将智库建设边缘化，甚至只将智库产品生产作为临时性工作任务来看待。

（四）数据驱动：未能将智库建设所需数据基础设施纳入融媒技术建设重心

数据是智库建设的关键要素，智库建设需要汇聚政务服务、商务服务等领域的用户大数据。一些地方主流媒体在媒体融合技术平台架构上，更多是基于传统媒体与新媒体采编流程、内容生产与分发的需求进行搭建，而对于智库建设所需数据基础设施则缺乏长远规划与细致设计。

三、地方主流媒体智库建设的路径优化

地方主流媒体智库建设并不是脱离媒体主业而另起炉灶、推倒重来，而是立足地方主流媒体的核心资源与比较优势创造智慧价值，以智慧服务倒逼媒体转型升级，以智库建设推进媒体迭代发展。

（一）从传媒到智媒，加强智库建设顶层设计

在战略规划层面，地方主流媒体应将智库建设纳入推进媒体深度融合的重要系统工程，制定明确的智库建设规划和任务推进时间表。在组织架构设计上，地方主流媒体应在内部设置专门负责智库建设的研究机构，专注于公共政策研究和党政机关、企事业单位决策咨询。在效果评价上，地方主流媒体应将智库产品质量、成果转化率和产品变现能力作为主要衡量指标。在品牌塑造上，地方主流媒体应充分借助自身的传播力、引导力、影响力和公信力，塑造客观独立、专业权威的智库品牌形象。

（二）从传播者到智囊团，加强与决策层的良性互动

依托智库建设，地方主流媒体将不单只是一个新闻发布单位，而是服务于决策层科学决策的专业智囊团。地方主流媒体可以通过三个途径，加强与决策层的良性互动。

一是敏锐把握决策层核心关切点。地方主流媒体的时政记者、行业战线记者，长期为地方决策者提供新闻服务，对决策者在经济发展、民生保障、社会治理等领域的核心关切点有直观准确的认知。根据自身研究优势，地方主流媒体可将决策层某一核心关切点作为智库课题，整合行业战线记者和媒体智库相关研究力量进行专项课题研究。

二是将决策者应知而未知的典型共性问题转化为智库课题。地方主流媒体与社会基层接触广泛，其所开办的新闻热线、新媒体账号以及通讯员和评论员队伍能汇聚大量社会问题线索，通过文本挖掘、情感分析和语义分析等手段，可以深度挖掘提炼出具有重要决策参考价值的典型共性问题，地方主流媒体可根据决策层需求生产定制化智库产品。

三是建立智库产品直达决策层的信息直报机制。快捷高效的信息报送机

制是将媒体智库产品转化为公共政策的制度保障，比较可行的方式是建立地方主流媒体智库产品直达地方决策者的信息直报机制。直报机制建立的关键是地方决策者要形成对地方主流媒体智库产品的信息依赖。地方主流媒体唯有前期通过生产具有时效性、针对性、专业性和客观性的智库产品，来不断满足地方决策层的信息需求，方能有效促成直报机制的最终建立。

（三）从割裂到交融，加强新闻与智库产品交互转化

新闻生产与智库产品生产并不相悖，而是相互支撑、相辅相成的关系，两项业务的交互转化可以产生叠加倍增效应。

首先，新闻选题与智库课题可以实现交互转化。媒体智库依托线上网络舆情监测与线下新闻报料形成新闻选题资源池，从中筛选出高质量的线索提供给新闻生产端作为备用选题；具有思想性和建设性的新闻报道同时也拥有智库产品的基本属性，具备将新闻报道转化为智库课题的基础条件。

其次，新闻采编人员与智库运营人员可以实现交互转化。除引入“外脑”资源外，地方主流媒体应将新闻采编力量与智库研究力量双向打通，以智库课题带动具有独特观察分析能力的记者、编辑向智库分析师、研究员转化，以智库生产进一步拓展新闻报道的广度与深度，为新闻生产提供智力支持。

再次，新闻传播力与智库影响力可以实现交互转化。适宜公开发布的优质智库成果，通过媒体自有传播渠道发布和传播，会有效提升媒体智库行业影响力和智库成果转化率。媒体智库资源对新闻报道的提炼与升华，也会进一步提高新闻报道含金量，增强新闻传播的思想动能。

（四）从经验到数据，加强智库数据基础设施建设

高质量智库产品生产需要充分的人机协同，将智库专家经验与数据挖掘两种方式有机融合。对于绝大部分地方主流媒体来讲，在融媒技术平台中加入数据分析模块是弥补数据分析短板较为可行的方式。然而，平台建设的巨额投入和后续维护费用仍是不少地方主流媒体转 型发展难以承受之重。目前，各省为县级融媒体中心提供技术支撑的省级技术平台均已搭建完毕。笔者建议，省级融媒技术平台应当向三个维度进行扩容：一是扩容省级技术平台大数据模块，支撑媒体智库进行数据采集和挖掘；二是向本省地市级主流媒体扩容，降低地市和县级融媒体中心自建大数据平台成本，形成全省统一的媒体数据库；三是向本省其他行业扩容，构建互联互通的大数据系统，为本省媒体智库建设提供海量数据资源。

四、结语

智库建设是地方主流媒体推进媒体深度融合的战略机遇，也是探索建立“新闻＋政务商务服务”运营模式的有效途径。全媒体时代，地方主流媒体唯有通过智慧转型，延伸媒体价值，创新服务方式，才能够实现可持续发展，真正成为服务地方经济社会治理和发展的“枢纽”平台。

（中国广播电视学刊 2022 年 11 月 01 日）

申报资料实录

作品简介：媒体智库是中国特色新型智库的重要组成部分，地方主流媒体正处于媒体智库建设的黄金机遇期。作品基于地方主流媒体智库发展现状，从战略规划、成果转化、内容生产和数据驱动等方面分析地方主流媒体智库建设所面临的现实困境，立足地方主流媒体新闻资源优势，从智库建设顶层设计、与决策层良性互动、新闻与智库产品交互转化、数据基础设施建设等方面提出相应路径优化策略。

社会效果：作品所提出的地方主流媒体开展智库建设的路径优化策略，对地方主流媒体提升新闻传播力和媒体智库影响力具有重要参考价值，所提出的新闻选题与智库课题交互转化、新闻采编人员与智库运营人员交互转化、新闻传播力与智库影响力交互转化等观点，对地方主流媒体建立和完善媒体智库高质量建设机制具有很强的现实借鉴意义。

初评评语：作品深入分析地方主流媒体智库建设的现状及所面临的现实困境，所提出的地方主流媒体智库建设路径优化策略紧密联系新闻工作实际，能够准确把握地方主流媒体在智库建设中的堵点与痛点，具有较强的现实针对性。作品立论正确，观点鲜明，论据可靠，论证充分，理论联系实践紧密，在新闻理论创新和实践探索方面实现了有机统一。

“一线”领跑“世界高铁”

范 静

限于篇幅，文字稿略，获奖作品请见中国记协网 http: //www.zgjx.cn。

（天津海河传媒中心 2022 年 12 月 29 日）

申报资料实录

作品简介：高铁跑得稳而快，关键核心装备之一是接触网导线，接触网导线是世界高铁的三大核心技术之一。中铁六院首席专家王立天带领团队用三年多时间，自主研发出高强高导铬锆铜导线，实现从“0 到 1”的突破，结束了接触网导线全靠进口的局面，节省费用上百亿元，助推我国高铁跑出世界最高运营时速 486.1 公里。经过十多年检验，该科研成果获国家科学技术进步二等奖。为深入宣传党的二十大精神，“坚持面向世界科技前沿、面向经济主战场、面向国家重大需求，加快实现高水平科技自立自强”。记者历时数月，深入天津、浙江、北京、河北等地，采访王立天、孟亮、骆合力等多位科学家，挖掘出他们面对国外技术封锁，克服重重困难，最终研发成功的事迹。

社会效果：报道播出后，社会反响强烈，听众纷纷通过热线电话表达对中国科学家的崇敬之情。此稿先后被天津广播微信公众号、津云 App 等转发。来自全国各地的网友热烈评论，“这是真正的爱国”“这些科研人员和技术带头人才是我们真正应该崇拜的明星和偶像”……

初评评语：记者采访深入，撰稿精细，既保持了新闻的严谨性、真实性，又具有可听性。将复杂专业的科研过程转化为受众听得懂、看得明白的精彩故事，可见采写之用心。

峒山村这十年

李　鹏　胡　芳　廖寿喜　屈晓平　张　希　赵桂新　郝晋辉

限于篇幅，文字稿略，获奖作品请见中国记协网 http://www.zgjx.cn。

（湖北广播电视台 2022 年 12 月 31 日）

申报资料实录

作品简介： 十年前，湖北省鄂州市长港镇峒山村产业结构单一，仅靠传统农业“望天收”。2013 年 7 月 22 日，习近平总书记在长港镇峒山村调研时指出：“全面建成小康社会，难点在农村。要破除城乡二元结构，推进城乡发展一体化，把广大农村建设成农民幸福生活的美好家园。”本作品主创人员在习近平总书记调研峒山村后的十年间，持续关注峒山村如何突破“围城”，产业发展迈上三步重要台阶，走出一条自己的路子。在记录的过程中，摄制团队拍摄了海量视频素材，经历了 42 度高温、11 级大风，不畏严寒酷暑，坚守在第一线。用镜头真切忠实地记录峒山村的点滴变化。生动、细致、完整地讲述了峒山村十年间的发展变化：峒山村原党委书记如何发展新路子，用事实说话；村主任如何本着“为村民们多做一点事”的朴素想法，敢于吃苦敢于担当；乡贤人才如何回到家乡献智献力，让乡村产业更具活力等。通过近十年的接续奋斗，峒山村实现了总书记的嘱托，在推进城乡发展一体化的过程中，建成了农民幸福生活的美好家园。本作品也体现了主创人员践行“四力”，坚信扎根人民的作品，才能吸引人、感染人、影响人。

社会效果： 此作品在湖北经视首推后，先后在人民号、央视频、学习强国、长江云、微博等新媒体平台推出，引起了社会强烈反响，大家观看后反馈，“峒山村的产业发展模式，可复制、可推广。”“这个小村庄农文旅做得真不错，我们要去看看。”“办好农村的事，就是要靠好的带头人，要靠好的基层党组织，要坚持五级书记抓乡村振兴。”峒山村的故事激发了广大党员干部在全面推进乡村振兴中的责任感和使命感。

初评评语： 作品记录了习近平总书记视察湖北省鄂州市长港镇峒山村后

十年间，这个小山村的产业不断迈上新台阶、实现了可持续发展的良好局面，生动刻画了峒山村原党委书、村主任和数位乡贤人物形象，通过百姓身边可亲可敬的人物奋斗故事，呈现出一个富美乡村的前生今世，展现了中国特色乡村振兴的成果。

红红的苹果，深深的爱

侯忠义　刘　彦　干雄焱

秋风中，红红的苹果挂满枝头，欢声笑语在山梁上飘荡，欢快的山雀在草丛间跳跃。

10月26日下午，习近平总书记走进安塞区高桥镇南沟村的苹果园。微风过处，甜甜的香味沁人心脾。“今年苹果收成、苹果种植技术、采摘方法、品种质量、销售价格、村民收入、用水和灌溉问题解决以及发展苹果种植前景……”总书记问得非常细致。与老乡们亲切交流间，总书记还采摘了一个红红的大苹果。

硕果累累的丰收景象，陕北大地上翻天覆地的变化，让当年曾与陕北老乡们一起“面朝黄土背朝天，抡起老镢头干活”的总书记称赞：这就是农业现代化，你们找到了合适的产业发展方向。

什么是农业现代化？2020年同出席全国两会人大代表、政协委员共商国是时，习近平总书记回忆起当年在陕北插队时，让乡亲们大胆想想幸福生活还有什么更高的境界。

乡亲们的回答是——将来上山干活就挑着“金扁担”。

“这个‘金扁担’，我就理解为农业现代化。”

农民怎样才能挑上“金扁担”？习近平总书记语含真情：“我们这一代人有这样一个情结，一定要把我们的老百姓特别是我们的农民扶一把，社会主义道路上一个也不能少，共同富裕、全面小康，大家一起走这条路。”

这样的情结时刻萦绕在总书记的心头。2015年2月13日，习近平总书记回延安时，专程到山上考察苹果产业发展。延川县文安驿镇梁家河村民张卫庞对当时的情景记忆犹新。

张卫庞是总书记插队时的“小伙伴”，当年的日子非常恓惶。为了帮补张卫庞，习近平把自己的口粮送给他，与他们一家人一块吃饭。

回到梁家河，见到张卫庞，“生活怎么样，吃些什么？”“能吃上大米吗，常有肉吗？”总书记问得非常急切、细致。

“现在光景好了，顿顿大米、白面，肉什么时候想吃就什么时候吃。”

听到张卫庞的回答，总书记舒心地笑了。随即，总书记又问：“退耕还林了，你地里种些什么？”

“坝地种 5 亩，还有 10 亩苹果。”

“你还种苹果，收入怎样？”

“初挂果，收入两万多。”

“在哪一块？”“木军塬山上。”“一会去山上看看苹果……”村民说，去山上看苹果，是习近平总书记临时加的行程。木军塬山上的苹果园，当年一颗汗珠摔八瓣、“种一帽克篓儿，收一鞋克篓儿”（陕北方言，广种薄收之意）的土地，种苹果能给“小伙伴”们丰厚的馈赠，总书记怎能不亲眼去看一看？！

陡峭的山路成了柏油路，运送东西再不用“人肩扛了”。习近平总书记来到山上的果园，深情的话语里饱含急切与期待：这里适宜种苹果吗？一亩收入有多少？村民懂技术吗？打什么品牌……

时隔 7 年，习近平总书记来到了黄土地上的南沟村。山上红红的大苹果，宛若优美的答卷，回答了总书记 2015 年的疑问，更诠释着新时代的巨变。如今，苹果已成为延安农民的致富果、幸福果。一个个红红的大苹果，背后连着支撑脱贫攻坚、乡村振兴的“大产业”。目前，延安苹果栽植面积 331 万亩，年产 400 万吨，占全国的九分之一，陕西的三分之一，让 80 多万果农挑上了“金扁担”，生活越来越好。在南沟村苹果洗选车间外，习近平总书记深情地对老乡们说，大力发展苹果种植业可谓天时地利人和，这是最好的、最合适的产业，大有前途。

老乡们过上了好日子，但还要继续努力往前走，让生活越来越美好。

共产党当家就是要为老百姓办事，把老百姓的事情办好。

空谈误国，实干兴邦。要认真学习贯彻党的二十大精神，全面推进乡村振兴，把富民政策一项一项落实好，加快推进农业农村现代化，让老乡们生活越来越红火。

红红的苹果，深深的爱。习近平总书记“心里就想着怎么样让大家生活好起来”的殷切话语，激励着延安人民坚定地跟着共产党，踏上新征程，向着新的奋斗目标，出发！

（延安日报 2022 年 11 月 09 日）

申报资料实录

作品简介：一隅见全局，枝叶总关情。2022 年 10 月 26 日至 27 日，党的二十大闭幕不到一周，习近平总书记就带领中央政治局常委同志瞻仰延安革命纪念地，来到延安考察农业农村和教育等工作，这是在深入贯彻落实党的二十大精神之际的一次具有重大历史意义的事件。报道以习近平总书记 2022 年 10 月 26 日在延安市安塞区南沟村果园里采摘一个“红红的大苹果”切入，回溯到总书记 2015 年 2 月 13 日到梁家河村木军塬山上看苹果园。这期间，“红红的苹果”始终深刻揭示着总书记念兹在兹的是农业现代化这根“金扁担”，时刻萦绕心头的是“扶一把老百姓特别是农民”，“心里就想着怎么样让大家生活好起来”的深厚情怀！“红红的苹果”串联的是总书记对农民、对人民的深深的爱，彰显的是他一以贯之的人民情怀。报道文风既细腻理性，又温暖磅礴，叙事既真实客观，又动人心弦，兼具可读性和思想性，极具感染力和冲击力，刊发后引起强烈反响。

社会效果：报道在多个平台同步推出，引起各界高度关注，并引发大量转发、点赞、评论。

初评评语：报道以“红红的苹果”为主线，充分叙写习近平总书记“心里就想着怎么样让大家生活好起来”的深厚人民情怀这一重大主题，新闻性、故事性、思想性强，感情充沛，文笔精练，语言朴实，亲切自然，引人入胜。

《从党的奋斗历程中汲取智慧和力量》等系列阐释解读文章

宋维强　孙煜华　尹　霞　狄英娜　吴晓迪　李民圣

“总结历史是为了使全党从历史进程中洞察历史发展规律和时代发展大势，提高认识水平和辨别能力，增强锚定既定奋斗目标、意气风发走向未来的勇气和力量，更加清醒、更加坚定地办好当前的事情。”

在党的十九届六中全会第二次全体会议上，习近平总书记发表重要讲话，深刻阐明党中央决定召开这次全会及全会通过的《中共中央关于党的百年奋斗重大成就和历史经验的决议》（以下简称《决议》）的重大意义，对学习贯彻全会精神提出明确要求，号召全党同志从党的奋斗历程中汲取智慧和力量，在实现第二个百年奋斗目标的伟大征程中努力创造更加辉煌的业绩。

——强调做到“五个深刻认识”，即“深刻认识总结党的百年奋斗重大成就和历史经验的重大意义”“深刻认识党的百年奋斗的初心使命”“深刻认识中国特色社会主义进入新时代的历史性成就和历史性变革”“深刻认识党的百年奋斗历史经验”“深刻认识以史为鉴、开创未来的重要要求”。

——强调“坚定历史自信，自觉坚守理想信念”，在学习和总结党的历史中增强道路自信、理论自信、制度自信、文化自信，咬定青山不放松，风雨无阻向前进。

——强调“坚持党的政治建设，始终保持党的团结统一”，做到对党忠诚，不断增强维护党中央集中统一领导的思想自觉、政治自觉、行动自觉。

——强调“坚定担当责任，不断增强进行伟大斗争的意志和本领”，战胜前进道路上的一切艰难险阻，不断夺取新时代伟大斗争的新胜利。

——强调“坚持自我革命，确保党不变质、不变色、不变味”，确保党在新时代坚持和发展中国特色社会主义的历史进程中始终成为坚强领导核心。

《以史为鉴、开创未来，埋头苦干、勇毅前行》是习近平总书记在党的十九届六中全会第二次全体会议上的重要讲话，具有很强的政治性、思想性、指导性、针对性，是一篇充满马克思主义真理力量的重要文献。讲话充分彰显了总书记坚定如山的历史自信、居安思危的历史清醒、强烈进取的历史主动精神，为深入学习宣传贯彻全会精神提供了根本遵循。

全会闭幕以来，全党上下迅速掀起学习宣传贯彻党的十九届六中全会精神的热潮，不断推动全会精神走深走实、落地生根，转化为奋进新征程、建功新时代的强大力量和生动实践。当前和今后一个时期的重大政治任务，就是要持续深入学习宣传贯彻全会精神特别是习近平总书记在全会上的重要讲话精神。要切实用全会精神统一思想、统一意志、统一行动，为党的二十大胜利召开营造平稳健康的经济环境、国泰民安的社会环境、风清气正的政治环境，为在新时代更好坚持和发展中国特色社会主义、实现中华民族伟大复兴的中国梦不懈奋斗。

做到“五个深刻认识”

“党中央决定召开一次全会，全面总结党的百年奋斗重大成就和历史经验，是郑重的战略性决策，体现了我们党重视和善于运用历史规律的高度政治自觉，体现了我们党牢记初心使命、继往开来的自信担当。”

“这次全会《决议》同党作出的前两个历史决议一样，必将对推动全党统一思想、统一意志、统一行动，团结带领全国各族人民以史为鉴、开创未来，埋头苦干、勇毅前行，在新时代更好坚持和发展中国特色社会主义、实现中华民族伟大复兴产生重大而深远的影响。”

在这篇重要讲话中，习近平总书记充分肯定全会的重大意义，高度评价全会通过的《决议》，对学习贯彻全会精神提出总体要求，这就是“各级党委（党组）要把学习宣传贯彻全会精神作为当前和今后一个时期的重大政治任务，广泛深入开展宣传宣讲和研究阐释，用全会精神统一思想、凝聚共识、坚定信心、增强斗志。要以学习全会精神为重点巩固党史学习教育成果，引导广大党员、干部群众准确把握党的历史发展的主题主线、主流本质，进一步做到学史明理、学史增信、学史崇德、学史力行，达到学党史、悟思想、办实事、开新局的目的”。

围绕这一总体要求，习近平总书记对学习贯彻全会精神提出做到“五个深刻认识”的明确要求。

第一，深刻认识总结党的百年奋斗重大成就和历史经验的重大意义。《决议》把这次全会“为什么要以党的百年奋斗重大成就和历史经验为主题”概括为“三个需要”，即这是在建党百年历史条件下开启全面建设社会主义现代化国家新征程、在新时代坚持和发展中国特色社会主义的需要；是增强“四个意识”、坚定“四个自信”、做到“两个维护”，确保全党步调一致向前进的需要；是推进党的自我革命、提高全党斗争本领和应对风险挑战能力、永葆党的生机活力、团结带领全国各族人民为实现中华民族伟大复兴的中国梦而继续奋斗的需要。在这篇重要讲话中，习近平总书记强调，要教育引导全党深刻认识这次全会总结党的百年历史的重大意义，进一步弄清楚中国共产党为什么能、马克思主义为什么行、中国特色社会主义为什么好的历史逻辑、理论逻辑、实践逻辑。

第二，深刻认识党的百年奋斗的初心使命。《决议》在开篇序言中指出："中国共产党自一九二一年成立以来，始终把为中国人民谋幸福、为中华民族谋复兴作为自己的初心使命，始终坚持共产主义理想和社会主义信念，团结带领全国各族人民为争取民族独立、人民解放和实现国家富强、人民幸福而不懈奋斗，已经走过一百年光辉历程。"我们党之所以能够在近代以后各种政治力量反复较量中脱颖而出、赢得人民信任、取得重大成就，根本原因就在于党在坚持初心使命上矢志不渝、坚定如磐。在这篇重要讲话中，习近平总书记强调，在新的起点上，全党必须保持战略定力、锚定战略目标，牢记"国之大者"，在实现中华民族伟大复兴的历史进程中跑好属于我们这代人的这一棒。

第三，深刻认识中国特色社会主义进入新时代的历史性成就和历史性变革。党的十八大以来，以习近平同志为核心的党中央领导人民自信自强、守正创新，取得了一系列重大理论成果、实践成果、制度成果。这些重要成果，体现在《决议》提出的"两个确立"上，体现在《决议》概括的"十个明确"上，体现在《决议》作出的新时代党和国家事业13个方面重大成就的重要论述上，也体现在《决议》对中国共产党百年奋斗的历史意义、中国共产党百年奋斗的历史经验、新时代的中国共产党的阐述上。深刻认识这些历史性成就、历史性变革，对全党全国坚定信心、再接再厉，把党的理论和路线方针政策坚持好、贯彻好、发展好，更好续写发展新篇章，意义十分重大。在这篇重要讲话中，习近平总书记强调，要贯通起来领会把握，不断提高政治判断力、政治领悟力、政治执行力，在新时代更好坚持和发展中国特色社会主义。

第四，深刻认识党的百年奋斗历史经验。《决议》用"坚持党的领导、坚持人民至上、坚持理论创新、坚持独立自主、坚持中国道路、坚持胸怀天下、坚持开拓创新、坚持敢于斗争、坚持统一战线、坚持自我革命"概括了具有根本性和长远指导意义的十条历史经验。习近平总书记强调，这"十个坚持""是相互贯通、相辅相成的整体，是百年来党领导人民艰辛探索、接续奋斗理论和实践的科学总结，必须倍加珍惜，毫不动摇坚持，与时俱进发展"，明确要求把这"十个坚持"同"九个必须"等结合起来，一体学习理解、一体贯彻落实。总书记进一步提出“四个重要”的具体要求：一是把党的历史经验作为正确判断形势、科学预见未来、把握历史主动的“重要思想武器”，更好观察时代、把握时代、引领时代；二是把党的历史经验作为想问题、作决策、办事情的“重要遵循”，善于从历史经验中增强赢得主动、赢得优势、赢得未来的定力、魄力、能力；三是把党的历史经验作为判断重大政治是非的“重要依据”，在方向性、原则性问题上自觉对标对表；四是把党的历史经验作为加强党性修养的“重要指引”，善于运用贯穿其中的马克思主义立场、观点、方法，改造主观世界，坚定理想信念，不断提高广大党员、干部特别是领导干部的政治觉悟、思想境界、道德水平。

第五，深刻认识以史为鉴、开创未来的重要要求。《决议》对新时代的中国共产党提出明确要求，强调全党要牢记中国共产党是什么、要干什么这个根本问题，从党的百年奋斗中看清楚过去我们为什么能够成功、弄明白未来我们怎样才能继续成功，从而更加坚定、更加自觉地践行初心使命，在新时代更好坚持和发展中国特色社会主义。在这篇重要讲话中，习近平总书记着重强调了四方面要求：一是坚持党的基本理论、基本路线、基本方略，坚定不移推进理论创新、实践创新、制度创新、文化创新以及其他各方面创新，以咬定青山不放松的执着奋力实现既定目标，以行百里者半九十的清醒不懈推进党和人民事业；二是保持党同人民群众的血肉联系，站稳人民立场，着力解决发展不平衡不充分问题和人民群众急难愁盼问题，不断实现好、维护好、发展好最广大人民根本利益，坚定不移推进共同富裕；三是增强忧患意识，保持越是艰险越向前的英雄气概，做到难不住、压不垮；四是勇敢面对“四大考验”，坚决战胜“四种危险”，继续推进新时代党的建设新的伟大工程，毫不动摇把党建设得更加坚强有力。

这“五个深刻认识”，系统全面、逻辑严密、内在统一，进一步深刻阐明了党的十九届六中全会精神的核心要义、精神实质、丰富内涵、实践要求，是学习领会、贯彻落实全会精神的关键所在。

中国共产党有高度的历史自信

“70后、80后、90后、00后，他们走出去看世界之前，中国已经可以平视这个世界了。”2021年3月6日，习近平总书记看望参加全国政协会议的医药卫生界、教育界委员时的一席话打动了无数国人。

一句“平视这个世界”，凝结着中国共产党、中国人民、中华民族一百年来的苦难辉煌，充分彰显了党、人民、民族的无比自信和深厚底气。

习近平总书记在这篇重要讲话中强调指出：“《决议》既回顾了党百年恢宏壮丽的奋斗历程，又阐述了党为中国人民、中华民族、马克思主义、人类进步事业作出的卓越贡献”，“充分显示了我们党高度的历史自信，向党内外、国内外展示了一个百年大党的清醒和成熟”，“每一位中国共产党人都有理由为此感到自豪”。

“高度的历史自信”，源于党的奋斗成就。习近平总书记深刻指出：“放眼中华文明五千多年历史，没有哪一种政治力量能像中国共产党这样深刻地、历史性地推动中华民族发展进程。”在这篇重要讲话中，总书记回顾了中国历史特别是近代以来的历史，鲜明指出：在历史上所谓“盛世”中，“广大劳动人民受剥削被压迫的地位始终没有改变”；近代以后进行的种种探索都未能根本改变这种状况，“中国依然是山河破碎、积贫积弱”，“中国人民依然生活在苦难和屈辱之中”。这一切，只有在中国共产党领导下，才发生了彻底改变。总书记用“三个深刻改变”高度概括党领导人民作出的历史性贡献，即“深刻改变了近代以后中华民族发展的方向和进程，深刻改变了中国人民和中华民族的前途和命运，深刻改变了世界发展的趋势和格局”。通过历史事实的鲜明对比，总书记深刻阐明：“没有中国共产党就没有新中国，就没有中国人民的幸福生活，就没有中华民族的伟大复兴。历史和人民选择了中国共产党，中国共产党也没有辜负历史和人民的选择。”

“高度的历史自信”，源于党的世界贡献。中国共产党既为中国人民谋幸福、为中华民族谋复兴，也为人类谋进步、为世界谋大同。在这篇重要讲话中，习近平总书记深刻指出：“中国共产党的成就和贡献，不仅是历史性的，也是世界性的。”我们党领导人民不仅创造了世所罕见的经济快速发展和社会长期稳定两大奇迹，而且成功走出了中国式现代化道路，创造了人类文明新形态。总书记从人类社会发展规律特别是现代化建设规律的高度，深刻指出：“这些前无古人的创举，破解了人类社会发展的诸多难题，摒弃了西方以资本为中心的现代化、两极分化的现代化、物质主义膨胀的现代化、对外扩张掠夺的现代化老路，拓展了发展中国家走向现代化的途径，为人类对更好社会制度的探索提供了中国方案。”

“高度的历史自信”，源于党的奋斗精神。人无精神则不立，国无精神则不强。唯有精神上站得住、站得稳，一个民族才能在历史洪流中屹立不倒、挺立潮头。习近平总书记深刻指出：“中国共产党人的历史自信，既是对奋斗成就的自信，也是对奋斗精神的自信。”正是在百年历史长河的千锤百炼中，我们党愈益强大和成熟起来。在这篇重要讲话中，总书记回顾了我们党经历的困难、遇到的挑战、遭受的挫折，深刻指出：“我们党在人民支持下，依靠自己的力量战胜困难、修正错误、走向光明，可以说是几度绝处逢生、几度柳暗花明”，明确要求全党增强“四个自信”，风雨无阻向前进。

团结成“一块坚硬的钢铁”

“一百年来，我们党始终重视党的政治建设，教育引导广大党员、干部增强政治意识、坚定政治方向、站稳政治立场，坚决贯彻执行党的政治路线，推动全党始终保持统一的思想、坚定的意志、协调的行动、强大的战斗力。”

在这篇重要讲话中，习近平总书记回顾党的历史经验，总结党治国理政的现实需求，深刻阐明：“保证党的团结统一是党的生命，也是我们党能成为百年大党、创造世纪伟业的关键所在”；明确要求：“对党忠诚是共产党人必须具备的政治品格，是纯粹的、无条件的，不能打折扣、要小聪明搞小动作”。

从党的历史总结保证党的团结统一的宝贵经验。从党的历史看，我们党走过了从不够成熟到坚定成熟、从不够有力到坚强有力的成长历程。在这篇重要讲话中，习近平总书记再次充分肯定遵义会议的宝贵经验和重要启示，深刻指出：“遵义会议开始确立以毛泽东同志为主要代表的马克思主义正确路线在党中央的领导地位，开始形成以毛泽东同志为核心的党的第一代中央领导集体，此后党才能不断从胜利走向胜利。”总书记从正反两方面的历史深刻阐明：“党的团结统一是党和人民前途和命运所系，是全国各族人民根本利益所在，任何时候任何情况下都不能含糊、不能动摇。”

从治国理政的现实阐明保证党的团结统一的极端重要性。习近平总书记深刻指出：“治理好我们这个世界上最大的政党和人口最多的国家，必须坚持党的集中统一领导，维护党中央权威，确保党始终总揽全局、协调各方。”什么时候全党坚定维护党中央权威和集中统一领导，党的事业就不断取得胜利；离开了党中央权威和集中统一领导，党的领导就必然弱化，党的事业就必然遭受挫折。在这篇重要讲话中，总书记指出，针对有一段时间落实党的领导弱化、虚化、淡化、边缘化问题，我们“把加强党的集中统一领导作为全党共同的政治责任，不断完善党的领导制度体系，使全党思想上更加统一、政治上更加团结、行动上更加一致”。这次全会《决议》特别强调了加强党的集中统一领导的重要性，就是要求全党坚定不移向党中央看齐，在党的旗帜下团结成“一块坚硬的钢铁”，步调一致向前进。

把对党忠诚作为保持党的团结统一的根本要求。“保持党的团结统一，要求全党必须做到对党忠诚。”在这篇重要讲话中，习近平总书记从两方面提出明确要求：一是认识上要清醒。全党同志特别是领导干部要始终在政治立场、政治方向、政治原则、政治道路上同党中央保持高度一致，真正做到忠诚党和人民，忠诚党的理想信念，忠诚党的初心使命，忠诚党的组织，忠诚党的理论和路线方针政策，严守党的政治纪律和政治规矩，不断增强维护党中央集中统一领导的思想自觉、政治自觉、行动自觉。二是行动上要坚决。对党忠诚是具体的、实践的，不是空洞的口号，不能只停留在口头表态上，要体现在贯彻党中央决策部署的行动上，体现在履职尽责、做好本职工作的实效上，体现在日常言行上，自觉做到党中央提倡的坚决响应、党中央决定的坚决照办、党中央禁止的坚决不做，不讲条件、不搞变通，不掉队、不走偏，保证全党上下拧成一股绳，心往一处想、劲往一处使。

依靠斗争赢得未来

“令人震撼，感人至深，鼓舞斗志，催人奋进……”

近日，一部“全景式、史诗性”展现抗美援朝战争的影片《跨过鸭绿江》在全国掀起观影热潮，再现了那段波澜壮阔的峥嵘历史。

1950年10月，面对美帝国主义的武装威胁和挑衅，党中央和毛泽东同志以“打得一拳开，免得百拳来”的战略远见，以“不惜国内打烂了重新建设”的决心和气魄，作出抗美援朝、保家卫国的历史性决策，避免了侵略者陈兵国门的危局，捍卫了新中国安全，让世界知道了“现在中国人民已经组织起来了，是惹不得的。如果惹翻了，是不好办的”。

敢于斗争、敢于胜利，是中国共产党不可战胜的强大精神力量。我们党在内忧外患中诞生、在历经磨难中成长、在攻坚克难中壮大，锤炼了不畏强敌、不惧风险、敢于斗争、敢于胜利的风骨和品质。在这篇重要讲话中，习近平总书记回顾建党百年、新中国成立70多年、改革开放40多年的历史，深刻指出：“为了肩负历史重任，为了党和人民事业，无论敌人如何强大、道路如何艰险、挑战如何严峻，党总是绝不畏惧、绝不退缩，不怕牺牲、百折不挠”，“领导人民迎难而上、坚决斗争、从容应对，不断取得胜利，使中华民族迎来了从站起来、富起来到强起来的伟大飞跃。”

历史发展是连续性和阶段性的统一，一个时期有一个时期的历史使命和任务，一代人有一代人的历史担当和责任。在这篇重要讲话中，习近平总书记深刻指出：“党的十八大以来，我们清醒认识到，新时代坚持和发展中国特色社会主义是一场艰巨而伟大的社会革命，各种敌对势力绝不会让我们顺顺利利实现中华民族伟大复兴。”基于此，习近平总书记反复强调，必须进行具有许多新的历史特点的伟大斗争，必须准备付出更为艰巨、更为艰苦的努力，必须高度重视和切实防范化解各种重大风险。在以习近平同志为核心的党中央坚强领导下，“我们掌握应对风险挑战的战略主动，对危及党的执政地位、国家政权稳定，危害国家核心利益，危害人民根本利益，有可能迟滞甚至打断中华民族复兴进程的重大风险挑战，果断出手、坚决斗争，解决了许多长期想解决而没有解决的难题，办成了许多过去想办而没有办成的大事”。

“我们党依靠斗争创造历史，更要依靠斗争赢得未来。”在这篇重要讲话中，习近平总书记着眼实现第二个百年奋斗目标，深刻阐明了“为什么斗争、怎样斗争”这一重要问题。

关于为什么斗争。习近平总书记强调：“新的征程上，我们面临的风险考验只会越来越复杂，甚至会遇到难以想象的惊涛骇浪。我们面临的各种斗争不是短期的而是长期的，将伴随实现第二个百年奋斗目标全过程。”总书记一针见血地指出：“在重大风险、强大对手面前，总想过太平日子、不想斗争是不切实际的，得‘软骨病’、患‘恐惧症’是无济于事的”，“唯有主动迎战、坚决斗争才有生路出路，才能赢得尊严、求得发展，逃避退缩、妥协退让只会招致失败和屈辱，只能是死路一条。”

关于怎样斗争。习近平总书记强调，必须把握新的伟大斗争的历史特点，发扬斗争精神，把握斗争方向，把握斗争主动权，坚定斗争意志，掌握斗争规律，增强斗争本领，有效应对重大挑战、抵御重大风险、克服重大阻力、解决重大矛盾，战胜前进道路上的一切艰难险阻，不断夺取新时代伟大斗争的新胜利。

确保百年大党风华正茂

“我们党历史这么长、规模这么大、执政这么久，如何跳出治乱兴衰的历史周期率？”

当年，毛泽东同志给出了第一个答案，这就是“只有让人民来监督政府，政府才不敢松懈”；今天，习近平总书记又给出了第二个答案，这就是“自我革命”。

勇于自我革命是我们党区别于其他政党的显著标志。我们党之所以伟大，不在于不犯错误，而在于从不讳疾忌医，敢于直面问题，勇于自我革命。正是因为具备这种独有的政治品格，我们党才能穿越百年风风雨雨，多次在危难之际重新奋起、失误之后拨乱反正，成为打不倒、压不垮的马克思主义政党。在这篇重要讲话中，习近平总书记回顾党的百年奋斗历程，从正反两方面深入总结我们党在不同历史时期坚持自我革命有力应对风险考验的历史经验。

党的十八大以来，习近平总书记反复强调：“打铁必须自身硬”，“要把新时代坚持和发展中国特色社会主义这场伟大社会革命进行好，我们党必须勇于进行自我革命，把党建设得更加坚强有力”。在这篇重要讲话中，习近平总书记全面总结了党自我革命的伟大实践：以前所未有的勇气和定力全面从严治党，打了一套自我革命的“组合拳”，形成了一整套党自我净化、自我完善、自我革新、自我提高的制度规范体系。针对“七个有之”等严重影响党的形象和威信、严重损害党群干群关系的突出问题，坚持严的主基调，强化监督执纪问责，抓住“关键少数”，党在革命性锻造中更加坚强。以猛药去疴、重典治乱的决心，以刮骨疗毒、壮士断腕的勇气，坚定不移“打虎”“拍蝇”“猎狐”，清除了党、国家、军队内部存在的严重隐患。针对有些人吹捧西方多党轮流执政、“三权鼎立”那一套，不相信我们党能够刀刃向内、自剜腐肉，总书记充满自信地强调：“中国共产党勇于自我革命的实践给了他们响亮有力的回答。”

我们党历经百年、成就辉煌，党内党外、国内国外赞扬声很多。在这篇重要讲话中，习近平总书记紧密结合当前现实问题，郑重警示全党：“越是这样越要发扬自我革命精神，千万不能在一片喝彩声中迷失自我”；明确要求全党：“要以伟大自我革命引领伟大社会革命，以伟大社会革命促进伟大自我革命，确保党在新时代坚持和发展中国特色社会主义的历史进程中始终成为坚强领导核心。”

——永葆自我革命精神，增强全面从严治党永远在路上的政治自觉，决不能滋生已经严到位、严到底的情绪！党风廉政建设和反腐败斗争必须一刻也不放松抓、持之以恒抓！

——保持头脑清醒，对全党的思想、组织、作风、廉洁等情况要有客观正确的认识和把握，以正视问题的勇气和刀刃向内的自觉推进党的自我革命。不论什么问题，不论谁出问题，该出手时就出手，对腐败问题尤其要坚决查处，不断清除损害党的先进性和纯洁性的因素，不断清除侵蚀党的健康肌体的病毒。特别是对那些攫取国家和人民利益、侵蚀党的执政根基、动摇社会主义国家政权的人，对那些在党内搞政治团伙、小圈子、利益集团的人，要毫不手软、坚决查处！

——居安思危，时刻警惕我们这个百年大党会不会变得老态龙钟、疾病缠身。对党的历史上走过的弯路、经历的曲折不能健忘失忆，对中外政治史上那些安于现状、死于安乐的深刻教训不能健忘失忆；对自身存在的问题不能反应迟钝，处理动作慢腾腾、软绵绵，最终人亡政息！

“一个政党最难的就是历经沧桑而初心不改、饱经风霜而本色依旧。”回顾过去，一代又一代中国共产党人用理想和信仰、鲜血和生命、拼搏和奉献书写了一份令人刮目相看的百年成绩单；展望未来，新时代的中国共产党人一定能够交出更加令人刮目相看的优异答卷！

坚定历史自信 把握历史规律 掌握历史主动

《求是》杂志编辑部

“党的历史是最生动、最有说服力的教科书。”中国共产党的百年历史，积累了极其宝贵的历史经验，蕴含着极其深刻的历史启示，是取之不尽、用之不竭的精神财富和力量源泉，是中国人民和中华民族继往开来、奋勇前进的坚实基础。

知所从来，方明所往。走过百年历程，党团结带领人民正奋进在实现第二个百年奋斗目标新征程上。走好新的赶考之路，有效应对前进道路上各种风险挑战，推动中国特色社会主义事业一往无前，必须更好把握和运用党的百年奋斗历史经验，不断从党的历史中汲取智慧和力量，从党的百年奋斗中看清楚过去我们为什么能够成功、弄明白未来我们怎样才能继续成功。

2021 年，是伟大的中国共产党成立 100 周年。为隆重庆祝党的百年华诞，党中央组织开展党史学习教育、召开庆祝中国共产党成立 100 周年大会、召开党的十九届六中全会，全面总结了党的百年奋斗重大成就和历史经验。党的十九届六中全会召开以来，习近平总书记不断就学习贯彻全会精神提出明确要求、作出重要部署。在党的十九届六中全会第一次全体会议上，总书记深刻阐明对全会议题的考虑，强调制定党的第三个历史决议的必要性、重要性和需要把握的重点问题；在全会第二次全体会议上，总书记强调要以学习全会精神为重点巩固党史学习教育成果，深刻认识总结党的百年奋斗重大成就和历史经验的重大意义，深刻认识党的百年奋斗的初心使命，深刻认识中国特色社会主义进入新时代的历史性成就和历史性变革，深刻认识党的百年奋斗历史经验，深刻认识以史为鉴、开创未来的重要要求；在 2021 年 12 月 27 日至 28 日召开的中央政治局党史学习教育专题民主生活会上，总书记强调开展党史总结、学习、教育、宣传，就是为了增加历史自信、增进团结统一、增强斗争精神。

2022 年 1 月 11 日至 14 日，省部级主要领导干部学习贯彻党的十九届六中全会精神专题研讨班在中央党校（国家行政学院）举行。习近平总书记在开班式上发表重要讲话，围绕深入学习领会党的十九届六中全会决议，从党和国家事业发展全局出发，深入阐述了五个重大问题：

第一个问题：推进马克思主义中国化时代化；

第二个问题：正确把握社会主要矛盾和中心任务；

第三个问题：重视战略策略问题；

第四个问题：永葆党的马克思主义政党本色；

第五个问题：推进党史学习教育常态化长效化。

习近平总书记《更好把握和运用党的百年奋斗历史经验》这篇重要讲话贯通历史、现实和未来，内涵丰富、立意高远，具有很强的政治性、思想性、战略性、针对性，是一堂极其深刻的党史课、理论课、党性课，更是面向全党发出的为实现第二个百年奋斗目标而不懈努力的再动员令。在党的 101 岁生日到来之际，回望走过的奋斗历程，展望正在走的新路，都需要深刻学习领会总书记这篇重要讲话精神，学习领会总书记关于中国共产党历史的系列重要论述，深入领悟精髓要义，更好落实以史为鉴、开创未来的重要要求，坚定历史自信、把握历史规律、掌握历史主动，不断夺取新时代中国特色社会主义新胜利。

用马克思主义之“矢”去射新时代中国之“的”

“我们党的历史，就是一部不断推进马克思主义中国化的历史，就是一部不断推进理论创新、进行理论创造的历史。”

2022 年 5 月，一部全面记述我们党推进马克思主义中国化光辉历程的著作《马克思主义中国化一百年大事记（1921—2021 年）》出版发行，一经面世立刻引发广泛关注。该书的编辑出版，有助于广大干部群众进一步加深对马克思主义中国化既一脉相承又与时俱进理论品质和宝贵经验的感悟和认识，增强用习近平新时代中国特色社会主义思想武装头脑、指导实践、推动工作的思想自觉、政治自觉、行动自觉。

注重分析研究和总结党在百年奋斗历程中对马克思主义的中国化时代化，是贯穿全会决议的一个重要内容。在《更好把握和运用党的百年奋斗历史经验》这篇重要讲话中，习近平总书记回顾我们党百年奋斗中坚持和发展马克思主义的光辉历程，结合全会决议对百年来党不断推进马克思主义中国化时代化作出的全面总结，以高度凝练的语言精辟指出：“一个民族要走在时代前列，就一刻不能没有理论思维，一刻不能没有正确思想指引。中国共产党为什么能，中国特色社会主义为什么好，归根到底是因为马克思主义行。马克思主义之所以行，就在于党不断推进马克思主义中国化时代化并用以指导实践。”

马克思主义为人类社会发展进步指明了方向，是我们认识世界、把握规律、追求真理、改造世界的强大思想武器，是我们立党立国的根本指导思想，是党的灵魂和旗帜。同时，马克思主义理论不是教条，而是行动指南，必须随着实践的变化而发展，必须中国化才能落地生根、本土化才能深入人心。坚持推进马克思主义中国化时代化，是我们党百年奋斗积累的宝贵经验。全会决议在总结这一经验时强调，党之所以能够领导人民在一次次求索、一次次挫折、一次次开拓中完成中国其他各种政治力量不可能完成的艰巨任务，根本在于坚持把马克思主义基本原理同中国具体实际相结合、同中华优秀传统文化相结合，坚持实践是检验真理的唯一标准，坚持一切从实际出发，及时回答时代之问、人民之问，不断推进马克思主义中国化时代化。在这篇重要讲话中，习近平总书记结合我们党艰辛探索中国革命、建设、改革的非凡历程，切中肯綮地指出：“马克思主义能不能在实践中发挥作用，关键在于能否把马克思主义基本原理同中国实际和时代特征结合起来。”

在新民主主义革命时期、社会主义革命和建设时期形成和发展的毛泽东思想，实现了马克思主义中国化的第一次历史性飞跃，指引中国共产党和中国人民创造了新民主主义革命、社会主义革命和建设的伟大成就，实现了中国从几千年封建专制政治向人民民主的伟大飞跃，实现了一穷二白、人口众多的东方大国大步迈进社会主义社会的伟大飞跃。在改革开放和社会主义现代化建设新时期形成的中国特色社会主义理论体系，实现了马克思主义中国化新的飞跃，指引中国共产党和中国人民取得了改革开放和现代化建设的伟大成就，推进了中华民族从站起来到富起来的伟大飞跃。

党的十八大以来，中国特色社会主义进入新时代，国际国内面临新的形势，党面临新的历史任务。以习近平同志为主要代表的中国共产党人，统筹把握中华民族伟大复兴战略全局和世界百年未有之大变局，坚持把马克思主义基本原理同中国具体实际相结合、同中华优秀传统文化相结合，坚持毛泽东思想、邓小平理论、“三个代表”重要思想、科学发展观，深刻总结并充分运用党成立以来的历史经验，从新的实际出发，创立了习近平新时代中国特色社会主义思想。这一重要思想从理论和实践结合上系统回答了新时代坚持和发展什么样的中国特色社会主义、怎样坚持和发展中国特色社会主义，建设什么样的社会主义现代化强国、怎样建设社会主义现代化强国，建设什么样的长期执政的马克思主义政党、怎样建设长期执政的马克思主义政党等重大时代课题，指引党和国家事业取得历史性成就、发生历史性变革。全会决议以“十个明确”科学概括了这一重要思想的基本内容，指出这些战略思想和创新理念是党对中国特色社会主义建设规律认识深化和理论创新的重大成果；鲜明强调习近平新时代中国特色社会主义思想是当代中国马克思主义、21世纪马克思主义，是中华文化和中国精神的时代精华，实现了马克思主义中国化新的飞跃。

习近平新时代中国特色社会主义思想在治国理政各领域、各方面，都提出了一系列标志性引领性的新思想新论断新观点，全面深化了对共产党执政规律、社会主义建设规律、人类社会发展规律的认识，为丰富发展马克思主义作出了原创性贡献。在这篇重要讲话中，习近平总书记重点列举了“推进中国式现代化”“我国经济发展进入新常态”“立足新发展阶段、贯彻新发展理念、构建新发展格局”“推动高质量发展”“使市场在资源配置中起决定性作用、更好发挥政府作用”“决战脱贫攻坚、决胜全面建成小康社会”“发展全过程人民民主、推进全面依法治国、推进国家治理体系和治理能力现代化”“推动人的全面发展、促进全体人民共同富裕”“统筹发展和安全”“新时代强军目标和战略”“维护和落实中央对香港澳门的全面管治权”“构建人类文明新形态”“共建‘一带一路’”“推进中国特色大国外交、推动建设新型国际关系、推动构建人类命运共同体”“坚持和加强党的全面领导、贯彻全面从严治党的战略方针、以伟大自我革命引领伟大社会革命”等15个方面，强调这些具有战略性、前瞻性、创造性的思想观点，“都是从当代中国和当今世界发展变化出发，经过审时度势、科学判断、深入思考提出来的，为新时代坚持和发展中国特色社会主义提供了科学理论指导”。

新时代的伟大实践充分证明，党的十八大以来党和国家事业之所以取得历史性成就、发生历史性变革，根本在于以习近平同志为核心的党中央坚强领导，在于习近平新时代中国特色社会主义思想科学指导；党确立习近平同志党中央的核心、全党的核心地位，确立习近平新时代中国特色社会主义思想的指导地位，反映了全党全军全国各族人民共同心愿，对新时代党和国家事业发展、对推进中华民族伟大复兴历史进程具有决定性意义。正是因为有习近平总书记掌舵领航，全党全国人民才有了主心骨；正是因为有习近平新时代中国特色社会主义思想的科学指引，全党全国人民才有了思想上的“定盘星”、行动上的“指南针”。前进征程上，必须进一步加深对“两个确立”

决定性意义的认识，增强“四个意识”、坚定“四个自信”、做到“两个维护”，更加自觉地用习近平新时代中国特色社会主义思想武装头脑、指导实践、推动工作。

时代在前进，实践在发展，世界和中国都在快速变化，面对中国之问、世界之问、人民之问、时代之问，我们党推进马克思主义中国化时代化的任务不是轻了，而是更重了。习近平总书记在这篇重要讲话中以强烈的历史使命感发出号召：“我们要准确把握时代大势，勇于站在人类发展前沿，聆听人民心声，回应现实需要，坚持解放思想、实事求是、守正创新，更好把坚持马克思主义和发展马克思主义统一起来，坚持用马克思主义之‘矢’去射新时代中国之‘的’，继续推进马克思主义基本原理同中国具体实际相结合、同中华优秀传统文化相结合，使马克思主义呈现出更多中国特色、中国风格、中国气派，续写马克思主义中国化时代化新篇章。”习近平新时代中国特色社会主义思想是开放的发展的理论体系，在指导新时代伟大社会革命和伟大自我革命中，必将随着中国特色社会主义伟大实践的深入推进而持续发展、丰富和完善，在不断开辟当代中国马克思主义、21 世纪马克思主义新境界中绽放更加灿烂的真理光芒，凝聚起全党全国各族人民实现中华民族伟大复兴更加磅礴的时代伟力！

解决好新时代我国社会主要矛盾

“秉纲而目自张，执本而末自从。”

毛泽东同志在《矛盾论》中指出：“对于矛盾的各种不平衡情况的研究，对于主要的矛盾和非主要的矛盾、主要的矛盾方面和非主要的矛盾方面的研究，成为革命政党正确地决定其政治上和军事上的战略战术方针的重要方法之一，是一切共产党人都应当注意的。”矛盾是普遍存在的，在诸多矛盾中敏锐地抓住主要矛盾，在主要矛盾中抓住矛盾的主要方面，围绕分析解决主要矛盾和矛盾的主要方面部署党和国家全局工作，是我们党自觉运用马克思主义矛盾学说分析解决中国具体问题的一条成功经验。

注重分析和总结党在百年奋斗历程中对我国社会主要矛盾和中心任务的研究和把握，是贯穿全会决议的一个重要内容。在这篇重要讲话中，习近平总书记总结百年来我们党在这方面的历史实践和正反两方面的历史经验，结合全会决议对我们党善于抓住社会主要矛盾和中心任务带动全局工作作出的全面分析，深刻指出：“党的百年奋斗历程告诉我们，党和人民事业能不能沿着正确方向前进，取决于我们能否准确认识和把握社会主要矛盾、确定中心任务。什么时候社会主要矛盾和中心任务判断准确，党和人民事业就顺利发展，否则党和人民事业就会遭受挫折。”

新民主主义革命时期，党正确分析半殖民地半封建中国的社会矛盾全局，牢牢把握帝国主义与中华民族、封建主义与人民大众这一主要矛盾及其不同时期的具体表现，制定了反帝反封建斗争路线方针政策，取得了新民主主义革命的胜利；社会主义革命和建设时期，党根据党和国家事业发展变化，不断对我国社会主要矛盾作出新的判断，并在此基础上提出党的中心任务，推动党和人民事业不断向前发展；改革开放和社会主义现代化建设新时期，党明确我国社会的主要矛盾是人民日益增长的物质文化需要同落后的社会生产之间的矛盾，解决这个主要矛盾就是我们的中心任务，提出小康社会目标，推动我国社会主义现代化建设取得巨大成就。

党的十八大以来，中国特色社会主义进入新时代。我国长期所处的短缺经济和供给不足的状况已经发生根本性改变，人民对美好生活的向往总体上已经从“有没有”转向“好不好”，呈现出多样化、多层次、多方面的特点，不仅对物质文化生活提出了更高要求，而且在民主、法治、公平、正义、安全、环境等方面的要求日益增长。同时，我国社会生产力水平总体上显著提高，社会生产能力在很多方面进入世界前列，更加突出的问题是发展不平衡不充分，这已经成为满足人民日益增长的美好生活需要的主要制约因素。经过科学分析，习近平总书记在党的十九大报告中鲜明提出：“中国特色社会主义进入新时代，我国社会主要矛盾已经转化为人民日益增长的美好生活需要和不平衡不充分的发展之间的矛盾。”

“这是党根据我国社会主义初级阶段不断变化的新特点作出的重大战略判断。”在《更好把握和运用党的百年奋斗历史经验》这篇重要讲话中，习近平总书记对新时代我国社会主要矛盾作出深刻阐发，强调“新时代我国社会主要矛盾的变化，虽然没有改变我们对我国社会主义所处历史阶段的判断，但却是关系全局的历史性变化，重点抓住了我国发展不平衡不充分这个新的特点”。如何认识这个新特点？习近平总书记在多个重大场合对此作出深刻阐释，强调发展不平衡，主要是各区域各领域各方面存在失衡现象，制约了整体发展水平提升；发展不充分，主要是我国全面实现社会主义现代化还有相当长的路要走，发展任务仍然很重。

党的十八大以来，以习近平同志为核心的党中央深刻把握我国社会主要矛盾变化带来的新特点新要求，紧紧围绕解决发展不平衡不充分问题，科学制定路线方针政策和工作部署，开创性提出一系列重大战略思想、采取一系列战略举措，使我国迈上更高质量、更有效率、更加公平、更可持续、更为安全的发展之路，为满足人民日益增长的美好生活需要创造了更完备的条件、提供了更坚实的基础。前进道路上，矛盾和挑战无时不在，而且会越来越多。在这篇重要讲话中，习近平总书记语重心长地提醒："面对复杂形势、复杂矛盾、繁重任务，没有主次，不加区别，眉毛胡子一把抓，是做不好工作的"；"我们要有全局观，对各种矛盾做到了然于胸，同时又要紧紧围绕主要矛盾和中心任务，优先解决主要矛盾和矛盾的主要方面，以此带动其他矛盾的解决，在整体推进中实现重点突破，以重点突破带动经济社会发展水平整体跃升，朝着全面建成社会主义现代化强国的奋斗目标不断前进。"对解决新时代我国社会主要矛盾，总书记重点强调了以下几个方面：

"必须坚持以人民为中心的发展思想"。人民对美好生活的向往，就是我们党的奋斗目标。必须更加自觉、更加坚定地贯彻以人民为中心的发展思想，始终坚持发展为了人民、发展依靠人民、发展成果由人民共享，不断提高人民群众获得感、幸福感、安全感，推动人民生活水平实现历史性跨越，不断满足人民群众对美好生活的新期待。

"贯彻新发展理念，构建新发展格局，推动高质量发展"。发展是解决我国一切问题的基础和关键。进入新发展阶段，发展中的矛盾和问题集中体现在发展质量上。贯彻新发展理念、构建新发展格局、推动高质量发展，是破解新时代我国社会主要矛盾的"金钥匙"。必须完整、准确、全面贯彻新发展理念，加快构建以国内大循环为主体、国内国际双循环相互促进的新发展格局，不断增强发展的平衡性充分性，推动发展实现质量变革、效率变革、动力变革。

"推动人的全面发展、全体人民共同富裕取得更为明显的实质性进展"。共同富裕是社会主义的本质要求，是中国式现代化的重要特征，也是我们党矢志不渝的奋斗目标。现在，我国已经到了扎实推动共同富裕的历史阶段，要坚持把促进全体人民共同富裕作为为人民谋幸福的着力点，通过全国人民共同奋斗把"蛋糕"做大做好，通过合理的制度安排把"蛋糕"切好分好，不断推动人的全面发展、全体人民共同富裕取得更为明显的实质性进展。

把战略的坚定性和策略的灵活性结合起来

1948 年 3 月，毛泽东同志总结解放战争后期党领导土地改革等方面的经验教训，形成《关于情况的通报》，鲜明指出："只有党的政策和策略全部走上正轨，中国革命才有胜利的可能。政策和策略是党的生命，各级领导同志务必充分注意，万万不可粗心大意。”

2021年9月13日，正在陕西省榆林市米脂县杨家沟革命旧址参观的习近平总书记，久久凝视着窑洞墙上这段语录，深刻指出：“政策和策略是党的生命。一百年来，我们党之所以能够统一思想、统一步调、团结一致向前进，之所以能够取得革命、建设、改革的伟大胜利和辉煌成就，就在于我们党坚持马克思主义指导，高瞻远瞩、见微知著，既解决现实问题，又解决战略问题，准确判断和把握形势，制定切合实际的目标任务、政策策略。”

注重分析和总结党在百年奋斗历程中对战略策略的研究和把握，是贯穿全会决议的一个重要内容。在这篇重要讲话中，习近平总书记回顾我们党在几个重大历史关头进行战略决断的过程，结合决议对百年奋斗历程中党高度重视战略策略问题、不断提出科学的战略策略作出的全面总结，深刻指出：“战略问题是一个政党、一个国家的根本性问题。战略上判断得准确，战略上谋划得科学，战略上赢得主动，党和人民事业就大有希望。一百年来，党总是能够在重大历史关头从战略上认识、分析、判断面临的重大历史课题，制定正确的政治战略策略，这是党战胜无数风险挑战、不断从胜利走向胜利的有力保证。”

在新民主主义革命时期，我们党明确从进攻大城市转为向农村进军，实行正确的抗日民族统一战线政策，提出和实施持久战的战略总方针和一整套人民战争的战略战术，面对国民党反动派悍然发动的全面内战，领导广大军民逐步由积极防御转向战略进攻；在社会主义革命和建设时期，我们党从政治、经济、军事等方面提出一系列战略策略，提出过渡时期的总路线，审时度势调整外交战略，提出划分三个世界的战略，不断推进社会主义革命和建设；在改革开放和社会主义现代化建设新时期，我们党作出把党和国家工作中心转移到经济建设上来、实行改革开放的历史性决策，制定了到21世纪中叶分三步走、基本实现社会主义现代化的发展战略，提出和平与发展是当今时代的主题。

党的十八大以来，面对世所罕见、史所罕见的国内外复杂严峻环境和艰巨繁重的改革发展稳定任务，以习近平同志为核心的党中央登高望远、总揽全局，统筹把握中华民族伟大复兴战略全局和世界百年未有之大变局，明确要坚持党的基本理论、基本路线、基本方略，统揽伟大斗争、伟大工程、伟大事业、伟大梦想，提出增强“四个意识”、坚定“四个自信”、做到“两个维护”，提出统筹推进“五位一体”总体布局、协调推进“四个全面”战略布局，坚持稳中求进工作总基调，提出一系列原创性的治国理政新战略，以科学的战略策略推动党和国家事业取得历史性成就、发生历史性变革。在新时代伟大实践中，习近平总书记高度重视战略思维，善于从战略上观察世界、分析问题、进行决策，善于观大局、察大势、谋大事，善于在大格局中谋划党和国家事业发展大布局，展现出马克思主义政治家、思想家、战略家的雄韬伟略，带领全党全国各族人民在复杂严峻的发展环境中赢得了战略主动和历史主动。

当前，百年变局和世纪疫情相互交织，全球发展遭遇严重挫折，世界进入新的动荡变革期，国内改革发展稳定任务艰巨繁重。综合分析，我国发展仍处于重要战略机遇期，但机遇和挑战都有新的发展变化。怎样保持战略定力？如何抓住战略机遇？在《更好把握和运用党的百年奋斗历史经验》这篇重要讲话中，习近平总书记深刻总结党的历史经验教训，鲜明强调从战略上看问题的重要性，警醒全党："我们是一个大党，领导的是一个大国，进行的是伟大的事业，绝不能犯战略性错误"，"领导干部要善于进行战略思维，善于从战略上看问题、想问题"，"如果没有足够的战略定力和策略活力，就容易出现患得患失、摇摆不定、进退失据的问题，就会错失发展机遇。"

战略和策略是辩证统一关系，正确的战略需要正确的策略来落实，策略是在战略指导下为战略服务的。要取得各方面斗争的胜利，不仅要有战略谋划，有坚定斗志，还要有策略、有智慧、有方法，把战略的坚定性和策略的灵活性结合起来。习近平总书记明确要求党的领导干部："站位要高，做事要实，既要把方向、抓大事、谋长远，又要抓准抓好工作的切入点和着力点，既要算大账总账，又要算小账细账"；要求各地区各部门确定工作思路、工作部署、政策措施，"要自觉同党的理论和路线方针政策对标对表、及时校准偏差，党中央作出的战略决策必须无条件执行，确保不偏向、不变通、不走样"。总书记特别强调，各地区各部门根据自身实际制定的策略，要注意及时总结评估，对那些偏离中央战略的，"要赶紧调整"。

新的赶考之路上，改革发展稳定任务之重、矛盾风险挑战之多、治国理政考验之大都前所未有，妥善应对各种重大挑战、重大风险、重大阻力、重大矛盾，既需要我们胸怀"两个大局"、牢记"国之大者"，保持战略定力，观大势、谋全局、抓大事；又要"致广大而尽精微"，善于积极应变，因势而谋、应势而动、顺势而为。今年以来，新冠肺炎疫情和乌克兰危机导致的风险挑战增多，我国经济发展环境的复杂性、严峻性、不确定性上升，"疫情要防住、经济要稳住、发展要安全"是以习近平同志为核心的党中央提出的明确要求。各地区各部门要坚决贯彻党中央决策部署，坚持稳中求进工作总基调，高效统筹疫情防控和经济社会发展，全面做好改革发展稳定各项工作，确保党中央大政方针落实到位。

永葆自我革命精神

“成其身而天下成，治其身而天下治。”

悠悠百年党史，三个历史决议，党的自我革命精神一以贯之。1945年《关于若干历史问题的决议》，深刻总结建党以来特别是六届四中全会至遵义会议前这一段党的历史及其基本经验教训，为党的七大胜利召开创造了充分的思想条件，有力促进了革命事业发展；1981年《关于建国以来党的若干历史问题的决议》，实事求是总结新中国成立以来社会主义革命和建设的历史经验教训，完成了党的指导思想上的拨乱反正，为推进改革开放和社会主义现代化建设事业统一了思想认识、凝聚了奋斗力量；2021年《中共中央关于党的百年奋斗重大成就和历史经验的决议》鲜明宣示：“党的伟大不在于不犯错误，而在于从不讳疾忌医，积极开展批评和自我批评，敢于直面问题，勇于自我革命。”

注重分析和总结党在百年奋斗历程中对自我革命的研究和把握，是贯穿全会决议的一个重要内容。在这篇重要讲话中，习近平总书记结合决议对百年奋斗历程中党高度重视管党治党、不断推进自我革命作出的全面总结，深刻指出：“在百年奋斗历程中，党领导人民取得一个又一个伟大成就、战胜一个又一个艰难险阻，历经千锤百炼仍朝气蓬勃，得到人民群众支持和拥护，原因就在于党敢于直面自身存在的问题，勇于自我革命，始终保持先进性和纯洁性，不断增强创造力、凝聚力、战斗力，永葆马克思主义政党本色。”

新民主主义革命时期，党实施和推进党的建设伟大工程，坚持着重从思想上建党的原则，努力建设全国范围的、广大群众性的、思想上政治上组织上完全巩固的马克思主义政党，使全党在思想上政治上组织上达到空前统一和团结；社会主义革命和建设时期，党着重提出执政条件下党的建设的重大课题，从思想上组织上作风上加强党的建设、巩固党的领导，坚持“两个务必”，高度警惕并着力防范党员干部腐化变质，坚决惩治腐败；改革开放和社会主义现代化建设新时期，党坚持治国必先治党、治党务必从严，开创和推进党的建设新的伟大工程，着力解决党内思想不纯、作风不纯、组织不纯问题，着力解决提高党的领导水平和执政水平、提高拒腐防变和抵御风险能力，推进党的执政能力建设和先进性建设。

党的十八大以来，以习近平同志为核心的党中央把全面从严治党贯穿于党的建设各方面，以前所未有的勇气和定力推进党风廉政建设和反腐败斗争，从政治建设、思想建设、组织建设、作风建设、纪律建设和制度建设等多方面发力，以雷霆之势反腐惩恶，“打虎”“拍蝇”“猎狐”多管齐下，打出一套自我革命的“组合拳”。经过坚决斗争，反腐败斗争取得压倒性胜利并全面巩固，刹住了一些多年未刹住的歪风邪气，解决了许多长期没有解决的顽瘴痼疾，全面从严治党的政治引领和政治保障作用充分发挥，党的自我净化、自我完善、自我革新、自我提高能力显著增强，管党治党宽松软状况得到根本扭转，党在革命性锻造中更加坚强。

堡垒最容易从内部攻破。我们党作为世界第一大党，没有什么外力能够打倒我们，能够打倒我们的只有我们自己。因此，越是长期执政，越不能丢掉马克思主义政党的本色，越不能丧失自我革命精神。在这篇重要讲话中，习近平总书记鲜明指出：“在新的历史条件下，要永葆党的马克思主义政党本色，关键还得靠我们党自己。”如何才能跳出治乱兴衰的历史周期率、实现长期执政，是我们党必须回答好、解决好的根本性问题。面对这个“窑洞之问”，毛泽东同志给出了第一个答案。在党的十九届六中全会上，习近平总书记深刻作答：“经过百年奋斗特别是党的十八大以来新的实践，我们党又给出了第二个答案，这就是自我革命。”在《更好把握和运用党的百年奋斗历史经验》这篇重要讲话中，总书记重申这个响亮的答案，深刻阐发坚持自我革命对我们这个百年大党的极端重要意义。

“不私，而天下自公。”我们党始终代表最广大人民根本利益，没有任何自己特殊的利益，从来不代表任何利益集团、任何权势团体、任何特权阶层的利益。这是我们党敢于刀刃向内自我革命的勇气之源、底气所在。习近平总书记在多个重大场合反复阐述这个道理，在这篇重要讲话中再次予以强调：“党的高级干部有相当的领导权、决策权、指挥权，如果立场不稳、‘三观’不正、自律不严，很容易在政治上、政策上走偏，不知不觉甚至心甘情愿地成为各种利益集团、权势团体、特权阶层的代言人，那后果是十分严重的！”“在为谁执政、为谁用权、为谁谋利这个根本问题上，我们的头脑要特别清醒、立场要特别坚定。全党同志都要明大德、守公德、严私德，清清白白做人、干干净净做事，做到克己奉公、以俭修身，永葆清正廉洁的政治本色。”

全面从严治党没有止境，党的自我革命任重道远。现在，反腐败斗争虽然取得了压倒性胜利并全面巩固，但腐败问题远未根绝。习近平总书记再次强调，“全党同志要永葆自我革命精神，增强全面从严治党永远在路上的政治自觉，决不能滋生已经严到位的厌倦情绪！”党风廉政建设和反腐败斗争一刻也不能放松，要以抓铁有痕、踏石留印的坚韧和执着，继续打好党风廉政建设和反腐败斗争这场攻坚战、持久战。总书记再敲警钟：“不论谁在党纪国法上出问题，党纪国法决不饶恕！特别是对那些攫取国家和人民利益、侵蚀党的执政根基、动摇社会主义国家政权的人，对那些在党内搞政治团伙、小圈子、利益集团的人，要毫不手软、坚决查处！”

党史学习教育是一项长期重要任务

2022 年 3 月，中共中央办公厅印发《关于推动党史学习教育常态化长效化的意见》，要求坚持不懈把党史作为必修课、常修课，坚持不懈用习近平新时代中国特色社会主义思想武装头脑，坚持不懈领悟“两个确立”决定性意义、坚定做到“两个维护”的高度自觉，坚持不懈为群众办实事办好事，坚持不懈弘扬伟大建党精神，坚持不懈推进自我革命，把党史学习教育成效转化为干事创业的动力、举措和成效，不断开创党和国家事业发展新局面。

全会决议对百年奋斗历程中党注重进行党史学习教育作出全面总结，强调全党要坚持唯物史观和正确党史观，从党的百年奋斗中看清楚过去我们为什么能够成功、弄明白未来我们怎样才能继续成功，从而更加坚定、更加自觉地践行初心使命，在新时代更好坚持和发展中国特色社会主义。习近平总书记在这篇重要讲话中强调，“这是六中全会提出的一项重要政治任务，我们要继续抓好落实”。党的第三个历史决议，坚持前两个历史决议、党的一系列重要文献对党的十八大之前党的历史上重大事件、重要会议、重要人物的基本论述和结论，同时也体现了我们对党的百年奋斗历史的新认识。“对六中全会决议，不要觉得一看就懂，其实不然。”总书记对全会决议形成的一系列重要的新论断新表述进行深入阐释，强调“对这些新论断新表述，要深入学习领会，以利于更好认识和把握党的百年奋斗重大成就和历史经验”。

习近平总书记历来重视党史学习教育宣传，党的十八大以来，先后在一系列重要会议上发表重要讲话，就党史、新中国史、改革开放史、社会主义发展史学习教育宣传提出明确要求。2021 年，习近平总书记亲自谋划、亲自部署、亲自推动在全党深入开展党史学习教育，深刻阐明为什么学习党史、党史学什么、怎样学党史等重大问题。一年来，各级党组织认真贯彻党中央决策部署和总书记重要指示精神，推动党史学习教育扎实深入开展，广大党员、干部受到全面深刻的政治教育、思想淬炼、精神洗礼，在学史明理、学史增信、学史崇德、学史力行上取得显著成效，全党历史自觉、历史自信大大增强，党的创造力、凝聚力、战斗力大大提升。在进行党史学习教育总结时，总书记专门作出批示，强调要认真总结这次党史学习教育的成功经验，建立常态化长效化制度机制，不断巩固拓展党史学习教育成果。

学习党的历史，习近平总书记更是身体力行、带头示范。党的十八大以来的10年间，总书记到地方考察70多次，每到一个地方，都要瞻仰对党具有重大历史意义的革命圣地、红色旧址、革命历史纪念场所，重温过往的峥嵘岁月，回顾党一路走过的艰难历程。在党史学习教育过程中，总书记每到一个地方、每出席一个会议都注重指导推动全党学习党的历史。总书记亲自主持了党的第三个历史决议的起草工作，就总结党的百年奋斗重大成就和历史经验提出一系列重大指导性意见，为文件起草工作、全党全社会准确把握和全面贯彻全会精神，确立了根本遵循。

对历史进程的认识越全面，对历史规律的把握越深刻，党的历史智慧越丰富，对前途的掌握就越主动。“推动全党学好党史、用好党史，靠一次集中学习教育是不够的，必须把党史学习教育融入日常、抓在经常。”在这篇重要讲话中，习近平总书记对全党推进党史学习教育常态化长效化提出明确要求，强调要以学习贯彻党的十九届六中全会精神为重点，深入推进党史学习教育，更好用党的创新理论把全党武装起来，把党中央决策部署的各项任务落实下去。在内容上，要原原本本学习全会决议，做到“四个学懂弄通”，即：学懂弄通党百年奋斗的光辉历程，学懂弄通党坚守初心使命的执着奋斗，学懂弄通党百年奋斗的历史意义和历史经验，学懂弄通以史为鉴、开创未来的重要要求。在方式方法上，要做到“五个用好”，即：用好党委（党组）理论学习中心组学习制度，推动领导班子、领导干部带头学党史、经常学党史；用好干部教育培训机制，继续把党史作为党校（行政学院）、干部学院必修课、常修课；用好学校思政课这个渠道，推动党的历史更好进教材、进课堂、进头脑，发挥好党史立德树人的重要作用；用好红色资源，加强革命传统教育、爱国主义教育、青少年思想道德教育，引导全社会更好知史爱党、知史爱国；用好“我为群众办实事”实践活动形成的良好机制，推动各级党组织和广大党员、干部满腔热情为群众办实事、解难事，走好新时代党的群众路线。

历史照亮未来，奋斗成就伟业。一次次从历史中汲取智慧和力量、一次次从胜利走向新的胜利的中国共产党，带领14亿多中国人民接续奋斗、勇毅前行，必将在新时代新征程上赢得更加伟大的胜利和荣光！

新的赶考之路上的郑重宣示

《求是》杂志编辑部

延安，中国革命的圣地、新中国的摇篮。

“这次和中央政治局常委同志一起来，就是要宣示新一届中央领导集体将继承和发扬延安时期党形成的优良革命传统和作风，弘扬延安精神”；“党的二十大制定了当前和今后一个时期党和国家的大政方针，描绘了以中国式现代化全面推进中华民族伟大复兴的宏伟蓝图。让我们踏上新征程，向着新的奋斗目标，出发！”

2022年10月，党的二十大闭幕不到一周，习近平总书记带领新当选的二十届中共中央政治局常委同志专程来到陕西延安，在杨家岭革命旧址瞻仰党的七大会址和毛泽东等老一辈革命家旧居，在延安革命纪念馆参观《伟大历程——中共中央在延安十三年历史陈列》并发表重要讲话。《继承和发扬党的优良革命传统和作风，弘扬延安精神》一文，是习近平总书记瞻仰延安革命纪念地时的讲话要点。习近平总书记重温革命战争时期党中央在延安的峥嵘岁月，缅怀老一辈革命家的丰功伟绩，宣示新一届中央领导集体赓续红色血脉、传承奋斗精神，在新的赶考之路上向历史和人民交出新的优异答卷的坚定信念，就弘扬延安精神、为实现党的二十大提出的目标任务而团结奋斗，向全党提出明确要求。

——强调坚持正确政治方向，坚决贯彻党的基本理论、基本路线、基本方略，坚决落实党中央决策部署，把老一辈革命家开创的伟大事业继续推向前进。

——强调站稳人民立场，自觉把以人民为中心的发展思想贯穿到各项工作之中，让现代化建设成果更多更公平惠及全体人民。

——强调大力弘扬自力更生、艰苦奋斗精神，脚踏实地、苦干实干，集中精力办好自己的事情，把国家和民族发展放在自己力量的基点上。

——强调勇于推进党的自我革命，坚定不移推进全面从严治党，始终保持党的先进性和纯洁性，确保党始终成为中国特色社会主义事业的坚强领导核心。

——强调发扬斗争精神、提高斗争本领，坚决战胜前进道路上的各种困难和挑战，依靠顽强斗争打开事业发展新天地。

习近平总书记这篇重要文章站位高远、思想深邃、继往开来、催人奋进，彰显着新时代中国共产党人坚如磐石的理想信念、永远不变的初心使命、真挚深厚的为民情怀、始终如一的奋斗姿态。要深刻学习领悟习近平总书记这篇重要文章精神，进一步学习好贯彻好党的二十大精神，进一步学习好贯彻好习近平总书记党的二十大以来的一系列重要讲话，全面学习、把握、落实党的二十大精神，弘扬伟大建党精神和延安精神，坚定历史自信，增强历史主动，发扬斗争精神，扎实推进中国式现代化，为实现党的二十大提出的目标任务而团结奋斗。

“一本永远读不完的书”

杨家岭革命旧址，中央大礼堂巍然矗立。1945 年，党的七大在这里召开，为党后来不断从胜利走向胜利指明了正确方向、开辟了正确道路。

光辉旧址，映照未来。革命英雄、革命精神、革命文物，都反映着我们党走过的光辉历程、取得的重大成就，展现了我们党的梦想和追求、情怀和担当、牺牲和奉献，汇聚成我们党的红色血脉。在这篇重要文章中，习近平总书记高度评价党的七大“在党的历史上具有重要里程碑意义，标志着我们党在政治上思想上组织上走向了成熟”，深刻指出“延安革命旧址见证了我们党在延安时期领导中国革命、探索马克思主义中国化时代化的光辉历程，是一本永远读不完的书”。

这本永远读不完的书，是巨大的激励。党的奋斗历程和伟大成就鼓舞斗志、指引方向，党的光荣传统和优良作风坚定信念、凝聚力量。习近平总书记强调：“延安和延安人民为中国革命事业作出了巨大贡献，我们要永远铭记”，“在延安时期形成和发扬的光荣传统和优良作风，培育形成的以坚定正确的政治方向、解放思想实事求是的思想路线、全心全意为人民服务的根本宗旨、自力更生艰苦奋斗的创业精神为主要内容的延安精神，是党的宝贵精神财富，要代代传承下去。”党的十八大以来，以习近平同志为核心的党中央弘扬伟大建党精神和延安精神，全面贯彻党的基本理论、基本路线、基本方略，采取一系列战略性举措，推进一系列变革性实践，实现一系列突破性进展，取得一系列标志性成果，经受住了来自政治、经济、意识形态、自然界等方面的风险挑战考验，党和国家事业取得历史性成就、发生历史性变革，推动我国迈上全面建设社会主义现代化国家新征程。

这本永远读不完的书，是丰厚的滋养。红色血脉是中国共产党政治本色的集中体现，是新时代中国共产党人的精神力量源泉。习近平总书记深情指出，延安革命旧址，“每次来都温故而知新，受到深刻教育和启示。”党的十八大以来，习近平总书记到地方考察，都要瞻仰对我们党具有重大历史意义的革命圣地、红色旧址、革命历史纪念场所。从党的一大会址到党的各个重要革命根据地，从土地革命、抗日战争、解放战争纪念地点到社会主义革命和建设、改革开放重要纪念场所等，习近平总书记一次次亲身示范，教育引导广大党员，在党史学习中启迪智慧、砥砺品格，继往开来、开拓前进。

这本永远读不完的书，是深刻的启示。了解历史才能看得远，理解历史才能走得远。习近平总书记深刻指出，党的七大“在政治上，党通过延安整风，使全党团结在毛泽东的旗帜下，实现了党的空前统一和团结。在思想上，党确立了毛泽东思想在全党的指导地位，把毛泽东思想写入了党章。在组织上，党形成了一支高举毛泽东旗帜的久经考验的政治家集团”。温故而知新。新时代 10 年的伟大变革，是在以习近平同志为核心的党中央坚强领导下、在习近平新时代中国特色社会主义思想指引下全党全国各族人民团结奋斗取得的。“两个确立”是党在新时代取得的重大政治成果，是推动党和国家事业取得历史性成就、发生历史性变革的决定性因素。新时代新征程上把中国特色社会主义事业推向前进，最紧要的是深刻领悟“两个确立”的决定性意义，增强“四个意识”、坚定“四个自信”、做到“两个维护”，自觉在思想上政治上行动上同以习近平同志为核心的党中央保持高度一致。

“坚持正确政治方向”

政治方向是党生存发展第一位的问题，事关党的前途命运和事业兴衰成败。

“红军过草地的时候，伙夫同志一起床，不问今天有没有米煮饭，却先问向南走还是向北走。这说明在红军队伍里，即便是一名炊事员，也懂得方向问题比吃什么更重要。”习近平总书记讲过的这个故事，发人深省。方向决定道路，道路决定命运。党领导人民治国理政，最重要的就是坚持正确政治方向，始终保持我们党的政治本色，始终沿着中国特色社会主义道路前进。如果在方向问题上出现偏离，就会犯颠覆性错误。对此，必须要有十分清醒的认识。

“在抗大应当学习什么？”1938 年 4 月 9 日，在延安抗日军政大学第四期第三大队开学典礼上，毛泽东同志明确回答：“首先是学一个政治方向。”一年后，在纪念抗大成立三周年时，毛泽东同志更是明确将“坚定正确的政治方向”确立为抗大首要的教育方针。

“坚定正确的政治方向是延安精神的精髓。”在这篇重要文章中，习近平总书记总结历史经验，深刻阐明坚持正确政治方向的极端重要性，明确要求全党同志“坚持正确政治方向，坚决贯彻党的基本理论、基本路线、基本方略，坚决落实党中央决策部署，把老一辈革命家开创的伟大事业继续推向前进”。

旗帜鲜明讲政治是我们党作为马克思主义政党的根本要求，是党不断发展壮大、从胜利走向胜利的重要保证。党的十八大以来，以习近平同志为核心的党中央把党的政治建设摆在更加突出位置，加大力度抓，形成了鲜明的政治导向，推动党的政治建设取得重大历史性成就。实践证明，党的政治建设决定党的建设方向和效果，不抓党的政治建设或背离党的政治建设指引的方向，党的其他建设就难以取得预期成效。党要以新气象新作为统揽推进伟大斗争、伟大工程、伟大事业、伟大梦想，就必须加强党的政治建设。

加强党的政治建设就是要发挥政治指南针作用，引导全党坚定理想信念、坚定“四个自信”，把全党智慧和力量凝聚到新时代坚持和发展中国特色社会主义伟大事业中来；就是要推动全党把坚持正确政治方向贯彻到谋划重大战略、制定重大政策、部署重大任务、推进重大工作的实践中去，经常对表对标，及时校准偏差，坚决纠正偏离和违背党的政治方向的行为，确保党和国家各项事业始终沿着正确政治方向发展；就是要把各级党组织建设成为坚守正确政治方向的坚强战斗堡垒，教育广大党员、干部坚定不移沿着正确政治方向前进。

党的二十大在政治上、理论上、实践上取得了一系列重大成果，就新时代新征程党和国家事业发展制定了大政方针和战略部署，是我们党团结带领人民全面建设社会主义现代化国家、全面推进中华民族伟大复兴的政治宣言和行动纲领。全党要在全面学习、全面把握、全面落实上下功夫，全面把握党的二十大作出的各项战略部署，增强贯彻落实的自觉性和坚定性，在把握总目标、总方向、总要求的前提下，对各项目标和任务进行细化，有针对性地拿出落实的具体方案，制定明确的时间表、施工图，坚定不移把党的二十大提出的目标任务落到实处。

“站稳人民立场”

“我们这个队伍完全是为着解放人民的，是彻底地为人民的利益工作的。”1944 年 9 月 8 日，毛泽东同志在战士张思德的追悼会上发表了著名的《为人民服务》的讲演。延安时期，党提出全心全意为人民服务的根本宗旨并写入党章，要求党的干部“把屁股端端地坐在老百姓的这一面”，形成了“只见公仆不见官”的生动局面。

江山就是人民，人民就是江山。中国共产党领导人民打江山、守江山，守的是人民的心。在这篇重要文章中，习近平总书记深情回望历史，明确要求全党同志“站稳人民立场，践行党的宗旨，贯彻党的群众路线，保持党同人民群众的血肉联系，自觉把以人民为中心的发展思想贯穿到各项工作之中，扎实推进共同富裕，让现代化建设成果更多更公平惠及全体人民”。

始终同人民在一起，为人民利益而奋斗，是我们党立党兴党强党的根本出发点和落脚点。自诞生之日起，我们党就把“人民”二字写在旗帜上、融入血脉里。长征路上，“半条被子”的故事映照鱼水情深；建设时期，“心里装着全体人民，唯独没有他自己”的境界折射公仆情怀；战贫路上，“投身到人民群众最需要的地方去”的抉择诠释初心使命……党的百年奋斗史，就是一部践行党的初心使命的历史，就是一部党与人民心连心、同呼吸、共命运的历史。

新时代10年的伟大变革，镌刻于山河锦绣、神州巨变，书写于物阜民丰、万家灯火。党的十八大以来，以习近平同志为核心的党中央提出以人民为中心的发展思想，坚持一切为了人民、一切依靠人民，始终把人民放在心中最高位置、把人民对美好生活的向往作为奋斗目标，在幼有所育、学有所教、劳有所得、病有所医、老有所养、住有所居、弱有所扶上持续用力，人民生活全方位改善。人均预期寿命增长到78.2岁。居民人均可支配收入从1.65万元增加到3.51万元。建成世界上规模最大的教育体系、社会保障体系、医疗卫生体系。人民群众获得感、幸福感、安全感更加充实、更有保障、更可持续。

谁能带领人民实现强国目标，谁能带领人民推进复兴伟业，历史就会选择谁，人民就会拥护谁。习近平总书记是从人民中成长起来的、深受人民爱戴的人民领袖，对人民怀有深沉真挚的情感、厚重强烈的责任感。习近平总书记强调，“我们党来自于人民，为人民而生，因人民而兴”，“以百姓心为心，与人民心连心、同呼吸、共命运，是党的初心，也是党的恒心”；强调“民心是最大的政治”，“让人民生活幸福是‘国之大者’”，“人民对美好生活的向往就是我们的奋斗目标”；强调“我的执政理念，概括起来说就是：为人民服务，担当起该担当的责任”，充分展现了习近平总书记“我将无我，不负人民”的深厚情怀和使命担当。

新征程上，不断实现人民对美好生活的向往，必须实现好、维护好、发展好最广大人民根本利益，紧紧抓住人民最关心最直接最现实的利益问题，着力解决好人民群众急难愁盼问题，扎实推进共同富裕。

“大力弘扬自力更生、艰苦奋斗精神”

“花篮的花儿香，听我来唱一唱，唱一呀唱，来到了南泥湾，南泥湾好地方……”

南泥湾，一个响亮的名字，一片红色的沃土。1941年春，八路军第三五九旅开进南泥湾实行军垦屯田。他们发扬自力更生、奋发图强的精神，使昔日荒凉的南泥湾变成了“粮食堆满仓，麦田翻金浪，猪牛羊肥壮”的“陕北的好江南”。

南泥湾的巨变，是党发扬自力更生、艰苦奋斗精神的生动彰显。党中央和红军安家延安后，由于敌人的军事包围和经济封锁，条件十分艰苦。延安军民积极响应毛泽东同志发出的“自己动手、丰衣足食”号召，开展了热火朝天的大生产运动，有力支持了抗日前线。在这篇重要文章中，习近平总书记回顾峥嵘岁月，要求全党同志“大力弘扬自力更生、艰苦奋斗精神，无论我们将来物质生活多么丰富，自力更生、艰苦奋斗的精神一定不能丢，脚踏实地、苦干实干，集中精力办好自己的事情，把国家和民族发展放在自己力量的基点上”。

自力更生、艰苦奋斗是我们共产党人的品质，是我们立党立国的根基，也是党员、干部立身立业的根基。毛泽东同志曾经豪迈地指出：“我们中华民族有同自己的敌人血战到底的气概，有在自力更生的基础上光复旧物的决心，有自立于世界民族之林的能力。”

党的十八大以来，习近平总书记高度重视发扬自力更生、艰苦奋斗精神，发表一系列重要论述，强调“艰苦奋斗是我们党的政治本色和优良传统”，“虽然我国已经成为世界第二大经济体，各方面实力大大增强，生活条件大大改善，但我们决不能丢掉自力更生、艰苦奋斗的传家宝”；强调“能不能坚守艰苦奋斗精神，是关系党和人民事业兴衰成败的大事”，“不管条件如何变化，自力更生、艰苦奋斗的志气不能丢”，“中国要靠自力更生，自己养活自己”等，鼓舞和激励党和人民拼搏奋斗、砥砺前行，一仗接着一仗打，战胜了一个又一个看似不可攻克的难关险阻，创造了一个又一个举世瞩目的人间奇迹。

新征程上，全党同志要坚定自力更生、艰苦奋斗，坚持把国家和民族发展放在自己力量的基点上，坚持把中国发展进步的命运牢牢掌握在自己手中。

“勇于推进党的自我革命”

这是一个广为人知而又耐人寻味的故事。

1936年，美国记者埃德加·斯诺访问延安，看到毛泽东住在简陋的窑洞，周恩来睡在土炕上，彭德怀穿着用降落伞做的背心，林伯渠的耳朵上用一根绳子系着断了一只腿架的眼镜……他从中发现了一种伟大的“东方魔力”，并断言这是“兴国之光”。

一个政党最难的就是历经沧桑而初心不改、饱经风霜而本色依旧。在这篇重要文章中，习近平总书记深情讲述延安时期老一辈革命家用“延安作风”打败“西安作风”的光荣历史，强调作风建设的重要性，要求全党同志“把老一辈革命家和共产党人留下的光荣传统和优良作风传承好发扬好，勇于推进党的自我革命，坚定不移推进全面从严治党，始终保持党的先进性和纯洁性，确保党始终成为中国特色社会主义事业的坚强领导核心”。

勇于自我革命是中国共产党区别于其他政党的显著标志。毛泽东同志指出：“有无认真的自我批评，也是我们和其他政党互相区别的显著的标志之一。”党历经百年沧桑更加充满活力，其奥秘就在于始终坚持真理、修正错误。党的伟大不在于不犯错误，而在于从不讳疾忌医，积极开展批评和自我批评，敢于直面问题，勇于自我革命。

“胜人者有力，自胜者强。”党的十八大以来，以习近平同志为核心的党中央，深入推进全面从严治党，坚持打铁必须自身硬，从制定和落实中央八项规定开局破题，提出和落实新时代党的建设总要求，以党的政治建设统领党的建设各项工作，坚持思想建党和制度治党同向发力，推动全党坚定理想信念、严密组织体系、严明纪律规矩。持之以恒正风肃纪，以钉钉子精神纠治“四风”，反对特权思想和特权现象，坚决整治群众身边的不正之风和腐败问题，刹住了一些长期没有刹住的歪风，纠治了一些多年未除的顽瘴痼疾。经过不懈努力，党找到了自我革命这一跳出治乱兴衰历史周期率的第二个答案，自我净化、自我完善、自我革新、自我提高能力显著增强，管党治党宽松软状况得到根本扭转，风清气正的党内政治生态不断形成和发展，确保党永远不变质、不变色、不变味。

全面建设社会主义现代化国家、全面推进中华民族伟大复兴，关键在党。我们党作为世界上最大的马克思主义执政党，要始终赢得人民拥护、巩固长期执政地位，必须时刻保持解决大党独有难题的清醒和坚定。全面从严治党永远在路上，党的自我革命永远在路上，决不能有松劲歇脚、疲劳厌战的情绪，必须持之以恒推进全面从严治党，深入推进新时代党的建设新的伟大工程，以党的自我革命引领社会革命，使我们党坚守初心使命，始终成为中国特色社会主义事业的坚强领导核心。

“发扬斗争精神、提高斗争本领”

“善战者，立于不败之地，而不失敌之败也。”

“延安时期，党以顽强的斗争精神和高超的斗争本领，有力开展了抗击日本军国主义侵略的斗争，有力应对了西安事变、七七事变、重庆谈判等一系列重大挑战，有力领导和指挥了全国革命斗争，有力应对了国民党军队对陕甘宁边区的重点进攻，靠小米加步枪打开了中国革命新局面。”

我们党依靠斗争走到今天，也必然要依靠斗争赢得未来。在这篇重要文章中，习近平总书记深情回顾延安时期党开展的波澜壮阔的伟大斗争、取得的伟大胜利，要求全党同志“发扬斗争精神、提高斗争本领，坚决战胜前进道路上的各种困难和挑战，依靠顽强斗争打开事业发展新天地”。

敢于斗争是我们党的鲜明品格。党和人民取得的一切成就，不是天上掉下来的，不是别人恩赐的，而是通过不断斗争取得的。党在内忧外患中诞生、在历经磨难中成长、在攻坚克难中壮大，为了人民、国家、民族，为了理想信念，无论敌人如何强大、道路如何艰险、挑战如何严峻，党总是绝不畏惧、绝不退缩，不怕牺牲、百折不挠。革命战争年代，党勇敢担负起争取民族独立、人民解放的历史任务，同国内外强敌进行艰苦卓绝的斗争。从高举反帝反封建旗帜、掀起大革命高潮，到在血腥屠杀中站起、开始武装斗争、开展土地革命；从为了民族大义、推动建立抗日民族统一战线共御外敌，到反对国民党反动派发动内战、打败国民党 800 万军队，党领导人民经过 28 年浴血奋斗，付出了最大牺牲。新中国成立后，面对党内和党外、国内和国际、人类社会和自然界的多种复杂严峻的考验挑战，我们党都以强烈担当和巨大勇气作出历史抉择、开展坚决斗争，领导人民迎难而上、坚决斗争、从容应对，不断取得胜利。

新时代 10 年的伟大变革是伟大斗争的结果。10 年来，我们遭遇的风险挑战风高浪急，有时甚至是惊涛骇浪，各种风险挑战接踵而至，其复杂性严峻性前所未有。以习近平同志为核心的党中央以伟大的历史主动精神，审时度势、果敢抉择、锐意进取、攻坚克难，团结带领全党全国各族人民攻克了许多涉滩之险、爬坡之艰、闯关之难，办成了许多事关长远的大事要事，在伟大斗争中抒写了伟大变革的华章。10 年来，我们经历了对党和人民事业具有重大现实意义和深远历史意义的三件大事：一是迎来中国共产党成立 100 周年，二是中国特色社会主义进入新时代，三是完成脱贫攻坚、全面建成小康社会的历史任务，实现第一个百年奋斗目标。这是中国共产党和中国人民团结奋斗赢得的历史性胜利，是彪炳中华民族发展史册的历史性胜利，也是对世界具有深远影响的历史性胜利。

当前，我国发展进入战略机遇和风险挑战并存、不确定难预料因素增多的时期，各种“黑天鹅”“灰犀牛”事件随时可能发生。全党必须增强忧患意识，坚持底线思维，做到居安思危、未雨绸缪，准备经受风高浪急甚至惊涛骇浪的重大考验。务必敢于斗争、善于斗争，把握新的伟大斗争的历史特点，发扬斗争精神，把握斗争方向，把握斗争主动权，坚定斗争意志，掌握斗争规律，增强斗争本领。必须增强全党全国各族人民的志气、骨气、底气，不信邪、不怕鬼、不怕压，知难而进、迎难而上，统筹发展和安全，全力战胜前进道路上各种困难和挑战，依靠顽强斗争打开事业发展新天地。

一切向前走都不能忘记走过的路；走得再远、走到再光辉的未来，也不能忘记走过的过去，不能忘记为什么出发。2012年11月，党的十八大闭幕不久，习近平总书记带领中共中央政治局常委同志参观《复兴之路》展览，提出并深刻阐述中国梦，强调实现中华民族伟大复兴，就是中华民族近代以来最伟大的梦想；2017年10月，党的十九大闭幕不久，习近平总书记带领中共中央政治局常委同志瞻仰中共一大会址、南湖红船，强调只有不忘初心、牢记使命、永远奋斗，才能让中国共产党永远年轻；2022年10月，党的二十大闭幕不久，习近平总书记又带领新一届中共中央政治局常委同志瞻仰延安革命纪念地，郑重宣示在新的赶考之路上向历史和人民交出新的优异答卷的坚定信念。

巍巍宝塔山，滚滚延河水。当年，我们党从延安出发，走上抗日前线，走向解放战场，东渡黄河、进驻西柏坡、挺进北京城，完成了走出延安窑洞、走上天安门城楼的伟大壮举；今天，党团结带领人民正意气风发迈上全面建设社会主义现代化国家新征程，向着民族复兴的伟大梦想勇毅前行！

（《求是》）

申报资料实录

作品简介：迎接党的二十大胜利召开、学习好宣传好贯彻好党的二十大精神，是2022年宣传思想工作的主题主线。《求是》杂志2022年全年共出版24期，每期都刊发习近平总书记重要文章，为全党迎接党的二十大胜利召开、学习贯彻党的二十大精神提供了思想指引和权威文本。在编委会精心指导下，主创人员深入学习领会习近平总书记重要文章的核心要义，突出导读性、理论性、权威性、可读性，撰写、编发了《求是》杂志编辑部系列阐释解读文章。这些文章从历史逻辑、理论逻辑、实践逻辑等方面，深入阐释习近平新时代中国特色社会主义思想的核心要义、实践要求，深入阐释“两个确立”的决定性意义、党的二十大精神等，围绕开辟马克思主义中国化时代化新境界、中国式现代化的中国特色和本质要求等重大问题，对全面建设社会主义现代化国家、全面推进中华民族伟大复兴进行的战略谋划，对统筹推进“五位一体”总体布局、协调推进“四个全面”战略布局作出的全面部署等进行了深入阐释。《求是》杂志编辑部系列阐释解读文章，为广大党员干部全面准确学习领会、贯彻落实习近平总书记重要文章精神提供了重要辅导材料，有力推动全党更好地用习近平新时代中国特色社会主义思想武装头脑、指导实践、推动工作。

社会效果：迎接党的二十大胜利召开、学习好宣传好贯彻好党的二十大精神，宣传阐释好习近平新时代中国特色社会主义思想特别是习近平总书记在《求是》杂志刊发的重要文章，是2022年《求是》杂志的核心任务、重大职责。《求是》杂志编辑部系列阐释解读文章站位高、政治性强、论述深刻，理论分析透彻到位，收到了很好的社会反响，为迎接好党的二十大胜利召开、学习好宣传好贯彻好党的二十大精神营造了良好思想舆论氛围。每篇文章一上线，阅读量即快速攀升并持续保持热度，广大干部群众和青年网民热情学习转发，可统计的网上阅读量超过2.3亿。

初评评语：《求是》杂志编辑部系列文章，紧贴习近平总书记重要文章的原文原意，既“讲道理”也“讲故事”，既讲“是什么”也讲“为什么”，既讲“怎么看”也讲“怎么办”，形成了独特的定位、鲜明的风格，品牌效应日益显现，充分体现了党中央机关刊把宣传阐释好习近平新时代中国特色社会主义思想作为第一职责，不断推进党的创新理论通俗化大众化的探索与实践。

总书记的回信

集　体

限于篇幅，文字稿略，获奖作品请见中国记协网 http: //www.zgjx.cn。

（河南广播电视台 2022 年 10 月 16 日—24 日）

申报资料实录

作品简介：为做好党的二十大宣传报道，河南广播电视台都市频道策划重大主题报道《总书记的回信》，以 2013 年到 2022 年总书记给不同领域人民群众回信为线索，用群众第一视角讲述领袖与人民的故事。该专题共九期节目，从立项到外联、拍摄、制作，跨度 8 个多月，每期节目，都以信作为故事指引和核心串联。回信精选九个典型人群：少数民族、劳动者、国测人员、考古工作者、垦荒队员、外国友人、台湾青年、香港学生、戍边战士。拍摄地域有新疆、香港、河南、西藏、北京、浙江、四川、福建、陕西等。此次参评三期节目中，《库尔班大叔的孩子们》讲述新疆库尔班·吐鲁木一家，从新中国成立时的 6 口人，到现在 109 口人的故事，表现新时代下，各族人民像石榴籽一样紧紧抱在一起的民族团结之情；《大陈岛激情岁月》讲述浙江大陈岛垦荒队员后代和总书记的书信往来，通过 467 名青年志愿者远离家乡奔赴大陈岛垦荒的故事，勉励新一代建设者继承和弘扬垦荒精神；《戍边 5592》关注中国海拔最高的 5592 哨所，通过写信回信，表现边防部队卫国戍边的坚定信念和决心。九期节目，九封回信，背后都有着温暖的故事，这些回信是中国复兴路上的珍贵坐标，展现以总书记为代表的中国共产党，对人民的关怀无微不至、无处不在。

社会效果：《总书记的回信》系列节目，上线 24 小时即有三个原创话题登上微博全国热搜榜第 1，在二十大开幕前夕，微博原创话题率先登榜全国热搜第 1，相关话题总浏览量突破 16.8 亿，话题 154 次登上新浪微博全国热搜榜、要闻榜、同城榜。该系列在全国三十多家卫视播出，微博原创话题被多家主流媒体转发。实现了网上网下融合、大屏小屏互动，形成了整体声势。

初评评语：重大主题报道创新难，领袖宣传创新表达更不易，《总书记的回信》系列作为一档讲述领袖故事的重大题材作品，以硬核故事设置内容，以情感逻辑串联结构，以轻快剪辑赋能传播，为重大主题报道创新做出了有益的探索。

拼出我们的现代化

集　体

作品二维码

（新华报业网 2022 年 12 月 31 日）

申报资料实录

作品简介： 全国首个聚焦中国式现代化的大型网络专题，全景式展现江苏探路中国式现代化的生动实践，具有显著的样本价值与社会意义。专题内容饱满，呈现形态丰富。盛会闭幕，集团 100 多位记者奔赴江苏 65 个基层观察点深入走访、一线调研。专题共集纳 13 万字、200 多条视（音）频、400 余张图片以及最新 VR 产品，全景式、多形态展现江苏探路中国式现代化的生动实践。巧扣“拼”字谋篇布局，三大板块层层递进，可观可感效果好。拼，既是“拼搏”之拼，又是“拼图”之拼。一语双关，构思巧妙。专题设置了“我们的现代化”“我们的现代话”“我们的现代画”三大板块，以及 9 个江苏 IP 元素拼图，有点有面，层层递进，可观可感。技术助力，强化互动。专题多处设置了互动环节，如“未来留声机”“未来建言簿”“点击拼图”“点击助跑”，VR 技术运用也为“一起向未来”留下美好期待。

社会效果：《拼出我们的现代化》专题及相关图文稿件、音视频等推出后，数十个重点平台进行了广泛转载，300 多万用户参与留言、助跑等互动，引发强烈社会反响。全国 50 多家知名媒体通过各种形式主动联系，希望通过新闻联动等各种方式，持续观察、跟踪江苏在探路中国式现代化中的新举措、新实践，旨在对全国起到示范、借鉴意义。本次专题是全景展示江苏探路中国式现代化的开篇，后续的新闻行动将持续开展。该专题中的“拼图”将作为集团调研观察点和践行“四力”记者联系点，用 10 年甚至更长的时间，持续追踪记录这一个个点上的发展变化，为中国式现代化新实践存史留迹，凸显其重大的现实意义与历史价值。

初评评语： 作为经济大省、人口大省、文化大省、开放大省，江苏的现代化建设在全国“一盘棋”中具有重要意义。本专题聚焦“中国式现代化”这一重大主题，抓得早、抢得快、挖得深、构思巧、形式活。记者积极践行“四力”，深入基层大调研，认真策划、精心制作，多元融媒呈现，具有社会意义与样本价值。

老区“潮”起

袁进涛　田凌凌　余　超　许文兵　周　东　刘志刚　叶定豪

限于篇幅，文字稿略，获奖作品请见中国记协网 http: //www.zgjx.cn。

（江西广播电视台 2022 年 12 月 28 日—30 日）

申报资料实录

作品简介： 以习近平同志为核心的党中央始终高度重视赣南等原中央苏区振兴发展。2012 年，在习近平总书记的亲切关怀、亲自推动下，国务院出台《关于支持赣南等原中央苏区振兴发展的若干意见》，开启了苏区振兴发展的新纪元。新时代的十年恰是苏区振兴发展战略实施的十年，以原中央苏区核心区为代表的革命老区焕发出了前所未有的活力，呈现出一幅壮美的新时代画卷。系列新闻纪录片《老区“潮”起》作为献礼“赣南等原中央苏区振兴发展战略实施十周年”的精品力作，紧扣“奋进新征程、建功新时代”重大主题，以“潮”作为整个节目的灵魂，以独特视角全景式展现老区人民的新奋斗。代表作《老区的“华丽一族”》《从农民到制琴师》《红土地·红轨》，讲述了老区民间模特队从“灶台”到“T 台”，从于都到首都，老区农民从工厂学徒到全国闻名小提琴制琴师的华丽蝶变以及红土地上诞生世界首条永磁磁浮轨道试验线的生动故事，从时装产业、乡村振兴、科技引领三个视角，以“潮”为统领，彰显了老区不“老”，风华正茂的青春活力，表达了老区人民勇立时代潮头，奋进新征程，建功新时代的豪情与担当。系列作品拍摄制作前后历时近十个月，刊播后，除收视率创黄金时段新高外，全网播放量达到 300 多万次。

社会效果： 主创人员站在学习贯彻党的二十大精神的新的历史起点，用纪实手法全景展现了革命老区所涌现出的引领新时代的文化潮、科技潮和经济潮，生动讲述了红土圣地上的江西老表们在新时代思想伟力指引下踔厉前行、奋斗奔富的动人故事，彰显出新潮时尚、澎湃向上的老区新面貌。该系列新闻纪录片从“潮”这一全新的视角呈现了一个全新的新时代老区形象，引起了社会的广泛关注。

初评评语：作为献礼“赣南等原中央苏区振兴发展战略实施十周年”的作品，紧扣“奋进新征程、建功新时代”重大主题，精心策划，精妙构思，以“潮”为灵魂，围绕“时尚新潮”和“发展浪潮”主线，以独特的视角、故事化的表达，全景式展现了老区人民的新奋斗，充分展示了老区不“老”、风华正茂的青春活力，生动阐释了习近平新时代中国特色社会主义思想在红土圣地上彰显出的真理伟力。节目兼容纪实性与艺术性，感染力强。

《强军足迹》系列报道

集　体

北部战区陆军某边防连——

守国守边亦守家

发扬以岛为家、艰苦创业精神，忠诚履行戍边职责。

——习近平

清晨，天空泛起一抹玫瑰红。沐浴初夏的朝阳，记者乘车沿乌苏里江一路向东，穿越乌苏大桥登上黑瞎子岛。

这里位于祖国陆地版图最东端。岛上，东极哨所巍然耸立。驻守于此的北部战区陆军某边防连，每天最早把太阳迎进祖国。

2016 年 5 月 24 日，习主席来到连队看望官兵，步行前往东极哨所，登上 30 米高的哨楼，察看执勤设施，询问执勤情况，同正在执勤的哨兵交谈。

离开哨所，习主席来到连队勤务指挥室，听取连队建设和执行任务情况介绍。得知连队建设信息化程度较高，执勤、巡逻设施齐全，官兵冒严寒、战风雪、抗洪灾、斗蚊虫，有效完成了各项任务，习主席十分高兴，叮嘱大家发扬以岛为家、艰苦创业精神，忠诚履行戍边职责。

6 年来，小岛四季轮转，岛上风景变换。“这几年，我们的‘家’也发生了很多新变化，不变的是大家以岛为家的炽热情感。”连长张辉动情地说，边哨条件虽然艰苦，但每名驻守在这里的官兵，都已把小岛当成家。

这个“家”，虽在小岛，却连着万家安乐——

哨位上，20 岁的战士杨长明正在执勤。因为爷爷的缘故，这名在校大学生携笔从戎，从巴蜀腹地跨越数千公里，来到北国边陲。

“我爷爷也曾是一名军人。”杨长明说，小时候，军营是爷爷嘴里讲个不停的牵挂。

大雪茫茫，滴水成冰，这个“家”为什么吸引人？杨长明想寻找答案。

新兵下连第一个春节，他和战友在巡逻途中度过，在齐腰深的积雪中艰难地向目标界碑行进。

“从没见过这么深的雪！”最初的兴奋，很快被雪中巡逻的艰难冲淡。往年春节，杨长明都是和家人团聚。此刻，寒风裹着乡愁，让他的心情像脚步一样沉重。杨长明鼻子一酸，泪水流出眼眶，很快在睫毛上冻成了冰花。

雪深路遥。背着沉甸甸的装备，杨长明喘着粗气，就在快坚持不住的时候，一名新战士手指远方大喊：“界碑！”

“我永远忘不了第一次见到界碑时的情景。”杨长明回忆说，界碑上醒目的红字“中国”和界碑旁“中国陆地最东点”的标记，让人感到神圣。他告诉记者：“那天，站在界碑前，一起巡逻的老兵讲了很多故事。”

小岛自然环境恶劣，边防官兵夏天忍受肆虐蚊虫，冬天面对刺骨之寒，守边巡逻却从未懈怠。就在这座界碑前，连队立下传承至今的规矩：巡逻必到界碑前，决不能把领土守小了。

那年夏天，驻地暴发特大洪水，小岛几乎被淹没。然而，连队官兵一步不退，守着哨位，守着国土，也守着这个“家”。官兵划船涉水坚持升起五星红旗的照片，在网上广为流传，触动了网友内心最柔软的地方……

聆听老兵故事，“国家”的概念在杨长明心中变得具体形象起来。

“走在巡逻路上，脚印就是主权的印章。”杨长明说，如今，自己读懂了边关的神圣，读懂了爷爷对军营的不舍和牵挂，不知不觉，已经把这里当成了“家”。

这个“家”，环境艰苦，却让人内心温暖——

虽已入夏，清晨的小岛依然有几分凉意。走进战士宿舍，一股暖意扑面而来。

中士田栓波招呼记者坐下，战士们纷纷讲起自己心中的这个“家”。

“习主席对我们的生活十分关心，走进战士宿舍，边看边问。战士们睡觉冷不冷？能不能洗上热水澡？连队伙食怎么样？每个问题都心系大家冷暖。我们都想向习主席报告，现在连队的生活越来越好！”田栓波掰着指头向记者介绍——

“清洁锅炉取代了燃煤锅炉，不仅让室温适宜，而且节能环保。”

“热水器实现电热能和太阳能‘双配置’，战友们随时都能洗上热水澡。”

“伙食也可口，我老家是河南的，炊事班做的胡辣汤，是地地道道的家乡味。”

“这些实实在在的获得感，让人身在边关不觉寒。”田栓波说，更让大家温暖的是，战友们爬冰卧雪、同甘共苦结下的深厚感情。

说到这里，战士辛扎那打开了话匣子。入伍之初，他汉语说得不太好，加上性格有些内向、第一次离开父母，很想家，不愿和战友多交流。

改变，发生在他到部队后过的第一个生日。

“我原来在家没有过生日的习惯。生日那天，我以为会和往常一样。午饭时，突然听到一句用蒙语说的‘生日快乐’。”

“一抬头，看到战友端来炊事班为我做的大蛋糕，还调制了家乡的奶茶。班长递给我一碗生日面，里面放着两个荷包蛋。我是含着眼泪把面吃完的，感觉好香好香。”

从那以后，辛扎那渐渐变得开朗起来，与战友的关系也越来越融洽。

采访中，记者得知辛扎那是家中独子，父母曾想让他早点退伍回家。

“犹豫过，但每次想起那碗生日面，我就舍不得。”辛扎那告诉记者，这几年，全社会对军人军属越来越尊崇，逢年过节家乡政府部门上门慰问，立功喜报敲锣打鼓送到家，“一人参军、全家光荣”，乡亲们都羡慕，父母也越来越支持他在部队好好干。

“守在父母身边是尽孝，卫国戍边让父母为我们骄傲也是尽孝。”连队副指导员周士豪说出了大家的心声，每次连队这个“家”有喜事、战士们取得新进步，干部骨干都会给战士家长打电话报喜，同时感谢他们的支持。一条电话线，连着两个家，连起家与国。

这个“家”，让人眷恋，也让人成长——

“看，这是我来岛上第一天拍的照片——朝阳下的柞树林。”一名战士向记者展示他的微信朋友圈，照片配了一行简短的文字：心中有阳光，脚下有力量。

这片茁壮成长的柞树林，也是全旅闻名的“人才林”。

为了鼓励官兵扎根哨所，连队有项传统：优秀士兵可以在“人才林”种下一棵标有专属编号的柞树。

夏日，岛上的柞树绿意盎然。通信技师、一级上士刘相生一眼就认出自己种的那棵。

“习主席来到连队勤务指挥室，听取连队建设和执行任务情况介绍时，我作为操作员全程操控信息装备。”刘相生说，“当时大屏幕显示的还是模拟信号视频。现在，我们的设备更先进、画面更清晰。”

设备更新换代，官兵们需要不断升级能力。“一开始我连有些装备的名字都记不住，更别提熟练操作了。”刘相生自我揭短。“怎么办？一个字：学！”

只用一年，刘相生就从新装备“门外汉”逆袭为战友眼中的“大拿”。

鹰眼全景系统、多媒体背负式终端、无人机、微波通信车、卫星电话……谈起这些信息化装备和连队智慧边防建设成果，刘相生念起一首打油诗：“高新装备入边关，巡逻不再跨马鞍。荧屏清晰明如水，一点鼠标近眼前。”

搭乘智慧边防建设快车，连队官兵加速成长：战士赵佳宇成为无人机操作能手，郭志强精通多媒体终端应用，李俊牵头成立的学习小组取得多项革新成果……

成长，发生在连队每一名官兵身上。

连队干部告诉记者，近年来，连队练兵备战热情高涨，官兵军事训练水平逐年攀升。去年，中士黄波夺得400米障碍全旅第一名，中士刘吉满、二级上士余洋在散打比赛中包揽旅里的冠亚军，连队军事训练综合成绩位列全旅第一……

改革调整期间，战士姜鑫雨从另一支部队转隶过来，来到偏远寂寥的边防哨所守防。姜鑫雨心理落差很大，萌生了退伍的念头。

“在我最迷茫的时候，连队没有放弃我。连长、排长给我讲习主席来到连队看望大家时的情景，讲连队的光荣传统，战友们也经常鼓励我。”回忆自己融入连队的历程，姜鑫雨至今难忘。

重新振作后，姜鑫雨的军事训练成绩突飞猛进，不仅顺利选晋军士，还连续4年获得嘉奖。2020年，他在全旅“东极卫士”比武中创破纪录，荣立三等功。

在“人才林”种下柞树那天，姜鑫雨觉得自己也真正在这里扎下了根。他悉心照料，希望小树茁壮成长、枝繁叶茂。“我们连就像是一个大家庭，在这里我找到了奋进的方向，我爱我的连队，我爱这个‘家’！”姜鑫雨说。

都说边关苦，都说边关累，可连队官兵为什么能在这里安心驻守？离开东极哨所，阳光照在江面，洒下一片金辉。记者心中有了答案：守国守边亦守家，国安家安亦心安！

四川省革命伤残军人休养院老战士群体——

“继续为党和人民贡献自己的力量”

60多年来，你们坚持爱党、信党、跟党走，积极参与爱国主义教育和国防教育活动，继续为党和人民贡献自己的力量，展现了初心不改、奋斗不止的精神。

——摘自习主席给四川省革命伤残军人休养院全体同志的回信

夏日，成都市新都区荣军路86号，一座林木繁茂的院落闹中取静。

整洁干净的庭院内，凉亭、小溪、长廊错落有致。几位白发苍苍的老人坐在轮椅上，画面温暖而美好。

如果不留意这座院落的名称——四川省革命伤残军人休养院，或许不会有人想到，这些神态安然的老人，是一群经过枪林弹雨考验的老英雄。

这座革命伤残军人休养院建于1951年，先后集中供养了2800多名伤残军人，其中参加抗美援朝战争的约2200人。多年来，该院伤残军人克服常人难以想象的困难，力所能及为祖国建设作贡献，义务做传统教育报告近万场，受众300余万人次。

“我们打过仗，更清楚今天的和平幸福生活多么来之不易。”2020年9月，该院志愿军老战士涂伯毅和几名战友回想起抗美援朝出国作战的烽火岁月，大家感慨万千，决定给习主席写信汇报工作和生活情况。信中，涂伯毅代表全体伤残军人向习主席表达不忘初心、牢记使命、保持本色，继续为实现中华民族伟大复兴添砖加瓦的决心。

让老战士们格外高兴的是，习主席给休养院全体同志回信，向他们致以诚挚的问候。在回信中，习主席称赞：“60多年来，你们坚持爱党、信党、跟党走，积极参与爱国主义教育和国防教育活动，继续为党和人民贡献自己的力量，展现了初心不改、奋斗不止的精神。”

“戎马卫家国，一生忠于党。”这是老战士们的如磐信念——

习主席的回信，让更多人认识了这些老战士。媒体关于他们事迹的报道很多，不少人慕名前来探访。谈及当年的牺牲奉献，老战士们总说：我们是党培养的，只是做了自己应当做的事。

每当有人来看望，88岁的老英雄周全弟总会举起无手右臂，敬一个特殊的军礼。得知记者来自解放军报，老英雄打开了话匣子，“我是中国人民志愿军第26军77师231团1营2连战士……”1950年冬天，16岁的周全弟在长津湖战役中，因严重冻伤失去了双腿及双手。回忆起当年的战斗场景，他动情地说：“我最大的遗憾是，没能在战场上继续为党和人民冲锋。”

“志愿军将士及英雄模范们的功绩，党和人民永远不会忘记。”习主席回信中的话语，让周全弟倍感温暖。他告诉记者：“习主席始终牵挂着我们这些老战士，穿上军装我们是兵，脱下军装我们依然是党的战士，要继续为党和人民贡献自己的力量。”

虽然行动不方便，但周全弟和老战士们喜欢摇着轮椅车到街上看看。城市日新月异，商品琳琅满目，马路四通八达，公园风景如画……在经历生死考验的老战士们眼中，这些看似再平常不过的生活画面，正是他们当年浴血奋战的意义。

“有学上、有房住、有医保，很多人还开上了小汽车……”每每说起这些高兴事儿，周全弟总是连连感叹：“党中央、习主席领导得好，中国的明天有希望，未来的日子有奔头！”

“社会主义是我们的灵魂，党就是抚育我们成长的母亲”“社会主义大厦固然需要钢材，我们却愿意作颗小小的螺丝钉……”前段时间，当地一些学校组织学生到休养院探望，老战士们特意朗诵了由伤残战友创作的诗歌《我们的心永远忠于党》。动情处，他们挥动双臂，仿佛再次回到火热的青春岁月。一句句诗歌，道出了老战士们的毕生追求，也表达着他们对党的真挚情感。

“战场的英雄，生活的强者。”这是老战士们的奋斗本色——

走下战场，回归生活，是老战士们要过的第一关。

1951年2月，在抗美援朝战场上，20岁的涂伯毅遭敌人凝固汽油弹袭击，全身大面积烧伤，双手致残。

1956年，涂伯毅来到四川省革命伤残军人休养院。由于身体残疾，他一度躲在屋里不愿见人。后来，在战友和休养院工作人员的耐心开导下，涂伯毅逐渐战胜悲观情绪，重拾生活信心。

即使提前做好了心理准备，但第一次见到老战士涂伯毅时，记者还是被深深震撼到。他那被严重烧伤的皮肤，无声地诉说着一名老战士的坚毅和荣光。

“虽然我的身体残疾了，但我的精神和灵魂没有改变。”这些年，涂伯毅不仅坚持生活自理，还几十年如一日练习书法。

收到习主席的回信，涂伯毅特别激动：“这是习主席对我们这些老战士的亲切关怀。几十年来，正是党和人民的关心，激励我们战胜一切困难。现在，我们更有信心把日子越过越好。”

今年，涂伯毅已经91岁高龄。晚饭后，他仍然坚持在院里散步。他希望把身体锻炼好，继续为党和人民贡献自己的力量。

不只涂伯毅如此。“困难只能在软弱者面前存在，挡不住久经锻炼的士兵……”这几句诗歌，正是休养院全体伤残军人自强不息、乐观进取的生动写照。

被敌机炸伤失去左手和右眼的老战士易如元，自学吹笛子，靠着一只眼识谱、一只手的手指在笛子上跳跃，演奏出美妙的乐曲。

女战士张道华，16岁时奔赴抗美援朝战场，带领伤员突围时受伤双目失明，回国后她不仅为广大青少年进行爱国主义教育，还学会了按摩技能，为群众、伤残军人按摩治疗。

“我刚到休养院工作，就被这些老英雄热爱生活、自强不息的精神深深打动了。”休养院护士谢瑶动情地告诉记者，“他们满身伤痕，却能积极乐观面对生活，我们还有什么困难不能克服呢？”

“莫道桑榆晚，为霞尚满天。”这是老战士们的不懈追求——

“中华民族是英雄辈出的民族，新时代是成就英雄的时代。全党全社会要崇尚英雄、学习英雄、关爱英雄，大力弘扬英雄精神，汇聚实现中华民族伟大复兴的磅礴力量。”习主席在回信中的嘱托，引发全社会强烈共鸣。

生活在休养院，老战士们感受着来自社会各界的温暖。“党和国家提供了这么好的生活条件，悉心照料我们生活，还有不少人自发前来看望我们，这让我们很感动。”老战士们说。

这几年，休养院条件不断改善，新添了智能床垫监测系统等设备，逐步打造智能化病房，医护人员可24小时监测老战士们的心率、呼吸、体温、血压等数据。休养院康复医学科还引进了下肢步行外骨骼机器人系统，能够辅助截瘫伤残军人开展行走和步态训练，帮助一些老战士实现“站起来”的愿望。

一个有希望的民族不能没有英雄，一个有前途的国家不能没有先锋。老战士们有一个共同的心愿：希望一代代年轻人永远记得——山河无恙，需要有人去守护。

“他们在战场上浴血奋战，晚年仍然四处奔走开展宣讲，播撒英雄精神的种子。”休养院荣军科科长廖品列告诉记者，60多年来，休养院老战士宣讲团深入学校社区、党政机关、部队营区作爱国主义和革命传统教育报告，把宣讲党的政策、弘扬革命精神当成职责使命。

“我虽然已经86岁了，但一定会尽最大努力传承战友们的革命精神，讲好他们的战斗故事！”参加过上甘岭战役的老战士付仲阳，当年在战场上抬担架运伤员，腰部受伤落下残疾。而今，她坐着轮椅，坚持参加国防教育宣讲。她常借用一句战场上的话鼓励大家：“夜行军有什么可怕？照明弹有什么了不起？革命的乐观主义就是我们胜利的保障！”

如今，休养院老战士宣讲团中，像周全弟、涂伯毅、付仲阳这样“冲锋”在宣讲一线的老战士有11位。因为年纪大、旧伤多，每次外出宣讲，对于老战士们来说都是不小的挑战，但只要有时间、有需要，他们都义无反顾，尽心尽力完成好每一场宣讲。

去年，老战士宣讲团开展“我们的心永远忠于党”“老兵永远跟党走”“红色基因代代传”等主题宣讲活动260余场，听众近2万人次，被评为2021年全国“最美退役军人”。

夏日巴蜀，潮湿闷热。老战士们坚持读书看报，时常重温习主席的回信。“‘初心不改、奋斗不止’，我们把这8个字牢牢记在心间。只要我们活一天，就坚持一天，一定要把革命精神传承下去。”这是老战士们共同的心声。

乘风破浪 亮剑岸滩

——回访南部战区海军某登陆舰支队海南舰官兵

努力把个人理想抱负融入强军梦，强化使命担当，矢志扎根军营、建功军营。

——习近平

海上巨舰犁波，空中铁翼飞旋。

1000米、500米、100米……今年4月，南部战区海军某登陆舰支队海南舰在南海某海域展开舰机协同训练，某型舰载直升机向首艘国产两栖攻击舰海南舰缓缓靠近，顺利完成着舰。很快，又再次呼啸升空，掠海飞向大洋深处。

站在这艘满载排水量达数万吨的战舰驾驶室内，望着眼前宽阔的甲板和远方辽阔的大海，海南舰首任舰长闫勇军心潮澎湃。习主席两次视察支队的情形，他至今历历在目——

2013年4月9日，习主席到该支队井冈山舰视察，看望慰问官兵。习主席攀舷梯、下舱室、上甲板、进舰载直升机机舱，了解武器装备性能，询问官兵训练生活情况。

2021年4月23日，习主席出席海军三型主战舰艇集中交接入列活动，亲自向海南舰授予八一军旗、命名证书，并登上舰艇视察。

“习主席两次亲临支队视察、两次走进舰艇战位，是我们最大的荣耀。”闫勇军动情地告诉记者，“习主席的关心关怀，激励我们全体官兵征战大洋，为全面建成世界一流海军不懈奋斗！”

既是追梦人，更是圆梦人

当时在井冈山舰塔台指挥分区列队的闫勇军，至今清晰记得习主席健步登上井冈山舰的情景。

2013年4月9日上午，三亚椰风轻拂，草木芊绵。习主席身着短袖军便服，来到三亚某军港码头，依次检阅5型11艘新型主战舰艇。习主席不时向受阅官兵致以问候，官兵们响亮作答。

令闫勇军感动不已的是，习主席不仅详细了解各型装备的技战术性能，还特别关注官兵成长成才。他殷切勉励大家，要努力把个人理想抱负融入强军梦，强化使命担当，矢志扎根军营、建功军营。

牢记习主席嘱托，闫勇军和战友迎风战浪接受历练、勇毅前行。

2014年3月，井冈山舰依令紧急起航，前往泰国湾、南印度洋等陌生海域执行搜救马航MH370失联客机任务，创造远海投送多个首次。

2018年，井冈山舰随编队参加远海训练，创造多项新纪录。

……

“从习主席手中接过八一军旗，我感到无比光荣和自豪。拥有我们自己的大型两栖舰艇，是登陆舰官兵的梦想。”从井冈山舰一路走来，闫勇军成长为海南舰首任舰长。今年4月，他又走向新战位。

闫勇军告诉记者，20年前，他毕业分配到登陆舰部队时，“在世界海军发展坐标系上，中国海军与当时世界强国海军的‘时代差’是难以逾越的鸿沟”。回忆当初的艰难，闫勇军刻骨铭心。

“新时代，在一茬茬登陆舰官兵的接续奋斗中，梦想照进现实：国产两栖攻击舰逐步形成战斗力，两栖作战兵力运用方式不断拓展，两栖投送能力稳步提升。”

去年底，海南舰首次执行立体投送任务。作为舰长，闫勇军需要同时指挥航海、航空、登陆等多个部门完成相应工作。他带领全舰官兵集智攻关，将全部作业流程融入协同作战体系，畅通指挥网络、优化指挥调度，推动两栖攻击舰战斗力加速形成。

“牢记统帅重托，我们既是追梦人，更是圆梦人。赶上海军大发展的机遇，我们唯有肩扛使命，迎风破浪，犁出不忘初心、向战而行的深蓝航迹！”闫勇军告诉记者。

我们的航迹不断从近海向远洋拓展

“巾帼不让须眉，硬核装备让打赢底气越来越足。舰由我操纵，我听党指挥！”海南舰入列当天，海南舰操舵班班长吴桐在日记中这样写道。

习主席视察井冈山舰时，吴桐还是一名上舰不久的新兵，最大的梦想是成为一名合格的操舵兵。时光荏苒，时隔8年再次接受习主席检阅时，吴桐已经成长为海南舰首批舰员，并成为该支队首名女操舵班长。

2017年5月，某项长航程任务对井冈山舰综合保障能力提出严峻考验。吴桐至今难忘，各种装设备将车辆库和坞舱塞得满满当当，官兵反复修改推演方案预案，轮班巡逻确保长航时系留稳定。最终，井冈山舰克服重重困难横渡大洋，圆满完成任务，并探索总结出一整套远航运输规范流程。

“习主席对战斗力建设高度重视，作出的一系列重要指示批示，是我们一线作战部队官兵的行动号令。”回忆起习主席关心海军部队建设的一幕幕场景，吴桐和战友倍感振奋。

2020年10月13日，习主席在海军陆战队视察时强调，要加强所属作战力量、作战单元、作战要素融合集成，加强同其他军兵种部队协同配合，理顺相关指挥关系、保障关系，深度融入联合作战体系。

新航程，统帅指引方向，水兵勇立潮头。当时在工厂接舰的海南舰登陆长郑康波和战友，感受到肩上沉甸甸的责任：登陆舰部队作为两栖登陆作战平台，涉及到水面舰艇、陆战队和航空兵等多种作战要素，将是体系作战的“弄潮儿”。

“必须把各作战单元拧成一股绳。”曾多次参加联合演练的郑康波介绍，通过不断和其他军兵种交流、碰撞、磨合，他们逐步打通平台指挥体系，攥指成拳形成的整体作战能力倍增。“我们的航迹不断从近海向远洋拓展，多样化使命任务为我们提供了更加广阔的练兵平台。”郑康波自信地说。

海上，巨舰劈波斩浪；空中，战鹰直扑“敌”后；岸滩，“铁流”直插纵深……近年来，该支队官兵坚决贯彻习主席关于大抓实战化军事训练的重要指示要求，不断加大体系作战训练力度，实现了直升机、气垫艇和两栖战车多架次、多批次连续出动，立体输送核心能力得到极大提升。

在两栖作战新起点上加速提升新质战斗力

回忆起参加海南舰交接入列仪式的光荣时刻，海南舰航空长张尚新心情十分激动："我们深知责任重千钧，必须以荣誉为动力，不负重托、不辱使命，推动新质战斗力加速提升！"

那一年，张尚新和闫勇军、吴桐等战友作为海南舰首批接舰官兵，第一次见到还没下水的海南舰。

面对无经验、无资料、无专业人员的"三无"挑战，海南舰后续建设和加速形成战斗力的任务，无疑任重道远。

"习主席勉励我们瞄准世界一流，锐意开拓进取，加快转型建设，努力建设一支强大的现代化海军，为实现中国梦强军梦提供坚强力量支撑。"牢记厚望重托，张尚新和战友直面困难挑战，勇敢扛起这一代登陆舰官兵的使命责任。很快，大家就顺利完成接舰任务。

入列后，海南舰迅即转入作战训练。张尚新带领航空部门官兵复盘舰载机起降训练，分析各项数据，梳理分类百余个协同指挥中存在的堵点难点，不断优化完善作业流程。

检验成果那天，多批多架次舰载直升机从海南舰甲板上腾空而起，标志着海南舰初步形成垂直投送能力。

车辆库是海南舰另一个重要战位，两栖战车将在这里完成抢滩登陆准备工作。"我一定练精、用好新装备，回报习主席关心厚爱！"习主席登上海南舰视察，让车辆库保障班班长陈哲无比自豪，"经过集智攻关，我们目前可以同时完成战车油水气电保障、调运、物资准备等工作。"

"现代立体登陆作战，重在指挥，难在协同。"闫勇军介绍，为加速新质战斗力生成，他们加快验证完善舰—机、舰—车、舰—艇保障作业和指挥流程，探索各装备性能边界，发挥系统最大作战效能，有效拓展两栖作战兵力运用方式，平台自防御和两栖投送能力稳步提升。

"在新时代的征程上，在实现中华民族伟大复兴的奋斗中，建设强大的人民海军的任务从来没有像今天这样紧迫。"该支队领导告诉记者，习主席号令催人奋进，全体官兵一定牢记嘱托，在两栖作战新起点上加速提升新质战斗力，在乘风破浪的征途上用行动书写无愧新时代的优秀答卷！

（解放军报 2022 年 05 月 24 日—07 月 12 日）

申报资料实录

作品简介：党的十八大以来，习近平主席上军舰、乘战车、登战机，走边防、进哨所、到班排，深入基层一线调查研究，亲临演训一线指挥谋划，深情回信勉励基层官兵，引领全军将士在新征程上奋力前行，推动强军事业取得历史性成就、发生历史性变革。为进一步深入学习宣传习近平强军思想，生动展现全军官兵忠诚维护核心、矢志奋斗强军的火热实践，以点带面反映人民军队奋进新征程、建功新时代的崭新面貌，本报回访习主席视察过的部分基层单位、一线战位和回信勉励过的部队官兵，开展回顾式采访报道，推出本组报道，发出 19 篇稿件。

社会效果：报道在解放军报首发后，在军地产生热烈反响，多家网站在重要位置转载刊登，多篇稿件阅读量迅速突破“千万 +”，取得了良好传播效果。

初评评语：该作品以宣传习近平强军思想为出发点，政治性强，站位高。通过回访习主席视察过的部分基层单位、一线战位和回信勉励过的部队官兵，生动展现全军官兵忠诚维护核心、矢志奋斗强军的火热实践，以点带面反映人民军队奋进新征程、建功新时代的崭新面貌，充分彰显了军队媒体的宣传主阵地作用，引发网友强烈共鸣。

中共二十大将如何标注历史新坐标?

张 量

即将于16日召开的中共二十大，被标注为是在迈上全面建设社会主义现代化国家新征程、向第二个百年奋斗目标进军的关键时刻召开的一次十分重要的大会。世界正热切注视，接下来的一周，中共二十大将如何刻画这一新的历史坐标。

这一历史坐标注定将承载着不同以往的历史之重：中国共产党在成立一百年后将通过此次大会对历史方位作一次重要标注；中国也将在全面建成小康社会后，进一步迈出全面建设社会主义现代化国家的步伐；特别是当前世界百年变局加速演进，人类社会来到十字路口的关头，世界第二大经济体将透过此次大会作出重大擘画。

根据中共十九大的规划，将在近30年的时间分两步来实现第二个百年奋斗目标——到2035年基本实现社会主义现代化；到本世纪中叶，新中国成立一百年时，建成富强民主文明和谐美丽的社会主义现代化强国。在即将召开的二十大上，这一愿景将得到更加清晰的工笔描绘、更为具体的科学界定。中国迈入全面建设社会主义现代化国家的新发展阶段，更鲜明地走中国式现代化道路。

中共中央总书记习近平曾对中国式现代化做出说明，“我们所推进的现代化，既有各国现代化的共同特征，更有基于国情的中国特色。我国现代化是人口规模巨大的现代化，是全体人民共同富裕的现代化，是物质文明和精神文明相协调的现代化，是人与自然和谐共生的现代化，是走和平发展道路的现代化。”

中共中央党史和文献研究院院长曲青山最近撰文解读实现中国式现代化这一目标的意义时说：中国14亿多人口要整体迈入现代化社会，其规模超过现有发达国家的总和，将彻底改写现代化的世界版图，在人类历史上是一件有深远影响的大事。

世界仍然对中国第一个百年目标的实现印象深刻：中共在建党百年之际，打赢了人类历史上规模最大、力度最强的脱贫攻坚战，近1亿农村贫困人口实现脱贫，提前10年实现联合国2030年可持续发展议程减贫目标，历史性地解决了绝对贫困问题，创造了人类减贫史上的奇迹。中国共产党在历史性大会上制定的奋斗目标，就这样经过 5 年、10 年，从政治文本的愿景描述中走出，被几乎全体中国人、数以亿万计的工程细节分解执行，落地实现，然后再汇集为下一个政治文本中精练的成就性表述。

德国柏林普鲁士协会名誉主席恰普克评论说，中国是全球唯一一个对未来 5 年到 10 年有明确规划的国家，因此对中国的未来充满信心。如同“中国式减贫”给世界发展中国家带来希望光亮和积极影响，外界也在密切关注“中国式现代化”将带给世界怎样的奇迹和启示。

与此同时，摆在中共宏伟现代化施工构想和中国新发展阶段面前的，是更加动荡的、加速变革的现实大环境。对此，中共有清醒的认知。正如习近平在上合组织撒马尔罕峰会讲话中指出，当前，世界百年未有之大变局正在加速演进，世界进入新的动荡变革期。世纪疫情阴霾未散，局部冲突硝烟又起，冷战思维和集团政治回潮，单边主义、保护主义抬头，经济全球化遭遇逆流，和平赤字、发展赤字、信任赤字、治理赤字有增无减，人类社会正站在十字路口，面临前所未有的挑战。

中共二十大正是在这样的历史关头召开，审议决定的是全球第二大经济体未来 5 年乃至更长时期走向的重大指引。中国共产党通过此次大会不仅要保持战略定力，向既定的第二个百年目标进发，还要应变迎难，在“世所罕见”“史所罕见”的变局中，辨明危与机，化危为机，为中国也为世界走出一条崭新的、助益世界和平与发展的现代化道路。

可以确定，中共二十大必将是一次具有“世界意义”的大会，是真正融入世界来思索中国方位的大会，不仅回答中共自身的历史之问——带领中国“向何处去”“如何走”，更把“人类社会往何处去”“世界该怎么办”的思考作为前置命题。中共二十大将通过一系列的中国规划、中国姿态作出“人类十字路口”前的“一题双答”。

中共二十大将再次向外界表明方向感——做好自己的事，实现中华民族伟大复兴的梦想，在这一过程中不断为世界提供确定性、稳定性、建设性。

作为已执政 73 年的百年政党，中国共产党始终有清醒的认知——办好中国的事“关键在党”。特别是在经历过“极不寻常、极不平凡”的过去 5 年，中共二十大将再次警醒全体党员永葆“赶考”的清醒和坚定，“全面从严治党永远在路上，党的自我革命永远在路上”。

事实上，如外媒所说，中国共产党已经成为世界上一支不可忽视的力量。她的一举一动都备受关注，特别是历史节点上召开的中共二十大。五年一次的全国党代会，为中国的发展树立起一个个里程碑，也已成为外界不断加深对中国共产党认知的重要窗口。

已成功跨过第一个“百年目标”的中国共产党，接下来将赋予这个秋季一周怎样的绚丽色彩和深远意涵？又如何将它刻画成耀眼鲜明的历史坐标？尤其值得观察。

（中国新闻社 2022 年 10 月 13 日）

申报资料实录

作品简介： 中新社 2022 年围绕党的二十大这一全年最重大的主题报道精心策划了系列前瞻稿件，《中共二十大将如何标注历史新坐标？》一文是此系列的开篇之作。策划之初，将此篇主题定为着重阐发二十大召开的历史意义、现实意义、世界意义，引导外界理解我党这一重大政治议程。作者注重从历史、现实、世界等多个维度建构观察视角，通过极具说服力的事实和逻辑论述驾驭宏大叙事，准确把握了二十大对于中共自身、中国发展，以及整个世界的重大意义，展现二十大的历史方位感，引导外界对中共二十大将释放稳定性、确定性和建设性产生良好预期，有效营造了大会前正面积极的舆论氛围。行文中注重国际视角的引入，对宏大议题作客观、平实、创新的表述，立意、文气、表达都高度契合党召开二十大所蕴含的世界感、历史感和成熟心态，成为中新社在二十大报道中的重量级、标志性作品。

社会效果： 作品发布后，被海外数十家媒体在显要版面、头条位置刊发，海外传播效果突出；作品还制作成融媒体产品，通过中新社的新媒体矩阵一体推送，实现了海内外全媒体呈现，其中在多个社交平台点击阅读均短时内突破十万加。还被多家媒体网站、客户端转发、突出呈现，网络平台阅读量超千万，其中“历史新坐标”议题被国内外媒体广泛采纳使用。作品还受到多位专家、学者和业界权威人士的肯定，认为作品“对外很好地讲清了中共二十大的意义”“从定位到叙述语言都非常好”“文章非常有高度，令人印象深刻”。

初评评语： 党的二十大在全球疫情叠加国际局势高度复杂的背景下召开，对外讲清二十大将如何作用于中国发展方向，备受外界关注。在二十大召开之际，该作品先声夺人，第一时间占据海内外舆论场，对二十大的重大意义进行具有高度、令人信服的新闻阐释。作品为外界理解二十大这一重大政治议程提供了准确、清晰的导引，是二十大报道中令人印象深刻的重磅言论文章。作品视野宏阔而言之有物，立意高而落地实，用节制精练的篇幅驾驭宏大政治主题，是重大主题报道中内外传播效果兼备的佳作。作品文字精准到位，话语表达有创新，叙述语言贴近海内外读者，令人信服。

把青春华章写在祖国大地上

集　体

作品二维码

代表作一

代表作二

代表作三

（人民网、“人民网 +”客户端 2022 年 11 月 25 日—12 月 31 日）

申报资料实录

作品简介：为深入学习宣传贯彻党的二十大精神，贯彻落实习近平总书记关于“大思政课”和青少年工作系列重要论述精神，人民网策划“把青春华章写在祖国大地上”大思政课，围绕“二十大精神进校园”主题，党的二十大代表、航天英雄、科研专家、优秀台湾青年等，以故事讲述、情景教学、太空连线、音乐剧等生动鲜活的形式，与广大青少年同上一堂别开生面的大思政课。邀请菌草技术发明人林占熺、特级航天员王亚平、冬奥冠军武大靖等党的二十大代表，分享“冒热气”“接地气”的动人故事，引导青少年领悟党的二十大精神“怎么学、怎么干”。抓住新闻点，聚焦共情点，策划推出短视频、创意海报、主题片、网络思政课等多媒体产品，采取青少年乐于接受、易于理解的方式，引导青少年在奋斗中绽放青春绚丽之花。入群进圈，让思政课“活起来” 线下活动和网上传播结合，主流媒体和政务机构、校园媒体融合，利用“云上思政”新契机，增强传播影响力。

社会效果：主题片《青春华章 | 正青春 再出发》、网络思政课《二十大精神思政课：绽放青春绚丽之花》以及系列短视频等 20 余个融媒体产品全网转发。三天内，内容曝光量突破 5 亿。# 正青春 再出发 # 话题登上微博热搜，阅读量超 8000 万，# 来自中国空间站的出差邀请 # 话题阅读量破 2 亿。两周内，相关词条百度搜索次数超 1440 万次。多家网站多次转载，形成传播和讨论热潮，不少青少年网民留言表示“挥洒青春热血，追逐梦想，永远跟党走，奋进新征程！”“生逢其时奋斗其时”“做强国一代”“这样的青春最美！”同时，运用新媒体新技术让思政课“活起来”，推动优质思政资源触达更多年轻网民，推动大思政课高质量发展，进一步加强了新时代青少年思想政治引领，培根铸魂、启智润心，引导广大青少年将青春理想融入中华民族伟大复兴的壮阔征程中。

初评评语：突出创意策划、创新表达，以故事讲述、情景教学等生动鲜活的形式，增强内容的沉浸感和真实感。以传播技术赋能思政教育，与广大青少年同上网上网下大思政课，激发了广大青少年网民的情感共振、思想共鸣，增强了思政课的吸引力与感召力，引导广大青少年坚定不移听党话、跟党走，让青春在奋斗中绽放绚丽之花。

广纳万川入海　画好同心大圆

——习近平同志在福建工作期间关于统战工作的探索与实践

兰　锋　林　蔚　郑　昭

福建山海交融、人文荟萃，是重要的统战工作大省。

从1985年到福建工作起，习近平同志就与福建统战工作结下了不解之缘。

“我父亲是做统一战线工作的，我对统战工作有着一份特殊的感情。”在福建工作时，习近平常常这样说。带着这份特殊的感情，在17年半的不平凡岁月里，无论在哪个工作岗位，习近平都亲自指导推动统战工作，广交深交党外朋友，与各界人士建立了深厚的感情，逐步探索形成了富有生机活力、充满智慧力量的统战工作重要理念。

“习近平同志是做统战工作的典范。”这是福建广大干部和统一战线各界人士的由衷赞叹。他们说，在福建工作期间，习近平同志坚决贯彻党中央精神，并结合实际创造性开展工作，提出了一系列关于统一战线工作的重要理念，进行了一系列重大探索，极富战略远见、充满高超政治智慧，有力地推动了福建统一战线事业的健康发展，更为习近平总书记关于加强和改进统一战线工作的重要思想的形成发展打下了坚实理论基础、实践基础，为我们留下了极为宝贵的思想财富、精神财富和实践成果。

“统战工作不仅仅是统战部门的事情或者分管统战工作的领导个人的工作，要靠全党的一致努力，才能做好”。

“大家的工作职责分工虽有不同，但有一点是共同的，就是都在做党的统战工作，都为巩固和发展党领导的爱国统一战线而工作。这就要求各职能部门都要树立全局观念，树立大统战观念，加强协作，互相配合，互相支持。”

——1996年9月12日，习近平在福建省委第一次统战工作联席会议上的讲话

1988年，习近平就任宁德地委书记。时任宁德地委统战部部长姚智梅对这位年轻的地委书记第一次找自己谈话的内容，记忆犹新。

习近平对姚智梅说：“虽然宁德是一个贫困地区，但宁德是全国畲族最

大的聚集地，在东南亚的华侨也比较多，而且是宗教工作的重点区。所以，闽东的统战工作任务是比较重的，要建设闽东、发展闽东，必须重视发挥统一战线的重要作用，把方方面面人士的积极性都调动起来，团结一切可以团结的力量。”

没想到年轻的习书记这么重视统战，熟悉统战！姚智梅感到十分震撼。

1990 年 4 月，习近平就任福州市委书记之初，就请时任福州市委常委、统战部部长孙海山前去谈话。

那个时期，虽然福州的经济比宁德要发达，统战工作条件更优越，但一些干部对统战工作重要性的认识不够到位，认为统战工作就是做做“虚功”，和经济社会发展关系不大。

这是一次长达一个多小时的谈话。两人主要就全市统战工作的情况进行了交流。“习书记提的问题非常内行，直奔工作重点。”孙海山回忆。

这次见面令孙海山倍感振奋。因为习近平不仅对统战工作方方面面都很了解，而且对统战工作在全局工作中的重要性有深刻认识。“我们感觉福州统战工作迎来了一个春天。”孙海山回忆时仍语带激动。

在 1990 年 5 月 16 日召开的福州市民主党派和无党派人士座谈会上，习近平表态：“在新的岗位上，要继续依靠领导班子集体的力量，各民主党派的力量和群众的力量，把我市的建设事业推向前进。”

在两个多月后召开的福州市统战工作会议上，习近平指出：“全党重视统战工作是我们党的优良传统。当前我市正处在一个重要的历史发展时期，爱国统一战线肩负着光荣的历史使命，我们要切实加强和改善党对统战工作的领导。”“坚持共产党的领导，是巩固和发展统一战线的根本保证，也是统一战线内部各方面人士的共同愿望和共同利益。有了党的坚强领导，统一战线才能有正确的政治方向，才能及时得到巩固和发展，并在实现党和政府的中心工作中发挥重要的作用。因此，各级党委要把统战工作摆上重要议事日程。”

很快，在习近平的重视和带动下，福州的统战工作开展得有声有色，各方面的积极性都被调动了起来，统一战线各项工作得到有效推进。“我作为当时福州统战工作的亲历者，每每回忆起那时在习书记领导下愉快工作的情景，心里还一直充满了激情，充满了自豪。”孙海山说。

福建统战资源丰富，特别是港澳台闽籍同胞、海外侨胞多，非公有制经济人士多，统战工作面宽、线长、任务繁重。20 世纪 90 年代，省委统战部机关因为办公楼拆迁，借用了福建省社会主义学院的教室来办公。

金能筹赴任省委统战部部长的第一天，发现自己的办公桌一条桌腿是短的，下面还垫了瓦片。与简陋的办公条件一样的是，统战工作基础也很薄弱。顿时，他对做好统战工作倍感压力。

1996年4月，习近平担任福建省委副书记后，分管统战工作。在一次去省委统战部调研时，习近平表示："统战部是涉外的单位，条件应该好一点，好展示对外的形象。"在他的支持下，统战部办公环境得到了极大的改善，提升了福建统战工作的对外形象，也大大提振了统战干部的士气。

回忆起这些往事，金能筹感慨地说："习近平同志抓统战工作从宏观入手，从长期全局、发展大势入手，亲力亲为。"

1997年，习近平在福建省统战部长会议上指出："统战工作是全党的工作，加强党对统战工作的领导是全面落实党的各项统一战线方针政策，巩固和发展新时期爱国统一战线的根本保证。各级党政领导干部不仅要重视统战工作，而且要带头做好统战工作；不仅要参加统一战线的重要活动，而且要模范贯彻执行统战方针政策，亲自做党外代表人士的工作。各级党委要把统战工作列入重要议事日程，不仅部署统战工作，还要认真督促检查统战方针政策的贯彻执行情况。"

在1999年召开的福建省统战部长会议上，习近平强调："各级党委要把统战工作摆上重要位置，坚持'长期共存、互相监督、肝胆相照、荣辱与共'的方针。对统战工作方面的重大问题要认真进行研究协调，切切实实地解决好带全局性、根本性的问题。"

"习近平同志对统一战线工作有思考，他提出的大统战理念极富前瞻性和开拓性。"福建省政协原副主席、省工商联原主席李祖可回忆道。

李祖可的话是有针对性的。20世纪90年代，福建省存在着"统一战线不统一"的现象。

一位在海外创业的闽籍企业家回福建，居然有四五辆小车同时到机场迎接。当天晚上，这位乡亲还得赶赴有关部门举行的三四场晚宴。几天下来，他感到身心疲惫，感叹道：家乡真热情，大家都想我回来投资兴业，但面对这么多部门的邀请，有些不知所措。

出现这种现象的背景是：改革开放后，福建上上下下对发挥侨乡优势吸引外资都热情高涨。与此同时，没有一个做侨务工作的统一平台，导致大家一哄而上，都花了力气，反而没有达到效果。

这种现象，习近平也早有了解。在担任福州市委书记时，他就在福州市统战工作会议上指出："统战工作不仅仅是统战部门的事情或者分管统战工作的领导个人的工作，要靠全党的一致努力，才能做好。”

习近平到省委分管统战工作后，在他的推动下，很快建立起了省委统战工作联席会议制度。

1996 年 9 月，福建省委召开了第一次统战工作联席会议。习近平在会上说道：“改革越深入、经济越发展、社会越进步，越要重视和加强统战工作，这也是讲政治的重要内容。可以说，谁在新形势下忽视统战工作，谁就是在政治上短视和糊涂。”他还提出，加强各职能部门的联系与协作，建立健全统战工作齐抓共管责任制。要树立全局观念和大统战观念，逐步实行统战工作方针、政策，统战工作业务指导和重大统战活动的归口管理。

“统一战线不统一”的问题症结在于当年与统战工作有关系的部门、团体近 10 个，相互之间的沟通较少，协调不够，常发生政出多门、各自为政的现象。

1999 年 6 月的一个下午，习近平专程来到福建省政协，同时任省政协主席游德馨、时任省委统战部部长金能筹坦诚交流，共同研究政协和统战部如何进一步密切联系、互相配合、互相协作。游德馨记得：“针对这一问题，他提出了很多建设性思路，讲了很多具体意见。”

习近平指出，政协和统战部的工作目标都是一致的，政协是搞统战工作，统战部也是搞统战工作，为避免重复，就要通过相互沟通，把各项工作组织协调好。

习近平在担任福建省委副书记期间，先后主持召开了 11 次统战工作联席会议。会议由省委办公厅牵头，定期把涉及统战工作的单位集中在一起，交流协调工作，进行统一部署。

经过持续完善，习近平提出的坚持党的领导下大统战思路和推行的相关举措，很好地克服了先前工作重复安排或者互相扯皮的弊端，大大提高了工作效率，在全国开创了先例，为解决“统一战线不统一”的问题提供了成功经验，赢得党内外一致好评。

2015 年 5 月，习近平总书记在中央统战工作会议上指出：“统战工作是全党的工作，必须全党重视，大家共同来做。各级党委要把统战工作摆在重要位置，各级党政领导干部要带头学习宣传和贯彻落实统一战线政策法规，带头参加统一战线重要活动，带头广交深交党外朋友。要坚持党委统一领导、统战部牵头协调、有关方面各负其责的大统战工作格局，形成工作合力。”

“要为民主党派、团体知情出力创造条件”

“共产党领导的多党合作政治制度，是马克思主义同中国革命建设实践相结合的一个创造，是符合中国国情的社会主义政党制度，对推进我国的社会主义改革和建设、推进社会主义民主政治建设和推动民主党派的自身建设和发展，具有十分重要的作用。”

——1997 年 12 月 6 日，习近平在福建省统一战线和多党合作专题研究班开学式上的讲话

闽都福州，城蕴三山毓秀。“三山”之一的于山，历经风雨屹立城中，见证了中共福州市委与民主党派“季谈会”制度 32 年的历程。

1989 年底，中共中央发布了《关于坚持和完善中国共产党领导的多党合作和政治协商制度的意见》，这是一个全面规范我国多党合作事业的纲领性文件。习近平刚到任福州市委书记，就积极推动制定相关贯彻意见，首创了“于山季谈”，每季度召开一次中共福州市委与各民主党派、工商联负责人的座谈会。

“‘于山季谈’氛围始终热烈。”福州市政协原副主席、九三学社福州市委会原主委龚融实回忆道。

围坐在一起，大家发现新来的市委书记不仅听得认真，而且一一详细记录。“每次发言都得认真准备，否则自己就会感觉脸上挂不住。”龚融实说，“我结合从事的工作，讲科研、民营企业、环保等内容。习书记一边记，一边还和我们交流探讨。”习近平谦和专注的态度深深感染了大家。

让大家振奋的是，会上提出的问题都很快落实。“能当场拍板解决的就当场拍板，暂时不能解决的就由市委办负责去落实。上一次会上提出的意见建议，下一次会上还要听落实情况的汇报。”时任福州市委统战部党派工商科副科长刘少华说。

同时，习近平还要求将民主党派提出的意见建议每月按时直接报送给他。“习书记做事情特别踏实！”龚融实感慨道。

在习近平的示范带动下，“于山季谈”务实、高效，逐步制度化、规范化，不断完善发展。

习近平十分重视建立健全多党合作制度。他到省委工作后，很快推动出台了进一步加强与民主党派、无党派人士合作与协商的意见。“要继续坚持协商会、座谈会、通报会、谈心会等行之有效的制度，并在实践中不断健全和完善。要为民主党派、团体知情出力创造条件……对民主党派、团体提出

的参政议政意见、建议和调研成果，要切实抓好落实和反馈。”1998 年 4 月，习近平在全省统战工作会议上强调。

“在习近平同志的带领下，共产党领导的多党合作制度建设在福建省取得了突破性进展，特别是多党合作制度化、规范化建设进入了一个新阶段。”金能筹回忆说。比如：健全省委领导与省各民主党派、工商联负责人和无党派人士联谊交友制度；健全党外人士通报会、协商会等制度；省政府有关会议邀请民主党派负责人列席；重大外事活动邀请民主党派负责人参加；完善省政府部门与民主党派的对口联系制度；邀请民主党派、无党派人士担任政府部门和司法机关特约监督员；等等。

1999 年的夏日，福州琅岐岛迎来了习近平专门邀请的客人：林强、王良溥、林逸、李祖可、王传琛等省民主党派、工商联负责人。

迎着凉爽的海风，伴着轻柔的涛声，习近平与他们一对一谈心：“家里生活怎样，孩子工作如何？”“党派工作有什么困难，下一步打算有哪些……”几天下来，习近平进一步了解了党派工作实际情况，形成了下一步的工作思路，也增进了与各民主党派、工商联负责人之间的友情。

习近平通过这种宽松的形式与大家交流，几位负责人十分感动：这充分体现了习近平对民主党派、工商界人士的尊重，也展现了他高超的领导艺术。“琅岐谈心”成为福建统战工作史上的一段佳话。

如今已是耄耋老人的孙新峰，回忆起当年习近平支持他履职的情景，仍然历历在目。时任福州市政协副主席、民革福州市委会主委孙新峰，航海专业出身，又是海军转业干部，对港口建设颇有研究。“习书记经常约我去谈话，除了党派建设以外，谈的最多的就是福州港口发展。”就在乌山脚下那栋市委办公的小楼，孙新峰记不清自己多少次踩着老旧的木地板，走进习近平办公室。虽然时间长短不一，但他清楚记得，每一次的谈话都是那么充实坦诚，每一次离开时心情总是那么愉悦振奋。

“这一谈话的习惯一直保持到习书记调到省里。直到他当了省长，还关心地问我党派建设的事。能把党派工作做得这么踏实，深入人心，很不容易。他这种对民主党派人士全方位的关心，对我个人来说也很受教育。”孙新峰语调缓慢地回忆说。

“他是一个特别诚恳的人。”说起在习近平领导下工作的往事，台盟福建省委会原专职副主委兼秘书长陈美光印象最深的就是习近平的诚恳。这种诚恳体现在工作中，就是他对民主党派人士意见建议的高度重视，善于听取不同的声音。“每次和他说话，他都很认真地倾听。”陈美光说，“他总是这么平易近人、亲切随和。”

在习近平的鼓励下，台盟福建省委会发挥自身优势，加强与台湾有关团体和人士的联系，走访慰问在闽台商，宣传福建发展成就，为促进闽台交流交往撰写了大量研究报告。

习近平对加强中国共产党和各民主党派之间合作与协商的坚定支持，极大地激发了民主党派人士参政议政、民主监督、参加中国共产党领导的政治协商的热情。

2002 年 4 月，民革福建省委会提出关于“开源节流促发展”的建议，时任省长习近平批示要求对这一问题进行深入研究，并将材料批转省财政厅。

“议政求真知，监督讲实效”，这幅今天仍然高挂在民建福建省委会的题词，是习近平为民建福建省委会主办的《咨询与建议》创刊 10 周年所题写。殷殷寄语，饱含期待。

“有事多商量、有事好商量、有事会商量，通过协商凝聚共识、凝聚智慧、凝聚力量。”2018 年 3 月，习近平总书记在看望参加全国政协十三届一次会议的民盟、致公党、无党派人士、侨联界委员并参加联组会时这样强调。

在福建工作期间，习近平始终高度重视和支持党外人士议政建言。

在担任厦门市委常委、副市长期间，习近平主持召开厦门经济社会发展战略研究座谈会，邀请民主党派、有关团体的代表和专家学者参会，共商特区建设发展大计。

在担任宁德地委书记期间，习近平专门邀请全国政协副主席、民盟中央名誉主席、物理学家钱伟长到宁德，对《宁德市 1990—2000 年经济发展总体规划》作进一步论证，为宁德未来的经济社会发展出谋划策。

在担任福州市委书记期间，习近平主持召开福州市发展建设征求意见会，邀请省、市民主党派负责同志和有关专家学者参加，听取意见建议。

在省委、省政府工作期间，习近平要求积极支持民主党派和无党派人士就全局性、战略性问题以及人民群众关注的热点问题进行考察调研，多次召集省有关部门负责人会议，听取调研成果采纳情况汇报，要求认真研究落实。

习近平十分关心和支持民主党派自身建设，为他们履职尽责创造良好条件。

“之前宁德地区只有工商联组织，没有民主党派。直到习书记到任后，1988 年 12 月 7 日，民盟宁德地区工委才成立，这是宁德最早成立的民主党派组织。”姚智梅回忆道。

当时的宁德经济还很困难，而在一个地区成立民主党派工委，不仅需要有适合的领导班子人选和一定数量的成员，也需要财政支持。“习书记对我们很重视，民盟省委与宁德地委一沟通，他当即就表示支持。”时任民盟福建省委会组织部副部长郑寿安说。

坐落在福州市车水马龙的湖东路上的同心楼，同样是习近平积极为民主党派履职创造良好条件的见证。20世纪90年代，各民主党派的省委会机关办公场所分散、空间狭小、设施陈旧，条件十分简陋。在习近平的推动下，省里决定建设一栋大楼供民主党派和工商联办公使用。习近平还协调解决建设中存在的困难。

落成的新楼宽敞明亮。各民主党派负责人共同商定，用“同心同德、风雨同舟”的寓意，给大楼取名“同心楼”。

习近平总书记在2015年召开的中央统战工作会议上强调：“要支持民主党派加强思想、组织、制度特别是领导班子建设。”

为了加强党外后备干部队伍建设，习近平在分管统战工作期间，指导有关部门起草了进一步做好培养选拔党外干部工作的意见，主持制定了全省统一战线干部培训计划。在1999年的县级领导班子换届中，全省有61个县（市、区）配备了党外副县（市、区）长，占总数的71%，一些党外干部也走上了区县政协的领导岗位。在他的指导推动下，省市县四分之一以上的政府组成部门都选配了党外干部担任领导职务。“通过这些工作，建立了一支数量比较充足的党外后备干部队伍，为不断发展壮大福建统一战线打下了坚实基础。”金能筹说。

“无论在哪个岗位，习近平同志对民主党派干部成长的关心是一以贯之、始终如一的。他对我们政治上的关心引领，让我们受益终身。”福建省人大常委会原副主任、民建福建省委会原主委林强心怀感恩。

致公党福建省委会原副主委、福州市委会原主委黄双月刚担任主委时，感到工作压力大，思想有顾虑。习近平找她谈心说：“你只管认真工作，其他不用担心，市委会做你的后盾，遇到困难来找我。”他还告诉黄双月要加强学习，增强多党合作意识，提高政治敏锐性。“习近平同志是我从事参政议政工作的领路人！”黄双月说。

政治上充分信任、工作上大力支持、生活上关心照顾，习近平对党外人士的情谊，赢得了他们对中国共产党的由衷爱戴。

1993年5月19日，时任民盟福州市委会主委朱桎在病榻上实现了临终愿望——加入中国共产党。

朱桎在抗日战争时期就加入了民盟地下组织，与中国共产党有着很深的渊源，一直在党的外围组织工作。半个世纪以来的倾心追随，加入中国共产党成为朱桎一生的理想和追求。

朱桎与习近平是老朋友了。朱桎患病后，时任福州市委书记习近平多次去医院看望慰问，还帮忙协调医生做好治疗。朱桎妻子干永和在回忆文章《在朱桎同志最后的日子里》这样写道：省市领导一次再次地到医院来看你，帮助解决一些实际困难。你多么感激，为今后不能再很好报答而难过；多次赞扬市委的领导工作作风好，更为欣赏年轻的市委书记工作谦虚、踏实。

正是出于这样的信任和欣赏，朱桎向习近平倾吐了自己的心愿。在病床边，习近平听完了朱老的愿望，立刻表态支持。他交代市委秘书长尽快组织市委常委会会议，专题研究朱老的入党申请事宜。

经过多方努力，经中共福州市委同意、中共福建省委批准，中共福州市委统战部支部大会一致同意吸收朱桎同志为一名光荣的中国共产党党员。一个星期后，朱桎去世了。

朱桎去世后不久，他在湖南娄底工作的女儿意外收到了一封给当地领导信件的复印件。当时，她一个人在外地工作，生活上遇到了一些困难，而这封信正是专门请娄底领导关心和爱护这位民主党派人士的后代。信的落款同朱桎的入党志愿书上入党介绍人那一栏一样，端端正正地写着“习近平”三个字。

“作为党员领导干部，您对党外干部、知识分子的尊重是由衷的，我们都感受到了，都非常认可。”台盟福建省委会原主委汪毅夫曾经这样对习近平说道。

习近平这样回答汪毅夫：“共产党人对党外爱国民主人士当然要真诚”，并表示他从小就看到自己父亲习仲勋同志对党外干部、知识分子和各界爱国民主人士十分尊重、关心，真心实意和他们交往相处，自己当然也会这样做。

在福建工作期间，习近平就提出，做好党外知识分子工作，是增强统一战线基础性作用的需要。1990 年 7 月 25 日，时任福州市委书记习近平在福州市统战工作会议上的讲话中提出：“领导同志要经常到知识分子中去，广交朋友，推心置腹，坦诚相见，虚心听取他们的意见。”1998 年 12 月 16 日，在福建省委第九次统战工作联席会议上，时任福建省委副书记习近平指出：“随着知识经济的迅速兴起和‘科教兴省’战略的逐步实施，知识已经成为资本，人才已经成为实力，做好党外知识分子的工作尤为重要。”

1997 年 4 月的一天，正午，烈日当空。福州西湖宾馆外的一片空地上，时任省委副书记习近平与农工党党员张艳璇面对面交流。

张艳璇提出的是关于治理福建竹螨灾害的建议。1996 年，福建的南平、三明等山区市出现了严重竹螨灾害，对农林业生产和农民增收造成了极大影响，甚至威胁到了生态安全。为此，忧心忡忡的张艳璇进行了深入调研，撰写了《叶螨危害蔓延严重影响我省竹业生产》的报告报送省委、省政府。

习近平迅速作出批示，要求开展毛竹科学种植和综合治理工作。可是，由于农业系统、林业系统之间的权责所属不明确，再加上一些基层干部不能理解接受张艳璇的治螨方法，专门成立的毛竹叶螨综合防治项目组迟迟无法开展工作。

张艳璇十分焦急。借农工党福建省第八次代表大会召开之机，她在西湖宾馆贵宾室门口“堵住”了习近平。

“一口气足足说了半个多小时，说得我自己汗流浃背。习书记一直站在那认真听，时不时还问我一些问题。”张艳璇回忆。

当天下午，习近平正好去三明调研，就专门要求当地负责人重视这一灾情，推广张艳璇的治螨方法。

不久，习近平再次就此事作出批示，安排分管副省长以及林业厅领导进行研究布置。同时，他要求专门派出省委督查组赴林业厅督办此事，有力推动了福建省毛竹螨害的有效治理。

无论是在地市还是在省里，习近平都身体力行落实与党外人士联谊交友制度，经常找党外知识分子谈心交流，了解大家思想、生活和工作状况。无党派人士、原福建省劳动和社会保障厅副厅长宋建华是习近平在省里工作时的联谊交友对象。他说，习近平同志对党外人士的尊重和关心体现在方方面面。那些年，每到春节，习近平都会赠送一块福州年糕给他联谊交友的党外人士。“圆圆的年糕，贴着喜庆的标志，惹人喜爱。我想，这年糕深切表达了习近平同志对党外人士的关心。”

宋建华感动地回忆，习近平身上体现了中共领导干部对党外人士的深厚情谊：每次会议结束，都先送大家离开；每逢重大节日，都亲自上门走访慰问；每遇到民主党派负责人和无党派代表人士生病住院，都亲自前去看望；每到年底，都亲自走访民主党派、工商联机关，了解情况，协调解决问题……

做好留学归国人员的工作，是党外知识分子统战工作的重要方面。在福建工作期间，习近平高度重视、关心支持福建省留学生同学会的工作。

1996 年，福建省留学生同学会成立 10 周年。习近平为其题词：“同心协力，建设祖国。”

2001 年，习近平在福建省留学生同学会成立 15 周年之际，专门发去贺信：

“我省留学生学成归国后，积极投身于改革开放和现代化建设事业，为繁荣福建、振兴中华和促进祖国的和平统一作出了重要贡献。希望你们发扬优良传统，团结奋斗，开拓进取，为福建在新世纪中再创辉煌做出新的贡献。”

2018 年，习近平总书记在全国政协十三届一次会议民盟、致公党、无党派人士、侨联界委员联组会上强调：“各民主党派和无党派人士要做中国共产党的好参谋、好帮手、好同事，增强责任和担当，共同把中国的事情办好。”

“努力把福建建成中华民族团结进步的窗口”

“我和畲族是有缘分的……在闽东，我耳闻目睹了畲族人民的艰苦奋斗和畲族地区的繁荣进步，尤其是畲族人民贯彻执行改革开放方针和党的民族政策，使畲族乡村发生令人振奋的变化。今天，我虽然离开了闽东，但时常还会回忆起畲乡的山山水水，我的心系着畲族人民。”

——摘自习近平 1999 年《一切为了畲族的发展——〈畲族社区研究〉序言》

20 世纪 80 年代的宁德经济在全省排名最末，基础设施薄弱。“闽东有三宝，地瓜当粮草，棕衣当被倒，火笼当棉袄。”一首童谣，唱尽闽东人民贫困的辛酸，这其中畲族群众较其他群众更为贫困。作为全国最大的畲族群众聚居地，闽东畲族人口占全国畲族人口的 40%、全省的 70%。

1989 年 6 月，时任宁德地委书记习近平在《巩固民族大团结的基础——关于促进少数民族共同繁荣富裕问题的思考》一文中指出：“现在，我们正在进行的脱贫致富的伟大事业，少了畲族人民的积极参与不行，少了各民族的共同努力奋斗也不行。”

习近平在文中还指出，当前，民族问题更集中地反映在少数民族和民族地区迫切要求加快经济文化建设的问题上。加速发展少数民族地区经济，才能够使各民族得到共同的繁荣。针对宁德实际，习近平明确把加快发展少数民族地区经济作为一大工作重点。

刚到宁德不久，习近平就选择到畲族村——福安县甘棠镇过洋村调研。他带领地、县有关部门的负责人专程到过洋村考察葡萄种植情况，并召开现场会指导发展经济。“习书记顶着烈日，沿着进村的机耕路，边走边察看地里的葡萄。”时任村支书钟祥应回忆。

“习书记问得真细。听到猪肉一斤两块六，葡萄一斤可以卖两块八到三块，加上蘑菇种植、林地收入等，平均下来村民一年能有七百元，他很高兴，连声称赞做得好。”钟祥应说，习近平鼓励大家要发挥优势，解放思想、开拓思路，走林业、种植业等多元发展的道路。

多年来，过洋村人始终牢记习近平的嘱托，发展特色产业，积极开拓市场，不断拓展新的致富门路。1990 年过洋村被授予“全国少数民族团结先进村”，2021 年农民人均可支配收入 21000 元。

宁德扶贫工作重点在少数民族群众，少数民族群众大多住得分散、偏僻，交通相当不便。这并没有阻止习近平用双脚丈量闽东大地，去往一个又一个畲家山村调研。时任《闽东报》总编王绍据是跟随习近平下乡的工作人员之一，那些日日夜夜，常常浮现在他眼前。

最让王绍据难以忘怀的是，习近平长期以来对福鼎磻溪镇赤溪畲族村脱贫致富的真情挂念。

1984 年 6 月 24 日的《人民日报》，以《穷山村希望实行特殊政策治穷致富》为题在头版刊登了王绍据的一封信。信中反映了当时赤溪村贫穷落后的情况，引起了党中央的高度重视。当年 9 月，党中央、国务院发出《关于帮助贫困地区尽快改变面貌的通知》，拉开了新时期全国扶贫开发工作的序幕。

习近平在宁德工作期间，多次强调水电资源综合开发利用对畲族发展意义重大，主张“先有钱、先办电”，大力推动福鼎桑园电站建设。在习近平的推动下，1991 年桑园电站获批立项动工建设。1993 年，因建电站，赤溪村有了第一条通往镇里的泥结石路。1994 年 8 月，赤溪村的下山溪畲族自然村造福工程搬迁启动，第二年 5 月，村民就住上了新房。1996 年 12 月，电站水库建成，在当时成为福鼎最大的扶贫项目，赤溪村村民收入得到明显提升。

时间愈久，感情愈深。30 多年来，赤溪一直是习近平的一份牵挂。

2015 年初，习近平总书记在国家民委一份简报上作出重要批示：“30 年来，在党的扶贫政策支持下，宁德赤溪畲族村干部群众艰苦奋斗、顽强拼搏、滴水穿石、久久为功，把一个远近闻名的贫困村建成了小康村。全面实现小康，少数民族一个都不能少，一个都不能掉队。要以‘时不我待’的担当精神，创新工作思路，加大扶持力度，因地制宜、精准发力，确保如期啃下少数民族脱贫这块硬骨头，确保各族群众如期实现全面小康。”

2016 年 2 月 19 日，习近平总书记通过人民网和赤溪村村民视频连线，寄语赤溪村：“滴水穿石，久久为功，弱鸟先飞，你们做到了。你们的实践也印证了我们现在的方针，就是扶贫工作要因地制宜，精准发力。希望赤溪村再接再厉，在现有取得很好成绩的基础上，自强不息，继续努力。扶贫根本还要靠自力更生，还要靠乡亲们内生动力。但是党和国家会一直关心你们、支持你们！”

今天，我们打开《摆脱贫困》这本书，可以看出习近平当年对加快民族地区经济发展的深深思考：闽东畲族地区的发展要走一条“双向开放”和“双向开发”的道路，“双向开放”即对内、对外同步开放，“双向开发”即资源和市场同时开发。畲族经济要发展，一个关键的问题是，走开放的道路，跨出自己的小天地。

1989年，习近平吩咐有关人员将各领域典型经验汇编成册，命名为《滴水集》，还亲自作序。其中，福安坂中畲族乡加强党建和霞浦盐田畲族乡科技带动的做法，成为向全地区推广的畲乡发展模式，为畲族乡村摆脱贫困起到了典型引路的作用。

2015年9月30日，习近平总书记在会见基层民族团结优秀代表时说：“‘全面建成小康社会，一个民族都不能少。’中央这么重视民族工作，这么重视脱贫工作，就是要更好维护民族地区团结稳定，更好加快民族地区发展，更好凝聚各民族智慧和力量，各民族一起来实现中华民族伟大复兴的中国梦。”

发展经济就是为了改善民生。提高少数民族群众的生活水平，始终是习近平牵挂的一件大事。1988年底，习近平带领宁德地委有关部门的负责同志到一年前遭受山洪灾害的蕉城九仙畲族村慰问。他了解灾后重建情况、慰问受灾村民后，正准备离开。就在此时，他发现一位老乡还打着赤脚。原来，老乡因受灾穷得连双鞋都买不起了。

慰问物资都已经全部发放完了，怎么办？在场的时任宁德电视台台长邢常葆回忆说：“习书记没有犹豫，立刻从自己的口袋里掏出10元钱递给老乡，让他去买鞋。”

“快过年了，天这么冷，怎能没鞋子穿呢？”习近平关切地说。

“他绝不只在口头上说，而是坚决落实在行动上。比如关心解决闽东少数民族世世代代住茅草房的问题。”姚智梅回忆。

1996年，相关部门调研发现，闽东有714户畲族群众仍住在茅草房中，其中霞浦315户，福鼎359户。时任省委副书记习近平高度重视，在省委工作会议上积极推动，茅草房改造被列入福建省1997年度民族宗教工作重点。然而工作推进中遇到了困难，主要来自于宁德财力拮据。“习书记对这个事情抓得很紧，一听说有困难，马上带我们一起去调研。”时任福建省民族事务委员会主任、宗教局局长邱林华回忆。习近平率领省直有关部门负责人来到闽东茅草房改造现场调研，以开现场会的形式研究解决方案措施、协调经费问题。回到福州后，他立即向省委提交了《关于闽东农村扶贫开发与小康建设情况的报告》，建议进一步明确把少数民族地区，特别是闽东少数民族群众居住区的脱贫致富奔小康作为扶贫重点，在政策、资金等方面给予扶持。

省委、省政府召开会议专题研究，很快落实了茅草房改造资金和扶持措施。

1998年元旦，714户茅草房问题全部得到了解决！通过原地重建或整体搬迁，这些畲族群众从低矮破旧的茅草房，欢天喜地地搬进了砖木或者砖混结构的新房。“告别茅屋颂盛世，迁入新居记党恩。”一户畲族老乡迁入新居后，在大门上贴上了这样一副大红对联。

“历史难题，一年解决，史无前例。”追忆往事，邱林华思绪万千，“为什么世世代代没解决的问题能在一年内解决了？我想，一是习书记对少数民族同胞充满了感情，把解决他们的困难当作最重要的事；二是注重实事求是，亲自到一线调研，实地了解情况；三是讲究工作方法，集中了方方面面的力量共同支持这项工作。”

“1999年，省委、省政府作出了在两年内基本解决老区基点村‘五通’（通路、通电、通水、通电话、通广播电视）问题的承诺。两年来，全省投入‘五通’建设的资金达4.6亿多元。到2000年底，全省老区和少数民族行政村基本实现‘五通’……为老区和少数民族地区的各族同胞走上富裕文明的幸福之路打下了较为坚实的基础。”习近平在2001年接受《中国民族报》记者采访时表示。

在2021年召开的中央民族工作会议上，习近平总书记指出：“要正确把握物质和精神的关系，要赋予所有改革发展以彰显中华民族共同体意识的意义，以维护统一、反对分裂的意义，以改善民生、凝聚人心的意义，让中华民族共同体牢不可破。”

在宁德工作时，习近平就想得很长远，推动少数民族地区发展，支持办好少数民族教育，发展少数民族文化。

1989年初夏的一天清晨，时任福安坂中畲族乡大林村党支部书记钟通弟正在秧田里劳动，远远看见三个陌生人向村里走来。这是习近平又一次徒步到畲族村调研。那时，进大林村只有一条一尺宽的山间小路，崎岖陡峭，从乡里来脚力好的也要走一个多小时，习近平走出了一身汗。

“我满身汗、满手泥，可习书记一点不嫌弃，主动和我握手。”钟通弟回忆说，习书记那天最关心的是大林小学的情况。说是小学，其实就是村口一间只有两个小窗洞的老土坯房，全校4个年级47名学生，都挤在这唯一的教室里。整所学校就一个老师，每节课一个年级只能分到10分钟。

听着钟通弟的介绍，看着孩子们破旧的衣衫，习近平神情凝重。

不久之后，习近平专门委托挂钩帮扶大林村的宁德军分区领导去看望孩子们，送去学习用品。在他的关心帮助下，大林村后来筹措到专项资金，建起了两层楼共四间房的新校舍。

和钟通弟一样，时任宁德地区民族中学校长兰存安也清楚地记得习近平到民族中学调研的情景。“就几个人，轻车简从，借学校一间教室开了加快民族中学建设的现场会。”他说。宁德地区民族中学是全省成立最早的民族中学，也是我国畲族学生人数最多的民族中学。1998年，学校40周年校庆之际，时任省委副书记习近平欣然题词：“发展民族教育，培养民族人才。”

在习近平担任省长期间，福建对少数民族教育的扶持已形成制度。2002年，省政府专门出台《关于深化改革加快发展民族教育的实施意见》，省级财政每年安排民族教育专项资金，重点支持民族学校基础设施建设，改善办学条件。

习近平总书记在2019年全国民族团结进步表彰大会上强调：“我们灿烂的文化是各民族共同创造的。中华文化是各民族文化的集大成。”

在习近平看来，发展各民族文化，对于做好民族工作十分重要。“畲族人民在漫长的历史中，创造了光辉灿烂的本民族文化，畲族文化在国内占有相当重要的地位，这是我们闽东文化中一颗璀璨的明珠，是我们闽东地区可以引以为荣的特色和优势。搞好民族工作，有利于我们保持这种特色，发挥这种优势。”习近平在《巩固民族大团结的基础——关于促进少数民族共同繁荣富裕问题的思考》一文中这样提到。

时任宁德地委副书记钟雷兴对于习近平尊重畲族文化印象尤为深刻：“到我们畲家做客，都要喝米酒，有时还要行畲礼，习书记在下乡调研时都入乡随俗。”

“畲族文化是一个闪光点。”1990年1月，习近平在《闽东之光》一文中写道，“办一个畲族文化节，我们已经挖掘了不少畲族的民族文化，如新畲歌、民俗、民谚、民间音乐舞蹈、民间故事、民族工艺美术品、民族文物、民族武术等，完全有条件办一个文化节，搞一次畲族文化大检阅。”在习近平的关心支持下，宁德成立了畲族歌舞团，把畲族民众传统的对歌节打造成了“三月三”畲族文化节并延续至今。如今，“三月三”畲族文化节已升格为中华一家亲·海峡两岸各民族欢度“三月三”节，不仅是福建少数民族文化活动的重要品牌，也是海峡两岸文化交流的重要品牌。

第十三届全国人大代表雷金玉说：“2019年全国两会期间，习近平总书记在参加福建代表团审议时看到了我的头饰，一下子就认出这是升级版的畲族头饰。”

“习近平总书记对我们畲族文化的关切，体现了他对我们少数民族群众一以贯之的关心关爱！党的十八大以来，我们每个畲乡都有特色品牌，重视畲医药的传承，畲歌协会办起来了，畲族非遗传承人也越来越多。”雷金玉说。

对培养少数民族干部，习近平高度重视。钟雷兴对此感触颇深：“习书记对我们少数民族干部非常关心。他特别强调，要注意发现和培养少数民族干部的后备力量，少数民族领导干部在地、县两级中要有一定的比例。”

习近平对少数民族干部的重视，饱含他对少数民族同胞的感情。在习近平身边工作过的许多闽东干部都记得，他高度赞扬畲家人的精神，引用叶飞将军给闽东畲族革命纪念馆的题词：“在闽东三年游击战争最艰苦年代，畲族人民作用很大：第一，最保守秘密，对党很忠诚；第二，最团结。”

促进民族大团结，是习近平一直孜孜探求的民族工作思路。他在《巩固民族大团结的基础——关于促进少数民族共同繁荣富裕问题的思考》一文中指出：“我们的事业方方面面，千万不能漠视少数民族事业这一重要方面。这是一个原则，基于这个原则，我们有必要深刻地思考关于促进少数民族共同繁荣、富裕的几个问题，我们的出发点和归宿是要巩固民族大团结的基础。”“总之，无论是过去、现在还是将来，民族大团结都是我们进行社会主义建设必不可少的保证。”

在福建工作期间，习近平明确提出要“努力把福建建成中华民族团结进步的窗口”。畲族与回族是福建人数最多的两个少数民族。

在宁德工作期间，习近平在一次畲族村调研后主持召开座谈会，和当地干部群众一起商量怎样加快少数民族地区发展、提高畲族同胞生活水平。大家向他反映了当前的困难问题和建议。他指出：“民族工作本身就是很重要的一项带有根本性的工作。我们搞社会主义，坚持马克思主义，很重要的一点，就是致力于各民族的团结，致力于民族平等，发展少数民族的经济、文化和教育。”

1996 年 7 月 21 日，习近平来到泉州晋江市陈埭镇四境回族村调研。当时的四境村和整个晋江市一样，改革开放后迅速致富。在农民月收入两三百元、装一部电话需要 7000 多元的那个年代，四境村家家户户都装上了电话，“亿元村”“实现电话千户村”“宽裕型小康村”等荣誉纷至沓来。村里大家伙一商量，定下致富路上新目标——一块写着“争当福建第一村”的牌子被高高挂在了村部门口。

“习书记让我们感觉不一样，对农村、对百姓很有感情，对我们这个回族村脱贫致富的经历也非常熟悉。”时任四境村村委会主任丁培凯回忆道。在二楼会议室听完简要的村情汇报后，习近平兴致勃勃地乘坐村部的电梯来到七楼天台察看村容村貌。放眼望去，1 公里长的陈埭街繁华热闹。云集了

400多个店铺的陈埭，当时就已是全国最大鞋材集散地。习近平边看边点头，微笑地说："你们村干部要多为村民办实事，发展经济，努力实现你们'争当福建第一村'的理想。"26年来，四境村和陈埭镇其他6个回族村一道，牢记习近平的嘱托，大力发展经济，促进民族交往交流交融，现已拥有安踏、361°等一大批驰名中外的体育用品企业。

"中华民族一家亲"是习近平始终坚持的民族工作理念。他不仅关心在闽少数民族群众冷暖，而且高度重视援藏援疆和对口帮扶宁夏工作，始终强调民族团结是各族人民的生命线。在省里工作期间，习近平亲自推动援藏工作，指导制定对口支援规划和专项部署，多次强调要"从国家安定、民族团结和西藏重要战略位置的高度来认识援藏工作的重要性""多形式、多渠道、全方位、全力以赴做好援藏工作"。

1998年6月，习近平率福建省第二批援藏干部进藏。"雪域高原地广人稀，一出门就得跑个几百公里。""习近平每到一个对口援建单位，都要听取即将离任的第一批援藏干部汇报，对新一批援藏干部提出要求；与当地党政负责人座谈，代表福建省委和省政府感谢西藏干部群众对援藏干部的关照和支持。"同行的记者在回忆文章中写道。

1999年6月，福建第一批援疆干部启程。习近平专门前去送行，与他们一一握手话别，叮嘱他们保重身体，努力工作，为加快东西部合作与开发、促进闽疆友谊作出贡献。当时进疆工作的福建干部回忆说，习近平十分重视援疆工作，及时听取工作汇报，作出指示批示，关心进疆干部的工作生活，帮助解决困难，鼓励大家要为民族团结多做好事、多办实事。

1996年9月，党中央、国务院确定福建对口帮扶宁夏回族自治区，闽宁两省区就此"千里结亲"。1997年4月，时任省委副书记、福建对口帮扶宁夏领导小组组长习近平，深入宁夏南部山区考察。他提出，建设闽宁协作示范村——闽宁村，打造对口帮扶样板。从吊庄移民到坡改梯，从井窖建设到劳务输出，从联办医院到援建学校，从产业推广到招商引资……一股又一股战胜贫困的力量从八闽大地向六盘山地区汇集。经过20多年的努力，当年田里无肥料、地里不长草的"干沙滩"已经转变为农业发达、商贸繁荣的"金沙滩"。2020年7月，中宣部授予闽宁对口扶贫协作援宁群体"时代楷模"称号。2021年，党中央、国务院授予闽宁对口扶贫协作援宁群体"全国脱贫攻坚先进集体"称号。薪火相传的帮扶接力，架起了闽宁两省区人民的连心桥，让民族团结之花常开长盛。

习近平总书记在党的十九大报告中提出："深化民族团结进步教育，铸牢中华民族共同体意识，加强各民族交往交流交融，促进各民族像石榴籽一样紧紧抱在一起，共同团结奋斗、共同繁荣发展。”

“宗教要主动与社会主义社会相适应。这首先是要把自己的宗教事务办好，为维护社会安定稳定服务，同时还要升华到引导宗教为建设有中国特色的社会主义事业作贡献。”

“正确对待和处理宗教问题，始终是我国社会主义建设事业的一个重要课题，是建设有中国特色社会主义的实践中如何解决好宗教与社会主义社会相适应的一个重要内容。”

——1997 年 9 月 5 日，习近平在福建省宗教团体负责人座谈会上的讲话

1989 年 10 月，习近平花了五天时间，在宁德地区做了宗教工作专题调研，实地考察宗教场所，走访看望宗教界人士。习近平还在福安县专门主持召开宗教工作座谈会，强调要尊重和保护宗教信仰自由，保护合法、正常的宗教活动，限制和取缔非法的宗教活动。会上，他还谈到我国宗教中国化问题，指出佛教从外国传入，经过一千多年演变，基本上与我国社会、文化相融合。

1993 年 8 月，福州市委、市政府召开各县（市、区）党政主要负责同志都参加的全市宗教工作座谈会。据当时的福州市宗教局工作人员回忆，“习书记在会上强调，要进一步搞好新形势下的宗教工作，关键要加强党对宗教工作的领导。要把宗教工作放在大局中、融合到社会发展中来看。”

习近平一直重视做好宗教工作，既在思想层面高度重视，又在制度层面抓好落实。担任省委副书记后，他很快指导建立起县、乡、村三级宗教工作网络，形成了分工负责、密切配合、齐抓共管、常抓不懈的宗教工作新机制，福建宗教工作呈现出新的局面。

1997 年 11 月，全省宗教界为“四化”服务先进典型表彰会暨经验交流会在福州举行。会上，习近平指出，宗教要主动与社会主义社会相适应，为维护社会安定稳定服务，为建设有中国特色的社会主义事业作贡献。

邱林华回忆道：“习书记的讲话给我们做宗教工作吃了定心丸，更能放开手脚去工作、去引导，运用好宗教的积极因素，教化人心，净化风气，使宗教为社会服务。”

“引导宗教与社会主义社会相适应，注重爱国爱教力量建设，这是习书记的一贯工作思路。”邱林华说。

党的十八大以来，习近平总书记多次强调，只有坚持中国化方向的宗教，只有实现了中国化的宗教，才能更好与我国社会主义社会相适应，在我国社

会发展进步中发挥积极作用。

“习书记不仅对宗教工作关心支持，而且对宗教界人士也很尊重。”福建省基督教协会会长陈立福回忆。

在担任省委副书记期间，习近平每年都带领有关部门负责同志与省佛教协会、道教协会、伊斯兰教协会、天主教“两会”、基督教“两会”负责人座谈。福建省基督教三自爱国会主席、福建神学院院长岳清华说：“这种方式让大家很放松，聊聊家常，说说心里话，距离就近了。”

1999 年 8 月，福建各全省性宗教团体负责人意外地收到了一封习近平的来信。信中告知大家他工作岗位变动，并对大家在他担任省委副书记三年多时间里给予的支持，表示诚挚的感谢。

时任省天主教“两会”秘书长池惠中回忆起当时郑长诚主教和徐子晖神甫收到信时的激动情形，仍印象深刻：“习书记新任代省长，工作肯定十分繁忙。但是他还专门抽空写信，充分体现他对宗教界人士的尊重，这温暖的关怀令人难忘。”

在福建工作期间，习近平始终注重跟宗教界人士交朋友。

时任省委统战部副部长陈田爽回忆：“一到任省委副书记，习书记就走访了五大宗教团体，和宗教界人士促膝谈心。”孙海山记得，宗教界代表人士来访，习近平再忙也要接见。当时，无论是宗教场所历史遗留问题，还是教职人员的困难，习近平都亲切关心解决，让大家安心工作。

在福建省宗教界人士的记忆中，习近平十分关注宗教团体建设，经常强调，宗教团体具有较为广泛的群众基础，要充分发挥桥梁纽带作用，促进宗教与社会主义社会相适应。

“走马仓前观走马，泛船浦内看番船”。位于闽江以南、南台岛之北的福州仓前山，新中国成立前外国领事馆、教堂、教会学 校和教会医院众多。1997 年 11 月，习近平来到位于仓前山的福建省基督教“两会”和福建神学院调研。当时的福建神学院还只有一栋解放前留下来的三层筒子楼，年久失修，“外面下大雨里面下小雨”。看到这样的情况，习近平说，神学院是培养爱国爱教教职人才的重要基地，有关部门要帮助他们改善办学条件。各宗教团体要发扬爱国爱教的优良传统，积极引导信教群众在各自的工作岗位上为两个文明建设和社会安定稳定多作贡献。

“省基督教‘两会’20 多年来一直牢记习书记的嘱托，不断改善神学院办学条件，致力于培养爱国爱教人才。”岳清华说，“在党委政府的关心支持下，如今的福建神学院已建成为一所功能齐备、设施先进、占地 31 亩的本科高等宗教院校，成为基督教界培养坚持中国化方向人才的基地和窗口。”

回忆往事，福州雪峰寺方丈广霖有感而发：“习书记落实宗教政策广泛、完善、圆满。我们出家人虽然以寺为家，但也明白，没有共产党，就没有新中国，没有国家，哪有我们佛教的健康传承。佛教界人士要在党和政府的领导下，走爱国爱教道路。”

福清石竹山道院住持谢荣增回忆说：“习书记有次来道院调研时嘱咐我们，道教文化博大精深，是祖国传统文化的一大组成部分，要注重挖掘整理，取其精华以化人，彰显地方特色，弘扬中华优秀传统文化。”

1998 年的泉州少林寺还是一座位于荒山野岭中的破旧寺庙。一天早晨九点多钟，一辆汽车沿着仅有的一条土路上山而来，停在了寺门前。车门打开，习近平微笑着走下了车。大雄宝殿前，武僧们正在练武。他关心地问道：“练功辛苦吗？”“你们年轻人不容易，要坚持，把少林文化传承弘扬好。”

习近平在当天的调研中指出，作为祖国灿烂文化的一块瑰宝，以南少林武术为载体的南少林文化，千百年薪传不衰，融入了泉州民俗民风，丰富了泉州这座历史文化名城的内涵，而且随着海上丝绸之路的开辟、延伸而远播海内外，成为海外乡亲与祖国联系的一条感情纽带。

回忆起习近平那天的话，泉州少林寺方丈常定至今仍然感慨良多：“他的讲话平易近人又有高度，很深远，有着大智慧、大格局。”

“我在福建省工作时，就知道 17 世纪中国名僧隐元大师东渡日本的故事。”2015 年 5 月，习近平总书记在出席中日友好交流大会时的这一讲述，让大家将目光聚焦到了隐元大师东渡前修行之所——福建福清黄檗山万福寺。1997 年 6 月，习近平曾来到这里调研。“习书记很了解佛教，对黄檗山万福寺与河北正定临济寺之间的法脉渊源，隐元禅师在中日友好交往中的历史地位，他都熟稔于心。”时任万福寺住持戒文回忆说，“他鼓励我们要在中日文化交流中继续发挥桥梁纽带作用。”

1997 年 11 月，习近平到省佛教协会驻地法海寺调研并召开座谈会。时任省佛教协会会长界诠回忆，习近平对佛教文化非常熟悉，在交谈过程中用了很多佛教术语。他充分肯定了佛教文化与中国传统文化的相互影响以及佛教向上向善的精神，鼓励我们深入挖掘、研究宗教文化的积极内涵，引导信教群众正信正行。

1998 年 1 月，习近平来到位于福州裴仙宫的省道教协会调研，他希望，各宗教都要加强教风建设，走上制度化规范化的道路。

2002 年 6 月，习近平在接受《中国宗教》杂志社记者采访时指出，依法对宗教事务进行管理，这是政府管理社会事务的重要职责。对宗教方面涉及国家利益、社会公共利益的事项和行为，要本着“保护合法，制止非法，抵御渗透，打击犯罪”的原则，依法加强管理。同时，还要结合福建省宗教系统“四五”普法教育，做好有关宗教法律法规的宣传贯彻工作，为依法管理宗教事务营造良好氛围；要继续依法加强对宗教活动场所的规范管理，扎实做好依法登记和年检工作；要努力提高依法管理宗教事务的水平，改善管理、科学管理，切实保护正常宗教活动的有序进行，维护宗教界的合法权益，抵御境外利用宗教进行的渗透，打击利用宗教进行的违法犯罪活动；要加快福建省地方性宗教法规的立法步伐，抓紧研究修订《福建省宗教事务条例》，尽快颁布实施。

“习书记工作非常认真负责，全省较大的佛教寺庙基本上都跑遍了。”福州开元寺方丈本性说，“习书记经常下基层，对佛教工作了解得特别细致具体，解决了很多实际问题。”

福州开元寺，始建于南朝。现存有唐末五代千年大铁佛，高 6 米，传为闽王王审知应梦铸造。

“当我们来到开元寺，它正自豪得意地向我们表述，大铁佛是我们的先人掌握的冶铸技术的证明——古建筑有着丰富的人文内涵。”2002 年 4 月，习近平为《福州古厝》一书作序时这样写道。

今天，千年名刹风姿依然，这其中还有着一段习近平保护寺庙古建文物的佳话。1997 年，10 位港区人大代表与政协委员呼吁，保护开元寺内的千年铁佛，迁出当时设在寺内的五金厂。这份提案很快就到了习近平手上，在他的亲自协调下，五金厂很快迁出，文物得到了保护。

1993 年中秋节，习近平在同福州市宗教界代表人士座谈时指出，在旧城改造、城市建设和土地成片开发中涉及教堂、寺庙的搬迁问题，既要服从城市建设需要，又要维护宗教界的合法权益，纠正侵犯宗教团体合法权益的现象。

福州鼓山涌泉寺方丈普法对习近平坚持落实宗教政策十分感佩。20 世纪 90 年代，普法向习近平反映，鼓山风景区与涌泉寺在协调管理上存在矛盾。习近平十分重视，强调要正确执行党的宗教政策，及时解决了相关问题。

时至今日，福建省民宗厅原副厅长林致知回忆起在习近平领导下开展工作的那些岁月，仍感受益无穷：“宗教工作不仅要低头做好实事，还要抬头遥望星空，去思考、去理解。习书记坚定的马克思主义宗教观多年来一脉相承，对宗教工作有着长远的眼光和深邃的理解，并且以春风化雨、聚沙成塔的耐心细致开展工作，这些对于我们来说都受益终身。”

习近平总书记在2021年全国宗教工作会议上强调："要全面贯彻新时代党的宗教工作理论，全面贯彻党的宗教工作基本方针，全面贯彻党的宗教信仰自由政策，坚持我国宗教中国化方向，积极引导宗教与社会主义社会相适应。"

"非公有制经济是我省经济发展的新增长点，民营企业家是改革与发展的生力军。"

"各级政府要把扶持、引导非公有制经济发展放在重要的位置，纳入当地经济和社会发展的总体规划，像关心国有、集体企业一样，关心支持非公有制经济的发展，倾听他们的呼声、了解他们的意愿，帮助他们解决实际问题。"

——2001年5月8日，习近平在福建省非公有制经济发展论坛上的讲话

改革开放为民营经济发展带来了前所未有的历史机遇，福建民营企业如雨后春笋般不断涌现，从小到大、由弱变强，逐渐发展成为一支日益强大的经济力量。

"没有习近平总书记的关心，新大陆不会有今天。"回忆起当年的那段经历，新大陆科技集团董事长胡钢和首席执行官王晶十分感动。那是1993年底，胡钢和王晶准备重新创业，一度陷入困境，甚至想转移到其他城市发展。困难之际，他们想到了习近平。王晶拨通了福州市委办工作人员的电话，希望向习近平作个汇报。

当天下午，市委办公厅回了电话，习近平请他们下班以后去市委谈一谈。

在习近平的办公室，伴着窗外的夕阳，三人一聊就忘了时间。"习近平同志对自主创业者很欣赏，希望我们继续留在福州坚持创业，表示将为我们创业提供支持和帮助。"胡钢说，习近平的话温暖人心，坚定了他俩的发展信心。

1994年2月，新大陆发展有限公司（集团）注册成立，同年4月，新大陆电脑有限公司成立，从此新大陆走上了蓬勃发展之路。

1998年3月，习近平来到新大陆考察调研，与胡钢探讨如何坚守企业发展信念。"习近平同志的思路非常清晰。当时我们谈到为什么每一次经济危机来袭时，德国受到的冲击都比较小？他说，主要是两点，一是科技创新，二是坚守实业，实业是一个地区和国家经济立足之本。他的话给我们很大鼓舞，让我们坚信自己选择的路没有错。"回忆往事，胡钢动容地说。

2001年5月，占地450亩的新大陆科技园奠基，习近平专门发来贺信："希望你们把科技园建成福建省一流的科技城，也祝愿新大陆以此为新起点，在电子信息、环保科技、生物制药等产业领域取得更大的成绩，把新大陆建设成为国内高水平的民营高科技企业，为促进福建非公有制经济和高新技术

产业的发展做出积极的贡献！”

2014 年，习近平总书记在闽考察期间再次来到新大陆，看到企业不断发展壮大，十分高兴地说，20 年前，你们和我谈创业理念时候的情景，我至今还历历在目。看到企业从小到大，成长为综合高技术企业，今天身临其境，感慨颇多。这充分证明了一个道理，那就是，走创新之路是我们国家、也是我们每个企业发展的必由之路。希望企业牢牢扭住科技创新和成果快速产业化，牢牢扭住产业发展前沿，牢牢扭住国际市场。

“多年来，我们始终牢记习近平总书记的嘱托与教诲，坚守科技创新与实业。这条路很艰难，但很扎实，走对了！”胡钢说。

习近平对非公有制经济的关心，在福建众口皆碑。

“习近平同志经常到非公有制企业调研，作风非常深入。”曾跟着习近平到非公有制企业调研的福建省总商会工作人员回忆。“花了三天时间调研五家企业。”习近平每到一个企业都要去车间看，和企业家谈，也和工人谈，都要待上大半天。不光了解企业生产、产品质量和销路情况，也了解企业的困难，问题问得很具体、很细致。

1999 年，福建省乡镇企业局召开新春创新创业茶话会。会上，福州春伦茶业有限公司总经理傅天甫见到了习近平。尽管当时春伦公司还未成规模，但习近平对这家企业的未来充满了希望：“福州是茉莉花茶的发源地。希望你们继续发扬光大茉莉花茶这一民族品牌，惠及一方，让福州茉莉花茶这张城市名片走向全世界。”

带着习近平的关心和嘱托，如今，春伦公司已从一个生产茉莉花茶的小茶厂，发展成为全国百强茶企。

省长“船上问计”让福建企业家们记忆犹新。2001 年，习近平率领福建省政府代表团赴重庆学习考察。“出发之前，我接到通知，代表团要特别邀请一些民营企业家参加，请工商联提供企业家的名单。”李祖可说。在往返重庆和万州的船上，习近平与随行的企业家一一交谈，了解存在的困难和今后的打算，鼓励大家为福建非公有制经济发展献计出力。

“习近平同志强调，非公有制经济是我省经济发展的新增长点，民营企业家是改革与发展的生力军。”李祖可说，习近平常常帮助民营企业家排忧解难，为非公有制经济的健康发展创造良好环境。

风景秀丽的福州马尾江滨东大道上，梅生医疗的招牌十分醒目。31 年前，梅生医疗还只是一个小研究所，上下两层加起来不过六七十平方米。

1991 年，梅生医疗的创立者陈梅生带着自己研发的 X 射线投照暗盒装置技术，揣着国家发明三等奖的5000元奖金从部队转业，创办了梅生机电新技术开发研究所。科研成果要转化才能形成效益，陈梅生有技术，却苦于没有足够的资金购买生产设备，创业陷入了困境。

当年11月，得知陈梅生的困难，时任福州市委书记习近平决定来研究所看一看。

“我们当时的条件很简陋。”陈梅生说，习近平就和大家一起挤在30多平方米的车间里，站着听介绍，关切地询问陈梅生下一步发展的打算和亟须解决的问题。

在习近平的支持推动下，陈梅生解决了遇到的困难，仅用半年多的时间就完成了产品的试制、测试、临床试用、产品检测及小批量生产，顺利将产品推向市场。第二年，公司盈利110余万元。

有了这“第一桶金”，公司的发展进入了快车道，产品不仅进入国内数万家口腔医疗机构，还出口国外，在世界口腔医疗器械行业中占领了一席之地。

“没有习近平总书记当年对公司的支持，我们根本走不到今天。”陈梅生说。

梅生医疗的发展是福州民营科技企业发展的一个缩影。20世纪90年代，在“科学技术是第一生产力”的号召下，福州的民营科技企业迅速发展。

“习近平同志很重视这些企业的发展，经常去企业调研，了解企业的困难。”曾兼任福州民营科技实业家协会理事长的龚融实当年常常陪同习近平到这些企业调研。

“一个企业发展基本离不开资金、土地和人才。我当时就想，帮助企业解决困难，就是帮助他们解决这些问题。习近平同志的思路不一样。有一次调研结束后，习近平同志和我说，帮助企业发展，不仅是给他们解决眼前的问题，还要多从政策层面上考虑。只有这样才能让他们更好发展。”龚融实说，这一番话让他一下子打开了工作思路，受益匪浅。

2001年5月，习近平在福建省非公有制经济发展论坛上指出，非公有制经济要公开、平等地参与市场竞争，离不开国家政策的引导、支持和调节，要在投资、融资、市场准入等方面，放宽政策限制，减少审批程序，简化审批手续，为非公有制经济发展开辟“绿色通道”。

“促进非公有制经济健康发展和非公有制经济人士健康成长，要坚持团结、服务、引导、教育的方针，一手抓鼓励支持，一手抓教育引导，关注他们的思想，关注他们的困难，有针对性地进行帮助引导。”2015年5月，习近平总书记在中央统战工作会议上指出。

2016年3月，习近平总书记在看望出席全国政协十二届四次会议的民建、工商联界委员并参加联组讨论时谈到亲清新型政商关系。他指出："对领导干部而言，所谓'亲'，就是要坦荡真诚同民营企业接触交往，特别是在民营企业遇到困难和问题情况下更要积极作为、靠前服务，对非公有制经济人士多关注、多谈心、多引导，帮助解决实际困难，真心实意支持民营经济发展。所谓'清'，就是同民营企业家的关系要清白、纯洁，不能有贪心私心，不能以权谋私，不能搞权钱交易。"对此，福耀玻璃工业集团股份有限公司董事长曹德旺深有感触，他说，"福耀还是小企业时，习书记就多次来福耀调研，帮助解决实际困难。正是因为习书记的高尚品格和智慧，给我信心和力量，给企业发展以关心指导，才使得福耀成为影响一方的国际知名品牌企业。"

福建企业家一直以敢拼会赢著称。1984年3月，55位厂长经理联名呼吁给企业"松绑放权"，是中国企业改革发展史上一个标志性事件。2014年5月，"松绑放权"30周年之际，福建30位企业家致信习近平总书记。在回信中，习近平总书记说："希望你们和广大企业家一道，深刻领会、深入贯彻党的十八届三中全会精神，继续发扬'敢为天下先、爱拼才会赢'的闯劲，进一步解放思想，改革创新，敢于担当，勇于作为，不断做大做强，促进联合发展，实现互利共赢，为国家经济社会持续健康发展发挥更大作用。"

早在2002年，习近平总结提出"晋江经验"时，就对晋江企业家"敢为天下先、爱拼才会赢"的闯劲给予了充分肯定。

在福建工作时，习近平曾经七下晋江，进基层、到企业、访农村。2002年，他撰文总结晋江发展成就和实践探索，提出了以"六个始终坚持"和"正确处理好五大关系"为核心内涵的"晋江经验"。他在文中提出："要在新世纪激烈的市场竞争中占据优势地位，就必须像晋江人民那样，坚持振奋精神勇于拼搏，百折不挠顽强拼搏，发挥优势善于拼搏，在拼搏中取胜，在拼搏中发展。"

"习书记平易近人，我们办企业的，喜欢跟他说心里话。"回忆起当年的场景，安踏体育用品集团有限公司董事局主席丁世忠感觉仿佛就在昨天。

2001年4月，习近平出席第三届中国（晋江）国际鞋业博览会。开馆仪式后，他便来到安踏展馆。

当时安踏成立9年，只生产运动鞋。习近平听完介绍，对企业发展提了三点要求：把好质量关，创出自己的品牌，要有自己的创新产品。

那时候，品牌意识、创新意识在晋江企业家中相当欠缺，为"大牌"代工是晋江鞋服企业普遍的生存模式，绝大多数企业没有自己的品牌。

习近平对于创品牌的要求，在晋江企业家中引起强烈的共鸣，晋江企业的品牌意识开始觉醒。安踏决定，力邀中国乒乓球世界冠军为企业代言，并倾力在央视上做广告。紧跟安踏之后，晋江企业纷纷邀请中国的体育明星代言，打出自己的品牌。

“做企业、做事业不是仅仅赚几个钱的问题。实实在在、心无旁骛做实业，这才是本分。”2019 年 3 月 10 日下午，习近平总书记参加十三届全国人大二次会议福建代表团审议时，再次与丁世忠面对面交流，关切询问安踏如今的发展情况，鼓励他要努力做大冰雪运动装备产业，“冰雪运动必然推动冰雪产业，你现在要抓住这个机遇，很好！”

丁世忠把这番话铭记于心，“本分”地守住了实业。2022 年，安踏作为北京冬奥会和冬残奥会官方体育服装合作伙伴，为 15 个大赛项目中的 12 支中国国家队打造比赛装备。

厦门翔安区马塘村是福建首个百亿村。在福建工作期间，习近平曾四次亲临马塘村指导，马塘村发展了以银鹭食品为代表的一批民营企业，坚持以工带农、以村辅企、以企兴村、融合发展的发展路子，坚持共同富裕的发展理念，小小马塘村成为了村企共建促进乡村振兴的典范。

习近平在鼓励企业家弘扬“敢为天下先、爱拼才会赢”精神的同时，也强调要引导企业家参与光彩事业、希望工程、再就业工程、山海协作等，积极服务社会。

1994 年 11 月，福建省 15 位民营企业家向全省非公有制经济人士发出投身光彩事业的倡议书，省委统战部、省工商联成立了光彩事业推动委员会。

作为省委分管领导，习近平每年都听取一至两次光彩事业工作专题汇报，解决光彩事业实施中出现的新矛盾、新问题。在习近平的指导推动下，三年的时间里，全省共有 350 多名非公有制经济人士和海外工商界人士投身光彩事业。

在 1997 年 9 月福建省光彩事业促进会成立大会上，时任省委副书记、省光彩事业促进会名誉会长习近平指出：“光彩事业是引导非公有制经济人士健康成长的一面旗帜，是新时期统战工作为经济中心服务的新创举，是实现先富帮后富、最终达到共同富裕目标的桥梁，是我国社会主义物质文明和精神文明建设相结合的有效形式。我们要满腔热忱地继续扶持和推动光彩事业的发展。”

正如 2018 年习近平总书记在民营企业座谈会上所指出的：“民营企业家要珍视自身的社会形象，热爱祖国、热爱人民、热爱中国共产党，践行社会主义核心价值观，弘扬企业家精神，做爱国敬业、守法经营、创业创新、回报社会的典范。”

“我们不分区域、不分籍贯，只要是炎黄子孙都是一家人。”

“要做好大陆以外的以爱国和拥护祖国统一为政治基础团结台湾同胞、港澳同胞、国外侨胞联盟的工作。”

——1990 年 7 月 25 日，习近平在福州市统战工作会议上的讲话

1997 年 7 月，福建省海外联谊会首次在深圳和珠海分别举办港澳地区顾问、理事座谈会。

盛夏的酷暑没能阻挡住 130 多位省海外联谊会港澳地区顾问、理事，闽籍知名人士和社团负责人，大家热情高涨，分别从香港、澳门赶来参加座谈会。时任省委副书记、省海外联谊会名誉会长习近平亲自参加了座谈会。

“当时，香港刚刚回归，澳门即将回归，福建有 80 万港澳闽籍同胞，如何引导广大港澳闽籍乡亲拥护祖国恢复行使主权，维护港澳繁荣稳定，积极支持家乡建设发展，摆在了统战工作的突出位置。”金能筹回忆说，习近平提出，要充分发挥港澳闽籍政协委员、省海外联谊会理事的优势，促进港澳同胞人心回归。他还指出，虽然交通和通信技术的发展使空间距离越来越短，相互沟通越来越方便，但与港澳台海外闽籍乡亲仍然需要面对面的沟通、面对面的启发，这种氛围和交流是任何技术也无法取代的。

“让这么多港澳闽籍乡亲同时来福建不太现实，习近平同志提议，他们不方便来，那我们就过去开。”陈田爽回忆。

事实上，在香港回归之前，习近平就已经意识到了做好人心回归工作、凝心聚力的紧迫性。他指出，要拓展与港澳闽籍社团、知名人士的联谊、交往，了解情况，综合反映港澳社会各界人士对国家经济建设、社会发展和促进祖国统一的意见和建议；协调关系、化解矛盾，团结一切爱国爱港爱澳力量，最大限度地争取人心，为维护国家主权、保持香港澳门繁荣稳定，为推进改革开放、社会主义现代化建设和祖国和平统一大业服务。

在这次座谈会上，习近平与港澳闽籍乡亲面对面互通情况，探讨交流，集思广益，听取意见，并在此期间约见了港澳地区闽籍社团负责人和知名人士 70 多人。

座谈会引起了热烈的反响，香港经济界人士评价说，习近平很有智慧，通过这种方式与港澳闽籍乡亲广泛接触，很暖人心。

此后连续三年，习近平都亲自率领省委统战部、省海外联谊会和省各有关部门负责人参加“深珠座谈会”。“深珠座谈会”的影响力在港澳闽籍乡亲中不断扩大，参会人数逐年递增，开创了港澳统战工作新局面，如今已成

功延续了25年。

“深珠座谈会”让很多港澳闽籍乡亲更深入了解祖国和家乡，增强了向心力，凝聚了爱国力量。很多闽籍社团组团来福建考察交流，只要有时间，习近平都会接见访问团的成员。

“习近平书记是人情味非常浓的一位领导，经常和我们拉家常，关心我们的身体健康、生活和企业发展情况。”在香港中华总商会港岛东区联络处副主任朱正的记忆里，习近平从来没有领导的架子，“不管你的企业是大是小，他都把你当朋友，到香港访问时，还专门到很多闽籍乡亲的企业去看望。”

在习近平的感召下，不少乡亲回乡投资。乡亲们的企业发展得好不好，也是习近平非常记挂的。

1991年，全国政协常委、香港福建社团联会荣誉主席吴良好在家乡莆田投资建设了金威服装（福建）有限公司。“当时主要做贴牌加工，是传统的服装生产企业。”吴良好回忆说，“企业发展的势头很好，出口的订单不断。”

习近平到省里工作后，多次到金威公司调研。有一次，习近平在车间认真察看了服装的制作流程后，转过头问吴良好：“你想过服装产品要怎么科技创新吗？”

吴良好一愣，他一直注意根据国际市场需求更新服装款式，但习近平说的服装产品科技创新，还真没思考过。

习近平沿着车间的生产线，一边走一边笑着说：“你现在专门做贴牌加工，万一国际市场变化，企业生产就会受到制约。传统的制造业，必须依靠科技创新，要嫁接新的科技元素，融入产品，企业才有蓬勃的生命力，才能立于不败之地。”

“他和我谈到纳米技术，说用纳米布料制作出来的服装能防水、防污，特别适合那些户外工作者，市场前景会很广阔。中科院有这项技术，你可以了解一下。”吴良好回忆。

这次谈话后，吴良好迅速行动起来，赴京找到中科院化学研究所，与所里一批资深科学家合作成立了中科纳米工程中心有限公司，成功在国内率先推出“纳米服装”，同时在多个领域开展纳米技术的研究与开发。

“习近平书记的知识面非常广，思路非常超前。对我们这些港澳乡亲是真心真意关心，帮助我们发展。”吴良好感念至今。

1993年香港信和集团回福州投资。集团主席黄志祥回忆，习近平非常重视，出席项目的奠基开工仪式，鼓励信和集团继续为家乡建设作贡献。这么多年来，习近平每次见到黄志祥都亲切握手招呼，了解企业发展情况。“习近平书记真是把我们这些港澳乡亲都当成了自己人。”黄志祥说。

香港回归前，有100多个闽籍社团，但各社团之间联系不够密切，凝聚力不够强。为此，习近平多次约见香港社团负责人，有时还到深圳与部分香港闽籍知名人士座谈，听取意见，协调社团之间关系，做好他们的思想工作，并提出指导意见。

“习近平书记叮嘱我们，要增强香港同胞的国家观念和民族意识，发挥乡情优势，努力壮大爱国爱港力量，把乡亲们团结起来、凝聚起来，积极参与爱国爱港活动，做更多对国家、对香港有意义的事情。”香港福建社团联会荣誉顾问、香港大紫荆勋贤洪祖杭始终用这些话鞭策自己。

回忆起习近平关心香港闽籍社团建设的点点滴滴，吴良好的崇敬之情油然而生。“习近平书记抓统战工作既有战略高度、又有发展眼光，那时他就极力提倡同乡社团要组织起来，搞大团结、大联合才会有更大的凝聚力。”

在习近平的推动下，1997年5月8日，香港回归前夕，香港闽籍社团中的旅港福建商会、香港福建同乡会、香港福建体育会、香港福州十邑同乡会以及香港厦门联谊总会和12个赞助会共同发起成立了香港福建社团联会，实现了香港闽籍社团的空前团结。

目前，香港福建社团联会有属会254个，联系着120多万闽籍乡亲，逐步形成了香港社团的“福建模式”，成为香港社会最团结的社团组织之一，是爱国爱港的中坚力量。

香港顺利回归后，为做好迎接澳门回归祖国的工作，习近平又多次约见澳门闽籍社团负责人和知名人士，引导他们增进团结，在澳门顺利回归和促进澳门经济社会繁荣稳定中发挥作用。

澳门福建同乡会名誉会长、澳门归侨总会永远会长梁仲虬，是著名爱国侨领、社会活动家梁披云先生的长子。梁披云早年在澳门创立了澳门福建同乡会，广泛团结乡亲，融入澳门社会，并积极支持和参与祖国特别是家乡福建的建设。习近平在福建工作期间，曾多次与梁仲虬见面交谈。

“习省长非常敬重我的父亲。”2018年，梁仲虬回忆起多年前难忘的一幕：“我回福建时去他的办公室拜访。进了门就看见墙上挂着一副嵌名联——‘近所当近 平其不平’。这是我父亲早年前写给习省长的，这么多年了他还保留着，的确让我非常感动。后来我们就在这副嵌名联下合了影。”

梁仲虬回忆，习近平与澳门社团负责人谈话时说，福建人一定要团结，梁披云是澳门爱国华侨的一面旗帜，希望大家要尊老敬贤，团结在一起，共同为澳门的繁荣稳定和祖国的发展作贡献。

在澳门回归前几个月召开的第三届世界福建同乡恳亲大会上，习近平专门向时任澳门特别行政区推委会委员、澳门福建同乡总会常务副会长许健康了解澳门闽籍乡亲的情况，希望在澳乡亲在促进闽澳交流合作、维护澳门繁荣发展方面发挥积极作用。

“习近平书记对我们说，团结才有力量，团结才有希望，福建的乡亲只有团结起来，才能在贯彻‘一国两制’方针和推动闽澳经济社会发展中展现更大作为。”澳门特别行政区第五届政府行政会委员张宗真当时已经在澳门从事经贸活动，他回忆起习近平看望梁披云等澳门闽籍乡亲时说的话，仍记忆犹新。

福建是台湾同胞的主要祖籍地，在推动两岸关系和平发展、促进祖国统一大业中具有特殊的地位和作用。习近平始终积极推动闽台交流交往，鼓励台胞在闽投资兴业。

时任台盟福建省委会副主委陈正统祖籍台湾南投，因为这个身份，他长期以来一直致力于推动两岸的交流合作，常常深入调研总结如何促进祖国和平统一。“我经常把调研成果寄给习近平书记，收到了他多次回信。”

在省台盟的档案室里，保存着这些珍贵的回信。2002 年 8 月 14 日，习近平在一封回信中，希望陈正统继续关注和深入研究，不断取得新的研究成果。

“习近平同志很关心在闽工作生活的台胞，台联举办台胞学习班等一些大型活动，他都亲自到场参加，受到大家的热烈欢迎。”时任福建省台联会长张希东说，“他还经常关心过问一些老台胞的生活情况，在细微处关心他们，为他们排忧解难。”当年参与服务台商的福建有关部门工作人员回忆，习近平多次交代大家，台胞到我们这里来，要多关心他们，多问问他们有什么困难，尽量帮助他们解决在投资、经商、就学等方面的困难。

这一点，我们可以从习近平的工作轨迹中追寻。

1994 年 6 月 21 日，一场台资企业现场办公会在福州市鼓山镇召开。用地、资金、电力、道路规划、建设许可证办理、社会治安……一些在榕台资企业提出了生产经营中亟待解决的问题。

时任福州市委书记习近平一边倾听，一边认真记录。等大家都发言结束了，习近平合上笔记本，用他沉稳的语调说，要在福州市外商投资企业领导小组中，专门建立对台经济工作会议制度，协调解决对台经济工作有关问题；定期或不定期地召开类似的现场办公会，协调解决台商投资、生产、经营过程中的问题和困难。

1997 年 10 月，鹭岛秋风送爽。

习近平专门赴厦门调研对台工作。他用一天的时间考察了翔鹭化纤、正新橡胶等台资企业。

第二天上午，习近平与部分台商座谈，共同探讨如何进一步推动闽台经贸合作。下午，习近平又马不停蹄来到厦门大学台湾研究所，与专家学者座谈如何发挥福建的优势，进一步促进两岸交流合作，推进祖国和平统一进程。

在这次调研中，习近平指出，福建对台具有特殊区位优势，有义务、有责任为推进祖国和平统一多作贡献。闽台经贸交流合作源远流长，今后要向更高层次发展，促进两岸经济共同繁荣。

“区域化经济趋势促使祖国大陆与港澳台经济加强联系，闽台经济地理、产业布局上的互补互利形成了很好的东西呼应，闽台人民之间的民族情结为闽台交流奠定深厚的感情基础，这些都证明闽台经贸合作大有可为，符合两岸人民共同利益。”习近平在调研中强调。

1999 年 8 月 10 日，刚刚就任代省长的习近平出席了台商代表座谈会。

“不论两岸关系发生什么情况，我们都将切实依法保护台商的一切合法权益。”习近平的话语，赢得了在场台商的热烈掌声，进一步坚定了大家在福建扎根发展、永续经营的决心。

“两岸同胞都是中国人，血浓于水、守望相助的天然情感和民族认同，是任何人任何势力都无法改变的！”2019 年 1 月 2 日，习近平总书记在《告台湾同胞书》发表 40 周年纪念会上的讲话铿锵有力，直抵两岸同胞内心。

两个多月后，在参加十三届全国人大二次会议福建代表团审议时，习近平总书记再次强调：“要在对台工作中贯彻好以人民为中心的发展思想，对台湾同胞一视同仁，像为大陆百姓服务那样造福台湾同胞，努力把福建建成台胞台企登陆的第一家园。”

2019 年，习近平总书记在庆祝中华人民共和国成立 70 周年大会上指出：“前进征程上，我们要坚持‘和平统一、一国两制’的方针，保持香港、澳门长期繁荣稳定，推动海峡两岸关系和平发展，团结全体中华儿女，继续为实现祖国完全统一而奋斗。”

“要理解侨心、尊重侨意、保护侨益，为其排忧解难，充分发挥他们在社会主义现代化建设中的积极作用。”

“要进一步加强同世界各地华侨、华人的联谊工作，更广泛地联络和团结海内外闽籍乡亲，增进了解和合作，激发他们爱国、爱乡热情，调动他们参与家乡建设的积极性。”

——1997 年 2 月 19 日，习近平在全省统战部长会议上的讲话侨是福建一大优势、宝贵资源。作为全国第二大侨乡，加强与世界各地华侨、华人的联谊，更广泛地联络和团结海内外闽籍乡亲是福建统战工作的一大特色。

2000年，时任省长习近平在接受《人民日报》记者采访时说："我到福建16年，工作中都有一个'侨'字，也可以说从事了侨务工作16年。"

早在1995年4月，时任福州市委书记习近平在《战略与管理》杂志上发表一篇题为《"大侨务"观念的确立》署名文章，首提"大侨务"概念，指出"新时期的侨务工作要打破地域的界限，跳出侨务部门的范围，使之成为党和各级政府的大事，成为全社会共同关心、参与的大事"。

习近平在任福州市委书记期间，推动建立了福州市三级侨情资料库，要求对福州籍及在福州投资的大客户情况做到胸中有数，并在此基础上建立了市级领导同海外200家大华侨、大客户的联系制度，进一步密切联系，增进了解，促进交流。

身为归侨和侨务工作者的陈慧瑛，在任《厦门日报》副刊主任编辑、记者时与习近平相识。习近平对侨务工作的高瞻远瞩让她深深感动，她说："如果没有'华侨对发展起了很大作用'的整体概念，是提不出'大侨务'的理念来的。"

2014年，陈嘉庚先生诞辰140周年。10月17日，一封来自北京的回信在集美校友中引发了热烈反响。

这是习近平总书记给厦门市集美校友总会的一封回信。信中写道："陈嘉庚先生是'华侨旗帜、民族光辉'。我曾长期在福建工作，对陈嘉庚先生为祖国特别是为家乡福建作出的贡献有切身感受。他爱国兴学，投身救亡斗争，推动华侨团结，争取民族解放，是侨界的一代领袖和楷模。他艰苦创业、自强不息的精神，以国家为重、以民族为重的品格，关心祖国建设、倾心教育事业的诚心，永远值得学习。"

习近平对嘉庚精神的推崇，从他关心支持陈嘉庚先生一手创办的集美大学中可见一斑。

集美大学校董会原常务校董兼副秘书长任镜波回忆："习省长对陈嘉庚先生有深厚的感情，在担任校董会主席的三年里，先后来集美大学7次，是历任校董会主席中最多的一位。"2000年，《民族之光——陈嘉庚先生归来的岁月》电视文献纪录片摄制组采访了习近平。作为主创人员之一，任镜波有幸参与了采访，"他和我们说，拍陈嘉庚的电视纪录片是一件好事。在实现祖国统一的道路上，我们弘扬陈嘉庚精神，就能进一步激发民族精神，增强民族自信心和自豪感，有助于激励包括海峡两岸同胞在内的全体中华儿女从中华民族的根本利益出发，携手共进，推动祖国的完全统一和中华民族的全面振兴。”

习近平对老一辈爱国侨领充满敬意，也十分关心新一代的爱国侨领。他曾说：“近年来从中国大陆出去的新移民，虽然目前所占的人数比例还不多，但他们的言语行动，往往会成为华侨、华人认识家乡和祖国的参照系。因此，也必须重视做好新移民的工作，以发挥事半功倍的效果。”

1992 年，30 岁的曹燕灵作为丹麦华人协会秘书长回到家乡福州，第一次见到了习近平。

“改革开放以后，海外侨领在年龄上出现了一个断层。习近平书记提出，要多支持年轻侨领的工作，通过新一代的侨领更好地推动中国与世界各地的交流。”曹燕灵说。1994 年世界福州十邑同乡大会在福州召开，曹燕灵成为当时为数不多的几位特邀代表之一，后来又受邀参加在泉州举办的世界福建同乡恳亲大会。

“习近平书记对培养年轻侨领的关心重视，让我一生谨记，一生受益。”曹燕灵感受深刻。

2001 年，欧洲华侨华人社团联合会第十届大会召开，曹燕灵当选为联合会主席。习近平专门给大会发去贺电，祝愿大会成功举办，希望大家凝聚乡情、造福桑梓。

“我们的同胞无论生活在哪里，身上都有鲜明的中华文化烙印，中华文化是中华儿女共同的精神基因。”“团结统一的中华民族是海内外中华儿女共同的根，博大精深的中华文化是海内外中华儿女共同的魂，实现中华民族伟大复兴是海内外中华儿女共同的梦。”2014 年 6 月，习近平总书记在会见第七届世界华侨华人社团联谊大会代表时，希望大家继续弘扬中华文化，不仅自己要从中汲取精神力量，而且要积极推动中外文明交流互鉴，讲述好中国故事，传播好中国声音，促进中外民众相互了解和理解，为实现中国梦营造良好环境。

习近平不仅关心重视海外闽籍乡亲的发展，还鼓励他们积极为家乡发展贡献力量，造福家乡百姓。

“要进一步加强同世界各地华侨、华人的联谊工作，更广泛地联络和团结海内外闽籍乡亲，增进了解和合作，激发他们爱国、爱乡热情，调动他们参与家乡建设的积极性。”习近平在 1997 年召开的全省统战部长会议上强调。

陈清泉是美国华人社团联合总会主席、美国福建同乡会名誉主席。1990 年，陈清泉随美国福建同乡会代表团访问福州，见到了刚刚就任市委书记一个月的习近平。

“习近平书记热情向我询问福建乡亲在美国的发展情况，还有对家乡发展的意见和建议。”陈清泉说，那天两个人聊得意犹未尽，习近平邀请陈清泉第二天再到他的办公室详谈。

后来每次回福建，陈清泉都到习近平办公室坐坐，聊聊乡亲们的新情况。“习书记和我说，福州改革开放还要多依靠港澳台海外乡亲，希望大家多宣传家乡，牵线搭桥，为家乡招商引资发挥积极的作用。”陈清泉说。

1992 年习近平率团访美时，鼓励陈清泉把在美福州乡亲的力量整合起来，引导大家回到家乡去投资。习近平的这个想法，让陈清泉非常激动，“我后来就想，应该尽快把这个事办起来。”

1995 年美国福州总商会成立，受到了在美福州乡亲的热烈响应。此后十多年间，美国福州总商会为福建省招商引资上亿美元，成为福建省在美国一个重要对外招商引资的窗口。

“在福州工作期间，习书记多次强调，统战工作是中国共产党的重要法宝，而华人华侨工作是统战工作的重要组成部分，对福州这个著名侨乡来说，做好海外华人华侨工作，做好聚侨心、引侨资工作尤其具有特殊意义，这也是福州推动改革开放不断深入的现实课题。”孙海山回忆说。

20 世纪 90 年代，“以侨引侨、以侨引台”的政策，让福州掀起了第一波侨台投资热潮。

1990 年初，著名侨领林文镜在家乡福清投资建设了全国第一个侨办工业村——洪宽工业村。习近平不仅先后多次到洪宽工业村出席相关活动，大力支持、推动这个工业村的发展壮大，也多次到印尼拜访林文镜，希望他再次返乡，扩大投资。

被习近平真诚所感动，林文镜与另一位著名侨领林绍良于 1990 年 10 月底至 11 月初带团到福州进行经济考察，并参观福清的乡镇、学校、医院和工厂。

时任福清市委书记练知轩对 1991 年习近平在印尼拜访林绍良时说的话记忆犹新。习近平将林绍良在过去国内暂时困难时期给乡亲们寄回来的米、面、油比喻成鸡蛋，希望林绍良与政府合作建设工业园区，一起给乡亲们送只“鸡”，教他们懂得“养母鸡生蛋”。习近平说，不能光是直接送“蛋”给他们吃，吃完了仍然是“穷光蛋”，要教会他们“养母鸡”，这样就不断有“蛋”吃了。

此后，林绍良和林文镜的林氏集团与福清市政府签订开发 50 平方公里元洪投资区的协议。

“精诚所至，金石为开。”时任福州市委办公厅主任陈伦用这八个字总结这段往事。

1992 年 5 月 17 日，经国务院批准，当时全国最大的外商成片开发区——元洪投资区成立。投资区破土兴建之时，在全国曾引起极大轰动，跃然登上《人民日报》头版头条。元洪投资区也成为习近平在福州工作期间推动建立的全国第一个印尼华侨合作开发区。

自己来了，林文镜和林绍良还把朋友也带来了。他们主动和台湾地区东南汽车、冠捷电子等大企业联系，让他们来福州看看。在他们的动员下，一批又一批台资、侨资企业纷纷落户福州。

“实际上，习书记当年做的这些事情，不仅促进福州经济发展，而且对两岸关系向前发展也起到很大的推动作用。”陈伦说。

习近平与侨界朋友感情至深。1999 年 9 月，习近平在为《改革开放与福建华侨华人》一书所作的序中曾深情地表示，凡是有海水的地方就有华侨华人，但广大华侨华人无论身处何地，总丢不掉深深的中国情，忘不了生养自己的那片热土，即使几代人在海外，还是忘却不了他们黑头发黄皮肤的中国缘。

1992 年，第二届世界福州十邑同乡大会在马来西亚诗巫召开，其中一项议程是讨论下一届大会在哪里举办。时任世界福州十邑同乡总会常务副主席林铭森，在香港打拼多年，很希望香港能有机会主办一次，但考虑到香港福州十邑同乡会当时的规模和实力，又有所顾虑。得知这一情况后，习近平鼓励林铭森把大会接下来，由香港福州十邑同乡会主办、福州承办，把大家请到福州来。通过这次大会，宣传福州，扩大影响，争取更多的海外乡亲回乡投资兴业，促进福州外向型经济发展。

为了办好这次大会，习近平担任了大会顾问，亲自主编了《世界福州十邑乡人创业史》一书，并为该书作序。他在序中写道，海外华侨和华人身居海外，以极大的热情，关心着家乡和祖居地的建设和发展，赈灾济贫、兴学育才，投资建设、造福桑梓。他们为家乡和祖居地的建设和发展作出了重要贡献。

1994 年 10 月 29 日，第三届世界福州十邑同乡大会在福州开幕，来自世界各地的福州籍社团负责人、代表共三千多人参加了大会。习近平为大会题词“十邑一家，情系福州”，并在大会上致辞。

大会期间，习近平会见了前来参会的各个代表团，并前往代表们的驻地看望乡亲。大会结束后，习近平还让各县（市、区）把乡亲们接回祖籍地，亲身感受家乡发展变化。

闽西是闻名海内外的千年客家祖地。在全球100多个国家和地区，有近1亿客家人。

2000年，第16届世界客属恳亲大会在闽西举办。这是全球最大的客家社团活动，来自80多个国家和地区的3000多客属侨胞，回到闽西祖籍地。

这次大会上，习近平代表省委省政府和全省人民欢迎客家乡亲，并作了热情洋溢的致辞，他说："五洲客家音，四海桑梓情。""希望广大客属乡亲一如既往地支持关心福建的发展，加强与福建的经贸交流与合作，互相促进，携手迈向新世纪。"

"'五洲客家音，四海桑梓情'，习近平同志这两句诗一般的话，很快传遍了全国，传遍了世界各地，这两句话似乎成了客家的广告词。听到这样的话，与会人员受到极大鼓舞。"曾任龙岩地委书记的林开钦回忆说。

广交新朋友，深交老朋友。"要理解侨心、尊重侨意、保护侨益，为其排忧解难，充分发挥他们在社会主义现代化建设中的积极作用。"在习近平的指导推动下，福建海外联谊的朋友圈和影响力不断扩大。

2017年2月，全国侨务工作会议前夕，习近平总书记对侨务工作作出重要指示："实现中华民族伟大复兴，需要海内外中华儿女共同努力。把广大海外侨胞和归侨侨眷紧密团结起来，发挥他们在中华民族伟大复兴中的积极作用，是党和国家的一项重要工作。"

对待统战工作，习近平始终饱含深情；做好统战工作，他总是率先垂范。

金能筹对此感慨道："习近平总书记对统战工作很有感情，也很熟悉。当年他虽然年轻，但理论功底深，工作魄力大，具有高超的领导艺术，富有人格魅力。他工作站位高，考虑问题很深远，能够团结方方面面的同志，是一位出色的班长和领路人。"

姚智梅至今仍铭记当年习近平对她工作的指导。"人生的道路上有机会在习书记的领导下开展工作非常幸运，从他身上我学到了很多东西，受益匪浅。"

从宁德到省里，曾和习近平两度共事的省委原副秘书长、办公厅原主任李育兴回忆往事时说："习书记的亲和力和个人魅力总能感染人。出国访问时，他有侨胞朋友；基层调研时，他有党外朋友，他的朋友遍布各阶层。他善于做人心工作，有着宽广的胸怀，既细致入微，又眼光超前。在他的领导下，福建的统战工作生动活泼、富有成效。"

在庆祝中国共产党成立100周年大会上，习近平总书记庄严提出："新的征程上，我们必须坚持大团结大联合，坚持一致性和多样性统一，加强思想政治引领，广泛凝聚共识，广聚天下英才，努力寻求最大公约数、画出最大同心圆，形成海内外全体中华儿女心往一处想、劲往一处使的生动局面，汇聚起实现民族复兴的磅礴力量！”

（福建日报 2022 年 07 月 26 日）

申报资料实录

作品简介：习近平总书记在福建工作期间，亲自指导推动统战工作，提出并实施了一系列关于统一战线工作的重要理念、重大探索，有力推动了统一战线事业健康发展，为福建留下了极为宝贵的思想财富、精神财富和实践成果。福建日报采访组历时四年半，在深入学习研讨的基础上，采访近百名福建统一战线各界人士。全文 3 万多字，深入追溯、全面梳理了习近平总书记对统战工作的指导和推动，生动再现了他关于统战工作极富远见的思考、站位全局的视野、开拓创新的探索实践，饱含了统战人士对习近平总书记的深挚爱戴和由衷钦佩。

社会效果：稿件在中国共产党统一战线政策提出 100 周年之际、中央统战工作会议召开前夕的重要历史节点刊发。数十家中央主要媒体头版起全文转载稿件，成为会议前后宣传热点，全网阅读量超千万次。统一战线人士表示，稿件关于统战工作的重要理念重要实践与习近平总书记关于做好新时代党的统一战线工作的重要思想一以贯之、一脉相承，具有重要的理论价值、思想价值和史料价值，已入选中央社会主义学院参阅教材、福建省委党校精品课程教材。

初评评语：稿件功底扎实、逻辑严谨，是地方党媒对习近平新时代中国特色社会主义思想学习研究宣传的一次重要探索和新闻实践，既凸显福建特点又站位全国大局，既着墨历史又观照当下，既是新闻作品又具有理论高度，对于地方党媒做好习近平新时代中国特色社会主义思想学习宣传具有示范意义。稿件对于挖掘整理习近平总书记在地方的探索实践具有重要意义，为丰富和完善习近平新时代中国特色社会主义思想作出了积极努力。

长卷里飞出黄河赞歌

延　磊　王洪靓　马　进　姜　琳　李小东

作品二维码

（济南网 2022 年 10 月 26 日）

申报资料实录

作品简介：作品认真贯彻习近平总书记关于深入推动黄河流域生态保护和高质量发展重要指示精神，以著名油画家王克举绘制百米油画长卷《黄河》为切入点，聚焦黄河战略重大主题，综合运用短视频、H5 互动等新媒体方式呈现沿黄九省在黄河战略下的生态保护与高质量发展的成果，展现黄河的新时代蝶变。作品立足对沿黄省市黄河流域生态环境及经济文化发展充分调研，采用一位生活在黄河岸边小女孩的视角，用她和画家王克举的对话串联起整个作品，以多元互动，引导受众沉浸式体验黄河生态之美，见证高质量发展。作品中还巧妙地加入知识问答、手机屏保截图、画作欣赏等互动环节，以文、图、音、视等融媒体手法讲好新时代的黄河故事。

社会效果：作品主题鲜明、立意新颖、长卷设计画面精美、采访挖掘深入、制作精良、感染力强，是一篇难得的精品佳作。此报道经全媒体播出后，获得高点赞率、高转发率，引起强烈社会反响；截至 2022 年 12 月 31 日，全网总阅读量 3 千万，形成了传播高潮。通过作品的阐释与传播，广大网友对黄河重大国家战略的深远意义有了更加深刻的理解和把握，沉浸式体验了黄河的生态之美，见证沿黄九省区的高质量发展。作品通过网站、移动客户端同步发布后，在群众中引发广泛共鸣：广大受众在钦佩王克举老师向国家无偿捐赠作品这一义举的同时，也惊叹黄河战略为黄河两岸人民带来了黄河安澜的幸福生活。

初评评语：该作品以小切口切入，生动展现了沿黄两岸生态保护及高质量发展的成就，题材重大、资料翔实、表现形式活泼自然，是一部有深度、有厚度、有网感的新媒体佳作。作品采用拟人化、短视频的表达方式，契合了当代年轻人喜爱的语言风格，深受广大网友的喜爱。作品的展现采用全屏自适应设计，手机、电脑都能流畅观看。开场视频运用航拍大景，视觉冲击力强。大气设计和动态效果，使得网友获得良好的阅读体验。

A mega project to benefit everyday life（同时照 12000 面镜子是什么感觉？）

王　浩　刘伟玲　柯荣谊　张少伟　栗思月　孔闻峥　罗京湘子　史雪凡

作品二维码

（中国日报网 2022 年 10 月 15 日）

申报资料实录

作品简介：党的二十大召开前夕，中国日报社推出《同时照 12000 面镜子是什么感觉？》，融合动画、XR（扩展现实）、虚拟制片等新技术，从科学实验的角度切入，让观众在科普中走近被称为“超级镜子”的敦煌 100 兆瓦熔盐塔式光热电站，从细节中感知非凡十年中国环保成就蕴含的深刻意义。作品创作团队历时 4 个多月，与该工程的建造团队，通过严谨的原理解析和上百次的实地实验，设计了科学易懂的实验流程，利用 12000 面普通化妆镜收集太阳的能量，储存在装水的奶粉罐中，集中热量把水烧开形成水蒸气，推动小风扇连接小马达，完成太阳能—机械能—电能的转化。用真镜子这样简单直观的日用品，阐释我国自主研发的“超级镜子”的基本原理，提升观众对中国成就的价值认同。同时，本作品使用 XR 技术，通过摄像机追踪和实时图像渲染，将主持人置于虚拟的熔盐光热电站内，在发电站内部的横截面上展现发电原理，实现超越现实场景的强大视觉冲击力。从普通镜子到太阳能板，再到光热电站内部构造，视觉上层层递进，把复杂的概念具象化，把成就报道巧妙融入充满科技感的科普视频之中，带领全球受众，通过镜子展现中国环境治理中的大国担当，折射人类命运共同体的价值理念。

社会效果：作品创作手法新颖清新，化繁为简，表面看来是把复杂的科学原理直观化阐释，实质上是从小切口阐释了中国非凡十年成就、全球价值观和时代逻辑。其具有视觉冲击力的画面表达和生动翔实的内容结构，打破了年龄、地域、文化背景的限制，突破信息茧房，牢牢抓住了不同年龄层次观众的注意力，实现了优秀的传播效果。该作品刊发后，登上微博、抖音等平台热搜，被全网转发，引起网友对于中国十年间能源行业发展的热烈讨论及对中国能源领域又一轮的关注。仅中国日报官方账号发布的内容，传播量就超过 1.5 亿，并在海外也取得了优秀的传播效果，海外评论正向率超过 80%。有海外网友评论“新能源，中国真的是走在前面了！”，国内网友评论“很棒的科普！超级工程给世界和我国人民带来的是实实在在的好处，实干派、行动派！”

初评评语：以“照镜子”这样的身边小事做类比，向国际受众报道中国清洁能源产业发展成就，展现中国为世界环保事业所做的巨大努力。视频内容在实验的层层剥茧中传递丰富信息量，由浅入深的问题设置吸引受众好奇心，用国际流行画面语言表达，片中新技术的运用对于内容的传播起到了显著作用，是向全球观众讲述中国贡献的一次成功尝试。

永不放弃

——藤县空难搜救工作

集 体

该作品为组照，限于篇幅，原稿略。获奖作品请见中国记协网 http: //www.zgjx.cn。

（新华社 2022 年 03 月 22 日）

申报资料实录

作品简介：本组作品是新华社记者连续一周时间深入事故核心现场近距离拍摄的超过万张照片中精选的一部分，内容丰富，客观真实，多侧面、多角度、全方位展现了事故的真实场景和救援的实时进展，直抵事故最核心现场、直抵关心事故每一个人的内心，传达生命至上的理念和搜寻永不放弃的决心，画面纪实感和现场感强，体现出很强的人文关怀。记者在空难事故发生后第一时间奔赴现场，分工协作、连续作战、及时发稿。稿件记录了现场救援的全过程，每日追踪更新搜救的最新进展以及搜救人员艰难搜救的细节，有效回应社会关切，展现了国家级通讯社应对突发事件的应急能力和超强的报道能力。

社会效果：系列组稿单张最高采用 319 家，被美联社、彭博社、盖蒂图片社、《卫报》《洛杉矶时报》《华尔街日报》《英国每日邮报》、美国广播公司等各大主流媒体采用。本次空难事故备受海外受众关注，海外网友在社交平台对本次空难事故表示痛心和哀悼。

初评评语：空难搜救的突发事件现场，尤其考验摄影记者的核心业务能力和职业伦理水准。这组藤县空难搜救工作组照，在条件极为艰难和特殊的情况下，为读者提供了大量的第一视点和现场直击，及时回答了受众对于重大突发事件的现场画面需求，适时回应了对于搜救工作不同阶段不同节点的关注需求。摄影记者在事发后迅速抵达核心现场，紧密围绕救援进程，忘我工作接力奋斗。组照场面完整、景别丰富，弘扬生命至上和永不放弃的人文关怀和理念。在全力采集及时传递新闻信息的同时，也用来之不易的照片表达自身的内心体验，抚慰公众的创痛情感。

预见中国：从大湾区看未来

谢　冰　刘　帅　潘晨虹　林庆坚　雷锋学　王东辉　邓井娣

限于篇幅，文字稿略，获奖作品请见中国记协网 http: //www.zgjx.cn。

（大湾区卫视 2022 年 12 月 10 日）

申报资料实录

作品简介：在“二十大”召开之际，纪录片《预见中国：从大湾区看未来》向全球观众解构粤港澳大湾区的发展动力，尝试从大湾区的发展预见中国乃至世界的未来！透过节目，我们看到中国当下最具活力的新生代们，正用自己的方式，重新定义何为“追梦与成功”。

社会效果：作品于 2022 年 10 月 18 日起在探索频道全媒体陆续推出，相应的短视频也通过多个媒体数字平台，向全球观众解构粤港澳大湾区的发展动力，在东南亚以及欧洲电视平台共触达 1760 万观众，曝光人次达到 4900 万。通过知名艺人个人微博观看人数达到 141 万播放量，形成有力的支持传播。多家国内主流媒体对节目内容给予高度评价，CNN 等国际主流媒体，也对该片进行了一系列的报道，实现了“中国故事”在海外的有效传播。

初评评语：该作品面向国际社会讲述了粤港澳三地年轻人在湾区创业的故事，生动反映了青年一代对粤港澳大湾区美好未来的向往与憧憬。内容聚焦国家重大发展战略，导向正确、主题鲜明，具有较好的传播效果。

PLA（中国军队）

集　体

作品二维码

（中国军网 2022 年 09 月 03 日）

申报资料实录

作品简介：2022 年 9 月 3 日，在中国人民抗日战争暨世界反法西斯战争胜利 77 周年之际，中国军队国际形象网宣片《PLA》发布。该视频的核心创意是用习主席的金句贯穿全片，向世界巧妙传播中国价值观。以国内外受众熟知的“PLA”作为片名，以“Peace Loving Army”，对“PLA”的内涵进行全新的拓展诠释。

社会效果：该片在“中国军网”首发，并以英语、俄语、法语、西班牙语、阿拉伯语等语种向全世界发布。美欧多家境外媒体和 80 多个我国使领馆官网、官方社交媒体账号对该视频进行转发，向国际社会传播了“中国军队始终是维护世界和平的坚定力量”的良好形象。

初评评语：《PLA》聚焦和平与发展时代主题，契合百年变局、世纪疫情形势下，世界人民对和平的渴望、对战乱的厌弃，展示中国军队积极参与国际维和、远海护航、抗疫合作、人道主义救援等行动，多维反映“中国军队始终是维护世界和平的坚定力量”。该片以和平为共情纽带，从精神层面沟通观众，有效消解了外国民众对我价值传播的戒备心理，实现我军理念、形象的软传播、巧塑造。

问答二十大

集　体

限于篇幅，文字稿略，获奖作品请见中国记协网 http: //www.zgjx.cn。

（中国新闻网 2022 年 09 月 12 日—10 月 11 日）

申报资料实录

作品简介：党的二十大召开前夕，中新社调动全社采编力量和国内外合作伙伴资源，聚焦海外关注，运用融合形式，依托全球渠道，推出“问答二十大”系列短视频。30 期的系列制作，3—4 分钟的轻体量传播，在内外联动、传受互动、问答之间达至对外讲好中国共产党故事的目标。该系列以联通中外为定位，以立足海外为特色，问题征集于海外，提问立足于海外，产品落地于海外，实现“问题从海外来，答案到海外去”的有效国际传播。该系列巧设“题眼”，发现寻常中的“不寻常”，以填补知识盲区、呼应新闻节点的小切口设问，使作品兼具新闻性、知识性和贴近性；30 个问题均由海外华侨华人、华媒记者及外国友人出镜提出，让系列短视频更富代入感、亲和力。报道团队查阅大量资料，反复核实，并邀请中国社会科学院、中央党校（国家行政学院）等权威机构的专家参与制作，与党史展览馆等进行摄制合作，确保内容的准确、严谨、权威、专业。在 30 期节目中，立足海外的“问”，与“记者 + 专家”双重叙事的“答”，再辅以各种视觉元素，充分发挥短视频产品的特点，实现文本内容的“效果 +”，在不断“打开问号”的过程中满足海外受众的好奇心，助其更好地读懂中国共产党、读懂当代中国。

社会效果：该系列从策划初期就与海外华文媒体进行联动，受到海外华文媒体普遍欢迎，累计在五大洲百余家海外媒体的网站和新媒体平台落地逾 2200 家次，纽约中国广播网、柬中时报等参与节目摄制的海外媒体还将节目重新制作成本地语言产品推出。该系列通过中新社自有账号在境内外网络新媒体平台同步播发。话题 # 问答二十大 ## 读懂今天的中国须读懂中国共产党 # 登上微博热搜，浏览量超过 2 亿次。在推特、脸谱平台累计浏览量超过百万次。海外网友在视频下纷纷留言跟帖。同时，中新社正与外文出版社合作，拟将该系列产品编辑成书，实现二次传播。

初评评语：在重大、严肃题材如何转化为受众乐见、易懂的国际传播产品上，“问答二十大”系列短视频作出了积极有效的尝试。海外视角、全程融合、切口精巧、叙事扎实是这一系列产品的突出特点，也是该系列取得突出国际传播效果的原因。来自海外的问题贴近关切、生动自然，专家和记者的回答准确专业、通俗易懂，无论是问题征集、拍摄制作、客户反馈各环节的传受互动，还是短视频的形式、3—4分钟的轻体量产品，都体现了全过程的融合实践。“问答二十大”系列短视频抓住党的二十大召开之际国际舆论聚焦中国的契机，收集“真实问题”，回应“真率关切”，传播“真知灼见”，表达“真情实意”，兼具新闻性、知识性和贴近性的问题设置有效促成了海内外舆论场的有效互动。“问答二十大”系列短视频的叙述方式和素材组织充分体现了真实、平实、扎实、朴实、务实的特点。在叙事策略上，专家注重理性分析，用可信的证据、翔实的资料以及严谨的论述，对海外受众关注的问题进行权威回应；记者则专注于感性叙事，通过重回历史故地、找寻关键细节、呈现文物史籍等可是可感的方式，提升节目观赏性。

美国是世界经济动荡之源

集　体

当今世界，时代之变和世纪疫情相互叠加，进入新的动荡变革期，不稳定、不确定、不安全因素凸显，世界经济复苏脆弱乏力。在新的十字路口，“世界怎么了，我们怎么办”的时代之问，是整个世界都在思考的问题。

要解决世界经济的诸多难题，国际社会比以往任何时候都迫切需要加强团结合作，大国尤其需要承担应尽的责任。作为超级大国，美国本应携手国际社会承担起维护全球共同利益、促进世界经济复苏、开创人类共同未来的责任。然而，多年来特别是新冠肺炎疫情暴发以来，美国对内治理失策，导致国内经济社会深层次问题集中爆发；对外漠视国际责任，放任自身宏观政策造成负面外溢效应，沉湎一己私利在全球制造动荡，成为破坏世界经济稳定与秩序、制造世界经济动荡的源头。

通胀高企 骑虎难下

目前，美国正面临40年来最严峻的通胀，笼罩着滞胀的阴影。

去年以来，美国物价持续攀升，通胀之势难遏。今年5月份，美国消费者价格指数（CPI）同比增长8.6%，涨幅创1981年12月以来最大值。《华盛顿邮报》和美国广播公司在4月下旬联合发起的民调显示，高达94%的美国人对通胀感到担忧，其中44%的美国人感到十分沮丧。美国总统拜登称通胀“高得令人无法接受”。

物价高企的同时，经济增长明显下滑。美国商务部数据显示，一季度国内生产总值（GDP）按年率计算下降1.5%。这是2020年二季度以来美国经济首次萎缩，与市场预期的“温和增长”相去甚远。

新冠肺炎疫情在美暴发后，美联储迅速实施零利率加无限量化宽松政策。2年内相继出台4份大规模支出法案刺激经济，总规模达6.3万亿美元，力度之大、频率之高历史罕见。美国前财政部长萨默斯2021年2月撰文称，美国大规模财政刺激政策可能引发“一代人未曾见过的通胀压力”，需快速调整财政和货币政策加以应对。

快速政策调整尚未落实，通胀势头已难遏制。

2021年5月，在物价出现明显抬头的情况下，美联储却不断释放“通胀暂时论”信号，声称物价高是因为供应链不畅，只要解决了劳动力供应等问题，通胀就会迎刃而解。然而，经济运行自有其规律，并不会遵循美国货币当局的一厢情愿。通胀愈演愈烈，连续创40年新高，美联储资产负债表也站上了历史高位。

加息，乃至采取更加激进的收缩货币政策，成为美联储习惯性选择。

今年3月16日，美联储宣布上调联邦基金利率目标区间25个基点，正式开启货币紧缩周期。5月4日，美联储宣布加息50个基点，6月15日宣布再次加息75个基点，从6月1日起缩减规模近9万亿美元的资产负债表，以“迅速采取行动使通胀回落”。

市场普遍认为，要使通胀实质性消退，当前的紧缩力度远远不够。但是，美国的政策空间十分有限，已成骑虎难下之势。经济增长动力日渐不足，大幅激进加息对本就前景不明的经济而言无异于雪上加霜。在美联储5月4日宣布加息次日，纳斯达克以近5%的剧烈下挫表明了资本市场的态度。

种种信号让市场开始普遍担忧，美国很可能重现20世纪70年代滞胀困局。彼时，美国出现了高通货膨胀率、高失业率和低经济增长并存的经济现象。国际货币基金组织前首席经济学家莫里斯·奥伯斯法尔德认为，“这种持续震荡的时间越长，就越有可能遭遇‘类似于1970年代经历的那种情况’”。甚至有分析认为，美国经济面临的困局与50年前相比，有过之而无不及。

悲观情绪在蔓延。多家研究机构近期下调美国经济增长预期，并警告未来一两年内美国经济可能出现衰退。高盛集团把今年美国经济增长预期从2.6%下调至2.4%、明年增长预期从2.2%下调至1.6%，认为一两年内经济衰退的概率为30%。富国银行投资研究所把今年美国经济增长预期从2.2%下调至1.5%、明年增长预期从0.4%下调至负0.5%，并表示美国经济正进入下行周期，将难以避免某种程度的经济衰退。

顽瘴痼疾 积重难返

冰冻三尺，非一日之寒。当前的美国经济困局，源于长期以来美国经济痼疾缠身。新冠肺炎疫情、乌克兰危机，只不过是美国经济结构性、体制性问题加速爆发的“催化剂”。

20世纪60年代后，美国对其国内产业结构进行重大调整。钢铁、纺织等传统产业逐步转移至国外，大力发展集成电路、精密机械、精细化工等资本和技术密集型产业，并利用其科技优势等，逐渐形成以服务业为主，低储蓄、高消费的消费型经济格局。

1974年“石油美元”体系建立后，国际货币体系的流动性基本上由美元承担，美国形成了国内总需求大于总供给，不断利用美元国际“硬通货”地位弥补其国内生产不足的局面。为实现最大限度盈利，美国的跨国公司把越来越多的产业转移到发展中国家，通过产业转移降低成本、扩大市场，提高资本的获利空间。同时，消费支出常年占GDP的70%左右，导致储蓄率低、债务增长与通胀如影随形。

与制造业迁徙和“石油美元”体系建立相伴的是，制造业逐渐空心化和金融业急剧扩张，美国经济虚拟化特征愈加明显——

一方面，国内大企业不断合并扩张，小规模生产者逐步被淘汰，农业人口逐步减少，制造业蓝领工人持续流向服务业，大部分劳动密集型产业迁往国外。从20世纪中期开始，制造业占GDP的比重不断下降，如今已降至11%左右，从业人口也降至不足10%。

另一方面，越来越多的资本避开利润率较低的实体经济部门，投向金融领域。为应对周期性金融危机，美联储频繁实行量化宽松政策，动辄买入上千亿甚至万亿美元的国债。特别是2007年次贷危机以及2020年3月新冠肺炎疫情在美暴发后，美联储超宽松货币政策进一步加速了金融服务业扩张。据美国商务部数据，2020年美国服务业增加值占GDP的比重已超80%，包括金融业、房地产、法律服务等。

美国全要素生产率的下降抑制了经济增速的上升，且使自然利率维持在较低水平，低利率水平又往往刺激通胀加剧。同时，长期宽松的货币政策环境，妨碍了市场出清，导致“僵尸企业”占用过多资源，对技术创新和产业升级造成挤出效应，抑制了全要素生产率的提升，并最终影响经济增长质量。疫情暴发后，在超宽松货币政策推动下，美国消费虽然迅速提振，但需求侧过热更映衬出制造业萎缩导致的供给能力不足，进而抬升通胀水平。

虽然依托美元的主要国际货币地位，美国享受到“全球生产、美国消费”的红利，但也埋下了制造业衰落和通胀问题的种子。这种经济格局加之长期无节制的宽松政策，最终在新冠肺炎疫情和乌克兰危机“催化”之下形成了如今的高通胀局面。

美国当局并非没有意识到这些机制性问题。2008年国际金融危机以来，美国政府先后试图推行“出口倍增计划”“制造业回流计划”等经济转型措施，但均未达到预期效果。

美国国内体制自我纠错、自我革新动力逐渐丧失。一方面，对依靠货币政策的增长路径形成依赖，习惯用印钞和发债解决问题。数十年来无节制地提高国内债务上限，近年呈现加速态势。目前，美国联邦债务总额已超30万亿美元，创历史新高，占GDP的比重约130%。疫情暴发以来，债务总额增加约7万亿美元，是美国历史上债务增长最快的时期。债务高企局面也极大限制了美国的政策空间。另一方面，近年来美国政治越发极化，纠错机制愈加失灵，两党争斗甚至达到“为反对而反对”的地步。反映在经济领域，便是美国政府对推行结构性改革即便有心也无力。

此外，在传统制造业萎缩和金融业扩张等因素影响下，贫富差距日益严重。美智库政策研究院报告称，1990年至2021年，美国亿万富翁的总体财富增长了19倍，而同期中位数财富只增加了5.37%。贫富差距扩大导致美国社会撕裂程度加深，加剧了政治极化。2021年1月，美国发生震惊全球的国会山事件。

掣肘重重，困难太大，让美国当局没有足够的意愿、信心和能力推行结构性改革。印钞和举债成为摆脱经济困局甚至制造“经济繁荣”为数不多的路径选择，逐渐导致劳动生产率增长不足、贫富差距扩大等问题，也引发了如今40年未见的高通胀。

政策调整 自私任性

美国是世界最大经济体，美元是全球主要国际货币，其宏观经济政策调整具有巨大外溢效应，是影响世界经济的重要因素。

历史上，美国宏观经济政策每次大幅调整，往往引发世界经济特别是新兴市场国家经济动荡。在美国实行宽松货币政策时，大量资金流入新兴市场，诱使其大量借贷美债，吹大资产泡沫。当美国开启紧缩政策，则给新兴市场国家造成资金外流压力，引发汇率动荡、泡沫破裂，甚至导致债务违约。

2008年国际金融危机后，多国因美国量化宽松政策的外溢效应，形成对流入外资的高度依赖，投资者为寻求更高收益率而大规模进入新兴市场。时任美联储主席伯南克于2013年5月份暗示，美联储可能很快放慢购债步伐，引起市场恐慌并导致新兴市场出现资本外逃浪潮，股、债、汇市普遍走弱，迫使相关国家央行加息以抑制资本外流，继而付出了影响经济增长的惨痛代价。

如今，相似的情节再度出现，而区别在于美国此次宽松体量前所未有。

2020年美国为应对疫情，启动无限量化宽松货币政策。“大水漫灌”不但导致国内通胀高企，而且引发消费品和工业品在全球范围内价格飙升。全球性通胀对发展中国家和底层民众的伤害尤甚，导致其国家财富被掠夺，民众生活压力陡升。此后，美联储对紧缩预期管理失序，政策转向突然，超出市场预期，进而引发对发展中国家债务问题的广泛担忧。

目前，中低收入国家外债余额已达 8.7 万亿美元，过去 10 年其外债增速超过国民总收入和出口增速。今明两年，许多新兴经济体将进入债务偿还高峰期。在美联储加息导致全球流动性收紧情况下，新兴经济体债务成本将大幅上升，获得新信贷的难度也明显增加，偿债压力加大，债务违约风险加剧。

受美国政策转向影响，不少国家加入加息行列，让全球经济金融环境进一步收紧。加拿大央行 6 月 1 日宣布，将基准利率上调 50 个基点至 1.5%；6 月 16 日，英国央行宣布将基准利率上调 25 个基点至 1.25%，这是 2009 年 2 月以来的最高水平。国际货币基金组织近期发布报告指出，美国等发达经济体收紧货币政策将成为全球经济复苏面临的重要风险。在缺乏有效政策沟通情况下，美联储的货币紧缩政策可能导致世界经济复苏明显放缓。

众多国际组织近期纷纷下调世界经济增长预期。国际货币基金组织预测，2022 年全球经济增速为 3.6%，较上次预测再度下调 0.8 个百分点。世界贸易组织预测，2022 年全球商品贸易量仅增长 3.0%，低于之前预测的 4.7%，而 2021 年为 9.8%。更令人担忧的是，美联储大幅加息一旦刺破美国股市、楼市和信贷市场泡沫，将给世界经济带来难以预估的严重后果。

经贸霸凌 损人害己

为摆脱经济困局，转移国内矛盾，维护其经济利益和经济地位，美国频用制裁手段，滥施贸易保护主义，不断挑动地缘冲突，扰乱了以资源优化配置为导向的全球供应链产业链，给世界经济造成巨大冲击和伤害。

回顾世界经济发展进程不难发现，全球供应链出现的局部断裂和运转停滞，与贸易保护主义升温致使国际经贸合作受阻、对产业链造成干扰相伴而生。

在特朗普政府挑起经贸摩擦的同时期，全球贸易增速由 2017 年的 4.7% 降至 2018 年的 3%，2019 年近乎停止增长；全球经济增速由 2018 年的 3.7% 下降为 2019 年的 2.3%。2020 年，国际货币基金组织把美国与其他国家不断加剧的经贸摩擦定性为世界经济的下行风险。

特朗普政府限制高科技产业对华投资合作，强迫一些企业回流美国本土，或迁移到其他地区。拜登政府上台后，不但没有“纠偏”，反而出台一系列新的打压措施，扩大出口管制“实体清单”，进一步引发全球产业链供应链的连锁负面效应。

美国贸易保护主义行径导致跨国企业在进行新投资时，不得不考虑提升的关税成本以及非关税壁垒影响，由此改变在世界范围的投资布局，甚至将现有厂址搬离，使多年形成的高效供应链产业链受到损害。这违背了跨国公司优化资源配置的初衷。新的产业链形成需要依赖高效的物流体系、完善的基础设施、成熟的配套产业等因素，往往要经历数年且难度很大。企业将为此付出巨大成本，相关投资因此受到抑制，从而进一步拖累经济增长，形成恶性循环。

近年来，美国的“长臂管辖”范围不断扩张，肆意推进国内法的域外适用，涉及对外贸易、出口管制、金融证券、反垄断、网络安全等多个领域。有数据显示，通过对包括盟友在内的其他国家实行“长臂管辖”，美国近10年来攫取的罚款额高达3400亿美元。

轻易获得的巨大利益让美国变本加厉。仅在特朗普政府时期，美国就累计实施逾3900项制裁措施，相当于平均每天挥舞3次“制裁大棒”。截至2021财年，美国净制裁实体和个人高达9421个。这些做法损害了核心产业供应链的稳定性，引发了全球价值链的动荡。当前困扰全球的“芯片荒”、航运受阻、物流不畅等问题，无不与此高度关联。

俄乌冲突爆发以来，美国裹挟西方国家对俄罗斯采取无差别无底线制裁，中断对俄正常贸易关系，割断俄与全球金融系统联系。俄罗斯是油气能源、粮食、化肥及金属等资源出口大国，对其制裁无异于限制全球资源贸易，严重影响产业链供应链畅通，引发国际能源、金属和粮食等价格暴涨，进一步推升全球通胀。

“能力越大，责任越大”——这是美国向全球输出价值观的华丽辞藻。讽刺的是，美国作为世界最大发达经济体，长期把控全球经济和金融，却利用霸权将本国利益凌驾于全球利益之上，成为世界经济最大的不稳定因素。当前，美国自身政策造成的全球通胀、产业链供应链受阻等恶果日益显现，各国应警惕由此带来的风险。对美国而言，肆无忌惮地破坏世界经济秩序，势必不断反噬美元霸权，动摇其经济根基。借用莎士比亚在《罗密欧与朱丽叶》中的台词来形容，“那些残暴的欢愉，终将以残暴为结局”。

（经济日报2022年06月27日）

申报资料实录

作品简介：当前，世界之变、时代之变、历史之变正以前所未有的方式展开，国际形势中不稳定、不确定、不安全因素日益突出。作为超级大国，美国本应携手国际社会承担起维护全球共同利益、促进世界经济复苏、开创人类共同未来的责任。然而，多年来特别是新冠肺炎疫情暴发以来，美国对内治理失策，导致国内经济社会深层次问题集中爆发；对外漠视国际责任，放任自身宏观政策造成负面外溢效应，沉湎一己私利在全球制造动荡，成为破坏世界经济稳定与秩序、制造世界经济动荡的源头。为全面、深入、客观地揭示美国的霸权实质，经济日报报道团队基于长期研究，策划撰写了"郭言"署名评论，全面理性剖析美对世界经济造成的危害。文章客观说明美国内通胀居高不下引发市场广泛忧虑，深度揭示美国放任国内痼疾已积重难返，有力揭批美国宏观经济政策调整自私任性，深刻洞悉美国推行经贸霸凌损人害己的必然恶果。文章最后警示，随着美国自身政策造成的全球通胀、产业链供应链受阻等恶果日益显现，各国应警惕由此带来的风险。而对美国而言，如莎士比亚经典台词所说，"那些残暴的欢愉，终将以残暴为结局"，肆无忌惮地破坏世界经济秩序，势必不断反噬美元霸权，动摇其经济根基，最终自食恶果。此文先发表在经济日报一版，随后经济日报微信公号、客户端、中国经济网做了突出转发。此文见报时，正是美国总统拜登开启欧洲之行，七国集体峰会、北约峰会即将举行之际，对美国经济外溢效应的分析及警示，受到广泛关注。

社会效果：这篇评论被光明网、环球网、央视网、中国新闻网、中国网、中国青年网、今日头条，以及新浪财经、同花顺、格隆汇、财商时报等260家媒体转载，经济日报报纸、客户端、微信公号及中国经济网刊播。该文主要内容还被中国经济网制作成短视频，在抖音号、视频号播发。该文被中国新闻社、中国外文局等编译后在海外平台转发。

初评评语：该文全面系统梳理美国经济发展脉络和动机，揭批美国多年来，对内治理失策，导致国内经济社会深层次问题集中爆发；对外漠视国际责任，放任自身宏观政策造成负面外溢效应，沉湎一己私利在全球制造动荡，成为破坏世界经济稳定与秩序、制造世界经济动荡的源头，为各界全面认识美国的霸权本质注入了理性。此文分析深刻、理性客观，发表的时间，恰逢美国总统拜登开启欧洲之行，七国集体峰会、北约峰会即将举行之际。此文对美国及美国经济实质的深度分析，为我们认清美西方真面目提供了有力支撑，发挥了党报评论的关键舆论引导作用，新闻性、针对性强，时度效俱佳。

Why won't the Arab world buy U.S. lies about Xinjiang?（阿拉伯世界为何不相信美国涉疆谎言？）

倪四义　陆佳飞　姚　兵　董亚雷　凡帅帅　吴天雨　汪　健　邓仙来

作品二维码

（新华社 2022 年 12 月 14 日）

申报资料实录

作品简介：针对美国在我涉疆问题上罔顾事实、颠倒黑白的一系列谎言，炮制所谓“种族灭绝”“强迫劳动”等无端指责，编辑部利用新华社“点多面广”优势，联动海外多个分社及新疆分社，在深入采访多位外方人士、拍摄大量一手视频素材基础上，精心组织报道，既有鲜明的观点，也有扎实的数据，深入阐明美国谎言“为什么”不可信，达到主动破题的目的，有力服务我对美舆论斗争大局。该报道打破了我在涉疆问题国际反应报道时主要以报道外方立场表态为主的惯常做法，加强设置议题，采访了多位外国政要、外交官、学者，通过“借嘴说话”的方式，把美国涉疆谎言“为什么”不可信这一点讲深、讲透，一方面反映国际社会广泛支持中国的新疆政策、站在正义的一边；另一方面保持对美舆论压力，有效反驳了美西方对我涉疆政策的污蔑。

社会效果：该报道被 88 家国际和地区主流媒体采用，在新华社 3 个海外社交媒体平台主账号的总浏览量达 479 万，总互动量达 10 万。社交媒体平台网友互动热烈。

初评评语：这是一则在涉疆问题上开展对美舆论斗争影响较大的对外报道。该报道充分体现了新华社“点多面广”的优势，国内外联动，采集一手鲜活素材。采访对象包括外交官、政党人士、媒体人士等，分别来自埃及、伊拉克、阿尔及利亚等国，特别是采访对象多数都曾亲身访问过新疆，通过他们亲眼所见、所闻、所感来一一击破美国炮制的涉疆谎言，增加了报道的可信度，充分发达到“借嘴说话”的效果。采访对象的选取主要以阿拉伯人士为主，体现了编辑部在策划设计上的巧思。美国假借民主自由的幌子干涉阿拉伯国家，在阿拉伯国家发动战争、制造动乱，阿拉伯人已经深刻认清美国谎言祸乱世界的危害，感同身受，所以由阿拉伯人来驳斥美国谎言更具说服力。该报道充分报道了国际社会于我有利的正义声音，也有利于形成国际反美霸权的统一战线。视频画面中，新疆人民生活祥和安定同阿拉伯国家遭受美国战火摧残的残垣断壁，视觉上有极大反差，更加让世人认清美国谎言背后别有用心。

Global Thinkers Special: What does China really want?
(对话思想者电视论坛: 中国特色大国外交与全球新格局)

麻 静 葛 璟 刘 欣 任 岩 沈潇迪 朱碧玉 张桢昊 袁艺娇

限于篇幅，文字稿略，获奖作品请见中国记协网 http: //www.zgjx.cn。

（中央广播电视总台 2022 年 09 月 14 日）

申报资料实录

作品简介： 中国共产党第二十次全国代表大会召开前，CGTN 重磅推出十期《对话思想者》融媒体特别节目，为党的二十大预热。首期节目《中国特色大国外交与全球新格局》围绕当下全球瞩目的中国外交热点话题，宣传阐释习近平总书记富有中国特色、体现时代精神、引领人类发展进步潮流的外交理念、主张和倡议。节目云集重磅嘉宾，用辩论和对话的形式呈现观点，解读新时代习近平总书记中国特色外交思想，深入阐释中国推动构建人类命运共同体、推动建设新型国际关系、积极参与全球治理体系变革和建设的实践与意义。节目前瞻性议程设置，在思辨中呈现权威建设性观点。中外嘉宾共话中国之治，肯定中国主张、中国智慧、中国方案在全球性议题上发挥的重要作用，就“中国到底想要什么”“中国是否寻求争霸”“如何看待中国的全球地位”等国际关心的热点议题展开热烈讨论。相关报道获全球阅读量 2526 万，视频观看量 230 万，互动量 19.7 万。

社会效果： 在当下复杂的国际环境和美西方对我极限施压的背景下，该节目彰显中国在国际舞台的大国姿态，站在现代化新征程的起点上，共同构建“中国引领力”和“世界新格局”；向海内外受众展示出在深入推进中国特色大国外交过程中的战略思维、历史思维、辩证思维，反映习近平总书记强调的对外工作中统筹国内国际两个大局、坚持战略自信和保持战略定力、坚持战略谋划和全球布局、坚持合作共赢和义利相兼等实践经验。节目播出后在海内外反响热烈。

初评评语： 该作品聚焦新时代中国特色大国外交主题，以高端访谈为定位，细化议题设置，邀请外国政要、知名学者进行对谈交流，深入阐释习近平外交思想的深刻内涵，深入解读中国推动构建人类命运共同体、推动建设新型国际关系、积极参与全球治理体系变革和建设的实践与意义。作品策划精细，观点性强、权威度高，海外传播效果好，在国际舆论场产生积极反响。

Comicomment:Abysmal deviation from the right course(新漫评：偏离“一个中国”，必将坠入深渊！)

陈善坤

作品二维码

（中国新闻网 2022 年 08 月 08 日）

申报资料实录

作品简介：“新漫评”系列作品围绕美国民主、民生乱象，分别从民主制度、种族歧视、疫情失控等多方面策划双语漫评产品，针砭美国时弊。时任美国国会众议院议长佩洛西于 2022 年 8 月不顾中方强烈反对，执意窜访中国台湾地区。此则漫评用闭眼的“疯婆子”和濒临悬崖的车辆，形象化地传达出偏离一个中国原则是危险行为，暗示其若继续一意孤行，必将跌入深渊。

社会效果：该作品被多家境外华文媒体、多家中央新闻网站、门户网站转载，总阅读量近 500 万。“新漫评”通过新闻漫画形式对各种涉华议题做出直接回应，2022 年共推出 40 余期漫评产品，不仅面向国内读者发布，还利用海外社交平台面向全球读者发布，总浏览量近 1.5 亿次，长尾效应良好，在海外社交媒体平台有广泛的影响力。

初评评语：该漫画选取“一名女性政客闭眼驾驶绘有星条旗图案的车辆狂奔在坠崖的路上”这一意象，抽象化但又高度凝练地表现了 2022 年 8 月美国国会众议长佩洛西不顾中方严正交涉窜访中国台湾地区的情景，具像化地表达出这一行径严重违背一个中国原则，恶意侵犯中国主权，偏离一个中国原则，必将跌入深渊的意涵。该作品构思巧妙，绘制精美，让关心海峡局势、中美关系的各国人士能够毫无语言障碍地“秒懂”坚持一个中国原则的重要意义。

当咖啡花遇上茉莉花

郑建武　陈　蕾　林传喻　游宁剑　倪政兴

限于篇幅，文字稿略，获奖作品请见中国记协网 http: //www.zgjx.cn。

（福建省广播影视集团 2022 年 07 月 26 日）

申报资料实录

作品简介：大道不孤，天下一家！2013 年 6 月 3 日，正在哥斯达黎加进行国事访问的习近平主席走访了当地咖啡农户萨莫拉一家。习近平主席以咖啡花和茉莉花的相似为喻，生动阐释构建人类命运共同体的路径与原则——文明互鉴、和而不同，来自中国的这股茉莉花香，成为萨莫拉一家人的寻觅和期待。2022 年 7 月，福建侨联发起“福茶驿站”全球寻址活动，中美洲的第一站设在萨莫拉的“中国之家”，并委托当地侨团送去了茉莉花茶。记者敏锐捕捉到这一新闻线索，将时隔九年的两个事件有机结合、交织呈现，润物无声地传递了习近平外交思想的核心理念——构建人类命运共同体。记者克服疫情期间跨国采访的多重困难，与当地侨团密切合作，“隔空”采访萨莫拉一家，同时寻求到央视当年播发习主席访问萨莫拉一家的珍贵画面，创作团队还认真采编了“两朵小花”等相关影像，使作品叙述更加流畅，表达更为厚重。

社会效果：节目播出后，“两朵小花”成为中哥两国民众都熟悉的话题，并迅速形成良好的传播效应，推动 23 个国家和地区设立了“福茶驿站”。尤其是哥斯达黎加多家企业访问福建茉莉花基地，哥斯达黎加利蒙省积极推进与福建结成友好省际关系，更凸显“当咖啡花遇上茉莉花”的价值。该作品由东南网等联合海外媒体，在全球 70 个国家 140 多个站点同步传播，各平台总点击量超过 300 万，产生了内宣带动外宣、外宣推动内宣的良好效应。节目被评为国家广电总局 2022 年第三季度优秀广播电视新闻作品，在中宣部“寻访海丝印记 读懂中华文明”活动中，被选为优秀案例，翻译成英文版对外传播。

初评评语：2023 年正值共建“一带一路”倡议提出十周年，哥斯达黎加是中美洲第一个和中国签署一揽子自贸协定的国家，也是“一带一路”在拉美地区的枢纽。作品从两朵小花切入，以茶为媒，以花为信，视角精巧独到，形象表达真实生动，能引起共情共鸣，是一个传得开、留得住的国际传播案例。

铭记（国际版）

集　体

限于篇幅，文字稿略，获奖作品请见中国记协网 http: //www.zgjx.cn。

（江苏省广播电视总台 2022 年 12 月 30 日）

申报资料实录

作品简介：侵华日军南京大屠杀遇难者同胞纪念馆是全世界围绕南京大屠杀进行研究、陈展、发布、表达的中心，纪录片《铭记》首次以这座纪念馆为核心叙事载体。为此，摄制组长期蹲守侵华日军南京大屠杀遇难同胞纪念馆，从纪念馆建设、艺术创作、重点文物、历史研究与国际传播、国家公祭等多个角度进行展现，对南京大屠杀幸存者及其家属、纪念馆工作人员、国家公祭参与者、设计师、艺术家、文物捐献者、研究者、普通参观者等与这段历史发生连接的各种人群进行跟拍、采访。通过探究纪念馆的一个个“记忆空间”，为观众推开一扇中国近代史上沉痛的“铭记之门”。本片对纪念馆建馆 37 年以来，来自世界各地参观者的数万条留言进行了梳理，精选了部分中外留言进行呈现，从国家公祭、世界记忆遗产、个体情感三个层面展开，串联起南京大屠杀历史记忆对于整个世界的现实意义和当代价值。向国际社会强调南京大屠杀惨案铁证如山、不容篡改，宣示中国人民“牢记历史、不忘过去、珍爱和平、开创未来”的坚定立场。

社会效果：该片于 2022 年 12 月 30 日在江苏省广播电视总台国际频道播出。该片播出当晚即引发热烈反响和广泛好评。《铭记》相关短视频在江苏台新媒体矩阵推发，5 条短视频全网播放量破 2300 万。其中《五位南京大屠杀幸存者 22 年前首次合影，如今仅剩一人在世》被人民日报官方微博转发，并与《被日军炫耀的手帕成南京大屠杀铁证》2 条短视频均登上微博全国热搜，话题阅读量超 5000 万。本片播出上线前后，江苏广电网络新闻客户端重点推介，众多主流媒体予以关注。

初评评语：《铭记》突破了惯常关于侵华日军南京大屠杀题材的作品的

窠臼，别出心裁地从纪念场馆入手，通过对设计师、纪念馆工作人员的采访，把侵华日军南京大屠杀的幸存者、历史研究者、文物捐献者以及国家公祭日活动资料与诸多珍贵史料巧妙地串接起来，使得这个被表现了很多次的题材又有了新的视角和拓展空间。作品制作精良，信息源丰富，串联的内容十分饱满又富有张力，其主题、内容、制作水准和风格都非常适合国际传播，是一件历史价值和现实意义都很突出的优秀作品。

田野上最亮的星

集　体

限于篇幅，文字稿略，获奖作品请见中国记协网 http: //www.zgjx.cn。

（湖南广播电视台 2022 年 06 月 23 日—07 月 01 日）

申报资料实录

作品简介：习近平总书记指出，要把中国人的饭碗牢牢端在自己手中。作为农业大省，湖南的农业院士们，为稳住全国人民的“米袋子”“菜篮子”“果盘子”“油瓶子”做出了卓越的贡献，他们既是湖南也是中国的一张亮丽名片。2022 年 6 月 23 号起，湖南卫视推出 8 集典型人物报道《田野上最亮的星》，讲述湖南农业领域 8 名院士的科研故事和重要贡献，致敬农业科学家。他们以祖国和人民需要为己任，躬耕田野、脚踏实地地把论文写在祖国大地上，给现代农业插上科技的翅膀。节目系统梳理了院士们数十年潜心学术的科研脉络，以人物传记式的笔法，详解一个个院士专家的成长之路，展现了他们不断求索的科学家精神、“俯首为牛”的为民情怀，让典型人物可亲可敬。为扎实做好这一报道，记者查询海量史料，跑遍了湖南 14 个市州，精心调研、深入采访；扎起裤腿，与农民朋友同下地、同劳动；天上飞的、水里游的，各种拍摄设备齐上阵；以为院士们科研生涯立传的严谨认真，完成系列节目的拍摄制作。

社会效果：节目集中彰显了湖南的农业院士无私奉献的为民情怀，在湖南农业、科研领域引发强烈反响，传播效果显著，成为激励广大科研工作者砥砺奋进的精神力量。节目宣传湖南农业院士这一典型人物群体的动人事迹，同时，在一定程度上提升了湖南农产品的身价、地位、美誉度，让湖南“新时代鱼米之乡”的美名广为传播。

初评评语：节目坚持人民立场，展现农业院士的百姓情怀。聚焦国之大者，服务省之大计，助推湖南农业高质量发展，彰显媒体担当。

阿伟书记的承诺

杨川源　孙汉辰　许　勤　董孝烽　张洁云

限于篇幅，文字稿略，获奖作品请见中国记协网 http: //www.zgjx.cn。

（浙江广播电视集团 2022 年 12 月 28 日）

申报资料实录

作品简介： 2022 年是巩固拓展脱贫攻坚成果有效衔接乡村振兴的关键之年。早在 2018 年，浙江安吉县黄杜村党总支书记盛阿伟，带着村里 19 名党员给习近平总书记写信，提出要向中西部捐赠扶贫茶苗增收致富。总书记在回信中肯定了他们为党分忧的做法和精神，勉励大家先富带后富。为了总书记的嘱托，让“一片叶子”再富多方百姓。四年间，盛阿伟带领团队先后 62 次奔波到访并向贵州、四川、湖南“三省五县”37 个村，捐赠近三千万株“白叶一号”茶苗，带动 6661 名老乡增收致富。就在很多人认为他兑现承诺之时，盛阿伟主动直面受捐地亟待增强乡村振兴“内生动力”的现实难题，再次承诺“我们要让更多人富起来，不能撂挑子！”。报道以“白叶一号”丰产期前的最后一个冬季茶叶养护期为切入，记录盛阿伟第 63 次直奔问题深入贵州山村，建立乡村振兴党建联盟，加强基层党组织的战斗堡垒作用，从种茶叶，到种理念、种梦想，鼓励群众 “把饭碗捧在自己手上”的故事。该作品坚持问题导向，精准切入时代话题。不仅真实、生动地展现了“阿伟书记”的务实与担当，更及时、深刻地反映了巩固拓展脱贫攻坚成果有效衔接乡村振兴的紧迫性与艰巨性，有力传递了“幸福是奋斗出来的”发展信念，具有极强的感染力与时代价值。

社会效果： 该典型报道充分围绕时代热话题，刻画热人物，追踪热问题。播出后得到多家平台转发，全网累计播放破千万次。全国各地网友参与乡村振兴讨论，为阿伟书记的务实点赞。有效推动了“白叶一号”在“三省五县”37 个受捐村“返租倒包”模式的推广，为探索巩固拓展脱贫攻坚成果有效衔接乡村振兴，作出了实用探索，彰显了主流媒体在重大国家战略推进中的推动力和引领力。

初评评语：该报道直面问题，探究方法，是一篇极具时代价值的典型报道。主题重大，紧扣如何加速提升中西部被帮扶地的“内生动力”这一时代之问，激活四年跟踪积累，精准切入发展节点，真实记录了浙江安吉黄杜村党总支书记盛阿伟，努力实现让老乡们从种茶叶，到种理念、种梦想，“把饭碗捧在自己手上”的共同富裕目标。该报道平实、真实，不拔高典型人物，积极回应时代关切，引发社会各界对乡村振兴中人、财、物、市场等要素，如何激发、统筹，从而实现可持续发展的深入思考。报道内容深入扎实，生动展现推动乡村振兴行动之变，思想之变，作风之变的紧迫性与艰巨性。立体、鲜活地塑造了奔走在共富路上务实、担当的基层党员形象。

金色山川赤诚的红——追记阿坝州金川县交通运输局党组书记、局长罗从兵

集　体

连日降雨，大金川河水势愈发湍急，卡撒大桥的建设者在等他——罗局长，桥墩抢在洪水来临前完成浇筑。如今桥面架梁，你放得下心不来看看？

高山之巅，白纳溪村栽种集体果园，村民备了一把铁锹等他——罗书记，你承诺的搬新房、走安全路、不靠天吃饭都实现了。民宿即将修好，你却不能再来，算不算食言？

太阳河畔，又逢一年“看花节”，藏族同胞围坐草甸上等他——罗兄弟，当年你动员我们在林下栽种的大黄还在卖钱。没有你在旁边，这丰收怎么甜得起来？

山川在等他，乡村在等他，群众在等他。

他，曾在基层工作 18 年，担任过 3 个乡镇的党委书记和金川县交通运输局党组书记、局长职务。每次工作岗位变动，人们都跳锅庄、献哈达，为他欢送。最后一次送别，是在今年 5 月 19 日。晨雨中，数千人自发赶到县城街头，呜咽着送他最后一程。

他叫罗从兵，藏族，1982 年 7 月出生，共产党员。5 月 16 日，他在下乡检查“四好农村路”建设项目工作中突发疾病，经抢救无效因公殉职，倒在了 40 岁生日前夕。

金川县位于阿坝藏族羌族自治州，是革命老区、民族地区。当地干部群众最爱唱的一首歌叫《金川红》，人们说，罗从兵就是金色山川赤诚的红。

把初心种在太阳河

“没有栽不下的树，只有立不住的人”

罗从兵中专毕业后，21 岁到金川西北方向的太阳河乡（2019 年底该乡并入观音桥镇）工作，一待就是 12 年多，从护林员一步步成长为乡党委书记。

太阳河乡很小，只有麦地沟、松都两个行政村，人口 700 多人；太阳河乡很大，山高谷深、沟壑纵横，面积 215 平方公里，比国内一些县市面积都大；太阳河乡条件艰苦，当时进村入户全靠走，从一个村组到另一个村组，脚力

快的也要两三个小时。

群众很快发现，乡上新来的这个小伙子不一般，能与大家打成一片。达尔甲当时是麦地沟村的兽医，经常为牲畜打疫苗、戴耳标。罗从兵找到达尔甲，说要帮他“逮猪”。达尔甲望着眼前身高近一米八的瘦高个，不解地问：“猪圈又脏又臭，扑倒在地一身粪，你一个干部能吃这个苦？”罗从兵笑着回答：“我也是农村出来的娃。”

不久，达尔甲就明白了他“逮猪”的用意：“打完疫苗，他跟村民摆起龙门阵，把家里情况问个底朝天。”令达尔甲佩服的是，第二年，罗从兵又来帮忙“逮猪”时，能准确地说出谁家养了多少头牛、多少匹马。

人们印象中的这个年轻人，冬天带着竹篓从河里背冰块，帮住在山头的群众缓解用水困难；听说哪家修建房屋，他肯定跑来抬石头、搬木料；下午去偏远的村民家访问，夜里躺在群众家的毛毡上和衣而眠。

同吃同住同劳动，罗从兵赢得了群众的信赖。打通入户路、种植中药大黄、打造观音桥景区……凡是他参与和主导的工作，村民都愿意跟着干。

有年夏天，松都村村民与邻近的毛日乡村民在木迪沟因挖虫草发生摩擦。罗从兵带着干部及时赶来，毫不犹豫站到对峙的两群人中间，大喝一声：“都不要动，坐下来谈。”罗从兵把两边选出的代表召集起来，动之以情、晓之以理耐心说服，告诉大家酥油糌粑越揉越融合的道理，各退一步形成共同挖虫草的方案。

王青是当时对峙的松都村村民之一。他说：“罗从兵是党派来的干部，那个时候，他敢站在两帮人中间，又公道地处理矛盾，我们服他！”从那以后，木迪沟再没出现过类似情况。

是否秉持公心，群众心里有杆秤。为贫困群众建档立卡时，罗从兵有位入赘麦地沟村的堂兄找到他，希望申请成为贫困户享受帮扶政策。罗从兵严厉批评：“你家有面包车，不符合扶贫标准，找谁也不行。”

亲戚心里有怨言，去找罗从兵的父亲罗富荣告状，结果又被罗富荣批评一顿。

罗从兵的祖父、父亲均是党员。罗富荣在老家金川县安宁镇炭厂沟村当了18年村民小组长，他主持划分承包地，分到自家手上的是东一块、西一块耕种条件最差的地；组织分花椒树苗，剩下两棵赖苗时，被大伙提醒忘了分给自己，他大手一拍，就这两棵吧。

太阳河顺山势激流而下，汇入杜柯河、大金川、大渡河，一路不歇奔向海的方向。正如80多年前，中国工农红军将士从这片土地北上，走向伟大胜利。

罗从兵把初心种在太阳河，此生矢志不渝。今年3月，金川县委将交通运输局的“联户联情”联系点，调整为紧邻观音桥镇的二嘎里乡四甲壁村。因为电站建设，那里村民产生了情绪。临危受命处理复杂矛盾，有朋友说他运气不好，罗从兵却在工作笔记上写道：“没有栽不下的树，只有立不住的人。”

他常说：“我是农民的儿子，自己苦点累点没什么，决不能辜负组织的培养，不能辜负乡亲们的信任。”

兑现“头等大事”承诺

“用他的赤诚融化贫困‘坚冰’，带着群众奔小康”

从太阳河乡调任马尔邦乡担任党委书记，罗从兵心里憋着一股劲，那是2016年6月。按照党中央部署，四川把脱贫攻坚作为头等大事，作出一系列工作安排，让他生出坐不住的冲动。

出身贫困山村，长期工作在“苦寒之地”，罗从兵对带动群众摆脱贫困的渴望是那么强烈。短短几周，他走遍全乡八角塘、独足沟、白纳溪3个村的91户贫困家庭，一声声“邓伯”“苍孃孃”“老张”喊得十分亲切。

白纳溪村位于海拔2700米的高半山，从山脚到村委会短短8公里盘山村道，要转七八十个弯，不少爬坡弯道超过300度，汽车一盘子根本开不上去，成了脱贫最难啃的硬骨头。

罗从兵承诺，要带给乡亲们安全住房、产业用水、集体经济“三大件”。

白纳溪村党支部书记王德寿发自内心对罗从兵的认可，是从他召开“户主会”（即村民代表大会）一起研究住房补助资金开始的。

谁家享受涉藏州县新居建设政策？哪户满足危房改造政策条件？王德寿直犯头疼：“弄不好就是得罪人的事。”罗从兵一家一户对照分析，谁家墙裂了，谁家屋顶漏雨，谁家必须重建，讲得头头是道。讲完，罗从兵还要问一句：“你们心中气不气，服不服？”乡亲们都笑起来。

白纳溪，在藏语中的意思是“水花”，村上却一直靠天吃饭。条件相对较好的黄土岗村民小组，可以从4000米外的山涧小溪引水。每年一度的放水，像盛大的“节日”，首先要组织上百个劳动力清理土沟，由于路途远、水头小，整个小组完成一次浇灌至少持续三四十天。

“彻底解决生产用水难？祖祖辈辈都没干成的事，他行？”村民在观望。罗从兵用行动回答，想方设法争取来两个水利项目。

黄土岗小组建成塑胶管引水通道和“三面光”水泥沟。只要9分钟，溪水就从取水处自流到地头，过去则要苦等两个小时。干岩小组、白纳溪小组的种植地块坡度超过30度，不适合大水漫灌，他为村民在田间地头安置67个玻璃钢水窖。

千百年来首次实现农业“用水自由”，“水花”白纳溪名副其实。

有了安全住房，有了灌溉用水，罗从兵又召开“户主会”。他担心村民不珍惜机遇、滋生出“等靠要”的思想。他风趣地对大家说：“现在给你们解决了困难，相当于把夫人接回来了，生娃娃就不用帮了嘛。”村民哄堂大笑，话糙理不糙。

脱贫攻坚这些年，他从不向人诉说承受了多大压力。乡亲们看着他的头发变白，虽口头上打趣他“长得着急”，也疼在心里。在他下乡饿了找“老辈子”讨馍馍充饥时，村民恨不得端出所有的腊肉香肠，“回馈我们的罗书记”。

2019年底，马尔邦乡与马奈乡合并为马奈镇，罗从兵又一次走马上任党委书记岗位，自诩“年轻的老革命”。

这些年，在各有关方面帮扶下，马奈镇（含合并前的马尔邦乡、马奈乡）争取到位资金近9000万元，实施了一批路、水、电等基础设施及旅游配套设施项目；大力推行“返还扶贫”“股权量化”“飞地扶贫”等扶贫模式，增强了贫困群众“造血”能力；独足沟村、白纳溪村等以产业基金入股农业企业，走上发展集体经济的快车道。

马尔邦——“永不结冰的地方”。当地老百姓深情地说：“罗书记用他的赤诚融化贫困‘坚冰’，带着群众奔小康。”

俯身做牛站起为伞

“他是战争年代可以为了党和人民利益去堵机枪口的人”

金川多山，索乌山、嘎达山、纳勒山，一座接着一座，连绵不绝。雄奇的自然风光，也孕育着风险，金川县有421处地质灾害隐患点，141个山洪危险区。

每到汛期，罗从兵的心揪得紧紧的。2020年7月6日晚，天降大雨，马奈镇八角塘村中心小学附近有个泥石流隐患点，罗从兵放心不下，冒雨前去查看，不慎摔倒，造成骶骨椎体骨折。“至少卧床3个月！”医生告诫：若休养不足，恐怕造成下半身瘫痪。

但罗从兵躺不住。7月22日，因脱贫攻坚成效验收迎检在即，他拄着拐杖回到镇上。7月24日晚，金川县普降大雨。7月25日凌晨3时，马奈村监测员慌忙来电：“包都社来泥石流了！”还未入睡的罗从兵随即起身，拄着拐杖就往外走。时任镇长罗小琴连忙劝阻：“你有伤在身，就别去了。”

“这么大的雨，不去看着，不放心！”扔下这句话，罗从兵冲进雨幕。

那夜的雨特别大。好在平时注重应急演练，村干部刚把群众转移到屋外，还没来得及渡过大金川河，索桥就被汹涌的洪水冲断了。罗从兵心急如焚，在河对岸用喇叭一遍遍喊话：“你们要注意自身安全，一定要保护好老人、孩子和妇女。”“我们就在包都社，和你们在一起！”

一整夜，泥石流肆虐，村组背后的原始森林里，“轰隆隆”响个不停。大地震动，对岸冲毁声不断，罗从兵泪流满面：“老百姓的房子毁了，地也没得了……”

天亮后，他顾不上疲倦，拄着拐杖指挥救援。幸运的是，包都社在特大泥石流灾害面前，无一人伤亡。把群众全部安置好，他又拄着拐杖多方奔跑，争取灾后重建项目和资金，让包都社在最短时间内推进桥梁重建、通组入户路新建，以及灾毁农房的重建。

那年的雨特别多，包都社泥石流不久，白纳溪村通村路也遭泥石流冲断。当王德寿从位于高半山的村委会赶到山脚断道处时，罗从兵已在现场指挥挖掘机救援。看着拄着拐杖的伟岸身影，王德寿眼泪一下就下来了：“他受伤了都不休息……我们这书记，是真的好！”

事不避难、义不逃责，身先士卒、冲锋在前，罗从兵向来是这样的人。八角塘村党支部书记秦志刚说：“战争年代，他是可以为了党和人民利益去堵机枪口的人。”

就在白纳溪发生泥石流前几个月，村上突发森林山火，罗从兵心急火燎地带人赶来扑火。山头可是1.6万亩的原始森林，百年树龄的杉木比比皆是，一旦燃上去，后果不堪设想。众人齐心协力，将过火区面积控制在10亩。火灭后，村支部副书记沙正良发现罗从兵走路一瘸一拐。罗从兵这才幽默地交待：一颗炭火顺着裤兜落到右脚踝，“把美腿给烫伤了”。

罗从兵决心做一件事：修森林防火通道。王德寿善意提醒：“修防火通道免不了砍树，弄不好就背个破坏生态的骂名。”罗从兵问：“到原始森林要多久？”“不通车，走路至少4个小时。”“要是发生火灾，咋个救？”“没法救！”“该不该修？”“该！”“那就修！”罗从兵向上级打报告、详细作说明，终于争取到项目，为村上建成6公里长的防火通道，车10多分钟就能开到原始森林。

罗从兵说：“只要是老百姓的事，再小的事都是大事。”接触过他的干部群众都这么评价，罗从兵是一名真正的共产党员，他俯下身子做牛，为人民鞠躬尽瘁；站起来做伞，为百姓遮风挡雨。

扛起开路先锋大旗

“死也要死在冲锋陷阵第一线”

担任金川县交通运输局党委书记、局长职务，罗从兵自己都没想到。时任金川县长、现任金川县委书记朱锐回忆，对这个岗位的人选，县委十分谨慎，“这个人必须能干、会干、干得好，而且廉洁方面不出事。”

金川地处阿坝、甘孜“两州”6县交界处，从县城到州政府所在地马尔康要2个多小时车程。突破交通瓶颈制约，畅通从田间到县道、省道的通途，让“雪梨之乡”的特色农产品卖出好价钱，是7.3万金川人民长期以来的夙愿。还有一点，县委看重罗从兵善做群众工作。道路建设，涉及征拆。县委认为，争取群众支持配合，罗从兵最合适。

2021年7月，罗从兵走马上任。在全局第一次工作会上，他掷地有声：“我们是乡村振兴的‘急’先锋，决不能让金川的乡村振兴‘慢’在路上！”

中专毕业，在职大专学历，非土木工程专业，罗从兵清楚知道自己的短板所在。他买来一堆专业书籍，深夜躲在办公室自学，工程测量、技术参数、建设指标……有时还大声朗读，用“师范生的读书习惯”，记忆枯燥的数据和文字。

交通项目不到一线不能了解情况，罗从兵倡导一个理念：“多在现场、少在会场”。工作日时间不够用，就牺牲休息日跑现场。从“南大门”马奈镇，到海拔4000多米、与甘孜州道孚县接壤的俄热乡，几乎每个节假日他都在路上。同事们说：“哪个周末罗局长不喊下乡，我们才觉得奇怪！”驾驶员程德勇记得，每周跑成百上千公里是家常便饭。

曾达乡遭遇特大泥石流，连接全乡5个村的曾达路被冲毁。罗从兵一次次到灾后重建路现场督导，和施工单位沟通，帮助协调解决困难。砂石材料没有了，他绞尽脑汁想办法。3天后，2万多方砂石运到建设现场。

卡撒大桥跨大金川河，桥墩涉水，若建成的部分不能赶在汛期前高出水面，则极有可能被洪水冲垮，工期至少延后一年。罗从兵强力推动建设，前期工作赶在2021年下半年完成，2022年农历大年初三正式开工，目前桥墩已全部建成，即将开始桥面架梁。

县委县政府交给罗从兵一个重要任务：创建“四好农村路”省级示范县，并确定率先打造10条、158公里的示范路。

罗从兵一有空就到现场督导，看进度、看质量。时间长了，一线施工的工长都和他熟起来。

平时好说话，但只要涉及质量问题，这位“没架子的领导”马上变“黑脸包公”。有次，罗从兵坐车途经一个项目工段，隐约察觉一个靠山的挡墙“没太对”，当即下车仔细查看，果然不符合建设质量规范。他严肃批评施工单位，盯着把挡墙拆除了进行重建。

直到生命最后一刻，罗从兵都在路上。5月16日，星期一，他与阿坝州交通运输局督导组一道，到金眉现代农业园区检查“四好农村路”建设项目。9时多到达第一个点位，原本准备介绍情况的罗从兵站立不稳，被搀扶着上车，他还劝大家放心：“没事，可能低血糖犯了。”到第二个点位，他已不能下车，开始呕吐，还想着“再跟一跟”。驾驶员强行掉转车头，送他到医院，最终因突发大面积心梗，经抢救无效去世。

到金川县交通运输局后，罗从兵生前大会、小会常说一句话：“再累再苦，死也要死在冲锋陷阵的第一线。”副局长何靖宇红了眼眶：“没想到，一语成谶。他怎么舍得离开？”

再唤一声“罗阿哥”

“循着你的足迹，我们替你完成未竟的事业”

江河呜咽，草木含悲。5月19日凌晨5时，罗从兵同志遗体告别仪式在金川县殡仪馆举行。

灵车行进沿途，站满从全县各地自发赶来的数千名干部群众。人们在雨中手捧鲜花、拉起横幅，送他们的好领导、好朋友、好兄弟罗从兵最后一程。

再唤一声“罗阿哥”，白纳溪村民泣不成声。全村64户人，来了63户。王德寿喃喃道：“当初我们欢送你离开马奈镇，你不让放鞭炮。鞭炮现在还放在我家，我又放给哪个？”

年轻时一起“逮猪”的达尔甲，眼泪止不住地流。他从上海务工回到麦地沟村投身乡村振兴，原打算请罗从兵当“顾问”，未承想天人永隔。去年，罗从兵下乡，还专门找到老支书杨崩热勒尔乌，“他一直牵挂我们，问东问西，希望乡亲们生活更好。”

白发人送黑发人。朱锐紧紧握着罗富荣的手问：“罗叔，家里有什么困难，组织一定会安排解决好。”罗富荣擦拭着眼泪说：“我们没什么要求，他是党的人，就是再也不能给党做事了……”

“他太忙了。”认识罗从兵的人，都这么说。金川县挂职交流干部多、家是外地的干部多，每逢节假日，本地干部主动值班。罗从兵更是如此，这些年来春节几乎都在值班，一家人很难聚齐在一起。2018年春节，妻子王志静在成都治病住院，儿子托付在大姐家过年，年过古稀的父母则在勒乌镇家中，一家人分别四地。

王志静理解他。他们相识于太阳河，一个是林业员，一个是教师，两人工资都不高。“那个时候，他有100元，就会分我一半，让我买喜欢的东西。我周末回老家，他会帮我把衣服洗好放宿舍。”随着罗从兵岗位变动，工作越来越忙，无法陪爱人和家人让他感到愧疚。王志静安慰说：“你为国家付出，我为小家付出。”

有件事，罗从兵说到没有做到。2009年初，他俩喜结连理，墙上挂的婚纱照很简陋，背景是找照相馆后期合成的。罗从兵答应王志静将来补拍，却一直没抽出时间。

同事为他制作遗像，只找到两张标准照。一张是在太阳河工作时拍摄的，20多岁的他，风华正茂；另外一张，身穿白衬衣，外搭西装，只是领带没有打正。相馆提出，要不要用软件把领带“修正”一下？同事含着泪说：“不，这才是我们的罗阿哥。”

罗从兵一直过着十分简朴的生活。家人清理遗物，除一两件开会时穿的正装外，其他都是旧的，有的已经泛黄。他有一件迷彩羽绒服，长期放在车上，下乡冷的时候御寒。这件衣服，他已穿10多年。

罗从兵自己过得简朴，对乡亲们却很大方，经常自掏腰包补贴困难群众。走访二嘎里乡四甲壁村，他得知一位聋哑老阿妈的孩子常年在外，就掏出身上所有的钱：“您和我妈妈岁数差不多大，我就和您的儿子一样。”雅夏村一户联系户房屋漏水，他听说后，买了2吨水泥送到联系户家里。他去世前不久，还打电话向善于养殖的大姐罗从秀咨询，准备帮二嘎里乡的群众买一些仔猪。

他心中装着群众，老百姓心里记着他。灵车经过的地方，“鞠躬尽瘁，死而后已”“从兵书记，马奈人民永远怀念你”的挽联，醒目又催泪。

罗从兵去世后，金川各族干部群众以各种方式纪念他。他的同事们、朋友们、乡亲们说，最好的纪念方式是循着他的足迹，替他完成未竟的事业。

7月的金川，阳光灿烂，在他倒下的金眉现代农业园，那条“四好农村路”仿佛镀上一层金色。勒乌镇金马坪村迎宾大门处，一副石刻对联分立产业路两侧：“油路通村富民党恩深似海，清泉入户福众政策暖如春”。

有风吹过，雪梨林哗哗作响，仿佛在低语，缅怀故人。

（四川日报2022年07月11日）

申报资料实录

作品简介：民族地区基层干部是推动当地繁荣发展稳定的排头兵。2022 年 5 月 16 日，藏族党员干部罗从兵因公殉职，在他出殡那天，上千人自发送行，这在阿坝州金川县过去从未有过。不到 40 岁的他，为什么如此牵动人心？四川日报成立全媒体采访小分队，历时半个月时间，深入罗从兵生前工作的三个乡镇和交通运输局，走访上百人，细致还原他的生前轨迹，挖掘他扎根高原藏乡、带领乡亲们走过脱贫路、走上小康路的感人事迹。记者在采访中数次落泪，深深被人们口中的“罗阿哥”所打动。2022 年 7 月 8 日起，川观新闻客户端发布《再唤一声罗阿哥！扎根金川俯身为牛，39 岁的他倒在下乡路》等系列融媒体报道；7 月 11 日，四川日报头版头条刊发长篇通讯《金色山川赤诚的红——追记阿坝州金川县交通运输局党组书记、局长罗从兵》，并配发本报评论员文章。精心打磨的全媒体产品，以及率先发声、深入报道，有力揭示和宣传了罗从兵同志的榜样和精神力量，引发广泛关注和强烈反响。2022 年 11 月底，罗从兵同志被中共四川省委追授“四川省优秀共产党员”称号，省委号召全省广大党员干部以罗从兵同志为榜样，勇做走在时代前列的奋斗者、开拓者、奉献者。

社会效果：俯身做牛、站起为伞，用赤诚融化贫困“坚冰”，带领群众奔康……四川日报全媒体产品用朴实的语言、细腻的镜头，真实呈现了这样一位民族地区好干部：罗从兵的一生，没有惊天动地的壮举，但秉持对党和人民事业的忠诚，在巴蜀大地奏出一曲真诚、敬业、奉献的为民之歌，展现了民族地区基层干部牢记初心使命、践行实干担当的精神。罗从兵先进事迹经四川日报全媒体多个平台推出后，多家中央媒体和省级媒体对作品给予转载，一周时间，全网相关稿件阅读量超过 4000 万，相关视频浏览量超过 6300 万。很多网友表示，“看着看着眼眶就湿润了”，称赞罗从兵“赤子初心、为民榜样”，是“党和人民的好干部”，为他“一路走好”祈福。

初评评语：这是一篇感人至深的典型人物报道。罗从兵是一位从基层一线特别是从脱贫攻坚大仗硬仗中成长起来的 80 后藏族党员干部。该作品以翔实的事例、感人的情节，多维度呈现了这位“可学可做、可追可及”的优秀共产党员的先进事迹。作品坚持客观叙事，善用白描手法，语言朴实、细节生动，同时辅以视频、图片的融媒体手段，富有感染力、震撼力，达到了既高举旗帜、引领导向，又成风化人、凝心聚力的效果。深入实际挖掘典型，满怀深情书写典型，创新方式宣讲典型，对罗从兵先进事迹的报道，展现了新时代新闻人的使命担当。

缙云山壮歌

集　体

重庆市北碚区，在烈火熊熊燃烧的缙云山上，云南省森林消防总队的消防员被深深震撼了。

“驰援了这么多地方，我们从来没有见过这么多志愿者……”

这是一幅怎样的画面？

在决战缙云山的夜晚，摄影师周瑄用航拍镜头记录下这样一幕——

夜色下，左边，滔天火光烧红半边天；右边，成千上万戴着头灯的山火救援者聚成一列，点点微光汇成一道“长城”。

山火是一撇，“长城”为一捺，一个“人”字映入眼帘。江山就是人民，人民就是江山！

这个滚烫的8月，全国不少地方出现罕见的极端高温天气，重庆更是连晴高温，多地突发山火。北碚、南川、涪陵、江津、大足、铜梁、巴南……其中最为凶猛的山火，就发生在缙云山。

一火未灭一火又起，重庆人的心日夜难平。一场声势浩大的救援集结开始了。

面对严峻形势，重庆市委、市政府深入贯彻习近平总书记关于防灾减灾救灾的重要指示精神，坚持人民至上、生命至上，靠前指挥、统筹调度，应急管理部、国家林业和草原局、中国气象局等国家部委和兄弟省区市给予大力支持，专业救援队伍千里驰援，广大党员干部冲锋在前，全市人民积极参战，众志成城、严防死守，取得了森林防火灭火的阶段性胜利，谱写了一曲气壮山河的英雄之歌。

科技到达不了的地方，就用信仰把它踏平

8月25日夜，到了决战缙云山的时刻。

从8月21日起，这场山火已经燃烧了数日。最初，山火是从缙云山支脉的虎头山燃起来的，由于极端高温加之风向变化，火势很快烧到了缙云山。

不同往常，这场山火救援举步维艰。

“今年重庆遭遇了有完整气象记录以来最严重的高温干旱。”重庆市应

急管理局党委委员、政治部主任邹瑜说，气温最高、时间最长、范围最大、降水最少，导致本轮灭火工作具有火点多、持续高温、山形地貌复杂三大难点。

连日来，党员、老兵、学生、教师……人一个接着一个往前冲，“星光长城”筑起了；挖掘机、摩托车、越野车……车一辆接着一辆往前闯，“机车长城”形成了；灭火器、油锯、药品……物资一件接着一件往前送，“物资长城”砌好了。在灼人的火场，成千上万的救援者构筑起一道道“长城”。

决战时刻，进火场的条件更为严苛。火场前，上千名志愿者聚在一起等候选拔，随时准备再上缙云山。

“只有退役军人能够进入火场。”条件明确后，许多志愿者“谎称”自己就是退役军人，孰料被要求出示退役证件。

“谁会随身携带退役证件啊？”

“那出示自己当过兵的照片也行。”

眼见“撒谎”不成，又有不甘心的志愿者问：“党员要不要？”

“党员要听指挥。”

随即，叹息声响起：“早知道我也去当一次兵了！”

在这场激烈的“争夺战”中，老党员王忠胜出了。“我是党员，又是退役军人，任何时候我都应该冲在第一线。”王忠坚毅地说。

决战之夜的路已经好走了许多。第一天刚进火场时，山上没有路，只能徒手攀登，即便是曾训练有素的王忠也吃不消。“挖掘机在前方开路，摩托车、越野车接连冲锋，救援者一步一步走，硬是把路压出来了”。

此前，王忠负责防守隔离带。在极端高温下工作，他曾多次中暑，手臂也伤痕累累。决战之夜，他负责运送物资，成为“长城”的一块砖。

“我算不了什么，我身后还有无数人在默默战斗。”摆手时，王忠因为一连几天的救援，手不受控制地颤抖了起来。

救援人员太多了，王忠记住的人不多，却难忘一位跟他一起防守隔离带但叫不出名字的村干部。那位村干部也是老党员，他俩一起“打火”，一起睡在挖掘机凿出的土坑里，直到搬运物资时，他才发现那位村干部只有一只手。

“搬东西不能戴手套，我让他休息，他却说‘别担心，我习惯了’。”王忠泪光闪烁，“科技到达不了的地方，我们就用信仰把它踏平。”

火场上，担心自己干少了的志愿者大有人在。

2008年，在汶川地震灾区火线入党的陈亨总是冲锋在前，衣服上到处是被火星烫出的窟窿；退役军人廖学军在抢挖隔离带时严重中暑，被医疗组送至北碚区中医院治疗后，隔天一大早又再次上山；重庆外语外事学院国际商贸与管理学院2020级学生刘渝，利用退役军人身份之“便”，多次上山参与救援……

缙云山上，“骑士”飞驰

突然响起的手机铃声，搅乱了摩托车骑手吴朴慧难得的休息时间。她拿起手机一看，是还留在缙云山上帮忙运送物资的队友冷云伟打来的电话。

“慧姐，快来，山上有复燃的情况，还要运送一批物资上山！”电话那头，因为已经连续奋战两个通宵，冷云伟声音嘶哑。

接到电话后，吴朴慧穿戴好装备，拿上头盔，再度出发赶往缙云山。临走时，她看了看时间，已经是凌晨2点多钟了。

缙云山的火，在8月22日“烧”到了吴朴慧的世界：微信群里，疯传着缙云山火场需要摩托车运输救援物资的消息。作为一位职业越野摩托车手，她坐不住了。

“当时不清楚是否需要越野摩托车，所以第二天我们在缙云山下徘徊了一个多小时才上去。”吴朴慧说。

吴朴慧是四川成都人，和男朋友李有霖一起生活在缙云山的另一边——璧山区。

第一天报到后，吴朴慧和队友们被安排到3号点、4号点、5号点运送救援物资。3号点至5号点之间是新开挖的山路，同时也是缙云山火场的隔离带，他们第一天，就碰上了长达10个小时的高强度工作。

男友联系不上吴朴慧，满心焦虑，不想她再继续干下去。回家后两人一番争论，结果志愿者由一位变成两位，一位在一线协助扑火，一位在后方保障物资运输。“我只想尽自己最大努力，为一线的救援人员提供后勤保障。”吴朴慧说。

“骑士”戴着头盔、口罩、护目镜和其他专业装备，虽然捂得严严实实，但还是能一眼认出吴朴慧，因为她的头盔上有一个大大的红色蝴蝶结，这是她身上唯一能看出是女性的身份标志。

不只是吴朴慧，在这场人与火的终极较量中，没人能忽视“骑士”的存在。

缙云山地势陡峭、山高林密。山火突发前，它是徒步登山胜地；山火突发后，从前的优势都变成了扑救的“拦路虎”。山太高太陡了，一般车辆没法将油锯、灭火器等物资送到前线，焦头烂额之际，“骑士”来了，他们飞驰在陡峭的山路上，一趟又一趟将物资和人载到前线。

路是挖掘机新挖的，又窄又陡又滑，很多骑手都摔倒过。在一条坡度大于 70 度的陡坡上，一位骑手冲锋时摔了下来，鲜血直流。大家冲上去把他抬到医疗点，将碘伏倒向伤口，随即响起了一声惨叫。

一位骑手倒下了，还有无数骑手在冲锋，山下还有无数骑手在等待召唤。以前，车掉了一小块漆他们都会心疼，现在，只要还有油，车摔得再破，他们也会往前冲；以前，骑行时的背包必须要酷，现在，有一个竹背篼他们就自豪不已。

有人问：“这么贵的摩托车，舍得吗？”

他们说：“消防员拿命去拼，我们这算啥！”

缙云山上，“骑士”浩浩荡荡。云南省大理白族自治州森林消防支队一名消防员感慨道：“如果说淮海战役的胜利是人民群众用小车推出来的，那重庆山火的扑灭就是重庆人民用摩托车载出来的！”

千万个“小家”组成万众一心的“大家”

卿兰英的家就在北碚歇马街道。8 月 21 日晚，虎头山起火时，她在小区门口看到了火光，心头一紧。担心在山上灭火的人没水喝，她对丈夫廖红江说：“走，我们去送水。”

夫妻俩到旁边的小商店买了两箱水，商店老板一家听说他们要送水上山，也加入进来。于是，两家人骑着 3 辆摩托车上山了，将几箱水交到了警察手中。

第二天，眼见火势越来越大，夫妻俩坐不住了。他们本是做装修的工人，在这座城市打零工，但那几天，他们根本没心思干活，而是跑到缙云山脚下报名当志愿者。他们想去一线灭火，可一个 46 岁，一个 50 岁，都被拒绝了。

后来，廖红江“混”进了摩托车队。他骑着那辆平时用来维持生计的摩托车上山了。这辆摩托车比不上越野摩托车，跑山路有些吃力，但只要有人上山，他就送，载过志愿者、消防员，也拉过灭火器、矿泉水、盒饭等。

廖红江拉过的物资里，有些还是经妻子卿兰英的手分发出去的。

8 月 24 日，没办法上山的卿兰英来到歇马街道办事处集结点，她看到一车又一车的物资不断被送进来，司机一吼：“来志愿者！”便有一群人迎上去，有序将物资搬下车。她也立马加入进去。

矿泉水、灭火器等物资被堆成了一座座小山，这些都是由卿兰英和其他志愿者搬运、整理的。哪里有需要，他们就把物资分发出去，由等候在外的摩托车骑手们送上山。

与山上的志愿者队伍有些不同，这里的志愿者，很多都是和卿兰英一样 40 岁以上的女性，她们的丈夫或儿子大多在山上。她们勤劳、细心、热情，从山上下来的年轻志愿者形容她们“就像妈妈一样”。

在北碚，像卿兰英这样全家总动员的志愿者还有很多。

谭华玲家住北碚老城区，她丈夫出差回来便上山支援了，她也带着 9 岁的女儿和 20 岁的儿子在歇马街道办事处集结点做后勤保障工作。她的女儿虽然年纪小，但所有人都记住了这个勤快的小姑娘。小姑娘搬不动 24 瓶一箱的矿泉水，便搬 12 瓶一箱的；站在长桌前，她只比桌面高出一个头，却把上面的盒饭、饮料等收拾得整整齐齐；她还在会议室里装头灯，动作麻利地将头灯的松紧带嵌入 3 个卡槽的缝隙里，装完一个又一个……

刘素英 8 月 22 日就来当志愿者了。那几天，她的丈夫一直在山上运送人和物资，还拉过几名消防员来家里洗澡。

刘素英夫妻俩都不是北碚人，但在北碚歇马打工 10 年了，他们早把这里当作家，为扑灭这场山火拼尽了全力：“北碚给了我们一碗饭吃，我们要回报她。”

在歇马街道办事处会议室的角落里，有一本志愿者登记册，上面登记了近 140 位志愿者的个人信息，街道工作人员说：“实际数量比这个多得多。”

志愿者登记册拿在手里轻飘飘的，但看到每位志愿者的姓名、年龄时，就能感受到它所承载的沉甸甸的情感。每个名字背后，都是一个家庭的支持、付出和努力，正是这一个个“小家”，组成了万众一心、守望相助的“大家”。

他们来自五湖四海

连夜驱车 12 个小时，疾驰 800 余公里，陕西西安小伙阮岭终于如愿抵达缙云山。

这场跨越千山万水的奔赴，是心血来潮，也是“蓄谋已久”：通过网络，阮岭知晓了这场不同寻常的山火，一条条重庆儿女不顾安危、争先恐后到火场支援的视频更是让他热泪盈眶。

“重庆是一座英雄的城市，我也要去出一份力！”临行前，阮岭装了满满一车的灭火器。

在缙云山下，阮岭卸下灭火器，又背起背篼，到山上当起了“背包侠”。

山高路陡，阮岭手脚并用，即便小心翼翼，也不慎摔了几次，腰上背上青一块红一块。有同行志愿者因摔伤不得已回家休养了，可阮岭不想走。

“我不是重庆的，来一趟不容易。”阮岭说。

第一天，阮岭报名参加背送物资，那天他上山下山徒步来回了 6 趟，回到酒店不到1分钟便睡着了。第二天，明火得到有效封控，阮岭没有抢到运送物资的名额，于是背起背篼，和“娘子军”志愿者一起，在山上捡起了垃圾。第三天，缙云山明火被扑灭，在阮岭犹豫要不要即刻回西安时，奉节县又突发了山火，于是他改道去了奉节。

和阮岭的专程奔赴不同，七一客户端暨重庆市委党建全媒体记者在采访时也加入了志愿者队伍，遇到了一位来自成都的志愿者大哥，他参与灭火就有些“巧合”了。

“前几天我到北碚来找朋友，听闻这里起火就马上过来了！”说话时，他带着别样幽默乐观的语气，“我都来这里守了3个晚上了，今天还熬到凌晨4点！”

记者连连称赞“好样的”，大哥却摆摆手：“不存在！我们成都，你们重庆，那就是一家人，是兄弟伙！”

山火燃烧时，重庆不是独自在战斗。

来自五湖四海的人们，为保卫缙云山聚在了一起。大家在一起时说得最多的是“辛苦了”“好样的”“慢点儿”……大多数人都没能来得及停下，向对方介绍一下自己，甚至都不知道拉着自己向前、给自己递来饮料的队友来自何方，但大家不约而同地站立在陡坡上，组成“传送带”，把灭火器、饮品、盒饭、药品等物资传送上山，又把空灭火器、垃圾等传送下山。

一道由五湖四海的兄弟姐妹组成的“长城”，屹立在这高山上。

无数微光聚成无穷力量

“北碚仍需紧急支援，现将第五批驰援北碚的志愿者名单公布如下……”

看到公司发出的下一批次志愿者名单中有自己的名字，谢培涛终于放下心来，转身离开火场。

8月21日晚，山火突发，北碚区水土街道万寿社区立即征召志愿者进行支援，重庆两江新区开发投资集团有限公司旗下两江新区物业管理有限公司立即响应，迅速派出志愿者奔赴前线，项目部主任谢培涛就是其中之一。

次日零时，谢培涛等作为第一批志愿者抵达火场指挥部待命。

“我们的任务是协助1号火场的扑救工作，阻止火势蔓延。”谢培涛说，“山上情况比预想的更复杂，夜深后，火光看起来比白天更吓人。”

鏖战了10余个小时，直到8月22日下午5时左右，1号火场的明火才终于被扑灭。这时，谢培涛同一批志愿者下山换防，可他一步一回头，始终不愿离开，“看着仍在奋战的消防员、武警官兵和志愿者们，我想继续留下”。

“但我确实没力气了！”说罢，谢培涛立即拿出手机向公司发出了加入下一批志愿者的请战申请。

“从8月21日开始，每天公司都组织了志愿者参加前线救援，共有100余人参与山火扑灭行动与物资运送。”两江新区物业管理有限公司工作人员告诉记者。

其实，在这次抗击山火的战斗中，如两江新区物业管理有限公司一样，各行各业组建起一支支火线救援突击队，带着物资增援火场。

重庆隆鑫通用动力股份有限公司组成隆鑫山火救援队前往火场救援，连夜组建四轮沙滩车队赶赴现场；

西部航空航空安保部安全员大队队员自发组建山火救援党员突击队，参与扑救山火工作；

中铁建重庆投资集团传感器公司发挥优势，调配5台挖掘机及50余名突击队员，参与防火隔离带构筑工作……

来自各方的救援物资也飞速抵达。

其中，有汇聚十几万元爱心捐款的国有企业购置的食品、药品和消防工具等；有民营企业捐助的物资和现金；有慈善系统募集的公益基金；有谢绝登记姓名自发赶来的群众送来的草帽、劳保服、书包……

“接收点每天电话铃声不断，各种物资支持源源不断，我真正感受到了什么叫‘一呼百应’。”北碚区青少年活动中心临时救援物资接收点志愿者孙智说。

还有很多细微却暖心的举动——

北碚区4个诊所联合在微信朋友圈公布地址和电话，免费为在灭火中受轻伤的救援者治疗；重庆市雷锋的士志愿服务队美天支队的出租车驾驶员们在扑灭明火后，仍赶赴现场协助环卫工人清理垃圾……

当然，还有如重庆822救援队一样的民间救援队伍，如“朝阳大妈”一样的志愿服务队伍，一趟一趟运送物资的卡车司机，一个个零售行业小摊主……无数微光汇聚无穷力量，为山火的扑灭打下了坚实基础。

众志成城，人定胜天

“胜利啦！胜利啦！”此起彼伏的欢呼声响彻缙云山。

8月25日23时，经过各方救援力量奋力扑救，缙云山明火被有效封控。8月26日8时30分，缙云山明火被全部扑灭。

经过五天四夜的战斗，团结的雄心最终战胜了肆虐的山火！

这是一场怎样的山火？

云南省森林消防总队、四川省森林消防总队、应急管理部南方航空护林总站、甘肃省森林消防总队陇南支队派出1000余名消防员驰援重庆；重庆市区应急局专业救援队伍、市区消防救援队伍、社会救援力量、武警官兵，区县林业、公安、民兵、乡镇等力量共2.5万人次参战；11000余台（套）装备上场，12架直升机洒水3641吨……

至于志愿者，没人知道确切的数字。每位到火场的志愿者都说，山下山上乌泱泱的都是人，数不清。

这是一场怎样的扑救行动？

有志愿者打算带两箱矿泉水，结果到了发现大家都是这么想的，现场的矿泉水堆成小山；被告知“女娃儿就不要上去了”，一位女志愿者就悄悄换了一个点，把头盔戴起，头发藏起，最后如愿以偿；凌晨3点，一位辛苦了一天的志愿者在微信朋友圈发了一条动态，配了几张在山火现场拍摄的照片，“因为这个时间我的父母已经睡觉了”；有志愿者帮一位消防员找到了走散的队友，辛苦了多日的消防员感激地朝志愿者鞠了一躬，志愿者再也忍不住泪水，也向他们深深鞠了一躬；参与山火扑救任务的救援人员下山休息，一位95岁的老婆婆深夜为大家煮粥，一直忙到凌晨2点多；前线人员说太热了，矿泉水都烫，大家就想办法送去冰水、冰饮料，久经火场的消防员第一次在火场喝到冰水；每一支从重庆离开的消防救援队伍，无一例外地都被重庆人民里三层外三层地团团围住感谢，恨不得把自己的家都塞进救援车让他们带走……

这是一场怎样的胜利？

山火被扑灭后，重庆市北碚区税务局第一税务所副所长娄集在朋友圈里写了一篇文章。“等我们全部到达山脚地面，才感受到重庆人民的齐心：出口处挤满了人，唯独让出一条通道给下山的人；过关卡的时候，两边密密麻麻的群众在高喊感谢的话；递水的、接过毛巾蘸水的、送西瓜的、送口罩的，甚至因为我不小心举了下手指，一个大哥就把烟递过来了……要不是太累，我真可能会哭！”

人心从来是一种力量，更别提紧紧拥抱在一起的齐心力量。正是因为这无数回的感动和一次次的守望相助，让重庆在重大灾难的考验面前获得了磅礴的力量。那一个个逆向奔赴的身影，就是一面面耀眼的红旗；那一张张刚毅的脸庞，就是一颗颗闪耀的明星。

云南省森林消防总队、四川森林消防总队、应急管理部南方航空护林总站、甘肃省森林消防总队陇南支队感动了重庆，被授予“感动重庆”特别奖。他们却说，是重庆感动了他们，感动了中国。

“这次到重庆参加森林灭火扑救任务，重庆人民对救援队伍的周到热情让我们深受感动，重庆人民在困难面前展现出的团结、坚强让我们倍受鼓舞，重庆不愧是一座英雄的城市。”应急管理部党委委员、森林消防局局长徐平感动地说。

决战缙云山火，谱写了一曲英雄壮歌。

有网友发出了这样一句感慨：“重庆山火，让我终于深切体会到国歌里‘把我们的血肉，筑成我们新的长城’是什么意思了，感动我们的重庆山火救援者便是最生动的诠释。”

（当代党员 2022 年 09 月 01 日）

申报资料实录

作品简介：2022 年 8 月，重庆遭遇了有完整气象记录以来最严重的高温干旱，多地突发山火，其中最凶猛的山火发生在缙云山。缙云山是国家级自然保护区，是重庆中心城区的重要生态屏障。火情发生后，四面八方的救援力量和志愿者们挺身而出，用血肉之躯筑成一道“防火长城”。重庆党刊全媒体记者第一时间赶赴灭火一线，与志愿者们一道参与现场救援并进行实地采访。通过亲身参与志愿救援和深入采访，采访团队挖掘到大量感人肺腑的人物和故事：驰骋在山地陡坡间的摩托车骑手；手脚并用往上爬，把物资源源不断送到前线的志愿者；全员上阵参与救援的无数个家庭……采访团队在参与志愿救援过程中及时制作发布了《向每一个平凡英雄致敬》《感受“感动重庆”背后的磅礴伟力》等系列视频、评论，为打赢灭火攻坚战营造了良好氛围。灭火取得决定性胜利后，采访团队根据大量一手素材创作了典型报道《缙云山壮歌》，展现了重庆人民面对灾害迎难而上的英雄气，诠释了新时代中华儿女在灾难面前敢于斗争、勇于胜利的精气神！

社会效果：该报道及系列融媒体作品发布后，在社会各界引发强烈关注和情感共鸣，被主流媒体转发，短时间内传播量超过 1000 万人次，众多读者通过网络等平台留言、评论，点赞发生在重庆缙云山上的这首壮歌。

初评评语：这是一篇视角独特的救灾报道。记者在缙云山大火救援队伍中选择了普通的志愿者作为报道对象，通过一个个感人的故事，展现了在突如其来的自然灾害面前挺身而出的“平凡英雄”的精气神，使读者真实地感受到了决战缙云山，人民是英雄，“人民就是江山，江山就是人民”。难能可贵的是，记者亲身参与了志愿救援，所有素材均来自于现场采访。

保护之举何以结涩果

——梁子湖“鱼草较量”启示录

胡汉昌　廖志慧　胡　弦

禁捕、增殖放流，是保护湖泊生态常见的手段。然而，当它们都在保护湖泊时，却结出了涩果——

在梁子湖，鱼和水草正在进行一场“生死较量”：自2018年全面禁捕后，大量繁殖的鱼类将20万亩水生植物吞噬殆尽，往日肉眼可见的水草消失了，夏日荷花盛开的美景也看不到了。与此同时，湖水水质明显恶化，部分水域已下降为四类水质。

鱼儿离不开水，却为何要“伤害”水？短短4年，这个长江中下游唯一曾保有一类水质的湖泊，到底发生了什么？这场生态危机何以出现？带给人们怎样的启示？4月以来，湖北日报全媒记者进行了深入采访与调研。

种草：30年种下20万亩水生植物

鱼儿离不开水，湖也离不开草。千湖之省的湖北，多数湖泊为草型湖泊。

水草之于湖泊太重要了——它们是湖内食物网结构的基础，通过光合作用固定光能，吸收湖泊底泥和湖水中氮、磷等营养物质，能有效提升水体透明度、改善水质。

在此次鱼和水草的“较量”开始之前，梁子湖已经历过多次水草从无到有的过程。

1992年，从东北林业大学博士毕业的于丹来到武汉大学，开展长江中下游淡水湖泊调查的博士后研究。

“第一眼看到梁子湖，我的心就留在了这里。”于丹发现，梁子湖内，水生植物孑遗种和稀有种保存完好，生长着野生蓝睡莲群落；水生动物以野生鱼类为主，如翘嘴红鲌（大白鱼）、鳜鱼等，还有各类虾、螺、蚌等。

这样一个生物丰富多样、生态系统健康的湖泊，深深吸引着年轻的于丹。

他决定留下来，与梁子湖为伴，建立水生植物野外研究基地。此后，该基地升级为梁子湖湖泊生态系统国家野外科学观测研究站，于丹成为观测站站长。

在这里整整30年，水草的那些事儿，他比谁都清楚。

20世纪90年代末，大面积围网养鱼、工业污染，加上特大洪水，造成梁子湖水生植物基本灭绝，水质骤降至四、五类。

不忍此景的于丹，开始带领学生团队在梁子湖里种水草。“有的是撒草籽，有的水草根系比较脆弱，需要人潜到湖底用手刨坑，就像稻田插秧一样。”观测站副研究员王力功说。

种一棵草需要潜入水底30多秒，有时潜水几次才能种好一棵水草，大家就这样一遍遍地潜入水底。或在下水前、或在上岸后，师生们用渔民的法子御寒——喝几口白酒。“不亲身播种，不能体会种草之难。”王力功说，就这样日复一日、年复一年，于丹团队在梁子湖底种下了20万亩水生植物。

这些水生植物迅速成为“净水先锋”。2009年，梁子湖恢复到一、二类水质。

此间，于丹天南海北寻找新的水生植物，共收集各类水生植物标本30余万份。在于丹团队的努力下，梁子湖一年四季水草丰茂，水下植被覆盖率达80%，常年稳定在一、二类水质。其中，水生植物以微齿眼子菜（俗名黄丝草）为优势物种，此外还有苦草、穗花狐尾藻等。

这个“水下植物王国”常让人惊叹：各类水生植物摇曳生姿，茂密如同“水下森林”，水草多的地方甚至连船都划不动；湖水清澈见底，最深能看到水下三四米，鱼儿游来游去。

由此，湖泊生态修复的“梁子湖模式”受到国家肯定，于丹带着学生将这一经验复制到省外的洱海、大通湖等地。

失草：鱼量激增吃光沉水植物

谁也没有想到，这样一个“水下植物王国”，竟突遭变故。

今年32岁的梁子岛渔民张龙，曾和父母一同在梁子湖里打鱼。在张龙童年的印象里，梁子湖水清、草多。

2018年，张龙一家退捕上岸。此后，他仍不时驾着小艇，在湖内巡游，但发现了异样——草越来越少，水越来越浑。

“三五年前，出门没带水，我们就舀起湖水直接喝。”梁子湖的巡湖人员也证实，如今湖水已不可能“直饮”。

水草少了，湖水浊了，张龙感到这和鱼多了有关。

那么，鱼是怎么多起来的呢？“相关部门每年都在往湖里投鱼苗。”于丹说。

资料显示，2018 年禁捕后，梁子湖管理局、鄂州市、江夏区等相关部门仍和禁捕前一样，每年开展增殖放流。

据于丹观测，目前湖内鱼量估算已超 1500 万公斤，是禁捕前的 3 倍以上。

鱼多了，包括水草在内的食物就明显减少。于丹介绍，2018 年禁捕后，鱼爱吃的苦草、轮叶黑藻等草类消失最快，随后是沉水植物的大面积消失，紧接着，以荷花为代表的挺水植物的嫩芽也被啃食。

2021 年夏天，随着荷花不再盛开，梁子湖的水生植物全面消失。

根据每月一次的全湖调查监测数据分析：2009 年，沉水植物最为茂盛，每平方米水体中沉水植物生物量达 8600 克，2018 年后逐渐减少，2020 年、2021 年分别降至每平方米 400 克、80 克，今年则不足 20 克，一半以上的调查样方里没有水草。“梁子湖有 3 万多亩荷花，每个夏天都开花。现在，荷花的嫩芽还没挺出水面，就被鱼吃光了。”于丹说。

“我亲眼见到，在四五月的繁殖期，大量鲤鱼争夺产卵场，搅断水草根茎和荷花嫩芽。”省梁子湖管理局负责人也为“接天莲叶无穷碧”景象的消失感到惋惜。

今年 4 月，记者在梁子湖鄂州水域乘船巡湖 2 小时，肉眼没看到任何水草。8 月 2 日，记者再次乘船，梁子湖湖面也不见往日荷花盛开的美景。

水草消失，带来的影响是惊人的——

来自生态环境部门的监测数据显示，2018 年前梁子湖的水体透明度约 1.4 米；2018 年降至 70 厘米，2019 年之后总体降至 50 厘米，有时仅 30 厘米。发生变化的还有水质——2021 年下半年开始，梁子湖总磷等指标波动明显，导致该湖在部分季节、部分水域不能稳定维持在三类水质，有时下降为四类水质，而此前梁子湖基本以一、二类水质为主。

今年初生态环境部公布的数据表明，2021 年国家地表水考核断面质量变化情况排名靠后的城市和所在水体中，鄂州和梁子湖赫然在列。

针对水质恶化，鄂州市梁子湖区曾会同市生态环境局、市水务局组织中科院水生所、省水文中心等单位专家现场调研，并召开梁子湖鄂州水域水质超标原因及改善对策专家咨询会。专家认为，由于鱼类群落结构变化、磨刀矶节制闸长时间关闭、湖泊水体流动不畅等原因，导致水草净化功能降低，氮浓度增加，氮磷转化率下降。

疾呼：水草怎么也长不起来

这次水草的大面积消失，让于丹异常揪心。

“过去水草一两年间就能恢复，但现在无论怎么种，水草都长不起来。”于丹说，2019 年起，他们采用比过去更多的方法种草，如，垒高土埂种、让鱼吃不着草，种鱼不爱吃的穗花狐尾藻、金鱼藻等，都失败了。

从去年底开始，于丹一遍又一遍地向省梁子湖管理局及相关部门呼吁：梁子湖已下降到三、四类水质，应立即控制增殖放流。但他的疾呼，未得到有效回应。

有人质疑，水草消失，难道都是被鱼吃光的吗？2020 年曾发过洪水，洪水也会造成水草死亡。

在于丹看来，以往的经验证明，洪水过后一两年间水草就能恢复，如今水草不能像以前一样长起来，鱼多了是主要原因。他和观测队队员们多次监测到：“鱼太密太多了，大的鱼群动起来甚至形成了‘鱼漩涡’，这在以前是完全没有的。”

“我们在湖里驾小艇，经常会撞到鱼。”梁子岛岛民说。

于丹特别强调，近年来，以更高标准、更严要求保护梁子湖，“决不让一滴污水流进梁子湖”已成为鄂州市、江夏区等地的共识。在外部自然生态环境没有明显变化的基础上，水草灭绝的原因，只能来自于湖内生态系统的失衡。

武汉大学水利水电学院水生态研究所所长常剑波亦认为，梁子湖水生植物的消失，是在封闭环境中食草性鱼类过多的后果。

著名鱼类学专家、中科院院士曹文宣告诉记者，食草性鱼类过量繁殖吃光水草早有先例。

中科院水生所的专家们曾以放养草鱼对武汉东湖生态系统的影响为课题，开展研究。结果表明，20 世纪 70 年代，东湖曾有过和梁子湖相同的经历。在放养鱼苗之前，东湖水生植物颇为丰富，其中黄丝草为优势种。从 1973 年到 1975 年，东湖草鱼的渔获量从每亩 2.5 公斤上升到 6.65 公斤，水生植物量逐年降低，到 1975 年达到低点，黄丝草被吃光。1976 年停放草鱼，1977 年东湖的水生植物虽然得到恢复，但黄丝草没有重新出现。

草鱼的食量大，有“斤鱼斤草”的说法，即在生长旺季每公斤草鱼每天要吃水生植物 1 公斤。曹文宣说：“我在重庆工作时，曾见过 20 斤重的草鱼肚子里有七八斤重的水草，塞得满满当当。”当草鱼数量过大，其摄食强度超过植物再生能力时，必然导致水生植物的锐减。

“如果早一点行动，可能我们用两三年，就能恢复水草，提升水质。”王力功说，被啃食的水草中有一部分是珍稀种类，底泥中的种子库还有一定储量，保持活性的种子还能萌发。要是再拖一两年，水质越来越差，恢复将更为困难。眼下，于丹团队没有放弃种草，他们还是一遍又一遍把“希望”的草籽撒向梁子湖。

悖论：“保护”的结果为何是“破坏”

大型草湖无草，会带来什么后果？

“在湖泊里，草和藻相克，随着水生植物消失、总磷升高，湖泊富营养化加剧，藻类的密度会不断升高。”王力功判断，如不加干预，梁子湖暴发蓝藻水华会成为必然事件。

生态环境部门的监测显示，今年 6 月，梁子湖鄂州水域总磷为 0.07 毫克 / 升，梁子湖鄂州水域藻密度持续保持高值，意味着发生蓝藻水华的风险极高。

与此同时，梁子湖的生物多样性也遭到破坏。于丹介绍，由于翘嘴红鲌、鳜鱼等野生鱼类竞争不过家养鱼类，其繁殖和种群增长都受到影响，目前种群数量和产量已经非常低了；虾卵要隐蔽在水草上才得以繁殖，由于没了藏身之处，虾卵不断被鲤鱼捕食，过去丰富的青虾、白虾产量也减少了。“食物链断层，生态失衡，生物种类锐减，梁子湖的损失非常大。”于丹十分痛心。

梁子湖遭遇到这样的生态危机，很多人都没有想到。

有关地方和部门，都在严格落实十年禁捕的政策。

每年开展的增殖放流，也是为了恢复和增加鱼类种群数量，改善和优化水域群落结构，进而改善水域的生态环境。

省梁子湖管理局负责人介绍，20 世纪 80 年代起，因当时梁子湖承担了养殖功能，为补充湖内的渔业资源，管理局就购买鱼苗进行投放。此后，上级每年给管理局拨款约 100 万元，专款购买四大家鱼和武昌鱼鱼苗投入梁子湖，同时管理局也会配套列支部分增殖放流经费，此举一直延续至今。

来自省梁子湖管理局的资料显示，2019 年该局增殖放流鱼苗 912.29 万尾，2020 年 587.2 万尾，2021 年 449.39 万尾，今年预计近 400 万尾。

这位负责人认为，四大家鱼仅在流动水体中产卵，在相对封闭的湖泊中无法繁殖，因此每年开展增殖放流很有必要。“我们投放的大部分鱼苗是鲢鱼、鳙鱼，这些鱼吃的是浮游生物，可以净化水质。”

然而，当禁捕和增殖放流两种保护措施同时发生在梁子湖，结果是苦涩的：水生植物灭绝、水质下降。

出路：以整体生态观开展系统施治

梁子湖生态下滑的原因，到底是鱼多了，还是草少了？鱼多了，生物多样性就会恢复吗？草多了，湖水就会恢复清澈吗？这场“鱼草较量”，到底谁会胜出？

很显然，目前没有人能给出准确答案。因为，眼下梁子湖内究竟有多少鱼、鱼类结构如何、是否超过承载量，省梁子湖管理局不清楚，相关部门也不清楚。

“底数”没有摸清，“保护之举”就保护不到点子上，生态治理更无法治到根子上。

常剑波认为，一个健康的生态系统，不应该是人为“搭建”的结果。长江十年禁渔的目的，就是希望河流和湖泊的生态系统，通过“自组织”形成合乎自然逻辑的生态系统特征，从而实现水质的好转和稳定。

以梁子湖为例，在这一生态系统中，水、草、鱼、虾、贝、浮游生物、水的深浅等等，任何因素的剧变，都会带来湖泊生态系统的失衡。

因此，保护梁子湖也好，给梁子湖“治病”也好，都不能盲目“开方”，需建立在充分调研和科学评估的基础上，以水生态环境健康状况为依据，制定符合实际的湖泊生态修复方案。多位专家表示，要按照大局、长远、整体生态观的要求，打破部门条块分割，克服生态治理片面化、碎片化问题，开展系统施治，做到目标统一、任务衔接、纵向贯通、横向融合。

“单纯放鱼，对于湖泊肯定是行不通的。放养鱼苗的湖泊，一定要同步配套相关措施。”曹文宣认为。

中国科学院水生生物研究所所长殷战建议，在坚持长江禁渔不动摇的基础上，对以梁子湖为代表的相对封闭湖泊，应尽快开展禁捕后的生态现状评估，并科学制定“一湖一策”保护方案，提升湖泊水生态保护水平，实现水生植物与水生动物和谐共存。

今年，来自鄂州市的省政协委员已针对梁子湖生态问题提交提案。这位委员建议，应由省直相关部门牵头，以梁子湖为样本，在科学评估湖泊禁捕生态效果的基础上，实施禁捕后的补充和完善方案，改变梁子湖生态失衡现状，确保十年禁渔长远目标顺利实现。

（湖北日报 2022 年 08 月 10 日）

申报资料实录

作品简介：这是一条非常难得的舆论监督报道。习近平总书记多次强调，坚持山水林田湖草沙一体化保护和系统治理。2022 年初记者了解到梁子湖出现鱼类过多、水草锐减的现象后，深入调研发现是由于局部合理政策叠加造成的负面效应。稿件在坚持“十年禁渔”政策的前提下，以梁子湖“鱼草较量”为小切口，反映生态保护需要长远眼光和全局思维的大主题。湖北日报成立采访团队，4 月到 8 月多次乘船赴梁子湖采访，发现“接天莲叶无穷碧”的美景不再，令人遗憾。在掌握丰富素材后，团队没有急着下结论，而是多方求教专家。通过请教倡导“十年禁渔”的中科院院士曹文宣、长期扎根梁子湖的武汉大学教授于丹、中科院水生所所长殷战等专家，报道不断吸收学术观点。团队还赴省梁子湖管理局采访，了解禁捕后开展增殖放流的缘由，使得报道更为中立客观。反复修改，追求精品。和普通生态破坏不同，梁子湖危机始于多重保护措施叠加。作为主流媒体，湖北日报舆论监督报道牢牢贯彻习近平总书记对于新闻舆论的指示精神，以习近平生态文明思想为指引，理性摆出观点，科学拿出建议。稿件历经数十稿修改，让好题材呈现最佳效果。

社会效果：报道引发较大反响。稿件在湖北日报官方微信点击量迅速突破 10 万，并在今日头条占据热搜位置，稿件评论达几百条。2022 年底，全国人大执法检查组在报告中提出，受增殖放流等因素综合作用，一些湖库出现鱼类资源过高影响生态系统问题，并建议在鱼类数量偏多的湖库，经科学论证和严格审批后实施生态调控型捕捞。部门迅速采取行动。报道见报后，相关部门第一时间与武汉大学于丹教授联系，寻求解决之策。

初评评语：作品抓住了生态文明建设中具有普遍意义的大问题，探寻问题背后的本质，并提出建设性意见，为高层决策提供了依据，有力有效地推动了问题的解决。这既是一篇有力度的舆论监督之作，也是一篇高质量的调查研究报道。

“丰县生育八孩女子”事件调查

集 体

限于篇幅，文字稿略，获奖作品请见中国记协网 http: //www.zgjx.cn。

（中央广播电视总台 2022 年 02 月 23 日）

申报资料实录

作品简介：“丰县生育八孩女子”事件是 2022 年广受关注的社会热点事件之一。当地有关部门先后发布多份调查、处理报告，依然没有平息舆论质疑。2 月 17 日，总台派出记者赶往丰县。当日，江苏省委省政府成立调查组。摄制组历经周折、深入事件核心现场，以高度的政治责任感和精湛的专业水平，客观、准确还原了这一敏感事件的真相。创作团队前后方密切配合，夜以继日，克服重重阻力，采访到公安、民政、计生部门以及每一个与事件相关的核心当事人。节目密切关注公众质疑，以“五问”为思路，针对事件脉络和此前徐州市的调查结论，探究实情、追问原因，展现了媒体视角下的调查过程，并促成在最终版调查报告中增补关于计生工作漏洞的内容。在报告公布前的 10 小时，才得以采访关键的办案人员。在省调查报告公布后几小时，20 分钟节目即已播出，有效发挥对热点事件的舆论引导，起到了“一锤定音”的作用。

社会效果：这是一个在舆论风暴的重重迷雾中，提供事件真相的独家调查报道。专题以近二十分钟片长，清晰展现事件脉络、调查过程与结果，及时回应社会关切，是这一公共事件完整、客观、权威的电视节目，成为各家主流媒体和网络媒体再次传播的“源新闻”，被各家媒体广泛采用。

初评评语：本专题片是一件优秀的突发事件调查作品。节目调查扎实、讲述生动、报道独家，在重大、敏感的公共事件中起到了一锤定音的效果，彰显了主流媒体的责任与担当。

“关注城市行道树”

彭　波　孙立极　黄　超　史一棋　沈童睿　向子丰　姚雪青

代表作 1

种好行道树 做好大文章

行道树，适合的才是最好的

城市行道树的种植护养是一篇大文章。行道树不仅要承担绿化的功能，还要让人们觉得方便、友好，要兼顾方方面面，学问不小。

不是所有的树种都能胜任行道树。路上车辆往来，空气中少不了汽车尾气和扬尘。如果适应不了这样的环境，行道树就会萎靡不振、过早凋零。此前，有城市移栽名贵树种作为行道树，结果没多久就全都枯死，不得不重新选种、重新栽种。能适应当地土壤，能抵抗粉尘污染，才能做一棵合格的行道树。

要成为优良的行道树并不容易。长得要快，尽快成荫；一年四季要发芽早、落叶迟，保有丰茂树冠；飞絮飞花要少，浓烈气味更是要不得……可惜没有哪种行道树是十全十美的，每种行道树都有“缺点”。像银杏树，入秋之后，高大挺拔的银杏满树金黄，令人心醉，各地银杏大道都成为拍照打卡的网红景点。但作为行道树，银杏树冠小、遮阴效果不佳，果实落地腐烂后难以清扫、味道难闻，难怪有网友说“银杏只美一季”。

因此，行道树的选择大有学问。首先，要尊重自然规律，选取适合当地气候、土壤的树种，毕竟行道树如果活不好、活不了，再美观再名贵也无济于事。一厢情愿地喜欢、不顾现实地强种，不但虚耗人力财力，而且会破坏生态环境，造成资源浪费。

其次，要平衡多方需求，方便行路，容易养护，还要考虑市民感受。从城市规划看，行道树最好乔灌木结合，常落叶兼有，四季有风景。从道路功能看，行道树还需做好日常防病除虫，落叶落果清理。树种要经济实惠，维护成本小。还要照顾过敏人群，尽量减少过敏原。通盘考虑、理性取舍，才能挑出最适宜的行道树。

最后，要形成城市特色。每座城市地理位置不同，文化历史也不相同。

立足城市特点，扬长避短，形成自己的特色，不必千城一面。根据需要引进优良品种，也不必轻看本土树种。尤其是历史古城，古老的行道树已与城市融为一体。

总之，选择行道树，适合的才是最好的。

代表作 2

种好管好行道树要因地制宜

今年夏天，南方多地出现持续性高温天气。烈日炎炎下，有些城市道路两旁行道树树冠浓密，交织出一道“绿色长廊”，给行人带来缕缕清凉；而有些城市道路两旁的行道树或长势不佳，或树冠稀疏，行人只能顶着烈日行走，着实辛苦。

浙江杭州园林部门曾做过一次实验：在夏日同一时间段，分别测量树荫下的路面温度与全光照的路面温度，前者为 30 多摄氏度，后者高达 50 多摄氏度。这凸显了林荫道显著的降温作用。

行道树的作用不仅仅是遮阳，还有降噪除尘、净化空气、调节小气候等多种功能。然而，近段时间以来，我们收到不少读者来信，反映城市行道树存在的一些问题，比如所选树种不适合当地环境，难以存活，或者忽视日常管护，导致病虫害，再有就是忽略了树种易飞絮、易落果等缺点，影响群众生活。

行道树对城市建设和人们的生活如此重要，如何种好管好行道树？专家和读者表示，应当坚持从实际出发、从科学出发，尊重科学规律、结合地方特色，综合考虑行道树的适宜性、经济性，避免照搬照抄、简单复制外地经验。

首选乡土树种，随城市发展与时俱进

“我们这儿经过多年栽种培育，形成了春有花、夏有荫、秋有果、冬有绿的绿化格局，主要树种有银杏、桂花、樟树、含笑、玉兰等。但是从今年 3 月以来，把行道树都换成了桂花和樟树，不仅把银杏、玉兰等全部移走，而且还把已经长大成景的桂花和樟树也移走，又重新移栽一批新的桂花、樟树。这是为什么？”前不久，一位湖北网友在人民网“领导留言板”上留言，直呼当地的换树工程让人“看不懂”。

杨树换银杏、柳树换罗汉松、栾树换紫薇……近年来，有的城市热衷于“四季常绿、一路一景”，甚至要求“一夜成林、一夜成景”，行道树挖了栽、

栽了挖，造成不小的浪费。

前些年，一些北方城市为了营造“四季常绿”的景观效果，大规模引进樟树、小叶榕树、棕榈树等南方树种。然而，一到寒冷的冬天，这些行道树都必须“穿”上厚厚的“衣服”，提前喷上防冻液，否则很容易被冻死。这些越冬“装备”往往价值不菲，养护成本很高，而且即便是精心呵护，很多树木仍然熬不过北方的冬天。

“行道树种在道路两旁，从植物生长的角度来讲，生长环境欠佳，土壤条件差，营养及水分均与自然土壤不同，对根系发育影响较大。而且行道树暴露在城市环境中，温室效应、空气污染、光污染等都对其生长有不利影响。因此，城市行道树的树种选择尤为重要，应主要选择环境适应力强、生命力旺盛、根系发育能力强的树种。首选就是本地乡土树种。”青岛农业大学建筑系副主任郑涛说，乡土树种经历过长期环境选择的检验，是最适合当地气候、土壤的树种。相比较外来树种，乡土树种的成活率高、养护成本低、长势好，在道路绿化中具有不可替代的作用。

近年来，不少地方、部门不断完善政策措施，遏制“大树进城”、高价买绿等城市绿化中存在的问题，越来越多的乡土树种进入行道树行列，发挥着重要作用。

南京市出台的行道树“专项规划”——《南京市行道树树种规划（2014—2026年）》提出，适当增加栾树、女贞、榉树、朴树等适生树种的应用，以丰富植物多样性，营造多元化景观。“南京在树种的选择上兼顾适应性、功能性、节约性、特色化和多样性，优先选择本土适应性较强的树种。”南京市绿化园林局规划建设处副处长杜佩剑说，“行道树树种要通过实际栽培应用情况来确定是否适合推广，同时行道树的选择并非一成不变，需要视树种的繁育、苗木市场和城市绿化发展情况等与时俱进。”

进一步加强日常管护，实现精细化管理

“河南平顶山市新华区总医院路南站牌旁的行道树，树枝较低，经常碰剐过往车辆的前挡风玻璃及车顶，很不安全。”

“江苏苏州市某小区路口处的行道树，枝叶过于茂盛，把红绿灯都挡住了，最好将遮挡的树枝叶修剪一下。”

…………

在人民网“领导留言板”上，反映行道树疏于管护、存在安全隐患的留言较多。这表明，一些地方还是存在“重种植、轻管理”的现象，在完成行道树种植后，疏于管理，后期出现诸如长势过旺遮挡交通视线、长势不良有倒伏风险、根系延展破坏铺装路面等问题。

去年，黑龙江哈尔滨市市民反映，部分道路沿线有数十棵行道树枯死。后经园林绿化部门确认，行道树死亡的主要原因是树木栽植后管护不到位。园林绿化部门的工作人员表示，这些行道树移栽后根系发育不良，没有及时采取生根复壮、水肥管理等养护措施，部分行道树主干部分存在铁丝勒痕，也没有及时防治控制烂皮病发展，导致行道树生长不良，以至于枯死。

记者在一些城市调查时发现，行道树疏于养护管理的情况并不少见，对行道树的养护依然处在粗放管理的状态中。比如一些城市的行道树因为树池中的土壤板结而提前落叶；在行道树上搭接电线、固定重物、绕线绑扎等现象屡见不鲜，不仅危害树木的正常生长，也破坏市容市貌；还有些城市道路旁的绿篱、灌木等缺乏修剪，显得杂乱无章。

在园林界有“三分种、七分养”的说法，意思是高水平的植物养护，是保证园林树木健康生长、保持良好园林景观的重要保障。在管护方面，一方面是要做好行道树的病虫害防治工作，避免行道树病虫害蔓延，另一方面则是要根据不同树种的生长特点，进行有针对性的养护，包括水肥管理、整形修剪、调节生长发育等。

近年来，针对城市园林绿化养护管理中存在的设备落后、技术含量低、养护管理人员专业水平偏低等问题，很多地方都采取了相应举措，利用信息技术推进标准化作业，逐步提升管护水平。

“2019 年，我们就成立了成都市公园城市园林绿化精细化管理平台，形成了城市道路绿化日常巡查、管理维护的市区两级联动工作机制，对成都全域城市道路绿化进行巡查、监督、指导。”四川成都市园林绿化管护中心副主任汪建平说，工作人员在日常巡查中一旦发现行道树的养护质量问题，比如需冲洗除尘、施肥复壮，存在断枝枯枝、倾斜倒伏、缺株断行、病虫害等问题，马上拍照、定位，并上传到精细化管理平台，很快就能将问题反馈给有关部门、单位，迅速解决，实现了城市绿化日常养护的精细化管理。

科学务实做好规划设计，赋能城市文旅功能

行道树是城市的重要组成部分，不仅发挥着绿化造景、防风遮阳等实际作用，而且也是城市历史文化传承中的重要一环。选好、种好、管好行道树，不仅仅是园林绿化部门的工作，也是全社会应当关心关注的事情。

“行道树是城市空间规划与设计的重要组成部分，应该纳入到整个城市的规划设计之中。这需要住建、园林、交通等诸多部门的协同，也需要社会各界的广泛参与。”郑涛表示，城市绿化的重点应放在规划设计上，根据不同道路的实际情况进行深入调研和分析，对行道树进行精准化设计，既避免“千路一面”，又综合考虑道路及树池分布，做到各安其位。

成都市园林绿化工程质量监督站副站长游绍力表示，园林绿化建设应当完善市场监管工作，全面严格监管行道树质量、强化施工过程管理、监督做好园林绿化工程质量评定等质监措施，并将绿化企业纳入市场诚信管理体系。同时，通过市场专业品控管理队伍将质量监督工作贯穿于每个细节，逐步完善园林绿化工程质监管理体系。

现代化城市的发展往往是立体的，除了高楼平地起，地下空间也在被逐渐开发利用。对此，南京万荣园林实业有限公司工程师吴锦华表示，要重视行道树生长的地下空间。“地下空间决定了绿化树木根系范围，进而影响树木整体的形态、高度、健康状况。建议相关部门在进行规划、施工时，通过管线的合理深埋，或进行模块化设计，扩宽树木根系的生长空间。”吴锦华说。

在南京大学城市科学研究院执行院长胡小武看来，行道树不仅是城市的道路绿色生态屏障，更是城市街道空间的主体，塑造着城市街道的符号与形象。“如南京老城区的法国梧桐、鸡鸣寺的樱花、仙林的桂花，还有进香河路的水杉、北京西路的银杏、苜蓿园大街的月季等，都是城市生态景观名片。”胡小武建议成立专家委员会专门负责行道树的选种育种等工作，最大化提升和发挥行道树的实用功能，同时广泛传播行道树的文化价值和历史记忆，让市民更了解自己城市的行道树，打造更多“网红街区”“最美街道”等，为城市文旅功能赋能。

代表作 3

规划行道树要集思广益

行道树是城市建设不可或缺的组成部分，与市民的生产生活息息相关。因此，选择树种、规划布局、种植管护等各个环节都应充分听取市民的意见建议，更好满足群众需求。

近段时间，有读者来信反映，个别地方仍然存在引进不适宜当地环境的树种、频繁更换行道树、乱砍滥伐已成材树木等现象。对此，一些读者和专家表示，在城市绿化中应坚持科学决策、民主决策，尊重科学规律、结合地方特色，集思广益，让行道树成为城市亮丽的风景线。

种植行道树不能“无心插柳”

近期，江苏盐城市读者李超来信反映，当地曾选用香樟树作为行道树种，但盐城地处苏北，一旦碰上干旱或寒冻，香樟树就很难存活。“那年接连碰上秋季干旱、冬季寒流，旱、冷交加，不少香樟树都枯死了。”李超说，“后来改种银杏树，比较适合这里的气候环境，银杏树长得不错，尤其是秋季，金黄的树叶特别漂亮，市民们都很喜欢。”

有读者反映，一些地方在种植、养护行道树时方案不够科学，造成不小的“绿化浪费”。四川苍溪县读者肖洪江所在的街道最初选择塔松作为行道树，但没过几年，路边的塔松老枝松散、小枝下垂，于是换成了高大挺拔的杨树。可是杨树栽下去后长势不好，又换成了梧桐。没想到，梧桐落叶多，又准备换成榕树、银杏。“前期没有科学论证，后期没有精心管护，行道树栽了换、换了栽，不仅造成了资源的浪费，而且始终没有长大成材的行道树，城市观感不太好。”肖洪江说。

“行道树的种植不仅要考虑树木生长情况，还要结合城市人居环境，科学地对树木进行修剪和管护。”山东潍坊市读者何悦东说，比如在道路交叉口的视距三角形范围内种植较高行道树会形成视觉盲区，造成行车安全隐患；在土壤结构不适合大型树种生长的地段，行道树根系发育受阻，长大后会“头重脚轻”，容易造成倒伏；行道树树种过于单一，加上化学药物的不合理使用，导致病虫害频发。

行道树与市民生活息息相关，许多市民都对行道树的种植、管护提出意见建议。贵州贵阳市网友罗女士在人民网“领导留言板”上反映，自家附近的行道树被修剪得光秃秃，缺乏生机，影响市容。上海嘉定区网友马先生觉得附近路上行道树种植太少，一到夏天，在路上行走，缺乏阴凉，十分炎热。“行道树从种植到管护，都需要经过科学论证和决策，也要充分考虑民众的意见，更好满足市民居住和出行需求，提升幸福感。”马先生说。

还有读者来信反映，不少城市都选择杨树、梧桐等相同的植物作为行道树，城市景观高度趋同，“基本没啥分别”。“行道树千篇一律，没有地方特色，也体现不出当地的生态文化特点。”四川泸县读者江枫说，其实地方的乡土树种都有许多故事，是当地历史文化传承的有机载体，“有关部门选择行道树时应注重倾听群众的声音，多选择那些能体现地方特色、能传承历史文化记忆的树种。”

城市绿化应吸收各方面的意见建议

如何协调保护行道树与城市发展之间的关系？云南昆明市规划设计研究院景观分院院长王军说起一段往事。2013年，昆明市西坝路决定改扩建，涉及大大小小11项工程，其中就准备移除大量行道树。“西坝路路北的行道树较多，还有几株生长年限较长、长势良好的蓝桉，当时已长到约4层楼高。周边居民听说要把树移走，纷纷提意见。”王军说，园林部门为此专门举办了行道树移植方案听证会。结果，多数代表不支持大规模移植行道树的方案，希望在保护现有行道树的前提下合理扩建西坝路，争取双赢。

听证会后，园林部门采纳了群众代表的意见，重新设计了西坝路改扩建方案，采取工程措施、调整道路线形，尽可能保留这些承载群众记忆的行道树。改扩建后的西坝路不但路面宽阔平坦，而且两旁行道树长势旺盛，周边居民交口称赞。

“城市绿化中的科学决策集中体现在编制规划时能否充分尊重科学规律。”浙江湖州市南浔区南浔镇村镇建设办副主任蔡果夫表示，有关部门在编制绿化规划时应与国土空间其他种类的规划相衔接，尽量叠加到同级国土空间规划的一张图上来，实现“多规合一”。带位置上报、带图斑下达绿化任务，将规划绿化空间明确落实到国土空间规划中并上图入库。同时，按照城乡绿化一体化发展理念，合理确定规划范围、绿化目标任务，用“精雕细琢”取代“粗枝大叶”，既要满足生态、经济、景观的要求，也要满足健康、安全、宜居的需求。

“鼓励市民参与城市绿化建设项目的决策，不仅是民主决策的具体体现，更让市民在参与决策的过程中增强绿化意识和经营城市意识，为加快城市绿化步伐打下良好的群众基础。”在中国科学技术协会全国委员会委员许泽玮看来，城市绿化的群众基础越好，越能提升决策效率和效果。

广东汕头市读者何慧林来信建议拓宽民主决策渠道，体现城市治理温度。“除了电话、短信、网络等意见征集外，有关部门还可以邀请人大代表、政协委员、市民代表等面对面交流，最大范围吸收合理意见建议，完善管理思路。尤其是涉及历史文化街区、重要景观道路、移植数量较大的项目，更应在充分征集市民意见的基础上调整优化方案，切忌走过场、做样子。”何慧林说，“尤其是对可能引发争议的条款、决定要慎之又慎。”

许泽玮认为，除了专家和市民，还应鼓励更多元的市场主体参与到行道树的种植、管护过程中，市场促绿、市场兴绿。“具体而言，在行道树相关工程项目的招标过程中，注重吸纳先进技术力量，重点考察技术水平水准，提高绿化规划质量和建设水平。在规划设计上，则应体现以树为主、灌花草相随、和谐搭配的原则，采用先进的设计手段，体现设计创新。”许泽玮说，还可以广泛开展绿地认养活动，对投资绿地建设或管理的，可拥有一定年限的绿地命名权和广告使用权；吸引单位和个人投资建设道路两旁的绿化带甚至小公园，提高街道绿地管理质量。

科学决策、民主决策还需制度保障

江西上栗县滨河南路曾引进栽种了一批名贵树种，可是疏于管护，成活率并不理想。针对这种状况，上栗县住房和城乡建设局启动联席会议机制，召集人大代表、政协委员、专家学者和居民代表，广泛听取意见。

“我们听取了各方意见，建立完善了相关制度，从源头加强行道树管护和城市绿化管理。”上栗县住房和城乡建设局局长柳振金说，“联席会议机制及时制止、纠正城市绿化中存在的一些问题，最大限度保护好城市绿地，确保城市生态环境、居民生活品质积极向好。”在联席会议机制督促下，有关部门结合实际情况“去枯留活”，补种一批便于管护的乡土树种，还顺势打造数个“口袋公园”和休闲绿地，为市民提供了更多舒适的活动场所。

制度建设是科学决策、民主决策的有力保障。“各地需制定配套的地方法律和行政规章，为依法治绿提供法律依据。”北京师范大学政府管理学院教授张胜军建议，在完善立法的基础上，各地应健全城市园林绿化行政执法机构，配齐执法人员，加大执法力度，严格维护城市“绿线”，任何单位和个人都不能随意占用绿地或毁坏行道树。

为了保证决策的科学性，江苏南京市出台《“绿色图章”管理制度》，加强绿化方案审查，规范审查内容和工作流程，提升绿化设计方案的科学性、节约性、实用性。据南京市绿化园林局绿化管理处处长臧廷亮介绍，南京市所有园林绿化工程都有一道“绿色图章”审查程序，每一棵行道树的树种、大小、高度、位置、距离等都是审查的重要内容，根据规范需要严格审核。“比如新栽的行道树，要求胸径不超过15厘米，而补植的行道树胸径最大不超过20厘米。这些标准在实际工作中都须严格执行和落实。”臧廷亮说。

为了让一线园林绿化工作人员作业时有据可依，四川眉山市园林绿化服务中心编制了《城市园林绿化养护管理技术手册》。手册涵盖了绿地内植物的整形修剪、松土除草、补植更新等内容，绿地保洁、附属设施的管理等也纳入其中。“手册编制时非常注重实操性，让工作人员一看就知道应该怎么做，这有效提高了眉山城市园林绿化养护管理水平。”眉山市园林绿化服务中心绿化科技科科长陈涛说。手册末尾还附有城市园林养护月历、草坪养护管理月历、城市园林树木整形修剪工作月历等，以表格形式列出每个月需要做的工作，让园林绿化工人工作有标准可依。

“监督管理机制在制度建设中也必不可少，各地应该强化责任追究，及时制止纠正违背科学规律和群众意愿搞绿化的错误行为，对造成不良影响和严重后果的，要依法依规追责。”山西阳泉市读者王祥斌表示。

（人民日报 2022 年 09 月 05 日—11 月 14 日）

申报资料实录

作品简介： 读者来信版收到多地读者反映城市行道树相关问题。为此，读者来信版开展城市行道树相关话题征集活动，收到大量留言来信。分析显示，一些城市存在行道树规划欠妥、疏于养护、违规砍伐等问题，反映出个别地方践行“人民城市人民建、人民城市为人民”理念不扎实，民生工程实效与群众获得感之间有“温差”。

针对存在的问题，记者赴多座城市开展调研，采访市民、基层工作者、专家学者等 120 余人。为了解到真实情况，记者注重深入基层：沿道路步行实地观察行道树生长状况；跟随园林工人参与行道树养护工作，体验行道树养护过程；深入了解城市行道树变迁历史，以历史经验观察现实问题，力争全面反映群众观点、了解多元诉求，在“真凭实据”上下功夫。

在此基础上，读者来信版注重细分议题、细化选题，真实反映因树种选择不当、疏于养护管理等因素影响群众生活痛点问题的同时，注重挖掘背后隐藏的决策不民主不科学、政策措施缺少历史人文关怀等深层次问题。

社会效果： 报道刊发后，有近百家报纸、电视、电台、网络转载转发评论，形成多个网络热搜话题，多家媒体积极跟进，引发社会广泛共鸣，取得突出舆论传播效果。

住建部、国家林草局等相关部委积极回应读者关切，有关负责同志接受记者采访释疑解惑。报道中提及的一些地方，积极进行整改，表示将以舆论监督报道为契机，持续改进相关工作，为群众提供更舒适、更宜居的环境。

全国多地、多个行业的读者纷纷来信参与讨论。

“关注城市行道树”系列报道很好契合了群众对生活环境更高要求的希望，击中了地方工作中存在的拍脑袋决策弊病，一经推出，迅速成为舆论场热点话题。国务院相关部委、地方基层政府部门都对报道给予了积极回应，凸显了人民日报舆论监督报道的权威性和影响力。

初评评语：“关注城市行道树”系列报道以小切口反映大主题，从群众身边事着手，通过深入调研采访，反映了背后存在的科学民主决策不完善、城市精细化管理程度不高、政策举措缺乏历史人文关怀等问题。与此同时，充分发挥舆论监督建设性作用，总结地方探索新经验，推动新发展理念在城市建设中得到贯彻落实，强调城市建设要始终贯彻以人民为中心的发展思想，使整组舆论监督报道更具思想性和指导意义。

危险的“伪翻新胎”

夏明瑞　陈　丰　陈　捷

限于篇幅，文字稿略，获奖作品请见中国记协网 http: //www.zgjx.cn。

（浙江卫视 2022 年 09 月 19 日—27 日）

申报资料实录

作品简介：车辆轮胎的好坏直接关系到交通安全。近年来，多起重大交通事故造成了严重的人员伤亡，其中一些事故就与车辆轮胎相关。记者通过走访发现，市场上有一种利用报废胎面和胎体合成的“伪翻新胎”。这种轮胎被广泛安装在渣土车、公交车等大型车辆上，不仅违反了行业红线，还存在重大的安全隐患。记者历时一年走访全省多地，暗访数十家工厂，还专门到正规企业下车间学习翻新轮胎制造的专业知识，并专程前往北京请教了行业专家，为报道的专业性和权威性打下了坚实基础。第一篇报道曝光了伪翻新胎被多种车辆普遍使用的乱象；第二篇则对伪翻新胎的销售网络进行调查；第三篇，记者深入多家工厂、作坊，直击“伪翻新胎”制造过程；第四篇探讨了乱象背后的监管缺位，从制度层面探讨了行业问题；第五篇则是报道反馈，反映浙江各地的查处情况。

社会效果：报道播出后，宁波等地连夜展开了调查执法，要求涉事公交公司更换一千多个不合格轮胎；台州等地取缔拆除了二十多家作坊，查封了上万个伪劣轮胎，全省多地都发出了消费警示，要求关注“伪翻新胎”问题。此外，该报道还引起浙江省高级检察院的重视，着手提起相关公益诉讼。同时“中国轮胎循环利用协会”等组织全行业收看。该报道在中国蓝新闻 App 上的阅读量突破百万，并被多家头部网络平台转载，全网点击量超千万次。江苏等省份也在报道播出后，展开了“伪翻新胎”专项整治行动。该报道还被全国政协委员提炼为全国两会建议，呼吁国家相关部委尽快出台翻新轮胎国家强制标准。

初评评语：安全生产重于泰山。随着我国汽车保有量不断上升，交通安全问题日益突出。记者通过历时一年的深入调查，充分用生动鲜活的事实揭示了触目惊心的乱象，消除了隐藏在群众身边的安全隐患。报道内容扎实透彻，现场画面生动精彩，社会意义巨大。整个系列报道层层递进，由表及里，不局限于现象本身，而是深入剖析了乱象背后存在的标准、准入门槛缺位的问题，一方面体现了记者深厚的调查功底，另一方面也昭显了舆论监督报道对推动社会进步的积极作用，从可看性、专业性、传播性等各个角度都称得上是一篇佳作。

H5 | 种草记

——“幸福草”从西海固走向世界的故事

集 体

作品二维码

（宁夏日报客户端 2022 年 10 月 22 日）

申报资料实录

作品简介：林占熺是习近平总书记推动闽宁对口扶贫协作工作的践行者。为了挖掘他的故事，记者在基层采访了宁夏 4 个地市的十几个点位，耗时 3 个多月，文案易稿 20 多次，深挖大量不为人所知的故事。党的二十大，林占熺在首场代表通道上介绍他发明的菌草，及菌草产业在西海固脱贫战场上的感人故事，吸引了全世界关注的目光，《种草记》适时推出，融合 H5、漫画、视频等多种手段，引起广泛关注，成为党的二十大新媒体产品中的精品和爆款。

社会效果：《种草记》一经推出，形成刷屏之势，被网友广泛转载和点赞，好评如潮。产品被宁夏区内各大网站、微博、微信公众号转载，被农业、森林、财经等专业网站转载，被网络平台转载，广受好评。

初评评语：聚焦党的二十大代表——闽宁协作典型人物国家菌草工程技术研究中心首席科学家林占熺，以时间为主线搭建跨时空故事框架，通过新闻人物、叙述新闻事实的细节，综合运用图文、视频、漫画、H5 等融合手段，形成一个集多种形式于一体的融合报道，主题鲜明、情感真挚，讲述了一个有温度、有质感的新闻故事。

超震撼航拍——看，星光战胜火光！

江 波 阮鹏程 周 瑄 黄 灵

限于篇幅，获奖作品请见中国记协网 http: //www.zgjx.cn。

（上游新闻客户端 2022 年 08 月 26 日）

申报资料实录

作品简介： 2022 年 8 月，由于持续高温干旱天气，重庆缙云山发生山火。8 月 25 日，灭火队伍在隔离带前与熊熊大火展开“决战”。上游新闻报道组从一早到深夜扎根灾情现场，与灭火队伍在一起，一边亮明党员身份参加物资搬运，一边深入采访。夜幕来临，山火逼近隔离带，灭火队伍从山脚一直延绵至山顶。从天上俯瞰，左边是熊熊山火形成的“巨大火龙”，右边是人们头顶的探灯汇聚成的“星光长城”，画面上这一撇一捺，刚好组成了一个大大的“人”字，人们用身躯筑起“防火长城”保卫家园。上游新闻记者被这伟大的一幕深深震撼，迅速用航拍记录下这一新闻画面。在确认缙云山山火被成功扑灭后，8 月 26 日，上游新闻将这令人振奋的现场报道，通过上游新闻客户端以及第三方传播平台发布，引发强烈反响。这一报道，记录下了历史性的画面，是对人民精神的最高的礼赞。

社会效果： 作品用最现场、最直观的画面，充分展现和传递出中国人民凝聚在一起，不怕困难、勇于担当，战胜一切艰难险阻的伟大民族精神。该报道迅速在全网引起轰动，多家央媒、地方主流媒体和自媒体进行了转发，引起了强烈社会反响，纷纷留言“自豪”“感动”“振奋”，获得社会各界一致好评，全网阅读播放量超 50 亿。

初评评语： 2022 年 8 月，由于持续高温干旱天气，重庆缙云山发生山火。上游新闻报道组扎根灾情现场，通过航拍记录历史性画面。作品用最现场、最直观画面，充分展现和传递中国人民凝聚一心，不怕困难、勇于担当，战胜一切艰难险阻的伟大民族精神。作品无论从立意，还是拍摄制作、传播效果，都是新闻报道的经典案例。

潮起东方　寻找百强“共富”密码

集　体

作品二维码

（我苏客户端 2022 年 12 月 31 日）

申报资料实录

作品简介：在党的二十大召开前夕，我苏网携手全国百强县县级融媒体中心，策划推出《潮起东方 寻找百强“共富”密码》大型融媒体新闻行动，全网总阅读量超 1.1 亿。联动全国县融，全景展现县域特色共富路。江苏省广播电视总台结合江苏县域经济强这一特色，走出江苏、跨省联动。系列报道先以记者探访 vlog、关键数据分析、网友互动等形式绘就“一县一长图”，最终打造成“百强图鉴”互动 H5，新媒体、多样态展现百强县域的澎湃活力。该系列从党的二十大前推出，横贯会前、会中、会后，在探寻百强县如何炼成，共富路如何铺就的过程中，为奋力走好共同富裕新征程凝聚起广泛共识。创新制作方式，1+N 模式带来一线鲜活报道。项目采用 1+N 的制作模式推出：“1”是江苏广电总台我苏网，作为项目总牵头，设计采访流程、报道形式、新媒体产品等，并参与多地的拍摄制作；“N”是参与项目的全国百强县县级融媒体中心，与我苏网团队共同编组，完成当地采访、内容制作等工作。在这一模式下，我苏网记者深度联动江苏昆山、浙江慈溪、湖南浏阳、福建福清、安徽长丰等地县融记者，走进田间地头、企业厂矿、街道社区，多维度讲述百强县里“小日子”的丰盈温暖，见证“大梦想”的非凡壮美，解析共同富裕的特色路径。

社会效果：《潮起东方 寻找百强“共富”密码》所有产品均在江苏省广播电视总台广播、电视、新媒体全平台播出，并且通过相关省市县媒体矩阵发布。形成了跨省联动协同、省市县纵向贯通、覆盖全国的立体化宣推格局，迅速在全网以及全国基层一线形成广泛影响，引发持续热度。10 篇稿件登上微博全国要闻榜，17 篇稿件登上微博同城热搜榜，多篇报道被学习强国主平台发布，全网总阅读量超 1.1 亿。项目作为优秀案例，引发业界专家一致点赞好评，入选中国记协新媒体专业委员会的“党的二十大融创报道精品十大案例（地方媒体）”。

初评评语：该作品突破省域，由省级媒体牵头跨省联动基层一线媒体共同完成，不仅为基层媒体提供讲好当地故事的平台，也是全国基层媒体采制水准的一次协同展示，有效提升基层一线媒体的采制能力和影响力，该模式在全国具有一定创新性。作品主题宏大，立意深远，且角度独特，设计精美，体验极佳；在精准表达主题的同时，注重用户互动体验，综合运用手绘、vlog、大数据等形式，形成裂变传播，是优秀的融合报道作品。

互动视频丨太空看福建：用奋斗谱写新篇章

郑　溦　杨　豪　李蔚琼　施嘉弘　赵明鸣　张鑫涌　郑周波　马　莎

作品二维码

（海博 TV 客户端 2022 年 10 月 17 日）

申报资料实录

作品简介：党的二十大开幕之际，福建省广播影视集团推出大型创意互动融媒体报道《太空看福建：用奋斗谱写新篇章》。主创团队引入国土空间基础信息平台“天地图”的卫星遥感数据，经过 3 个月策划整理，精选福建九市一区代表性地点，搜集了 99 个地图点位、1021 张遥感地图、27 份实景三维资料、超 1T 视频素材，聚焦多地卫星遥感地图变化，全景式呈现党的十八大以来，福建在数字经济、交通基础设施、生态发展、产业富民、科技创新、工业引领等方面的波澜壮阔的发展史诗。同时，作品创新使用了前沿的“互动视频”技术，在卫星地图中设置多个互动点，网友点击互动点，即可触发视频，增强了作品的交互感、体验感。该作品从太空高度，以俯瞰视角聚焦福建十年山海巨变，不仅直观展现了福建遵循习近平总书记擘画的新福建宏伟蓝图，更是跳出微观的束缚，充分彰显十年间，福建人民在祖国大地上奋力书写的中国式现代化生动实践，是各类党的二十大专题报道中别样的“时空回眸”。

社会效果：该作品采用了卫星视觉以及前沿的互动视频技术，通过“一键触发”沉浸式互动，传播广泛，广受赞誉。获多个新媒体渠道转发，百城万屏等线下渠道跟进展示，形成强大传播声量，全系列全网播发量超三千万。

初评评语：独树一帜，创新采用了卫星遥感影像视角，以单一标志性地点的十年发展为时间轴，从太空高度直观鲜明又宏阔大气地展现福建九市一区的十年辉煌巨变，巧妙展示福建人民牢记嘱托，实现高质量发展的生动实践。该作品推出大屏、小屏、微信图文互动等多个版本，实现现象级融合传播。特别是它采用前沿互动技术，巧妙设置多个互动点，让受众可以轻点手机屏幕，自主选择关注内容，交互性更强，值得点赞。

数读中国创新——从海底15250米到高空3.6万公里

岳 靓 张 爽 朱 丽 侯 萌 王婷婷

作品二维码

（中国科技网 2022 年 10 月 14 日）

申报资料实录

作品简介：党的十八大以来，我国科技事业飞速发展，捷报频传。为展现新时代十年的重大科技成果，科技日报社推出视频作品《数读中国创新——从海底 15250 米到高空 3.6 万公里》，视频采用三维 CG 动画形式，从高度出发，以数字为线索，从深海到深空，盘点了“蓝鲸 2 号”“奋斗者”号、“深地一号”、中国锦屏地下实验室、江门中微子实验室、高海拔宇宙线观测站“拉索”、珠穆朗玛峰高程测量、天宫空间站、“羲和号”、北斗全球卫星导航系统等一系列我国科技创新发展的巨大成果。视频中的每个成果均以实景实物为原型制作动画模型，在展现大国重器震撼视觉效果的同时，对技术细节精益求精，视频画面精良大气，转场新颖流畅，产品整体突出纵深感、富有感染力。视频一经发布迅速在全网热传，阅读播放总量突破 250 万。

社会效果：该视频作品于 2022 年 10 月 14 日在中国科技网以及科技日报新媒体平台发布，迅速实现全网传播，产生积极的传播效果，阅读播放总量突破 250 万，依托该作品所创建的微博话题阅读量达到 2555 万。人民日报等主流媒体和行业机构进行转载推荐，“中国科技太炫酷了”成为广大读者最强烈的共鸣。该作品展现出科技创新的独特魅力以及国家发展和社会进步的强劲脉动，极大地激发了公众的民族自豪感和归属感，为巩固壮大主流舆论、做好党的二十大宣传报道工作发挥了重要作用。

初评评语：以创新的表现形式和独到的构思设计，浓墨重彩地展示新时代十年科技事业取得的历史性成就。视频采用先进的CG动画制作手段，以数字为线索，从深海到深空，盘点了“深地一号”、天宫空间站等一系列我国科技创新发展的巨大成果。产品整体突出纵深感、富有感染力。通过成果之间的高度变化记录中国科技发展足迹、展现大国科技创新伟力，在发挥传统媒体内容优势、推动媒体深度融合方面做出积极探索。

为让我们吃好，他们有多拼？

集 体

作品二维码

（人民网微信公众号 2022 年 09 月 21 日）

申报资料实录

作品简介：粮食安全是习近平总书记反复强调的“国之大者”。在第五个“中国农民丰收节”到来之际，人民日报、人民网推出“中国种子”特别报道，讲述老一辈育种人为攥紧中国种子、端稳中国饭碗而奋斗的故事，致敬科学家们的爱国情、报国志。抢救性采访拍摄，留住科学家与种子的感人故事。历时 3 个月策划制作，深入报道“水稻、小麦、大豆、玉米、棉花”五大种业领域的顶尖科学家。多位科学家因年事已高无法配合拍摄，更让团队深感抢救性采访的意义。最终拍摄的科学家平均年龄 78 岁，最大的两位 86 岁。突破性融合创新，搭建“微缩田园”实景拍摄。12 人耗时 20 天，用小麦、玉米、棉花等作道具，搭建出 5 种场景共 20 多平方米的“微缩田园”。小小种子化身“房子、瀑布、雪花”，借助微缩摄影技术，观众犹如穿行童话世界。在 SVG 产品中，点击图片即可切换海报，并触发科学家的原声告白。融合创新带来沉浸式互动体验。践行“四力”深入调查，权威性趣味性相得益彰。团队克服疫情、高温等困难，奔波 3000 多公里，曾在一天之内从 40℃高温的田间转场到 −20℃的种子库，不怕苦累，拍摄了大量独家镜头，并邀请农业农村部的专家把关。作品兼具权威性和趣味性，浓浓烟火气，滋养爱国情，是极富感染力的主题宣传。

社会效果：传播数据亮眼，人物富有感召力。作品总曝光量1亿，参与互动的网友超14万。微博话题“中国人养活中国人”登上微博热搜榜前10名。网友纷纷留言点赞：“有粮就有满满的安全感，感恩所有为中国饭碗努力的人”“致敬默默无闻的科学家”。创新效果突出，多次获得行业认可，广受种业领域赞誉。

初评评语：聚焦重大主题，报道时机把握得当，彰显媒体担当。通过抢救性采访拍摄，讲述了老一辈育种人为攥紧中国种子、端稳中国饭碗而奋斗的故事；重视“网生时代”的融合之美，报道风格清新生动，画外音真实感人。微缩摄影、SVG互动等技术创造性融合，营造沉浸式、互动式体验。五位白发苍苍的“农民”科学家可亲可敬，既有精神感召力，又有情感贴近性；传播效果较好。

大象新闻客户端“大象帮”平台

集　体

作品二维码

（大象新闻客户端 2022 年 09 月 01 日）

申报资料实录

作品简介：“大象帮”平台是河南广播电视台依托大象新闻客户端搭建的“我为群众办实事”新型移动互动平台。该平台通过技术赋能，联合河南各地市党委政府部门、河南广播电视台重点民生栏目和地市派驻机构、县域融媒体，构建起跨媒体跨屏幕的融合生态系统。该平台实现了群众和媒体、政府之间的互联互通、实时互动。在问题解决过程中，河南广电“列单—交单”，各地市党政部门“办单—清单”，形成“媒体帮扶 + 党委政府交办”的双闭环工作机制，着力解决人民群众的“急难愁盼”，走好网上群众路线，为社会公共服务治理提供了互联网时代解决方案。深度融合河南广电知名栏目 IP，群众一键报料，线索直达河南广电全媒体，并结合相关栏目特点，开发互助型功能模块，如“小莉寻物”“小新问答”“大象寻人”等通道，为媒体融合提供平台支持，以权威、公益和专业的服务，向社会提供“一站式”帮扶，融合之力愈加明显。搭建社会重大突发事件、重要民生节点的互助通道，2022 年 10 月中旬起，“大象帮”平台陆续开通“河南抗疫互助通道”“嘘寒问暖・大象帮 | 河南互助通道”“保卫蔬菜 | 助农通道”等，为各级党政部

门协调力量抢险救援、精准帮扶提供线索。

社会效果：大象新闻客户端“大象帮”平台充分发挥新型主流媒体的连接交互功能，打造“新闻＋政务＋服务”的创新应用模式，利用平台和技术优势，持续开通网络互助通道，通过媒体、政府、机构合力，解决群众的“急难愁盼”。帮助群众解决问题有成效。仅仅是2022年10月—12月，河南各地群众反映问题9573条，其中疫情防控、供暖和助农相关线索6081条，80%的线索得到解决或回复，并帮助多地菜农促销蔬菜一千多万斤，有效缓解了蔬菜滞销难题。社会影响广泛。疫情防控期间，微博话题词#河南抗疫互助通道#全网阅读量7900多万人次。河南蔬菜滞销期间，大象帮通过大象新闻微博联合新浪微博媒体共同发起#河南助农行动#活动，联合全国百余家媒体参与活动，话题词登上全国要闻榜第六位。实现电视大屏与新媒体小屏的同步直播、网友互动，大小屏优势互补。通过联动省内相关部门开通“心理疏导系列直播”“助农通道系列直播”，取得了良好社会效应。

初评评语：栏目以媒体平台为纽带，通过“技术赋能”打通了网络互助通道，让媒体、政府、机构形成合力，解决群众的“急难愁盼”，体现了“新闻＋政务＋服务”的创新应用模式，尤其在疫情期间依托平台开通的抗疫互助通道，为各级党政部门协调力量抢险救援、精准帮扶提供大量线索。不仅体现技术和形态上的创新，更是依托于媒体优势实现群众和媒体、政府之间的互联互通、实时互动，是走好网上群众路线的成功实践。

新华社现场云平台

李 俊 贺大为 周 宁 关明辉 文 晶

作品二维码

（新华社客户端）

申报资料实录

作品简介：“新华社现场云”是新华社自主研发的智能化移动采编系统平台，是新华社落实中央要求，推进媒体深度融合，创新媒体服务的战略性平台。其旨在适应全媒体传播需要，深化内容生产供给侧结构性改革，通过与媒体、县融、党政机关、行产业等用户共享成熟的“现场新闻”技术服务体系与先进的移动化全媒体直播工具，实现跨界采编力量、媒介资源的整合；采集、制作、传播方式的统合；重大主题、重大活动、重要节点报道的聚合；达到传播力引导力影响力公信力的汇合；提高全媒体传播效率体制机制，推动全链条全环节要素高效联动，实现央地信息内容、技术应用、平台终端、管理手段等共融互通，协力构建更加紧密、更加移动互联网化的“通讯社＋机构用户”全面合作伙伴关系，打造信息化时代新型消息总汇。现场云通过手机客户端进行素材采集，记者点击4次手机即可完成一段视频拍摄，发布报道。记者在发布报道后围绕同一主题持续滚动跟踪播报，采访结束后，就已经在新媒体发布了一场直播态报道。目前，现场云入驻媒体、机构超过4900家，覆盖全国，已经成为全国最大的新闻在线生产平台。

社会效果：新华社现场云平台是央媒中唯一运行的国家级自有技术终端平台，目前已汇聚包括地方党媒、县融、党政机构用户4900余家，15万余名采编人员注册使用，实现国内所有地市主要媒体全覆盖，800 余家县级用户依托现场云技术服务、渠道平台等优势开展县级融媒体中心建设。至今，入驻机构用户已自主发布现场直播 76 万余场，图片短视频报道 450 余万条，日均直播突破 1000 场，形成广泛影响力。依托覆盖广、布点深、信源权威的平台特点，目前已基本实现央地信息内容、技术应用、平台终端共融互通，初步构建起更加移动互联网化的“通讯社 + 机构用户”全面合作伙伴关系，打造信息化时代新型消息总汇，积极推进媒体深度融合。“现场云”为入驻媒体免费提供基于移动端的全媒体采编发功能，有效推动全媒体转型和采编机制流程再造，实现了媒体融合的“换道超车”和跨越式发展，深受各地用户盛赞。

初评评语：充分发挥先进技术优势和报道模式，依托现场直播等形式，搭建起“通讯社 + 机构用户”全面合作伙伴关系，打造信息化时代新型消息总汇。目前已汇聚包括地方党媒、县融、党政机构用户 4900 余家，实现国内所有地市主要媒体全覆盖，800 余家县级用户依托现场云技术服务、渠道平台等开展县级融媒体中心建设，已经成为全国最大的新闻在线生产平台，真正实现矩阵式的传播效果，有效推动全媒体转型和采编机制流程再造，在媒体融合技术创新中具有典型的示范效应。

附录一

第33届中国新闻奖评选结果揭晓

由中华全国新闻工作者协会主办的第33届中国新闻奖评选结果2023年11月6日揭晓。来自全国各级各类媒体的377件作品获中国新闻奖，其中，特别奖3件，一等奖73件，二等奖114件，三等奖187件。

人民日报社评论《十年砥砺奋进 绘写壮美画卷——写在党的二十大胜利召开之际》、新华社通讯《为中国人民谋幸福 为中华民族谋复兴——党的十八大以来以习近平同志为核心的党中央治国理政纪实》和中央广播电视总台新闻直播《中国共产党第二十届中央政治局常委同中外记者见面会》3件作品得到与会评委高度认同，获选特别奖。

此次评选中，涌现出多件反映2022年重点工作、重要活动、先进典型、融合趋势的优秀新闻作品。例如，宣传党和国家领导人重要思想和活动的报道《奋进强国路·总书记这样引领中国式现代化》、迎接党的二十大胜利召开的政论片《领航》、展现新时代青春力量的典型报道《中国UP！》、体现媒体融合创新的作品《新千里江山图》等荣获一等奖。

《乡村振兴蹲点记》《铁路投融资体制破冰 全国首条民营控股高铁通车运营》《记者调查·羊皮去哪儿了？》等作品体现了新闻工作者关注社会热点和民生民情、深入基层扎实采访调研、在不断增强“四力”、锤炼精品力作中展现的优良作风。

附录二

第33届中国新闻奖获奖作品目录

奖次	项目	题目	作者（主创人员）	编辑	原创单位	刊播单位	报送单位/初评单位
特别奖	评论	十年砥砺奋进 绘写壮美画卷——写在党的二十大胜利召开之际	集　体	集　体	人民日报社	人民日报	人民日报社
	通讯	为中国人民谋幸福 为中华民族谋复兴——党的十八大以来以习近平同志为核心的党中央治国理政纪实	集　体	集　体	新华社	新华社	新华社
	新闻直播	中国共产党第二十届中央政治局常委同中外记者见面会	集　体	集　体	中央广播电视总台	中央广播电视总台	中国广播电视社会组织联合会
一等奖	消息	中国共产党第二十次全国代表大会在京开幕 习近平代表第十九届中央委员会向大会作报告	集　体	集　体	中央广播电视总台	中央广播电视总台	中央广播电视总台
		我军在台岛周边海空域成功举行实战化联合演训	刘建伟　钱晓虎	柳　刚 魏　兵	解放军新闻传播中心	解放军报	解放军新闻传播中心
		全国首张林业碳票首次分红	叶军民　李　寰 林　凡　陈　立	叶军民 林　凡	福建省广播影视集团	福建省广播影视集团	福建记协
		铁路投融资体制破冰 全国首条民营控股高铁通车运营	周　文　陈　沫 丁　锐　王超栋 卢嘉玺	邵一平 陈　琼	浙江广播电视集团	浙江广播电视集团	浙江大学传媒与国际文化学院
		小岗牵手北大荒	陈　龙　曲　正 王　雪　时　旸	徐力军 蔚宝春	黑龙江广播电视台	黑龙江广播电视台	黑龙江记协
		大山里的百灵鸟——冬奥开幕式上，唱着奥运会歌的山里孩子	王梦宇　任晨光	王梦宇 任晨光	北京广播电视台	北京广播电视台	北京记协
	评论	集中精力办好自己的事情	集　体	集　体	人民日报社	人民日报	人民日报社
		玉渊谭天丨三年：三问三答	集　体	张　勤 吴龙海 郑天皓	中央广播电视总台	央视新闻客户端	中央广播电视总台

奖次	项目	题目	作者（主创人员）	编辑	原创单位	刊播单位	报送单位/初评单位
一等奖	评论	Xinhua Commentary: Wrong, wrong, and wrong again —— Some Western media's unprincipled criticism of China's COVID policy（新华评论：错、错、还是错——看看一些西方媒体对中国抗疫的“无原则批评”）	赵晨捷　解轶鹏 桂　涛	李志晖 曹　凯 马云飞	新华社	新华社	新华社
		对“时时放心不下”来源的追问	许宝健	石　伟 吴　青 李曼青	学习时报社	学习时报	学习时报社
		致敬重庆 致敬人民	张永才　单士兵 张　燕	李　波 许　阳 马京川	重庆日报报业集团	重庆日报	重庆记协
	通讯	“小田变大田”引出“农田四变”	李竞涵　孟德才	白锋哲 赵宇恒 胡　聪	农民日报社	农民日报	农民日报社
		耕地问题调查	集　体	集　体	经济日报社	经济日报	经济日报社
		从“第一”到“第一”7本火车驾驶证见证“中国速度”	连　肖　佘振芳 李文科	张一叶 康延芳 李　露	重庆华龙网集团股份有限公司	重庆华龙网新重庆客户端头条	重庆记协
		“外婆”的礼物	陈　嘉	陈　艳 肖　杨	陕西日报社	陕西日报	陕西记协
		痛心！协和专家：在兴趣班学的这个动作已致1000多名中国孩子瘫痪	田巧萍　赵心瑜	朱建华 叶　凤	长江日报报业集团	长江日报报业集团大武汉客户端	湖北记协
	新闻专题	溜索女孩的人生之桥	戴玲燕　姜超楠 魏玉卿　王　从 董　晓	李　折 许宵鹏	江苏省广播电视总台	江苏省广播电视总台	江苏记协
		“无钢”济钢重返500强	韩　信　王兴涛 孙　娟　毛　馨 宋小龙　原宝国 邓　杰	原宝国 宋小龙 毛　馨	山东广播电视台	山东广播电视台	山东记协

奖次	项目	题目	作者（主创人员）	编辑	原创单位	刊播单位	报送单位/初评单位
一等奖	新闻专题	重庆山火突发，他们逆行而上——人民的英雄，英雄的人民！	张一叶（张勇） 刘颜 白永茂 曾雯 佘振芳 宋煦 谭周	集体	重庆华龙网集团股份有限公司	重庆华龙网	重庆记协
		总书记来信	集体	集体	湖南广播电视台	湖南广播电视台	湖南记协
		新时代答卷	集体	集体	新华社	新华社客户端	新华社
	新闻纪录片	新时代中国人权	集体	集体	中央广播电视总台	中央广播电视总台	自荐他荐
		冬奥“三记”（一）生命飞扬——冬奥火炬诞生记	钱丹丹 赵怡 齐芳 马勇杰	齐芳	北京广播电视台	北京广播电视台	北京记协
	系列报道	习主席的国礼故事	集体	龚雯 张远晴 石畅	人民日报社	人民日报海外版	人民日报社
		工伤认定如何“新题新解”	裴龙翔 李润钊 兰德华 刘旭 徐福平 卢越	兰海燕 张伟杰 卢越	工人日报社	工人日报	工人日报社
		乡村振兴蹲点记	李鹏 王怀 王国平 王代强 杨树	集体	四川日报报业集团	四川日报	四川记协
		打造原创技术策源地系列报道	陈瑜 矫阳 操秀英 刘园园 都芃	刘莉 胡兆珀	科技日报社	科技日报	科技日报社
		记者调查·羊皮去哪儿了？	陈冰凌 宝力格 张青英 梁永芬 诺明塔娜 刘佳 王智飞 刘杨	刘华 史子龙 呼牧	内蒙古广播电视台	内蒙古广播电视台	内蒙古记协
	新闻摄影	习近平等瞻仰延安革命纪念地	王晔	集体	新华社	新华社	中国新闻摄影学会
		铁翼护航新时代——中国空军歼-20战斗机影像志	余红春	孙智英	解放军新闻传播中心	解放军新闻传播中心中国军网	中国新闻摄影学会
	新闻漫画	手绘长卷 | 长城群英绘·北京2022年冬奥会冠军“全家福”	集体	集体	中国日报网、长城新媒体集团	长城新媒体集团冀云客户端	中国新闻漫画研究会

奖次	项目	题目	作者（主创人员）	编辑	原创单位	刊播单位	报送单位/初评单位
一等奖	副刊作品	播火者	栗振宇　王含丰	赵阳	解放军新闻传播中心	解放军报	中国报纸副刊研究会
	新闻访谈	权威访谈｜张扬对话王亚平：重返太空的183天	张　扬　马原驰　赵世通　李桢宇　刘春晖　杨志刚　麦凌寒　宋育泽	集　体	新华社	新华社	自荐他荐
		高端访谈｜专访印度尼西亚总统佐科	阴丽萍　程　越　邹　韵　贾建京　葛　倩　路一鸣　董　媛	集　体	中央广播电视总台	中央广播电视总台	中国广播电视社会组织联合会
	新闻直播	独家直播｜解放军在台岛周边海空域进行重要军事演训行动	集　体	集　体	中央广播电视总台	央视新闻客户端	中国广播电视社会组织联合会
		中国之声特别直播《国家公园·两天一夜》——海南热带雨林国家公园之《林间密语》	集　体	集　体	中央广播电视总台	中央广播电视总台	中国广播电视社会组织联合会
	新闻编排	2022年10月24日《人民日报》要闻一版	集　体	刘　磊　彭　俊　洪　岩	人民日报社	人民日报	中国新闻漫画研究会
		2022年5月11日《中国青年报》要闻1–4通版	王素洁　程　璨	王一迪　孙庆玲	中国青年报社	中国青年报	中国新闻漫画研究会
		2022年2月4日《北京新闻》	集　体	集　体	北京广播电视台	北京广播电视台	中国广播电视社会组织联合会
	新闻专栏	一见	集　体	集　体	人民日报社	人民日报客户端	中国记协新媒体专业委员会
		新闻联播	集　体	集　体	中央广播电视总台	中央广播电视总台	中国广播电视社会组织联合会
		权威快报	集　体	集　体	新华社	新华社客户端	中国记协新媒体专业委员会
		强军论坛	桑林峰　孙　阳　李秦卫　张顺亮　韩　炜　田　哲　张　迪	辛士红　曾火伦　侯　磊	解放军新闻传播中心	解放军报	中国报纸副刊研究会

奖次	项目	题目	作者（主创人员）	编辑	原创单位	刊播单位	报送单位/初评单位
一等奖	新闻专栏	经济论坛	集　体	集　体	经济日报社	经济日报	中国报纸副刊研究会
一等奖	新闻专栏	一访定心	陈秋峰　黄志东 任树倩　刘　虓 匡宇英　张　健 贾　雷	集　体	无锡市广播电视台	无锡市广播电视台无锡博报新闻客户端	中国记协新媒体专业委员会
一等奖	新闻专栏	清风侠在路上	徐　蓉　李运宗 钟启华　李　浩 钟　林　周　鑫 胡宇鑫	李　浩 钟　林 胡宇鑫	湖南广播电视台	湖南广播电视台	中国广播电视社会组织联合会
一等奖	新闻专栏	焦点时刻	柳　芳　杨　康 华　磊　余　飞 徐嘉珉　王　昱	集　体	湖北广播电视台	湖北广播电视台	中国广播电视社会组织联合会
一等奖	新闻专栏	红色故事绘	集　体	顾　强 叶　涛 童孝飞	大江网	江西日报社大江网大江新闻客户端	中国记协新媒体专业委员会
一等奖	新闻专栏	相约冬奥	集　体	集　体	河北广播电视台	河北广播电视台	自荐他荐
一等奖	新闻业务研究	把彻底的理论讲彻底 把鲜活的思想讲鲜活——做深做实习近平经济思想宣传的探索与思考	马宏伟　张怡恬 殷　鹏	陈利云	人民日报社	新闻战线	人民日报社
一等奖	新闻业务研究	新闻舆论工作者要时刻心怀“国之大者”	双传学	陈利云	新华报业传媒集团	新闻战线	江苏记协
一等奖	重大主题报道	“奋进强国路·总书记这样引领中国式现代化”	集　体	集　体	人民日报社	人民日报	人民日报社
一等奖	重大主题报道	神山村三日	集　体	集　体	光明日报社	光明日报	光明日报社
一等奖	重大主题报道	情怀	集　体	集　体	新华社	新华社客户端	新华社
一等奖	重大主题报道	领航	集　体	集　体	中央广播电视总台	中央广播电视总台	中央广播电视总台
一等奖	重大主题报道	北京2022年冬奥会和冬残奥会官方特别报道	集　体	集　体	北京日报社	北京日报社北京2022年冬奥会和冬残奥会官方中文会刊	北京记协

奖次	项目	题目	作者（主创人员）	编辑	原创单位	刊播单位	报送单位/初评单位
一等奖	国际传播	特稿：新征程领路人习近平	集　体	集　体	新华社	新华社	新华社
		习近平抵达利雅得出席首届中国—阿拉伯国家峰会、中国—海湾阿拉伯国家合作委员会峰会并对沙特进行国事访问	黄敬文	集　体	新华社	新华社	中国新闻摄影学会
		中国政府和中国人民实现祖国统一的决心坚如磐石	马小宁　裴广江 胡泽曦	马小宁	人民日报社	人民日报	人民日报社
		Visits of vision（习近平主席的海外足迹）	集　体	张　霞 崔海培	中国日报社	中国日报	中国日报社
		Home story in Jiangsu（“家”在江苏）	尤　健　沈峥嵘 陈　澄　朱　娜 钱盈盈　付岩岩 张　迪	尤　健	新华日报社	新华报业传媒集团交汇点新闻客户端	中国记协新媒体专业委员会
		《永动的战争机器》系列专题	集　体	集　体	中央广播电视总台	中央广播电视总台	中央广播电视总台
	典型报道	中国 UP！	集　体	李　伟 江永韬 张　省	中央广播电视总台	中央广播电视总台	中央广播电视总台
		跨越 90 年的“重逢”	雷　晴　龚　丹 徐炳栋　杨汉青 肖　檬　谢淑荣 刘海繁	赵洪潭 熊婕霓 徐　婷	江西广播电视台	江西广播电视台	江西记协
		“七虎”竞南通	段美菊　杨丁森	谢锐佳 黄海波 张美霞	新华社	新华每日电讯	南京大学新闻传播学院
	舆论监督报道	婴儿之殇与“雅培母乳强化剂”召回疑云	杜　蔚　丁舟洋	集　体	每日经济新闻	每日经济新闻网站、每日经济新闻客户端	四川记协
		三天 38000！医院太平间“天价”殡葬费调查	于川梓	刘　芳 李独伊	北京广播电视台	北京广播电视台	北京记协
		315 特别报道·卧底调查南昌双汇	蔡玲玲　余　宽 何子怡　杨　卿 张宗盛　宫　斌 余　超	金石明 李　丹 李耀宇	江西广播电视台	江西广播电视台	西北大学新闻传播学院

奖次	项目	题目	作者（主创人员）	编辑	原创单位	刊播单位	报送单位/初评单位
一等奖	融合报道	新千里江山图	余荣华 熊 捷 宋 嵩 杨丽娟 林 渊 贾 雪 钟金叶 曹 磊	梁昌杰 徐 丹 胡洪江	人民日报社	人民日报客户端	中国记协新媒体专业委员会
		三星堆新发现｜古蜀国的青铜时代	集 体	集 体	中央广播电视总台	央视新闻客户端	中国记协新媒体专业委员会
		创意微政论片｜真理之光	李柯勇 黄小希 饶力文 姚竣译 曹晓丽 杨依军 袁汝婷 马轶群	集 体	新华社	新华社客户端	中国记协新媒体专业委员会
		深蓝！深蓝！	颜 军 琚振华 孙伟帅 李一叶 马滢蕊 李 唐 莫小亮 孙 飞	集 体	海军政治工作部宣传局、海军政治工作部宣传文化中心、解放军新闻传播中心	解放军新闻传播中心中国军号微博账号	中国记协新媒体专业委员会
	应用创新	江西营商“营商帮办”	黄万林 张 晶 游 静 邹文彪 陈文秀 吴剑锋	集 体	江南都市报社	江西日报社江西新闻客户端	中国记协新媒体专业委员会
二等奖	消息	黄河“地上悬河”历史正在被改写 二十一年调水调沙使下游主河槽下切3.1米	马姗姗 谢 文 邢宇皓	常 戌 吴晓杰 包 晗	光明日报社	光明日报	光明日报社
		南京大屠杀再添史料新证！亲历者回忆录手稿首度公开	杨甜子	王文坚 孙 庆 林 昀	扬子晚报	扬子晚报	中国晚报工作者协会
		“48万封来信”研究项目在我省启动	高 爽 王 钢	唐成选 符成龙 于海华	辽宁日报社	辽宁日报	辽宁记协
		超13亿吨 山西煤炭保供创历史纪录	郝宪刚 吕胜春 孙梦醒 李俊祥 吴 鹏	孙梦醒 李俊祥 吴 鹏	山西广播电视台	山西广播电视台	山西记协
		China to keep monetary policy stable（中国将保持稳健的货币政策）	欧阳诗嘉	胡园园 李 想	中国日报社	中国日报	中国日报社

奖次	项目	题目	作者（主创人员）	编辑	原创单位	刊播单位	报送单位/初评单位
二等奖	消息	小餐票 大民生	李　鹏　胡　芳　屈晓平　赵　燃　郝晋辉	集　体	湖北广播电视台	湖北广播电视台	西北大学新闻传播学院
		“向地球深部进军”：我国油气领域“深地一号”项目横空出世	徐　徐　戴安妮　王福全	徐　徐	中国石化报社	中国石化报	中国行业报协会
		首次详细披露毛泽东全程参加青年团二大	李　超　杨宝光	集　体	中国青年报社	中国青年报	中国青年报社
		赣闽边山村“跨界”共发展	郑文娟　万　萍　胡　明	刘在胜　王小平　刘守洪	江西广播电视台、抚州市融媒体中心	江西广播电视台	江西记协
		“一校一策”抓出实效	王　卓	集　体	中央纪委国家监委新闻传播中心	中国纪检监察报	中央纪委国家监委新闻传播中心
		海南公开为一名正厅长级干部澄清正名	尤梦瑜　况昌勋　金昌波	韩　慧　齐松梅　吴维杨	海南日报社	海南日报	海南记协
	评论	Wrong signal, wrong place, wrong time: China Daily editorial（中国日报社论：错误的信号，错误的地点，错误的时间）	集　体	李　洋　Andrew Graham	中国日报社	中国日报网	中国日报社
		全面辩证看待当前经济形势	齐东向　牛　瑾	乔申颖　郭存举　雷雨田	经济日报社	经济日报	经济日报社
		谋发展不能满足于有 更要满足于好	梁　泰	刘　筝　韩霜凝　肖华林	广西广播电视台	广西广播电视台	广西记协
		“建议专家不要建议”，是希望专家好好说话	林　琳	刘文宁　吴　迪	工人日报社	工人日报客户端	工人日报社
		中国妇女报再评唐山打人：打人狂徒，触碰底线；依法严惩，以儆效尤	孙钱斌　周志飞　杨一帆	周志飞　杨一帆	中国妇女报社	中国妇女报官方微博	中国妇女报社
		向着全面建成社会主义现代化强国的第二个百年奋斗目标迈进	宋维强　孙煜华	孙煜华　张淑虹	求是杂志社	求是	求是杂志社

奖次	项目	题目	作者（主创人员）	编辑	原创单位	刊播单位	报送单位/初评单位
二等奖	评论	不说大话空话，说实话管用的话	冀言（董福印 周丹平）	吴宏爱	河北日报社	河北日报	河北记协
	通讯	同行1800多公里，跟着货车司机跑长途	乔 栋	集 体	人民日报社	人民日报	人民日报社
		多地发布建筑业清退令，超龄农民工路在何方？	裴龙翔	程莉莉 甘 皙	工人日报社	工人日报	工人日报社
		一笔种粮补贴的逐级拨付之路	黄秋霞	集 体	中央纪委国家监委新闻传播中心	中国纪检监察报	中央纪委国家监委新闻传播中心
		像胡杨一样扎根边疆一辈子	集 体	集 体	兵团日报社	兵团日报	新疆兵团记协
		雪松200亿涉众募资调查：假借灰色通道，裹挟一众伪国企，底层资产涉“空转”贸易	卢斐（苏龙飞）李想（罗曼）	叶舒筠	证券时报社	证券时报微信公众号	中国行业报协会
		“双喜”回家	集 体	唐成选 于海华 曹 洋	辽宁日报社	辽宁日报	辽宁记协
		为中国豆安上“耐盐芯”	集 体	集 体	大众日报社	大众日报	山东记协
		孤勇者	堵 力 李 超	王国强	中国青年报社	中国青年报	中国青年报社
		三代人七十二载的守护	何祖谋	李智勇 吴光辉 陈崇龙	福建日报社	福建日报	福建记协
		不能说的优秀	谈 洁 钱红艳	陈 曦	南京日报社	南京日报	江苏记协
		告官能见官 出庭又出声	高潮	李晶晶	海口日报社	海口日报	海南记协
	新闻专题	罕见病“天价药”的破局之路	卢 梅 李 响 刘奕达	朱厚真 陈瑞霖 朱世一	上海广播电视台	上海广播电视台看看新闻Knews网站	上海记协
		《零容忍》第一集《不负十四亿》	集 体	集 体	中央广播电视总台	中央广播电视总台	中央广播电视总台
		Blazing a Trail（问道）	集 体	集 体	中国日报社	中国日报网、中国日报客户端	中国日报社

奖次	项目	题目	作者（主创人员）	编辑	原创单位	刊播单位	报送单位/初评单位
二等奖	新闻专题	时间的答案：这里有一个你不知道的十年	张意轩 刘畅 刘镇杰 林渊 安然 郑薛飞腾 杨翘楚	集体	人民日报社	人民日报客户端	北京大学新闻与传播学院
		7棵柳树缘何牵动杭州一座城市的民意对话	严勤 徐文杰 王潇雨 许佳炜 周文佳 高英	凌佳佳 徐洁 王帆	杭州网	杭州日报报业集团杭州网	浙江记协
		矸子山下的转型路	陈曦 刘险峰 唐佳菲 邸玉玲 闫岩 杨莹	赵彤湫 徐诗 谢乾	辽宁广播电视台	辽宁广播电视台	辽宁记协
		《香江永奔流》第四集《拨乱反正》	集体	集体	中央广播电视总台	中央广播电视总台	中央广播电视总台
		我是一名驻港女兵	苏燕红 马慧敏 田飞跃 刘星 曾闽 阳玉明	田飞跃	东莞广播电视台	东莞广播电视台	广东记协
		中国桥，从长江走向世界	刘爽 刘征 柳芳 李慧	洪燕 梁延	湖北广播电视台	湖北广播电视台	湖北记协
	新闻纪录片	沪明往事	邓金木 黄敏 胡晓蓓 游丁琳 廖传良 董博涵 陈华安	陈列平 郑建武 林菲	福建省广播影视集团、三明市融媒体中心	福建省广播影视集团、三明市融媒体中心	自荐他荐
		我的回家故事	黄江 马凌云 王晶 伊宏辉 姜赟 史春梅	潘建炜 唐薇薇	常州市广播电视台	常州市广播电视台	重庆大学新闻学院
		江豚归来	集体	集体	南昌市广播电视台	南昌市广播电视台	江西记协
	系列报道	“中国式现代化深度探析”热点问题调研报告	集体	郭存举 包元凯	经济日报社	经济日报	经济日报社
		解码十年	集体	集体	中央广播电视总台	中央广播电视总台	中央广播电视总台
		乡村振兴·江苏百村调研	顾雷鸣 杭春燕 吴琼 王梦然 王建朋 颜颖	杭春燕	新华日报社	新华日报	江苏记协

奖次	项目	题目	作者（主创人员）	编辑	原创单位	刊播单位	报送单位/初评单位
二等奖	系列报道	今年我 10 岁	颜　斌　刘建光　陈永刚　赵雨杉　曹舒琴　朱加宁　徐果婧　李　征	集　体	湖南日报社	湖南日报社　新湖南客户端：新湖南·今日视点	湖南记协
		重度烧伤女孩"重生之路"	杨　悦　孙　聪	纪　华	三亚传媒影视集团有限公司	三亚广播电视台	海南记协
		擦亮劳务品牌助推乡村振兴系列观察	孙忠法　魏　杰	集　体	中国组织人事报社	中国组织人事报	中国行业报协会
		我们的乡村	刘　龙　华旦才让　褚　斌　才项太　朱久斌　王　利　杨宗斌	才项太　褚　斌	海北藏族自治州广播电视台	海北州广播电视台微信视频号	青海记协
		唯有登攀	集　体	集　体	湖南广播电视台	湖南广播电视台	湖南记协
		种子诞生记	郝东伟　贾　楠　宋　平　马朝丽　方素菊　贡宪云	吴艳荣　李　巍	河北日报社	河北日报	河北记协
		我们的新时代	集　体	集　体	新华社	新华社	新华社
	新闻摄影	重庆山火救援实录 热血"长城" 凡人大义	郑新洽　徐秋颖	刘　晶　赵　亢	新京报社	新京报	中国新闻摄影学会
		冰雪之上，我们记录下这些中国突破	集　体	集　体	新华社	新华社客户端	中国新闻摄影学会
		防洪墙：一块玻璃的稳固与温情	戚　颢　王　鹏	樊卓婧　严　龙	宁波日报报业集团	中国宁波网	中国新闻摄影学会
		极枯鄱湖 生态大考	集　体	集　体	江西日报社	江西日报	中国新闻摄影学会
	新闻漫画	《敦煌壁画里走出的中国年，走它一个虎虎生风！》等系列融合创意长图组稿	集　体	集　体	新华社	新华社客户端、新华社微信公众号	兰州大学新闻与传播学院
		学习贯彻党的二十大精神 共绘"新时代富春山居图"	集　体	集　体	浙江日报报业集团	浙江日报报业集团浙江新闻客户端	中国新闻漫画研究会
	副刊作品	小篮球碰撞大时代	曹　雯	李卫红　黄　蔚　邱　奕	贵州日报社	贵州日报	中国报纸副刊研究会

奖次	项目	题目	作者（主创人员）	编辑	原创单位	刊播单位	报送单位/初评单位
二等奖	副刊作品	邮政“天路”上的信使	姜　峰　刘雨瑞	袁新文 董宏君 张　健	人民日报社	人民日报	中国报纸副刊研究会
	新闻访谈	“一米高度”看南京，我与城市共成长	邓　超	余多志 陈　功 任晓润	南京广播电视台	南京广播电视台	中国广播电视社会组织联合会
		最强AI诞生？“ChatGPT热”背后的冷思考	傅昇岽　叶欣辰 龙　敏　乐　祺 郑子凌	袁林辉 李　军 张明霞	上海广播电视台	上海广播电视台	中国广播电视社会组织联合会
		向前一步——叩开通往广仁街的“心门”	徐　滔　邵　晶 李　潇　刘　for 刘影慧　孔令森 王沛东　张　杰	邵　晶 李　潇 张育文	北京广播电视台	北京广播电视台	中国广播电视社会组织联合会
		郑永年：解码中国式现代化	王云霞　罗施安 何嘉琪　林惠珊 赵筱尘　杨静媛 王　瑜　李汶思	巫邓炎 陈宇航 吕瑞瑞	深圳广播电影电视集团	深圳广播电影电视集团	中国广播电视社会组织联合会
	新闻直播	最早的中国·文明探源看东方	集　体	集　体	上海广播电视台	上海广播电视台看看新闻客户端	中国广播电视社会组织联合会
		水自汉江来——引汉济渭秦岭输水隧洞全线贯通	集　体	集　体	陕西广电融媒体集团（台）	陕西卫视新浪微博官方账号	中国广播电视社会组织联合会
		盐碱地上 大豆金黄	李　伟　胡　蒙 崔　潇　卢怡婷 李兴苗　刘　琰 孔　毅　方锡铭	翁平亚	山东广播电视台	山东广播电视台	中国广播电视社会组织联合会
	新闻编排	2022年10月16日《中国日报》二十大特别报道1–4版	杨　柳　田　驰 朱　喆	集　体	中国日报社	中国日报	中国新闻漫画研究会
		2022年3月8日《黑龙江日报》6版、7版	兰继业	陈德亮 于海军	黑龙江日报报业集团	黑龙江日报	中国新闻漫画研究会
		2022年10月27日《江西日报》5–8版	集　体	集　体	江西日报社	江西日报	中国新闻漫画研究会
		2022年12月31日《全省新闻联播》	集　体	牛作交 谷林曼	河北广播电视台	河北广播电视台	中国广播电视社会组织联合会

奖次	项目	题目	作者（主创人员）	编辑	原创单位	刊播单位	报送单位/初评单位
二等奖	新闻业务研究	辩证处理媒体深度融合中的五对关系	夏似飞	陈　琦	湖南日报社	传媒	自荐他荐
		“正能量”与“大流量”：全媒体时代重大主题报道的突破之道	赵念民	陈国权	大众日报社	中国记者	山东记协
		城市传播：城市电视台转型的新基点	李岭涛　尹素伟	陈富清	北京体育大学新闻与传播学院、北京印刷学院新闻传播学院	中国广播电视学刊	中国广播电视社会组织联合会
		以“六个统一”提升重大主题报道水平	黄　燕	顾　强 杜佳琦 曾文斌	江西广播电视台	传媒论坛	江西记协
		地方主流媒体智库建设路径优化研究	赵　刚　王春宇 王青沙	樊丽萍	黑龙江广播电视台	中国广播电视学刊	黑龙江记协
	重大主题报道	“一线”领跑“世界高铁”	范　静	景知诚 赵　磊	天津海河传媒中心	天津海河传媒中心	天津记协
		峒山村这十年	李　鹏　胡　芳 廖寿喜　屈晓平 张　希　赵桂新 郝晋辉	集　体	湖北广播电视台	湖北广播电视台	自荐他荐
		红红的苹果，深深的爱	侯忠义 刘　彦 干雄焱	康　龙 王　强	延安市融媒体中心	延安日报	陕西记协
		《从党的奋斗历程中汲取智慧和力量》等系列阐释解读文章	宋维强　孙煜华 尹　霞　狄英娜 吴晓迪　李民圣	集　体	求是杂志社	求是	求是杂志社
		总书记的回信	集　体	张　斌 刘志峰 杨　亮	河南广播电视台	河南广播电视台	河南记协
		拼出我们的现代化	集　体	潘青松 田　梅 杜雪艳	新华日报社	新华报业传媒集团新华报业网	江苏记协

奖次	项目	题目	作者（主创人员）	编辑	原创单位	刊播单位	报送单位/初评单位
二等奖	重大主题报道	老区“潮”起	袁进涛 田凌凌 余 超 许文兵 周 东 刘志刚 叶定豪	王 艳 熊希颖 李 彬	江西广播电视台	江西广播电视台	自荐他荐
		《强军足迹》系列报道	集 体	集 体	解放军新闻传播中心	解放军报	解放军新闻传播中心
		中共二十大将如何标注历史新坐标？	张 量	集 体	中国新闻社	中国新闻社	中国新闻社
		把青春华章写在祖国大地上	集 体	集 体	人民网	人民网、“人民网+”客户端	厦门大学新闻传播学院
		广纳万川入海 画好同心大圆——习近平同志在福建工作期间关于统战工作的探索与实践	兰 锋 林 蔚 郑 昭	黄培坤 陈 亮 汪 洁	福建日报社	福建日报	福建记协
		长卷里飞出黄河赞歌	延 磊 王洪靓 马 进 姜 琳 李小东	姜 琳 李小东	济南广播电视台	济南广播电视台济南网	山东记协
	国际传播	A mega project to benefit everyday life（同时照12000面镜子是什么感觉？）	王 浩 刘伟玲 柯荣谊 张少伟 栗思月 孔闻峥 罗京湘子 史雪凡	何 娜 马静娜 沈一鸣	中国日报社	中国日报网	中国记协新媒体专业委员会
		永不放弃——藤县空难搜救工作	集 体	集 体	新华社	新华社	中国新闻摄影学会
		预见中国：从大湾区看未来	谢 冰 刘 帅 潘晨虹 林庆坚 雷锋学 王东辉 邓井娣	李子俊 池东橼 欧 彦	广东广播电视台	大湾区卫视、美国探索传媒集团	广东记协
		PLA（中国军队）	集 体	赵燕飞	解放军新闻传播中心	中国军网	解放军新闻传播中心
		问答二十大	集 体	集 体	中国新闻社	中国新闻网	中国新闻社
		美国是世界经济动荡之源	集 体	连 俊 仇莉娜 杨啸林	经济日报社	经济日报	经济日报社

奖次	项目	题目	作者（主创人员）	编辑	原创单位	刊播单位	报送单位/初评单位
二等奖	国际传播	Why won’t the Arab world buy U.S. lies about Xinjiang?（阿拉伯世界为何不相信美国涉疆谎言？）	倪四义 陆佳飞 姚 兵 董亚雷 凡帅帅 吴天雨 汪 健 邓仙来	辛俭强 蔺 妍 金悦磊	新华社	新华社	新华社
		Global Thinkers Special: What does China really want?（对话思想者电视论坛：中国特色大国外交与全球新格局）	麻 静 葛 璟 刘 欣 任 岩 沈潇迪 朱碧玉 张桢昊 袁艺娇	张 楠 项师曲 张瑞鑫	中央广播电视总台	中央广播电视总台	中国广播电视社会组织联合会
		Comicomment: Abysmal deviation from the right course(新漫评：偏离“一个中国”，必将坠入深渊！)	陈善坤	宋方灿 李雨昕 谷丽萍	中国新闻社	中国新闻网	中国新闻漫画研究会
		新闻特写：当咖啡花遇上茉莉花	郑建武 陈 蕾 林传喻 游宁剑 倪政兴	邓金木 曹 俭 邱 燕	福建省广播影视集团	福建省广播影视集团	福建记协
		铭记（国际版）	集 体	葛 莱 陈 辉 何可一	江苏省广播电视总台	江苏省广播电视总台	南京大学新闻传播学院
	典型报道	田野上最亮的星	集 体	梁 穗 陈 恬 陈 慧	湖南广播电视台	湖南广播电视台	湖南记协
		阿伟书记的承诺	杨川源 孙汉辰 许 勤 董孝烽 张洁云	程 波 邵一平 王 西	浙江广播电视集团	浙江广播电视集团	浙江记协
		金色山川赤诚的红——追记阿坝州金川县交通运输局党组书记、局长罗从兵	集 体	集 体	四川日报报业集团	四川日报	四川记协
		缙云山壮歌	集 体	集 体	中共重庆市委当代党员杂志社	当代党员	中国期刊协会
	舆论监督报道	保护之举何以结涩果——梁子湖“鱼草较量”启示录	胡汉昌 廖志慧 胡 弦	韩炜林 李 琼 别 鸣	湖北日报传媒集团	湖北日报	湖南大学新闻与传播学院
		“丰县生育八孩女子”事件调查	集 体	集 体	中央广播电视总台	中央广播电视总台	中央广播电视总台

奖次	项目	题目	作者（主创人员）	编辑	原创单位	刊播单位	报送单位/初评单位
二等奖	舆论监督报道	“关注城市行道树”	彭　波　孙立极 黄　超　史一棋 沈童睿　向子丰 姚雪青	张　毅 廖文根 冯春梅	人民日报社	人民日报	人民日报社
		危险的“伪翻新胎”	夏明瑞　陈　丰 陈　捷	孟文林 柳晓黎	浙江广播电视集团	浙江卫视	厦门大学新闻传播学院
	融合报道	H5｜种草记——“幸福草”从西海固走向世界的故事	集　体	董静怡 马文伟	宁夏日报报业集团	宁夏日报客户端	中国记协新媒体专业委员会
		超震撼航拍——看，星光战胜火光！	江　波　阮鹏程 周　瑄　黄　灵	陈　旭 冯　飞 周本帅	上游新闻	重庆日报报业集团上游新闻客户端	中国记协新媒体专业委员会
		潮起东方 寻找百强“共富”密码	集　体	顾敏霞 刘浩邦	江苏省广播电视总台、昆山市融媒体中心、江阴市融媒体中心、张家港市融媒体中心、常熟市融媒体中心、太仓市融媒体中心、宜兴市融媒体中心、海安市融媒体中心、启东市融媒体中心、泰兴市融媒体中心、靖江市融媒体中心、邳州市融媒体中心、慈溪市融媒体中心、福清市融媒体中心、浏阳市融媒体中心、长丰县融媒体中心	江苏省广播电视总台我苏客户端	中国记协新媒体专业委员会

奖次	项目	题目	作者（主创人员）	编辑	原创单位	刊播单位	报送单位/初评单位
二等奖	融合报道	互动视频｜太空看福建：用奋斗谱写新篇章	郑　激　杨　豪 李蔚琼　施嘉弘 赵明鸣　张鑫涌 郑周波　马　莎	赖　晗 唐征宇 陈　烁	福建省广播影视集团	福建省广播影视集团海博TV客户端	中国记协新媒体专业委员会
		数读中国创新——从海底15250米到高空3.6万公里	岳　靓　张　爽 朱　丽　侯　萌 王婷婷	刘义阳 沈　唯 冷　媚	科技日报社	中国科技网	中国记协新媒体专业委员会
		为让我们吃好，他们有多拼?	集　体	集　体	人民日报社	人民网微信公众号	中国记协新媒体专业委员会
	应用创新	大象新闻客户端“大象帮”平台	集　体	集　体	河南广播电视台	河南广播电视台大象新闻客户端	中国记协新媒体专业委员会
		新华社现场云平台	李　俊　贺大为 周　宁　关明辉 文　晶	集　体	新华社	新华社客户端	中国记协新媒体专业委员会
三等奖	消息	上海成片二级以下旧里改造收官“水塔人家”要搬迁	刘惠明　欧建建	范沁毅	上海市黄浦区融媒体中心	上海广播电视台	上海记协
		新疆快递小哥紧急驰援北京 这是一次温暖的逆行	李亚军　陈　成 杨　雪　赵子轩 杨德超	郭惠婷 陈　成 李亚军	新疆兵团广播电视台	兵团广播电视台	新疆兵团记协
		1块钱300万人次观看舞剧《醒·狮》网上彻底火了	陈宇韬　陈锐东	范　渝 许　琴 李玲芸	四川广播电视台	四川广播电视台	四川记协
		中国建成世界首条环沙漠铁路线	格日勒图 丁　坤　谭海磊 侯　芳　赵　渤	张佳妮 王建军 张　炜	新疆广播电视台	新疆广播电视台	新疆记协
		港澳律师内地执业第一案今天诞生	谢　馨	吴杰明	广东广播电视台	广东广播电视台	广东记协
		中国企业首次刷新硅太阳能电池转换效率世界纪录	苏　怡　侯燕妮	王海涛 魏　伟 韦　超	陕西日报社	陕西日报	陕西记协
		“干净办”邀请市民推选“最不干净”街巷	陈　华	尹雪梅 陈俊宇	工人日报社	工人日报	工人日报社
		为护齐长城，国道拓宽多花4个亿	刘　英　李　艳	梁旭日 王彤彤 姚广宽	大众日报社	大众日报	山东记协

奖次	项目	题目	作者（主创人员）	编辑	原创单位	刊播单位	报送单位/初评单位
三等奖	消息	黄河“对赌”，赢了！	常　敏　周文茹 党爱莉　张洋锋	冉晓晖 张宁宁 罗栋巍	河南广播电视台	河南广播电视台	河南记协
		世界最长高铁再添世界之最	唐克军　郭瀛潇	管夏怡 姜柯宇	《人民铁道》报业有限公司	人民铁道	中国行业报协会
		晋宁河泊所遗址考古取得重大发现 印证《史记》有关“滇国”记载	陈　璐　全继坚 郭　威　苏　菲 闭　超	陈　璐	云南广播电视台	云南广播电视台	云南记协
		苏皖三市协同立法共护长江江豚	郭小军　赵元甲	张昌军 王万生	含山县融媒体中心	安徽省马鞍山市含山县融媒体中心	自荐他荐
		RCEP 生效后中国首趟开往成员国的国际货运班列开出	陈　娟　谭　锋 苏　晖　赖秋羽 傅琦恩	刘红明 赖秋羽 范　英	广西广播电视台	广西广播电视台	广西记协
		全国首部！山西为煤炭清洁高效利用立法	张建国　刘　媛	张建国 刘　媛	山西广播电视台	山西广播电视台	山西记协
		澳门青年裴承贤：同心逐梦 服务贵州这十年	吴　唐　于海洋 居天奕　梁创英 任栎铭	王　丹 刘　玮 何吟迪	贵州广播电视台	贵州广播电视台	贵州记协
		塞总统报料的“大新闻”航线首航落地天津	万　红	刘雅坤 胡晓伟	天津海河传媒中心	天津海河传媒中心	天津记协
		新型陆军首次亮翼中国航展	张永进　杨元庆	汪三汉 杨海鹏	陆军政治工作部宣传文化中心	人民陆军	军委政治工作部宣传局
		墨西哥“小老表”Ami：我想去看明月山瀑布和万载烟花	周　妍　邹柯玮 曲　洁　王静妍	张　敏 张　玲 曾福华	宜春市融媒体中心	宜春市广播电视台	江西记协
	评论	少些“群里吼” 多些实地走	韩小乔	曹显钰 陈昌清	安徽日报社	安徽日报	安徽记协
		“半吨”重的工资	刘丽晖　李正东 杨　婕　韦新洋 杨正鹏	赵　萍 张　健 徐　增	贵州省黔南广播电视台	黔南广播电视台	贵州记协
		对矛盾问题不能“击鼓传花”	湖北日报评论员 （李琼　艾丹）	张晓峰 付　勤	湖北日报传媒集团	湖北日报	湖北记协
		《我的县长父亲》风波：遭遇“脑补”式嘲讽岂能一删了之？	胡欣红　陈　澄 黄书琪　马腾达 黄一舟	王智勇 马　驭 刘　娟	江苏省广播电视总台	江苏省广播电视总台荔枝网	江苏记协

奖次	项目	题目	作者（主创人员）	编辑	原创单位	刊播单位	报送单位/初评单位
三等奖	评论	“第三卫生间”应该被看见	谢晓铃　鞠怀良	詹　伟 许　宁	成都市双流区融媒体中心	成都市双流区融媒体中心、成都市广播电视台	四川记协
		否定“九二共识”，就是动摇两岸关系和平发展的根基	张　剑　吴冬梅 江　亮　陈　岫	陈　航 郑继业 陈其真	福州广播电视台	福州广播电视台	福建记协
		致奋斗的你我！	集　体	陆先高	光明日报社	光明日报	光明日报社
		变“一刀切”为“一刀一刀切”	刘大山	薛　巍 宋广玉 陈晓曙	南京日报社	南京日报	自荐他荐
	通讯	第一会议室里的时空回响	魏　恒　董文锋 陈贻泽	董文锋 覃文武	广西日报社	广西日报	广西记协
		把敦煌故事讲给世界听	张文博	万吉彦 夏丹丹	甘肃日报社	甘肃日报	甘肃记协
		让我在这里，有尊严地告别人间	赵佳佳	集　体	南风窗杂志社	南风窗	中国期刊协会
		地下700米的孤勇者	倪思洁	李　芸 李惠钰	中国科学报社	中国科学报	中国科技新闻学会
		村里牌子章子究竟“瘦”没“瘦”	集　体	李　立 蒋起东	法治日报社	法治日报	法治日报社
		支书带支书 树树连成林	刘雅鸣　刘　婵	党文民	河南日报社	河南日报	河南记协
		隐形的翅膀——C919型飞机适航审查工作纪实	刘韶滨	集　体	中国民航报社有限公司	中国民航报	中国行业报协会
		告诉你一个真实的新疆	集　体	张　淼 包　晗 樊　荣	光明日报社	光明日报	光明日报社
		“双碳”背景下 内蒙古现代能源经济如何破题？	许晓岚　康丽娜	许晓岚 高　慧	内蒙古日报社	内蒙古日报	内蒙古记协
		跨越2800余公里的“拥抱”	杨又华　刘瀚潞	邓正可 徐　行	湖南日报社、黑龙江日报社	湖南日报、黑龙江日报	湖南记协
		一部丰厚珍贵的音乐档案	郭海瑾	张　丽	人民政协报社	人民政协报	人民政协报社

奖次	项目	题目	作者（主创人员）	编辑	原创单位	刊播单位	报送单位/初评单位
三等奖	通讯	广东经济24小时：昼夜流转 活力不息	集　体	集　体	南方日报社	南方日报	广东记协
		点亮文明之光 映照大同梦想——读懂“一墩难求”背后的深意	周　杰　孔祥鑫　张漫子	许基仁　树　文	新华社	新华社	自荐他荐
		“双抢”之变：从“累得脱层皮”到“当甩手掌柜”	周　楠	方立新　谢锐佳　黄海波	新华社	新华每日电讯	湖南大学新闻与传播学院
		让全球玩家爱上中华文化之美 爆红全网的《原神》是如何做到的？	宣　晶	邢晓芳　李　婷	文汇报社	文汇报	上海记协
		嘎拉村的幸福生活	王清可	许天骄	亮报	亮报	中国行业报协会
		深山女人的守护者	王　蓓　肖　睿	赵梓涵　侯文雅　谢　威	中国妇女报社	中国妇女报	中国妇女报社
		一场客流与现金流的“保卫战”	赵　萌	徐曼萍	金融时报社	金融时报	中国行业报协会
	新闻专题	中央一号文件与一个种粮村庄的命运	李　隆　王乐巧　兰　天	陈宏伟　安　睿　刘　芳	新疆广播电视台	新疆广播电视台	新疆记协
		“鸟哥”张长龙	董云静　陈映颐　王　荣	焦　洁　樊潇雅　梁　爽	内蒙古广播电视台	内蒙古广播电视台	内蒙古记协
		勇毅的力量	集　体	邵光涛　贾　飞	吉林广播电视台	吉林广播电视台	吉林记协
		一线调研：信心从何来？	集　体	左宝昌　吴佳希　韩　斌	昆山市融媒体中心	昆山市融媒体中心第一昆山客户端	江苏记协
		志愿者是新冠治愈者：我淋过雨，想为别人撑起一把伞	赵　征	崔昕昕　周　萌　程　婷	天津海河传媒中心	“天津广播”公众号	天津记协
		奋斗强军 征途如虹——庆祝中国人民解放军建军95周年	刘　兴　于海洋　于雅倩　杨　红　冯　雅　房永强	郭妍菲　黄　敏	解放军新闻传播中心	解放军新闻传播中心中国军网	解放军新闻传播中心
		董秀格的781场宣讲	刘金波　赵　娜　黄　和　丁　艳	赵　娜　丁　艳　郝　力	青岛市广播电视台	青岛市广播电视台	山东记协

奖次	项目	题目	作者（主创人员）	编辑	原创单位	刊播单位	报送单位/初评单位
三等奖	新闻专题	一路向南——新成昆铁路全线建成通车	集　体	集　体	四川日报报业集团	四川日报报业集团四川在线网站	四川记协
		《创新之路》第四期《特色集群》	集　体	集　体	河北广播电视台	河北广播电视台	河北记协
		"超模"渔夫	巫宜凇　金　飞 王笑鹏　罗　明 廖　静　乔　樑 万乔乔	张涛伟 祝秋华 徐丽英	江西广播电视台	江西广播电视台	江西记协
		东京"抢单"记	金　亮　钱颖超 卢嘉玺　周　文 朱贤勇	程　波 邵一平 陈　婕	浙江广播电视集团	浙江广播电视集团	浙江记协
		新疆大叔 圆梦北京	刘军胜　马　骏 李京统　刘　鑫 王子诚	集　体	新京报社	新京报 App	北京记协
		跑步上学的少年 逐梦九天的英雄	唐楗凯　许　倩	唐楗凯 胡诗妮	常德市广播电视台	常德市广播电视台	湖南记协
		福建舰下水，让我们看到深沉的"中国式浪漫"	孙世庆　阮　怡 李栋柠　冯媛媛	赵　林 高　蓉 王　静	福建省广播影视集团	福建省广播影视集团	福建记协
		江西红色名村别样红	集　体	集　体	大江网	江西日报社大江网、大江新闻客户端	江西记协
	新闻纪录片	《长山列岛》第一集：《沧海灵珠》	耿　军　杨成龙 万海鹏　高　彪 陈明泽　王　萌 孔凡兵	张瑞祺 郑立猛 孟海洋	山东广播电视台	山东广播电视台	山东记协
		微纪录｜"宁"聚微光——寻访约翰·拉贝的"中国朋友们"	田　梅　朱　威 黄　欢　吴盈青 邓宇轩　陶　蓉 潘青松	潘青松 田　梅 王宏伟	新华日报社	新华报业交汇点新闻客户端	江苏记协
		暖风习习｜为什么这个爱吃"苦"的佤族寨子，名字却叫"幸福的地方"？	王　浩　柯荣谊 张　霄　彭译萱	何　娜 张若琼 李畅翔	中国日报社	哔哩哔哩中国日报官方账号	中国日报社
		《看见纪南城》第六集：《一脉千年》	集　体	集　体	湖北广播电视台	中央广播电视总台	湖北记协

奖次	项目	题目	作者（主创人员）	编辑	原创单位	刊播单位	报送单位/初评单位
三等奖	新闻纪录片	龟去来兮	卢　杰　陈乾章 练楚茹　杨　涛 肖　凯　赖子璇 李　琳	董　琳	广东广播电视台	广东广播电视台	暨南大学新闻与传播学院
	系列报道	作别顺昌路：上海最后一片二级旧里改造进行时	胡旻珏　赵颖文 汤丽薇	集　体	上海广播电视台	上海广播电视台	上海记协
		电动汽车充电基础设施现状调查	集　体	赵　冉 杨苗苗 张栋钧	中国能源传媒集团有限公司	中国电力报	中国行业报协会
		《湿地公约》，中国行动	集　体	集　体	湖北广播电视台、重庆广播电视集团（总台）、浙江广播电视集团、广东广播电视台、吉林广播电视台、盐城广播电视总台、青海广播电视台、安徽广播电视台、湖南广播电视台	湖北广播电视台、重庆广播电视集团（总台）、浙江广播电视集团、广东广播电视台、吉林广播电视台、盐城广播电视总台、青海广播电视台、安徽广播电视台、湖南广播电视台	湖北记协
		听见急诊室	马骊雪豪 赵　娜　姜晓东 陈　颖　杨　欢 丁　俊　高　晨 张羽佳	王卫刚	江苏省广播电视总台	江苏省广播电视总台我苏网	清华大学新闻与传播学院
		且看美国	陶德言　陈向阳 李　颖　徐　群 李　琦　凡帅帅 朱　丽　石　璇	集　体	参考消息报社	参考消息微信公众号、微博、喜马拉雅账号	中国行业报协会
		一个农民的春夏秋冬	王海涛　艾永华	张连业 韩富斌	陕西日报社	陕西日报	陕西记协
		Landscape Legacies（“大美中国”世界遗产系列报道）	集　体	陈　婕 欧淑仪 田　驰	中国日报社	中国日报	中国日报社

奖次	项目	题目	作者（主创人员）	编辑	原创单位	刊播单位	报送单位/初评单位
三等奖	系列报道	生命至上 众心如城 “3·21”东航飞行器事故搜救系列报道	集 体	集 体	广西广播电视台	广西广播电视台	广西记协
三等奖	系列报道	归来·久别重逢的生态之美	集 体	邓光韬 贺宏伟 郑佳洵	长城新媒体集团	长城新媒体集团冀云客户端	河北记协
三等奖	系列报道	跟着总书记看中国	集 体	集 体	人民网	人民网	广西大学新闻与传播学院
三等奖	系列报道	“赶考路”上再寻焦裕禄	集 体	集 体	河南日报社·大河网	河南日报报业集团大河网、河南日报客户端	河南记协
三等奖	系列报道	“野生大豆原生境”系列报道	周 静 李天池	郭 涛 史向阳 李房浔	黑龙江日报报业集团	黑龙江日报	黑龙江记协
三等奖	系列报道	1.1%看奇迹	集 体	耿 联 戴军农	中国江苏网	中国江苏网	中国社会科学院新闻与传播研究所
三等奖	系列报道	“中华文明探源·何以中国”	杜军玲 王慧峰 司晋丽	杜军玲 王慧峰 司晋丽	人民政协报社	人民政协报	人民政协报社
三等奖	系列报道	“川西虫草产地调查”系列报道	蒋 麟 杨 灵 马天帅 邵洲波	于曼歌 张 莉	成都商报社	成都商报社红星新闻客户端	四川记协
三等奖	新闻摄影	“天路”越武陵	杨顺丕	肖 琴 向丽莉	鹤峰县融媒体中心	湖北省恩施州鹤峰县融媒体中心鹤峰网	中国新闻摄影学会
三等奖	新闻摄影	小年夜，−18℃的暖心救援	王举南	张建鑫 杨形涛	新疆出入境边防检查总站阿克苏边境管理支队	人民公安报	中国新闻摄影学会
三等奖	新闻摄影	拉索·新发现 全球首次打开十万亿电子伏波段的伽马射线暴观测窗口	何海洋	谭 曦	四川日报报业集团	四川日报	中国新闻摄影学会
三等奖	新闻摄影	常泰长江大桥：世界最大跨度斜拉桥	曹 政	宋莹莹 白留伟 袁 玥	淮安日报社	淮安日报社淮安新闻网	中国新闻摄影学会

奖次	项目	题目	作者（主创人员）	编辑	原创单位	刊播单位	报送单位/初评单位
三等奖	新闻摄影	中国国家版本馆：让文化典籍“藏之名山、传之后世”	陈　斌	单　芳 刘军涛	人民日报社	人民网	中国新闻摄影学会
		戈壁滩上长出了光伏牧场	匡林华	匡林华	中国日报社	中国日报	中国新闻摄影学会
	新闻漫画	落实到人	集　体	岳增敏 肖承森 韩晓艳	讽刺与幽默	讽刺与幽默	中国新闻漫画研究会
		北约军刀	罗　杰	李　洋 徐小丹	中国日报社	中国日报	中国新闻漫画研究会
		莫让“云养”成为“云骗局”	曹　一	杨　丽	新华报业传媒集团	新华报业传媒集团交汇点新闻客户端	中国新闻漫画研究会
	副刊作品	九旬院士“一站到底”令谁脸红	李思辉	计红梅 赵　路 陈　彬	中国科学报社	中国科学报	中国报纸副刊研究会
		让世界聆听中国声音	陈　青	邵美玲	中国石油报社	中国石油报	中国报纸副刊研究会
		我们的天才儿子	叶全新	戴　维 韩　斌 骆东华	杭州日报报业集团	杭州日报	中国报纸副刊研究会
	新闻访谈	对话新疆救人青年：来自“石榴籽”的深情	韦嘉欣　方　亮 肖　辉　蓝桂强 马铁护　陶　灵	赵凌凌 陈　辰 罗雪伶	广西广播电视台	广西广播电视台	中国广播电视社会组织联合会
		共同战“疫”，有外国人，但没有外人！	集　体	李木元 周佳佳 黄　喆	人民政协报社	人民政协报微信公众号	中国广播电视社会组织联合会
		我们的现代化	戈希庭　孙青欣 曹　力　王　欢 孙　伟　刘　欣 刘仲雄	孙　伟 戈希庭	河北广播电视台	河北广播电视台	中国广播电视社会组织联合会
		对话金晓明：17 年“中国历代绘画大系”把天方夜谭变为中国现实	姜晓丹　杨文馨 赵　倬　龚　奇 王文炳　刘险峰 何　敏	周新科 赵　奕 钱　挺	浙江广播电视集团	浙江广播电视集团	中国广播电视社会组织联合会

奖次	项目	题目	作者（主创人员）	编辑	原创单位	刊播单位	报送单位/初评单位
三等奖	新闻访谈	访谈｜上海就是上海，别人越想“脱钩”，我们越要努力“反脱钩”	杜晨薇　朱珉迕	缪毅容 朱泳武	解放日报社	解放日报社上观新闻网站	上海记协
		冬奥冠军：我们都是追梦人	柳春迪　吴福强 张　浩　于　硕 陈　强　安　菲	柳春迪	黑龙江广播电视台	黑龙江广播电视台	中国广播电视社会组织联合会
	新闻直播	全国百家媒体同步直播/新疆棉花朵朵开	董少华　刘凤静 加依那尔·奴尔兰别克　张梦雨 陈　峰　沈　滨 陆秋雯　邓　莉 毛铭东　薛　静	集　体	新疆日报社（集团）	新疆日报社石榴云客户端	中国广播电视社会组织联合会
		十年中国梦 菌草丰收季	郑建武　游宁剑 艾　迪　肖鲁怀 刘　钧　何　海 陈兴中　廖尚玺 江　强　李　申	方　凯 郑少炜 张楠楠	福建省广播影视集团	福建省广播影视集团	中国广播电视社会组织联合会
		神奇宝贝在江苏	集　体	李　折 陆树鑫	江苏省广播电视总台	江苏省广播电视总台荔枝新闻 App	中国广播电视社会组织联合会
	新闻编排	2022 年 3 月 27 日《准点直播间》	集　体	集　体	广西广播电视台	广西广播电视台	中国广播电视社会组织联合会
		2022 年 11 月 1 日《浙江日报》6-7 版	集　体	钱　锋 滕　昶 吴雄伟	浙江日报报业集团	浙江日报	中国新闻漫画研究会
		2022 年 12 月 26 日《全媒直播间》特别节目《千里成昆云和月》	集　体	集　体	四川广播电视台	四川广播电视台	中国广播电视社会组织联合会
		2022 年 7 月 15 日《声动福建》	阮　怡　李　薇 刘　学	孙世庆 阮　娜 李泰曦	福建省广播影视集团	福建省广播影视集团	中国广播电视社会组织联合会
	新闻业务研究	云网一体，向原创视音频内容生产发布的全媒体迈进	徐　进	林玉明	中央广播电视总台	电视研究	中央广播电视总台
		地方党报新闻生产方式的融合与创新	卓晋萍　许晨聪	张晓燕	湄洲日报社	中国报业	中国报业协会

奖次	项目	题目	作者（主创人员）	编辑	原创单位	刊播单位	报送单位/初评单位
三等奖	新闻业务研究	都市类媒体做好重大主题报道的“守、变、合”	戎明昌　刘岸然 林　洁	梁益畅	南方都市报社	中国记者	广东记协
		以可视化为重点推动媒体融合发展	丁　伟	张晓燕 曹　巍	长城新媒体集团	中国报业	河北记协
		以“新基建”赋能传播模式创新	高顺青	陈利云	南京广播电视集团	新闻战线	江苏记协
		试论寻找主流传播中的“流量密码”——兼论新闻传播评价体系过度量化的防范	陈建飞	杨忆华 甘　恬	金华市广播电视台	传媒评论	浙江记协
		数字中国战略下全媒体大数据平台的构建	李鹏飞　刘先根 彭培成	梁益畅	长沙晚报社	中国记者	湖南记协
		文明的语言：Z世代国际传播的符号之旅——以三星堆国际传播平台为例	钟　莉　张嘉伟	段吉平 邓树明 孙尚如	四川日报报业集团	新闻界	四川记协
	重大主题报道	这十年	蔡怀军　梁德平 郑华平　王绍曦 孙　璐　庄　楠 王彬人　许　庆	王倩雯 刘卫琛 朱宵涵	湖南广播电视台	湖南广播电视台芒果TV客户端	湖南记协
		川渝融媒体新闻行动·一江清水向东流	集　体	集　体	四川广播电视台	四川广播电视台	四川记协
		先进制造业企业究竟先进在哪里	集　体	王　群 丁军杰	工人日报社	工人日报	工人日报社
		十年·巨变——人民情怀（第一集）	集　体	李　玲 张家笠 王　刚	新疆广播电视台	新疆广播电视台	新疆记协
		着力推进“四个创建”努力做到“四个走在前列”	廖嘉兴　周　辉 李梅英　刘倩茹 章　正 扎西白玛	罗梦瑶 王艺霏 刘文涛	西藏日报社	西藏日报	西藏记协
		锦绣山河看变化	马忠明 拉龙东智 马明新　马春龙	马忠明	循化县融媒体中心	青海省海东市循化县广播电视台融媒体中心	青海记协
		一条刀鱼背后的长江大保护	宰　飞	张　奕	解放日报社	解放日报	上海记协

奖次	项目	题目	作者（主创人员）	编辑	原创单位	刊播单位	报送单位/初评单位
三等奖	重大主题报道	盛世迎盛会 “舰”证这十年	集　体	王庆厚 马　宁 许林博	海军政治工作部宣传文化中心	人民海军	军委政治工作部宣传局
		学报告 悟思想 开新局 深入学习贯彻党的二十大精神	集　体	集　体	中央纪委国家监委新闻传播中心	中国纪检监察报	中央纪委国家监委新闻传播中心
		温暖的牵挂 殷切的嘱托	陈青源　张建国 李夫丁　郝建军 康熙如　王　晋 张　锐	陈青源 张建国 李夫丁	山西广播电视台	山西广播电视台	山西记协
		贯彻党的二十大精神大型融媒直播——放歌钱塘江	集　体	集　体	浙江广播电视集团	浙江广播电视集团中国蓝新闻客户端	自荐他荐
		秦岭最长输水隧洞今天贯通 施工综合难度世界罕见	许革武　李　阳 董少波　刘权锋 况元媛	李　彤 蔡　英	陕西广电融媒体集团	陕西广播电视台	陕西记协
		祖国需要我 我更需要祖国	周　洋　陈凌云	严园园 王卫刚	江苏省广播电视总台	江苏省广播电视总台	江苏记协
		时间向前，中国向上！“十画十说”中国经济历史性跃升！	王　智　姜　范 乔申颖　王　玥 万　政　陶天添 勾明扬	集　体	经济日报社	经济日报微信公众号	经济日报社
		向梦想靠近·南通好通	集　体	王洪流	南通日报社	新华社客户端、南通日报社南通发布客户端	江苏记协
		福地种“福米”	高营光　丘启龙	莫志强 赖维炎	龙岩市融媒体中心	闽西日报	福建记协
		《答卷：阜平这十年》第四集《乡村振兴》	集　体	杨之行 张晓雯 刘亚楠	河北广播电视台	河北广播电视台	河北记协
		北京这十年	集　体	集　体	北京广播电视台	北京广播电视台	北京记协
		“蹲点记·中国式现代化的海南实践”	集　体	集　体	海南日报社	海南日报客户端	海南记协
		我和我的村庄	集　体	集　体	农民日报社	农民日报	自荐他荐

奖次	项目	题目	作者（主创人员）	编辑	原创单位	刊播单位	报送单位/初评单位
三等奖	重大主题报道	领航中国·我们的新时代	集体	王丽霞 谢莹泊 苏畅	内蒙古广播电视台	内蒙古广播电视台	内蒙古记协
	国际传播	京味	集体	颜匀	北京广播电视台	北京广播电视台客户端"北京时间"	北京记协
		被人类养大的东方白鹳如何回归野外	吴昱滨 陶微微 刘晓梅	李思媛 王栋 刘承军	天津海河传媒中心	天津海河传媒中心	天津记协
		The Three Gorges High Speed Rail（三峡高铁）	集体	陈玉玲 晏语 李馨怡	重庆国际传播中心	重庆国际传播中心 iChongqing官网	重庆记协
		Xinhua Commentary: Meltdown of "Shining City on a Hill"（新华评论："山巅之城"的沦陷）	王宾 孙楠 温馨	集体	新华社	新华社	自荐他荐
		在栉风沐雨中顽强 于风雨交加中担当——中国华冶巴基斯坦杜达铅锌矿中巴员工携手抗洪记	刘凯	郑洁	中国冶金报社	中国冶金报	中国报纸副刊研究会
		三宝村的"农民艺术家"	巫宜凇 朱林 乐金金 金飞 平思 张国辉 王弢	樊辉璐 贾珍珍 王佳	江西广播电视台	凤凰卫视美洲台	江西记协
		Who sows seeds of confrontation and reaps profits from turmoil?; Standing on the right side of history the only way to resolve Ukraine crisis（俄乌冲突的历史经纬与时代警示（上、下））	余晓葵 曹元龙 李曾骙	集体	光明日报社	环球时报英文版	光明日报社
		Who am I？（我是谁？——《CPC》）	余荣华 张世悬 王嵘 刘杰 赵丹彤 谷琛 陆东	集体	人民日报社	人民日报英文客户端	中国记协新媒体专业委员会

奖次	项目	题目	作者（主创人员）	编辑	原创单位	刊播单位	报送单位/初评单位
三等奖	国际传播	《大河之洲》第一集《生灵》	集　体	刘卫斌 林　闯 徐华鋆	山东广播电视台	山东广播电视台、澳大利亚天和电视台	山东记协
		一位武汉农民的人与自然——让“国宝鸭”爱上小龙虾	成熔兴　马文俊 杨　然　彭艺博 李　冲	集　体	湖北日报报业集团	湖北日报客户端	湖北记协
		寻漆中国的法国漆匠·在乡村	卢　敏　段体帅 蔡易明　廖玮佳	李　艳 杨少萍	成都市广播电视台	成都市广播电视台	四川记协
		对手的祝福	魏晓昊	朱　锋 耿菲菲 武晓慧	中国日报社	中国日报	中国新闻摄影学会
		中国海拔最高县西藏双湖县生态搬迁记	集　体	集　体	新华社	新华社	中国新闻摄影学会
		High-Speed Rail: A Prime Example of China's Independent Innovation（高铁：中国自主创新的成功范例）	于　波　王翠芳 聂悄语　衣小伟 连　元　周茉丹 周　彪	衣小伟 聂悄语	求是杂志社	求是英文网	中国记协新媒体专业委员会
		千城胜景丨天山腹地迎丰收 风吹麦浪雁纷飞	王文川　邢天伦	王倏	新疆生产建设兵团第十三师融媒体中心	新华社客户端	新疆兵团记协
		时空大折叠——云南的生物多样性	集　体	杨维涵 卢　钢	云南广播电视台	云南广播电视台	云南记协
		乘着包机来义乌	邹倜然　卢发扬	王　群 丁军杰	工人日报社	工人日报	工人日报社
		The Dragon Boat Festival（一叶粽子香，日子到端阳）	熊维维　徐宗福 崔　迎　薛　军 孟子扬	安学军 董亚飞 刘书芝	郑州晚报社	郑州报业集团郑州+客户端	河南记协
		义乌有个“阿依乐”	姜鸣红　赵一阳 何妮蔚　贺争怡 金梦雅　蒋文斌	方青云 陈建飞 丁丰罡	金华市广播电视台、义乌市融媒体中心	中国黄河电视台、吉尔吉斯斯坦德隆电视台	浙江记协
		2022年4月28日《中国日报》要闻16-17版	田　驰　申　薇 王恺昊	欧淑仪 陈　婕 林　琦	中国日报社	中国日报	中国新闻漫画研究会

奖次	项目	题目	作者（主创人员）	编辑	原创单位	刊播单位	报送单位/初评单位
三等奖	国际传播	“东西问·中外对话”之中国经济世界观系列报道	俞岚 吴庆才 彭大伟 庞无忌 周锐 冯爽 吴辛茹 陈天浩	刘美 李雨昕 任帅	中国新闻社	中国新闻网	自荐他荐
		从你的世界路过	张仁汉 张染 杨绍艺 闫兵 杜迎春 马莉 韩帅	张泉慧 王东 顾建	宁夏广播电视台	宁夏卫视、迪拜中阿卫视	宁夏记协
	典型报道	云南女儿杨洪琼：我在哪里摔倒，我就要把哪儿碾平	李青芸 陈蓉	李青芸 陈蓉	云南广播电视台	云南广播电视台	云南记协
		微视频｜月亮舞台	张梦琳 刘志成 李全 筵怡	曹朝阳	长城新媒体集团	长城新媒体集团冀云客户端、长城网	河北记协
		来自大凉山的彝族小伙，大学毕业论文致谢写了6000余字	张维纳	朱建华	长江日报报业集团	长江日报报业集团大武汉客户端	湖北记协
		“时代楷模”钱海军老式手机里的50条短信	杨静雅 林微微	叶飞 董富勇	宁波日报报业集团	宁波晚报	浙江记协
		记“铁心向党担使命的忠诚卫士”北京总队机动第一支队	张雯 连方宁晨 鲁茉	连方宁晨	武警部队政治工作部宣传文化中心	人民武警报	军委政治工作部宣传局
		中国种子里的厦门芯	詹文 吴晓菁	赖毅 钟莉 蓝曦	厦门日报社	厦门日报	福建记协
		法润大地满眼春——新时代“寻乌经验”启示录	梁健 毛江凡	李滇敏 杨学文 舒艳秋	江西日报社	江西日报	暨南大学新闻与传播学院
		党的女儿：与时代同行	梁德平 郑华平 王绍曦 王彬人 许庆 孙璐 庄楠	朱宵涵 王倩雯	湖南广播电视台	湖南广播电视台芒果TV客户端	湖南记协
	舆论监督报道	多年拆违岿然不动 数千栋“坚挺别墅”野蛮侵蚀济南泉域保护区	王文志	集体	经济参考报社	经济参考报	中国行业报协会
		110平方米的房子“到手”仅61平方米	孙天骄 赵丽	文丽娟	法治日报社	法治日报	法治日报社

奖次	项目	题目	作者（主创人员）	编辑	原创单位	刊播单位	报送单位/初评单位
三等奖	舆论监督报道	农民缘何毁菜？勿让“加码”伤农	郭少雅	施 维 刘 远 赵 洁	农民日报社	农民日报	农民日报社
		明晰作者、期刊、平台三方责权利——公共知识数据库建设要跳出“知网怪圈”	陈 鹏	集 体	光明日报社	光明网	光明日报社
		一个红码如何引出400亿元惊天大案	马纪曹 林春挺 吴绵强 安 卓	刘泽南 林洁琛	第一财经	第一财经App	上海记协
		内蒙古乌拉特前旗：近3万亩草原遭违法开矿和侵占	恩 浩 王 靖	集 体	新华社	新华社客户端	新华社
		“垃圾围村”亟须“解围”	赵健鹏 马 芳 徐瑞蔓	王倩松 张 华 林 兢	青岛日报社	青岛日报	山东记协
		废弃线杆矗立街头 谁来“拔刺”？	黄 珺 陈美娜 臧晶晶 李黄祺 蔡丽芳	费兴海 路 平 郑晓玲	湖州市新闻传媒中心	湖州市新闻传媒中心	中国政法大学光明新闻传播学院
		干着“老东家”的活儿，却不再是“老东家”的人？	卢 越	甘 皙 程莉莉	工人日报社	工人日报	工人日报社
	融合报道	H5 | 上海手拎马桶消亡史——家家户户的必备用品如何走向终结？	孟群舒 狄 斐 曹 俊	尤莼洁	解放日报社	解放日报社上观新闻	中国记协新媒体专业委员会
		大国工程我来建	集 体	集 体	封面新闻	华西都市报封面新闻客户端	中国记协新媒体专业委员会
		全世界仅此一枚的“戒指”，我拥有了！	谭 芳 高文举 张 莉	郑汝可	长江日报报业集团	长江日报报业集团大武汉客户端	中国记协新媒体专业委员会
		看一粒种子“上天入海”，太奇妙了！	韩潮光 胡续发 周 钰 肖 迪 林 琳 卢 军	王诗童	海南日报社	海南日报客户端	中国记协新媒体专业委员会
		视频+VR全景 | 独家专访！门源6.9级地震22公里地表破裂带如何形成？	史永寿 马智尧 赵俊杰 邓建青 张卫平	何文帮 沙成艳	西海都市报社	西海都市报微信公众号	中国记协新媒体专业委员会

奖次	项目	题目	作者（主创人员）	编辑	原创单位	刊播单位	报送单位/初评单位
三等奖	融合报道	西藏7户人家！跨越十年的记录	集体	索朗群培 陶玥	西藏日报社	西藏日报微信公众号	中国记协新媒体专业委员会
		江淮“牵手”——沉浸式感受引江济淮千年梦圆	章理中 彭旖旎 周晓军 刘玉才 朱晓桐	史睿雯	安徽新媒体集团	安徽新媒体集团中安在线	中国记协新媒体专业委员会
		脑瘫外卖小哥的小年夜	高燕 孙凯	郭旭晖 陈龙 黄凤兰	南昌县融媒体中心	江西省南昌市南昌县融媒体中心掌上昌南客户端	中国记协新媒体专业委员会
		职业总动员②｜石化工人24小时	乔然 史宏宇 雷宇翔	王金海 史宏宇 乔然	工人日报社	工人日报客户端	中国记协新媒体专业委员会
		昆明向南 磨憨向上｜手绘长图带你走中老铁路见证一场“双向奔赴”	周宏 杨赋 杨帆 孟俊 卫舒月 李思婧 唐镝 邓榕	段心义 王飞 杨林波	昆明报业传媒集团	昆明报业传媒集团都市时报微信公众号	中国记协新媒体专业委员会
		连心丨百炼钢做成了绕指柔！总书记嘱托“手撕钢”技术要勇攀高峰	闫帅南 王跃军 赵旭 王元 曲羿 赵颖洁 王钢 张嘉懿	李浙 张志达	中央广播电视总台	央视新闻客户端	中国记协新媒体专业委员会
		高级！广西云推出100秒平陆运河卫星实景3D动画 全景式感受世纪工程	集体	集体	广西云数字媒体集团	广西日报传媒集团广西云客户端	中国记协新媒体专业委员会
	应用创新	“看见”全媒体监督应用平台	黄珺 路平 臧晶晶	费兴海 杨晓斌 汪书杰	湖州市新闻传媒中心	湖州市新闻传媒中心南太湖号客户端	中国记协新媒体专业委员会
		河北1+20惠企政策“一点通”	集体	曹朝阳 周杨 冯少玲	长城新媒体集团	长城新媒体集团冀云客户端	中国记协新媒体专业委员会
		消费维权	贺弘联 肖雄 肖肖 曹佳琪	肖雄 肖肖 曹佳琪	湖南红网新媒体集团	湖南红网新媒体集团红网	中国记协新媒体专业委员会

附录三

第33届中国新闻奖评选细则

（第33届中国新闻奖评选委员会2023年8月24日审议通过）

根据《中国新闻奖评选办法》（以下简称《评选办法》），结合本届评选会实际，制定本评选细则。

一、评选宗旨

中国新闻奖评选坚持以习近平新时代中国特色社会主义思想为指导，坚持正确的政治方向、舆论导向、价值取向，坚持马克思主义新闻观，发挥优秀新闻作品的示范引领作用，推动新闻战线开展增强“四力”教育实践，努力提高新闻舆论传播力、引导力、影响力、公信力，引导新闻战线深刻领悟“两个确立”的决定性意义，增强“四个意识”，坚定“四个自信”，做到“两个维护”，把握“国之大者”，做好新时代新闻舆论工作，多出精品、多出人才，为全面建设社会主义现代化国家提供有力舆论支持。

二、评选原则

（一）坚持评选标准。导向正确，内容真实，新闻性强，社会效果好。尊重新闻传播规律和新媒体发展规律，统筹兼顾新闻作品和应用服务类新闻产品，适应媒体融合发展新要求。在同等条件下，优先考虑短、实、新作品。

（二）严格评选程序。在认真全面审看（听）所有参评材料、充分讨论评议的基础上，以实名评分和无记名投票相结合的方式评选。

（三）坚持公开、公平、公正。统筹兼顾中央媒体与地方媒体，发达地区与欠发达地区的参评作品；关注少数民族语言文字作品；鼓励内容呈现方式创新和技术应用创新的作品。各项目要统筹好报刊、广播电视和新媒体作品。

（四）坚持专业评选与社会参与相结合。评选时参考参评材料公示后社会公众的评议意见。

（五）对同一事件的同体裁作品，同等条件下首发在前的优先。

三、总体要求

（一）实到评委超过全体评委人数2/3，方可召开评选会。

（二）评选会由评委会主任或主任委托的副主任主持。

（三）评委中途离会不能参加投票的，按实到评委投票。离会评委不能委托其他评委代为投票。

（四）按设奖数额投票，可少投，不能多投。每轮投票结束，在规定得票范围内，按得票数从高到低依次取齐规定数额的参评作品。

（五）评委在小组评选和全体评选时，除评选会主持人要求解释清楚的问题外，不得宣传、介绍、点评本推荐（报送）单位推荐（报送）的参评作品。如有违反，主持人要及时制止并予以纠正。

（六）从所在单位没有参评作品的评委中产生监票人，负责监督评委投票和工作人员计票工作。

四、奖项设置

1. 共设 20 个评选项目，设奖数额不超过 380 个。其中，一等奖不超过 75 个，二等奖 115 个左右，三等奖 190 个左右。各评选项目的设奖数额，由评委会根据当届参评作品情况确定。新闻专栏中，中央媒体和地方媒体各占 50%。

特殊情况下 (各项评选条件都很优秀，只是因硬性规定所限)，经评委会决定，可设不超过 5 个特别奖（与一等奖同等待遇），其中报刊、通讯社、广播电视、网站和移动端作品各不超过 1 个。

2. 按《评选办法》规定的标准评选各项目获奖作品。对存在差错的作品实行获奖等级限制。

存在以下情形的作品，不得获一等奖：错字、标点符号误用造成语法错误或影响文意；多字、落字，主持人、记者表达有误；成语使用不规范，词语使用或搭配不当、缩略不当，生造词语；指代不统一、数量单位缺失，前后表述不一致；除对重大突发新闻事件的报道外，音视频作品的现场音响、画面质量存在明显缺陷。

存在以下情形的作品，不得获一、二等奖：表述有歧义；词序错乱、成分缺失、指代不明、语句杂糅、归类有误等。

存在以下情形的作品，不得获奖：事实性错误，或事实交代不清，表述存在重大歧义的；同一件作品中出现 3 次（个）以上不同类型差错。

五、评选程序

（一）审议参评资格

评委会听取并审议中国记协评奖办公室关于参评作品的公示核查处理情况报告；听取审核委员会关于参评作品的审核情况报告，确认参评作品资格；在评选中参考审核意见。

（二）小组推荐

评委分 10 个小组推荐各项目候选建议作品。

各小组指定所在单位没有参评作品的评委担任监票人，负责监督小组评委投票和工作人员计票。

1. 实名打分

各小组按照《评选办法》规定的评选标准，在认真审看（听）的基础上对本组评选的参评作品进行打分。

2. 筛选作品

各小组以参评作品分数为参考，讨论、评议，并以无记名投票方式，淘汰不超过 20% 的各项目参评作品。

入围作品按简单多数筛选，如最后 1 个名额出现 2 件并列作品，则 2 件作品都进入下一轮评选程序；如最后 1 个名额出现并列作品超过 2 件，则对这些并列作品进行最多两轮票决，得赞成票多的作品入选，如票决后仍出现并列，则全部入选。

3. 召开评委会主任会议

统筹协调各小组作品筛选情况，确定需要统筹协调的原则和要求。

4. 推荐候选建议作品

各小组按照评委会主任会议精神，确认并审看（听）筛选出的参评作品，在充分讨论、评议的基础上，以无记名投票方式分别按规定数额推荐出一、二、三等奖候选建议作品。如出现因票数相同并列情况，则对这些并列的作品讨论，按作品质量排出推荐顺序。

各项目（不含新闻专栏）一等奖候选建议作品数按不超过设奖数额的 200% 掌握；二等奖候选建议作品数按不超过设奖数额的 120% 掌握；三等奖候选建议作品数按不超过设奖数额掌握，根据得票数从高向低依次取齐。不同媒体的新闻专栏候选建议作品按设奖数额掌握，下同。

如某项参评作品数额达不到候选建议作品数，可不受该比例限制，按照评选标准评出不超过设奖数额的作品。评不出的，可以空缺。全体评委评选获奖作品时，如遇同类情况，按此规定执行。

特别奖候选建议作品由小组提名，经评委会主任会议统筹后，由小组投票产生。票数须达到小组实到评委 2/3 赞成票。

一等奖候选建议作品须达到小组实到评委 2/3 赞成票，二、三等奖候选建议作品须超过小组实到评委 1/2 赞成票。

如达到规定票数的作品多于该项目该等级候选建议作品数，按得票顺序从高向低依次取齐。如最后 1 个名额出现并列作品（达到规定票数且票数相同，下同），则对这些并列作品再进行票决，得票多者入选。如票决后达到规定票数的作品仍出现并列，则全部入选。

如达到规定票数的作品少于该项目该等级候选建议作品数的 90%，则按缺额数加 1 的数量（“1”是指补齐缺额数后，排在其后的首位落选作品，下同），从该项目该等级落选作品中按得票顺序从高向低依次取齐后（如“缺额数加 1”出现并列作品，则全部进入票决，下同），对选取的作品再票决，达到规定票数者入选。如此轮票决后，达到规定票数的作品数仍少于该项目该等级设定的候选建议作品数额，空缺数额不补。

各项目一、二、三等奖候选建议作品名单按投票轮次、得票数和质量从高到低排序。

5. 确定候选作品

召开评委会主任会议，统筹协调各小组推荐的一、二、三等奖候选建议作品，确定候选作品或处理原则。

（三）全体会评选

1. 全体评委听取各小组报告本小组候选作品情况，审看（听）候选作品，并进行充分讨论评议。

2. 无记名投票评选获奖作品，其中一等奖（包括特别奖、新闻专栏）须达到实到评委 2/3 赞成票，二、三等奖须超过实到评委 1/2 赞成票。一、二等奖空缺数额计入下一等次该项目设奖数额。最多进行三轮投票，如三轮投票后，达到规定票数的作品数仍少于设奖数额，其缺额不补。

如投票后达到规定获奖票数，只是由于数额等限制而落选的一、二等奖候选作品，可自动成为下一等级获奖作品并排在获奖作品前列。未达到规定票数而落选的一、二等奖候选作品，分别自动列入二、三等奖候选作品并排在候选作品前列。其中落选作品多于 1 件的，按得票数从高到低排序。

3. 各项目按设奖数额评选。如因评选特别奖而突破设奖总额，则减少相关获奖作品所在项目相应设奖数额。如达到规定获奖票数的各项目各等级作品多于该项目该等级设奖数额，按得票顺序从高向低依次取齐。如最后 1 个获奖名额出现并列，须经全体评委对这些并列作品再票决，过半数的获奖。

如各项目各等级获奖作品数少于该项目该等级设奖数额的 90%（如有小数点则四舍五入），可按该项目该等级设奖数缺额加 1 的数量，在该项目该等级落选作品中按得票顺序从高向低依次取齐后，对选取的作品再票决。

4. 为调动更多新闻单位的积极性，除国际传播奖项外，每个刊播单位（发布端、账号)的作品在消息、评论、通讯、新闻专题、系列报道5个评选项目中，获一等奖不超过1个。广播、电视机构合并的单位按两类分别统计，中央广播电视总台按原三台分别统计。如同一刊播单位有2个（含2个）以上一等奖候选作品达到规定票数，取得票多的1个；如得票相同则需再票决，得票多者入选，落选的可自动进入二等奖并排在获奖作品前列。由此产生的一等奖缺额，取该项目一等奖落选作品中排在第一的作品再票决，达到实到评委2/3赞成票即入选，如未达到规定票数，则缺额不补。

每个报送单位的参评作品在融合报道和应用创新奖项中，获一等奖不超过2个（含2个）、获奖总数不超过3个（含3个），对自荐作品按其刊发平台所属报送单位计。

5. 各项目一、二、三等奖获奖作品名单按投票轮次、得票数和质量从高到低排序。

六、后续工作

（一）评选结束后，评选结果同评委名单、《评选细则》一并在中国记协网、中国记协公众号上公示。公示时间不少于5个工作日。

（二）评奖办公室对公示期间收到的事实性举报进行核查，并按照《评选办法》规定提出处理意见，报告评委会主任会议研究决定。评议意见转相关作品推荐单位工作参考。

（三）评选结果将在公示及相关工作结束，报经中宣部审定后揭晓。

（四）评委和工作人员要严格履行所签署的《中国新闻奖评选工作保密协议》，在评选结果揭晓前，未经中国记协评奖办公室授权，不得泄露有关评选工作信息。如违反，撤销评委资格并通报所在单位；评委存在接受推荐（报送）单位和参评人员宴请、财物等行为的，撤销评委资格并通报其所在单位，撤销所涉单位及人员相关作品的参评或获奖资格，相关人员今后不得参加中国新闻奖评选活动；涉嫌违纪违法行为的，报纪检监察部门。

七、本《评选细则》经第33届中国新闻奖评选委员会研究通过后施行。《评选细则》未尽事宜，委托评委会主任会议讨论决定。

附录四

第33届中国新闻奖评委名单

主　任

何　平　　中国记协主席

副主任

刘思扬　　中国记协党组书记
牛一兵　　中央网信办副主任
杨小伟　　国家广电总局副局长
崔士鑫　　人民日报社副总编辑
袁炳忠　　新华社副社长
邢　博　　中央广播电视总台副台长
王雷鸣　　中宣部新闻局局长
毕　斌　　中央军委政治工作部宣传局副局长

委　员

张百新　　中国记协书记处书记
田玉红　　中国记协书记处书记
吴　兢　　中国记协书记处书记
苏荣才　　中国记协书记处书记（挂职）
曹焕荣　　中宣部新闻阅评小组组长
张庆华　　中宣部新闻局副局长
田　进　　原国家新闻出版广电总局副局长
范卫平　　中国广播电视社会组织联合会会长
李文阁　　求是杂志社编委会委员
夏洪青　　解放军新闻传播中心高级编辑
陈品高　　光明日报社高级编辑

郑　波	经济日报社副总编辑
孙尚武	中国日报社副总编辑
冷文生	科技日报社副总编辑
王晓宁	人民政协报社高级编辑
王　霞	中央纪委国家监委新闻传播中心理论部主任
尹丹丹	中国新闻社总编室副主任
何忠国	学习时报社副总编辑
刘家伟	工人日报社社长
李　丽	中国青年报社官微编辑部主任
乔　虹	中国妇女报社编委会委员
焦　宏	农民日报社高级编辑
贾宝元	法治日报社《法人》杂志总编辑
李　军	中国期刊协会副会长
张超文	中国行业报协会会长
丁以绣	中国报纸副刊研究会副会长
徐祖根	中国新闻摄影学会会长
郑华卫	中国新闻漫画研究会会长
梅宁华	北京市记协主席
印永清	天津海河传媒中心副总裁
桑献凯	河北省记协主席
张　云	山西新闻网执行董事
山　丹	内蒙古记协副主席
丁宗皓	辽宁省记协副主席
姜本红	吉林日报社副总编辑
金　威	黑龙江省全媒体中心副主任
袁　雷	上海广播电视台副台长
周跃敏	江苏省记协主席
郭　庆	浙江广播电视集团副总编辑
计永超	安徽日报报业集团副总编辑
蔡小伟	福建省记协主席
郭建晖	江西省记协主席
林修功	山东省记协副主席
张学文	河南日报社副总编辑

向培凤　　湖北省记协主席
卿立新　　湖南省记协主席
金　强　　广东省南方新闻网总编辑
郭志民　　海南省记协主席
郑华雯　　广西广播电视台副台长
曹清尧　　重庆市记协主席
钟　岚　　四川日报报业集团副总编辑
张先群　　西藏记协副主席
薛保勤　　陕西省记协主席
王银军　　甘肃省广播电视总台副台长
杨学农　　宁夏日报报业集团副社长
成立新　　新疆记协主席
张富强　　新疆生产建设兵团党委宣传部副部长
陈国望　　天津广播电视台教育频道总监
赵　兵　　河北省长城新媒体集团董事长
刘英魁　　山西广播电视台台长
杨小会　　黑龙江日报报业集团副社长
徐蓓蓓　　上海解放日报社副总编辑
陆　峰　　江苏省广播电视总台副台长
张　龙　　江西广播电视台副台长
柳　莺　　湖北省武汉广播电视台副总编辑
夏海澄　　广西日报社高级编辑
周秋含　　重庆华龙网集团总编辑
杨　昱　　四川省成都市广播电视台高级记者
王　珂　　云南广播电视台副总编辑
王总宏　　青海省西宁晚报社原总编辑
赵志强　　宁夏《共产党人》杂志社总编辑
唐绪军　　中国社会科学院新闻与传播研究所研究员
周然毅　　《中国广播电视学刊》常务副总编辑
钱莲生　　中国社会科学院新闻与传播研究所编审
陆绍阳　　北京大学新闻与传播学院教授
许向东　　中国人民大学新闻学院新闻系主任
赵子忠　　中国传媒大学新媒体研究院院长

姜　飞　　北京外国语大学国际新闻与传播学院院长
朱春阳　　复旦大学新闻学院教授
白　净　　南京大学新闻传播学院教授
张雨雁　　浙江传媒学院新闻与传播学院教授
强月新　　武汉大学新闻与传播学院院长
申启武　　暨南大学新闻与传播学院教授
董天策　　重庆大学数字媒体与传播研究院主任
朱　天　　四川大学传媒研究中心教授
韩　隽　　西北大学新闻传播学院教授
冯　诚　　兰州大学新闻与传播学院院长

附录五

第33届中国新闻奖审核委员名单

主　任

唐绪军　　中国社会科学院新闻与传播研究所研究员

副主任

曹焕荣　　中央宣传部新闻阅评小组组长
殷陆君　　中国记协国内工作部主任
贾奋勇　　新华社全媒编辑中心副主任
杨　华　　中央广播电视总台创新发展中心召集人

委　员

高云才　　人民日报社经济社会部农村组组长
徐兆荣　　新华社高级编辑
姬　斌　　瞭望周刊社原总编辑、高级编辑
李　宏　　中央广播电视总台创新发展研究中心领导班子成员
王渝新　　中央广播电视总台原上海总站副召集人
张继宏　　中央广播电视总台新闻中心策划部副主任
张　哲　　中央广播电视总台环球资讯广播部副主任
刘桂林　　中央广播电视总台新闻中心高级编辑
黄　廓　　中央广播电视总台 CGTN 文化节目部主编
李　锦　　中央广播电视总台高级编辑
韦　伟　　解放军新闻传播中心网络部总编辑
周　华　　光明日报社数据与研究部高级编辑
赵洪波　　光明日报黑龙江记者站站长
杨国民　　经济日报财经新闻部原主任
胡晓晶　　中国经济网副总编辑
罗　冰　　科技日报社融媒体编辑中心原主任

赵剑影	工人日报要闻部副主任
高　旭	中青在线总编辑助理
李光明	法制日报政文部主任
李学梅	北京日报副总编辑
杨正犁	河北日报高级编辑
张　云	山西日报新媒体部主任
孙宝泉	吉林广播电视台副总编辑
杨　波	中国彩虹网执行总编辑
焦春溪	黑龙江广播电视台副总编辑
王　勇	文汇报副总编辑
乔争月	上海日报主任记者 Qiao Shanghai 融媒工作室负责人
易保山	中国江苏网编委
周天晓	浙江日报报业集团副总编辑
王　立	安徽广播电视台高级编辑
徐映玲	厦门广播电视集团新闻中心主任
李海燕	大众日报社副总编辑
姚菊清	河南大象融媒体集团有限公司原总编辑
李登清	湖北长江云新媒体集团副总经理
吕　雁	湖南广播影视集团有限公司高级编辑
邓　瑜	海南日报报业集团新闻研究所副所长
夏海澄	广西日报社高级编辑
王　珂	云南广播电视台全媒体新闻中心主任
石克刚	陕西广播电视台总编室副主任
詹　雯	甘肃省广播电视总台交通广播高级编辑
霍延敏	新疆广播电视台党委委员、副台长
钱莲生	中国社会科学院新闻与传播研究所编审
王　宇	中国传媒大学国家传播创新研究中心副主任
吴敏苏	中国传媒大学新闻传播学部副学部长
田维钢	中国传媒大学新闻传播学部教授
姚广宜	中国政法大学法治传播研究中心主任
王佳航	中国政法大学光明新闻传播学院教授
张丽萍	内蒙古大学文学与新闻传播学院党委书记
庄永志	南京大学新闻传播学院副教授

刘永昶	南京师大新闻与传播学院教授
项仲平	浙江传媒学院原院长
冉　华	武汉大学新闻与传播学院教授
王文利	湖南师大新闻与传播学院教授
甘险峰	暨南大学新闻与传播学院教授
龚新琼	海南师范大学新闻传播与影视学院教授
刘海明	重庆大学新闻学院广播电视学专业负责人
刘　毅	重庆大学新闻学院副教授
李　珮	西南政法大学新闻传播学院院长
操　慧	四川大学文学与新闻学院副院长
韩　隽	西北大学新媒体研究院执行院长
冯　诚	兰州大学新闻与传播学院院长
刘晓程	兰州大学新闻与传播学院副院长
冷　梅	人民日报社新闻战线杂志副总编辑
李宝萍	《中国广播电视学刊》编委

附录六

第33届中国新闻奖评选会工作人员名单

柳婷婷　　中国记协国内部二级巡视员
贾　贺　　中国记协国内部综合处处长
李　莹　　中国记协国内部业务学术处长
王桂玲　　中国记协国内部内刊处一级调研员
高　淼　　中国记协国内部业务学术副处长
鲍　青　　中国记协国内部行业自律处四级调研员
骆青新　　中国记协国内部干部
刘　一　　中国记协国内部干部
王　爽　　中国记协国内部干部
赵　婕　　中国记协国内部干部
石梦竹　　中国记协国内部干部
梁国壮　　中国记协国内部干部
刘乐屿　　中国记协国内部干部
张　梓　　中国记协国内部干部
刘小燕　　中国记协国内部干部
张亚宁　　中国记协国内部干部
马志涛　　中国记协机关服务中心服务处干部
黄　伟　　中国政法大学光明新闻传播学院研究生
李宗峰　　中国政法大学光明新闻传播学院研究生
尤　颖　　中国政法大学光明新闻传播学院研究生
白映雪　　中国政法大学光明新闻传播学院研究生